FOLIO SCIENCE-FICTION

Jacqueline Carey

LA MARQUE

Kushiel, I

Traduit de l'anglais (États-Unis)
par Frédéric Le Berre

Gallimard

Titre original :
KUSHIEL'S DART

Carte : Alain Janolle.

Née en 1964, Jacqueline Carey est américaine. Grande voyageuse, elle a nourri son imaginaire des cultures et des lieux qu'elle a traversés. Elle est l'autrice de plusieurs séries de *fantasy* historique qui ont rencontré un grand succès.

La marque, le tome inaugural de sa trilogie *Kushiel*, a été récompensé par le prix Locus du meilleur premier roman 2002.

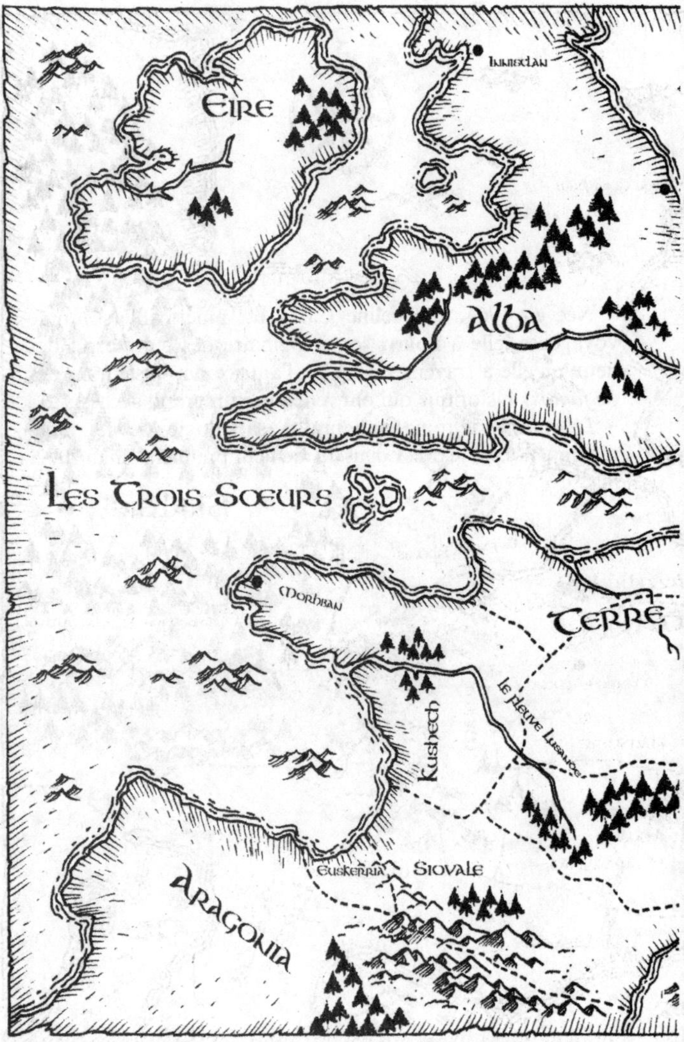
Innisclan
Eire
Alba
Les Trois Soeurs
Morhban
Terre
Le Fleuve Lusande
Kusheth
Euskerria
Siovale
Aragonia

Bryn Gorrydum
Les Pays plats
Skaldie
Le Fleuve Rhenus
Azzalle
d'Ange
Troyes-le-Mont
Camlach
Bastion de Selig (Alching)
Bastion de Gunter
Namarre
L'Agnace
Ville d'Elua
Milazza
La Serenissima
Eisande
Marsilikos

DRAMATIS PERSONAE

MAISON DE DELAUNAY

Anafiel Delaunay : noble
Alcuin nó Delaunay : élève de Delaunay
Phèdre nó Delaunay : élève de Delaunay, *anguissette*
Guy : homme de main de Delaunay
Joscelin Verreuil : frère cassilin (originaire du Siovale)

MEMBRES DE LA FAMILLE ROYALE DE TERRE D'ANGE

Ganelon de la Courcel : roi de Terre d'Ange
Geneviève de la Courcel : reine de Terre d'Ange (†)
Isabel L'Envers de la Courcel : épouse de Roland, princesse consort (†)
Roland de la Courcel : fils de Ganelon et Geneviève, Dauphin (†)
Ysandre de la Courcel : fille de Roland et Isabel, Dauphine
Barquiel L'Envers : frère d'Isabel, duc L'Envers (Namarre)

Baudoin de Trevalion : fils de Lyonette et Marc, prince du sang
Bernadette de Trevalion : fille de Lyonette et Marc, princesse du sang
Lyonette de Trevalion : sœur de Ganelon, princesse du sang, « Lionne de l'Azzalle »
Marc de Trevalion : duc de Trevalion (Azzalle)

MEMBRES DE LA FAMILLE ROYALE – LA SERENISSIMA

Benedict de la Courcel : frère de Ganelon, prince du sang
Maria Stregazza de la Courcel : épouse de Benedict
Dominic Stregazza : époux de Thérèse, cousin du Doge de La Serenissima
Marie-Celeste de la Courcel Stregazza : fille de Benedict et Maria, princesse du sang, épouse du fils du Doge de La Serenissima
Thérèse de la Courcel Stregazza : fille de Benedict et Maria, princesse du sang

NOBLESSE D'ANGELINE

Isidore d'Aiglemort : fils de Maslin, duc d'Aiglemort (Camlach)
Maslin d'Aiglemort : duc d'Aiglemort (Camlach)
Marquise Solaine Belfours : noble, secrétaire du Petit Sceau
Rogier Clavel : noble, membre de l'entourage de L'Envers
Childric d'Essoms : noble, membre de la Cour de la chancellerie
Cecilie Laveau-Perrin : épouse du chevalier Perrin (†),

ancienne adepte de la maison du Cereus, professeur de Phèdre et Alcuin

Roxanne de Mereliot : dame de Marsilikos (Eisande)

Quincel de Morhban : duc de Morhban (Kusheth)

Seigneur Rinforte : Préfet de la Fraternité cassiline

Edmée de Rocaille : fiancée de Roland (†)

Melisande Shahrizai : noble (Kusheth)

Tabor, Sacriphant, Persia, Marmion, Fanchone : membres de la maison Shahrizai, parents de Melisande

Ghislain de Somerville : fils de Percy

Percy de Somerville : comte de Somerville (L'Agnace), prince du sang, commandant en chef de l'armée royale

Tibault de Toluard : comte de Toluard (Siovale)

Gaspar Trevalion : comte de Fourcay (Azzalle), cousin de Marc

Luc et Mahieu Verreuil : fils de Millard, frères de Joscelin

Millard Verreuil : chevalier Verreuil, père de Joscelin (Siovale)

COUR DE NUIT

Liliane de Souverain : adepte de la maison du Jasmin, mère de Phèdre

Miriam Bouscevre : Dowayne de la maison du Cereus

Juliette, Ellyn, Etienne, Calantia, Jacinthe, Donatien : apprentis de la maison du Cereus

Frère Louvel : prêtre d'Elua

Jareth Moran : second de la maison du Cereus

Suriah : adepte de la maison du Cereus

Didier Vascon : second de la maison de la Valériane

SKALDIE

Ailsa : femme du bastion de Gunter
Gunter Arnlaugson : chef de bastion
Evrard le caustique : baron du bastion de Gunter
Gerde : femme du bastion de Selig
Harald l'imberbe : baron du bastion de Gunter
Hedwig : femme du bastion de Gunter
Kolbjorn de la tribu des Mannis : chef de guerre de Selig
Knud : baron du bastion de Gunter
Lodur le borgne : prêtre d'Odhinn
Waldemar Selig : chef de bastion, seigneur de la guerre
Trygve : membre des Frères blancs
Frères blancs : barons de Selig

TSINGANI

Abhirati : grand-mère d'Anasztaizia
Anasztaizia : mère de Hyacinthe
Csavin : neveu de Manoj
Gisella : femme de Neci
Hyacinthe : ami de Phèdre, prince des voyageurs
Manoj : père d'Anasztaizia, roi des Tsingani
Neci : chef d'une *kumpania*

ALBA ET EIRE

Breidaia : fille aînée de Necthana
Brennan : fils de Grainne
Cruarch d'Alba : roi des Pictii

Drustan mab Necthana : fils de Necthana, prince des Pictii
Eamonn mac Conor : seigneur des Dalriada
Foclaidha : femme du Cruarch
Grainne mac Conor : sœur d'Eamonn, seigneur des Dalriada
Maelcon : fils du Cruarch et de Foclaidha
Moiread : fille cadette de Necthana
Necthana : sœur du Cruarch
Sibeal : fille puînée de Necthana

TROIS SŒURS

Gildas : serviteur du Maître du détroit
Maître du détroit : personnage contrôlant le bras de mer entre Alba et Terre d'Ange
Tilian : serviteur du Maître du détroit

AUTRES

Vitale Bouvarre : marchand, allié des Stregazza
Pierre Cantrel : marchand, père de Phèdre
Camilo : apprenti de Gonzago de Escabares
Danele : femme de Taavi, tisserande
Emile : membre de la bande de Hyacinthe
Maestro Gonzago de Escabares : historien aragonian, ancien professeur de Delaunay
Fortun : marin, membre de la Section de Phèdre
Gavin Friote : régisseur de Perrinwolde
Héloïse Friote : femme de Gavin
Purnelle Friote : fils de Gavin
Richeline Friote : femme de Purnelle
Aelric Leithe : marin

Jean Marchand : second de l'amiral Rousse
Thelesis de Mornay : poétesse du roi
Mierette nó Orchis : ancienne adepte de la maison de l'Orchis
Rémy : marin, membre de la Section de Phèdre
Quintilius Rousse : amiral de la marine royale
Taavi : tisserand yeshuite
Maia et Rena : filles de Taavi et Danele
Maître Robert Tielhard : marquiste
Ti-Philippe : marin, membre de la Section de Phèdre
Lelahiah Valais : chirurgien (Eisande)
Japheth nó Églantine-Vardennes : auteur dramatique
Seth ben Yavin : érudit yeshuite

1

N'allez surtout pas croire que je suis une fille de rien, le fruit illégitime des dévergondages d'un paysan lubrique, vendue à une maison un jour de disette. Sachez que j'appartiens à une haute lignée par la naissance et que j'ai été élevée au sein de la Cour de nuit – pour le bien que cela m'a apporté…

Je n'en veux pas vraiment à mes parents, mais j'avoue que leur naïveté me fait parfois envie. À ma naissance, personne ne les a avertis que le nom de Phèdre qu'ils m'avaient choisi était marqué du sceau de la fatalité. Ils ignoraient tout à la fois qu'il vient des terres hellènes et qu'il est porteur de malédiction.

Lorsque je suis venue au monde, j'imagine qu'ils avaient encore des raisons d'espérer. Nul n'aurait su dire alors quelle était la teinte de mes yeux à peine ouverts, d'autant que l'apparence d'un nouveau-né change tout le temps, chaque jour différente. Les petites mèches blondes deviennent des boucles de jais, le teint de porcelaine prend des reflets d'ambre ; ainsi vont les choses. Dans mon cas pourtant, une fois ces changements achevés, l'évidence devint criante.

J'avais un défaut.

Bien sûr, je ne suis pas dénuée de beauté – aujourd'hui comme lorsque j'étais bébé. Après tout, je suis une D'Angeline. Depuis le jour où Elua le béni a mis le pied sur la terre de notre belle nation et annoncé y être chez lui, le monde sait ce que signifie être d'Angeline. Mes traits délicats étaient le reflet de ceux de ma mère, une perfection en miniature. Trop pâle sans doute pour les canons de la maison du Jasmin, ma peau n'en offrait pas moins une nuance ivoire parfaitement acceptable. Certaines maisons tenaient pour magistrale ma chevelure, profusion de boucles charmantes de la teinte des dunes envahies par l'ombre à l'heure du couchant. Mes membres étaient longs et déliés et mon ossature une merveille de grâce et de force.

Non, le problème était ailleurs.

Indiscutablement, cela venait de mes yeux. Et encore, pas des deux ; d'un seul uniquement.

Une si petite chose pour faire basculer à elle seule un destin. Rien d'autre qu'une tache infime, une parcelle minuscule, une poussière de couleur. Qui sait ? si elle avait été d'une teinte différente, les choses se seraient peut-être passées autrement ? Apaisé, mon regard avait ce brun profond et brillant que les poètes appellent « bistre », celui des eaux d'un étang dans l'ombre d'une forêt de chênes centenaires. Hors de Terre d'Ange, sans doute parle-t-on d'yeux bruns, mais les langues usitées au-delà de nos frontières sont d'une pauvreté infinie lorsqu'il s'agit de dépeindre la beauté. Des yeux bistre donc, d'un noir limpide et soyeux, hormis mon œil gauche, dans l'iris duquel, à la lisière de la pupille, luisait une minuscule tache colorée.

Et elle luisait rouge – encore que « rouge » soit un

bien pauvre mot pour décrire cette nuance. Disons écarlate, ou vermeille, plus cramoisie à coup sûr que la crête d'un coq ou qu'une pomme d'amour dans la bouche d'un cochon de lait rôti.

C'est donc ainsi que je suis venue dans ce monde, affectée d'un nom synonyme de malheur et d'un œil rehaussé d'une touche sanguine.

Adepte de la maison du Jasmin, Liliane de Souverain, ma mère, appartenait à une lignée depuis longtemps vouée au service de Naamah. Quant à mon père, l'affaire est tout autre. Troisième fils d'un prince marchand, il n'avait pas, hélas, hérité de cette clairvoyance qui avait permis à son propre père de conquérir une position émérite dans la Ville d'Elua ; le don était tout entier passé dans la semence qui avait produit ses aînés. Pour nous trois, il aurait mieux valu assurément que ses passions le conduisent au seuil d'une autre maison – celle de la Bryone, par exemple, dont les adeptes sont formés aux arcanes de la finance.

Toujours est-il que Pierre Cantrel avait l'esprit évaporé mais d'impérieuses ardeurs, si bien que lorsque la bourse à sa ceinture était aussi tendue que celles entre ses jambes, c'est vers la maison du Jasmin, indolente et sensuelle, qu'il se hâtait.

Et là, entre l'étiage amenuisé de sa raison et le flot impérieux montant dans ses reins, mon père comme de juste perdit son cœur.

Vue de l'extérieur, la chose n'est peut-être pas évidente, mais des lois et dispositions très complexes régissent la Cour des floraisons nocturnes – que seuls les rustauds des provinces appellent la Cour de nuit. Pourtant, il faut bien qu'il en soit ainsi – même si ces mots sonnent étrangement dans ma bouche –, car nous servons non seulement Naamah elle-même, mais aussi les grandes maisons du Parlement, les descendants d'Elua et de ses Compagnons, et parfois même la maison royale. De fait, nous avons servi ses fils et ses filles, bien plus souvent que la couronne ne veut l'admettre.

Les étrangers affirment que les adeptes sont élevés comme du bétail, pour donner naissance à des enfants conformes aux canons des maisons. Ce n'est pas exact – ou du moins, pas plus que dans le cas de n'importe quel mariage arrangé pour des questions de politique ou d'argent. Certes, nos épouses et époux sont choisis en fonction de critères esthétiques, mais je n'ai pas le souvenir que quiconque eût jamais été contraint à une union qui lui aurait fait horreur. Une telle action contreviendrait aux préceptes d'Elua le béni.

Quoi qu'il en soit, force est d'admettre que mes parents formaient un couple mal assorti, à tel point que lorsque mon père fit sa demande, la Dowayne de la maison du Jasmin n'eut d'autre choix que de la décliner. Rien d'étonnant à dire vrai, car ma mère était la parfaite incarnation des critères de sa maison, avec sa peau de miel, ses cheveux d'ébène et ses grands yeux sombres pareils à deux perles noires. Mon père, hélas, avait le teint pâle, des cheveux blond filasse et des yeux d'un bleu d'orage. Qui aurait pu dire ce que leurs semences mêlées allaient donner ?

Ce fut moi, bien sûr – ce qui prouve bien que la Dowayne avait vu juste. Je ne l'ai jamais nié.

Ne pouvant obtenir la main de ma mère par un décret de la Cour de nuit, mon père s'enfuit avec elle, ni plus ni moins. Ma mère ne commettait là aucun crime, puisqu'elle avait achevé sa marque à l'âge de dix-neuf ans. Forts de la bourse sonnante de mon père, des bonnes grâces de son propre père et du pécule que ma mère s'était constitué sur sa marque, ils partirent ensemble.

Je n'ai pas revu mes parents depuis mes quatre ans si bien que je n'ai jamais pu le leur demander, mais j'ai la conviction qu'ils étaient sûrs, l'un comme l'autre, de donner le jour à un enfant parfait, un véritable trésor pour une maison. La Dowayne ne pourrait faire moins que de m'accueillir à bras ouverts. On m'élèverait dans l'amour et on m'enseignerait à aimer Elua le béni et à servir Naamah. Ensuite, une fois ma marque faite, la maison reverserait une part du prix à mes parents. Je suis certaine que c'est ce qu'ils imaginaient.

En tout cas, le rêve était plaisant.

La Cour de nuit n'est jamais inutilement cruelle. Pendant ses couches, ma mère fut autorisée à revenir au sein de la maison du Jasmin. Par contre, mon père, ce mari non agréé, n'avait aucun soutien à espérer des coffres de la maison. Pour autant, leur mariage, auquel avait procédé un prêtre d'Elua d'un coin de campagne reculé, fut reconnu valide et accepté. En temps normal, si mon apparence et ma nature sous-jacente avaient été conformes aux canons de la maison, c'est là que je serais restée pour y recevoir toute mon éducation. Si j'avais répondu aux canons d'une autre maison – ce qui dans le fond était pratiquement le cas –, la Dowayne de celle-ci se serait portée garante de mon initiation jusqu'à mes dix ans. Ensuite, j'aurais été formellement adoptée au sein de ma nouvelle maison. Dans un cas comme dans l'autre, j'aurais suivi l'initiation des adeptes en renonçant à ma mère – à qui une pension aurait été concédée en échange de ma marque. La bourse de mon père n'étant pas inépuisable, c'est certainement cette option qu'ils auraient choisie.

Hélas, lorsqu'il devint évident que la tache vermillon dans mon œil était une tare permanente, la Dowayne assena son verdict. Je présentais un défaut. Aucune des treize maisons de la Cour des floraisons nocturnes n'accueillait d'élément défectueux en son sein. Jamais la maison du Jasmin ne prendrait mon entretien à sa charge, et si ma mère entendait y demeurer, il lui faudrait pourvoir pour nous deux en sacrifiant au service de Naamah.

À défaut de grand-chose d'autre, mon père avait sa fierté. Il avait fait de ma mère son épouse ; c'était à lui qu'elle devait désormais sacrifier et non plus au pied de l'autel de Naamah. Il sollicita donc de l'intendance de son père une caravane faisant route vers les Caerdiccae Unitae, emmenant avec lui sa femme et ma petite personne âgée de deux ans sur les chemins de notre bonne fortune.

Il ne surprendra personne, je pense, d'apprendre qu'au terme d'un long et pénible voyage au cours duquel il dut traiter aussi bien avec brigands et mercenaires – et plus ou moins dans les mêmes termes puisque les grands chemins ne sont plus sûrs depuis la chute de Tiberium – mon père négocia ses marchandises à perte. Les Caerdiccins ne règnent plus sur un empire, mais ils sont féroces en affaires.

Deux ans plus tard, nous en étions donc là, épuisés par la route et au bord de la ruine. Bien sûr, mes souvenirs ne sont guère nombreux. Je me rappelle les chemins, les odeurs et les couleurs, ainsi qu'un mercenaire qui s'était mis en tête de veiller sur moi.

C'était un géant du Nord, le fils d'une tribu skaldique, plus énorme qu'un bœuf et plus laid que tous les péchés. J'aimais tirer sur l'immense moustache qui frangeait les côtés de sa bouche. Cela le faisait sourire et moi je riais. À grands gestes et en s'exprimant dans sa langue d'Oc, il m'expliquait qu'il avait une femme et une fille de mon âge, qui lui manquaient toutes les deux. Lorsque les mercenaires partirent d'un côté et la caravane de l'autre, je ressentis le manque causé par son absence. Pendant de nombreux mois encore, je repensai à lui.

De mes parents, je me souviens qu'ils passaient beaucoup de temps ensemble – et qu'ils étaient très amoureux l'un de l'autre, sans guère de temps à m'accorder. Sur les chemins, mon père avait fort à faire pour protéger la vertu de son épouse. Dès qu'on s'apercevait que ma mère arborait la marque de Naamah, les propositions affluaient. Certaines étaient faites à la pointe de l'épée. Néanmoins, il préservait sa pudeur, se la réservant à lui seul. Lorsque nous revînmes à la Ville d'Elua, le ventre de ma mère commençait de s'arrondir.

Nullement intimidé, mon père eut le front de quémander une nouvelle chance auprès de son père, arguant que le trajet avait été trop long, sa caravane trop mal équipée et lui-même trop naïf dans l'art de négocier. Cette fois-ci, jura-t-il, les choses seraient différentes. Mais pour cette fois-ci précisément, mon grand-père, le prince marchand, imposa ses exigences. Il condescendait à leur donner une seconde chance, à condition que mes parents garantissent l'opération sur leurs propres deniers.

Quelle autre solution pouvaient-ils envisager ? Aucune, je suppose. Hormis les talents de ma mère, au commerce desquels mon père n'aurait jamais consenti, j'étais le seul bien qu'ils pouvaient négocier. En toute honnêteté, je dois dire qu'ils se seraient racornis d'horreur à l'idée de me céder sur le marché libre. Au bout du compte, tout cela finirait par revenir au même, mais je crois que ni l'un ni l'autre n'était capable de voir si loin. Non, au lieu de cela, ma mère – et au fond, qu'elle soit remerciée pour son initiative – prit son courage à deux mains pour solliciter une audience auprès de la Dowayne de la maison du Cereus.

Des treize maisons, le Cereus à floraison nocturne a toujours été et demeure la première. Elle a été fondée par Enediel Vintesoir, il y a quelque six cents ans, et c'est à partir d'elle que la Cour de nuit proprement dite s'est développée. Depuis le temps de Vintesoir, il est de tradition que la Dowayne de la maison du Cereus représente la Cour de nuit par un siège à l'instance judiciaire de la ville. Il se dit également que plus d'une Dowayne de cette maison a eu le privilège d'avoir l'oreille du roi.

Peut-être est-ce vrai ; de ce que j'ai personnellement vu, la chose est bien possible. À l'époque de son fondateur, la maison du Cereus ne servait que Naamah et les Compagnons d'Elua. Depuis, les affaires ont prospéré ; la cour s'est agrandie et sa clientèle s'est faite notablement plus bourgeoise – comme en témoigne l'exemple de mon père. À tous égards, la Dowayne de la maison du Cereus est encore aujourd'hui un personnage considérable.

Comme chacun sait, la beauté n'est jamais aussi touchante que lorsque la mort la tient au creux de sa main glacée sur le point de se refermer. L'aura de la maison du Cereus en était précisément à ce point de fragile équilibre. Pour autant, on distinguait encore chez la Dowayne les réminiscences de la beauté éclose chez elle à la fleur de l'âge, tout comme un bouquet conserve sa forme et sa délicatesse éphémère, même lorsque sa fraîcheur s'en est allée. En règle générale, lorsque la beauté s'évanouit, la fleur ploie sur sa tige et meurt. Parfois, pourtant, les pétales ne tombent que pour révéler un cœur d'acier trempé.

Ainsi était Miriam Bouscevre, la Dowayne de la maison du Cereus. Sa peau était fine et translucide comme du parchemin, ses cheveux devenus blancs avec l'âge, mais ses yeux, ah ! elle se tenait immobile sur sa chaise, droite comme une jeune fille de dix-sept ans, et ses yeux étaient comme des vrilles et gris comme l'acier.

Je me souviens de ce jour où, debout dans la cour pavée de marbre, j'étreignais la main de ma mère tandis qu'elle exposait sa situation en bégayant : l'amour arrivé sans crier gare, la fuite, le décret de sa propre Dowayne, l'échec de la caravane et les exigences de mon grand-père. Je me souviens de ses accents pleins de ferveur et d'admiration pour mon père, de la certitude qu'elle avait que leur prochain investissement, leur prochaine épopée ferait leur fortune. Je me souviens de sa voix à la fois hardie et frémissante évoquant ses années de service et citant le précepte d'Elua le béni – « Aime comme tu l'entends ». Enfin, je me souviens du soudain tarissement du flot de ses paroles lorsque la Dowayne bougea la main. Oh ! elle ne la leva pas vraiment – juste un petit geste esquissé de deux doigts couverts de bagues.

— Amène-moi cette enfant.

Nous nous sommes donc approchées de la chaise. Ma mère tremblait, tandis que je me sentais étonnamment sereine, comme les enfants ont coutume de l'être aux pires instants. La Dowayne me souleva le menton d'un doigt cerclé d'argent pour examiner minutieusement mes traits.

Un air d'incertitude est-il fugacement passé sur son visage lorsque son regard s'est posé sur la petite tache écarlate dans mon œil gauche ? Aujourd'hui encore, je n'en suis pas sûre. En tout cas, même si quelque chose est passé, il s'en est rapidement allé. La Dowayne a retiré sa main et ses yeux, sévères et glacés, se sont posés de nouveau sur ma mère.

— Jehan n'a pas menti, dit-elle. Elle n'est pas apte à servir l'une des treize maisons. Elle est avenante néanmoins et elle sera d'un bon rendement si elle reçoit son éducation au sein de la cour. En reconnaissance de tes années de service, voici l'offre que je te fais.

La Dowayne dit un chiffre et je sentis un frisson d'excitation parcourir ma mère. Ces petits tremblements faisaient partie de son charme.

— Dame bénie…, commença ma mère.

D'un geste, la Dowayne la fit taire. Son profil était celui d'un aigle.

— Voici quelles sont mes conditions, reprit-elle d'un ton implacable. Tu ne parleras à personne de cette affaire. Lorsque tu t'établiras, ta demeure sera en dehors de la ville. Pour le monde, l'enfant à qui tu donneras le jour dans quatre mois sera ton premier. Il ne sera pas dit que la maison du Cereus vient au secours du fruit non désiré des amours d'une traînée.

À ces mots, je sentis ma mère retenir un bref haut-le-corps ; le regard de la vieille femme s'étrécit de satisfaction. *C'est donc ça que je suis*, songea mon esprit d'enfant. « *Le fruit non désiré des amours d'une traînée.* »

— Ce n'est pas ce qu'elle est, répondit ma mère d'une voix tremblante.

— Et c'est ce qu'est mon offre.

Le ton était sans appel.

Elle va me vendre à cette vieille femme cruelle, pensais-je avec un frisson de terreur. Si ingénue que je fusse alors, je savais distinguer ce frisson.

— Nous l'élèverons comme l'une des nôtres, jusqu'à ses dix ans. Nous l'aiderons à épanouir ses talents, quels qu'ils soient. Le prix qu'elle obtiendra plus tard forcera le respect. Voilà ce que je t'offre, Liliane. Peux-tu lui en offrir autant ?

Tenant ma main dans la sienne, ma mère posa le regard sur mon visage tourné vers elle. Tel est l'ultime souvenir que j'ai d'elle – ses grands yeux sombres et brillants qui cherchaient les miens, pour se fixer finalement sur mon œil gauche. Par le truchement de nos mains jointes, je sentais le frémissement contre lequel elle luttait.

— Alors prenez-la ! dit-elle en me lâchant la main pour me pousser violemment.

Trébuchant vers l'avant, je vins m'affaler contre la chaise de la Dowayne. Son unique geste fut pour tirer sur le cordon de soie d'une clochette. Un carillon cristallin résonna dans le lointain, et une adepte sortit de derrière un paravent discret. Elle me releva sans effort, pour m'emmener par la main. Lorsque je tournai la tête pour un dernier regard, le visage de ma mère était détourné. Agitées de sanglots silencieux, ses épaules tressautaient. La lumière du soleil entrant par les hautes fenêtres se teintait de vert à travers les fleurs pour venir déposer des reflets bleutés dans le flot ébène de ses cheveux.

— Suis-moi, murmura l'adepte d'un ton apaisant.

Sa voix était aussi fluide et fraîche qu'un ruisseau. Tandis qu'elle me menait, je levai vers elle un regard plein de confiance. C'était une enfant de la maison du Cereus, toute en pâleur et délicatesse. Je venais d'entrer dans un autre monde.

Peut-on s'étonner que je sois alors devenue ce que je suis devenue ? Delaunay affirme que telle a toujours été ma destinée. Peut-être a-t-il raison, mais il y a une chose dont je suis sûre : lorsque l'amour m'a rejetée, c'est la cruauté qui m'a prise en pitié.

2

Je me souviens de l'instant où j'ai découvert la douleur.

Ma vie au sein de la maison du Cereus avait rapidement trouvé son rythme – immuable et éternel. Il y avait plusieurs autres enfants avec moi ; quatre pour être exacte. Je partageais une chambre avec deux filles graciles et aux manières délicates, qui parlaient d'une petite voix. Âgée de sept ans, l'aînée, prénommée Juliette, avait des cheveux d'or aux reflets cuivrés. On comptait bien qu'un jour la maison du Dahlia fît l'acquisition de sa marque. Avec sa réserve et son air solennel, Juliette était faite pour y servir.

Ellyn, la cadette, irait à la maison du Cereus – la chose ne faisait aucun doute. Elle avait le teint diaphane et cristallin, une peau si transparente que ses paupières paraissaient comme veinées d'azur lorsqu'elle fermait les yeux et que ses cils venaient mourir sur l'ivoire de ses joues.

Je n'avais rien en commun avec elle.

Ni avec les autres – le bel Etienne, demi-frère d'Ellyn, avec ses boucles blondes d'angelot, ou même Calantia, malgré son rire joyeux. Eux étaient des êtres à l'existence bien définie, à la richesse connue et à l'avenir assuré, nés d'unions dûment souscrites et destinés à une maison – celle-ci ou bien une autre.

Entendons-nous bien, je n'éprouvais aucune amertume. Les années passèrent, plaisantes et sans souci, en leur compagnie. Les adeptes étaient aimables. Chacun à leur tour, ils nous inculquaient les connaissances essentielles – la poésie, le chant, le jeu, l'art d'offrir un verre de vin, de préparer une chambre ou de servir à table en se comportant comme une petite chose délicieuse. J'étais autorisée à suivre ces enseignements, à condition bien sûr que je me tinsse toujours les yeux baissés.

J'étais ce que j'étais – « le fruit non désiré des amours d'une traînée ». Mes mots peuvent paraître durs, mais n'oubliez pas ce que j'ai appris au sein de la maison du Cereus : Elua le béni ne m'en aimait pas moins. Après tout, n'était-il pas lui-même le bâtard non désiré d'une traînée ? Mes parents ne s'étaient jamais souciés de me donner les moindres rudiments de foi, tout emportés qu'ils étaient dans le tourbillon de leurs mortelles dévotions. Dans la maison du Cereus, même les enfants recevaient une instruction dispensée par un prêtre.

Chaque semaine, frère Louvel venait s'asseoir en tailleur parmi nous, dans la pièce des enfants, pour nous ouvrir aux mystères d'Elua. Je l'aimais parce qu'il était beau, avec ses longs cheveux blonds qu'il nouait d'un cordon de soie, et ses yeux aux couleurs océanes. Il avait été adepte de la maison de la Gentiane jusqu'à ce qu'un protecteur rachetât sa marque et lui offrît la liberté de poursuivre ses rêves mystiques. Enseigner aux enfants était l'un d'eux. Il nous prenait sur ses genoux, un ou deux à la fois, et nous contait les vieilles histoires de sa voix de rêveur aux accents enchanteurs.

C'est ainsi, lovée dans le giron d'un ancien adepte, que j'ai appris comment Elua le béni était venu au monde. Comment un soldat de Tiberium, de la pointe d'acier de sa lance, avait percé le flanc de Yeshua ben Yosef tandis qu'il agonisait sur une croix. Comment les femmes avaient pleuré Yeshua tandis qu'on descendait son corps, et notamment Magdelene, dont la flamboyante chevelure rousse faisait comme un rideau devant son visage nu. Comment les larmes amères et salées de Magdelene tombèrent sur le sol encore trempé du sang du Messie.

Et comment, de cette union, la Terre affligée engendra le plus précieux de ses fils – Elua le béni, l'ange chéri entre tous.

Avec la fascination béate des enfants, j'écoutais frère Louvel nous faire le récit des errances d'Elua. Honni des Yeshuites qui le tenaient pour une abomination, abhorré par l'empire de Tiberium qui voyait en lui le descendant de son ennemi, Elua parcourut les immensités arides et les déserts. Méprisé par le Dieu unique dont le fils lui avait donné la vie, Elua allait, pieds nus et chantant, sur le sein de sa mère la Terre. Des fleurs naissaient sur le sol que ses pieds avaient foulé.

Capturé à Persis, il secoua doucement la tête lorsque le roi lui mit les fers ; un doux sourire flottait sur ses lèvres. Une vigne poussa dans sa cellule. Le récit de ses pérégrinations était parvenu jusqu'en Éden et, lorsqu'il fut emprisonné, il y en eut parmi les dignitaires angéliques qui l'entendirent. Bravant la volonté du Dieu unique, ils descendirent dans le monde, dans l'ancienne Persis.

Naamah, la sœur aînée, était du nombre. C'est elle qui vint devant le roi, les yeux baissés, s'offrir à lui en échange de la liberté d'Elua. Charmé, le roi de Persis accepta l'offre et l'on raconte, encore aujourd'hui, les instants de plaisir qu'il vécut cette nuit-là. Lorsqu'on ouvrit la porte de sa cellule, Elua sortit en chantant, le front ceint d'une couronne de feuilles de vigne. Un parfum de fleurs embaumait l'air.

C'est pour cela, expliquait frère Louvel, que nous révérons Naamah et qu'entrer à son service est un devoir sacré. Ensuite, le roi trahit Elua et tous ses suivants, en leur faisant servir du vin allongé de valériane. Pendant leur sommeil, il les fit mettre à bord d'un bateau sans voiles perdu au milieu des mers, mais, à son réveil, Elua se mit à chanter et les créatures des profondeurs l'écoutèrent et guidèrent le navire.

Ils parvinrent jusqu'aux rives du Bhodistan. Naamah et tous ceux qui avaient choisi de suivre Elua – sans même savoir ou se soucier de savoir si l'œil du Dieu unique était sur eux – chantaient et tressaient dans leurs cheveux les fleurs qui poussaient dans les pas d'Elua. Très ancien, le peuple du Bhodistan était effrayé à l'idée de se détourner de ses dieux innombrables, tour à tour capricieux ou pleins de compassion. Pourtant, il vit la lumière sur Elua et ne permit pas qu'on lui fît le moindre mal. Elua alla de par le pays, toujours chantant ; les gens lui faisaient le signe de la paix et se détournaient. Lorsque les Compagnons d'Elua avaient faim, Naamah couchait avec des étrangers sur les marchés pour de l'argent.

Les pas d'Elua le menèrent vers le nord, où il erra dans des paysages de pierre et de poussière. Les anges et les créatures de la Terre veillaient sur lui ; sans eux, lui et ses suivants auraient péri. J'adorais toutes les histoires à ce sujet, comme celle de l'aigle de Tiroc qui, chaque matin, volait par-dessus les neiges et les sommets pour venir en planant déposer une baie dans la bouche d'Elua le béni.

Dans les forêts sombres et impénétrables de Skaldie, les loups et les corbeaux étaient ses amis. Mais les hommes des tribus étaient sans égard pour lui, brandissant à leur passage leurs terribles haches et invoquant leurs dieux qui n'avaient de goût que pour le sang et l'acier. Elua cheminait au long des routes et la neige pesait sur leur tête.

Pour finir, il parvint en Terre d'Ange, qui n'avait pas encore de nom alors, une contrée riche et magnifique où poussent l'olive, la vigne et le melon et où la lavande exhale ses fragrances. Là, les gens l'accueillirent, lui répondant par des chants en ouvrant bien grand leurs bras.

Et donc, Elua. Et Terre d'Ange, pays où je suis née et auquel mon âme appartient. Pendant plus d'un demi-siècle, Elua le béni et ceux qui le suivaient – Naamah, Anael, Azza, Shemhazai, Camael, Cassiel, Eisheth et Kushiel – s'y établirent. Chacun d'eux, hormis Cassiel, suivait le précepte d'Elua le béni, celui précisément que ma mère avait cité à la Dowayne : « Aime comme tu l'entends. » C'est ainsi que Terre d'Ange est devenue ce qu'elle est aujourd'hui et que le monde entendit parler de la beauté d'Angeline, née de la semence d'Elua le béni et de ceux qui le suivaient. Seul Cassiel demeura fidèle au commandement du Dieu unique et abjura l'amour mortel pour l'amour divin. Pour autant, son cœur avait été touché par Elua et il resta toujours à ses côtés – comme un frère.

Pendant ce temps, nous contait encore frère Louvel, l'esprit du Dieu unique était très préoccupé par la mort de son fils, Yeshua ben Yosef, et le destin de son peuple élu. Pour les dieux, le temps ne passe pas à la même vitesse que pour nous. Trois générations peuvent naître et mourir dans l'intervalle qui s'écoule entre deux pensées divines. Lorsque les chants des D'Angelins parvinrent à ses oreilles, il tourna son œil vers Terre d'Ange – vers Elua et tous ceux qui avaient fui le Paradis pour le suivre. Le Dieu unique dépêcha son commandant en chef pour les ramener et obliger Elua à se présenter devant son trône. Mais Elua l'accueillit d'un sourire et lui donna le baiser de la paix, passant des guirlandes de fleurs à son cou et emplissant son verre de vin doux. Le chef des obligés du Dieu unique s'en revint tout honteux et les mains vides.

Il apparut alors au Dieu unique que ses mots n'avaient aucun empire sur Elua, dont les veines charriaient, outre les larmes de Magdelene, le vin rouge que sa mère la Terre lui avait transmis en son sein. Mais de ce fait même, Elua était mortel – susceptible de perdre la vie. Le Dieu unique se recueillit longuement, puis se décida à envoyer, à Elua et à ceux qui le suivaient, non pas l'ange de la mort, mais son archihéraut.

— Si tu demeures ici à aimer comme tu l'entends, tes fils un jour envahiront la terre, dit le héraut du Dieu unique. Et cela ne se peut pas. Reviens maintenant à la droite du Seigneur ton Dieu et tout sera pardonné.

Frère Louvel racontait magnifiquement les histoires. Sa voix était mélodieuse et il savait ménager ses effets pour tenir ses auditeurs en haleine. Qu'avait donc répondu Elua ? Nous brûlions littéralement de le savoir.

Et voici ce qu'il nous dit : Elua le béni sourit à l'archihéraut, avant de se retourner vers ses bons compagnons, la main tendue pour qu'on lui donne son couteau. Il le saisit, puis en passa la pointe sur sa paume. Le sang jaillit, tombant en grosses gouttes sur le sol ; des anémones fleurirent.

— Le Paradis de mon grand-père est sec alors que le sang coule dans mes veines, dit Elua à l'archihéraut. Qu'il m'offre un meilleur endroit, un lieu où nous pourrons nous aimer et chanter, nous multiplier comme nous en avons coutume, où nos enfants et les enfants de nos enfants pourront se joindre à nous, et alors je m'en irai.

L'archihéraut demeura silencieux un instant, dans l'attente de la réponse du Dieu unique.

— Un tel lieu n'existe pas, répondit-il finalement.

À ces mots, nous dit frère Louvel, il se produisit quelque chose qui n'était plus arrivé depuis bien longtemps et qui ne s'est plus jamais reproduit depuis. Notre mère la Terre s'adressa à celui qui avait un jour été son mari – au Dieu unique.

— Nous pouvons créer un tel lieu, toi et moi.

Ensemble, ils créèrent donc la véritable Terre d'Ange, celle qui est au-delà des perceptions mortelles et à laquelle on ne peut accéder qu'après avoir franchi la porte noire qui conduit hors de ce monde. Elua le béni et ceux qui le suivaient quittèrent donc ce plan d'existence non pas par la porte noire, mais directement par la porte de lumière menant aux territoires immenses qui s'étendent au-delà. Néanmoins, c'est cette terre-ci qu'il avait aimée d'abord. Et c'est pour cela que nous l'avons baptisée ainsi et que nous chérissons sa mémoire.

Le jour où il finit de nous conter le Cycle d'Elua, frère Louvel apporta en cadeau à chacune d'entre nous une anémone à piquer à notre robe à l'aide d'une grande épingle. Elles étaient de ce rouge dense et profond dont je pensais alors qu'il appelait l'amour authentique, mais il nous expliqua qu'elles étaient le symbole de la compréhension, du sang mortel versé par Elua par amour pour la terre et le peuple d'Angelins.

J'avais pour habitude d'errer partout dans la maison du Cereus, tout en méditant la leçon du jour. D'après mon souvenir, j'étais ce jour-là dans ma septième année et aussi fière que les autres adeptes de l'anémone piquée sur le devant de ma robe.

Dans l'antichambre de la salle de réception, les adeptes convoquées se regroupaient afin de se préparer à l'examen et au choix des clients. J'aimais venir là pour ressentir l'atmosphère vibrante et observer les subtiles tensions marquant les jeunes filles sur le point de rivaliser pour la conquête d'un protecteur. Bien sûr, personne n'était autorisé à faire preuve ouvertement d'un esprit de compétition ; une telle manifestation d'émotion aurait été jugée malséante. Néanmoins, cet esprit était bel et bien là et de nombreuses histoires circulaient – un flacon dont le parfum avait été remplacé par de la pisse de chat, des rubans intentionnellement élimés, des corsets entaillés, le talon d'une pantoufle discrètement raccourci. Je n'ai pour ma part jamais été le témoin d'un tel événement, mais la possibilité qu'il pût survenir virevoltait toujours dans l'air.

Ce jour-là, tout était calme. Seules deux adeptes, spécifiquement convoquées, patientaient sagement. Sans rien dire, je m'assis près de la petite fontaine dans un coin, m'imaginant que j'étais l'une de ces deux filles qui attendaient, l'esprit tranquille, de rejoindre la couche de leur client. L'idée de me donner à un étranger fit soudain naître en moi une sensation d'excitation presque insupportable. D'après frère Louvel, l'esprit mystique de Naamah était parfaitement pur lorsqu'elle alla voir le roi de Persis, puis lorsqu'elle coucha avec des étrangers sur les marchés.

Mais ça, c'est ce que dit la maison de la Gentiane. À la maison de l'Alysse, on affirme qu'elle tremblait à l'idée de mettre sa modestie de côté, tandis qu'à celle du Baume, on dit que c'est par compassion qu'elle fit tout ça. Je le sais parce que j'écoutais les adeptes parler entre elles. À la maison de la Bryone, on dit qu'elle en tira un bon prix et à celle du Camélia, on assure que la perfection de sa nudité révélée ôta la vue au roi pendant quinze jours – ce qui l'effraya au point de la trahir ensuite. La maison du Dahlia certifie qu'elle se donna comme une reine, tandis que celle de l'Héliotrope soutient qu'elle se chauffa aux feux de l'amour comme aux rayons du soleil qui brille aussi bien sur la fange que dans les appartements des rois. La maison du Jasmin, à laquelle ma filiation m'aurait normalement destinée, maintient qu'elle le fit pour le plaisir, et celle de l'Orchis qu'elle le fit pour rire. La maison de l'Églantine enseigne qu'elle charma par la douceur de ses chants. Ce que professe la maison de la Valériane en revanche je l'ignore, car nous entendions moins souvent parler des deux maisons qui pourvoient aux plaisirs plus « corsés ». Cela dit, j'ai entendu une fois raconter que la maison de la Mandragore proclame que Naamah choisissait ses clients comme des victimes et les fouettait jusqu'à l'extase, les laissant repus et à moitié morts.

Toutes ces choses je les ai entendues parce que les adeptes avaient coutume de palabrer entre elles lorsqu'elles se figuraient que je n'entendais pas, pour deviner à quelle maison j'aurais été attachée si un défaut ne m'avait pas affectée. Comme celle de tous les enfants, mon humeur variait souvent, mais je n'étais assurément pas assez réservée ou joyeuse, pas assez empreinte de dignité ou pleine de finesse, pas assez ardente ou pas assez autre chose encore pour marquer sans l'ombre d'un doute mon appartenance à une maison – d'autant que je n'avais, semble-t-il, guère de don pour la poésie ou le chant. Elles discutaient donc paresseusement de cette question. Les événements de ce jour, je crois, apportèrent une réponse définitive.

L'anémone dont frère Louvel m'avait fait présent avait glissé ; je retirai l'épingle pour la remettre en place. C'était une longue épingle effilée, extrêmement brillante, terminée par un bouton en nacre. Assise près de la fontaine, je m'abîmai dans sa contemplation, oubliant la fleur. Je songeai à la beauté de frère Louvel et à la manière dont je me donnerais à lui une fois devenue femme. Je pensai ensuite aux errances d'Elua le béni et à la réponse étonnante qu'il avait faite à l'archihéraut du Dieu unique. Peut-être que le sang qu'il avait versé courait également dans mes veines – qui aurait pu le dire ? Je décidai de vérifier. J'étendis la main gauche, paume vers le ciel, et y plantai résolument l'épingle tenue dans ma main droite.

La pointe s'enfonça avec une facilité surprenante. Pendant une seconde, je ne sentis rien, puis la douleur s'épanouit, pareille à une anémone, tout autour du métal fiché dans ma main. Mes nerfs frissonnèrent sous la caresse d'agonie. C'était une sensation étrange, tour à tour désagréable et délicieuse, terriblement délicieuse, semblable à celle que j'éprouvais en songeant à Naamah couchant avec des étrangers, mais bien meilleure encore ; *infiniment meilleure*. Je retirai l'épingle pour observer, fascinée, une goutte de sang sourdre de la minuscule blessure au creux de ma paume, une perle écarlate qui rappelait la tache dans mon œil.

Je n'avais pas remarqué qu'une des adeptes avait tout vu. Souffle coupé, elle envoya un serviteur chercher la Dowayne. Hypnotisée par la douleur et le petit filet de sang, je ne voyais plus rien autour de moi, jusqu'à ce que l'ombre de la vieille femme se posât sur moi.

— Alors ? dit-elle en refermant ses serres sur mon poignet.

De force, elle porta ma main sous ses yeux pour en observer la paume. L'épingle tomba au sol et mon cœur s'emballa sous le coup d'une excitation pleine de terreur. L'acier de son regard vrilla le mien, découvrant le plaisir au fond de mes yeux.

— On dirait bien que la maison de la Valériane t'était destinée, non ? observa-t-elle d'une voix où perçait la sinistre satisfaction d'avoir résolu l'énigme. Qu'un messager aille prévenir le Dowayne. Dites-lui que nous avons un sujet qui pourrait tirer parti d'un enseignement sur l'art d'accueillir la douleur.

Elle scruta une fois encore mon visage de son regard gris et glacé, pour venir se fixer sur mon œil gauche.

— Non, reprit-elle.

Une ombre passa sur sa mine, comme une incertitude, l'évocation d'un souvenir à moitié enfui. Elle relâcha mon poignet, puis me tourna le dos.

— Allez chercher Anafiel Delaunay. Dites-lui que nous avons une question à voir ensemble.

3

Pourquoi me suis-je enfuie la veille de ma rencontre programmée avec Anafiel Delaunay – jadis éminent personnage de la cour, la vraie, et possible acquéreur du contrat qui me liait ?

En vérité, je n'en sais rien, mais il y a toujours eu une part de moi-même brûlant de courir au-devant du danger ; pour rien, pour le frisson qu'il procure ou pour les conséquences qui peuvent en résulter – qui sait ? L'une des filles de cuisine, qui était pour moi comme une sœur, m'avait montré le poirier au fond du jardin, avec ses branches grimpant le long du mur auxquelles on pouvait s'accrocher pour passer.

Je savais que tout avait été arrangé ; la Dowayne m'avait prévenue la veille de me tenir bientôt prête. À en croire les murmures des adeptes, il était question qu'on m'habillât comme pour me présenter à un prince – lavée, peignée et ornée de parures.

Bien évidemment, personne ne m'avait dit qui était Anafiel Delaunay, ni pour quelle raison je devais lui être reconnaissante de venir poser les yeux sur moi. À dire vrai, je serais bien surprise aujourd'hui d'apprendre que quiconque ait su toute la vérité. Toujours est-il que la Dowayne de la maison du Cereus ne prononçait jamais son nom qu'à voix basse – et tous les adeptes sans exception faisaient de même.

Donc, tiraillée entre l'excitation et la peur, je me suis échappée.

Robe retroussée jusqu'à la taille, je n'eus aucun mal à escalader l'arbre à l'endroit le plus reculé, pour franchir l'obstacle sans une égratignure. Édifiée au sommet d'une colline, la maison du Cereus abritait sa tranquillité derrière l'enceinte de ses murs. Hormis les fragrances de ses jardins, rien ne la distinguait des autres demeures tout au long de la rue qui serpentait en descendant vers le cœur de la ville. Bien sûr, comme la porte de chacune des treize maisons, la sienne était ornée d'une enseigne discrète. Depuis trois ans, j'étais demeurée recluse à l'intérieur de ce domaine ; et maintenant, je béais d'admiration, face à la cité offerte devant moi au fond de la plaine cernée de douces collines. La Ville que la rivière coupait en deux comme une immense épée ; la Ville, où s'érigeait le palais brillant sous les rayons du soleil.

Un attelage passa à toute allure. Les rideaux étaient tirés, mais le cocher me jeta un coup d'œil étonné. Si je ne bougeais pas bien vite, quelqu'un ne manquerait pas de s'arrêter. Une petite fille, presque encore une enfant, habillée d'une robe de soie damassée, avec ses boucles brunes ornées de rubans, j'étais pour le moins voyante. Or, si le prochain fiacre s'arrêtait, quelqu'un à l'intérieur l'entendrait certainement. Dans les minutes suivantes, les gardes de la Dowayne seraient là pour me faire rentrer gentiment.

Elua était le fils non désiré de Magdelene, et qu'avait-il fait de sa vie ? Il avait erré et erré encore.

Eh bien, décidai-je, c'était ce que j'allais faire aussi. J'allais suivre sa voie. Je me mis à marcher.

Plus je m'approchais de la Ville et plus elle me paraissait s'éloigner. Peu à peu, les larges avenues majestueuses bordées d'arbres et de grandes demeures derrière de hautes grilles cédèrent le pas à des rues plus étroites et sinueuses. Toutes sortes de gens s'y pressaient, plus pauvres et moins bien mis que ceux que j'avais l'habitude de voir. À cette époque, j'ignorais encore que sous le Mont de la nuit, où les treize maisons sont regroupées, se trouvent d'autres types d'établissements – cafés fréquentés par les poètes et une faune de piètre réputation, maisons borgnes de petite lignée, bouges d'artistes, antres d'apothicaires louches et autres marchands de bonheur. Plus tard, j'apprendrais qu'en ces lieux les nobles qui s'aventurent dans la Cour de nuit viennent passer des heures pimentées.

La matinée touchait à sa fin. Je me tenais au bord de la rue, submergée par tant de bruit et d'agitation. Au-dessus de moi, une femme penchée à son balcon vida une bassine. L'eau se répandit à mes pieds et je bondis en arrière. De petits filets se formèrent entre les pavés, puis dévalèrent la pente. Un homme jaillit d'une maison qui ne portait pas d'enseigne. Il faillit me renverser et me maudit d'une voix brusque :

— Fais donc attention, petite !

Il s'éloigna à grands pas ; ses talons sonnaient sur la pierre. Je remarquai que ses chausses étaient froissées et tire-bouchonnées comme s'il les avait enfilées à la hâte. La capuche de sa pèlerine était à l'envers. À la maison du Cereus, aucun visiteur ne repartait sans avoir pris le temps de se rajuster de pied en cap, puis de boire tranquillement un verre de vin. Bien sûr, aucun client n'y venait non plus vêtu d'un manteau de grosse toile.

La rue suivante débouchait sur une petite place ouverte avec une fontaine au milieu. C'était jour de marché et l'air bruissait de la clameur des marchands, sous le frais ombrage des arbres. J'étais partie sans la moindre provision ; à la vue et à l'odeur de la nourriture sur les étals, mon estomac me rappela mon imprévoyance. Je m'arrêtai devant l'éventaire d'une marchande de douceurs, captivée par ses confiseries et ses massepains. Sans réfléchir, je pris un morceau de pâte d'amandes.

— Tu l'as touché, maintenant il faut payer ! s'exclama la vieille femme de sa voix de crécelle.

De saisissement, je relâchai la friandise pour lever les yeux vers elle.

Pendant un instant, elle me fit les gros yeux. Dans son visage fleuri, sous les bajoues que lui avait données une trop grande consommation de ses produits, se devinait encore la beauté de ses traits rustiques et vigoureux. Tremblante, je levai vers elle un pauvre regard. Derrière sa mine austère, je vis qu'elle n'avait pas un cœur insensible ; ma peur s'atténua.

Puis elle aperçut mes yeux, et sa physionomie changea du tout au tout.

— Créature du diable ! (Son bras rond comme une miche de pain se leva et elle pointa sur moi un doigt replet.) Regardez cette enfant !

Personne ne m'avait jamais dit que les gens au pied du Mont de la nuit étaient superstitieux à l'extrême. Les marchands se tournaient vers nous ; des bras se tendirent pour m'attraper. Terrifiée, je m'enfuis. Le premier obstacle sur ma route était un étal de pêches. Je m'affalai de tout mon long sous l'auvent. Quelque chose gicla désagréablement sous mes coudes ; une odeur de fruits écrasés m'enveloppa comme l'aurait fait un miasme. Rugissant de colère, le marchand contourna son étal renversé pour fondre sur moi.

— Psst !

Une petite frimousse noiraude apparut sous un étal voisin ; celle d'un garçon, plus ou moins de mon âge. Son sourire révélait ses dents toutes blanches sur sa peau foncée, tandis qu'il me faisait signe de sa main sale.

À quatre pattes, je me ruai follement sur le sol jonché de fruits. Une couture céda à l'arrière de ma robe lorsque j'échappai à une main qui tentait de me saisir. Sans perdre une seconde, mon jeune sauveur me poussa devant lui. Rampant à toute vitesse au milieu d'un dédale de tréteaux, il me guida vers la sortie du marché. Mes veines charriaient un sang empli d'excitation. Lorsque nous jaillîmes au bout de la travée, loin devant les cris, j'avais l'impression que mon cœur allait éclater.

Quelques hommes parmi les plus jeunes tentèrent de nous suivre sans grande conviction, renonçant dès que nous plongeâmes dans le labyrinthe des petites rues. Nous galopâmes à l'aveuglette quelques instants, jusqu'à ce que mon bienfaiteur jugeât que nous étions en sûreté. Il plongea dans un passage étroit et se retourna pour jeter un coup d'œil prudent à l'angle du mur.

— Tout va bien, dit-il, satisfait. Ils sont trop feignants pour courir plus d'une rue ou deux, à moins que tu leur fauches quelque chose d'énorme, comme un jambon. (Il pivota pour me regarder et émit un sifflement entre ses dents.) Tu as une tache dans un œil. On dirait du sang. C'est à ce sujet que la vieille toupie rouscaillait comme ça ?

Après trois années passées parmi les carnations de porcelaine de la maison du Cereus, il m'apparaissait comme un être positivement exotique. Son teint était aussi foncé que celui d'un Bhodistani, ses yeux noirs et joyeux. Ses cheveux de jais lui tombaient sur les épaules.

— Oui, répondis-je, avant d'ajouter, parce que je le trouvais magnifique : À quelle maison appartiens-tu ?

Il s'accroupit.

— Je vis rue Coupole, près du temple.

Le sol était sale, mais ma robe l'était plus encore. La serrant autour de mes genoux, je m'assis.

— Ma mère était de la maison du Jasmin. Tu as exactement leur teint, n'est-ce pas ?

Il tendit la main pour toucher les rubans dans mes cheveux.

— Ils sont jolis. Ils rapporteraient quelques pièces de cuivre au marché. (Soudain, ses yeux s'arrondirent.) Tu es de la Cour de nuit ?

— Oui, répondis-je. En fait, non. J'ai cette tache dans l'œil. Ils veulent me vendre.

— Ah ! dit-il avant de marquer une pause. Moi, je suis un Tsingano, ajouta-t-il avec une pointe de fierté dans la voix. Du moins, ma mère est une Tsingana. Elle dit la bonne aventure sur la place, sauf les jours de marché. Et elle fait des lessives aussi. Je m'appelle Hyacinthe.

— Et moi Phèdre.

— Où habites-tu ?

Du doigt, je désignai la colline – ou du moins la direction dans laquelle je pensais que devait se trouver la colline. Dans le labyrinthe des ruelles, j'avais perdu tout sens de l'orientation.

— Ah !..., dit-il en faisant claquer sa langue contre ses dents.

Son odeur de garçon négligé était loin d'être désagréable.

— Veux-tu que je te raccompagne ? proposa-t-il. Je connais toutes les rues.

À cet instant, nous entendîmes le bruit de sabots sonnant fortement sur le pavé, couvrant le murmure de la cité. Hyacinthe se prépara à fuir, mais ils étaient déjà sur nous, cabrant leurs chevaux dans un tapage infernal. C'étaient deux cavaliers de la garde de la Dowayne, vêtus de la livrée de la maison du Cereus, toute bleue avec une fleur de cereus aux chauds reflets d'or.

J'étais prise.

— La voilà ! s'exclama l'un d'eux en me montrant du doigt, une note d'exaspération dans la voix. (Ses traits étaient agréables et harmonieux, tous les membres de la garde du Cereus étant choisis autant pour leur beauté que pour leur aptitude au combat.) Tu as agacé la Dowayne et mis la place du marché sens dessus dessous, fillette.

De sa main gantée, il saisit le tissu de ma robe à la base de mon cou pour me soulever dans les airs. Je pendais dans le vide sans rien pouvoir faire.

— Maintenant, ça suffit.

Puis il m'assit devant lui et fit volter sa monture, avant de jeter un coup d'œil à son compagnon et d'indiquer le chemin du retour d'un signe de tête. Hyacinthe s'élança témérairement entre les jambes des chevaux ; l'autre garde cingla l'air de son fouet dans sa direction.

— Hors de mon chemin, sale pouilleux tsingano.

Hyacinthe esquiva la lanière avec l'aisance que confère une grande pratique et se mit à courir derrière nous.

— Phèdre ! cria-t-il. Reviens me voir ! N'oublie pas, rue Coupole !

Je tordis la tête pour voir derrière l'épaule du garde de bleu vêtu, dans l'espoir d'emporter une dernière image de lui. J'étais triste de le quitter. Pendant quelques instants il avait été mon ami. Jamais jusqu'alors je n'en avais eu.

À mon retour à la maison du Cereus, on me signifia ma disgrâce. J'étais privée du privilège de servir à la réception du soir et consignée dans ma chambre sans dîner. Ellyn, qui avait bon cœur, dissimula un morceau de biscuit dans sa serviette à mon intention.

Le lendemain matin, l'adepte Suriah vint me chercher. Grande et jolie, c'était elle qui m'avait prise par la main le jour de mon arrivée dans la maison du Cereus ; j'imaginais qu'elle avait de l'affection pour moi. Elle me conduisit aux bains et dénoua mes tresses. Ensuite, elle resta patiemment assise à me regarder jouer dans l'eau des bassins de marbre.

— Suriah, commençai-je en me présentant devant elle pour l'inspection, qui est Anafiel Delaunay et pour quelle raison voudrait-il de moi ?

— Tes cheveux sentent le graillon. (Elle me fit doucement pivoter pour me verser un savon délicatement parfumé sur la tête.) Messire Delaunay est connu à la cour royale. (Une mousse onctueuse naissait sous ses longs doigts fins ; un bien-être merveilleux se répandait en moi.) Et c'est un poète également. Voilà tout ce que je sais.

— Quel genre de poésie écrit-il ?

Obéissant à son geste, je plongeai la tête sous l'eau pour la rincer. Comme je me relevais, ses mains rassemblèrent adroitement mes mèches, exprimant l'eau de mes boucles.

— Le genre qui ferait rougir une adepte de la maison de l'Églantine.

Aujourd'hui, je souris au souvenir de combien j'ai été outrée ; Delaunay a ri à gorge déployée lorsque je le lui ai raconté.

— Il écrit des *sonnets paillards* ? Tu veux dire qu'on va m'attifer comme une oie de carnaval tout ça pour être vendue à un écrivaillon qui passe son temps une main dans l'encrier, une autre dans sa culotte ?

— Chut, dit Suriah en m'enveloppant dans une serviette pour me frictionner. Mais où as-tu donc appris à parler ainsi ? En vérité, à ce qu'on dit, Delaunay est un grand poète, ou du moins l'était. Il a offensé un seigneur, peut-être même un membre de la maison royale. Depuis, il n'écrit plus et ses poèmes sont interdits. C'est un accord qu'il a passé, mais je ne connais pas l'histoire dans le détail. On murmure néanmoins qu'il fut à une certaine époque l'amant d'une personne très puissante. Son nom demeure connu à la cour et certains le craignent, ce qui est bien suffisant. Alors, te comporteras-tu comme il faut ?

— Oui.

Mon regard passa sur son épaule. Sa robe était suffisamment échancrée dans le dos pour révéler sa marque – des tiges et des vrilles vert pâle, ponctuées de fleurs bleu nuit, courant le long de sa colonne vertébrale. Les aiguilles du marquiste les avaient déposées là. L'œuvre était presque accomplie. Encore un ou deux présents d'un client et elle serait achevée. Un ultime bouton de fleur sur la nuque et Suriah aurait sa marque. Après cela, sa dette envers Naamah et la Dowayne serait acquittée ; elle serait alors libre de quitter la maison du Cereus, si tel était son bon plaisir, ou d'y rester en reversant une part de ses gains. Elle avait dix-neuf ans – l'âge de ma mère lorsqu'elle avait achevé la sienne.

— Suriah, demandai-je, c'est quoi un Tsingano ?

— Un voyageur, un membre du peuple des Tsingani.

Tout en passant un peigne dans mes boucles humides, elle fit une petite moue dégoûtée – le froncement de sourcils qui ne laisse pas de rides.

— Pourquoi t'intéresses-tu à eux ?

— Pour rien.

Je n'en dis pas plus, me soumettant en silence à ses soins attentifs. Si les gardes de la Dowayne n'avaient rien dit, je n'allais pas parler ; garder des secrets vis-à-vis des adultes est bien souvent l'unique pouvoir dont disposent les enfants.

À l'heure dite, j'étais habillée et pomponnée, parée pour rencontrer Anafiel Delaunay. On ne m'avait pas fardée, je n'étais qu'une enfant, mais un soupçon de poudre rehaussait mon teint et mes cheveux tout juste lavés étaient ornés de rubans. C'est Jareth Moran en personne, le second de la Dowayne, qui vint me chercher pour l'entrevue. Emplie de crainte, je mis ma main dans la sienne et trottinai à côté de lui. À une ou deux reprises, il tourna la tête vers moi pour me sourire.

La rencontre n'eut pas lieu dans la cour, mais dans la salle des audiences de la Dowayne, une pièce délicieusement agencée pour garantir confort et discrétion.

Un coussin de génuflexion était placé devant chacune des deux chaises. Jareth me lâcha la main en entrant dans la pièce, pour aller prendre sa place derrière la Dowayne. En allant prendre la mienne, agenouillée et obéissante à leurs pieds, j'eus tout juste le temps d'un coup d'œil sur les deux silhouettes. La Dowayne, je la connaissais déjà. D'Anafiel Delaunay, je ne saisis qu'une impression de longueur efflanquée et d'éclats de teintes rousses ; puis je fermai les yeux en joignant les mains devant moi.

Le silence s'éternisa quelques instants. Je m'assis sur mes talons. Je ressentais dans toutes les fibres de mon être l'envie de lever les yeux, mais je n'osais pas.

— Elle est avenante, dit une voix d'homme aux accents blasés.

Le ton chaud et plein dénotait une bonne éducation, mais il y manquait la petite modulation que seuls les nobles peuvent se permettre. Aujourd'hui, je sais toutes ces choses, car Delaunay m'a appris à les entendre. Ce jour-là, je pensai uniquement qu'il ne m'appréciait guère au fond.

— Et l'incident dont vous m'avez parlé est certes intrigant, Miriam, mais je ne vois rien d'autre pour piquer ma curiosité. J'ai déjà un élève depuis deux ans. Je n'en cherche pas d'autre.

— Phèdre.

Répondant à l'injonction autoritaire, je redressai la tête et fixai sur la Dowayne mes yeux grands ouverts. Son visage était tourné vers Delaunay ; un sourire flottait sur ses lèvres. Je portai mon regard vers lui.

Anafiel Delaunay prit une position commode, s'inclinant vers l'avant, un coude posé sur le bras du fauteuil. Menton posé sur la main, il m'examina attentivement. Expressifs et délicats, ses traits étaient indubitablement ceux d'un D'Angelin ; dans ses yeux gris frangés de longs cils luisaient des lueurs topaze. Ses cheveux étaient d'une agréable teinte cuivrée. Il portait un pourpoint de velours dans les tons brun foncé, avec des manches à crevés couleur sable doublées de soie. Une fine chaîne en or à son cou était son unique ornement. Il étendit nonchalamment ses jambes joliment découplées, gainées d'un tissu fauve, puis vint poser le talon d'une botte cirée à la perfection sur la pointe de l'autre.

Comme il me scrutait intensément, son pied glissa soudain pour venir heurter le sol.

— Par les couilles d'Elua !

Il éclata d'un grand rire qui me fit sursauter. Je vis Jareth et la Dowayne échanger un rapide coup d'œil. Delaunay se leva de son fauteuil dans un mouvement d'une élégante fluidité, pour poser un genou en terre devant moi. Il prit mon visage entre ses mains.

— Sais-tu quelle marque tu portes, petite Phèdre ?

Sa voix s'était faite câline. Ses pouces me caressaient les pommettes, tout près de mes yeux. Je frémissais entre ses mains comme un lapin pris au piège… désirant ardemment qu'il commette une chose, une chose terrible… et tremblant à la fois qu'il le fasse, tétanisée à cette idée.

— Non, répondis-je dans un souffle.

Ses mains s'éloignèrent, passant rapidement sur

mes joues comme pour me rassurer. Il se remit debout.

— Le signe de Kushiel, dit-il en riant. C'est une *anguissette* que vous avez là, Miriam. Une véritable *anguissette.* Voyez comme elle tremble, prise entre la peur et le désir.

— Le signe de Kushiel, reprit Jareth avec une note d'incrédulité dans la voix.

La Dowayne demeurait assise sans bouger, visage impénétrable. Anafiel Delaunay traversa la pièce pour aller se servir un verre sans y avoir été invité.

— Vous devriez mieux tenir vos archives, dit-il avec amusement, avant de poursuivre d'une voix devenue sourde. « *Cingle Kushiel tout-puissant, Des portes d'airain jusqu'ici, Trace ton signe de sang, Dans l'œil des mortels choisis…* » (Il reprit un ton normal.) Tiré des notes de marges de la version Leucenaux du Cycle d'Elua, bien sûr.

— Bien sûr, murmura la Dowayne toujours impassible. Merci, Anafiel. Jean-Baptiste Marais de la maison de la Valériane sera enchanté de l'apprendre.

Delaunay haussa un sourcil.

— Je ne dis pas que les adeptes de la maison de la Valériane sont sans quelques lumières dans l'art de l'algolagnie, Miriam, mais depuis quand n'ont-ils pas compté une véritable *anguissette* dans leurs rangs ?

— Bien trop longtemps.

Son ton se voulait de miel, mais il n'y avait aucun sucre sur sa langue. J'observais, captivée et oubliée. Je voulais de toute mon âme qu'Anafiel Delaunay l'emportât. Il avait posé ses mains de poète sur moi et m'avait transformée, changeant mon indignité en perle de grand prix. Seule Melisande Shahrizai sut dire ce que j'étais, aussi sûrement et aussi vite ; mais ce fut beaucoup plus tard et pour une tout autre affaire. Sous mes yeux fascinés, Delaunay haussa les épaules de manière éloquente.

— Faites ça et elle sera gâchée en vain – juste une autre poupée à fouetter pour les fils de marchands. Moi, je peux faire d'elle un instrument unique duquel les princes et les reines tireront une musique exquise et d'incomparables émotions.

— Si ce n'est, bien sûr, que vous avez déjà un élève.

— En effet.

Il vida son verre d'un trait, le reposa sur la table, s'adossa au mur, puis croisa les bras sur sa poitrine. Il souriait.

— Toutefois, au nom du signe de Kushiel, je suis disposé à en prendre une seconde. Avez-vous fixé un prix ?

La Dowayne se passa la langue sur les lèvres. Je me réjouis de la voir trembler à la perspective de négocier avec lui, de la même manière que ma mère avait tremblé devant elle. Cette fois-ci, lorsqu'elle énonça ses prétentions, il n'y avait aucune certitude dans sa voix.

C'était un prix élevé, plus élevé que ce que j'avais jamais entendu pendant mes années au sein de la maison du Cereus. J'entendis Jareth retenir son souffle.

— Affaire conclue, répondit rapidement Anafiel Delaunay en se redressant d'un air négligent. Mon intendant passera dans la matinée pour signer les papiers. Phèdre demeurera ici jusqu'à ses dix ans, comme il est d'usage. C'est d'accord ?

— Comme vous voudrez, Anafiel.

La Dowayne le gratifia d'une inclinaison de la tête. Depuis ma posture, à genoux sur le coussin, je la voyais se mordre l'intérieur de la joue, furieuse d'avoir fixé un prix si bas qu'il ne s'était même pas donné la peine de le discuter.

— Nous vous la remettrons au jour du dixième anniversaire de sa naissance.

C'est ainsi que se décida mon avenir.

4

J'avais toujours vécu en vase clos au sein de la Cour de nuit. Si Anafiel Delaunay l'avait permis, je l'aurais quittée dès l'accord conclu, mais il ne me voulait pas avec lui ; pas encore. J'étais trop jeune.

Comme j'étais destinée à être au service d'un ami de la cour royale, il fallait que je fisse honneur à la maison du Cereus. La Dowayne ordonna donc qu'on veillât à ma bonne instruction. La lecture et l'élocution furent ajoutées à la liste des matières qu'on m'enseignait et, à ma huitième année, on m'initia au caerdicci, la langue des érudits.

Bien entendu, personne n'escomptait faire de moi une lettrée, mais il se disait que Delaunay avait étudié à l'université de Tiberium dans sa jeunesse ; son nom était celui d'un homme éduqué. Il ne fallait à aucun prix qu'une enfant élevée dans la maison du Cereus pût le mettre dans l'embarras.

Au grand étonnement de mes maîtres, j'appris avec plaisir. Je passais même des heures sur mon temps libre dans les archives, plongée dans les arcanes de la poésie caerdiccine. J'aimais particulièrement les œuvres de Felice Dolophilus, qui chantait l'ivresse de son amour pour ses maîtresses.

Toutefois, lorsque Jareth me surprit à le lire, il me fit cesser. Apparemment, Delaunay avait exigé qu'on me livrât à lui aussi pure et innocente que pouvait l'être une enfant élevée dans la Cour de nuit.

En tout cas, une chose était sûre, s'il me voulait candide, c'était trop tard. À l'âge de sept ans, je n'ignorais plus grand-chose, sur le plan théorique, des pratiques de Naamah. C'est que les adeptes parlent ; et nous écoutons. Je savais tout du joaillier de la cour dont les parures ornaient le cou des hautes dames ; pour son plaisir, il préférait les jeunes filles les plus belles vêtues en tout et pour tout des seuls atours que la nature leur avait donnés. J'étais au courant pour le magistrat, dont les conseils et la sagacité avaient fait la renommée, et dont le rêve secret était d'honorer plus de femmes en une nuit que l'avait fait Elua le béni. Je connaissais aussi l'histoire de cette noble qui, se clamant yeshuite, se faisait accompagner d'un garde séduisant et viril par crainte des persécutions ; je savais pertinemment à quelles activités il se livrait dans l'accomplissement de son office. Et de cette autre encore, hôtesse renommée, qui n'engageait que des serviteurs versés à la fois dans l'art de bien préparer les fleurs et dans la pratique du *languissement*.

Toutes ces choses, je les connaissais et je me jugeais sage de les connaître, sans même songer combien demeurait mince la somme de mes savoirs. Le monde tournait en dehors de la Cour de nuit, des choses en entraînaient d'autres, des revirements politiques se produisaient ; à l'intérieur, nous ne parlions que des goûts de tel client ou de tel autre, ou des petites rivalités entre les maisons. J'étais trop jeune pour me souvenir du jour où le Dauphin avait été tué, lors d'une bataille sur la frontière skaldique, mais je gardais en mémoire le trépas de son épousée devenue veuve. Un jour de deuil avait été décrété ; nous portions des rubans noirs et les portes de la maison du Cereus avaient été fermées.

À dire vrai, même ces souvenirs sont peut-être flous. Une chose est sûre, j'éprouvais du chagrin pour la petite princesse, la Dauphine. Elle avait mon âge et elle était seule désormais, sans aucun parent hormis son grand-père, le roi, hiératique et solennel. *Un jour*, songeais-je, *un beau duc viendra la sauver*, tout comme bientôt Anafiel Delaunay devait venir pour moi.

Telles étaient les balivernes qui peuplaient mon esprit. Autour de moi, personne ne parlait de stratégie politique, de positions conquises ou perdues, de risques d'empoisonnement, de la disparition subite et mystérieuse de l'échanson royal, ou de la chaîne d'argent nouvellement apparue au cou du chancelier et de l'étrange sourire sur ses lèvres. Toutes ces choses-là, comme bien d'autres encore, c'est Delaunay qui me les a enseignées. Ces connaissances n'étaient pas destinées à celles et ceux qui servent Naamah. Nous appartenions à la Cour des floraisons nocturnes, que le soleil fait dépérir ; alors, la politique…

Telle était l'opinion professée par les adeptes ; et si les Dowaynes des treize maisons pensaient autrement, ils gardaient cette connaissance pour eux-mêmes et l'utilisaient pour en tirer tout le profit qu'ils pouvaient. Rien ne gâte le plaisir indolent comme une trop grande conscience des choses ; or, la Cour de nuit tout entière était bâtie sur le plaisir indolent.

Tout ce que j'ai appris – autre que les informations glanées çà et là, comme le fait qu'il existe vingt-sept points sur le corps d'un homme et quarante-cinq sur celui d'une femme qui provoquent un désir intense lorsqu'ils sont dûment stimulés –, c'est aux plus humbles que je le dois : cuisiniers, filles de salle, domestiques en livrée et garçons d'écurie. Vendue ou pas pour un contrat, je n'avais aucun statut dans la maison du Cereus ; ils me toléraient à la marge de leur société.

Et puis, j'avais mon véritable ami : Hyacinthe.

Car soyez bien sûrs qu'après avoir goûté la douceur ineffable de la liberté et de la capture, je la cherchais de nouveau.

Au moins une fois par saison – et plus souvent aux belles saisons – je faisais le mur, seule et sans me faire remarquer. Des hauteurs du domaine de la Cour de nuit, je me fondais dans les replis criards de la ville au pied du Mont de la nuit, où Hyacinthe me rejoignait d'ordinaire.

En plus de chaparder sur les étals du marché, ce qu'il faisait par goût et pure espièglerie, il gagnait bien sa vie comme garçon de course. Il y avait toujours une intrigue en cours au Seuil de la nuit (ainsi nommaient-ils leur quartier), une querelle d'amoureux ou un duel de poètes. Pour une piécette, Hyacinthe portait des messages ; pour plus, il gardait les yeux et les oreilles ouverts et rapportait ce qu'il entendait et voyait.

Malgré les imprécations lancées de bon cœur à son endroit, on pouvait le considérer comme chanceux, car, comme il l'avait dit, sa mère était l'unique diseuse de bonne aventure tsingana du Seuil de la nuit. Aussi brune que son fils, et peut-être plus encore, avec des yeux las profondément enfoncés, elle allait toujours couverte d'or. Des pièces pendaient à ses oreilles et une chaîne de ducats ornait son cou. Hyacinthe m'expliqua que c'était une tradition chez les Tsingani de toujours porter leurs richesses sur eux.

Plus tard, j'appris ce qu'il ne m'avait pas dit : que sa mère avait été bannie pour avoir sacrifié à Naamah avec un homme qui n'était pas du peuple des Tsingani – qui soit dit en passant ne révèrent pas Elua, même si je n'ai jamais bien compris à quoi ils croient – et que Hyacinthe lui-même, loin d'être un prince tsingano, n'était qu'un fils de personne né dans la rue. Toujours est-il qu'elle maintenait vivace la tradition, et je crois bien qu'elle avait effectivement le don du *dromonde*, qui permet de voir ce qui pourrait être. Un jour, je la vis lire la paume d'un homme, un peintre d'une certaine renommée. Elle lui annonça qu'il pourrait bien mourir de sa propre main ; l'homme rit. Cependant, à mon escapade suivante, Hyacinthe me dit que le peintre était mort, empoisonné d'avoir humecté son pinceau du bout de sa langue.

Telle était ma vie secrète, loin du regard scrutateur de la maison du Cereus. Bien sûr, les gardes de la Dowayne savaient où me débusquer. Si la piste de Hyacinthe n'était pas toujours facile à trouver, ils se contentaient de faire comme moi, interrogeant les tenanciers des bordels et des gargotes. Inévitablement, quelqu'un nous avait vus. À la longue, cela finit par devenir un jeu. Combien de temps allais-je rester libre avant qu'un gantelet me saisisse pour me poser ignominieusement sur une selle et me ramener à la maison du Cereus ?

De mon point de vue, c'est ainsi que les gardes devaient voir les choses, car la vie dans la Cour de nuit était bien sage pour un soldat. Au moins, moi je leur lançais des défis – des petits.

Avec la Dowayne, le ton n'était pas le même.

Après ma troisième fugue, elle entra dans une rage folle et ordonna qu'on me châtiât. On m'arracha de la selle, écumante et en furie, pour m'amener à la cour, devant elle. Jamais encore je n'avais vu un poteau érigé pour administrer le fouet, et punir au lieu d'apporter du plaisir.

Toutes les images antérieures deviennent floues dans ma mémoire ; seul cet instant est resté gravé dans mon esprit. Assise dans son fauteuil, la Dowayne tenait son regard au-dessus de ma tête. Le garde qui m'avait ramenée me força à m'agenouiller, saisissant mes poignets dans une de ses mains. En un rien de temps, mes mains furent liées à l'anneau d'acier au sommet du poteau. La Dowayne détourna la tête. Dans mon dos, quelqu'un saisit le col de ma robe pour la déchirer d'un coup sec jusqu'aux reins.

Je me souviens de la chaleur de l'air et du parfum des fleurs, de la fraîcheur des fontaines dont l'eau murmurait tout autour. Je la sentais sur la peau nue de mon dos. Le marbre des dalles était dur sous mes genoux.

Je n'eus pas droit à une flagellation trop dure. Bien conscient que je n'étais qu'une enfant, le châtieur de la Dowayne avait choisi un martinet de daim tendre, qu'il maniait à petits coups délicats, dans un style *pizzicato.* Néanmoins, ma peau était bel et bien celle d'une enfant, et j'eus l'impression qu'une pluie de feu s'abattait entre mes épaules dénudées.

Le premier contact fut de loin le plus exquis. Chacune des lanières fit naître un petit ruisseau de douleur qui se diffusa sur tout mon dos, allumant un feu frémissant tout en bas de mes reins. Une fois, deux fois, trois fois. Pendant des jours ensuite, je me délectai du souvenir de la souffrance extatique. Le bras de mon bourreau ne s'arrêtait pas ; les ruisseaux devinrent rivières, puis océan. Je fus emportée et noyée.

C'est à cet instant que j'ai commencé de supplier.

Je ne me souviens plus aujourd'hui des choses que j'ai pu dire. Je sais que je me tordais en tous sens, les mains tendues vers le haut comme pour une supplique ; je sanglotais et assurais la Dowayne de mon remords ; je promettais de ne plus la défier. Les lanières s'abattaient encore et encore, enflammant mon dos meurtri au point que j'imaginais qu'il n'était plus qu'un immense brasier. Rassemblées dans la cour, les adeptes observaient, attentives à ne montrer nulle pitié, comme on le leur avait appris. La Dowayne elle-même ne me jeta aucun regard. Son profil d'antique statue, voilà tout ce qu'elle m'accorda. Les larmes coulaient et moi je l'implorais. Les coups continuèrent à pleuvoir, jusqu'à ce qu'une douce langueur s'emparât de tout mon être. Battue et humiliée, je me laissai aller contre le poteau.

On me libéra et je fus emmenée. On prit soin des marques qui me zébraient. Je ressentais du bien-être, de la douleur et de l'engourdissement dans toutes les parties de mon corps qui avaient été cruellement châtiées.

— C'est une maladie dans ton sang, m'expliqua doctement Hyacinthe lors de mon évasion suivante jusqu'au Seuil de la nuit. (Nous étions assis sur l'avant-toit de sa maison dans la rue Coupole, à partager une grappe de raisin chapardée, crachant les pépins directement dans la rue.) C'est ce que dit ma mère.

— Tu crois que c'est vrai ?

Depuis la mort du peintre, je partageais l'admiration craintive du quartier pour les talents prophétiques de la mère de Hyacinthe.

— Peut-être, répondit-il en expulsant un pépin d'un air méditatif.

— Mais je ne me sens pas malade.

— Pas comme ça.

D'un an seulement mon aîné, Hyacinthe aimait à faire comme s'il avait la sagesse des siècles avec lui. Sa mère lui enseignait des rudiments du *dromonde*, l'art de dire l'avenir.

— C'est comme ceux qui soudain s'évanouissent. Ça veut dire qu'un dieu vient de poser la main sur toi.

— Ah bon !

J'étais déçue. Ce n'était rien d'autre que ce que Delaunay avait déjà dit, si ce n'est que lui avait été plus précis. J'avais escompté quelque chose de plus substantiel de la part de la mère de Hyacinthe.

— Et que dit-elle au sujet de mon avenir ?

— Ma mère est une princesse tsingana, affirma Hyacinthe d'un ton hautain. Le *dromonde* n'est pas pour les enfants. Crois-tu que nous ayons du temps à perdre à nous occuper des affaires d'une apprentie catin ?

— Non, répondis-je avec maussaderie. Je suppose que non.

J'étais trop crédule ; Delaunay me l'expliqua par la suite en riant. Après tout, la mère de Hyacinthe faisait des lessives et disait la bonne aventure à une engeance moins bien lotie que n'importe quelle servante de Naamah. En vérité, je découvris plus tard que Hyacinthe se trompait à bien des égards ; a-t-il seulement jamais su qu'il était interdit aux hommes tsingani de lire l'avenir ? Ce que sa mère lui enseignait était tabou, *vrajna* dans la langue des siens.

— Quand tu seras plus grande, peut-être, dit Hyacinthe pour me consoler. Lorsque tu auras de l'or à lui donner.

— Elle dit l'avenir au gargotier pour de l'argent seulement, répondis-je avec humeur. Et au joueur de violon pour du cuivre. Et tu sais très bien que tout ce qu'on me donnera au-delà du prix de mon contrat servira à payer le marquiste. Et puis d'abord, je ne servirai pas Naamah avant d'être devenue femme. C'est ce que dit la loi des Guildes.

— Peut-être fleuriras-tu très jeune.

Sans se soucier plus de mon destin, Hyacinthe envoya un grain de raisin dans sa bouche. Je le détestai un instant pour être ainsi libre.

— Cela dit, une pièce bien dépensée, c'est autant de sagesse gagnée.

Il me lança un coup d'œil en coin, un sourire sur les lèvres. Combien de fois l'avais-je entendu dire ça à des quidams pour les inciter à ouvrir leur bourse ! Je lui rendis son sourire ; à cet instant, je l'aimais d'être là.

5

Le Bal masqué de l'hiver devait avoir lieu avant mon dixième anniversaire, puisque je suis native du printemps, mais la Dowayne décréta que je pourrais y assister. À l'évidence, je n'allais pas quitter la Cour de nuit sans avoir eu l'occasion de voir cet événement dans toute sa splendeur.

Chacune des maisons organise son propre bal à un moment ou à un autre dans l'année ; à ce qu'on m'a dit, ce sont toujours des fêtes magnifiques fondées sur des histoires qui valent la peine d'être entendues. Mais celui de l'hiver, c'est autre chose encore. Son origine remonte à un temps plus ancien que la venue d'Elua ; il célèbre la mort d'une année et le retour prochain du soleil. Elua avait été tellement charmé par ce rituel simple et naïf des paysans qu'il l'avait adopté à son tour, pour honorer sa mère la Terre et son compagnon le soleil.

Depuis toujours, c'est à la maison du Cereus, la première, qu'était échu le rôle d'accueillir le Bal masqué de l'hiver. Au cours de la nuit la plus longue, les portes des autres maisons sont fermées et leurs abords désertés, car tout le monde se presse à celle du Cereus. Aucun client n'est reçu, hormis ceux porteurs de la marque de Naamah, un présent que la Dowayne accorde à discrétion. Aujourd'hui encore, alors que la gloire nocturne des treize maisons s'éclipse devant la lueur du profit, les marques de Naamah demeurent un sujet d'importance ; seuls en bénéficient ceux qui peuvent établir une ascendance royale et sont jugés dignes des faveurs de Naamah.

Des jours avant l'événement, la maison bruissait d'une activité pleine de mystère et de fébrilité. Du mystère, car personne ne savait qui parmi nous serait choisi pour tenir les rôles principaux sous les masques. La Reine hiver était toujours choisie parmi les adeptes de la maison du Cereus, tandis que le Prince soleil, bien sûr, venait de l'une des treize maisons ; la concurrence était vive. Hyacinthe m'apprit que, dans le quartier du Seuil de la nuit, on prenait des paris sur l'identité de ceux qui seraient les élus. On disait également que, pour une maison, avoir un Prince soleil était synonyme de chance pour l'année à venir.

Aujourd'hui, je sais pourquoi ; Delaunay me l'a dit. Il existe une ancienne légende, plus ancienne qu'Elua, selon laquelle en épousant la Reine hiver le Prince soleil pouvait prétendre imposer sa suzeraineté sur la terre. Ces histoires, disait-il, sont toujours les plus anciennes, car elles sont nées des rêves de nos ancêtres et du cycle éternel des saisons. Je ne sais si elles sont vraies ou non, mais je suis certaine d'une chose : ce soir-là, Anafiel Delaunay n'était pas le seul à connaître cette histoire.

Mais il s'en fallait encore de quelques jours, au cours desquels les confins de la maison du Cereus, baignée dans une atmosphère de secret, furent le lieu d'une intense activité. Les portes de la grande salle furent ouvertes en grand et l'on procéda à un nettoyage d'une ampleur encore rarement vue. Les murs furent frottés, les colonnades polies, les sols cirés et briqués jusqu'à ce qu'ils brillent comme du satin d'acajou. La plus petite particule de cendres fut évacuée de l'âtre immense et des échafaudages branlants furent dressés pour permettre à des aides agiles d'aller nettoyer la suie déposée sur les fresques des plafonds. Peu à peu, les *Exploits de Naamah* recouvrèrent tout leur lustre, à mesure que les couleurs, débarrassées de la poussière, apparaissaient ravivées.

Lorsqu'on jugea que l'immense salle vide avait recouvré l'éclat du neuf, on la décora de grandes chandelles blanches, fleurant bon la cire d'abeille, et d'immenses rameaux d'épicéa. Les grandes tables furent alors recouvertes de nappes immaculées pour recevoir le festin qu'on préparait dans les cuisines. Je n'étais plus la bienvenue dans mes retraites habituelles ; chaque servante, jusqu'à la plus humble fille de salle, était mobilisée pour les préparatifs du Bal masqué de l'hiver. On peut penser ce qu'on veut de la Cour de nuit, mais il est certain que tous ceux qui la servent le font avec conscience et fierté. Même les écuries ne m'étaient plus accessibles, le maître des chevaux supervisant, à grand renfort de cris entre ses dents serrées, leur récurage minutieux. Si Ganelon de la Courcel lui-même, roi de Terre d'Ange, venait assister à la fête (et la chose s'était déjà vue), il verrait ses chevaux mieux traités qu'en ses royales écuries.

Bien évidemment, j'avais déjà assisté à pareil branle-bas, mais cette année était pour moi différente, puisque j'allais prendre part à l'événement. De mes compagnons d'autrefois, seule Ellyn à la fragile beauté en serait elle aussi ; la marque de Juliette avait été achetée par la maison du Dahlia, comme chacun l'avait pressenti, et la joyeuse Calantia était partie pour la maison de l'Orchis le jour de son dixième anniversaire. Etienne, le demi-frère de la belle Ellyn, était trop jeune encore ; il devait passer la nuit la plus longue dans le quartier des petits.

Il y avait deux nouveaux également, que je n'avais pas encore rencontrés, la maison du Cereus achetant elle aussi la marque d'enfants auprès d'autres maisons : Jacinthe, une fillette éthérée aux yeux bleus presque trop foncés pour les canons du Cereus, et Donatien, un garçonnet qui ne disait jamais rien. Tout comme Ellyn, ils étaient destinés à être instruits dans les mystères de Naamah ; je leur enviais les certitudes qu'ils avaient quant à leur avenir.

Au cours de la nuit la plus longue, il ne devait être question ni de contrats, ni d'échanges d'argent. Entre les servants de Naamah et leurs invités choisis, il n'y aurait que des liaisons consenties par goût et par plaisir. Notre rôle se bornait à égayer et embellir les festivités. Tout au long de cette nuit unique, il est de tradition de boire de la *joie*, une liqueur transparente et entêtante produite à partir du suc d'une fleur blanche rare qui pousse dans les montagnes et fleurit sur les champs de neige. Notre tâche consistait à circuler au milieu des convives, avec des plateaux d'argent chargés de petits verres cristallins.

Comme c'est à la maison du Cereus qu'échoit le privilège de choisir la Reine hiver, les costumes pour cette nuit-là sont conçus sur ce thème – blanc et argent. J'espérais voir Suriah pour lui montrer ma tenue. Nous étions tous les quatre habillés en esprits follets de l'hiver, avec des tuniques blanches de gaze diaphane rappelant l'effet de la neige sous le vent aux manches emperlées de verre. Lorsque nous présentions les plateaux, les petites sphères transparentes faisaient comme des glaçons suspendus semés le long de nos bras. Des dominos blancs tout simples, festonnés d'argent, dissimulaient nos visages d'enfants ; seule une touche de carmin sur nos lèvres mettait une note de couleur. Une apprentie arrangea artistement nos cheveux, parsemant nos boucles de rubans blancs pareils à des flocons de neige.

Mais Suriah ne vint pas nous voir ; un autre adepte nous donna nos instructions dans la cuisine. Il portait un brocart garni d'hermine ; un masque de renard des neiges relevé sur son front surplombait son regard.

— Comme ça, dit-il avec impatience, corrigeant la ligne du bras de Donatien tenant un plateau. Non, non ! En douceur, avec élégance. Tu n'es pas en train de porter des chopes dans une taverne, garçon ! Mais qu'est-ce qu'on vous apprend à la maison de la Mandragore ?

Oui, quoi au juste ? me demandai-je. Le châtieur de la Dowayne avait naguère été un adepte de cette maison. Donatien tremblait et les petits verres sonnaient comme des carillons sur le plateau, mais au moins son geste était-il gracieux.

— C'est mieux, grogna l'adepte. Et la formule maintenant ?

— De la *joie*.

C'était plus un souffle que des mots véritablement prononcés. Donatien donnait l'impression qu'il allait s'effondrer sous l'effort. L'adepte eut un petit sourire pincé.

— Quelle adorable petite fleur… C'est parfait, mon cœur. Ils vont tous compter les jours jusqu'à ce que tu aies l'âge. Très bien, vous veillerez à proposer d'abord aux invités, puis ensuite à la Dowayne. Ensuite, c'est chacun pour soi.

Il pivota sur lui-même en rabattant son masque.

— Mais…

C'était Jacinthe qui avait parlé. L'adepte fit de nouveau demi-tour ; son visage était devenu celui, impénétrable et malin, d'un renard des neiges. Deux grandes ombres bordaient ses yeux de chaque côté du museau plein de ruse.

— Comment saurons-nous ? demanda-t-elle, pleine de bon sens. Tout le monde porte un masque.

— Vous saurez, répondit le renard. Sinon, gare…

Et sur ce conseil fort peu rassurant, il nous laissa pour hâter le pas vers le personnel de cuisine.

Depuis l'autre côté des portes nous parvint le son des trompettes annonçant l'arrivée des premiers invités. Les musiciens entonnèrent une marche. Dans l'air étouffant de la pièce, le maître queux hurlait ses ordres, que ses gens s'empressaient d'exécuter. Les quatre enfants que nous étions échangèrent des regards incertains.

— Pour l'amour de Naamah ! s'écria le sommelier en second. (Il nous tendit nos plateaux et nous poussa vers la porte.) La maison du Cereus fait son entrée. Dépêchez-vous, allez prendre vos places le long du mur. Et attendez que toutes les maisons soient arrivées, ainsi que les premiers invités. (D'un geste de la main, il nous incita à vider les lieux.)

Allez, allez ! Et je ne veux pas vous revoir ici avant que tous les verres soient vides !

Dans la grande salle, des coussins de génuflexion avaient été disposés le long du mur. Nous nous mîmes aux places assignées pour attendre. Nous avions une vue parfaite sur la procession qui faisait son entrée entre les colonnes de marbre.

Chargé de verres, le plateau n'était pas léger, mais j'avais été entraînée pour tenir ; les autres aussi d'ailleurs. D'observer les hôtes, j'oubliai bien vite mes bras et mes épaules raidis par l'effort.

Je reconnus la Dowayne à la seconde même où elle fit son entrée, appuyée sur le bras de Jareth. Déguisée en chouette des neiges, elle portait un grand masque couvert de plumes qui lui couvrait toute la tête. Il se disait que ce Bal masqué ci serait son dernier. Jareth, quant à lui, portait un masque d'aigle, aux plumes ocellées de brun. Les adeptes de la maison du Cereus marchaient derrière eux – farandole blanc et argent de créatures et esprits de l'hiver. J'en perdis le compte dans ce moutonnement de soie et de gaze blanches rehaussées de liserés argent, où se mêlaient cornes, capuches et masques.

Et ce n'était que le début.

Les treize maisons entrèrent à leur tour. Aujourd'hui encore, alors même que leur apogée n'est plus qu'un souvenir, à tous ceux qui n'ont jamais vu la Cour de nuit dans toute sa splendeur, je dis ceci : je pleure pour vous. Je me suis éloignée plus encore que je l'avais imaginé de l'endroit où je suis née, j'ai occupé des fonctions éminentes à la cour royale, mais nulle part ailleurs je n'ai vu pareille beauté exultante ; la beauté à l'état pur. Plus que n'importe quoi d'autre au monde, elle est l'essence de Terre d'Ange.

S'il m'avait été donné alors d'avoir déjà été formée par Delaunay, j'aurais noté avec la plus grande précision le thème de chacune des maisons, et je m'en souviendrais encore aujourd'hui. Néanmoins, certaines images me sont demeurées. La maison du Dahlia tentait d'emporter la primauté sur celle du Cereus avec des tenues toutes d'or ; les adeptes de la Gentiane allaient vêtus en prophètes, dans les volutes d'opium qui montaient de leurs brûle-parfums. Avec son génie fantasque coutumier, la maison de l'Églantine était venue grimée en troupe de Tsingani, chantant, dansant et jouant du tambourin. Les adeptes de l'Alysse, connus pour leur modestie, portaient les atours de prêtres et prêtresses yeshuites, dans une version profane et provocante. Comme toujours, la maison du Jasmin exhibait l'exotisme des terres lointaines ; la jeune seconde de la Dowayne dansait nue, sa peau sombre uniquement voilée par ses cheveux noirs et un voile transparent.

La Dowayne de la maison de la Valériane en prit ombrage ; elle avait choisi le thème du Harem pour ses adeptes. Ces choses-là arrivent inévitablement. Pour ma part, cette vision m'évoqua le souvenir de ma mère – mais très fugacement, car le cortège continuait à avancer.

À juste titre, on pourrait penser que j'étais avant tout curieuse de voir les adeptes de la Valériane. Comme l'avait dit la Dowayne, sans mon défaut, c'est à cette maison que j'aurais été destinée. Mais ma curiosité avait été rassasiée par les quelques bribes que j'avais glanées : « Je me soumets » était la devise de la maison ; ses adeptes avaient une propension à éprouver du plaisir dans la souffrance extrême et étaient formés à la recevoir. C'était logique que je m'intéresse ; l'aimant n'est-il pas attiré par le fer ? Néanmoins, je négligeai le Rêve du pacha choisi par la maison de la Valériane, pour vibrer à l'arrivée des adeptes de la Mandragore, vêtus pour représenter la Cour du Grand Tatare.

Au milieu de l'agitation et de la gaieté des autres convives (il me revient que la maison de l'Orchis avait choisi un thème aquatique saisissant, avec des sirènes et autres créatures marines fantastiques), ils apportaient une note délicieusement sinistre – velours d'ébène comme une nuit sans lune, soie pareille à une rivière noire sous les étoiles, masques de bronze pourvus de becs et de cornes, à la fois magnifiques et grotesques. Je sentis un frisson me parcourir ; les petits verres tintèrent sur un plateau.

Pas le mien. Du coin de l'œil, je vis Donatien, le visage pâle comme un linge.

Une bouffée de pitié me vint pour la peur qu'il ressentait. Et de l'envie aussi.

Enfin, la procession s'acheva. Les trompettes sonnèrent de nouveau, puis les invités entrèrent.

D'auguste lignée ou non, ils composaient une foule hétéroclite bien loin de la splendeur de la Cour de nuit – loups, ours et cerfs, farfadets et diablotins, héros et héroïnes de légende, mais sans aucune thématique pour les harmoniser. Toutefois, lorsqu'ils commencèrent de se mêler, je vis qu'ils formaient une glorieuse assemblée.

Les trompettes retentirent une fois encore, et tout le monde – Dowaynes, membres de la royauté et adeptes de conserve – recula le long de la colonnade ; la Reine hiver allait arriver.

Elle entra seule, traînant la jambe.

On raconte que le masque de la Reine hiver a été fabriqué voici plus de quatre siècles par Olivier l'oblique, si grand spécialiste de l'art du masque que personne ne vit jamais ses véritables traits. En tout cas, la parure était ancienne, avec des couches de cuir d'une finesse extrême trempées et modelées pour composer la face d'une vieille femme, peintes et vernies ensuite jusqu'à imiter non pas la vie, mais la lutte acharnée contre la mort. Une perruque de vieux crin gris couvrait sa tête ; elle était vêtue de haillons tristes, les épaules enveloppées d'un châle défraîchi.

Telle était la Reine hiver à cet instant.

Chacun fit la révérence à son entrée dans la grande salle ; nous qui étions agenouillés saluâmes de la tête. Elle claudiqua tout au long des colonnes, son corps cassé appuyé sur un bâton de bois noir. Parvenue à l'autre extrémité, elle se retourna vers la foule. Se redressant légèrement, elle brandit sa canne. Les trompettes retentirent, l'assemblée s'écria et les musiciens entonnèrent un air entraînant ; le Bal masqué de l'hiver venait officiellement de débuter.

Pour sa part, le Prince soleil devait arriver plus tard ; à moins qu'il fût déjà là, *incognito*. Ce n'est que lorsque les maîtres horlogistes donneraient le signal qu'il se révélerait à tous dans son costume, pour aller rendre la Reine hiver à sa jeunesse.

La fête était donc lancée. Je me redressai, tout endolorie d'être restée à genoux, puis commençai de circuler. Nous avions tous noté les costumes dans la procession ; comme le renard des neiges l'avait dit, ce n'était pas si difficile après tout. Nous ne connaissions peut-être pas les joueurs, mais les équipes étaient faciles à identifier.

— De la *joie*, disais-je dans un murmure en levant mon plateau, les yeux baissés vers le sol.

Chaque fois, un verre était pris, vidé et reposé.

Du coin de l'œil, je surveillais les trois autres, évaluant le moment où tous les invités auraient eu leur verre de *joie*. J'entendais bien aller servir la Dowayne de la maison de la Mandragore, qui portait une couronne de bronze par-dessus son masque et tenait un chat à neuf queues dans la main droite. Cependant, mon plateau était vide et tous les invités n'avaient pas été servis ; je dus retourner en cuisine, où le sommelier en second regarnit mon plateau de petits verres emplis du liquide transparent.

Dans la grande salle, les serviteurs en livrée apportaient plat après plat de mets somptueux, jusqu'à en faire ployer et gémir les tables. Je devais circuler parmi eux en les évitant, avec mon plateau de *joie*. Au centre, plusieurs couples s'étaient lancés dans une pavane ; dans le fond, j'aperçus un jongleur de la maison de l'Églantine faisant une démonstration de son art.

Devant moi se tenait un invité corpulent qui avait imprudemment choisi de se costumer en Chevalier à la rose. Derrière lui, j'aperçus un tourbillon de velours noir et un éclat de bronze ; j'entrepris de le contourner, mais un étrange gilet me boucha la vue. Il était orné de brocart couleur bronze, avec des boutons d'argent en forme de gland. Je me souvins qu'il appartenait à un invité masqué en Faunus. Dissimulant mon dépit, je murmurai ma formule rituelle en offrant mon plateau.

— De la *joie*.

— Phèdre.

Je connaissais cette voix d'homme, pleine et riche, aux accents blasés et sarcastiques ; saisie, je levai le regard. Derrière le masque rustique, ses yeux étaient gris piqués de topaze ; la longue tresse dans son dos était auburn.

— Messire Delaunay !

— En effet. (Pourquoi donnait-il l'impression d'être si guilleret ?) Je ne m'attendais pas à te voir ici, Phèdre. Tu n'aurais quand même pas eu dix ans sans que j'en sois averti ?

— Non messire. (Je sentis le rouge me monter aux joues.) La Dowayne a pensé que je devais être autorisée à servir ; que j'assiste au Bal masqué au moins une fois.

Du bout des doigts, il remit une boucle en place sur mon front, avec un coup d'œil critique.

— Tu serviras autant que tu l'entends ; sinon, ce serait priver mes invités d'un plaisir. Mais le masque n'est pas fait pour toi, ma jolie, pas avec tes yeux. Le signe de Kushiel te trahit.

J'aurais pu rester là, debout, ma vie entière, tandis qu'il se souciait de mon allure ; je ne sais pas pourquoi.

— Est-ce ainsi que vous m'avez reconnue, messire ? demandai-je pour conserver son attention.

— Pas du tout. Tu ne lèves jamais la tête.

Il sourit, de manière inattendue ; même masqué, cela le faisait paraître plus jeune. Je pense qu'il devait avoir dans les trente-cinq ans, guère plus, je n'ai jamais su au juste, même lorsqu'il me fut donné de le connaître bien mieux.

— Penses-y, Phèdre ; je te dirai pourquoi la prochaine fois que nous nous verrons. Et garde ces yeux marqués grands ouverts ce soir, ma jolie. Il y a sans doute plus à voir ici que des adeptes de la flagellation tarifée avec un penchant fétichiste pour le velours noir. (Sur ces mots, il prit un verre sur mon plateau pour le vider d'un trait.) De la *joie*, conclut-il en le reposant, avant de tourner le dos pour s'éloigner.

Je posai le plateau en équilibre sur mon avant-bras pour prendre de ma main libre le verre qu'il venait de boire et le porter à mes lèvres. Du bout de ma langue, je récupérai l'ultime goutte de pure *joie* restée au fond. La saveur se répandit sur mon palais, franche et épicée, tout à la fois glacée et brûlante. Tout en l'observant se fondre avec grâce dans la foule, je dégustai ce goût nouveau et le secret partagé. Puis, prestement et avec une pointe de culpabilité, je reposai le verre et repris mon errance.

Ce fut cette nuit-là que j'entrevis pour la première fois la nature des trames subtiles à l'œuvre en Terre d'Ange, les méandres et tourbillons du pouvoir et de la politique qui gouvernent nos vies inconscientes. Malgré la rencontre que je venais de faire, nul ne pourrait prétendre, je crois, que tout était à mettre sur le compte de l'influence de Delaunay. Avec ou sans ses avertissements, aux remous provoqués et à l'émoi suscité, j'aurais certainement prêté attention à ce qui allait se produire par la suite.

D'après les calculs des maîtres horlogistes, il s'en fallait encore de une heure avant que sonnât minuit lorsque arriva le cortège du prince Baudoin. À cette heure, j'avais perdu le compte du nombre de tours que j'avais faits avec mon plateau d'argent, ou du nombre de fois où le sommelier en second avait renouvelé mes verres. On nous avait accordé quelques répits, et même donné l'autorisation d'aller remplir nos assiettes aux grandes tables. Je m'étais servi du chapon nappé d'une sauce aux raisins, une tranche de venaison accompagnée de groseilles et même une salade de jeunes pousses qui m'avaient comblée.

Je venais de reprendre mon service lorsque j'entendis l'agitation ; une nouvelle troupe arrivait, fort bruyante et pleine d'entrain. Me frayant un passage dans la foule, je parvins jusqu'aux avant-postes.

C'étaient quatre jeunes hommes ; à leurs atours et à leur maintien, je sus qu'ils étaient de sang royal – d'authentiques descendants d'Elua et de ses Compagnons.

— Le prince Baudoin ! dit quelqu'un d'une voix étouffée et pleine de respect.

Je devinai duquel il s'agissait – mince, le cheveu d'un noir de jais, le teint clair et des yeux d'un gris océan, la marque de la maison de Trevalion. Il était ivre, appuyé sur l'épaule d'un camarade ; les autres lui marquaient de la déférence.

Il portait un incomparable masque d'Azza, posé de guingois sur son visage de pur D'Angelin, ainsi qu'un grand chapeau de velours orné d'une plume retombante. Avisant la foule qui se massait, il s'écarta du bras de son ami qui le soutenait et leva un verre de la main droite.

— De la *joie* ! cria-t-il d'une voix claire et puissante, malgré le vin. De la *joie* pour la Cour de nuit en cette nuit la plus longue.

De ma gauche me parvint le bruit cristallin de verres qui s'entrechoquaient – Donatien. Il me jeta un coup d'œil, terrifié. *Eh bien*, songeais-je, *qu'il en soit ainsi.* Contournant un cerf aux bois majestueux, je m'approchai du groupe du prince. Je sentais peser sur moi tous les regards de la Cour de nuit ; mon cœur battait la chamade.

— De la *joie*, murmurai-je en présentant le plateau.

— Qu'est-ce que c'est ?

Une poigne pareille à des tenailles me saisit le haut du bras ; les doigts s'enfoncèrent durement dans ma chair, me faisant sursauter. Je levai la tête pour chercher le regard du compagnon du prince. Derrière son masque de jaguarondi, je voyais ses yeux sombres, cruels et moqueurs. Ses cheveux raides, qui tombaient sur ses épaules, étaient d'un blond doré si pâle qu'ils en paraissaient d'argent à la lueur des chandelles.

— Denys, goûte d'abord, ordonna-t-il.

L'un des autres prit un verre pour le vider d'un trait.

— Ouaaah ! fit-il en secouant sa tête au masque de loup, avant de faire claquer sa langue. De la pure *joie*, Isidore. Tu devrais goûter.

Tremblante, je demeurais sans bouger tandis que les descendants d'Elua pillaient mon plateau de leurs mains avides. Les uns après les autres, les verres furent vidés et fracassés sur le parquet rutilant. Le prince émit un rire sauvage et tonitruant. Son masque était de plus en plus de travers sur son front blanc ; je voyais une lueur fiévreuse briller dans ses yeux.

— Un baiser porte-bonheur, petite porteuse de *joie* ! dit-il en m'enserrant dans ses bras.

Mon plateau tomba sur le sol dans un fracas retentissant ; d'autres verres furent réduits à l'état de tessons. Ses lèvres se posèrent au coin des miennes pendant un instant suspendu ; elles avaient le goût de la *joie*. Puis, je fus écartée, oubliée. Le prince et les siens s'enfoncèrent dans la grande salle. L'homme au masque de jaguarondi jeta un coup d'œil dans ma direction ; son sourire cruel flottait toujours sur ses lèvres.

Je m'agenouillai sur le sol pour ramasser les débris de verre sur mon plateau, sans prêter attention aux larmes dans mes yeux. Je n'aurais su dire ce qui m'avait serré le cœur – le baiser ou le fait d'être mise de côté. Mais j'étais une enfant et ces choses sont bien vite oubliées. Dans la cuisine, Jacinthe me lança des regards pleins de mépris. Je ne me rappelais qu'une chose, la fierté que j'avais éprouvée qu'un prince de sang royal m'appelât « petite porteuse de *joie* » et me donnât un baiser porte-bonheur.

Quelle ironie pourtant ; comme Anafiel Delaunay aurait pu le lui dire, mon véritable nom était synonyme de malheur. Si j'avais eu de la chance à offrir, je l'aurais partagée avec lui. Je ne pouvais pas savoir, alors, que je serais près de lui lorsque sa chance tournerait pour de bon. Certains pourront dire qu'il était fou d'avoir accordé sa confiance à Melisande – et peut-être l'était-il après tout. Quoi qu'il en soit, il n'aurait pas plus vu venir l'autre trahison – celle d'une personne qu'il connaissait depuis plus longtemps.

Cette nuit-là, cependant, tous ces plans n'avaient pas encore été ourdis. Comme si la fête n'avait pas jusqu'alors donné toute sa mesure, elle accéléra encore la cadence. Les pavanes majestueuses cédèrent le pas à l'antique et gaillarde farandole. Les musiciens jouaient avec ardeur ; leurs visages luisaient de sueur. La foule était si dense qu'elle avala entièrement le prince et ses amis. Je continuai à circuler avec mon plateau, étourdie par la chaleur et le bruit. Les rameaux d'épicéa au-dessus du foyer exhalaient leur fragrance par-dessus le tumulte olfactif de tous les parfums mêlés – odeurs des chairs surchauffées et notes opiacées montant des brûle-parfums de la maison de la Gentiane.

Nous étions presque à court de verres. Le ton de la soirée avait été donné et personne n'aurait pu compter combien d'invités et d'adeptes buvaient leur *joie* avant de fracasser en criant leur verre sur le sol. Des quatre enfants que nous étions, aucun n'aurait pu. Nous cheminions avec nos plateaux de plus en plus vides, tandis que les serviteurs en livrée de la maison du Cereus passaient dans la foule avec leurs balais et leurs pelles.

Telles étaient les pensées qui m'occupaient lorsque, au milieu des accents aigus et joyeux de la musique, retentirent les coups sourds du tocsin. C'était la nuit la plus longue ; nous l'avions presque oublié, mais pas les maîtres horlogistes – ils n'oublient jamais rien. Le crieur de la nuit frappait sur son gong à intervalles réguliers, couvrant le tapage et calmant les ardeurs. Les danseurs se séparèrent, puis s'écartèrent pour ménager un espace. De derrière un paravent reparut la Reine hiver ; toujours courbée sur son bâton, elle clopina jusqu'au bout de la colonnade.

Quelqu'un poussa un cri, mais on le fit taire. Tous les regards s'étaient tournés vers les portes qu'on venait de fermer, dans l'attente du Prince soleil.

Une fois, deux fois, trois fois ; de l'autre côté de la grande salle, le manche d'une lance frappait sur les grands vantaux. Au troisième coup, ils s'ouvrirent, accompagnés d'un roulement de tambours.

Le Prince soleil était là, debout sur le seuil.

C'était une véritable vision. Un drap d'or le

recouvrait entièrement, dissimulant son pourpoint, ses chausses et même ses bottes, balayant le parquet tandis qu'il s'avançait. Un masque doré à la feuille d'or, représentant un visage jeune et souriant, escamotait ses traits ; ses rayons enveloppaient sa tête. Des murmures parcoururent l'assemblée tandis qu'il remontait la colonnade, une lance dorée à la main.

Parvenu à l'extrémité, il fit une révérence. Lorsqu'il se redressa, la pointe de sa lance vint toucher la poitrine de la Reine hiver. Inclinant la tête, celle-ci laissa tomber son bâton. Le bruit résonna dans le silence. Des deux mains, elle releva son masque, retira sa perruque et se débarrassa d'un mouvement d'épaules de ses haillons et de son châle.

J'eus un hoquet de surprise ; la Reine hiver était jeune et magnifique. C'était Suriah.

Mais la scène n'était pas finie.

Le Prince soleil mit un genou en terre et saisit la main de la Reine hiver. D'un mouvement vif, il sortit une bague et la passa à un doigt de la jeune femme ; avec rudesse, car je la vis grimacer. Il se releva, puis prit sa main dans la sienne avant de se retourner vers la foule. Lorsqu'il retira son masque, tous le reconnurent ; c'était le prince Baudoin.

Après un bref instant de surprise, le crieur de la nuit frappa le gong de son bâton ; sa voix vibrante proclama l'arrivée de la nouvelle année, puis les trompettes emplirent l'air de leurs notes cuivrées, invitant chacun à la liesse. Tous les participants unirent leurs cris à ceux des instruments, saluant la bravoure et l'ivresse d'un jeune prince du sang. Les musiciens épuisés trouvèrent un regain d'énergie ; le maître de musique frappa le sol du talon, et ils entonnèrent un air entraînant.

Au milieu de toute cette agitation, je parvins à poser les yeux sur Anafiel Delaunay. Il les observait : Suriah, superbe et désorientée, sa main tout juste parée brandie bien haut par le prince au regard brûlant et sauvage. Derrière le masque sage et rustique de Faunus, la mine de Delaunay était composée et pensive.

Tel fut mon premier contact avec les arcanes de la politique.

6

Après le Bal masqué de l'hiver, vous pouvez me croire, je me mis à compter les jours et les heures jusqu'à mon dixième anniversaire. Plus que jamais, je n'étais plus à ma place dans la maison du Cereus – trop grande pour être avec les petits, mais trop jeune encore pour rejoindre le groupe des apprenties, dont d'ailleurs je ne ferais jamais partie.

La maison était encore sous le coup des événements de la soirée ; on voyait dans l'audace du prince Baudoin le présage du retour des temps anciens, lorsque les descendants d'Elua venaient chercher plaisir et conseils auprès des servants de Naamah. Voici ce que j'appris : Baudoin était le neveu du roi, par la sœur de celui-ci, la princesse Lyonette, épouse de Marc, duc de Trevalion. Âgé de dix-neuf ans seulement, il s'était fait un nom au sein de l'université de Tiberium pour ses frasques sans nom – qui lui avaient même valu d'en être expulsé.

Je ne savais pas grand-chose d'autre. Hyacinthe m'apprit qu'il se murmurait dans le quartier du Seuil de la nuit que deux personnes avaient parié que Baudoin de Trevalion tiendrait le rôle du Prince soleil. Par contre, personne – et pas même lui – ne savait dans l'escarcelle de qui allaient tomber les gains énormes. De grosses sommes avaient été perdues par les autres parieurs, et les pontes qui faisaient la banque s'étaient enrichis au cours de cette longue nuit.

Lorsque le froid de l'hiver céda la place à contrecœur à la moiteur du printemps et que le vert tendre apparut sur les branches, mon dixième anniversaire arriva.

Pour un enfant de la Cour de nuit, c'était un événement important et solennel. Ce jour-là, il sortait du quartier des petits pour rejoindre celui des apprentis. Là, il allait côtoyer d'autres plus grands déjà initiés aux mystères de Naamah, qui lui raconteraient à voix basse, et aux petites heures du jour, tous les secrets de leur formation. Ce jour-là, il prenait le nom d'une maison et, au cours d'une cérémonie, on buvait du vin coupé d'eau et les adeptes partageaient un gâteau au miel.

Rien de tout cela ne me fut accordé.

En lieu et place, je fus envoyée une nouvelle fois dans la salle des audiences de la Dowayne où, une fois encore, je dus m'agenouiller sur le coussin, dans une posture d'obéissante soumission. Anafiel Delaunay était là, ainsi que la Dowayne et Jareth, son second. Le temps avait passé et elle était devenue chagrine. Entre mes cils, je voyais sa main qui tremblait tandis qu'elle passait en revue les papiers.

— Tout est en ordre, dit Jareth d'un ton apaisant en lui tapotant la main. (Il jeta ensuite un coup d'œil impatient en direction de la porte où se tenait le chancelier de la maison avec le sceau officiel de la Guilde.) Il ne manque plus que votre paraphe et Phèdre sera autorisée à partir avec messire Delaunay.

— J'aurais dû demander plus ! geignit la Dowayne.

Comme il arrive aux personnes d'un grand âge, elle avait parlé d'une voix plus forte que prévu. Anafiel Delaunay posa la main sur ma tête, caressant brièvement mes boucles. Je me risquai à lever les yeux, pour découvrir son sourire rassurant. La Dowayne signa d'une main tremblante, sillonnée de veines bleues sous sa peau parcheminée, puis le chancelier de la maison se coula silencieusement, armé du sceau et d'un bâton de cire pour certifier que tout avait été dûment exécuté selon la loi de la Guilde des servants de Naamah.

— Voilà, c'est fait.

Jareth inclina la tête, posant ses lèvres sur l'extrémité de ses doigts joints. Ces derniers jours, une certaine gaieté émanait de lui à la moindre occasion, assuré qu'il était de voir bientôt lui échoir la position de Dowayne de la maison du Cereus.

— Que Naamah bénisse votre entreprise, messire Delaunay. Ce fut un plaisir.

— Tout le plaisir est pour moi, répondit Delaunay d'une voix suave en lui retournant la courbette, avec toutefois une déférence un peu moins marquée que celle qu'il aurait montrée à un égal. Miriam, poursuivit-il d'un ton plus grave en se tournant vers la Dowayne, mes vœux de santé vous accompagnent.

— Bah ! (Elle le congédia, puis me fit signe d'approcher.) Phèdre.

Je me levai comme on me l'avait enseigné, pour venir m'agenouiller à côté de son fauteuil, subitement terrifiée à l'idée qu'elle se rétracte. Mais sa main tavelée me caressa la joue, et ses yeux, toujours d'acier derrière l'humeur qui les voilait, se posèrent sur mon visage.

— J'aurais dû demander plus, répéta-t-elle une nouvelle fois, d'un ton presque aimable.

On dit que l'argent est l'un des rares plaisirs qui durent ; je compris en cet instant que c'était une forme de bénédiction. Une subite bouffée de tendresse me vint pour cette vieille femme qui m'avait accueillie lorsque ma propre mère me rejetait. Je me laissai aller sous sa caresse.

— Phèdre, murmura doucement Delaunay.

Je me souvins alors qu'il était désormais mon maître et je me levai avec obéissance. Il sourit aimablement à Jareth.

— Faites porter ses affaires dans mon fiacre.

Jareth inclina la tête.

C'est ainsi que je pris congé de la maison du Cereus et de la Cour de nuit, au sein desquelles j'étais venue au monde.

Je ne sais pas au juste ce que j'escomptais qu'il se passât dans la voiture de Delaunay ; quoi que ce fût, cela ne se produisit pas. Son attelage de quatre chevaux bais élégamment harnachés attendait dans la cour. Un apprenti apporta le petit paquet contenant ce que je pouvais appeler « mes affaires », autrement dit guère plus que rien du tout. Le cocher le rangea à l'arrière.

Delaunay me précéda, m'indiquant ensuite où m'asseoir de sa main tapotant les coussins de velours. Il fit un signe par la fenêtre au cocher, et nous partîmes à grand train. Ensuite, il se laissa aller sur la banquette et tira partiellement les rideaux.

J'étais sur des charbons ardents, dans l'expectative et pleine d'interrogations.

Rien ne se passa. Delaunay m'ignora, marmonnant des choses pour lui-même et contemplant le paysage par sa fenêtre à moitié occultée. Au bout d'un certain temps, lassée d'attendre qu'il se produisît quelque chose, je m'éloignai vers la fenêtre de l'autre côté, ouvrant le rideau d'un coup sec.

Alors que je n'étais guère plus qu'un nourrisson, j'avais vu le monde ; mais depuis l'âge de quatre ans, je n'avais pas été plus loin que le Seuil de la nuit. Ce jour-là, je contemplai la Ville d'Elua défilant devant moi ; et j'appréciai. Les rues paraissaient propres et neuves, les parcs prêts à accueillir le printemps, et les temples et les maisons s'ouvraient vers le ciel comme pour lancer un défi à la terre. Nous franchîmes un pont enjambant la rivière ; la vue des voiles blanches des bateaux fit chanter mon cœur.

Le fiacre nous mena dans un élégant quartier de la ville, un peu à la périphérie mais non loin du palais. Par une porte étroite, nous entrâmes dans une petite cour. Le cocher tira les rênes, puis vint nous ouvrir la porte. Delaunay descendit ; pour ma part, je marquai une hésitation, observant par-dessus son épaule la maison de ville derrière lui, simple et charmante.

La porte s'ouvrit et une silhouette à peine plus haute que la mienne jaillit en courant, avant de se contenir bien vite pour adopter un pas plus convenable.

Depuis l'intérieur du fiacre, je découvris le plus joli garçon qu'il m'avait jamais été donné de voir.

Ses cheveux étaient blancs. À tous ceux qui n'ont jamais connu Alcuin, je confirme ceci en toute sincérité : ils étaient bel et bien blancs, plus blancs que la fourrure d'une hermine. Sur ses épaules, ils étaient comme de la soie brillant sous la lueur de la lune. Un albinos, pourrait-on croire – et de fait, sa peau était incomparablement blanche –, mais ses yeux étaient sombres, aussi noirs que des pensées à minuit. Moi qui ai grandi entourée de perles d'une exquise beauté, je demeurai bouche bée. De l'autre côté de Delaunay, il bouillait d'impatience, un sourire amical et ardent illuminant son regard sombre.

J'avais oublié que Delaunay avait déjà un pupille.

— Alcuin.

J'entendis l'affection dans la voix de Delaunay ; j'en eus les entrailles retournées. Il mit la main sur les épaules du garçon pour le tourner vers moi.

— Voici Phèdre. Accueille-la, veux-tu ?

Je sortis de la voiture d'un pas hésitant. Le garçon prit mes mains dans les siennes, fraîches et douces, puis m'embrassa pour me saluer.

Je sentais la présence de Delaunay souriant à côté de nous.

Un serviteur en livrée sortit pour payer le cocher et prendre mon paquet. Ensuite, Delaunay nous conduisit aimablement à l'intérieur. Alcuin gardait ma main dans la sienne, me tirant doucement derrière lui.

À l'intérieur, la demeure de Delaunay était agréable et pleine de charme. Un autre serviteur en livrée me fit une courte révérence ; je le remarquai à peine. Alcuin me lâcha la main pour courir devant moi en jetant des coups d'œil par-dessus son épaule, avec un petit sourire empressé. Je le haïssais déjà pour tout ce qu'il savait sur notre maître mutuel et que moi j'ignorais. Nous traversâmes plusieurs pièces jusqu'à un sanctuaire intérieur, un jardin clos où chantait une fontaine et où une treille précoce courant le long d'une pergola jetait une ombre verdoyante sur les pavés. Une petite niche abritait une statue d'Elua et, sur une table dressée, il y avait un plat de melon glacé et de raisins verts.

Alcuin tourna sur lui-même, les bras grands ouverts.

— C'est pour toi, Phèdre, dit-il en riant. Sois la bienvenue !

Il se laissa tomber sur un des canapés disposés en cercle, serra ses bras autour de lui et sourit.

Avec discrétion, un serviteur pénétra dans la cour pour servir du vin frappé à Delaunay et de l'eau fraîche à Alcuin et à moi.

— Sois la bienvenue, reprit Delaunay, tout sourires, guettant mes réactions. Assieds-toi, bois et mange.

Je pris une tranche de melon et vins me jucher sur un divan. Mes yeux allaient de l'un à l'autre ; j'étais à l'évidence mal à l'aise, incertaine quant à mon rôle dans cette demeure. Delaunay s'affala tranquillement, un air amusé sur son visage ; Alcuin suivait son exemple, lui aussi heureux par anticipation. Par réflexe, je cherchai du regard un coussin de génuflexion. Il n'y en avait pas.

— Dans cette maison, on ne suit pas de cérémonial. Inutile de se lever ou de se mettre à genoux, dit gentiment Delaunay, qui avait lu dans mes pensées. C'est une chose d'observer courtoisement l'étiquette ; une autre de traiter des êtres humains comme des meubles.

Je relevai la tête pour trouver son regard.

— Vous avez acheté ma marque, répondis-je brutalement.

— Oui. (Il m'observa d'un œil scrutateur.) Mais je ne te possède pas *toi.* Et le jour où ta marque sera achevée, j'entends que tu te souviennes de moi comme celui qui t'a permis de t'élever, et non pas celui qui t'a rabaissée. Comprends-tu ?

Je me mis à tirer sur l'un des boutons d'un coussin de velours.

— Vous aimez que les gens soient vos obligés.

Il y eut un instant de silence, puis il partit d'un éclat de rire comme jamais encore je n'en avais entendu. Le rire cristallin d'Alcuin faisait écho au sien.

— En effet, répondit Delaunay d'un air songeur. On peut dire ça. Toutefois, j'aime à me considérer aussi comme un humaniste – dans la tradition d'Elua le béni. (Sur un haussement d'épaules, il changea de sujet à sa manière désinvolte et amusée.) J'ai cru comprendre que tu avais acquis quelques rudiments de caerdicci.

— J'ai lu toute l'œuvre de Tellicus l'ancien, et la moitié de celle de Tellicus le jeune ! répliquai-je, piquée au vif par son attitude.

Je m'abstins de mentionner la poésie de Felice Dolophilus.

— Parfait, répondit-il, imperturbable. Tu n'es donc pas trop loin derrière Alcuin. Vous pourrez prendre vos leçons ensemble. As-tu appris d'autres langues ? Non. Peu importe. Lorsque tu te seras installée, je ferai en sorte que tu prennes des cours de skaldique et de cruithne.

La tête me tournait. Je pris le plat de melon, puis le reposai.

— Messire Delaunay, dis-je en choisissant soigneusement mes mots, vous ne souhaitez donc pas que je m'initie au service de Naamah ?

— Oh ! ça… (D'un geste négligent de la main, il

évacua ce qui représentait les fondements mêmes de la Cour de nuit.) On m'a dit que tu chantes également ; et que tu joues assez bien de la harpe. La Dowayne affirme que tu as du goût pour la poésie. Je ferai venir des précepteurs pour que tu poursuives dans l'étude de ces arts, jusqu'à ce que tu aies l'âge de décider pour toi-même si tu entends servir Naamah. Mais il y a d'autres sujets bien plus importants.

Je me redressai.

— Les arts du boudoir sont de la plus haute importance, messire.

— Non. (Ses yeux gris étincelaient.) Ils ont leur valeur, Phèdre, rien de plus. Mais je crois que tu vas aimer ce que je vais t'enseigner. Tu vas apprendre à regarder, voir et concevoir ; et les mérites de cet enseignement te dureront toute ta vie.

— Vous m'enseignerez donc ce que je sais déjà, répondis-je, renfrognée.

— Vraiment ? (Delaunay se laissa aller contre le dossier et se mit un grain de raisin dans la bouche.) Alors parle-moi un peu du fiacre dans lequel nous sommes venus, Phèdre. Décris-le-moi.

— C'était un fiacre noir, dis-je en lui lançant un regard furibond. Un coche à quatre chevaux, tous bais. Du velours rouge sur les banquettes, un galon doré aux rideaux, et les parois étaient tendues de satin de coton.

— Pas mal. (Il se tourna vers Alcuin.) Et toi…

Le garçon s'assit en tailleur sur son divan.

— C'était un fiacre de louage, répondit-il avec empressement, parce qu'il n'y avait aucun insigne sur les portes et que le cocher ne portait pas de livrée. Probablement auprès d'une auberge relais de poste assez riche, parce que l'attelage était harmonieusement apparié et les chevaux paraissaient bien nourris. Ils n'étaient pas couverts d'écume, donc vous avez dû le louer ici, en ville. Âgé entre dix-huit et vingt-deux ans, le cocher a été élevé à la campagne à en juger par son chapeau, mais cela fait suffisamment longtemps qu'il est en ville pour s'orienter sans problème et ne plus mordre dans la pièce que lui donne un gentilhomme. Il n'avait pas d'autres passagers et il est parti directement ; j'en conclus que vous étiez sa seule course aujourd'hui, messire. Si je voulais découvrir votre identité et votre occupation, messire, je crois qu'il ne serait pas très difficile de retrouver le cocher de ce carrosse à quatre chevaux et de mener une enquête.

Ses yeux noirs pétillaient du plaisir d'avoir bien répondu ; et il n'y avait aucune malice à y voir. Delaunay lui sourit.

— Mieux encore, dit-il en se tournant vers moi. Tu vois ?

Je murmurai quelque chose ; je ne sais plus quoi.

— Voilà les leçons que j'entends t'inculquer, Phèdre, dit-il d'une voix plus ferme. Tu apprendras à regarder, voir et concevoir tout ce qui t'entoure. Lors du Bal masqué de l'hiver, tu m'as demandé si je t'avais reconnue à tes yeux et je t'ai répondu « non ». Je n'avais pas besoin de voir la tache dans ton œil pour savoir que le signe de Kushiel est sur toi. Tout ton corps le clamait ; rien qu'à voir la manière dont tu regardais les dominatrices de la maison de la Mandragore. C'est à la gloire d'Elua et de ses Compagnons ; ton sang coule dans leurs veines. Même en tant qu'enfant, tu en portes la marque. Lorsque le temps viendra, tu pourras choisir de le devenir si tu le souhaites. Mais comprends bien, ma jolie, que tout cela n'est que le début. Comprends-tu ?

Avec cette expression grave et sérieuse, son visage prenait une beauté particulière, semblable à celle des portraits des nobles de province qui peuvent remonter leur lignée jusqu'à l'un des Compagnons d'Elua.

— Oui, messire, répondis-je, en adoration.

Si Anafiel Delaunay voulait que je couche avec des étrangers dans les arrière-cuisines, comme Naamah, je le ferais, j'en étais sûre… Et s'il voulait que je devinsse autre chose qu'un simple objet de plaisir pour les clients sadiques de la Mandragore, alors j'apprendrais à le devenir. Je repensai tout à coup à ce qu'il m'avait dit lors de la nuit la plus longue et deux éléments s'emboîtèrent dans mon esprit, aussi simplement et naturellement que le nourrisson trouve le sein de sa mère.

— Messire, demandai-je, avez-vous parié dans le quartier du Seuil de la nuit que Baudoin de Trevalion serait le Prince soleil ?

Cette fois encore, mes paroles furent saluées d'un immense éclat de rire – mais plus long encore et plus fou. Alcuin souriait de joie, les genoux tenus serrés entre ses bras. Pour finir, Delaunay parvint à museler son allégresse ; il se tamponna les yeux d'un mouchoir tiré de sa poche.

— Ah ! Phèdre…, dit-il avec un soupir. Miriam avait mille fois raison. Elle aurait dû demander plus.

7

Ainsi débutèrent les années de mon long apprentissage auprès d'Anafiel Delaunay, au cours desquelles j'appris à regarder, voir et concevoir. Et si quelqu'un venait à penser que mon temps fut consacré à des tâches aussi peu stimulantes qu'observer et épier autour de moi, sachez que ces tâches étaient de loin les plus négligeables.

Comme Delaunay l'avait dit, j'étudiai les langues : le caerdicci jusqu'à ce que je sache le parler y compris dans mes rêves, le cruithne (dont je ne voyais pas l'utilité) et le skaldique, qui me rappelait le mercenaire du Nord qui s'était proclamé mon gardien sur la route du commerce. Je découvris qu'Alcuin parlait le skaldique avec grande aisance ; c'était la première langue qu'il avait entendue dès le berceau, celle de la femme qui avait été sa nourrice. En fait, c'était elle qui l'avait sauvé d'une embuscade tendue par les siens, puis l'avait confié plus tard aux bons soins de Delaunay ; mais cela, je le découvris plus tard.

En plus des langues, nous étudiions l'histoire, jusqu'à mettre ma tête au supplice. Nous suivîmes le cheminement de la civilisation, de l'âge d'or d'Hellas jusqu'à l'ascension de Tiberium, suivie de sa chute, orchestrée à quatre mains par deux prétendants. Les suivants de Yeshua affirmaient que sa venue était une prophétie, que Tiberium devait disparaître pour qu'ils puissent restaurer le trône du Dieu unique ; Delaunay nous avertit que les historiens considéraient que la dispersion des financiers yeshuites de la ville de Tiberium en était plutôt à l'origine. Le trésor mis à mal, disait-il, était ce qui avait provoqué l'éclatement du grand empire de Tiberium en cette république vacillante d'États-nations que formaient les Caerdiccae Unitae.

Tout aussi important, le second coup fut porté contre les armées jadis toutes-puissantes de Tiberium sur les vertes collines de l'île d'Alba, lorsqu'un roi nommé Cinhil ap Domnall, demeuré dans l'histoire sous le nom de Cinhil Ru, parvint à conclure un traité avec les Dalriada d'Eire et à unir les tribus qui se faisaient la guerre pour marcher contre les soldats de l'empereur. C'est ainsi que l'île passa une fois pour toutes sous l'autorité des Cruithnes – que les érudits appellent les Pictii. Ils forment un peuple sauvage, à moitié civilisé ; je ne voyais pas l'utilité d'apprendre leur langue.

Une fois les troupes de Tiberium chassées hors d'Alba, elles entamèrent un repli qui jamais ne s'arrêta, refoulées des plaines skaldiques vers le sud par les berserkers et – selon la légende – les esprits du corbeau et du loup.

C'était sur le fond de cette tapisserie sanglante que se dévidait l'histoire de Terre d'Ange, lumineuse comme un fil d'or. Une terre pacifique vouée aux fruits et aux fleurs sous le soleil béni ; nous n'avions pas d'histoire, disait Delaunay, avant l'arrivée d'Elua. Nous accueillions gracieusement les armées de Tiberium, qui mangeaient nos raisins et nos olives, épousaient nos femmes et protégeaient nos frontières contre les Skaldiques. Nous conservions nos petits rituels, préservions notre langue et nos chants. Lorsque la retraite des armées de Tiberium passa sur nous comme une vague, dans le vide béant apparut Elua ; et notre terre l'accueillit comme un fiancé.

Ainsi naquit Terre d'Ange ; ainsi débutèrent notre histoire et notre fierté. Au cours des trois décennies d'Elua, ses Compagnons se dispersèrent, imprimant leur marque sacrée sur la terre et les gens. Elua le béni ne demanda rien pour lui, trouvant son plaisir à errer à l'envi ; un fiancé errant amoureux de tout ce qu'il voyait. Lorsqu'il s'arrêtait, c'était dans la Ville. C'est pour cela que la Ville d'Elua est la reine de toutes les villes, révérée dans tout le pays ; mais il s'arrêtait rarement.

Tout cela, je le savais déjà ; l'apprendre de la bouche de Delaunay était pourtant différent. Ce n'étaient pas des histoires, mais l'Histoire. J'appris ainsi que l'histoire d'un conteur peut s'arrêter un jour ; l'Histoire, elle, n'a pas de fin. Tous ces événements devenus des légendes contribuent à façonner les faits et les gestes des gens que nous voyons chaque jour autour de nous. Le jour où je compris cela, Delaunay me dit que je pouvais commencer à comprendre.

Apparemment, ce qu'il me fallait comprendre, c'était tout. Ce n'est que lorsque j'entrepris d'étudier les méandres sinueux de la politique de la cour que je me désespérai vraiment de la vie recluse que j'avais menée dans la Cour de nuit. Alcuin avait déjà vu tout ça depuis deux ans et plus ; il pouvait sans effort réciter la lignée de chacun des sept duchés, de la famille royale et démêler l'écheveau de ses innombrables ramifications, les fonctions de l'Échiquier, les limites du pouvoir judiciaire, et même les règlements de la Guilde du commerce des épices.

Pour tout cela, et bien d'autres choses, je le méprisais ; et pourtant, je l'admets bien volontiers, je l'aimais également. Il était impossible de ne pas aimer Alcuin, qui lui-même aimait pratiquement le monde entier. Si étonnant que cela pût paraître aux yeux d'une personne élevée dans la Cour de nuit, il n'avait aucunement conscience de sa beauté – qui pourtant ne cessait d'augmenter à mesure qu'il grandissait. Son esprit était vif et sa mémoire prodigieuse ; je les lui enviais. Au demeurant, il n'en tirait nulle fierté, hormis celle de complaire à Delaunay.

Lorsque Delaunay recevait, ce qui était fréquent à cette époque, c'était Alcuin qui accueillait ses invités. Comparées aux bacchanales pleines de magnificence de la maison du Cereus, ses soirées étaient empreintes de civilité, de mesure et d'érudition. Ce que Delaunay préférait par-dessus tout, c'était convier un petit cercle d'amis choisis à un dîner subtil, qu'ils dégustaient couchés « à l'hellène » dans le jardin intérieur. La nuit passait doucement en aimables conversations.

Ces soirs-là, Alcuin restait pour servir du vin ou des boissons. Si je considérais avec dédain son manque de sophistication, je ne pouvais pourtant nier son charme, tout en prévenance et grâce naïves ; les ombres de la tonnelle faisaient naître des éclats verts sur ses cheveux couleur de lune. Lorsqu'il proposait du vin avec son sourire grave, les invités ne pouvaient faire autrement que lui rendre son sourire et lever leur verre, simplement pour voir le plaisir de servir luire dans son regard.

Bien sûr, tel était le calcul de Delaunay et il ne fait aucun doute que bien des langues se sont déliées dans ce jardin par la seule vertu du sourire d'Alcuin. Jamais il ne m'a été donné de croiser un esprit aussi subtil que celui d'Anafiel Delaunay. À tous ceux qui citent ces arguments pour l'accuser de nous avoir utilisés sans aucune considération, je dis ceci : rien n'est plus faux. Alcuin et moi aimions Delaunay, chacun à notre manière ; et il n'y a aucun doute dans mon esprit, il nous aimait en retour. J'ai eu d'innombrables preuves de cela avant que les choses arrivent – même si je n'ai pas su les voir comme telles à l'époque.

Quant aux invités, ils étaient si nombreux et variés qu'il paraissait presque impossible qu'un homme seul pût avoir autant de relations dans des couches et des régions aussi diverses de Terre d'Ange. Il les choisissait toujours avec le plus grand soin ; jamais je ne l'ai vu réunir une coterie qui ne s'entendît pas, sauf lorsque c'était précisément le but recherché. Delaunay connaissait des officiels de la cour et des magistrats, des seigneurs et grandes dames, des marins et des marchands, des poètes, des peintres et des usuriers. Il fréquentait des chanteurs et des guerriers, des orfèvres, des éleveurs de chevaux, des érudits et des historiens, des négociants en soie et des marchands de mode. Il frayait avec les descendants d'Elua le béni et de ses Compagnons et avec les membres de toutes les grandes maisons.

J'appris que Gaspar Trevalion, comte de Fourcay, parent par alliance de Marc, duc de Trevalion, était l'un de ses grands amis. Homme intelligent et cynique à la chevelure poivre et sel, Gaspar avait l'art de sentir dans quel sens soufflait le vent politique. Sans aucun doute, ce fut lui qui rapporta à Delaunay comment la princesse Lyonette soufflait à l'oreille de son fils des histoires au sujet d'un roi souffrant et d'un trône souvent laissé vacant, et du présage qu'on pourrait voir dans un mariage symbolique avec la Reine hiver au cours du Bal masqué.

Toutes ces choses m'entouraient et faisaient partie de ma vie au quotidien ; tout ce que je ne voyais pas, je l'apprenais plus tard lorsque Alcuin faisait à Delaunay le récit des événements de la nuit. Il veillait toujours à ce que j'assiste à ces séances afin de parfaire les connaissances qui farcissaient déjà mon pauvre crâne. Longtemps, je fus froissée du favoritisme qu'il manifestait envers Alcuin, alors même que j'étais mieux formée à servir ; mais j'écoutais néanmoins.

Plus tard, je compris pour quelles raisons il me maintint ainsi dans l'ombre toutes ces années. Delaunay sélectionnait soigneusement ceux qui formaient sa clientèle ; ils appartenaient à l'élite de la nation. Avisés et circonspects, plongés au cœur du pouvoir et de l'argent, ils n'étaient pas de ceux qu'on leurre aisément pour leur tirer quelques secrets sur l'oreiller. Avec Alcuin, Delaunay mettait en branle la roue du désir bien loin en amont. Certains nobles soupirèrent pendant des années, l'observant à la dérobée tandis qu'il grandissait ; lentement, jour après jour, l'enfant magnifique devenait un jeune homme à la beauté surnaturelle. Lorsqu'ils livrèrent leurs secrets, il y avait des années de feu couvant accumulées ; les digues avaient été bien entamées.

Avec moi, les choses étaient différentes. Le désir que je suscitais – ou que je susciterais – serait plus vif et plus prompt à brûler. Delaunay, à qui rien de la nature humaine n'était étranger, savait tout ça ; dans sa sagesse, il me tenait à l'écart de ses invités. Néanmoins, le bruit se répandit – c'était inévitable – qu'il avait pris une nouvelle pupille. Lorsque ses invités le pressèrent de questions pour connaître ma nature, il sourit et leur opposa un refus. Ainsi, ma réputation grandit, tandis que j'avançais péniblement vers l'adolescence, plongée dans mes travaux d'encre et de papier.

Il y eut une exception : Melisande.

Le génie a besoin d'un public. En dépit de son immense intelligence, Delaunay était un artiste, vulnérable comme tous ses pairs à l'envie d'étaler son brio. Rares, très rares étaient les personnes capables d'apprécier son art. J'ignorais alors à quel jeu profond et ténébreux ils se livraient tous deux, ni quel rôle je devais y tenir. Tout ce que je savais, c'était qu'elle était le public qu'il s'était choisi.

Cela faisait trois années et demie que j'étais chez lui et que je pratiquais l'acrobatie sous la houlette d'un maître déniché Elua sait où. Tout comme Delaunay, il croyait aux vertus d'une approche équilibrée pour former la nature des êtres, si bien qu'Alcuin et moi nous livrions à d'interminables séries d'exercices physiques pour que nos esprits aiguisés fussent enchâssés dans des corps déliés et vigoureux.

Je venais d'achever ma leçon du jour – j'avais appris à faire un saut périlleux sans élan – et je m'essuyais avec une serviette lorsque Delaunay pénétra dans le gymnase avec elle. L'apercevant, mon répétiteur, qui rangeait ses affaires, battit promptement en retraite ; Delaunay l'ignora.

Comme dirait le poète, décrire Melisande Shahrizai serait comme peindre la chanson d'un rossignol ; c'est une chose impossible. Elle était alors dans sa vingt-troisième année, même si jamais le cours du temps n'a paru la toucher. Si je dis que sa peau était d'albâtre, sa chevelure d'un noir si absolu qu'elle paraissait bleue sous la caresse de la lumière, ses yeux des saphirs à faire pâlir les gemmes, je ne fais que dire la vérité. Mais elle était une D'Angeline et cela ne fait qu'esquisser ce qu'était sa beauté.

— Melisande, dit Delaunay avec une pointe de fierté et d'amusement dans la voix, voici Phèdre.

En tant que D'Angeline ayant grandi dans la Cour de nuit, on pourrait penser que je ne suis pas facilement ébahie par la beauté ; mais je suis ce que je suis et d'autres choses m'ébahissent. Les Shahrizai sont une ancienne maison de courtiers ; par méconnaissance des arcanes de Terre d'Ange, bon nombre se figurent qu'ils appartiennent à la lignée des Shemhazai. Il n'en est rien. Les noms d'usage parmi les descendants des Compagnons d'Elua sont si bien entremêlés que seul un érudit d'Angelin peut s'y retrouver.

Moi qui ai pourtant étudié ces choses-là, je n'eus aucun besoin de me référer à l'histoire pour connaître l'ascendance de la maison Shahrizai. Levant respectueusement la tête, je croisai le regard bleu de Melisande Shahrizai qui me transperça comme une lance ; mes genoux devinrent comme des chiffons et je sus qu'elle était une descendante de Kushiel.

— Charmante.

Elle traversa la grande salle avec une distinction toute de nonchalance, la traîne de sa robe posée sur un avant-bras. Elle me caressa la joue de ses longs doigts ; ses ongles laqués s'attardant avec légèreté sur ma peau. Je frissonnai. Un petit sourire sur les lèvres, elle me releva le menton, m'obligeant à la regarder en face.

— Anafiel, dit-elle, une pointe d'amusement dans la voix. Tu as trouvé une authentique *anguissette.*

Il nous rejoignit en riant.

— Je savais que tu apprécierais.

— Mmm. (Elle me relâcha et je faillis m'effondrer sur le sol.) Je me demandais ce que tu cachais, petit magicien. Tu sais, j'en connais qui ont parié de sacrées sommes…

Delaunay agita l'index devant elle.

— Nous avons un accord, Melisande. Tu ne voudrais pas que le cousin Ogier apprenne pourquoi son fils a annulé son mariage au dernier moment ?

— Je… réfléchissais à voix haute, mon doux ami.

Elle lui appliqua le même traitement qu'à moi-même – une caresse du bout des doigts sur la joue. Delaunay sourit.

— Anafiel, il faudra que tu penses à moi lorsque tu décideras qu'il est temps pour elle de servir Naamah. (Elle se retourna vers moi de nouveau, avec un aimable sourire.) Tu as l'intention de servir Naamah, n'est-ce pas, mon enfant ?

Son sourire me faisait trembler ; enfin, je compris ce que Delaunay avait voulu dire. Le souvenir du châtieur de la Dowayne et des adeptes de la maison de la Mandragore pâlit subitement à côté de l'exquise cruauté de son sourire. J'aimerais pouvoir dire que je perçus alors le long fil de l'histoire qui s'étirait devant nous, le rôle que j'allais y jouer et les terribles extrémités auxquelles elle allait me conduire ; mais ce serait mentir. Au lieu de cela, j'oubliai mes manières et tout ce que j'avais appris à la Cour de nuit pour plonger au plus profond du bleu de ses yeux.

— Oui, murmurai-je. Oui, ma dame.

— Parfait.

Elle fit volte-face, m'abandonnant là. Elle prit la main de Delaunay pour l'entraîner vers la porte.

— Il y a une petite chose dont j'aimerais t'entretenir…

C'est ainsi que je fus présentée à Melisande Shahrizai, dont l'esprit était aussi subtil que celui de Delaunay et le cœur infiniment plus glacé.

8

— Et ici, dit Delaunay en montrant un point du doigt, il y a la place forte du comte Michel de Ferraut, qui commande six cents hommes et garde la frontière à la passe de Longuevue.

Histoire, politique, géographie… Je n'en avais jamais fini avec les leçons.

Avec la dispersion des Compagnons d'Elua, le territoire de Terre d'Ange fut divisé en sept provinces que le roi – et la reine à certaines périodes – dirige depuis la Ville, en mémoire d'Elua le béni.

La douce Eisheth partit vers les côtes du Sud, où vivent rêveurs et marins, guérisseurs et marchands, au milieu des milliers d'oiseaux et des fiers cavaliers des marais salants. Sa province, qui s'appelle Eisande, est la plus petite des sept. Des Tsingani s'y sont installés et y vivent sans être inquiétés.

Shemhazai partit lui aussi vers le sud, mais plus à l'ouest, vers les montagnes qui forment la frontière avec l'Aragonia – avec qui nous sommes toujours en paix. Siovale est le nom de cette province prospère où l'on cultive l'art de transmettre le savoir, Shemhazai ayant toujours chéri la connaissance.

À l'intérieur des terres, au nord du Siovale, s'étend

L'Agnace, la province d'Anael où pousse la vigne et qu'on appelle parfois l'Étoile de l'amour. À l'ouest se trouve la province du Kusheth, où Kushiel s'établit, le long des côtes découpées jusqu'à la Pointe d'Oeste. C'est une terre rude, comme son nom l'indique.

Plus au nord, on trouve l'Azzalle, accrochée à la mer. En un certain point, on aperçoit de l'autre côté les falaises blanches d'Alba. Sans la présence du Maître du détroit qui y contrôle les eaux, on pourrait craindre que ne se constitue une puissante alliance entre l'Azzalle et Alba. Je pris soigneusement note de tout cela, car Trevalion est le duché qui règne sur l'Azzalle, et mon cœur n'avait pas oublié l'émoi qu'avait suscité en lui le baiser de Baudoin de Trevalion.

Sous la province de l'Azzalle s'étend celle du Namarre, où Naamah s'était installée. C'est une région riche et magnifique où coulent de nombreuses rivières. Il existe un mausolée d'où sourd la rivière Naamah, et où toutes ses servantes font un pèlerinage une fois dans leur vie.

À l'est, bordant les territoires skaldiques, s'étire la province du Camlach, toute en longueur. C'est là que Camael le martial s'établit et créa les premiers corps des fières et farouches armées d'Angelines, qui depuis si longtemps protègent le pays des invasions.

Telle est la nature de ma patrie, m'expliqua Delaunay, et telle est la structure du pouvoir qui la gouverne. Peu à peu, j'appris à cerner précisément ces divisions, ainsi que les implications sur les rapports de pouvoir ; dans une certaine mesure, chaque province est le reflet de la nature spécifique de son fondateur angélique. Seul Cassiel parmi les

Compagnons d'Elua ne prit aucune province pour lui-même, demeurant fidèlement aux côtés de son seigneur dans ses errances. Un seul nom dans tout Terre d'Ange rappelle le sien, celui de la Fraternité cassiline, un ordre de prêtres voués aux préceptes de Cassiel. Servir Cassiel est aussi exigeant que servir Naamah, mais bien plus austère, ce qui explique sans doute pourquoi les vocations se font rares. Seules les plus anciennes familles de la noblesse provinciale préservent la tradition, transmise de génération en génération, consistant à destiner le dernier fils à la Fraternité cassiline. Comme nous, ils deviennent apprentis à l'âge de dix ans, mais c'est une vie rude et ascétique qu'ils mènent, entièrement vouée au maniement des armes, au célibat et aux privations.

— Tu comprends, Phèdre, pour quelles raisons le Camlach a toujours cette importance stratégique ?

Son doigt suivait le tracé de la frontière sur la carte. Je relevai les yeux pour croiser son regard, puis poussai un soupir.

— Oui, messire.

— Bien.

Son doigt repartit vers l'intérieur. Ses mains étaient somptueuses, avec de longs doigts fuselés.

— Regarde, c'est ici que la bataille s'est déroulée. (Il désignait une zone dense de terrains montagneux.) Tu as retenu ce qu'a dit le négociant en fer la nuit dernière ? Les Skaldiques menacent de nouveau les passes, comme jamais depuis la bataille des Trois Princes.

Il y avait comme une note de chagrin dans sa voix.

— Celle où le prince Roland a été tué, dis-je. Le Dauphin était l'un des trois princes.

— Oui. (Delaunay repoussa subitement la carte.) Et qui étaient les deux autres ?

— Le frère du roi, Benedict et…

Je luttais pour faire remonter le souvenir.

— Percy de L'Agnace, comte de Somerville, cousin germain du prince Roland, répondit la douce voix d'Alcuin. (Il écarta une mèche de ses cheveux blancs et sourit.) Apparenté du côté de sa mère à la reine Geneviève, ce qui faisait de lui un prince du sang conformément à la loi matrimoniale, même s'il se prévaut très rarement du titre.

Je le regardai de travers.

— Je le savais.

Il haussa les épaules et me gratifia de son sourire angélique contre lequel il était impossible de s'emporter.

— La paix. (Le ton de Delaunay n'était pas à la plaisanterie et son regard s'était assombri.) La victoire nous a coûté cher, avec la mort de Roland de la Courcel. Il était né pour diriger. Après la mort de son père, il serait monté sur le trône et aurait tenu le pays avec force et finesse ; personne n'aurait osé prendre les armes contre lui. Pour la sécurité de nos frontières, nous avons sacrifié la stabilité de la Ville elle-même. Et maintenant, notre puissance est dans la balance.

Il repoussa sa chaise et se leva pour arpenter la bibliothèque ; pour finir, il s'arrêta devant la fenêtre pour observer en silence la rue en contrebas. Alcuin et moi échangeâmes un coup d'œil sans rien dire. À bien des égards, Delaunay était le plus aimable des maîtres, nous réprimandant tout au plus d'un mot un peu rude – et uniquement lorsque nous le méritions. Pourtant, il y avait une certaine noirceur en lui qui affleurait de temps à autre ; nous qui suivions ses humeurs avec plus d'attention qu'un fermier observe le temps, nous savions à quel point il ne fallait pas souffler sur la braise.

— Vous y étiez, messire ? me risquai-je à demander.

Il répondit sans même se retourner, d'une voix devenue sourde.

— Si j'avais pu lui sauver la vie, je l'aurais fait. Nous n'aurions pas dû monter. Ce fut là notre erreur ; le terrain était trop incertain. Mais Roland avait toujours été téméraire. C'était son seul défaut en tant que chef. Lorsqu'il mena la troisième charge, il était trop loin, trop en pointe. Le cheval de son porte-étendard s'est écroulé juste devant nous et nous avons dû le contourner. Oh ! cela ne nous prit guère de temps… mais suffisamment pour que les Skaldiques le taillent en pièces. (Il se retourna vers nous, l'air toujours aussi sombre.) Un empire peut vaciller sur un détail si minuscule. À cause d'un cheval qui n'avait pas le pied sûr, la moitié des descendants d'Elua rêvent aujourd'hui de devenir prince consort pour prétendre au trône par le mariage. Et les princes du sang comme Baudoin de Trevalion envisagent de le prendre par la force, ou de se faire acclamer roi. N'oubliez jamais, mes petits, lorsque vous établissez un plan, établissez-le bien soigneusement.

— Vous pensez que le prince Baudoin veut le trône ? demandai-je, alarmée.

Après plus de trois années, j'en étais toujours à me battre pour saisir les cheminements sinueux des desseins que Delaunay étudiait. Pour sa part, Alcuin n'avait pas l'air surpris.

— Non. Pas exactement. (Delaunay eut un petit sourire forcé.) Mais il est le neveu du roi et je pense que sa mère, qu'on surnomme à juste titre la Lionne de l'Azzalle, aimerait bien le voir assis sur le trône.

— Aah…

Je clignai des yeux et, pour une fois, les tenants et aboutissants de ce plan – les agissements de Baudoin, la présence de Delaunay au Bal masqué – m'apparurent.

— Messire, qu'est-ce que cela a à voir avec les incursions skaldiques sur la frontière de l'Est ?

— Qui sait ? (Il haussa les épaules.) Rien, peut-être. Mais qui peut dire comment les événements survenant en un lieu sont susceptibles d'avoir des répercussions ailleurs ? Bien des fils concourent à tisser la trame de l'Histoire.

— Est-ce que les Skaldiques vont nous envahir ? demanda Alcuin d'une voix sourde, avec comme une lueur de crainte dans ses yeux noirs.

Delaunay sourit gentiment en lui ébouriffant les cheveux.

— Non, répondit-il catégoriquement. Ils sont aussi peu organisés que les tribus d'Alba avant Cinhil Ru, et les seigneurs tels que le comte de Ferraut et le duc Maslin d'Aiglemort tiennent solidement les passes. Ils ont renforcé leurs défenses depuis la bataille des Trois Princes, de façon que cela n'arrive plus jamais. Mais cela vaut la peine d'être relevé, mes jolis, et vous savez ce qu'on dit à ce sujet.

— « Toute connaissance est bonne à prendre », répondis-je mécaniquement.

Si Delaunay avait un credo, c'était définitivement celui-là.

— Exactement. (Il tourna son sourire vers moi, et mon cœur tressaillit de joie.) Allez vous amuser maintenant. Vous avez bien mérité une pause, poursuivit-il en nous congédiant.

Nous quittâmes la bibliothèque, obéissant à son ordre – mais à regret, comme toujours, d'être privés de sa présence. Pour ceux qui ne l'ont jamais connu, sachez que Delaunay sécrétait un charme qui forçait l'affection de tous autour de lui ; à tort ou à raison, ajouterai-je, car je connus par la suite des gens qui le méprisaient. Cependant, ceux qui le haïssaient étaient de ceux qui jalousent l'excellence chez les autres. Quoi qu'il fît, Anafiel Delaunay le faisait toujours avec une grâce qui échappait à la plupart. Un « entremetteur », ainsi le qualifiaient ses détracteurs, puis ce fut le « Maquereau des espions » ; mais moi je l'ai sans doute connu mieux que quiconque et jamais il ne s'est comporté autrement qu'avec la plus parfaite noblesse.

Ce qui contribue d'ailleurs à faire de lui une telle énigme.

— Ce n'est pas son vrai nom, me dit un jour Hyacinthe.

— Comme le sais-tu ?

Il me fit son sourire éblouissant dans la pénombre.

— Je l'ai demandé. (Il frappa sa maigre poitrine de son poing.) Je voulais savoir qui était celui qui t'avait enlevée à moi.

— Je suis revenue, répondis-je doucement.

À ma grande contrariété, Delaunay en fut amusé. Ma première fugue avait été soigneusement préparée, puis exécutée pendant qu'il était en voyage à la cour. J'étais passée par une fenêtre du deuxième étage, grimée en garçon avec des vêtements dérobés dans la garde-robe d'Alcuin. J'avais étudié une carte de la Ville ; seule et à pied, je me rendis jusqu'au Seuil de la nuit.

Nos retrouvailles furent fantastiques. Nous volâmes des tartelettes à l'étalage du pâtissier de la place du marché, en souvenir du bon vieux temps, puis détalâmes à toutes jambes jusqu'au viaduc de Tertius, pour nous blottir sous le pont et les dévorer. Elles étaient encore chaudes ; le jus des fruits nous coulait sur le menton. Ensuite, Hyacinthe m'emmena dans une auberge où il était connu des joueurs itinérants qui y logeaient, se pavanant et faisant l'important parce qu'il savait quelques ragots pour lesquels ils étaient prêts à payer. Les joueurs sont réputés pour leur goût des intrigues, plus encore que les adeptes de la Cour de nuit.

Toute frissonnante de mon aventure et de la crainte des répercussions à venir, je remarquai à peine un garçon de huit ou neuf ans qui se frayait un passage dans la foule pour venir murmurer quelque chose à l'oreille de Hyacinthe. Pour la première fois, je vis mon ami froncer les sourcils.

— Il dit qu'un serviteur en livrée l'envoie, expliqua Hyacinthe. Brun et or avec une gerbe de blé en écusson.

— Delaunay ! m'écriai-je, suffoquée. (La peur m'empêchait de respirer.) Ce sont ses couleurs.

Hyacinthe avait un air irrité.

— Eh bien, son valet est dehors, avec un fiacre. Il a dit d'envoyer Ardile lorsque tu serais prête à partir.

Le garçon hocha vigoureusement la tête. J'appris

ainsi que Hyacinthe avait commencé à mettre sur pied son petit réseau de messagers et saute-ruisseau dans le quartier du Seuil de la nuit, qu'Anafiel Delaunay savait non seulement que j'étais partie et où j'étais partie, mais également qui était Hyacinthe et ce qu'il faisait.

Delaunay ne cessait de me surprendre.

À mon retour, il m'attendait.

— Je ne vais pas te punir, annonça-t-il sans autre forme de préambule.

Je ne sais pas quelle pouvait être l'expression sur mon visage, mais elle avait l'air de l'amuser. Il me désigna une chaise en face de lui.

— Assieds-toi, Phèdre.

Lorsque j'eus obéi, il se leva et se mit à faire les cent pas. La chandelle jetait des lueurs sur ses cheveux auburn, ramenés en tresse dans son dos d'une manière qui mettait en valeur la noblesse de ses traits.

— Pensais-tu que j'ignorais ton penchant pour les escapades ? demanda-t-il en s'arrêtant devant moi. (Je secouai la tête.) C'est ma fonction de tout savoir – et en particulier lorsque cela concerne des personnes vivant dans ma demeure. Ce que la Dowayne a préféré me taire, ma belle, les membres de sa garde me l'ont appris.

— Je suis désolée, mon maître !

Je fondis en larmes, submergée par la culpabilité. Il me considéra avec amusement et se rassit.

— Seulement, sachant que tu apprécies être désolée, ma belle, et que cela ne se produit qu'après les faits, ton remords – qui est pourtant considérable – ne constitue pas une dissuasion efficace, n'est-ce pas ?

Je hochai la tête, un peu perdue.

Delaunay poussa un soupir et croisa les jambes ; l'expression sur son visage devint sérieuse.

— Phèdre, je n'ai rien contre ton jeune ami ambitieux. D'autant que tu pourrais bien apprendre des choses dans ce quartier que tu n'entendrais pas ailleurs. (Une note amusée revint fugacement jouer dans son œil.) Et puis, dans une certaine mesure, je ne trouve rien à redire à ton goût pour l'escapade et... (il se pencha vers l'avant pour tirer sur la tunique d'Alcuin que je portais) le déguisement. Mais il y a certains dangers pour une enfant seule dans la Ville auxquels je ne veux pas te voir exposée. Par conséquent, si tu veux rendre visite à ton ami sur ton temps libre, je te demanderai d'en informer Guy.

Je m'étais attendue à plus.

— C'est tout ?

— C'est tout.

Je considérai les choses un instant. Homme discret et peu disert, qui parlait d'une voix douce, Guy servait Delaunay avec loyauté et efficacité dans tout un tas de domaines mystérieux.

— Il me suivra, dis-je au bout du compte. Ou il me fera suivre.

Delaunay sourit.

— Très bien. Mais je t'invite volontiers à tenter de le repérer et de fuir sa vigilance ; tu as ma bénédiction. Si tu y parviens, Phèdre, alors je n'ai pas à m'en faire si tu sors seule. En revanche, j'entends que tu l'avertisses lorsque tu quittes cette demeure, pour quelque raison que ce soit.

Sa suffisance me rendit folle.

— Et si je ne le fais pas ? demandai-je, en relevant vers lui un visage plein de défi.

Le changement qui se produisit alors sur ses traits

me terrorisa ; littéralement et sans que j'en ressente la plus petite excitation. Ses yeux étaient devenus glacés ; son visage était figé.

— Je n'appartiens pas à la lignée de Kushiel, Phèdre. Je ne joue pas à des jeux de défi et de punition. Mais comme je tiens à toi, je ne te laisserai pas te mettre en danger par caprice. Je n'exige pas une obéissance aveugle, mais je veux être obéi. Si tu en es incapable, je revendrai ta marque.

Par ces mots, inutile de préciser qu'il avait capté toute mon attention. Je voyais ses yeux et je savais qu'il était absolument sérieux. Lorsque je rencontrai Hyacinthe la fois suivante, dans la cuisine de sa mère, il y avait donc Guy quelque part, non loin, silencieux et efficace, en train de me surveiller.

— Bon alors, demandai-je à Hyacinthe, qui est-il au juste ?

Il secoua la tête, faisant voler ses boucles brunes.

— Ça, je ne sais pas. Mais il y a quelque chose que je sais. (Il me fit un sourire de tentateur.) Je sais pour quelle raison ses poèmes ont été interdits.

— Pourquoi ?

J'étais impatiente de savoir. Du coin où elle s'affairait en marmonnant, penchée sur son poêle, la mère de Hyacinthe nous lança un regard inquiet.

— Sais-tu comment est morte la première fiancée du prince Roland ? demanda-t-il.

Cet événement s'était produit avant notre naissance, mais grâce à l'enseignement de Delaunay, je connaissais fort bien l'histoire de la famille royale.

— Elle s'est rompu le cou dans une chute, dis-je. Un accident de chasse.

— C'est ce qu'on a dit, répondit-il. Mais après le mariage de Roland et d'Isabel L'Envers, une chanson s'est mise à circuler dans les bordels et les gargotes au sujet d'une dame noble qui aurait séduit un garçon d'écurie et lui aurait demandé d'entailler la sangle de la selle de sa rivale, le jour où elle devait aller chasser avec son promis.

— C'est *Delaunay* qui l'a écrite ? Pourquoi ?

Hyacinthe haussa les épaules.

— Qui sait ? En tout cas, c'est ce que j'ai entendu. Les hommes de la princesse consort attrapèrent le troubadour qui diffusait la chanson. Lors de son interrogatoire, il a dit que Delaunay en était l'auteur. Il a été banni en Eisande et il se murmure qu'il serait mort mystérieusement en route. La princesse a ensuite convoqué Delaunay pour l'interroger, mais il a refusé d'admettre la paternité de ces paroles. Il n'a donc pas été banni, mais pour apaiser sa belle-fille, le roi a fait interdire sa poésie ; tous les exemplaires de ses œuvres ont été détruits, jusqu'au dernier.

— Delaunay est donc un ennemi de la couronne, m'écriai-je avec étonnement.

— Non, répondit Hyacinthe en secouant la tête. Si tel était le cas, il aurait été banni, avec ou sans aveux. La princesse consort voulait qu'il le fût, mais il est toujours reçu à la cour aujourd'hui. Quelqu'un l'a protégé.

— Comment as-tu appris ça ?

— Oh ! ça... (Son sourire illumina de nouveau son visage.) Il y a un certain poète de la cour qui nourrit une passion sans espoir pour la femme d'un certain aubergiste ; dans ses vers, il l'appelle l'Ange de la porte de nuit. Elle m'a payé en argent pour lui dire de ne plus l'importuner et lui m'a payé en histoires pour que je lui raconte comment était son visage lorsqu'elle m'a demandé ce service. Je m'efforcerai d'apprendre tout ce que je peux pour toi, Phèdre.

— Et ce que tu apprendras fera ton désespoir.

Ces mots avaient été prononcés d'une voix sombre aux accents menaçants ; et à l'intention de Hyacinthe, pensai-je, mais lorsque je relevai la tête, je vis que le doigt de sa mère était pointé sur moi. L'ombre d'un funeste présage voilait son regard ténébreux, serti dans son visage tout auréolé d'or.

— Je ne comprends pas, dis-je, un peu perdue.

— Tu veux mettre au jour les mystères de ton maître. (Elle agita son doigt dans ma direction.) Tu penses agir pour satisfaire ta curiosité, mais laisse-moi te dire ceci : tu te repentiras le jour où tout te sera révélé. Ne sois pas pressée de le voir arriver.

Sur ces mots, elle nous tourna le dos, retournant à ses fourneaux sans plus se préoccuper de nous. Je levai mon regard vers Hyacinthe. Toute malice avait quitté ses traits. Il respectait peu de choses, mais le don de *dromonde* de sa mère était de celles-ci. Lorsqu'elle lisait l'avenir aux habitants du Seuil de la nuit, elle utilisait un paquet de cartes anciennes, tout usées ; son fils, toutefois, m'avait dit que ce n'était que du théâtre. Le *dromonde*, la double vue qui écarte les rideaux du temps, lui venait à son heure, quand elle l'appelait ou quand lui l'avait décidé.

Silencieux, nous songions à sa mise en garde. Les paroles de Delaunay me revinrent d'elles-mêmes à l'esprit.

— « Toute connaissance est bonne à prendre », murmurai-je.

9

À la fin de ma quatrième année au service d'Anafiel Delaunay, j'avais atteint l'âge d'être femme.

Dans la Cour de nuit, à treize ans, j'aurais été initiée dans les mystères de Naamah pour entamer ensuite ma formation d'apprentie ; à ma grande exaspération, Delaunay avait décidé d'attendre. Je crus que j'allais mourir d'impatience en attendant qu'il me posât la question ; je survécus néanmoins.

— Tu n'es plus une enfant, Phèdre, te voici femme, dit-il. Que la bénédiction de Naamah soit sur toi. (Il me posa alors les mains sur les épaules pour me parler avec gravité, ses yeux au fond des miens.) Je vais maintenant te poser une question et, par Elua le béni, j'entends que tu y répondes en toute liberté. Le feras-tu ?

— Oui, mon maître.

Ses yeux aux reflets topaze sondèrent mon âme.

— Est-ce ta volonté que d'être vouée au service de Naamah ?

Je retins ma réponse, heureuse d'avoir l'occasion de voir de si près son visage tant aimé, à la fois élégant et austère. Ses mains sur mes épaules… Ah ! comme j'aurais aimé qu'il me touchât plus souvent.

— Oui, mon maître, dis-je enfin, d'une voix ferme et résolue. Comme si la question se posait !

Bien sûr, Delaunay devait sacrifier au sens de l'honneur. Je l'adorais ; je comprenais tout à fait.

— Bien.

Ses mains m'étreignirent doucement les épaules, puis il me relâcha. Un sourire flottait sur ses lèvres ; de petites rides apparurent au coin de ses yeux. Comme tout le reste chez lui, elles étaient magnifiques.

— Nous achèterons une colombe au marché, puis je te conduirai au temple pour que tu y prononces tes vœux.

Si je m'étais sentie privée de cérémonie à mon dixième anniversaire, ce jour-là compensa amplement. Frappant dans ses mains pour convoquer son intendante, il ordonna qu'on préparât une fête. Les leçons furent annulées pour la journée et Alcuin et moi fûmes envoyés nous parer de nos plus beaux atours.

— Je suis heureux, murmura Alcuin en serrant ma main dans la sienne et en me gratifiant de son sourire secret.

Son quatorzième anniversaire était arrivé un peu plus tôt cette même année et il avait été voué à Naamah. Toujours une enfant au regard des critères de Delaunay, je n'avais pas été admise à suivre les rites.

— Moi aussi, lui répondis-je dans un souffle, en me penchant sur lui pour déposer un baiser sur sa joue.

Alcuin rougit. Le rose allait à merveille à son teint d'ivoire.

— Viens, dit-il en s'écartant. Il nous attend.

Au marché, nous déambulâmes parmi les marchands du temple ; l'attelage attendait patiemment tandis que Delaunay déployait des trésors de prévenance pour me permettre de choisir l'oiseau parfait pour mon offrande. Ils se ressemblaient tous plus ou moins, mais je les étudiai avec le plus grand soin. Pour finir, je pris une somptueuse colombe blanche, aux pattes rouges et à l'œil noir. Delaunay paya le marchand et emporta également la plus jolie des cages – une charmante pagode avec des barreaux dorés. L'oiseau se débattit lorsque l'homme l'y fit entrer ; ses ailes frappaient les barreaux. C'était un bon signe – signe de vigueur et de santé pour l'oiseau.

Dans la Cour de nuit, la cérémonie se déroule au sein du temple édifié dans chaque maison. Sous le patronage d'un noble citoyen, c'est au grand temple qu'on se rend – un petit bâtiment élégant de marbre blanc, entouré de jardins où nichent les colombes, animaux sacrés et protégés. Une servante de Naamah nous accueillit sur le parvis. Avisant Delaunay, elle fit une révérence.

— Au nom de Naamah, soyez le bienvenu messire. Comment pouvons-nous vous servir ?

Je me tenais à côté de lui ; j'étreignais la poignée de la cage. Delaunay me posa la main sur la tête.

— Elle vient pour se vouer au service de Naamah.

La jeune femme me sourit. Âgée de dix-huit ans tout au plus, elle était l'incarnation de la fraîcheur. Ses cheveux étaient d'un blond cuivré, de la couleur de l'abricot, et ses yeux verts étaient fendus en amande, comme ceux d'un chat. Malgré sa jeunesse, elle portait le surplis rouge de la prêtrise de Naamah avec l'aisance née d'une longue pratique. J'en déduisis qu'elle avait dû être vouée dans l'enfance, par des parents ou une mère trop indigents pour l'élever. À son phrasé, je devinai qu'elle devait être native de la Ville.

— Alors, dit-elle, sois la bienvenue, ma sœur.

Elle se baissa légèrement – elle était un peu plus grande que moi – pour m'embrasser. Ses lèvres étaient douces et sentaient les herbes mûries au soleil. Elle se tourna ensuite vers Alcuin ; ils étaient de même taille.

— Sois le bienvenu, mon frère. (Elle s'écarta et nous invita d'un geste à entrer.) Entrez et recueillez-vous. Je vais prévenir le prêtre.

L'intérieur du temple baignait dans la chaude lumière du matin. Les fleurs et la lueur des bougies étaient ses seuls ornements. Un oculus au sommet du dôme s'ouvrait sur le ciel. Nous nous approchâmes de l'autel, orné d'une somptueuse statue de Naamah qui, debout bras ouverts, accueillait ses adorateurs. Je posai la cage sur le sol, m'agenouillai, puis levai les yeux sur le visage de Naamah, ruisselant de compassion et de sensualité. Delaunay s'agenouilla à son tour, grave et plein de respect. Alcuin paraissait transporté.

Accompagné de quatre servantes – dont celle qui nous avait reçus –, le prêtre parut. Il était grand, mince et bien fait, avec des traits délicats et de longs cheveux couleur argent, noués dans le dos. D'un geste, il nous invita à nous relever.

— Ton désir est donc d'être vouée au service de Naamah ? demanda-t-il d'un ton solennel.

— C'est mon désir.

Il me fit signe d'avancer, puis retroussa les manches de son surplis rouge. Il plongea un goupillon dans un bol d'eau qu'une servante présentait, puis m'aspergea de quelques gouttes.

— Par la rivière sacrée de Naamah, je te voue à son service.

Il prit un gâteau au miel dans un autre bol, le rompit et en déposa un morceau sur ma langue.

— Que ta chair ne fasse toujours qu'une avec la douceur du désir.

Je mâchai et avalai ; le goût du miel emplit ma bouche. La servante aux yeux verts lui tendit un calice, qu'il porta à mes lèvres.

— Que ton sang connaisse l'ivresse de la passion.

La dernière servante présenta une soucoupe contenant de l'huile, dans laquelle il trempa le bout de ses doigts. Il me barbouilla les sourcils de chrême, puis passa ses doigts sur mes paupières.

— Que ton âme soit emplie de grâce dans le service de Naamah, poursuivit-il dans un souffle.

À travers l'huile, je sentais ses doigts frais sur ma peau – ainsi que le pouvoir qui les habitait. Le visage de Naamah, sensuel et transcendant, dansait devant mes yeux. Paupières refermées, je sentis l'air du temple tourbillonner autour de moi, empli de lumière, d'ailes et de magie céleste. Toutes les histoires que j'avais entendues au sujet de Naamah dans les treize maisons, toutes ces histoires étaient vraies ; et fausses à la fois. Naamah était tout cela et plus encore.

— Qu'il en soit ainsi, dit le prêtre.

Je rouvris les yeux. Les servantes et lui-même s'étaient reculés. Il hocha la tête à mon intention.

— Tu peux maintenant offrir tes services, mon enfant.

Alcuin tint la cage pour moi. Je l'ouvris à gestes précautionneux, puis en sortis la colombe. Plus blanche que la neige, elle ne pesait rien entre mes mains, mais je sentais la vie, toute chaude, qui pulsait en elle – son cœur effrayé qui battait la chamade. Ses plumes étaient douces ; elle se débattit et je craignis d'écraser ses petits os fragiles. Me tournant face à l'autel, je m'agenouillai de nouveau et levai l'oiseau comme pour l'offrir à la statue.

— Naamah la bénie, je te supplie d'accepter mon service, dis-je.

Ma voix n'était plus qu'un murmure ; je ne savais pas pourquoi. J'ouvris les mains. Surprise de sa liberté recouvrée, la colombe s'élança dans l'air ; ses ailes paraissaient agiter la lumière du soleil. Sans la moindre hésitation, elle monta tout droit vers le sommet du dôme, décrivit un large cercle, avant de s'engouffrer dans l'oculus pour filer dans l'azur, dans un halo de plumes éclatantes sous les rayons d'or. Le prêtre suivit son envol, un sourire sur les lèvres.

— Sois la bienvenue, dit-il en se penchant pour me relever.

Il me donna un baiser. Empli de la sérénité d'un millier de rencontres amoureuses, il me couvait gentiment du regard.

— Bienvenue, servante de Naamah.

C'est ainsi que je fus vouée à la vie pour laquelle j'étais née.

Dans les semaines qui suivirent, ma formation débuta.

Delaunay avait retardé l'initiation d'Alcuin au

service de Naamah pour nous permettre de faire nos premiers pas de conserve ; nous étions presque du même âge. Nous allions donc débuter en même temps.

— J'ai organisé une Démonstration, dit-il d'un ton uni, après nous avoir convoqués. Il n'est pas souhaitable que vous vous lanciez dans les mystères de Naamah sans en voir au moins une. Edmonde Noualt, la Dowayne de la maison du Camélia, m'a fait l'honneur d'accéder à ma requête.

C'était tout à fait dans les manières de Delaunay – ce tact subtil – d'avoir pris des dispositions avec une maison à laquelle je n'étais pas liée, pour ne pas susciter de souvenirs de mon enfance dans la Cour de nuit. Je ne pris même pas la peine de lui dire qu'il ne m'en aurait rien coûté ; cela aurait terni la délicatesse de son geste.

Bien qu'il existe une infinité de variations d'accouplements et de plaisirs, la Démonstration donnée à un servant de Naamah fraîchement voué à son service porte toujours sur un accouplement classique : un homme et une femme. Guy nous conduisit à la maison du Camélia ce soir-là. Je fus surprise de la découvrir encore plus pointilleuse que celle du Cereus, même si cela n'aurait pas dû m'étonner. La perfection est le canon de la maison du Camélia et elle s'y conforme jusqu'au moindre détail.

À la porte, nous fûmes accueillis avec la plus exquise affabilité par la seconde de la Dowayne, une grande femme ravissante, avec une longue chevelure noire et une peau de jeune ivoire. S'il y eut de la curiosité ou de l'envie dans son regard devant la beauté surréelle d'Alcuin ou l'étonnante tache carmin dans mon œil, elles furent parfaitement dissimulées.

— Entrez, dit-elle en s'effaçant pour nous laisser passer. Puisque vous avez été voués au service de Naamah, venez découvrir la réalité de ses mystères.

La chambre de Démonstration était très semblable à celle de la maison du Cereus, avec une estrade circulaire jonchée de coussins posée en contrebas de banquettes en gradins qui la flanquaient de tous les côtés. Un voile de gaze enveloppait la scène, éclairée de l'intérieur ; derrière, je distinguais les tentures de velours qui pour l'heure dissimulaient l'entrée.

Il est de coutume dans les treize maisons que les adeptes puissent assister librement aux Démonstrations rituelles ; je ne fus donc pas surprise de voir d'autres personnes arriver. Il en va bien sûr autrement des émoustillements privés, mais les rites de Naamah sont ouverts à tous ses servants. Sans même y songer, je renouai avec l'habitude, m'agenouillant sur les coussins dans la position prescrite, *abeyante*, les mains jointes devant moi. C'était un sentiment étrangement réconfortant ; je sentis le regard oblique d'Alcuin peser sur moi lorsqu'il tenta d'imiter ma posture.

Quelque part dans le fond, un joueur de flûte commença de jouer.

Au début du deuxième mouvement, les tentures de velours froufroutèrent et le couple apparut. Lui était grand avec des cheveux noirs, véritable jumeau de la Dowayne en second dont il était effectivement le frère. Sa partenaire était plus petite de la largeur d'une paume, plus pâle de teint, avec des cheveux couleur d'automne. La maison du Camélia ne connaît que la perfection. Lorsqu'ils se firent face et tendirent leurs mains pour se dévêtir, il apparut sans conteste, même à travers le fin rideau, que tous deux répondaient amplement au canon.

Leur union était comme une danse.

Il la touchait avec révérence, le bout de ses doigts effleurant ses hanches dans une lente caresse ascendante, ramassant la masse glorieuse de sa chevelure pour la laisser couler ensuite sur ses mains comme un fluide étincelant. Ses doigts lui caressèrent le visage, dessinant les contours de ses sourcils, la ligne parfaite de ses lèvres. Les mains en coupe de chaque côté de son visage, elle traça une ligne le long de sa gorge, pour venir les appuyer à plat sur son torse musclé.

Les dons de Naamah sont dans le sang des hommes et des femmes et appartiennent à tous ; même qui n'est pas artiste peut goûter à l'art. Or, ces deux adeptes de la Cour de nuit étaient des maîtres dans l'art de Naamah. À mesure que la passion s'éveillait, le voile de gaze s'écartait doucement. Captivée, j'observais ; ma respiration allait s'accélérant – lorsque je ne la retenais pas. Leurs bras se nouèrent et leurs lèvres s'unirent. Il tenait le visage de Naamah dans ses mains comme le plus précieux des objets ; elle ployait comme un saule sous ses baisers.

C'est ainsi que nous prions, nous les servants de Naamah.

Elle s'écarta pour se mettre à genoux devant lui, balançant ses cheveux vers l'avant pour qu'ils cascadent sur ses hanches ; des boucles soyeuses s'enroulèrent sur son phallus dressé. Je ne distinguais pas les mouvements de sa bouche tandis qu'elle le gratifiait du doux *languissement*, mais le visage de l'homme se figea doucement sous l'effet du plaisir. Je vis les muscles se tendre et s'arquer sur ses fesses. Il remonta les mains sur sa nuque pour dénouer ses mèches qui croulèrent sur ses épaules en un torrent de soie noire.

Les personnes assemblées n'émettaient pas le moindre bruit ; les notes graciles de la flûte habitaient le silence plein de ferveur. Il s'écarta à son tour pour s'agenouiller devant elle. Lentement, elle se laissa aller sur les coussins, ouvrant ses jambes pour lui offrir ses trésors. C'étaient ses cheveux à lui, déployés comme un rideau noir sur ses cuisses, qui maintenant les dissimulaient à ma vue, tandis qu'il cherchait de sa langue la perle de Naamah sertie dans sa châsse délicieuse.

Et il dut la trouver, car elle se cabra de plaisir, tendant les bras pour l'attirer à elle. Il se tint au-dessus d'elle, la pointe de son phallus posée comme en équilibre au seuil de sa faille. Tombant le long de sa tête penchée, ses longs cheveux bruns se mêlaient aux boucles auburn. Jamais je n'avais vu chose plus belle que leur acte d'amour. Le flûtiste fit une pause ; quelqu'un poussa un petit cri étouffé et il la pénétra d'un seul mouvement fluide, comme une épée glisse dans son fourreau jusqu'à la garde. Le son sourd d'un tambour frappé doucement rejoignit les notes flûtées. Il poussait vers l'avant et elle se soulevait pour le recevoir.

Toujours agenouillée et les mains jointes devant moi, je me mis à sangloter devant tant de beauté. Ils étaient pareils à des oiseaux qui se trouvent dans le vent. C'était un rituel et pas seulement un spectacle ; j'en sentais la ferveur et le désir qui m'envahissaient la bouche comme le miel du gâteau. Il roulait sur elle comme des vagues enveloppent une plage ; elle venait à lui comme une marée montante. Leur rythme s'accélérait et la musique allait crescendo. Elle haleta soudain ; ses mains accrochèrent les muscles sur son dos tandis que ses jambes se nouaient autour de lui. Il se cambra alors et son corps se crispa. À l'instant où ils parvinrent au sommet du plaisir, je sentis une chaleur se répandre entre mes jambes.

Puis, trop vite, le voile de gaze commença doucement de se refermer, dissimulant leurs silhouettes noyées dans les ultimes ondes du désir. Je le vis rouler sur le côté ; leurs mains s'unirent tandis que leurs corps demeuraient emmêlés sur les coussins. À côté de moi, Alcuin laissa fuser le soupir qu'il retenait depuis longtemps ; nos regards se croisèrent rapidement.

Une adepte nous conduisit dans un petit salon où un cordial nous fut servi. Avec grâce, la Dowayne en second exprima l'espoir que nous avions apprécié la Démonstration ; et que nous ferions part de nos bonnes impressions à notre maître, Anafiel Delaunay, qui avait toujours le pouvoir de faire et défaire les modes à la cour. J'étais incapable de dire si elle éprouvait du ressentiment ou du mépris à notre égard pour être sous cet auguste parrainage.

10

À juste raison, je supposais qu'après la Démonstration nous allions commencer notre formation dans les arts de Naamah. Et il en fut ainsi, mais pas du tout de la manière que j'avais imaginée.

Delaunay engagea une préceptrice – assurément la meilleure dans ce domaine. Toutefois, ce que je n'avais pas anticipé, c'était qu'elle aurait la cinquantaine sonnée et que son enseignement serait dispensé dans la salle de classe et non pas dans l'alcôve.

Dans sa jeunesse, Cecilie Laveau-Perrin avait été une adepte de la maison du Cereus ; c'était mon ancienne maîtresse, la Dowayne, qui l'avait formée. Elle était l'une des rares personnes à avoir atteint le sommet du succès pour un membre de la Cour de nuit, en réunissant suffisamment de suffrages sur son nom parmi les pairs du royaume pour fonder sa propre maison noble après l'achèvement de sa marque. Pendant sept années, elle avait été l'incarnation de la beauté célébrée par toute la royauté. Pairs et poètes se pressaient chez elle où elle entretenait une cour. Elle accordait les faveurs de sa chambre à qui elle voulait ; ou pas du tout.

Pour finir, elle choisit de se marier pour se retirer

de ce demi-monde. Son choix s'arrêta sur Antoine Perrin, chevalier de l'ordre du Cygne, un homme pondéré à la fermeté inébranlable, qui avait quitté son fief pour servir comme conseiller militaire auprès du roi. Ils menaient une vie retirée et paisible, sans jamais plus s'aventurer sur le terrain des affaires courtisanes. Après le décès prématuré de son mari, elle avait conservé le même mode de vie. Apparemment, Delaunay était l'une des rares personnes à l'avoir connue dans les deux mondes.

Je savais tout ça pour avoir écouté à la dérobée leur entretien le jour où elle avait accepté de s'occuper de notre instruction. Ce n'est pas très glorieux, j'en conviens, mais je n'éprouvais aucun remords. Après tout, n'était-ce pas ce à quoi j'étais formée ? Delaunay nous avait appris à récolter les secrets par tous les moyens. Il y avait un appentis dans la cour où l'on faisait sécher les herbes du jardin. Entre un placard et une fenêtre ouverte, il y avait un espace où quelqu'un d'assez petit pouvait se glisser pour entendre tout ce qui se disait dans la cour. Après les amabilités d'usage, Delaunay avait formulé sa demande.

La voix de Cecilie, unie et melliflue, avait conservé tout son charme. J'y percevais encore le phrasé délicat de la maison du Cereus – les pauses attentives, les respirations suspendues. Je doute qu'une oreille novice eût pu les entendre, les années de retraite l'avaient légèrement estompé.

— Ce que vous me demandez est impossible, Anafiel. (J'entendis un froufrou ; elle agitait la tête.) Vous savez bien que je me suis depuis longtemps retirée du service de Naamah.

— Faites-vous si peu de cas de votre engagement ?

(Le ton de Delaunay était doux et aimable.) Je ne vous demande pas de prodiguer une instruction charnelle, Cecilie ; tout au plus d'instruire. Tous les grands textes… l'*Ecstatica*, le *Voyage de Naamah*, les *Trois Mille Joies*…

— Voulez-vous que je fasse découvrir au garçon l'*Ode d'Antinoüs à son aimé* ?

Son ton était léger mais, pour la première fois, j'y relevai une note d'acier.

— Non ! s'exclama, d'un cri, Delaunay.

Lorsqu'il poursuivit, sa voix me parvint d'un autre endroit. Il avait dû se lever pour marcher à grands pas. Il avait repris la maîtrise de lui-même et son ton s'était fait sec.

— Évoquer ce poème est chose interdite, Cecilie. Vous devriez le savoir.

— Oui, répondit-elle sans chercher à s'excuser en quoi que ce fût. Pourquoi faites-vous cela ?

— Demandez plutôt qui fut la plus grande courtisane de ce temps !

Il s'était maintenant fait charmeur à l'excès ; bien rares étaient les fois où Delaunay devenait évasif. Mais Cecilie Laveau-Perrin n'entendait pas être juste payée de quelques mots.

— Ce n'était pas l'objet de ma question.

— Pourquoi, pourquoi, pourquoi, pourquoi. (Sa voix bougeait de nouveau ; il avait repris sa marche agitée.) Pourquoi ? Je vais vous le dire. Parce qu'il y a des lieux et des personnes qui me demeurent inaccessibles, Cecilie. À la Cour de la chancellerie, au trésor, les secrétaires de la garde du Petit Sceau… Partout où se joue véritablement la marche du royaume, les alliés d'Isabel me ferment les portes. On ne peut pas les contourner, Cecilie, mais on peut les séduire. Je connais leurs vices, je connais leurs désirs. Je sais comment les atteindre.

— Je sais tout ça. (La douceur de son ton tempérait celui de Delaunay.) Je vous connais depuis longtemps. Vous m'avez accordé votre confiance et je sais comment vous pensez. Ce que je vous demande, Anafiel, c'est *pourquoi*. Pourquoi faites-vous cela ?

Il y eut un long silence. J'étais tassée dans ce minuscule réduit et mes muscles en étaient tout endoloris. L'air était immobile ; l'appentis embaumait la lavande et le romarin.

— Vous savez très bien pourquoi.

Ce fut son unique réponse. Je me mordis la langue pour ne pas lui crier de l'interroger encore. À l'évidence, quoi qu'il eût voulu dire, elle l'avait compris. Comme elle l'avait dit, elle le connaissait depuis bien longtemps.

— Encore aujourd'hui ? demanda-t-elle gentiment, avant d'enchaîner plus vivement. Vous avez fait une promesse. Très bien. Je l'honorerai moi aussi, Anafiel, pour ce qu'elle vaut. J'initierai vos pupilles aux grands textes de l'amour – ceux qui ne sont pas interdits – et je les instruirai dans les arts de Naamah. Si vous me jurez qu'ils se sont tous deux voués à son service de leur propre volonté, alors je le ferai.

— Je vous le jure, dit-il d'une voix où perçait le soulagement.

— Que savent-ils au juste ?

— Ils en savent suffisamment. (Il se refermait.) Assez pour savoir où ils vont. Pas assez pour risquer d'être tués.

— Isabel L'Envers est morte, Anafiel, dit-elle d'une voix douce, un peu comme on s'adresse aux enfants effrayés par la nuit. Croyez-vous vraiment que sa rancune subsistât outre-tombe ?

— Oui, elle demeure en ceux qui lui obéissent, répondit-il d'un ton lugubre. Isabel L'Envers de la Courcel était mon ennemie, mais nous savions à quoi nous en tenir l'un envers l'autre. Nous aurions même pu finir alliés, lorsque la fille de Roland aurait atteint l'âge de monter sur le trône. Aujourd'hui, tout est changé.

— Mmm. (Je perçus un tintement léger, celui d'un pichet de vin posé sur le bord d'un verre.) Saviez-vous que la blessure de Maslin d'Aiglemort s'est infectée ? Il est mort voici deux jours. Isidore va être fait duc d'Aiglemort dans une quinzaine, et il a d'ores et déjà demandé au roi cinq cents hommes supplémentaires.

— Il aura les mains bien occupées à garder la frontière.

— C'est exact. (Dans sa voix, les nuances de la maison du Cereus avaient cédé le pas à une note pensive.) Néanmoins, il a trouvé le temps d'une visite en Namarre, où il est allé rendre hommage à Melisande Shahrizai en la demeure qu'elle y a. Et voilà qu'on voit ces jours-ci Melisande en compagnie du prince Baudoin. Il se dit que la Lionne de l'Azzalle voit la chose d'un mauvais œil.

— Melisande Shahrizai collectionne les cœurs comme le jardinier royal ramasse ses semis, dit Delaunay d'un ton fataliste. Gaspar dit que Marc en touchera un mot à son fils si cela devient nécessaire.

Un autre tintement cristallin ; un verre venait d'être empli de nouveau sur l'une des tables basses recouvertes de faïence émaillée. J'avais appris à discerner ces nuances, malgré le torticolis qui me venait.

— Peut-être, mais ne sous-estimez aucune d'entre elles, pas plus la Shahrizai que la Lionne. Je ne crois pas que l'une d'elles commettrait cette erreur vis-à-vis de l'autre. N'oubliez pas, Anafiel, que c'est de n'avoir pas compris les femmes que vous avez connu la chute. (J'entendis le doux chuintement de sa robe tandis qu'elle se relevait.) Je serai là demain matin et nous commencerons l'éducation des enfants. Bonne nuit, mon cher.

J'écoutai encore le bruit de ses pas s'en allant, avant de m'extraire de ma cache pour courir raconter à Alcuin tout ce que j'avais entendu.

Et bien sûr, pour spéculer sur ce que tout cela pouvait bien signifier.

À la lumière du jour, Cecilie Laveau-Perrin était grande et fine, avec une jolie silhouette et des yeux bleu clair, de la couleur d'une lobélie à peine éclose. Il est toujours étonnant chez les adeptes de la maison du Cereus qui ne se fanent pas avec le temps de voir peu à peu paraître l'acier. Par ce trait, elle me rappelait la Dowayne, mais elle était plus jeune et plus aimable. Pour autant, c'était une pédagogue exigeante ; sans tarder, elle nous fit lire et retenir le premier des grands textes dont Delaunay avait parlé.

Pour Alcuin, ce fut une révélation. Lorsque nous avions assisté à la Démonstration, je n'avais pas pris la pleine mesure de sa naïveté. Si étonnant que cela puisse paraître, il ne cernait pas tout à fait la mécanique des mouvements de ceux qui rendent hommage à Naamah. Moi qui n'étais pas encore entrée dans la danse, je n'en connaissais pas moins chaque rouage sur le bout de mes doigts. Alcuin n'avait que l'instinct de son cœur généreux et de sa chair affamée, pareil en cela à n'importe quel paysan.

Plus tard, je compris que cela faisait partie de son charme, ainsi que Delaunay l'avait voulu. Sa douceur d'une fraîcheur intacte était l'essence même de sa séduction, irrésistiblement envoûtante aux yeux des êtres tout en sophistication. À cette époque, je ne le voyais pas. Le soir, lorsque nous étudiions ensemble, je le regardais lire, les lèvres entrouvertes, les traits empreints de son étonnement ébahi.

— « La caresse de la gerbe de blé, murmura-t-il d'une voix étranglée. Placez vos mains sur la taille de votre aimé, remontez-les lentement, rassemblez et soulevez ses cheveux pour qu'ils flottent comme une gerbe d'épis, puis laissez-les retomber en une douce pluie. » Tu connaissais ça, Phèdre ?

— Oui, répondis-je en fixant mon regard dans ses yeux noirs. Ils ont fait ça à la Démonstration. Tu ne te souviens pas ?

Je connaissais ces choses depuis mon enfance ; j'avais grandi en les apprenant. Ne pas les pratiquer moi-même me rendait peu à peu folle – lentement mais sûrement.

— Je me souviens. Et la caresse du vent d'été ? (Il lut les instructions à voix haute, agitant doucement la tête de surprise et d'incrédulité.) Est-ce que ça marche vraiment ?

— Je vais te montrer.

Si je n'en connaissais pas plus que lui en pratique, au moins avais-je déjà vu d'autres accomplir ces gestes. Je le conduisis sur le sol où nous nous agenouillâmes, face à face. Son visage était grave, avec une petite touche d'incertitude. Je plaçai l'extrémité de mes doigts tout doucement au sommet de son crâne, effleurant à peine ses cheveux aussi blancs que le lait. Ensuite, avec une légèreté infinie, je les fis courir le long de ses mèches soyeuses, puis sur ses épaules et le long de ses bras minces. Mon cœur s'accéléra et je sentis monter en moi une étrange certitude. Je le touchais à peine ; le bout de mes doigts survolait sa peau pâle. Ses poils transparents se dressèrent, pareils à un champ de blé sous une brise d'été.

— Tu vois ?

— Oh ? (Alcuin s'écarta, contemplant stupéfait la chair de poule que le plaisir avait amenée.) Tu sais tellement de choses !

— Tu es meilleur que moi pour les choses auxquelles Delaunay accorde vraiment de l'importance, répliquai-je instantanément.

C'était vrai. Malgré tout ce que j'avais appris, je n'avais pas l'incroyable facilité avec laquelle Alcuin observait et retenait. Il se souvenait de conversations entières, qu'il pouvait ensuite restituer fidèlement, jusqu'au ton de ceux qui s'étaient exprimés.

— Alcuin, repris-je en adoptant les intonations enjôleuses de la maison du Cereus que j'avais entendues dans la voix de Cecilie. Nous pouvons pratiquer si tu veux. Cela nous aiderait tous deux à retenir les leçons.

Alcuin secoua la tête, faisant naître un chatoiement d'argent, ses yeux ronds d'ingénuité.

— Delaunay ne veut pas. Tu le sais.

C'était vrai, Delaunay avait été très clair sur la question ; même la perspective d'étoffer ses connaissances ne parvenait pas à pousser Alcuin dans la désobéissance. Avec un soupir, je retournai à mes livres.

Bien évidemment, rien ne m'interdisait de pratiquer sur moi-même.

Je débutai cette nuit-là, dans la pénombre de ma

petite chambre, où je dormais seule. Nous étudiions ces jours-là les premières caresses de l'éveil. Rejetant ma courtepointe pour être nue sur mon lit, je murmurai le nom de chacune d'elles en traçant de mes doigts leurs cheminements sur ma peau, jusqu'à ce que mon sang devienne brûlant dans mes veines.

Malgré tout, je me contins de chercher la délivrance que je savais pouvoir obtenir, m'en tenant scrupuleusement aux leçons qui nous étaient dispensées. Je ne saurais dire pourquoi, si ce n'est que c'était un véritable tourment – une brûlure délectable pour moi.

Plus ancienne et plus avisée que Delaunay dans le service de Naamah, Cecilie Laveau-Perrin sut voir que j'étais sur des charbons ardents. Nous lisions le *Florilège des sept cents baisers* (qui pour la plupart échappaient à mes aptitudes pratiques) d'Emmeline d'Eisande lorsque je sentis peser sur moi son regard perspicace.

— Tu es impatiente de mettre en œuvre ces théories, n'est-ce pas ? me demanda-t-elle.

— Non, ma dame.

Entraînée depuis toujours à l'obéissance, ma réponse avait fusé sans que j'y pense. Je levai les yeux et croisai son regard ; je déglutis.

— Ma dame, j'ai grandi dans la Cour de nuit. Si j'avais été autorisée à y demeurer, mon entraînement aurait débuté il y a un an déjà. Aujourd'hui, peut-être en serais-je à économiser pour ma marque. Peut-être même à payer le marquiste pour qu'il pose son esquisse si le prix de ma virginité avait été suffisamment élevé. Alors oui, je suis impatiente.

— C'est donc la perspective de l'argent qui

t'aiguillonne, hmm ? dit-elle en me caressant les cheveux, un mince sourire sur les lèvres.

— Non, répondis-je d'une voix sourde, en me laissant aller sous sa main.

— C'est donc le signe de Kushiel qui te pousse.

Elle attendit en silence, jusqu'à ce que je lève la tête de nouveau, passablement étonnée. Jamais auparavant elle ne m'en avait parlé et personne au sein de la maison du Cereus ne savait ce que j'étais. Cecilie rit.

— Anafiel Delaunay n'est pas le seul érudit au monde, ma belle ; j'ai moi-même lu mon content depuis mon départ de la Cour des floraisons nocturnes. Mais ne crains rien. Je ne dévoilerai pas le secret d'Anafiel avant qu'il soit prêt à te montrer au jour. D'ici là, il n'y a rien que tu puisses faire hormis endurer les tourments que tu t'infliges à toi-même.

Mon visage s'empourpra ; j'étais suffoquée par la gêne.

— Le prolongement du désir ne peut que rendre meilleure sa satisfaction. (Elle tapota doucement ma joue en feu.) Si tu veux améliorer tes connaissances, utilise un miroir et une chandelle pour voir ce que tu fais – et étudier les contours du désir.

C'est ce que je fis cette nuit-là. À la lueur de ma bougie, je relevai le tracé de l'éveil du désir sur ma peau, l'observant tandis qu'elle s'empourprait et changeait, tout en songeant au fait que Cecilie savait et Alcuin aussi. Avec un délicieux frisson de culpabilité et de honte, je me demandai si l'un ou l'autre avait averti Delaunay de ce que je commettais en secret.

Ainsi se poursuivait mon éducation.

11

Au cours des deux années qui suivirent, nous ne fîmes qu'étudier, et rien d'autre, au point que je crus parfois que j'allais en mourir. Pour couronner le tout, Hyacinthe, mon unique ami, ne m'était d'aucun secours.

— Je ne peux pas te toucher, Phèdre, me dit-il, avec une note de regret dans la voix, en agitant ses boucles brunes. (Nous étions assis dans la salle de l'auberge du *Jeune Coq*, qui lui tenait lieu de quartier général.) Pas de cette manière. Je suis un Tsingano et toi tu es une servante sous contrat. C'est *vrajna*, interdit par les lois de mon peuple.

J'ouvris la bouche pour répliquer, mais avant que le moindre son en sorte, une jeune noble s'écarta en gloussant de la tablée de noceurs installés au beau milieu de l'auberge. Il était à la mode chez les jeunes nobliaux audacieux, garçons et filles, de courir les ruelles et établissements du Seuil de la nuit, en groupes de sept ou huit, pour lever le coude et se frotter aux poètes, aux joueurs et aux gens du commun.

Hyacinthe était lui-même devenu un personnage en vogue.

— Ô prince des voyageurs, commença-t-elle d'un ton solennel, avant de rire encore en jetant des coups d'œil vers ses amis hilares, puis d'ânonner difficilement le reste de sa tirade. Ô… ô prince des voyageurs, si j'orne la paume de ta main d'une pièce d'or, liras-tu l'avenir écrit dans la mienne ?

À la perspective d'une pièce d'or, Hyacinthe – qui à ma connaissance ne s'était jamais aventuré au-delà des limites du Seuil de la nuit – adopta ses meilleures manières de prince des voyageurs, se levant pour la saluer gracieusement, une lueur de malice amusée au fond de ses yeux de braise.

— Étoile de mes soirs, répondit-il, plein d'une enjôleuse révérence, je suis à vos ordres. Pour une pièce, une réponse, telle qu'écrite par la plume du destin au creux de votre main. Que voulez-vous savoir, charmante dame ?

M'ignorant à dessein, elle lissa le devant de sa robe, puis s'assit à côté de mon ami, bien plus près qu'il était nécessaire. Elle lui tendit la main, avec l'air de lui accorder une immense faveur, puis se pencha pour murmurer sa requête.

— Je voudrais savoir si René LaSœur me prendra pour épouse.

— Hmm, émit Hyacinthe en regardant intensément la surface de sa paume.

Elle tenait son regard fixé sur la tête penchée du garçon. Elle inspirait par saccades ; je voyais sa poitrine se soulever. Son décolleté était audacieusement profond et sa gorge parée d'un collier filigrané audacieusement cher. De l'autre côté de la salle, ses amis s'étaient regroupés pour suivre la scène. Les petits messires entouraient l'un d'entre eux, le poussant du coude et ricanant. Il supportait cela les bras croisés, mais ses narines étaient pincées sous l'effet de la contrariété. Parfaitement maîtresse d'elle-même, l'une des jeunes nobles souriait sous cape d'un air entendu. Il n'était nullement nécessaire de maîtriser le *dromonde* pour répondre à sa question ; Hyacinthe y répondit sans même tourner les yeux, secouant négativement la tête.

— Belle dame, la réponse est « non ». Je vois bien une union, mais pas avant trois ans d'ici. Et je vois aussi un château avec trois tours debout et une autre qui s'écroule.

— Le comte de Tour Perdue !

Elle retira sa main pour se la poser sur la bouche. Ses yeux brillaient.

— Oh ! oh !

Elle tendit la main pour poser ses doigts sur la bouche de Hyacinthe.

— Ma mère sera folle de joie d'entendre ça. Mais vous ne devez en parler à personne. Jurez-le-moi !

D'un geste vif et charmant, il saisit entre ses doigts ceux qu'elle avait posés sur ses lèvres pour y déposer un baiser.

— Ma dame magnifique, je suis plus muet qu'une tombe. Que la vie vous apporte joie et prospérité !

Fouillant dans la bourse accrochée à sa ceinture, elle tira une nouvelle pièce qu'elle lui tendit.

— Merci, oh ! merci ! Et n'oubliez pas, pas un mot !

Il se leva pour la saluer d'une révérence tandis qu'elle se hâtait de rejoindre ses amis, racontant avec fougue la première baliverne qui lui vint à l'esprit, pour ne rien dire de la bonne fortune qu'on lui avait annoncée. Hyacinthe se rassit et fit prestement disparaître ses deux pièces ; il avait l'air fort satisfait de lui.

— Est-ce vrai ? lui demandai-je.

— Qui sait ? répondit-il avec un haussement d'épaules. J'ai vu ce que j'ai vu. Il y a plus d'un château avec une tour écroulée. Elle croit ce qu'elle veut.

Ce n'étaient pas mes affaires si Hyacinthe vendait des rêves et des demi-vérités à de jeunes damoiselles bien mises, mais quelque chose me préoccupait tout de même.

— Tu sais, Delaunay possède un parchemin écrit par un érudit qui a voyagé avec une troupe de Tsingani et consigné leurs mœurs et coutumes. Or, il affirme qu'un homme tsingano ne peut pas tenter d'obtenir le *dromonde* ; c'est *vrajna*, Hyacinthe. Pis que tout, pis encore que de frayer avec une servante *gadje.* Ce que ta mère t'enseigne est chose défendue. Et d'ailleurs, tu ne peux pas être un vrai Tsingano, pas avec du sang d'Angelin d'un côté. Ta mère a été bannie pour ça, n'est-ce pas ?

J'avais parlé sans réfléchir, sous le coup de mes désirs frustrés et du dépit de le voir minauder devant des jeunes nobles. Toutefois, j'avais peut-être été trop loin cette fois. Ses yeux lancèrent des éclairs, pleins et de fierté et de colère.

— Tu parles de ce que tu ne connais pas ; quelque chose dont tu n'as même pas le droit de parler. Ma mère est une princesse tsingana et le don du *dromonde* m'appartient par le sang ! Que peut bien savoir l'érudit *gadje* de ton Delaunay au sujet de ces choses-là ?

— Suffisamment en tout cas pour savoir qu'une princesse tsingana ne fait pas des lessives pour vivre, répliquai-je.

À ma grande surprise, Hyacinthe éclata de rire.

— S'il pense vraiment ça, alors il n'a pas appris grand-chose des Tsingani. Depuis des siècles, nous survivons comme nous le pouvons. Mais peu importe ; je gagne maintenant suffisamment d'argent pour qu'elle n'ait plus à laver le linge des autres. (Il me regarda avec un air devenu sérieux, puis haussa les épaules.) Il y a peut-être un peu de vrai dans ce que tu dis. Je ne sais pas. Lorsque je serai grand, je partirai à la recherche du peuple de ma mère. Mais d'ici là, je dois avoir foi dans ce qu'elle dit. J'en sais suffisamment sur son don pour ne pas me risquer à défier ses paroles.

— À moins que tu craignes Delaunay, grommelai-je.

— Je n'ai peur de personne !

Il ressemblait tellement au garçon qu'il était la première fois que je l'avais vu, bombant son petit torse malingre, que je ne pus me retenir de rire ; notre querelle fut instantanément oubliée.

— Hé ! Tsingano !

C'était l'un des jeunes gandins, saoul et arrogant. Il tituba jusqu'à nous ; l'une de ses mains glissait doucement vers la garde de sa rapière. Il était élégamment vêtu et une lueur cruelle flambait dans son regard. D'un geste négligent, il lança sa bourse sur la table. Elle atterrit avec un petit son métallique.

— Combien pour une nuit avec ta sœur ?

Je ne sais ce que nous aurions répondu, l'un comme l'autre. J'avais coutume de m'aventurer bien mise dans le Seuil de la nuit et nous nous tenions toujours dans l'un des coins les plus sombres, à l'écart du grand foyer. À l'auberge du *Jeune Coq*, Hyacinthe était connu et pas qu'un peu apprécié ; les tenanciers et leur personnel toléraient mes visites mystérieuses sans se montrer indiscrets en ma présence.

Toutes ces pensées traversèrent mon esprit en un éclair, bien vite suivies d'un sentiment de plaisir et de fierté mêlés à l'idée que le regard de ce jeune seigneur eût percé les ténèbres pour se poser sur moi avec désir. Et puis, juste après, j'eus une bouffée d'intense excitation à la perspective de me vendre, sous le nez de Delaunay, à un étranger dont la main sur l'épée et la désinvolture pleine de morgue me laissaient espérer de ces manières rugueuses dont la simple évocation me laissait pantelante.

En l'espace d'une seule respiration, je songeai à tout cela, avisant le regard gourmand que Hyacinthe avait posé sur la bourse.

Puis Guy, l'homme de Delaunay, arriva.

— Tu n'as pas les moyens de t'offrir sa virginité, mon jeune ami.

Le ton de sa voix, qu'on entendait très rarement, était aussi calme qu'à l'accoutumée, mais la pointe de son poignard était posée sous le menton du godelureau et j'aperçus l'éclat d'une seconde dague contre son ventre. Je ne l'avais même pas vu entrer dans l'auberge. Le jeune noble se tenait immobile, le menton dressé et les yeux fulminants, tétanisé par l'acier et l'humiliation.

— Va donc rejoindre tes compagnons.

Le calme de sa voix et le froid de ses lames étaient plus convaincants que le bruit et les cris auraient pu l'être. Je vis le jeune homme déglutir avec difficulté ; toute son arrogance s'en était allée. Il fit demi-tour sans rien dire pour s'en retourner d'où il était venu. Guy rangea ses poignards sans rien ajouter.

— On s'en va, maintenant, dit-il finalement en

relevant la capuche de mon manteau pour me la nouer sous le menton.

Je suivis avec obéissance, n'ayant que le temps d'un petit salut de la main pour mon ami ; Guy me conduisit à travers la foule. Depuis toujours, Hyacinthe avait l'habitude de mes départs précipités ; il prenait les choses avec philosophie et placidité.

Le trajet du retour me parut interminable. Engoncée dans mon gros manteau, je ne disais rien. Ce fut Guy qui rompit le silence.

— Parfois, le choix ne nous appartient pas. (Dans l'obscurité du fiacre, je ne distinguais pas son visage ; je ne pouvais qu'entendre le ton étale de sa voix.) Mes parents m'ont confié à la Fraternité cassiline alors que je n'étais qu'un bébé, Phèdre. Puis la Fraternité m'a rejeté lorsque j'avais quatorze ans parce que j'avais brisé mon serment avec la fille d'un fermier. Je suis venu à la Ville pour mener une vie de criminel. J'étais doué, mais je me méprisais et je voulais mourir. Un jour, alors que je pensais ne pas pouvoir tomber plus bas, j'ai accepté l'engagement que m'offrait l'émissaire d'un très puissant personnage : il suffisait d'assassiner un noble à son retour d'une fête.

— *Delaunay*, murmurai-je dans un souffle.

Guy ne releva pas.

— J'étais résolu à réussir ou à mourir, mais le noble est parvenu à me désarmer. Alors que j'attendais le coup de grâce, il s'est mis à me parler. « Mon ami, tu combats comme un homme formé par la Fraternité cassiline. Comment se fait-il que tu te livres à des actes si peu fraternels ? » À ces mots, je me suis effondré, en larmes.

J'attendis la suite, mais Guy s'absorba dans un

long silence. Je n'entendais plus rien, hormis le bruit des sabots et les sifflements du cocher.

— Nous ne choisissons pas nos dettes, dit-il finalement. Mais toi comme moi avons une dette envers Anafiel Delaunay. Ne cherche pas à le trahir. Un jour, peut-être, ta dette sera acquittée, Phèdre. La mienne durera jusqu'à la mort.

La nuit était fraîche ; ses mots firent courir un froid glacial jusque dans mes os. Je frissonnai dans mon manteau, puis songeai à ce qu'il venait de raconter, m'étonnant du pouvoir de Delaunay de toucher un cœur endurci par le crime et le désespoir.

Néanmoins, si Guy était l'homme de Delaunay jusqu'à la mort, il n'était pas ce que j'étais : sa pupille et son élève. Ses paroles – le plus grand nombre qu'il m'avait jamais été donné d'entendre sortir de sa bouche – trouvèrent leur place dans le vaste puzzle de mon esprit, pour former une question essentielle.

— Qui voulait la mort de Delaunay ?

Dans la pénombre, je sentis son regard passer sur moi.

— Isabel de la Courcel, répondit-il tranquillement. La princesse consort.

L'incident de ce soir-là demeura dans mon esprit ; c'était le premier de cette nature, et le dernier. Pendant tout le temps où je connus Guy, jamais plus il ne me parla de cette histoire – ou de notre dette envers Delaunay. Néanmoins, ses mots produisirent l'effet escompté, car jamais je ne tentai de trahir mon maître.

Le passé de Delaunay et sa vieille inimitié avec la princesse consort constituaient la principale énigme au cœur de ma vie. En dépit du fait que cela faisait sept années qu'Isabel était au tombeau, comme je ne pouvais l'ignorer, leur querelle demeurait au centre de la trame des renseignements que Delaunay collectait. À quelle fin, je n'en avais aucune idée ; je passais d'interminables heures à spéculer en vain avec Hyacinthe – et Alcuin aussi. Le mystère Delaunay fascinait Alcuin autant que moi, sinon plus.

Et de fait, à mesure qu'Alcuin quittait l'enfance pour se faire jeune homme, baigné dans l'enseignement de Cecilie Laveau-Perrin, je vis se transformer la nature de son regard pour Delaunay. L'affection spontanée, si charmante chez lui lorsqu'il était enfant, devint une forme d'adoration bien différente, placée sous le double signe de la tendresse et de la ruse.

Je lui enviais le luxe de cette lente épiphanie et m'alarmais de la réponse qu'y donnait Delaunay – une mise à distance prudente qui en disait long. Je ne crois pas que Delaunay fût lui-même conscient du phénomène ; moi, je l'étais.

Quelques semaines avant le seizième anniversaire d'Alcuin, les alliés du Camlach emportèrent une immense victoire sur les razzieurs skaldiques. Emmené par le jeune duc Isidore d'Aiglemort, le duché du Camlach avait uni ses forces pour chasser les Skaldiques hors des montagnes et les repousser bien loin à l'intérieur de leur territoire.

Aux côtés des alliés du Camlach chevauchaient le prince Baudoin de Trevalion et ses Chasseurs de gloire.

Apparemment, le duc d'Aiglemort avait reçu des informations indiquant que les Skaldiques se préparaient à lancer une attaque concertée sur les trois grandes passes de la ligne camaeline. Personne ne contesta la sagesse dont il avait fait preuve en appelant le Camlach aux armes sous sa bannière… mais lors des réunions chez Delaunay et dans les coins sombres du Seuil de la nuit, j'entendais murmurer sur l'heureuse coïncidence de la présence de Baudoin de Trevalion et de sa brigade sauvage en Aiglemort, précisément au même moment.

Quoi qu'il en fût, c'était une victoire éclatante, la plus grande conquête de territoires depuis la bataille des Trois Princes. Le roi aurait été bien sot de refuser au Camlach un triomphe royal… ou d'omettre de saluer la participation du prince Baudoin à la bataille. Mais « sot », Ganelon de la Courcel ne l'était pas.

Il advint que le triomphe fut organisé le soir même de l'anniversaire d'Alcuin et que la procession devait suivre un trajet passant précisément sous les fenêtres de la demeure de Cecilie. Prenant ces signes pour autant de présages, elle organisa une grande fête, ouvrant sa maison à tous, presque comme aux bons vieux jours.

Seulement, cette fois, nous étions tous conviés.

12

Je n'ai jamais vu Delaunay se tracasser de son apparence – alors qu'il était toujours au faîte de l'élégance – mais le jour du triomphe, il hésita sur sa tenue comme un adepte avant son premier rendez-vous, choisissant finalement des chausses et un pourpoint de velours noir sur lequel la tresse de ses cheveux se détachait comme une flamme auburn.

— En quoi est-ce si important, messire ? demandai-je en ajustant la pomme d'ambre accrochée à sa ceinture.

Bien évidemment, Delaunay avait son valet personnel, mais en certaines occasions, il m'autorisait à prendre en charge les détails. On ne grandit pas dans la Cour de nuit sans acquérir un œil aigu et des doigts de fée pour toutes ces questions.

— Mais pour Cecilie, bien sûr. (Il me gratifia de son sourire, toujours aussi inattendu et émouvant.) Elle n'a pas organisé pareil événement depuis la mort d'Antoine. Je ne souhaite surtout pas la mettre dans l'embarras.

Donc, il l'avait aimée ; je m'étais doutée qu'il avait dû en être ainsi. Pendant les cinq années que j'avais passées chez lui, Delaunay avait eu d'innombrables maîtresses ; ce n'était pas une nouveauté. Bien des fois, je les avais entendues après le départ des autres invités ; quelques mots chuchotés par Delaunay, puis le rire émoustillé d'une femme. Je ne les voyais pas comme une menace. Au bout du compte, elles partaient, tandis que moi je restais.

Alcuin était une autre question, bien sûr, mais ça… Sa dévotion pour une maîtresse qui avait longtemps été l'un des plus beaux boutons de la Cour des floraisons nocturnes me touchait vraiment et profondément. Mes yeux s'embuèrent ; je respirai les délicates fragrances de cire d'abeille et de clou de girofle de la pomme d'ambre pour dissimuler mon trouble, appuyant ma joue contre son genou gainé de velours.

— Phèdre. (Les mains de Delaunay m'aidèrent à me lever ; je cillai.) Tu feras honneur à ma maison, comme toujours. Mais n'oublie pas qu'il s'agit des débuts d'Alcuin. Sois aimable et charmante. (Il m'accorda une nouvelle fois son sourire contagieux.) Viens. Allons faire notre inspection.

— Oui, messire, murmurai-je, en faisant de mon mieux pour paraître gracieuse.

Si on m'avait demandé mon avis, j'aurais juré que Delaunay avait dû parer Alcuin comme un prince. Et j'aurais eu tort. Rien n'était plus aisé que de sous-estimer sa subtilité. Nous allions assister à un triomphe royal ; les invités de Cecilie allaient voir par dizaines des nobles sur leur trente et un. En fait, si la mise d'Alcuin avait quoi que ce fût à voir avec la royauté, c'était parce qu'il était attifé comme un garçon des écuries du roi.

Ce fut ce que je pensai tout d'abord en posant les yeux sur lui.

Au deuxième coup d'œil, je remarquai que sa

chemise blanche n'était pas de toile, mais de batiste, si fine qu'on n'en distinguait pas la trame ; et ce que j'avais d'abord pris pour des chausses de bougran était en fait de moleskine. Ses hautes bottes de cuir noir étaient cirées au point qu'on pouvait se mirer dedans.

Ses cheveux somptueux retombaient simplement sur ses épaules, brossés jusqu'à prendre l'aspect d'une rivière d'ivoire. Ils s'étalaient sur ses épaules et dans son cou, mettant en valeur la beauté intacte de son visage grave et timide, frais émoulu de l'adolescence, au milieu duquel luisaient les yeux noirs et solennels par lesquels il découvrait le monde. Delaunay était un génie. D'une certaine manière, la rusticité de la tenue – ou son élégante duplication – contribuait à faire ressortir le charme irréel d'Alcuin.

— Très joli, dit Delaunay, d'un ton dans lequel je perçus de la satisfaction et peut-être quelque chose d'autre encore.

Sois aimable, songeai-je. *Après tout, il te permet d'être ici.*

— Tu es magnifique, dis-je à Alcuin.

Et en toute sincérité, il l'était.

— Et toi aussi !

Il me saisit la main en souriant. Il n'y avait nulle trace d'envie chez lui.

— Oh ! Phèdre…

Je reculai légèrement et lui rendis son sourire en secouant doucement la tête.

— C'est ta soirée, ce soir, Alcuin. Mon tour viendra.

— Bientôt, ou sinon tu nous rendras tous fous, dit Delaunay avec humour. Allons-y maintenant. Le fiacre nous attend.

La maison de Cecilie Laveau-Perrin était plus grande que celle de Delaunay, et plus proche du palais. Un valet en livrée nous accueillit à la porte, pour nous escorter à l'étage par un large escalier tournant. Le troisième étage était entièrement dévolu aux festivités, avec un vaste espace sous de hauts plafonds meublé d'une longue table nappée de lin immaculé, un salon mariant confort et élégance, et une salle de bal au parquet ciré. Des portes cintrées donnaient de cette salle sur une terrasse extérieure surplombant le parcours du triomphe. Un quatuor de musiciens sur une estrade dans un angle jouait un air majestueux, auquel personne ne semblait prêter attention. Malgré la fraîcheur – nous étions toujours en hiver – les invités déjà arrivés se pressaient sur la terrasse.

— Anafiel !

Avec l'instinct infaillible qui avait fait la renommée de son hospitalité, Cecilie nota l'instant exact de notre arrivée, venant elle-même nous accueillir sur le seuil.

— Quel plaisir de vous voir.

Malgré les heures que j'avais passées en sa compagnie à étudier, c'était la première fois que je remarquai à quel point elle avait de l'allure. Toutes les adeptes de la Cour de nuit ne supportent pas le passage du temps avec grâce et élégance ; Cecilie, elle, y était parvenue. Si ses cheveux blonds étaient parsemés de fils gris, ils faisaient paraître un peu criardes les teintes plus jeunes, et les quelques rides autour de ses yeux étaient des marques de sa bonté et de sa sagesse.

— Tu es sublime, dit Delaunay, d'une voix tendre.

Elle rit, libre et charmante.

— Tu mens toujours comme un poète, Anafiel. Approche, Alcuin, laisse-moi te regarder. (L'œil critique, elle l'examina, puis ouvrit légèrement son col pour révéler le creux délicat à la base de son cou.) Voilà, conclut-elle en tapotant sa joue. Le triomphe vient juste de partir du palais ; cela me laisse le temps de te présenter à mes invités. Mais tu sais, ce n'est pas une obligation. Si tu n'en as pas envie, il te suffit de le dire.

— Je sais, répondit Alcuin, avec son sourire le plus serein.

— Alors, c'est parfait. Au besoin, tu murmures ou tu hoches la tête. (Elle se tourna vers moi.) Phèdre… (Par ce simple mouvement, elle avait donné vie à ses pendants de diamant, qui brillaient de mille feux dans la lumière.) Veille à ne pas déclencher d'incendie, ma jolie.

J'acquiesçai d'un murmure indistinct, tout interdite de son étonnant commentaire, mon attention déjà captivée par la terrasse où j'allais – enfin – rencontrer des hommes et des femmes qui pourraient devenir bientôt mes clients. Je ne resplendissais sans doute pas comme Alcuin ce jour-là – Delaunay m'avait choisi une robe de velours brun d'une extrême simplicité, complétée d'une résille de soie enserrant mes boucles abondantes –, mais j'entendais bien ne pas être négligée pour autant.

Notre arrivée donna naissance à un léger mouvement dans la foule. Les convives avaient été triés sur le volet par Cecilie. Elle évoluait dans des cercles qui chevauchaient ceux de Delaunay, mais sans les recouvrir. Certains, tel Gaspar Trevalion, étaient des amis à lui.

D'autres ne l'étaient pas.

J'observai les visages lorsqu'on nous annonça, notant ceux qui sourirent et ceux dont les yeux glissèrent, cherchant d'autres regards pour communiquer en silence. Au bout du compte, c'étaient ceux-là qu'il faudrait chercher. Quiconque possédant suffisamment d'or pouvait s'offrir ma marque, mais l'argent n'était pas ce que Delaunay désirait. Nous étions un investissement d'un autre genre.

Il ne me fallut guère de temps pour comprendre les raisons pour lesquelles Delaunay m'avait autorisée à venir. Alcuin passait à côté des descendants d'Elua comme le prince des garçons d'écurie, attirant les regards sur lui. Dans son sillage, j'entendais les murmures – « … servant de Naamah… » et « … soir de son anniversaire… ». Delaunay et Cecilie avaient un plan ; sur cela, je n'avais pas le moindre doute, pas plus que les invités d'ailleurs. Tandis que Delaunay se mêlait à la foule, conversant de sa voix douce, et qu'Alcuin se trouvait au centre de toutes les attentions, affichées et voilées, moi, je demeurais dans l'ombre, à la marge, tout ouïe et les yeux grands ouverts.

— Anafiel Delaunay utilise de bien beaux appâts pour tendre ses pièges.

Ce commentaire amusé frappa mon oreille. Il émanait d'un homme de haute taille, aux longs cheveux bruns noués dans son dos et aux lourdes paupières, semblables à celles d'un oiseau de nuit ; le seigneur Childric d'Essoms, de la Cour de la chancellerie, me souvins-je. Il conversait avec un petit homme frêle, vêtu de bleu, dont je n'avais pas entendu le nom.

— Seriez-vous intrigué ? demanda son compagnon en haussant un sourcil.

D'Essoms rit en secouant sa tête d'aspect vernissé.

— Je préfère les mets épicés aux douceurs. Mais le détail est intéressant à noter, non ?

Tout à fait, songeai-je, en stockant son commentaire dans un coin de ma mémoire comme Delaunay me l'avait appris. *Il est intéressant de noter ce qui vous intéresse, seigneur d'Essoms, tout comme de connaître vos goûts.*

Les chemins des deux hommes se séparèrent et je suivis le plus petit, m'efforçant d'écouter lorsqu'une grande femme à la coiffure savamment élaborée le salua par son nom ; malheureusement, les trompettes retentirent à cet instant et quelqu'un cria que le triomphe approchait. Tout le monde se massa vers le bord de la terrasse. J'avais perdu de vue Delaunay et Cecilie et je me retrouvai coincée derrière une masse de corps serrés. Pendant un moment, je craignis que ma vision du cortège royal se résumât aux dos de brocart et de soie des invités de Cecilie ; puis un gentilhomme de grande prestance, au sourire aimable et à la barbe grise, vit mon désarroi et me ménagea un espace le long du parapet. Je le remerciai et, m'agrippant à la lisse de pierre, je me penchai pour voir.

Une foule immense se massait sur les terrasses et balcons tout au long du parcours ; les rues elles-mêmes étaient noires de monde. Dans une clameur de trompettes, le cortège du triomphe s'annonçait dans le lointain, brillant sous le pâle soleil d'hiver. Un détachement de la garde du palais allait en tête, refoulant les spectateurs contre les façades. Derrière s'avançait le porte-étendard, seul. Nous étions si près que je pouvais reconnaître les visages ; le sien était jeune, austère et beau. Il tenait la hampe d'une main ferme ; la bannière claquait dans le vent derrière lui – un lis d'or sur champ vert, entouré de sept étoiles d'or, le signe d'Elua le béni et de ses Compagnons, l'emblème de Terre d'Ange.

Une rangée de gardes suivait le porte-étendard, puis venait Ganelon de la Courcel, descendant d'Elua, roi de Terre d'Ange.

Je savais que le roi était d'un grand âge, mais la vision me surprit néanmoins. Il se tenait droit en selle, mais ses cheveux et sa barbe étaient presque entièrement blancs ; son regard farouche était profondément enfoncé dans son visage, sous la broussaille de ses sourcils de neige. À ses côtés chevauchait Ysandre de la Courcel, sa petite-fille, Dauphine et héritière du trône de Terre d'Ange.

Dans une allégorie, ils auraient pu représenter respectivement l'hiver finissant et le renouveau du printemps ; Ysandre de la Courcel était aussi fraîche et jolie que le premier jour de la nouvelle saison. Elle montait en amazone son cheval gris pommelé, vêtue d'une robe de la couleur du crocus lorsqu'il pointe de la terre, et d'un manteau de pourpre royale. Une mantille d'or recouvrait ses cheveux du blond le plus clair. Les traits de son visage enfantin étaient harmonieux.

Dans les rues, les D'Angelins l'acclamaient de vivats pleins d'affection ; sur la terrasse, je captai quelques murmures. Ysandre de la Courcel était jeune, aimée et jolie, et héritière du royaume ; et notoirement sans mari, ni non plus aucun promis. Son visage ne trahissait rien, mais elle ne pouvait ignorer les sourdes récriminations de ceux qui la regardaient d'en haut. À l'évidence, ce murmure devait la suivre partout où elle allait. L'emblème de la maison royale – de la Courcel – flottait à leurs côtés, moins haut que la bannière de Terre d'Ange, mais devant tous les autres, comme la coutume le voulait. Un cygne d'argent sur champ d'azur ; malgré son prestige, ce blason paraissait bien isolé tant ceux qui lui appartenaient étaient devenus rares. La lignée de Ganelon de la Courcel s'éteignait avec Ysandre. Son fils unique était mort et son seul frère, le prince Benedict, s'était marié à une femme de la famille régnante caerdiccine, La Serenissima, qui ne lui avait donné que des filles.

Bien sûr, je savais toutes ces choses, mais les voir leur conférait une réalité tangible. Depuis la terrasse, dans un bruissement de conversations étouffées, je regardais le vieux roi et la jeune Dauphine – pas plus âgée que moi – et je sentais autour de moi les élans carnassiers envers un trône devenu bien fragile.

Derrière le roi chevauchaient sa sœur et son mari, la princesse Lyonette et son duc, Marc de Trevalion. La Lionne de l'Azzalle paraissait charmée et pleine d'indulgence ; le visage du duc était impénétrable. Trois navires et l'Étoile du navigateur ornaient leur emblème ; sous ces armes allait leur fils impétueux. J'entendis le cri que la foule scandait à leur passage : « Bau-doin ! Bau-doin ! »

Il n'avait guère changé depuis le jour où il s'était adjugé le rôle du Prince soleil, cinq années plus tôt. Un peu vieilli peut-être ; au milieu de sa jeunesse et non à la fleur de l'âge. En tout cas, la lueur sauvage dans ses yeux gris était toujours la même. Un détachement de Chasseurs de gloire – la garde personnelle à laquelle lui donnait droit son titre de prince du sang – l'escortait. Faisant écho à la foule, ils se mirent à crier son nom, brandissant leurs épées bien haut pour qu'elles luisent dans la lumière.

À côté de lui, le visage composé et serein,

chevauchait Melisande Shahrizai, le grand bonheur de Baudoin – et l'épine plantée dans le flanc de la Lionne de l'Azzalle. Ses cheveux aile-de-corbeau cascadaient sur ses épaules, pareils à une chute d'eau noire sous la lune ; sa beauté faisait paraître pâle et insipide la jeune Dauphine qui les précédait. Ce n'était que la deuxième fois que je la voyais ; malgré la distance, je ne pus réprimer un frisson.

— Eh bien, voilà qui est clair, murmura derrière moi le gentilhomme qui m'avait fait de la place.

Il y avait comme une pointe d'accent dans sa voix. Je voulus me retourner pour regarder son visage, mais j'étais bien trop serrée contre la pierre pour y parvenir un tant soit peu discrètement.

Un cavalier seul suivait la troupe de la maison de Trevalion, portant l'étendard de la province du Camlach – une épée de feu sur champ sable. Son apparition eut pour effet de calmer les ardeurs de la foule en rappelant à tous que c'était une bataille qui valait l'organisation de cette journée.

— Si d'Aiglemort leur avait demandé de combattre sous ses couleurs, murmura une voix de femme quelque part dans mon dos, ils auraient accédé à sa requête.

— Vous voulez dire qu'il est assez fin politique pour être dangereux ? (L'homme qui avait répondu avait une voix où perçait une note d'amusement.) Les descendants de Camael pensent avec leur épée.

— Remerciez Elua le béni qu'ils le fassent, répliqua fermement une voix. Je n'ai aucune intention de finir sous le joug des tribus skaldiques.

Les rangs formés par les alliés du Camlach étaient impressionnants. Quelles que fussent les prétentions auxquelles le jeune duc d'Aiglemort avait dû renoncer, il chevauchait fermement installé au milieu de son carré. Je comptai les bannières et mis des visages sur les noms que Delaunay m'avait fait apprendre par cœur – Ferraut, Montchapetre, Valliers, Basilisque, tous les grands fiefs et places fortes du Camlach. Pour la plupart, c'étaient des soldats aguerris, au corps vigoureux et à l'œil vif. Isidore d'Aiglemort se détachait parmi eux, étincelant comme l'aigle d'argent sur son blason. Ses yeux étaient noirs et implacables ; tandis que son regard balayait la foule, je me souvins d'où je les avais déjà vus. C'était l'homme sous le masque de jaguarondi au Bal masqué de l'hiver.

— Ce serait intéressant de le mettre à l'épreuve, dit une autre femme d'un ton plein de langueur.

— Aussi intéressant qu'éprouver un lion, répondit d'un ton revêche l'un des hommes qui avaient déjà parlé. Mais je ne recommande à personne d'en mettre un dans son lit !

Je me désintéressai de l'hilarité pour contempler le défilé des alliés du Camlach. Même en petit nombre – le gros des troupes étant demeuré en Camlach à garder la frontière – ils dégageaient une impression de puissance. L'Azzalle et le Camlach flanquaient le royaume à l'est et à l'ouest. Combinée à l'acclamation populaire accordée à Baudoin de Trevalion, la force représentée par les alliés du Camlach distillait un message effrayant dans son manque de subtilité.

À la suite de l'équipage du Camlach venaient les chariots transportant le butin et tout ce qui avait été pris sur le champ de bataille. Des quantités astronomiques d'armes étaient déployées ; la vue des énormes haches de combat m'arracha un frisson. Les Skaldiques sont des poètes raffinés – je le sais pour avoir si longtemps étudié leur langue – mais leurs chants ne parlent que d'acier et de sang. Et ils réduisent en esclavage tous les peuples qu'ils soumettent. Nous, les D'Angelins, sommes civilisés. Même ceux qui sont vendus, comme je l'avais été moi-même, conservent l'espoir de pouvoir un jour racheter leur liberté.

Finalement, le convoi des prises de guerre passa tout entier et les invités de Cecilie rentrèrent à l'intérieur. Je pivotai pour apercevoir le visage souriant de l'homme barbu derrière moi. Ses traits étaient définitivement ceux d'un étranger à Terre d'Ange. Me souvenant de la pointe d'accent dans sa voix, je le classai comme ressortissant d'Aragonia.

— Vous êtes de la maison d'Anafiel Delaunay, si je ne me trompe pas. Avez-vous apprécié la parade ? me demanda-t-il d'un ton aimable.

— Oui, seigneur.

Je n'avais aucune idée de ce que pouvait être son statut ; la réponse m'était venue tout naturellement. Il rit.

— Je m'appelle Gonzago de Escabares et je ne suis seigneur de rien, tout au plus historien. Dites-moi comment vous vous appelez et entrons ensemble.

— Phèdre.

— Ah ! (Il fit claquer sa langue et m'offrit son bras.) Un nom synonyme de malheur, mon enfant. Je serai votre ami alors, car les anciens Hellènes disent qu'un bon ami peut se dresser entre une personne et sa *moïra.* Savez-vous ce que cela signifie ?

— Le destin.

J'avais répondu sans réfléchir, car Delaunay nous avait expressément demandé, à Alcuin et moi-même, de ne pas montrer l'étendue de nos connaissances sans son consentement préalable. Toutefois, une association entre deux idées s'était formée dans mon esprit.

— Vous étiez l'un de ses professeurs à l'université de Tiberium.

— En effet. (Il me salua d'une courte révérence en faisant claquer ses talons.) Je me suis retiré pour voyager à loisir dans les contrées dont j'ai si longtemps parlé. Mais j'ai eu le privilège d'enseigner à votre… votre Delaunay, à lui et à son…

— Maestro !

La voix de Delaunay, emplie d'un plaisir sans mélange, nous surprit à l'instant où nous pénétrions dans la salle de bal. Il traversa la pièce à grandes enjambées, le visage rayonnant, pour venir embrasser le vieil homme dans un élan empreint d'affection.

— Cecilie ne m'avait pas averti de votre présence.

La respiration de Gonzago de Escabares se fit courte sous l'embrassade, tandis qu'il tapotait le dos de Delaunay.

— Ah ! Anafiel, mon garçon, je suis vieux aujourd'hui et je m'autorise ce luxe : être là où tourne la roue de l'histoire pour assister à son passage. Et tant mieux si c'est en Terre d'Ange qu'elle passe, là où je peux entourer mon corps vieillissant de tant de beauté. (Il tapota la joue de Delaunay en souriant.) Tu n'as rien perdu de la tienne, mon jeune Antinoüs.

— Vous me flattez, maestro. (Delaunay prit la main de de Escabares dans la sienne ; son sourire avait pris une contenance réservée.) Je dois toutefois vous rappeler…

— Ah ! (L'expression de l'Aragonian changea sur son visage pour se teinter de tristesse et de gravité.)

Oui, bien sûr, pardonne-moi. Mais je suis heureux de te voir, Anafiel, très heureux.

— Moi aussi, répondit Delaunay en recouvrant son sourire. Nous pourrons reparler plus tard. Je voudrais présenter Phèdre à quelqu'un.

— Mais comment donc ! (Il me tapota l'épaule avec la même bonhomie affectueuse.) Allez, mon enfant. Et amusez-vous. Ce n'est pas un jour à perdre son temps en compagnie de vieux pédants.

Delaunay rit en secouant la tête, avant de m'entraîner.

Intérieurement, je maudis son arrivée inopinée ; à voix haute, je me contentai d'une question anodine.

— Il vous a enseigné à l'université ?

— Aujourd'hui, les Tibériens collectionnent les érudits de la même manière qu'ils amassaient jadis les empires, répondit Delaunay, l'esprit ailleurs. Maestro Gonzago était l'un des meilleurs.

Oui, mon maître, songeai-je, *mais il vous a appelé Anafiel, et Antinoüs, un nom qui donne son titre à un poème interdit. Puis il a hésité sur le nom « Delaunay », dont Hyacinthe me dit qu'il n'est pas vraiment le vôtre. Il aurait pu m'en apprendre bien plus sans votre intervention. Tandis que je fais comme vous dites, prenez garde que je fasse également comme vous m'avez appris.*

Bien sûr, je ne dis rien de toutes ces pensées, pour le suivre avec obéissance. Il bifurqua soudain d'une manière qui me fit bousculer une femme blonde aux traits aquilins. Elle sursauta en poussant une exclamation.

— Phèdre ! s'exclama Delaunay avec une note désapprobatrice dans la voix. Solaine, je suis confus. C'est la première fois que Phèdre assiste à un tel événement. Phèdre, voici la marquise Solaine Belfours, à qui je te prie de présenter tes excuses.

— Peut-être devriez-vous la laisser s'exprimer, Delaunay, dit-elle avec de l'irritation dans la voix.

Solaine Belfours n'appréciait guère Delaunay. Je le vis nettement, tandis que je jetai un coup d'œil ennuyé à mon mentor pour m'avoir fourrée dans cette situation. La collision était entièrement de sa composition. Tout enfant élevé dans la Cour de nuit sait se déplacer gracieusement et sans heurt au milieu d'une foule.

— La marquise est secrétaire au Petit Sceau, observa Delaunay sur le ton de la conversation, tout en plaçant la main sur mon épaule pour bien me faire comprendre l'importance de sa position.

Je savais qu'il attendait de moi que je fisse étalage de ma contrition. Mais si Delaunay connaissait ses cibles et leurs faiblesses, il n'était pas ce que j'étais. Ce que je savais me venait par le sang.

— Je suis désolée, murmurai-je de mauvaise grâce, en levant un visage renfrogné vers elle, sentant vibrer au plus profond de moi le frisson du défi.

Ses yeux devinrent glacés et sa bouche se fit dure.

— Votre protégée a besoin d'une leçon, Delaunay.

Elle nous tourna le dos brutalement pour s'éloigner à grands pas. Je tournai la tête vers Delaunay ; ses sourcils étaient froncés sous le coup de la surprise et de l'incertitude.

« Veille à ne pas déclencher d'incendie », avait dit Cecilie. Sa remarque prenait du sens maintenant, même si je n'étais pas nécessairement d'accord. D'un haussement d'épaules, j'écartai la main de Delaunay.

— Occupez-vous d'Alcuin, messire. *Je* m'en sors très bien toute seule.

— Peut-être même trop bien. (Il eut un petit rire lugubre, puis secoua la tête.) Évite les ennuis, Phèdre. J'ai déjà bien assez à faire ce soir.

— Bien sûr, messire.

Je lui souris impudemment. Sur un ultime mouvement de tête, il partit.

Livrée à moi-même, j'ose croire que je m'en sortis effectivement plutôt bien. Plusieurs des invités avaient amené des compagnons ; nous fîmes connaissance. Il y avait un jeune homme élancé aux cheveux bruns, de la maison de l'Églantine, dont le sourire me rappelait Hyacinthe. Il fit des acrobaties, seul avec des cerceaux et des rubans. Tout le monde l'applaudit. Son client, messire Chavaise, souriait de fierté. Et puis il y avait Mierette, de la maison de l'Orchis, qui avait achevé sa marque et tenait maintenant son propre salon. Pétrie de la gaieté qui faisait la renommée de sa maison, elle amenait le rire et la joie avec elle ; partout où elle allait, les visages s'éclairaient.

La plupart des convives observaient Alcuin, qui circulait parmi les cercles, inconscient des regards posés sur lui, serein et aérien. Et moi, je scrutais leurs visages ; parmi eux, j'en remarquai un en particulier. Je le connaissais, car Vitale Bouvarre était une connaissance de Delaunay ; pas un ami, à mon avis, mais il avait déjà été invité chez lui. C'était un marchand, issu du commun – il se murmurait d'ailleurs qu'il y avait du sang caerdiccin dans sa lignée –, mais riche à l'excès, par la grâce d'un accord exclusif avec la famille Stregazza de La Serenissima.

Ses yeux à lui ne quittaient pas Alcuin ; son visage paraissait rongé par le désir.

Lorsque les derniers feux du soleil eurent disparu et que l'obscurité eut gagné les hautes fenêtres devant la terrasse, Cecilie frappa dans ses mains pour nous inviter à passer au dîner. Pas moins de vingt-sept convives s'installèrent autour de la longue table, chacun conduit à sa place par un serviteur plein de prévenance et vêtu d'une tenue immaculée. Les plats arrivaient en un flot incessant : soupes et terrines, pigeon en daube, gigot d'agneau, légumes et salades, ainsi qu'une mousse de petits navets sur laquelle tout le monde s'extasia, la qualifiant de summum de sophistication rustique. Pendant tout ce temps, des rivières de vin furent servies, les verres ne trouvant jamais le temps d'être à moitié vides.

— Un toast ! s'écria Cecilie, une fois achevé le dernier plat – un dessert de pommes d'hiver cuites au muscat et parfumées au clou de girofle.

Elle leva son verre et attendit que chacun fît silence. Elle avait toujours le don unique de capter l'attention ; le silence se fit.

— À la sécurité de nos frontières, dit-elle d'une voix douce et tranquille. À la sécurité et à la prospérité de notre Terre d'Ange bénie.

Un murmure d'approbation parcourut la tablée ; c'était un point qui faisait l'unanimité. Je bus de bon cœur ; je ne vis personne qui ne faisait pas de même.

— Thelesis, reprit Cecilie, toujours de sa voix douce.

Près de l'extrémité de la table, une femme se leva.

Elle était petite et brune et, à mes yeux, d'une beauté pour le moins quelconque. Ses traits n'avaient rien de remarquable – et ce qu'elle avait de plus beau, en l'occurrence ses yeux bruns pleins de vie, était un peu gâché par des sourcils envahissants.

Puis elle se mit à parler.

Il existe de nombreuses formes de beauté. Nous sommes des D'Angelins.

— « Sous ses rayons de cuivre et d'or, dit-elle, simplement, et sa voix emplit la pièce jusqu'en ses moindres recoins. Couvrant les champs et leurs sillons, Le soir s'installe, la vie s'endort, Le paysan engrange l'orge et le son. »

Ses mots étaient d'une indicible simplicité et pourtant je voyais tout. Elle offrait ses paroles, nues et magnifiques.

— « Une abeille, des lavandes, un peu d'eau, Coule le miel, bourdonne la vie. (Puis son ton, soudain, s'emplit de solitude et de tristesse.) Ici, la pluie en éternel rideau, Tombe, et je suis loin de mon pays. »

Tout le monde connaît les vers de *La Complainte de l'exilé*. Thelesis de Mornay l'a écrite à l'âge de vingt-trois ans, lorsqu'elle partit en exil sur les rivages battus par la pluie d'Alba. Je l'avais déjà entendue plus d'une dizaine de fois, et récitée moi-même à la demande de plus d'un de mes précepteurs. Néanmoins, l'entendre de nouveau me fit venir les larmes aux yeux. Nous sommes des D'Angelins, nés sur cette terre et liés à elle, celle qu'Elua le béni a tant aimée qu'il a versé son sang pour elle.

Dans le silence qui suivit, Thelesis de Mornay se rassit. Cecilie avait toujours son verre levé.

— Messires et mes dames, dit-elle de sa voix douce, où perçaient les inflexions de la maison du Cereus, n'oublions jamais ce que nous sommes. (D'un geste solennel, elle pencha son verre pour renverser quelques gouttes.) Qu'Elua ait pitié de nous !

Sa solennité nous gagna tous et bon nombre des convives imitèrent son geste. Je le fis, et je vis

Delaunay et Alcuin le faire également. Puis Cecilie releva la tête ; une lueur espiègle brillait dans ses yeux.

— Et maintenant, dit-elle, que les jeux commencent ! Kottabos !

Dans les cris et les rires, nous nous retirâmes au salon, unis dans l'amour de notre patrie et la convivialité de Cecilie. Ses serviteurs avaient prudemment retiré le tapis ; à sa place se dressait maintenant un trépied, sur lequel était posé un vaste cratère d'argent poli brillant comme un miroir. Sur le bord, une scène ciselée dans le métal représentait une libation d'Angeline à la mode hellène. Les D'Angelins tiennent l'âge d'or d'Hellas pour la dernière grande civilisation avant l'arrivée d'Elua, ce qui explique que ces choses-là demeurent en vogue aujourd'hui.

Par le fond percé du cratère s'élevait en flèche une tige d'argent de quatre pieds, sur le faîteau de laquelle était posé le disque argenté du *plastinx*. Les serviteurs circulaient parmi les convives, apportant du vin et de longues coupes plates munies d'une anse.

Pour parvenir à la lie, il faut bien sûr boire ce qui a été servi ; j'avais fait preuve de modération jusqu'alors, mais je n'en sentais pas moins la chaleur du vin se répandre dans mon sang. Tout l'art consiste à jeter les dernières gouttes de la coupe, en la tenant par l'index passé dans l'anse, de façon à toucher le *plastinx* pour qu'il tombe dans le cratère dans un bruit de cymbale.

Lorsque mon tour vint, cinq ou six convives s'y étaient déjà essayés ; certains avaient atteint le *plastinx*, mais sans le faire tomber. Je ne fis pas mieux, loin de là, mais Thelesis de Mornay me gratifia néanmoins d'un aimable sourire. Cecilie réussit, sous les vivats et applaudissements, mais le *plastinx* rebondit sur le bord avant de glisser au fond du cratère. Le seigneur Childric d'Essoms bascula son poignet d'un coup si sec que le fond de sa coupe fila comme un carreau d'arbalète, envoyant le *plastinx* directement sur le sol. Tout le monde s'ébaudit bruyamment, mais le coup ne comptait pas. Mierette de la maison de l'Orchis fit sonner le cratère, ainsi que Gaspar, comte de Fourcay, et, à la surprise générale, Gonzago de Escabares, qui sourit dans sa barbe.

Alcuin, qui partageait un divan avec une grande femme à la tête surmontée d'une coiffe, fit pis que moi encore, répandant maladroitement son vin. Sa compagne porta les doigts à ses lèvres pour y lécher les gouttes qui s'écoulaient. Alcuin s'empourpra. Vitale Bouvarre était désarçonné au point de lâcher l'anse de sa coupe, la lançant avec le vin. Le *plastinx* chut dans le cratère, mais le coup n'était pas valide.

Lorsque vint le tour de Delaunay – et il se trouva qu'il passait en dernier –, il était calme et concentré, presque austère dans son habit de velours noir. Allongé sur l'un des divans, en appui sur un bras replié, il bascula sa coupe par l'anse, projetant les ultimes gouttes dans un mouvement d'une rare élégance.

Son tir était d'une précision parfaite ; le *plastinx* d'argent bascula sans faillir dans le cratère, sonnant comme un carillon. Je vis que tout le monde n'applaudit pas, mais ceux qui le firent y mirent du cœur et le proclamèrent vainqueur.

— Un gage ! un gage ! s'exclama Mierette, les joues rouges, magnifiquement alanguie sur sa couche. Messire Delaunay, demandez un gage à notre hôtesse !

Cecilie accepta en riant.

— Que voulez-vous, Anafiel ? demanda-t-elle d'un ton railleur.

Avec un sourire, Delaunay s'approcha. Se penchant sur elle, il réclama un baiser – un doux baiser, supposai-je – avant de murmurer quelque chose à son oreille. Cecilie rit de nouveau, puis Delaunay regagna son divan.

— Je suis assez encline à accepter, dit Cecilie avec un air espiègle. Lorsque sonnera minuit, Alcuin nó Delaunay, qui est voué à Naamah, aura seize ans. Le détenteur de sa marque me demande de mettre aux enchères le prix de sa virginité. Quelqu'un ici y voit-il une objection ?

Comme de juste, personne n'y trouva rien à redire. À cet instant, comme pour lui donner la réplique – mais je suis certaine qu'ils avaient tout planifié, Delaunay et Cecilie –, la voix d'un horlogiste criant minuit au-dehors pénétra par les fenêtres de la terrasse pour s'insinuer dans le silence. Cecilie leva son verre.

— Eh bien, qu'il en soit ainsi ! Je déclare les enchères ouvertes !

Dans un mouvement de gracieuse fluidité, Alcuin se mit debout devant nous, étendant les bras en tournant lentement sur lui-même. J'ai vu des centaines d'adeptes de la première des treize maisons s'offrir aux regards, mais jamais je n'avais vu quelqu'un le faire en y mettant toute sa dignité.

Childric d'Essoms, qui prétendait n'éprouver aucun intérêt pour l'appât de Delaunay, fut le premier à enchérir.

— Deux cents ducats ! s'écria-t-il.

Je l'avais observé toute la soirée ; je vis la lueur du prédateur s'allumer dans son œil et je sus que, pour lui, il n'était nullement question de désir.

— C'est une insulte pour le garçon, affirma celle qui partageait le divan d'Alcuin. (Son nom me revint alors ; c'était dame Dufreyne.) Deux cent cinquante.

Vitale Bouvarre avait l'air au bord de l'apoplexie.

— Trois cents, dit-il d'une voix étranglée.

Alcuin lui adressa un sourire.

— Trois cent cinquante, renchérit Solaine Belfours d'une voix unie.

— Oh ! Elua.

Mierette de la maison de l'Orchis vida sa coupe avant de la reposer délicatement. Tout en jouant avec sa cascade de boucles blondes, elle lança un regard émoustillé à Cecilie.

— Cecilie, quelle méchante fille tu es. Quand donc une telle chance se présente-t-elle à l'un d'entre nous ? J'offre quatre cents – et le garçon me remerciera.

— Quatre cent cinquante, rétorqua Vitale avec hargne.

Quelqu'un surenchérit encore ; je n'ai plus le souvenir de qui, car ce fut à cet instant que les choses s'emballèrent. Pour certains des enchérisseurs, tel Childric d'Essoms, ce n'était guère plus qu'un jeu, et je pense que lui au moins prit plaisir à voir le désespoir gagner les autres à mesure de l'escalade vertigineuse. Pour d'autres, je n'avais aucune certitude. Mierette nó Orchis alla bien plus haut que ce que j'avais imaginé, et je n'ai jamais su si c'était le désir ou sa participation complice au plan de Cecilie qui la faisait agir ainsi. Enfin, pour tous les autres, il n'y avait aucun doute à avoir. Ce qu'ils désiraient, c'était Alcuin, serein et magnifique, semblable à nul autre au monde, avec ses cheveux blancs sur les épaules et ses yeux noirs et mystérieux.

Pendant tout ce temps, Delaunay n'avait pas esquissé le moindre geste, demeurant totalement impassible. Lorsque l'enchère dépassa les mille ducats, il jeta un coup d'œil à Cecilie qui, d'un geste, ordonna à son majordome d'apporter un parchemin et une plume.

À la fin ne restèrent plus que Vitale Bouvarre, dame Dufreyne et un autre homme, le chevalier Gideon Landres, propriétaire de terres dans la province de L'Agnace et membre du Parlement. Nous qui avions vu comment les choses allaient tourner observions et attendions.

— Six mille ducats ! lança Vitale Bouvarre comme il aurait jeté le gant aux autres.

Son visage était cramoisi. Dame Dufreyne porta un doigt à ses lèvres, comptant silencieusement ; pour finir, elle secoua la tête. Le chevalier se contenta de croiser les bras, le visage hermétiquement clos.

C'en était fini ; la virginité d'Alcuin rapportait six mille ducats. De toute ma vie dans la Cour de nuit, jamais je n'avais entendu pareille chose ; étonnamment, ce n'était pas à ça que je pensai en cet instant, mais à la mère de Hyacinthe qui portait sa fortune autour du cou. Jamais, même en rêve, elle ne pourrait avoir sur elle ce qu'Alcuin ramassait en une nuit.

Une fois l'accord conclu, le majordome rédigea rapidement le contrat, mais je doute que Vitale ait pris la peine de lire ce qu'il signait. La soirée n'était pas finie, loin de là, mais il n'allait sûrement pas rester dans cette assemblée !

— Viens, dit-il à Alcuin d'une voix sourde. Mon carrosse nous attend. (Il se tourna vers Delaunay.) Mon cocher le raccompagnera demain dans la matinée. Cela vous convient-il ?

Delaunay, qui n'avait guère parlé jusque-là, se contenta d'incliner la tête. Alcuin lui jeta un regard, un seul ; un regard grave et solennel, que Delaunay soutint sans ciller. Vitale lui tendit la main et Alcuin la saisit.

Je me souviens qu'à l'instant de leur départ Cecilie frappa dans ses mains et que les musiciens attaquèrent un air entraînant ; en vérité peut-être mon esprit était-il embrumé par le vin. Il y eut des danses et je servis de cavalière à Gonzago de Escabares et au chevalier Landres, qui supportait stoïquement sa défaite, puis encore au seigneur Childric d'Essoms, qui souriait et me couvait du regard qu'a le faucon pour le moineau. Puis messire Chavaise demanda une musique plus rythmée, avec cymbales et tambourins, sur laquelle je dansai avec son amant de la maison de l'Églantine, le jeune homme agile qui avait fait des acrobaties. Je parvins à lui donner parfaitement la réplique et je sus gré à Delaunay des leçons qu'il nous avait fait donner.

Plus tard dans la nuit, Delaunay me présenta formellement à Thelesis de Mornay. Elle me caressa doucement la joue de ses longs doigts, puis déclama les vers sur le signe de Kushiel du texte de Leucenaux ; il y eut un instant de silence, suivi d'un bruissement de murmures.

Tout le monde savait désormais ce qu'était la tache écarlate dans mon œil. À cet instant, je serais partie avec n'importe qui parmi eux, si la main ferme de Delaunay sur mon bras ne m'avait pas rappelé où mon devoir était.

13

Alcuin demeura silencieux pendant la majeure partie de la semaine qui suivit.

Je ne sais si Delaunay et lui en parlèrent. Il y a certaines choses qui ne se demandent pas – sur lesquelles on fait preuve de discrétion. Néanmoins, au bout de quelques jours, je ne pus plus me contenir et demandai à Alcuin comment les choses s'étaient passées.

Nous étions assis face à face, de part et d'autre de la grande table de la bibliothèque de Delaunay, occupés à lire à la lueur de la lampe. Absorbé dans l'étude d'un traité sur le Maître du détroit, Alcuin posa un doigt sur sa ligne avant de lever les yeux vers moi.

— C'était bien, dit-il d'une voix tranquille. Messire Bouvarre a été satisfait. Il souhaite me revoir à son retour de La Serenissima.

Stupéfaite de ses réticences, je cherchai quelque chose pour le pousser à poursuivre.

— T'a-t-il donné quelque chose pour ta marque ?

— Non. (Une note de cynisme, sombre et adulte, passa fugacement dans ses yeux noirs.) Pas après avoir payé six mille ducats pour le privilège de m'avoir. Mais il a promis de me rapporter un chapelet de billes de verre. J'ai cru comprendre qu'ils travaillent merveilleusement le verre à La Serenissima. Je ne crois pas que ce soit dans l'intérêt de messire Bouvarre que j'achève ma marque au plus vite, ajouta-t-il encore en refermant son livre.

J'avais vu le désir envahir les traits de Vitale Bouvarre comme une maladie ; je comprenais.

— Pourquoi lui ? Delaunay et Cecilie ont choisi les invités ; ils savaient qui allait enchérir. Pourquoi Delaunay voulait-il que ce soit lui ?

— Le poison.

Il avait parlé d'une voix si basse que je n'étais même pas sûre d'avoir bien entendu. Alcuin repoussa ses cheveux en arrière, puis fronça légèrement les sourcils.

— À La Serenissima, ils sont passés maîtres dans l'art de l'utiliser – tout comme dans le travail du verre. Le frère du roi, le prince Benedict, est l'époux de Maria Stregazza, dont la famille dirige la ville. Et les Stregazza ont passé un accord d'exclusivité avec Bouvarre, quatre mois à peine après la mort d'Isabel de la Courcel, par empoisonnement.

— Cela n'a jamais été prouvé.

— Effectivement, répondit Alcuin en secouant la tête. S'il y avait la moindre preuve, personne ne soupçonnerait les Stregazza. Mais après la mort de Roland à la bataille des Trois Princes, Isabel de la Courcel entreprit de placer les membres de sa propre famille pour diriger, et l'on a alors parlé de fiançailles entre Ysandre et un cousin L'Envers. Tout cela a fini par sa mort. (Il haussa les épaules.) Il se peut que le prince Benedict ne pardonne pas un tel acte ; c'est ce que pense Delaunay. Mais les Stregazza pourraient bien l'excuser, et Benedict est toujours deuxième dans l'ordre de succession au trône de Terre d'Ange.

— Bouvarre t'a-t-il dit quelque chose ?

— Il m'a dit que tout s'achetait à La Serenissima, à condition d'y mettre le prix ; même la mort. Rien d'autre. Pour l'instant. (Alcuin se tint silencieux quelques instants.) Parfois, lorsque je fais le service à une soirée et que je suis chargé d'écouter ce que Delaunay ne peut pas entendre, je parviens à détacher mon esprit de ce que font mes mains ; je peux tout entier me concentrer pour écouter et retenir. Avec Bouvarre, ce n'était pas aussi facile que lorsque je sers du vin, acheva-t-il dans un souffle.

— Il ne t'a pas maltraité ?

Je ne pouvais pas imaginer qu'il en fût ainsi ; ce n'était pas dans le contrat d'Alcuin. Delaunay aurait poursuivi Bouvarre si celui-ci avait fait du mal à Alcuin.

— Non. Je crois même pouvoir dire qu'il a fait preuve de douceur. (Il y avait du dégoût dans sa voix.) Phèdre, Naamah a couché avec des étrangers pour l'amour d'Elua. Moi, je ferai ça et plus encore pour lui.

Je n'avais pas besoin de précision pour savoir qu'il parlait de Delaunay ; et je n'avais pas besoin de lui rappeler que chacune des treize maisons de la Cour de nuit explique différemment l'origine de la prostitution de Naamah. Au lieu de cela, je lui posai une simple question, à laquelle je pensais déjà connaître la réponse.

— Pourquoi ?

— Tu ne le sais pas ?

Alcuin me regarda avec étonnement. Mon histoire était un livre ouvert, du moins le supposais-je, mais je découvris par la suite qu'il ne savait pas comment j'étais arrivée dans la maison du Cereus.

— Je suis né à Trefail, dans les montagnes du Camlach. L'un des hommes du prince Roland a couché avec une fille du village, tandis qu'ils patrouillaient le long de la frontière.

— Pas étonnant que Baudoin se soit arrangé pour être en Camlach, dis-je en pensant tout haut.

Alcuin hocha la tête.

— Comme Roland, non ? Toujours est-il que la famille de ma mère l'a rejetée. Les gens bavardaient ; elle faillit mourir de faim et le bruit parvint aux oreilles de Roland. Il fit traduire mon père devant une cour martiale, versa une somme à la famille de ma mère, puis engagea une nourrice puisque ma mère n'avait plus de lait. Quelques Skaldiques vivent à la lisière du Camlach, des exilés qui n'ont aucune envie de rentrer chez eux. C'est tout ce qu'il put obtenir.

— Alcuin. (C'était tout à la fois fascinant et exaspérant.) Qu'est-ce que cela a à voir avec Delaunay ?

— Je ne sais pas, dit-il en secouant la tête, agitant le rideau ivoirin de ses cheveux. Si ce n'est qu'il chevauchait aux côtés de Roland l'année de la bataille des Trois Princes, puis qu'il revint six ans après pour me chercher, lorsque les Skaldiques passèrent une nouvelle fois la frontière. Je lui ai demandé s'il était mon père ; il a ri et répondu que non. Il m'a dit qu'il tenait ses promesses – et parfois celle des autres également. Depuis, j'ai toujours été avec lui.

— Tu n'as jamais eu envie de revoir ta mère ?

Il haussa les épaules.

— Delaunay n'avait qu'une courte avance sur les Skaldiques. Nous étions à un quart de lieue du village lorsque les cris ont commencé. J'étais assis en selle devant lui ; il a couvert mes oreilles de ses mains. Nous ne pouvions absolument rien faire. La fumée montait tout droit dans le ciel derrière nous tandis que nous descendions de la montagne. J'ai pleuré ma nourrice ; je n'avais aucun souvenir de ma mère. Je ne retournerai jamais là-bas.

J'éprouvai de la pitié pour lui ; et je l'enviai un petit peu, en vérité, car mon histoire n'est pas à moitié aussi romantique que la sienne. Fuir à travers la montagne ! C'était sûrement plus excitant que d'être vendue.

— Tu devrais lui demander de nouveau. Tu as le droit de savoir.

— Il a également le droit de se taire. (Alcuin se leva pour ranger son livre, puis me fit face en relevant la tête.) Je n'ai guère de souvenirs de mon enfance, dit-il à voix presque basse, mais je me souviens que ma nourrice me parlait en skaldique. Elle me disait qu'un prince tout-puissant, descendant des anges, avait promis de veiller toujours sur moi. Delaunay tient la promesse que Roland de la Courcel avait faite.

Nous parlâmes tard ce soir-là – Delaunay était sorti pour une soirée. J'appris que la marque d'Alcuin n'était pas une question de contrat comme l'était la mienne. Pendant des années, Delaunay avait gravité selon son bon plaisir à la cour royale et dans le demi-monde, mais c'était Alcuin qui avait choisi de le suivre, se vouant au service de Naamah pour acquitter une dette qu'il ne pourrait jamais effacer. Je songeai alors à l'histoire de Guy – et à ces fils invisibles qui nous liaient tous à Anafiel Delaunay. Je pensai à l'histoire d'Alcuin en me demandant quels fils invisibles liaient Delaunay au prince Roland mort depuis bien longtemps.

Ce fut Hyacinthe qui le premier m'exposa une théorie.

— Que savons-nous au sujet de la première promise du prince Roland ? demanda-t-il avec emphase, attablé dans l'auberge du *Jeune Coq*, les bottes calées contre la table, en agitant un pilon. (Je l'avais aidé à faciliter une liaison entre une noble mariée et un joueur bien fait de sa personne, et il avait dépensé son argent pour nous régaler de chapon à la broche et de pichets de bière.) Hormis bien sûr qu'elle s'est rompu le cou dans un accident de chasse. Nous savons qu'Anafiel Delaunay a été accusé d'avoir écrit les paroles d'une chanson laissant entendre qu'Isabel L'Envers était la coupable. Bien qu'il n'ait jamais avoué, nous savons que sa poésie a par la suite été interdite, ce qui donne à croire que quelqu'un à la cour, qui estimait qu'il en était bien l'auteur, a su en convaincre le roi. Et nous savons qu'il n'a pas été banni, d'où l'on peut conclure que quelqu'un d'autre le protège – quelqu'un qui est en position de le faire. Quelques années plus tard, il met un point d'honneur à tenir la promesse faite par le prince Roland, ce qui donne à penser qu'il existait une dette entre eux. Bien, où tout cela commence-t-il ? Avec la promise du prince. Qui était-elle ?

Parfois, je me désespérais de constater que Hyacinthe était meilleur que moi dans l'art auquel j'étais spécifiquement formée.

— Edmée, Edmée de Rocaille, fille du comte de Rocaille, seigneur de l'un des plus grands domaines du Siovale. Il y a une petite université là-bas, où les descendants de Shemhazai étudient les sciences. (Sur un haussement d'épaules, je bus une gorgée de bière.) Il a fait don de sa bibliothèque, qui est très renommée.

Hyacinthe mordit à pleines dents dans son pilon, se barbouillant le menton de graisse.

— Avait-il des fils ?

— Je l'ignore. (Je rivai mon regard sur lui.) Tu penses que Delaunay serait son *frère* ?

— Pourquoi pas ? (Il rogna le manchon de volaille jusqu'à l'os avant de vider sa bière d'un trait.) S'il a écrit la chanson – et s'il n'a pas avoué, je n'ai jamais entendu dire qu'il l'ait nié – il avait une puissante motivation pour nuire à celle qui a commis le crime. Et s'il n'était pas son frère, peut-être était-il autre chose.

— Comme quoi ?

Je l'observais d'un œil suspicieux par-dessus le rebord de ma chope. Il reposa la sienne, remit ses pieds sur le sol, puis se pencha en avant avec une mine de conspirateur.

— Son amant. (Voyant que j'allais manifester mes doutes, il leva un doigt impérieux.) Non, Phèdre, attends. Peut-être l'aimait-il seulement, et peut-être l'héritier du trône la lui a-t-il ravie sans qu'il cesse pour autant de l'aimer. Et lorsqu'elle connut une fin tragique, il est venu à la Ville pour obtenir justice, mais n'a trouvé qu'intrigue et conspiration. Un an plus tard, le prince en épousait une autre. En bon garçon de province, doté d'une langue agile mais parfaitement ignorant de la politique, il a alors tout risqué, se faisant une ennemie de la princesse consort, mais gagnant au passage l'appui du prince, poussé par son sens de l'honneur à protéger le jeune poète impétueux. Qu'en penses-tu ?

— J'en pense que tu passes trop de temps à fréquenter les joueurs et les auteurs dramatiques, répondis-je, même si en vérité ses paroles me donnaient à réfléchir. (Les premiers fils de l'écheveau remontaient bien à la mort de la promise du prince Roland.) D'ailleurs, Delaunay a étudié à l'université de Tiberium. Il n'a pas débarqué directement de sa province.

— Ah bon ! répondit Hyacinthe en s'octroyant une nouvelle gorgée, avant d'essuyer d'un revers de manche la mousse sur ses lèvres. Des pédants et des prétentieux. Que peut-on apprendre avec eux ?

À ces mots, je ne pus m'empêcher de rire. Malgré son esprit acéré, Hyacinthe ne parvenait pas à se débarrasser des préjugés de la rue.

— Plein de choses. Mais dis-moi, as-tu interrogé le *dromonde* ?

— Tu sais bien que non. (Sa mine se fit sérieuse.) Tu te souviens de ce que ma mère a dit ? Lorsque tu t'approcheras trop près pour voir encore clairement, je devinerai pour toi, Phèdre, mais je n'utiliserai pas mon don pour hâter la venue de ce moment.

— Tu pourrais faire des grimaces au destin, grommelai-je.

— Et après ? répliqua-t-il avec un sourire. Je suis un Tsingano. En tout cas, mes théories sont intéressantes, non ?

Avec quelques réticences, j'admis que tel était bien le cas, et nous parlâmes de choses et d'autres jusqu'à ce que le visage pâle de Guy apparût de l'autre côté de la fenêtre du *Jeune Coq*, me rappelant ma dette et l'obligation de rentrer.

Ce fut peu de temps après cette conversation que survinrent deux événements d'importance, même si l'un d'eux ne revêtait d'importance que pour moi. Le premier, majeur pour le royaume tout entier, fut la visite du Cruarch d'Alba à la cour d'Angeline. C'est ainsi qu'on désigne le chef dans la langue cruithne ; en langage courant, on parle du roi des Pictii, selon le nom qui leur fut donné par les érudits caerdiccins. L'événement était effectivement notable, car il était bien rare que le Maître du détroit autorise une telle traversée.

D'aussi loin que quiconque se souvienne, le Maître du détroit a toujours dirigé les Trois Sœurs, ces îles minuscules au large des côtes de l'Azzalle ; et par Elua le béni ! je jure que ce qu'on dit est vrai : il commande aux vents et aux eaux. Libre à vous de me croire ou non, mais j'ai pu depuis lors le voir de mes yeux et je sais que c'est vrai. Cela nous a assuré une protection contre les navires skaldiques, mais cela nous a également empêchés de nouer des alliances ou de commercer avec les Cruithnes, dont les territoires sont riches en minerai de plomb et de fer. Personne n'avait la moindre idée de la raison pour laquelle le Maître du détroit avait autorisé le passage de cette ambassade ; toujours est-il qu'elle était arrivée à bon port et il y avait maintenant des Pictii à accueillir. Tout cela suscita bien du mouvement dans la maison. Très rares sont les D'Angelins qui parlent le cruithne ; Delaunay avait été convoqué pour assister à l'entrevue royale, en tant que traducteur.

À ma grande honte, je confesse que j'accordai moins d'attention à tout cela que j'aurais dû – l'autre événement d'importance occupant tout mon esprit. Cecilie Laveau-Perrin avait déclaré à Delaunay qu'elle n'avait plus rien à m'apprendre. Tout ce qui me restait à découvrir sortait du cadre de son enseignement ; le mieux serait que je prenne une leçon avec un adepte de la maison de la Valériane.

Delaunay demeurait sceptique, mais force lui était d'admettre que ses connaissances dans l'art de l'algolagnie étaient aussi exclusivement théoriques que celles de Cecilie. Une visite éducative fut donc organisée pour moi auprès du second de la maison de la Valériane. La convocation de Delaunay auprès du roi arriva pile sur ces entrefaites. Je crois qu'il aurait tout annulé si son attention n'avait pas été mobilisée ailleurs, mais son esprit était tout entier tourné vers l'entretien à venir ; il n'annula donc rien.

Il se trouva donc qu'Alcuin, qui n'était pas aussi à l'aise que Delaunay dans la langue, l'accompagna pour transcrire la conversation. Le carrosse royal vint les chercher tous deux, tandis que je m'apprêtai moi-même à être conduite à la maison de la Valériane par le cocher de Delaunay. Si j'avais su alors ce qui devait advenir un jour, j'aurais supplié qu'on me laissât assister à l'entrevue ; je parlais le cruithne aussi bien qu'Alcuin et mon écriture était plus nette et plus précise. Cela n'aurait pas été rien de rencontrer le Cruarch d'Alba et son héritier – le fils de sa sœur et non pas le sien, la loi picte stipulant une hérédité royale par descendance matrilinéaire ; il est à noter que ce fait allait lui aussi avoir sur mon existence des conséquences que je n'étais pas en mesure d'imaginer alors.

Malheureusement, nul ne peut savoir à l'avance ce genre de choses, et moi qui m'épuisais d'avoir dans le sang des ardeurs et des désirs que jamais rien n'assouvissait, je me réjouissais de l'issue qui m'attendait. Un roi barbare est un spectacle fascinant, j'en suis sûre, mais j'étais une *anguissette* condamnée aux fastidieux tourments de la virginité. Je me rendis donc à la maison de la Valériane.

14

Il était pour le moins ironique que je connaisse si mal et si peu la maison à laquelle j'aurais été destinée – n'eût été une certaine tache dans mon œil. Le portier fit immédiatement entrer la voiture de Delaunay. Nous parcourûmes une longue allée bordée d'arbres. Dans la cour, je fus accueillie par deux apprentis, un garçon et une fille. On vante la modestie de la maison de l'Alysse, mais jamais il ne m'avait été donné de voir quelqu'un de la Cour de nuit faire preuve d'une telle modestie inquiète et tremblante. Les yeux obstinément maintenus vers le sol, ils me menèrent à l'intérieur.

Le salon de réception était richement décoré ; il y régnait une chaleur étonnante. Un feu d'enfer brûlait dans l'âtre et des lampes à huile étaient disposées partout, dégageant leurs parfums capiteux. Tout en attendant, j'observais les grandes tapisseries ornant les murs. Tout d'abord, je crus qu'il s'agissait de scènes tirées de la mythologie hellène, puis j'y regardai de plus près. Les fils finement tissés ne montraient que des histoires de viol et de torture – des jeunes filles s'enfuyant, des jeunes hommes suppliant et des dieux et déesses vengeurs occupés à prendre leur plaisir.

J'étais absorbée dans la contemplation des traits figés d'une nymphe sodomisée par un satyre ricanant lorsque le second de la Dowayne entra dans la pièce.

— Phèdre nó Delaunay, dit-il d'une voix douce, sois la bienvenue. Je suis Didier Vascon, second de cette maison. (Il s'approcha pour me donner le baiser rituel, instillant une qualité particulière à cette simple marque de courtoisie ; je ressentis tout à la fois un vertige et de la répulsion.) Tu es donc une *anguissette*. (Il scruta mon visage, s'attardant sur la marque rouge dans mon œil.) Nous l'aurions vu, tu sais. Ils ont été bien sots à la maison du Cereus. (Son ton trahissait une pointe de rancune.) Seul l'orgueil les empêche d'admettre leur ignorance dans l'immensité des arts de Naamah. As-tu déjà vu un autel consacré à Kushiel ?

Cette dernière phrase avait été prononcée d'un ton neutre, je clignai des yeux, surprise par le changement d'attitude et de sujet.

— Non, messire.

Ses cils battirent imperceptiblement, paraissant dire : *Tu te crois meilleure que nous, mais tu ne me trompes pas*. À voix haute, il dit autre chose.

— C'est bien ce que je pensais. Nous en avons un ici ; bon nombre de nos clients sont voués à Kushiel. Voudrais-tu le voir ?

— Oui, s'il vous plaît.

Il appela des serviteurs avec des torches, puis me conduisit le long d'un long corridor jusqu'à un escalier de pierre qui s'enfonçait en tournant dans les ténèbres. Je n'y voyais guère. Je maintenais mon regard sur son dos devant moi ; il avançait à grands pas. La lueur des torches rendait transparente la toile arachnéenne de sa chemise ; je distinguai des marques de coups de fouet épousant la courbe de ses côtes comme autant de caresses.

— C'est ici.

Au bas des marches, il ouvrit une porte. Les murs de pierre de la pièce étaient éclairés et chauffés par un feu dans un âtre. La lumière jouait sur une statue de bronze représentant Kushiel. Posé sur une petite estrade derrière un autel et un bol pour les offrandes, le Compagnon d'Elua affichait un air sévère sur son visage magnifique ; ses mains tenaient un fléau et une verge. Je demeurai un long moment à le contempler.

— Sais-tu pourquoi Kushiel a renoncé à ses devoirs pour rejoindre Elua ?

— Non, répondis-je en secouant la tête.

— Il était l'un des Punisseurs de Dieu, choisis pour infliger des tourments aux âmes des pécheurs pour qu'elles se repentent à la fin des temps. (Didier Vascon parlait d'une voix désincarnée dans mon dos.) C'est ce que dit la légende yeshuite. Seul de tous les anges, Kushiel comprit que l'acte du châtiment est un acte d'amour ; et les pécheurs dont il avait la charge le comprirent aussi et l'aimèrent en retour. Il leur prodiguait une douleur qui était comme un baume ; ils le suppliaient de la leur donner, car ce qu'ils y trouvaient n'était pas la rédemption, mais un amour qui transcendait le divin. Le Dieu unique en conçut de l'humeur, car il désire être adoré par-dessus tout, mais Kushiel vit dans l'esprit d'Elua le béni une étincelle qu'il pouvait suivre : « Aime comme tu l'entends. »

Je laissai échapper un soupir, tandis qu'un long

frisson me parcourait. Personne ne m'avait jamais raconté ça – cette histoire qui était la mienne par mon sang. Je me demandai en cet instant ce que ma vie aurait été si j'avais été élevée et formée dans la maison de la Valériane.

— Est-ce vraiment ainsi ? demandai-je en me tournant vers Didier.

Il marqua une légère hésitation avant de répondre.

— Non. (Puis sa voix devint atone, chargée d'une sincérité qu'il livrait à regret.) Mais c'est ainsi que je prends mon plaisir. C'est le service pour lequel je suis né et auquel je suis formé. On dit que le signe de Kushiel distingue ses véritables victimes. Peut-être trouveras-tu son amour.

Je compris alors qu'il m'enviait.

— Comment les adeptes sont-ils formés à ce service ? demandai-je, préférant changer de sujet.

— Viens. (D'un signe, il ordonna aux porteurs de torche de nous précéder, puis me fit passer par une porte dans le fond de la salle, sans cesser de parler tandis que nous traversions un vaste hall aux murs de pierre.) Tout commence par la leçon des friandises pimentées. Tu sais ça ? Non ? On la fait passer à des enfants de six ans. Un adepte explique que le plaisir qu'on éprouve au goût vient de la douleur que provoque le piment. Nous gardons ceux qui comprennent ; la marque des autres est revendue. Ensuite, tout n'est qu'une question de logique et de conditionnement. On ne laisse jamais un enfant ou un apprenti de la maison de la Valériane éprouver du plaisir sans douleur, ni douleur sans plaisir. (Il s'arrêta devant une autre porte, puis fixa un regard interrogateur sur moi.) Tu n'as jamais reçu pareille formation ?

Je secouai négativement la tête et il haussa les épaules.

— Ce sont les affaires de Delaunay, je suppose. (Il ouvrit la porte.) Voici l'une des chambres des plaisirs. Nous nous efforçons d'offrir un environnement adapté à tous les désirs de nos clients.

Les serviteurs se répartirent dans la pièce, allumant les appliques au mur et un brasero. Je parcourus l'espace des yeux et ressentis un nouveau frisson. Des tapis luxuriants occupaient le centre, entourés d'alcôves de grosses dalles. Les murs étaient dépourvus de tout ornement, mais n'en étaient pas moins décorés : un avec des menottes et des chaînes pour les poignets et les chevilles, pitonnées dans la pierre, et un autre avec une grande roue de bois, dotée d'entraves pour maintenir une personne en position écartelée.

— Nous avons un accord de réciprocité avec la maison de la Mandragore, expliqua Didier Vascon en m'observant tandis que je prenais la mesure de ces harnachements. Parfois, certains clients apprécient uniquement de regarder ; dans ces cas-là, nous engageons un flagellant et un assistant pour appliquer le supplice à l'un de nos adeptes. Inversement, la maison de la Mandragore a parfois des clients qui ne connaissent d'émotions qu'en assistant à une humiliation, ce pour quoi nous leur fournissons des sujets.

Ses mots me parvenaient comme à travers une brume. Je m'approchai du centre de la pièce, effleurant du bout des doigts un chevalet capitonné tout en lançant un regard interrogateur à mon hôte.

— Comme ça, dit-il, avec une pointe d'amusement devant mon ignorance, tout en me poussant jusqu'à ce que je me retrouve couchée en travers du chevalet, la joue contre le cuir. Cette position est faite pour recevoir le fouet. Certains clients ont un goût fétichiste pour les fesses – et le chevalet est parfaitement adapté pour le satisfaire.

Je me redressai, les joues en feu.

— Je ne suis pas ici pour recevoir une formation appliquée par vous !

Didier haussa un sourcil, avant de lever doucement la main.

— Je laisse à tes clients la joie de te briser, murmura-t-il. Cela ne m'intéresse pas. J'ai cependant été payé pour veiller à ce que tu ne te présentes pas devant eux totalement ignorante. Suis-moi. (Il ouvrit une armoire, puis me présenta un à un les accessoires qu'elle contenait.) Bien sûr, nous fournissons tout ce qui peut être nécessaire : colliers, bandeaux pour les yeux, bâillons, ceintures, tout ce que les clients peuvent souhaiter. Anneaux, boules du plaisir, aides d'amour, pinces…

— J'ai été élevée dans la maison du Cereus, lui rappelai-je, au cas où il m'aurait crue innocente au point de n'avoir jamais vu un anneau pénien ou un phallus sculpté.

— … des pinces, reprit-il comme si de rien n'était. (Il en saisit une munie d'un ressort et en ouvrit la mâchoire en appuyant dessus, haussant de nouveau son sourcil.) On les place généralement sur le bout des seins ou les lèvres intimes. Les utilise-t-on à la maison du Cereus ?

— Non.

Je tirai sur la poignée d'un tiroir, mais il était fermé. Didier prit une clé attachée par une chaînette à sa ceinture. Des lames d'acier effilées comme des rasoirs et pourvues d'un manche court, posées en éventail sur un fond de velours rouge, apparurent à la lueur mouvante des torches. Elles ressemblaient à des instruments de chirurgie – infiniment plus belles.

— Des fléchettes, dit-il. Personne n'est autorisé à les utiliser sans des références et des garanties. (Il eut un frémissement involontaire et sa voix changea quelque peu.) Je les déteste.

J'imaginai une main anonyme posant la pointe acérée de l'une d'elles sur ma peau, traçant lentement un filet vermillon dans le sillage de l'acier luisant. La sensation était d'une puissance indicible. Je m'arrachai à ma rêverie ; Didier m'observait.

— Tu es exactement comme on le dit, n'est-ce pas ? (L'envie dans sa voix se mêlait d'une note de pitié affligée.) J'espère que Delaunay sait choisir ses clients. Viens, je vais te montrer les étages supérieurs.

Ma visite de la maison de la Valériane se poursuivit par une myriade de salles aux atmosphères multiples et variées : boudoirs, bains, jardins, chambres royales, harems, une salle du trône, une autre emplie de balançoires et de harnais, et même une nurserie. Didier s'empressa de préciser qu'ils respectaient les lois de la Guilde concernant l'âge minimal des adeptes. Dans la salle de flagellation, il me fit un exposé complet sur les différents types de fouets et de verges – lanières de cuir, cravaches, fléaux, flagelles et martinets, chats à neuf queues, fouets de cocher, cannes, sangles et battoirs.

— Bien sûr, précisa-t-il de sa voix sèche, de nombreux clients préfèrent apporter leur propre matériel.

Pendant toute ma visite, je ne vis pas un seul client. La politique au sein de la Cour de nuit est de faire preuve de discrétion et de protéger l'intimité, mais à la maison du Cereus, bien des clients venaient comme dans un lieu d'échange et de rencontre, pour y voir leurs amis, et jouir de leur compagnie autant que des services de Naamah. En comparaison, la maison de la Valériane baignait dans une lourde atmosphère de secret. Les fêtes y étaient toujours organisées avec soin, m'expliqua Didier, et toujours réservées à des invités triés sur le volet.

Lorsque j'eus tout vu, tout écouté, je me félicitai d'avoir fini chez Delaunay plutôt qu'à la maison de la Valériane. Même si tout ce que j'avais vu m'avait paru intrigant à un titre ou à un autre, la vie entre ses murs me semblait devoir être triste et ennuyeuse sans les parfums de mystère et de danger que promettait le rôle de servante de Naamah dans la maison d'Anafiel Delaunay – même en dépit de la rigueur intellectuelle que je maudissais tant. La plus petite étincelle de désobéissance ou de rébellion était étouffée chez ses adeptes ; et comment pouvait-il en être autrement lorsque son credo était « Je me soumets » ? Pourtant, Kushiel ne flétrit pas les soumis, mais ceux qui désobéissent et osent endurer l'agonie de la défaite. C'est ce que je croyais alors, et ce que je crois toujours. Mais je crois pouvoir dire que ma conviction aurait été tout autre si j'avais pu deviner à quel point le chemin qui m'attendait serait long et difficile. En tout cas, sachez que si je quittai la maison de la Valériane sans la sagesse et l'expérience voulues pour étayer mes certitudes, au moins étais-je considérablement mieux éclairée sur les pratiques de mon art.

Je regagnai la maison de Delaunay pleine d'une nouvelle connaissance, pour découvrir à ma grande consternation qu'il avait convié des amis à un petit dîner. Comme de juste, le Cruarch d'Alba était au cœur de la conversation. Si consolation il y eut, ce fut le fait que Delaunay était d'excellente humeur ; il m'invita à le rejoindre sur son divan.

— Puisque tu as l'âge de servir Naamah, la conversation de ce soir ne peut manquer de t'intéresser, dit-il en tapotant le coussin à côté de lui. (Il était toujours dans sa tenue de cour, paré d'élégance et échauffé par le bon vin et les causeries.) Tu connais le comte de Fourcay, bien sûr… Gaspar, un hommage s'impose, c'est presque une dame maintenant… et notre poétesse – Thelesis, je ne suis que poussière dans votre ombre… Et voici Quintilius Rousse d'Eisande, le plus grand amiral ayant jamais commandé une flotte, et le seigneur Percy de L'Agnace, comte de Somerville, dont tu as entendu parler.

Je n'ai plus le souvenir de ce que j'ai pu balbutier alors – une ineptie sans aucun doute – en me levant pour faire ma révérence. J'avais coutume de voir Gaspar Trevalion, qui était presque un oncle pour moi (dans ma vision toute personnelle de la parenté) ; Thelesis de Mornay me fascinait, mais je l'avais déjà rencontrée. En revanche, ces nouveaux personnages… Le commandant de la flotte d'Eisande était une légende dans trois nations et le comte de Somerville n'était rien de moins qu'un prince du sang, qui avait mené la charge contre les Skaldiques, aux côtés du prince Roland et du prince Benedict. Il se disait que si le roi devait un jour nommer un seigneur de la guerre, ce serait le comte de Somerville et nul autre.

Comme il apparaissait dans une histoire entendue dans mon enfance, je pensais qu'il devait être vieux, comme le roi, alors qu'il n'avait guère que la cinquantaine, solide et athlétique, avec quelques fils gris dans ses cheveux blonds. Une odeur de pomme flottait autour de lui ; par la suite, je devais apprendre que c'était la marque des descendants d'Anael en général, et de la lignée Somerville en particulier. Il me sourit aimablement, pour que je sois moins craintive en sa présence.

— L'*anguissette* de Delaunay ! s'exclama Quintilius Rousse en m'invitant d'un signe à m'approcher du divan qu'il partageait avec Alcuin.

Il prit mon visage entre ses mains pour y planter un baiser, me relâchant ensuite avec un sourire. Une épaisse cicatrice barrait un côté de son visage hâlé, là où un cordage l'avait cinglé ; ses yeux bleus pétillaient. Je ne parvenais pas à décider s'il était beau ou affreux.

— Quel dommage que je n'aie aucun goût pour la souffrance !

Il tapota le genou d'Alcuin, qui lui sourit avec sérénité. Je vis qu'il appréciait le marin et ses façons bourrues. Alcuin aimait la franchise.

— Tu es l'élève de l'araignée, alors d'après toi pourquoi le Vieux Frère a-t-il laissé passer le Cruarch ?

Il me fallut quelques instants pour comprendre que Delaunay était l'araignée – et me souvenir que le « Vieux Frère » était le nom que les gens de mer donnaient au Maître du détroit, seigneur des Trois Sœurs.

— Si je connaissais la réponse à cette question, messire, dis-je en prenant place à côté de Delaunay tout en lissant ma robe, je ne serais plus l'élève, mais le maître.

Quintilius Rousse rugit de rire et les autres se

joignirent à son hilarité. Delaunay me caressa les cheveux en souriant.

— Quintilius, mon ami, si vous ne pouvez pas répondre à cette question, personne ne le peut. À moins que notre gracieuse muse… ?

Il tourna un regard interrogateur vers Thelesis, qui secoua négativement la tête.

— Il m'a laissée passer au prix d'une chanson, dit-elle de sa belle voix grave qui nous tenait sous son charme. (Je me souvenais qu'elle avait été envoyée en exil en Alba, ce qui lui valait sans aucun doute d'avoir été conviée ce soir-là.) Une à l'aller, une autre au retour. Autant que je puisse en juger, il agit au gré de son caprice. Mais quel caprice le Cruarch d'Alba peut-il bien satisfaire ? Telle est la question.

Alcuin s'éclaircit la voix. C'était un petit bruit discret, mais chacun écouta.

— Ils parlent d'une vision. (Il jeta un coup d'œil à Delaunay en guise d'excuses.) Je me tenais non loin de la délégation albane, mais il est difficile de retranscrire fidèlement ce qu'on entend incidemment, messire. Toujours est-il qu'ils évoquaient une vision qu'aurait eue la sœur du roi : un sanglier noir et un cygne d'argent.

— La sœur du roi, reprit Quintilius, le visage maussade. Par les dieux ! *Lyonette* ? Qu'est-elle en train d'ourdir maintenant ?

— Non, intervint Alcuin en secouant la tête. La sœur du Cruarch, le roi des Pictii, la mère de son héritier.

— Lyonette n'a rien à voir avec elle, confirma Gaspar Trevalion, mais j'ai remarqué qu'elle avait pris l'épouse du Cruarch sous son aile – ou plutôt sous sa patte. On a presque envie de prévenir la pauvre femme qu'il y a des griffes sous les coussinets.

— Lyonette de la Courcel de Trevalion serait bien avisée d'éviter pareille proie, murmura Thelesis. La femme du Cruarch, Foclaidha, descend des Brugantii, sous l'égide du taureau rouge. La Lionne de l'Azzalle devrait se méfier de ses cornes.

— Ses garçons veillent sur elle, dit Quintilius Rousse, un peu embarrassé. Vous avez vu la taille de son aîné ? Pas trop heureux de jouer les seconds rôles à cause de sa patte folle, d'ailleurs.

— Vous parlez sans doute du prince des Pictii ? demanda le comte de Somerville d'un ton qui aurait pu paraître condescendant, n'eût été l'affection qu'il éprouvait manifestement pour le marin. Une pauvre petite chose, mais presque jolie sous ce bleu. Quel dommage pour sa jambe. Comment s'appelle-t-il déjà ?

— Drustan, répondit Delaunay en riant. Mais n'y pensez même pas, Percy !

— Jamais. (Une note amusée brillait dans les yeux du comte de Somerville.) je suis bien trop politique pour ça, mon vieil ami.

Je bus une gorgée de mon verre de vin ; la tête me tournait à cause des efforts que je faisais pour suivre la conversation.

— Est-ce vrai qu'ils sont peints en bleu ? demandai-je.

Ma question sonnait cruellement naïve à mes oreilles.

— Aussi vrai que les servants de Naamah portent sa marque, répondit Thelesis de Mornay d'un ton aimable. Les guerriers du Cruithne portent les symboles de leur caste sur leur visage et leur corps, tatoués à l'encre bleue par les aiguilles de leurs marquistes. Nos beaux seigneurs peuvent bien rire, mais les marques du jeune Drustan établissent sa lignée et prouvent qu'il a fait ses preuves sur le champ de bataille. Ne vous laissez pas égarer par son infirmité.

— Mais que veulent-ils ? demanda Gaspar Trevalion. (Il laissa son regard courir à la ronde ; personne ne se risqua à faire une réponse.) Viennent-ils pour commercer ? Pour obéir à une vision ? Pour se protéger des vaisseaux skaldiques ? Il se dit sur les côtes de l'Azzalle que les Skaldiques auraient cherché à traverser les mers du septentrion pour razzier Alba, mais que pouvons-nous y faire ? Même Quintilius Rousse ne peut pas conduire une flotte dans le détroit.

L'amiral eut une quinte de toux.

— Il se dit également… que les navires d'Angelins ont cherché une route au sud-ouest et que les Cruithnes et les Dalriada lèvent l'ancre pour des terres inhospitalières. Je ne crois pas que ce soit une protection en mer qu'ils recherchent.

— Le commerce. (Delaunay fit courir un doigt sur le bord de son verre d'un air pensif.) Tout le monde veut commercer. C'est une forme de pouvoir, de liberté ; propager sa culture est une manière d'atteindre l'immortalité. Cela doit les mettre au supplice de regarder de l'autre côté du détroit et d'y voir un monde inaccessible – nous autres, le joyau du continent, à la fois si proche et si loin. Vous êtes-vous déjà demandé pourquoi les Skaldiques s'en prennent toujours à nos frontières ? (Il lança un regard dans lequel se lisait l'immensité de son esprit à l'œuvre.) Non ? Parce que nous sommes marqués, mes amis, par l'héritage d'Elua le béni et de ses

Compagnons. Nous nous développons alors que les autres nations en sont toujours à lutter. Nos journées s'écoulent dans le vin, les chants et l'abondance. Nichés au cœur de cette terre bénie, nous élevons nos fils et nos filles d'une beauté sans pareille. Voilà pourquoi nous devons défendre nos frontières. Nous élevons le désir au rang d'art – et nous nous récrions lorsqu'il éveille des échos sanglants.

— Nous avons élevé plus que le désir au rang d'art, objecta le comte de Somerville, avec une note d'acier sinistre dans le ton. Nous savons défendre nos frontières.

— En effet, renchérit Quintilius Rousse. En effet.

Ce genre de déclaration entraîne généralement un instant de martiale solennité ; j'en perçus les accents à cet instant. Il m'est arrivé de les percevoir encore depuis. Dans cet instant de silence figé, Alcuin secoua la tête.

— Mais le Maître du détroit n'a aucun intérêt à ce que s'établissent des échanges, murmura-t-il. Il doit y avoir autre chose.

J'ai déjà dit que le talent d'Alcuin surpassait le mien pour ce qui est de rassembler les faits afin de les mettre en perspective. Ce soir-là, je vis la surprise passer fugacement sur le visage de Delaunay, sur ses lèvres entrouvertes ; je compris que sur cette question précise, par cette intuition fulgurante, l'élève venait de dépasser le maître. Mais là où Alcuin savait creuser, Delaunay, lui, savait aller très loin. De tout temps, il y avait des informations qu'il gardait pour lui. À cet instant, il tira une conclusion de grande portée ; j'observai son visage lorsqu'elle prit forme dans son esprit.

— Oublions ça, dit-il d'une voix pleine de gaieté

en prenant sa lyre – dont il jouait comme tout gentilhomme, et mieux que la plupart. Ce soir, le roi dîne avec son homologue marqué de bleu, et Ysandre de la Courcel, fleur du royaume, va apprendre à un prince barbare affecté d'un pied bot à danser la gavotte. Thelesis, ma chère muse, nous feriez-vous l'honneur d'une chanson ?

Je crois qu'elle devait savoir, plus qu'aucun des autres invités, ce qu'il avait en tête ; elle s'exécuta néanmoins, chantant de sa voix profonde et délicieuse. Ainsi se déroula ma première nuit en tant qu'adulte au sein de la demeure d'Anafiel Delaunay. Gaspar Trevalion demeura sobre, tandis que Quintilius Rousse but plus que de raison – et dormit dans la chambre d'amis de Delaunay.

Quant à Alcuin, il enregistra le discret signe de tête de Delaunay à la fin de la soirée, et partit avec le comte de Somerville. Je ne crois pas qu'un contrat fut signé, mais le comte se montra gracieux. Le lendemain, un rendez-vous était pris avec le marquiste pour poser l'esquisse de sa marque à l'endroit où le bas de son dos s'évase pour former son fessier délicat.

15

Delaunay retourna deux fois encore à la cour durant la visite du Cruarch d'Alba. Il s'y rendit seul et il n'y eut aucun dîner ensuite, ni aucune séance de spéculations ; s'il y apprit quelque chose, il le garda pour lui. Autant que chacun put en juger, le roi de Terre d'Ange et le roi des Pictii échangèrent des cadeaux et des plaisanteries, puis la délégation albane regagna la côte et traversa le détroit, poussée par des vents favorables et accompagnée par des oiseaux de mer et la bénédiction apparente du Maître du détroit.

Après avoir réaffirmé sa fidélité à la maison Courcel, le comte de Somerville rejoignit ses troupes et ses immenses vergers de pommiers.

Après avoir vidé notre garde-manger et bu la moitié du vin mis en cave l'année précédente, Quintilius Rousse repartit jovialement pour Eisande et sa flotte ; quelque temps après, nous apprîmes qu'il était sorti vainqueur d'une bataille rangée contre les navires du Khalif de Khebbel-im-Akkad, ouvrant une nouvelle voie pour le commerce des épices et de la soie avec l'Orient.

Par comparaison, des nouvelles de cet ordre

rendaient bien pâle la visite d'un chef barbare d'une petite île ; pas étonnant dès lors que les Pictii sortissent bien vite des mémoires.

Après tout, la vie continue.

Comme de juste, je brûlais d'envie que la mienne allât de l'avant – et le plus tôt serait le mieux. Le succès d'Alcuin en tant que courtisan de haut vol ne se démentait pas. La nouvelle du prix atteint pour sa virginité se répandait et je crois que Delaunay recevait chaque jour des demandes à ce sujet. C'était exactement ce qu'il avait voulu ; être en mesure de choisir, de se montrer sélectif et de dire « non » quand bon lui semblait. Sachez que jamais il n'accepta un client sans avoir au préalable obtenu notre assentiment.

Le choix de Delaunay pour le troisième rendez-vous d'Alcuin se révéla être un véritable coup de maître. Cecilie Laveau-Perrin, qui n'avait pas oublié le soir des enchères, engagea les services d'Alcuin pour la soirée d'anniversaire de Mierette nó Orchis, et l'offrit à son amie paré en tout et pour tout de rubans rouges. À ce qui se dit, le rire de Mierette s'entendit très loin à la ronde.

On cria par la suite au génie, car le bruit se propagea que le protégé de Delaunay était même capable d'inspirer une adepte de la Cour de nuit ; ce qui était la plus exacte vérité. Cependant, je vis moi une autre raison encore au brio de ce choix. Alcuin rentra avec un sourire sur les lèvres et les yeux lourdement cernés. Certes, il était le cadeau offert, mais Mierette nó Orchis possédait le pouvoir de dispenser la joie dans l'acte d'adoration de Naamah. Tel est le canon de la maison de l'Orchis, et tel est le secret qu'elle partagea avec lui. Je m'en souviens parfaitement à cause de ce sourire alangui qu'Alcuin prit soin de ne pas trop afficher devant Delaunay, mais aussi à cause de la conversation que notre seigneur et maître avait eue avec moi ce jour-là.

Il m'avait priée de le rejoindre dans le jardin intérieur, le lieu qu'il choisissait pour tous les événements d'importance. Je m'assis avec réserve et modestie sur l'un des divans, attendant qu'il m'accorde son attention, tandis qu'il allait et venait sous les arcades, les mains dans le dos.

— Tu sais, Phèdre, j'ai eu des demandes, dit-il sans me regarder en face. Des demandes te concernant.

— Je l'ignorais, messire.

C'était la plus exacte vérité ; il n'en avait jamais rien dit et personne d'autre ne l'avait fait. Cela faisait pourtant quelques semaines que mon anniversaire était passé. Je me demandai si Alcuin avait été informé de quoi que ce fût – bien décidée à lui passer un savon si tel avait été le cas.

— J'en ai pourtant reçu. Depuis les débuts d'Alcuin, pour être exact.

Delaunay m'observait maintenant du coin de l'œil. À cette heure du crépuscule, le soleil rasant allumait des feux topaze dans ses yeux gris. J'éprouvai quelques difficultés à me concentrer sur ce qu'il disait.

— Je ne voudrais surtout pas que tu le prennes en mauvaise part s'il m'arrivait d'accepter l'une de ces propositions.

À ces mots, il obtint mon attention pleine et entière.

— Messire !

Mon souffle s'était fait court ; j'osais à peine croire

à la réalité de cet instant. J'en étais venue à penser que mon corps allait se flétrir, comme la grappe oubliée sur la vigne.

— Non, messire, jamais… jamais je ne le prendrais en mauvaise part.

— C'est bien ce que je pensais. (Cette fois, une lueur amusée apparut dans sa prunelle.) Mais avant tout, je dois t'expliquer quelque chose d'important. Il faut que tu aies un *signal*.

Le mot parvint à mes oreilles, sans que j'en perce véritablement le sens.

— Messire ?

— Didier ne t'a pas expliqué ? (Il s'assit.) C'est une approche qu'ils ont mise au point à la maison de la Valériane. Je me suis longuement entretenu avec la Dowayne pour connaître tout ce qui est nécessaire. Parfois, il peut arriver qu'un client aille trop loin dans les affres de ses transports. Tu sais que les protestations font partie du jeu, n'est-ce pas ? Le *signal* est au-delà. C'est un mot fait pour mettre un terme au jeu. Il faut que tu t'en choisisses un, Phèdre. (Son regard devenait de plus en plus sérieux.) Si un client ne répond pas au *signal*, il se rend coupable d'hérésie. C'est ta protection contre les blessures, contre toute violation du précepte d'Elua le béni. Le mieux, semble-t-il, est de choisir un mot sur lequel on ne risque pas de se méprendre dans les jeux de l'amour. Tu veux bien y réfléchir ?

Je secouai la tête ; un mot me vint immédiatement aux lèvres.

— Hyacinthe.

Ce fut la première fois, et probablement la seule, que je vis Delaunay pris de court.

— Le *Tsingano* ? (S'il n'avait été assis en face de

moi, le ton de sa voix m'aurait dit l'étendue de sa surprise.) C'est à *lui* que tu penses d'abord lorsque tu penses à ta sécurité ?

— Il est mon unique ami. (Je soutins son regard.) Tout le monde désire quelque chose de moi ; même vous, messire. Si vous préférez que je choisisse un autre mot, je le ferai. Mais vous m'avez demandé – et j'ai répondu.

— Non. (Après un instant, il haussa les épaules.) Pourquoi pas ? C'est un choix qui convient. Personne n'aura besoin de savoir que tu fais référence à un bâtard tsingano qui lit l'avenir lorsque tu le diras. Je le ferai notifier dans tes contrats et tu veilleras à ce que tes clients le retiennent.

Mes paroles l'avaient désarçonné ; je le voyais bien. Je me demandai même s'il n'était pas un peu jaloux. Je l'espérais en fait, mais je m'abstins d'explorer plus loin la question, préférant l'interroger sur autre chose.

— De qui s'agit-il ? Et laquelle de ces propositions seriez-vous enclin à accepter, messire ?

— Il y en a plusieurs. (Delaunay se remit à faire les cent pas.) La plupart me parviennent indirectement, par l'intermédiaire de tiers, comme c'est souvent le cas lorsqu'il s'agit de… talents particuliers, tels que les tiens. Mais il y a une exception. (Il fronça les sourcils.) Childric d'Essoms m'a approché en personne pour me faire une offre.

Un nom et un visage s'imposèrent dans mon esprit. Je sentis tout mon corps se raidir, mais je me contentai de répondre d'une voix unie.

— Pourquoi ferait-il ça ? Il vous hait et il connaît votre jeu, messire. S'il a enchéri pour obtenir Alcuin, c'était uniquement pour exaspérer les autres.

— Justement. Il jouit du spectacle de la souffrance. (Il se rassit.) D'Essoms est un chasseur. Il aime le jeu et il y excelle ; au point de savoir que tu es un appât. Il se croit capable de prendre l'appât et d'échapper à l'hameçon. Et il veut que je le sache. Il est trop imbu et arrogant pour laisser passer l'occasion de s'emparer d'une proie telle que toi tout en m'infligeant une insulte au passage.

— Que voulez-vous obtenir de lui ?

Une si simple question, chargée de tant d'implications. Au-delà du plaisir procuré et de la vision de la souffrance, c'était là que résidait ma véritable finalité ; c'était pour ça et uniquement ça que Delaunay avait acheté ma marque. Peu importait qu'il nous livrât la véritable nature de ses objectifs ; depuis longtemps Alcuin et moi avions compris que c'était ce que nous pouvions apprendre qui faisait notre valeur à ses yeux.

— N'importe quelle information qu'il est susceptible de laisser échapper, répondit Delaunay, sinistrement. D'Essoms est un personnage considérable au sein de la Cour de la chancellerie. Il n'y a aucun traité, aucune nomination, aucune décision importante qui ne passe à un moment ou à un autre sur son bureau. Il sait qui a demandé quoi – et ce qui a été donné en échange. Il sait qui sera nommé et à quel poste, mais aussi pour quelles raisons. Et mieux que personne, il sait qui a tiré profit de la mort d'Isabel L'Envers.

— Et d'Edmée de Rocaille ?

Je frissonnai intérieurement rien qu'à prononcer le nom de la première promise du prince Roland. Delaunay posa un regard aigu sur moi.

— Isabel L'Envers a profité de la mort d'Edmée

de Rocaille, répondit-il d'une voix sourde. Et Childric d'Essoms aussi, puisqu'il a été nommé à son poste peu après le mariage d'Isabel avec Roland. Tu m'as demandé ce que je voulais savoir. Eh bien, je veux savoir qui tire les ficelles – qui est derrière d'Essoms aujourd'hui ? Isabel est morte ; alors qui sert-il et à quelles fins ? Découvre ça pour moi, Phèdre, et je serai ton obligé.

— Il en sera fait ainsi, messire.

J'étais résolue à y parvenir, dussé-je en mourir. J'étais encore assez naïve alors pour ne pas voir à quel point ce risque était réel.

— Tu acceptes donc ?

Je m'interrompis juste avant de répondre par l'affirmative.

— Combien offre-t-il ?

Delaunay sourit.

— Tu es une véritable fille de la Cour de nuit, Phèdre. Quatre mille cinq cents. (L'expression sur mon visage effaça son sourire.) Ma chère enfant, le prix de la virginité d'Alcuin n'aurait jamais été si haut sans les enchères ; or, je crains que les clients que tu attires ne soient pas du genre à faire état de leurs goûts en public. Si tu es bien née sous le signe de Kushiel comme je le pense, alors l'expérience ne fera qu'aiguiser encore ton don. Ton prix ne fera que croître avec le temps. (Il prit mon visage entre ses mains, pour me regarder au fond des yeux.) Alcuin doit jouer de sa rareté – et donc n'accepter que peu de contrats pour la préserver. Atteindre un prix élevé dès le début était une nécessité. Mais toi, Phèdre… Cela fait une éternité que la maison de la Valériane n'a plus eu d'*anguissette*. Cela fait tellement longtemps que le monde n'a plus eu quelqu'un comme toi que même la maison du Cereus – la première des treize maisons – n'a pas su te reconnaître. Aussi longtemps que tu vivras, tu seras une personne unique et rare.

J'eus l'impression d'avoir sept ans de nouveau, en ce jour où, dans le salon de réception de la Dowayne, Delaunay me fit passer, en quatre vers, du statut de bâtarde affligée d'une tare à celui d'élue des Compagnons d'Elua. J'avais envie de pleurer, mais Delaunay n'aimait pas les larmes.

— Childric d'Essoms va faire une affaire, dis-je en refoulant mes sanglots.

— Le seigneur d'Essoms va obtenir bien plus que ce pour quoi il a payé. (Il me dévisagea avec un air grave et sévère.) Je veux que tu sois prudente, Phèdre. Ne cherche rien, ne lui demande rien. Laisse-le avaler l'hameçon, laisse-le croire qu'il a emporté une victoire sur moi. Si tout va bien, il te redemandera encore, trois fois, quatre fois. Ne tente rien d'ici là. C'est compris ?

— Oui, messire. Mais si les choses se passent mal ?

— Si les choses se passent mal, je consacrerai la moitié du prix à ta marque et tu n'auras plus jamais à le revoir. (Delaunay me donna une bourrade dans le bras.) Dans tous les cas, Phèdre, tu ne dois *pas* hésiter à utiliser le *signal.* D'accord ?

— Oui, messire. « Hyacinthe ».

Je répétai le nom une seconde fois, juste pour le tourmenter. Il ne releva pas.

— Et toutes les règles restent valables. Pas question de faire étalage de tes connaissances. Pour d'Essoms, ce que tu sais, c'est ce que tu as appris dans la Cour de nuit.

— Bien, messire. (Je marquai une pause.) Vous

avez emmené Alcuin à la cour pour transcrire l'entretien avec la délégation albane.

— Ah ! ça. (De manière inattendue, Delaunay me gratifia de son sourire.) J'ai dit qu'il écrivait vite et bien, sans préciser qu'il parle le cruithne. Pour tout le monde – hormis le roi – Alcuin n'a compris que ce que j'ai traduit. Et notre beau scribe a été vu par un grand nombre de puissants personnages, ô combien intrigués.

De toutes ces informations intéressantes, celle qui me fascinait le plus, c'était le fait que Delaunay laissait entendre que Ganelon de la Courcel, le roi de Terre d'Ange, était au fait de ce qu'il manigançait. J'aurais aimé pouvoir en dire de même.

— Je serai prudente, messire.

Voilà tout ce que je parvins à dire à voix haute.

— Parfait. (Il se remit debout, l'air satisfait.) Je vais donc prendre les dispositions.

16

Le jour de mon premier rendez-vous, je le jure, Delaunay était encore plus nerveux que moi. Même avec Alcuin, il n'avait pas montré une telle agitation.

Par la suite, lorsque j'eus une meilleure connaissance de mon art, je compris mieux Delaunay. Malgré la profondeur de son savoir et la sophistication de ses goûts, il y avait un palier que ses désirs se refusaient à franchir. Comme bien des gens, il savait qu'une petite touche de domination enrichit les jeux amoureux ; mais pas plus d'une petite touche. Son étude des désirs des autres était si minutieuse et si complète qu'on en oubliait qu'elle n'était rien d'autre qu'un exercice intellectuel. Au plus profond de sa chair, il ne savait pas ce que c'était que d'attendre en frissonnant la lanière du fouet, reçue comme un baiser. D'où sa nervosité.

Lorsque je le compris, je ne l'en aimai que plus ; bien sûr, cela faisait longtemps déjà que je lui avais tout pardonné. Il n'y avait rien que je ne puisse pardonner à Delaunay.

— Voilà, dit-il dans un souffle, debout derrière moi devant la grande psyché, en remettant en place une boucle folâtre. Tu es magnifique.

Il me posa les mains sur les épaules et mes yeux trouvèrent les siens dans le miroir. Puis mon regard revint sur mes yeux, sombres et luisants comme du bistre posé par le pinceau d'un artiste, hormis la tache rouge. Dans le reflet, elle était dans mon œil droit, éclatante comme le pétale d'une rose posée sur des eaux calmes. Delaunay aimait ma coiffure ; la résille de soie d'une mantille domptait la profusion de mes cheveux. La masse du lourd chignon accentuait la forme délicate de mon visage et la pâleur ivoirine de ma peau.

Chez les sujets jeunes, le maquillage est jugé vulgaire ; une touche de rouge sur mes lèvres, voilà tout ce qu'il m'avait autorisé. Elles brillaient d'un éclat carmin, comme en écho à la tache dans mon œil. Je n'avais pas le souvenir d'avoir jamais vu ma bouche si sensuelle.

Pour la tenue, Delaunay avait également opté pour la simplicité. Cette fois, ma robe était de velours rouge, d'une nuance riche et profonde. Le corsage épousait ma silhouette ; je notai avec satisfaction ma poitrine mise en valeur, avec ma peau blanche et appétissante offerte dans l'échancrure. Une rangée de petits boutons de jais le fermait dans le dos. Je me demandai si Childric d'Essoms prendrait la peine de les défaire ou s'il les arracherait d'un coup. Au sein de la Cour de nuit, cette deuxième option donnerait lieu à un surcoût, mais je doutais que Delaunay fît figurer de tels détails dans ses contrats. Le bustier descendait bas sur mes hanches, soulignant la finesse de ma taille et mon ventre plat. J'aimais l'allure de mon corps et je me réjouis de la voir aussi joliment servie. À partir de là, la robe tombait en longs plis, étonnamment sages, hormis la couleur et la richesse du tissu.

— Tu aimes ce que tu vois, observa Delaunay, amusé.

— Oui, messire.

Je ne voyais aucune raison de feindre ; mon apparence était le fruit de ses investissements. Je pivotai, regardant par-dessus mon épaule, m'efforçant d'imaginer à quoi ressemblerait mon dos une fois ma marque achevée, lorsque les ultimes lignes monteraient jusqu'à la base de ma nuque, là où arrivait le col de ma robe.

— J'apprécie. Espérons qu'il en aille de même pour le seigneur Childric. (Delaunay retira ses mains de mes épaules.) J'ai un cadeau pour toi, dit-il en marchant jusqu'à son armoire. Tiens.

Il déposa sur mes épaules que ses mains venaient de quitter un manteau à capuche, de velours doublé de soie, d'un rouge si profond et si intense qu'il en paraissait noir ; la couleur du sang répandu par une nuit sans lune.

— On appelle cette teinte « sangoire », dit-il en observant mon visage dans le miroir tandis que je recevais son présent. Thelesis m'a dit qu'au XVIIe siècle après Elua, un décret la réservait aux *anguissettes* exclusivement. J'ai dû aller jusqu'à Firezia pour trouver des teinturiers qui se souvenaient encore du procédé pour la créer.

Il était magnifique ; absolument somptueux. Je sanglotai en le voyant ; cette fois-ci, Delaunay ne me rabroua pas pour mes larmes, mais me prit dans ses bras. Nous sommes des D'Angelins ; nous savons ce que c'est que d'être ému aux larmes par la beauté.

— Prends soin de toi, Phèdre, murmura-t-il. (Le

son de sa voix fit trembler le chignon sur ma nuque.) Childric d'Essoms t'attend. N'oublie pas ton *signal* et n'oublie pas non plus que Guy sera là si les choses se passent mal. Je ne t'enverrais pas dans l'antre de mon ennemi sans protection.

Mon sang s'était accéléré dans mes veines à la sensation de ses bras m'enserrant. Je pivotai dans son étreinte, cherchant son visage.

— Je sais, mon maître, répondis-je dans un murmure.

Mais Delaunay retira ses bras et recula.

— C'est l'heure, dit-il. (L'expression de son visage était redevenue distante et composée.) Va maintenant et que la bénédiction de Naamah soit sur toi.

Ainsi partis-je à mon premier rendez-vous.

La nuit était déjà tombée lorsque le carrosse démarra. Assis dans sa livrée immaculée, Guy me faisait face, silencieux. Je ne dis rien. La demeure de d'Essoms était petite, mais très proche du palais. Plus tard, j'appris qu'il bénéficiait d'appartements à l'intérieur de la résidence royale, mais préférait conserver son pied-à-terre pour les badinages de cette nature.

Le serviteur qui ouvrit la porte parut surpris de me voir accompagnée de Guy ; il marqua son étonnement d'un reniflement hautain.

— C'est donc ainsi, dit-il en pointant un doigt sur moi, avant de se tourner vers Guy. Vous serez consigné à l'office.

Comme s'il n'avait rien entendu, Guy s'avança et me fit une courte révérence d'une parfaite élégance. J'ignorais jusqu'alors qu'il était capable de manières si courtoises.

— Dame Phèdre nó Delaunay, annonça-t-il de sa

voix ferme et monocorde, en cherchant le regard du serviteur. Elle est attendue par le seigneur d'Essoms.

— Oui, naturellement. (Déconcerté, l'homme tendit un bras.) Ma dame…

Guy s'interposa adroitement.

— Prenez donc son manteau, dit-il d'un ton doucereux.

Manières adoptées au contact de Delaunay ou vestiges de sa formation au sein de la Fraternité cassiline, toujours est-il que son attitude dompta le serviteur aussi promptement qu'elle l'avait fait pour le nobliau dans l'auberge du *Jeune Coq*.

— Oui. Oui, bien sûr. (Le serviteur claqua des doigts pour convoquer d'urgence la femme de chambre sidérée qui attendait.) Le manteau de ma dame, ordonna-t-il.

Je dénouai l'agrafe et repoussai l'habit d'un petit mouvement d'épaules. Il glissa dans les mains de l'homme avec un petit crissement soyeux.

Delaunay savait ce qu'il faisait. J'entendis le souffle du serviteur estomaqué par le poids du manteau *sangoire* lorsqu'il le tendit à la femme de chambre. Elle ne put s'empêcher de caresser discrètement le velours dense en le pliant sur son bras. Je relevai la tête sous leurs regards curieux ; je leur rendis leurs coups d'œil, les laissant voir la marque carmin dans mon œil. La noblesse bavarde, mais la domesticité aussi. Toutes les premières impressions comptent.

— Par ici, ma dame, dit de nouveau le serviteur.

Cette fois-ci, il y avait du respect dans sa voix. Il m'offrit son bras et je le pris gracieusement, laissant le bout de mes doigts effleurer – à peine – son avant-bras. C'est ainsi qu'il me conduisit jusqu'à Childric d'Essoms.

Sa seigneurie m'attendait dans sa salle des trophées – c'était en tout cas le nom que j'en étais venue à lui donner, à défaut de connaître celui qu'il lui avait choisi. Deux des murs étaient ornés de fresques représentant des scènes de chasse. Un troisième était occupé par un âtre dans lequel flambait un feu. Sur le manteau de la cheminée étaient accrochées les armoiries de la famille d'Essoms et une panoplie d'armes.

Contre le quatrième mur, il y avait autre chose.

Childric d'Essoms avait le même regard que celui que j'avais remarqué à la fête de Cecilie ; des cheveux tirés en arrière et des yeux d'oiseau de proie. Il portait un pourpoint de brocart de couleur sobre et des chausses de satin. À la main, il tenait un verre.

— Tu peux la laisser, Philippe, dit-il en congédiant son serviteur.

Sur une courbette, le valet sortit, refermant la porte derrière lui.

J'étais seule avec mon premier client.

À grandes enjambées, Childric d'Essoms s'approcha de moi. Sa main droite, celle qui ne tenait pas le verre, s'éleva dans un mouvement presque naturel pour venir s'abattre sur ma joue. Je titubai sous l'impact. Le goût du sang envahit ma bouche. Le souvenir me revint de la précision avec laquelle il avait projeté ses gouttes de vin au jeu du kottabos. Pas la moindre goutte ne s'était échappée du verre qu'il tenait dans la main gauche.

— En ma présence, tu te tiens à genoux, putain, dit-il nonchalamment.

Je tombai à genoux, *abeyante* ; le velours rouge de

ma robe s'étala autour de moi sur les dalles. Elles étaient froides malgré le feu. J'observais ses bottes cirées tandis qu'il allait et venait autour de moi.

— Pourquoi Anafiel Delaunay envoie-t-il une *anguissette* pour tenter ceux qui sont comme moi ? demanda-t-il en passant dans mon dos.

Je sentis sa main plonger dans mes boucles sagement rangées pour me tirer la tête en arrière. Je vis ses yeux aux paupières lourdes qui luisaient au-dessus de moi. Ma gorge était exposée et vulnérable.

— Je ne sais pas, seigneur, répondis-je dans un murmure, la gorge nouée par la peur.

— Je ne te crois pas. (Il appuya sa cuisse contre mon dos, faisant glisser sa main pour m'enserrer la gorge.) Dis-moi, Phèdre nó Delaunay, ce que ton maître espère de moi. Croit-il pouvoir m'attraper si facilement, hmm ? (Il ponctua ses mots de saccades de la main.) S'imagine-t-il que je vais révéler mes secrets sur l'oreiller à une catin ?

La serre de ses doigts se convulsa. Il appuyait là où bat le sang le long de la gorge ; des taches noires dansaient devant mes yeux.

— Je… ne… sais pas…, murmurai-je de nouveau. Une étrange langueur envahissait mon corps ; ma conscience doucement s'évanouissait. Dans un ultime effort, je tournai la tête ; sous ma joue, je sentis jouer les muscles de sa cuisse. Mon souffle devint oppressé.

— Elua ! souffla d'Essoms. (Sa main relâcha ma gorge, passant derrière ma tête pour la soutenir.) Tu en es *vraiment* une, n'est-ce pas ?

Je perçus l'étonnement et l'amusement dans sa voix ; *il n'en était donc pas sûr*, songeai-je. Dans un coin de mon esprit, je notai qu'il avait sacrifié plus de quatre mille ducats simplement pour prendre le meilleur sur Delaunay.

— Prouve-le, alors, petite *anguissette*. Comme tu es, à genoux. Satisfais-moi.

Ainsi me parla-t-il, mais il n'avait besoin de rien dire. Déjà, je me tournais vers lui, saisissant ses bottes de mes mains ouvertes, puis faisant glisser mes paumes le long du cuir luisant. Je savais ce qu'il voulait ; je connaissais son désir aussi sûrement que la mer répond à l'appel impérieux de la lune. Les muscles de ses cuisses se contractaient sous le mouvement de mes mains. Il poussa un juron et jeta son verre. Je l'entendis se fracasser au sol à l'instant où mes doigts frôlaient son phallus dressé, qui tendait le tissu de ses chausses. Il plongea ses mains dans mes cheveux tandis que je défaisais les boutons.

L'art du *languissement* est aussi ancien que délicat ; à ma grande honte, je n'employai pas ce jour-là toutes ses subtilités. Bien sûr, ce n'est pas là que réside la nature de mon art. Il émit un grognement à l'instant où son phallus jaillit à l'air libre, dardant contre mes lèvres entrouvertes ; ses mains me saisirent la tête, m'exhortant à prendre son membre dans ma bouche, jusqu'au fond de ma gorge. Ah ! si seulement il avait su ! Je l'acceptai avidement ; ma langue et mes lèvres œuvraient avec ardeur, mettant enfin en pratique les connaissances que des milliers d'heures d'étude m'avaient enseignées. Il grogna de nouveau à l'instant de sa jouissance, me repoussant et arrachant la résille posée sur mes cheveux.

Je tombai en arrière, étalée sur le sol, les cheveux répandus tout autour de mes épaules, Childric d'Essoms s'avança sur moi.

— Putain ! cria-t-il en me frappant du revers de

la main sur la bouche. (Je léchai mes lèvres ; le goût du sang se mêlait à celui de sa semence.) Engeance maudite de Naamah !

Un nouveau coup. À travers des mèches de mes cheveux, je vis son phallus retrouver l'érection. Avec un frisson, il reprit le contrôle de lui-même.

— Debout, dit-il entre ses dents serrées. Déshabille-toi.

Je me mis debout et entrepris de déboutonner mon corsage dans mon dos. Childric d'Essoms m'observait, les yeux mi-clos.

— Là-bas, ordonna-t-il d'un ton sec en désignant des coussins posés en tas, recouverts d'un carré de soie blanche.

— J'ai dans l'idée de m'en faire une nouvelle bannière, en l'honneur d'Anafiel Delaunay.

Lorsque la robe de velours rouge tomba au sol, il me poussa de façon à m'amener vers les coussins.

— J'ai payé pour ta virginité, dit-il d'un ton menaçant en marchant sur moi. J'espère que tu n'as pas trahi ton maître et que tu m'offriras le juste prix de ma victoire, Phèdre. Sur le dos.

Il marchait comme une bête majestueuse, tout en se dépouillant de ses vêtements. Je m'allongeai et il s'affala sur moi, plaçant mes jambes sur ses épaules.

Je ne sais pas ce qu'il en est pour les autres femmes. Il n'y avait eu aucun des préliminaires que j'avais vus à la Démonstration à la maison du Camélia ; pourtant, j'étais prête, aussi prête qu'une adepte peut l'être pour son premier accouplement. D'un seul mouvement, il me transperça ; je criai de douleur et le visage de Naamah flotta devant mes yeux. Je gémis de plaisir. Il s'enfonçait en moi, encore et encore ; je sentais mon corps devenir malléable sous ses mains, tandis que des vagues de douleur et de plaisir me submergeaient tour à tour, comme les ailes de la colombe dans le temple de Naamah.

C'était l'ennemi de Delaunay et j'aurais dû le haïr.

Mes bras étaient noués autour de son cou et je criai son nom à l'instant où il se répandit en moi.

Peut-être cela le dégrisa-t-il. Je ne sais pas. Il s'écarta de moi pour s'allonger à mes côtés, le souffle court. Il dénoua finalement ses cheveux. Il me parut plus beau avec sa chevelure sur ses épaules.

— Au moins, j'aurai ça.

Il dégagea le carré de soie blanche sur lequel j'étais allongée et où figurait désormais la tache rouge de mon sang de vierge. Ses yeux de prédateur étaient étrangement calmes.

— Tu sais ce que je veux maintenant, Phèdre ?

— Oui, seigneur, répondis-je dans un murmure.

Obéissante, je me levai pour gagner l'installation sur le quatrième mur – le dernier. Je n'avais pas besoin qu'il me le dise. Je me plaçai les bras écartés contre la croix de bois, son poteau de flagellation. Je sentis son souffle sur ma peau tandis qu'il nouait les liens à mes poignets et à mes chevilles. Le bois rude de la croix frottait contre mes hanches.

— Tu es la chose la plus magnifique que j'aie jamais vue, murmura-t-il en secouant le lien de mon poignet gauche.

Mes doigts se déployèrent pour une protestation muette et angoissée.

— Dis-moi ce que Delaunay veut de moi.

— Je ne sais pas.

Un soupir m'échappa lorsqu'il poussa ma cheville droite pour l'attacher à la croix.

— Vraiment ?

Il se redressa ; son souffle chatouilla mon oreille. Je sentis les lanières du fouet me caresser le bas du dos.

— Je le jure.

Et les coups s'abattirent.

Je fus incapable de compter leur nombre. Ce n'était pas comme la punition de mon enfance administrée par le châtieur de la Dowayne ; ici, il n'y avait pas de quotas, rien pour tempérer ses ardeurs. Je sais uniquement que je gémis et suppliai contre le bois ; le fouet tombait sans pitié, chaque coup exprimant la haine de Childric d'Essoms pour mon maître. Lorsque j'abdiquai, comme une poupée de chiffon retenue par mes liens, n'offrant plus aucune résistance, il s'approcha de moi pour glisser ses doigts entre mes jambes, les agitant jusqu'à ce que je le supplie, humiliée, de m'accorder une autre forme de délivrance. Le fouet s'abattit de nouveau.

Pour finir, son bras se fatigua et il s'approcha encore une fois. Je sentis ses doigts écarter mes fesses.

— J'ai payé Anafiel Delaunay pour ta virginité, murmura-t-il à mon oreille.

Je sentis le bout tendu de son phallus à l'entrée de mon orifice intime et crispai mes doigts sur le bois de la croix. Des échardes se glissèrent sous mes ongles.

— Et j'entends la prendre jusqu'à la dernière piécette de mon argent.

Ce qu'il fit.

17

Plus tard, Cecilie passa me voir pour m'emmener dans un sanctuaire de Naamah, à quelques lieues de la Ville, célèbre pour ses sources chaudes.

Après toutes ces années pendant lesquelles j'avais été son élève, j'éprouvais une sensation étrange à être presque sur un pied d'égalité avec elle. Par sa grâce et son amabilité, elle sut toutefois faire disparaître bien vite tout sentiment de gêne. Un soupçon de fraîcheur persistait dans l'air printanier, mais le soleil brillait et ses rayons étaient chauds ; la vision du vert tendre des bourgeons dans la campagne m'emplit de sérénité. Au temple, nous fûmes bien accueillies par les prêtres et prêtresses de Naamah ; malgré leur discrétion exemplaire, je vis qu'ils avaient reconnu le nom de Cecilie Laveau-Perrin.

— Après tout, me dit-elle dans la grande salle des bains, en haussant ses belles épaules enveloppées dans l'une des tuniques qu'ils nous avaient données, nous sommes des servantes de Naamah, ma chère. Et à ce titre, nous pouvons profiter de ces installations autant qu'il nous convient.

Les sources jaillissaient en bouillonnant dans des bassins de pierre ; des volutes de buée flottaient dans l'air frais. Seules quelques fleurs précoces pointaient, intrépides et pâles, mais des chants d'oiseaux dans les frondaisons sonnaient comme des promesses de l'été à venir. Je suivis Cecilie qui avançait prudemment sur les rochers ; ensuite, je l'imitai lorsqu'elle laissa sa tunique choir à ses pieds pour entrer dans l'eau chaude et légèrement astringente.

— Aaahhh ! (Elle soupira d'aise en se calant sur un rocher depuis longtemps poli par l'eau et les corps voluptueux d'innombrables baigneurs.) On dit que ces eaux ont le pouvoir de guérir, tu sais. Viens, fais-moi voir. (Obéissante, je lui présentai mon dos et elle examina les zébrures.) Superficielles. Il n'y aura plus une trace d'ici à une semaine. J'ai entendu dire que Childric d'Essoms fait l'amour comme s'il débusquait un sanglier. Est-ce vrai ?

L'image du noble maniant son phallus comme une lance passa dans mon esprit ; je faillis rire.

— Il y a de ça, répondis-je. (La chaleur de l'eau commençait de pénétrer jusque dans mes os, engourdissant mes membres et transformant les souffrances infligées à ma chair par d'Essoms en délicieuses courbatures.) Au moins, il a la passion de sa fureur.

— Y a-t-il quelque domaine pour lequel mon enseignement ne t'aurait pas éclairée ?

— Non, répondis-je en toute sincérité, en secouant la tête. Childric d'Essoms n'est pas très exigeant dans la pratique de l'art.

— D'autres le seront, m'assura-t-elle. Phèdre, si tu as des questions, n'hésite surtout pas à me consulter.

Sur ces mots, elle abandonna le sujet. Une lueur, que je me souvenais fort bien d'avoir déjà vue dans l'œil des adeptes dans le boudoir de la maison du Cereus, s'alluma dans son regard.

— Penses-tu qu'il te demandera de nouveau ?

Je repensai à la rage dont d'Essoms avait fait preuve, aux coups sauvages du martinet sur ma peau, à son souffle chaud sur ma nuque ; je souris.

— Vous pouvez en être sûre, murmurai-je en basculant la tête en arrière pour immerger mes cheveux. (Lorsque je me redressai, je les sentis sur mon dos, soyeux et gorgés d'eau.) Il se dira à lui-même que c'est pour battre Delaunay à son propre jeu, continuai-je. Mais ce ne sera que ce qu'il se dira à lui-même.

— Sois prudente. (L'avertissement dans sa voix était suffisamment sombre pour capter mon attention ; je relevai les yeux vers elle.) Si d'Essoms comprend que tu sais exactement ce que tu fais, il en sera effrayé ; et ça, ma belle, cela le rendra véritablement dangereux. (Cecilie poussa un soupir ; subitement, elle me parut fatiguée et âgée à travers la fine brume en suspension.) Anafiel Delaunay ne mesure pas ce qu'il fait en dotant de tant de connaissances une enfant ayant tes penchants, pour l'envoyer ensuite au-devant du danger.

Il y avait cent choses au moins que je voulais lui demander, mais je savais bien qu'elle ne répondrait pas.

— Mon maître Delaunay sait très bien ce qu'il fait, dis-je à la place.

— Espérons que tu aies raison, affirma Cecilie d'un ton ferme, en se redressant, recouvrant l'allure de la somptueuse fleur de la maison du Cereus qu'elle avait été naguère. Viens, nous avons encore le temps de nous rendre au déjeuner ; la table des servants de

Naamah est excellente dans son sanctuaire. Et si l'on ne flâne pas trop, nous aurons même le temps pour un autre bain avant de rentrer.

Nous déjeunâmes fort bien ce jour-là ; la nuit n'était pas encore tombée lorsque nous rentrâmes. Je fis mon compte-rendu à Delaunay le soir même et il en parut fort satisfait. Il me félicita d'avoir laissé d'Essoms avaler l'appât, l'hameçon et le reste.

— Ne lui dis rien, conseilla-t-il avec une note de satisfaction dans la voix, et lui finira par te dire des choses, Phèdre, dans l'espoir d'amorcer la pompe. C'est dans la nature humaine de donner en espérant recevoir. Childric d'Essoms te donnera. C'est inévitable.

Il s'approcha de son bureau, prit une petite bourse qu'il me lança. Par réflexe, je l'attrapai au vol. Delaunay sourit.

— Il a fait porter ça cet après-midi. Le présent d'un client pour ta marque. Je crois que son intention est que le marquiste inscrive sa conquête dans ta peau, pour me la rappeler toujours. Souhaites-tu refuser ?

La bourse était lourde dans ma main. C'étaient les premières pièces que je possédais de toute mon existence. Je secouai négativement la tête.

— Si cela sert votre volonté, mon maître, qu'il en soit ainsi. Il a été mon premier.

Si j'avais été moins réaliste, j'aurais aimé voir transparaître un signe de jalousie sur son visage. Les yeux de Delaunay étaient fixés sur un point quelque part dans le lointain ; il hochait la tête pour lui-même. Il n'était pas mécontent.

— Eh bien, qu'il en soit ainsi. Je vais prendre rendez-vous avec le marquiste.

Ainsi débuta ma carrière de servante de Naamah.

Une semaine plus tard, je me rendis pour la première fois chez l'homme de l'art. Comme Cecilie l'avait prédit, les écorchures sur mes côtes et mon dos avaient pratiquement disparu ; ma peau était comme une ardoise vierge, prête à accueillir ma marque. Les élus de Kushiel guérissent vite ; nous en avons grand besoin.

Delaunay étant ce qu'il était, ses adeptes avaient droit à ce qui se faisait de mieux. Je me rendis chez le même homme qu'avait vu Alcuin, un maître dans son domaine. Robert Tielhard exerçait depuis plus de vingt ans et ses talents étaient fort chers. Je savais depuis toujours qu'il en serait ainsi ; Delaunay avait payé très cher pour acheter ma marque.

Je n'étais pas Alcuin pour me souvenir de la plus petite clause des dispositions réglementant chaque Guilde du pays, mais je connaissais au moins celles régissant la mienne. La Guilde des servants de Naamah n'autorise pas complètement l'esclavage. Ainsi, Delaunay ne possédait pas à proprement parler ma marque ; il l'administrait plutôt pour le compte de Naamah. Bien sûr, aussi longtemps qu'elle ne serait pas achevée, je demeurerais à son service. Toutes les sommes versées pour les contrats reviendraient intégralement à Delaunay. Seuls les présents librement donnés en hommage à Naamah pouvaient servir à la réalisation de la marque.

Je passai ma première heure dans l'atelier du marquiste allongée nue sur le ventre, la tête posée sur mes bras repliés, tandis que maître Robert Tielhard murmurait des choses incompréhensibles, penché sur mon postérieur, un compas à la main. Il prenait des mesures qu'il transférait ensuite sur une feuille de papier. Lorsqu'il eut fini, je me rhabillai, puis m'assit, tout en admirant le magnifique dessin qu'il avait fait d'une partie de mon anatomie que j'avais rarement eu l'occasion d'examiner en détail. J'aimais particulièrement le bas de mes reins s'évasant comme la table d'harmonie d'un violon sous ma taille étroite.

— Je ne fais pas ça pour votre vanité, ma petite demoiselle ! aboya maître Tielhard, avant de se tourner vers son apprenti. Cours donc à l'estaminet du bas de la rue, garçon, et ramène-moi le seigneur Delaunay.

Je me tenais coite, assise sur la table ; il m'ignora purement et simplement, tirant un rouleau d'un casier pour le punaiser sur un mur de liège à côté du relevé du bas de mon dos.

Je reconnus la marque d'Alcuin au tracé qu'il arborait déjà sur sa peau ; la beauté irréelle du dessin dans son ensemble me coupa le souffle. Je compris pourquoi Robert Tielhard méritait qu'on l'appelle « maître ».

Chacune des treize maisons possède son propre type de marque, mais les choses sont différentes pour les servants de Naamah qui ne sont rattachés à aucune. Fondées sur une structure définie, nos marques sont toutes personnalisées.

Bien sûr, les dessins en sont abstraits, mais un œil exercé peut reconnaître les formes sous-jacentes ; j'en discernai rapidement un certain nombre sur la marque d'Alcuin. Une élégante arabesque à la base évoquait un ruisseau de montagne ; le tronc souple et gracile d'un bouleau se dressait à la verticale. Tout en haut, une auréole de feuilles le couronnait, produisant comme un halo délicat. Les lignes étaient nettes et les couleurs subtiles – gris clair et noir de fumée qui ne manqueraient pas de faire contrepoint avec son teint si particulier, complétés d'une touche vert pâle sur le pourtour des feuilles.

Ce que maître Robert Tielhard avait prévu pour moi était bien différent.

Delaunay fit son entrée dans l'échoppe en riant, apportant avec lui des arômes de vin et les échos d'aimables conversations. Cependant, il se ressaisit bien vite pour s'absorber avec maître Tielhard dans l'examen de feuilles de papier bible, à mesure que des esquisses étaient tracées, affinées ou rejetées. Je finis par perdre patience, mais il refusa de me laisser voir quoi que ce soit tant qu'ils n'eurent pas un dessin qui les satisfaisait tous les deux.

— Qu'en penses-tu, Phèdre ? demanda Delaunay en se tournant vers moi, tout sourires, pour me montrer l'ébauche réalisée.

C'était hardi – bien plus que pour la marque d'Alcuin. Avec un effort, je reconnus la trame sous-jacente, fondée sur un très vieux classique, celui de l'églantine. D'une certaine manière, maître Tielhard avait conservé la vigueur dramatique des lignes anciennes, tout en y instillant une subtilité qui évoquait tout à la fois la plante grimpante, les liens et le fouet. Les traits étaient d'un noir cru, ponctués çà et là d'une larme écarlate – un pétale, une goutte de sang, la tache dans mon œil.

Primitif et sophistiqué. Je l'adorais. Peu importait le nombre de visites qu'il me faudrait faire chez le marquiste pour l'achever entièrement – ou le restaurer après les traitements infligés par mes clients ; il en valait mille fois la peine.

— Messire, il est merveilleux, répondis-je en toute sincérité.

— Je m'en doutais, dit Delaunay avec un air satisfait, tandis que maître Tielhard, toujours grommelant, entreprenait de transférer le dessin sur le relevé à l'échelle de mon dos.

C'était une vision fantastique de voir les lignes éclore sous les gestes sûrs et précis de ses mains déformées. Son apprenti lui-même s'était approché pour voir par-dessus l'épaule de Delaunay.

— Je serai à l'estaminet, dit Delaunay au maître marquiste. Envoyez-moi le garçon lorsqu'elle en aura fini.

Abîmé dans sa concentration, le marquiste n'émit guère plus qu'un grognement. Delaunay déposa un baiser sur mes cheveux, agita sa main et s'en fut.

J'attendis, et j'attendis encore, tandis que maître Tielhard reportait son dessin jusqu'à être pleinement satisfait. Puis, lorsque ce fut fait, je me déshabillai de nouveau, pour m'allonger nue sur la table afin qu'il posât la base de ma marque, vérifiant à tout instant l'exactitude de ses mesures. Ensuite, la plume gratta ma peau et l'encre me chatouilla. Une fois, alors que je gigotais, il m'assena une tape sur les fesses, sans même y penser, comme on réprimande un enfant qui ne tient pas en place. Après cela, je demeurai parfaitement immobile.

Au bout d'une petite éternité, les contours furent terminés. Le menton posé sur mes coudes, j'observais maître Tielhard en train de sortir les outils de sa profession – sa petite cuve d'encre et les porte-aiguilles qui allaient frapper ma peau. Son apprenti m'observait du coin de l'œil, à la fois nerveux et excité. Il n'avait guère plus de quatorze ans ; je souris en pensant à l'effet que je produisais sur lui. Il rougit en mélangeant les encres et dissimula son trouble en s'activant au-dessus du foyer, empilant du charbon jusqu'à ce qu'il fasse aussi chaud dans la boutique qu'à l'intérieur d'un four. Maître Tielhard aboya quelque reproche à son intention et le garçon rougit de nouveau. Cela ne me dérangeait pas ; j'aimais à être nue.

Puis vint l'heure pour le marquiste d'entamer l'enluminure proprement dite. Comme il est de coutume, il commença à partir de la base de ma colonne vertébrale, sous les fossettes, au niveau du sacrum. Je ne pouvais pas le voir tandis qu'il choisissait un porte-aiguille pour le plonger dans la cuve ; en revanche, je sentis nettement la morsure d'une dizaine d'aiguilles groupées serrées les unes contre les autres, ainsi que l'humidité de l'encre sur ma peau. Ensuite, il frappa le porte-aiguille de son maillet et les dix aiguilles déchirèrent ma peau, imprégnant la chair sous mes reins d'une petite flaque d'encre noire. La douleur fut un choc absolument exquis. J'émis un petit cri involontaire, tandis que mes hanches bougèrent d'elles-mêmes, poussant contre la surface dure de la table, imprimant un frottement contre mon pubis. Maître Tielhard me fessa une nouvelle fois.

— Maudites *anguissettes*, grogna-t-il, concentré sur son travail. Grand-père disait toujours qu'elles sont pires que ceux qui geignent et ceux qui saignent. Maintenant, je sais pourquoi.

Ignorant ses jérémiades, je m'efforçai de rester tranquille tandis qu'il tapait, tapait et tapait encore de son maillet pour percer ma peau et y inscrire ma marque.

Je savourais chaque seconde de ces instants.

18

Cela marqua le début d'une période qui, à bien des égards, fut la meilleure de ma vie. Tout ce que Delaunay avait prophétisé – si longtemps auparavant – finit par se réaliser. La réputation de l'*anguissette* de Delaunay se répandit comme un feu couvant, de ceux qui brûlent doucement sous la surface et se révèlent impossibles à éteindre. Les demandes arrivaient sans interruption, certaines discrètes, d'autres directes.

C'est au cours de la première année que le génie dont Delaunay avait fait preuve dans sa manière de nous exposer m'apparut pleinement. Les clients d'Alcuin composaient un groupe trié sur le volet, soigneusement repérés et choisis par notre maître. Amis, connaissances ou francs ennemis, tous avaient fréquenté la demeure de Delaunay et avaient vu s'épanouir Alcuin en un incomparable jeune homme. Notre mentor avait tendu ses filets avec sa mise aux enchères, mais c'étaient certains poissons bien précis qu'il escomptait y prendre. Au moment de les relever, il triait ses prises avec un soin infini.

Avec moi, les choses se passaient différemment.

Delaunay avait anticipé l'intérêt d'une bonne

part de mes clients, tels que Childric d'Essoms ; en revanche, ce n'était pas le cas pour d'autres – très nombreux. Alcuin était un lancer franc, dans des eaux connues ; j'étais, moi, une ligne de fond plongée dans des eaux troubles et profondes. Personne, pas même Anafiel Delaunay, ne pouvait savoir avec certitude qui l'appât allait tenter.

Ne vous y trompez surtout pas. Mon rendez-vous avec Childric d'Essoms ne préfigurait en rien ce qui devait m'attendre nécessairement par la suite. Mon deuxième client – un membre de l'Échiquier qui avait payé bien cher pour le privilège de m'avoir – n'aurait pu être plus différent de son prédécesseur. Fluet et plein de déférence, Pépin Lachet m'apparut au premier abord comme un client bien mieux fait pour s'intéresser à Alcuin. De fait, dans la chambre à coucher, il ne fit rien d'autre que se dévêtir, s'allonger sur le lit et me demander d'une voix neutre et détachée de le satisfaire.

Si Childric d'Essoms n'avait finalement exigé que peu de mon art, Pépin Lachet, lui, demanda tout. Après m'être déshabillée, je le rejoignis sur le lit et débutai par la caresse du saule pleureur. Agenouillée, je laissai tomber mes cheveux sur lui, pour les passer ensuite sur toute la longueur de son corps comme un filet d'eau.

Il demeurait immobile, nullement excité.

Pas le moins du monde découragée, j'entrepris avec confiance de l'émoustiller. Dans l'heure qui suivit, j'essayai chacune des techniques que Cecilie nous avait enseignées, œuvrant des doigts, des lèvres et de la langue sur toutes les parties de son corps, de la pointe des oreilles jusqu'à l'extrémité de ses doigts de pied. Pour finir, en désespoir de cause, je recourus à une mesure que seules pratiquent généralement les moins chères des prostituées et qu'on appelle « l'enjôlement de la tortue ». Le membre de Pépin réagit quelque peu, pour une salutation à demi consentie.

Craignant de perdre même cela, j'entrepris de pratiquer un va-et-vient rapide, mais au lieu de se dresser plus, son phallus s'amollit et m'échappa. Sur le point de fondre en larmes, je croisai son regard.

— Tu n'es pas très bonne à cela, n'est-ce pas ? demanda-t-il, en se dérobant. Je te montrerai comment on fait.

— Messire, je suis désolée…

Je me tus. Il tendit la main pour attraper des liens de soie et je le laissai m'attacher les poignets et les chevilles aux montants du lit sans protester. Lorsqu'il prit les pinces et que son phallus se dressa, raide et congestionné, je compris.

Là où Childric d'Essoms s'était montré brutal, Pépin Lachet se révéla un parangon de délicatesse. Je suppose qu'il faut une âme exigeante pour veiller sur l'équilibre du trésor royal. Il s'activa sur moi pendant ce qui me parut des heures. Lorsque je criai sous l'effet de mes tourments, il plaça un bâillon de cuir rembourré sur ma bouche, non sans m'avoir demandé au préalable si je souhaitais donner le *signal*. Je secouai la tête ; des larmes de honte me coulaient au coin des yeux. La douleur allumait un incendie dans tout mon corps – et je brûlais d'un désir douloureux.

— Si tu veux donner le *signal*, dit-il d'un ton formel en fourrant l'épais bâillon au fond de mon gosier ouvert, frappe sur le montant du lit. J'entendrai. Tu as compris ? (Je hochai la tête, incapable de parler.) Parfait.

Et sur ce, il poursuivit son œuvre sur moi jusqu'à ce que mes dents déchirassent pratiquement le cuir.

Systématiquement après chaque rendez-vous venait l'heure de l'entretien. J'ignore combien de pépites d'information nous avons pu déposer aux pieds de Delaunay – combien de pièces du puzzle il put mettre en place après nos comptes-rendus. Comprenez bien qu'en ce temps-là si nous entendions nous-mêmes de première main des données vitales, ni Alcuin ni moi n'avions alors la moindre idée des finalités qu'il poursuivait avec ardeur.

Le flot des informations était toujours abondant ; l'agitation allait croissant dans le royaume. Le roi eut une petite attaque qui le laissa paralysé de la main droite. Ysandre de la Courcel n'était toujours pas mariée. Suivants et prétendants tournaient autour du trône comme des loups au début de l'hiver – encore suffisamment prudents pour rester à distance, mais animés d'une faim grandissante.

Le plus ambitieux de la meute n'était pas un loup, mais un fauve ; en l'occurrence, la Lionne de l'Azzalle. Si jamais l'occasion ne me fut donnée à cette époque de rencontrer Lyonette de la Courcel de Trevalion, j'entendis beaucoup parler d'elle et de ses intrigues perpétuelles.

En une occasion, j'appris même directement l'existence de l'une d'elles.

J'avais été engagée pour un contrat de deux jours par la marquise Solaine Belfours, en sa demeure campagnarde. Delaunay avait savamment planté ses banderilles sur elle. Le plaisir de cette grande dame était de me charger de tâches que je n'avais aucune chance d'accomplir, puis de me châtier pour mes échecs. Cette fois-là, elle me conduisit dans son salon de réception où les jardiniers avaient apporté à sa demande un monceau de fleurs coupées. Les brassées de boutons et de tiges entassés sur une desserte croulaient jusque sur le sol ; le parquet était jonché de terre et de feuilles.

— Je pars chevaucher, me dit-elle avec son arrogance coutumière. À mon retour, j'entends prendre un verre dans cette pièce. Je veux que tout soit net et rangé et que tu sois prête à m'accueillir. C'est compris, Phèdre ?

Je détestais être contrainte d'exécuter des tâches manuelles, ce que Solaine Belfours avait bien compris. Pour ces choses-là, les femmes sont bien plus fines que les hommes. Je redoutais ces contrats, si ce n'est qu'elle était absolument splendide dans sa fureur. Je passai donc une heure à maudire mon sort tout en m'esquintant les doigts à trier laborieusement roses, asters et zinnias pour les mettre dans des vases. Ses serviteurs m'apportèrent des baquets d'eau, une pelle, des chiffons et de la cire pour la desserte, mais se gardèrent bien de m'aider ; ils avaient reçu ordre de n'en rien faire. Je ne sais pas si la domesticité des campagnes cancane autant que celle de la ville ; une chose était sûre en tout cas, ils ne nourrissaient aucune illusion sur la nature de ma visite.

Comme de bien entendu, il n'était pas possible de venir à bout de ce travail dans le temps imparti ; Solaine Belfours revint dans sa tenue de cavalière alors que je venais tout juste de commencer de balayer. Je me jetai à genoux sur-le-champ, mais sa cravache fut plus rapide ; elle me cingla les épaules.

— Maudite souillon ! Je t'ai dit de nettoyer cette pièce pour moi. Comment appelles-tu ça ?

Elle passa une main sur la desserte maculée d'eau

et de terre, puis retira son gant pour m'en frapper le visage. Je rejetai mes cheveux en arrière et fixai mon regard sur elle ; mon air renfrogné n'était absolument pas feint.

— Vous m'en demandez trop, répondis-je.

Sous l'effet de la colère, les yeux bleu-vert de Solaine Belfours prenaient la teinte de l'aigue-marine ; de fait, ils devenaient aussi durs et froids qu'une pierre. Ma respiration s'accélérait lorsque j'assistais à cette transformation.

— Je n'exige qu'une chose : être bien servie, dit-elle d'une voix pleine de sang-froid, en saisissant sa cravache dans sa main nue pour en frapper la paume de sa main gantée. Et tu te montres bien trop présomptueuse. Déshabille-toi.

Ce n'était pas la première fois que je passais du temps avec elle ; je savais comment la scène allait se dérouler. C'est une chose étonnante que ce jeu qui n'en est pas tout à fait un. Mon rôle était écrit pour complaire à ses désirs ; je le savais et je le tenais en conséquence. Par contre, ce n'était plus un jeu lorsque la cravache cinglait ma peau nue encore et encore, et que je la suppliais de me permettre de m'amender. Lorsqu'ils finissent par céder, il y a comme un sentiment de victoire pour moi. Autant je la méprisais, autant je tremblais lorsqu'elle m'autorisait à faire un acte de contrition – défaire les boutons de sa tenue de cavalière, poser ma bouche sur sa peau brûlante. Je fermai les yeux lorsque ses mains vinrent se poser sur ma tête ; la cravache reposait sur mes épaules, frottant doucement ma peau, me rappelant ses cruautés.

C'est à cet instant précis que son intendant fit son entrée, les yeux pudiquement détournés, pour annoncer l'arrivée d'un cavalier porteur d'un message urgent de Lyonette de Trevalion.

— Par Elua ! s'exclama-t-elle d'une voix où se mêlaient le dépit et la crainte. Que veut-elle maintenant ? Fais-le entrer.

S'écartant de moi, elle rajusta sa tenue et lissa ses cheveux. Je ne bougeai pas, toujours à genoux. Elle me jeta un coup d'œil, tout de dépit cette fois-ci.

— Je n'en ai pas fini avec toi. Rhabille-toi et attends.

Inutile de dire que je ne me le fis pas dire deux fois. À la maison du Cereus, j'avais appris l'art de la discrétion ; ensuite, Delaunay m'avait enseigné la valeur de cette qualité. Lorsque le messager de la Lionne de l'Azzalle fit son entrée, j'étais à genoux, obéissante et immobile, invisible pour ainsi dire.

Je ne vis pas de quoi il avait l'air ; Delaunay allait sûrement me le reprocher, mais je n'osai pas lever les yeux. Par chance, la marquise faisait partie de ces gens incapables de lire sans murmurer pour eux-mêmes ce qu'ils ont sous les yeux. Moi j'y parviens – et Alcuin aussi – mais uniquement parce que Delaunay nous y a entraînés. Solaine Belfours n'y parvenait pas et c'est ainsi que j'appris la teneur de la requête de Lyonette de Trevalion. Il se disait que le Khalif de Khebbel-im-Akkad avait proposé une alliance entre nos deux pays par un mariage entre son héritier et la princesse Ysandre. Lyonette de Trevalion proposait que Solaine rédige une ordonnance à l'intention de l'ambassadeur akkadian, revêtue du Petit Sceau, pour duper le Khalif avec de fausses promesses jusqu'à ce qu'il cède ses droits sur l'île de Cythère.

Faut-il le préciser, l'idée de Lyonette de Trevalion

était que cette ordonnance soit découverte, jetant à bas tous les espoirs d'une alliance akkadianne.

Solaine Belfours était l'une des gardes du Petit Sceau ; elle y avait accès et était donc en mesure de réaliser cette falsification – qui n'était ni plus ni moins qu'une haute trahison. Je perçus le bruit de ses pas allant et venant, ainsi que celui de sa cravache dont elle frappait mécaniquement sa botte sans même y penser.

— Qu'offre votre maîtresse ? demanda-t-elle au messager.

Une voix grave répondit.

— Un titre en Azzalle, ma dame. Le comté de Vicharde, fort de deux cents chevaliers, et d'un rapport annuel de quarante mille ducats.

La cravache s'abattit une nouvelle fois sur la botte ; je l'aperçus du coin de l'œil.

— Dites-lui que j'accepte, dit Solaine Belfours d'un ton décidé. Mais je veux que le titre soit à moi avant que parte l'ordonnance. Et je veux également que ma sécurité soit garantie en Azzalle. (Même à distance, je pouvais sentir le froid glacé de son sourire.) Dites-lui que j'exige rien de moins que le prince Baudoin et ses Chasseurs de gloire pour escorte.

Aux bruissements qui suivirent, je compris que le messager saluait d'une révérence.

— Il en sera fait selon vos désirs, ma dame. Le titre et le prince Baudoin pour escorte. Je transmettrai.

— Parfait.

Après que le messager fut parti, je sentis son regard peser sur moi. Quelques instants passèrent encore avant que je relève la tête. Elle souriait, fouettant l'air de sa cravache à grands gestes. Ma peau frissonna involontairement à cette vision.

— Je suis d'humeur festive, Phèdre, dit-elle avec une malveillance joyeuse. Quelle heureuse coïncidence que tu sois ici !

Pour finir, il advint que Lyonette de Trevalion déclina la contre-proposition de Solaine Belfours. Comme la marquise l'avait prévu, le prince Baudoin fut la pierre d'achoppement. Quelle que fût l'idée que la Lionne de l'Azzalle avait en tête, elle ne voulait pas risquer son précieux fils pour cela. Peu après, il se dit que les rumeurs au sujet d'une alliance n'étaient rien d'autre que cela : des rumeurs. Ysandre de la Courcel n'épouserait pas le fils du Khalif et l'île de Cythère demeurerait dans le giron akkadian.

Néanmoins, Delaunay apprécia grandement l'information ; elle lui révélait où étaient les lignes de communication et lui permettait de cerner les contours des ambitions de Lyonette de Trevalion.

Pendant tout ce temps, le nom de Baudoin de Trevalion revenait sans cesse sur les lèvres des pairs du royaume. Tandis que les alliés du Camlach se débandaient, retournant chez eux en ne laissant que des garnisons allégées, Baudoin et ses Chasseurs de gloire patrouillaient sans relâche le long de la frontière, sous mandat spécial du roi. Ils semaient la crainte d'Elua parmi les razzieurs skaldiques – mais aussi dans un nombre non négligeable de villages de montagne d'Angelins, contraints de pourvoir aux besoins en vivres et en jeunes filles de cette troupe tapageuse. À la cour, Baudoin continuait à esquiver un nombre pléthorique de filets matrimoniaux et, malgré la désapprobation de ses parents, s'affichait toujours avec Melisande Shahrizai.

Il se disait que Lyonette de Trevalion avait menacé de le renier s'il venait à l'épouser ; je crois qu'il y avait là quelque vérité, ne serait-ce qu'au vu de ce qui devait survenir par la suite. La Lionne de l'Azzalle ne faisait pas de menaces en l'air – et Melisande était assez fine pour savoir quels étaient les adversaires qu'elle ne pouvait pas vaincre en combat singulier.

Je ne la vis qu'une seule fois depuis que je m'étais vouée au service de Naamah, au cours d'une des petites réunions de Delaunay – même s'il m'arrivait bien souvent de penser à elle. Dans le jardin de mon maître, elle rayonnait littéralement, non pas tant par sa beauté que par le mordant de son esprit aiguisé. Avec moi, elle était courtoise et agréable, mais au retour d'un tour à la cuisine, je la croisai dans le hall ; de voir son sourire, je sentis mes genoux trembler.

— Tourne-toi, dit-elle dans un murmure.

Je m'exécutai sans même penser.

Ses doigts délacèrent mon corsage avec toute l'habileté de ceux d'une adepte consommée ; j'aurais pu jurer que le tissu s'était ouvert tout seul d'être ainsi à peine effleuré. Je sentis ses ongles sur ma peau, suivant les contours de ma marque, du creux de mes reins vers ma nuque. Son corps irradiait derrière moi ; les effluves de son parfum subtil et poivré m'arrivaient, mêlés au musc de sa chair.

— On parle de toi dans certains cercles, Phèdre.

Seule l'extrémité de ses doigts me touchait, mais elle était suffisamment proche pour que je sente la chaleur de son souffle sur ma nuque. La note d'amusement dans sa voix me rappelait Delaunay ; elle seule avait ce pouvoir.

— Tu n'as jamais donné le *signal*, n'est-ce pas ?

— Non.

Le mot était sorti dans un souffle, incapable que j'étais d'articuler.

— C'est bien ce que je pensais.

Melisande Shahrizai appliqua la paume de sa main dans le creux de mes reins ; j'eus l'impression que sa chaleur s'y imprimait comme une marque au fer rouge. Puis elle la retira et relaça mon bustier d'un geste sûr et rapide. Je pouvais littéralement entendre son sourire dans la pénombre.

— Un jour, il faudra que nous voyions lequel des deux est le plus ferme, du signe ou du sang de Kushiel.

J'affirme qu'aucune de nous deux ne savait alors à quel point ses paroles allaient se révéler prophétiques ; ni même de quelle façon. Melisande était en revanche parfaitement au fait de ce que Delaunay faisait avec Alcuin et moi ; elle savait aussi que j'étais un appât tendu pour elle. Elle avait d'ailleurs parfaitement l'intention de m'avaler ; à son heure. D'ordinaire, mes clients n'étaient pas réputés pour leurs cadeaux et leur indulgence. Moi, j'avais appris la patience et l'intrigue avec Delaunay ; je n'ai aucune honte à admettre que la pensée d'une cliente capable de la réciproque me déstabilisait. Dès lors, lorsque je songeais à Baudoin de Trevalion, c'était avec pitié et envie.

Au moins, la menace skaldique paraissait sous contrôle ; tel était le verdict de la pensée populaire. Là où les seigneurs du Camlach n'étaient plus, il y avait Baudoin et ses Chasseurs de gloire. Delaunay, pour sa part, n'en était pas si sûr. Il en parla avec son vieil ami et mentor Gonzago de Escabares, au retour de celui-ci d'un pèlerinage universitaire en terres tibériennes. C'était un entretien privé, auquel seuls Alcuin et moi assistions.

— Il y a des rumeurs, Antinoüs, dit l'historien aragonian par-dessus son verre, avec une mine de satyre sage et avisé.

Ce nom refaisait surface. Ma marque s'étalait maintenant sur près d'un tiers de mon dos et je n'en savais toujours pas plus sur ce mystère. Cette fois-là pourtant, Delaunay ne releva pas.

— Il y a toujours des rumeurs, répondit-il en jouant avec l'extrémité de sa natte. Parfois, je me dis que chaque ville-État des Caerdiccae Unitae possède son Parlement pour le seul objectif de faire circuler des rumeurs. Quelles sont-elles cette fois-ci, maestro ?

Gonzago de Escabares prit un canapé de foie d'oie à la ciboulette tartiné sur une fine tranche de pain roulée.

— Ils sont délicieux. Il faudra que je demande à ton cuisinier de donner la recette au mien. (Il le mâchonna avec des manières exagérées, puis se lécha les doigts avant de chasser les miettes restées dans sa barbe.) Il se dit que les tribus skaldiques se sont trouvé un chef, dit-il enfin. Leur Cinhil Ru à elles.

Après un instant de stupeur, Delaunay éclata de rire.

— Vous plaisantez, bien sûr ! Les Skaldiques n'ont jamais été aussi calmes qu'aujourd'hui, maestro.

— Précisément. (L'Aragonian engloutit un autre canapé et tendit son verre pour qu'Alcuin le remplît de nouveau.) Ils ont déniché un chef qui sait réfléchir.

Delaunay s'abîma dans la réflexion, songeant aux implications. Les tribus skaldiques étaient nombreuses

– plus encore que celles d'Alba et d'Eire qui s'étaient unies pour défaire les armées de Tiberium, la plus grande puissance militaire que le continent Europe avait jamais vue. Insulaires, isolées et cernées par la puissance du Maître du détroit, les armées du royaume d'Alba n'avaient jamais constitué une réelle menace pour nos frontières.

En revanche, une force skaldique unie serait une tout autre paire de manches.

— Que dit-on exactement ? demanda-t-il finalement.

Gonzago reposa son verre.

— Pas grand-chose encore. Mais tu sais qu'on trouve toujours des Skaldiques parmi les mercenaires qui suivent la route du commerce, n'est-ce pas ? C'est chez eux que tout a commencé ; un murmure, pas même une rumeur encore, au sujet de grandes choses en cours dans le Nord. Lentement, les négociants ont commencé à noter des différences… Ce n'est pas que les Skaldiques fussent plus nombreux, mais ils étaient différents, jamais au même endroit et de nouveaux remplaçaient les précédents. Des Skaldiques partaient et d'autres arrivaient. C'est une nuance difficile à voir, ajouta-t-il encore, car à nos yeux ils sont tous sauvages et mal dégrossis, mais j'ai parlé avec un négociant en cuir de Milazza qui a noté une véritable évolution de l'esprit de ruse chez les Skaldiques qu'il embauchait pour assurer la protection de ses caravanes.

Je songeai au Skaldique qui m'avait prise sous son aile tant d'années auparavant – la réminiscence d'un géant rieur à la moustache énorme. Il n'y avait aucune duplicité chez lui, mais beaucoup de gentillesse. Assis sur son divan, Alcuin était tout ouïe, les yeux ronds comme des soucoupes. Les seuls souvenirs qu'il avait des Skaldiques étaient emplis de sang, de feu et d'acier.

— Selon lui, ils collectent des informations, dit Delaunay en tirant sur sa natte, tandis que s'activaient les rouages de son esprit. Mais dans quel but ?

— Ça, je ne sais pas, répondit Gonzago avec un haussement d'épaules, avant de grignoter un nouveau canapé. Mais il y a un nom que l'on entend de plus en plus souvent murmuré à voix basse autour des feux de camp skaldiques : Waldemar ou Waldemar Selig. Waldemar le béni qui résiste à l'acier. L'été dernier, pendant une quinzaine de jours, il n'y avait plus un Skaldique dans toutes les Caerdiccae Unitae. Il s'est dit alors que Waldemar Selig avait convoqué un conseil des tribus de toute la Skaldie, quelque part dans les anciennes places fortes helvétiennes. Je ne sais pas si c'est la vérité, mais mon ami le marchand de cuir m'a dit qu'un ami à lui, proche du duché de Milazza, lui avait juré que le duc avait une offre de mariage pour sa fille aînée émanant d'un certain roi Waldemar de Skaldie. (Gonzago haussa une nouvelle fois les épaules avant d'écarter les bras, mains grandes ouvertes, en un geste purement aragonian.) Que faire de ces rumeurs ? Mon ami m'a dit que le duc de Milazza avait ri et congédié l'envoyé skaldique avec sept tombereaux chargés de soie et de futaine. En tout cas, ce calme sur la frontière skaldique ne me dit rien qui vaille.

Delaunay tapota ses incisives de l'ongle de son index.

— Et pendant ce temps, Baudoin de Trevalion gambade le long de la frontière du Camlach, embroche des brigands à moitié morts de faim et engrange des louanges pour sa protection du royaume. Vous avez raison, maestro, tout cela vaut la peine qu'on s'y attarde. Si vous apprenez quoi que ce soit dans vos voyages, faites-le-moi savoir.

— Je n'y manquerai pas, mon cher.

Le ton de Gonzago de Escabares s'était encore adouci. Ses yeux bruns brillaient d'une lueur aimable dans son visage avenant.

— Ne crains surtout pas que j'oublie jamais ta promesse, Antinoüs.

J'en étais toujours à chercher un sens à cette dernière phrase toute en circonlocution lorsque le regard aigu de Delaunay vint se poser sur Alcuin et moi. Subitement, il frappa dans ses mains.

— Phèdre, Alcuin, au lit. Le maestro et moi avons à parler de choses qui ne sont pas pour vos oreilles.

Inutile de dire que nous obéîmes, mais je préciserai tout de même que l'un d'entre nous, au moins, le fit à regret.

19

Malgré les inquiétudes de Gonzago de Escabares, les seules nouvelles un tant soit peu remarquables qui nous parvinrent d'au-delà de nos frontières au cours des mois suivants concernaient non pas les territoires skaldiques, mais le royaume d'Alba. Et la rumeur qui traversa le détroit était celle-ci : le Cruarch d'Alba était mort, assassiné, disait-on, par son propre fils qui entendait s'affranchir des rites anciens de la succession par la ligne maternelle et s'emparer du trône.

L'héritier légitime du Cruarch, son neveu au pied bot, s'était enfui avec sa mère et ses trois sœurs cadettes sur la côte occidentale d'Alba, où les avaient accueillis les Dalriada d'Eire qui y avaient une place forte.

Personne n'avait vraiment prêté attention jusqu'alors à la régence d'Alba, mais comme ce Cruarch-ci avait foulé le territoire d'Angelin, il justifiait qu'on s'intéressât un peu à sa mésaventure. En association avec la maison d'Aragonia, Quintilius Rousse conduisit sur ordre de la maison royale sa flotte de l'autre côté du petit détroit Cadishon au sud pour patrouiller ensuite le long de la côte. L'amiral signala par la suite que le Vieux Frère maintenait sa souveraineté sur les eaux albanes. Ce faisant, Ganelon de la Courcel resserrait son alliance avec le roi d'Aragonia et Quintilius Rousse trouva une excuse pour laisser une partie de sa flotte sur la côte du Kusheth. Chez Delaunay, il se vanta de sa ruse, mais je l'aimais assez pour le lui pardonner. Delaunay fut convoqué à deux reprises à la cour, mais il ne nous en dit rien ensuite.

Il n'y eut aucun message de de Escabares – et pas plus de rumeurs au sujet de Waldemar Selig. Les frontières du Camlach demeuraient calmes ; à tel point d'ailleurs que le prince Baudoin finit par se lasser de chasser la gloire dans les montagnes, partageant son temps entre la cour et son domaine en Azzalle. Son père, le duc de Trevalion, avait une querelle avec le roi. En effet, l'Azzalle entretenait une flotte, modeste mais fort capable, et le duc était contrarié que le roi eût fait appel à Quintilius Rousse plutôt qu'à lui-même.

Sa position n'était d'ailleurs pas sans fondement puisque l'Azzalle est toute proche d'Alba alors que la flotte de Quintilius avait dû contourner l'Aragonia ; un voyage de quinze jours pour venir là. Que cette expédition commune permette de resserrer les liens avec la maison d'Aragonia, le duc Marc le savait fort bien ; mais Quintilius Rousse n'était pas de sang royal et l'affront était d'importance.

J'ignore si le roi refusait sa confiance au duc de Trevalion dans cette affaire. En revanche, je sais qu'il se méfiait de sa sœur et de ses très ostensibles ambitions pour son fils ; il était trop avisé pour laisser passer cette occasion de saper la puissance de la Lionne. Il y avait un avantage politique à agir ainsi.

J'étais au courant de toutes ces choses – de fait,

Delaunay et Gaspar Trevalion avaient âprement débattu de la querelle entre la maison Courcel et la maison Trevalion – mais à cette époque, elles ne s'imprimaient guère dans ma conscience. J'étais jeune et jolie et je choisissais mes clients parmi les descendants d'Elua. Je mentirais si je disais que tout cela ne me montait pas à la tête. Le fait d'avoir le choix de ses clients offre un certain pouvoir ; j'appris à en jouer à la perfection. Trois fois de suite, je déclinai les offres de Childric d'Essoms, jusqu'à ce que Delaunay lui-même remît en question le bien-fondé de mes décisions ; mais en cela, j'étais la maîtresse de mon art. Lorsque finalement j'accédai à sa demande – la *dernière*, m'avait prévenue son serviteur – il déploya une fureur absolument prodigieuse.

C'est cette nuit-là qu'il me brûla avec un tisonnier chauffé au rouge.

C'est cette nuit-là également qu'il laissa échapper le nom de son propre client – celui qu'il servait.

Les servants de Naamah ne sont pas les seuls à avoir des clients ; dans une société de cour, tout le monde ou presque est client de quelqu'un d'autre à un titre ou à un autre. Seuls les services diffèrent. L'une des raisons pour lesquelles j'aimais tant Delaunay était qu'il était l'une des rares personnes véritablement libres et affranchies du système. Je suppose également que c'était précisément pour cette raison que d'Essoms le haïssait autant.

En entendant le nom que d'Essoms laissa imprudemment échapper, je compris une autre raison de cette inimitié. Systématiquement, à chacune de nos rencontres, Childric d'Essoms prenait plaisir à tenter de me faire avouer les motivations de Delaunay. Là où Solaine Belfours cherchait des myriades de motifs pour me punir, d'Essoms n'avait besoin que d'un seul : Delaunay.

Lorsqu'il usa du tisonnier sur moi, il sut qu'il était allé trop loin. Pour ma part, je ne tenais plus debout, retenue contre la croix de bois qu'il affectionnait tant par mes seuls liens, luttant pour garder conscience, pensant aux réprimandes que Delaunay allait me faire pour n'avoir pas dit le *signal*. À dire vrai, je n'avais pas cru qu'il fût capable de le faire. Pourtant, d'Essoms avait bel et bien posé le tisonnier sur l'intérieur de ma cuisse ; l'odeur de ma chair brûlée m'enveloppait. Le tisonnier avait collé et d'Essoms avait arraché la peau en le retirant.

Il n'y avait aucun plaisir dans cet acte, du moins aucun plaisir selon la manière que seule une *anguissette* pouvait comprendre. La douleur faisait vibrer mon corps comme s'il avait été une corde de harpe pincée ; derrière mes paupières, je ne voyais qu'un écran uniformément rouge. J'étais tout à la fois immergée et autour – la corde vibrante et la note qui en était tirée. Une note de la plus pure beauté remontée des profondeurs de la géhenne. Du fin fond d'une brume cramoisie, j'entendis la voix alarmée de d'Essoms et sentis ses mains qui me tapotaient les joues. Des échos métalliques me parvinrent et je compris qu'il avait jeté le tisonnier loin de lui, saisi d'horreur.

— Phèdre, Phèdre, parle-moi ! Pour l'amour d'Elua, parle-moi, mon enfant !

Il y avait de l'angoisse dans sa voix, et de la tendresse aussi ; bien plus qu'il accepterait jamais de l'avouer. Je sentais ses mains qui me tapotaient, me frictionnaient – rude affection – et j'entendais son murmure.

— Barquiel L'Envers demandera ma tête si Delaunay fait un procès… Phèdre, mon enfant, reviens. Ce n'est rien d'autre qu'une brûlure.

Tête pendante, j'ouvris les yeux et la vague rouge reflua, disparaissant de mon œil droit et se contractant jusqu'à n'être plus qu'une petite tache dans mon œil gauche. Childric d'Essoms vit mes cils bouger et poussa un cri de soulagement. Il défit mes liens et retint mon corps qui s'affalait sans force le long de la croix. Il me prit dans ses bras au milieu de sa salle des trophées et cria pour qu'on fasse venir son médecin.

Je sus à cet instant qu'il était totalement à moi.

Comme je l'avais deviné, Delaunay ne fut pas heureux, mais il fit l'effort de différer ses commentaires lorsque je rentrai. Il ordonna d'abord que je me misse au lit, puis fit venir un médecin yeshuite pour prendre soin de moi. S'ils sont mis au ban dans de nombreuses nations, les Yeshuites sont accueillis en Terre d'Ange, car Elua le béni est né du sang de Yeshua et nous ne l'oublions pas. Le docte praticien montrait un air solennel avec son visage grave encadré des longues boucles comme en portent ceux de son peuple, mais sa main était légère et douce. Après qu'il eut appliqué un cataplasme pour chasser les poisons, puis rebandé ma cuisse, je me sentis mieux. Je perçus le malaise chez lui de me toucher en des endroits aussi intimes ; je souris.

— Je passerai dans deux jours pour l'examiner, dit-il à Delaunay dans son d'Angelin formel où perçait un accent. Mais je vous recommande d'inspecter la blessure demain matin et, s'il y a la moindre odeur un peu sure, faites-moi quérir sans délai.

Delaunay hocha la tête et le remercia, puis

attendit poliment qu'on le reconduisît jusqu'à la porte. Ensuite, il tourna son regard froid vers moi, haussant les sourcils.

— J'espère que ça en valait la peine, dit-il d'un ton cassant.

Je n'en pris pas ombrage, car je savais que seule l'inquiétude le faisait parler ainsi.

— Vous en serez juge, messire.

Je me tortillai sur ma couche, arrangeant les coussins pour me redresser. Pour finir, Delaunay jura doucement entre ses dents et vint m'aider ; la douceur de ses gestes démentait son ton.

— D'accord, dit-il, incapable de retenir une lueur amusée dans ses yeux devant ma tentative de dissimulation. Il y a des piles de cadeaux amoureux dans l'entrée, tous envoyés par Childric d'Essoms en expiation de cette blessure. S'il ne s'arrête pas, ce sera bientôt un joug de bœufs ou un exemplaire du Livre perdu de Raziel, pas moins. Alors quelle information détiens-tu qui justifie de te transformer en côtelette grillée ?

Heureuse de jouir de toute son attention, sans être jugée, je me laissai aller contre les coussins et lui lâchai ma nouvelle tout à trac.

— Childric d'Essoms est inféodé à Barquiel L'Envers.

Voir le visage de Delaunay à cet instant était comme observer une tempête se lever à l'horizon. Le duc Barquiel L'Envers était le frère de la défunte Isabel.

— Ainsi donc d'Essoms est l'homme lige des ambitions de la maison L'Envers, s'étonna-t-il à voix haute. Je me demandais qui maintenait la torche allumée. Il ne doit pas être étranger au message envoyé au Khalifat. Tu ne lui as rien dit ?

Son œil était acéré et tranchant.

— Messire ! protestai-je en me redressant, grimaçant sous la douleur.

— Phèdre, je te demande pardon. (Le visage de Delaunay changea du tout au tout ; s'agenouillant à côté du lit, il prit ma main dans la sienne.) Cette information est une perle inestimable, vraiment, mais elle ne valait pas que tu endures pareil tourment. Promets-moi que tu donneras le *signal* la prochaine fois.

— Messire, je suis ce que je suis, et c'est pour ça d'ailleurs que vous avez acheté ma marque, objectai-je. En toute sincérité, je ne pensais pas qu'il appliquerait son tisonnier. (Voyant que mes paroles l'apaisaient, je poussai mon avantage.) Messire, qui était Isabel L'Envers pour vous pour que son inimitié vous poursuive par-delà la tombe ?

Si j'avais pensé le cueillir en un moment de faiblesse, j'en fus pour mes frais. Ses traits prirent cet air sévère que j'adorais.

— Phèdre, nous avons déjà parlé de ça. Mieux vaut que tu ne saches pas pourquoi je fais ce que je fais. Crois-moi, si Childric d'Essoms pense sincèrement que tu sais quelque chose que tu ne lui dis pas, il ne se montrera pas si gentil avec toi. Et l'on sait ce qu'il en est de sa gentillesse.

Sur ces mots, il m'embrassa sur le front et sortit en m'ordonnant de dormir et de guérir vite.

Fort heureusement, je suis de constitution robuste – un don qui accompagne le signe de Kushiel. Lorsque le médecin yeshuite repassa me voir, il constata que ma brûlure ne suppurait pas. Il remit à

Delaunay un onguent pour faciliter la régénération de ma peau et éviter les marques. À la maison de la Valériane, j'avais vu des adeptes dont la peau était couverte d'énormes cicatrices ; jamais ce ne fut le cas pour moi. Delaunay m'approvisionnait toujours amplement en baumes à appliquer sur les traces des coups que je recevais ; aucun d'eux ne fut jamais aussi efficace que l'onguent du médecin yeshuite.

Comme je ne pouvais plus pratiquer mon art, je passai quelque temps avec Hyacinthe.

Tout comme ma position avait changé, la sienne aussi. Cela faisait quelque temps déjà qu'il avait convaincu sa mère de mettre en commun une part de son or durement gagné avec son propre trésor, si bien qu'ils possédaient maintenant l'immeuble de la rue Coupole. C'était toujours aussi petit et crasseux, mais au moins c'était à eux. Ils vivaient comme ils avaient toujours vécu, au rez-de-chaussée, laissant les chambres des étages à l'interminable cohorte de familles de Tsingani qui passait par la Ville avec chaque foire et chaque cirque itinérants.

Sa mère avait vieilli et s'était ratatinée, mais l'éclat de son regard farouche n'avait pas diminué. Je notai le respect que lui montraient les Tsingani de passage ; je vis aussi qu'ils évitaient Hyacinthe, mais jamais je n'abordai le sujet avec lui. Pour les Tsingani, il était à moitié d'Angelin et honni à ce titre. Pour les D'Angelins en revanche, il était le prince des voyageurs et les habitants du Mont de la nuit continuaient de le payer pour qu'il lût l'avenir dans la paume de leurs mains.

Pour sa part, Hyacinthe n'avait pas renoncé à son rêve de retrouver son peuple et de faire valoir le droit du sang. Mais son peuple n'était pas ces

Tsingani qui franchissaient les portes de la Ville et s'y installaient pour un temps. Les siens l'avaient fait une fois et une fois seulement, m'expliqua-t-il – car c'était ce que sa mère lui avait dit –, et ils avaient perdu la plus belle de leurs filles, car elle avait succombé à la séduction d'Angeline. Désormais, seule la lie des tribus venait dans la Ville, tandis que la fine fleur de l'aristocratie tsingana errait à la surface du monde, suivant le *Lungo Drom*, le long chemin.

Hyacinthe conservait sa foi et il ne m'appartenait pas de l'en détourner ; après tout, peut-être était-ce vrai. Pour l'heure, il paraissait assez satisfait de demeurer le prince incontesté des voyageurs du Mont de la nuit, et je m'en réjouissais, car il était mon ami. Je ne lui ai jamais dit cependant que j'avais choisi son nom comme *signal.* J'aimais beaucoup Hyacinthe, mais il aurait été fier comme un coq s'il l'avait appris ; je ne pouvais pas envisager de supporter autant de vanité d'un coup.

— Alors comme ça Childric d'Essoms roule pour L'Envers, dit-il avec un sifflement entre ses dents, après que je lui eus exposé mon aventure. Ça c'est une nouvelle, Phèdre. Et qu'est-ce que ton Delaunay va en faire ?

— Rien. (Je fis une grimace.) Il se fait de moins en moins bavard avec l'âge et prétend nous protéger en nous tenant dans l'ignorance. Parfois, pourtant, j'ai l'impression qu'il dit des choses à Alcuin qu'il ne voudrait pas me laisser entendre.

Nous étions attablés dans la cuisine. L'air y était étouffant et sentait le chou bouilli ; j'avais ôté mon manteau *sangoire* que je portais partout. Sa mère fourrageait des choses à son fourneau en murmurant, sans se préoccuper de nous. De tels instants représentaient une constante rassurante dans mon existence. Hyacinthe me sourit, lança une pièce d'argent en l'air, la rattrapa au vol, puis la fit circuler habilement entre ses phalanges avant de la faire disparaître. Il avait appris ce tour d'un illusionniste des rues, en échange de deux semaines d'hébergement.

— Tu es jalouse, dit-il.

— Non, répondis-je. Oui, peut-être.

— Est-ce qu'il couche avec le garçon ?

— Non ! (Je m'étais exclamée, doublement offensée par l'idée même et par son usage du mot « garçon », alors qu'Alcuin n'était pas plus jeune que lui.) Delaunay ne ferait jamais une chose pareille !

Hyacinthe haussa les épaules.

— On ne peut pas écarter la possibilité. Si c'était toi, tu ne perdrais pas de temps pour t'en vanter.

— Ce n'est pas moi. (L'absence de perspective en la matière me rendit maussade.) Non, il est plus libre avec Alcuin, car il sait que ses clients sont moins dangereux que les miens, ou du moins plus subtils dans l'exercice de la violence. En tout cas, ils ont beaucoup parlé politique depuis le jour où il a emmené Alcuin à la cour pour jouer au scribe. Je ne comprends pas la logique de tout ça ; le Cruarch a été assassiné et un autre a pris sa place.

La mère de Hyacinthe marmonna quelque chose en haussant le ton.

La première fois, il avait ignoré ses augures ; cette fois-ci, je vis son visage devenir attentif, avec la même expression qu'un chien débusquant une piste.

— Que dis-tu, mère ?

Elle répéta ses mots, inintelligibles, puis pivota pour nous faire face en brandissant une louche dans notre direction. Je me rappelai le jour où elle avait pointé sur moi un doigt et m'avait tant effrayée.

— Prenez garde, dit-elle d'un ton sinistre. Ne comptez pas pour rien le Cullach Gorrym.

Je tournai la tête vers Hyacinthe, qui cligna des yeux.

— Je ne comprends pas ce que tu dis, dit-il prudemment.

Elle tremblait. Elle baissa sa louche et se passa l'autre main sur les yeux. Son visage paraissait hâve et vieilli.

— Je ne sais pas, admit-elle d'une voix filante.

— Le sanglier noir.

Je m'éclaircis la voix, avec l'envie de m'excuser. Tous deux me regardaient.

— C'est du cruithne, ma dame ; les mots que vous avez prononcés. (Cela faisait si longtemps que je les dissimulais avec mes clients que j'éprouvai un étrange sentiment à faire étalage de mes connaissances.) Ne comptez pas pour rien le sanglier noir.

— Ah ! d'accord.

Son expression s'éclaircit, recouvrant son air austère coutumier. Sa mâchoire s'avança, nous défiant de la contredire, moi, mes connaissances et mon manteau *sangoire.*

— Alors c'est comme tu dis, petite demoiselle. Ne sous-estimez pas le sanglier noir.

C'était la deuxième prophétie que la mère du prince des voyageurs – et mon unique ami – me faisait ainsi, sans qu'il m'en coûtât rien. Autant la première était limpide, autant celle-ci demeurait cryptique. Je tournai une nouvelle fois la tête vers Hyacinthe, qui leva les deux mains en les écartant et en secouant la tête.

Quoi que pût être le sanglier noir, il n'en savait pas plus long que moi.

À mon retour, je relatai l'incident à Delaunay – qui avait passé sa journée à essayer une nouvelle tenue. Comme il n'aimait guère perdre du temps avec les tailleurs, il était de méchante humeur et prompt à la critique.

— Tu devrais savoir mieux que personne que les prophéties des Tsingani ne sont rien d'autre que du vent, dit-il sèchement.

Je regardai Delaunay avec des yeux ronds.

— Elle a le don. Je l'ai vu de mes yeux. Messire, elle n'a pas cherché à mentir, pas plus que la fois où elle m'a annoncé que je me repentirais le jour où me serait révélé votre secret.

— Elle… (Delaunay s'interrompit.) Elle a dit ça ?

— Oui, messire.

Alcuin apporta la carafe pour remplir le verre de Delaunay. Comme il se penchait pour servir, ses cheveux tombèrent autour de sa tête ; sans y penser, Delaunay passa les doigts dans une mèche, les yeux perdus au cœur de la flamme d'une lampe à huile.

— Messire, murmura Alcuin en se redressant, vous vous souvenez lorsque je vous ai parlé des conversations murmurées que j'ai surprises dans la délégation albane ? La sœur du Cruarch avait eu une vision d'un cygne d'argent et d'un sanglier noir.

— Mais qui est… ? (Le visage de Delaunay se figea.) Alcuin, demain matin, envoie un message à Thelesis de Mornay. Dis-lui que je souhaite lui parler.

— Ce sera fait, messire.

20

Je ne sus jamais ce qu'il advint de cette conversation ; ou du moins, je n'en appris rien avant bien longtemps, à un moment où tout cela n'avait plus d'importance. D'ailleurs, j'aurais fort bien pu y assister si, pour une fois, mes propres intérêts n'avaient pas pris le pas sur les intrigues de Delaunay.

Melisande Shahrizai donnait une fête d'anniversaire pour le prince Baudoin de Trevalion. Elle avait loué l'intégralité de la maison du Cereus pour cette nuit-là, et nous étions invités ; tous les trois.

Je n'avais pas oublié la promesse qu'elle m'avait faite la dernière fois que nous nous étions vues ; je n'avais pas oublié non plus ce qu'elle m'avait dit la toute première fois. « Tu as l'intention de servir Naamah, n'est-ce pas, mon enfant ? » Peu importe le nombre de clients que j'avais eus jusqu'alors, aucun d'eux n'avait jamais su faire trembler mes genoux d'un seul regard.

Si j'ai omis de le préciser, sachez que Melisande était extrêmement riche. Pour commencer, la maison Shahrizai était plus que prospère, mais elle jouissait en outre des domaines hérités de deux maris défunts. D'ailleurs, sans les rumeurs qui couraient autour de ces disparitions, il est probable que Lyonette de Trevalion aurait pu voir en Melisande une bru tout à fait acceptable – même si à titre personnel j'en doute. D'après ce que j'ai entendu dire, elle n'était pas le genre de femme capable de tolérer une rivalité chez ses pairs.

Pour ma part, je ne crois pas que Melisande Shahrizai ait tué l'un ou l'autre de ses époux. Tous deux étaient très riches et très vieux ; elle n'avait nul besoin de se charger elle-même de leur trépas. Elle n'avait que seize ans la première fois et dix-neuf la seconde, mais je suis fort encline à penser qu'elle n'était alors pas moins calculatrice que lorsque je l'avais rencontrée pour la première fois ; et la femme que j'avais vue était bien trop intelligente pour prendre le moindre risque simplement pour obtenir de l'or.

Bien sûr, j'ignorais alors à quel degré elle maîtrisait l'art de faire exécuter par d'autres mains les actes servant ses intérêts. Aujourd'hui, je sais.

Quelle que fût la vérité sur cette question, cela avait fait d'elle une femme immensément riche ; toute la Ville bruissait de la nouvelle de la fête d'anniversaire du prince Baudoin. Des invitations écrites à l'encre d'or sur des vélins épais et parfumés furent envoyées – et jalousement gardées par les destinataires. Les rumeurs allaient bon train quant à la liste des invités – et la marque de disgrâce que pouvait représenter le fait de ne pas en être.

Melisande vint en personne déposer son invitation, apportant dans son sillage la subtile fragrance qui imprégnait le carton. Delaunay l'ouvrit et ses sourcils se haussèrent sur son front.

— Toute ma maisonnée ? s'étonna-t-il sèchement.

Bien sûr, Melisande, tu n'oublies pas que mes protégés ne relèvent pas du contrat passé avec la maison du Cereus.

Elle releva le menton et rit, révélant la ligne somptueuse de sa gorge.

— Je savais que tu dirais ça, Anafiel. C'est pour ça que je suis venue moi-même. Oui, bien sûr. Mais c'est ma fête après tout et je trouve tes petits protégés bien plus intéressants que trois courtisans réunis.

— Je pensais que c'était la fête du prince Baudoin.

Sa pique tomba à plat. Elle se contenta de l'observer à travers ses cils en souriant.

— C'est pour Baudoin, bien sûr, mais c'est *ma* fête, Anafiel. Tu me connais suffisamment bien.

Delaunay lui rendit son sourire, tout en faisant courir le gras de son pouce sur le bord du vélin.

— Si tu penses obtenir que le fils de la Lionne de l'Azzalle défie sa mère, sans doute ignores-tu tes limites, Melisande. C'est une ennemie redoutable.

— Ah ! mon cher Delaunay, toujours cette quête du savoir, dit-elle d'une voix douce, en posant sa main sur la sienne, comme pour reprendre le carton d'invitation. Si tu préfères ne pas venir… ?

— Non.

Il recula en secouant la tête. Un sourire apparut sur ses traits.

— Nous y serons. Tu peux compter dessus.

— Je suis ravie de l'entendre.

Melisande Shahrizai exécuta une petite révérence moqueuse, puis tourna les talons pour sortir. Elle m'aperçut alors, debout dans l'ombre, et m'envoya un baiser muet du bout des lèvres. Delaunay me vit et fronça ses sourcils. Quelle pouvait être l'expression sur mon visage ? Je l'ignore.

— Quoi qu'il arrive, dit-il, je veux que tu gardes les yeux et les oreilles ouverts, Phèdre. Et préviens Alcuin également. Melisande Shahrizai ne fait jamais rien par hasard et je ne vois pas bien ce que peuvent être ses motivations. Tout cela m'incline à la suspicion. (Une ombre passa sur son visage.) Et je suppose qu'il va falloir que je fasse venir le tailleur de nouveau, ajouta-t-il, agacé par cette perspective.

Agacé ou pas, Delaunay veilla à ce que nous pussions tous faire bonne figure à la fête de Baudoin. Compte tenu de son goût exquis, c'était étonnant de voir à quel point il n'avait aucune patience pour ce qui touchait à l'habillement. Pour autant, le résultat n'en était pas moins splendide. Quand tout fut achevé, Alcuin était resplendissant dans son habit de velours bleu nuit – une teinte qui le faisait paraître comme une vision entraperçue à la lueur de la lune. Delaunay portait une tenue couleur terre brûlée qui lui donnait des airs de journée d'automne, avec ses cheveux auburn et les crevés safran sur les manches. Pour ma part, je fus enchantée de découvrir qu'il avait commandé une nouvelle pièce de *sangoire* pour me faire faire une robe. Si son échancrure dans le dos n'était pas aussi profonde que je l'aurais souhaité – il est vulgaire pour un servant de Naamah d'exposer une marque encore inachevée –, elle offrait en revanche un magnifique décolleté. Je portais ce soir-là un rubis monté en pendentif, cadeau de Childric d'Essoms, qui se nichait parfaitement entre mes seins.

Je n'avais pas remis les pieds à la maison du Cereus depuis le jour où j'en étais partie dans le carrosse de Delaunay ; j'éprouvai une sensation étrange. Hormis la toute première fois, je n'avais jamais fait le chemin vers cet endroit autrement que jetée ignominieusement en travers de la selle d'un garde. Derrière les portes closes, je devinai les lumières et l'excitation. Un frisson me parcourut lorsque l'attelage s'arrêta. Delaunay descendit le premier.

— Tu te sens bien ? demanda Alcuin dans un murmure, en se penchant pour me prendre la main.

Il n'y avait rien d'autre à lire sur son visage qu'une inquiétude sincère ; je me repentis de toutes les fois où j'avais été jalouse de lui.

— Tout va bien.

Je serrai sa main en réponse à sa sollicitude, puis ramenai ma robe autour de moi pour suivre Delaunay.

La fête d'anniversaire de Baudoin de Trevalion battait déjà son plein. C'était l'été et toutes les portes ou presque étaient grandes ouvertes. Moi qui avais passé six années de ma vie ici, jamais je n'avais vu pareilles festivités. D'immenses vases de roses, d'héliotropes et de lavande étaient partout disséminés ; la beauté des fleurs le disputait à la suavité de leurs parfums. Des musiciens jouaient dans tous les coins, et des amants s'effleuraient et soupiraient dans les alcôves. Chacun des adeptes de la maison du Cereus avait été payé pour la nuit ; aucun client, aucune proposition ne seraient déclinés.

La pensée de tout cela me donna le vertige et éveilla en moi un profond sentiment de désir et d'envie. Ah ! me retrouver dans cette situation, louée pour la nuit, offerte à tous et à chacun, disponible sur un simple claquement de doigts. J'en vins presque à regretter de ne pas être une adepte de la maison du Cereus.

Puis je me souvins que j'étais une invitée et mon âme chancela littéralement.

On nous conduisit dans la grande salle, éclairée et décorée comme je ne l'avais vue qu'une seule fois auparavant, pour le Bal masqué de l'hiver. Une foule de personnes vêtues d'atours somptueux se massait ; l'air était empli de rires et de coquetteries, de musique et de centaines de parfums capiteux et entêtants. Des apprentis sublimes des deux sexes portaient des plateaux de nourriture et de boissons qu'ils proposaient à tous, sans exception. Le laquais en livrée à l'entrée cria nos noms et un bel homme blond habillé aux couleurs de la maison du Cereus s'extirpa élégamment de la foule pour s'approcher.

— Phèdre, dit-il en me donnant le baiser de bienvenue. C'est un plaisir de t'accueillir dans cette maison qui fut la tienne.

C'était Jareth Moran, un petit peu vieilli, mais toujours plus ou moins le même. De surprise, je clignai des yeux en constatant qu'il portait la chaîne de Dowayne à son cou, au bout de laquelle pendait le sceau de la maison du Cereus. Il se tourna, tout sourires, vers Delaunay.

— Messire Delaunay, soyez le bienvenu. Et vous devez être Alcuin nó Delaunay, poursuivit-il en se tournant vers Alcuin.

Il lui prit la main pour la relâcher bien vite, avec tact, après avoir vu une lueur réservée briller dans les yeux sombres. J'avais oublié la courtoisie exquise dont on faisait preuve dans la Cour de nuit. Plus exactement, jamais je n'avais eu à en bénéficier moi-même.

— La Dow…, commençai-je de dire, avant de me corriger. L'ancienne Dowayne ?

Jareth prit un air grave – dont je vis bien pourtant qu'il était feint.

— Elle est morte il y a sept ans, Phèdre. Une mort douce et paisible, dans son sommeil. (Il porta la main à sa chaîne.) C'est moi qui suis Dowayne depuis.

— Je suis navrée de l'apprendre, murmurai-je, inexplicablement attristée. (Certes, la vieille femme avait parfois fait preuve de férocité, mais elle faisait partie de mon enfance.) Je suis sûre que vous êtes son digne successeur.

— Je fais de mon mieux, répondit-il avec un sourire aimable. Tu te souviens de Suriah ? Elle est ma seconde désormais.

— Viens, dit Delaunay à Alcuin en montrant l'intérieur de la grande salle d'un signe de tête. Allons voir les convives, mon cher. Je suis sûr que Phèdre et le Dowayne ont beaucoup à se dire.

Je les regardai se fondre dans la foule. À l'extrémité de l'immense pièce, une table avait été dressée sur une estrade pour le prince Baudoin et une poignée de privilégiés. Suriah était du nombre ; le prince lui donnait la becquée à la main, sous l'œil amusé de Melisande Shahrizai.

— Elle a été la Reine hiver, dis-je.

— Cela lui a conféré un indéniable prestige. (Le ton de Jareth changea, devenant plus pragmatique ; celui qu'on adopte entre adeptes.) Chaque hiver, les gens me rappellent cette histoire. J'aurais été bien bête de choisir quelqu'un d'autre.

Jamais Jareth n'avait fait preuve de bêtise.

— En effet, répondis-je. Vous avez fait le bon choix.

Même à distance, je voyais que sa frêle beauté

avait déjà franchi son apogée ; rien en elle ne laissait entrevoir l'acier sous la surface délicate, sans lequel aucun adepte ne peut survivre à la perte de sa jeunesse. Je compris qu'elle ne deviendrait jamais Dowayne et j'en fus triste pour elle.

— Elle a toujours été bonne pour moi.

— J'espère que tu conserves un bon souvenir de la maison du Cereus, Phèdre.

En regardant au fond de ses yeux bleus, je vis que la question lui importait sincèrement ; dans certains cercles, mes paroles pouvaient nuire à la réputation de sa maison.

— Oui, répondis-je en toute honnêteté. Si je n'en ai jamais fait partie, jamais non plus je ne m'en suis sentie exclue. Quant aux traitements sévères que j'ai pu recevoir, je les avais bien mérités et… (je lui fis un sourire entendu) je les ai grandement appréciés. (Il rougit ; c'était une marque de délicatesse au sein de la maison du Cereus que de trouver par trop immodestes les passions fortes.) Aucune autre maison ne prodigue meilleure formation, ajoutai-je. Elle m'a mis sur la bonne voie et je ne peux que dire du bien du temps que j'ai passé ici.

— Je m'en réjouis, dit-il en recouvrant son aplomb pour me gratifier d'une courte révérence. C'est un honneur pour nous que de t'avoir accueillie. (Il plongea une main dans une poche de son gilet pour en tirer un jeton de la maison du Cereus.) Tiens, c'est pour toi. Et sache que tu seras toujours la bienvenue ici.

Je le pris et le remerciai gracieusement. Jareth sourit.

— Amuse-toi bien, dit-il. Ce n'est pas si souvent qu'une servante de Naamah a la chance d'être cliente.

Sur ces mots, il me laissa pour glisser souplement à travers la salle et accueillir de nouveaux invités. Je n'apercevais plus ni Delaunay ni Alcuin, mais ils devaient sûrement être en train de s'approcher de l'estrade ; je me hâtai de les rejoindre. Il aurait été malséant qu'un membre de la maison de Delaunay manquât à l'appel au moment où celui-ci présenterait ses hommages au prince. Je n'avais rien perdu de mon savoir-faire pour me déplacer avec grâce au milieu de la multitude. Je dus même me rappeler que je n'étais en rien obligée de tenir mes yeux baissés ; cela étant, j'éprouvai un irrépressible frisson de hardiesse à regarder les autres invités en face.

Oui, très bizarre d'être ici de nouveau.

Un grand groupe de personnes s'était massé au pied de l'estrade, attendant pour souhaiter au prince un joyeux anniversaire ; c'est là que je retrouvai Alcuin et Delaunay. Comme toujours, il régnait une aura de tranquillité sereine autour de Delaunay, un calme qui lui conférait une dignité surpassant celle de tous ceux qui l'entouraient.

Sur l'estrade, la dignité avait cessé de régner. Le prince Baudoin, qui n'était plus ce jeune homme sauvage que j'avais découvert ici même, n'avait rien perdu de sa beauté, ni de la lueur d'indomptable gaieté brillant dans ses yeux gris océan. Comme je l'avais vu depuis l'autre côté, il tenait la pauvre Suriah sur ses genoux, la tenant captive d'un bras.

Les adeptes de la maison du Cereus ne sont pas faits pour être traités sans respect ; si telle devait être la nature de la fête, alors Melisande aurait mieux fait de louer les services d'une autre maison – l'Orchis, peut-être, ou le Jasmin. Elle était assise à la droite de Baudoin et je compris à cet instant qu'elle s'amusait du malaise de l'adepte. Melisande avait fait un choix parfaitement délibéré.

Deux hommes de la garde de Baudoin, des fils de nobles de haut rang, goûtaient le privilège de partager sa table. L'un d'eux suivait l'exemple du prince, faisant sauter une adepte sur ses genoux. L'autre avait un garçon à côté de lui, occupé à lui servir du vin.

— Bien, bien, dit Baudoin vautré sur sa chaise, Suriah toujours sur ses genoux, lorsque vint notre tour de monter sur l'estrade. Messire Anafiel Delaunay ! J'espère que vous avez vidé votre querelle avec mon parent, le comte de Fourcay. Il compte déjà si peu d'amis. Approchez, montrez-moi donc ce que vous avez apporté ! Une charmante paire de serviteurs pour la nuit ?

— Mon prince a le goût de la plaisanterie. (Delaunay salua d'une courte révérence ; derrière lui, Alcuin et moi l'imitâmes.) Voici Alcuin et Phèdre nó Delaunay de ma maison. Veuillez accepter nos vœux les plus sincères pour votre anniversaire.

Il se tourna vers Alcuin, qui lui tendit le présent pour le prince : une pomme d'ambre d'argent filigrané contenant un morceau d'ambre odorant. Delaunay le prit pour le présenter au prince, avec une nouvelle courbette.

— Joli.

Baudoin saisit l'objet, le renifla, puis l'agita près de l'oreille de Suriah. Une petite clochette dissimulée fit entendre son son cristallin.

— Très joli. Retirez-vous et amusez-vous, Anafiel ; vous et vos camarades de jeu. Je vous le jure, ma mère avait raison à votre sujet ! Vous et vous seul amenez vos propres putains dans une maison de plaisir, messire.

Le visage de Delaunay demeura parfaitement impassible, mais Alcuin rougit ; le sang sous sa peau fine était clairement visible. À cet instant, l'un des hommes du prince – celui sans adepte sur les genoux – poussa une exclamation :

— Je la connais celle-là ! Regardez ses yeux ! C'est l'*anguissette* de Delaunay, celle qui aime bien qu'on lui fasse du mal. (Tirant l'épée qu'il portait pour protéger le prince, il en glissa l'extrémité sous ma robe et entreprit de la soulever.) Allez, fais voir un peu ! dit-il en riant.

L'intérêt de Baudoin était éveillé. Il repoussa Suriah pour se pencher en avant afin de mieux voir.

Je ne vis même pas Delaunay bouger ; ce fut un geste d'une rapidité confondante. Soudain, il y eut le bruit de l'acier sur la pierre des dalles et l'homme de Baudoin avec le poignet tordu et sa main vide. Sa lame était à plat sur le sol, coincée sous la botte de Delaunay. Son visage dégageait une impression de danger ; ses yeux se verrouillèrent à ceux de Baudoin.

— Seigneur, puis-je vous rappeler que les membres de ma maison sont vos invités, venus ici mandés par votre dame.

— Phèdre ? demanda Suriah dans un murmure, contournant la table pour venir prendre mon visage entre ses mains. C'est bien toi. Par Naamah ! mais comme tu as changé, ma jolie !

Toujours assis, Baudoin agita une main d'un air négligent.

— D'accord, d'accord, Delaunay, vous avez raison. Rendez son épée à Martin. Les amis, avec toute la maison du Cereus à votre disposition, je crois qu'il n'est pas nécessaire d'ennuyer messire Delaunay au sujet de ses compagnons.

Malgré ses manières tranquilles, il possédait une indéniable autorité ; après tout, c'était un prince du sang. Delaunay ramassa l'arme et la tendit, poignée en avant, avec une courbette toute en raideur. Martin lui rendit sa courtoisie, puis remit sa lame au fourreau et se rassit. Plus personne ne parlait. Baudoin leva son verre et le vida, pour le claquer ensuite sur la table. Il fixait pensivement ses yeux sur moi ; son regard s'attarda sur la tache dans mon œil, puis examina mon corps tout de *sangoire* vêtu, comme offert à sa délectation.

Cette fois-ci, ce fut moi qui rougis.

— Une véritable *anguissette*, hmm ? murmura-t-il.

Melisande Shahrizai se pencha pour chuchoter quelque chose à son oreille. Le prince fronça les sourcils, puis il sourit, prit la main de la jeune femme dans la sienne et l'embrassa avec passion ; son regard débordant d'affection était plongé dans les yeux saphir de Melisande.

— Tu es unique, dit-il dans un souffle, avant d'agiter une nouvelle fois la main dans notre direction. Allez maintenant si vous voulez me complaire, et amusez-vous. Votre prince l'exige.

— Oui, seigneur, répondit Delaunay d'un ton sec, en nous faisant marcher devant lui.

Baudoin n'entendit pas la sécheresse dans sa voix, mais je vis l'amusement sur le visage de Melisande tandis qu'elle nous regardait nous éloigner.

Démontée par l'incident, je m'isolai dans la foule, acceptant le verre qu'une jolie adepte débutante me proposait. Je le vidai d'un trait, puis le reposai sur le plateau. Je n'avais rien mangé et l'alcool allumait une délicieuse brûlure dans ma gorge. La jeune fille se tenait debout, sage et obéissante, tout comme je l'avais été moi-même. Elle devait avoir treize ans, presque l'âge d'affirmer ses vœux ; fine et délicate, c'était une véritable fleur nocturne sur le point d'éclore. Je lui caressai la joue et la sentis frissonner sous mes doigts. Voilà donc ce que signifiait être client – avoir ce pouvoir. J'en étais déconfite ; je m'éloignai, sentant sur mon dos le poids de son regard plein d'étonnement.

Delaunay nous avait demandé d'observer et d'écouter, mais j'avais bien du mal à me concentrer. Je circulai dans la foule, m'arrêtant ici et là pour converser, m'efforçant de saisir les trames à l'œuvre sous l'allégresse, mais le sang dans mes veines était en feu sous l'effet de l'alcool ; la musique, les bougies, l'odeur des fleurs me faisaient tourner la tête. Les amis et partisans du prince Baudoin étaient en nombre dans la grande salle, tous clamant sans se cacher qu'ils allaient exiger la tenue d'un référendum demandant au roi de désigner Baudoin comme successeur, et au Parlement d'intervenir. Aucune de ces conversations n'était nouvelle ; aucune ne paraissait plus urgente ou sérieuse qu'un an auparavant.

Fatiguée de marcher et désireuse d'échapper aux avances d'un chevalier fort insistant qui m'exhortait à danser avec lui, je me glissai hors de la grande salle pour gagner une petite alcôve rarement utilisée au premier étage, où j'avais parfois coutume de me réfugier lorsque j'étais enfant.

Les lueurs mouvantes d'une lampe et les supplications d'une voix masculine m'arrêtèrent juste avant le seuil. Je reculai dans l'ombre.

— *Cinq fois* je t'ai fait demander ! Comment peux-tu être si cruel et me refuser ainsi ?

Il y avait du désespoir dans le ton ; et je connaissais cette voix. C'était Vitale Bouvarre.

La voix d'Alcuin, froide et distante, lui répondit :

— Messire, je ne pensais pas vous voir ici. Vous n'êtes pas connu pour être des amis du prince Baudoin.

— Je ne suis pas connu non plus pour être de ses ennemis ! (Après cette expression alarmée, Vitale Bouvarre marqua une pause.) La dame de la maison Shahrizai paie pour obtenir des informations sur la maison Stregazza, et la maison Stregazza paie pour savoir ce qui se dit sur la maison Trevalion. Où est le mal ? Je suis un marchand, mon beau. (Son ton se fit enjôleur.) Et toi, pourquoi ne daignerais-tu pas accomplir ce que prévoit ton commerce ?

J'entendis un bruissement suivi d'un raclement ; Alcuin avait fui ses mains avides.

— Je suis un servant de Naamah, pas un galérien, messire. Par sept fois, j'ai accepté votre contrat, et par sept fois vous vous êtes montré chiche.

Il y eut de nouveau un instant de silence.

— Je vais te faire un cadeau. (La voix de Bouvarre tremblait.) Dis un montant, quel qu'il soit.

Alcuin prit une profonde inspiration ; lorsqu'il parla, sa voix était devenue ardente.

— Je veux assez pour achever ma marque. Et je veux la réponse à la question de Delaunay. Tel est mon prix, messire.

En entendant cela, je retins ma respiration. Il y eut un long silence au bout duquel Bouvarre parla d'une voix sombre et triste.

— Tu demandes trop.

— Tel est mon prix.

Il y avait la dureté du diamant dans son ton. Je

découvris avec étonnement la profondeur de ce qu'il ressentait. Depuis le début, je savais qu'il n'avait aucun goût pour son travail ; toutefois, jusqu'à présent, je n'avais pas vu tout le mépris qu'il lui inspirait. Et s'il m'avait dissimulé ce fait, à quel point avait-il su le cacher à Delaunay ? Fort bien, à coup sûr, car s'il l'avait su, Delaunay ne l'aurait jamais laissé poursuivre dans le service de Naamah. Non seulement cela aurait été contre sa nature, mais cela aurait été un blasphème.

— Et si je le paie, dit Bouvarre d'un ton où la frayeur avait reparu, alors je ne te reverrai plus.

— Si vous le payez, répondit Alcuin d'un ton calme, vous me reverrez une fois, messire. Si vous ne payez pas, vous ne me reverrez plus jamais.

Un long silence s'établit de nouveau, puis Bouvarre reprit la parole.

— C'est trop, répéta-t-il pour lui-même. Je vais réfléchir.

Alcuin ne répondit pas. J'entendis le froissement des vêtements de Bouvarre lorsqu'il partit. Je m'enfonçai plus avant dans les ténèbres ; je n'avais aucune envie d'être vue. En fait, je ne courais pratiquement aucun risque ; Bouvarre avait la mine d'un homme fort préoccupé lorsqu'il passa devant moi sans me voir. Alcuin ne sortait toujours pas de l'alcôve, si bien que je me risquai à y jeter un œil.

Il y avait une petite statue de Naamah à l'intérieur, devant laquelle il se tenait agenouillé. Les lampes à huile jetaient des lueurs sur le blanc fantomatique de ses cheveux ; son regard suppliant était levé vers elle.

— Pardonnez-moi, ô ma déesse, l'entendis-je murmurer. Si j'ai violé vos préceptes, c'est uniquement pour obéir à ceux de notre seigneur Elua. Tout ce que je fais, je le fais par amour.

C'en était assez ; je ne voulais pas qu'il sût que je l'avais vu. Tout comme les adeptes de la maison du Cereus, les élèves d'Anafiel Delaunay apprennent à se déplacer sans faire le moindre bruit. Je m'éloignai en silence.

Les amants étaient enlacés dans les couloirs et les boudoirs, les convives dansaient et buvaient dans la grande salle, les musiciens jouaient, les apprentis proposaient leurs plateaux et les adeptes dispensaient du plaisir ; au cœur de toute cette liesse, j'étais la seule apparemment à me sentir solitaire. Enfant, je n'aurais jamais pu imaginer qu'on pût aspirer à plus grand destin. Être une courtisane remarquable au point d'être conviée à une fête telle que celle-ci – avant même l'achèvement de ma marque ! –, invitée par la maîtresse d'un prince… c'était plus que j'avais jamais rêvé. Mais trop de connaissances venaient tempérer mon bonheur : tout ce que Delaunay m'avait appris, le dégoût d'Alcuin pour ce monde que je connaissais si bien.

Ce monde dans lequel je n'avais pas ma place, pas plus en tant que cliente que comme servante.

Hyacinthe me manquait ; j'aurais voulu qu'il fût là avec moi.

Je regrettais même l'absence de l'ancienne Dowayne.

Poussée par la mélancolie, j'allai me réfugier dans l'un des petits jardins, pour être seule avec ces émotions inhabituelles et trouver du réconfort dans la lumière de la lune se mirant sur les eaux de la fontaine. Mais même ça me fut refusé ; des torches avaient été allumées et d'autres avaient déjà trouvé les chemins menant à ce sanctuaire. Dans un coin sombre, un petit groupe de personnes agglutinées se contorsionnaient en grognant et gémissant. J'essayai de deviner leur nombre en comptant les bras et les jambes ; en vain. Trois au moins, quatre peut-être. Sous un pommier taillé en boule, un couple était enlacé. Je ne savais plus où aller ; je m'assis au bord de la fontaine, trempant le bout de mes doigts dans l'eau, me demandant si les carpes de l'ancienne Dowayne étaient encore en vie.

Je sentis une main se poser sur ma nuque.

— Phèdre.

Je reconnus sa voix ; un frisson de feu glacé descendit le long de ma colonne vertébrale. Je levai les yeux vers le visage de Melisande Shahrizai qui me souriait.

— Pourquoi es-tu seule ? demanda-t-elle. Tu ne dédaignes pas mon hospitalité tout de même ?

Je me relevai bien vite, lissant le tissu de ma robe.

— Non, ma dame.

— Bien !

Elle se tenait devant moi, si proche que je sentais la chaleur de son corps. Dans l'obscurité, je ne distinguai pas le bleu de ses yeux, mais je voyais le mouvement langoureux de ses cils.

— Sais-tu ce que l'on dit dans le Kusheth au sujet des servants de Kushiel qui commettent un péché ?

Du bout de son index, elle me caressait la lèvre inférieure. Je secouai la tête, totalement fascinée de la sentir si près.

— On dit qu'ils refusent toute possibilité de se repentir qu'on pourrait leur offrir, uniquement pour l'amour de leur maître.

De la même main, elle me dénoua les cheveux pour les laisser cascader sur mes épaules.

— Je crois que j'ai trouvé le cadeau parfait à offrir au prince Baudoin cette nuit, dit-elle d'un ton tranquille en glissant ses doigts dans mes boucles. Toi.

Resserrant son étreinte d'une main ferme, elle attira mon corps contre le sien pour m'embrasser.

Lorsqu'elle s'éloigna de moi, je haletai désespérément. Mes jambes ne me portaient plus et je tombai assise sur la margelle. Tout mon corps vibrait de ce soudain contact avec le sien. Elle m'avait mordu les lèvres ; du bout de la langue, j'explorai la marque, me demandant si elle avait fait couler le sang. Melisande rit ; son rire coulait comme une source sous la lumière de la lune.

— Malheureusement, dit-elle d'un ton léger, il est déjà fort occupé cette nuit et j'ai promis de le rejoindre. Toutefois, je parlerai à Delaunay dès demain et nous organiserons quelque chose pour le prince. Après tout, je lui dois bien un cadeau d'adieu.

Elle pivota et esquissa un geste vers la pénombre derrière elle. Un beau jeune homme, en tout point conforme aux canons du Cereus, s'avança.

— Jean-Louis, dit Melisande en posant une main à plat sur son torse. Phèdre est mon invitée. Veille à ce qu'elle soit parfaitement satisfaite.

— Oui, ma dame, répondit-il avec une gracieuse courbette.

Elle lui tapota le bras et s'éloigna dans le jardin.

— Sois très gentil avec elle, lança-t-elle encore par-dessus son épaule, de l'amusement dans la voix.

À mon grand dépit, ce fut très exactement ce qu'il fit.

21

J'ignore si Alcuin et Delaunay profitèrent de l'hospitalité de Melisande de la même façon que moi ; mais à dire vrai, j'en doute. Dans le carrosse qui nous ramenait, Delaunay jeta un long regard oblique sur ma tenue défaite et ma mine échevelée, sans faire le moindre commentaire.

Comme elle l'avait annoncé, Melisande Shahrizai envoya quelqu'un le lendemain, pour inviter Delaunay à passer la voir le soir même. Je m'absorbai dans diverses tâches tout au long de la journée ; dans la soirée, j'allai même jusqu'à me plonger dans mes travaux d'étude si souvent négligés en traduisant un ensemble de chants guerriers skaldiques compilés par le plus jeune fils d'un éminent homme d'État de Tiberium, qui avait beaucoup voyagé dans sa jeunesse. L'un des amis de Delaunay, un compositeur caerdiccin, affirmait qu'on pouvait comprendre la culture des peuples simplement à travers leurs chants.

J'étais donc encore éveillée lorsque Delaunay revint, pour me trouver nichée dans la bibliothèque, les doigts tachés d'encre et toute prête à l'écouter. Il me fit ce regard signifiant qu'il n'était pas dupe de mon subterfuge, puis s'assit dans son fauteuil préféré en soupirant.

— Alors il paraît que tu as retenu l'attention de Baudoin. Melisande s'est mis en tête de lui offrir une nuit avec toi.

Sur un haussement d'épaules négligent, je rebouchai la bouteille d'encre et entrepris d'essuyer ma plume sur un chiffon.

— N'est-ce pas une bonne chose, messire ? Vous savez, je tiens avant tout à être circonspecte.

— Tu serais donc consentante. (Il tendit la main en direction des feuilles que j'avais noircies.) Voyons voir ce que tu as fait.

Je les lui tendis, puis l'observai tandis qu'il lisait.

— Quel autre choix ? C'est un prince du sang. Et puis, messire, Gaspar Trevalion ne vous dit rien, et Solaine Belfours s'est brouillée avec la princesse Lyonette ; nous n'avons plus aucun moyen de savoir ce qui se trame en Azzalle.

Delaunay fixa sur moi un regard plein de perspicacité.

— Baudoin de Trevalion est un lionceau et il est dangereux, Phèdre. Et Melisande Shahrizai à ses côtés, dans l'ombre, le rend trois fois plus dangereux encore. Si tu acceptes de faire cette chose, je t'ordonne de tenir ta langue. Un mot de sa part et Baudoin prendrait ta tête. (Il me rendit ma traduction.) Du bon travail, dit-il. Copie-les au propre et je les ferai passer au maestro. Cela l'intéressera.

Le compliment me fit rayonner de plaisir ; toutefois, je ne perdis pas de vue le fil de notre conversation.

— Messire, Melisande Shahrizai est votre amie. Avez-vous si peu confiance en elle, au point de penser qu'elle pourrait me trahir ?

Et dire qu'un jour j'ai posé pareille question.

Il se pencha en avant, posa le coude sur un genou, puis son menton au creux de sa main. Les lueurs de la lampe montraient les fils d'argent dans ses cheveux auburn.

— Melisande joue un jeu subtil et j'en ignore la nature. S'il arrivait que nos intérêts particuliers se croisent un jour, je ne compterais pas sur notre amitié pour me protéger. Melisande sait trop bien jusqu'où je serais capable d'aller pour… (Il se reprit et se tut, agitant doucement la tête.) Peu importe. En tout cas, Phèdre, entends-moi bien lorsque je te recommande la discrétion.

— A-t-elle été votre maîtresse ?

Parfois, lorsque quelqu'un refuse de céder du terrain sur un front, il se montre moins déterminé ailleurs. Delaunay m'avait appris cela un jour ; j'utilisai cette stratégie sur lui.

— Il y a bien longtemps, répondit-il avec un sourire. (Cela n'avait guère dû compter alors, s'il en parlait maintenant avec autant de légèreté.) Nous nous entendons sur bien des points, mais pas sur celui-ci ; à moins que nous soyons trop bien assortis. En amour, si aucun des deux ne cède un peu, cela n'est pas agréable aux yeux de Naamah. (Delaunay haussa les épaules et se remit debout.) Quoi qu'il en soit, je crois qu'aucun d'entre nous n'a laissé beaucoup de regrets à l'autre, ajouta-t-il. Parfait, tout ça est bel et bon. Si tel est ton désir, j'y accède. Je vais faire préparer le contrat.

— C'est le cas, messire.

Cette perspective m'excitait, je ne le nierai pas. Une date fut arrêtée, pour quelques semaines après ; le temps s'écoula lentement. Je m'occupai du mieux que je pus, m'appliquant du mieux possible pour retranscrire le livret de chants skaldiques à l'intention de Gonzago de Escabares. C'étaient des chants guerriers ; je les montrai à Alcuin, mais il ne s'y intéressa pas. Je ne lui en tins pas rigueur.

Aucun message n'arriva pour lui de la part de Vitale Bouvarre et je ne lui dis rien de la conversation que j'avais surprise. Je ne soufflai mot non plus à Delaunay, mais je m'en ouvris à Cecilie Laveau-Perrin lors d'une escapade au sanctuaire de Naamah. Le souvenir pesait sur mon âme et je savais qu'elle comprendrait. Elle était de la Cour de nuit.

— Tu as bien fait de ne pas t'en mêler, dit-elle. Alcuin s'est engagé à servir et c'est désormais une histoire entre lui et Naamah. Si son cœur est sincère, elle lui pardonnera. Naamah connaît la compassion.

— Son cœur a toujours été sincère, répondis-je, sachant combien cela était vrai.

— Alors tout va bien.

Cecilie sourit gentiment et mon âme fut apaisée. Parmi toutes les personnes que j'avais rencontrées, aucune n'était aussi sage et aimable que Cecilie. C'est ce que je pensais alors et c'est ce que je crois aujourd'hui encore.

Alors qu'il me paraissait toujours plus loin, le jour de mon rendez-vous arriva enfin ; et avec lui une robe, apportée par le messager de Melisande, toute en drap d'or. Ma garde-robe était richement fournie alors, car Delaunay était généreux sur ce plan-là, mais jamais encore je n'avais possédé quelque chose de si exquis. Il y avait une mantille de fil d'or aussi, parsemée de semence de perles. Je m'habillai avec le plus grand soin, m'admirant dans la psyché. Assis sur le bord de mon lit, Alcuin m'observait de ses yeux sombres et graves.

— Tu seras prudente, Phèdre, me dit-il d'une voix douce.

— Je le suis toujours, répondis-je en trouvant son regard dans le miroir.

Il eut un petit sourire.

— Tu n'as pas été prudente avec Childric d'Essoms et tu ne le seras pas avec Melisande. Tu pourrais te perdre en elle ; je l'ai vu. Et elle sait ce que nous sommes.

Je remis une boucle en place dans la mantille.

— Je suis pour le prince Baudoin ce soir. Tu le sais.

Alcuin secoua la tête.

— Elle sera là. C'est son plaisir d'être présente dans la chambre. Je l'ai entendu dire. Melisande Shahrizai est l'aiguillon du désir de Baudoin.

La simple évocation fit battre mon cœur, mais je pris soin de n'en rien laisser paraître.

— Je serai prudente, promis-je.

Puis le carrosse arriva et nous n'en parlâmes plus. Alcuin m'accompagna au rez-de-chaussée, où je me soumis à l'inspection de Delaunay.

— Très jolie, murmura-t-il en posant mon manteau *sangoire* sur mes épaules, avant de nouer l'attache pour moi. Un membre de la maison Delaunay avec un prince du sang. Qui aurait cru cela possible ? (Il souriait, mais il y avait comme une réserve dans son ton, que je ne m'expliquai pas.) Je serai fier de toi. (Il m'embrassa sur le front.) Prends soin de toi.

Rassérénée par sa bénédiction, je marchai vers le carrosse de Melisande ; Guy me suivait.

J'ignore combien de propriétés Melisande Shahrizai pouvait bien posséder, mais l'une d'elles était une maison dans la Ville. J'avais cru qu'elle serait proche du palais, mais elle était en fait dans un quartier calme à la périphérie de la cité – un petit joyau noyé dans la verdure. Par la suite, j'apprendrais qu'elle disposait aussi d'appartements à l'intérieur du palais. Ce nid isolé était le lieu où elle recevait en toute discrétion ; pour sa sécurité et celle du prince Baudoin.

Je ne savais pas à quoi m'attendre au juste, mais lorsque ses serviteurs nous firent entrer dans sa demeure, Melisande m'accueillit comme une invitée.

— Phèdre, dit-elle en m'embrassant. Je suis ravie de t'accueillir. Tu connais le prince Baudoin de Trevalion ?

Je l'aperçus derrière elle et fis une profonde révérence.

— Je suis honorée, mon prince.

Il s'approcha et me prit les mains pour me relever. Le souvenir me revint de la manière dont il m'avait prise dans ses bras lors du Bal masqué de l'hiver.

— C'est un honneur de recevoir un tel présent, dit-il. (Par-dessus mon épaule, il sourit à Melisande.) Une personne si profondément touchée par la main d'un des Compagnons d'Elua.

Melisande lui rendit son sourire, en me posant une main sur l'épaule. Prise entre eux deux, je frissonnai.

— Viens, dit-elle. Nous souhaiterions que tu joues pour nous pendant que nous dînons. Cela te convient-il ?

Je me forçai à hocher la tête.

— J'en serai enchantée.

Elle se tourna vers un serviteur.

— Occupe-toi de l'homme de messire Delaunay. Veille à ce qu'il ait tout ce qu'il lui faut. Nous allons passer à table.

J'avais été formée à cela, mais il y avait un certain temps déjà qu'aucun client ne m'avait demandé de jouer pour son plaisir. Je les suivis et découvris ce qu'on attendait de moi ; le coussin de velours et la harpe expliquaient tout. Je m'assis et pris l'instrument ; je jouai doucement tandis qu'ils mangeaient. C'était une situation étrange que d'être d'abord reçue comme une invitée, puis d'être ainsi ignorée. Des serviteurs vêtus de la livrée noir et or de la maison Shahrizai passaient silencieusement, apportant une large palette de mets exquis. Melisande et Baudoin dînaient en badinant à voix basse, échangeant ces petites choses futiles que se disent les amants. Je jouais, avec au cœur un sentiment des plus étranges.

Lorsqu'ils eurent fini et que les plats furent débarrassés, Melisande ordonna qu'on servît un troisième verre de vin, avant de congédier ses serviteurs.

— Phèdre, joins-toi à nous, dit-elle en plaçant le verre près du coude du prince. Viens boire.

Je posai la harpe et vins m'asseoir, obéissante, à côté de lui. Je goûtai le vin ; il était très bon, subtil et épicé, avec des notes de cassis et de sous-bois.

— Ainsi, tu as été élevée dans la maison du Cereus, observa Baudoin d'un ton méditatif.

Ses yeux commençaient à briller. Ses mains m'enserrèrent la taille et il me souleva sans effort pour me poser sur ses genoux, d'un geste si fluide que pas une goutte ne déborda de mon verre. C'était un guerrier accompli, aussi fort que l'acier.

— Te sentiras-tu mal à l'aise comme les adeptes de cette maison d'être ainsi traitée ?

— Non, mon prince.

Ses mains étaient sur mes hanches maintenant, et poursuivaient leur descente. À travers le drap d'or de ma robe et le velours de ses chausses, je sentais son phallus appuyé contre mes fesses. Mon souffle s'amenuisa dans ma gorge.

— Phèdre est une *anguissette*, mon prince. (Le visage de Melisande luisait à la lueur des bougies, magnifique et cruel.) Si elle se tortille, ce ne sera pas d'être mal à l'aise.

— C'est difficile à concevoir.

Ses mains remontèrent le long de mon corps pour venir saisir et serrer mes seins. Mes mamelons se durcirent.

— Mais vous dites vrai, poursuivit Baudoin en s'adressant à Melisande.

Ses doigts pinçaient maintenant la pointe de mes seins. Mon souffle se fit court et je me laissai aller contre lui.

— Et vous l'avez habillée pour un prince.

Sa main monta à mes cheveux, plongeant dans le chignon pour tirer ma tête en arrière. Je sentis sa bouche sur mon cou, suçant ma chair.

— Vais-je la prendre en dessert ? demanda-t-il, levant la tête au ciel en riant.

Melisande haussa les épaules, belle et glacée. Elle but une gorgée de vin sans cesser de nous regarder.

— Vous avez toute la nuit, mon prince. Ceci n'est pas le dessert, tout juste un hors-d'œuvre. Prenez-la sur la table, si vous le voulez.

— C'est ce que je vais faire, dit-il en lui souriant. J'ai envie de voir si ce désir est réel, et non pas feint.

Sur ces mots, il se redressa, me renversant en avant sur la table, puis releva ma robe. D'une main sur ma nuque, il me maintint en place tandis que l'autre défaisait ses chausses. Ma joue était plaquée sur la nappe de lin blanc ; je ne voyais que mon verre couché et la tache rouge du vin répandu. Il me pénétra d'un coup.

Baudoin de Trevalion n'était plus un garçon de l'année ; depuis bien longtemps, il parachevait sa formation entre les mains de Melisande Shahrizai. Si j'avais espéré qu'il s'épuisât rapidement et mît un terme à mon humiliation, c'eût été en vain. Je fermai les yeux et gémis tandis qu'il bougeait en moi en longs et lents mouvements.

— Vous disiez deux fois vrai, ma dame, l'entendis-je dire au-dessus de moi, d'un ton où perçaient l'étonnement et la joie. Elle est plus brûlante à l'intérieur que la forge de Camael, et plus mouillée que les larmes d'Eisheth.

Une chaise racla le sol et j'entendis Melisande se lever. Au bruissement de sa robe, je compris qu'elle était venue se mettre derrière lui. J'entendais ses mains caresser son pourpoint ; elle murmurait à son oreille.

— Vas-y fort, mon amour, murmura-t-elle de sa voix pleine et chaude. Je veux te voir la consumer.

Des larmes coulaient de mes paupières fermées ; il rit et obéit à son injonction, m'amenant au bord du plaisir par ses poussées féroces et déchaînées.

— Hmm, fit la voix de Melisande, devenue sourde d'approbation. C'est bien, mon amour.

Elle me toucha la joue, la griffant du bout des doigts. Elle prononça son ordre d'une voix calme.

— Maintenant, Phèdre.

J'obéis sans même le vouloir, criant et frissonnant de tout mon être sous la violence de l'extase. Baudoin rit une nouvelle fois et ses reins poussèrent encore une fois, deux fois ; puis il se répandit en moi.

— Ah ! dit-il en se retirant. Nous devrions en prendre une comme ça, ma dame. Pensez-vous que nous puissions en acquérir une ?

Allégée de son poids, je me redressai lentement, puis pivotai pour croiser le regard amusé de Melisande.

— Vous n'en trouveriez pas une autre comme Phèdre, mon prince, l'assura-t-elle. Et elle est vouée au service exclusif de Naamah et d'Anafiel Delaunay. Mais attendez, vous n'avez goûté qu'à une toute petite partie de ce qu'a à offrir une adepte touchée par le signe de Kushiel. Si vous souhaitez le découvrir, la nuit est à vous. À moins que tu veuilles donner le *signal*? ajouta-t-elle sèchement en s'adressant à moi.

— Ma dame sait bien que non, répondis-je dans un souffle.

Peu importaient les talents amoureux de Baudoin de Trevalion, il n'entendrait pas le *signal* franchir la barrière de mes lèvres ; ni Melisande Shahrizai non plus, tant qu'elle servirait son plaisir à lui. Si elle pouvait attendre, alors moi aussi. Je m'en fis le serment.

Melisande rit.

— Très bien, dit-elle en s'approchant de la porte au fond de la pièce pour l'ouvrir en grand. Alors, jouons.

Derrière la salle à manger se trouvait une chambre des plaisirs. Par la porte ouverte, je l'apercevais éclairée par des flambeaux, jonchée de coussins, équipée d'instruments de flagellation et d'une roue de bois avec des entraves – réplique exacte de celle que j'avais vue dans la maison de la Valériane. Baudoin regarda Melisande et sourit.

Le nom de Hyacinthe me vint à l'esprit et je me mordis la langue.

S'il est exact qu'aucune âme n'échappe totalement au feu de Kushiel, il est également vrai qu'il ne flambe guère chez la plupart. Sans Melisande Shahrizai pour souffler sur les braises, Baudoin de Trevalion n'avait pas le feu sacré. C'était elle que je craignais, pas lui. Je me laissai conduire sans protester dans la pièce et retirai doucement ma robe de drap d'or. D'une main douce et légère, Melisande m'installa contre la roue et referma les menottes autour de mes poignets et de mes chevilles. Baudoin étudia l'arsenal et choisit finalement une lanière de cuir fendue, passant un doigt dans l'échancrure.

— Comment fait-on ? demanda-t-il en se tournant vers Melisande, un sourcil levé. Est-ce que je pousse un cri de guerre skaldique avant de me ruer sur elle ? (Il brandit la lanière à deux mains, la dressant au-dessus de sa tête comme une hache.) Waldemar Selig ! cria-t-il avant de partir d'un grand rire.

Contre la roue, j'éprouvai un instant de surprise. Melisande avait posé un regard empli de patience sur son prince.

— Il n'y a pas de « comment », mon prince. Faites comme vous l'entendez.

Après s'être assurée que j'étais bien entravée, elle lança la roue. Elle était parfaitement conçue et magnifiquement entretenue ; elle se mit à tourner doucement et sans un bruit. La chambre des plaisirs ainsi que Melisande et Baudoin se mirent à tourbillonner dans mon champ de vision. Je n'avais pas imaginé à quel point j'allais être désorientée ; le sang descendait dans ma tête avant de refluer lorsque je repassais à la verticale. Comme la roue plongeait une nouvelle fois, je vis Melisande prendre un fouet en main.

— Comme ceci, mon amour.

Le monde tanguait autour de moi. Le poignet de Melisande exécuta un petit mouvement sec et un nuage rouge m'apparut devant les yeux lorsque l'extrémité lestée de son fouet mordit ma peau. Le claquement retentit dans ma tête ; j'aperçus le visage austère et cuivré de Kushiel dansant à quelque distance. Puis la vision disparut, tandis que le sang se ruait de nouveau dans mon crâne. Melisande remit le fouet à sa place et hocha la tête en direction de Baudoin.

— À vous, dit-elle d'une voix douce.

Il s'y mit avec ardeur et ma chair connut le baiser de sa lanière, le remous de la douleur là où elle cinglait, la fine ligne de l'échancrure au milieu qui me donnait l'impression que ma peau se déchirait sous chacun des coups. La roue tournait et je ne savais plus ni où j'étais ni où le coup suivant allait tomber. La brume rouge ne revint pas. Lorsqu'il se fatigua enfin, il se tourna vers Melisande, l'attirant vers les coussins avec une douceur pleine de vénération, je fus abandonnée là, la tête basculée vers le bas. Avant que la pression de mon propre sang devînt intolérable et que la conscience me quittât, je le vis déboutonner sa robe et la faire lentement glisser, l'accompagnant de ses lèvres, puis s'agenouillant devant elle. Melisande me vit les regarder et sourit. Puis je ne vis plus rien.

Je ne sais combien de temps je demeurai ainsi, ni qui me fit descendre. Je me réveillai au petit matin, couchée dans un lit étrange. Les serviteurs me traitèrent avec les égards dus à une invitée.

Tandis que je déjeunais, Melisande entra dans la salle à manger, fraîche et composée.

— Le carrosse est prêt et l'homme de Delaunay attend. (Elle posa une bourse sur la table.) La robe est à toi, bien sûr, et ceci est pour honorer Naamah. (Ses yeux bleus ne me quittaient pas ; une lueur d'amusement y brillait.) Tu es vraiment un présent digne d'un prince, Phèdre.

— Je vous remercie, ma dame, répondis-je par réflexe, en prenant la bourse.

Mes membres étaient un peu raides. La bourse était lourde, pleine d'or. Je levai un regard pensif vers elle.

— Un cadeau d'adieu, ma dame ? Mais qui donne le salut ?

Ses magnifiques sourcils se froncèrent une fraction de seconde, puis Melisande inclina la tête sur le côté.

— La digne élève de Delaunay, dit-elle en faisant cascader son rire. Je répondrai si tu me dis tout ce que tu sais sur Waldemar Selig.

Je ne répondis rien. Melisande rit de nouveau et se pencha pour me déposer un baiser sur la joue.

— Salue ton maître Delaunay pour moi, dit-elle. (Elle se redressa et me caressa les cheveux d'un geste plein d'affection.) Nous nous reverrons, ma petite *anguissette.* Et peut-être alors n'y aura-t-il pas de prince entre nous.

Et sur ces mots, elle sortit.

22

Vous pouvez être sûrs que je rapportai fidèlement cet échange à Delaunay. Je n'avais pas pour habitude de lui raconter tout ce qui se passait au cours de mes rendez-vous ; j'avais déjà appris qu'il est des choses qu'il vaut mieux taire ; il voyait les marques et en savait assez. Sinon, je ne lui disais rien de ce qui ne laisse aucune trace sur la peau. Pour autant, je ne manquais jamais de lui révéler les informations ou les conversations qui pouvaient l'intéresser.

Dans le cas précis de ce jour, je ne m'étais pas trompée. Sourcils froncés, il se mit à faire les cent pas, soupesant soigneusement ce qu'il venait d'apprendre.

— Baudoin pense qu'il s'agit d'un cri de guerre skaldique ? demanda-t-il. (Je confirmai d'un hochement de tête.) T'a-t-il donné à penser que les mots « Waldemar Selig » signifiaient quelque chose d'autre pour lui ?

— Non. (Je secouai la tête, catégorique.) Il a dit ça pour plaisanter, sans impliquer quoi que ce fût d'autre.

— Et rien dans son attitude ne laisse penser qu'il savait que tu étais un… comment a-t-elle dit déjà ? Un « cadeau d'adieu » ?

De nouveau, je secouai négativement la tête.

— Non, messire. Rien dans son attitude ne le laissait croire. Et Melisande a toujours pris soin de n'en parler que lorsque nous étions seules. (Je l'observai en songeant au jour où il m'avait montrée à elle, à un moment où l'*anguissette* de Delaunay n'était encore qu'un secret bien gardé.) Tout artiste désire avoir un public, messire, et c'est vous qu'elle a choisi. Quels que soient les événements qui surviendront, elle veut que vous sachiez qu'elle en a été l'architecte.

Delaunay posa sur moi l'un de ses regards profonds et méditatifs.

— Tu pourrais bien avoir raison en cela, dit-il. Mais la question demeure : que va-t-il se passer ?

Moins d'une semaine plus tard, nous avions la réponse.

Ce fut Gaspar Trevalion qui nous apporta la nouvelle, sidéré au point d'oublier toute pensée de querelle entre lui et Delaunay.

Le bruit d'un grand nombre de sabots sur le pavé de la cour indiquait sans risque d'erreur qu'il y avait urgence. Je connaissais le comte de Fourcay depuis mes premiers jours dans la maison de Delaunay et, même pendant leur période de brouille, jamais je ne l'avais entendu hausser la voix. Ce jour-là, elle roula entre les murs de la cour comme un coup de tonnerre.

— Delaunay !

Si quiconque avait jamais cru que les gens de la maison d'Anafiel Delaunay étaient incapables d'agir avec rapidité, il aurait eu ce jour-là un vigoureux démenti. Delaunay gagna la porte en un clin d'œil, ne prenant que le temps de saisir son épée, rarement utilisée, à l'endroit où elle était accrochée dans son cabinet de travail. Guy surgit de nulle part, un poignard dans chaque main, juste derrière les deux serviteurs en livrée déjà sur le perron. Alcuin et moi suivions de très près.

Entouré de dix hommes en armes, Gaspar Trevalion, monté sur son cheval noir, parut ne même pas remarquer notre présence ou l'épée dans la main de Delaunay. Le naseau écumant et le souffle court, sa monture se cabra ; Gaspar raffermit sa prise sur la bride et baissa le regard sur Delaunay, un air terrible sur le visage.

— Isidore d'Aiglemort vient d'accuser la maison Trevalion de haute trahison, dit-il sévèrement.

Delaunay fixa sur lui un regard stupéfait ; son bras tenant l'épée retomba.

— Vous plaisantez ?

— Non. (Gaspar secoua la tête ; son visage demeurait de marbre.) Il a des preuves : des lettres, adressées à Lyonette par Foclaidha d'Alba.

— Quoi ? (Les yeux de Delaunay s'agrandirent encore.) Comment ?

— Des messages par oiseau. (Son cheval noir piaffa ; Gaspar le calma.) Elles correspondent depuis la visite du Cruarch. Delaunay, mon ami, que dois-je faire ? Je suis innocent, mais j'ai un fief et une famille en Fourcay auxquels je dois penser. Le roi a déjà dépêché ses coursiers les plus rapides au comte de Somerville. Il est en train de rassembler l'armée royale.

Derrière le visage ébahi de Delaunay, je vis les rouages de son esprit se mettre en branle.

— Vous jurez que vous n'avez rien à voir avec ça ?

Gaspar se redressa sur sa selle.

— Mon ami, vous me connaissez, dit-il doucement. Je suis aussi loyal que vous envers la maison Courcel.

— Il y aura un procès. Il faut qu'il y ait un procès. (Delaunay posa la pointe de son épée sur le pavé et s'appuya sur la garde.) Envoyez vos trois meilleurs hommes à Fourcay, dit-il d'un ton décidé. Faites-leur dire de mettre la garde sous les armes et de ne laisser entrer personne hormis les porteurs d'un ordre du roi. Nous allons rédiger une lettre pour Percy de Somerville. Nous devrions avoir le temps de l'intercepter avant qu'il atteigne la frontière de l'Azzalle. Il vous connaît ; il ne marchera pas sur Fourcay sans un ordre du roi. C'est Lyonette qui est à l'origine de tout ça ; pas la maison Trevalion. Le roi ne s'en prendra pas à toute votre lignée.

Quelques traits se détendirent sur le visage de Gaspar ; mais pas tous.

— Baudoin a été impliqué lui aussi.

J'eus un hoquet en entendant ces mots ; la main d'Alcuin serra mon bras. Je lui lançai un regard, auquel il répondit en secouant la tête, m'intimant de faire silence. Delaunay, sourcils froncés, demeurait abîmé dans sa réflexion, comme s'il n'avait pas entendu.

— Le mieux serait que vous entriez, dit-il à Gaspar, pour me raconter tout ce que vous savez. Dépêchez vos hommes à Fourcay. Nous écrirons une lettre pour Somerville et vous allez solliciter une audience auprès du roi. Ganelon de la Courcel n'est pas idiot. Il vous recevra.

Au bout d'un certain temps, Gaspar hocha courtoisement la tête, puis donna ses ordres à ses hommes en leur lançant une bourse pour la route. Nous entendîmes le martèlement des sabots de leurs chevaux tandis qu'ils s'éloignaient dans les rues de la Ville. Au loin, des clameurs s'élevaient déjà ; la nouvelle se répandait comme une vague dans la population d'Angeline.

— Entrez, répéta Delaunay en tendant la main.

Gaspar Trevalion la saisit sans rien dire et mit pied à terre.

À l'intérieur, Delaunay ordonna qu'on apportât du vin et de la nourriture. Je le crus fou de songer à des futilités en pareille heure, mais après que Gaspar eut mangé du pain et du fromage et bu un verre, il poussa un soupir et parut rasséréné. Depuis lors, j'ai bien souvent vérifié que le fait de se restaurer dans un moment de fort traumatisme produit un effet lénifiant. Alcuin et moi restions en retrait, faisant de notre mieux pour nous rendre utiles ou invisibles ; Delaunay ne nous demanda pas de nous retirer.

— Que s'est-il passé ? demanda-t-il d'un ton posé.

Au fil de l'heure qui suivit, Gaspar narra pour nous l'enchaînement des événements, aussi précisément qu'il le connaissait. Il en tenait le récit d'un ami, qui n'était autre qu'un dignitaire proche du roi, de sorte qu'on pouvait le juger sûr et fiable. Dès qu'il avait su la nouvelle, Gaspar était venu directement chez Delaunay, ne sachant vers où se tourner ailleurs pour chercher conseil. Il estimait que son ami avait dit la vérité, uniquement soucieux de sa sécurité.

Ce qu'il avait entendu, c'était qu'Isidore d'Aiglemort avait été informé de ce qui se tramait par les vantardises imprudentes d'un des Chasseurs de gloire de Baudoin, lâchées un soir d'ivresse après une patrouille infructueuse le long de la frontière du Camlach. D'Aiglemort avait alors mené son enquête et, dès qu'il avait eu des preuves en main, avait chevauché d'une traite jusqu'à la Ville pour avertir le roi. Avec une brusquerie que Camael lui-même n'aurait pas reniée, il n'avait même pas pris la peine de solliciter un entretien, débarquant plutôt au milieu d'une audience publique pour lancer son accusation : Lyonette de Trevalion conspirait avec Foclaidha d'Alba et son fils, le nouveau Cruarch, afin d'unir leurs forces. Avec l'appui d'une troupe picte, elle entendait s'adjuger la régence de Terre d'Ange pour placer Baudoin sur le trône. En échange, elle mettrait des forces de l'Azzalle à la disposition de Foclaidha et de son fils pour tenir le royaume d'Alba contre l'héritier destitué et ses alliés dalriada. Pour ce faire, la flotte de l'Azzalle s'apprêtait à faire voile contre le Maître du détroit. Si elle ne pouvait guère envisager de le vaincre, elle pouvait peut-être détourner suffisamment son attention pour permettre à l'armée picte de traverser le détroit en son point le plus étroit. Une fois le trône conquis, ils disposeraient de l'ensemble de la flotte royale pour organiser le retour.

— Un plan ingénieux, conclut Gaspar en s'épongeant le front de sa manche de velours avant de tendre son verre pour qu'on le lui remplisse de nouveau. Dangereusement ingénieux. Si d'Aiglemort n'avait pas été loyal… Baudoin est son ami après tout. Peut-être serait-il parvenu à ses fins.

Je repensai au sourire de Melisande Shahrizai, puis à la lueur sombre dans les yeux du duc d'Aiglemort derrière le masque de jaguarondi. Je me demandai s'il n'était pas sur le point de parvenir à ses fins.

Il y avait une question que Delaunay devait poser ; il le fit d'un ton plein de délicatesse.

— Et Marc ?

Gaspar et Lyonette se détestaient, mais Marc de Trevalion était son cousin et son ami. Gaspar secoua la tête d'un air lugubre, le regard devenu sombre.

— Mon ami, si je pouvais vous répondre, sincèrement je le ferais. Au fond de mon cœur, je sais que Marc ne commettrait jamais une chose pareille, et pourtant... Il est brouillé avec le roi au sujet de la flotte de Quintilius ; c'est une question d'honneur et d'orgueil. Depuis longtemps il est en désaccord avec Ganelon sur le fait qu'il ne marie pas sa petite-fille et ne règle pas le destin du royaume. Si Lyonette lui a exposé son plan tout de go... je ne sais pas.

— Je comprends, répondit Delaunay sans insister plus avant. Comment d'Aiglemort s'est-il procuré les lettres ?

Gaspar répondit immédiatement, sans la moindre hésitation ; nous connaissions déjà la réponse.

— Melisande Shahrizai.

J'ouvris la bouche pour parler. D'un regard, Delaunay m'intima de ne rien dire de ce que je savais de sa participation, mais c'était un avertissement superflu. En fait, c'était un autre point qui me tarabustait.

— Baudoin était complètement sous sa coupe. Pourquoi le donne-t-elle alors qu'il était en lice pour le trône ?

— J'aimerais pouvoir dire que c'est parce que la maison Shahrizai est loyale, répondit Gaspar, avec un petit rire sans joie. (Il passa une main dans ses cheveux poivre et sel, toujours en bataille après sa folle cavalcade.) Mais je crois plus probable que Melisande savait parfaitement que Lyonette n'aurait jamais autorisé Baudoin à l'épouser. Lyonette cherche une bru docile – et qui de préférence lui offre une alliance prestigieuse. Puisque Baudoin n'a jamais défié sa mère sur ce terrain-là, il n'allait pas le faire au moment où elle était en position de lui offrir le trône. Melisande Shahrizai a d'infinies qualités, mais elle n'est pas de taille à se mesurer avec la Lionne de l'Azzalle.

La première partie de cette affirmation paraissait indubitable ; quant à la seconde… Si je n'avais pas été son cadeau d'adieu à Baudoin de Trevalion, j'aurais même pu y croire. Mais Melisande Shahrizai savait déjà tout des semaines avant qu'Isidore d'Aiglemort obtînt soi-disant ses « preuves ». Que la trahison soit avérée, je n'en avais pas le moindre doute, pas plus que concernant l'existence des preuves. Mais je ne doutais pas non plus un seul instant que le plan visant à les exposer au grand jour avait été ourdi avec bien plus de ruse et de subtilité que la trahison proprement dite. Il n'y avait rien que nous pussions faire ; aucune parole imprudemment lâchée dans l'oreille d'un servant de Naamah ne pouvait prouver quoi que ce fût. Moi seule savais avec certitude ce que Melisande avait voulu dire par là – plus exactement, Delaunay, Alcuin et moi. *Non,* songeai-je, *nous allons garder le silence et Melisande Shahrizai tirera les lauriers d'avoir su faire ce qu'il fallait.*

Et le jeune duc d'Aiglemort, déjà héros guerrier, se verra propulser au premier plan. Quelqu'un m'avait dit que les descendants de Camael pensaient avec leur épée. Je n'étais pas certaine que ce fût le cas pour celui-ci.

Dans les jours qui suivirent, les événements se déroulèrent conformément aux prévisions de

Delaunay. Le Parlement fut réuni ; un jugement devant la Haute Cour suivrait bientôt. Tandis que l'armée du roi, sous le commandement du comte de Somerville, traversait l'Azzalle en route pour Trevalion, le roi prêta une oreille attentive à la supplique de Gaspar. La clémence fut accordée au fief de Fourcay, à condition que Gaspar se mît aux ordres de la garde du palais en attendant la tenue du procès.

Rien ne circule plus vite que les ragots. Un jour entier avant qu'arrive le messager de Somerville, nous savions déjà que Trevalion s'était rendu après une courte bataille, essentiellement livrée par Baudoin et ses Chasseurs de gloire. C'était son père, Marc de Trevalion, qui avait ordonné la reddition. Percy de Somerville avait accepté son épée, puis laissé le fief aux mains d'une garnison, pour ramener sous bonne garde à la Ville tous les dignitaires de la maison Trevalion – Lyonette, Marc, Baudoin, sa sœur Bernadette et tous leurs suivants.

Le procès s'ouvrit dès leur arrivée au palais.

Delaunay était appelé à témoigner pour Gaspar Trevalion – sa loyauté demeurant sujette à caution – et nous pûmes assister aux débats, Alcuin et moi, sombrement vêtus des couleurs de la maison de notre maître. Aucun siège n'était prévu pour la suite des nobles, mais nous parvînmes à trouver des places debout sur le côté de la salle d'audience, à l'extrémité de laquelle une table était dressée. Flanqué de part et d'autre des vingt-sept nobles du Parlement, le roi siégeait au centre, avec sa petite-fille Ysandre assise à sa droite. Les hommes de la garde du palais étaient alignés le long des travées et deux membres de la Fraternité cassiline se tenaient derrière le roi, parfaitement immobiles, pareils à des ombres grises. Seul l'éclat de l'acier à leur ceinture trahissait leur présence.

Il y a des personnes qui aiment assister au spectacle et adorent voir les puissants choir de leur piédestal. Si je ne regrette pas d'avoir vu ce procès, je n'appartiens pas pour autant à cette catégorie ; je ne pris donc guère plaisir à cet événement. Lyonette de la Courcel était au premier rang des accusés ; ce fut elle qu'on interrogea avant tout le monde. Je l'avais aperçue une seule fois, depuis la terrasse de Cecilie, mais tout au long de mon existence j'avais entendu parler de la Lionne de l'Azzalle. Elle pénétra dans le prétoire vêtue d'une sublime robe de brocart bleu et argent – les couleurs de la maison Courcel –, rappelant à tous ceux suffisamment téméraires pour l'oublier que le roi était son frère. Bras tendus devant, elle exposait les fers qui l'entravaient. À cet instant, je trouvai étonnant que Ganelon de la Courcel eût ordonné que sa sœur fût enchaînée. Par la suite, j'appris que cette touche dramatique était due à l'insistance de Lyonette. Au fond, cela importait peu.

Qu'il ne soit jamais dit que la Lionne de l'Azzalle manquait d'orgueil. Elle ne nia rien de sa participation au complot. Tandis qu'on produisait les preuves, elle fixait sur son frère un regard plein de défi, le menton relevé bien haut. Ganelon était de vingt ans son aîné ; elle était née sur le tard et les descendants d'Elua ont grande longévité. De toute évidence, l'affection fraternelle entre ces deux-là n'était pas débordante.

— Que répondez-vous à ces accusations ? demanda-t-il, une fois les faits exposés au Parlement réuni.

Sa voix luttait pour paraître dure et sévère, mais rien n'aurait pu dissimuler le chevrotement qui l'agitait – pas plus que la raideur de sa main droite qu'il veillait à maintenir le long de son corps.

Lyonette rit, rejetant en arrière sa tête auréolée de gris.

— Tu oses me le demander, mon cher frère ? Mais qu'on me laisse porter mes accusations contre toi et nous verrons bien ce que tu plaideras ! Tu paralyses le royaume par ton irrésolution, en t'accrochant au fantôme de ton fils à travers le tendron issu d'une meurtrière, sans même avoir la décence d'offrir à ta petite-fille une alliance par le mariage. (Ses yeux bleu foncé, en tout point semblables à ceux du roi, jetaient des éclairs.) Et tu oses mettre en doute ma loyauté ? Oui, je le reconnais, j'ai fait ce que je croyais bon pour protéger le trône, dans le meilleur intérêt du peuple d'Angelin !

Un murmure parcourut la foule ; ici et là, certains auraient été tout prêts à proclamer leur approbation. En revanche, les visages du roi, des dames et des seigneurs du Parlement demeuraient figés. Je coulai un regard en direction de Delaunay. Ses yeux étaient fixés sur Lyonette de Trevalion ; une flamme luisait dans sa prunelle, mais je n'en devinai pas la cause.

— Donc, vous reconnaissez votre culpabilité, reprit Ganelon de la Courcel d'une voix douce. Quel rôle ont joué dans ce complot votre mari, votre fils et votre fille ?

— Ils ne savaient rien, répondit Lyonette avec mépris. Rien ! J'ai tout fait toute seule.

— Nous verrons. (Le roi regarda sur sa gauche, puis sur sa droite, une expression triste et lasse sur le visage.) Quelle sentence allez-vous prononcer contre elle, mes seigneurs et gentes dames ?

Chacun à son tour murmura sa sentence, en l'accompagnant de l'ancien geste hérité de Tiberium, main tendue et pouce tourné vers le bas.

— La mort.

Ysandre de la Courcel était la dernière à se prononcer. Froide et pâle, elle fixa son regard sur sa grand-tante qui l'avait appelée le « tendron issu d'une meurtrière » devant tous les pairs du royaume. Avec une lenteur calculée, elle tendit sa main fermée, pouce vers le haut, avant de le tourner vers le sol.

— La mort.

— Qu'il en soit donc ainsi. (La voix du roi était ténue comme un fil de vent d'automne dans les feuilles mortes.) Vous avez trois jours pour indiquer le mode d'exécution que vous choisissez, Lyonette.

Sur un signe de tête de sa part, les gardes du palais s'approchèrent pour l'escorter hors de la salle des audiences, accompagnée par un prêtre d'Elua.

Elle n'offrit aucune résistance, marchant la tête bien haute. Ce fut ensuite le tour de son mari, Marc de Trevalion, d'être appelé à comparaître.

Le duc ressemblait fort à son parent Gaspar – un rien plus grand et plus mince, mais avec les mêmes cheveux brun aile-de-corbeau mêlés de fils d'argent. Son visage était raviné par l'âge et le chagrin. Avant qu'on donne lecture de l'accusation qui pesait sur lui, il leva ses mains enchaînées, soutenant le regard du roi.

— Dans les écritures des Yeshuites, le péché d'Azza est celui de l'orgueil, dit-il d'une voix ferme et tranquille. Mais nous sommes d'Angelins, et le péché des anges est la gloire de notre race. Le péché d'Elua le béni était d'aimer trop bien les choses de ce monde. J'ai péché contre vous, mon frère, par l'orgueil et l'amour.

— Dites-vous par là que vous avez aidé ma sœur à conspirer contre le trône, mon frère ? demanda Ganelon de la Courcel d'une voix tremblante.

— Je dis que je l'ai trop aimée. (Le regard plein de résolution de Marc de Trevalion ne cillait pas.) Tout comme j'aime mon fils, dont le sang est aussi le vôtre. Je savais. Je n'ai pas annulé ses ordres à l'amiral de ma flotte, ni au capitaine de ma garde. Je savais.

Une nouvelle sentence et une nouvelle fois des pouces tournés vers le bas, chacun à leur tour, jusqu'à Ysandre de la Courcel. Je scrutais son visage, pareil à un camée, sur lequel ne se lisait aucune émotion. Elle se tourna vers son grand-père. Sa voix coulait comme une source fraîche.

— Qu'il soit banni, dit-elle.

J'ai grandi dans la maison du Cereus ; je sais reconnaître l'acier sous les pétales d'une fleur tout juste éclose. C'était la première fois que je le voyais chez Ysandre de la Courcel. Ce n'était pas la dernière.

— Qu'en dites-vous ? demanda le roi aux nobles de son Parlement.

Personne ne parla, mais les mains s'ouvrirent, paumes vers le ciel. Il y eut des hochements de tête pleins de sagesse. Le roi reprit la parole d'une voix plus forte.

— Marc de Trevalion, pour vos crimes contre la couronne, vous êtes banni de Terre d'Ange et tous vos fiefs et terres sont confisqués. Vous avez trois jours pour franchir nos frontières. Si vous revenez, une prime de dix mille ducats sera offerte pour votre tête. Acceptez-vous les termes de la sentence ?

Le duc déchu tourna son regard non pas vers le roi, mais vers sa petite-fille, la Dauphine.

— C'est une plaisanterie, dit-il d'une voix qui tremblait.

Elle ne répondit pas. Le roi releva le menton.

— Je ne plaisante pas ! (Sa voix tonna dans la salle.) Acceptez-vous les termes de la sentence ?

— Oui, Majesté, murmura Marc de Trevalion, en esquissant une courbette.

Les gardes du palais l'entourèrent.

— Majesté… ma fille ne savait rien ! Elle est totalement innocente.

— Nous verrons, répéta le roi, d'une voix redevenue morne. (Il fit un geste de la main, sans même regarder le prisonnier.) Qu'on l'emmène hors de ma vue.

Il y eut un conciliabule à voix basse à la grande table. Il était prévu que Baudoin parût ensuite ; j'en étais informée. Delaunay avait obtenu l'information d'un ami qui avait établi la liste de passage des accusés. Toutefois, ils changèrent d'avis et appelèrent Bernadette de Trevalion, sa sœur.

On devinait tout de suite qu'elle était la sœur de Baudoin tant ils se ressemblaient, mais ses manières à elle étaient aussi timides et effacées que celles de son frère étaient sauvages. *Ce ne doit pas être simple d'avoir la Lionne de l'Azzalle pour mère,* songeai-je, *et de ne pas être l'enfant préféré.* Quelques minutes d'interrogatoire suffirent à établir qu'elle en savait autant que son père et qu'elle n'en avait pas fait plus. Cette fois-ci, j'observai attentivement ; je vis le vieux roi tourner le regard vers sa petite-fille, qui lui fit un discret signe de tête. Le verdict fut le même : le bannissement. Le père et la fille survivraient donc, mais arrachés de la terre qui nous a faits et dont la gloire coule dans nos veines comme le sang. Je repensai au poème de Thelesis de Mornay et mes yeux s'embuèrent. Sans que personne le remarquât au milieu de la foule, Alcuin passa un bras autour de ma taille pour me soutenir.

Baudoin de Trevalion fut appelé.

Tout comme sa mère, il fit tout pour qu'on vît ses chaînes, s'ingéniant à les faire résonner tandis qu'il avançait lentement. Il était d'une incroyable beauté ; sublime dans l'épreuve. Un soupir monta de l'assemblée.

— Prince Baudoin de Trevalion, dit le roi d'une voix forte. Vous comparaissez pour le crime de haute trahison. Que répondez-vous à ces accusations ?

Baudoin rejeta ses cheveux en arrière.

— Je suis innocent !

Ganelon de la Courcel fit un signe de tête à l'intention de quelqu'un que je ne voyais pas. Isidore, duc d'Aiglemort, s'approcha.

Son visage était pareil à un masque ; il salua Baudoin d'une inclinaison de la tête, avant de faire une courte révérence devant le roi. Ensuite, il donna son témoignage à la Haute Cour. Seuls ses yeux brillaient, sombres et impénétrables. C'était exactement le récit que Gaspar nous avait fait : les vantardises d'un soldat ivre et l'enquête d'un duc loyal. Baudoin s'empourpra ; ses yeux se fixèrent sur lui, emplis de haine. Je me souvins que ces deux-là avaient été amis. Isidore d'Aiglemort se retira et Melisande Shahrizai fut appelée.

Ce jour est demeuré gravé dans ma mémoire. Quelle part au juste de la vérité connaissaient-ils ? Je ne sais pas – et je ne l'ai d'ailleurs jamais su – mais la maison Shahrizai tout entière était venue pour la soutenir ; Melisande était entourée de tous les siens. Comme il est fréquent chez les lignées anciennes, tous étaient marqués d'un trait commun. Avec leurs cheveux noirs aux reflets bleutés et leurs manteaux de brocart noir et or, ils se découpaient distinctement au milieu de l'assemblée. Tous avaient les mêmes yeux également, pareils à des saphirs sertis dans leur visage à la peau de lait. Chez aucun la flamme de Kushiel ne flambait aussi vivement que chez Melisande, mais elle brûlait haut et clair en chacun d'eux. J'étais reconnaissante à Alcuin de me soutenir.

Je crois que jamais Melisande Shahrizai ne serait capable d'incarner totalement la modestie, mais ce jour-là elle s'approcha de cet exploit comme à aucun autre moment de sa vie. Les yeux humblement tenus baissés, elle répondit aux questions du Parlement, décrivant un prince ambitieux asservi par une mère dominatrice, des manœuvres en vue d'une alliance et un trône à conquérir. Elle affirma qu'il lui avait montré les lettres, par forfanterie, pour étayer ses prétentions.

Quelle que fût la vérité, elle ne dit rien qu'il fût en mesure de contester. Si Baudoin avait regardé le duc d'Aiglemort avec de la haine dans les yeux, ce n'était rien à côté de la rage qui l'étouffait tandis qu'elle débitait sa litanie. À la fin, c'était bien plus qu'il en fallait. Avec une gravité teintée de repentir, les nobles rendirent leur verdict. Un par un, devant les yeux stupéfaits de Baudoin, ils tendirent leur main, pouce vers le sol.

La mort.

Puis ce fut le tour d'Ysandre. Aussi froide qu'un bloc de glace, elle fixa son regard au fond des yeux de Baudoin.

— Dites-moi, mon cousin, demanda-t-elle. M'auriez-vous répudiée pour épouser une reine étrangère, ou bien m'auriez-vous tuée tout simplement ?

Il n'avait aucune réponse prête à fournir ; l'éloquence de son silence parla pour lui. Ysandre tendit la main, pouce vers le bas. Son sort était scellé.

Cette fois, aucun soupir ne fit écho à celui du roi ; les preuves étaient trop énormes contre Baudoin.

— Eh bien, qu'il en soit ainsi, dit-il et personne ne douta qu'il en éprouvait du chagrin. Baudoin de Trevalion, vous êtes condamné à mort. Vous avez trois jours pour indiquer le mode d'exécution de votre choix.

Il ne fit pas une aussi belle sortie que sa mère, allant d'un pas rendu chancelant par l'incrédulité. Tel était le sort du fils d'une mère trop déterminée, dont les ambitions avaient outrepassé la loi. Au fond, il n'était peut-être pas si facile d'être le petit préféré de la Lionne.

L'examen du cas de Gaspar Trevalion se passa sans dommage ; il n'y avait aucune preuve contre lui, aucun élément à charge hormis son appartenance à la lignée. Je vis Delaunay porter son témoignage, expliquant que Gaspar n'avait jamais été informé du complot et qu'il était immédiatement venu chercher conseil chez lui pour tout avouer au roi ; je me sentis fière d'appartenir à sa maison. Pour finir, Gaspar fut lavé de toute accusation, et ses titres et possessions lui furent confirmés devant tous.

Delaunay avait recouvré tout son empire sur lui-même ; son visage était absolument impénétrable. Toutefois, pendant toute son intervention, je vis comment Ysandre de la Courcel était suspendue à ses lèvres ; il y avait une avidité dans son regard que je ne parvenais pas à cerner.

23

Pour finir, les exécutions se déroulèrent en privé.

La question avait longuement agité la Ville, car la Lionne de l'Azzalle avait menacé d'accabler son frère dans les derniers instants de sa vie par n'importe quel moyen. Une exécution publique n'aurait pas manqué de susciter un profond malaise contre le roi. Au bout du compte, l'orgueil de Lyonette l'emporta, elle mourrait dans la dignité, loin du regard des masses. On m'a rapporté qu'elle mourut sous l'effet d'un poison rapide ; elle le prit d'un trait, puis s'allongea pour ne plus jamais se réveiller.

De Baudoin, on a dit qu'il avait su bien mourir. Lorsqu'il apprit que sa mère avait préféré mourir dans l'intimité, il demanda son épée. Le roi ordonna qu'on le libérât de ses chaînes et que son capitaine de la garde l'assistât. Baudoin de Trevalion avait certes des défauts, mais il était un prince du sang et en aucun cas un lâche. Lorsqu'il se laissa tomber sur sa lame, il visa juste ; la pointe lui traversa le cœur. Le capitaine remit son épée au fourreau sans avoir eu à l'utiliser.

Après le procès et les exécutions, une atmosphère étrange et sombre parut envelopper la Ville. Moi-même, je la ressentais. Pleurer leur mort aurait été montrer de la sympathie pour une haute trahison ; et pourtant nous la pleurâmes. D'aussi loin que je me souvienne, la Lionne avait régné en Azzalle et son lionceau sauvage avait été le favori des D'Angelines ; le Prince soleil, le chef de guerre intrépide. Désormais, ils n'étaient plus ; et le père et sa fille erraient en exil. Le monde que nous avions connu avait définitivement changé.

Même Hyacinthe, que le sort des nobles rendait toujours cynique, fut touché. Il avait parié une somme considérable sur les modes d'exécution que Lyonette et Baudoin choisiraient ; en percevant ses gains, il ne put s'empêcher d'éprouver une superstition morbide.

— Cette pièce est maudite par le sang, dit-il avec un haussement d'épaules, un ganelon d'argent tenu devant son œil. Tu vois, Phèdre ? Il y a comme une ombre sur elle.

— Que vas-tu faire ? demandai-je. La donner ?

— Et passer la malédiction à d'autres ? (Il fixait sur moi un regard choqué.) Tu crois vraiment que j'ai si peu de scrupules. (Il secoua la tête comme pour en chasser l'idée.) Non, je ne peux pas utiliser cet argent pour mon profit. Je vais faire une offrande à Azza et Elua. Viens, allons voir s'il y a des chevaux à l'écurie.

Le jeune palefrenier de garde cet après-midi-là était une connaissance ; un gamin des rues, porteur de messages à l'occasion. Il interrompit sa partie de dés et bondit sur ses pieds avec un grand sourire.

— Tu vas aller jouer les messires en ville, Hyas ? C'est le bon jour pour ça. Ici, c'est plus calme que dans le lit de Cassiel.

— Ça reviendra lorsqu'ils auront noyé leur chagrin, répondit Hyacinthe d'un ton assuré. (Avec un coup d'œil en biais dans ma direction, il poursuivit d'une voix plus forte.) Sors-nous deux montures bien tranquilles, tu veux ? Et une selle de dame pour Phèdre nó Delaunay.

Le garçon ne m'avait pas vue dans l'ombre ; entendre mon nom parut lui donner des ailes, ce qui me fit sourire. Dans le quartier du Seuil de la nuit, les D'Angelins des rues étaient trop avisés pour béer devant le prince des voyageurs, mais l'*anguissette* de Delaunay, ça c'était autre chose. Je portais mon manteau brun foncé et pas le *sangoire*, mais Hyacinthe prenait la peine de bien faire savoir à son ami qui j'étais. Cela ajoutait à son prestige et, en retour, tous veillaient à ce que je sois bien gardée ; nous étions tous deux gagnants.

Une fois en selle, nous sortîmes pour sillonner la Ville à une petite allure prudente. Un bruit de sabots ferrés nous parvenait de derrière, ponctué de jurons murmurés entre les dents ; je me retournai dans l'espoir d'apercevoir Guy, me demandant s'il avait été obligé de louer lui aussi un cheval dans l'écurie de Hyacinthe. Je ne le vis nulle part, mais je ne doutais pas qu'il fût là.

Les rues étaient en grande partie désertes ; les rares passants se rassemblaient en petits groupes pour discuter à voix basse. Je vis des brassards noirs, ornant le plus souvent des bras d'Angelins ; ceux qui les portaient s'éloignaient bien vite, craignant sans doute d'être reconnus.

— Est-ce que tu as du chagrin pour lui ? demanda Hyacinthe d'une voix douce.

Un chariot arrivait dans le sens opposé ; je ne

répondis pas immédiatement. J'étais aussi piètre cavalière que Hyacinthe.

— Le prince Baudoin ? demandai-je une fois le convoi passé.

Hyacinthe confirma d'un hochement de tête. Je resongeai à son arrogance dédaigneuse, à ses manières insultantes, à ses mains sur ma nuque plaquant ma tête sur la table. Puis mes pensées volèrent vers la première fois où j'avais vu le prince Baudoin, plein de gaieté et d'ivresse, le masque d'Azza de guingois sur son front. Il m'avait appelée « petite porteuse de joie » et m'avait donné un baiser. Je m'en souvenais. Neuf années plus tard, Melisande Shahrizai me l'avait présenté avec un autre baiser – un baiser de mort. J'avais compris et je n'avais rien dit. En vérité, je lui avais apporté le destin tragique que mon nom promettait.

— Oui.

— Je suis navré, dit-il en posant une main légère sur mon bras. (Son regard s'était fait interrogateur.) C'est si moche que ça ?

Je ne lui avais pas tout dit ; et d'ailleurs je n'en avais pas le droit. Je me contentai de secouer la tête.

— Non. Ce n'est pas important. Allons au temple.

Nous chevauchâmes en silence pendant quelques instants.

— Il y aura d'autres princes, dit-il un peu plus tard en se tournant vers moi. Et un jour, lorsque ta marque sera achevée, tu ne seras plus une servante *vrajna*, tu sais.

Le temple d'Azza apparut dans le lointain ; les rayons du soleil sur son dôme de cuivre le faisaient paraître en feu.

— Et serai-je alors digne d'intérêt, ô prince des voyageurs ? demandai-je en redressant la tête.

Hyacinthe rougit.

— Je ne voulais pas dire… Oh ! oublie ça ! Allez viens, je vais partager mon offrande avec toi.

— Je n'ai pas besoin de ta *charité*, répliquai-je entre mes dents serrées, éperonnant les flancs de ma jument d'un coup de talons.

Elle obéit obligeamment en adoptant un petit trot soutenu, qui me ballotta fort disgracieusement sur la selle.

— On se donne l'un l'autre tout ce qu'on peut mettre de côté, et tout ce qu'on peut accepter, dit-il avec entrain, souriant de toutes ses dents, en se portant à ma hauteur. C'est ainsi que les choses ont toujours fonctionné entre nous, Phèdre. Alors, on est amis ?

Je lui fis une autre grimace mais, dans le fond, il n'avait pas tort.

— Amis, répondis-je à contrecœur, car je l'aimais beaucoup malgré nos querelles. Et tu partageras l'offrande en deux, d'accord ?

Nous ralliâmes ainsi le temple d'Azza, toujours nous chamaillant, et laissâmes nos montures au valet d'écurie. Je ne fus pas surprise de constater qu'on s'y pressait ce jour-là. La maison de Trevalion était de la lignée d'Azza et j'avais vu les brassards qu'on arborait. À l'intérieur, des centaines de bougies étaient allumées et des monceaux de fleurs étaient entassés le long des murs. Les prêtres et prêtresses d'Azza portaient des tuniques safran avec des chlamydes ou des demi-manteaux pourpres, tenus fermés par des fibules de bronze. Chacun d'eux portait un masque de bronze d'Azza, dissimulant ses propres traits derrière l'austère beauté de l'ange. Cela dit, je crois pouvoir affirmer qu'aucun de ces masques n'était aussi finement ouvragé que celui porté par Baudoin au Bal masqué de l'hiver.

Nous remîmes nos offrandes à une prêtresse qui, après nous avoir salués d'une inclinaison du buste, nous donna un petit bol d'encens ; ensuite, nous prîmes place dans la file pour attendre notre tour. Tandis que nous patientions, je regardai la statue d'Azza posée sur l'autel. Une dizaine de masques que l'on voyait accrochés au-dessus de l'autel reprenaient ses traits fiers et beaux dans leur dédain. Azza tendait une main, paume tournée vers le ciel ; l'autre tenait un sextant, car tel était le don qu'il avait fait à l'humanité : la connaissance, la connaissance interdite permettant de parcourir le monde.

Hyacinthe s'avança le premier ; je le suivis. Je m'agenouillai devant le foyer des offrandes et le prêtre de l'autel m'aspergea de son goupillon, murmurant sa bénédiction.

— Si j'ai péché contre les descendants d'Azza, pardonne-moi, dis-je à voix basse en versant mon bol.

Les grains d'encens se répandirent comme de l'or dans les flammes, brûlant brièvement en répandant une lueur verte. La fumée me piqua les yeux. Songeant à la file derrière moi, je me relevai et tendis le bol vide à l'acolyte, pour me hâter ensuite de rejoindre Hyacinthe.

Le temple d'Elua était plus calme. De toute évidence, si le peuple n'oubliait pas que Lyonette et Baudoin de Trevalion étaient des descendants d'Elua, il se rappelait que tel était le cas aussi de la maison Courcel qu'ils avaient trahie.

Les temples d'Elua n'ont pas de toit ; seuls des piliers en marquent les quatre coins. Par tradition, le sanctuaire intérieur lui-même demeure toujours ouvert et non pavé sous la voûte des cieux, afin que tout puisse y pousser. Dans le grand temple de la Ville, des chênes immémoriaux flanquent l'autel, et une profusion de plantes, fleurs et mauvaises herbes tendrement mêlées, ont envahi l'espace. Lorsque nous y arrivâmes, le crépuscule s'annonçait ; le ciel au-dessus de nous avait pris une teinte sombre et les premières étoiles apparaissaient comme de minuscules taches de lumière.

Pieds nus et vêtue d'une tunique bleue, une prêtresse vint nous donner le baiser de bienvenue ; un acolyte s'agenouilla pour nous retirer nos chaussures, afin que nous puissions marcher nu-pieds en présence d'Elua le béni. Nos offrandes furent recueillies. On nous mit des anémones rouges dans les mains pour que nous les déposions sur l'autel.

La statue d'Elua dans le grand temple est l'une des œuvres les plus anciennes de l'art d'Angelin. Par certains côtés, elle est un peu brute, mais je ne l'ai jamais considérée comme telle. Taillée dans le marbre, elle est plus grande qu'un homme. Elua porte les cheveux détachés, son éternel sourire sur les lèvres, les yeux baissés sur son monde. Ses mains sont vides ; l'une est tendue en signe d'offrande et l'autre porte la marque de sa blessure, le sang versé pour affirmer son affinité avec l'humanité. Des oiseaux, et même une ou deux chauves-souris, voletaient autour des arbres vers lesquels Hyacinthe et moi marchions ; le ciel s'assombrissait et l'arrivée de la nuit estompait la teinte des anémones. La terre était humide sous nos pieds.

Cette fois encore, je laissai passer Hyacinthe devant moi ; en revanche, cette fois-ci, je ne dis rien. En présence d'Elua, tous les secrets étaient sus ; tout était pardonné. Je touchai les doigts de la main de marbre, m'agenouillai, puis déposai ma fleur rouge à ses pieds. Je m'inclinai et baisai la pierre froide de l'un de ses pieds. Un sentiment de paix m'envahit. J'ignore combien de temps je demeurai ainsi, mais un prêtre vint poser ses mains sur mes épaules et me demander de me relever. Tandis que j'obéissais, mes yeux croisèrent les siens ; son sourire ne fléchit pas. Dans son regard plein de compassion, je vis la connaissance et l'acceptation.

— Le signe de Kushiel, murmura-t-il en caressant mes cheveux. Et servante de Naamah. Que la bénédiction d'Elua soit sur toi, mon enfant.

Bien que Hyacinthe fût déjà à m'attendre dans le bosquet, je m'agenouillai de nouveau, prenant les mains du prêtre dans les miennes pour les embrasser de gratitude. Il me laissa faire un moment, puis me releva.

— Aime comme tu l'entends et Elua guidera tes pas, si long ton chemin puisse-t-il être. Va, il te bénit.

Je m'éloignai donc, reconnaissante du répit et le cœur apaisé par l'offrande.

— Merci, dis-je à Hyacinthe en le rejoignant.

Il me lança un regard étonné.

— Pour quoi ?

— Pour m'avoir donné ce que tu avais mis de côté, expliquai-je tandis que nous récupérions nos chaussures auprès de l'acolyte de l'entrée. (Je me penchai sur lui et déposai un baiser sur sa joue.) Pour être mon ami.

— Des clients, tu peux en avoir par dizaines.

(Hyacinthe enfila une botte en me souriant.) Mais il est vrai que rares sont ceux qui peuvent se prévaloir d'être l'ami de l'*anguissette* de Delaunay.

C'était vrai, mais cela ne m'empêcha pas de lui mettre une tape sur l'épaule pour l'avoir dit. Nous repartîmes comme nous étions arrivés, toujours nous chamaillant, mais le cœur et la bourse infiniment plus légers. Le valet d'écurie nous amena nos chevaux et nous ralliâmes le Seuil de la nuit de bien meilleure humeur, piquant des courses effrénées dans les ruelles pour semer Guy, toujours invisible, mais pourtant omniprésent.

C'est ainsi que nous tombâmes sur la famille Shahrizai.

Nous débouchions sur la place du marché du Seuil de la nuit. Hyacinthe les aperçut le premier et retint sa monture, d'un geste réflexe et d'une main ferme. Je freinai ma jument qui se cabra. Je suivis son regard des yeux.

Flanqués de serviteurs portant des torches, les Shahrizai avançaient groupés, somptueux dans leurs habits noir et or, chantant avec des accents du Kusheth, fouettant l'air de leurs cravaches, en route pour le Mont de la nuit. Les femmes portaient leurs cheveux dénoués ; les hommes les avaient rassemblés en courtes nattes, pareilles à des chaînes frangeant leurs sublimes traits pâles. Hyacinthe et moi étions dans l'obscurité ; les lueurs des torches se reflétaient sur les cheveux noirs et bleutés, allumant des feux sur leurs manteaux de brocart. Je les observai là-bas, par-dessus l'encolure du cheval bai de Hyacinthe, repérant sans effort Melisande au milieu de la troupe.

Comme si un fil invisible nous avait reliés, son

regard trouva le mien ; elle leva la main pour les faire s'arrêter.

— Phèdre nó Delaunay, appela-t-elle d'une voix vibrante d'allégresse. Quelle heureuse rencontre ! Nous accompagnerais-tu à la maison de la Valériane ?

J'allais répondre quelque chose, même si je ne savais pas quoi, mais Hyacinthe éperonna son bai pour l'interposer entre les Shahrizai et moi.

— Elle est avec moi ce soir, clama-t-il d'une voix ferme.

Melisande rit et toute sa parentèle lui fit écho, frères et cousins tous pareillement beaux. Si je ne connaissais pas leurs visages, au moins je savais leurs noms à tous ; Delaunay me les avait enseignés : Tabor, Sacriphant, Persia, Marmion, Fanchone. Tous étaient magnifiques, mais aucun autant qu'elle.

— C'est donc toi son petit ami, murmura-t-elle rêveusement en cherchant le regard de Hyacinthe. Celui qu'on appelle le prince des voyageurs. Pourtant, et je le tiens de source sûre, tu n'as jamais franchi les murs de la Ville. Mais si je mets de l'or dans ta main, Tsingano, me diras-tu ce que me réserve demain ?

La troupe Shahrizai s'esclaffa de nouveau. Je vis le dos de Hyacinthe se raidir. À l'instant où il répondit, je ne voyais pas son visage, mais c'était sans importance. Ce qu'il devait donner à voir, je l'avais déjà entendu dans la voix de sa mère. La sienne en cet instant était en tout point semblable.

— Voici ce que je te dis, Étoile de la nuit, dit-il d'une voix glacée où perçaient les accents du *dromonde*, avec une petite courbette polie. Qui se soumet n'est pas toujours faible. Choisis tes victoires avec sagesse.

Si j'avais jamais douté de l'immense dangerosité de Melisande Shahrizai, son attitude ce soir-là m'ôta jusqu'au dernier soupçon. Parmi tous les siens riant et plaisantant, elle conserva une mine pensive, sourcils froncés.

— Quelque chose pour rien, de la part d'un Tsingano ? Voilà qui étonne. Marmion, paie-le. Qu'il ne soit pas dit qu'il y a une dette entre nous.

Voilà toujours un nom sur lequel je pouvais mettre un visage Shahrizai ; un frère cadet ou un jeune cousin à en juger par la bonne volonté empressée avec laquelle il obéit, piocha une pièce d'or dans sa bourse pour la lancer à Hyacinthe. La pièce brilla dans la lueur des torches et Hyacinthe l'attrapa au vol d'un geste sûr et précis. Il salua avec un sourire et la fourra dans sa propre bourse.

— Mille mercis, ô Étoile de la nuit, dit-il de son ton onctueux coutumier.

Melisande Shahrizai rit.

— L'honnêteté de tes amis est toujours distrayante, me dit-elle.

Je ne répondis rien. Quelqu'un donna un ordre aux serviteurs, et la colonne Shahrizai s'ébranla, reprenant ses chants. Melisande rejoignit les siens, puis fit volter son cheval.

— Quant à Baudoin de Trevalion… tu le pleures à ta façon, reprit-elle en cherchant mon regard, et moi à la mienne.

Je hochai la tête, heureuse de la présence de Hyacinthe entre nous. Melisande sourit fugacement, puis éperonna les flancs de sa bête, rattrapant sans forcer le reste de la troupe.

Hyacinthe laissa fuser un long soupir, ramenant en arrière ses longues boucles brunes.

— Si je ne me trompe pas, c'est elle le joyau de la maison Shahrizai.

— Tu as dit le *dromonde* sans savoir ?

Ma jument placide s'ébroua ; en baissant les yeux, je vis que mes mains tremblaient sur les rênes.

— L'avenir de chacun connaît le nom de chacun ; peu importe que celui qui parle le sache, répondit-il sans même y penser. C'était bien Melisande Shahrizai, n'est-ce pas ? J'ai entendu pas mal de chansons à son sujet.

— Quoi qu'on chante, ce n'est rien d'autre que la vérité – et même en dessous de la vérité. (J'observai la troupe disparaître au coin de la place.) Plus étonnant, elle savait qui tu étais ; or, on ne chante pas de chansons à ton sujet, Hyacinthe.

Son sourire éblouissant illumina la nuit.

— En fait, si. N'as-tu pas entendu celle écrite par Phaniel Douartes sur le prince des voyageurs et la comtesse généreuse ? Elle fait un tabac en ce moment à l'auberge du *Jeune Coq.* Mais je comprends ce que tu veux dire. (Il haussa les épaules.) C'est une amie de Delaunay ; peut-être lui a-t-il parlé. Quoi qu'il en soit, c'est toujours une bonne chose de retenir l'attention d'une princesse consort. Je suppose que tu devrais en être flattée.

— Elle s'intéresse avant tout aux intrigues de Delaunay. Quant au reste, elle est de la lignée de Kushiel. C'est inscrit dans son sang, comme ça l'est dans mon œil.

— Oui, c'est assez évident, confirma Hyacinthe d'un ton sec. Seuls les fils et filles de Kushiel vont noyer leur chagrin à la maison de la Valériane – et toi seule serais assez folle pour les accompagner.

— Je n'y suis pas allée…

— Et je n'y serais pas allé non plus, dit une troisième voix derrière nous, d'un ton parfaitement monocorde.

Je me retournai sur ma selle pour voir Guy, à pied, appuyé contre un mur de la ruelle, bras croisés. Il haussa un sourcil à mon intention.

— Vous ne trahiriez pas la confiance du seigneur Delaunay de cette façon, n'est-ce pas Phèdre ?

— Je pensais que vous étiez à cheval, dis-je, faute de mieux.

Guy renifla.

— À la façon dont vous montez, tous deux, je n'ai aucun mal à vous suivre à pied. Toutefois, vous avez un certain talent lorsque vous oubliez de trop réfléchir, ajouta-t-il à l'intention de Hyacinthe. (Il se tourna ensuite vers moi.) Quant à vous, Delaunay aurait dû vous apprendre. Et si vous en avez assez de me faire courir, je vous ramène à la maison pour le lui dire.

Il ne servait à rien de discuter avec Guy dès lors qu'il avait une idée en tête. Nous ramenâmes les chevaux à l'écurie et il fit venir le carrosse. Hyacinthe rit de ma mine déconfite et je conçus de l'humeur, contrairement à d'habitude, d'être ainsi soumise à la volonté de Delaunay. Guy se contenta de hausser les épaules, avant d'ordonner au cocher de nous ramener à la maison.

Delaunay n'était même pas là. Je fus doublement irritée de découvrir que Guy m'avait arrachée au Seuil de la nuit de sa propre initiative.

L'idée qu'il pouvait avoir mieux à faire de son

temps que chaperonner l'*anguissette* de son maître, à la forte tête et à mille ducats la nuit, dans l'un des quartiers les moins reluisants de la Ville ne me vint jamais à l'esprit. À ma décharge, je peux seulement dire que j'étais jeune, et centrée sur moi-même comme on l'est à cet âge. Si j'avais su ce qui allait arriver, je me serais comportée différemment envers Guy ce soir-là ; à sa manière, il s'était montré relativement aimable, mais à ma grande honte, je dois avouer que je ne lui montrai qu'un morne dédain.

Agitée et énervée, je me mis à rôder dans la maison comme s'il se fût agi d'une prison, pour tomber sur Alcuin dans la bibliothèque. J'étais sur le point de laisser libre cours à ma frustration, mais lorsqu'il releva la tête de la lettre qu'il était en train de lire, quelque chose sur son visage m'arrêta.

— Qu'est-ce que c'est ? demandai-je.

Alcuin replia sa missive, lissant soigneusement les pliures. Ses cheveux blancs brillaient tout autour de son visage, tandis qu'il s'appliquait.

— Une proposition. Un messager l'a apportée ce soir, de la part de Vitale Bouvarre.

J'ouvris la bouche, pour la refermer aussitôt. Il me lança un regard aigu.

— Tu sais ?

Alcuin avait toujours été meilleur que moi pour entendre ce qui n'était pas dit. Je hochai la tête.

— Je vous ai entendus par hasard le soir de l'anniversaire de Baudoin. (Je marquai une pause.) Je suis sincèrement désolée. Je n'avais aucune intention de me montrer indiscrète. Je n'ai rien dit.

— Ça n'a aucune importance, dit-il pensivement, en tapotant la lettre pliée sur la table. Pourquoi maintenant ? C'est ça que je me demande. A-t-il moins à craindre maintenant que la maison Trevalion est tombée ? Ou bien craint-il que sa vie ne présente plus aucun intérêt pour les Stregazza ?

Je me juchai sur une chaise face à lui.

— Il a vu des pairs du royaume pointer un doigt accusateur contre les grandes maisons, Alcuin, et il espère en tirer bénéfice. Tout cela l'enhardit, et si le profit escompté est plus important que sa peur, il le fera au grand jour. (Je secouai la tête.) Il est malade de désir et tous ces événements l'ont rendu suffisamment téméraire pour chercher un remède, rien de plus. Méfie-toi de lui.

— Je ferai attention, dit Alcuin d'un ton sinistre. Cette fois-ci encore et plus jamais ensuite.

— Le… diras-tu à Delaunay ? demandai-je d'un ton hésitant.

Alcuin fit « non » de la tête.

— Pas avant que ce soit fait. La lettre dit uniquement que Vitale accède à ma demande concernant un cadeau. Que Delaunay pense qu'il s'agit d'un rendez-vous comme un autre. S'il savait ce que je ressens, il ne me laisserait pas y aller. (Ses yeux sombres étaient fixés sur moi avec intensité.) Promets-moi que tu ne diras rien.

Ce n'était pas une bien grande demande, d'autant qu'il ne m'avait jamais rien demandé auparavant ; ce n'était pas la faute d'Alcuin si on lui proposait sa liberté la nuit même où je tournais mes propres liens en dérision.

— Promis.

24

Même si ce n'est pas ma spécialité de faire ça dans la chambre à coucher – d'ailleurs, ma spécialité tiendrait précisément à mon incapacité à le faire –, je suis assez douée dans l'art de la simulation. Pendant toute cette époque, par exemple, aucun de mes clients ne se douta jamais de l'éducation que j'avais reçue en tant qu'*anguissette* de Delaunay – à l'exception de Melisande Shahrizai, mais elle constitue un cas à part. Même Childric d'Essoms, qui savait pourtant au fond de lui que Delaunay jouait sa propre partition, ne soupçonna jamais le rôle que j'y tenais, jusqu'à ce que je le lui disse.

Néanmoins, si j'avais pensé que mon talent pouvait être tenu pour impressionnant, il n'était rien comparé à celui d'Alcuin. J'avais entendu dans sa voix et vu sur son visage toute la répugnance que lui inspirait Vitale Bouvarre ; pourtant, les jours précédant son ultime rendez-vous, il n'en montra absolument rien. Il restait celui qu'il avait toujours été, gracieux et charmant, acceptant avec calme ce que le destin lui amenait.

« *Celui qui se soumet*, songeai-je, *n'est pas toujours faible.* »

Tenant parole, Guy dit à Delaunay que nous devrions apprendre à monter correctement. Delaunay accepta l'idée et Cecilie Laveau-Perrin nous proposa aimablement d'utiliser son domaine à la campagne. Celui qui s'en occupait était toujours l'intendant nommé par son défunt mari, le chevalier Perrin, lorsqu'il avait accepté son poste de conseiller auprès du roi.

Nous passâmes quatre jours à Perrinwolde ; lorsque j'y repense, je crois que ce furent quatre des jours les plus heureux de mon existence. À la campagne, quelque chose en Delaunay se détendait – une réserve tellement ancrée en lui que je ne la remarquais même plus. La demeure était rustique, mais propre et bien entretenue. La nourriture était simple et bonne ; Héloïse, la femme de l'intendant, se flattait d'être un fin cordon-bleu.

Les leçons d'équitation étaient tout à la fois un supplice et un délice. Au grand dam d'Alcuin et moi, nous étions livrés à un gamin narquois et ricanant de onze ans, qui montait à cru son poney hirsute comme s'il avait passé sa vie juché là-haut. Mais lorsque nous parvînmes à mettre notre dignité de côté – ce qui incidemment passa par une chute tête en avant sur un tas de fumier, pour l'un d'entre nous qui n'était pas moi –, nous constatâmes qu'il faisait un excellent professeur. Le troisième jour, nous n'étions plus aussi empruntés, et Delaunay nous jugea même suffisamment avancés pour que nous fussent enseignées quelques-unes des subtilités qui dénotent le cavalier émérite.

Le dernier matin, l'intendant nous convoqua pour une chasse aux premières heures du jour, manière d'éprouver les compétences qu'Alcuin et moi venions d'acquérir. Le soleil se levait tout juste à l'est ; ses premières lueurs caressaient la terre fertile. Les étendues vertes à peine teintées d'or automnal ici et là défilaient à toute allure autour de nos montures lancées à fond de train ; les paysans criaient en agitant leur chapeau. Loin devant, la meute suivait la piste d'un gibier débusqué.

Nous rattrapâmes les chiens de tête dans le verger ; le renard avait trouvé refuge dans son terrier et les chiens trépignaient autour la truffe au sol, la langue pendante, tandis que les cavaliers tournaient en rond. L'un des chasseurs armés poussa un cri sauvage et fit volter son cheval, au milieu d'un brouhaha de « taïaut ! ». La moitié de la troupe repartit ventre à terre par le chemin qu'on avait suivi ; Alcuin était du nombre. Ses yeux noirs brillaient, ses cheveux blancs flottaient derrière lui, sa joue était comme couverte d'écume ; il cabra son cheval avec tant de vigueur que la bête s'assit presque sur son arrière-train. En cela comme en tant d'autres choses, il était naturellement doué.

Lorsque nous regagnâmes le manoir, la tranquillité de Delaunay s'en était sensiblement allée. Bien sûr, il n'avait rien perdu de sa cordialité, mais ses manières s'étaient faites plus distantes tandis qu'il riait et plaisantait en remettant au vainqueur la somme promise. Nous partîmes après le déjeuner ; de part et d'autre, les cœurs étaient lourds de regret.

Certains croient que rien n'arrive par hasard dans ce monde, qu'il y a une cause à tout ce que nous disons ou que les choses surviennent lorsqu'elles le choisissent. Sur cette question, je ne saurais me prononcer, car j'ai vu bien trop de fils se rompre net pour y croire vraiment, mais j'affirme également avoir vu la trame de ma vie déjà esquissée sur le métier à tisser. S'il existe un fond déjà écrit, je crois que personne ici-bas ne peut prendre le champ voulu pour l'embrasser tout entier ; et pourtant je ne jurerais pas que les choses sont nécessairement ainsi. Je ne sais pas. Voici cependant ce que je sais être vrai : si Alcuin n'avait pas appris à monter pendant ces quelques jours, les événements auraient certainement été différents. Et si Hyacinthe n'avait pas parié comme il l'avait fait… s'il n'avait pas décidé que ses gains étaient maudits et que Guy n'eût pas été obligé de nous courir après dans toute la Ville… qui sait ? Je ne me risquerais pas à remonter le cours du destin.

Fidèle à ma parole, je ne dis rien du rendez-vous d'Alcuin avec Vitale Bouvarre. Delaunay avait donné son accord et le contrat avait été signé avant même notre départ pour Perrinwolde. Lorsque arriva la fameuse nuit, il y eut un petit malentendu sur la question du transport : Bouvarre envoya son carrosse alors que Delaunay pensait envoyer Alcuin dans le sien ; la question fut toutefois rapidement résolue. Delaunay accepta l'offre de Bouvarre à la condition que Guy accompagnât Alcuin.

La question était d'importance ; de fait, elle faisait l'objet d'une mention spéciale dans tous nos contrats, de sorte que personne n'en pensait rien de particulier.

Bouvarre y réfléchit-il à deux fois ? Je ne sais pas. Les contrats spécifiaient toujours qu'Alcuin ou moi devions être accompagnés d'un serviteur en livrée de la maison Delaunay. Comme Delaunay n'était pas fieffé – du moins le pensait-on – il n'était pas autorisé à entretenir des hommes d'armes ; jamais Guy n'avait été ainsi qualifié. C'était un homme placide en toutes circonstances et rien dans son attitude ne trahissait le soldat rompu à l'usage des armes. Bien des hommes portaient la dague à la ceinture ; et s'il en portait deux, rien n'indiquait par ailleurs qu'il avait été formé au sein de la Fraternité cassiline. Cela faisait des années que je le connaissais et je n'avais jamais rien soupçonné.

Une fois l'histoire du carrosse résolue, Delaunay donna sa bénédiction à Alcuin. Comme nous ne prenions jamais de rendez-vous le même soir, j'étais là pour le voir partir. Il portait la même tenue que le soir de ses grands débuts – les chausses couleur fauve et la chemise blanche. *Une demande de Vitale*, supposai-je. Son expression, calme et tranquille, ne trahissait rien ; toutefois, lorsque je pris ses mains dans les miennes, je les trouvai glacées. J'attirai son visage vers le mien pour l'embrasser sur la joue – il était bien plus grand que moi maintenant – et murmurai un salut, « prends soin de toi ». Il battit des cils, mais ne montra aucun autre signe indiquant qu'il avait entendu.

Ainsi nous quitta-t-il pour les bras de Vitale Bouvarre.

Le petit jour s'annonçait lorsqu'il rentra.

Je dormais à poings fermés ; j'eus l'impression de rêver que Gaspar Trevalion revenait crier dans la cour, appelant Delaunay d'une voix terrible. Même après être sortie du sommeil, il me fallut quelques instants pour reconnaître la voix, car jamais encore je n'avais entendu Alcuin crier. Puis je bondis hors de mon lit à toute vitesse, passant en hâte le premier vêtement qui me tomba sous la main, pour me ruer ensuite en bas de l'escalier.

La moitié de la maison était déjà là, en état de

choc et les yeux troubles à la lueur des torches. Delaunay s'était vêtu aussi vite que moi ; sa chemise était à moitié fourrée dans ses chausses, prise dans la ceinture de son épée qu'il avait passée à sa taille.

— Que se passe-t-il ? criait-il lorsque j'émergeai dans la cour.

Alcuin était à califourchon sur l'une des juments de l'attelage ; jambes serrées autour d'elle, il se débattait avec les brides rompues. Folle de peur, la bête ruait des quatre fers, le naseau écumant, ses brancards traînant derrière elle. Visage sombre et fermé, Alcuin luttait pour la calmer.

— Le carrosse a été attaqué, cria-t-il en tirant sur les rênes.

La jument redressa la tête ; le mors lui entamait les lèvres. La chemise blanche d'Alcuin montrait des reflets ambrés à la lueur des torches ; j'aperçus une tache sombre qui s'élargissait au niveau de ses côtes.

— Au bord de la rivière. Guy les retient, mais ils sont trop nombreux. C'est lui qui a coupé les traits de la jument.

Delaunay demeura une fraction de seconde interdit, puis se tourna pour secouer l'homme le plus proche.

— Mon cheval, vite !

De la lumière brillait déjà dans l'écurie. Maintenant pleinement réveillé, Delaunay saisit la bride de la jument, l'amenant au calme par la seule force de son bras et de sa volonté. Alcuin passa une jambe par-dessus l'encolure et bondit à terre ; il grimaça en touchant le sol.

— Es-tu… ?

Delaunay tendit une main vers lui.

Avec une vitesse sidérante, Alcuin repoussa son bras, le visage blême de rage.

— Cela ne serait jamais arrivé si vous m'aviez fait enseigner l'usage de l'épée !

À cet instant, un garçon sortit de l'écurie en courant, menant le cheval sellé de notre maître. Delaunay se détourna et bondit en selle, saisissant les rênes dans sa main.

— Où ? dit-il d'un ton glacé.

Alcuin pressa une main sur son côté.

— Près du bosquet d'ormes.

Sans un mot, Delaunay fit volter sa monture pour partir à bride abattue ; les sabots ferrés firent jaillir des étincelles sur le pavé. Avec un bruit entre le rire et le sanglot, Alcuin s'effondra sur le sol de la cour. Une bourse rebondie à sa ceinture heurta la pierre ; des pièces d'or se répandirent. Je me précipitai.

— Ma marque, Phèdre, hoqueta-t-il, tandis que j'écartais son immense fortune. Si je ne me trompe pas, Guy en paiera le prix.

— Chut…

Je le pris dans mes bras et entrepris prestement de déboutonner sa chemise. Si je n'étais pas bonne à grand-chose, ça au moins, je pouvais le faire. Par l'échancrure, je tâtai sa blessure, posant ma paume dessus pour contenir le sang qui s'écoulait. Les torches s'approchèrent ; des visages se pressaient pour voir. Je regrettai de n'être plus à Perrinwolde ; Héloïse aurait su ce qu'il fallait faire.

— Allez chercher un médecin ! criai-je. Hovel, Bevis… allez quérir le médecin yeshuite ! Maintenant !

Je ne sais pas combien de temps je suis restée avec Alcuin dans les bras, étendu sur le pavé froid de la cour, tandis qu'on allait et venait alentour en murmurant des choses. Cela me parut durer des heures. Son sang chaud s'écoulait entre mes doigts et son visage devenait pâle ; je murmurais des prières au-dessus de lui, m'excusant auprès d'Elua et de tous ses Compagnons pour chacune des pensées jalouses que j'avais pu avoir un jour. Le visage sombre et solennel du médecin yeshuite subitement penché sur Alcuin m'apparut comme la plus belle des visions.

— Que fait-il encore là sur le pavé ? demanda-t-il en faisant claquer sa langue pour montrer sa désapprobation. Vous voulez qu'il attrape froid et qu'il meure, au cas où cette blessure ne l'emporte pas ? Vous… et vous, emportez-le à l'intérieur.

J'abandonnai mon office avec gratitude ; mes doigts étaient tout poisseux du sang d'Alcuin. Tandis qu'on le portait, ses yeux roulèrent vers moi ; il me remerciait sans dire un mot. Je ramassai ses pièces d'or et suivis à l'intérieur. Alcuin fut couché sur le premier divan ; le médecin découpa sa chemise d'un coup de ciseaux précis.

L'entaille était longue et profonde, mais pas mortelle.

— Vous avez perdu beaucoup de sang, observa prosaïquement l'homme de l'art, tout en passant un fil dans le chas d'une longue aiguille, mais je ne crois pas que vous mourrez de ça, maintenant que je suis ici.

Pendant quelques instants, il fit courir son aiguille sans rien dire ; Alcuin soufflait entre ses dents serrées. Lorsqu'il eut fini, il demanda qu'on apportât un alcool fort, puis en nettoya la plaie avant de la bander. Il me remit un flacon d'onguent.

— Vous savez comment l'utiliser, je suppose,

dit-il. (Malgré son accent, je perçus parfaitement l'ironie dans son propos.) Dites à messire Delaunay de me faire chercher si la plaie montre des signes de gangrène.

Alcuin farfouilla dans sa bourse, renversant les pièces qu'elle contenait. J'en ramassai une sur le sol pour la donner au médecin. Il la prit en haussant un sourcil.

— C'est une vie bien rude que vous menez. J'espère qu'elle en vaut la peine.

Je n'avais rien à répondre à cela, pas plus qu'Alcuin, qui en outre n'en avait pas la force. Le médecin salua d'une courte courbette, puis l'un des serviteurs le raccompagna jusqu'à la porte.

Celle-ci s'ouvrit avant même qu'il l'atteignît ; Delaunay entra, un air épouvantable sur le visage, portant Guy sur son épaule. Le médecin s'arrêta, tendit un bras pour poser deux doigts sur la gorge de Guy, à la recherche de son pouls. Delaunay l'interrogea du regard ; le médecin yeshuite secoua la tête.

— Pour lui, c'est trop tard, dit-il d'un ton laconique.

— Je sais, répondit Delaunay. (Il s'interrompit ; une ombre passa sur son visage tandis qu'il cherchait une formule de politesse à dire.) Merci.

Le médecin secoua la tête, ses longues boucles voletant autour de lui, puis murmura quelque chose dans sa langue.

— Ce n'est rien, dit-il.

Son ton pouvait paraître sec, mais il toucha amicalement le bras de Delaunay avant de sortir. La porte se referma sur lui. Delaunay allongea doucement le corps sans vie de Guy, plaçant ses membres comme s'il pouvait encore ressentir de l'inconfort.

— Tu aurais dû m'avertir, dit-il à Alcuin. Tu aurais dû m'informer de ce que tu avais négocié.

— Si je vous avais prévenu, vous ne m'auriez pas laissé faire. (Il ferma les yeux et les larmes que l'aiguille du médecin ne lui avait pas arrachées commencèrent de couler.) Mais je n'ai jamais voulu que quelqu'un d'autre en paie le prix.

Delaunay tomba à genoux, la tête penchée sur le corps de Guy, les mains pressées contre ses yeux. J'hésitai entre rester et partir, souhaitant le laisser seul pour pleurer son ami et ne sachant si je pouvais. Sa tête se redressa soudain, une lueur terrible dans le regard, plus forte que la culpabilité et le chagrin.

— Qui était-ce ? demanda-t-il d'une voix qui n'était guère plus qu'un murmure.

— Thérèse… Dominic Stregazza. (Les yeux d'Alcuin étaient à peine entrouverts ; les mots sortaient avec difficulté.) La fille du prince Benedict.

Delaunay se couvrit les yeux de nouveau ; un frisson le secoua.

— Merci, dit-il dans un souffle. Par Elua le béni ! je suis désolé, mais merci.

25

Alcuin mit longtemps à récupérer de sa blessure.

Certes, il avait perdu beaucoup de sang, mais je crois pouvoir affirmer que c'était surtout le coup moral qui retardait la venue de sa guérison. Il connaissait les risques qu'il courait, mais jamais il n'avait songé aux conséquences au-delà de la chambre à coucher et du désespoir de Bouvarre. Contrairement à moi, Alcuin n'avait jamais vu Guy dans son rôle d'homme d'armes officieux. À aucun moment il n'avait imaginé que le carrosse pût être attaqué, ni compris quel pouvait être le rôle de Guy dans ce contexte. Et il ne parvenait à se pardonner aucune de ces deux choses.

Delaunay, pourtant à moitié fou de chagrin et de remords, l'aurait veillé jour et nuit, mais il était la dernière personne qu'Alcuin voulait voir. Je comprenais tout ça bien plus que je le montrais. Ce qu'Alcuin avait fait, il l'avait fait par amour pour Delaunay ; il ne supportait pas l'idée de cueillir maintenant le fruit de l'intérêt que Delaunay manifestait pour lui. Ce fut donc moi qui le veillai tout au long de sa convalescence capricieuse, jouant les intermédiaires entre eux deux, et glanant peu à peu auprès de Delaunay le récit de ce qui s'était passé après son départ cette nuit-là.

Il était arrivé à temps pour trouver Guy, toujours vivant, en train de combattre quatre assaillants, pareil à un loup cerné par une meute. Le cocher de Bouvarre était blotti sur son siège, pleurnichant mais indemne. Delaunay donna une description des plus sèches de son irruption sur les lieux, disant seulement qu'il avait occis trois des agresseurs, le quatrième parvenant à fuir, mais l'ayant vu partir de la maison, j'imaginai aisément son ardeur. Après tout, c'était un cavalier aguerri, vétéran de la bataille des Trois Princes.

Tout d'abord, je crus qu'il avait réussi l'impossible, mais lorsqu'il s'était tourné vers Guy, il avait pris la mesure des blessures qu'il avait reçues ; une dague était enfoncée jusqu'à la garde dans sa poitrine. Guy avait fait deux pas vers lui, avant de s'écrouler. Hurlant une imprécation à destination du cocher, Delaunay s'était approché du mourant.

Si je décris la scène comme si j'y avais assisté moi-même, c'est parce que Delaunay me l'a racontée ; il n'avait personne d'autre à qui se confier. Et si je l'ai embellie, c'est parce que je connais mon maître et que je sais ce qu'il a tu.

En revanche, il parlait librement de l'héroïsme de Guy. Lui avait compris ce qui se passait. Il avait senti le fiacre ralentir, entendu les bruits de bottes qui s'approchaient dans la rue, et su. Il avait fait sortir Alcuin de la voiture, paré la première attaque et coupé les traits de la jument de tête. C'était à cet instant qu'Alcuin avait été blessé, mais Guy l'avait aidé à se mettre en selle, avant de frapper la croupe du plat de sa lame.

Guy avait raconté tout ça avant de mourir – ou une bonne part tout au moins, Alcuin ayant complété le reste par la suite. Une chose était sûre : Guy lui avait dit que c'étaient des hommes de Bouvarre, car « le cocher savait, messire ». Selon ce que me dit Delaunay, il était agenouillé aux côtés de Guy et tous deux avaient posé leurs mains sur la dague fatale. Après que Guy eut relaté tout ce qu'il savait, son souffle était devenu court et sa peau froide et pâle. Sa main était sans force ; ses doigts avaient relâché la garde. Je crois que je compris ses dernières paroles aussi bien que Delaunay, sinon mieux.

— Retirez la dague, messire, et laissez-moi partir. La dette entre nous est soldée.

Delaunay ne me dit pas qu'il avait pleuré en obéissant, mais je le compris naturellement, car il pleura en m'en faisant le récit. Guy avait déjà perdu suffisamment de sang pour mourir, mais la dague avait transpercé un poumon. Rapidement, il s'était empli ; une écume rouge était montée à ses lèvres et il était mort.

Quant au cocher, je crois pouvoir dire qu'il pensa sûrement sa dernière heure venue en voyant Delaunay se relever pour marcher sur lui une épée pleine de sang à la main. Mais Delaunay ne le tua pas ; cela n'a jamais été dans ses manières d'assassiner les faibles.

— Dis à ton maître qu'il me répondra de ce qu'il a fait, devant la justice du roi ou sur le pré, mais qu'il m'en répondra, avait-il déclaré à l'homme apeuré.

Delaunay m'indiqua que le cocher n'avait pas répondu, se contentant d'agiter la tête. Il s'était détourné sans lui prêter plus d'attention, puis avait pris Guy dans ses bras pour le mettre en travers de sa selle, avant d'entamer son lent retour jusque chez lui.

Pendant de nombreux jours, la maison demeura dans un état de tension attentive. « Attentive » parce que tous étaient conscients de la convalescence d'Alcuin et de l'humeur de Delaunay ; quant à la « tension », elle était inévitable. Les serviteurs et moi nous occupions d'Alcuin, tandis que les embaumeurs pratiquaient leur art sur Guy, dont le corps reposait dans sa petite chambre. Au matin du deuxième jour, Delaunay sortit ; à son retour, ses lèvres étaient serrées et son humeur noire.

— Bouvarre ? demandai-je.

— Parti. Il a fait ses malles et s'est enfui pour La Serenissima avec la moitié de sa maison.

Malgré son importance, le réseau de Delaunay reposait sur l'information et non pas sur l'influence ; si son savoir s'étendait au-delà des limites de Terre d'Ange, tel n'était pas le cas de sa capacité d'action. Vitale Bouvarre était en sûreté dans la place forte des Stregazza. Delaunay arpentait la bibliothèque comme un tigre en cage. Soudain, il fit demi-tour pour fixer son regard sur moi.

— Plus de rendez-vous, ordonna-t-il. Tant que Bouvarre ne sera pas traduit en justice, je ne risquerai aucun d'entre vous.

Aucun d'entre nous ? Je lui rendis son regard.

— Vous ne savez donc pas ?

— Je ne sais pas quoi ?

Trop énervé pour se concentrer sur un seul sujet, il s'était attablé à son bureau, reprenant une lettre à moitié écrite, plongeant sa plume dans l'encrier.

Je remontai mes genoux contre moi et les entourai de mes bras.

— Le cadeau de Bouvarre couvre le reste de la marque d'Alcuin, dis-je à voix presque basse. C'était l'autre partie du prix qu'il demandait.

Delaunay braqua son regard sur moi, la plume en l'air, interrompu dans son geste.

— Il a fait *quoi* ? Pourquoi ? Pourquoi Alcuin ferait-il ça ?

Messire, songeai-je, *vous êtes un idiot.*

— Pour vous.

Delaunay reposa tout doucement la plume, en prenant soin de ne pas faire de pâté sur la lettre. J'en avais vu le destinataire : le Préfet de la Fraternité cassiline ; sans doute pour demander que Guy soit enterré comme membre de l'ordre. Il secoua la tête, comme pour nier ce que je disais.

— Je ne lui aurais jamais demandé de prendre un tel risque. Jamais. Ni à l'un ni à l'autre, d'ailleurs. Alcuin sait ça !

— Oui, messire, répondis-je prudemment. Nous le savons tous deux. Et c'est pour ça qu'il ne vous a rien dit, et qu'il m'a fait jurer le silence. Cependant, le service de Naamah n'est pas dans son sang comme il est dans le mien. Il s'y est voué pour… pour solder la dette entre vous.

Les derniers mots de Guy. Je vis le sang se retirer du visage de Delaunay.

— Il n'y a jamais eu de dette entre nous, murmura-t-il. Mes obligations envers Alcuin viennent d'ailleurs.

— De la promesse au prince Roland de la Courcel ?

— Il était mon suzerain ! (La voix de Delaunay s'était faite dure ; je me recroquevillai et il le vit.) Ah !

Phèdre… Je vous ai trop bien formés. Alcuin aurait dû savoir qu'il n'y a pas de dette entre nous.

— Alors peut-être a-t-il raison. Pour honorer la mémoire de votre suzerain, peut-être auriez-vous mieux fait de le former aux armes plutôt qu'aux arts de l'alcôve et de l'intrigue, dis-je sans éprouver le moindre remords.

Si mes paroles étaient cruelles, je n'allais pas m'en excuser. Le souvenir était trop frais encore de cette nuit où le sang d'Alcuin coulait entre mes doigts sur la pierre froide.

— Peut-être, murmura Delaunay sans rien objecter à ma dureté, le regard fixé derrière moi sur quelque souvenir que je ne connaissais pas. Oui, sans doute aurais-je dû faire ça.

Je l'aimais trop pour le faire souffrir.

— Alcuin a agi en connaissance de cause, messire. Ne dépréciez pas ce qu'il a fait pour vous. Il regrette que Guy en ait payé le prix. Permettez-lui de trouver la dignité de son chagrin et il reviendra. Vous verrez.

— J'espère que tu as raison. (Son regard s'étrécit.) Plus jamais, alors. La marque d'Alcuin est achevée. Et toi…

— Je suis vouée à Naamah, messire, objectai-je doucement. Vous ne pouvez pas m'en délier, pas plus qu'Alcuin ne peut renier ses vœux.

— En effet. (Delaunay reprit sa plume.) Mais mes instructions demeurent. Plus de rendez-vous jusqu'à ce que Bouvarre soit arrêté.

Il plongea sa plume dans l'encrier. Je l'avais poussé aussi loin que possible dans cette discussion. À regret, je m'éclaircis la voix.

— Oui ? dit-il en relevant la tête.

— Il y a le délégué mandaté auprès de Khebbel-im-Akkad, lui rappelai-je. Celui qui a développé des… goûts exotiques… dans son ambassade. Dans dix jours d'ici, il vient rendre compte de sa mission au roi et j'ai été engagée pour son plaisir.

— Le petit seigneur de la suite de L'Envers. (Delaunay se tapota la lèvre inférieure du bout empenné de sa plume, perdu dans ses pensées.) Je l'àvais oublié ; d'Essoms a dû te recommander. (Ses yeux revinrent à sa lettre.) Attends pour l'instant, nous verrons. Je trouverai bien quelque chose… En toute honnêteté, nous pouvons toujours faire état d'une tragédie dans la maison. Nous verrons.

Je baissai la tête en silence pour donner mon assentiment ; je ne voulais pas le pousser plus avant. Ce fut le poids de son regard qui me fit relever les yeux.

— Ne fais pas ça pour moi, Phèdre, dit-il doucement. Si c'est uniquement par amour de moi… je t'en supplie, allons implorer les prêtres de Naamah. Il doit exister un moyen de te délier de ton serment. C'est sûrement possible, car Naamah connaît la compassion.

Je regardai son visage tant aimé et la brume rouge envahit ma vision, partant de mon œil gauche pour obscurcir ma vue. Derrière Delaunay, je vis flotter le visage de Kushiel, sévère et sans concession ; dans ses mains, il tenait le fouet et le martinet. Un frisson passa sur ma peau. Je pensai à Guy et à Alcuin.

— Non, messire, murmurai-je. (Je cillai et ma vision s'éclaircit.) C'est vous qui avez mis un nom sur ce que je suis et en avez fait une gloire et non plus une honte. Mais c'est Kushiel qui m'a choisie.

Laissez-moi servir comme je suis faite pour le faire, que ce soit en votre nom ou en celui de Naamah.

Après un moment, Delaunay donna son accord avec un petit hochement de tête.

— Qu'il en soit donc ainsi, mais tu devras attendre mon accord, dit-il, avant de se remettre à sa lettre.

Ainsi fut réglée cette affaire entre nous ; et si j'ai commis une erreur, ce fut uniquement de n'avoir pas pris la mesure de l'événement lorsque je vis que le message arrivé en réponse à sa lettre portait les armes de la maison Courcel. Aucun retour n'était attendu et je n'y pensai tout simplement plus ; Delaunay paraissait apaisé. Il n'y eut pas de service funèbre – il n'y avait aucune famille et cela aurait été cruel d'en priver Alcuin toujours alité –, mais Delaunay paya ce qu'il fallait pour l'accomplissement de tous les rites. Guy fut enterré dans le sanctuaire d'Elua à l'extérieur de la ville.

Une semaine plus tard, la blessure d'Alcuin commença à se refermer et à évoluer vers une complète guérison ; cela étant, il lui resterait une large cicatrice. Je la regardais chaque jour, passant le bandage à l'eau chaude allongée de valériane pour atténuer la souffrance. Si je n'avais aucun talent dans l'art de guérir, au moins étais-je formée à me montrer habile, ce dont il me savait gré.

Alcuin était un bon patient ; il ne se plaignait jamais, ce qui était parfaitement dans sa nature. Le septième jour, il s'essaya même à rire tandis que je reniflais sa blessure pour m'assurer qu'il n'y avait pas de gangrène.

— Quel médecin tu fais ! dit-il d'une voix faible, en se redressant contre le coussin, une grimace de douleur sur le visage.

— Ne bouge pas, répondis-je en plongeant les doigts dans le pot d'onguent pour l'en badigeonner. (Impressionnante et terrible, la balafre courait autour de son torse, mais elle n'en était pas moins en train de guérir.) Si tu veux être mieux soigné, vois ça avec Delaunay.

Alcuin secoua la tête sans rien dire, la mine renfrognée et l'air implacable. Je le regardai dans les yeux et poussai un soupir. Rien en ce monde n'aurait pu lui enlever sa surnaturelle beauté ; toutefois, il paraissait perdu et hagard.

— Guy a fait son choix lui aussi, dis-je en plaçant une compresse propre sur la plaie. Il connaissait les risques, mieux qu'aucun d'entre nous. Il avait été engagé pour tuer Delaunay ; et c'est Delaunay qui l'a absous et pris à son service. Tu minores la valeur de son geste si tu prends toute la culpabilité sur toi.

C'était la première fois qu'il paraissait entendre l'un de mes arguments.

— Cela n'excuse pas ma folie, dit-il d'un ton cassant.

— Ah non ! répliquai-je en bandant son torse. Les autres ont le droit de divaguer, mais pas Alcuin nó Delaunay. Et si tu crois t'en vouloir pour cet échec, que crois-tu que Delaunay ressente pour n'avoir pas su voir que tu méprises le service de Naamah ? Tu devrais lui parler, Alcuin, crois-moi.

Un instant, je crus qu'il allait s'adoucir, mais ses lèvres s'amincirent au contraire et il coupa court à la conversation d'une brève saccade de la tête. Comme si de rien n'était, je m'absorbai à quelques tâches, rangeant la cuvette, pliant les bandages, refermant le pot d'onguent.

— Au fait, qui est Thérèse dans la famille

Stregazza ? demandai-je lorsque j'eus le sentiment qu'il ne prêtait même plus attention à ma présence. Est-ce l'aînée ? Les filles du prince Benedict appartiennent à la maison Courcel, n'est-ce pas ?

— Elles sont princesses du sang par la naissance, tout comme l'était Lyonette de Trevalion, mais Thérèse a épousé un cousin Stregazza. Dominic.

J'avais capté son attention ; sa voix courait légèrement à l'avant de ses pensées. Alcuin avait toujours été bien meilleur que moi en matière de généalogie royale.

— Une mauvaise alliance à tous points de vue. C'est un comte mineur, mais après tout elle n'est que la puînée. Marie-Celeste est l'aînée, celle qui s'est mariée avec le fils du Doge. C'est son fils à elle qui doit hériter de La Serenissima. À la mort du prince Roland, je gage que Dominic Stregazza a songé à rapprocher sa famille du trône d'Angelin.

— Pour trouver la maison L'Envers sur sa route, murmurai-je, songeuse. Quelle déception cela a dû être pour lui ! Mais pourquoi Delaunay tient-il tant à savoir qui a tué Isabel L'Envers ? Après tout, elle était son ennemie.

Alcuin haussa les épaules, puis leva une main pour la laisser retomber.

— Ça, je ne sais pas.

— Peut-être était-ce elle qu'il aimait et non pas Edmée de Rocaille, suggérai-je. Peut-être la trahison ne vient-elle pas d'avoir éliminé la première promise du prince Roland, mais d'être devenue la seconde ?

Ses yeux s'agrandirent.

— Tu ne peux pas penser ça, Phèdre ! Delaunay n'accepterait jamais d'excuser un crime. Jamais ! Et puis, si cela était, pourquoi honorerait-il la promesse du prince à mon sujet ?

— Par culpabilité ? Il s'est passablement énervé l'autre jour lorsque j'ai évoqué le nom de Roland. Peut-être avons-nous fait fausse route depuis le début ; peut-être cette querelle entre Delaunay et Isabel L'Envers de la Courcel vient-elle non pas de la haine mais d'un amour déçu.

Alcuin se mordilla la lèvre inférieure, réfléchissant à ce que je venais de dire, tandis que je m'efforçai de ne pas sourire. Je n'avais dit tout ça que pour le distraire, mais l'hypothèse était au fond trop plausible pour être ignorée.

— Tu es folle de penser ça, dit-il de nouveau, manifestement angoissé, les joues subitement rougies. Ce n'est pas dans les manières de Delaunay de se déshonorer ainsi, je le sais.

— Fort bien. (Je me rassis et croisai les bras, posant sur lui un long regard entendu.) Tu n'auras jamais la réponse à cette question si tu ne lui parles pas. Et tu as infiniment plus de chances que moi d'obtenir qu'il te dise la vérité.

Nous avions été formés par un maître, tous les deux ; quelques secondes suffirent à Alcuin pour comprendre ce que je venais de faire et s'esclaffer. C'était son vrai rire, libre et sans contraintes ; celui-là même qui m'avait accueillie le jour de mon arrivée dans la maison de Delaunay.

— Ah ! pas étonnant qu'ils paient encore et encore pour tes charmes ! J'ai fixé mon prix à Vitale Bouvarre comme une femme de paysan au marché, tandis que toi tu sais les cajoler pour leur tirer leurs secrets sans rien leur dire en échange. Comme j'aimerais avoir la moitié de ton talent !

— Et moi donc, comme j'aimerais que tu aies cette moitié, dis-je tristement. Ou que tu y prennes au moins moitié autant de plaisir que j'y prends.

— Même cette moitié-là pourrait me tuer. (Il sourit doucement, puis passa sa main sur un pli de ma robe.) Tes plaisirs sont trop forts pour mes goûts, Phèdre.

— Parle-lui, dis-je en me levant pour déposer un baiser sur sa joue.

26

Pour chacun, la guérison est un processus qui suit son rythme propre ; néanmoins, la visite de Rogier Clavel, le petit seigneur de l'entourage de L'Envers, fut maintenue. Toute la journée avant le rendez-vous, j'avais pensé que Delaunay annulerait le contrat, mais pour finir il revint à la maison avec un mercenaire – un homme répondant au nom improbable de Miqueth, un *tauriere* eisandin qui avait contracté la peur des taureaux après un accident, dont lui était restée une profonde cicatrice sur la tempe gauche.

Mon nouveau garde avait fait de son talent avec les armes une occupation lucrative, et Delaunay le jugeait fiable. Il était mince et brun, avec des sourcils perpétuellement rassemblés par un froncement ; si je n'avais aucun doute quant à ses compétences martiales, j'eus la surprise de constater à quel point la présence silencieuse de Guy me manquait. Nous étions ensemble dans le carrosse de Delaunay et Miqueth me tapait sur les nerfs par son agitation incessante.

Mon rendez-vous avec le sire Clavel devait avoir lieu au palais lui-même. À mon grand soulagement, mon garde demeura silencieux tandis que nous traversions les halls de marbre, se contentant de glisser derrière moi en menaçant du regard tous ceux que nous croisions. Nous étions dans l'une des petites ailes, où sont logés les dignitaires de moindre importance, si bien que nous ne rencontrâmes personne de ma connaissance. Cela n'empêcha pas que certains, avisant mon manteau *sangoire*, me regardent par en dessous ; ils savaient qui j'étais et ce que ma présence signifiait.

Le sire Rogier Clavel me reçut avec empressement. Il avait les traits d'Angelins, la vie à la cour du Khalif l'avait amolli et il y avait gagné un peu d'embonpoint. Toujours est-il qu'il avait les manières hautaines d'un courtisan ; il congédia Miqueth sans tarder, ce dont je lui sus gré. Delaunay et moi avions revu ensemble notre stratégie, mais je n'avais aucun besoin d'être distraite.

— Phèdre nó Delaunay, dit Rogier Clavel d'un ton formel, qui ne parvenait toutefois pas à dissimuler tout à fait un trémolo d'impatience. J'apprécierais que vous passiez ces quelques vêtements.

Claquant des doigts, il fit venir une servante apportant une robe de gaze fragile de fille de harem. Je me mordis les lèvres pour ne pas rire ; c'était un scénario tout droit sorti d'un classique de la Cour de nuit – la Fantaisie du pacha. Je m'étais attendue à mieux de la part d'un homme qui en avait plus que sa part à la cour de Khebbel-im-Akkad.

Néanmoins, c'était ce qu'on attendait de moi ; je passai la robe transparente. Rogier disparut et l'on me fit entrer dans une chambre meublée et décorée d'authentiques éléments akkadians. Elle était plus que splendide, avec des tentures de soie luxuriantes, aux motifs abstraits et complexes, et des coussins ouvragés frangés d'or. Je m'y agenouillai, en posture de servante obéissante. C'était ce que m'avaient enseigné mes premières leçons ; celles dont l'intérêt ne s'était jamais démenti. Plus tard, Rogier Clavel fit son entrée, magnifique dans sa tenue de pacha. Je me retins de rire en voyant ses bajoues trembloter sous son turban somptueux, tout en m'inclinant pour baiser la pointe recourbée de ses pantoufles en peau de chevreau.

Les femmes sont bien gardées au pays de Khebbel-im-Akkad ; c'est ce qu'on m'a dit et ce que je compris à l'aune de son sentiment d'impatience et de désir mêlés. Le sire Clavel n'y avait pas eu accès et il en avait conçu de la rage. Dès lors que je m'en aperçus, nous nous entendîmes bien. Il n'avait pu pénétrer au harem, mais il avait de l'or en quantité et avait payé pour cet après-midi de plaisir. Il n'était nullement question de délices exotiques apprises à l'étranger. Il me punissait à l'aide d'une cravache à poignée d'or, me pourchassant à travers les piles de coussins pour me cingler les fesses, le souffle rendu court par les zébrures rouges qu'y laissait chacun de ces coups. Lorsqu'il gémit, je passai au *languissement*, m'agenouillant avec sollicitude pour défaire ses chausses bouffantes et le prendre dans ma bouche. J'avais cru que cela suffirait à le défaire, mais il me surprit, me renversant sur le dos et me relevant les jambes. Ensuite, il rendit hommage à Naamah avec la vigueur que lui conféraient deux années d'abstinence.

Il fut à son tour surpris de m'avoir conduite à l'extase ; il en devint obligeant par la suite, ce qui aurait également pu me faire rire.

— Vous avez payé pour une *anguissette*, seigneur, expliquai-je au lieu de céder à l'hilarité. Regrettez-vous d'en avoir eu une ?

— Non ! dit-il en me caressant les cheveux, les yeux agrandis par la surprise. Non, par les couilles d'Elua, non ! Je croyais que cela n'était qu'un mythe, c'est tout.

— Je ne suis pas un mythe, répondis-je, allongée contre lui, remontant mon visage vers le sien pour qu'il distingue la tache rouge dans mon œil. N'y a-t-il donc pas d'*anguissette* au pays de Khebbel-im-Akkad ? C'est pourtant une terre cruelle, à ce que j'ai cru comprendre.

— Le signe de Kushiel ne se trouve pas sur les terres qu'Elua et ses Compagnons n'ont pas foulées, expliqua Rogier Clavel, en suivant du doigt la courbe de mes seins à travers la fine gaze. C'est une terre rude en effet et je suis bien heureux d'en être un peu éloigné. (Une ombre passa fugacement sur son visage.) « Une abeille, des lavandes, un peu d'eau, dit-il, citant *La Complainte de l'exilé* d'une belle voix mélancolique. Coule le miel, bourdonne la vie… » Jamais avant de partir loin de mon pays je n'avais saisi tout le chagrin de ces vers.

C'était bien plus simple que je l'avais pensé. Je souris et m'écartai, m'asseyant sur mes talons pour remonter mes cheveux.

— Alors, il en est ainsi pour les D'Angelins. Est-ce que le duc L'Envers lui aussi soupire après sa terre natale ?

— Oh ! mon seigneur le duc, dit-il en me dévorant des yeux. Lui appartient à la lignée d'Elua ; je pense qu'il se sent partout chez lui. Le Khalif lui a donné des terres, des chevaux et des hommes. Pour autant, même lui a la nostalgie de Terre d'Ange ; le bruit nous est parvenu de la chute de la maison Trevalion. Le duc rentrera une fois que sa fille sera mariée et qu'il pourra quitter son poste. Je suis venu solliciter l'appui du roi pour lui.

Mes mains s'étaient arrêtées dans mes cheveux ; je me repris, les ramenant en un vague chignon dans lequel je plantai une longue épingle akkadianne.

— La fille du duc est donc sur le point de se marier ?

— Au fils du Khalif. (Rogier Clavel tendit les mains pour m'attraper, retirant l'épingle et emplissant ses deux mains de la masse de mes boucles.) Refais… Refais ce que tu m'as fait tout à l'heure, ordonna-t-il en poussant ma tête vers le bas. Et fais en sorte que ça dure plus longtemps.

Je m'exécutai, avec application. Ce n'était pas un client que j'aurais choisi, car le feu de Kushiel ne brûlait pas vraiment en lui ; seule la frustration le lui avait fait croire. Si j'étais avisée, jamais je n'avouerais ces choses. Delaunay voulait établir ce contact ; et puis, il n'est jamais bon de médire d'un client. En outre, peu m'importait. Après de longues années passées sous la houlette de Cecilie Laveau-Perrin, il ne me déplaisait pas à l'occasion de pouvoir mettre son enseignement en pratique. J'étais née *anguissette* ; je ne pouvais légitimement tirer aucune fierté de ce don. En revanche, les talents dignes de la meilleure des adeptes de la première des treize maisons, je les avais acquis par mes seuls mérites, et je pouvais à juste titre en être fière.

— Ah ! Phèdre, gémit Rogier Clavel lorsque j'en eus fini.

Il gisait écartelé sur les coussins, ses membres

lourds tout engourdis de langueur. Il avait l'air vulnérable et doux à la fois. Il me couvait d'un regard plein de tendresse tandis que je repassais ma robe.

— Phèdre nó Delaunay… tu es la chose la plus magnifique que j'aie jamais eue. (Je souris sans rien dire, m'agenouillant avec grâce pour l'aider à passer une tunique et sacrifier à la pudeur.) Si… Phèdre, si la requête du duc L'Envers est acceptée et que je puisse rentrer avec lui, pourrais-je te revoir ?

Même après que je lui avais donné mon assentiment, Delaunay avait quand même pris son temps pour accepter l'offre du sire Clavel – précisément pour cette raison. Je m'assis et pris un air grave.

— Messire, il ne m'appartient pas de répondre. Tel est le désir de mon maître de choisir mes clients parmi les grandes maisons. Est-ce quelqu'un de l'une d'elles qui m'a recommandée à vous ?

— En effet…

Son expression s'était modifiée, teintée par l'inquiétude qu'avaient fait naître mes paroles. Je m'étais demandé s'il oserait citer le nom de Childric d'Essoms ; il ne le fit pas.

— C'est quelqu'un de très haut placé à la cour. Phèdre, j'ai de l'or, beaucoup d'or, et j'obtiendrai sûrement un fief à mon retour. Le roi sera satisfait, car le duc a su faire progresser les relations de Terre d'Ange avec le Khalif.

Oui, songeai-je. *Et il a réussi à marier sa fille avec l'héritier du Khalif, ce qui fait beaucoup pour les relations de L'Envers avec Khebbel-im-Akkad.* Je ne dis pas ça à voix haute, me contentant de murmurer :

— Il y a quelque chose dont mon maître Delaunay se sentirait redevable.

— Qu'est-ce que c'est ? demanda Rogier Clavel

en me serrant la main avec passion. Si c'est en mon pouvoir, je le ferai volontiers.

— Il existe une… ancienne querelle… entre mon maître et le duc, commençai-je en levant solennellement les yeux pour croiser son regard. Je ne sais pas s'il est simple de la mettre de côté, mais mon maître apprécierait certainement qu'on fît savoir au duc qu'il n'est pas opposé à l'idée d'une paix entre leurs deux maisons.

— Delaunay n'appartient pas à une maison noble, objecta-t-il pensivement. (Je vis une certaine acuité en lui et pris bonne note du fait que, tendre ou non, il n'était pas idiot.) Anafiel Delaunay… non, oubliez cela. (J'inclinai la tête en silence, mais il me releva le menton.) Ton maître est-il prêt à donner sa parole ?

— Mon maître Delaunay est homme d'honneur, répondis-je en toute sincérité. Il ne parlerait pas de paix avec de mauvaises intentions.

Il réfléchit quelques instants ; son regard se promenait sur moi. Puis il hocha la tête.

— J'évoquerai la question si l'occasion se présente. Alors, nous nous reverrons ?

— Oui, messire.

Cela ne me coûtait rien d'accepter ; le sourire qu'il me fit rayonnait comme une aube ensoleillée. Il se leva pour marcher vers un coffre posé sur une haute table, tout en nouant une ceinture à sa taille. Il l'ouvrit et plongea ses mains à l'intérieur, les emplissant de pièces d'or frappées d'un emblème akkadian que je n'avais jamais vu. Il répandit sur mes genoux l'équivalent d'une rançon pour un noble de haut rang.

— Tiens ! s'exclama-t-il le souffle court. Si tu devais oublier ta promesse, voilà qui te donnerait au moins de quoi te souvenir de moi ! J'allumerai des bougies pour Naamah en ton honneur, Phèdre.

Je tendis ma robe comme un tablier pour contenir l'or, puis je me levai et l'embrassai sur la joue.

— Vous lui avez déjà rendu un hommage considérable, messire, par trois fois aujourd'hui, dis-je en riant. Votre nom sonne sûrement déjà à ses oreilles.

Il rosit et appela ses serviteurs.

La nuit n'était guère avancée lorsque je rentrai. Delaunay remercia Miqueth pour la qualité de son travail – il n'avait pas eu grand-chose à faire, même si la sauvagerie de son regard avait maintenu tout le monde à distance – puis le congédia après l'avoir payé. J'appréciai qu'il n'entrât pas dans la maison, même si à n'en pas douter je ne manquerais pas de le revoir bientôt, lui ou l'un de ses semblables. *Peut-être Hyacinthe pourrait-il trouver quelqu'un que j'apprécie plus*, songeai-je.

— Viens, allons dans le jardin, me dit Delaunay. Il y fait bon avec un brasero allumé.

De fait, la cour intérieure était assez confortable – et toujours aussi belle à la lueur des torches, avec les couleurs du feuillage d'automne. À ma grande surprise, Alcuin était là, blotti sur un divan, le corps sous une couverture pour tenir le froid loin de sa blessure. Il avait l'air un peu moins hagard ; il me sourit brièvement lorsque nos yeux se rencontrèrent.

— Assieds-toi. (Delaunay désigna un divan d'un geste de la main et s'assit sur un autre, se penchant en avant pour me servir un verre.) Raconte, dit-il en me tendant le verre. Comment va Barquiel L'Envers ?

Je bus une gorgée.

— Le duc L'Envers a en tête d'abandonner son ambassade pour revenir en Terre d'Ange, messire.

Il y laisserait néanmoins une fille, mariée au fils du Khalif.

Les sourcils de Delaunay montèrent sur son front.

— Khebbel-im-Akkad allié à la maison L'Envers ? La Lionne de l'Azzalle doit se retourner dans sa tombe. En tout cas, pas étonnant que Barquiel veuille rentrer. Il a obtenu ce qu'il était parti chercher.

— Et l'héritier du Khalif sera apparenté par le mariage à l'héritière d'Angeline, murmura Alcuin d'un ton songeur. Pas une mauvaise alliance pour lui.

— Messire, dis-je en reposant mon verre pour fixer mes yeux sur Delaunay d'un air interrogateur. Est-ce pour cette raison que vous souhaitez faire la paix avec la maison L'Envers ?

— Je ne savais rien de cela avant ce soir, répondit Delaunay en secouant la tête. Non, ce n'est pas ça.

Ses yeux dérivèrent vers une torche ; il avait ce regard qui était le sien lorsqu'il contemplait quelque chose qu'aucun de nous ne pouvait voir. Je lançai un regard à Alcuin qui me répondit d'un imperceptible signe de tête ; il n'en savait pas plus que moi.

— Nous n'avons jamais été amis Barquiel et moi, mais il ne peut qu'avoir le dessus compte tenu des buts que je poursuis. Il est temps de mettre un terme à nos querelles – ou du moins de faire une trêve. Les choses se sont-elles déroulées comme nous l'avions prévu ? Messire Clavel a-t-il accueilli favorablement ta proposition ?

— Il parlera à L'Envers si l'occasion se présente, mais il ne m'a rien promis. (Je repris mon verre pour boire une gorgée, un sourire sur les lèvres.) Toutefois, le souvenir des plaisirs de ce jour devrait l'y inciter.

J'ai clairement précisé où étaient vos intérêts, messire ; cela dit, je n'ai rien non plus contre son or.

— Et sa compagnie ?

Je haussai les épaules.

— Il est facile à satisfaire. J'ai déjà connu des après-midi plus mornes et je n'ai pas eu à jouer la comédie. Et puis, avec son cadeau, ma marque va progresser de deux pouces au moins.

— Bien ! alors tu peux tenir ta parole, si jamais il revient ; mais une fois seulement, jusqu'à ce que son aventure lui vaille d'être distingué par le roi et qu'il obtienne un titre un peu plus digne de toi. Cela dit, j'aimerais que tous vos clients soient aussi inoffensifs, dit tristement Delaunay, en tournant la tête vers Alcuin.

— N'importe quel homme peut se révéler dangereux lorsqu'il est coincé, murmura Alcuin. Ou n'importe quelle femme. J'ai bien retenu la leçon, même si je l'ai reçue un peu tard. Que comptez-vous faire maintenant, messire ?

— Maintenant ? demanda Delaunay, surpris. Rien d'autre qu'attendre de savoir ce que le roi répond à la requête de L'Envers et… quelque chose d'autre encore. Ensuite, nous verrons.

27

Dans quelques jours, on annoncerait officiellement le mariage entre Valère L'Envers et Sinaddan-Shamabarsin, héritier du Khalifat de Khebbel-im-Akkad. Le roi avait accepté de donner sa bénédiction à l'union, et la requête du duc L'Envers avait été acceptée, mais assortie d'une mise en garde tacite. Si la maison L'Envers avait espéré conserver un monopole au Khebbel-im-Akkad, les choses ne pourraient pas être ainsi. Le remplaçant de Barquiel L'Envers comme ambassadeur était un certain comte Richard de Quille, qui ne portait pas le clan L'Envers dans son cœur.

Malgré tout l'intérêt qu'on pouvait y porter, tout cela se déroulait très loin, dans un pays avec lequel Terre d'Ange n'entretenait, au mieux, que des liens très ténus ; je ne voyais pas vraiment quel pouvait être l'intérêt de Delaunay dans cette histoire. Lorsqu'on annonça le retour imminent de L'Envers, je crus qu'il allait nous éclairer, mais il ne dit rien.

Quel que fût l'événement qu'il attendait, Delaunay affirma catégoriquement qu'il n'y aurait plus de rendez-vous tant qu'il ne serait pas arrivé ; pis, il m'interdisait également de me rendre dans le Seuil de la nuit pour voir Hyacinthe. Lorsque je suggérai de demander à Hyacinthe de chercher un garde acceptable, Delaunay se contenta de rire. Condamnée à l'oisiveté, je fis ce que je pus pour m'occuper, m'adonnant à mes études. Mon ancien maître d'acrobatie aurait été heureux de voir que je n'avais pas entièrement oublié ce qu'il m'avait enseigné ; en outre, je pratiquais assidûment la harpe, le luth et la kithare, mais comme je m'y sentais obligée, ces plaisirs pâlirent rapidement.

L'état d'Alcuin s'améliorait très vite et l'atmosphère dans la maison de Delaunay s'était allégée – ce dont je me réjouissais. Je ne pensais pas cependant qu'ils avaient résolu leurs histoires, la mort de Guy restant une blessure ouverte dont nous ne parlions pas, mais la terrible tension s'en était allée. Lorsque Alcuin fut suffisamment bien pour voyager, Delaunay l'emmena au sanctuaire de Naamah, où je m'étais rendue quelquefois avec Cecilie Laveau-Perrin.

Je ne sus jamais ce qui se passa entre Alcuin et les prêtres et prêtresses de Naamah. Il ne me proposa jamais de m'informer et je ne le lui demandai pas. Il y resta trois jours et, à son retour, je sus qu'ils l'avaient absous de tout péché contre Naamah. Une part de la culpabilité qui avait tant pesé sur lui était partie ; cela se voyait dans chacun de ses gestes, chacune de ses paroles. Les eaux bienfaisantes de la source lui avaient fait beaucoup de bien également. Même si Delaunay n'avait pas plus l'intention de le laisser aller seul en ville que moi, avec l'assentiment du médecin yeshuite, il lui fit présent d'un élégant cheval gris. Pour ma part, j'étais si heureuse qu'Alcuin allât mieux que je ne fus même pas jalouse ; d'ailleurs, il est d'usage de faire un cadeau à un adepte lorsqu'il achève sa marque, et je suis sûre que Delaunay connaissait suffisamment les usages de la Cour de nuit pour y avoir pensé.

Pour être exacte, la marque d'Alcuin n'était pas effectivement achevée ; comme il lui faudrait rester longtemps allongé sur le ventre, sa blessure rendait l'opération impossible. Mais la somme nécessaire était dans son coffre, et il était clairement entendu qu'il avait recouvré sa liberté. Je posai la question à maître Tielhard un jour où j'allais faire bon usage chez lui du cadeau de Rogier Clavel. Au moins Delaunay m'autorisait-il à me rendre chez lui, même s'il me faisait escorter par Hovel et un autre serviteur. Ils tuaient le temps chez le marchand de vin, en jouant aux dés, une liberté que je leur enviais. Je trouvais le temps tellement long que j'aurais volontiers récuré le pot de chambre de la marquise de Belfours pour le plaisir distrayant de recevoir châtiments et sarcasmes à la fin de la corvée.

Dans cet état d'esprit, je m'épanouissais sous le traitement du marquiste, bercée par le plaisir exquis des coups de maillet sur le porte-aiguille. Maître Tielhard secouait la tête en murmurant des imprécations dans sa barbe, mais je me retenais de gigoter et ne lui donnais au fond guère de motifs de se plaindre. En fait, l'esprit parfaitement au repos, je me concentrais sur le point précis de la douleur pour qu'il devienne le centre de mon être. Les séances passaient bien trop vite et j'étais toujours surprise lorsque maître Tielhard m'administrait une petite tape sur les fesses.

— C'est fini, mon enfant, grommelait-il, me donnant toujours l'impression qu'il venait déjà de le dire. Passe tes vêtements et file.

Je m'asseyais, les yeux papillotants ; l'intérieur de l'échoppe m'apparaissait plongé dans une brume, sous un voile rouge. La sensation s'en allait rapidement et j'appelais l'apprenti de maître Tielhard ; le garçon s'approchait, les yeux écarquillés et rougissant, pour me tendre ma robe. C'était presque un homme fait désormais, mais pas moins timide que la première fois où j'étais venue. La nouvelle encre de ma marque brûlait comme du feu. Un jour, je me demandai ce que maître Tielhard dirait si j'emmenais son apprenti dans la réserve pour le soulager d'une part de sa timidité. « *Vous ne trahiriez pas le seigneur Delaunay de cette façon, n'est-ce pas, Phèdre ?* » Avec un soupir, je me rhabillai, en souhaitant que Delaunay m'autorise à reprendre bien vite le service de Naamah.

De retour à la maison, avec mon escorte échauffée par le vin, l'une des servantes me héla.

— Le seigneur Delaunay vous attend dans la bibliothèque, Phèdre, murmura-t-elle, sans oser me regarder dans les yeux.

Parfois, je regrettais l'époque de la maison du Cereus où je connaissais chaque servante par son nom et où elles étaient mes amies ; j'en eus particulièrement la nostalgie pendant cette période d'enfermement. La convocation m'avait toutefois mis du baume au cœur ; peut-être mes espoirs avaient-ils été entendus.

Delaunay m'attendait. Il leva la tête lorsque j'entrai, une main sur le front pour me protéger les yeux du soleil de l'après-midi qui entrait à flots par une fenêtre, baignant les innombrables volumes d'une chaude lumière.

— Vous m'avez fait appeler, messire ? dis-je poliment.

— Oui. Il sourit fugacement, mais son regard était empreint de gravité. Phèdre… avant que je parle, je voudrais te demander quelque chose. Tu as bien compris que tout ce que je fais répond à un dessein bien précis, et que si je ne t'en ai pas révélé la nature, c'est uniquement pour t'accorder la protection que donne l'ignorance. Toutefois, j'ai récemment pu mesurer à quel point cette protection était fragile. Ce que tu accomplis est fort périlleux, ma chère Phèdre. Tu me l'as déjà dit, mais je te le demande de nouveau. Es-tu toujours disposée à poursuivre dans le service de Naamah ?

Mon cœur bondit dans ma poitrine ; il me proposait un nouveau rendez-vous.

— Messire, vous savez bien que tel est le cas, répondis-je, sans faire le moindre effort pour dissimuler mon ardeur.

— Fort bien. (Son regard dériva vers un point derrière moi, pour contempler quelque chose que lui seul voyait, puis revint se fixer sur moi.) Sache néanmoins que je n'ai pas l'intention de courir deux fois le même risque. Par conséquent, ta sécurité sera assurée par un nouveau compagnon. J'ai pris des mesures pour que tu sois gardée par un membre de la Fraternité cassiline.

Je restai bouche bée.

— Messire plaisante, articulai-je avec difficulté.

— Non. (Une lueur d'amusement jouait dans la prunelle de Delaunay.) Ce n'est pas une plaisanterie.

— Messire… vous allez faire venir un vieux bâton tout sec de la Fraternité pour me suivre partout ? (Entre la rage et l'étonnement, j'en bafouillais presque.) À mes rendez-vous ? Vous allez charger un célibataire tout empesé de plus de soixante ans de garder une servante de Naamah… une *anguissette* qui plus est ? Par Elua ! j'aime encore mieux que vous repreniez Miqueth !

Pour tous ceux qui ne connaissent pas bien la culture d'Angeline, je précise que la Fraternité cassiline, tout comme le Compagnon d'Elua nommé Cassiel dont elle est issue, désapprouve la conduite et le mode de vie d'Elua. Tout comme Cassiel, les membres de la Fraternité servent avec une indéfectible dévotion, mais je ne saurais imaginer rien de plus rébarbatif pour un client de Naamah que le regard froid et dédaigneux d'un membre de cet ordre.

Et tout cela mis à part, ils sont horriblement passés de mode.

Delaunay haussa à peine un sourcil en écoutant mes jérémiades.

— Ganelon de la Courcel notre roi est gardé en permanence par deux membres de la Fraternité cassiline. J'aurais cru que tu te sentirais honorée.

Il est vrai que je n'avais jamais entendu dire qu'un frère cassilin eût servi de compagnon à quiconque n'était pas né dans une grande maison – et encore moins à une courtisane. Si je n'avais pas été si choquée, cela m'aurait donné à penser ; mais je ne parvenais pas à penser au-delà de l'effet lugubre de la présence grise et ascétique d'un Cassilin sur un client aux sangs échauffés.

— Guy avait été formé par la Fraternité cassiline, ripostai-je, et voyez ce qui lui est arrivé ! Qu'est-ce qui peut vous faire croire que je serais plus en sécurité ?

Le regard de Delaunay repartit se perdre derrière moi.

— Si ce Guy a été renvoyé de l'ordre à l'âge de quatorze ans, dit une voix derrière moi, alors il avait à peine entamé l'entraînement qui permet de devenir un vrai Cassilin.

Sans même regarder Delaunay, je me retournai d'un bloc.

Le jeune homme qui se tenait derrière moi, dans l'ombre, me donna le salut rituel de la Fraternité cassiline, mains croisées devant lui à hauteur du torse. Les rayons du soleil se reflétaient sur l'acier couvrant ses avant-bras et les mailles sur ses mains. Ses deux dagues pendaient bas à sa ceinture et la poignée cruciforme de l'épée qu'il portait dans le dos – comme l'usage le voulait pour un Cassilin – dépassait au-dessus d'une épaule. Il se redressa et nos regards se croisèrent.

— Phèdre nó Delaunay, dit-il d'un ton formel, je suis Joscelin Verreuil de la Fraternité cassiline. C'est un honneur pour moi que d'être à votre service.

Son apparence et sa voix ne ressemblaient pas le moins du monde à ce qu'il était censé être ; je vis les muscles jouer le long de la ligne de sa mâchoire lorsqu'il referma la bouche.

C'était une très jolie bouche.

En fait, il y avait bien peu de choses en Joscelin Verreuil qui n'étaient pas magnifiques. Il avait les traits nobles et un peu surannés d'un seigneur provincial ; la tenue sombre qu'il portait, couleur de cendres selon les canons de la Fraternité cassiline, dissimulait un corps haut et admirablement proportionné, semblable à celui des antiques statues d'athlètes hellènes. Ses yeux étaient bleu clair et ses cheveux, attachés sur la nuque par un catogan, avaient la teinte d'un champ de blé au temps des moissons.

À cet instant, ses yeux couleur de ciel d'été m'examinaient avec un dégoût à peine voilé.

— Joscelin m'assure que ce qui est arrivé à Alcuin et à Guy ne pourrait pas arriver à quelqu'un sous sa garde, dit Delaunay d'un ton tranquille. J'ai croisé le fer avec lui, mon épée contre ses dagues, et j'ai pu voir qu'il disait vrai.

Un frère cassilin ne tirait jamais l'épée, hormis pour tuer. Je l'avais entendu dire une fois, lorsqu'un assassin avait attaqué le roi. Je tournai la tête pour regarder Delaunay.

— Il vous a dominé avec des dagues uniquement ?

Delaunay ne répondit rien, se contentant de hocher la tête à l'intention de Joscelin. Le jeune homme lui répondit par son salut traditionnel. J'estimai qu'il ne devait guère être plus âgé que je l'étais.

— Je protège et je sers au nom de Cassiel, dit-il avec raideur.

Je m'assis, choisissant un siège qui me permettait de les voir tous les deux. Le dossier appuya sur une partie de ma peau tout juste marquée. Si j'acceptais cette offre, Delaunay me laisserait reprendre mon service de Naamah. Dans le cas contraire… En fait, Delaunay n'avait pas envisagé cette option. Je haussai les épaules.

— Messire, au moins est-il assez joli pour ressembler à un adepte de la maison du Cereus qui se serait déguisé. Si c'est votre souhait, qu'il en soit donc ainsi. Y a-t-il un client à satisfaire ?

Du coin de l'œil, je vis Joscelin Verreuil s'indigner d'être comparé à un adepte de la Cour de nuit. Delaunay eut un petit rictus ; il l'avait vu lui aussi, mais il n'en répondit pas moins sérieusement.

— Les offres affluent, Phèdre, tu n'as que l'embarras du choix. Mais il y a quelque chose dont j'aimerais que tu t'occupes tout d'abord, si tu veux bien m'écouter.

J'inclinai la tête.

— Au nom de Kushiel, je…

— Suffit. (Delaunay avait haussé la voix pour m'obliger au silence, mais son regard englobait Joscelin Verreuil également.) Phèdre, tu devrais éviter plus que quiconque de railler le service des Compagnons d'Elua. Joscelin, le Préfet de la Fraternité a jugé que la situation justifiait que ton ordre s'y intéressât. Or, remettre en cause son jugement reviendrait pour toi à commettre une hérésie.

— Comme messire l'ordonne, dit Joscelin avec modestie et réserve, en saluant.

Ses courbettes incessantes auraient fini par me taper sur les nerfs, si le moindre de ses mouvements n'avait pas été si fascinant et délectable à regarder.

— De quoi s'agit-il ? demandai-je.

Delaunay posa un regard résolu sur moi.

— Le duc L'Envers doit rentrer d'ici à une quinzaine de jours. J'aimerais que tu demandes au seigneur Childric d'Essoms qu'il fasse passer le mot à Barquiel L'Envers que je souhaite avoir un entretien avec lui.

— Messire, répondis-je, sourcils haussés, pourquoi d'Essoms ? N'avons-nous pas posé des jalons avec Rogier Clavel ?

— Parce que Barquiel l'écoutera. (Delaunay

secoua la tête.) Clavel n'est qu'un exécutant de second rang qui n'offre plus guère d'utilité ; Barquiel l'ignorerait purement et simplement. Avec cette alliance, Barquiel L'Envers a pris une nouvelle envergure et je ne peux pas me permettre qu'il décline mon offre. En revanche, c'est d'Essoms qui lui avait obtenu son poste ; Barquiel l'écoutera. J'ai donc besoin que tu convainques Childric d'Essoms.

— Ensuite, il saura, dis-je simplement.

— Oui. (Delaunay posa son menton sur un poing fermé.) C'est pour ça que j'attendais la réponse du Préfet. Crois-tu qu'il s'en prendra à toi ?

Je coulai un regard en direction de Joscelin Verreuil, trouvant un soudain réconfort dans l'aspect menaçant de sa morne tenue grise, et des dagues à sa ceinture. Il maintenait son regard fixé devant lui, refusant que nos yeux se croisent.

— Peut-être… pas. Depuis le début, d'Essoms sait que je joue un rôle dans vos plans. C'est juste la nature de ce rôle qu'il ignore.

Et c'était précisément de cette ignorance que venait une bonne part de son plaisir ; de tout ce qu'il lui fallait pour m'arracher cette information. Je ressentis une pointe de chagrin à l'idée de le perdre comme client. Il avait été mon premier.

— Alors tu iras le voir, dit Delaunay. Ganelon de la Courcel est souffrant et le temps est compté. Tu feras ça.

— Il n'y a donc pas de rendez-vous ?

Il secoua négativement la tête.

— Je lui en ferai bientôt la surprise. Penses-tu qu'il te recevra ?

Un instant, je songeai à Childric d'Essoms et à

tous les cadeaux qu'il m'avait envoyés après m'avoir brûlée.

— Oh oui, messire, il me recevra. Et quel appât vais-je lui agiter sous le nez ?

Le visage de Delaunay devint sévère, plus sévère encore que celui de Joscelin Verreuil figé dans la désapprobation.

— Demande-lui de dire au duc Barquiel L'Envers que je sais qui a tué sa sœur.

28

Delaunay ne perdit pas de temps, m'envoyant faire sa commission le jour même. En plus de sa maison dans la Ville, Childric d'Essoms disposait d'appartements dans le palais, où je l'avais déjà rencontré – à l'occasion, il ne détestait pas s'afficher avec moi devant ses pairs –, mais jamais encore je n'avais été l'y chercher. À dire vrai, jamais encore je n'étais partie à la recherche d'un de mes clients ; c'était quelque chose d'étrange pour moi.

Dans le carrosse, Joscelin était aussi silencieux que Guy l'avait toujours été, mais en infiniment plus présentable, malgré sa tenue fade de Cassilin. Je n'avais pas le moindre doute : il me méprisait. Tout dans son attitude, dans le moindre de ses gestes, dans l'éclat de ses yeux, clamait le ressentiment qu'il éprouvait d'avoir été choisi pour cette mission. Je fis de mon mieux pour l'ignorer, l'esprit préoccupé par des sujets autrement plus importants que sa dignité bafouée ; mais la chose n'était pas aisée.

Nous formions un couple bien étonnant lorsque nous entrâmes dans l'aile ouest du palais. Je portais mon manteau *sangoire* par-dessus ma robe – un modèle assez discret de velours brun – et mes cheveux étaient retenus dans une mantille noire ; pour autant, j'aurais tout aussi bien pu sortir directement de la chambre à coucher. À côté de la haute taille solennelle, de la tunique grise et des canons d'acier couvrant les avant-bras de Joscelin, tout en moi trahissait la servante de Naamah. J'essayai de deviner s'il était déjà venu au palais royal auparavant ; en vain. Si la majesté des lieux et l'agitation qui y régnait l'impressionnèrent, il n'en montra absolument rien.

Chez d'Essoms, le serviteur qui ouvrit la porte me reconnut ; étonné, il fit un pas en arrière. Je vis son regard glisser vers le frère cassilin debout derrière moi. Il se ressaisit.

— Dame Phèdre nó Delaunay, dit-il en me gratifiant d'une courbette.

J'avais beau ne porter aucun titre, j'appartenais tout de même à la maison Delaunay ; les serviteurs jugeaient préférable de se montrer prudents. Je crois que c'est à Guy que je devais ce respect ; je l'en regrettais d'autant plus.

— Mon maître le seigneur d'Essoms ne vous attend pas, dit-il à mots circonspects.

— Oui, je sais.

Je ne devais attendre aucun secours de Joscelin Verreuil pour une question de protocole ; je serrai mon manteau *sangoire* autour de mes épaules et convoquai toute la dignité dont j'étais capable, relevant crânement le menton.

— Allez lui demander s'il peut m'accorder quelques instants de son temps.

— Oui, bien sûr, ma dame, répondit-il en nous faisant entrer dans un vestibule. Si vous voulez vous asseoir…

Je pris place sur une chaise dans un mouvement gracieux, comme si j'avais coutume de faire ça tous les jours. Joscelin me suivit sans un mot et resta tranquillement debout, dans la posture traditionnelle des frères cassilins, les bras croisés bas sur le torse, une main sur le manche de chaque dague. J'essayai de capter son regard, mais il tenait les yeux fixés devant lui, guettant imperceptiblement tout danger potentiel.

Peu après, Childric d'Essoms arriva, escorté de deux hommes d'armes, avec une mine inquiète sur son visage. M'avisant, il s'arrêta.

— Phèdre. Que se passe-t-il ?

Je me levai pour plonger dans une profonde révérence ; je demeurai ainsi jusqu'à ce qu'il manifeste d'un geste son impatience.

— Je n'ai pas de temps à perdre, dit-il. Qu'est-ce qui t'amène ici ? Delaunay ?

— Oui, messire. (Je me redressai.) Puis-je vous parler en privé ?

D'Essoms jeta un coup d'œil à Joscelin, qui se tenait impassible, les yeux fixés dans le vide, puis haussa les sourcils.

— Oui, je suppose que c'est possible. Suis-moi.

Je le suivis ; ses hommes m'emboîtèrent le pas, coupant la route de Joscelin.

— Messire.

La voix du Cassilin était douce, son ton était calme, mais il y perçait quelque chose qui arrêta tout le monde net. D'Essoms se retourna. Joscelin inclina le buste de manière très formelle.

— J'ai fait un serment.

— Un serment. (La bouche de d'Essoms se crispa comme il prononçait ce mot.) Bien sûr, vous avez dû en prononcer. Accompagnez-la si tel est votre devoir, Cassilin.

Sur une nouvelle courbette – comment quelqu'un aux manières si rigides pouvait-il donner autant de fluidité à l'obéissance ? – Joscelin me rejoignit pour marcher à mes côtés. Nous gagnâmes, tous les cinq, le salon de réception de d'Essoms. Il s'assit dans son fauteuil et ses doigts tambourinèrent sur les accoudoirs ; il attendait, son regard d'aigle posé sur moi. Par prudence, je demeurai debout. Ses hommes d'armes vinrent se placer de chaque côté de lui, une main ostensiblement positionnée sur la garde de leur épée.

— Messire d'Essoms.

En prononçant ces mots, je tombai à genoux, en position d'obéissance soumise. Le réflexe était aussi profondément ancré en moi que la vigilance cassiline en Joscelin Verreuil.

— Mon maître Delaunay m'envoie auprès de vous pour solliciter une faveur.

— Une faveur ? Delaunay ? (Les sourcils de d'Essoms s'arquèrent jusqu'à ne plus former qu'un seul et unique trait noir, d'autant plus marqué que ses cheveux tirés en arrière laissaient son front complètement dégagé.) Que veut-il de moi ?

Une phrase et il saurait. Je serrai mes mains l'une contre l'autre et luttai pour contenir un frisson, heureuse de sentir la présence de la tunique grise de Joscelin derrière moi.

— Il souhaite un entretien avec le duc Barquiel L'Envers et il voudrait que vous serviez d'intermédiaire.

Ayant dit cela, je relevai la tête ; je vis le visage de d'Essoms se transformer.

— Comment est-ce que… ? commença-t-il, stupéfait, avant que son ton devienne autre. Toi !

Childric d'Essoms était rompu au maniement des armes, et un chasseur émérite de surcroît ; pourtant, la promptitude sidérante de sa réaction me surprit. Pour autant, j'aurais dû me souvenir de la facilité avec laquelle il avait fait tomber le *plastinx* lors de la partie de kottabos chez Cecilie Laveau-Perrin. Toujours est-il que je ne m'étais pas assez méfiée ; en un instant, il m'avait renversée sur le dos, coincée sous un genou. Sa lame était posée sur ma gorge ; je sentis la morsure du tranchant sur ma peau et mon souffle s'arrêta.

— Tout ce temps, siffla d'Essoms entre ses dents, tu t'es jouée de moi. La justice du roi punit la trahison et la mienne aussi, Phèdre nó Delaunay. Il n'y a pas de contrat entre nous aujourd'hui, aucun mot que tu puisses dire pour me retenir d'agir.

— Il y en a un. (De mon inconfortable position, je vis Joscelin exécuter sa maudite courbette ; seulement, cette fois-ci, ses deux dagues jaillirent de leur fourreau dans le même mouvement.) Cassiel.

Combien je regrette qu'il ne me fût pas donné de voir mieux. Au point le plus extrême de ma vision, j'aperçus les deux hommes d'armes de d'Essoms qui s'élançaient. Joscelin se déplaça avec un calme imperturbable et l'acier jeta des lueurs, formant une étrange arabesque d'éclats métalliques ; il tourbillonnait avec la fluidité d'une écharpe de soie dans le vent, sans hâte et sans heurt, et pourtant les deux hommes d'armes furent renversés comme s'ils avaient été de simples jouets. La garde d'or du poignard s'écarta de ma gorge tandis que d'Essoms se relevait, puis Joscelin bougea de nouveau et la lame s'envola dans les airs avec un petit son argentin. D'Essoms agita sa main en jurant ; un sillon rouge traversait sa paume. Joscelin salua en rengainant ses deux dagues.

— Je protège et je sers, dit-il d'une voix impassible. Phèdre nó Delaunay disait quelque chose.

— D'accord.

D'Essoms se laissa tomber dans son fauteuil, avec un large geste de sa main écorchée en direction de ses hommes, encore titubants, cherchant à tâtons leur épée. La curiosité grandit encore dans l'œil de prédateur de d'Essoms tandis que je me remettais à genoux avec un semblant de dignité.

— D'abord une *anguissette*, et maintenant ça. Il est aussi vrai que tu l'es, n'est-ce pas ? Alors Anafiel Delaunay est sérieux puisqu'il a engagé un frère cassilin pour te servir d'escorte. Qu'est-ce qui te fait croire que je sers Barquiel L'Envers ?

— Messire, vous l'avez dit. (Sans y penser, je portai une main à mon cou ; un filet de sang gouttait.) La nuit où vous… La nuit où vous avez utilisé le tisonnier.

Derrière moi, j'entendis Joscelin retenir sa respiration. Son entraînement l'avait préparé à beaucoup, mais pas à ça. Les sourcils de d'Essoms jaillirent vers le haut de son front.

— Tu as entendu ça ? demanda-t-il avec un étonnement non feint.

Depuis ma position agenouillée, je levai les yeux vers lui ; la brume rouge envahissait ma vision.

— Messire d'Essoms, vous savez depuis toujours qu'Anafiel Delaunay emploie des appâts de choix, répondis-je en citant ses propres paroles. Pensiez-vous que le signe de Kushiel était sans hameçon ?

L'un des hommes d'armes émit un son que je ne reconnus pas. Je soutenais le regard de d'Essoms comme si ma vie en dépendait ; peut-être en dépendait-elle d'ailleurs. Au bout d'un certain temps, il laissa échapper un rire bref.

— Un hameçon, oui. (Sa bouche se tordit amèrement.) Depuis cette nuit-là, je sais que le tien est planté en moi. Mais tout ce dont tu me parles n'est que création de Delaunay ; pas de Kushiel.

Je secouai la tête.

— Delaunay m'a appris à écouter et m'a mis le pied à l'étrier. Mais telle que vous me voyez, telle je suis née.

D'Essoms poussa un soupir et me désigna une chaise de la main.

— Pour l'amour d'Elua, Phèdre, si tu viens me faire une demande de la part d'un pair, au moins assieds-toi. (J'obéis et d'Essoms regarda avec un sourire forcé Joscelin prendre place à mes côtés, légèrement de retrait.) Et maintenant, explique-moi ce qu'Anafiel Delaunay veut de Barquiel L'Envers, et pour quelle raison le duc pourrait bien vouloir l'écouter ?

— Ce que mon maître veut, je ne saurais le dire, répondis-je prudemment. Il possède ma marque et je fais ce qu'il demande ; il ne m'explique rien. Je ne sais qu'une chose, ce qu'il a à offrir.

— C'est-à-dire ?

C'était l'unique carte dans ma main ; j'émis le vœu d'être en train de la jouer de façon avisée.

— Delaunay sait qui a tué la sœur du duc.

Childric d'Essoms demeura assis sans bouger ; je pouvais suivre le cheminement de ses pensées derrière son regard impassible.

— Pourquoi ne va-t-il pas voir le roi ?

— Il n'y a pas de preuve.

— Alors pourquoi le duc L'Envers devrait-il le croire ?

— Parce que c'est la vérité, messire. (À l'instant où je disais ces mots, je vis les lignes de la stratégie de Delaunay se déployer devant moi ; je regardai d'Essoms dans les yeux.) Par les mêmes signes que j'ai su que vous serviez Barquiel L'Envers, je peux jurer que c'est vrai.

— Toi ? demanda-t-il.

— Non, pas moi, répondis-je en secouant la tête. Les mêmes signes.

— Le garçon aux cheveux blancs ; ce doit être lui. (D'Essoms s'agita ; je sentis sans le voir Joscelin se crisper derrière moi, puis se détendre.) Quoi qu'il en soit, cela fait longtemps que mon duc et ton maître sont ennemis. Pourquoi Delaunay ferait-il… ? (Je vis la réponse s'imposer à son esprit ; il referma la bouche sans rien dire et son regard glissa vers Joscelin.) Delaunay, murmura-t-il comme il aurait lancé une imprécation. (Il soupira ensuite.) Fort bien. Mon seigneur, le duc, prendrait ma tête si je ne lui rapportais pas cette conversation. Je ne promets rien, mais tu peux dire à Delaunay que j'accède à sa requête. Et à moins que je me trompe, le duc voudra sûrement entendre ce qu'il a à dire.

— Bien, messire, répondis-je avec un hochement de tête. Merci.

— Ne me remercie pas.

D'Essoms se leva rapidement et sans brusquerie ; Joscelin pivota, mais je l'arrêtai d'un geste tandis que d'Essoms s'approchait. Il suivit la ligne de ma joue du revers de sa main fermée, sans se soucier du frère cassilin.

— Tu devras répondre de bien des choses si d'aventure je choisissais de te revoir, Phèdre nó Delaunay, dit d'Essoms en faisant de sa voix une caresse chargée de menace.

Je frissonnai au contact de sa main, à moitié submergée par le désir.

— Oui, messire, murmurai-je, en tournant la tête pour embrasser son poing.

Sa main vola pour crocher l'arrière de ma nuque. Joscelin vibra comme la corde d'un arc bandé, sortant plusieurs pouces d'acier de leurs fourreaux. D'Essoms lui lança un regard amusé.

— Découvrez qui vous servez, Cassilin, dit-il avec mépris en raffermissant sèchement sa prise sur l'arrière de mon cou. (Mon souffle se fit court – pas vraiment sous l'effet de la douleur.) Il va vous falloir de l'estomac si vous devenez l'ombre d'une *anguissette*.

D'Essoms me relâcha et recula. Ses hommes jetaient des coups d'œil circonspects à Joscelin, mais le frère cassilin se contenta d'exécuter une courbette, le visage comme gravé dans le marbre.

— Dites à Delaunay d'attendre une réponse, nous dit d'Essoms, fatigué de son propre jeu. Et maintenant, hors de ma vue.

Escortés par ses hommes d'armes, nous obéîmes prestement ; Joscelin paraissait ne pas pouvoir sortir assez vite. Dès que la porte se referma derrière nous, il braqua sur moi son visage livide de dégoût.

— Vous appelez… *ça*, commença-t-il d'un ton empreint de sauvagerie. Vous appelez *ça* servir Elua et ses Compagnons ? C'est déjà bien assez dégoûtant ce que la plupart des vôtres font au nom de Naamah, mais ça…

— Non, sifflai-je en attrapant son bras pour l'interrompre. (Deux courtisans qui passaient se retournèrent pour nous regarder.) J'appelle *ça* servir Anafiel Delaunay, propriétaire de ma marque, poursuivis-je à voix basse. Et si cela vous paraît offensant, je vous suggère d'en référer à votre Préfet, qui vous a ordonné de servir. Mais quoi que vous fassiez, ne parlez pas à tort et à travers dans les couloirs du palais !

Les yeux bleus de Joscelin s'agrandirent et des rides blanches apparurent de chaque côté de son nez aristocratique. Sans effort, il dégagea son bras de mon étreinte.

— Venez, dit-il d'une voix ferme en pivotant pour s'élancer à grandes enjambées dans le couloir.

Je dus allonger le pas pour rester à sa hauteur, jurant tout bas. Au moins, il était aisé de ne pas le perdre de vue, avec sa tunique grise et son pauvre manteau volant derrière lui, la poignée de sa large épée pointant au-dessus de ses épaules et ses cheveux blonds attachés sur la nuque. Si notre entrée côte à côte avait pu paraître étrange, je n'osais imaginer à quoi pouvait ressembler notre sortie, moi courant derrière lui.

— Phèdre !

Une voix de femme, basse et suave, avec une note rieuse, pareille à de la musique ; c'était la seule que je connaissais capable de m'arrêter en pleine course, avec la tête qui me tournait comme si j'avais été accrochée au bout d'une corde. Melisande Shahrizai se tenait avec deux nobles à l'entrée d'un passage voûté. J'approchai en réponse au signe qu'elle me fit, tandis qu'elle saluait les deux seigneurs avec qui elle conversait.

— Qu'est-ce qui t'amène au palais, Phèdre nó Delaunay ? (Avec un sourire, elle tendit la main pour caresser la coupure que la lame de d'Essoms m'avait laissée sur la gorge.) Les affaires d'Anafiel ou celles de Naamah ?

— Ma dame, répondis-je en luttant pour conserver une certaine réserve, il faut demander à mon maître. Pas à moi.

— Je le ferai, lorsque je le verrai. (Melisande fit courir un pli de mon manteau *sangoire* entre deux de ses doigts.) Quelle couleur magnifique. Je me félicite qu'il ait trouvé quelqu'un capable de reproduire l'ancienne teinture. Elle te va bien. (Elle m'observait d'un œil amusé, comme si elle avait été capable de voir le sang qui battait dans mes veines.) J'ai l'intention de venir bientôt. J'étais en Kusheth ces derniers temps, mais j'ai entendu parler des malheurs qui ont frappé ta maison. Passe mon souvenir à ce délicieux garçon. Alcuin, c'est bien ça ?

J'aurais parié ma marque qu'elle connaissait parfaitement son nom ; les personnes extérieures à la maison Delaunay et au courant de l'attaque se comptaient sur les doigts d'une main.

— Je le ferai, ma dame, avec plaisir.

Un pas rapide et sûr se fit entendre derrière nous. Je vis les magnifiques sourcils de Melisande s'arquer, avant de se froncer tandis qu'elle détaillait Joscelin. Il salua d'une courte révérence, puis se redressa, les mains posées sur le manche de ses dagues, impassible à mes côtés.

Les yeux de Melisande passèrent de mon visage

à celui de Joscelin, pour revenir sur le mien, pleins d'étonnement.

— Toi ? demanda-t-elle, stupéfaite. Le frère cassilin te sert ?

J'ouvris la bouche pour répondre, mais Joscelin me devança, saluant de nouveau de la tête.

— Je protège et je sers, dit-il d'un ton monocorde.

Pour la seule et unique fois, je vis Melisande Shahrizai saisie au point d'en éclater de rire. Il rebondit sous les plafonds voûtés de la grande salle, libre et spontané.

— Oh ! Anafiel Delaunay, hoqueta-t-elle en se ressaisissant, s'essuyant le coin des yeux d'un fin mouchoir bordé de dentelle. Quel homme unique. Pas étonnant… Ah, bien !

Les rides blanches étaient revenues de chaque côté du nez de Joscelin et j'avais l'impression d'entendre grincer ses dents. Sans tenir aucun compte de sa gêne, elle lui tapota la joue, avant de tracer une ligne sur son torse d'un index nonchalant.

— On jurerait que la Fraternité cassiline a pillé les berceaux de la Cour de nuit, murmura-t-elle en le regardant. (Il regardait par-dessus l'épaule de Melisande ; le sang lui montait au visage, mettant le feu à ses joues.) Heureux frères.

Je crus que Joscelin allait exploser, mais il maintint sa position, les yeux fixés devant lui. La formation au sein de la Fraternité est un long apprentissage de la discipline. Même Melisande Shahrizai ne pouvait la briser simplement en le touchant. *Non, il faudrait plus*, pariai-je avec moi-même. *Cinq minutes*, *peut-être dix*.

— Eh bien, dit-elle, les yeux toujours pétillants de son rire. (Ils étaient un peu plus foncés que ceux de Joscelin, de la teinte étincelante des saphirs.) Tu transmettras mon affection à Alcuin, et mon admiration éternelle à Delaunay ?

Je confirmai d'un hochement de tête. Elle ne m'avait pas donné le baiser de bienvenue, mais elle m'embrassa juste avant de me quitter, sachant pertinemment que j'en serais chamboulée, en particulier sous le regard de Joscelin.

Ce fut très exactement le cas.

— Qui est-elle ? dit-il lorsqu'elle fut partie.

Je m'éclaircis la voix.

— Dame Melisande Shahrizai.

— Celle qui a témoigné contre la maison Trevalion.

Il la suivit du regard tandis qu'elle s'éloignait. Je m'étonnai qu'il en sût autant des affaires du royaume. Il haussa les épaules comme pour chasser un sortilège ; en fait, pendant un instant, j'éprouvai de la sympathie pour lui.

— Comptez-vous partir maintenant ? demanda-t-il de sa voix polie et impersonnelle.

Il avait manqué à son devoir une fois, *sans doute pris par la hâte*, pensai-je ; cela n'arriverait plus.

Mon sentiment de sympathie s'évapora.

29

À notre retour, Delaunay nous attendait dans son salon de réception – un lieu inhabituel pour le moins. L'idée me vint que ce formalisme pourrait bien être déployé en l'honneur de Joscelin et je m'irritai que ce dernier pût le penser lui aussi. Alcuin était là, tranquillement assis jambes croisées sur un divan bas ; *cela doit faire une heure, au moins, qu'il regarde Delaunay marcher de long en large.*

— Alors ? demanda Delaunay à notre entrée. Le fera-t-il ?

Comme j'allais parler, Joscelin me prit une nouvelle fois de vitesse.

— Messire, dit-il de sa voix impassible, tout en débouclant son baudrier pour dégager l'épée portée au fourreau entre ses deux épaules, j'ai failli à votre service. Je vous supplie d'accepter l'épée d'un homme indigne.

Bouche bée, yeux arrondis, je le vis mettre un genou à terre devant Delaunay pour lui tendre son épée posée sur les canons d'acier protégeant ses avant-bras. Delaunay lui-même avait l'air stupéfait.

— Au nom d'Elua, de quoi me parlez-vous ?

demanda-t-il. Phèdre m'a l'air en bonne santé et je n'attends rien d'autre de vous.

— Montrez-lui, dit Joscelin à mon intention, sans même se tourner vers moi.

— Quoi donc ? Ça ? (Mes doigts passèrent sur le mince sillon de sang sur mon cou, maintenant séché ; j'éclatai de rire.) De la part de Childric d'Essoms, ce n'est guère plus qu'une marque d'affection, messire, répondis-je à Delaunay. Et c'est Joscelin qui l'a empêché de commettre pis.

— D'Essoms s'est montré violent envers toi ? demanda Delaunay en fronçant les sourcils.

— Lorsqu'il a appris que je vous avais révélé ce qu'il avait dit au cours d'un de nos rendez-vous. Mais Joscelin…

— Il a posé une lame sur sa gorge et fait couler le sang, intervint Joscelin, poursuivant le récit de son indignité d'une voix dure comme le diamant. J'ai d'abord failli à ma vigilance, puis je l'ai quittée des yeux sous le coup de la colère.

Je saisis le coup d'œil interrogateur de Delaunay.

— Melisande. (Son seul nom constituait une explication.) Elle transmet son meilleur souvenir et ses vœux de guérison, ajoutai-je à l'intention d'Alcuin. Joscelin n'a pas failli, repris-je en me tournant vers Delaunay, mue par une exigence de justice. Il m'a protégée ; d'Essoms l'a pris par surprise, c'est tout.

Joscelin demeurait agenouillé, l'épée tendue et la tête baissée.

— Je n'avais jamais tiré l'épée contre quiconque, hormis sur le terrain d'entraînement, murmura-t-il. Je n'étais pas prêt. Je n'étais pas à la hauteur.

Delaunay prit une profonde inspiration, qu'il laissa ensuite fuser doucement entre ses lèvres.

— Un Cassilin novice, murmura-t-il. J'aurais dû me douter que le Préfet trouverait un moyen de rendre saumâtre son geste. Eh bien, mon garçon, ayant éprouvé moi-même tes talents l'épée à la main, sache que si tu as obtenu ce résultat contre Childric d'Essoms sans être aguerri ni préparé aux intrigues d'Angelines, alors je suis satisfait.

Joscelin releva la tête ; ses yeux bleus papillotaient. Il tenta une nouvelle fois d'offrir son épée, mais Delaunay secoua la tête.

— Échouer une fois et persévérer, voilà une épreuve bien plus probante que tout ce que tu peux faire à l'entraînement. Garde ton épée ; je ne peux pas me permettre de la perdre.

Changeant de sujet, il tourna la tête vers moi.

— Et concernant le duc L'Envers ?

— D'Essoms a été convaincu, dis-je en dégrafant mon manteau pour m'asseoir. Tout comme vous le souhaitiez. Il transmettra votre requête et vous avertira si L'Envers y accède.

— Bien !

Delaunay relâcha une bonne mesure de pression. J'aurais aimé savoir au juste ce qu'il avait mis en balance dans cette histoire. Une rétorsion contre Vitale Bouvarre et les Stregazza bien sûr – n'importe quel idiot l'aurait deviné –, mais dans quel dessein ? C'était déjà ce qu'il visait, avant même la mort de Guy et la blessure d'Alcuin. Dans le silence, Joscelin se releva et entreprit de nouer son baudrier, remettant son épée dans son dos. Le rouge demeurait sur ses joues et la honte rendait ses mouvements maladroits. J'eus presque pitié de lui. Le mouvement capta l'attention de Delaunay.

— Vous pouvez vous retirer, dit-il avec un hochement de tête dénué de courtoisie.

— Messire, dis-je, maintenant que…

— Non, coupa-t-il. Plus de contrat tant que je n'aurais pas rencontré Barquiel L'Envers. Nous avons secoué l'échiquier et j'entends ne courir aucun risque tant que les pions n'auront pas été réalignés.

— Comme vous l'ordonnez, messire, répondis-je avec un soupir.

Une fois encore, je me retrouvais condamnée à une vie d'ennui. Pour rendre les choses pires encore, Alcuin et Joscelin se prirent d'amitié l'un pour l'autre. Tout commença par l'habitude que nous prîmes de regarder Joscelin pratiquer ses exercices matinaux – une nouveauté dont l'intérêt s'estompa bien vite à mes yeux. Certes, c'était un spectacle d'une grande beauté, mais même l'amateur de musique le plus avide finit par se lasser d'entendre toujours la même chanson ; pour Alcuin, la fascination perdura. Un après-midi, attirée par la clameur, je sortis sur la terrasse du jardin pour les surprendre à l'exercice, en train de s'entraîner avec des épées de bois, comme celles qu'utilisent les enfants.

À ma grande surprise, Joscelin se révélait être un professeur patient et plein d'attentions. Jamais il ne se moquait des efforts maladroits d'Alcuin pour attaquer et parer, l'attendant lorsqu'il ne suivait plus, montrant inlassablement les coups à gestes lents et fluides. Alcuin suivait son exemple, plein de bonne volonté et de patience appliquée, riant de ses propres erreurs ; plus étonnant encore, Joscelin riait parfois avec lui.

— J'aurais dû m'en douter, murmura Delaunay, arrivé à mes côtés sans que je l'entende. (Ses yeux suivaient leurs progrès.) Quel dommage qu'il soit déjà trop tard pour qu'il apprenne totalement cet art. Le tempérament d'Alcuin était mieux fait pour la Fraternité cassiline que pour le service de Naamah.

Sans doute était-ce lui qui leur avait donné l'autorisation de pratiquer, et même fourni les épées de bois.

— Mais il n'est pas fait pour la Fraternité cassiline, messire, répliquai-je, mise mal à l'aise par leurs rires. Il est tout de même amoureux de vous, non ?

— *Alcuin ?* (La voix de Delaunay avait subitement grimpé ; il clignait des yeux en me regardant.) Tu ne penses pas ce que tu dis. J'ai été comme un père pour lui ou… ou au moins comme un oncle.

Il n'est pire aveugle que celui qui ne veut pas voir. Je le regardai avec un sourire forcé.

— Messire, si vous pensez ça, alors vous êtes bon pour acheter une fiole des larmes véritables de Magdelene. Vous avez sauvé Alcuin d'une mort certaine, tout comme vous m'avez sauvée de l'ignominie ; et vous pourriez nous avoir tous les deux simplement en claquant des doigts. J'ai attentivement observé Alcuin et il serait heureux de mourir pour vous. Pour lui, il n'existe personne d'autre au monde.

Au moins, c'était quelque chose de voir Delaunay complètement tétanisé. J'esquissai une courbette à son intention, qu'il ne vit pas, et je m'éloignai à la hâte. *Alcuin,* songeai-je avec au cœur du chagrin, *ne dis jamais que je n'ai jamais eu de gentillesse pour toi. Si mon maître ne te prend pas, au moins ne pourra-t-il plus plaider l'ignorance.*

Après cela, je ne pouvais plus rester dans la maison. Delaunay pouvait bien me tanner le cuir s'il le voulait – et je savais que ce ne serait pas le cas –, mais si le service de Naamah m'était interdit, je devais fuir cet enfermement. Tout le monde étant sur l'arrière de la maison, rien ne me fut plus facile que de sortir par la petite porte sur le côté.

J'eus la présence d'esprit de prendre mon manteau brun, et pas le *sangoire*, ainsi que quelques pièces qui n'avaient pas encore servi à payer le marquiste. Ce ne fut pas bien compliqué de payer le fiacre jusqu'au Seuil de la nuit ; contre un sourire, le cocher m'accorda une ristourne.

Hyacinthe n'était pas chez lui, mais j'y subis le regard bien trop pénétrant de sa mère ; ensuite, je le trouvai à l'auberge du *Jeune Coq* – et renvoyai le fiacre.

Après mes longues journées fastidieuses, mon cœur bondit dans ma poitrine d'entendre la musique entraînante et de voir les lumières sortant à flots par les fenêtres pour éclabousser la rue. J'entrai dans ce pandémonium, dont le centre était selon toute vraisemblance une partie de dés endiablée dans l'arrière-salle. Une masse de personnes se pressait autour d'une table ; la plupart d'entre elles étaient des courtisans richement vêtus et un musicien jouait sur une estrade. Noyé dans la musique, j'entendis le bruit des dés qu'on agitait dans un gobelet avant de les claquer sur la table. Certains des spectateurs gémirent, d'autres crièrent ; et par-dessus tout ça me parvint alors le cri de triomphe d'une voix que je connaissais.

La foule se dispersa dans toute l'auberge et j'aperçus Hyacinthe au milieu d'une troupe de ses amis, tout sourires tandis qu'il ramassait ses gains.

— Phèdre ! cria-t-il en m'apercevant.

Ayant ramassé son butin dans sa bourse, il bondit par-dessus une chaise pour venir me saluer. J'étais tellement heureuse de le voir que mes bras se refermèrent autour de son cou.

— Où étais-tu passée ? demanda-t-il en riant, en me serrant à son tour dans ses bras, avant de m'écarter pour me contempler. Tu m'as manqué. Guy était-il si en colère la dernière fois que Delaunay n'a plus voulu te laisser sortir ?

— Guy.

Le mot resta coincé dans ma gorge ; pendant un instant, j'avais tout oublié. Je secouai la tête.

— Non. J'ai plein de choses à te raconter.

— Viens t'asseoir. Je vais virer ces lourdauds.

Il me gratifia de son sourire resplendissant. Ses vêtements étaient d'une qualité plus grande encore qu'auparavant, dans un somptueux éventail de couleurs – pourpoint bleu doublé de brocart d'or sur le devant, rubans safran sur les manches et chausses écarlates ; à mes yeux, il était absolument magnifique.

— Je vais nous chercher un pichet de vin. Par les nichons de Naamah, j'offre à boire à tout le monde ! Du vin pour tout le monde ! cria-t-il à l'aubergiste.

Des vivats joyeux s'élevèrent et Hyacinthe salua en riant. Aucun doute, on l'aimait par ici ; et inutile de demander pourquoi. Si le prince des voyageurs gagnait plus souvent aux dés qu'un honnête homme, il rendait neuf pièces sur dix dans son exubérante générosité ; et personne ne lui tenait rancune pour la dixième. Je n'ai jamais su s'il trichait ou pas ; les Tsingani sont réputés pour leur chance. Bien sûr, ils sont aussi réputés pour tricher, mentir et voler avec talent, mais jamais je n'avais vu Hyacinthe commettre pis que dérober des gâteaux aux vendeurs de pâtisseries du marché.

Ses amis nous firent place ; le bruit ambiant couvrait notre conversation tandis que je lui narrais tout ce qui était survenu. Hyacinthe écouta sans rien dire, secouant seulement la tête lorsque j'en eus fini.

— Delaunay est mêlé aux affaires de la maison Courcel, c'est sûr, dit-il. J'aimerais pouvoir te dire comment. Tu sais, j'ai trouvé un poète dont un ami détient des exemplaires des poèmes de Delaunay.

— Vraiment ? (J'écarquillai les yeux.) Pourrais-tu…

— J'ai essayé.

La voix de Hyacinthe était pleine de regret. Il prit une gorgée de vin.

— Il les a vendus il n'y a pas un mois à un archiviste caerdiccin. Je les aurais achetés pour toi, Phèdre, je le jure, ou j'en aurais au moins fait une copie, mais l'ami de mon ami m'a juré avoir vendu les originaux, sans garder la moindre copie. C'est trop dangereux, à ce qu'il m'a dit.

J'émis un bruit pour exprimer mon dégoût.

— Ça n'a aucun sens. Pourquoi la maison Courcel l'aiderait-elle d'une main pour le museler de l'autre ?

— Tu sais au moins pourquoi ils l'ont bâillonné. (Hyacinthe se laissa aller sur sa chaise, posant le talon de ses bottes sur la table.) Il s'en est pris à leur réputation avec son poème sur Isabel L'Envers. J'ai entendu la Lionne de l'Azzalle la traiter de meurtrière devant la Haute Cour.

— En effet. (Je me souvenais d'Ysandre de la Courcel apportant son suffrage à la sentence de mort.) Alors pourquoi l'aider ? (Les fils étaient trop nombreux et trop emmêlés pour qu'on pût les trier.) Peuh ! je n'ai pas la tête aux énigmes. Je n'ai rien eu d'autre à faire tous ces derniers jours que de les tourner et retourner dans ma tête. Si tu étais vraiment mon ami, tu m'inviterais à danser, dis-je en l'aguichant.

— Si je danse avec toi, il y a quelqu'un qui va être jaloux, répondit-il avec une lueur dans les yeux.

Il fit un signe de tête à une femme de l'autre côté de l'auberge, une jolie blonde dans une robe bleu glacier. Malgré son attitude dégagée, je vis bien qu'elle fulminait de nous voir.

— T'importe-t-elle ? demandai-je.

Hyacinthe rit en secouant la tête, faisant valser ses boucles brunes autour de lui.

— Elle est mariée à un baron, dit-il avec un sourire, et si j'ai déjà dansé avec elle, cela ne signifie pas que je doive lui accorder chaque danse. (Il ôta ses pieds de la table, se remit debout et me tendit la main avec une courbette.) Me ferez-vous l'honneur ?

Le musicien redoubla d'ardeur de nous voir rejoindre les danseurs ; il cligna de l'œil à l'intention de Hyacinthe et nous dansâmes de bon cœur. D'autres encore se joignirent à nous et tous ceux qui ne dansaient pas riaient et applaudissaient, hormis la femme du baron qui boudait et un couple de ses amis. Je dansai deux fois avec Hyacinthe, puis une fois encore avec plusieurs de ses amis, puis le musicien attaqua une contredanse avec changement de cavalière. Toutes les femmes passaient à toute allure de bras en bras ; ceux qui ne dansaient pas garèrent bien vite les chaises et les tables. À la fin du morceau, nous étions tous hors d'haleine et les joues rouges d'excitation ; le musicien salua, puis descendit de son estrade pour s'essuyer le front et se remettre de ses émotions avec une pinte de bière.

Nous n'étions même pas assis qu'une agitation

dans la rue fit sortir bon nombre de clients. Un jeune homme mince aux cheveux bouclés se précipita pour tirer Hyacinthe par la manche.

— Hyas, viens, il faut que tu voies ça, dit-il en riant. C'est encore plus fort que de chasser au blaireau !

Hyacinthe me lança un regard interrogateur.

— Pourquoi pas ? acceptai-je, très en joie et prête à tout.

Une foule de spectateurs était déjà massée de chaque côté de la rue, regardant ce qui se passait au milieu ; Hyacinthe se fraya un chemin parmi les badauds jusqu'à un tas de fûts vides. Il en mit un à cul, pour que nous pussions grimper dessus et jouir du spectacle.

Je vis – et gémis de consternation.

C'était une troupe de jeunes nobles, une dizaine au moins au total, damoiselles et damoiseaux, de retour du Mont de la nuit avec quatre adeptes de la maison de l'Églantine, reconnaissables à leur tenue vert et or. Leur carrosse découvert était en travers, bloquant le passage ; à quelques pas de là, les jeunes nobliaux étaient déployés en demi-cercle, le visage hilare et l'épée tirée.

Au milieu de l'espace ainsi ménagé se tenait un jeune Cassilin tétanisé et au comble du malaise, que les adeptes de l'Églantine accablaient de leurs sarcasmes.

— Joscelin, soupirai-je.

Debout à l'arrière du landau, une adepte jouait en virtuose un air de flûte entraînant tandis qu'une autre chantait sans se décontenancer des paroles d'une insondable grivoiserie. Sa voix était si pure que la foule mit du temps à saisir la vulgarité de son chant. Les deux autres adeptes, un homme et une femme, étaient des acrobates ; c'étaient eux qui poussaient Joscelin dans ses ultimes retranchements. L'homme s'agenouilla et la femme bondit sans élan pour atterrir sur ses épaules au terme d'un saut périlleux absolument parfait. Elle s'assit, enserrant son cou entre ses jambes ; lorsque l'homme se releva, Joscelin eut le nez pratiquement plongé dans le large décolleté de sa partenaire.

L'étendue de son désarroi se peignit sur son visage ; Joscelin recula d'un pas, mais uniquement pour se heurter à la pointe des épées des nobliaux. La femme se mit debout sur les épaules de l'homme pour s'élancer dans un nouveau saut périlleux par-dessus la tête de Joscelin. L'homme se mit sur les mains, enserrant la nuque de Joscelin entre ses chevilles. Ainsi suspendu, il passa la tête entre les jambes du Cassilin pour sourire à la foule hilare.

Avec un air dégoûté, Joscelin dénoua les chevilles de l'acrobate, qui se réceptionna souplement sur les mains pour faire un roulé-boulé et rebondir sur ses pieds. Joscelin fit un pas en direction du landau, mais la femme acrobate l'attendait là. Elle bondit sur lui, nouant ses jambes fuselées autour de sa taille, avant de prendre son visage dans ses mains pour lui donner un baiser. Il se dépêtra de l'adepte de l'Églantine, puis se retourna face aux petits seigneurs, toujours aussi réjouis et l'épée à la main. L'homme acrobate s'approcha dans son dos pour retirer le catogan qui retenait son impeccable chevelure. Ses longs cheveux blonds se répandirent sur ses épaules.

— Par le nom d'Elua ! murmurai-je. Si tu ne tires pas l'épée, utilise au moins tes dagues, idiot !

— Il ne peut pas, expliqua Hyacinthe à côté de

moi, les yeux brillants de joie. Ils ne font que s'amuser. Les Cassilins ont fait vœu de ne tirer l'acier que pour défendre leur vie ou protéger leurs compagnons.

Je poussai de nouveau un soupir.

— Alors, je suppose qu'il va falloir que je le fasse.

Avant que Hyacinthe pût protester, je sautai à bas du tonneau et m'élançai à travers la foule pour déboucher dans l'espace libre, devant les petits nobles agitant leurs épées. Joscelin m'aperçut et parut surpris ; la flûtiste manqua une note.

— Hé ! toi ! Va-t'en ! dit l'un des jeunes hobereaux en m'attrapant le bras pour me faire partir. On ne fait que s'amuser avec lui.

Je levai mon bras auquel sa main était toujours accrochée.

— Joscelin ? Sers et protège !

L'acier des canons enveloppant ses avant-bras lança des éclairs tandis qu'il exécutait son salut rituel ; ses deux dagues jaillirent de leurs fourreaux. À peine avait-il fait deux pas que le jeune noble m'avait relâchée et que les autres entamaient un repli, rengainant à la hâte leurs épées. La flûtiste de la maison de l'Églantine continua à jouer, toujours aussi joyeuse, égayée par ce nouveau spectacle. La chanteuse prit un tambourin et les acrobates poursuivirent leurs tours.

— Assez ! assez ! s'écria l'une des femmes de la troupe, d'une voix toujours pleine d'hilarité. (Elle exécuta une courbette en direction de Joscelin.) Le servant de Cassiel nous a assez amusés pour ce soir.

Le regard de Joscelin était si dur qu'il aurait pu tailler la pierre ; le rire des jeunes oisifs flotta longtemps dans l'air tandis qu'ils s'en allaient. Le frère cassilin se tourna vers moi.

— Je suppose que c'est Delaunay qui t'envoie ? demandai-je à contrecœur.

— Vous devez rentrer avec moi.

Dents serrées, mâchoires saillantes, il désigna d'un signe de tête le carrosse de Delaunay, qui attendait non loin. Le cocher avait l'air désolé.

— Immédiatement !

Hyacinthe bondit de son tonneau pour venir me donner un rapide baiser d'adieu.

— Reviens quand tu peux, dit-il en luttant pour ne pas tourner son regard moqueur vers Joscelin, dont l'expression clamait sans ambiguïté que cela n'arriverait jamais si on lui laissait donner son avis sur le sujet. (Je priai pour qu'on ne le lui demandât jamais.) Tu me manques toujours.

— Toi aussi. (Je tins particulièrement à l'embrasser de nouveau, saisissant ses boucles brunes.) Prends soin de toi, prince des voyageurs.

Nous n'échangeâmes pas un mot dans le carrosse ; Joscelin irradiait de fureur avec la vigueur d'une forge. Sa tenue grise était toute de guingois et une mèche de cheveux lui tombait sur le visage. J'étais certaine que jamais de sa vie il n'avait songé qu'un frère cassilin pût être soumis à pareille indignité ; de toute évidence, il m'en tenait responsable.

Ce qui me fit penser à mon entrevue imminente avec Delaunay. Je n'étais pas pressée.

Néanmoins, si j'avais pensé me trouver confrontée à la colère froide et implacable de Delaunay, j'étais dans l'erreur – même si ce ne fut pas par la grâce de mes seules qualités. Joscelin me conduisit dans la bibliothèque, une main posée dans mon dos, presque comme si j'avais été sa prisonnière ; cette fois-ci, j'étais suffisamment consciente de ma culpabilité pour ne pas protester. Toutefois, à notre entrée, Delaunay releva à peine la tête ; il tenait une lettre à la main.

— Cela vient d'arriver, dit-il brièvement. Barquiel L'Envers me recevra dans deux jours.

— Messire. (Je luttai pour que ma voix ne tremblât pas.) C'est une excellente nouvelle.

— Oui. (Il se replongea dans sa lecture comme s'il nous congédiait, puis son visage se releva de nouveau, avec cette fois toute l'inflexible résolution que j'avais crainte.) Phèdre, je t'ai avertie une fois ; je ne le ferai plus. Si tu quittes une nouvelle fois cette maison sans mon autorisation, je vendrai ta marque. C'est tout.

— Oui, messire.

Mes genoux tremblaient ; il me fallut puiser au plus profond de mes forces pour faire demi-tour et sortir sans donner à Joscelin Verreuil la satisfaction de le voir. Avant que la porte fût refermée derrière moi, j'eus pour compensation d'entendre Delaunay parler à Joscelin sur un ton bien différent :

— Par les sept enfers ! mais que t'est-il arrivé mon garçon ?

Quel dommage que je n'eusse pas le courage de rester pour entendre sa réponse.

30

Apparemment, l'accord du duc L'Envers était assorti de certains termes. Il acceptait de rencontrer Delaunay, mais sur son territoire – en l'occurrence le domaine de L'Envers à une heure de cheval de la Ville ; ce n'était pas le siège de son duché, établi en Namarre, dans le nord de Terre d'Ange, mais une villégiature qu'il utilisait lorsqu'il séjournait au palais. En outre, il imposait également une escorte de vingt hommes d'armes ; le duc L'Envers ne voulait courir aucun risque avec Delaunay.

Tout cela, nous le savions, si bien que nous ne fûmes pas surpris lorsque arriva la troupe et que le capitaine de la garde de L'Envers vint frapper à la porte. Le cheval de Delaunay était sellé et paré ; alors même que Joscelin était disposé à l'accompagner, notre maître était enclin à y aller seul. Si tout allait bien, avait-il expliqué, alors la présence de Joscelin était inutile ; et si tout allait mal, un Cassilin seul ne suffirait pas pour le protéger. Une demi-douzaine, voire quatre seulement, y parviendraient peut-être, mais pas un tout seul.

Toutefois, le plan de Delaunay tomba à l'eau ; Barquiel L'Envers avait pris d'autres dispositions.

Le capitaine détailla Delaunay de la tête aux pieds, les bras croisés. Il portait une légère cotte de mailles sous une tunique pourpre sur laquelle figuraient en or les armoiries de L'Envers : un pont stylisé enjambant une rivière déchaînée.

— J'ai ordre d'emmener les autres.

— Quels autres ?

— La fille de d'Essoms et l'autre, le garçon qui prétend savoir.

Le capitaine affichait un air suffisant ; Barquiel L'Envers l'avait soigneusement chapitré. Delaunay marqua un temps d'arrêt, puis secoua la tête.

— Je réponds d'eux. Ils restent ici.

— Alors vous aussi.

Le capitaine exécuta un demi-tour sur le seuil et leva la main à l'intention de ses hommes ; les cavaliers firent volter leurs montures.

— Attendez ! (Alcuin repoussa Delaunay pour sortir.) Je viens. (Il se retourna avant même que Delaunay pût parler.) Il y a un compte à régler. Me nieriez-vous le droit d'être là-bas, messire ? demanda-t-il d'une voix calme.

Delaunay avait envie de le faire, je le voyais bien, mais il n'avait pas la force d'ôter à Alcuin sa dernière parcelle de fierté.

— Très bien ! (Il hocha brièvement la tête, puis se tourna vers moi.) Non, n'essaie même pas de le dire.

— Messire. (Je relevai le menton et tentai un pari.) J'ai risqué autant que quiconque pour obtenir cette entrevue. Si vous mettez en péril son succès en y allant sans moi, n'espérez même pas me trouver ici à votre retour.

Delaunay fit un pas dans ma direction et me répondit d'une voix sourde :

— Et n'imagine surtout pas que j'hésiterais à faire ce que j'ai dit.

J'avais bien du mal à fixer mes yeux dans les siens, mais je le fis.

— Vraiment, messire ? (Je déglutis difficilement, mais poursuivis néanmoins.) Et à qui ? Melisande Shahrizai peut-être, pour qu'elle m'utilise comme j'ai été formée à l'être, dans un jeu dont même vous ne pouvez pas deviner les contours.

— Argh !

Delaunay brandit ses bras au ciel pour exprimer son dégoût. Derrière lui, je pouvais lire l'amusement sur le visage du capitaine de la garde.

— Je t'ai trop bien formée, aboya-t-il. J'aurais été bien inspiré de ne pas acheter la marque de quelqu'un qui prend plaisir à risquer sa vie ! (Il se retourna vers Joscelin qui se balançait d'un pied sur l'autre dans le hall de l'entrée.) Alors tu viens aussi, Cassilin, et garde-les bien. Par la dague de Cassiel ! tu réponds de leurs vies sur ta tête !

Joscelin exécuta sa courbette impassible, mais je vis une lueur inquiète briller dans ses yeux. Cela dit, il faisait une escorte impressionnante ; le capitaine des gardes de L'Envers recula d'étonnement en le voyant sortir.

Nous fûmes promptement mis dans le carrosse et le cheval d'Alcuin fut sellé pour Joscelin ; en un rien de temps, nous étions partis dans l'air frais du matin, peuplé des petits nuages de buée qui sortaient de nos bouches. Le porte-enseigne leva l'étendard pourpre et or de la maison L'Envers ; les mailles rutilantes que portaient les hommes d'armes nous conféraient un petit air martial et festif, que dans ma naïveté d'alors je trouvais plutôt excitant. Quatre ou cinq des hommes de l'escorte ne me paraissaient pas d'Angelins. Leurs manières étaient empreintes de méfiance ; des burnous sombres emmaillotaient leur tête et dissimulaient leurs traits. Le Khalif de Khebbel-im-Akkad avait donné au duc L'Envers des terres, des chevaux et des hommes ; j'aurais parié que ces cavaliers étaient akkadians.

Le domaine campagnard du duc L'Envers se révéla étonnamment charmant. Jamais encore je ne m'étais rendue dans un endroit tel que celui-ci hormis Perrinwolde, mais il ne s'agissait pas ici d'une exploitation. Nous franchîmes une petite rivière – sur un pont qui n'était pas sans rappeler le dessin stylisé des armoiries de L'Envers – puis traversâmes des jardins fantastiques, où des paysans s'activaient sur toutes sortes d'arbres aux allures exotiques, les couvrant de toile pour les protéger du froid.

Nous fûmes aperçus depuis le chemin de ronde du castelet – cela ne faisait aucun doute. Le porte-enseigne, qui chevauchait à l'avant de la troupe, souleva sa bannière par trois fois ; un mouvement répondit du sommet des murs et la herse fut levée pour nous permettre d'entrer dans la cour. Si nous fûmes poliment accueillis, nous n'en fûmes pas moins conduits par notre escorte tout entière dans le salon de réception du duc.

La salle était magnifiquement décorée avec des tapisseries akkadiannes et des meubles de formes et de conceptions étranges, bas et couverts de coussins. Un fauteuil, orné de reliefs sculptés suffisamment complexes pour le désigner comme un trône, devait être sans conteste le siège du duc ; il était vide pour l'instant. L'un des hommes d'armes – l'un de ceux que je suspectais fort d'être akkadians – sortit, tandis que le capitaine et les autres s'alignaient le long des murs. J'observai Delaunay pour régler ma conduite sur la sienne ; il était calme et attentif et ne montrait aucun signe de malaise. Cela me donna du cœur. Peu après, nous entendîmes un bruit de pas dans le hall attenant et le duc L'Envers fit son entrée.

Je ne l'avais jamais vu, mais je n'eus aucun doute sur son identité ; ses hommes inclinèrent instantanément la tête et Delaunay et les trois suivants que nous étions les imitèrent.

En me redressant, je constatai à ma grande surprise que le duc lui-même était vêtu à l'akkadianne. Un burnous du pourpre de L'Envers enveloppait sa tête et, plutôt qu'un pourpoint, il portait une ample tunique par-dessus ses chausses, avec un long manteau flottant derrière lui. Seuls ses yeux étaient visibles, mais je les reconnus dès que l'occasion me fut donnée de les voir bien en face. Ils avaient cette intense teinte violette, celle de la maison L'Envers ; celle des yeux d'Ysandre de la Courcel, sa nièce.

— Anafiel Delaunay, dit le duc d'une voix traînante et prenant place sur son siège, avant d'entreprendre de défaire son burnous. (Ses cheveux étaient blond clair et sa peau pâle, avec un hâle autour des yeux ; ses cheveux étaient coupés plus court que tous ceux des nobles personnages que j'avais jamais vus.) Bien, bien. Vous êtes donc venus pour vous repentir de vos péchés contre ma maison ?

Delaunay fit un pas vers l'avant, puis exécuta une nouvelle courbette.

— Votre Grâce, dit-il, je suis venu vous proposer de laisser cette question derrière nous, dans ce passé auquel elle appartient.

Barquiel L'Envers se laissa aller dans son siège, les

jambes croisées devant lui ; j'eus à chaque seconde la conviction qu'il était un homme dangereux.

— Alors que vous avez dit devant le royaume tout entier que ma sœur était une meurtrière ? demanda-t-il d'un ton doucereux. Êtes-vous en train de suggérer que j'oublie purement et simplement cet affront ?

— Oui, répondit Delaunay sans se départir le moins du monde de son flegme.

J'entendis plusieurs des hommes d'armes murmurer ; le duc les fit taire d'un geste de la main sans regarder qui avait parlé.

— Pourquoi ? demanda-t-il avec curiosité. Je sais ce que vous avez à offrir et mon souhait est de vous entendre, mais en quoi cela enterrerait-il notre querelle ? Pourquoi devrais-je vous pardonner ?

Delaunay prit une profonde inspiration.

— Pouvez-vous jurer, Votre Grâce, sur le nom d'Elua et celui de votre lignée, que mon chant ne disait pas la vérité ? dit-il, d'une voix dans laquelle on percevait une note évoquant un feu couvant.

Sa question demeura dans l'air. Barquiel L'Envers la considéra, puis bougea doucement la tête ; ni dans un sens, ni dans l'autre.

— Je ne jurerais de rien, Delaunay. Ma sœur Isabel était ambitieuse, et féroce négociatrice. Cela étant, si elle a eu quelque chose à voir avec la chute d'Edmée de Rocaille, je suis prêt à jurer qu'elle n'a pu souhaiter sa mort.

— L'intention importe peu ; seule compte la cause.

— Peut-être. (Barquiel L'Envers maintenait Delaunay sous le feu de ses yeux.) Peut-être pas. Mais à cause de vos paroles, une traîtresse peut qualifier ma sœur de meurtrière de sang-froid devant le roi lui-même, sans que quiconque y trouve à redire. Vous ne m'avez pas convaincu de vous pardonner. Avez-vous autre chose pour plaider votre cause ?

— J'ai fait un serment, dit Delaunay d'une voix sourde, dont vous êtes le bénéficiaire.

— Oh ! *ça !* (De surprise, L'Envers avait haussé la voix. Il rit.) Vous escomptez vous prévaloir de *ça* après la manière dont Ganelon vous a traité ?

— Ce n'est pas à Ganelon de la Courcel que j'ai juré.

Je brûlais d'envie que l'un ou l'autre en dise plus sur ce sujet, mais ils ne poursuivirent pas. Delaunay se tenait droit comme un I, tandis que L'Envers nous examinait pensivement, son regard s'attardant plus longuement sur Joscelin.

— Eh bien, on dirait que Ganelon accorde un certain intérêt à la question, observa-t-il. Même si je n'ai jamais vu plus étrange équipage. Deux putains et un Cassilin. Cela ne pouvait qu'être vous, Anafiel, et nul autre. Vous avez toujours eu la réputation d'être imprévisible, mais voilà qui est tout bonnement excentrique. Lequel qui sait qui a tué ma sœur ?

Alcuin fit un pas en avant et s'inclina.

— Messire, dit-il calmement. C'est moi.

Jamais je ne m'étais sentie aussi fière de lui qu'en cet instant, pas même le jour où il avait fait ses débuts ; son maintien était supérieur à celui de Delaunay. Même lorsque L'Envers le transperça de son regard violet, Alcuin ne frémit pas.

— Vraiment ? demanda le duc d'une voix songeuse. Alors, lequel des Stregazza est-ce ? (Il vit la consternation assombrir fugacement le visage d'Alcuin et rit.) J'ai des oreilles dans la Ville, mon garçon. Si Isabel a été tuée, c'est par le poison, et aucun D'Angelin digne de ce nom ne recourrait à pareil procédé. J'ai entendu dire que tu avais été attaqué et qu'un homme était mort. Et maintenant, Vitale Bouvarre qui commerce avec les Stregazza est introuvable… Et d'Essoms m'a dit que ce Bouvarre avait payé une somme extravagante pour emporter ta virginité. Alors, qui est-ce ?

Une ombre fugace, voilà tout ce que le duc obtint d'Alcuin ; aussi calme qu'il est possible d'être, il se tourna vers Delaunay.

— Messire ?

— Dis-lui, répondit Delaunay avec un hochement de tête.

— Dominic et Thérèse, dit Alcuin, simplement.

Jusqu'alors, je n'avais jamais vu le visage d'un homme qui prend la décision de tuer ; c'était chose faite maintenant. Un grand calme s'empara de Barquiel L'Envers ; il dégageait une impression d'intensité et de faim. Il poussa un soupir, dans lequel on pouvait percevoir du soulagement.

— Bouvarre t'a-t-il donné une preuve ?

— Non, répondit Alcuin en secouant la tête. Il n'avait rien à produire. Toutefois, c'est lui qui a apporté des figues confites à Isabel de la Courcel, en présent de la part des Stregazza. Dominic les lui a remises, mais c'est Thérèse qui savait qu'elle en raffolait. Bouvarre les a offertes en personne.

— Il y avait un plateau vide dans sa chambre, dit L'Envers, plongé dans ses souvenirs. Un doute m'était venu, comme à tous d'ailleurs. Mais personne ne savait ce qu'il avait pu contenir, ni d'où il provenait.

— Bouvarre a d'abord tenté de me faire croire qu'il venait de Lyonette de Trevalion, murmura

Alcuin, mais j'ai ri, devinant le mensonge. C'était une réponse trop facile, l'accusée n'étant plus là pour rien réfuter. S'il m'avait menti de nouveau par la suite, je ne crois pas qu'il aurait tenté de me faire assassiner, ni qu'il aurait fui ce pays.

— Vous saviez que j'ai un cousin qui a une certaine influence à La Serenissima, dit L'Envers à Delaunay. Mon bras est plus long que le vôtre et considérablement plus puissant, n'est-ce pas ? Mais pourquoi vous souciez-vous de savoir qui a tué Isabel ? J'aurais plutôt pensé que vous seriez du genre à chercher des alliés parmi eux.

— Vous m'insultez, répondit Delaunay en s'empourprant de colère. Si Isabel et moi étions bien ennemis, vous savez très bien que les mots sont la seule arme que j'aie jamais utilisée contre elle.

— Je ne le sais que trop bien. Alors, pourquoi vous souciez-vous de savoir qui a tué Isabel ?

— Saviez-vous que Dominic et Thérèse Stregazza ont quatre enfants ? Tous princes du sang par leur lignée et tous élevés dans l'une des grandes maisons d'Angelines ?

— Oui, et le prince Benedict est encore vigoureux alors que la santé du roi décline, et sa progéniture est puissante à La Serenissima, et certains partis murmurent dans certains cercles que Baudoin de Trevalion était innocent, et le nom de la Dauphine est souillé à cause des calomnies lancées au sujet de sa mère. (Barquiel L'Envers posa son menton sur un poing.) Pensez-vous m'apprendre comment se joue le jeu du trône ? Je ne crois pas, Delaunay.

— Non, Votre Grâce. Et je ne vous ai pas encore félicité pour le mariage de votre fille, ajouta Delaunay avec une courbette.

— De fait. (Un sourire passa fugacement sur les lèvres du duc.) Peut-être avez-vous raison. Il semblerait en effet que nos intérêts convergent sur cette question. Vous comprenez bien que les actions que je suis susceptible de mener contre les Stregazza ne seront pas entièrement… honorables ?

Le regard de Delaunay parcourut les hommes d'armes alignés, embrassant dans ce mouvement les silhouettes voilées des Akkadians.

— Vous êtes suffisamment écouté pour exiger qu'on arrête Vitale Bouvarre pour l'interroger. Il avouera en échange de sa vie. Benedict veillera à ce que justice soit faite.

— Vous pensez ? Ah oui ! vous êtes d'anciens camarades, n'est-ce pas ? Vous avez combattu ensemble à la bataille des Trois Princes. Peut-être sera-t-il sensible à cela. Benedict a toujours été connu pour son honorabilité ; il n'aurait jamais dû prendre femme dans ce nid de vipères caerdiccin. Si cela peut être fait de manière juste, je jure de le faire ainsi. (Barquiel L'Envers tapota le bras ouvragé de son fauteuil du bout de ses doigts tout en portant son attention sur moi.) Alors, voici donc l'*anguissette* de Childric, hmm ? Celle qui l'espionne pour le compte de Delaunay !

J'exécutai une révérence.

— Votre Grâce, je sers Naamah. Mon maître Delaunay ne cherchait rien d'autre qu'un moyen de pouvoir vous parler. Vos dissensions le chagrinent.

— Oh ! vraiment ? (Un coin de la bouche de L'Envers se releva pour une ombre de sourire.) Aussi chagriné que par le silence de Vitale Bouvarre, j'en suis sûr. En fait, j'étais curieux de faire la connaissance de ces gamins capables de tromper l'un de mes meilleurs conseillers et l'un des négociants les plus rusés de Terre d'Ange – et curieux également de voir si Delaunay était désespéré au point de vous risquer tous les deux. On dirait bien que oui. (Le regard violet vint se poser de nouveau sur Delaunay.) Alors comme ça, c'est toujours la vieille promesse, Anafiel ?

— Si vous souhaitez aborder cette question, Votre Grâce, répondit Delaunay d'une voix calme, je préférerais que ce soit en privé.

— Ils ne savent pas ? (Le duc haussa les sourcils et éclata de rire.) Quelle loyauté ! Sincèrement, je vous envie, Anafiel. Une fois encore, ceux qui vous aiment vous demeurent fidèles, n'est-ce pas ? Dans une certaine mesure, du moins. Et toi ? demanda-t-il en se tournant avec curiosité vers Joscelin. Ce n'est sûrement pas par amour que tu le sers, Cassilin. Alors, qu'est-ce qui te lie à lui ?

Joscelin s'inclina, jetant quelques éclats métalliques.

— J'ai fait vœu de servir comme Cassiel a servi, Votre Grâce, répondit-il de sa voix placide. Et moi aussi, je suis fidèle à mes serments.

Le duc secoua la tête, sidéré.

— On dit que le sang est resté plus pur dans les provinces. Tu es du Siovale, mon garçon ? Ta maison appartient-elle à la lignée de Shemhazai ?

Joscelin marqua une hésitation.

— Oui, mais c'est une maison mineure. J'en suis le fils puîné, voué à Cassiel.

— Oui, je vois ça, répondit sèchement L'Envers, avant de se tourner vers Delaunay. En tout cas, ça doit être agréable pour vous d'avoir un compatriote dans votre maison, Anafiel.

— Votre Grâce, dit Delaunay, sourcils levés.

— D'accord, d'accord. (Barquiel L'Envers fit un geste de la main.) Retirez-vous. Beauforte, emmenez-les aux cuisines et qu'ils se restaurent. Qu'il ne soit pas dit que l'on manque à nos devoirs. Oh ! et dites bien que le seigneur Delaunay et ses compagnons doivent être considérés comme des hôtes. (Un sourire carnassier envahit son visage.) Cela les mettra à l'aise, sûrement. Alors, Anafiel Delaunay, pouvons-nous converser ?

Je pensais n'avoir aucun appétit après toute cette tension et l'audience avec le duc, mais j'avais tort. On nous installa à une table où l'on nous servit du pain chaud et croustillant, du fromage et un bon ragoût – de la nourriture pour les hommes du duc, mais certainement pas pour sa table, à laquelle je fis néanmoins autant honneur que Joscelin et Alcuin.

Pendant un certain temps, nous mangeâmes en silence, bien conscients de la présence des serviteurs de L'Envers tout autour de nous. Alcuin et moi ne nous serions jamais risqués à parler, mais c'était compter sans la naïveté de Joscelin. Alors qu'il attaquait sa deuxième assiette de ragoût, il lâcha sa question de but en blanc, en reposant sa cuiller.

— Mais *qui* est-il ? nous demanda-t-il. Il n'y a pas de maison Delaunay en Siovale ! Qui est-il et pourquoi m'ordonne-t-on de le servir ?

Alcuin et moi échangeâmes un coup d'œil avant de secouer nos têtes de conserve pour avertir Joscelin.

— Delaunay ne veut pas que nous parlions de ce qui pourrait nous valoir d'être tués, répondis-je, avant de poursuivre avec un sourire forcé. Sans compter que nous n'en savons rien. Mais si tu penses qu'il se confiera à toi, en tant que compatriote, n'hésite surtout pas à lui poser la question.

— Je le ferai peut-être, affirma Joscelin avec une lueur butée dans le regard.

Alcuin rit.

— Bonne chance, Cassilin.

31

Je ne sais pas ce qui se dit entre Delaunay et Barquiel L'Envers après qu'on nous eut priés de partir, mais un genre d'accord fut conclu, semble-t-il – plus ou moins dans la douleur selon toute vraisemblance.

Avec l'automne, les journées raccourcissaient ; aucune nouvelle particulière ne nous parvenait, hormis la rumeur, de temps à autre, d'une incursion dans les passes du Camlach. Delaunay attendait que la question en suspens soit résolue, et une fois encore je faisais le pied de grue, tandis que ma cassette demeurait vide et que ma marque ne progressait plus. Je sais bien qu'il n'y avait aucune malveillance en cela, mais je fus exaspérée le jour où Alcuin eut son dernier rendez-vous chez maître Tielhard ; sa marque était achevée et il était libre désormais ; moi je ne l'avais jamais été de toute ma vie.

Cela étant, je n'avais aucune envie de me montrer cruelle envers Alcuin. Je l'accompagnai ce jour-là chez le marquiste et poussai tous les cris d'admiration attendus. Les lueurs du brasero dans l'échoppe réchauffaient la peau claire d'Alcuin ; les lignes délicates de sa marque mettaient en valeur son dos à la fois droit et mince. Fleuron de l'œuvre, la masse des feuilles du bouleau qui montait jusqu'à la base de sa nuque était la première chose qu'on apercevait sous ses cheveux blancs. Maître Tielhard admirait son travail d'un œil satisfait ; son apprenti lui-même en oubliait de piquer un fard. Dans le fond de l'atelier, Joscelin rougissait, l'air mal à l'aise et singulièrement déplacé.

Lorsqu'on se retourne sur sa vie, il est aisé de voir où se produisirent les virages décisifs ; dans l'instant même, il est beaucoup plus difficile de les voir. Néanmoins, celui-ci, je le voyais très nettement venir. Cela faisait un moment maintenant qu'il se profilait et, quelque part en moi, je l'avais accepté. Pour autant, ce fut une autre paire de manches lorsqu'il se présenta pour de bon.

Cette nuit-là, je ne parvenais pas à dormir. J'étais montée tôt pour me coucher, mais le sommeil me fuyait. Ce fut ainsi que je descendis dans la bibliothèque, dans l'idée de lire quelque conte divertissant. Lorsque j'aperçus Alcuin se glisser dans la bibliothèque devant moi, je faillis faire demi-tour, fort peu désireuse qu'on me rappelle le changement qui venait de s'opérer dans nos statuts respectifs. Je ne sais pourquoi je n'en fis rien, si ce n'est peut-être à cause de l'air de grande résolution lisible sur son visage et du fait que j'étais formée à me montrer curieuse.

Comme il ne m'avait pas vue, je n'eus aucun mal à me placer dans un angle du couloir, plongé dans l'obscurité, et d'où je voyais tout. Delaunay était là, en train de lire ; il glissa un doigt dans l'ouvrage pour ne pas perdre sa page et releva les yeux à l'entrée d'Alcuin.

— Oui ?

Son ton était poli, mais on y percevait une certaine réserve. Je connaissais Delaunay ; il n'avait pas oublié ce que je lui avais dit.

— Messire, dit Alcuin d'une voix douce, vous n'avez même pas demandé à voir ma marque.

Même à distance, je vis distinctement Delaunay cligner des yeux.

— Maître Tielhard fait un excellent travail, répondit-il, embarrassé. Je ne doute pas qu'elle soit magnifique.

— C'est le cas. (Il y avait une note d'amusement dans sa voix, pour le moins inhabituelle.) Toutefois, messire, la dette entre nous n'est pas soldée tant que vous ne m'en aurez pas donné quitus. Voulez-vous voir ?

Alcuin disait vrai. Dans la tradition de la Cour de nuit, le Dowayne d'une maison doit inspecter la marque d'une adepte pour que la marque de celle-ci soit déclarée achevée. Je n'avais pas la moindre idée d'où Alcuin pouvait tenir pareille information. Peut-être était-ce une simple supposition de sa part, mais Alcuin me surprenait toujours par ses immenses connaissances. En tout cas, Delaunay, lui, le savait. Il reposa son livre.

— Si tu veux, répondit-il d'un ton très formel, en se levant.

Alcuin se tourna sans une parole, déboutonnant l'ample chemise qu'il portait, pour la laisser glisser dans son dos. Ses cheveux étaient détachés ; il les réunit dans une main pour les passer par-dessus une épaule. Ils formaient comme une corde de soie, blanche et lumineuse, sur son torse. Ses yeux noirs étaient baissés, ombrés par ses longs cils couleur vieil argent.

— Mon seigneur est-il satisfait ?
— Alcuin.
Delaunay produisit un son qui se voulait un rire, mais n'en était pas un. Levant une main, il toucha doucement les lignes qui venaient d'être réalisées.
— Est-ce que ça fait mal ?
— Non. (Avec la grâce irréelle qu'il mettait dans le moindre de ses actes, Alcuin se retourna pour mettre ses deux bras autour du cou de Delaunay.) Non, mon maître, cela ne fait pas mal.

Dans mon encoignure, je retins ma respiration, si vivement que l'air siffla entre mes dents ; personne n'entendit. Les mains de Delaunay vinrent se poser de part et d'autre de la taille d'Alcuin. Je crois qu'il allait le repousser. Mais Alcuin s'y attendait lui aussi ; il anticipa en attirant le visage de Delaunay vers sa bouche.

— Tout ce que j'ai fait, l'entendis-je murmurer, je l'ai fait pour vous, messire. Ne ferez-vous pas cette petite chose pour moi ?

Si Delaunay répondit, je ne l'entendis pas ; je vis seulement qu'il ne repoussa pas Alcuin, et c'en était assez. Un chagrin comme je n'en avais jamais connu encore m'envahit ; les larmes m'empêchaient de voir. Je reculai, une main contre le mur pour me guider, souhaitant uniquement ne plus rien entendre. Je n'étais pas une idiote romantique, à soupirer après ce qui ne pouvait pas être ; depuis que j'avais commencé à servir Naamah, je savais que mes talents n'étaient pas de ceux qu'appréciait Delaunay. Néanmoins, c'était autrement douloureux de découvrir que ceux d'Alcuin l'étaient. Tant bien que mal, je gravis l'escalier et titubai jusqu'à ma chambre. Je ne suis pas particulièrement fière de dire que je versai bien des larmes amères avant de m'endormir enfin, brisée par mes sanglots silencieux.

Le lendemain matin, je me sentais anéantie, vidée par la force de mes propres émotions. Cela m'aida à supporter la vue des cernes sous les yeux d'Alcuin et du petit sourire que je ne l'avais vu arborer qu'une seule fois, après sa nuit avec Mierette nó Orchis. Je regrettai presque de ne pouvoir le haïr pour cela, mais je savais trop bien ce qu'il éprouvait pour Delaunay.

Vraiment trop bien.

Pour sa part, Delaunay prit ça tranquillement, mais quelque chose en lui paraissait s'être détendu. Je ne saurais trouver les mots pour le décrire, mais c'était la même chose que ce que j'avais déjà vu lors de notre séjour à la campagne. Une part de lui-même, sur laquelle il conservait un contrôle permanent, semblait maintenant jouir d'un plus grand espace pour respirer. Je le percevais dans sa voix, dans chacun de ses gestes, dans sa manière de sourire quand auparavant il se contentait de hausser un sourcil d'un air cynique.

Je ne sais pas ce que j'aurais fait si ne nous étaient pas parvenues précisément ce jour-là des nouvelles de La Serenissima. Entre l'ennui et le désespoir, j'étais résolue à mettre la tolérance de Delaunay à l'épreuve, sans me soucier qu'il décidât ou non de vendre ma marque. C'est étrange de resonger à un chagrin dont on pensait alors qu'il pourrait être mortel et de se dire qu'il ne représentait pas le dixième de ce qu'est le véritable désespoir. Mais cela vint plus tard. Là, j'étais juste suffisamment misérable pour jouer avec des idées morbides.

Ce fut le comte de Fourcay, Gaspar Trevalion,

qui nous apporta la nouvelle. Depuis le procès, son amitié pour Delaunay était plus forte que jamais ; il avait surmonté l'épreuve judiciaire avec une dignité admirable. L'opprobre de la trahison n'avait pas atteint Fourcay.

La nouvelle qu'il apportait du palais était en fait mitigée. Vitale Bouvarre avait bien été arrêté par le prince Benedict, mais on l'avait retrouvé pendu dans son cachot avant qu'il eût pu confesser quoi que ce fût. D'après la rumeur, le geôlier habituel avait été remplacé par un homme qui avait des dettes de jeu envers Dominic Stregazza. Lorsqu'on se mit à la recherche de cet homme, ce fut uniquement pour retrouver son corps flottant dans le canal. En le tirant de l'eau, on découvrit qu'il avait eu la gorge tranchée.

Le prince Benedict n'était pas idiot, semble-t-il ; il envoya chercher son gendre, Dominic. Mais Barquiel L'Envers – ou peut-être son cousin – avait craint que le fuyant Stregazza parvînt à force de mensonges à s'exonérer de ses crimes, ce qui, qu'on le veuille ou non, était bien possible. Toujours est-il que la troupe de Dominic fut attaquée sur la route par une bande de cavaliers masqués – de redoutables archers en l'occurrence – qui s'enfuirent sans être rattrapés en laissant derrière eux quatre cadavres, dont celui de Dominic Stregazza.

— D'après ce qui se dit, poursuivit Gaspar plein de sagacité, un des survivants a reconnu un harnachement akkadian sur le cheval d'un des assaillants ; des glands de cuivre sur la bride ou quelque chose comme ça. On dit également que le duc L'Envers aurait pris goût aux mœurs locales pendant son ambassade dans le Khalifat. Savez-vous quelque chose à ce sujet, Anafiel ?

Delaunay secoua la tête.

— Barquiel L'Envers ? Vous plaisantez, mon ami.

— Peut-être. Mais j'ai aussi entendu que Benedict avait ajouté un post-scriptum à sa lettre, suppliant Ganelon de lui livrer L'Envers pour l'interroger. (Il haussa les épaules.) Il se peut bien sûr qu'il insiste un peu sur la question pour faire oublier les autres préoccupations que connaît La Serenissima. On parle d'un nouveau chef de guerre skaldique. Toutes les villes-États des Caerdiccae Unitae sont subitement prises de frénésie à l'idée de constituer soudain une alliance militaire.

— Vraiment ? (Delaunay fronça les sourcils, je savais qu'il était inquiet, sans nouvelles de Gonzago de Escabares depuis ses remerciements aimables pour la traduction que j'avais faite pour lui.) Est-ce que Benedict prend ça au sérieux ?

— Plutôt sérieusement. Il a envoyé un message à Percy de Somerville l'exhortant à garder un œil du côté du Camlach. Heureusement que nous avons le jeune d'Aiglemort et ses alliés qui tiennent les lignes là-bas.

— En effet, murmura Delaunay. (Au son de sa voix, je sus qu'il ne partageait pas cet enthousiasme.) Donc, on ne parle pas du châtiment à appliquer aux Stregazza ?

— Pas dans l'immédiat. (Gaspar Trevalion baissa soudain la voix.) Je vous le dis en confidence, mon ami, mais je doute que Benedict de la Courcel pleure bien longtemps la mort de son gendre. Je crois volontiers qu'il lui aurait bien limé les crocs lui-même s'il n'avait pas craint son venin.

— À juste titre.

Delaunay ne s'étendit pas sur la question – je savais ce qu'il voulait dire par là, et je crois que Gaspar Trevalion le savait aussi ; il changea de sujet.

Patiemment, j'attendis la fin de leur entrevue, l'esprit plus qu'à moitié parti ailleurs. Dans ces cas-là, plus que l'entraînement de Delaunay, c'est la discipline de la Cour de nuit qui me permet de conserver une façade. C'est une chose utile que de savoir sourire et verser du vin avec grâce alors qu'on a le cœur déchiré. Lorsque le comte de Fourcay fut enfin parti, je saisis l'occasion d'un face-à-face avec Delaunay.

— Messire, dis-je poliment, vous m'avez dit que je pourrais reprendre le service de Naamah lorsque cette histoire serait réglée.

— J'ai dit ça ? (Il avait l'air un peu surpris ; il n'était pas au mieux de sa forme et je le soupçonnais de manquer un peu de sommeil.) Oui, je suppose que je l'ai dit. Eh bien, je respecterai ma parole, maintenant que nous avons cette nouvelle. Mais attention, tu n'iras nulle part sans être accompagnée du Cassilin.

— Oui, mon maître. Y a-t-il des demandes à satisfaire ?

— Quelques-unes, répondit Delaunay d'un ton sec. (En fait, elles étaient très nombreuses.) As-tu quelque chose en tête ?

Je pris une profonde inspiration et affermis ma voix.

— J'ai une dette à régler avec Childric d'Essoms.

— D'Essoms ! (Ses sourcils auburn étaient au milieu de son front.) Il m'a fait une demande la semaine passée, Phèdre, mais je préférerais que sa colère s'éteignît un peu avant que tu le revoies.

D'Essoms nous a livré tout ce qu'il avait à offrir. Nous ne tirerons plus rien de lui, à moins que Barquiel prépare quelque chose, mais je ne vois pas bien quoi. En fait, j'en doute fort. Il a conclu son alliance et obtenu sa vengeance ; il est suffisamment intelligent pour faire le dos rond quelque temps.

— Envoyez-moi où bon vous semble, messire, dis-je en toute sincérité. Mais je suis une servante de Naamah et j'ai une dette envers Childric d'Essoms pour ce que j'ai fait pendant que je la servais.

— Très bien. (Delaunay me lança un coup d'œil curieux.) Je ne te contredirai pas sur cette question. Je te communiquerai les autres offres pour que tu les examines et je signerai le contrat avec d'Essoms. (Il se leva pour me caresser les cheveux ; dans ses yeux, la curiosité se muait en inquiétude.) Tu es sûre de ce que tu fais ?

— Oui, messire, murmurai-je, fuyant sa main avant que les larmes me submergent.

De ce rendez-vous, peut-être vaut-il mieux que je dise le moins possible. Sachez seulement que la colère de d'Essoms ne s'était en rien atténuée – ce dont je me félicitai, car cela convenait parfaitement à mon humeur. Jamais encore je n'avais oublié mes malheurs dans le service de Naamah ; c'est ce que je fis ce jour-là. Il n'y eut rien d'artistique dans ce qui se passa entre nous ; conforté par sa rage et le contrat signé, d'Essoms m'accueillit par un coup puissant en travers du visage. Je me retrouvai étendue au sol, avec le goût du sang dans ma bouche, noyée dans la brume rouge de Kushiel venu exiger que lui soit accordée la délivrance bénie.

Je fis tout ce qu'il m'ordonna et plus encore.

Lorsqu'il m'attacha à la croix, je sentis sur ma

peau les échardes du bois aussi douces que les mains d'un amant. Je criai sous le premier baiser de la lanière, frissonnant de plaisir sans pouvoir me retenir ; d'Essoms me maudit et mania le fouet avec fureur, jusqu'à ce que la douleur submerge le plaisir et que je gémisse de l'une et de l'autre, ballottée par la souffrance, la culpabilité et la rage, le chagrin et le ressentiment, ayant oublié jusqu'à la nature de la délivrance après laquelle je criais.

Lorsqu'il en eut terminé, d'Essoms se montra tendre ; je ne m'étais pas attendue à cela.

— Plus jamais, Phèdre, murmura-t-il en me berçant doucement contre lui, épongeant le sang qui coulait du bourbier de zébrures sur mon dos. Promets-moi de ne plus jamais me trahir ainsi.

— Oui, seigneur, promis-je, perdue dans un tourbillon d'agonie et de catharsis. (Tout au fond de mon esprit, une part de moi-même espéra que Delaunay disait vrai et qu'il n'y avait plus rien à tirer de Childric d'Essoms.) Plus jamais.

Il murmura quelque chose – je ne sais quoi – et continua à prendre soin de mes marques, essorant l'éponge. L'eau chaude coulait sur mon dos et je me sentais bien, alanguie après tout ça, heureuse que le premier de mes clients veuille encore de moi. Je l'aimais un peu pour cela ; c'était plus fort que moi, j'avais toujours aimé mes clients, au moins un petit peu. Je ne l'avais jamais dit à Delaunay, mais je pense qu'il l'avait deviné.

Lorsque je pénétrai dans le vestibule d'entrée de d'Essoms, mon apparence ne trahissait rien. Certes, je titubais un peu, mais d'autres détails devaient être éloquents ; les yeux de Joscelin s'agrandirent démesurément et il bondit sur ses pieds, en état de choc.

— Par le nom d'Elua ! souffla-t-il. Phèdre…

Sans doute fut-ce la douleur ou la faiblesse, quoique j'incline à penser que ce fut la surprise de l'entendre dire ainsi mon nom, toujours est-il que mes jambes se dérobèrent. En deux enjambées, Joscelin fut à mes côtés ; sans autre forme de procès, il me prit dans ses bras et marcha vers la porte.

— Joscelin. (L'irritation m'éclaircissait les idées.) Joscelin, repose-moi. Je peux marcher.

Il fit « non » de la tête, plus têtu encore qu'aucun de ses frères.

— Pas tant que je serai responsable de vous ! (Il esquissa un coup de menton à l'intention du serviteur en livrée de d'Essoms.) Ouvre la porte.

Lorsque nous débouchâmes dans la cour, je me félicitai d'être dans la demeure de d'Essoms et non pas dans ses appartements au palais ; il n'y avait personne d'autre qu'un valet d'écurie, stupéfait, pour voir Joscelin Verreuil, revêtu de sa tunique grise de frère cassilin, en train de me porter jusqu'au carrosse de Delaunay, mon manteau *sangoire* répandu sur ses bras de cendres et d'acier. Je fis de mon mieux pour ignorer la puissance de ces bras et la fermeté du torse contre lequel ils me tenaient.

— Idiot ! sifflai-je entre mes dents tandis qu'il me déposait avec précaution à l'intérieur. C'est *ça* que je fais !

Joscelin donna l'ordre au cocher de rentrer, puis s'assit face à moi ; bras croisés, il me regardait.

— Si telle est votre vocation, j'aimerais savoir quel péché j'ai pu commettre pour qu'on m'ordonne ainsi d'en être le témoin à qui on interdit de faire quoi que ce soit !

— Je n'ai pas demandé que tu viennes avec moi.

Je fis une grimace lorsque le fiacre se mit en branle, me projetant contre le dossier.

— Et c'est moi que vous traitez d'idiot, marmonna Joscelin.

32

Delaunay ne fit guère de commentaire sur mon état, autre que pour dire de son ton le plus sec qu'il était bien heureux de me récupérer en un seul morceau – et me recommander d'user sans modération de l'onguent du médecin yeshuite ; ce que je fis. Comme je l'ai déjà dit, je suis de constitution robuste ; bientôt, les traces de la colère de d'Essoms s'estompèrent sur ma peau.

Pendant que je me remettais de ce rendez-vous – car il serait malséant d'aller chez un client avec sur le dos les marques d'un autre – Delaunay organisa un petit dîner réunissant certains de ses amis ; Thelesis de Mornay était du nombre. Lorsqu'elle repassa quelques jours plus tard, je supposai que c'était pour voir Delaunay, mais j'étais dans l'erreur.

En fait, elle était venue m'inviter au spectacle d'une troupe d'acteurs jouant une pièce écrite par un ami à elle.

Personne, hormis Hyacinthe, ne m'avait jamais invitée pour le simple plaisir de ma compagnie ; la perspective m'enthousiasmait.

— Puis-je y aller, messire ? demandai-je à Delaunay, sans même me soucier qu'il entendît la note suppliante dans ma voix.

Il hésita, sourcils froncés.

— Elle sera en sûreté avec moi, Anafiel. (Elle lui fit son aimable sourire, qui mettait de la chaleur dans le noir de ses yeux lumineux.) Je suis la poétesse du roi, sous la protection de Ganelon. Personne ne serait assez fou pour plaisanter avec ça.

Une petite grimace douloureuse passa sur le visage de Delaunay, comme sous le coup d'une vieille blessure.

— Vous avez raison, concéda-t-il. C'est donc d'accord, à condition que toi, ajouta-t-il en me pointant du doigt, tu te conduises correctement.

— Oui, messire !

Oubliant que j'étais toujours fâchée avec lui, je l'embrassai sur la joue et courus prendre mon manteau.

J'avais souvent eu l'occasion de voir des acteurs dans le quartier du Seuil de la nuit, et de les entendre déclamer des petits bouts de la pièce du moment, mais jamais encore je n'avais assisté à une véritable représentation. C'était exaltant. La pièce était jouée selon l'ancien style hellène : les acteurs portaient des masques somptueux et le texte était déclamé sur le mode d'une poésie. J'adorai chaque instant du spectacle, de bout en bout. À la fin, mes joues étaient devenues vermillon sous le coup de l'excitation ; je crois que je remerciai Thelesis une dizaine de fois au moins.

— Je pensais bien que tu aimerais, dit-elle en souriant. Le père de Japheth était un adepte de la maison de l'Églantine, avant qu'il se marie. C'est la première pièce écrite en dehors de la Cour de nuit qui raconte ainsi l'histoire de Naamah. Voudrais-tu que je te le présente ?

Je l'accompagnai dans les loges, derrière la scène. Par rapport à la prestation parfaitement huilée, les salles réservées aux artistes n'étaient qu'un immense capharnaüm. Les masques étaient traités avec soin – les comédiens sont superstitieux avec ces choses-là – mais les vêtements et les accessoires étaient entassés au petit bonheur ; le bruit des chamailleries des acteurs se mêlait à celui d'une relecture triomphante de la pièce.

Je reconnus immédiatement l'auteur ; c'était le seul à porter une tenue sobre. Apercevant Thelesis, il s'approcha d'elle les bras grands ouverts, l'œil brillant.

— Ma chérie ! s'exclama-t-il en lui donnant le baiser de bienvenue. Qu'en as-tu pensé ?

— C'était magnifique. (Elle m'adressa un sourire.) Japheth nó Églantine-Vardennes, voici Phèdre nó Delaunay, qui a littéralement adoré ta pièce.

— C'est un honneur pour moi.

Japheth m'embrassa la main comme un courtisan. Il était jeune et beau, avec des cheveux châtains ondulés et des yeux bruns.

— Vous vous joignez à nous pour un verre à l'auberge *Le masque et le luth* ? demanda-t-il en reportant son attention sur Thelesis. Nous fêtons notre première triomphale.

Avant qu'elle pût répondre, il y eut un mouvement du côté de la porte ; l'un des acteurs poussa un petit cri et un silence épais tomba sur le coin qu'ils occupaient à l'instant où pénétra dans la pièce un homme de haute taille. Je le reconnus à son visage long et intelligent, ainsi qu'à son habitude d'agiter un mouchoir parfumé sous son nez : le sire Thierry Roualt, ministre de la Culture du roi. Japheth se composa une mine et salua d'une inclinaison du buste.

— Messire Roualt, dit-il avec circonspection. Vous nous honorez.

— Oui, bien sûr. (Le ministre de la Culture agita son mouchoir ; son attitude exprimait la lassitude.) Votre pièce n'est pas déplaisante. Vous la jouerez pour le plaisir de Sa Majesté dans cinq jours d'ici. Mon sous-secrétaire verra les détails avec vous. (Le mouchoir fit un nouveau va-et-vient.) Le bonsoir.

Tous retinrent leur respiration jusqu'à ce qu'il fût sorti, avant d'exploser de joie, dans un tonnerre de vivats et d'embrassades. Japheth sourit à Thelesis.

— Maintenant, vous n'avez plus choix. Vous devez venir avec nous !

Le masque et le luth est un établissement réservé aux acteurs, auquel n'accèdent que les membres de la Guilde et leurs invités. En tant que poétesse du roi, Thelesis de Mornay y avait ses entrées en permanence ; par contre, seule, je n'aurais pas été admise. Je me réjouissais donc de l'occasion. Assise, je sirotais un verre de vin en m'émerveillant des querelles et discussions théâtrales des acteurs, pareils à des enfants ; cela n'était pas sans me rappeler les rivalités entre les adeptes de la maison du Cereus, une fois les portes refermées.

Je ne prêtais donc guère attention à la discussion entre Japheth et Thelesis tout le temps où ils parlèrent poésie, mais lorsqu'ils en vinrent à la politique, mon oreille formée à l'école Delaunay se dressa tout naturellement.

— Une rumeur m'est revenue, dit-il en baissant la

voix. L'une des filles de ma troupe la tient de l'intendant de la Chambre privée, qui est amoureux d'elle. Il paraîtrait que le duc d'Aiglemort a rencontré le roi en secret pour demander la main de la Dauphine. Est-ce vrai ?

Thelesis secoua la tête.

— Je n'ai rien entendu de tel ; mais je n'ai aucun contact au sein de la Chambre privée, répondit-elle avec un sourire.

— Certes. (Japheth fit une grimace.) Peu importe après tout, pour ce que ces ragots nous rapportent ! En tout cas, je lui ai ordonné le silence, au moins pour l'instant. Je ne voudrais pas gâcher nos chances de jouer pour le roi.

— Ça va être magnifique.

Je tins ma langue pendant au moins trois secondes, mais je fus incapable de résister.

— Et qu'a répondu le roi ? demandai-je de mon ton le plus innocent.

— Il a refusé sans donner de raison. (Japheth haussa les épaules.) Il dit « non » à tous les prétendants. C'est ce que j'ai entendu. Peut-être d'Aiglemort pensait-il avoir droit à une prime, pour avoir amené la maison Trevalion devant la justice. D'ailleurs, peut-être y a-t-il droit – mais en tout cas, pas à celle-là.

Sur ces mots, il orienta la conversation sur un autre sujet.

Sans être poétesse ou actrice moi-même, je n'en suis pas moins relativement lettrée, si bien que je passai une excellente soirée. Lorsque le fiacre de Thelesis me ramena à la maison de Delaunay, je la remerciai encore. Elle me gratifia d'un sourire chaleureux et me prit les mains.

— Cela m'a fait plaisir de te changer les idées, Phèdre, dit-elle aimablement. Cela fait longtemps que je connais Anafiel Delaunay. Si ton cœur a de l'affection pour lui, ne le juge pas trop durement. Il a beaucoup perdu dans sa vie – et ses vers ne représentent pas la moindre de ses pertes. S'il n'y avait pas eu… plusieurs choses, ce serait probablement lui le poète du roi, et pas moi. Alcuin lui fait du bien, même si Delaunay lui-même ne le sait pas. Autorise-lui cette petite joie.

— Je m'y efforcerai, ma dame, promis-je, stupéfaite de sa bonté.

Elle me sourit de nouveau et me souhaita bonne nuit.

S'il ne s'était pas passé ce qui se passa par la suite, peut-être n'aurais-je pas accordé plus d'attention à ce qu'avait raconté le dramaturge. Bien sûr, toute affaire cessante, je rapportai toute l'histoire à Delaunay, qui en prit connaissance sans manifester de surprise. En fait, son unique étonnement venait de ce qu'Isidore d'Aiglemort eût mis si longtemps à faire sa demande. Je ne sais pas ce qu'il pensa de la réponse du roi, hormis qu'elle était conforme à ce qu'il en avait attendu. Sur ce, j'aurais chassé cette information de mon esprit, si une invitation n'était pas arrivée le lendemain pour Delaunay, le priant d'assister à la représentation royale de la *Passion de Naamah* de Japheth nó Églantine-Vardennes.

Étant ce qu'il était, Delaunay n'en fit pas une bien grande affaire ; ce n'était pas la première fois, loin de là, qu'il était invité à la cour. Mais je vis l'invitation et elle portait le sceau de la maison Courcel.

Telles que les choses se présentaient, j'avais un rendez-vous le jour même de la représentation – pour honorer la promesse que j'avais faite à Rogier Clavel, de retour de Khebbel-im-Akkad avec le duc L'Envers. J'étais assez heureuse de cette perspective, car le travail serait aisé et j'espérais que son deuxième cadeau serait à la hauteur du premier. Il avait proposé d'envoyer son propre carrosse, mais Delaunay avait décliné ; toutefois, lorsqu'il reçut l'invitation, il se ravisa pour accepter les offres de transport de Clavel. Il ne me fournit aucune explication à cela, mais je compris qu'il aurait besoin de son équipage. Cela ne serait pas convenable d'arriver à une soirée du roi suant et soufflant sur le dos d'un cheval.

Comme de juste, Joscelin m'accompagnerait. Nous n'avions guère parlé depuis mon rendez-vous avec Childric d'Essoms, mais je savais qu'il n'était pas plus heureux qu'auparavant. *Eh bien*, songeai-je, *au moins devrait-il apprécier Rogier Clavel, dont les désirs sont si simples à satisfaire.*

Donc, Joscelin faisait le pied de grue dans l'entrée des appartements de messire Clavel – plus vastes et agréables que les précédents, remarquai-je – tandis que nous folâtrions. Je crois pouvoir dire que Rogier Clavel ne fut pas mécontent du tout, et si une part non négligeable de mon esprit était ailleurs, il n'en remarqua rien. Pour ma part, je ne pouvais m'empêcher de penser à la pièce de Japheth qu'on jouait au théâtre du palais, et à la mystérieuse invitation que Delaunay avait reçue. Rogier Clavel préférait les rendez-vous dans l'après-midi ; je sus très exactement lorsque arriva l'heure du début de la représentation. Le soir tombait ; nous avions fini notre sport et j'éventais Rogier allongé sur un lit de coussins moelleux, tandis que séchait doucement sur sa peau la pellicule brillante qu'y avaient amenée ses efforts.

Lorsqu'il se leva pour enfiler sa tunique et venir à son coffre, une idée m'était venue.

— Merci, messire, murmurai-je en nouant sa bourse généreuse à ma ceinture.

— Tu as tenu parole, et plus encore. (Il me regarda avec de l'ardeur dans les yeux.) Et moi aussi, Phèdre. Le roi m'a accordé un domaine dans L'Agnace. Penses-tu que ton maître Delaunay t'autorisera à me voir de nouveau ?

— Peut-être. (Je fixai sur lui un regard pensif.) Messire Clavel, dites-moi, existe-t-il une autre sortie pour quitter vos appartements ?

— Oui, bien sûr. Il y a le passage de service menant aux cuisines. (Il cligna des yeux.) Mais pourquoi demandes-tu ça ?

J'y avais pensé et je tenais ma réponse prête.

— Il y a… quelqu'un… que je dois voir. (J'avais mis ce qu'il fallait d'hésitation dans ma voix pour laisser entendre qu'il s'agissait d'un client dont je n'osais dire le nom.) Une personne qui a fait une offre à Delaunay et qui prendrait en mauvaise part d'avoir un Cassilin sur le seuil de sa porte. Mais vous savez comme ils sont pointilleux dans l'exercice de leur mission. Quoi qu'il en soit, Delaunay m'a demandé d'aller porter le message si l'occasion se présentait pour moi de le faire sans que le Cassilin soit présent.

— Je pourrais porter ce message pour toi.

— Non ! (Je secouai la tête avec un air alarmé.) Messire, les servants de Naamah sont réputés pour leur discrétion. De grâce, ne faites rien qui puisse nuire à la mienne. Simplement, si vous pouviez envoyer votre fiacre à l'aile ouest, et prier le frère

Verreuil de m'y rejoindre, je… serais votre débitrice… et d'autres avec moi certainement.

Rogier Clavel cogita un instant ; je suivis sur son visage l'évaluation qu'il faisait des risques et des gains. Finalement, ces derniers l'emportèrent et il hocha la tête, agitant son menton généreux.

— Ce n'est pas très difficile à faire. Tu parleras de moi à Delaunay ?

— Bien sûr.

Je mis mon manteau sur mes épaules, souris, puis lui déposai un baiser sur la joue.

— Je le ferai avec grand plaisir, messire.

Je ne prétends pas connaître le palais aussi bien que ceux qui y vivent, mais je crois que je le connaissais suffisamment pour trouver mon chemin jusqu'au théâtre du roi dans l'aile ouest. C'était une construction immense et impressionnante, que même un provincial aurait bien du mal à louper. Toutefois, je ne connaissais pas du tout les passages de service, bien plus étroits et bien moins éclairés que les grands couloirs, bâtis semble-t-il uniquement pour m'égarer. Pour finir, je trouvai une sortie donnant dans le palais lui-même, débouchant dans une vaste salle vide. Je clignai des yeux, éblouie.

Un bruit de pas m'arriva du couloir adjacent ; deux hommes, se déplaçant rapidement, à en juger par ce que j'entendais. Leurs voix me parvinrent avant même que je les voie.

— Par l'épée de Camael ! s'exclamait l'une d'elles. Ce n'est quand même pas trop demander pour protéger le royaume. Ce vieux fou oublie un peu ce qu'il me doit !

— Peut-être n'a-t-il pas tort, Isidore. Croyez-vous vraiment que les Chasseurs de gloire vous suivraient, sachant que vous avez trahi Baudoin ? demanda la seconde voix avec quelque hésitation. En outre, ils n'appartiennent pas à Camael.

— Il y a une centaine de guerriers entraînés au combat dans les montagnes. Ils auraient suivi, si je les avais menés ; une poignée m'aurait suffi pour nous en débarrasser. Mais tant pis, je recruterai dans les villages s'il le faut. Nous verrons bien ce qu'en dira Courcel lorsque les paysans commenceront à mourir en son nom. Il me donnera les Chasseurs de gloire. (Isidore passa l'angle du couloir et s'arrêta en m'apercevant.) Un instant, Villiers, dit-il en retenant son compagnon par le bras.

Aucune échappatoire ne s'offrait à moi ; j'exécutai une courte révérence et poursuivis mon chemin, tête baissée, mais d'Aiglemort me saisit à l'épaule et fixa sur moi son regard dur.

— Qui es-tu et à qui appartiens-tu ?

— Je suis ici pour le service de Naamah, messire.

Il avisa mon manteau et étudia mes yeux ; ce furent ces derniers qu'il reconnut.

— On dirait bien, je t'ai déjà vue, non ? C'est toi qui as offert de la *joie* à Baudoin de Trevalion le soir du Bal masqué de l'hiver.

Il me relâcha ; j'avais l'impression que ses doigts restaient incrustés dans ma peau. Son regard brillant passait sur moi, pareil à de la glace sur un rocher noir.

— Bien, garde le silence de Naamah et veille à ne pas m'attirer le même destin, petite adepte, car moi, je sers Camael.

— Oui, messire.

Je fis une nouvelle révérence, réellement effrayée, et heureuse pour une fois qu'un pair du royaume ne m'ait pas reconnue comme étant l'*anguissette* de Delaunay. Ils poursuivirent leur chemin ; le compagnon de d'Aiglemort – le comte de Villiers, supposai-je – se retourna une fois pour me lancer un regard. Puis ils disparurent.

Si je n'avais pas été perdue, j'aurais peut-être été ébranlée au point de renoncer à mon plan ; en l'état, je n'avais toutefois d'autre choix que de trouver ma route vers l'aile ouest. Le temps d'y parvenir, j'avais recouvré tout mon calme et ma curiosité avait repris le dessus.

Il y avait une chose que j'avais oubliée néanmoins ; nous étions au palais et des membres de la garde royale étaient postés à chaque entrée du théâtre, hallebardes dressées. Hors de vue, je jetai un coup d'œil à l'intérieur de la salle plongée dans l'obscurité ; les acteurs étaient sur la scène, éclairée par un ingénieux système de lampes et de torches, mais je ne parvins à distinguer aucun visage dans le public. En tout cas, je voyais la loge royale, qui était vide. Déçue, je pivotai sur mes talons pour me diriger vers la porte ouest et sortir du palais.

Avec une synchronisation parfaite, mon mouvement me permit de voir Delaunay qui sortait du théâtre, les yeux fixés sur un message qu'il tenait à la main.

Si je poursuivais ma route, il allait me voir. Mon esprit fonctionnait à toute allure. Je retirai mon manteau *sangoire* et le pliai sur mon bras, dirigeant résolument mes pas vers l'arrière du théâtre. S'il était conçu comme celui que j'avais déjà vu, je pourrais me cacher dans les loges ; je n'osais pas imaginer qu'elle serait la colère de Delaunay s'il me surprenait. Au pis aller, j'aimais encore mieux la perspective d'affronter d'Aiglemort.

Par chance, mon calcul était bon ; la première pièce des loges était ouverte et vide, hormis bien sûr le fatras habituel de vêtements et d'accessoires. Par la porte suivante me venaient les bruits d'une fébrile activité ; apparemment, la pièce où je me tenais était suffisamment éloignée de la scène pour ne pas être utilisée pendant la représentation. Les loges et installations du théâtre royal étaient de loin plus généreuses que celles auxquelles les acteurs étaient accoutumés. Par exemple, sur un mur, il y avait un grand miroir de bronze, plus grand que moi, et dont le prix devait atteindre des sommets. Je m'arrêtai un instant pour étudier mon visage et me composer une allure. C'est alors que le miroir commença de pivoter sur des gonds habilement dissimulés, comme une porte qui s'ouvre.

Entre Delaunay dans le grand hall d'entrée et Elua sait qui derrière ce miroir, mes choix étaient limités. Si nous n'avions pas été dans le palais du roi, je me serais risquée à demander à Japheth nó Églantine-Vardennes de me cacher ; ici, je doutais de pouvoir compter sur lui. Je me précipitai dans l'unique refuge qui s'offrait à moi : une chaise couverte de vêtements entassés. Après m'être faufilée entre les pieds de la chaise, je tirai un bouclier de carton devant moi. Toute tassée dans mon étroite cachette, j'élevai une prière à Elua pour qu'elle suffît à me dissimuler. Il y avait un jour entre le bord du bouclier et une longue robe criarde. Je tirai délicatement sur le tissu pour masquer l'ouverture, avant de me raviser et d'épier au contraire par cet interstice.

Le miroir acheva sa rotation, m'offrant une vision

réfléchie de la pièce sous un angle étonnant. Je vis ainsi ma cachette ; rien ne trahissait ma présence dans l'ombre des vêtements tous très hauts en couleur. Une femme, grande et mince, se glissa dans la pièce. Elle portait un lourd manteau, avec une profonde capuche qui lui dissimulait les traits. Néanmoins, à sa manière de bouger pour refermer derrière elle, je supposai qu'elle devait être jeune.

À cet instant, Anafiel Delaunay pénétra dans la pièce.

Je faillis me trahir par un hoquet de surprise ; je cessai de respirer pour ne plus bouger. Delaunay jeta un coup d'œil attentif alentour, puis inclina la tête devant la femme.

— Me voici en réponse à ce message, dit-il en produisant la feuille que je l'avais vu lire.

— Oui.

La voix féminine était jeune sans conteste, même si elle sonnait étouffée depuis les profondeurs de la capuche. Elle enfouit chacune de ses mains dans la manche opposée, sans prendre le message qu'il tendait.

— Je suis... ma maîtresse m'a ordonné de vous demander quelles nouvelles vous avez concernant... une certaine question.

— Une certaine question ? demanda Delaunay en écho. Comment puis-je savoir avec certitude qui vous servez, ma dame ?

Depuis mon affût, je vis ses mains bouger à l'intérieur de ses manches. Elle en tendit une, très vite, pour lui remettre quelque chose qui brillait. À ce que je vis, il s'agissait d'un anneau en or. Delaunay le saisit et elle retira sa main, précipitamment.

— Connaissez-vous cette bague ? demanda-t-elle.

Delaunay l'observa sous tous les angles, la tournant et la retournant entre ses doigts.

— Oui, murmura-t-il.

— Je… ma maîtresse m'a ordonné de vous demander s'il est exact que vous ayez prêté serment sur ce bijou.

Delaunay releva la tête ; les émotions subitement apparues sur son visage étaient à la fois trop nombreuses et trop complexes pour être déchiffrées.

— Oui, Ysandre, dit-il d'une voix douce. C'est la vérité.

Elle eut un hoquet, puis ses mains vinrent repousser sa capeline ; je reconnus alors l'or pâle des cheveux d'Ysandre de la Courcel.

— Vous saviez, dit-elle, et je reconnus également sa voix. Alors, dites-moi quelles nouvelles vous avez.

— Je n'en ai aucune. (Delaunay secoua lentement la tête.) J'attends un message de Quintilius Rousse. Si je l'avais reçu, j'en aurais averti Ganelon dans la minute.

— Mon grand-père. (Il y avait une tension dans sa voix ; la Dauphine ne tenait pas en place, mais son regard demeurait rivé sur Delaunay.) Mon grand-père vous utilisera et vous tiendra éloigné de moi. Mais je voulais voir par moi-même. Je voulais savoir si c'est vrai.

— Ma dame, répondit Delaunay de ce ton aimable qu'il avait pris, ce n'est pas un endroit sûr pour vous. Et il n'est pas sûr non plus que nous parlions de… cette question.

Elle eut un rire où perçait une pointe d'amertume.

— C'est le mieux que j'aie pu faire. J'occupe les appartements de la reine maintenant, vous savez, depuis la mort de ma mère. Il y eut autrefois, il y a plus d'un siècle de ça, une reine amoureuse d'un acteur, Joséphine de la Courcel. C'est elle qui fit construire ce passage.

Elle traversa la pièce pour venir jusqu'au miroir, appuyant sur le mécanisme secret qui l'ouvrait. Je vis les sourcils de Delaunay s'arquer un instant.

— Messire Delaunay, je suis seule dans cette affaire, sans ami pour m'aider, ni aucun moyen de savoir qui croire et qui ne pas croire. Si vous êtes fidèle à votre serment, refuserez-vous de me conseiller ?

Delaunay s'inclina, comme il l'avait déjà fait lorsqu'elle avait révélé son visage. Il se redressa et lui rendit la bague.

— Ma dame, je suis à vos ordres, murmura-t-il.

— Alors suivez-moi.

Elle fit un pas et disparut derrière le miroir. Sans marquer la moindre hésitation, Delaunay la suivit. Le miroir se referma derrière eux ; il était de nouveau à sa place et rien n'indiquait ce qu'il cachait.

Malgré les crampes, je demeurai dans mon inconfortable cachette pendant quelques minutes encore, jusqu'à ce que j'aie l'absolue certitude qu'ils étaient bien partis. Repoussant le bouclier de carton, je rampai pour sortir, puis vins devant le miroir pour voir si j'avais l'air aussi idiote que j'en avais le sentiment. C'était bien le cas.

Je pris une profonde inspiration. Ensuite, je me contraignis à recouvrer mon sang-froid et me préparai à la confrontation suivante qui m'attendait derrière la porte ouest.

Elle se présenta sous les traits d'un frère cassilin hors de lui. J'avais déjà vu Joscelin blême de rage ;

cette fois-ci, dans le fiacre de Rogier Clavel, il était au bord de l'apoplexie.

— Je ne vous laisserai pas, commença-t-il d'une voix de métal, compromettre mon serment…

Rendue lasse par l'épuisement qui suit une tension prolongée, je le coupai sans autre formalité.

— Joscelin. Ton ordre n'a-t-il pas fait le serment de protéger les descendants d'Elua ?

— Vous le savez très bien, répondit-il, troublé, incapable de deviner où je voulais en venir.

Pour ma part, je n'étais plus en état de mettre les formes.

— Alors tais-toi et ne me demande rien. Ce que j'ai vu aujourd'hui pourrait bien mettre en péril la maison Courcel elle-même. Et si tu es assez fou pour en parler à Delaunay, il prendra notre tête à tous les deux.

Sur ces mots, je pris place dans la voiture et m'installai pour la route.

Au bout d'un certain temps, Joscelin donna l'ordre du départ au cocher, puis me rejoignit à l'intérieur. Son regard conservait toute sa fureur, mais une nouvelle note s'y était ajoutée : la curiosité.

33

Delaunay rentra aux petites heures du jour le lendemain ; toute la matinée, il demeura tranquille et pensif. J'étais presque convaincue que Joscelin allait faire état de mon escapade, mais je me trompais. Il effectua ses exercices du matin dans un état de concentration suraiguë, insensible au froid vif et piquant ; les lames à double tranchant de ses dagues traçaient d'étonnantes arabesques.

Engoncée dans mes vêtements les plus chauds, je restais à frissonner sur la terrasse, absorbée dans la contemplation. Lorsqu'il eut fini, il remit ses lames au fourreau et vint me parler.

— Jurez-vous que ce que vous me demandez ne va pas à l'encontre de l'honneur et de mon serment ? demanda-t-il d'une voix calme.

Tous ces exercices et pas même essoufflé ; à rester debout dans le froid, j'avais déjà du mal à respirer.

— Je le jure, répondis-je avec un hochement de tête, tout en luttant pour ne pas claquer des dents.

— Alors je ne dirai rien. (Il leva sa main droite recouverte de mailles pour pointer son index sur moi.) Pour cette fois. Et si vous promettez de ne plus vous jouer de moi lorsque vous êtes sous ma protection. Quoi que je puisse en penser, je ne vous empêche pas d'honorer vos vœux à Naamah, Phèdre. Moi, je suis voué à Cassiel – je protège et je sers. Je ne vous demande qu'une chose : respectez mes vœux comme je respecte les vôtres.

— Je le jure, répétai-je, en serrant mes bras autour de moi pour repousser le froid. On ne pourrait pas rentrer maintenant ?

Un grand feu brûlait dans l'âtre de la bibliothèque, qui était toujours l'une des pièces les plus chaudes de la maison ; c'était là que nous nous retrouvions. Delaunay n'était pas là, mais Alcuin était occupé à lire assis à la grande table, parmi un désordre d'ouvrages et de rouleaux déployés devant lui. Il nous accueillit d'un bref sourire. Je m'assis face à lui, regardant d'un coup d'œil sur quoi portaient ses recherches. En plusieurs langues et sous diverses appellations, tous les documents traitaient du Maître du détroit.

— Tu crois pouvoir percer son mystère ? demandai-je, sourcils levés.

Alcuin haussa les épaules et sourit.

— Pourquoi pas ? Personne n'y est encore parvenu.

— Tu veux dire Delaunay ? demanda Joscelin en parcourant les étagères du regard. (Il prit un volume et l'examina en secouant lentement la tête.) En tout cas, une chose est sûre, nous sommes bien dans la bibliothèque d'un seigneur du Siovale. On trouve tout ici, hormis le Livre perdu de Raziel. Est-ce que Delaunay peut vraiment lire les ouvrages yeshuites ?

— Probablement, répondis-je. Est-ce que tous les natifs du Siovale révèrent la connaissance ?

— Il y avait un vieux philosophe d'Aragonia qui,

chaque printemps, traversait la montagne pour venir nous voir dans notre manoir. (Il remit le livre à sa place et sourit.) Alors que les cerisiers étaient en fleur, lui et mon père passaient sept jours pleins à discuter pour savoir si le destin de l'homme est irrévocable ou non. Ensuite, il rentrait chez lui. Je me demande s'ils sont jamais parvenus à trancher cette question.

— Depuis combien de temps as-tu quitté ta maison ? demanda Alcuin, soudain curieux.

Comme s'il venait d'être surpris, Joscelin recouvra instantanément ses manières formelles.

— Ma maison est là où le devoir m'appelle.

— Oh ! ne fais donc pas ton Cassilin, grommelai-je. Doit-on en déduire que tu n'as pas réussi à tirer les vers du nez de Delaunay, même en tant que compatriote ?

Joscelin se tint un instant immobile, puis secoua la tête.

— Non, admit-il tristement. Ma sœur aînée le saurait, elle. Un jour, elle a entrepris de reconstituer absolument toutes les lignées de Shemhazai, toutes les maisons majeures et mineures du Siovale. Sur l'instant, elle pourrait dire quelle lignée se termine sur un mystère. (Il s'assit et gratta sans y penser sous la boucle de son canon d'avant-bras gauche.) Onze ans, ajouta-t-il dans un souffle. Onze années que je n'ai pas vu ma famille. On prononce nos vœux à l'âge de vingt ans. Je pourrai aller les voir à vingt-cinq, si le Préfet juge que j'ai bien servi au cours des cinq premières années.

Alcuin émit un sifflement.

— Je t'avais dit que le service de Cassiel était

exigeant, lui répondis-je. Et toi ? Que peux-tu apporter pour nous éclairer sur le mystère Delaunay ?

Je m'étais efforcée d'être attentive au conseil de Thelesis de Mornay, mais cela portait sur Delaunay et pas sur Alcuin ; sous mes paroles, on pouvait sentir le feu couvant de ma jalousie. Comme si je n'avais pas eu suffisamment de questions jusqu'alors, depuis la veille, des dizaines d'autres étaient venues s'y ajouter. Qu'était Delaunay pour la maison Courcel, pour que Ganelon l'utilise ainsi ; et comment d'ailleurs ? Qu'attendait Ysandre de la Courcel de lui, et qu'était cette « certaine question » dont elle voulait l'entretenir ? Quel serment avait-il fait et sur la bague de qui ?

Si Alcuin ne pouvait pas savoir quelles étaient les questions qui agitaient mon esprit, il savait parfaitement d'où venait ma sourde hostilité contre lui. Assis sans rien dire, il se contentait de fixer sur moi ses yeux noirs au regard grave.

— Tu sais ! m'exclamai-je, subitement frappée par la compréhension. Il t'a dit. (La colère flamba en moi et je poussai rageusement les livres autour de moi.) Sois maudit, Alcuin ! Nous nous étions juré de partager chacune – *chacune* – de nos découvertes avec l'autre.

— C'était avant que je sache. (Tranquillement, il éloigna de moi le plus fragile des rouleaux sur la table.) Phèdre, je te le jure, je ne sais pas tout. Uniquement ce que je dois connaître pour l'aider dans ses recherches. Et puis j'ai promis uniquement de ne rien te dire jusqu'à ce que ta marque soit achevée. Cela ne devrait plus tarder, n'est-ce pas ?

— Voudrais-tu la voir ? demandai-je d'une voix glacée.

C'étaient les mêmes mots qu'il avait employés avec Delaunay. Je vis le souvenir lui revenir et il rougit ; le rouge sur ses joues était aussi visible que du vin dans une coupe d'albâtre. Il avait deviné que je savais ; il ne savait pas que j'avais vu. Cela étant, Alcuin n'était pas du genre à fuir la réalité. Rougissant ou pas, il soutint mon regard ; il n'y avait nulle trace de malice dedans.

— C'est toi qui lui as dit, Phèdre. Peut-être n'aurait-il jamais laissé les choses se produire si tu ne les lui avais pas mises en tête.

— Je sais, je sais.

Ma colère était morte ; tête entre les mains, je poussai un soupir. Joscelin nous observait, clignant des yeux et perplexe. Ce n'était pas une tâche aisée que de suivre les méandres d'une querelle entre deux élèves d'Anafiel Delaunay.

— Je ne voyais que trop bien à quel point tu l'aimais ; lui, malgré son intelligence, ne se montrait pas plus fin qu'un garçon qui garde les cochons dès qu'il s'agissait de toi. Il aurait pu te laisser te ronger le cœur dans son ombre avant de s'apercevoir de quoi que ce fût. Mais je ne pensais pas que cela serait si douloureux.

Alcuin vint s'asseoir à côté de moi et me prit dans ses bras.

— Je suis désolé, murmura-t-il. Sincèrement, je suis désolé.

Du coin de l'œil, je vis Joscelin se lever en silence, exécuter son salut, puis se retirer de la pièce avec une discrétion pleine de tact. Dans la partie de mon esprit qui ne cessait jamais de calculer, je regrettai que nous l'ayons ainsi chassé, juste au moment où il se détendait pour la première fois en notre présence. Mais Alcuin et moi étions depuis bien trop longtemps ensemble dans la demeure de Delaunay pour que cette conversation n'eût pas lieu. Cela faisait des jours qu'elle couvait.

— Je sais, répondis-je. (Je tentai de rire, mais mon souffle resta bloqué dans ma gorge ; je n'avais plus de larmes à verser.) Alcuin, j'aimerais tellement qu'il y ait un peu de méchanceté en toi pour que je puisse te détester. Malheureusement, je suppose qu'il faudra que je finisse par te souhaiter le meilleur, et que je te maudisse pour tout ce que tu ne m'as pas dit.

Il rit à son tour ; je sentais la chaleur de sa bouche tout près de mon oreille. Ses cheveux blancs croulaient sur l'une de mes épaules, se mêlant à mes boucles.

— J'aurais fait la même chose.

— Oui, répondis-je, je sais.

Je caressai ses cheveux là où ils se mêlaient aux miens, puis pris une mèche de chaque chevelure pour les tresser ensemble, claire et foncée réunies. Sa tête était contre la mienne, ses bras m'entouraient.

— Nos vies, poursuivis-je. Liées ensemble par Anafiel Delaunay.

Qui, étant entré dans la pièce, s'éclaircit la voix.

Surpris, Alcuin releva la tête d'un coup, tirant ma mèche attachée à la sienne ; je grimaçai.

Je n'ose imaginer à quel point nous devions avoir l'air stupides ; l'amusement étirait les lèvres de Delaunay, mais il parvenait à conserver une mine composée.

— J'ai pensé que tu voudrais être prévenue, Phèdre, dit-il en faisant des efforts pour maintenir une note solennelle dans sa voix, que Melisande

Shahrizai nous fait l'honneur d'une visite, et souhaiterait en outre solliciter un rendez-vous.

— Par le nom d'Elua ! (Je tirai sur la tresse d'un coup sec, obligeant Alcuin à baisser la tête avec un glapissement, pour la défaire frénétiquement.) Pourquoi n'envoie-t-elle pas un messager comme tout le monde ?

— Parce que c'est une vieille connaissance, répondit Delaunay, toujours amusé, mais plus sûrement encore parce qu'elle aime te voir contrariée. Remercie-moi tout de même de l'avoir fait patienter dans le salon de réception. Dois-je lui dire que tu nous rejoins ?

— Oui, messire.

Les mèches avaient recouvré leur indépendance ; j'entrepris de remettre à la hâte un semblant d'ordre dans mes cheveux. Alcuin rit, puis fit courir ses doigts une seule fois à travers sa chevelure qui, immédiatement, recouvra son allure somptueuse de rivière de soie blanche. Je lui lançai un regard furibond, tout en me demandant si j'avais encore le temps d'aller me changer, Delaunay secoua la tête et sortit.

Pour finir, je choisis d'apparaître telle que j'étais, dans la chaude robe de laine que j'avais choisie pour sortir voir Joscelin. Cela n'aurait fait que distraire Melisande Shahrizai de laisser entendre que j'étais décontenancée au point de devoir passer mes plus beaux atours. Elle était arrivée sans se faire annoncer ; eh bien, j'allais la recevoir telle que j'étais, tout comme Delaunay lui-même l'avait fait.

J'entendis leurs rires avant même d'entrer dans la pièce ; quoi qu'ils aient pu être l'un pour l'autre par le passé, au moins Melisande et Delaunay se faisaient mutuellement rire. Je priai pour qu'il ne fût pas en train de lui décrire la scène à laquelle il venait d'assister – mais je savais qu'il n'était pas dans ses manières de se montrer cruel en agissant à la légère. Il me fit signe d'entrer et j'obéis.

— Messire, ma dame.

Je parvins à faire en sorte que ma voix ne tremblât pas ; après une révérence, je pris une chaise. Melisande me lança un regard amusé qui, à lui seul, sapa presque entièrement les efforts que je faisais pour garder mon sang-froid.

— Phèdre, dit-elle en penchant sa tête sur le côté avec un petit air pensif, je viens de faire à Anafiel une proposition qu'il juge acceptable. Mon seigneur, le duc Quincel de Morhban viendra visiter la Ville d'Elua pour les fêtes de l'hiver et il a dans l'idée d'organiser un Bal masqué. Il est le souverain du duché de Kusheth et moi j'ai dans l'idée de faire quelque chose de marquant au nom de la maison Shahrizai. Une authentique *anguissette* serait, je crois, exactement ce qui convient. Es-tu déjà engagée pour la nuit la plus longue ?

La nuit la plus longue. Au sein de la Cour de nuit, il n'était jamais question de contrat cette nuit-là ; seulement, je n'appartenais plus à la Cour de nuit – et je n'avais jamais servi Naamah pour elle. Soudain, ma bouche devint toute sèche ; je secouai la tête.

— Non, ma dame, répondis-je, non sans difficulté, je ne suis pas retenue.

— Eh bien, c'est parfait. (Ses lèvres incomparables esquissèrent un sourire.) Acceptes-tu ?

Comme si la question se posait ; ou comme si j'avais pu avoir la force de refuser. J'avais attendu que Melisande Shahrizai me proposât un rendez-vous depuis que je n'étais guère plus qu'une enfant. J'aurais pu rire, si j'en avais été capable.

— Oui.

— Bien, répondit-elle simplement, avant de lever la tête vers Joscelin qui était déjà dans la pièce à mon arrivée, debout près de la porte, dans sa posture habituelle, ses avant-bras recouverts d'acier croisés sur son torse. Une longue garde bien ennuyeuse pour toi, j'en ai peur, mon jeune Cassilin.

Son visage n'exprimait rien lorsqu'il s'inclina, mais ses yeux étaient lumineux comme un ciel d'été. Je n'avais pas vu, lors de leur rencontre au palais, qu'elle lui inspirait du mépris. Je me demandai si c'était parce qu'elle avait tourné son vœu de célibat en dérision – ou pour une autre chose.

— Je protège et je sers, dit-il avec sauvagerie.

Les sourcils de Melisande s'arquèrent sur son front.

— Oh ! tu protèges fort bien, mais pour le service, j'exigerais un peu mieux si tu étais à moi, Cassilin.

Delaunay toussa ; je le connaissais suffisamment bien pour savoir qu'il dissimulait son rire. Je ne crois pas que Joscelin le vit, mais son ire contre la pique de Melisande était si grande que cela importait finalement peu. Bizarrement, cela me réjouissait de savoir que, malgré ses accointances avec la maison Courcel et le Préfet de la Fraternité cassiline, Delaunay conservait tout son sens de l'humour. J'appréciais Joscelin un peu plus, pour avoir gardé mon secret et pour ses brefs moments d'humanité, mais un peu plus de décontraction ne lui nuirait pas s'il voulait éviter de se ridiculiser dans l'exercice de son service pour Delaunay.

Ou pour moi, songeai-je avec maussaderie.

— La nuit la plus longue, donc, s'exclama Delaunay, se reprenant suffisamment pour détourner l'attention de ce pauvre Joscelin et alléger cet instant incongru. (Il se tourna vers Melisande, avec un sourire.) Tu ne fais jamais rien à moitié, n'est-ce pas ?

— Non. (Elle lui rendit son sourire avec un air satisfait.) Tu sais bien que non, Anafiel.

— Hmm… (Il but une gorgée de son verre, puis l'observa attentivement.) Quel est ton jeu avec Quincel de Morhban ?

Melisande rit.

— Oh ! ça… ce n'est guère plus que de la politique kusheline. Le duché de Morhban tient la Pointe d'Oeste et affirme sa suzeraineté dessus, mais la famille Shahrizai est la plus ancienne maison du Kusheth. La présence de Phèdre lui rappellera que notre lignée est ininterrompue depuis Kushiel – c'est tout. Un jour ou l'autre, je pourrais avoir un service à lui demander ; il est toujours bon de rappeler à son duc qu'il peut être utile d'accorder des faveurs aux anciennes maisons.

— Rien de plus ?

— Rien de plus pour le duc de Morhban. (Elle joua un instant avec son verre, m'adressant un sourire léger.) Les autres raisons n'appartiennent qu'à moi.

Son sourire me traversa comme une lance. Je frissonnai, sans savoir pourquoi.

34

Lorsque les poètes chantent l'hiver au seuil duquel nous nous tenions, ils l'appellent « la plus amère des saisons » ; et de fait, il fut amer. Du fond de mon cœur, je souhaite ne jamais plus avoir à connaître le même. Cependant, tandis que les jours raccourcissaient, nous ne savions rien de ce qui allait arriver. D'aucuns parfois se lamentent que l'avenir soit drapé derrière un voile de mystère ; pour ma part, je crois que c'est une bénédiction. Si nous savions quelle potion de fiel le destin nous réserve, nous nous recroquevillerions de peur pour laisser filer la coupe de la vie sans même la goûter.

Bien sûr, certains pourraient dire que peut-être vaudrait-il mieux qu'il en fût ainsi ; moi, je n'y crois pas. Je suis une D'Angeline jusqu'au plus profond de moi-même ; nous sommes les élus d'Elua, les descendants de sa semence, nés sur la terre où s'acheva son errance et où il versa son sang pour l'amour de l'humanité. Voilà ce que je pense, et ce en quoi je crois parfois. Je suis incapable de faire autrement. Je subodore qu'on n'aurait guère misé sur mes chances dans le quartier du Seuil de la nuit, mais je survécus au plus amer des hivers ; et comme bien des survivants, je crois que cela ne fut pas totalement un hasard. Si cela n'était pas, le chagrin serait trop lourd à porter. Nous sommes faits pour goûter la vie, comme le fit Elua le béni, et en boire la coupe jusqu'à la lie, le doux et l'amer mêlés.

Toutes ces croyances me vinrent par la suite, après de longues méditations. En ce temps-là, la vie était douce, épicée par la crainte uniquement – et uniquement affadie par les piqûres de la petite jalousie.

Dans les journées qui précédèrent la nuit la plus longue, mon rendez-vous à venir occupait fort mon esprit ; je me rongeais tellement les sangs au sujet des préparatifs que Delaunay, exaspéré, envoya un message à Melisande. Par le courrier, elle répondit qu'elle s'occupait de tout ce dont j'aurais besoin pour le Bal masqué du duc de Morhban. Je me souvins alors de la robe de drap d'or qu'elle m'avait envoyée pour mon rendez-vous avec Baudoin de Trevalion et m'en sentis rassérénée. D'un autre côté, le souvenir du funeste destin de Baudoin était encore frais dans mon esprit – et lui n'était pas fait pour me rassurer.

Pour sa part, Delaunay s'amusait de mes inquiétudes ; du moins lorsqu'il y prêtait attention, ce qui n'était pas si fréquent. Quelle que fût la partie dans laquelle il était engagé, son attitude ne me donnait aucun motif de penser que Melisande Shahrizai y jouait le moindre rôle. Par ailleurs, il n'attendait manifestement rien de mes autres clients. Selon toute apparence, le jeu était passé à un autre niveau – auquel je n'avais pas accès.

Avec la neige dans les passes des montagnes revint le temps des incursions skaldiques ; les alliés du Camlach reprirent leurs patrouilles sous la bannière du duc d'Aiglemort. De cela, nous entendions parler ; lentement, le nom de Waldemar apparut dans les conversations dans les salons de la Ville. Ce n'était encore qu'une rumeur, rien de plus, un nom trop souvent entendu pour être ignoré, hurlé par les razzieurs bardés de fourrures qui fondaient sur les villages du Camlach avec leurs haches et leurs torches, parfois pour repartir avec un butin, parfois pour mourir sous les coups d'une épée d'Angeline.

Delaunay écoutait toutes ces histoires avec intérêt, les triant et les notant avec soin dans un registre ; celles-ci plus une autre encore, qui lui venait de Percy de Somerville, concernant l'ordre qu'avait donné le roi à la flotte de l'Azzalle de faire voile vers l'île d'Alba. Ganelon de la Courcel n'avait pas oublié comment le Cruarch usurpateur – qui, semble-t-il, s'appelait Maelcon – et sa mère avaient conspiré avec la maison Trevalion.

En remerciement de sa loyauté, le roi avait octroyé le duché de Trevalion au comte de Somerville – qui l'avait cédé à son fils Ghislain, pour qu'il y régnât en son nom. Sur ordre du roi, Ghislain de Somerville avait donc emmené sa flotte vers les côtes d'Alba, mais des vagues de quatre fois la taille d'un homme s'étaient creusées ; plusieurs navires avaient chaviré et Ghislain de Somerville avait jugé qu'un fiasco était encore la plus sage des options. Il avait ordonné le repli, demeurant en arrière sur son navire amiral jusqu'à ce que le dernier homme encore en vie fût sauvé.

Je ne suis pas idiote ; je vis très bien comment, après avoir entendu ces histoires, Alcuin persista plus que jamais dans l'étude des grimoires et traités les plus anciens, envoyant des messages aux bibliothèques du Siovale – et même à des érudits en Aragonia et à Tiberium – pour qu'on lui transmît copie de certains documents. Le maestro Gonzago de Escabares arriva un jour avec une mule bâtée transportant une cargaison de copies d'ouvrages et de parchemins, toutes destinées à Alcuin. Il apportait également avec lui la rumeur d'une nouvelle bien pire encore. Les villes-États des Caerdiccae Unitae avaient constitué une puissante alliance, le vent du nord apportant, disaient-elles, un bruit selon lequel Waldemar Selig lorgnait sur Terre d'Ange – un fruit bien mûr à cueillir, où régnait la plus grande dissension.

Je ne crois pas que ma terre était alors si blette ; Ganelon de la Courcel tenait le trône et personne ne le lui contestait. Il avait l'appui de Percy de Somerville, à la tête de la marine royale, et comptait en son frère, le prince Benedict, un puissant allié ; sans parler du duc L'Envers, bien en cour auprès du Khalif de Khebbel-im-Akkad, certes loin mais ô combien riche.

Mais Ganelon était vieux et vacillant ; et l'emprise de Somerville sur le duché de Trevalion demeurait ténue, car le peuple de l'Azzalle avait adoré le prince Baudoin et n'appréciait guère d'être placé sous la férule d'un descendant d'Anael. Courageuse ou non, l'obéissance de Ghislain à l'ordre du roi était vue par certains comme une folie, source de bien des troubles en Azzalle. L'attention du prince Benedict demeurait en grande partie focalisée sur La Serenissima ; et lorsqu'elle ne l'était pas, sa nouvelle inimitié avec le duc L'Envers sapait leur autorité à tous deux, car quand l'un disait « blanc », l'autre disait « noir », et jamais ils ne soutenaient le roi d'une même voix.

Et pendant ce temps-là, Ysandre de la Courcel restait dans l'ombre, héritière d'un trône qui paraissait de plus en plus fragile.

Dire les choses contribue à leur donner réalité. Je ne doutais pas un instant que les rumeurs venant des villes-États affaiblissaient effectivement Terre d'Ange. J'en eus par la suite l'absolue certitude, le jour où j'appris d'où elles provenaient précisément ; mais cela viendrait plus tard. Cela étant, à mesure qu'approchait la nuit la plus longue, l'instabilité politique qui avait dominé dans le royaume depuis que j'étais née était devenue plus forte que jamais.

Je ne prétendrais pas avoir toujours discerné les choses telles qu'elles étaient – ces pièces du grand puzzle que j'assemblai plus tard, lorsque les fils de la grande trame furent à tous révélés. Que j'eusse eu alors la capacité de le faire était en grande partie à mettre au crédit de l'enseignement de Delaunay. Je crois que s'il avait su comment tout tournerait, il m'aurait armée de plus de connaissances encore ; ces jours-là, il se félicitait j'en suis sûre que je fusse dans l'ignorance, à l'écart du malheur.

Pour ma part, bien sûr, j'avais largement de quoi m'occuper l'esprit.

Par le passé, avant un rendez-vous, Delaunay m'avait toujours systématiquement répété ses consignes, me rappelant quelles étaient les relations et l'influence du client du jour ; pour Melisande Shahrizai, il haussa les épaules, paumes tournées vers le ciel.

— Melisande est Melisande, dit-il, et tout ce que tu pourras découvrir sur son jeu pourra être utile. Mais je la crois bien trop avisée, même avec toi, ma chère Phèdre, pour laisser échapper quoi que ce soit sans le vouloir. Quoi qu'il en soit, apprends ce que tu peux et écoute attentivement la conversation des invités au Bal masqué du duc de Morhban.

— J'y veillerai, messire, promis-je.

Il déposa un baiser sur mon front.

— Fais bien attention, Phèdre. Et que la joie soit avec toi pour la nuit la plus longue. Après tout, c'est le moment ou jamais, et même les Kushelins se réjouissent de voir le Prince soleil courtiser la Reine hiver pour qu'elle relâche son emprise sur les ténèbres.

— Oui, messire.

Il sourit et rajusta mon manteau. Je vis que ses pensées déjà partaient ailleurs. Lui allait assister au Bal masqué de l'hiver donné par Cecilie Laveau-Perrin ; en compagnie d'Alcuin.

Donc, Delaunay me donna ses ultimes conseils, puis nous n'eûmes plus le temps pour rien ; le carrosse de Melisande était arrivé et un serviteur revêtu de la livrée noir et or de la maison Shahrizai m'attendait à la porte, buste incliné. C'était une nouvelle voiture, un petit cabriolet que je n'avais pas vu encore, noir rehaussé d'or, avec à l'intérieur de la place pour deux uniquement, sur les sièges de velours somptueux. Les portes arboraient les insignes de la maison Shahrizai, trois clés entremêlées presque fondues les unes dans les autres. Je connaissais la légende : on disait que Kushiel avait détenu les clés des portes de l'enfer. Un attelage de quatre chevaux blancs tirait la voiture, des créatures magnifiques à la fière encolure, qui piaffaient délicatement sur le pavé.

Pareil à une ombre funeste, Joscelin Verreuil m'accompagna jusqu'à la voiture. Le crépuscule tombait vite en cette époque de l'année ; une gelée blanche s'était déposée sur la cour et toutes les choses brillaient sous les étoiles du soir, hormis le frère cassilin. Il m'aida à monter et vint prendre place à côté de moi, avec un regard farouche. Le serviteur en livrée monta sur le siège du cocher et fit claquer son fouet. Des clochettes étaient accrochées aux rênes des chevaux.

— Que ferais-tu cette nuit si tu n'étais pas au service de Delaunay ? demandai-je.

— Je méditerais, répondit-il. Dans le temple d'Elua.

— Pas celui de Cassiel ?

— Cassiel n'a pas de temple, répondit Joscelin sèchement.

Après cela, je ne fis plus aucun effort pour engager la conversation avec lui.

Nous arrivâmes à la demeure de Melisande peu après. Il y a une chose qu'il faut savoir la concernant, c'est qu'elle ne manque jamais de surprendre. Nous fûmes accueillis non seulement par Melisande en personne, mais également par le capitaine de sa petite garde et quatre de ses meilleurs hommes. Tous s'inclinèrent profondément à notre entrée – non pas pour me saluer moi, mais pour honorer Joscelin.

— Bienvenue, frère cassilin, dit le capitaine en se redressant. (Son beau visage et sa voix profonde n'exprimaient que la plus grande sincérité.) Je suis Michel Entrevaux, capitaine de la garde Shahrizai. J'ai ordre de vous accueillir pour cette nuit la plus longue. Nous ferez-vous l'honneur de votre compagnie ?

Joscelin ne s'y était vraiment pas attendu ; je crois qu'il était prêt à faire face à n'importe quoi, mais pas à être ainsi traité avec respect dans cette maison. Par trois fois au cours de la semaine écoulée, il s'était querellé avec Delaunay au sujet de ce rendez-vous ; Delaunay était d'avis que Joscelin demeurât chez lui, plutôt que de se rendre au Bal masqué du duc de Morhban.

Tous ceux qui ont été entraînés réagissent selon leur réflexe ; Joscelin exécuta donc son salut rituel en croisant ses avant-bras caparaçonnés d'acier.

— C'est moi qui serai honoré, répondit-il d'un ton formel.

À la fois resplendissante et modeste dans un long manteau de brocart noir et or, les cheveux nattés en couronne, Melisande Shahrizai lui fit un sourire chaleureux.

— Il y a une alcôve dans le jardin, messire Cassilin. Vous pouvez vous y installer pour maintenir la vigilance d'Elua. Phèdre, sois la bienvenue.

Elle se pencha pour me donner un baiser. Son parfum immédiatement m'enveloppa, mais ses lèvres ne m'effleurèrent qu'à peine la joue, me laissant capable encore de tenir sur mes jambes.

Ce type de baiser me rendait plus nerveuse encore que l'autre sorte.

— Les jeunes hommes, murmura Melisande avec un petit sourire, lorsque Joscelin et les gardes furent partis. Tellement à cheval sur l'honneur. Tu ne crois pas qu'il est un petit peu amoureux de toi, Phèdre ?

— Joscelin me méprise, ma dame, répondis-je.

— Oh ! l'amour et la haine sont les deux faces d'une même lame, dit-elle joyeusement, en indiquant d'un geste à un serviteur de prendre mon manteau. Et le tranchant entre elles est bien plus aiguisé que les dagues de ton Cassilin.

Le serviteur nous ouvrait la voie en direction du salon de réception, glissant silencieusement devant nous et poussant les portes. Melisande me prit le bras.

— Tu méprises tes clients, un petit peu, mais tu les aimes également, n'est-ce pas ?

— Oui, ma dame. (Je m'assis sur la chaise qu'on m'offrait, puis acceptai un verre de *joie*, en jetant des coups d'œil circonspects.) Un petit peu.

— Et combien d'entre eux crains-tu vraiment ?

Je levai mon verre sans y porter mes lèvres, tout comme elle, puis répondis en toute honnêteté :

— L'un d'eux au moins, jamais. La plupart, parfois. Vous, ma dame, toujours.

Le bleu de ses yeux était semblable au ciel à l'instant du crépuscule lorsque apparaissent les premières étoiles.

— C'est bien. (Son sourire contenait des promesses dont la simple idée me faisait frissonner.) Mets-toi à l'aise, Phèdre. Celle-ci est la plus longue des nuits et je ne suis pas pressée. Tu n'es pas comme les autres, ceux qui sont entraînés à cela dès la naissance, comme des chiots qui geignent sous le fouet pour une caresse de la main de leur maître. Non, toi tu embrasses le fouet, mais en même temps, il y a quelque chose en toi qui se rebelle contre lui. Laissons les autres toucher le fond avec les premiers ; moi, c'est la seconde qui m'intéresse.

À ces mots, un frisson me parcourut.

— Je suis aux ordres de ma dame.

— Aux ordres. (Melisande leva son verre pour en examiner la transparence à la lumière.) Les ordres sont pour les capitaines et les généraux. Cela ne m'intéresse pas de donner des ordres. Si tu veux m'obéir, tu apprendras à voir ce qui me complaît, et à le faire sans même que cela te soit demandé. (Elle leva son verre à mon intention, puis me sourit.) De la *joie.*

— De la *joie*, répondis-je sans même y penser.

Je bus mon verre de *joie.* Doux et furieux à la fois, le liquide brûlait, traçant un sillon de feu dans ma gorge, évoquant des souvenirs de la grande salle de la maison du Cereus – un grand feu dans l'âtre et l'odeur des rameaux d'épicéa.

— Ah ! tu me plais, Phèdre ; tu me plais beaucoup. (Melisande se leva, posa son verre vide, puis se pencha pour me caresser la joue.) Mes aides vont te préparer. Nous partons pour le Bal masqué de Quincel de Morhban dans une heure.

Elle sortit, ne laissant derrière elle que le souvenir de son parfum et une servante, yeux baissés, venue me chercher.

Un bain chaud m'attendait. On venait de le faire couler et des volutes de buée s'élevaient encore à la surface. Des bougies étaient disséminées tout autour ; deux autres servantes m'attendaient. Je me laissai aller avec volupté dans la chaleur de l'eau. L'une des servantes m'enduisit d'huile parfumée, tandis qu'une autre me brossait les cheveux, posant çà et là quelques rubans blancs dans mes boucles brunes. Lorsque la servante apporta ma tenue, je me levai, laissant les autres envelopper mon corps humide d'une serviette de lin, pour contempler ce qu'elle me montrait.

J'ai l'habitude des beaux vêtements et il en faut beaucoup pour m'impressionner, mais le surplis de gaze blanche transparente aux manches longues me stupéfia. Il était constellé de minuscules diamants, cousus avec un soin extraordinaire à même le tissu.

— Par le nom d'Elua ! m'exclamai-je. On porte ça sur quoi ?

La servante se débattait avec un demi-masque blanc et brun à plumes, dont les trous pour les yeux étaient bordés de velours noir.

— Sur vous, ma dame, répondit-elle d'une voix tranquille.

À la lueur des bougies, je voyais parfaitement à travers la gaze. Ainsi vêtue, je serais comme nue devant la moitié des nobles du Kusheth.

— Non.

— Si. (Elle s'était montrée parfaitement docile avec moi, mais aucune fille au service de Melisande n'oserait contredire sa maîtresse.) Et il y a ça aussi.

Elle me tendit un collier bordé de velours, avec un pendant de diamant et une laisse attachée au collier. Je fermai les yeux, j'avais déjà vu ce genre de choses à la maison de la Valériane. Dans l'intimité de la Cour de nuit, cela ne serait pas si mal.

Mais l'intention de Melisande était de m'exposer aux yeux de pairs du royaume.

À gestes aimables et inexorables, les trois servantes me passèrent le surplis, me coiffèrent pour que mes cheveux me tombent dans le dos, passèrent le collier à mon cou et l'arrangèrent pour que le diamant repose dans le creux de ma gorge, puis enfin posèrent le masque sur mon visage. Lorsqu'elles eurent fini, je m'examinai dans un grand miroir en pied.

Une pauvre créature captive me regardait, masquée et tenue en laisse, nue sous un voile de gaze scintillante.

— Très jolie.

La voix de Melisande m'avait surprise. Tout

comme Joscelin, je réagis par réflexe. Un frère cassilin salue, tandis qu'une adepte de la Cour de nuit s'agenouille. Je tombai à genoux et levai les yeux vers elle.

Autant j'étais vêtue du blanc le plus pur, autant sa tenue était du noir le plus dense, avec une robe longue qui balayait le sol et un corsage serré jusqu'à sa poitrine, au-dessus duquel apparaissaient ses épaules blanches. De longs gants noirs enveloppaient ses bras jusqu'au-dessus du coude. Son masque était noir aussi – des plumes noires avec comme un lustre arc-en-ciel qui venaient s'entremêler à ses cheveux coiffés dans une composition élaborée. Un collier d'opales noires ornait son cou, pareil aux taches de couleur « au cou du cormoran ». Je sus à cet instant ce qu'étaient son costume et le mien. La légende kusheline de l'île d'Ys raconte que la dame noire qui y régnait commandait aux oiseaux et gardait auprès d'elle une sterne domptée. Ys a été engloutie par les eaux, dit-on, pour une raison dont je n'avais plus le souvenir. Je me rappelais juste qu'il y avait là une dame noire et que l'on peut voir encore ses cormorans pêcher dans les eaux au-dessus de l'île disparue, pleurant à grands cris leur maîtresse perdue.

— Viens, dit Melisande en tendant sa main gantée pour prendre ma laisse.

Ce n'était pas un ordre ; il n'y avait absolument aucune autorité dans sa voix. Elle attendait d'être obéie.

Je me levai et la suivis avec empressement.

35

Je ne savais pas quoi attendre d'une réunion kusheline, mais au bout du compte ce ne fut guère différent des autres fêtes, hormis sa tonalité un peu plus sombre, l'étrange courant sous-jacent qu'on y ressentait et l'omniprésence des accents kushelins, à la fois durs et musicaux.

Un grand silence se fit lorsque nous entrâmes.

Le héraut du duc de Morhban cria nos noms – nos deux noms – même si je n'avais pas entendu au juste ce que Melisande avait indiqué pour moi. J'étais dépouillée de tout, même de mon anonymat. Aux yeux de tous, je n'étais pas une servante de Naamah engagée pour la plus longue des nuits, mais la fille d'une maison noble, tenue en laisse par Melisande Shahrizai de sa propre volonté.

Nous circulions parmi les invités ; un murmure suivait dans notre sillage. À chacun de mes pas, je sentais à quel point j'étais nue sous ma gaze. Des visages masqués, à plumes et à poils, se tournaient dans notre direction pour suivre notre progression. Melisande glissait avec aisance ; je suivais derrière elle, attachée.

Et à ma grande affliction, sous une centaine de

regards, avec la main de Melisande au bout de la laisse de velours, je sentis au plus profond de mon être naître un désir comme jamais encore je n'en avais éprouvé, semblable à la vague née dans le ventre des océans pour venir submerger Ys.

— Votre Grâce.

Seule Melisande était capable de donner l'impression que sa révérence était le geste d'une reine recevant hommage. Un homme grand et mince, portant un masque de loup, inclina la tête en posant sur elle un regard scrutateur.

— Voici la maison Shahrizai qui arrive, dit-il sèchement. Et qu'avez-vous apporté ?

Elle ne répondit pas, se contentant de sourire ; je fis une profonde révérence.

— De la joie pour Votre Grâce en la plus longue des nuits, murmurai-je.

Ses doigts me relevèrent le menton et ses yeux cherchèrent les miens par les ouvertures de nos masques.

— Non ! s'exclama-t-il en tournant la tête vers Melisande, avant de revenir vers moi. Est-ce vrai ?

— Phèdre nó Delaunay, dit-elle, toujours avec son petit sourire. (Il faisait comme un petit arc écarlate sous le masque noir qui dissimulait ses traits.) Saviez-vous que la Ville d'Elua s'enorgueillit de compter une authentique *anguissette*, Votre Grâce ?

— Je ne peux pas y croire.

Sans qu'un seul instant son regard acéré quittât le mien, il remonta les plis de ma tunique pour glisser une main en dessous.

Je poussai un cri de plaisir et de honte mêlés. Le duc de Morhban me regardait de derrière son masque ; c'était un loup devenu amusé. Melisande tira sur la laisse et je titubai, tombant à genoux. Les petits diamants cousus sur la gaze mordirent dans ma chair.

— Le duc de Morhban n'est pas ton client, m'admonesta-t-elle, une main crochée dans mes cheveux, en un geste qui était à moitié une caresse, à moitié une menace.

— Non, ma dame, répondis-je dans un souffle.

Sa main se fit plus tendre et je me laissai aller sur elle, appuyant ma joue contre le velours de sa robe, y respirant son parfum, comme s'il se fût agi d'un sanctuaire. Ses doigts descendirent le long de ma gorge et j'entendis, comme venu d'une immense distance, le gémissement que j'émis en réponse.

— Vous voyez, Votre Grâce, le signe de Kushiel ne ment pas !

— Et méfiez-vous que sa main ne s'abatte ! aboya-t-il avant de tourner les talons.

Je sentis le rire de Melisande vibrer contre moi, tandis qu'une brume écarlate envahissait ma vision.

Je ne pourrais rapporter ce qui se dit au cours du Bal masqué de l'hiver du duc de Morhban ; pourtant, dûment chapitrée par Delaunay, je m'efforçais d'en saisir quelque chose, mais jamais encore mes facultés ne m'avaient ainsi lâchée. Tout ce que je puis dire, c'est que cette soirée passa pour moi comme un songe lors d'une nuit enfiévrée. Qu'Elua le béni me soit témoin, je fis des efforts pour me concentrer sur ce qui se passait et se disait alentour, mais la cordelette de velours que Melisande Shahrizai avait passée à mon cou avait coupé tout lien avec cette partie de mon esprit qui ne cessait jamais de penser et d'analyser selon les ordres d'Anafiel Delaunay ; je n'étais consciente que d'une chose, sa main à elle à l'autre extrémité. Lorsque enfin j'atteignis ce sanctuaire, ce ne fut que pour y trouver l'immense vague en train de grossir ; je sus que j'étais perdue lorsqu'elle se mit à déferler.

Si l'on me demandait quels souvenirs j'ai conservés du Bal masqué, je ne répondrais qu'une chose : Melisande. Chacun de ses rires, chacun de ses sourires, chacun de ses gestes vibrait le long de la laisse de velours, jusqu'à ce que j'en aie le souffle coupé.

Un spectacle fut donné, dont je n'ai aucun souvenir, hormis l'annonce de la mi-nuit criée par le maître horlogiste, puis les applaudissements et le sourire de Melisande. Aujourd'hui encore, ce sourire hante mes rêves.

Et ces rêves sont nombreux à être plaisants ; bien trop nombreux.

Mince consolation, au moins Joscelin n'était-il pas là pour me voir.

Lorsque enfin nous partîmes, bon nombre d'invités nous avaient déjà précédés. Je titubais dans le sillage de Melisande et, lorsque le cocher me tendit la main pour monter en voiture, mon corps tout entier vibra comme la corde d'une harpe. La laisse de velours s'était tendue entre nous ; elle ne l'avait pas lâchée.

— Viens ici, murmura Melisande lorsque le cabriolet s'ébranla.

Ce n'était toujours pas un ordre, mais le cordon de velours se tendit ; obéissante et sans force, je glissai dans ses bras. Elua sait que j'avais déjà été embrassée auparavant, mais jamais comme ça. Chacune de mes fibres rendit les armes sous ce baiser, jusqu'à ce qu'elle me relâchât pour retirer mon masque, l'ultime vestige de mon déguisement. Elle conserva le sien ;

ses yeux bleus luisaient, frangés par le plumage noir d'un cormoran. Puis elle m'embrassa de nouveau, jusqu'à ce que j'en perde tout mon art, incapable de lui rendre son baiser, suppliante, accrochée à elle, en train de me noyer dans sa bouche.

Puis le fiacre s'arrêta ; la fin soudaine de ce voyage me laissa tétanisée. Melisande rit lorsque le cocher ouvrit la porte ; nous étions dans sa cour et je ne parvenais pas à imaginer que nous avions fait la route si vite. Il m'aida à descendre, le visage soigneusement détourné – je n'ose même pas imaginer à quoi je pouvais ressembler, les yeux étincelants, échevelée et nue sous ma gaze constellée de diamants ; puis la laisse de velours se tendit. Trop éloignée d'elle, je frissonnai de dépit, jusqu'à ce qu'elle descendît à son tour et me conduisît aimablement chez elle.

C'était la plus longue des nuits ; elle ne faisait que commencer.

Ce qui advint ensuite, je le raconte, mais je ne m'en sens pas fière. Je suis l'élue de Kushiel, tout comme elle en était la descendante ; notre rencontre était attendue depuis longtemps. Avec Baudoin, j'avais vu sa chambre des plaisirs. Cette fois-ci, je découvris le sanctuaire intérieur qu'était son boudoir. Je n'en aperçus que trop peu dans ce premier coup d'œil : des lampes à huile, un grand lit et un crochet suspendu à un grand chevron. Je vis tout ça, puis Melisande me noua une écharpe de velours sur les yeux et je ne vis plus rien.

Lorsqu'elle retira le collier coulissant et la laisse de mon cou, je faillis sangloter ; mais je le sentis de nouveau juste après, autour de mes poignets, tandis qu'elle levait mes bras au-dessus de ma tête pour les attacher fermement au crochet.

— Pour toi, ma chère, l'entendis-je dire dans un souffle, je ne saurais poursuivre plus longtemps avec ces jouets insignifiants.

Il y eut ensuite le bruit d'une poulie. J'étais suspendue, trop haut pour m'agenouiller, trop faible pour me tenir debout ; je me demandai ce qui m'attendait.

— Sais-tu ce que c'est ? (La caresse froide de l'acier sur ma joue ; le tranchant effilé d'un rasoir traçant le contour de l'écharpe sur mes yeux.) C'est ce qu'on appelle une « fléchette ».

Je me mis à sangloter pour de bon ; mais cela ne servit à rien.

La fine lame de la fléchette, affûtée comme un outil de chirurgien, descendit le long de ma gorge pour mordre l'encolure de ma tunique. Je ne sais combien avait coûté ce vêtement constellé de diamants ; le tissu s'ouvrit dans un soupir et je sentis sur ma peau l'atmosphère surchauffée de la chambre à coucher de Melisande. Les manches étaient tassées autour de mes épaules étirées ; la fléchette suivit les veines le long de mes poignets entravés, sans déchirer la peau, descendant le long de mes bras pour découper la gaze dans un murmure soyeux. Je sentis le tissu glisser le long de mon corps et buter sur mes hanches. Les minuscules diamants tintèrent les uns contre les autres.

— Voilà qui est mieux. (Je l'entendis retirer le tissu pour le tasser dans un coin ; il y eut des froissements et quelques petits sons cristallins.) Tu n'aimes pas avoir les yeux bandés, n'est-ce pas ?

Il y avait une note profondément amusée dans la voix de Melisande.

— Non.

Ma peau frissonna sans que j'y puisse rien et je

luttai pour rester immobile, terrifiée à l'idée de la pointe mortelle de la fléchette ; c'était extrêmement difficile dans la position inconfortable qui était la mienne. La lame se déplaçait lentement sur ma peau ; la pointe vint appuyer entre mes omoplates.

— Ah ! mais si tu pouvais voir, l'anticipation serait bien moins forte, expliqua-t-elle doucement, en faisant descendre la pointe de la fléchette le long de ma colonne vertébrale.

Je ne répondis rien, frémissant comme un cheval piqué par un taon ; je ne parvenais plus à retenir les larmes qui trempaient maintenant le velours posé sur mes yeux. La peur paralysait totalement mon esprit, tandis qu'un désir si puissant qu'il en devenait douloureux m'empêchait presque de respirer.

— Ta soif est si grande, murmura Melisande.

La pointe de la fléchette dansait sur ma peau, piquant la pointe dressée de mes seins. Je suffoquai et mes mains attachées se crispèrent involontairement, faisant grincer la potence. Melisande rit.

Ce fut à cet instant qu'elle commença de m'entailler.

N'importe quel guerrier sur le champ de bataille a enduré bien pis d'une lame que ce que me firent les fléchettes de Melisande ; je pense pouvoir affirmer que ce n'était rien comparé à l'entaille reçue par Alcuin. Mais la pointe d'une fléchette ne blesse pas ; elle inflige la douleur. Elle est d'un tranchant inimaginable ; elle sectionne la chair aussi aisément que la gaze. On ne sent presque rien lorsqu'elle perce la peau.

Et c'est pour cette raison qu'on découpe ensuite très, très lentement.

Aveuglée et suspendue dans le vide, mordue au

ventre par la terreur et l'envie, toute ma conscience se concentra sur ce point minuscule, l'extrémité de la fléchette qui labourait ma chair avec une lenteur d'agonie, gravant un motif encore inédit sur le galbe intérieur de mon sein droit. Je sentais le sang qui coulait en rigoles ininterrompues dans le vallon de ma poitrine, puis le long de mon ventre. Ma peau s'incisait sous la lame, puis la chair ensuite était ciselée. C'était comme la douleur sous les aiguilles du marquiste, mais multipliée par mille.

Combien de temps cela dura-t-il ? Je ne saurais le dire ; une éternité, me sembla-t-il, jusqu'à ce qu'elle cessât d'entailler pour faire descendre la fléchette le long de mon ventre en une caresse froide et mortelle, jusqu'à ce que je la sente s'approcher de mes lèvres intimes. Je me mis à trembler comme une feuille. Je savais où la lame allait finir. Je pouvais presque entendre le sourire de Melisande.

— Dis-le.

— Hyacinthe !

Au faîte de la terreur, je murmurai le *signal* et tout mon corps s'arqua sous l'effet de l'indicible vague orgastique qui me submergeait. Ce ne fut que lorsqu'elle fut entièrement passée que Melisande rit et retira la fléchette. Je m'effondrai sans force au bout de ma chaîne.

— Tu as très bien fait, dit-elle tendrement, en dénouant l'écharpe qui m'aveuglait.

Je clignai des yeux, éblouie par la lueur des lampes, tandis que l'image de son visage envahissait peu à peu ma vision. Elle avait retiré son masque et laissé ses cheveux crouler sur ses épaules en vaguelettes noires et bleues.

— S'il vous plaît.

J'entendis les mots avant de comprendre que je venais de les dire.

— Que veux-tu ? demanda Melisande en inclinant doucement la tête sur le côté.

Souriante, elle versait de l'eau d'une carafe sur ma peau. Je ne regardai même pas, tandis qu'elle emportait le sang.

— Vous, murmurai-je.

Jamais je n'avais demandé pareille chose à un client ; jamais.

Melisande rit une nouvelle fois et me délia les mains.

Plus tard, parfaitement satisfaite, elle me laissa demeurer à ses côtés, tout en jouant avec mes cheveux.

— Delaunay a veillé à te donner une formation de qualité, dit-elle de sa belle voix profonde, faisant courir un frisson à travers tout mon corps. Tes qualités supplantent celles de n'importe quelle maison de la Cour de nuit, ma jolie. (Elle fit courir un doigt le long des lignes de ma marque, puis haussa les sourcils.) Que feras-tu lorsqu'elle sera finie ?

Même à cet instant, je frissonnais encore sous ses mains, dans les suites de l'agonie du plaisir.

— Je ne sais pas. Je n'ai pas décidé.

— Tu devrais y penser. Cela ne tardera plus maintenant. (Elle sourit.) À moins que Delaunay ait encore quelque cible en réserve pour toi ?

— Non, répondis-je. Je ne sais pas, ma dame.

Elle enroula une de mes boucles autour de ses doigts.

— Vraiment ? Alors cela signifie qu'il a eu ce qu'il voulait. Il t'a utilisée pour accéder à Barquiel L'Envers, n'est-ce pas ? Puis il a utilisé le duc pour se venger des Stregazza. (Elle rit devant l'expression de mon visage.) Selon toi, qui a appris à Anafiel Delaunay à manipuler les autres, ma jolie ? Je lui ai enseigné au moins la moitié de ce qu'il sait. En retour, il m'a appris à observer et écouter, et ces deux compétences réunies sont plus formidables qu'on ne pourrait le rêver.

— Il m'a dit que vous étiez assortis à bien des égards.

— Sur tous les plans excepté un seul. (Melisande tira gentiment sur ma mèche et sourit.) Parfois, je me dis que j'aurais dû l'épouser quand même, car il est le seul homme qui sache me faire vraiment rire. Mais il avait déjà donné son cœur il y a bien longtemps de cela, et je crois qu'une bonne part en est morte avec le prince Roland.

— *Roland ?* (Je m'assis, les yeux grands ouverts, mon esprit embrouillé subitement en alerte.) Le *prince Roland* ?

— Tu ne savais vraiment rien, n'est-ce pas ? (Melisande avait l'air de s'amuser.) Je n'en étais pas certaine. Mais oui, bien sûr, depuis l'époque où ils étudièrent ensemble à l'université de Tiberium. Même le mariage de Roland n'a rien pu défaire entre eux, même si, de toute évidence, Delaunay et Isabel se haïssaient. Tu n'as jamais lu ses poèmes ?

— On n'en trouve plus un seul exemplaire nulle part.

Mon esprit chancelait.

— Oh ! Delaunay conserve un tome de ses œuvres, sous clé dans un coffre de sa bibliothèque, dit-elle négligemment. Mais je me demande ce qu'il trame s'il ne compte plus t'utiliser comme ses yeux et ses oreilles.

— Rien, répondis-je sans y penser, occupée que j'étais à me concentrer.

Il y avait bien un coffre dans la bibliothèque ; je l'avais vu posé sur une haute étagère, vieux et couvert de poussière. Jamais je ne m'étais demandé ce qu'il pouvait bien contenir.

— Il lit. Il attend des nouvelles de Quintilius Rousse. Rien d'autre.

Trop tard. Je me souvins d'où j'avais entendu parler de Quintilius Rousse. Je lançai un coup d'œil à Melisande, mais elle paraissait ne pas prêter attention.

— Ah ! peut-être a-t-il envoyé un message avec la troupe du duc de Morhban ; la flotte de Rousse est ancrée au nord du Morhban.

Elle m'attira à côté d'elle sur le lit, traçant du doigt les lignes incisées dans ma chair. Le sang ne coulait plus depuis longtemps, mais le dessin en était net.

— Il voudra sûrement te voir.

— Le duc de Morhban ?

Delaunay, le prince Roland, les serments, les poèmes et le coffre. La bouche de Melisande se déplaçait sur moi, le long des lignes qu'elle-même avait tracées, et tout sortit de mon esprit.

— Hmm, c'est un seigneur kushelin, même s'il est d'une lignée métissée. (Melisande se redressa, observant amusée la rougeur qui avait envahi mes joues.) Tu feras ce que tu voudras, mais n'oublie pas de lui dire qui remercier pour les connaissances que tu lui apporteras. (Sans lien, sans lame, sans douleur pour m'obliger, elle m'ouvrit sans effort et glissa ses doigts à l'intérieur de moi.) Redis le nom de ton petit ami, Phèdre. Redis-le pour moi.

Il n'y avait aucune raison à cela ; aucune raison que je donne le *signal.*

— Hyacinthe, murmurai-je sans pouvoir m'en empêcher, et la longue vague interminable m'emporta une nouvelle fois.

Au matin, je m'éveillai dans la chambre d'amis. L'une des servantes fort efficaces de Melisande me prépara un bain, puis déposa mes vêtements impeccablement nettoyés sur le lit. Lorsqu'on me fit venir dans la salle à manger, Joscelin était là ; j'eus du mal à croiser son regard. Pour sa part, il préféra ne rien demander, me voyant apparemment bon pied, bon œil. J'avais déjà été dans un état bien pire – sur le plan physique au moins – après mon rendez-vous avec Childric d'Essoms ; je crois que Joscelin était quelque peu rassuré.

Comme la fois précédente, après la nuit avec Baudoin, Melisande vint me souhaiter l'au revoir. Elle salua Joscelin gracieusement ; il répondit par une courbette un peu raide.

— Peut-être serait-il souhaitable que vous preniez ceci, Cassilin, dit-elle en lui lançant une bourse. En l'honneur de Naamah.

Se tournant ensuite vers moi avec un sourire, elle laissa glisser quelque chose sur ma tête.

C'était la laisse de velours ; elle la dénoua et mit le pendant de diamant au creux de ma gorge. Je sentis une irrépressible vague de désir monter en moi.

— Ça, dit Melisande d'une voix douce, c'est pour le souvenir, et pas pour Naamah.

Elle rit et fit signe à un serviteur derrière elle. Il s'approcha et s'inclina pour saluer, avant de remplir mes bras d'une masse de gaze lacérée piquée de diamants.

— Je n'ai pas besoin de guenilles, poursuivit Melisande, amusée et perverse, mais je suis curieuse de voir ce que fera de son plein gré recouvré une *anguissette* formée par Anafiel Delaunay.

— Ma dame.

Ce fut tout ce que je parvins à dire ; nos yeux se croisèrent. Elle rit encore une fois, puis déposa un baiser léger sur ma joue et partit.

De l'autre côté de la table, Joscelin me regardait. Les bras pleins de gaze et de diamants, je lui rendais son regard.

36

La maison de Delaunay était calme ; il était suffisamment tôt, me dit la portière, pour que presque tout le monde, y compris le maître des lieux, fût encore au lit. Par tradition, la nuit la plus longue impose à tous de veiller tard. Joscelin me tendit la bourse de Melisande et me demanda, les yeux rouges, de l'autoriser à aller se coucher. Il n'avait pas dormi un instant, occupé à maintenir la vigilance d'Elua.

Je n'avais guère eu mon content moi non plus, mais je me sentais d'humeur étrange et il me semblait que je ne pourrais pas dormir. Je me rendis dans ma chambre pour ranger le cadeau de Melisande dans mon coffre, songeant à la somme qu'il contenait. Puis je fermai les paupières et m'assis sur mon lit, les restes de mon costume toujours dans mes bras.

C'était assez. Il y avait largement plus qu'assez.

Je ne savais pas quoi faire.

Trop de choses s'étaient passées en une nuit pour que mon esprit les embrassât toutes. Mon regard se porta une nouvelle fois sur le coffre. *Voilà au moins une chose que je pourrais découvrir*, songeai-je. Et je gagnai la bibliothèque.

Mon souvenir était exact. Certes, je dus m'étirer le

cou pour vérifier, mais il y avait bel et bien un coffre sur l'étagère supérieure du mur côté est, qui prenait la poussière. Je tendis l'oreille pour saisir le moindre bruit, mais n'entendis rien. J'apportai la chaise la plus haute que je pus trouver et parvins à atteindre le coffre en me juchant dessus. Avec un murmure d'excuses pour Shemhazai et les érudits du monde entier, j'empilai plusieurs volumes sur la chaise, puis les escaladai en un équilibre précaire. Du bout des doigts, je réussis à saisir un coin en or ornant le coffre, puis le tirai vers moi.

Avec mille précautions, je descendis de mon perchoir et entrepris de l'étudier. Le bois précieux, finement ouvragé, disparaissait sous une épaisse couche de poussière, qui en mangeait les contours. Je soufflai doucement dessus, soulevant un nuage de poussière, puis examinai la serrure.

Être l'amie d'un Tsingano ne va pas sans quelques privilèges ; cela faisait longtemps que Hyacinthe m'avait appris à forcer les serrures simples. Je rapportai deux épingles de ma chambre et courbai l'extrémité de l'une avec les dents, pour former un minuscule crochet. Ensuite, l'oreille aux aguets à l'écoute de la maison qui s'éveillait, je les manipulai avec mille précautions dans la serrure, jusqu'à ce que j'entende le pêne jouer.

Je soulevai le couvercle et une bouffée de santal envahit l'air immobile. Melisande avait dit vrai : il contenait un mince volume, entouré d'un ruban de soie et sans titre. Je l'ouvris. Sur des pages et des pages s'étiraient des vers écrits de la main de Delaunay ; une main moins ferme que celle d'aujourd'hui à l'écriture si fluide, mais incontestablement la même. Je lissai du plat de la main la page ouverte et lus les mots tracés d'une encre fanée par les ans :

Ô mon doux seigneur…
Que cette poitrine sur laquelle vous vous êtes couché
Aussi proche dans l'amour qu'un ennemi au combat
Sans arme, sans armure, dans un corps à corps agrippés
Seuls sous le ciel devenu notre en bas
Accompagnant nos voix, les oiseaux dans les arbres
Nous regardent lutter et pépient dans la brise
Je me souviens de vos bras sous ma prise
Pareils à ceux d'une statue, lisses et doux comme le marbre
Contre le mien, votre torse nu
Soulevé de soupirs
Nos pieds foulant l'herbe menue
Votre œil qu'une tendre ruse semble étrécir
Et moi, innocent
Je trébuche, quand à ma cheville votre talon se prend
Et je suis tombé
J'ai été vaincu, ô mon souverain adoré,
Transpercé, extatique, par le pieu de la victoire
Le bonheur de perdre fut ma gloire
Ce second combat par le plus ineffable des soirs…

Ô mon doux seigneur…
Que cette poitrine sur laquelle vous vous êtes couché
Demeure à jamais votre bouclier.

Melisande n'avait pas menti au sujet du livre. Si Delaunay avait écrit ces lignes, il ne pouvait l'avoir fait que pour Roland de la Courcel, mort à la bataille des Trois Princes ; Roland dont Delaunay avait honoré le serment en allant chercher Alcuin ; Roland dont la femme avait été qualifiée de meurtrière par Delaunay ; Roland dont le père, le roi, avait ordonné la mise au ban des poèmes de Delaunay.

Pas étonnant que le souverain n'eût pas osé le bannir.

Un petit bruit parvint à mon oreille ; je me retournai pour découvrir un Alcuin tétanisé, bouche ouverte. Il était trop tard pour refermer le livre.

— Tu n'aurais pas dû faire ça, dit-il d'un ton calme.

— Il fallait que je sache. (Je rabattis le couvercle du coffre et fis jouer la serrure dans l'autre sens.) Après tout, c'est ce que Delaunay nous a appris à faire, ajoutai-je en le dévisageant avec un air de défi. Aide-moi à le remettre à sa place.

Il hésita, mais la complicité née de notre long apprentissage en commun prit le dessus ; Alcuin s'approcha pour me donner la main et me maintenir tandis que je rendais le coffre à sa cachette de poussière sur la dernière étagère. Nous rangeâmes ensuite les autres volumes et la chaise haute, faisant disparaître toutes les traces de ma forfaiture. Puis nous tendîmes l'oreille ; tout était tranquille.

— Donc, dis-je en croisant les bras, Delaunay était l'amour du prince Roland. Et après ? Cela fait plus de quinze ans que Roland de la Courcel est mort. Comment se fait-il alors que la maison Courcel poursuive son petit commerce avec Delaunay, lui envoyant des messagers, des Cassilins et tout le reste ? Et comment se fait-il qu'il fasse la paix avec le duc L'Envers, qui est le frère d'un autre ennemi mortel, la princesse consort ?

Les yeux d'Alcuin se fixèrent sur un point derrière moi.

— Je ne sais pas.

— Je ne te crois pas.

Son regard revint se poser sur moi.

— Crois ce que tu veux, Phèdre. J'ai fait une promesse à Delaunay moi aussi. Qui t'a dit ? Melisande ? (Je ne répondis pas et il fronça les sourcils.) Que peut bien lui importer ? J'aimerais pouvoir dire ce qui en elle relève de la plaisanterie et de l'ambition. J'en dormirais mieux à coup sûr.

— Ce que je sais aujourd'hui, dis-je, la moitié des pairs du royaume le savent déjà – et je ne crois pas que quiconque éprouve le besoin de tuer à cause de cela. Isabel de la Courcel a eu sa vengeance lorsque l'anathème a été lancé sur ses poèmes. Thelesis de Mornay m'a dit que Delaunay aurait pu devenir le poète du roi si les choses avaient été différentes. C'est savoir ce qu'il est devenu à la place qui est une information dangereuse.

— Et ne crois-tu pas que Melisande Shahrizai soit suffisamment intelligente pour t'envoyer pêcher cette information pour elle ?

Alcuin haussa les sourcils.

Un frisson me parcourut à l'évocation de cette idée ; je ne répondis rien. Alcuin avait promis de me dire tout ce qu'il savait lorsque ma marque serait achevée ; il avait juré aussi de ne rien dire avant ce jour-là. Le souvenir de la prophétie qu'avait faite naguère la mère de Hyacinthe me revint en mémoire ; subitement, je fus effrayée de lui annoncer ce que Melisande m'avait donné.

— Le diras-tu à Delaunay ? demandai-je à la place.

Il secoua sombrement la tête.

— C'est ta décision, Phèdre. Je ne veux pas m'en

mêler. Mais si tu es sage, tu le lui diras. Quoi qu'il en soit, je te laisse ce choix.

Sur ces mots, il partit, me laissant plus seule que je m'étais jamais sentie au service de Delaunay.

Pour finir, je décidai de temporiser.

Je lui dis tout, tout ce dont je parvins à me souvenir, hormis ce qui concernait le prince Roland et le livre. Il me fit lui raconter encore et encore le Bal masqué du duc de Morhban, une dizaine de fois au moins, pour s'intéresser finalement au tissu constellé de diamants, le tournant et le retournant entre ses mains en secouant la tête.

— Que vas-tu faire ? dit-il enfin.

J'avais eu un peu de temps pour y réfléchir ; je serrai mes mains l'une contre l'autre pour trouver le courage d'exposer l'idée à laquelle j'étais parvenue.

— Messire, dis-je en m'efforçant de tenir ma voix. Dans la Cour de nuit, lorsqu'une adepte a achevé sa marque, elle peut choisir de rester au service de sa maison, et même d'y faire son chemin jusqu'à ce qu'elle choisisse de se retirer. Je ne souhaite… Je ne souhaite pas quitter votre demeure.

Le sourire de Delaunay fut comme le lever du soleil après la nuit la plus longue.

— Tu veux rester ?

— Messire. (Je déglutis pour chasser la boule de peur et d'espoir mêlés qui m'obstruait la gorge.) M'y autorisez-vous ?

Il partit d'un grand rire, puis me prit dans ses bras et m'embrassa sur les deux joues.

— Tu plaisantes, Phèdre ? Tu prends des risques qui pourraient me blanchir les cheveux, mais c'est moi qui t'ai appris à faire ça. Comme tu les prendrais de toute façon, que je le veuille ou non, j'aime autant que ce soit sous mon toit, là où je peux veiller sur toi autant que faire se peut, plus en tout cas que n'importe où ailleurs dans le royaume. (Delaunay me caressa les cheveux.) J'avais à moitié pensé que je pourrais te perdre au profit de ton ami tsingano, dit-il sans plaisanter tout à fait. Ou à cause de la maison Shahrizai.

— Tant que sa marque n'est pas finie, Hyacinthe la juge impure. Mais il sait qu'elle se hâte de la finir pour qu'il puisse la courtiser, répondis-je, saisie de vertige sous l'effet du soulagement. Qu'il me courtise si le cœur lui en dit. Quant à Melisande, elle a trop envie de voir jusqu'où je pourrais aller avec son collier autour du cou, ajoutai-je en touchant le diamant au bout de la cordelette de velours, le visage soudain rougi.

Delaunay s'abstint de tout commentaire – ce dont je lui sus gré.

— Phèdre, dit-il à la place, d'un ton grave, tu es un membre de ma maison. Tu portes mon nom. Si jamais tu en as douté, sache bien que jamais, au grand jamais, je ne t'en chasserai.

— Merci, messire, murmurai-je, subitement émue.

Il me sourit.

— Même si ton service remplit les coffres de Naamah et le tien, plutôt que le mien. (Il soupesa les restes de ma tunique.) Dois-je envoyer ça à un maître joaillier ?

— Oui, messire, répondis-je, avant d'ajouter avec ferveur : s'il vous plaît.

Il s'en fallait de quelques jours pour que l'opération fût menée ; avec l'autorisation de Delaunay, j'emmenai donc un Joscelin renfrogné en escorte dans le quartier du Seuil de la nuit, pendant la journée. Alcuin m'avait prêté son cheval de selle ; en dépit de l'air vif en ces jours d'hiver, c'était un plaisir de chevaucher plutôt que d'être coincée à l'intérieur d'une voiture fermée. Le souvenir de mon dernier voyage en cabriolet avait bien trop à voir avec Melisande Shahrizai ; le frais me faisait du bien et m'éclaircissait les idées.

Cela étant, je portais le diamant. Je ne supportais pas de le quitter ; et je m'efforçais de ne pas trop penser à ce qui pouvait en être la raison.

Hyacinthe supervisait un groupe de jeunes hommes en train de soulever un chariot endommagé, dans l'écurie qu'il louait.

— Phèdre ! s'écria-t-il, en m'attrapant dans ses bras pour me faire tourner autour de lui. Regarde ça, j'ai quasiment un carrosse armorié à moi maintenant. C'était la voiture d'un noble et je l'ai eue pour une chanson.

Joscelin s'appuya sur l'un des murs patinés ; ses vêtements couleur de cendres le rendaient presque invisible.

— Alors tu l'as payé un couplet de trop, Tsingano, dit-il en montrant d'un mouvement de tête les roues voilées aux rayons manquants. Récupérer ces ornements ne couvrira même pas le coût d'un nouvel essieu.

— Fort heureusement, messire le Cassilin, il se trouve que je connais aussi un charron qui travaillera pour le prix d'une chanson, riposta Hyacinthe piqué au vif mais ne désirant pas relever. Delaunay t'a laissée sortir de ta cage ? Est-ce que je peux t'offrir un pichet ?

— C'est moi qui offre, répondis-je en faisant sonner la bourse à ma ceinture. Allez viens, Joscelin, tu ne mourras pas de mettre les pieds dans une auberge. Cassiel te pardonnera si tu t'en tiens à l'eau.

C'est ainsi que nous finîmes attablés à notre place habituelle, dans l'arrière-salle du *Jeune Coq*, avec toutefois l'adjonction inattendue d'un frère cassilin, assis bras croisés dans un coin, les avant-bras luisants d'acier, et dévisageant d'un air renfrogné tous les autres clients. L'aubergiste avait l'air presque aussi mécontent de la présence de Joscelin que lui-même l'était d'être là.

Je narrai à Hyacinthe le gros des événements écoulés. Désignant d'un doigt le diamant à mon cou, il émit un sifflement.

— Sais-tu ce que cela vaut ? demanda-t-il.

— Non, répondis-je en secouant la tête. Un bon paquet.

— Un sacré paquet, Phèdre. Tu pourrais… Eh bien, tu pourrais faire quantité de choses avec l'or qu'il te rapporterait.

— Je ne peux pas le vendre. (Le souvenir du collier tenu serré autour de mon cou me fit monter le rouge aux joues.) Ne me demande pas pourquoi.

— Comme tu veux. (Hyacinthe me regarda curieusement, de ses yeux noirs pétillants d'intelligence.) Et sinon, quoi d'autre ?

— Joscelin. (Je pris une pièce dans ma bourse et la fis glisser sur la table.) Aurais-tu l'amabilité d'aller acheter un pichet pour l'apporter aux hommes de Hyacinthe à l'écurie, avec mon meilleur souvenir ?

Le Cassilin me considéra avec une mine totalement incrédule.

— Non.

— Je te jure que cela n'a rien à voir avec l'autre fois ; et je ne ferai rien non plus qui aille à l'encontre de tes vœux. C'est juste que… je voudrais dire des choses que tu préférerais ne pas entendre. Mais je ne quitterai pas cette chaise. (Il ne bougeait pas et cela commençait de m'irriter.) Par le nom d'Elua ! Est-ce que tes vœux t'obligent à rester collé à mes basques ?

Avec un bruit exprimant son désaccord, Joscelin repoussa sa chaise et attrapa la pièce sur la table, pour se diriger vers le comptoir.

— Espérons qu'il ne se fourre pas dans le pétrin, dit Hyacinthe en le regardant partir. Alors, de quoi s'agit-il ?

Je lui fis un bref exposé au sujet de Delaunay et du prince Roland, et de ce que Melisande m'avait dit et du livre de poèmes. Hyacinthe m'écouta de bout en bout.

— Pas étonnant, dit-il lorsque j'eus fini. Alors, au bout du compte, il n'était ni le frère ni le fiancé d'Edmée de Rocaille ?

— Non, répondis-je en secouant la tête. Non, il ne la vengeait pas ; il protégeait Roland. Je crois. Tu n'as… Tu n'as jamais tenté de voir ?

— J'ai dit que je n'utiliserais pas le *dromonde* pour ça. Et tu sais pourquoi.

Il parlait avec ce ton entièrement sérieux que bien peu, sans doute, avaient entendu chez lui.

— La prophétie de ta mère. (Je jetai un coup d'œil vers lui et le vis hocher la tête.) Soit elle est erronée, soit elle attend le jour où je saurai absolument tout.

— Prie pour que ce soit la première option, murmura-t-il, avant de recouvrer sa belle humeur comme par magie pour me gratifier de son sourire. Alors tu ne seras plus une servante *vrajna*, Phèdre nó Delaunay ! Tu sais ce que cela signifie.

— Cela signifie que je peux atteindre par moi-même une position qui m'est demeurée inaccessible en tant qu'*anguissette* de Delaunay, répondis-je tranquillement. Peut-être qu'un jour j'aurai mon propre salon – un établissement dont la notoriété sera plus grande encore que celui de Cecilie Laveau-Perrin qui s'est occupée de me former. Qui sait quels prétendants cela pourrait m'amener ?

Ma tirade lui coupa l'herbe sous le pied – instant momentanément gratifiant – mais Hyacinthe n'était pas homme à être désarçonné facilement. Il toucha le diamant de Melisande posé au creux de ma gorge.

— Tu sais ce que cela t'amènerait, Phèdre, dit-il. La question est de savoir ce que toi tu choisiras.

Déçue, je lui mis une petite tape sur la main.

— En tout cas, je ne choisirai rien maintenant ! J'ai passé ma vie sous les ordres de quelqu'un d'autre et j'ai dans l'idée de goûter à ma liberté avant d'y renoncer de nouveau.

— Moi, je ne te passerais pas la corde au cou. (Il me sourit de nouveau.) Tu irais avec moi sur le long chemin, aussi libre qu'un oiseau, princesse des voyageurs.

— Les Tsingani ont mis au cou de ta mère la corde de la honte, répondis-je en lui lançant un coup d'œil renfrogné. Ils l'ont contrainte à faire des lessives et à dire la bonne aventure pour des piécettes. Et si ce qu'on dit est vrai, alors ils mettront une corde également au cou de ton *dromonde*, prince des voyageurs, et ils feront de toi un joueur de violon ou un maréchal-ferrant. Alors ne me fais pas ton numéro à la « ô Étoile de mes nuits ».

— Allez, tu sais bien ce que je veux dire. (Il haussa les épaules, parfaitement insensible à ma diatribe, puis tira sur la cordelette de velours autour de ma gorge.) Moi, je ne t'exhiberais pas à moitié nue devant les pairs d'une province tout entière, Phèdre.

— Je sais, Hyacinthe, murmurai-je. Et c'est précisément ça le problème.

Avant cet instant, je ne crois pas qu'il avait véritablement perçu la nature de ce que j'étais. Il savait, bien sûr ; il avait toujours su et il était l'unique personne à s'être toujours souciée uniquement de ce que j'étais et non pas de ce que je faisais. Je voyais maintenant la compréhension cheminer en lui ; et j'avais peur. Cela risquait de tout changer entre nous.

Puis, il m'offrit son irrésistible sourire.

— Et après ? demanda-t-il avec un petit haussement d'épaules, en mimant du poignet le geste de donner un coup de fouet. Je peux apprendre à être cruel si c'est ce que tu veux. Je suis le prince des voyageurs, clama-t-il, je peux tout faire.

Je ris et pris son visage entre mes mains pour l'embrasser. Puis j'eus le souffle coupé lorsqu'il me rendit mon baiser, avec une douceur et un savoir-faire inattendus – c'est qu'elles l'avaient bien formé, les épouses de la noblesse avec lesquelles il badinait –, jusqu'à ce que Joscelin annonçât son retour en déposant violemment sur la table ma monnaie tenue dans sa main serrée. Hyacinthe et moi sursautâmes, coupables comme des enfants pris en faute, pour croiser le regard froid et buté du Cassilin.

En chevauchant vers la maison dans le crépuscule hivernal, après un coup d'œil en biais vers le profil mal aimable de Joscelin, je me risquai à parler de ce qui venait de se passer.

— Je t'avais dit que je ne commettrais aucun mal et que tout cela ne te concernait pas, dis-je avec humeur, irritée par son silence. Ma marque est achevée. Il n'y a plus aucune allégeance que je puisse trahir désormais.

— Votre marque n'est pas encore achevée, servante de Naamah, répondit-il sèchement.

Je me mordis la langue ; c'était vrai. Ses yeux demeuraient obstinément fixés devant lui.

— De toute façon, cela ne me regarde pas de savoir où vous dispensez vos… talents.

Seul un Cassilin arrogant était capable de mettre autant de mépris dans un mot. Il éperonna le cheval de Delaunay, me laissant derrière lui, à la lutte pour ne pas me laisser distancer, avec une fois encore un courroux plein d'aigreur contre lui.

37

Le marché fut rapidement conclu avec le maître joaillier et chacun des petits diamants fut dûment estimé. Lorsque tout fut calculé et compté, je me trouvais à la tête d'une somme plus que rondelette.

La remarque cinglante de Joscelin sonnait toujours à mes oreilles, si bien que je ne perdis pas une seconde pour prendre mon ultime rendez-vous avec maître Tielhard. Je le confesse, je n'étais pas peu excitée à la perspective de ce grand jour. Comme la plupart des servants de Naamah, j'avais fait progresser ma marque lentement, pouce après pouce ; l'achever d'un bloc représentait une véritable prouesse.

Bien sûr, Alcuin l'avait fait lui aussi, mais après avoir forcé la main de son client pour cela ; il avait fait pénitence ensuite pour demander pardon à Naamah. À l'opposé, quelles que fussent les raisons qui l'avaient motivé, le geste de Melisande était un véritable cadeau. Les cordes attachées à ses présents étaient toutes réunies dans celle qui ornait mon cou, et certainement pas dans les lignes tracées sur mon dos.

Jusqu'au jour de mon rendez-vous, je vécus dans un étrange pays sans contours, plus tout à fait une servante et pas encore une citoyenne d'Angeline libre. Pour une fois, je ne m'emportai pas contre mon isolement, mais m'efforçai au contraire de le mettre à profit pour trouver une logique dans tous les événements récents – dont le moindre n'était pas ma dernière rencontre avec Hyacinthe. J'éprouvais un ardent désir de voir sa mère.

Aujourd'hui, je regrette de ne pas l'avoir vue ; Delaunay ne manquerait pas de qualifier ça de superstition, mais sa prophétie était marquée du sceau de la sinistre vérité. Peut-être les choses auraient-elles tourné différemment si j'avais pu alors la rencontrer.

Roland était tombé ; Delaunay n'avait pas pu sauver son suzerain. J'avais pensé que c'était là tout ce qu'il était ; je le considérais autrement désormais, en me souvenant des vers du poème. « *Ô mon doux seigneur… Que cette poitrine sur laquelle vous vous êtes couché Demeure à jamais votre bouclier.* » Il avait aimé Roland, mais il avait failli. « Roland avait toujours été téméraire, avait un jour dit Delaunay d'un ton amer. C'était son seul défaut en tant que chef. »

J'aurais dû deviner.

Tel est le cours de mes pensées aujourd'hui, pleines de revirements et de doutes. Mais au bout du compte, cela aurait-il importé ? Je n'ai aucun moyen de le savoir ; je ne le saurai jamais.

Puis arriva l'aube du jour de mon dernier rendez-vous avec maître Tielhard – froide, vive et lumineuse. Delaunay, l'esprit ailleurs, attendait un visiteur ; sans vraiment y penser, il accepta de prêter son cheval et celui d'Alcuin, de sorte que mon compagnon cassilin fort revêche et moi-même chevauchâmes jusqu'à l'échoppe du marquiste.

Maître Tielhard n'était pas un homme intéressé ; c'était avant tout un artiste. Mais pas moins que les autres mortels – et parfois plus encore – les artistes rêvent de conquérir des sommets jamais atteints par leurs pairs ; je vis ses yeux fatigués par les ans luire à la vue de l'or que j'offrais, et à la perspective d'achever la marque d'une *anguissette.* J'étais la première de toute son existence.

Nous passâmes de très longs moments dans la touffeur de son atelier, à préciser les contours et nuances de ma marque. À travers le rideau tiré, j'aperçus Joscelin qui attendait, debout, bras croisés. *Eh bien, qu'il attende*, songeai-je. Je n'allais sûrement pas hâter l'achèvement de ma marque à cause de l'impatience d'un jeune Cassilin.

Je venais tout juste de me dévêtir et de ressentir le premier coup du porte-aiguille de maître Tielhard sur ma peau lorsqu'il y eut du tapage dans l'autre pièce. Ce n'étaient pas mes affaires – du moins le croyais-je –, je restai sur la table tandis que Robert Tielhard dépêcha son apprenti pour s'enquérir.

Je regrette aujourd'hui de n'avoir jamais su le nom de cet apprenti ; j'en suis profondément désolée. Il repassa la tête à travers le rideau, les yeux agrandis.

— Il y a un homme, maître, dit-il, qui insiste pour voir la dame – voir dame Phèdre nó Delaunay. Le Cassilin le tient bien en main. Faut-il que j'appelle la garde du roi ?

Je m'assis en drapant ma nudité dans une couverture.

— Qui est-ce ?

— Je ne sais pas. (Il déglutit avec difficulté.) Il dit être porteur d'un message que vous devez remettre à messire Anafiel Delaunay. Ma dame, est-ce que j'appelle la garde ?

— Non.

J'étais l'élève de Delaunay depuis bien trop longtemps pour négliger la possibilité d'obtenir des informations. À tâtons, je trouvai ma robe et l'enfilai à la hâte.

— Fais-le entrer, avec Joscelin. Maître Tielhard… ?

Le vénérable marquiste soutint mon regard un instant, puis désigna d'un signe de la tête l'arrière de son atelier où son apprenti et lui se retiraient pour moudre les pigments.

— Voyez-le là-bas, *anguissette*, et ne me donnez aucune raison de le regretter, grogna-t-il.

J'avais à peine fini de lacer mon corset que Joscelin franchit le rideau, poussant devant lui de la pointe d'une dague un jeune homme vêtu en marin et à la mine déconfite.

— Rappelez votre Cassilin, me dit-il avec une grimace tandis que Joscelin le poussait vers le fond de l'atelier du marquiste. J'ai un message à faire passer au seigneur Delaunay !

Pour ce que cela valait, je pris mon expression la plus exaspérée avant de les rejoindre. Sur une ultime bourrade, Joscelin rengaina ses dagues avant de se placer entre nous.

— Qui êtes-vous ? demandai-je.

Il se massa les côtes avec une grimace.

— Je suis Aelric Leithe, du *Mahariel*. J'ai juré fidélité à l'amiral Quintilius Rousse, et je suis ici sous l'étendard du comte de Brijou, du Kusheth. Et je suis censé rencontrer votre maître, Delaunay.

Je réfléchis un instant.

— Comment puis-je savoir si c'est vrai ?

— Par les couilles d'Elua ! (Il roula des yeux excédés.) Il y a un mot de passe, bon sang ! Et le voici, je le jure : « sur le signe du prince, son unique né ».

Le signe du prince. Je songeai à la bague qu'Ysandre de la Courcel avait montrée à Delaunay ; je m'efforçai de me composer un visage aussi inexpressif que possible.

— Très bien. Pourquoi êtes-vous ici ?

— Des hommes surveillent le manoir du comte. (Il se pencha en avant, toujours à la recherche de son souffle.) Maudit Cassilin, toujours prompt à frapper, hein ! Je les ai vus et j'ai deviné quelle devait être la situation chez Delaunay. Il est surveillé lui aussi ; ils m'attendent. Quelqu'un a parlé. Je vous ai vus quitter la maison et je vous ai suivis ici.

Un frisson me parcourut l'échine à l'idée que les craintes de Delaunay étaient fondées. D'un geste, j'indiquai à Joscelin de ronger son frein, puis poussai le marin dans ses retranchements.

— Qu'a donc à dire Quintilius Rousse ?

Aelric prit une profonde inspiration, puis lâcha son message tout d'un coup :

— Lorsque le sanglier noir régnera sur Alba, le Vieux Frère fera droit. Voilà mon message. Tout entier.

Tout en m'efforçant de dissimuler ma consternation, j'attrapai ma bourse à tâtons pour y puiser une pièce ; c'était un ducat d'or, mais Delaunay ne manquerait pas de me rembourser.

— Mes remerciements, messire le marin, murmurai-je. Je transmettrai le message de votre amiral à mon maître Delaunay, et il y répondra certainement.

Aelric Leithe n'était sûrement pas un lâche, j'en

suis sûre ; aucun homme faisant voile sous les ordres de Quintilius Rousse ne pouvait l'être. Mais il n'était pas dans son élément ici et une peur diffuse le tenaillait. Il prit la pièce, exécuta une courbette les poings posés sur son front, et fila sans demander son reste. Par le rideau, je vis maître Tielhard et son apprenti le regarder s'en aller.

Puis je posai les yeux sur Joscelin Verreuil et l'expression terrible sur son visage.

— La maison, dit-il avant de filer vers la sortie.

J'avais déjà vu Joscelin bouger à toute vitesse et je l'ai vu encore par la suite ; mais ce jour-là, il chevaucha comme si sept diables étaient après lui et jamais plus par la suite je ne le vis aller si vite. Je ne sais comment je parvins à rester derrière lui, si ce n'est que la terreur me donnait des ailes et que le cheval d'Alcuin dut le sentir dès que je fus sur son dos. De l'échoppe du marquiste jusqu'à la maison, nous ne laissâmes qu'un sillage d'étincelles ; les fers de nos bêtes firent des flammes lorsque nous freinâmes dans la cour.

Mais peu importait ; la vitesse à laquelle nous avions chevauché n'avait plus d'importance. Nous avions flâné trop longtemps à la boutique de maître Robert Tielhard, le marin, le frère cassilin et moi.

La cour était bien trop calme ; aucun garçon d'écurie n'était sorti pour prendre nos montures.

— Non ! cria Joscelin en sautant de son cheval pour se ruer vers la porte, ses deux dagues en main. Ah ! Cassiel, non !

Je le suivis dans la maison silencieuse.

En tout cas, ceux qui l'avaient surveillée – quels qu'ils fussent – étaient entrés avant nous.

Les hommes de Delaunay gisaient là où ils étaient

tombés, baignant dans leur sang. La portière de la maison avait été tuée elle aussi ; son tablier recouvrait son visage. J'étais incapable de regarder. Il y avait tant de serviteurs. Jamais je n'avais pris la peine d'apprendre leur nom à tous, ni de découvrir pour quelle raison ils avaient choisi de mettre leur vie au service de Delaunay.

Nous le trouvâmes dans la bibliothèque.

Son corps portait les marques d'une dizaine de blessures au moins ; il était impossible de dire laquelle avait bien pu le tuer. Il tenait toujours son épée à la main, maculée de sang sur toute sa longueur. Le visage de Delaunay, exempt de toute marque, était étrangement serein – contraste saisissant avec ses membres couverts d'entailles. Je me tenais à l'embrasure de la porte lorsque Joscelin s'agenouilla près de lui, à la recherche d'un souffle de vie. Lorsqu'il releva le visage, son regard me dit tout.

Je fixais mon regard sur la scène sans bien comprendre ; tout mon monde s'écroulait.

Dans la pénombre de la pièce, quelque chose bougea, produisant un grattement.

Joscelin se déplaça plus vite que la pensée à travers le monceau de livres et volumes renversés çà et là. Lorsqu'il découvrit l'origine du bruit, il posa ses dagues et dégagea fébrilement l'espace alentour.

J'avais vu une masse de cheveux couleur de lune briller au milieu des livres déchirés. Je m'approchai lentement.

J'aperçus les yeux d'Alcuin, sombres et noyés de douleur.

Joscelin dégagea les volumes renversés sur son corps ; puis j'entendis son souffle siffler entre ses dents lorsqu'il vit l'étendue des dégâts. Il plaqua ses deux mains sur le ventre d'Alcuin, sur la fine chemise de batiste trempée de rouge, et leva un regard d'agonie vers moi.

— De l'eau.

La voix d'Alcuin n'était plus qu'un filet. Je m'agenouillai à côté de lui ; mes mains cherchèrent les siennes.

— S'il te plaît.

— Va en chercher, murmurai-je à Joscelin.

Il ouvrit la bouche, puis hocha la tête et s'en fut. Je tenais la main d'Alcuin serrée dans la mienne.

— Delaunay ?

Ses yeux noirs scrutaient mon visage.

Je secouai la tête, incapable de dire les mots.

Le regard d'Alcuin dériva.

— Trop nombreux, murmura-t-il. Vingt, au moins.

— Ne dis rien !

Les larmes avaient mis de la dureté dans mon ton. Joscelin revint avec un pichet et une éponge, qu'il imbiba pour faire couler un filet d'eau dans la bouche d'Alcuin.

Les lèvres d'Alcuin bougèrent ; il déglutit, avec difficulté. Une grimace apparut sur son visage.

— Trop nombreux…

— Qui ? demanda Joscelin d'une voix basse et calme.

— Des D'Angelins. (Le regard flou d'Alcuin se concentra sur lui.) Des soldats. Sans insignes ni armoiries. J'en ai tué deux.

— Toi ? (Je lui caressai les cheveux ; les larmes me coulaient sur les joues.) Oh ! Alcuin…

— Rousse, murmura-t-il entre ses dents serrées. Prévenez-le.

— Quintilius Rousse ? (J'échangeai un regard avec Joscelin.) Son messager nous a trouvés. Il a dit que la maison était surveillée.

Alcuin murmura quelque chose ; je me penchai pour entendre, mon ouïe tout entière concentrée sur lui. Il répéta :

— Mot de passe.

— Non. (Mon esprit était tout embrouillé.) Oui, oui, il nous en a donné un. La bague du prince… le signe du prince, son unique né.

Le corps d'Alcuin se crispa ; il cherchait à aspirer l'air qui ne lui arrivait plus. Joscelin lui donna encore de l'eau, épongeant son visage. À cet instant, si incroyable que cela pût paraître, je vis qu'il essayait de rire.

— Pas une bague… pas un signe… le cygne. Courcel. Delaunay… serment de la garder. Serment à Cassiel… fille de Roland.

— Anafiel Delaunay a fait le serment de protéger Ysandre de la Courcel ? demanda Joscelin d'un ton calme.

Alcuin hocha doucement la tête.

— Il a juré… pour… Roland, murmura-t-il en léchant ses lèvres craquelées. (Joscelin fit couler encore un peu d'eau sur elles.) Et… Rousse ?

— Lorsque le sanglier noir régnera sur Alba, le Vieux Frère fera droit. (Je fixai des yeux le regard d'Alcuin qui lentement s'éteignait.) Alcuin, ne pars pas ! suppliai-je. J'ai besoin de toi ! Qu'allons-nous faire ?

Le mince filet de sa voix s'éraillait ; le regard de ses yeux noirs était désolé.

— Prévenez… Ysandre. Faites confiance… à Rousse. Trevalion. Thel… Thelesis sait… pour Alba.

Il bougea de nouveau, toussa et du sang moussa à ses lèvres. Tant de splendeurs réduites à néant ; je serrai sa main à la briser.

— Pas Ganelon… La Dauphine.

Sa tête roula sur le côté ; il cherchait Delaunay.

— Il a tenu sa promesse.

Pendant un instant, sa voix avait sonné haut et clair ; il eut un hoquet, ses yeux roulèrent en arrière et sa main se crispa sur la mienne.

— Phèdre !

Je ne sais pas combien de temps s'écoula. Je tins sa main longtemps, très longtemps après qu'elle fut devenue sans force dans la mienne et que l'ultime spasme de douleur eut quitté ses traits. Joscelin me tira en arrière, m'aida à me remettre debout ; puis il me secoua. Je le laissai faire, pareille à un pantin entre ses mains ; j'entendais le bruit que faisait mon cœur brisé dans ma poitrine. Derrière le corps immobile d'Alcuin, il y avait celui de Delaunay. Je ne supportais pas de le voir. Parti, à jamais parti, son noble visage désespérément calme dans la mort. Sa chevelure auburn, mêlée de fils d'argent, reposait soigneusement sur son épaule, comme s'il n'y avait aucune mare de sang à côté.

— Qu'Elua te maudisse ! Phèdre, écoute-moi !

Le bruit d'une gifle parvint à mon oreille ; je relevai la tête, à peine consciente du soufflet, pour croiser le regard de Joscelin, agrandi par la terreur et l'urgence.

— Il faut partir, dit-il d'une voix haute et ferme. Comprends-tu ? Ce sont des assassins professionnels, ils ont emporté leurs morts avec eux. Ils vont effacer leurs traces ; ils vont revenir. Nous devons porter le message de Rousse à la Dauphine avant eux.

Il me secoua une nouvelle fois ; ma tête dodelina.

— M'entends-tu ?

— Oui. (Je mis la paume de mes mains sur mes yeux.) Oui, oui, oui ! Je comprends. Laisse-moi passer.

Il se mit sur le côté et je me mis à marcher, serrant mon manteau autour de moi ; les rouages de mon esprit se remirent à tourner, impitoyablement. L'élue de Kushiel, mais l'élève de Delaunay.

— Allons-y… Allons directement au palais. Si nous parvenons à voir la Dauphine, nous verrons Thelesis de Mornay.

Je laissai mes bras retomber le long de mon corps ; je levai les yeux vers Joscelin.

— Elle me connaît. Elle me recevra.

— Parfait. (Son visage prit un air d'intense détermination ; il saisit mes poignets et m'entraîna hors de cet abattoir qui avait naguère été une bibliothèque.) Allons-y.

38

Je n'ai quasiment aucun souvenir de notre chevauchée jusqu'au palais. Nous y arrivâmes, ça je le sais, mais je serais incapable de dire combien de temps il nous fallut, ou comment était le ciel, ou encore qui nous avions bien pu croiser dans les rues. Plus tard, j'eus l'occasion de voir dans des batailles des hommes qui continuaient à se battre après avoir reçu une blessure mortelle ; je compris alors.

Longtemps auparavant, Delaunay avait ri de mon nom, disant qu'il était frappé du signe de la fatalité. Cela l'avait amusé que ma mère, éduquée dans la Cour de nuit, ne l'eût pas su et l'eût donc choisi pour moi. Il aurait été bien avisé de ne pas rire. Lui m'avait donné son nom ; se pourrait-il qu'il m'eût alors donné sa chance avec ? En échange, je lui avais donné le sort attaché au mien – le même sort que Baudoin de Trevalion avait obtenu de moi.

Même aujourd'hui, je ne peux pas dire ce qu'aurait pu être mon sort ; si mon destin n'avait pas été dans les mains d'Elua, les choses auraient pu tourner autrement. Tout ce que je sais, c'est qu'en ces instants-là j'aurais aimé que tout fût différent.

Les gardes d'Ysandre de la Courcel nous refoulèrent.

Par le passé, je m'étais préoccupée du spectacle que nous donnions, moi dans mon manteau *sangoire* et Joscelin dans sa défroque grise de Cassilin. Ce jour-là, je m'en souciais comme d'une guigne ; puis je vis le regard des serviteurs de Thelesis de Mornay qui m'informaient poliment que la poétesse du roi était occupée et qu'elle entendait le demeurer pour quelque temps encore. Ses vers, apparemment, calmaient le roi ; il n'était pas question de troubler leur entretien.

J'appliquai les mains sur mes yeux ; le souvenir du passage secret derrière le miroir menant aux appartements de la Dauphine me revint en mémoire.

Certains suivent la course des astres dans les cieux et affirment que nos destinées y sont écrites. À coup sûr, ceux-là diraient que notre entrevue avec Ysandre était condamnée d'avance ; mais moi qui suis plus avisée, j'aurais dû savoir qu'elle ne pourrait jamais avoir lieu. Il n'est pas si difficile de surveiller ceux qui gardent ; pas si compliqué d'envoyer un message pour solliciter une audience.

Aujourd'hui, je sais. Ce jour-là, je demeurai muette en entendant la voix de Melisande Shahrizai.

— Phèdre ?

Les mains de Joscelin cherchèrent ses lames. Moi, je relevai seulement la tête, sa voix agissant comme une laisse sur un collier dont j'avais oublié qu'il était à mon cou. Son front était plissé par l'inquiétude.

— Que se passe-t-il ?

Sa compassion me décontenança ; je sentis les larmes couler irrépressiblement.

— Delaunay, dis-je dans un hoquet.

J'essayai de dire les mots, mais ils refusaient de sortir. C'était sans importance d'ailleurs ; je vis qu'elle avait compris.

— Alcuin. Tout le monde.

— Quoi ?

Bien des choses me font douter ; aujourd'hui encore, je doute. Mais pas un seul instant de ma vie je n'ai douté que ma nouvelle avait pris Melisande Shahrizai par surprise. C'était une émotion qu'elle ne s'était jamais entraînée à reproduire ; trop rares étaient les motifs pour la surprendre vraiment. J'entendis l'instrument qu'était sa voix sonner d'une manière détimbrée, désaccordée. Même Joscelin l'entendit et relâcha ses dagues.

Cela étant, la nature de sa surprise était une tout autre affaire.

Lorsqu'elle parla de nouveau, elle avait recouvré la parfaite maîtrise de sa voix ; elle avait pâli cependant.

— Tu cherches la garde du roi ?

— Non, répondit Joscelin, à l'instant même où je disais « oui ».

Rien – pas même ça – ne pouvait me faire perdre la mesure des choses au point de faire aveuglément confiance à Melisande Shahrizai. D'un revers de la main, j'essuyai les larmes qui m'irritaient maintenant.

— Oui, répétai-je fermement, ignorant Joscelin à côté de moi. Pouvez-vous me dire où sont ses quartiers ?

— Je vais même faire mieux que ça. (Melisande se tourna vers un valet revêtu de la livrée Shahrizai, debout quelques pas en retrait.) Fais venir le capitaine de la garde du roi dans mes appartements ; le capitaine et nul autre. Dis-lui que c'est urgent.

Il s'inclina et partit. Melisande reporta son attention sur nous.

— Venez avec moi, offrit-elle aimablement. Le capitaine et le valet ne devraient plus tarder.

Je n'avais jamais vu les appartements Shahrizai à l'intérieur du palais. Ils étaient luxueux, de ça je me souviens ; le reste, je l'ai oublié. Nous prîmes place autour d'une longue table de marbre dans la grande salle, pour attendre.

— Buvez. (Melisande servit elle-même deux verres d'un cordial, qu'elle nous tendit ensuite.) Tous les deux, ajouta-t-elle en notant l'hésitation de Joscelin. Cela vous fera du bien.

J'avalai le mien d'un trait. Le breuvage avait un goût ardent, avec un arrière-goût léger de miel et de thym, plus une petite touche d'autre chose. Cela parut me calmer quelque peu. Joscelin toussa et un semblant de couleur lui monta au visage. Il en eut meilleure mine. Melisande remplit de nouveau nos verres sans nous demander notre avis ; toutefois, lorsqu'elle tendit le bras pour le resservir, Joscelin secoua la tête.

— Du thé, peut-être ? demanda-t-il doucement.

— Bien sûr.

Elle se rendit jusqu'à la porte pour appeler une servante. Après quelques mots à voix basse, elle revint s'asseoir ; ses yeux me regardaient fixement.

— Me raconterais-tu ce qui s'est passé ?

— Non. (Je me mis à trembler ; je tenais mon verre entre mes deux mains en coupe.) Ma dame, je ne sais pas. Nous étions… nous étions à l'échoppe du marquiste pour régler les derniers détails au sujet de ma marque. (Mon esprit s'agitait désespérément à la recherche d'une improvisation ; même ma vision paraissait mal accommodée.) Il fallait que je donne mon accord à quelques modifications apportées par maître Tielhard. Cela a duré… je ne sais combien de temps.

— Trois quarts d'heure, intervint Joscelin, corroborant mon histoire. (Sa voix n'était pas très affirmée, mais cela sonnait comme une conséquence du choc, bien plus que comme une demi-vérité.) Peut-être un tout petit peu plus. (La servante arriva avec le thé ; il la remercia et en prit une gorgée.) Lorsque nous sommes arrivés à la maison…

Sa main trembla ; du thé se répandit dans la soucoupe. Il reposa la tasse et calma son tremblement. Ensuite, il la reprit et but longuement.

— Il y avait des traces de lutte dans la maison, poursuivit-il sinistrement. Et il n'y avait plus personne en vie pour nous dire ce qui s'était passé.

— Oh ! Anafiel, murmura Melisande.

Elle tourna la tête vers la porte ; j'imaginai qu'elle voulait voir si le capitaine de la garde arrivait. Je tournai la tête à mon tour, mais il n'y avait personne.

Il y eut un bruit de l'autre côté de la table.

Joscelin était effondré, la joue posée sur le marbre glacé. Sa tasse était renversée et une flaque fumante s'était formée sous sa main recouverte de mailles. Je me sentis prise de vertige tandis que je le regardais ; son visage inconscient dansait devant mes yeux.

— Non, dis-je. (Mes doigts relâchèrent le verre et je le repoussai ; je fixai mon regard sur Melisande avec un sentiment d'horreur grandissant.) Oh non ! Non !

— Phèdre, je suis désolée. (Son visage magnifique demeurait composé et tranquille.) Je te jure que jamais je n'ai donné l'ordre de tuer Delaunay. Ce n'était pas ma décision.

— Vous saviez. (Je sentis sur ma peau toute la répulsion que m'inspirait cette idée.) Vous m'avez utilisée. Ah ! Elua, c'est moi qui vous ai avertie ! C'est moi qui vous ai parlé du messager de Rousse !

— Non. Je savais déjà que Delaunay attendait un message de Quintilius Rousse.

Avec un calme glaçant, Melisande tendit la main pour redresser la tasse renversée et la reposer délicatement à sa place sur la soucoupe.

— Alors pourquoi ? murmurai-je. Pourquoi m'avez-vous parlé du prince Roland si vous saviez déjà ? Je pensais que vous vouliez découvrir de quoi il retournait.

Elle sourit, écartant une boucle défaite qui me tombait dans les yeux.

— Que Delaunay avait juré de protéger la vie et la succession d'Ysandre de la Courcel ? Oh ! ma belle, mais cela faisait une éternité que je le savais. Mon second mari était un grand ami du roi, et un bavard impénitent. Pas assez intelligent pour deviner que Delaunay avait bel et bien l'intention de tenir son serment ; mais du reste, dans le petit nombre qui savait, bien rares étaient les personnes de valeur. Non, ce que je voulais savoir, c'était ce à quoi il œuvrait. Pourquoi Quintilius Rousse – et qu'est-ce que tout cela a à voir avec le Maître du détroit.

— Mais pourquoi… pourquoi moi ?

J'avais bien du mal à garder la tête droite. Ce qu'elle avait fait mettre dans le thé de Joscelin devait se trouver dans le cordial également, même si c'était en moindre quantité.

— Faut-il que j'aie une raison ?

Toujours souriante, Melisande suivit du doigt la courbe de mon sourcil gauche, celui dans lequel se trouve la tache écarlate. Je venais de connaître l'horreur, mais ce n'était rien par rapport à ce que je vivais en cet instant ; le pouvoir de sa main demeurait intact.

— Peut-être en ai-je une après tout : pour l'élève de Delaunay. Tu vois, c'est un peu comme lever des faisans, lorsque les rabatteurs entrent dans les broussailles. Je voulais voir lequel des petits seigneurs de Morhban allait réagir en entendant crier ton nom. Ce n'était pas très difficile de deviner que le comte de Brijou hébergeait un messager pour ton maître, Phèdre nó Delaunay.

Mes veines charriaient un sang en fusion ; j'étais trahie par l'incendie qui brûlait en moi. Je luttais pour le repousser ; son cordon était comme un nœud coulant autour de mon cou. Je m'efforçai de rassembler tous les morceaux épars. Qui étaient les hommes qui avaient tué Delaunay ? Ceux de Melisande ? Elle ne commandait pas une armée ; les Shahrizai sont gens d'argent et d'influence ; ils ne s'occupent pas d'hommes d'armes, hormis ceux de leur garde personnelle. Alcuin, lui, y serait parvenu ; il aurait su recoller ensemble toutes les pièces ; mes larmes étaient aussi brûlantes que le désir qui me dévorait. M'accrochant au souvenir d'Alcuin, je vis soudain le tableau dans son ensemble.

— D'Aiglemort.

Une lueur s'alluma dans l'œil bleu foncé de Melisande ; elle était fière de ma prouesse.

— Tu auras été une digne élève de Delaunay, dit-elle avec satisfaction. Je regrette qu'Isidore n'ait pas été là lui-même ; lui aurait eu assez de bon sens pour ne pas tuer Delaunay sans découvrir auparavant ce qu'il tramait. Jamais je n'aurais passé le mot si j'avais pu deviner comment ils allaient saboter ce travail. Mais ce qu'on dit est vrai, tu sais : les Camaelins pensent avec leur épée.

— Pas d'Aiglemort.

— Effectivement.

Elle se leva pour se rendre à la porte et donner un ordre que je n'entendis point. J'avais déjà deviné qu'aucun capitaine de la garde ne viendrait. Melisande revint se placer derrière moi, posant ses deux mains sur mes épaules.

— Isidore d'Aiglemort ne pense pas uniquement avec son épée. Savais-tu qu'il a résidé pendant trois années en Kusheth ? Dans la maison Shahrizai.

— Non, murmurai-je. Je l'ignorais.

— C'est pourtant vrai.

Ses mains se déplaçaient sur moi, à la fois horribles et irrésistibles. Jusqu'alors, je n'avais pas encore compris que les victimes de Kushiel vivent dans les flammes de la perdition. Joscelin gisait devant moi, mort ou inconscient, je ne savais pas, et rien, pas même la pensée de Delaunay gisant dans son sang, pas même le souvenir du dernier soupir d'Alcuin murmurant mon nom, rien ne pouvait arrêter la vague de désir qui me menaçait.

— Ne faites pas ça, dis-je, sanglotante et suppliante. Ne faites pas ça, je vous en prie.

Pendant un instant, elle s'arrêta ; puis je sentis son souffle chaud contre mon oreille.

— Pourquoi le Cassilin a-t-il dit « non », Phèdre ?

murmura-t-elle. (Le son de sa voix fit courir un frisson à l'intérieur de la moelle de mes os.) Lorsque j'ai demandé, tu as dit « oui » et il a dit « non ». Si vous ne cherchiez pas la garde, que faisiez-vous donc ?

La pièce tournoyait devant mes yeux. Soudain, je vis une brume rouge dans laquelle j'aperçus Delaunay, Alcuin et tous ceux que j'avais aimés, et derrière eux le visage de Naamah, avenant et plein de compassion, puis les traits sévères de Kushiel qui tenait ma vie entre ses mains.

— Je ne sais pas. (Ma propre voix semblait venir de très loin.) Demandez donc à Joscelin ce qu'il a voulu dire, si vous ne l'avez pas tué.

— Ah non ! Tu l'as prévenu, ma belle. Un Cassilin préférerait mourir plutôt que de trahir son serment.

Le murmure de Melisande était si proche que je pouvais sentir ses lèvres bouger. Je fermai les yeux et frissonnai.

— Et de toute façon, je préfère te le demander à toi.

39

Ce fut un cahot du chariot qui m'éveilla.

Mes premières impressions furent purement sensorielles ; et elles n'avaient absolument rien de plaisant. Il faisait froid et sombre ; j'étais allongée sur de la paille qui me grattait la joue, sous des couvertures de grosse laine. Aux mouvements incessants et au bruit des sabots, je devinai être dans un chariot recouvert d'une lourde bâche. Je vis tout cela avant qu'une vague de nausée me retourne les entrailles ; moi qui n'avais jamais connu ne serait-ce qu'une journée de malaise dans ma vie, je comprenais à peine ce qui m'arrivait. Par pur instinct, je rampai vers le point le plus éloigné de ma couche pour y vomir le maigre contenu de mon estomac.

Après cela, la douleur relâcha quelque peu son étreinte dans mon ventre. Grelottant de froid, au bord du délire, je retournai me nicher au milieu des couvertures où je m'étais éveillée, pour retrouver le confort misérable qu'elles offraient. À cet instant, je vis le deuxième corps à moitié enfoui sous l'épaisseur de laine mal cardée, ses cheveux blonds se confondant avec la paille, ses vêtements gris le rendant pratiquement invisible dans la pénombre filtrant par les ouvertures dans la toile au-dessus de nos têtes.

Joscelin.

La mémoire me revint avec la violence d'une lame de fond. J'eus à peine le temps de retourner là d'où je revenais pour y vomir ma bile.

Cette fois-ci, le bruit le réveilla. Je serrai les bras autour de moi, toute tremblante, l'observant tandis qu'il regardait autour de lui l'intérieur sombre du chariot, les sourcils froncés. En bon guerrier cassilin, il commença par chercher ses armes. Elles n'étaient nulle part ; il n'avait plus ni dagues ni épée, ni même ses canons d'avant-bras d'acier. Puis il me vit.

— Où… ? coassa-t-il d'une voix d'outre-tombe. (Il s'arrêta pour s'éclaircir la voix rendue sèche par la drogue, exécuter quelques mouvements de la mâchoire et de la langue, et déglutir.) Où sommes-nous ?

— Je ne sais pas, murmurai-je, pas tout à fait sûre que ce fût la vérité.

De l'extérieur nous venait le martèlement de sabots ; un attelage de quatre chevaux ? En fait, j'entendais de trop nombreuses bêtes, toutes ferrées et tenant une allure martiale. Une escorte de cavaliers nous accompagnait – une dizaine au moins.

— Melisande, se souvint-il. Melisande Shahrizai.

— Oui.

J'avais parlé dans un souffle. Les souvenirs assaillaient mon esprit, pareils aux ailes noires d'une bête de la nuit. Jamais jusqu'à ce réveil je n'avais éprouvé autant de mépris pour la nature de ce que j'étais. Aujourd'hui encore, dans le froid, la peine et la misère, je peux toujours sentir l'écho de la langueur qui avait suivi l'infinie trahison de mon corps.

Tout naïf qu'il était, Joscelin n'était pas un idiot ; il était encore suffisamment jeune pour apprendre, et il avait servi quelque temps dans la demeure de Delaunay où même un imbécile peut acquérir quelques rudiments de sagesse. Je vis la compréhension envahir les traits de son visage harmonieux.

— Lui as-tu donné le message de Rousse ? demanda-t-il d'un ton tranquille.

— Non.

Je secouai la tête avec véhémence. Je la secouai en tremblant de tous mes membres, mes bras enserrant mon pauvre corps.

— Non. Non. Non.

Il était totalement dépassé. Inquiet, Joscelin tendit les bras pour me ramener sous la chaleur des couvertures, les empilant sur moi. Puis, voyant que mes tremblements ne cessaient pas, il enroula ses bras autour de moi pour me bercer jusqu'à ce que le calme me revînt, me murmurant des petits mots sans queue ni tête.

C'était vrai.

Tout. Elle avait tout obtenu de moi ; tout ce qu'elle avait voulu elle l'avait eu, jusqu'à la plus petite trahison que la chair peut commettre. Hébétée, brisée, le cœur au bord des lèvres, j'avais tout donné.

Mais pas ça.

Je crois qu'à la fin elle-même avait fini par me croire. Je me souvenais qu'elle s'était adoucie, relevant ma tête effondrée en la tirant par les cheveux, m'offrant le spectacle de son visage magnifique où brillait son sourire tout à la fois doux et impitoyable. J'avais supplié jusqu'à en perdre la voix ; je ne parvenais plus qu'à esquisser les mots de mes lèvres et à implorer avec les yeux.

— Je te crois, Phèdre, avait-elle dit en me caressant le visage. Sincèrement, je te crois. Tu n'as qu'un mot à dire pour que tout cela cesse. Un seul. Il te suffit de le dire.

Si je l'avais dit, si j'avais donné le *signal*, je lui aurais donné tout le reste. J'étais restée silencieuse.

Et les choses ne cessèrent pas. Du moins pas avant un long moment.

Je me souvenais de tout maintenant, mais je ne tremblais plus. J'en portais la mémoire en moi, pareille à une pierre froide au creux de mon ventre. Joscelin prit subitement conscience de la situation et s'en sentit mal à l'aise. Brusquement, il me frictionna les épaules et relâcha son étreinte. Toutefois, il ne s'éloigna guère ; chacun de nous n'avait plus que l'autre et rien d'autre. Je le vis réprimer un frisson ; sans rien dire, je défis l'une des couvertures posées sur moi pour la lui tendre. Il ne la refusa pas, s'enveloppant dedans avant de souffler dans ses mains.

— Donc, tu ne sais pas ce qui nous est arrivé ? demanda-t-il. (Je secouai négativement la tête.) Bien, poursuivit-il d'un ton résolu, voyons voir ce que nous pouvons découvrir. (Il souffla une fois encore dans ses mains pour les réchauffer, puis se mit à taper sur le montant du chariot en criant.) Hé ! dehors ! Arrêtez ce chariot ! (Les panneaux de bois s'entrechoquaient sous ses coups ; de l'extérieur me venaient le piétinement des chevaux et un murmure.) Arrêtez ce chariot, j'ai dit ! Laissez-nous sortir.

Un coup énorme frappé de l'autre côté ébranla le chariot tout entier ; un bâton de combat ou une masse d'armes pour le moins. Joscelin retira vivement ses mains, comme mordues par les vibrations dans le bois. Un autre coup s'abattit sur la bâche pour atterrir sur l'épaule de Joscelin avec un bruit sourd. Grimaçant, le Cassilin roula sur le côté pour éviter une seconde attaque.

— Silence dans le chariot ! dit une voix d'homme sur un ton martial. Sinon, on vous frappe comme des blaireaux dans un sac. Compris ?

Aplati sur la paille, les yeux rivés à la toile pour voir l'ombre d'une arme au-dessus de lui, Joscelin poursuivit :

— Je suis Joscelin Verreuil, fils du chevalier Millard Verreuil du Siovale, membre de la Fraternité cassiline, et vous me détenez contre ma volonté. Vous savez que vous commettez une hérésie et un crime passibles de la mort ?

L'arme – un bâton à en juger par sa portée – s'abattit de nouveau sur la bâche avec un bruit étouffé.

— La ferme, le Cassilin ! La prochaine fois, je vise la fille.

Comme Joscelin s'apprêtait à répondre, je lui saisis le bras et secouai la tête.

— Ne fais pas ça, murmurai-je. Ne rends pas les choses pires. Il y a au moins une dizaine de cavaliers, entraînés et armés, au-dehors. Si tu veux jouer au héros, choisis au moins un moment où tu n'es pas confronté à des adversaires en surnombre – et qui plus est piégé comme… comme un blaireau dans un sac.

Joscelin fixait sur moi un regard écarquillé.

— Comment reconnais-tu les signes ?

— Écoute. (De la tête, j'indiquai plusieurs directions sur le pourtour du chariot.) Des chevaux et les bruits métalliques des pièces d'armure. Quatre devant, quatre derrière et deux de chaque côté. Et j'ai également repéré au moins deux éclaireurs. S'ils obéissent à Melisande, alors il y a toutes les chances que ce soient des hommes de d'Aiglemort.

— D'Aiglemort ? (Ses yeux exprimaient toujours la surprise, mais au moins avait-il la présence d'esprit de parler à voix basse.) Que vient-il faire là-dedans ?

— Je ne sais pas. (Glacée, malade et vidée, je me recroquevillai sous les couvertures.) Mais quoi qu'ils trament, ils sont complices. Ils ont abattu la maison Trevalion, et ce sont les hommes de d'Aiglemort qui ont abattu Delaunay et Alcuin. Il a demandé la main d'Ysandre. Je pense qu'il veut s'emparer du trône, d'une manière ou d'une autre. Et si ce sont bien les hommes de d'Aiglemort, tu peux être certain qu'ils sont bien entraînés.

Dans la pénombre, je pouvais voir la perplexité peinte sur ses traits.

— Et moi qui pensais que tu n'étais qu'une servante de Naamah.

— Tu n'as donc rien appris de ce que nous faisions dans la maison de Delaunay ? demandai-je avec amertume. J'aurais mieux fait de rester dans la Cour de nuit, au sein de la maison de la Valériane, pour devenir une poupée à fouetter pour les fils de marchands. Au moins, Melisande Shahrizai n'aurait pas pu se servir de moi comme d'un chien de chasse pour débusquer les alliés de Delaunay.

— C'est ça qui s'est passé ? demanda-t-il avec un semblant d'hésitation. Phèdre, tu ne pouvais pas savoir. Anafiel Delaunay, lui, aurait dû se douter – à utiliser ainsi ses servants. Ce n'est pas ta faute.

— Peu importe à qui revient la faute, dis-je d'une voix basse. Telle a été la cause. Delaunay est mort et Alcuin aussi, lui qui n'avait jamais causé de tort à quiconque, pas même à ceux assez téméraires pour le servir. C'est moi qui ai été la cause de tout.

— Phèdre…

— La nuit tombe.

Je l'interrompis d'un signe de la main. L'obscurité gagnait l'intérieur du chariot.

— Peut-être vont-ils établir un camp. Nous avons fait route vers le nord ; il fait plus froid que dans la Ville.

— Camlach, dit-il sombrement.

— Cela se pourrait bien. Ils se montreraient plus prudents sur le territoire de L'Agnace ; ils nous ont ordonné de nous taire, pas de ne plus bouger. Ils craignent d'être repérés. Si c'est le cas, ils feront peut-être moins attention dans leur propre province.

— Tu as bien retenu les leçons de Delaunay, murmura-t-il.

— Pas assez.

Vaincue par la peur et la douleur, je somnolai un peu, ne me réveillant que lorsque le chariot s'arrêta brutalement. Nous étions dans l'obscurité la plus complète. Un bruit de pas me parvint, puis celui d'une chaîne qu'on remuait. La porte arrière du chariot s'ouvrit. Je clignai des yeux sous la lumière éblouissante des torches.

— Sortez ! ordonna une voix dure derrière les flammes mouvantes. La fille d'abord. Et sors doucement.

Toujours enroulée dans une couverture, je rampai jusqu'à l'extérieur pour paraître, aveuglée par les torches, à moitié gelée et couverte de paille. Des mains robustes me saisirent, pour m'emmener vers un feu de camp. Un soldat casqué me tendit une outre ; je bus avidement.

— Tout doux, tout doux, le Cassilin.

Ils prenaient plus de précautions avec Joscelin, mais il sortit docilement, soucieux uniquement de ma sécurité. C'était un frère cassilin et sa mission était de me protéger ; peu importait ce qui pouvait bien lui arriver, c'était ce serment-là qu'il avait à cœur d'honorer. Je vis tout cela au soulagement apparu sur son visage.

Mes yeux s'accoutumant à la lumière, je pus constater que mes déductions étaient toutes proches de la réalité. Autour de nous, je dénombrai quinze soldats, sans aucune marque ni aucun insigne, mais tous d'évidence rompus au métier des armes. L'un d'eux était penché sur une marmite au-dessus du feu, tandis que d'autres s'occupaient des chevaux ; une demi-douzaine d'hommes, l'épée tirée, entouraient Joscelin. Notre camp était installé au fond d'un vallon rocheux, boisé sur les flancs ; l'herbe rase était saupoudrée d'une neige fine. Je n'aperçus aucun autre feu à la ronde ; nous étions seuls ici.

— Approche, le Cassilin. Tout doucement. (À son ton de commandement, je conclus que celui qui conduisait Joscelin de la pointe de son épée devait être le chef.) Voilà, donne-lui à boire, ajouta-t-il en saisissant l'outre qu'un autre lui tendait. Tiens, le Cassilin.

Joscelin but ; je voyais la fureur flamber dans ses yeux. Il rendit l'outre au chef.

— Au nom du Préfet de la Fraternité cassiline, dit-il tranquillement, j'exige de savoir qui vous êtes et pour quelles raisons vous faites ça.

Un éclat de rire général s'éleva autour du feu.

— Au nom du Préfet de la Fraternité cassiline, répéta le chef en minaudant, avant d'allonger un coup sur le crâne de Joscelin de sa main revêtue d'un gantelet. Ici, aux marches du Camlach, on n'obéit qu'à un seul ordre, le Cassilin – celui de l'acier !

La tête de Joscelin rebondit sèchement sous le coup ; ses yeux lancèrent des éclairs.

— Alors, donne-moi le mien et tâte un peu de son ardeur !

Des cris et des encouragements montèrent parmi les soldats, mais le chef secoua la tête, à regret.

— J'aimerais bien, mon garçon, car tu as assez de colère pour tenter de prendre ma tête ; ça pourrait être très intéressant. Mais j'ai ordre de te garder en vie. (Il donna un coup de menton dans ma direction.) Toi, la fille. Tu as besoin d'aller aux latrines ?

Malheureusement, c'était le cas. À toutes celles qui n'ont jamais eu à se soulager sous les regards attentifs d'une troupe d'hommes armés, je ne recommande pas l'expérience. Joscelin eut droit à une escorte de six hommes, mais c'est un homme et il a nettement plus l'habitude de pareille compagnie.

Dûment humiliée, je fus ramenée au feu, où l'on me servit un bol de ragoût. Je mangeai sans rien dire ; le silence est la première vertu qu'on m'a enseignée. Au sein de la Cour de nuit, tous les enfants savent qu'il vaut mieux se taire ; dans la maison de Delaunay, j'en avais appris les autres qualités. Joscelin suivit mon exemple, tenant prudemment sa langue ; jusqu'à ce que le chef demandât d'un signe à l'un de ses hommes de lui passer une flasque qu'il portait.

— Tu vas en boire, dit-il en la tendant.

Elle luisait à la lueur des flammes. Je devinai ce qu'elle contenait : la drogue qu'on nous avait déjà administrée. À côté de moi, Joscelin releva la tête pour fixer son regard dans le lointain ; je sentis son corps se recroqueviller.

— Non, dit-il d'une voix tranquille avant d'exploser littéralement, s'élançant en avant pour frapper le chef à la gorge.

L'homme tituba en arrière, souffle bloqué ; la flasque tomba sur le sol avec un tintement. Avec un temps de retard, les autres soldats firent mouvement pour encercler Joscelin, lancé dans un tourbillon dévastateur, délivrant des coups de pied et de poing en une chorégraphie d'une extrême précision.

Face à un moins grand nombre d'adversaires, sans doute aurait-il réussi ; six, huit peut-être. Il les avait pris par surprise. Mais le chef recouvra son souffle – et sa voix. Avec un rugissement, il fondit dans la mêlée, éloignant d'un coup de pied une épée à portée de main de Joscelin.

— Gardez vos armes, bande d'idiots ! Ne le laissez pas en prendre une !

Ils le cernèrent, faisant peser sur lui toute la puissance de leur nombre ; puis l'un d'eux parvint à assener sur son crâne un violent coup du pommeau d'une épée. Joscelin s'effondra à genoux.

Avec un juron, l'un des soldats qu'il avait blessés s'avança, lame brandie en avant, prêt à le transpercer.

— Arrêtez !

Je n'avais même pas pris conscience de m'être levée avant d'entendre mon propre cri. L'homme retint sa main ; tous me regardaient. Le reste de mes souvenirs venait de me revenir ; je resserrai autour de moi les fragments épars de ma dignité.

— Si cet homme meurt, vous en serez redevables devant Melisande Shahrizai, dis-je d'une voix glacée.

Tôt ou tard. D'une manière ou d'une autre. Voulez-vous courir ce risque ?

Le soldat réfléchit un instant, puis tourna la tête vers son chef, qui hocha la tête. Il remit son épée au fourreau. Le chef demanda à l'un de ses hommes de ramasser la flasque.

— Tenez-le, ordonna-t-il.

Deux hommes tordirent les bras de Joscelin dans son dos, tandis que deux autres l'immobilisaient. Le chef déboucha le flacon et saisit le menton du Cassilin dans l'étau de sa main, fourrant le goulot entre ses dents. Il bascula la flasque pendant qu'un autre lui bouchait le nez.

Joscelin toussa et cracha ; un liquide clair coula de chaque côté de sa bouche, mais une bonne quantité franchit le barrage de sa gorge. L'effet fut rapide ; Joscelin tomba en avant sur le sol.

— Attachez-lui les bras dans le dos, ordonna le chef. Qu'il ne nous cause plus d'ennuis. (Ensuite, il s'approcha de moi et me tendit la flasque.) J'espère que tu ne vas pas nous obliger à faire de même avec toi.

— Non, messire.

D'aussi loin que je pouvais me souvenir, c'était la première fois que j'usais d'une tournure formelle de manière sarcastique. Je pris la flasque et bus.

Il la reprit et me jeta un coup d'œil peu amène.

— Inutile de prendre ce ton, tu sais. Je t'ai bien traitée et j'ai fait en sorte que mes hommes te laissent tranquille. Et crois bien, gente dame, que c'est la dernière amabilité que tu verras avant longtemps, là où tu vas. C'est une drôle de manière de garder les gens vivants ; c'est tout ce que j'ai à dire.

Ce fut tout ce que j'entendis ; les ténèbres se

refermèrent sur moi. J'eus vaguement conscience d'être soulevée et balancée sur la paille du chariot ; je sentis le corps de Joscelin affalé près de moi et j'entendis la chaîne de la porte du chariot qu'on refermait. Tandis que je glissais dans l'inconscience, j'entendis de nouveau le souvenir qui m'était revenu, la voix de Melisande à la fin, grave et tendre à la fois.

— Ne t'inquiète pas, ma belle, je ne te tuerai pas, pas plus que je briserais un vase ou une fresque inestimable, avait-elle dit, quelque part derrière le brouillard qui obscurcissait ma vision. Mais tu en sais trop et je ne peux pas courir le risque de te garder ici. Ce n'est peut-être pas grand-chose, mais crois-moi lorsque je te dis que je t'offre la meilleure chance possible de rester en vie. Je te laisse même le Cassilin – en priant pour qu'il te protège mieux qu'il l'a fait jusque-là. (Ses doigts avaient plongé dans mes cheveux, si cruels et si doux.) Quand tout sera fini, si tu vis encore, je te trouverai. Je te le promets, Phèdre.

Qu'Elua ait pitié, mais à cet instant – même à cet instant – il y avait une part de moi-même qui souhaitait que cela arrivât.

La Cour de nuit m'avait appris à servir et Delaunay m'avait appris à penser ; avec Melisande Shahrizai, j'avais appris à haïr.

Mes souvenirs du reste du voyage sont flous et confus. Soucieux de ne plus prendre aucun risque, le chef camaelin nous garda enfermés dans le chariot et drogués, ne nous autorisant des instants de conscience que pour boire, manger et nous soulager. À la pente et aux jurons des soldats, je compris que nous étions maintenant sur les pistes difficiles et escarpées des montagnes. Je savais également que nous poursuivions vers le nord ; j'étais transie de froid, de jour comme de nuit, même dans les rêves pleins de sang que me donnait la drogue.

Toutefois, je ne savais toujours pas vers où nous allions ; jusqu'à ce qu'ils nous fissent descendre, chancelants et aveuglés dans la lumière du jour, sur une plaine enneigée par-delà les montagnes du Camlach.

Huit hommes – huit colosses vêtus de fourrure –, déployés en demi-cercle, nous observaient depuis le dos de leurs grands chevaux poilus. L'un d'eux, aux longs cheveux blonds noués dans le dos par un bandeau couleur bronze et à l'opulente moustache, lança un sac de vieux cuir au chef du détachement camaelin ; les pièces à l'intérieur de la bourse tintèrent et il fit un commentaire dans une langue gutturale. Joscelin ouvrit la bouche et fronça les sourcils, désespérant de comprendre.

Moi, je compris. C'était du skaldique.

Il venait d'acquitter le prix. Il venait d'acheter deux esclaves d'Angelins.

40

À en juger par la vitesse à laquelle la transaction avait été menée, je ne doutai pas un instant qu'elle avait été organisée à l'avance. Le chef camaelin remit le sac à son second pour qu'il comptât. Sur un signe de tête affirmatif de celui-ci, il coupa les liens entravant les poignets de Joscelin et ordonna à l'un de ses hommes de laisser notre bagage. Il attrapa un paquet noué d'où dépassait la poignée de l'épée du Cassilin et le jeta au sol sans plus de cérémonie. Le chef cria un ordre et ils firent demi-tour, cap sur la passe que nous venions de franchir ; l'arrière-garde restait sur le qui-vive, surveillant les Skaldiques – qui les regardaient partir d'un œil impassible.

Joscelin considéra la troupe camaeline qui s'éloignait, les Skaldiques immobiles et silencieux, avant de poser sur moi un regard empli du plus grand des étonnements.

— Qu'est-ce que c'est que cette histoire ? demanda-t-il. As-tu la moindre idée de ce qui vient de se passer ?

— Oui. (Debout dans la neige jusqu'aux chevilles, je grelottais malgré le franc soleil dans le ciel d'un bleu resplendissant.) Ils viennent de nous vendre aux Skaldiques.

Si sa réaction fut étonnante, au moins fut-elle aussi rapide qu'à l'accoutumée. À peine les mots étaient-ils sortis de ma bouche qu'il se précipitait sur le paquet contenant son épée ; ses bottes dérapèrent sur la neige.

Le chef skaldique éclata de rire et ses hommes ululèrent de joie. L'un d'eux éperonna son cheval aux longs poils pour faire barrage, mais Joscelin l'esquiva. Un autre tira une courte lance pour la planter dans le paquet ; les sabots de son cheval firent voler de la neige tandis qu'il se penchait pour emporter le ballot proprement fiché au bout de son arme. Joscelin pivota pour faire face mais, d'une saccade impeccable, le Skaldique envoya le paquet à un compagnon.

Ils l'encerclaient en riant, les joues rouges de plaisir, se lançant l'un l'autre le paquet, tandis que Joscelin faisait la girouette en pataugeant dans la neige. Un peu à l'écart, le chef skaldique observait le spectacle en souriant de toutes ses dents d'une blancheur immaculée. Je me demandai si le chef camaelin n'avait pas détaché les mains de Joscelin en sachant à l'avance ce qui allait se passer.

C'était encore pis que le jour où les adeptes de la maison de l'Églantine l'avaient tourmenté dans le quartier du Seuil de la nuit. Je résistai aussi longtemps que possible avant de gaspiller l'unique atout qui nous restait.

— Laissez-le ! dis-je au chef skaldique dans sa langue, en haussant la voix pour être bien entendue. Il ne comprend pas.

Il haussa ses sourcils couleur paille, mais ne

montra aucun autre signe de surprise. Joscelin avait cessé ses gesticulations inutiles pour me regarder comme si un troisième œil venait de me pousser au-dessus du nez. Le chef skaldique fit un geste négligent en direction de ses hommes, avant de faire pivoter son cheval pour m'examiner. Son regard gris clair était étonnamment perspicace.

— Les hommes de Kilberhaar ne m'avaient pas dit que tu parlais notre langue, dit-il d'une voix méditative.

— Ils ne le savaient pas, répondis-je en faisant de mon mieux pour soutenir son regard malgré mes frissons.

Kilberhaar. *Cheveux d'argent*, songeai-je en me souvenant de la chevelure pâle et brillante d'Isidore d'Aiglemort.

— Il y a bien des choses qu'ils ignorent.

Le Skaldique rugit de rire en renversant la tête en arrière.

— C'est bien vrai, D'Angeline ! Tu as bien dit que ton compagnon ne comprend pas, c'est ça ?

Je m'agenouillai dans la neige, aussi gracieusement que me le permirent mes articulations engourdies par le froid, sans cesser de le regarder.

— Je comprends que je suis votre esclave, mon seigneur.

— Bien ! (Un air de satisfaction apparut sur son visage.) Harald ! cria-t-il en direction de l'un de ses hommes. Donne un manteau à mon esclave ! Ces D'Angelines sont de frêles créatures et je ne voudrais pas qu'elle mourût de froid avant de pouvoir réchauffer mon lit !

Sa plaisanterie lui valut un rire, mais je n'en eus cure ; un jeune garçon, dont la lèvre supérieure s'ombrait d'une moustache toute neuve, approcha sa monture en souriant pour m'envoyer une lourde pelisse en peau de loup. Je m'enveloppai dedans, en maniant l'épingle qui la fermait de mes doigts gourds.

— Du sang de légume, dit mon seigneur et maître skaldique, mais on dit qu'il peut s'échauffer. (Penché sur son cheval, il me tendit un bras musculeux pour me hisser en croupe derrière lui, sans grand effort.) Tu viens avec moi, petite. Je suis Gunter Arnlaugson. Et dis à ton compagnon de se tenir tranquille.

Il fit volter sa monture, ce qui nous rapprocha d'un Joscelin tétanisé qui fixait sur moi des yeux ronds, bouche ouverte.

— Joscelin, ne tente rien, dis-je entre mes dents qui claquaient. Ils ne vont pas nous tuer comme ça ; ils ont payé trop cher pour nous avoir. Les Skaldiques accordent de la valeur à leurs esclaves.

— Non ! (Le regard de ses yeux bleus demeurait fixe ; ses narines battaient fébrilement.) Je n'ai pas su te protéger avec Melisande Shahrizai. J'ai failli avec les hommes de d'Aiglemort, mais je te le jure, Phèdre, je ne faillirai pas aujourd'hui. Ne me demande pas de trahir mon serment ! (Il baissa subitement la voix.) L'épée du Skaldique est à portée de main pour toi. Passe-la-moi et je te jure de nous sortir d'ici.

Je n'eus même pas à tourner la tête ; je sentais la poignée recouverte de cuir saillant de la ceinture de Gunter, près de mon genou gauche. Joscelin avait raison : elle était à portée de main.

Mais nous étions seuls dans une contrée déserte et glacée. Même armé, le Cassilin demeurait en infériorité numérique, à huit contre un ; et face à des guerriers skaldiques sur leurs chevaux.

— J'ai vécu toute ma vie en servitude, dis-je doucement. Je n'ai pas envie de mourir pour ton serment.

D'une main, je touchai l'épaule de Gunter. Il se tourna vers moi et je secouai la tête.

— Il est trop fier, lui dis-je en skaldique. Il refuse de m'écouter.

Son regard aigu s'étrécit et il hocha la tête.

— Attrapez-le ! cria-t-il à ses hommes. Et veillez à ce qu'il ne s'embroche pas tout seul sur vos lances, ajouta-t-il dans un grand rire.

Ils durent s'y mettre à sept ; et je dus tout regarder.

Jusqu'à cet instant-là, je crois que Joscelin lui-même n'avait jamais su ce qu'était vraiment la fureur du combat. Il se battit comme une bête aux abois, hurlant de rage ; pendant quelques moments, je ne vis rien d'autre que le mouvement des chevaux et des membres qui frappaient. Il parvint à arracher une lance courte à l'un des Skaldiques et à les tenir tous à distance, frappant et feintant ; si cela avait été une arme plus familière pour lui… je ne sais pas. Je ne me risquerais pas à me prononcer.

— Il a l'air d'une fille, commenta Gunter, d'une voix où perçait l'intérêt, mais il se bat comme un homme. Comme deux hommes même !

— Il est entraîné au combat depuis son enfance, répondis-je à son oreille. Les D'Angelins l'ont trahi – l'homme que tu appelles Kilberhaar. Fais-t'en un ami et il combattra peut-être à tes côtés contre lui.

C'était un risque que je prenais. Le regard de Gunter pivota pour venir se poser sur moi, scrutateur.

— Kilberhaar est notre allié, dit-il. Il nous donne de l'or pour razzier vos villages.

Le choc de sa révélation me transperça comme une lame, mais je me contins pour ne rien montrer.

— Prendre un traître comme allié, c'est se préparer un ennemi pour l'avenir, répondis-je avec solennité, en bénissant muettement les heures passées à traduire de la poésie skaldique.

Gunter Arnlaugson ne répondit rien, et je me gardai bien d'insister, le laissant méditer ce que je venais de dire. La moitié de ses hommes mirent pied à terre pour affronter un Joscelin toujours déchaîné, parvenant finalement à lui reprendre la lance et à le coincer au sol, face contre terre dans la neige.

— Qu'allons-nous faire de lui ? demanda l'un d'eux.

Gunter réfléchit un instant.

— Attache-lui les mains et fais-le courir derrière ton cheval, Wili ! répondit-il. On aura calmé les ardeurs de ce jeune loup avant d'arriver au bastion.

Ce fut rapidement fait ; nous partîmes ensuite dans notre chevauchée sous le ciel limpide. Je m'accrochai tant bien que mal derrière Gunter, pathétiquement heureuse d'avoir une pelisse sur le dos et un Skaldique massif devant moi pour me protéger du vent ; je luttais pour ne pas regarder en arrière. Ils avaient attaché les poignets de Joscelin à une longue corde, semblable à une laisse ; le Skaldique qui en tenait l'extrémité obligeait Joscelin à courir derrière son cheval. Le Cassilin pataugeait dans la neige, tombait parfois, ce qui lui valait d'être tiré jusqu'à ce que le Skaldique s'arrêtât pour lui permettre de se remettre debout. Son souffle était devenu rauque et ses joues étaient rougies et rendues luisantes par le froid ; en revanche, ses yeux bleus brillaient d'une haine incandescente pour chaque chose et chaque personne alentour.

Moi y comprise.

Hais-moi, songeai-je, *hais-moi et vis, Cassilin.*

La nuit s'annonçait lorsque nous arrivâmes au bastion ; nos ombres s'étiraient devant nous, longues et noires sur le blanc de la neige. Gunter composa un couplet pendant notre chevauchée et le chanta d'une voix puissante ; cela racontait comment il avait dupé Kilberhaar et capturé un prince-guerrier d'Angelin et sa princesse consort. C'était un bon chant ; je ne pris même pas la peine de le corriger. D'ailleurs, j'étais si transie à ce moment-là que je parvenais à peine à penser.

Le bastion regroupait une poignée d'habitations confortables, ainsi qu'une grande bâtisse commune. Les portes de celle-ci s'ouvrirent en grand à notre arrivée et hommes et femmes mélangés en sortirent pour nous accueillir en criant leur joie. Gunter mit pied à terre, rayonnant ; les lueurs du grand feu dans la bâtisse se reflétaient sur le bandeau couleur bronze qui retenait ses cheveux. Il me souleva de son cheval pour me poser à terre puis me poussa vers un groupe de Skaldiques.

— Regardez ma nouvelle esclave pour garnir mon lit ! rugit-il. Est-ce qu'elle n'est pas belle ?

Des mains me saisirent, tâtant et évaluant ; des visages se pressaient, tout près, rubiconds et grossiers. Je m'arrachai à leur étreinte pour chercher Joscelin.

Il était à genoux, derrière le cheval ; la fatigue le contraignait à une obéissance que rien d'autre n'aurait su lui faire accepter. Quiconque a dit que la

Fraternité cassiline est un ordre d'humilité a menti. Sa poitrine se soulevait sur un rythme élevé ; ses cheveux, d'ordinaire toujours impeccablement tirés en arrière, lui tombaient devant les yeux. Il me dévisageait de derrière ce rideau raidi par le froid.

— Joscelin, murmurai-je en prenant son visage glacé entre mes mains en coupe.

Il détourna la tête d'un mouvement brusque, puis cracha sur moi. Je sentis les mains de Gunter sur mes épaules qui me tiraient ; il m'enserra de son bras massif.

— Regarde-le ! s'exclama-t-il jovialement. Un sacré jeune loup que voilà ! Eh bien, qu'il aille dormir avec les chiens, alors !

Les mains disposées à ramener le Cassilin dans le droit chemin de la soumission ne manquaient pas. Riant et criant, un groupe de jeunes hommes l'emporta ; *ils l'emmènent au chenil.* Gunter me fit pivoter entre ses bras pour me propulser, titubante, dans la chaleur de la grande bâtisse commune.

— Honte sur toi, Gunter Arnlaugson !

L'exclamation provenait d'une femme contre laquelle je vins m'échouer comme une épave, avant de m'écarter, bien embarrassée. Elle était jeune, et assez jolie selon les critères skaldiques, avec des cheveux de la couleur du soleil et des yeux bleus. À cet instant précis, elle était fermement campée sur ses jambes avec les mains sur les hanches ; ses sourcils étaient froncés.

— La pauvre petite est à moitié gelée et morte de peur, et voilà que tu clames déjà à qui veut l'entendre que tu vas la fourrer dans ton lit ! Pas étonnant que tu n'aies jamais trouvé une femme pour le réchauffer.

Des rires roulèrent dans la pièce, venant buter sur les hautes charpentes ; mon féroce seigneur skaldique baissa les yeux en se trémoussant d'un pied sur l'autre avant de donner sa réplique :

— Ah ! Hedwig, tu sais bien que je n'aurais pas besoin d'aller razzier de l'autre côté de la frontière d'Angeline si seulement tu voulais bien de moi, ma belle ! Et maintenant, qui sait quelles merveilles cette brindille va m'apprendre à faire ? Tu serais bien désolée d'en être privée !

— Pas cette nuit en tout cas. (Malgré les rires que la riposte de Gunter avait soulevés, le ton de Hedwig n'avait rien perdu de son mordant.) Un bol de soupe chaude et un moment au coin du feu, c'est tout ce dont tu as besoin, n'est-ce pas ma petite ? dit-elle avec gentillesse.

— C'est une barbare, Hedwig, elle ne comprend pas ce que tu dis, observa quelqu'un avec bonhomie.

— Je comprends, dis-je en skaldique en haussant la voix pour être entendue. (Toujours grelottant dans ma pelisse, je tombai à genoux et saisis sa main abîmée par les travaux pour l'embrasser.) Merci, ma dame.

Gênée, Hedwig retira vivement sa main.

— Par les dieux ! on ne fait pas ça ici, ma petite ! Nous ne sommes pas des sauvages ! On n'oblige pas les esclaves à ramper !

Gunter n'avait pas donné cette précision, remarquai-je en notant soigneusement cette information dans un coin de mon esprit. Frappant dans ses mains, Hedwig ordonna qu'on apportât un bol de soupe et qu'on fît une place autour du foyer. Il y eut quelques grommellements, mais on lui obéit.

Je n'étais pas en état de protester, même si j'en

avais eu l'envie ; ce qui n'était pas le cas. Je m'assis près de l'âtre, dont la vive chaleur fit fondre peu à peu la glace qui avait remplacé la moelle dans mes os. J'apercevais Gunter dans la salle, une demi-tête plus grand que tous les autres hommes, en train de se pavaner, goûtant d'être le héros de la soirée.

Par la suite, j'appris ce qui aurait dû m'apparaître dès cette nuit-là : le père de Hedwig avait été le chef de ce bastion, jusqu'à sa mort. Gunter avait conquis sa position par la force et les armes, mais il avait jusqu'à présent échoué dans la conquête du cœur de Hedwig ; une part de l'autorité légitime de son père demeurait attachée à sa personne.

Si je n'aime pas les Skaldiques – et comment le pourrais-je compte tenu de ce qu'ils tentaient de faire à la terre qui m'a vue naître et qui est à jamais une part de moi-même ? – je ne les hais pas non plus, car j'ai connu la bonté chez eux. Certes, j'ai connu aussi la cruauté, mais ce n'était guère plus que celle qu'ils s'infligent les uns aux autres, car leur culture et leur mode de vie sont ceux d'un peuple rude et guerrier. Et ceux-ci ne sont pas sans une certaine beauté, même si celle-ci puise sa source dans le sang et l'acier ; et comme j'eus l'occasion de le découvrir, on trouve aussi chez eux de la compassion.

Les Skaldiques boivent beaucoup lorsqu'ils fêtent un événement ; précisément, ce soir-là, ils avaient quelque chose à fêter. L'hydromel coula en flots suffisants pour noyer un village ; les chants, les bagarres et les rires ne cessèrent pas. Personne ne me surveillait vraiment ; si je l'avais voulu, j'aurais pu m'enfuir. Mais où serais-je allée ? Je n'étais pas en état de fuir à travers d'immenses étendues neigeuses, en territoire hostile. L'idée me vint soudain de chercher Joscelin, pour le libérer et tenter de fuir ; elle me fit frissonner.

Je restai donc là, tandis que mes nouveaux maîtres skaldiques chantaient, se défiaient et buvaient ; et je me rongeais les sangs en songeant à Joscelin en train de geler dans la nuit. Soudain une main me secoua l'épaule et je m'éveillai en sursaut. Je m'étais assoupie. Hedwig m'emmena gentiment dans sa chambre, lançant des regards sinistres à un Gunter interloqué, mais à moitié uniquement. Là, elle me prépara une paillasse – un matelas de paille et quelques couvertures – au pied de son lit. Je m'y roulai comme un chien, puis laissai le sommeil, le lourd sommeil du juste, m'emporter.

41

Ainsi débuta ma vie en tant qu'esclave de Gunter Arnlaugson, chef skaldique du plus à l'ouest des bastions tenus par la tribu des Marsis, sous l'égide – comme je l'apprendrais par la suite – du grand chef de guerre Waldemar Selig, Waldemar le béni.

Je fus réveillée ce matin-là par Hedwig qui, à ma joie immense, me montra la pièce où l'on pouvait se laver. Le bain proprement dit n'était rien de plus qu'un cuveau de fer-blanc martelé, mais il était dimensionné pour des Skaldiques, si bien que je pouvais m'y asseoir à mon aise. Hedwig me montra comment amener de l'eau et augmenter le feu pour la chauffer, s'étonnant que je ne connusse rien de ces choses-là.

Peut-être ai-je été une servante toute ma vie, songeai-je en me colletant avec un lourd seau d'eau, *mais une chose est sûre, j'ai été une servante privilégiée.* Toujours est-il que jamais de ma vie je n'avais pris de bain plus doux que celui-ci, préparé par mes soins. Même le manque d'intimité – Hedwig s'étant posée sur un tabouret pour m'observer, tandis que d'autres femmes allaient et venaient en piaillant – ne parvint pas à en diminuer le plaisir.

— Comment appelles-tu ça ? demanda Hedwig en pointant un doigt sur ma marque – toujours inachevée bien sûr.

Je me félicitais d'avoir payé maître Tielhard d'avance ; s'il m'était donné un jour de revenir dans la Ville d'Elua, il ne manquerait pas d'honorer son contrat. Traduisant du mieux que je pus, j'expliquai qu'elle me désignait comme servante de Naamah. Cette notion nécessita elle aussi de longues explications, que les femmes écoutèrent en échangeant des regards étonnés.

— Et ça ? demanda Hedwig en désignant d'un doigt incertain les lignes tracées sur mon sein par la main de Melisande, et qui déjà allaient s'éclaircissant. Est-ce que cela fait aussi partie du… rituel ?

— Non, répondis-je, en faisant couler une louche d'eau chaude sur ma peau. Cela ne fait pas partie du rituel de Naamah.

Quelque chose dans le ton de ma voix éveilla la compassion de Hedwig ; elle fit sortir les autres femmes, et resta pour m'aider à sortir et enfiler une robe de grosse laine, si longue sur moi qu'elle traînait par terre.

— On va faire un ourlet, dit-elle, pragmatique.

Elle me prêta son propre peigne, une pauvre chose édentée, pour brosser mes cheveux trempés et emmêlés.

Lavée et coiffée, je me sentis redevenue moi-même pour la première fois depuis l'instant où le messager de Rousse avait fait irruption dans l'échoppe du marquiste. J'entrepris alors de prendre la juste mesure de ma situation.

La grande salle du bastion était un endroit bruissant d'une activité incessante. J'appris que c'était le cœur de toute communauté skaldique. Les champs alentour étaient tenus par les barons, ou guerriers, et cultivés par leurs serfs – une classe de paysans ou de manants. En contrepartie de ce privilège, ils subvenaient à l'entretien des barons et versaient une dîme, en bêtes et grains, à Gunter. Lorsqu'ils n'étaient pas au loin à razzier et chasser, Gunter et ses guerriers passaient leur temps à festoyer dans la grande salle communautaire, à chanter et à se livrer à des joutes de force.

Gunter n'était pas un mauvais seigneur. Les Skaldiques sont régis par un système juridique élaboré ; deux fois par semaine, il entendait les doléances et jugeait aussi équitablement que possible. Lorsqu'une de ses décisions était prononcée contre l'un de ses barons, et que celui-ci était sommé de faire réparation à l'un de ses manants pour lui avoir indûment volé un poulain ou un veau, il s'exécutait sans récriminer.

Toutes ces choses, je les découvris au fil du temps ; la première journée, je me contentai de garder les yeux ouverts et la bouche fermée, m'efforçant de percer les rouages de cette nouvelle société. De Gunter, je ne vis rien aussi longtemps que dura le jour. Ses barons étaient nombreux dans la salle communautaire, occupés à affûter leurs armes ou à passer le cuir de ce qui leur tenait lieu de bottes à la graisse d'ours, tout en riant et plaisantant. Les commentaires allaient bon train ; ils se poussaient du coude et roulaient des œillades dans ma direction. Toutefois, ils ne tentèrent rien pour m'importuner, si bien que je les ignorai, remerciant Elua d'être, semblait-il, propriété exclusive de Gunter, et non pas butin collectif pour toute sa troupe.

Tandis que les hommes passaient le temps à musarder et plaisanter, les femmes travaillaient sans relâche. Assurer la bonne marche et l'entretien de l'immense salle commune n'était pas une mince affaire ; il fallait veiller sur les feux, préparer la nourriture, passer derrière les guerriers saouls, nettoyer, ranger, ravauder et s'activer indéfiniment. Certes, quelques manants prêtaient main-forte comme serviteurs, s'occupant des tâches les plus lourdes, mais les *femmes* assumaient la plus grande partie du travail. Hedwig donnait les ordres, sur un ton qui montrait combien elle était habituée à être obéie, sans rechigner pour autant à mettre la main à la pâte elle aussi. Lorsque je lui demandai quels travaux m'étaient dévolus, elle évacua la question d'un geste de la main, indiquant que c'était à Gunter de me le dire. Je sollicitai alors son autorisation de sortir pour m'enquérir de Joscelin, préoccupée par ce que pouvait bien être son état. Elle se mordit la lèvre, puis secoua la tête. Elle m'aurait sûrement donné son accord, je pense, mais elle n'osait empiéter autant sur l'autorité de Gunter.

Je restai donc confinée dans la grande salle, sous l'attention permanente des barons. L'un des plus jeunes – Harald l'imberbe, celui qui m'avait donné la pelisse – se montrait le plus hardi, et poète assez doué qui plus est. Si mon cœur alors n'avait pas été comme statufié, j'aurais peut-être rougi en entendant ses vers, qui décrivaient mes charmes avec force détails.

Harald était précisément occupé à déclamer lorsque Gunter fit irruption dans la salle, flanqué de deux de ses hommes, criant pour qu'on apporte de l'hydromel. Je n'avais pas la moindre idée d'où il avait pu passer sa journée, mais son visage était rougi par le froid et de la neige poudrait son manteau et ses cuissards. Lorsqu'il ouvrit sa houppelande, j'aperçus le diamant de Melisande autour de son cou et poussai un petit cri.

Ce pendant étincelant posé au milieu de sa gorge puissante composait une vision pour le moins incongrue. Je n'avais même pas eu la présence d'esprit de m'interroger sur sa disparition ; il devait être au milieu de notre bagage, aussi intouchable pour les hommes de d'Aiglemort que les armes de Joscelin. *Étrange pour le moins*, songeai-je. Moi, j'aurais plus facilement volé quelque chose au Préfet de la Fraternité cassiline qu'à Melisande Shahrizai. La vue du diamant suscita un brouhaha d'exclamations ; Gunter rit, passant un index épais sous le fin cordon de velours.

Si j'avais été en état d'y penser, je me serais félicitée de sa disparition ; mais voilà qu'il réapparaissait, pendillant au cou de mon maître skaldique. Je sentis la présence de Melisande tout autour de moi et le désespoir m'envahit.

— D'Angeline ! cria Gunter en m'apercevant assise auprès du feu. (Je me levai immédiatement, exécutant une courbette par réflexe, puis attendis tête baissée tandis qu'il traversait la salle à grands pas.) J'ai une faim immense !

Ses mains puissantes se refermèrent sur ma taille et il me souleva pour planter un baiser sonore sur mes lèvres pour le moins réticentes. Il rugit de rire en me tenant dans les airs.

— Regardez ça ! cria-t-il à ses hommes. Ces D'Angelines ne pèsent pas plus lourd que ma cuisse.

Croyez-vous qu'elle sache ce qu'est un homme, un vrai ?

— Et je ne crois pas qu'elle ait envie de le savoir, en tout cas avec toi, répliqua Hedwig, qui sortait de la cuisine, une grande cuiller à la main brandie comme une épée. Repose la petite, Gunter Arnlaugson.

— Je vais la poser sur le dos, oui ! déclara-t-il en me remettant sur mes pieds, avec un autre baiser sonore. (Je n'avais jamais vu d'homme aussi abondamment poilu ; être embrassée par lui était une étrange expérience.) Voilà ! Qu'est-ce que tu penses de ça, D'Angeline ?

Je n'avais jamais haï un de mes clients, ayant toujours accepté librement mes contrats, en hommage à Naamah. Désormais, je haïssais celui-ci, qui allait me prendre sans mon consentement, en vertu du droit acquis sur moi par l'effet d'une trahison.

— Je suis la servante de mon seigneur, répondis-je stoïquement.

Gunter Arnlaugson était de fort bonne humeur, incapable de saisir la moindre ironie.

— Et une sacrément bonne servante, ajouta-t-il réjoui, en me soulevant de nouveau pour me jeter sur son épaule comme un sac de grain.

— Si je ne suis pas revenu dans deux heures, apportez-moi un tonneau de bière et un quartier de viande, dit-il à ses hommes en sortant.

Aussi impuissante qu'une enfant, je ballottais sur son épaule, écoutant les cris et quolibets accompagnant notre départ. Je sentais ses muscles qui roulaient sous son pourpoint de laine ; je le jure par Elua et ses Compagnons, les guerriers skaldiques sont anormalement vigoureux. Dans sa modeste chambre, il me reposa à terre et entreprit de lancer le feu dans l'âtre. Les murs étaient de bois brut ; pour tout meuble, il y avait un lit grossier couvert de fourrures et, dans un coin, un tas d'équipements divers, morceaux de cuir et pièces de métal entassés derrière un bouclier.

— Et voilà, dit-il avec satisfaction, en frottant ses mains l'une contre l'autre. Ça devrait réchauffer ton sang de légume, D'Angeline. (Il me détailla ; la déconcertante lueur de ruse était revenue dans son œil.) Je sais ce que tu es, D'Angeline. Je sais que tu as été formée pour servir ta déesse putain. Les hommes de Kilberhaar me l'ont dit lorsque j'en ai payé le prix, alors que j'aurais pu avoir une fille de village pour rien, hormis le coût de la razzia. On l'a déjà fait, tu sais.

— Oui, répondis-je. Je sais.

Je pensai à Alcuin, dont le village avait été incendié par les Skaldiques. Je pensai aux cris des femmes qui lui parvenaient tandis que Delaunay l'emportait.

— Qu'attendez-vous de moi, seigneur ?

— Qu'est-ce que j'attends de toi ?

Gunter Arnlaugson sourit, étirant ses bras gigantesques dans la chambre éclairée par les flammes. La lumière jouait sur le diamant de Melisande.

— Mais tout, ma D'Angeline ! Tout !

C'est étonnant de voir à quelle allure le désespoir peut devenir un vieux compagnon. Ce qu'il attendait, je le lui offris ; non pas tout, pas tout ce que j'avais à offrir, mais tout ce qu'il attendait. Je n'étais pas sotte au point de déployer tout d'un coup l'étendue de mes talents ; d'ailleurs, il était bien trop tendre et trop peu avancé dans les arts de Naamah pour en goûter tout le prix. Mais ce que je lui donnai, soyez assurés que c'était déjà bien au-delà de ce qu'il pensait pouvoir demander.

Si j'avais pensé jusqu'alors savoir ce que signifiait servir Naamah, je découvris cette nuit-là que je n'en avais embrassé qu'une petite partie. Au cours des errances d'Elua, Naamah s'était donnée à des étrangers dans des lupanars pour l'amour d'Elua, et d'Elua seul. Moi, je l'avais fait pour de l'argent et pour mon propre plaisir. Au fond de moi, peu m'importait de vivre ou mourir. Joscelin pensait que je l'avais trahi, mais cela avait été pour le sauver ; pour Alcuin, Delaunay et son serment envers Ysandre de la Courcel, il fallait que je vive. À tout prix.

Je n'avais plus aucune autre raison de vivre hormis la vengeance.

Quelques préliminaires avaient suffi à mon maître skaldique ; à peine avais-je entamé le *languissement* qu'il poussa un cri surpuissant et me bascula sur les fourrures de son lit, pour me harponner avec la délectation d'un baleinier affamé. Le diamant de Melisande pendait à son cou, frottant mon visage, tandis qu'il plongeait en moi, brûlant comme un tison enflammé. Vient toujours un moment où je ne contrôle plus les désirs de mes clients, ni les miens. Par-dessus l'épaule de Gunter, je vis la chambre se noyer dans une brume rouge ; je serrai les dents et me mis à sangloter sur l'inévitable trahison de mon corps. Delaunay avait menti lorsqu'il avait fixé mon prix. « Moi, je peux faire d'elle un instrument unique duquel les princes et les reines tireront une musique exquise et d'incomparables émotions », avait-il dit. Un instrument unique, certes je l'étais, mais duquel un rustaud skaldique parvenait à tirer une litanie.

Coincée sous la masse poilue et soufflante de mon maître, je parvins au frisson de l'extase, méprisant tout ce que j'étais – et tout particulièrement cette partie de moi-même qui se délectait de l'humiliation.

Dans la grande salle commune, je dus subir ses poses et ses rodomontades ; et l'envie de ses hommes. Ce n'était pas si difficile par rapport à ce que j'avais enduré déjà, mais j'en sentais la morsure amère. Hedwig vit tout ça et s'arrêta en passant pour poser une main douce sur mon bras.

— Sa bouche est grande, me dit-elle gentiment, mais son cœur l'est plus encore. Ne le prends pas trop mal, ma petite.

Je levai mon visage vers elle sans rien répondre. Si par la suite je parvins à trouver dans mon âme de la compassion pour Gunter Arnlaugson, je n'en avais aucune cette nuit-là. Quoi qu'elle vît dans mes yeux, cela la fit partir bien vite.

Je ne me souviens pas quels furent les vers que Gunter chanta ce soir-là ; malgré ma mémoire exercée, il est des moments où l'oubli est une forme d'apaisement. Ma réputation était faite, là dans cette grande salle, et c'était déjà bien assez. J'étais une D'Angeline, disaient-ils, et sœur à ce titre des esprits de la nuit qui visitent les hommes dans des rêves exquis et recueillent leur semence pour leur plaisir par de délicieux artifices ; seul Gunter avait su me dompter, par sa force et ses prouesses, me faisant crier son nom, me pliant à sa volonté.

C'était ce qu'ils croyaient ; et je les laissais croire. Il y a une chose toutefois dont je me souviens parfaitement : parmi tous les barons qui pensaient que je n'écoutais pas, j'entendis Gunter murmurer qu'il avait dans l'idée de m'offrir à Waldemar Selig au cours du *Althing*, la réunion de toutes les tribus, pour s'attirer les faveurs du béni.

Une fois encore, j'étais destinée à devenir un présent pour un prince. Bien ; ce n'était pas une consolation pour autant. Je pensai à cet homme dont Gunter Arnlaugson parlait avec de la crainte dans la voix ; et la peur me vint. Je songeai à Joscelin, quelque part en train de grelotter dans le froid, et je priai pour qu'il eût la bonne idée de vivre ; seule, je craignais de ne pas survivre à ces épreuves. Je pensai à Alcuin et à Delaunay… À Delaunay surtout, à son visage magnifique et plein de noblesse, à l'intelligence dans ses yeux fermés à jamais ; et je pleurai sur lui, pour la première fois, seule au coin du feu. De longs sanglots déchirants m'agitèrent et les voix rauques des Skaldiques se turent ; un étrange silence s'abattit.

Leurs yeux, à la fois curieux et compatissants, m'observaient ; c'étaient des regards d'étrangers. Je pris une profonde inspiration et essuyai mes larmes.

— Vous ne me connaissez pas, leur dis-je en d'Angelin, fixant d'un air de défi mes yeux sur leurs visages égarés. Vous ne savez pas ce que je suis. Et si vous prenez ma soumission pour de la faiblesse, c'est que vous êtes fous.

Immobiles, ils me regardaient ; il n'y avait aucune cruauté dans leurs yeux ; uniquement de la curiosité et de l'incompréhension. J'eus alors un désir d'une violence telle que je le ressentis jusqu'au fond de mes os, d'être de nouveau chez moi, sur ce sol d'Angelin où avaient erré Elua et ses Compagnons.

— Ça, dis-je en skaldique, en montrant un genre de lyre rustique que tenait un guerrier. (Je n'en connaissais pas le nom.) Puis-je l'emprunter ?

Il me la tendit sans rien dire, malgré les rires et moqueries de son voisin. Je le remerciai d'un signe de tête, puis accordai l'instrument comme mon vieux maître de musique me l'avait enseigné, repassant dans ma tête la traduction d'un poème. J'avais un véritable talent pour ça ; l'enseignement de Delaunay me l'avait révélé. Lorsque je fus prête, je relevai la tête et regardai autour de moi.

— En vertu de vos lois, je suis l'esclave de Gunter Arnlaugson, dis-je doucement. Mais selon les lois de ma patrie, j'ai été trahie et vendue contre mon gré. Je suis une D'Angeline, née sur le sol où Elua a versé son sang. Voici ce que nous chantons lorsque nous sommes loin de notre pays.

Et je leur chantai *La Complainte de l'exilé* de Thelesis de Mornay, la poétesse du roi. Elle n'avait pas été écrite pour la langue skaldique, dure à l'oreille, et je n'avais pas eu le temps de travailler ma version, mais je crois que les Skaldiques du bastion de Gunter me comprirent. J'ai déjà dit, et cela est vrai, que je ne suis pas une grande chanteuse, mais je suis une D'Angeline. Qu'on oppose le dernier des bergers d'Angelins au plus grand chanteur skaldique et je parierai sur le berger. Nous sommes tous, quelle que soit la force de notre sang, les descendants d'Elua et de ses Compagnons. Nous sommes ce que nous sommes.

Je chantai donc, en mettant dans chacun de mes mots mes adieux à Alcuin et Delaunay, et ma promesse à Joscelin de ne pas oublier ce que j'étais, et mon amour pour tous ceux qui vivaient encore, pour Hyacinthe et Thelesis de Mornay, pour maître Tielhard, Gaspar Trevalion, Quintilius Rousse et Cecilie Laveau-Perrin, pour la Cour de nuit et sa gloire faiblissante, et pour tout ce qui me vint à l'esprit lorsque je murmurai « mon pays ».

Lorsque j'eus fini, il y eut un grand silence, puis immédiatement derrière un tonnerre d'acclamations. Des guerriers farouches essuyaient leurs larmes, applaudissaient à tout rompre et criaient pour que je chante encore. Ce n'était pas ce que j'avais attendu ; je n'avais pas mesuré encore la profonde sentimentalité qui irrigue la nature skaldique. Ils aiment pleurer, autant qu'ils aiment se battre et se défier. Gunter hurlait par-dessus le fracas, empourpré par un sentiment de triomphe, plus fier que jamais de sa conquête.

Je secouai la tête et rendis la lyre ; je n'avais aucune autre romance prête à être chantée en skaldique. Et j'étais suffisamment sage pour me reposer sur ces lauriers. Quel que fût le prix que j'avais consenti à payer cette nuit-là, j'en avais tiré un petit avantage. Mais pour ça aussi, il me faudrait payer encore. Une nouvelle fois, j'en entendis l'augure au milieu des murmures, lorsque Gunter me conduisit hors de la grande salle, le visage rayonnant, une main posée au creux de mes reins, en direction de sa chambre.

Gunter Arnlaugson était jeune, et infatigable à la mode de son peuple. Les Skaldiques ignoraient la honte et la gêne ; je sentis son impatience et son ardeur lorsqu'il frotta contre moi, dans mon dos, son phallus colossal dressé dans ses chausses. Il s'en fallait encore d'un long moment avant qu'il se lassât de ça. À mon grand désarroi, je sentis la moiteur venir en réponse entre mes jambes. J'en aurais pleuré, mais au moins, cette fois-ci, mes yeux étaient secs. Au lieu de ça, je me concentrai sur les murmures.

— Il serait fou de ne pas l'offrir, entendis-je. Même Waldemar Selig ne possède rien de comparable.

Un présent fait pour un prince. Obéissante et soumise, je marchai vers mon enfer personnel.

42

Les braises couvaient dans l'âtre de la chambre de Gunter. Il était allongé à mes côtés, profondément endormi ; des sons rocailleux sortaient de sa vaste poitrine. Cela aussi était une nouveauté pour moi ; jamais au cours de ma vie de servante de Naamah je n'avais dormi avec l'un de mes clients. Il s'était écroulé comme une masse, un bras posé sur moi, mais il ne s'était pas réveillé lorsque je l'avais repoussé. Toujours bon à savoir. Il n'y avait pas de verrou sur la porte ; je pourrais sûrement sortir sans être remarquée.

Apparemment, Gunter ne craignait rien de tel de ma part. Il n'avait pas tort en cela, car la neige et la marche me terrifiaient autant que la capture… Cela étant, cette confiance spontanée n'était peut-être pas sans mérite. Alors que j'étais allongée dans le noir, à examiner les possibilités qui s'offraient à moi, je vis ce que j'allais faire.

Ce n'était pas – j'en avais peur – une option que j'appréciais. En vérité, je ne l'aimais pas du tout ; d'une certaine manière, les perspectives de succès étaient aussi angoissantes que celles de l'échec. Néanmoins, je me devais de la tenter.

Malheureusement, c'était plus facile à dire qu'à faire. Le lendemain matin, je servis son déjeuner à Gunter, avec cette grâce discrète qui est la marque de la maison du Cereus. Cela lui plut et je me risquai à demander la permission de voir Joscelin en espérant que son humeur fût généreuse ; il tourna la tête pour poser sur moi son regard insondable.

— Non, c'est un véritable diable celui-là. Laissons-le mijoter au chenil encore un peu. Je ne montrerai aucune douceur envers lui aussi longtemps qu'il n'aura pas appris à s'incliner sur la main qui le nourrit, répondit-il en riant. De plus, il est en train de se faire de nouveaux amis qu'un jeune seigneur d'Angelin n'a pas souvent l'occasion de rencontrer.

Pauvre Joscelin, songeai-je. J'abandonnai la question pour la journée. Gunter me tapota le crâne, avant de partir en direction de la grande salle commune pour faire ce qu'il faisait lorsqu'il s'absentait – chasser parfois, comme je l'appris plus tard, ou faire le tour des fermes appartenant à son bastion, pour voir si tout allait bien avec ses serfs.

Je fus donc livrée à moi-même une fois de plus, à la nuance près que je voyais maintenant du ressentiment dans le regard des femmes, dont le labeur paraissait bien plus lourd que le mien. J'aurais échangé ma place avec n'importe laquelle d'entre elles, mais elles n'avaient aucun moyen de le savoir – ni aucune raison de le comprendre. Hedwig lui résistait, mais Gunter était tenu pour bel homme – c'est ce que j'appris – et donc pour une belle prise pour celle qui parviendrait à le convaincre de s'engager.

N'ayant jamais été bonne à rien en particulier, je demandai des plumes et du papier pour travailler à traduire d'autres chants d'Angelins et étoffer mon maigre répertoire. Elles me regardèrent sans comprendre ; les Skaldiques n'ont pas de langue écrite, hormis un système de sceaux runiques magiques qu'ils appellent le *futhark.* Odhinn, le père de toute chose, l'a donné à ses enfants, disent-ils, et chaque rune est dotée d'une vertu particulière. Je ne ris pas en entendant cela, car c'est Shemhazai qui a appris à écrire aux D'Angelins. Dans mon for intérieur, je me dis qu'il avait mieux œuvré que d'autres, mais je le reconnais, mon avis est partial. En tout état de cause, il n'y avait ni plumes ni papier dans le bastion ; je me débrouillai donc avec une table bien propre et un petit bâton passé au feu.

Fort heureusement, les femmes skaldiques furent intriguées par mes gribouillis au charbon de bois et leur hostilité s'atténua lorsque je leur expliquai ce que je faisais. Elles m'apprirent alors des chansons que je n'avais jamais entendues ; des chants de vie et non de guerre, qui parlaient des moissons, des garçons et des filles, de l'amour, des enfants que l'on porte et des êtres chers que l'on perd. Je me souviens encore de certaines d'entre elles, mais je regrette de n'avoir pas eu de papier pour les noter. Ce que les Skaldiques perdent en richesse mélodique, ils le compensent par des images d'une étonnante beauté ; je doute qu'aucun érudit ait jamais eu l'occasion de répertorier tous ces chants simples sur la vie et les petites choses.

Le soir venu, j'avais donc bien plus de couplets à chanter, d'Angelins et skaldiques mêlés ; ils furent tous appréciés. Gunter me fit sauter sur ses genoux, fier comme un pou ; avec mon don pour les langues, j'apparaissais comme un charme tombé du ciel pour les Skaldiques.

La deuxième nuit fut une réplique de la première. Je pris grand soin de satisfaire Gunter et de lui accorder un sommeil réparateur. Le lendemain, je répétai ma requête, qu'il refusa une nouvelle fois ; je décidai de revenir à la charge après la troisième nuit.

— Lorsqu'il sera dompté, je ferai preuve de générosité, répéta-t-il en tirant doucement sur mes cheveux avec un grand sourire. Pourquoi insistes-tu autant, ma colombe ? Est-ce que je ne te satisfais pas dans les fourrures ? Pourtant, tes cris disent le contraire, ajouta-t-il en offrant cette fois-ci son sourire à la grande salle tout entière.

— C'est le don du dieu auquel j'appartiens, seigneur, répondis-je sombrement. Je suis marquée de son signe.

Du doigt, je montrai le coin de mon œil gauche.

— Comme un pétale de rose sur des eaux sombres, confirma Gunter en m'attirant à lui pour m'embrasser sur les paupières.

— Oui. (Je m'écartai de lui pour m'agenouiller et lever le regard.) Mais je suis liée à Joscelin Verreuil, à cause du serment que lui-même a fait à son dieu. Et si je ne peux pas le voir, nos dieux risquent de se détourner de nous. Nos dons, dont le mien, risquent alors de devenir poussière dans notre bouche. (Je me tus un instant.) C'est une question d'honneur, seigneur. Il mourra plutôt que d'obéir à votre main. En revanche, s'il voit que je me suis soumise à vous sans perdre les faveurs de Kushiel, alors il s'adoucira.

Gunter réfléchit à ce que je venais de dire.

— D'accord, dit-il finalement en me remettant debout, puis en m'assenant une tape sur les fesses.

Tu peux voir le garçon pour qu'il fasse la paix avec ses dieux. Mais dis-lui, hein, que s'il ne se calme pas bientôt, il perdra toute valeur à mes yeux ! C'est qu'il mange plus qu'un chien, celui-là, et il en fait bien moins ! (Il appela ses barons.) Harald ! Knud ! Emmenez-la voir le louveteau. Et veillez à ce qu'il ne lui fasse pas de mal, ajouta-t-il en prenant une mine inquiétante.

Ils bondirent sur leurs pieds, prêts à m'escorter n'importe où. Je pris ma pelisse et leur emboîtai le pas comme on ouvrait les portes de la grande salle.

Le chenil n'était pas très éloigné et la neige était toute tassée sous nos pieds. Néanmoins, Harald et Knud prenaient grand soin de moi, m'aidant avec la plus grande sollicitude à franchir les passages difficiles. Quel que fût mon statut ici, j'avais de la valeur. Les chiens étaient parqués à l'intérieur d'un enclos grossier, au milieu duquel était édifié un petit abri pour les protéger des intempéries. Harald l'imberbe se pencha en tapant sur le toit, criant par l'ouverture. J'entendis le bruit d'une chaîne à l'intérieur.

Lorsque Joscelin émergea, je ne pus retenir un haut-le-corps.

Le frère cassilin avait un air épouvantable. Derrière ses cheveux ébouriffés et tout collés, ses yeux luisaient. Il portait un collier de fer autour du cou, qui lui avait mis la peau à vif ; sa tenue couleur cendre n'était absolument pas faite pour le protéger du froid. Il s'accroupit dans la neige tassée, ignorant les chiens autour de lui qui le reniflaient, le traitant comme l'un des leurs.

Malgré tout ça, il restait un D'Angelin ; magnifique.

— Laissez-moi le voir, dis-je à Knud.

Il me lança un regard indécis, mais n'en ouvrit pas moins le loquet de la porte. Je pénétrai dans l'enclos et vins m'accroupir en face du Cassilin.

— Joscelin, dis-je dans notre langue commune. Il faut que je te parle.

— Traîtresse, cracha-t-il, avant de ramasser une poignée de neige sale pour me la lancer. Maudite soit la putain qui t'a mise au monde, traîtresse qui parle le skaldique ! Laisse-moi !

J'esquivai le plus gros de la neige et essuyai le reste sur mon visage.

— Veux-tu connaître le vrai visage de la traîtrise, Cassilin ? répliquai-je avec colère. Isidore d'Aiglemort paie les Skaldiques pour qu'ils razzient les villages du Camlach. Alors, qu'est-ce que tu en dis ?

Joscelin qui s'était penché pour ramasser une nouvelle poignée de neige tourna vers moi un regard interrogateur, dans lequel brillait – Elua merci ! – une lueur humaine.

— Pourquoi ferait-il ça ?

— Je ne sais pas, répondis-je. Si ce n'est que cela lui a permis de rallier les alliés du Camlach sous sa bannière et de constituer sa propre armée. Il a même demandé que lui soit donné le commandement des Chasseurs de gloire de Baudoin, tu sais. Je l'ai entendu.

Toujours accroupi, Joscelin demeura immobile, les yeux fixés sur moi.

— Tu crois vraiment qu'il cherche à renverser la couronne ?

— Oui. (Je tendis la main pour prendre la sienne.) Joscelin, je ne crois pas être capable de traverser ces immensités. Toi, tu peux, et moi je peux te faire libérer. Gunter ne me fait pas garder ; je ne suis pas enchaînée. Je peux sortir de la grande salle commune cette nuit. Je peux t'apporter des armes, des vêtements et un briquet d'amadou. Tu as une chance. Tu peux atteindre la Ville d'Elua et donner le message de Rousse. Tu peux raconter ce que d'Aiglemort est en train de tramer.

— Et toi ?

Son regard ne me quittait pas.

— Peu importe ! répondis-je farouchement. Gunter compte m'emmener au *Althing* pour m'offrir à Waldemar Selig. Je découvrirai le plus de choses possible et je ferai ce que je pourrai. Mais toi, tu as une chance de t'enfuir !

— Non. (Il secoua la tête ; il avait l'air sur le point d'être malade.) Non. Si tu n'es pas une traîtresse… Phèdre, alors je ne peux pas. Mon serment est à Cassiel, pas à la couronne. Je ne peux pas te laisser.

— Cassiel t'ordonne de protéger la couronne ! m'écriai-je. (Harald et Knud regardèrent dans notre direction et je baissai d'un ton.) Si tu veux me servir, fais ça, Joscelin.

— Tu ne sais pas. (Il baissa la tête, pressant la paume de ses mains sur ses yeux, en un geste de désespoir.) Ça n'a rien à voir avec le trône et la couronne. Cassiel a trahi Dieu, parce que Dieu lui-même avait oublié le devoir d'amour et abandonné Elua ben Yeshua aux caprices du destin. Jusqu'à la damnation et au-delà, il est le Parfait Compagnon. Si tu es sincère, si tu es sincère… *je ne peux pas t'abandonner*, Phèdre nó Delaunay !

— Joscelin, dis-je en le forçant à retirer ses mains. (Je me tournai vers Harald et Knud, leur indiquant d'un geste de reculer.) Joscelin, je te demande de le faire, du plus profond de mon cœur. Ne peux-tu pas obéir ?

Il secoua la tête, misérable.

— Ne sais-tu pas comment on appelle Elua et les autres Compagnons dans le service de Cassiel ? Les Égarés. Demande-moi n'importe quoi mais pas ça. Cassiel ne s'est jamais soucié des pays et des rois. Je ne peux pas t'abandonner.

Mon plan, qui n'était pas si mauvais, venait d'être réduit à un petit tas de fumier.

— D'accord, dis-je sèchement, d'un ton qui lui fit relever la tête si vite que sa chaîne cliqueta. Si tu veux me servir comme un compagnon, alors fais-le ! Pour l'instant, tu ne sers à rien, enchaîné dans le chenil comme un chien !

Il déglutit avec difficulté. L'humilité ne vient pas aisément aux frères cassilins.

— Et comment puis-je servir, ma dame Phèdre, ô esclave des Skaldiques ?

Harald et Knud nous observaient avec le plus grand intérêt, appuyés sur la barrière. Ils ne comprenaient rien à ce que nous disions, mais ils voyaient un Joscelin décidé à écouter – ce qu'aucun d'eux n'était parvenu à obtenir jusque-là.

— Tout d'abord, répondis-je d'une voix implacable, tu vas apprendre à te comporter comme un bon esclave et à te rendre utile. Coupe du bois, va chercher de l'eau, fais ce qu'on te demande. Gunter Arnlaugson est à moitié dans l'idée de t'éliminer pour économiser ce que tu manges. Ensuite, tu vas apprendre le skaldique. (Il entama un mouvement pour protester, faisant tinter sa chaîne, mais je le stoppai d'un geste de la main.) Si tu veux être mon compagnon, poursuivis-je impitoyablement, tu dois servir mon maître, gagner sa confiance et faire de toi un présent digne d'un prince ! Car si tu n'y parviens pas, Gunter me donnera à Waldemar Selig quoi qu'il arrive et t'éliminera ensuite pour le plaisir. Je te le promets, Joscelin, si tu fais ça et si tu vis, alors je m'échapperai avec toi, à travers ces étendues de neige et sans un mot pour me plaindre. Alors, obéiras-tu ?

Il baissa la tête ; ses cheveux blonds défaits masquaient ses traits d'Angelins.

— Oui, murmura-t-il.

— Parfait, dis-je, avant de me tourner vers mon escorte. Il comprend enfin la situation, poursuivis-je en skaldique. Il consent à recevoir le don des langues. Je lui enseignerai pour qu'il puisse comprendre et obéir à mon seigneur Gunter Arnlaugson. Alors, qu'en dites-vous ?

Ils échangèrent un regard, puis haussèrent les épaules.

— Il reste avec les chiens jusqu'à ce qu'il ait prouvé sa valeur, dit Knud.

J'acquiesçai d'un hochement de tête.

— Écoute-moi bien, dis-je à Joscelin, qui suivait mes paroles avec une lueur d'espoir dans le regard. Le mot pour dire « je » est…

Et ainsi débuta mon troisième rôle parmi les Skaldiques, même si au fond il n'y en avait guère que deux – consort de Gunter, barde… et professeur.

À son crédit, il faut dire que Joscelin apprenait vite. Il est plus difficile d'apprendre à l'âge adulte que lorsqu'on est enfant, mais s'il avait perdu cette aisance que confère l'enfance, il la compensait par une volonté infatigable. Pour m'avoir accompagnée dehors lors de ma première sortie, Harald et Knud se désignèrent eux-mêmes comme les membres de mon escorte permanente ; ils s'amusaient donc d'assister à nos leçons. Je compris qu'ils voyaient Joscelin comme un véritable barbare, primitif et rebelle, quasiment dépourvu de l'usage de la parole. En vérité, nul n'aurait pu les en blâmer ; si moi-même je n'avais vu du Cassilin que ce qu'ils en avaient vu, sans doute l'aurais-je pris moi aussi pour un sauvage.

La frontière est ténue en chacun de nous entre la civilisation et la sauvagerie. À tous ceux qui pensent qu'ils ne la franchiront jamais, je dis ceci : si vous n'avez jamais touché du doigt ce que c'est que d'être trahi et abandonné, alors vous ne pouvez pas savoir combien la barbarie est proche.

Gunter considérait tout ça d'un œil plein d'indulgence. Il avait payé très cher pour acquérir un prince-guerrier d'Angelin ; si je pensais pouvoir transformer le captif éructant qu'il avait eu en une personne digne de servir un chef tribal skaldique, alors il était tout disposé à me laisser faire.

Grâce à la gentillesse de Hedwig et des autres femmes du bastion, je parvins à faire passer subrepticement quelques objets à Joscelin pour améliorer son confort : un pourpoint de laine, usé mais qui pouvait encore servir ; des guenilles pour emmitoufler ses mains et ses pieds à l'intérieur de ses bottes, et même une peau d'ours hâtivement séchée, qui puait la charogne mais au moins lui tenait chaud. Malheureusement, les chiens la réduisirent en charpie et Joscelin fut profondément mordu au bras gauche en tentant de la sauver. Après m'avoir fait jurer le silence, Knud me remit un peu d'onguent à mettre sur sa blessure, en m'indiquant se l'être procuré auprès d'une sorcière qui avait mis un charme guérisseur dessus. Vrai ou pas, toujours est-il que ce baume sentait aussi mauvais que tous ceux que j'avais connus – et que le bras de Joscelin guérit sans s'infecter.

Je crois que Gunter goûtait un certain plaisir d'attendre de pouvoir juger des progrès de Joscelin. Les jours qui défilaient me mettaient sur des charbons ardents, mais j'avais estimé qu'il accorderait deux semaines au moins avant de mettre mon élève à l'épreuve. Pendant tout le temps avant ce jour, il ne lui accorda d'attention qu'en une seule occasion, lorsqu'il vint jusqu'au chenil pour saluer ses chiens préférés en leur jetant des morceaux de viande séchée pour qu'ils se battent. D'après la lueur joyeuse dans son œil, s'il en jeta un morceau à Joscelin, ce fut uniquement pour exprimer son sens de l'humour d'inspiration skaldique. Je n'étais pas présente à ce moment-là, mais j'en entendis le récit plus tard ; Joscelin attrapa le morceau au vol, avant de remercier en exécutant son salut cassilin rituel, les avant-bras croisés.

Après cela, je le jugeai prêt à rencontrer Gunter en véritable D'Angelin et non plus comme la créature féroce que j'avais vue. Nous répétâmes les formules de salut, afin de lisser quelque peu son skaldique rudimentaire, tout en poursuivant sur le reste. Lorsque Gunter déclara qu'il souhaitait le voir, Joscelin était paré.

C'était un après-midi sombre ; toute la journée, la neige avait menacé de tomber. Gunter et ses barons avaient passé des heures à boire dans la grande salle lorsque l'idée lui vint soudain d'aller voir Joscelin. Il m'emmena avec lui, engoncée dans des fourrures, ainsi que quelques-uns de ses hommes. Chantant et riant, ils se passaient les uns les autres une outre d'hydromel. Devant le chenil, Gunter passa son bras autour de mes épaules, puis cria pour faire sortir le D'Angelin. Joscelin émergea de la cabane au milieu d'un tourbillon de chiens bondissants. Il marqua un temps d'arrêt en m'apercevant sous la grosse patte de Gunter, mais ses traits demeurèrent impassibles. Il se redressa et exécuta son salut.

— Alors, D'Angelin, qu'as-tu appris, hein ? Est-ce que ma petite colombe est parvenue à te faire parler comme un homme ? demanda Gunter en me serrant contre lui.

— Je suis au service de mon seigneur, répondit Joscelin dans un skaldique soigneusement accentué, exécutant une nouvelle courbette avant de reprendre la position d'attente cassiline, les mains placées là où ses dagues étaient censées être.

— Ah ! ah ! Alors comme ça, le louveteau sait faire plus que grogner ! (Gunter rit et ses barons lui firent écho.) Que feras-tu, D'Angelin, si je te laisse sortir du chenil ?

Je lui avais donné un bout de ficelle pour attacher ses cheveux en arrière. Sale et en haillons, Joscelin parvenait à conserver en tout point l'allure d'un frère cassilin.

— Je ferai ce que mon seigneur ordonnera, répondit-il avec une nouvelle courbette.

— Vraiment ? demanda Gunter d'un air sceptique. Eh bien, il y a de l'eau à aller chercher, du bois à ramasser et Hedwig s'est plainte au sujet des serfs ; peut-être y a-t-il moyen de trouver à t'employer, louveteau. Mais comment puis-je être sûr que tu tiendras parole, hein ? Comment savoir si tu ne vas pas tenter de t'enfuir, ni nous attaquer pendant la nuit si une occasion se présente ? Je n'ai pas d'hommes à gaspiller pour te surveiller en permanence !

Cela faisait trop de skaldique d'un seul coup ; je vis Joscelin cligner des yeux de consternation.

— Il veut ta parole que tu ne tenteras ni de fuir ni de les attaquer, dis-je en d'Angelin.

Joscelin réfléchit un instant.

— Réponds-lui ça, me dit-il. Tant qu'il veillera sur ta sécurité, moi, je protégerai et servirai ce… bastion… comme s'il s'agissait du mien. Je ferai tout ce qu'il me demandera, hormis prendre les armes contre mon peuple, sauf s'il s'agit des hommes de d'Aiglemort. Tout ça, je le jure sur mon serment.

Je traduisis ses propos en skaldique, lentement pour qu'il puisse en suivre la teneur et donner son assentiment de la tête. Gunter se gratta pensivement le menton.

— Il voue une haine farouche à Kilberhaar, dit-il d'une voix méditative. À tel point que je pourrais craindre qu'il choisît la vengeance plutôt que l'honneur, même en ayant juré. Qu'en dis-tu, ma colombe ? Est-ce que le louveteau tiendra son serment ?

— Seigneur, répondis-je en toute sincérité, ce serment le lie plus que ce qu'aucun mot ne pourrait décrire. Les montagnes s'écrouleront et les châteaux voleront avant qu'il manque à sa parole.

— Bien. (Gunter sourit à Joscelin.) Il semble que ma colombe a su dompter le loup, alors que tous mes chiens n'y étaient pas parvenus. Je te donne une dernière nuit pour dire au revoir à tes nouveaux amis et, demain matin, nous verrons quel serviteur nous pouvons faire de toi.

Le Cassilin comprit le sens général du propos,

même s'il ne reconnut pas chacun des mots. Il salua une nouvelle fois, puis s'assit en tailleur dans la neige, ignorant les chiens qui batifolaient autour de lui et le reniflaient.

— J'attendrai les ordres de mon seigneur, dit-il en skaldique.

— Est-ce qu'il va rester assis toute la nuit ? demanda Gunter avec curiosité.

— Je ne sais pas. (J'en avais plus qu'assez de l'honneur buté du Cassilin ; je désespérais de percer le mystère de sa logique.) C'est bien possible.

Gunter rugit de rire.

— Quel homme ! S'il me sert bien, j'aurai de sacrées prises à montrer lors du *Althing* ! Le loup et la colombe attelés sous le même joug au bastion de Gunter Arnlaugson ! Même Waldemar Selig sera envieux.

De fort bonne humeur, Gunter fit signe à ses barons qu'il regagnait la grande salle, chantant à tue-tête au sujet des honneurs qui ne manqueraient pas de lui être faits.

Je lançai un coup d'œil par-dessus mon épaule. Assis, immobile, Joscelin nous regardait nous éloigner.

43

Tout braillard et brutal qu'il était, Gunter était un homme de parole ; le lendemain, il fit ôter les chaînes de Joscelin. Knud, qui m'aimait bien, m'accompagna pour y assister. Je ne doutais pas un instant que Joscelin tiendrait parole, mais la liberté peut être une chose bien enivrante pour celui qui est resté enchaîné. D'ailleurs, il démarra bien vite, dès que le collier de fer à son cou fut tombé, tous les muscles de son corps n'attendant que d'être libres pour bouger.

Mais la discipline cassiline reprit rapidement le dessus ; il adopta une attitude composée et exécuta une courbette, pleine d'obéissance et de soumission.

— Nous verrons bien, dit Gunter. (Du pouce, il désigna l'un de ses hommes.) Thorvil, tu restes avec lui aujourd'hui. Qu'il fasse le travail d'un serf, mais ne lui donne aucune arme, entendu ? S'il doit briser la glace au ruisseau pour prendre de l'eau, qu'il utilise ses mains. Lorsqu'il aura fait ses preuves, peut-être le laisserons-nous couper du bois.

— Bien, Gunter. (Thorvil passa un doigt sur le tranchant de la hache à sa ceinture et sourit, révélant une incisive manquante, emportée dans quelque joute amicale.) Je l'ai à l'œil, ne crains rien.

De ce que je vis de cette journée, Joscelin ne lui donna aucun motif d'inquiétude. De fait, il mit du cœur à l'ouvrage, charriant indéfiniment des baquets d'eau, du ruisseau aux citernes de la grande salle ; et ce n'était pas une sinécure. Thorvil déambulait dans son sillage, sifflant ou se curant les ongles de la pointe de sa dague.

Et les femmes du bastion de Gunter regardaient.

Aucune d'elles n'avait vu Joscelin, hormis rapidement la nuit de notre arrivée, alors qu'il était attaché au bout d'une corde, couvert de neige et rendu à moitié sauvage par la colère et l'épuisement. Maintenant, elles pouvaient le voir sous toutes les coutures. Sale et échevelé, puant le chien, Joscelin n'en demeurait pas moins un pur D'Angelin dans toute sa splendeur.

— Ce doit être un prince dans votre patrie ! me glissa Hedwig, stupéfaite, dans un murmure, tandis qu'il sortait des cuisines avec ses baquets vides. Tous les hommes ne sont pas ainsi, tout de même ?

— Non, pas tous, répondis-je avec un sourire forcé, en me demandant comment Gunter allait faire face à ces réactions.

L'une des jeunes femmes – Ailsa, de son nom – s'arrangea pour télescoper Joscelin, poussant des petits rires lorsqu'elle le vit rougir et lâcher ses baquets. *Les temps ne vont peut-être pas s'arranger pour mon Cassilin,* songeai-je.

Gunter et ses barons rentrèrent de la chasse, empourprés et triomphants, rapportant un cerf de belle taille. Il était d'humeur à célébrer l'événement et il y eut une fête ce soir-là. Gunter s'enivra démesurément, mais pas au point de ne pas penser à faire enchaîner Joscelin par la cheville au grand banc de pierre près du foyer. *Au moins,* me dis-je, admirant et méprisant tout à la fois sa clairvoyance, *il est à l'intérieur et au chaud.* Joscelin se coucha en boule sur la paille jonchant le sol, épuisé au-delà de tout. Même s'il n'avait pas juré, je ne crois pas qu'il se serait enfui ce soir-là, quand bien même Gunter l'aurait laissé libre devant la porte grande ouverte.

À mesure que les jours d'hiver défilèrent et que Joscelin ne montrait aucun signe donnant à douter de sa fiabilité, les choses s'installèrent dans la routine. Un jour, alors que Gunter et ses barons étaient partis, Hedwig et moi nous entendîmes pour aller épier Joscelin tandis qu'il se baignait. Si j'avais goûté avec une joie indescriptible mon premier bain dans le bastion, je ne pouvais même pas imaginer ce que cela avait dû être pour lui. L'eau était si sale après qu'il nous fallut la changer deux fois. Et si j'avais vu défiler du monde lors de mon bain, ce n'était rien par rapport à ce que vit Joscelin. Des femmes de tous les âges, de la fraîche Ailsa qui ne tenait pas en place à la vénérable et austère Romilde – que je n'avais jamais vue rire –, vinrent se presser dans la salle des bains pour le détailler.

Le Joscelin que j'avais connu autrefois serait mort de honte ; le nouveau Joscelin se contenta de rougir et de détourner poliment les yeux, s'efforçant de protéger le peu de dignité qu'on lui laissait encore. Même la plus réservée des femmes, Thurid aux yeux noirs, vint voir, offrant d'un geste timide un pourpoint propre et des chausses de laine qui avaient appartenu à son frère, tué lors d'un raid.

Ses yeux se posèrent avec regret sur sa tenue cassiline, devenue un tas de haillons gris jetés sur le sol et qu'on s'apprêtait à brûler. Je comprenais ça ; c'était tout ce qui lui restait d'avant.

— Ne t'inquiète pas, lui promis-je. Je veillerai à ce qu'elle soit lavée et reprisée, en le faisant moi-même s'il le faut.

Je lui avais parlé en skaldique, comme je m'efforçais toujours de le faire en présence de personnes du bastion. Sa compréhension de la langue avait bien progressé, tout comme son expression d'ailleurs.

— Je t'en remercierais, répondit-il avec un sourire, mais j'ai entendu parler de tes qualités de couturière, alors…

Les femmes rirent. C'était vrai ; Hedwig avait tenté de m'enseigner, de façon que je puisse aider au ravaudage, mais mes talents demeuraient déplorables.

— Je vais m'en occuper, intervint adroitement Ailsa en me prenant les vêtements des mains, tout en jetant une œillade à Joscelin. Montrer de l'amabilité aux étrangers est une bonne action.

Joscelin cligna des yeux dans ma direction en signe d'impuissance, remontant ses genoux dans l'eau pour dissimuler ses parties intimes.

— Tu ne l'as pas volé, lui dis-je en d'Angelin, avant de poursuivre en skaldique en m'adressant à la maîtresse putative du bastion. Hedwig, je le coifferai si vous me prêtez votre peigne.

Elle jeta un coup d'œil dubitatif dans sa direction.

— Alors, qu'on le savonne et le rince encore une fois, dit-elle. Je n'ai pas trop envie de récupérer les puces des chiens de Gunter. C'est déjà bien assez dur de les supporter comme ça.

Néanmoins, elle alla chercher son peigne et poussa même l'amabilité jusqu'à prier les autres de sortir pour que Joscelin pût se vêtir tranquillement. Je le peignai ensuite, avec bien des difficultés pour venir à bout de tous les nœuds.

C'était un instant étrangement apaisant, qui me rappelait mon enfance à la maison du Cereus. Lavés et peignés, les cheveux blonds et brillants de Joscelin lui tombaient au milieu du dos. Je ne pris pas la peine de lui arranger sa coiffure selon le canon cassilin, optant plutôt pour une tresse épaisse que je nouai avec une ficelle. Il endura l'épreuve avec patience ; c'était la première chose se rapprochant un tant soit peu d'un luxe qui nous était offerte depuis bien longtemps.

— Et voilà, dis-je en repassant au d'Angelin sans même m'en rendre compte. Allons te montrer à elles maintenant !

Il me fit une grimace, mais sortit néanmoins. Si les femmes l'avaient dévoré des yeux jusque-là, elles étaient maintenant bouche bée. Je comprenais pourquoi. Propre et coiffé, il resplendissait comme la flamme d'une bougie au milieu de l'âpre rusticité de la grande salle. En le voyant au milieu des femmes skaldiques, je compris très exactement les raisons de l'attitude des barons de Gunter à mon égard.

Pour les avoir pratiquement vidées avec son bain, Joscelin était tout désigné pour remplir les citernes. Il s'exécuta de bonne grâce, faisant d'interminables allers et retours avec ses baquets d'eau en travers des épaules, et prenant toujours soin de taper ses bottes avant d'entrer.

Assise dans un coin en train de coudre, Ailsa relevait la tête et souriait.

Si Gunter n'avait rien remarqué jusqu'alors, il vit tout ce soir-là. Il m'en fit la remarque alors que nous étions allongés l'un près de l'autre, après nos ébats. Cela m'avait surprise de constater qu'il aimait bien parler après le plaisir – lorsqu'il n'avait pas bu comme un trou avant.

— Il plaît aux femmes ton D'Angelin, dit-il d'une voix songeuse. Mais qu'est-ce qu'elles lui trouvent ? Un garçon encore imberbe…

Voilà donc pourquoi il pensait que Joscelin n'était pas encore un homme.

— Les D'Angelins n'ont pas autant de poils que les Skaldiques, expliquai-je. Certaines lignées chez qui le sang d'Elua et de ses Compagnons est demeuré fort n'ont aucun poil sur le visage. Joscelin est un homme fait sans aucun doute. Peut-être les femmes ont-elles un meilleur instinct que les hommes sur ces questions, ajoutai-je en souriant.

Mais Gunter n'était pas d'humeur à plaisanter.

— Est-ce qu'il plaît à Hedwig ? demanda-t-il, ses sourcils blonds arqués par la réflexion.

— Elle le trouve plaisant à regarder, répondis-je en toute sincérité, mais elle ne lui fait pas les yeux doux comme Ailsa, seigneur.

— Ailsa est une plaie, murmura-t-il. Dis-moi, le D'Angelin est-il entraîné comme tu l'es ? Les hommes de Kilberhaar ne m'ont rien dit de ce genre.

Je faillis éclater de rire, mais je parvins à me contenir ; il l'aurait sûrement mal pris.

— Non, seigneur, répondis-je plutôt. Il a juré de ne coucher avec aucune femme. Cela fait partie de son serment.

Ses sourcils parurent littéralement bondir jusqu'au milieu de son front.

— Vraiment ?

— Oui, seigneur. C'est le fils d'un seigneur, c'est

vrai, mais il est avant tout prêtre ; un genre de prêtre. Telle est la nature de son serment.

— Donc, il n'est pas entraîné à satisfaire les femmes comme toi tu l'es à satisfaire les hommes, dit Gunter, l'air songeur.

— En effet, seigneur. Joscelin est formé à l'art du combat et à celui d'être un compagnon, tout comme moi je l'ai été à donner du plaisir au lit, répondis-je, avant d'ajouter : aux hommes comme aux femmes.

— Aux femmes ! (Sa voix vibrait de surprise.) Mais ça n'a aucun sens.

— Mon seigneur demande, dis-je, quelque peu offensée. Je ne fais que répondre.

Je me dis que je l'avais peut-être ennuyé et qu'il allait se tourner et ne plus me parler, mais il avait à l'évidence une idée en tête. Allongé, les yeux au plafond, il jouait à faire glisser un doigt sous le cordon de velours orné du diamant de Melisande.

— Je te satisfais, finit-il par dire. Mais tu m'as dit que c'était un don de ton dieu.

— Un don… et parfois une malédiction, murmurai-je.

— Tous les dons des dieux sont ainsi, dit-il pour couper court. (Il fixa sur moi son regard plein de sagacité.) Mais j'ai pensé à une chose : peut-être m'as-tu dit ça uniquement pour que je te laisse voir le garçon d'Angelin, hein ?

Parfois, j'oubliais qu'un homme intelligent se cachait sous sa rustique carapace skaldique.

— Ce que j'ai dit est vrai, seigneur, répondis-je en secouant la tête.

Bien sûr, ce n'était pas exactement vrai ; je ne savais absolument pas si le signe de Kushiel pouvait venir à disparaître. En tout cas, une chose était sûre, j'en étais bien une victime.

— Donc, tu veux dire que je ne satisferais pas une femme d'Angeline qui n'aurait pas ta malédiction de don ?

— Je suis la seule à avoir ce don, murmurai-je. Mon seigneur me permet-il de lui répondre franchement ?

— Oui, répondit-il brutalement.

Je me souvenais de ce qu'avait dit Cecilie au sujet de Childric d'Essoms.

— Mon seigneur fait l'amour comme s'il chassait le sanglier, dis-je. (Cela sonnait moins comme une insulte pour un skaldique que pour un D'Angelin.) C'est un acte héroïque, mais pas nécessairement agréable pour une femme.

Gunter réfléchit à la question, caressant sa moustache d'une main distraite.

— Tu pourrais m'apprendre, dit-il avec circonspection. Si tu as été formée comme tu me le dis.

Une nouvelle fois, je faillis rire ; mais d'un rire jaune. J'aurais été morte à cette heure-là si je n'avais su satisfaire Melisande Shahrizai, dont les talents pourtant surpassaient ceux de n'importe quelle adepte de la Cour de nuit.

— Oui, seigneur, répondis-je. Si tel est votre désir.

— Voilà qui serait une grande chose à connaître.

Il avait toujours sur le visage cet air madré, même si, ce faisant, il était moins rusé qu'il le pensait. Je savais pertinemment que Hedwig avait déjà refusé par trois fois de devenir sienne. S'il comptait m'offrir à Waldemar Selig, alors il lui demanderait certainement une quatrième fois. Après tout ce temps avec moi, je ne pensais pas qu'il pût s'accommoder bien longtemps d'un lit vide et froid.

— C'est une connaissance dangereuse, dis-je sans même y penser.

Heureusement, l'humeur de Gunter avait tourné ; il accueillit mes paroles par un rire tonitruant.

— Tu commenceras ton enseignement dès demain, d'accord ? dit-il, avant de poursuivre sur le ton de la plaisanterie. Et si tu en parles à quelqu'un, ma colombe, je renverrai ton ami avec les chiens.

Les affaires étant réglées à sa satisfaction, Gunter roula sur le côté et ne tarda pas à ronfler. Allongée dans le noir, je roulai des yeux effarés à la perspective qui m'attendait, priant Naamah de m'accorder son aide et ses conseils.

C'est une tâche colossale qui t'attend, Phèdre, songeai-je.

Ainsi débuta ma seconde vocation professorale parmi les Skaldiques, et je crois pouvoir dire que les choses se déroulèrent plutôt bien – du moins à l'aune selon laquelle les Skaldiques mesurent ces choses-là. Par la suite, je n'eus jamais l'occasion d'entendre dire que l'on s'était plaint de Gunter. Cela étant, ce bon déroulement mit au jour un danger plus grand encore.

En effet, si le plus grand risque que court un esclave est de déplaire à son maître, le second est de lui complaire trop. Très vite, il devint bien trop aisé d'oublier tout le reste. Les Skaldiques vivent le passage du temps d'une manière toute différente de la nôtre. Le rassemblement des tribus qu'ils appellent le *Althing* était dans quelques semaines encore ; une fois que nous eûmes solidement pris nos marques au sein du bastion de Gunter, nous commençâmes à glisser vers un piège : nous sentir bien trop à l'aise dans nos rôles. De porter si longtemps le masque de l'obéissance, je vis parfois Joscelin oublier que ce n'était qu'un masque.

Et pour ma part, à ma consternation, il m'arriva de m'endormir en pensant avec fierté – et même plaisir – aux progrès de Gunter lors de nos leçons particulières.

Jusqu'à ce que vînt le jour d'un nouveau raid.

Le choc me fit l'effet d'une douche glacée. Gunter et ses hommes se levèrent aux petites heures du jour, réveillant le bastion tout entier pour qu'on s'occupât d'eux, tandis qu'ils s'armaient et s'équipaient, riant et plaisantant, éprouvant le tranchant de leurs armes. Ils portaient fort peu de pièces d'armure, mais étaient emmitouflés dans d'épaisses fourrures ; chacun d'eux emportait un bouclier, ainsi qu'une hache ou une épée, en plus de la lance courte qui était leur arme favorite.

Les chevaux furent amenés, piaffant et soufflant sous la pâleur des étoiles. Les guerriers allaient chevaucher pendant les dernières heures de la nuit, pour franchir une passe à l'aube et fondre sur un malheureux village lorsqu'il ferait grand jour. Au milieu du vacarme et de l'agitation, Joscelin et moi échangeâmes un regard, rendus livides par l'horreur. Je vis tout son corps se mettre à trembler de rage contenue, puis il se détourna pour dissimuler son visage à Gunter et à ses barons. Il disparut prudemment et je ne le vis plus jusqu'à ce que Gunter s'avançât vers moi, tirant son épée du fourreau pour me saluer en criant.

— Je pars au combat, ma colombe ! Embrasse-moi et prie pour me revoir vivant lorsque viendra la nuit.

Sincèrement, je crois qu'il ne se rappelait plus en cet instant qui j'étais et d'où je venais. Moi, je n'avais pas oublié ; j'étais glacée.

Et Joscelin apparut entre nous, écartant la main tendue de Gunter d'un simple mouvement de son avant-bras, avec la puissance et l'évidence d'une pensée. Ses yeux bleus plongèrent au fond de ceux de Gunter.

— Seigneur, dit-il d'une voix tranquille, laissez-lui au moins une once de fierté.

Que passa-t-il entre eux à cette seconde? Je ne sais pas. Mais le regard de Gunter s'étrécit, tandis qu'il prenait la mesure de la rébellion du Cassilin ; le visage de Joscelin demeurait impassible. Au bout d'un instant, Gunter hocha la tête.

— En route! cria-t-il en pivotant sur ses talons pour faire un grand geste à ses barons.

Ils sortirent de la grande salle, tout bardés de muscles, de fourrures et d'acier, montèrent sur leurs chevaux et partirent ; les cris de ceux qui restaient les accompagnèrent. Joscelin tomba à genoux et leva vers moi un regard empli de dégoût. Moi, je demeurais tétanisée, debout, les yeux fixés sur les grandes portes ouvertes ; les larmes coulaient sur mes joues.

Lorsqu'ils rentrèrent, la nuit était déjà tombée.

Ils étaient victorieux, ivres de vanité et de vin, chantant et titubant sous le poids de leur butin : bien peu de choses en vérité, des sacs de grain, de légumes d'hiver et de fruits. J'entendis Harald se vanter du nombre de D'Angelins qu'il avait tués ; lorsque son regard croisa le mien, les mots restèrent dans sa gorge et il rougit. Mais il n'était qu'un seul parmi bien d'autres.

En rassemblant les morceaux de leur récit, j'appris

qu'ils étaient tombés sur une troupe de guerriers : des alliés du Camlach, chevauchant sous l'emblème de l'épée enflammée. Quelqu'un dit qu'il y avait une seconde bannière, une forge rouge sur champ brun. *Ce n'étaient pas des hommes de d'Aiglemort*, songeai-je. Deux barons étaient tombés – dont Thorvil – mais ils n'avaient pas perdu leur journée, massacrant la moitié des D'Angelins avant de se replier à travers les étendues de neige crissante.

Si Gunter avait un tant soit peu prêté attention à mes émotions avant le départ, son retour victorieux signait la fin de ces attentions ; j'eus la présence d'esprit de supplier Joscelin de ne pas intervenir. Elua merci ! il n'en fit rien ; du fond de son ébriété, je crois que Gunter aurait pu s'en prendre à lui. Après que la fête eut atteint son apogée, alors que les guerriers recrus d'alcool et de fatigue étaient vautrés dans toute la salle, Gunter me chargea sur son épaule, dans un tonnerre de cris et de vivats, pour m'emporter.

Ce n'était pas une nuit pour les leçons.

Lorsqu'il en eut fini, je l'abandonnai à ses ronflements pour me couler hors de la chambre et gagner la grande salle où ses hommes cuvaient leur hydromel, grondant et murmurant dans leur sommeil. Quelqu'un avait pensé à entraver Joscelin à son banc de pierre. Je le pensais endormi, mais ses yeux s'ouvrirent à mon approche presque parfaitement silencieuse.

— Je n'ai pas pu rester, murmurai-je.

— Je sais.

Il se redressa en prenant soin de ne pas faire tinter ses chaînes, pour me faire une place à côté de lui sur la paille. C'était l'une des tâches qui lui incombaient de veiller à mettre de la paille fraîche lorsque la salle était balayée. Je me laissai tomber au sol et m'y recroquevillai. Son bras vint m'entourer les épaules et je posai ma tête sur son torse, les yeux perdus dans les braises mourantes.

— Joscelin, il faut que tu partes, dis-je dans un souffle.

— Je ne peux pas. (Il avait à peine chuchoté, mais j'avais entendu l'agonie dans sa voix.) Je ne peux pas te laisser ici.

— Envoie ton maudit Cassiel en enfer, alors ! sifflai-je entre mes dents serrées.

Mes yeux me piquaient.

Sous ma joue, je sentis sa poitrine se soulever, puis retomber.

— Il pensait déjà y être, murmura Joscelin. (Ses doigts frôlèrent mes cheveux, puis les caressèrent.) C'est ce que j'ai appris toute ma vie, mais je ne le comprends vraiment qu'aujourd'hui.

Un frisson me parcourut.

— Je sais, répondis-je dans un souffle, en pensant à Naamah qui avait couché avec des étrangers, puis avec le roi de Persis, en pensant aussi à Waldemar Selig, au chef de guerre skaldique. Je sais.

Nous restâmes longtemps sans rien dire. Je m'étais presque endormie, lorsque j'entendis la voix de Joscelin.

— Comment d'Aiglemort peut-il le supporter ? Il envoie des D'Angelins à la mort face aux Skaldiques.

— Que dix meurent et cent se rallient à sa bannière, répondis-je. Et il peut imputer au roi les pertes que subit le Camlach ; il peut lui reprocher de ne pas lui envoyer plus de troupes. C'était son plan avec les Chasseurs de gloire. Il est en train de se bâtir un empire. Comment fait-il ? Je ne sais pas, mais je discerne clairement ses motivations. Ce que j'aimerais savoir, c'est la raison pour laquelle Gunter ne le craint pas.

— Parce que d'Aiglemort le paie, répondit Joscelin d'une voix amère.

— Non. (Je secouai la tête contre sa poitrine.) Il y a autre chose. Gunter sait quelque chose que d'Aiglemort ignore. Il a ri lorsque je lui ai dit que Kilberhaar ne sait pas tout. Gonzago de Escabares l'a dit, il y a un an de cela. « Les Skaldiques ont déniché un chef qui sait réfléchir. »

— Qu'Elua nous vienne en aide, murmura Joscelin.

Après cela, nous ne dîmes plus rien et je finis par m'endormir pour de bon. Je m'éveillai en sentant des doigts légers qui tiraient sur ma manche. J'ouvris les yeux pour découvrir le visage inquiet de Thurid, la timide, qui s'était levée tôt pour ses corvées. Les premières lueurs filtraient derrière les peaux huilées masquant les fenêtres ; les barons écroulés ronflaient toujours autour de nous, dans des remugles d'hydromel devenu aigre.

— Tu dois partir, murmura-t-elle. Ils ne vont pas tarder à s'éveiller.

Ce fut à cet instant, je crois, que je vis pour la première fois combien les choses avaient changé entre Joscelin et moi. Dans le choc et l'horreur de cette nuit, rien ne m'avait paru plus naturel que de me serrer contre lui pour trouver du réconfort. La crainte respectueuse peinte sur les traits de Thurid en donnait une tout autre lecture. Je m'assis pour enlever les brins de paille accrochés à mes cheveux et à ma robe. Les yeux de Joscelin étaient ouverts, posés sur moi. Que pensait-il en cet instant ? Aucun de nous n'osait parler, de crainte d'éveiller les barons.

Je serrai sa main dans la mienne, une fois, puis partis derrière Thurid qui avançait sur la pointe des pieds entre les dormeurs. Je regagnai la chambre de Gunter pour me glisser dans la chaleur des fourrures.

Il émit un ronflement sonore et bascula sur le côté, pour me serrer contre lui. Yeux ouverts, je demeurai immobile sous le poids de son bras massif. Je le méprisais.

44

Après le raid, les choses retombèrent dans leur routine, mais ni Joscelin ni moi n'étions près désormais de succomber de nouveau à ses charmes. Au moins, cet événement nous avait salutairement rappelé l'amère réalité de notre situation.

L'hiver dans la Ville d'Elua n'est pas une saison plaisante ; il y fait froid et un vent mordant y souffle parfois, poussant chacun à rester chez soi, suspendant la vie, le commerce et les plaisirs. Mais cela n'est rien comparé à la vie dans un bastion skaldique. Là, nous étions littéralement cernés par la neige ; le temps devenait si féroce par moments que même les Skaldiques restaient claquemurés à l'intérieur, sans même s'aventurer dehors. Même lorsqu'il était clément, il n'y avait nulle part où aller et bien peu de choses à faire. D'une certaine manière, ces moments fastidieux étaient plus faciles à supporter pour les femmes et les serfs, car le travail ne manquait jamais, même en hiver. Lorsqu'ils ne pouvaient aller chasser, Gunter et ses barons étaient condamnés à l'oisiveté. J'appris pourquoi les Skaldiques aiment tant boire, se défier et se quereller : lorsque l'hiver emprisonne les hommes entre les quatre murs de la salle commune, ils n'ont rien d'autre à faire.

Bien sûr, ils ont leurs chants et leurs poèmes ; et ça, ils en ont beaucoup. En plus des chants de guerre que je connaissais déjà et des couplets que j'avais appris auprès des femmes, j'eus l'occasion d'entendre d'interminables fables héroïques, des histoires humoristiques, des récits épiques de dieux et de géants belliqueux, ainsi qu'une nouvelle saga en train de s'écrire – l'ascension de Waldemar Selig.

Sur lui, on disait beaucoup de choses. On racontait ainsi que lorsque sa mère mourut en lui donnant le jour, on entendit une louve gratter à la porte de la salle commune du bastion dont son père était le seigneur. Lorsque les barons ouvrirent, ils virent la bête, mais aucun n'osa lever la main sur elle, car sa fourrure était blanche comme la neige et ils surent qu'elle était une créature magique. Elle pénétra dans l'immense salle et marcha directement sur l'enfant Waldemar, s'allongeant à côté de lui. Sans la moindre crainte, il saisit sa fourrure de ses mains potelées et téta ses mamelles.

Alors qu'il n'était encore qu'un garçon, plus grand déjà de presque une tête que tous les hommes du bastion et plus large d'épaules, son père lui remit une poignée de pièces d'or et lui ordonna d'aller découvrir le monde. Déguisé, Waldemar partit, uniquement accompagné de deux barons loyaux. À tous ceux qui lui offraient l'hospitalité, il disait qui il était et versait de l'or. Ceux qui le rejetaient, il les défiait. Il vainquit chacun d'eux, ne révélant son identité qu'après avoir triomphé.

Ainsi se répandirent son nom et sa renommée sur les territoires immenses des terres skaldiques ; on parlait de lui avec crainte et respect. Un jour, il libéra une chouette prise dans le piège d'un trappeur et celle-ci se révéla être un sorcier qui lui offrit un sort capable d'émousser les armes de ses ennemis pour qu'elles ne puissent pas le blesser. Il croisa la route d'une sorcière dont le fils était d'une lignée de géants ; il le tua en découvrant que sa vie était placée dans une racine noueuse conservée par la sorcière dans une armoire, qu'il jeta dans un feu. Il menaça de la tuer elle aussi, mais elle le supplia de lui laisser la vie sauve, en échange d'un charme d'immunité aux poisons.

Lorsqu'il rentra enfin chez lui, il découvrit que son père avait été assassiné ; Lothnir, le plus puissant des barons, avait épousé sa sœur et revendiqué la possession du bastion et de la tribu. Lothnir l'accueillit à bras ouverts et lui offrit une coupe empoisonnée en guise de bienvenue. Waldemar la but d'un trait et la jeta dans la neige, où elle se mit à siffler, cracher et produire des volutes noires ; lui ne souffrit aucun dommage. Pendant la nuit, Lothnir vint le frapper dans son sommeil avec une dague, mais le tranchant en était si émoussé qu'il glissa sur lui comme sur la plus épaisse des peaux ; Waldemar n'émit rien d'autre qu'un soupir sans même se réveiller. Le lendemain matin, il défia Lothnir et l'abattit d'un coup unique de sa lance, si puissant qu'il fendit son bouclier et transperça son cœur. Waldemar fut acclamé et donna sa sœur en épouse à l'un de ses fidèles compagnons.

Telles étaient les légendes qui couraient sur Waldemar Selig. Si je n'étais pas naïve au point de les prendre pour vérité – de fait, j'y reconnaissais les trames d'antiques fables hellènes –, la lueur que je voyais briller dans les yeux des Skaldiques qui écoutaient faisait toutefois naître en moi un profond malaise. À l'évidence, ils voyaient en lui un héros ; et d'après ce que je savais, ce n'était pas sans raison. Si ces histoires n'étaient qu'un tissu de mythes, une chose était avérée : Waldemar avait uni dans l'admiration qu'elles lui vouaient des tribus skaldiques jusqu'alors promptes à se combattre.

Bientôt, une nouvelle querelle vint rompre la monotonie de notre vie recluse, apportant une nouvelle distraction au bastion. Malheureusement, Joscelin était au cœur de cette dispute.

La jeune Ailsa persistait dans son goût pour lui. Fidèle à sa promesse, elle avait lavé et ravaudé sa tenue cassiline ; elle vint la lui présenter avec un sourire engageant et plein de sous-entendus. Joscelin rougit et sourit ; en tant qu'esclave, il ne pouvait rien offrir d'autre. Toutefois, il ne la mit pas, continuant à porter les vêtements de laine que Thurid lui avait donnés. Ailsa fit la moue et arpenta indignée la grande salle, affichant son mécontentement ; il la passa finalement.

Je savais que Hedwig avait sèchement rappelé à la jeune femme que Joscelin n'était qu'un esclave, propriété de Gunter de surcroît. Mais, fine mouche, Ailsa fit valoir qu'en tant que fils d'un seigneur d'Angelin – ce que Gunter lui-même avait raconté à tous – il était bien plus un otage qu'un esclave, et donc un homme d'un statut honorable.

Gunter suivait ces arguties d'une oreille circonspecte ; ce n'était pas qu'il fît grand cas d'Ailsa, mais la perspective d'une rançon l'intriguait. Lorsqu'il demanda à Joscelin si son père serait disposé à verser de l'argent pour son retour sain et sauf, le jeune

Cassilin s'empressa de répondre en toute inconscience que son père paierait certainement, tout comme la Fraternité cassiline ; mais, précisa-t-il encore, cela ne se ferait que si je rentrais avec lui.

La question donna matière à réflexion à Gunter ; quant à Ailsa, elle n'y voyait aucun motif de ne pas maintenir ses prétentions. Je ne croyais guère qu'une demande de rançon pût jamais aboutir. Tout féroces guerriers qu'ils étaient, Gunter et ses barons avaient peu de chances de traverser vivants tout le Camlach pour porter un message ; et il n'y en avait aucune que d'Aiglemort le transmît. Pour autant, tout cela suffisait à éveiller en moi une certaine inquiétude.

Car l'autre sommet de cette affaire en triangle était un certain Evrard le caustique, un baron hargneux et maussade, dont la langue vipérine justifiait le patronyme, et qui nourrissait un béguin jaloux pour Ailsa.

L'attitude aguicheuse de la jeune femme, qui se considérait comme la belle du bastion, n'améliorait guère les choses ; le physique ingrat et le statut d'homme riche d'Evrard achevaient de les envenimer. Evrard entreprit ostensiblement de persécuter Joscelin. Faisant écho en cela aux techniques peu subtiles d'Ailsa, le baron commença à se mettre systématiquement en travers du chemin du Cassilin ; mais au lieu de se contenter de quelques bourrades, il opta pour les coups d'épaule, les croche-pieds et les sarcasmes. Inlassablement, Joscelin faisait l'effort de le contourner, mais uniquement pour être agoni d'insultes ou se faire bouler au sol. Les choses devinrent telles qu'il ne pouvait plus mettre une nouvelle jonchée sur le sol ou balayer sans trouver les bottes d'Evrard plantées devant lui ; et le baron de l'injurier ou de le frapper pour la gêne.

Si Joscelin n'avait donné à Gunter et à ses hommes aucune raison de ne pas lui faire confiance, il n'avait guère fait non plus pour s'en faire apprécier ; son aura auprès de la gent féminine du bastion avait suscité bien trop de ressentiment pour cela. Lorsqu'ils virent les lignes blanches de la fureur contenue sur son visage, ils se souvinrent de ses premiers jours ici et redoublèrent d'ignominie pour le pousser à la franche rébellion ; juste pour s'amuser.

Ils finirent par y arriver.

Cela se produisit un soir de blizzard ; tout le monde était tassé dans la grande salle lorsque Joscelin entra les bras chargés de bois pour les fours des cuisines. L'apercevant, Ailsa lui envoya un baiser accompagné d'un geste sans nuance, les mains placées sous ses seins afin de les faire saillir et de le convaincre de l'intérêt de son décolleté.

Rougissant et troublé – il n'avait pas tout à fait perdu ses mâles instincts –, Joscelin ne vit pas la jambe d'Evrard en travers de sa route ; il s'étala de tout son long sur le sol, répandant son bois tout autour.

Même ça, il parvint à l'encaisser. J'étais occupée à jouer du luth et je le vis s'agenouiller, tête baissée, pour ramasser son fardeau. Assis dans son fauteuil près du feu, Gunter regardait d'un œil distrait.

— Regardez-moi ça, disait Evrard d'une voix méprisante, en agitant la natte de Joscelin de sa grosse patte musculeuse. Quel homme digne de ce nom peut avoir autant de cheveux et aucun poil au menton ? Quel homme rougit comme une jeune fille et supporte de se laisser traiter comme un serf ? Non, ce n'est pas un homme, c'est une femme !

Sa saillie fit rire les barons, mais je vis Hedwig, de l'autre côté de la salle, dont les lèvres étaient devenues minces comme une lame. Les épaules de Joscelin se redressèrent, mais il poursuivit sa tâche, ignorant le baron skaldique.

— Vous ne le trouvez pas mignon ? poursuivit Evrard. Il faudrait peut-être vérifier !

Tout le monde a un talent ; celui d'Evrard le caustique était de mettre les autres en rage. À la tension perceptible chez Joscelin, il devina que son trait avait fait mouche.

— Qu'est-ce que vous en dites ? demanda-t-il à deux de ses compagnons, massifs et turbulents. Venez m'aider, on va lui tomber ses braies au louveteau pour voir si finalement ce ne serait pas plutôt une petite louve qu'on a là.

Je cessai de jouer pour lever les yeux vers Gunter, dans l'espoir qu'il fît cesser cela. Malheureusement, il s'ennuyait suffisamment pour prendre plaisir à ce divertissement.

Donc, Evrard le caustique et une poignée de barons s'approchèrent de Joscelin, dans l'intention manifeste de le plaquer au sol pour le déshabiller. Sur leurs intentions, il n'y avait aucun doute à avoir ; sur le déroulement de l'opération, l'incertitude demeurait. À la seconde où la première main se posa sur son épaule, Joscelin bondit sur ses pieds, une bûche dans chaque main.

C'était la première fois, je crois, qu'ils avaient l'occasion de le voir combattre à la manière cassiline. Le talent de Joscelin ne s'était en rien émoussé ; les semaines de dur labeur et de rage rentrée l'avaient même encore affûté. Il combattait avec grand calme et une mortelle efficacité, ses bâtons improvisés tourbillonnant, parant et frappant à une cadence telle qu'on ne les distinguait plus. Bien vite, la grande salle fut le théâtre d'une mêlée furieuse, les barons se précipitant sus au Cassilin, pour reculer promptement, en se tenant le crâne et leurs membres endoloris.

D'après ce que je sais du combat cassilin, il est conçu pour assurer la protection; le frère protecteur devient le bouclier armé de son compagnon. Sans personne à protéger, Joscelin se contenta de se défendre lui-même, tenant à distance pendant un long moment presque l'ensemble des hommes de Gunter. Pour sa part, Gunter observait avec le même intérêt que le premier jour, lors de notre capture. Pour finir, sept ou huit hommes parvinrent à franchir le rideau défensif de ses bâtons pour l'amener au sol de toute la puissance brutale de leur masse; même là, il continua à frapper, tandis qu'ils riaient en tirant sur ses vêtements.

J'avais pris une profonde inspiration pour crier, sans savoir ce que j'allais bien pouvoir dire, lorsque Gunter me devança, usant d'un ton de commande irrésistible :

— Ça suffit ! cria-t-il.

Sa voix était puissante; je peux jurer avoir vu les poutres et les chevrons trembler. Ses barons s'immobilisèrent et relâchèrent Joscelin; le Cassilin se remit debout, échevelé, les vêtements en désordre et écumant de rage. À son crédit, il sut toutefois se tenir à sa place; avant-bras croisés, il s'inclina avec raideur devant Gunter.

Plus que tout, ce fut sans doute ce geste qui le sauva. Une lueur rusée apparut dans les yeux de

Gunter, tandis que ses doigts épais tambourinaient sur l'accoudoir ; son regard se posa sur un Evrard au comble de la fureur.

— As-tu une plainte à formuler contre cet homme, le caustique, un préjudice à faire valoir ?

— Gunter, répondit Evrard avec une aigreur véhémente, prompt à avaler l'hameçon, ce serf – ton esclave – s'est installé ici comme chez lui ! Regarde, poursuivit-il en pointant un doigt accusateur sur Ailsa, regarde comme il courtise nos femmes sous notre nez par ses manigances serviles !

— Si quelqu'un courtise quelqu'un ici, dit Hedwig d'une voix forte en coulant un regard dur en direction d'Ailsa, regarde plutôt du côté de cette petite teigne-là, Gunter Arnlaugson !

Cette remarque suscita un plus grand rire encore que celle d'Evrard. Gunter posa son menton sur sa main, puis tourna la tête vers Joscelin.

— Qu'en dis-tu, le D'Angelin ?

Si Joscelin avait appris quelque chose dans le bastion de Gunter, c'était bien l'importance que les Skaldiques accordent à ces choses-là et le vocabulaire approprié pour en parler. Il remit de l'ordre dans sa tenue et soutint imperturbablement le regard de Gunter.

— Seigneur, il met en doute ma virilité. Je vous demande la permission de lui répondre par l'acier.

— Bien, bien. (Gunter haussa les sourcils.) On dirait bien que les dents du louveteau n'ont pas encore été limées, hein ? Alors, le caustique, j'ai l'impression qu'il te défie dans le *holmgang*. Que réponds-tu à ça ?

Je ne connaissais pas ce mot, mais Evrard pâlit en l'entendant.

— Gunter, c'est un manant ! Tu ne peux pas me demander de combattre un esclave. Je ne supporterai pas la honte !

— Peut-être est-ce un manant, ou peut-être pas, répondit Gunter de manière ambiguë. Les Vandalis ont pris Waldemar Selig en otage, et il a défié tous leurs champions un par un jusqu'à devenir leur chef. Dirais-tu que Waldemar Selig était un manant ?

— Waldemar Selig n'est pas un damoiseau d'Angelin ! cracha Evrard entre ses dents. Veux-tu vraiment te moquer de moi ?

— Oh ! je crois que personne ne se moquera de toi si tu combats ce jeune loup dans le *holmgang*. (Gunter rit en balayant la salle du regard.) Que dites-vous ? Est-ce que vous vous moquerez ?

Toujours occupés à frotter leurs membres endoloris, les barons accueillirent sa remarque par des regards austères. *Non,* songeai-je, *pas un seul d'entre eux ne se moquera d'un tel défi.* Gunter sourit et abattit son poing sur le bras de son fauteuil.

— Alors qu'il en soit ainsi ! annonça-t-il. Demain, nous aurons un *holmgang* !

Si Joscelin ne faisait pas l'unanimité, Evrard le caustique n'était pas non plus le plus apprécié des hommes. Le jeune Harald clama son enthousiasme et plaça le premier pari – une bonne pièce d'argent sur le louveteau d'Angelin. L'un des partisans d'Evrard tint la gageure et, dans un brouhaha général, la cause fut entendue.

Avec une impassible dignité, Joscelin ramassa son bois et poursuivit son chemin vers les cuisines.

Le lendemain, le jour se leva, clair et pur, et les barons le déclarèrent férié, ravis du divertissement à venir. Je n'avais toujours pas la moindre idée de ce qui allait se passer. Avec un grand cérémonial, on apporta une vaste peau tannée et les hommes tassèrent un grand carré de neige. Ensuite, on plaqua la peau au sol et des poteaux furent plantés pour la maintenir. Enfin, de grandes branches de coudrier furent posées tout autour de la peau, délimitant un espace clos.

Certes, Evrard n'était guère apprécié, mais il n'en demeurait pas moins skaldique ; le gros des barons le soutenait, agglutiné autour de lui, éprouvant le tranchant de son épée et proposant qui un bouclier, qui des stratégies de combat. Joscelin, qui suivait ces préparatifs d'un œil perplexe, finit par s'approcher de Gunter pour s'enquérir respectueusement :

— Seigneur, puis-je demander comment se déroule le combat ?

— Quoi ? C'est toi qui lances le défi et tu ne sais même pas ? répondit Gunter, riant de sa propre plaisanterie. C'est le *holmgang*, louveteau. Une épée pour chacun et trois boucliers, si tu trouves quelqu'un pour t'en prêter. La victoire revient au premier qui fait couler le sang de l'autre sur la peau. Celui qui met les deux pieds à l'extérieur des branches de coudrier est tenu pour un fuyard et il perd. (Avec bonhomie, il détacha sa propre épée de sa ceinture.) Tu as vaillamment défendu ton honneur, D'Angelin, et pour ça, je te prête ma deuxième meilleure épée. En revanche, pour un bouclier, tu vas devoir aller demander.

Joscelin prit la poignée de l'arme et l'observa un instant, avant de relever les yeux vers Gunter.

— Seigneur, mon serment me l'interdit, dit-il en secouant la tête. (Posant l'épée sur son bras, il la rendit à Gunter, en lui présentant la garde.) Je ne peux tirer l'épée que pour tuer. Rendez-moi mes dagues et mes… (il n'y avait pas de mot en skaldique pour désigner ses canons d'avant-bras)… mes protections pour les bras, et je combattrai cet homme.

— C'est le *holmgang,* répondit Gunter en lui tapant joyeusement sur l'épaule. Tue-le si tu peux, louveteau, ou il te défiera de nouveau demain ou le jour d'après. En tout cas, j'ai misé sur toi.

Sur ces mots, il s'éloigna, criant après un homme qui avait mal placé l'une des branches de coudrier. Je frissonnai sous mes fourrures ; interdit, Joscelin regardait l'épée, toujours entre ses mains. Il n'avait pas tenu une lame depuis notre capture. Il me lança un regard vide.

— Il va te tuer, Cassilin, dis-je en d'Angelin en luttant pour ne pas claquer des dents. Et alors, je serai sans protection. Mais je ne peux pas te dire ce que tu dois faire.

Knud, mon gardien, homme simple et bon, s'approcha timidement.

— Tiens, dit-il d'un ton bourru en lançant son propre bouclier à Joscelin. Prends ça, mon garçon. Il n'y a pas d'honneur à forcer un esclave à combattre sans protection.

— Merci, répondit Joscelin, en s'inclinant avec gaucherie, chargé de son épée et du bouclier.

Knud hocha la tête avec brusquerie, puis s'éloigna en sifflotant comme s'il n'avait rien à voir dans cette histoire. Joscelin passa le bouclier à son bras gauche et prit l'épée en main, jaugeant son équilibre, la couvant d'un regard empli de crainte.

De l'autre côté de l'enceinte, Evrard exécutait des coups de pointe et autres passes adroites avec sa propre épée, sous les rires et les cris d'encouragement.

Caustique, il l'était assurément, mais il était avant tout un guerrier skaldique, rompu au combat depuis son enfance et vétéran d'une dizaine de raids au moins. L'affrontement promettait de n'être pas si simple. Son second se tenait à son côté avec un bouclier de remplacement, plus un autre posé non loin.

— Encore des paris ? cria Gunter à la ronde, après avoir contrôlé la pose de la peau et la position des branches de coudrier. Alors nous sommes prêts ! Que le *holmgang* commence ! Le premier coup à celui qui a été défié !

Souriant entre ses dents serrées, Evrard s'avança, raclant ses pieds sur la peau comme pour en éprouver la surface. Joscelin s'avança tranquillement à sa rencontre. Les femmes du bastion s'étaient rassemblées pour assister au duel ; plus d'une soupira en le voyant.

— Prends-lui sa jolie tête, le caustique ! cria un baron, provoquant quelques rires.

— À lui le premier coup, répéta Gunter à Joscelin.

Le Cassilin acquiesça d'un signe de tête, raffermissant sa prise sur le bouclier.

Je me souviens du bleu du ciel ce jour-là, immense et limpide comme il l'était dans cette région lorsque le jour était clair, et du blanc immaculé et éblouissant de la neige. Evrard prépara son attaque par un cri prolongé, un rugissement remonté du fond de sa poitrine tandis qu'il armait son bras, pour jaillir de sa gorge à l'instant où il chargeait de toute sa puissance. Tout autour, les Skaldiques vêtus de fourrures hurlaient et tempêtaient ; je crois que Joscelin et moi étions les deux seuls à être silencieux.

Joscelin leva le bouclier de Knud, qui encaissa le

coup, mais vola en éclats ; Joscelin jeta les morceaux de bois peint devenus inutiles, tandis qu'Evrard, toujours hurlant, se préparait pour une nouvelle attaque.

Je n'avais jamais vu le Cassilin combattre à l'épée, hormis lors de ses entraînements avec Alcuin. Il tenait son arme à deux mains, en oblique devant son corps ; il bougeait comme un danseur. La lame de Gunter tournoya et le coup d'Evrard fut paré ; profitant de l'élan du contrecoup, Joscelin pivota sur lui-même avec légèreté pour frapper et le bouclier d'Evrard se rompit sous l'impact.

— Bouclier ! cria Evrard, en titubant en arrière. Bouclier !

Joscelin lui accorda le temps voulu pour s'équiper, campé dans une posture d'attente, la garde de son épée à la hauteur de l'épaule et la lame inclinée pour protéger son corps.

Par essence, la Fraternité cassiline est une troupe de gardes du corps d'élite. Ils sont formés pour combattre de près, dans un espace restreint et pas sur un champ de bataille ; ils n'utilisent pas le bouclier et c'est pour ça qu'ils portent des canons d'avant-bras. Si Joscelin regrettait de ne pas les avoir, il n'en avait pas vraiment besoin ce jour-là. Il feinta une fois, puis se dégagea vivement de la ligne d'attaque d'Evrard qui ripostait par un large coup circulaire, avant de piquer d'estoc à son tour. Cette fois-ci, son épée s'enfonça dans le bois du bouclier. Il la dégagea d'un coup sec, arrachant le bouclier de la prise d'Evrard ; d'un coup de botte, il brisa en deux le petit écu de bois.

— Bouclier, murmura Evrard, en reculant à l'aveuglette.

Je ne sais quelles pouvaient être les pensées de Joscelin à cet instant, mais je vis son visage lorsqu'il pivota ; dénué de toute expression, il irradiait un calme d'une sérénité immense. Sous le ciel d'azur parfait, il bougea à peine la tête, suffisamment tout de même pour esquiver l'attaque d'Evrard, et sa riposte assenée à deux mains emmena le poids de tout son élan. Son épée jeta des lueurs comme une étoile filante, réduisant en une pluie de petit bois le troisième et dernier bouclier d'Evrard.

— Non !

La voix d'Evrard tremblait ; il leva une main et mit un pied à l'extérieur de la peau tendue, derrière la branche de coudrier. J'aurais pu avoir pitié de lui, mais la pensée des D'Angelins morts sous ses coups de lance me l'interdisait.

— S'il te plaît.

Joscelin leva son épée pour former un angle protecteur ; la lame capta les rayons du soleil, éclairant son visage.

— Je ne me parjurerai pas, Skaldique, dit-il en choisissant ses mots avec soin dans cette langue qui lui était étrangère. Sors tes deux pieds d'ici ou meurs.

S'ils avaient été seuls tous les deux, je crois qu'Evrard aurait battu en retraite. Mais il était parmi les siens, devant les guerriers skaldiques aux côtés desquels il avait chevauché, et tous le regardaient ; et non seulement les hommes, mais les femmes aussi. S'il avait craint de perdre la face en combattant un esclave, que risquait-il de perdre en fuyant devant l'un d'eux ?

Je n'aimais pas Evrard, mais je dirai une chose à sa décharge : il est allé avec courage au-devant de sa mort. Contraint de choisir entre les Skaldiques qui le regardaient et le Cassilin qui l'attendait, Evrard rassembla toute sa bravoure pour la lâcher dans un dernier cri, chargeant en agitant furieusement son épée comme un berserker. Joscelin para le coup, pivota sur lui-même, enchaînant sur son élan par un coup ascendant. Le tranchant de sa lame s'enfonça profondément juste sous les côtes.

C'était un coup mortel ; Evrard s'effondra sur la peau, à jamais immobile. Une mare de sang se formait doucement autour de lui. Il y eut un instant de silence, puis Gunter leva un poing vers le ciel et cria son approbation ; tous les hommes lui firent écho. Cela avait été un combat équitable, et même un beau combat selon leurs critères. Livide, Joscelin demeurait là à contempler le corps d'Evrard en train de se vider de son sang. Je me souvins à cet instant qu'il n'avait encore jamais tué de sa vie ; je ne l'en aimais que plus de ne pas se réjouir. Il s'agenouilla, posa son épée, croisa ses bras et murmura une prière cassiline.

Lorsqu'il eut fini, il se releva, essuya la lame et s'avança pour la rendre à Gunter, garde en avant ; le chef skaldique la prit en fixant sur lui son regard plein de perspicacité.

— Merci, seigneur, de m'avoir permis de défendre mon honneur, dit Joscelin avec circonspection, avant de saluer. Je suis désolé pour la mort de votre guerrier.

— Le caustique l'avait bien cherché, non ? répondit Gunter, en mettant son bras épais sur les épaules de Joscelin. Et que dirais-tu, louveteau, de prendre sa place ?

— Seigneur ? s'étrangla Joscelin en lui lançant un regard incrédule.

Gunter sourit.

— Je suis tenté de prendre un risque avec toi, D'Angelin ! On dirait que ça vaut la peine de miser sur toi. Si je te rends ton acier, est-ce que tu restes lié par ton serment ? Est-ce que tu t'engages toujours à protéger et servir ? Ma vie avec la tienne, si besoin est ?

Joscelin déglutit avec difficulté ; le fardeau s'annonçait lourd et grande serait la tentation, plus grande qu'elle l'avait jamais été pour lui. Nos regards se croisèrent ; une ferme résolution apparut sur son visage.

— J'ai prêté serment, répondit-il. Aussi longtemps que vous protégerez ma dame Phèdre nó Delaunay.

— Bien ! (Gunter serra une nouvelle fois ses épaules sous son bras.) Une acclamation pour lui, cria-t-il à ses guerriers. Aujourd'hui, le garçon a prouvé qu'il était un homme !

Ils l'acclamèrent, puis l'entourèrent pour lui taper sur l'épaule, se félicitant à grand bruit des paris gagnés, ou déplorant les sommes perdues, tandis que le cadavre d'Evrard refroidissait à côté. Quelqu'un fit circuler une outre d'hydromel et les barons entonnèrent un chant. L'un d'eux entama même un nouveau récit : l'épique bataille d'Evrard le caustique contre l'esclave d'Angelin.

Je restai quelques instants encore à contempler tout ça, avant de rentrer avec Hedwig et les femmes pour préparer les bruyantes festivités qui s'annonçaient. Je ne savais pas si les choses venaient d'évoluer pour le meilleur ou pour le pire.

45

C'était étonnant de voir Joscelin aux côtés de Gunter en grande tenue de frère cassilin : sa tunique grise rapiécée, ses canons d'avant-bras, ses dagues à la ceinture et son épée dans le dos. Avec un semblant de liberté recouvrée, il avait renoué avec la pratique de ses exercices matinaux, exécutant ses longs enchaînements complexes qui formaient la base du style de combat de la Fraternité.

Les Skaldiques voyaient cette incongruité avec un mélange de crainte respectueuse et de dédain. Leurs propres techniques de combat étaient simples, directes et efficaces, fondées sur la puissance des armes et la pure férocité – plus le fait que les guerriers skaldiques apprennent à manier l'épée dès qu'ils sont capables d'en soulever une.

Leur attitude envers la discipline de Joscelin faisait écho aux sentiments qu'ils nourrissaient à l'égard de Terre d'Ange – une conception à jamais demeurée un mystère à mes yeux. C'était une combinaison étrange de dérision, de mépris et d'envie ; tandis que le bastion tout entier se préparait au voyage vers le *Althing*, je réfléchissais à toutes ces choses. Ma survie désormais allait en grande partie dépendre de ma capacité à comprendre l'essence de l'esprit skaldique.

Ah ! que n'ai-je eu alors une carte pour relever l'emplacement du bastion et celui du lieu choisi par Waldemar Selig pour le rassemblement des tribus ! Delaunay m'avait appris à lire une carte, et j'ose affirmer que je m'y entendais au moins aussi bien que n'importe quel général, mais je n'avais aucun talent pour m'orienter selon la position des étoiles, comme le font les navigateurs. Je savais uniquement que nous n'étions pas très éloignés de l'une des grandes passes menant vers le Camlach à l'ouest et que nous marcherions plein est pour rallier le *Althing* ; « une chevauchée de sept jours, avait précisé Gunter, huit, peut-être ».

Pour lui, il tombait sous le sens que j'étais du voyage ; pour autant, il ne m'avait toujours rien dit de l'éventualité de m'offrir en cadeau à Waldemar Selig. Vingt barons l'accompagneraient pour représenter le bastion, ainsi que Hedwig et trois autres femmes pour représenter la gent féminine. Les femmes n'avaient pas le poids des hommes, mais une vieille légende – il y a toujours une vieille légende chez les Skaldiques – raconte comment Brunhild la vaillante avait lutté contre Hobart longue lance et l'avait emporté en lui faisant toucher terre à deux reprises contre une seule, gagnant par là même aux femmes le droit de prendre la parole au cours du *Althing*. Je soupçonnais Gunter d'avoir envisagé de voyager sans elles, mais il se méfiait de la colère de Hedwig. Je ne sais pas si Hedwig pratiquait la lutte, mais ce qui est sûr, c'est qu'elle maniait bien la louche et qu'elle n'hésitait pas à cabosser le crâne des hommes qui se mettaient en travers de son chemin.

Quant à Joscelin, tout le monde partait du principe qu'il venait, en tant que garde du corps du chef du bastion. Gunter Arnlaugson avait un goût immodéré pour les signes extérieurs de pouvoir ; il plastronnait donc, et pas qu'un peu, d'être escorté d'un serviteur cassilin, à l'élégance d'Angeline et aux courbettes silencieuses.

Nous étions donc presque sur le départ lorsque j'eus droit à ma première séance d'augure skaldique. On amena un vieillard, le prêtre d'Odhinn, dans la grande salle, puis tout le bastion sortit en procession derrière lui jusqu'à un grand chêne dépouillé par l'hiver, leur arbre sacré. Il étala un manteau de laine blanche immaculée sur la neige, puis marmonna des choses au-dessus de bâtonnets gravés de runes avant de les lancer sur le manteau. Il renouvela l'opération trois fois de suite, avant de déclarer que les augures étaient favorables.

À cette annonce, les hommes de Gunter crièrent leur joie, frappant leur bouclier de leur courte lance. Frissonnant comme toujours dans le froid, j'élevai une prière silencieuse à Elua pour demander sa protection, puis une autre à Naamah et Kushiel dont je portais le signe. Un corbeau vint se poser sur une branche basse et nue, près de moi, faisant bouffer ses plumes et fixant sur moi son œil rond et noir. Tout d'abord, il m'effraya, puis je me souvins que les corbeaux et les loups étaient les amis d'Elua lorsqu'il errait sur les terres skaldiques ; finalement, ce signe me donna du cœur au ventre.

Un premier redoux avait fait fondre la glace sur le ruisseau ; le départ fut fixé au matin suivant. Le reste de la journée fut consacré aux derniers préparatifs, auxquels je n'eus guère à prendre part, hormis pour observer le branle-bas. En vieux briscard, Gunter eut la sagesse de se retirer tôt, m'emmenant avec lui. Je pensai qu'il me laisserait tranquille ce soir-là, pour être au mieux de sa forme le matin venu, mais au contraire, il me culbuta avec toute la vigueur d'un soudard, répandant sa semence dans un grand cri, avant de rouler sur le côté pour s'endormir aussitôt.

Bien sûr, je lui avais enseigné à pratiquer bien mieux que cela, mais il avait déterminé à sa manière naïve que cela n'avait aucune importance avec une esclave de n'avoir en tête que son propre plaisir ; de toute façon, cela n'importait vraiment pas avec moi, touchée par le signe de Kushiel et maudite comme je l'étais. Je demeurai éveillée dans l'obscurité, encore palpitante d'un plaisir que je méprisais, à m'interroger sur ce que les semaines à venir allaient bien pouvoir apporter.

Nous nous réveillâmes à l'aube et nous préparâmes pour le départ. Rayonnant de satisfaction, il entra dans la chambre avec une brassée de sous-vêtements de laine et de vêtements de fourrure pour me permettre de lutter contre le froid. À ma grande surprise, il s'agenouilla devant moi pour mettre lui-même en place les jambières, en me montrant comment nouer les ficelles de cuir pour qu'elles tiennent bien en place. Lorsqu'il eut fini, il ne se releva pas immédiatement, mais souleva mes robes pour fourrer sa tête en dessous, écartant mes cuisses pour déposer un baiser sur ma perle de Naamah, comme je le lui avais appris.

— Jamais je ne t'oublierai, dit-il d'un ton bourru en remettant mes robes en place. (Il leva ensuite les yeux vers moi.) Peut-être tes dieux t'ont-ils maudite, mais pour Gunter Arnlaugson, c'est une bénédiction.

La tendresse était bien la dernière chose à laquelle je me serais attendue de sa part. De crainte qu'elle me fît perdre mes moyens – le diamant de Melisande à son cou me rappelant des choses que j'aurais préféré oublier – je mis mes mains sur sa tête et l'embrassai, le remerciant des vêtements qu'il m'avait apportés.

Cela parut le satisfaire. Il se leva, manifestement heureux, et partit vaquer à ses affaires et vérifier le harnachement des chevaux.

Le voyage jusqu'au *Althing* dura huit bons jours ; si ce ne fut pas la pire expérience de ma vie, j'eus par moments l'impression que cela l'était. J'avais un cheval pour moi – car Gunter prenait soin de nos montures –, si bien que je passais d'interminables heures voûtée sur ma selle, engoncée dans mes dessous de laine et mes fourrures, les reins brisés, contrainte de m'en remettre au bon vouloir de ma robuste monture pour suivre les autres. Un coup de froid suivit le redoux, et la neige ramollie par la chaleur durcit de nouveau, crissant sous les sabots, cinglant les jambes des chevaux et ralentissant notre allure. Le soir, lorsque nous faisions halte, les Skaldiques commençaient par s'occuper de leurs bêtes, leur frictionnant les jambes avec un onguent à base de graisse d'ours.

Le campement était constitué de tentes rudimentaires faites de peaux salées et tannées, qui offraient une certaine protection contre le froid. Même s'il ne me touchait pas, Gunter me gardait auprès de lui, et je n'ai pas honte de dire que je me nichais contre lui la nuit pour me réchauffer à sa chaleur. Nous nous nourrissions en tout et pour tout de soupes épaisses et de petits morceaux de viande séchée, dont je finis par m'écœurer totalement.

Les paysages que nous traversions étaient splendides, mais j'avais rarement le cœur à apprécier leur beauté. Selon toute apparence, les Skaldiques ne souffraient pas du froid comme moi : ils chevauchaient en chantant et des nuées de buée blanche s'échappaient de leur bouche dans l'air glacé. Les joues de Hedwig étaient rougies par le froid mais ses yeux pétillaient comme ceux d'une jeune fille.

Même Joscelin allait mieux que moi, mais ça j'aurais pu m'en douter ; né dans son Siovale montagneux et accoutumé à ses rigueurs, il était en outre comme tous les hommes, bien plus heureux dans l'action que dans l'immobilisme. Quelqu'un lui avait donné une peau d'ours et il ne semblait pas souffrir du froid, montant son cheval avec un entrain manifeste. On dit que du sang du Bhodistan coule dans les veines de la torride lignée de la maison du Jasmin ; pour la première fois depuis des années, je repensai à ma mère à cette occasion, me demandant si ce n'était pas d'elle que me venait mon aversion pour le froid.

Le huitième jour, nous atteignîmes le point de ralliement, installé au fond d'une cuvette cernée de montagnes boisées, avec un lac au fond. Le camp avait été établi tout autour du point d'eau.

Je compris que c'était le bastion de Waldemar Selig, celui dont il avait hérité par la naissance et qu'il avait reconquis par le droit des armes ; il en avait fait un lieu relativement grandiose. En effet, même grossière selon les critères d'Angelins, la grande salle communautaire avait tout de même trois fois la taille de celle de Gunter ; et il y avait encore deux autres bâtiments pratiquement aussi vastes. Sur tout le pourtour du lac, sur toute l'étendue du fond de la vallée, j'apercevais des feux et des campements disséminés çà et là, bruissant de l'activité des différentes tribus skaldiques.

Nous avions été repérés à plus d'une demi-lieue du bastion. La forêt me paraissait silencieuse et inviolée ; mais au craquement sec d'une petite branche brisée dans le froid, Knud – qui s'y connaissait dans le travail du bois – plaça un doigt sur son nez en hochant la tête d'un air entendu à l'intention de Gunter. Pour autant, je pense que même lui fut surpris lorsque trois Skaldiques surgirent devant nous de la neige, entièrement revêtus de peaux de loups blancs, la lance prête.

Dans la même seconde, Joscelin fit volter son cheval pour l'amener devant les Skaldiques, puis démonta en roulant sur lui-même pour se réceptionner debout devant eux, les avant-bras croisés, dagues tirées. Cette riposte les sidéra autant que leur attaque nous avait sidérés ; ils l'observèrent en clignant des yeux, avec presque l'air ridicule sous leurs défroques de loup dont la gueule leur recouvrait le crâne.

Gunter rugit de rire devant ce tableau, en agitant la main en direction de ses barons et du reste de la colonne derrière lui.

— C'est donc ainsi que tu me défendrais, louveteau ? demanda-t-il. C'est très bien, mais n'en oublie pas pour autant les règles de l'hospitalité sacrée ! (Il hocha la tête à l'intention des trois Skaldiques toujours sous le coup.) Le salut, mes frères. Je suis Gunter Arnlaugson de la tribu des Marsis, convoqué au *Althing.*

— Mais qu'est-ce que c'est que cette chose qui

combat que tu nous as amenée là, Gunter Arnlaugson ? demanda le chef du trio avec aigreur, bien marri d'avoir été surpris. Ce n'est sûrement pas un Marsi, à moins que les filles de ton bastion aillent frayer de l'autre côté de la frontière.

Hedwig émit un reniflement dédaigneux, s'attirant le regard de l'un des Skaldiques. Lorsqu'il m'aperçut, sa mâchoire parut se décrocher ; sans me quitter des yeux, il tira son voisin par la manche.

— Ce que j'ai amené, je ne le dirai qu'à Waldemar Selig et à nul autre, répondit Gunter avec un air avisé. Mais n'aie aucune crainte, ils me sont loyaux. Pas vrai, louveteau ?

Joscelin releva un regard impassible vers lui, puis salua et rangea ses dagues.

— Je protège et je sers, seigneur.

— C'est donc toi qui réponds d'eux, dit le chef avec un haussement d'épaules. On vous montre le chemin.

— On vous suit, répondit Gunter, d'un ton magnanime.

C'est ainsi que nous descendîmes jusqu'au lieu de rassemblement des tribus. Notre escorte avançait à pas prudents, tandis que nos chevaux s'enfonçaient dans la neige épaisse, jusqu'au poitrail par moments.

Si la masse des campements avait paru immense vue du dessus, au fond de la vallée, elle paraissait interminable. Une véritable ville de tentes s'étirait dans toutes les directions, emplie de la clameur de tous les Skaldiques réunis pour le *Althing*. Ils ne pratiquent pas l'héraldique comme nous en Terre d'Ange, mais je relevai quelques subtiles différences distinguant les tribus dans leurs manières de couper leurs vêtements, de teindre leurs laines ou de lacer leurs fourrures. Telle tribu portait des disques de bronze en guise d'ornements, et telle autre des dents d'ours. Et ainsi de suite.

Indéniablement, il régnait une certaine tension sur le rassemblement des tribus skaldiques ; je pouvais la sentir tandis que nous avancions le long des larges voies restées dégagées et toujours enneigées entre les zones dévolues aux différents campements, passant d'un territoire à un autre. Les hommes nous regardaient tout en affûtant leurs armes ; les femmes, moins nombreuses, nous jetaient des regards chargés d'interrogations. Seuls les enfants et les chiens semblaient ne pas ressentir l'atmosphère lourde de menaces, jouant à se poursuivre et à aboyer en passant de camp en camp, dans une sorte d'interminable jeu dont eux seuls connaissaient les règles.

Partout, un murmure s'élevait dans notre sillage. Joscelin et moi passions pour des curiosités aux yeux de ceux du bastion de Gunter, à une journée de cheval de la frontière ; ici, nous étions aussi déplacés qu'une paire d'étalons de Barquiel L'Envers élevés dans le désert au milieu d'une écurie de chevaux de trait.

— Tu pourras te mettre ici, dit notre guide à Gunter en désignant l'un des deux bâtiments plus petits que la salle commune. Tu peux prendre deux de tes barons avec toi. Ta première femme et deux autres peuvent loger ici, poursuivit-il en désignant l'autre bâtiment. Les autres doivent rester dans un campement avec tes barons. Vous pouvez établir votre camp où vous voulez. Vous avez droit à une brassée de bois par jour prise dans le tas commun, et à un bol de bouillie d'avoine matin et soir. Mais vous pouvez aussi vous débrouiller de votre côté. Enfin, pour vos chevaux, c'est vous qui vous en occupez.

Les barons grommelèrent, mais à dire vrai ils n'avaient pas tablé sur mieux. Gunter, en revanche, avait l'air contrarié d'être relégué dans l'une des salles communes plus petites.

— Je voudrais voir Waldemar Selig, annonça-t-il. J'ai des choses de la plus haute importance à lui dire.

— Tu pourras dire tout ça lors du *Althing* afin que tous puissent entendre, répondit le chef, pas le moins du monde impressionné. Mais le béni recevra les hommages ce soir, si tu veux. (Il pointa son index vers l'horizon, plein ouest.) Lorsque le soleil sera large comme un doigt au-dessus de la colline, les portes de la grande salle seront ouvertes.

Il a donc un certain sens du cérémonial, songeai-je. Il sait comment fonctionne le cœur des hommes. Cette pensée me mettait mal à l'aise.

— Merci, frère, pour ton accueil, dit Gunter.

Il y avait un brin d'ironie dans ses mots ; le chef broncha légèrement, mais se contenta de hocher la tête et de partir. Gunter prit Hedwig à part pour parler avec elle à voix basse, tandis que le reste de la troupe tournait en rond. Elle regarda dans ma direction, avec du chagrin dans les yeux, mais je vis sa bouche esquisser une parole d'assentiment.

— Bien ! cria Gunter en se tournant vers nous tous. Restent avec moi le louveteau et toi, Brede. Les autres, vous faites ce qu'il y a à faire et on se retrouve ici même lorsque le soleil sera deux doigts au-dessus de la colline. D'accord ?

Je ne savais pas vraiment ce que je devais faire, mais Hedwig et une autre femme – Linnea de son nom – mirent pied à terre et Hedwig me fit un signe du doigt ; il y avait de la gentillesse sur son visage. Knud, toujours simple et aimable, tint les rênes de ma monture, mais ses yeux refusèrent de croiser les miens.

Gunter et Brede étaient descendus de cheval eux aussi, et Gunter faisait de grands gestes impatients en direction de Joscelin. Le Cassilin demeurait en selle ; ses yeux bleus lançaient des éclairs et son cheval piétinait sur place, immobilisé par la pression de ses genoux. Si moi j'avais du mal à bien cerner ce qui se passait, cela devait être dix fois pis pour lui. Certes, il avait acquis des rudiments de skaldique, mais dans le bruit ambiant et en extérieur, il était bien difficile de suivre une conversation.

— Seigneur, mon serment est pour la sécurité de ma dame avant tout, rappela-t-il à Gunter.

— Elle sera en sécurité, louveteau, dit tranquillement Gunter. Elle va rejoindre un roi, et tu vas avec elle.

Le regard de Joscelin trouva le mien ; je hochai la tête. Il mit pied à terre et donna les rênes à l'un des barons.

Puis Hedwig me prit par un bras pour m'emmener ; je n'eus le temps que d'un dernier regard pardessus mon épaule. Les hommes partaient de l'autre côté et tout le monde regardait et murmurait.

Dans la salle des femmes, je ne fus pas moins détaillée ; il y avait du venin dans les chuchotements que j'entendis. Je ne peux qu'éprouver de la gratitude, du fond de mon cœur, pour la gentillesse dont Hedwig faisait preuve, donnant l'exemple aux autres femmes du bastion de Gunter. Et alors que ni son âge ni son rang ne lui conféraient la moindre préséance, elle montra une autorité implacable dans cette grande salle, écartant celles qui se mettaient sur notre chemin et préemptant la salle des bains pour notre seul usage.

La pièce était chaude et humide. Linnea s'activa pour remplir le cuveau. Tout comme Knud, elle ne me regardait pas dans les yeux. Hedwig vint se poster devant moi, sans détourner la tête. Je défis l'épingle qui tenait ma pelisse, puis la laissai glisser sur le sol.

— Que t'a-t-il demandé, Hedwig ? murmurai-je.

— De te faire belle et resplendissante, répondit-elle gentiment.

Je dénouai les lacets de cuir de mes jambières de fourrure, puis défis le jupon de ma robe de laine, avant de les enjamber.

— T'a-t-il dit pourquoi ? demandai-je en retirant d'un mouvement négligent mes dessous de laine brute, avant de pénétrer dans le cuveau.

— Oui, répondit-elle avec encore plus de gentillesse, avant de secouer la tête. Mon enfant, si je pouvais faire quoi que ce fût, je le ferais. Mais c'est un monde d'hommes dans lequel nous vivons, même s'ils veulent bien nous y donner une voix.

Je pris sa main dans la mienne et l'embrassai comme je l'avais fait le premier jour.

— Hedwig, tu as été bonne avec moi, et c'est plus que je mérite, murmurai-je.

Cette fois-ci, elle ne retira pas sa main, appuyant au contraire sa paume ouverte contre ma joue.

— Tu as apporté la beauté dans mon bastion, mon enfant, répondit-elle. Et pas seulement avec ton minois, mais par tes manières également. Tu as écouté nos chansons et tu en as fait des merveilles. Je t'en remercie.

J'avais donc signifié quelque chose pour elle, pour

les gens du bastion ; je n'avais pas été que le jouet de Gunter. Ces mots me firent venir les larmes aux yeux ; je fis couler de l'eau sur mon visage pour ne pas le montrer. Désormais, je ne pouvais plus me permettre le luxe de la pitié. Je finis mes ablutions, puis Linnea m'aida à enfiler une robe blanche de laine peignée. Je me demandai où elles avaient bien pu la cacher. Elle était un petit peu froissée à cause du voyage, mais la chaleur de la salle des bains fit disparaître les faux plis. Ensuite, je m'assis sur un tabouret pendant que Hedwig peignait mes cheveux, éliminant les nœuds qu'y avaient laissés huit jours de voyage, jusqu'à ce qu'ils croulent sur mes épaules en une masse brillante de boucles noires.

— Regarde où en est le soleil, demanda Hedwig à Linnea, qui répondit par un signe de tête et sortit.

— Suis-je prête ? demandai-je.

Hedwig fit une dernière fois bouffer mes cheveux.

— Si Waldemar Selig a déjà vu ta pareille, je veux bien manger mes chausses.

C'était inattendu ; sa saillie me fit rire. Elle sourit et me serra vivement dans ses bras.

— Tu me manqueras, ma fille, pour sûr. Toi et ce magnifique petit gars.

Puis Linnea revint en courant, un air affolé sur le visage.

— Ils se rassemblent, s'exclama-t-elle en ramassant nos affaires.

Si j'étais un présent digne d'un prince, je devais pouvoir convenir à un roi barbare. J'enfilai ma pelisse, puis sortis de la salle des femmes escortée par Hedwig et Linnea, ignorant les murmures.

Devant les portes de la grande salle commune, les représentants de plusieurs bastions s'étaient rassemblés. Nous rejoignîmes les gens de Gunter et nous efforçâmes par notre attitude de nous montrer grands et fiers. Joscelin et moi ne faisions pas exception en cela, et si je n'avais pas la taille pour rivaliser avec la stature skaldique, au moins je ne leur rendais rien sur le plan de la fierté.

Le soleil mourant jetait ses derniers feux sur les grandes portes de bois recouvertes de cuivre. L'air devenait plus froid à mesure que les ombres s'allongeaient. Lorsque le soleil, orange et sang, n'eut plus que l'épaisseur d'un doigt au-dessus de la cime des arbres, les lourdes portes s'écartèrent lentement.

Waldemar Selig nous attendait.

46

Si Waldemar Selig avait saisi l'utilité du cérémonial, question mise en scène, Gunter ne manquait pas d'un certain sens du style. Avec sa ruse coutumière, il laissa passer devant nous les membres des autres bastions, à la lutte pour figurer en bonne place. Du coup, la première impression que j'eus de cette assemblée réunie dans l'immense salle fut celle d'une foule de Skaldiques agglutinés – des hommes pour la plupart. De là où j'étais, je n'apercevais guère plus qu'une marée de silhouettes musculeuses enveloppées de fourrures et de laine.

Hormis ses proportions gigantesques, rien ne distinguait véritablement cette salle commune de celle de Gunter. La conception en était identique, si bien que je savais spontanément où se trouvaient les cuisines, les celliers et les quelques chambres privées des dignitaires. Toutefois, le foyer de la cheminée avait au moins la taille d'un homme, et je ne parvenais même pas à imaginer ce que devait être la circonférence des arbres dont les fûts avaient servi pour les poutres et chevrons de la charpente.

Les représentants de quatre bastions attendaient d'être reçus en audience par Waldemar Selig ce soir-là : deux de la tribu des Marsis, dont le nôtre, un de la tribu des Mannis et un autre de celle des Gambrivis. Bon nombre des autres tribus, notamment les puissantes Suevis et Vandalis, étaient déjà arrivées depuis quelque temps.

Apparemment, tous les représentants avaient apporté des présents en hommage. Gunter n'avait pas été le seul à en avoir l'idée ; ou alors, telle était la tradition. Le bastion des Gambrivis – notoirement riche – avait apporté de l'or, faisant bien des envieux. Je ne pouvais rien voir, mais j'entendais les commentaires alentour. L'autre bastion de la tribu des Marsis, qui comptait un sculpteur de grand talent dans ses rangs, avait apporté des bâtons de *futhark*, unanimement salués pour leur qualité.

Nous venions après le bastion des Mannis de Leidolf, qui avait apporté des peaux de loups, une bonne dizaine, toutes d'un blanc immaculé et absolument sans défaut. Il s'ensuivit un sourd murmure approbateur, car le loup blanc du Nord, réputé pour n'être pas facile à chasser, était en outre l'animal totem de Selig. Ses tout meilleurs barons, qui formaient sa garde rapprochée, arboraient tous une peau de loup blanc ; on les appelait les Frères blancs. J'appris tout ça pendant que nous attendions notre tour, derrière les Mannis.

Si mes yeux ne voyaient rien, mes oreilles entendaient parfaitement. La première chose que je découvris de Waldemar Selig fut donc sa voix, tandis qu'il remerciait ceux qui lui avaient rendu hommage. Je l'entendis mieux lorsqu'il parla aux Mannis ; j'étais plus près. Il avait un timbre profond et serein ; bien posé, en somme, ce qui signifiait qu'il savait en jouer. De même, il avait cette capacité qu'ont les chefs de donner l'impression à chaque interlocuteur qu'il était unique. Puis, ceux du bastion de Leidolf s'écartèrent et ce fut notre tour de nous présenter devant celui qui allait unifier les Skaldiques.

Gunter s'avança et ses barons se répartirent autour de lui. Hedwig et les femmes resteraient en arrière, tout comme Joscelin et moi ; c'était avant tout une affaire de guerriers. C'est ainsi que j'aperçus Waldemar Selig pour la première fois – entre les épaules des barons de Gunter. Je ne vis pas son visage, mais je pus remarquer qu'il était massif, large d'épaules, assis dans un immense fauteuil de bois, si comparable à un trône qu'il aurait fort bien pu en être un.

Un D'Angelin se serait agenouillé ; un Skaldique ne faisait pas ces choses-là. Gunter se tint bien droit devant son chef de guerre.

— Gunter Arnlaugson des Marsis, sois le bienvenu, frère, dit Selig de sa voix chaude. Mon cœur est heureux de te voir ici, toi dont le bastion nous apporte la gloire sur nos frontières de l'Ouest.

— Nous sommes venus en Skaldiques loyaux à ce *Althing*, dit Gunter avec emphase, et pour faire allégeance au grand Waldemar Selig. J'ai amené avec moi ces barons, dont les lances sont redoutées de nos ennemis, ainsi que Hedwig Arildsdottir, qui veille sur le feu de notre foyer.

Derrière lui, Hedwig inclina nerveusement la tête. *Ainsi*, songeai-je, *les Skaldiques sont sensibles à l'apparat et au cérémonial.* Je me déplaçai pour mieux distinguer Waldemar Selig ; je vis ses yeux, pensifs, d'une couleur entre la noisette et le vert.

— Soyez les bienvenus parmi nous, gens du bastion de Gunter Arnlaugson.

— Nous aussi t'avons apporté quelque chose pour te rendre hommage, ô Waldemar le béni, dit Gunter avec un air madré et en s'écartant d'un pas.

Des mains me poussèrent dans le dos et j'avançai. Joscelin était à mes côtés.

— Ces deux esclaves d'Angelins, achetés avec de l'or conquis au prix du sang skaldique. Je te les offre, ô notre chef.

Waldemar Selig avait eu vent de notre arrivée ; cela ne faisait aucun doute. Les paroles de Gunter ne suscitèrent aucun étonnement sur son visage, mais en nous voyant, Joscelin et moi, il haussa les sourcils. Je le vis parfaitement, car plus aucun Skaldique désormais ne se tenait devant moi. Je croisai son curieux regard et exécutai une révérence ; non pas celle qu'on fait par réflexe au sein de la Cour de nuit, mais un autre mouvement que Delaunay m'avait appris – le salut réservé au souverain d'un autre pays.

Il le reconnut, d'une manière ou d'une autre ; je le vis. C'était perceptible dans le poids de son regard. Il était assez beau pour un Skaldique ; c'était Waldemar Selig. Grand et puissamment découplé, dans la trentaine, avec des yeux pleins d'intelligence sertis dans un visage aux traits expressifs. Ses cheveux d'un brun fauve étaient retenus en arrière par un bandeau d'or, et un fil d'or était noué à chacune des pointes de sa barbe peignée en fourche. Sa bouche était sensuelle pour celle d'un guerrier – pour celle d'un Skaldique. Ses yeux en revanche ne disaient rien.

Joscelin exécuta son salut cassilin – qui lui servait dans toutes les circonstances. Mais peu importait ; pour l'heure, c'était sur moi uniquement que le regard pensif de Waldemar restait posé. Je le vis bouger les yeux pour étudier l'un des miens ; le gauche. Il remarqua la tache rouge et en prit note.

— Tu me donnes deux bouches de plus à nourrir, Gunter Arnlaugson ? demanda-t-il d'un ton badin, soulevant des rires et amenant le rouge aux joues de Gunter.

Je comprenais la situation. Il ignorait ce que nous présagions, mais il ne s'était pas mépris sur notre valeur. Simplement, il n'avait pas encore décidé si oui ou non il souhaitait exprimer sa reconnaissance.

Mais Gunter n'était pas un idiot, ni un homme à prendre à la légère.

— Elle a été formée pour satisfaire les rois, dit-il, avant d'ajouter encore : mon seigneur.

Des mots souverains – que moi je prononçais sans même y penser. Ce n'était pas le cas de Gunter. Il venait de dire ce que les Skaldiques n'avaient pas encore exprimé. Il savait ; il l'avait dit à Joscelin. Mais c'était autre chose encore de le dire devant des Skaldiques, qui jamais encore n'avaient eu un chef unique. Je compris à cet instant l'importance de son présent. C'était une manière de reconnaître Waldemar Selig comme roi.

Waldemar Selig changea de position dans son fauteuil pareil à un trône ; il temporisait encore. Il n'avait nul besoin de fourrures exotiques pour se mettre en valeur ; son mouvement agita les flammes dans l'énorme foyer derrière lui, jetant des lueurs et des ombres.

— Et le garçon ?

— Le fils d'un seigneur, répondit Gunter d'une voix posée, et un prêtre-guerrier d'Angelin, attaché par serment à la fille. Il protégera ta vie comme la sienne, pour peu que tu garantisses sa sécurité à elle. Demande à tes hommes, si tu ne me crois pas.

— Est-ce ainsi ? demanda Waldemar à ses Frères blancs – ses barons drapés dans des peaux de loups blancs, la gueule des bêtes posée sur leur crâne.

Ils s'agitèrent en murmurant. Son regard revint se poser sur moi, à la fois curieux et méditatif.

— Est-ce ainsi ?

Je ne crois pas qu'il attendait une réponse ; Gunter ne lui avait pas dit que je parlais sa langue. J'exécutai une nouvelle révérence.

— C'est ainsi, seigneur, répondis-je dans un skaldique parfait, ignorant une nouvelle fois les exclamations de surprise. Joscelin Verreuil appartient à la Fraternité cassiline. Ganelon de la Courcel, le roi de Terre d'Ange, ne se déplace jamais sans deux frères cassilins pour escorte.

C'était un véritable pari. Mais dans son attitude, dans le sang-froid dont il faisait preuve, j'avais vu sa soif d'une société plus civilisée, son envie d'imposer à son peuple des structures où la gloire ne serait pas gagnée uniquement par le fer et le sang. Joscelin m'emboîta le pas, exécutant une courbette.

— Tu parles notre langue, dit Waldemar d'une voix calme, et tu es entraînée pour servir les rois. Qu'est-ce que cela signifie au juste ?

Un autre homme que lui aurait dit ça pour faire un effet ; lui posait sincèrement la question. Son regard scrutait mon visage.

— Moi, si je voulais tenter mon ennemi et le pousser à commettre des erreurs, c'est quelqu'un comme toi que je lui enverrais. Raconte-moi comment tu es devenue esclave.

Je ne m'étais pas attendue à cette demande ; mais

j'aurais dû, sachant ce que je savais sur lui. Il y a un temps pour travestir la réalité ; un autre pour dire la vérité. Mes yeux plongés dans les siens, je jugeai que l'heure était au second.

— Seigneur, répondis-je, je sais trop de choses.

L'histoire de ma vie était tout entière exposée dans ces mots, pour qui savait entendre. Si Waldemar ne le savait pas, au moins reconnut-il la nature du langage dans lequel c'était exprimé. Il hocha la tête, autant pour lui-même que pour moi.

— Cela peut arriver à quelqu'un entraîné à servir les rois, répondit-il.

À ces mots, il y eut un bruissement dans la grande salle. Il avait fait siens les mots de Gunter et les miens ; personne n'y trouva à redire.

— Et toi ? demanda-t-il en se tournant vers Joscelin. Comment se fait-il que tu te retrouves devant moi ?

Si j'avais eu des raisons de croire à la lenteur de l'esprit du Cassilin – par opposition à sa propension à une prompte agressivité – je pus constater qu'il n'en était rien. Je l'en louai silencieusement. Joscelin se tourna vers moi pour me parler en d'Angelin.

— Dis-lui que j'ai fait le serment de protéger ta vie, me dit-il. Dis-lui que c'est une question d'honneur.

Comme je me tournai vers Waldemar Selig, celui-ci leva une main.

— Je… parle… un peu ta langue, dit-il dans un d'Angelin hésitant. Et toi, tu dois… parler un peu la mienne, pour avoir compris. (Il abandonna le d'Angelin pour s'exprimer dans un caerdicci presque courant.) Parles-tu la langue des érudits, D'Angelin ? J'ai compris ce que tu as dit.

Joscelin exécuta une courbette, incapable de dissimuler l'étonnement dans ses yeux.

— Oui, seigneur, répondit-il en caerdicci. Les choses sont bien comme Gunter Arnlaugson a dit.

— Bien ! (Waldemar Selig examina Joscelin.) Et jures-tu comme Gunter Arnlaugson l'a dit de protéger ma vie comme la tienne, Josse-lin Verre-œil ?

Il avait noté et retenu le nom de Joscelin. Il parlait plus ou moins notre langue – même si c'était avec un accent barbare – et également le caerdicci pour faire bonne mesure. Plus je voyais cet homme et plus je le craignais. Gonzago de Escabares avait vu juste : Waldemar Selig était dangereux.

Joscelin avait recouvré son empire sur lui-même ; son visage était de nouveau froid et impassible – un masque de discipline cassiline. De toutes les personnes présentes dans la grande salle, seuls Gunter et ses barons, debout derrière nous, connaissaient ses talents. Il se tenait à quelques pas seulement du chef de tous les Skaldiques, campé sur ses jambes et avec toutes ses armes. *En trois mouvements*, songeai-je, *il pourrait tuer Waldemar Selig.* De toute évidence, l'unité qui rassemblait dans une certaine tension les Skaldiques à ce *Althing* ne survivrait pas à la mort de Selig. Divisés et sans chef, les Skaldiques redeviendraient ce qu'ils avaient toujours été : une menace à nos frontières, mais de celles qu'on repousse par un effort concerté.

Mais alors il serait parjure, et nous serions tous deux massacrés – ou pis. Cassiel avait choisi la damnation pour rester aux côtés d'Elua ; Joscelin ne ferait pas moins.

— Je le jure, répondit-il en caerdicci, aussi

longtemps que ma dame Phèdre nó Delaunay sera protégée.

— Fay-dre, murmura Waldemar Selig, songeur, en me regardant. (Je fis une courte révérence, consciente du poids de son regard.) C'est ainsi que tu t'appelles ?

— Oui, seigneur.

— Fay-dre, tu m'apprendras le d'Angelin. Je veux apprendre encore. (Son regard glissa vers Joscelin.) Josse-lin, voyons quel genre de guerrier tu es.

Selig hocha la tête en direction d'un de ses Frères blancs, avec un petit mouvement oblique exécuté avec deux doigts.

Poussant un rugissement, le baron bondit en avant vers son chef, sa lance courte brandie pour une attaque mortelle. Waldemar Selig demeura assis, impassible. Peut-être cela avait-il été préparé ; je ne sais pas. Mais je crus sur l'instant, et je le crois toujours aujourd'hui, que l'attaque était menée sincèrement. Telle était l'obéissance qu'il commandait à ses hommes. Même pour ça, ils auraient obéi.

Je vis le petit sourire satisfait de Gunter lorsque Joscelin entra en action. Fluide comme un voile de soie sous le vent, il se glissa entre Selig et le baron, ses deux dagues en avant pour intercepter le manche ; la pointe n'était qu'à un souffle de son cœur. Par une imperceptible rotation des épaules et des poignets, il dévia sa course, puis enchaîna dans le même mouvement par un coup de pied au plexus du Frère blanc ; l'agresseur émit un halètement court et sonore, puis tituba en arrière, poumons vidés.

Joscelin exécuta un court salut, puis présenta la lance à Waldemar Selig. Tout en soufflant fortement, le baron défait rajusta sa peau de loup avec un air renfrogné, avant de reprendre sa place.

— Bien !

Dans les yeux du chef skaldique luisait une note amusée. Il se leva, la lance à la main, pour venir placer un bras amical sur les épaules de Gunter.

— Tu m'as fait un cadeau magnifique, Gunter Arnlaugson ! clama-t-il.

Waldemar Selig avait donné son assentiment ; les Skaldiques manifestèrent leur joie. Je parcourus des yeux l'assemblée réunie dans la grande salle et je ne m'y trompai pas. Ils saluaient Selig et lui seul ; il n'y avait aucune chaleur dans leur voix pour deux esclaves d'Angelins. Hormis chez ceux du bastion de Gunter, je ne lisais rien sur les visages qui fût propre à me réchauffer le cœur. Chez les femmes, je ne voyais que l'envie et la haine ; chez les hommes, la haine et le désir pour moi – et la haine uniquement pour Joscelin.

Si j'avais pu en douter un instant, j'en étais désormais sûre. Nous étions chez l'ennemi.

Ce soir-là, Selig fêta la réunion des chefs des bastions ; comme de juste, Gunter était assis non loin du chef de guerre. C'était un rassemblement skaldique et l'hydromel coulait à flots ; l'air était peuplé de chants, de vantardises et d'arguties politiques. J'étais présente – Waldemar Selig me l'avait ordonné –, occupée à remplir les coupes des chefs skaldiques à l'aide d'une lourde cruche de terre cuite. Je ne saurais dire combien de fois il me fallut aller en rechercher dans les celliers.

En revanche, je sais combien de fois je remplis la chope de Selig : bien peu en vérité. Tous les autres burent à se rendre saouls ; Waldemar Selig autorisait ces débordements, mais lui restait sobre. J'observais ses yeux calculateurs et je vis comment il jaugeait ses chefs. Ils s'étaient présentés à lui sous leur meilleur jour et ils les avaient jugés à cet instant. Maintenant, ils laissaient émerger leur véritable nature et il ne les en examinait que plus.

Cela me donnait le frisson.

Je notai également son regard qui me suivait par instants ; je sentis plus que je vis combien il appréciait les raffinements du service d'Angelin : le linge tenu sous la cruche, la ligne de mon bras lorsque je versais l'hydromel, l'angle de mes approches, les mille et un détails qu'on apprend dans la Cour de nuit pour servir avec une grâce discrète. Les autres Skaldiques n'en avaient cure, tendant leurs chopes lorsqu'elles étaient vides, sans se soucier de ce qui pouvait couler à côté ; en revanche, Waldemar Selig y était sensible.

Il avait fait venir Joscelin également ; mon compagnon d'infortune montait la garde à la cassiline, trois pas derrière l'épaule gauche de Waldemar, les mains au repos sur la garde de ses dagues. Il avait dû lui demander de procéder comme il en avait l'habitude. Intelligent et malin ; je voyais que Waldemar suivait tous les mouvements de Joscelin, sur qui deux Frères blancs gardaient un œil en permanence. *Il a envie d'adopter nos manières*, songeai-je. *Oui, il serait capable de devenir roi, mais sa nation de braillards buveurs et querelleurs n'est pas faite pour devenir le royaume sur lequel il veut régner.* Je pensai alors à mon propre pays et mon sang devint comme de la glace dans mes veines.

Il n'y eut pas de discussion ce soir-là sur les motifs de cette assemblée ; il n'y eut que des vantardises et des histoires de faits d'armes passés. Deux chefs, un Suevi et un Gambrivi, en vinrent à se quereller au sujet d'une ancienne brouille dans laquelle le sang avait coulé ; les épées ne tardèrent pas à sortir. Enivrés et excités, les Skaldiques firent de la place pour le combat. Gunter était parmi eux, braillant une gageure qui fut rapidement tenue. Ce fut le bruit de la chope de Waldemar violemment abattue sur la table qui capta leur attention et leur imposa le silence.

— Êtes-vous des hommes ? demanda le chef skaldique dans le silence stupéfait. (Ses yeux lançaient des éclairs.) Ou bien des chiens pour vous battre ainsi pour un vieil os tout sec ? Il y a une règle chez moi. Tout homme qui a une rancune vient me voir. Et celui qui veut vider sa rancune par les armes se bat contre moi. Est-ce que c'est bien ça que vous voulez ? Toi, Lars Hognison ? Toi, Erling le rapide ? (Ils se mirent à se dandiner et à murmurer comme deux garçons pris en faute.) Non ? Alors c'est parfait. Faites la paix et comportez-vous comme des frères doivent le faire.

Les Skaldiques sont volontiers sujets à la sensiblerie. Les deux hommes qui l'instant précédent étaient prêts à se déchirer la gorge tombèrent dans les bras l'un de l'autre.

— Bien ! reprit Waldemar Selig d'une voix calme, usant de sa carrure et de sa taille pour dominer la grande salle. Vous êtes ici parce que vous avez appris à diriger les vôtres. Mais si vous voulez vraiment être des chefs, vous devez apprendre à unir et pas à diviser. Divisés, nous ne sommes guère plus que des bandes de chiens en train de se battre dans le chenil. Unis, nous sommes un peuple puissant !

Ils l'acclamèrent, mais Waldemar Selig était trop rusé pour s'endormir sur ses lauriers.

— Toi, dit-il en pointant un doigt sur Gunter. Gunter Arnlaugson des Marsis. Est-ce que je ne t'ai pas entendu crier une gageure ?

Gunter eut le bon sens de prendre un air embarrassé.

— C'était dans le feu du moment, Waldemar le béni, protesta-t-il. Cela a bien dû t'arriver à toi aussi pour meubler une longue journée d'hiver.

— Si un homme parie sur les combats de chiens, poursuivit Waldemar calmement, à quoi ressemble sa meute lorsque le printemps revient ? (Il s'assit et releva la manche droite de son pourpoint, révélant un bras puissant.) Un pari est un défi, Gunter Arnlaugson, et toi tu es un invité dans ma grande salle. Que vas-tu parier alors ? Cette pierre qui rutile si joliment à ton cou ? Une babiole d'Angeline si je ne m'abuse.

Pris de court, Gunter me lança un regard. Je ne pus m'empêcher d'éprouver de la pitié pour lui ; le diamant de Melisande portait malheur à tous ceux qui le portaient.

— Tu le trouves beau ? demanda-t-il impétueusement, l'ôtant de son cou pour le tendre à Selig. Alors il est à toi !

— Ah non ! répondit Waldemar Selig en souriant. Je vais le gagner d'une manière aussi franche et honnête que ton respect, Gunter Arnlaugson. Allez viens, si tu veux parier, tente ta chance contre mon bras.

Du doigt, il lui fit signe d'avancer et les muscles de son bras devinrent comme des rochers sous sa peau. Privés d'un combat, les Skaldiques applaudirent la perspective d'un bras de fer. *Quelle intelligence,* songeai-je, *d'abord les prendre en défaut en leur faisant honte, puis les rendre honteux par la force.* Aucun d'eux ne savait ce qu'il était en train de faire ; moi si.

S'efforçant de se tirer au mieux d'une passe difficile, Gunter réunit ses mains au-dessus de sa tête en signe de victoire, faisant luire le diamant tandis qu'il s'avançait vers la table. Les Skaldiques admirent le courage ; ils saluèrent le sien par des cris et des encouragements. Waldemar Selig se contenta de l'accueillir d'un sourire carnassier. Ils prirent place face à face et Gunter mit le diamant sur la table ; puis leurs mains se saisirent et s'opposèrent dans un assaut de pure force.

Ce ne fut pas un joli spectacle, voilà ce que j'en dirais. Le Gunter Arnlaugson que j'avais bien connu était un homme puissant et en aucun cas un adversaire facile, même pour un homme de la stature de Selig. Leurs visages s'empourprèrent, les tendons saillirent sur leur cou, tandis que leurs bras se crispaient sous l'effort. Finalement, ce qui devait arriver arriva. Lentement, le poignet de Gunter céda vers l'arrière, tandis que celui de Selig prenait le dessus. Pouce après pouce, le bras de Gunter descendit vers la table ; pour finir, le dos de sa main toucha le bois.

Les Frères blancs de Selig crièrent le plus fort, mais ils n'étaient pas les seuls à manifester leur enthousiasme. Même Gunter eut la grâce de sourire en se massant la main. *Tu fais bien de te dépouiller de cette chose,* songeai-je en le voyant prendre le diamant de Melisande pour le présenter à Waldemar Selig.

J'avais pensé trop vite.

Waldemar Selig souleva le diamant d'un doigt passé dans le cordon de velours.

— Qu'il ne soit jamais dit, observa-t-il en s'adressant à tous les Skaldiques, que nous sommes des maîtres cruels qui refusent de rendre aux D'Angelins leurs breloques et leurs colifichets. Laissons-leur ce qu'ils veulent. Qui peut craindre une race entraînée à servir ? (Il haussa la voix pour crier.) Fay-dre !

Tremblante, je posai ma cruche, puis m'approchai pour tomber à genoux devant lui sans même réfléchir. Je ne le voyais pas, mais je sentais sa chaleur irradier.

— Seigneur, murmurai-je.

Le cordon passa par-dessus ma tête ; et le diamant retrouva sa place entre mes seins.

— Voyez, dit Waldemar Selig. Voyez comme la D'Angeline s'agenouille pour recevoir de ma main ce qui lui appartient de droit. Regardez-la et souvenez-vous bien, car cela est un présage !

Il empoigna mes cheveux sur le dessus de mon crâne, puis tira dessus pour que tous pussent voir mon visage. Ils crièrent leur joie.

— Regardez bien, car ceci est notre avenir !

Gunter m'avait offerte à lui comme un symbole et il avait l'intelligence de m'utiliser comme tel. Les Skaldiques hurlèrent en tapant leurs chopes sur les tables ; Waldemar Selig accueillait en souriant leur acclamation. À cet instant, je pris l'exacte mesure de son impitoyable cruauté. Ce qu'il voulait, il le prendrait, quitte à le détruire ce faisant. Sous sa main, je tremblais comme une feuille.

Et inévitablement – odieusement –, accompagnant cette humiliation si familière, survint en moi le désir. Si Waldemar Selig avait décidé de me prendre devant plusieurs dizaines de chefs skaldiques, j'aurais crié pour l'y encourager. Je le savais ; et le sachant, je me mis à sangloter, méprisant ce que j'étais.

Derrière tout ça, le visage de Joscelin flottait au milieu de ma vision – le profil noble et impassible d'un D'Angelin, les yeux fixés au loin devant lui. Je rivai mon regard sur lui et me mis à prier.

47

Le matin suivant débuta la réunion du *Althing*.

À mon grand soulagement, Waldemar Selig ne s'occupa pas de moi cette nuit-là. On m'octroya une paillasse parmi les femmes dans la grande salle, que j'acceptai avec gratitude, ignorant leurs regards torves. Pour autant, Selig n'en avait sûrement pas terminé avec moi – je ne me faisais aucune illusion à ce sujet ; pour l'heure, j'étais juste heureuse de me rouler en boule sur la paille pour laisser l'oubli m'emporter.

Après les excès de la veille, l'humeur du lendemain était à la sobriété. Je ne savais pas comment Joscelin s'en était tiré, mais nous nous trouvâmes parqués ensemble dans un petit cellier à côté de la grande salle où se tenait le *Althing* ; les serfs circulaient prudemment parmi les dignitaires assemblés. Chaque chef de bastion pouvait amener avec lui deux barons et la première des femmes ; voilà au moins ce que j'avais pu glaner. J'eus le regret de constater que les murs de bois brut de la pièce où nous étions enfermés assourdissaient les sons, si bien que ni Joscelin ni moi ne parvenions à entendre distinctement ce qui se disait.

Si Elua le béni nous accorda quelque chose, ce fut d'être seuls et ensemble. Les Frères blancs avaient fermé la porte derrière nous. Quel que fût le symbole que Waldemar Selig escomptait faire de ses esclaves d'Angelins, il était entendu que nous ne jouerions aucun rôle dans ce *Althing.* Ce qui allait s'y dire n'était pas fait pour être entendu par des oreilles barbares ; le rassemblement était pour les Skaldiques et eux seuls.

Je tendais l'oreille au brouhaha qui me parvenait en écho depuis la charpente. Joscelin arpentait la pièce, éprouvant la solidité de la porte, examinant avec dégoût les grains et la bière stockés, pour finir par conclure qu'il n'y avait aucune échappatoire ni aucun objet qui pût nous être utile.

— Alors, à quel point est-ce que ç'a été dur ? finit-il par me demander à voix basse en s'adossant à un tonneau.

— Tais-toi, murmurai-je, en tentant de me concentrer.

Je parvenais presque à entendre, mais pas tout à fait. Un mot sur dix, ce n'était pas assez ; je ne saisissais pas le sens de ce qui se disait. Je lançai un regard à Joscelin, puis mes yeux passèrent de lui au tonneau, puis du tonneau à la charpente. Je me souvins alors de lui dans la rue avec les acrobates de la maison de l'Églantine ; Hyacinthe et moi étions montés sur un tonneau.

— Joscelin ! (Il y avait un sentiment d'urgence dans ma voix ; j'étais déjà en train d'escalader le tonneau.) Debout et aide-moi !

— Tu es folle, répondit-il, incertain.

Mais déjà, il roulait un autre tonneau. Je me mis

sur la pointe des pieds, levant les bras pour évaluer la hauteur.

— Ils préparent quelque chose, expliquai-je avec calme. Si nous parvenons à nous échapper et à entrer en contact avec Ysandre de la Courcel, veux-tu vraiment te retrouver à lui expliquer que les Skaldiques préparent quelque chose, mais que… désolé, tu n'as pas pu entendre quoi ? Allez, monte ça là-dessus, il faut que j'aille plus haut.

Il s'exécuta – en pestant tout du long. Cela lui prit un certain temps ; les tonneaux sont lourds. Mon regard demeura rivé au plafond pendant tout ce temps.

— Te souviens-tu des acrobates ? lui demandai-je lorsque les tonneaux furent en place, tout en m'agenouillant sur le plus élevé. Je vais monter sur tes épaules et ensuite tu me lanceras vers le chevron. De là-haut, je pourrai entendre.

Il déglutit avec difficulté, en me regardant perchée sur le deuxième tonneau.

— Phèdre, dit-il d'une voix aimable. Tu ne peux pas faire ça.

— Mais si je peux le faire, répliquai-je. Par contre, ce que je ne peux pas faire, c'est te soulever. Pour le reste, c'est exactement ce à quoi Delaunay m'a formée, Joscelin. Laisse-moi faire, ajoutai-je en lui tendant la main.

Il poussa alors un juron avec une fougue siovalese à laquelle il ne m'avait pas accoutumée, puis prit ma main et se releva précautionneusement à côté de moi.

— Prends au moins mon manteau, murmura-t-il en le dégageant de ses épaules pour me le présenter de manière que je l'enfile par l'avant. Ce doit être plein de poussière et de saleté là-haut. Inutile de leur faire savoir où tu as été.

Ensuite, il plia un genou pour me permettre de monter sur ses épaules. Je m'exécutai rapidement, en veillant à ne pas regarder vers le sol ; les tonneaux avaient beau être stables, ils ne formaient qu'un tout petit espace sur lequel se tenir. Malgré tout, n'importe qui aurait pu croire que cela faisait bien longtemps que nous répétions ensemble ce numéro. Il pencha la tête pendant que je trouvais mon équilibre, puis saisit mes chevilles pendant que je me redressais à la verticale sur ses épaules. Le chevron n'était guère plus qu'à un pied de distance de mes mains.

— Soulève-moi par les pieds.

Je sentis ses mains s'arrimer avec précaution, tandis qu'il s'arc-boutait solidement sur ses jambes ; ses mains serraient mes chevilles jusqu'à en faire grincer mes os. Ses bras s'étendirent vers le haut et je m'élevai doucement dans l'air, jusqu'à ce que mes mains parviennent à saisir la poutre. Ensuite, je n'eus plus qu'à me hisser et à opérer un rétablissement.

Ceux qui avaient construit la grande salle commune de Waldemar Selig étaient des charpentiers hors pair. De là-haut, je regardai en bas ; Joscelin m'apparut tout petit perché sur notre pyramide de tonneaux, son visage nerveux et pâle tourné vers moi.

Qu'il en soit ainsi ; j'étais dans la place. À plat ventre – la poutre était suffisamment large pour cela –, je me mis à ramper ; les échardes de bois qui me rentraient sous les ongles me rappelèrent, avec nostalgie, la croix à laquelle Childric d'Essoms m'attachait pour me fouetter. Une couche de suie et de poussière graisseuse couvrait le chevron ; je bénissais Joscelin d'avoir eu la présence d'esprit de me passer son manteau. Pouce par pouce, je progressai péniblement, pour parvenir enfin au-dessus du mur qui séparait notre cellier de la grande salle. Je laissai mes boucles brunes tomber devant mon visage à la peau pâle, au cas où il serait venu à l'idée de quelqu'un de lever les yeux.

À tous points de vue, j'avais largement de quoi être terrifiée – et je l'étais sincèrement. Mais mêlé à cette angoisse, il y avait également un étrange sentiment d'excitation, né du défi et de la certitude que j'utilisais enfin mes talents pour lutter contre l'ennemi, quels que puissent être les résultats de mes efforts. C'était une sensation semblable à celle que j'avais éprouvée parfois avec des clients, mais en mille fois plus fort.

La grande salle était le siège d'une intense activité ; il régnait une chaleur étouffante là-haut, avec le grand feu allumé et tant de corps rassemblés. Certains s'étaient assis là où ils avaient trouvé de la place, mais la plupart étaient restés debout, dont Waldemar Selig, plus grand que tous les autres. Apparemment, je n'avais pas manqué grand-chose. Un prêtre d'Odhinn avait demandé la bénédiction du père de toute chose et des Aesir, puis les chefs et barons assemblés avaient défilé un par un devant Selig pour lui jurer fidélité ; ils étaient seulement en train d'en finir lorsque je commençai à écouter.

Mains sur les hanches, Selig attendit qu'ils fassent tous silence. Une demi-douzaine de Frères blancs l'entouraient ; vu du dessus, cela faisait comme une tache noire posée sur un fond blanc.

— Lorsque nos pères se réunissaient dans un

Althing, attaqua-t-il en s'éclaircissant la voix, c'était pour régler les querelles entre les tribus, pour faire du commerce et arranger des mariages, affronter de vieux ennemis dans le *holmgang,* ou affirmer les frontières des territoires que chacun s'était taillés. Aujourd'hui, ce n'est pas pour ça que nous sommes réunis. (Lentement, il balaya l'assemblée du regard ; à leur attention recueillie, je vis qu'il les tenait tous dans sa main.) Nous sommes une nation de guerriers, les plus féroces que le monde ait connus. Les nourrices caerdicci disent aux enfants de faire silence de crainte que les Skaldiques les emportent. Et pourtant, le monde nous ignore, rassuré par le fait que notre sauvagerie reste confinée à l'intérieur de nos frontières, tournée contre nous-mêmes ; tandis que des nations connaissent la gloire ou la chute, que des palais s'érigent ou tombent en poussière, que des livres sont écrits, des routes construites et des navires lancés sur les mers, les Skaldiques se chamaillent et se mordent les uns les autres jusqu'à se tuer, puis en font des chansons.

Sa tirade suscita des remous ; il venait de toucher au cœur même de la tradition sacrée des Skaldiques. Waldemar Selig les accueillit sans sourciller, mais haussa très légèrement la voix.

— Ce que je dis est la vérité ! De l'autre côté de nos frontières, en Terre d'Ange, les petits seigneurs sont vêtus d'une soie qui vient de Ch'in et ils mangent du faisan servi dans des plats d'argent dans des pièces aux murs couverts de marbre caerdiccin. Et pendant ce temps, vêtus de haillons, nous sommes là à brailler et à nous battre dans nos salles de bois, et à manger la viande en tenant les os à pleines mains.

— C'est la moelle le meilleur, Selig ! cria un plaisantin.

De mon perchoir, je le vis prendre un coup de coude dans les côtes ; Waldemar Selig l'ignora purement et simplement.

— Au nom du père de toute chose, poursuivit-il, nous valons bien mieux que ça ! Voulez-vous la gloire, mes frères ? Pensez-y. Quelle gloire y a-t-il à nous entre-tuer ? Nous devons prendre notre place dans le monde et nous faire un nom. Plus question d'être des croque-mitaines pour effrayer les enfants ; notre nom doit résonner haut et clair comme celui des armées de Tiberium jadis, et doit faire venir la crainte et la dévotion dans des milliers de territoires ! Les Skaldiques ne seront plus jamais des chiens qui se battent au bout d'une chaîne et qu'on loue pour protéger les caravanes caerdiccines et d'Angelines. Non ! Ils seront les maîtres – et les fils et les filles des nations conquises s'agenouilleront à leur passage et toucheront leur front en signe de respect !

Waldemar Selig les avait gagnés à sa cause ; l'acclamation qui salua son discours et la vue de leurs visages exaltés me firent frissonner. Avec chagrin, je vis que même les femmes criaient leur enthousiasme. La douce Hedwig elle-même, les yeux rendus luisants par toutes ces paroles, s'imaginait déjà sans doute maîtresse d'une pièce toute en marbre, vêtue de soie et de velours.

En toute sincérité, je ne pouvais pas lui en vouloir de le désirer. Glorifier la grandeur de sa patrie est une chose magnifique. Mais ils étaient comme des enfants qui viennent juste de saisir l'idée d'une chose ; et comme les enfants, ils ne pensaient pas à œuvrer pour créer, mais uniquement à posséder…

sans songer un instant au prix qu'imposait le fait de s'emparer.

Un homme, d'une quarantaine d'années, aussi large d'épaules que Waldemar Selig, mais moins grand, prit la parole. J'ignorais alors qui il était, mais je l'appris par la suite : Kolbjorn de la tribu des Mannis, dont les barons avaient grandement contribué à recueillir des informations au Sud.

— Comment comptes-tu atteindre cet objectif, Selig ? demanda-t-il d'un ton dogmatique. Les villes-États des Caerdiccae Unitae sont sur leurs gardes et se méfient de nous ; elles ont conclu des traités de défense mutuelle contre les invasions. Il y a des tours de guet et des garnisons de Milazza jusqu'à La Serenissima, et des routes bien entretenues allant vers le sud. Tiberium ne règne peut-être plus sur un empire, mais elle peut encore rassembler cinq mille fantassins si un messager donne l'alarme.

— Nous nous sommes montrés trop tôt aux Caerdiccins, répondit Selig d'un ton calme.

Me revint alors en mémoire l'histoire qu'avait racontée Gonzago de Escabares, selon laquelle le Waldemar des Skaldiques avait demandé au duc de Milazza la main de sa fille. Je n'y avais pas vraiment cru ; jusqu'à cet instant. Selig avait dû en tirer les leçons et devenir plus avisé.

— Mais ces Caerdiccins demeurent avant tout des créatures politiques ; c'est la seule manière qu'ils ont de retenir un peu de la grandeur de ce qu'était Tiberium. Dès que notre puissance sera établie, ils traiteront avec nous ; là où la puissance seule ne pourra s'affirmer, la ruse triomphera.

Il avait raison, bien sûr ; toute alliance entre les villes-États ne pouvait, au mieux, qu'être incertaine et versatile. Face à un ennemi commun, elles resteraient unies, mais qu'il y eût un avantage politique à gagner… Je ne pouvais qu'imaginer avec quelle célérité elles s'empresseraient de se contrer les unes les autres et de surenchérir pour s'attirer les bonnes grâces d'un nouveau potentat.

Ce qui ne laissait plus que Terre d'Ange, ma patrie bien-aimée.

— Alors, où allons-nous nous imposer ? demanda Kolbjorn avec une note incertaine dans la voix. Les D'Angelins tiennent les passes et nous n'avons jamais réussi à les franchir en grand nombre.

Dans la foule, je voyais Gunter se trémousser d'impatience. Waldemar Selig tira une lettre de sa ceinture et s'en tapota la main.

— Le roi d'Angelin est faible et mourant, dit-il avec satisfaction. Il n'a d'autre héritière qu'une fille tout juste femme pour lui succéder ; et elle n'est même pas mariée. Voici une offre faite par le duc d'Angelin Dé-gla-mort, que certains ici appellent Kilberhaar. Il veut devenir roi, avec notre aide. Voulez-vous entendre son offre ?

Ils crièrent leur assentiment et il leur lut la missive, traduisant au fur et à mesure du caerdicci dans lequel elle était rédigée en skaldique. Je n'en rapporterai pas chaque mot, mais la teneur me glaça le sang dans les veines. L'essence du plan de d'Aiglemort était celle-ci : le gros des forces skaldiques passerait en territoire d'Angelin par les deux grandes passes du Sud pour leurrer l'armée royale et la mobiliser dans la partie inférieure du Camlach. Une troupe plus réduite, sous le commandement de Waldemar Selig, prendrait d'assaut la passe la plus au nord, pour affronter ostensiblement d'Aiglemort et les alliés du

Camlach qui les y attendraient. Là, ils parlementeraient et conviendraient des conditions de la paix : les Skaldiques se retireraient en échange d'un accord commercial avantageux, de la zone côtière des Pays plats au nord de l'Azzalle et de la reconnaissance de Waldemar Selig comme roi de Skaldie.

Pour Terre d'Ange, le prix de la paix serait qu'Isidore d'Aiglemort devînt roi. Dans un codicille privé, d'Aiglemort précisait que si Ganelon de la Courcel n'acceptait pas ces conditions, les forces skaldiques tomberaient à revers sur l'armée royale, et la détruiraient pour prendre le trône par la force.

Sur ma poutre, je sanglotais d'horreur qu'un D'Angelin pût ainsi trahir sa patrie, et de fureur devant l'arrogante ineptie de ce plan. Sous moi, Waldemar Selig replia la lettre, s'en tapotant une nouvelle fois la main, souriant à tous ses guerriers réunis.

— C'est une offre intéressante, dit-il. Une offre qui nous permettrait d'accroître considérablement notre statut. Mais j'ai une meilleure idée ! (Il agita la lettre devant lui.) Ce Kilberhaar est un homme rusé et un rude combattant, mais il ne connaît pas les Skaldiques s'il pense que nous sommes assez fous pour nous contenter d'un morceau alors que le tout nous est offert ! Si vous êtes d'accord, je vais répondre à cet homme et lui dire que nous acceptons et qu'il peut mettre en marche sa machination. Nous enverrons alors suffisamment d'hommes vers les passes du Sud pour qu'il nous croie sincères ; là, nous nous installerons tout d'abord, puis nous nous replierons en attirant les D'Angelins dans des passes qu'une poignée d'hommes suffit à tenir, de façon qu'ils ne sachent jamais combien nous sommes réellement. (Il remisa la lettre dans sa ceinture et ses mains balayèrent l'air devant lui pour mimer les mouvements.) Et à ce moment-là, nous déboulerons en masse par la passe du Nord pour fondre sur Kilberhaar lorsqu'il pensera nous rencontrer pour parlementer ! Et nous prendrons l'arrière-garde d'Angeline à revers et l'acculerons contre les montagnes. Et nous serons les maîtres !

Ils étaient tous debout à hurler leur enthousiasme ; les murs de la grande salle tremblaient sous les vivats. Accrochée à la poutre, je frissonnai. Waldemar Selig attendit qu'ils se calment.

— Qu'en dites-vous ? demanda-t-il lorsqu'un calme suffisant fut revenu. Allons-nous le faire ?

La question ne se posait même pas ; ils étaient tous pour. Les hommes criaient, tapaient du pied, brandissaient leur épée. Ici et là, j'aperçus quelques visages de femmes moins exaltés ; elles commençaient à entrevoir la réalité derrière les mots – la guerre et son cortège de tués. Hedwig était du nombre – ce qui me fit plaisir. Pour autant, personne ne parla contre la proposition de Selig. Quant aux hommes, ils étaient tous prêts à partir dès le lendemain. Il fallut un certain temps à Selig pour les rappeler à une plus juste mesure.

— La guerre ne peut pas être menée en hiver, fit-il observer lorsqu'ils furent enfin disposés à écouter. J'ai lu des livres.

Il laissa filer un instant, pour leur permettre d'absorber la nouvelle ; bien rares étaient les Skaldiques à avoir vu un livre. Le *futhark* était la seule langue écrite dont la plupart d'entre eux avaient entendu parler ; de simples symboles gravés sur le bois ou la pierre.

— J'ai lu des ouvrages écrits par les anciens maîtres tacticiens d'Hellas ou de Tiberium, et il y a une chose sur laquelle tous s'accordent : une armée n'avance pas le ventre vide. Nous ne pouvons pas tenir les passes affamés et gelés, sur des montagnes qui n'ont rien à offrir. Il faut attendre l'été, lorsque le gibier abonde et que les récoltes sont faites, lorsque les pâtures sont grasses et qu'il n'y a nul besoin d'allumer des feux immenses la nuit. Que chaque homme reparte de ce *Althing* en pensant à ce jour. Que les forges se mettent à travailler pour nous armer tous. Que chaque femme tienne le compte des provisions et fasse des réserves pour notre campagne. Pensez-vous que cela doive être ainsi ? Votons !

J'étais stupéfaite qu'ils procèdent ainsi après les acclamations unanimes, mais ainsi firent-ils. Selig était intelligent ; certains l'avaient appelé « roi » et lui-même l'avait fait, mais il n'était pas encore couronné. Faut-il le préciser, les suffrages furent unanimes.

— S'il existe des querelles entre certains d'entre vous, poursuivit-il d'une voix calme, mettons un point d'honneur à les vider maintenant. Nous devons partir à la guerre unis comme des frères, tous ensemble en une glorieuse armée. Pas question de partir comme une bande de barbares prêts à s'entre-déchirer. Qui a une affaire à soumettre devant le *Althing* assemblé ?

Il y eut quelques marmonnements et piétinements ; des querelles, il y en avait, de toute évidence. Tout le monde pouvait le voir. Le regard de Waldemar Selig balaya la foule.

— Toi, Mottul des Vandalis ? On dit que Halvard a tué le fils de ta sœur. Est-ce que tu l'accuses ?

C'étaient là des affaires de Skaldiques ; rien qui me concernait. De sentir mes cheveux se dresser sur ma tête, je sus qu'il était grand temps de m'en retourner. J'entrepris de reculer sur la poutre, utilisant mes genoux et mes coudes du mieux que je pouvais. C'était infiniment plus difficile que d'aller vers l'avant ; ma robe et mes jupons rendaient ma progression difficile. Le diamant de Melisande rebondissait sur le bois ; j'étais terrifiée à l'idée d'être trahie par son scintillement. Le retour jusqu'à l'aplomb du cellier me parut durer une éternité. Enfin, je fus au-dessus de Joscelin qui suivait mes reptations, les yeux agrandis par l'inquiétude.

— Descends ! siffla-t-il entre ses dents serrées en me tendant les bras.

Maintenant que j'étais hors de vue des Skaldiques, le choc de ce que j'avais entendu me frappait de plein fouet ; je fus prise de tremblements. Il n'y avait rien que je puisse faire. Accrochée par le bout des doigts au rebord du chevron, je laissai mon corps pendre dans le vide ; les mains de Joscelin attrapèrent mes chevilles.

— Maintenant, murmura-t-il.

Je lâchai prise pour tomber tout droit entre ses bras ; ses mains se refermèrent sèchement autour de ma taille et il me déposa doucement sur le dessus du tonneau.

Nous demeurâmes là un instant, serrés l'un contre l'autre, sans nulle part où aller ; je frissonnai entre ses bras, le visage collé contre la chaleur de sa poitrine. Un an plus tôt, si quelqu'un m'avait dit que mon unique réconfort dans la vie viendrait d'un frère cassilin, j'aurais ri. Je m'écartai doucement et levai les yeux vers son visage.

— Ils ont l'intention de nous envahir, murmurai-je. Ils veulent s'emparer de tout et ce maudit d'Aiglemort leur offre un moyen d'y parvenir. Joscelin, il ne s'agit pas uniquement de raids sur la frontière. Il faut trouver un moyen de les prévenir.

— Nous trouverons, répondit-il d'un ton calme où perçait la force implacable d'un serment cassilin. (Avec une gentillesse inhabituelle, il essuya les larmes de mon visage.) Je te le promets, Phèdre. Je vais nous sortir d'ici.

Parce que j'en avais le plus intense besoin, je le crus, puisant de la force dans sa promesse. Les rumeurs de l'assemblée semblaient s'apaiser de l'autre côté du mur.

— Les tonneaux, dis-je en m'écartant à la hâte pour descendre d'un étage.

Joscelin suivit rapidement, halant à sa suite celui du dessus. Nous œuvrâmes en tandem, rapides et silencieux, lui assurant les travaux de force, tandis que je roulais chaque tonneau jusqu'à sa position approximative.

C'était la prudence qui avait motivé notre crainte ; mais cela était inutile. Nous avions fini et l'assemblée du *Althing* se poursuivait. Personne ne venait nous chercher. Je rendis son manteau gris à Joscelin. Assis sur ses talons, il brossa tant bien que mal le plus gros de la suie et de la saleté, tandis que j'ôtai la poussière passée dans mes manches et sous mes jupons. Tout en m'activant, je le regardai à la dérobée, n'apercevant que l'altière beauté d'Angeline que j'avais tout d'abord méprisée chez lui, la fierté de ses traits provinciaux et ses yeux bleus pareils à un ciel d'été.

Lui-même avait dû ruminer des pensées du même ordre ; au bout d'un certain temps, il releva la tête.

— Tu sais, dit-il doucement, lorsqu'on m'a affecté auprès de toi, j'ai d'abord cru qu'il s'agissait d'un genre de sanction. J'ai cru que tu n'étais qu'un jouet hors de prix destiné au plaisir des pires descendants des Égarés.

— C'est ce que j'étais, murmurai-je avec amertume. (Ma main vint se poser sur le diamant de Melisande.) Et ce que je suis toujours. Si je ne l'étais pas, nous ne serions pas ici, et Delaunay et Alcuin vivraient encore.

Joscelin secoua la tête.

— Si Melisande a conçu ce plan, elle en a conçu d'autres ; je ne doute pas un instant qu'elle aurait pu obtenir ailleurs ses informations. C'est tombé sur toi, voilà tout.

— Et j'ai laissé les choses arriver. Et ce sera exactement pareil avec Waldemar Selig. (Je me laissai aller contre un tonneau et fermai les yeux.) Et qu'Elua me vienne en aide ! mais j'en serai heureuse lorsqu'il le fera. L'angoisse me dévorera le cœur, mais je lui prouverai mille fois à quel point une putain d'Angeline peut être débauchée et soumise. Et je le remercierai lorsqu'il en aura fini.

Je rouvris les yeux pour découvrir un Joscelin livide ; il était suffisamment cassilin pour avoir l'air aussi malade de ce que je venais de dire que je l'étais moi-même de l'avoir dit. Cependant, lorsqu'il parla, sa voix était sauvage.

— Alors fais-le, dit-il. Fais-le et vis ! Et lorsqu'il entrera sur le sol d'Angelin et que je serai là à l'attendre, et que je lui planterai dix pouces d'acier dans les tripes, alors je le remercierai du plaisir qu'il m'aura donné.

Ses paroles me firent rire ; je ne sais pas pourquoi – peut-être à cause de l'absurdité d'un tel serment compte tenu des circonstances. Je ne saurais l'expliquer à qui n'a jamais été captif ; parfois, l'absurdité est la dernière chose qui empêche de devenir fou. Au bout d'un instant, Joscelin finit lui aussi par en saisir l'humour ; il eut un sourire un peu forcé.

Puis la porte du cellier s'ouvrit à la volée et les Frères blancs vinrent nous chercher. Le *Althing* était terminé ; les Skaldiques étaient prêts à entamer les préparatifs de leur guerre.

48

La nouvelle se répandit à travers les campements comme un vent d'été ; les feux brûlèrent longtemps cette nuit-là, jetant des lueurs orangées sur les flancs enneigés des montagnes, tandis que les chants guerriers et le bruit des lances sur les boucliers montaient pour aller défier les étoiles.

Waldemar Selig les laissa non seulement célébrer l'événement tout leur saoul, mais il ouvrit également ses celliers. Les tonneaux d'hydromel furent sortis un par un – autant dire qu'il s'en était fallu de peu que Joscelin et moi n'ayons rien eu sur quoi nous hisser – puis transportés vers les tentes disséminées autour du lac par des barons croulant sous le poids. Je ne doutai pas un instant que Selig avait planifié cette journée et fait des provisions en conséquence.

Dans la grande salle, Selig avait trié les convives sur le volet ; seuls étaient présents les chefs qu'il jugeait essentiels à la réalisation de ses plans. Il était assez avisé pour avoir convié également les premières femmes des bastions. Souriant comme un garçonnet, Gunter était du nombre des élus. Il s'était distingué avec ses esclaves d'Angelins offerts en cadeaux, et sa connivence avec Kilberhaar – d'Aiglemort – était utile. Il n'était pas le seul chef skaldique à avoir razzié les villages d'Angelins pour l'or de Kilberhaar, mais il avait incontestablement été celui qui avait le mieux réussi.

Hedwig était là, les joues toujours roses d'excitation ; néanmoins, lorsqu'elle regardait dans ma direction, je voyais comme une ombre passer dans ses yeux. Je lui étais reconnaissante de la gentillesse qu'elle me manifestait, mais elle n'avait rien dit contre l'invasion de mon pays – et ça, je ne pouvais le lui pardonner.

Il n'y avait aucun moyen de nous dissimuler la nouvelle – et Selig ne fit aucun effort en ce sens, convaincu qu'il était que nous en ignorions les détails. Il gardait un œil sur Joscelin, debout derrière lui dans sa posture vigilante, totalement impassible ; seule sa pâleur trahissait ses émotions. Les Frères blancs ne le perdaient pas de vue eux non plus ; j'avais l'impression qu'ils étaient prêts à l'abattre sur place s'il se risquait ne serait-ce qu'à cligner des yeux.

Quant à moi, Selig me gardait à portée de main, comme si j'avais été le trophée d'une victoire déjà acquise. Cela impressionnait les Skaldiques, et c'était à n'en pas douter le but recherché. Il n'était pas aussi grossièrement possessif que Gunter, mais par une dizaine de petites choses subtiles, il marquait clairement que j'étais sa propriété, caressant mes cheveux comme on flatte son chien ou me donnant avec les doigts de petits morceaux de choix à manger.

Je supportai tout, faute d'avoir le choix. En vérité, j'aurais préféré être de nouveau embarquée sur l'épaule de Gunter. J'aimais mieux un enlèvement franc et direct que cette domination calculatrice, qui usait ma volonté et m'emplissait de peur. La pensée du plan d'invasion des Skaldiques ne quittait pas mon esprit. Je n'avais aucun doute : Selig me tuerait s'il découvrait que j'étais au courant. Cela l'amusait de courir un risque en mettant à l'épreuve le caractère d'Angelin, comme en témoignait la présence du Cassilin armé derrière lui. Le risque pour lui-même était une chose – sa légende personnelle était entièrement bâtie dessus – mais il était un chef avisé, et il ferait tout ce qui était nécessaire pour éliminer le risque de voir son plan dévoilé.

Selon toute apparence, les réjouissances étaient parties pour se prolonger tard dans la nuit ; je commençai à me détendre quelque peu, oubliant mes peurs les plus immédiates, certaine quasiment que Selig m'enverrait de nouveau finir la nuit dans la salle des femmes.

Cette fois, j'avais tort.

Alors qu'on allait entonner le quatrième tour de chant, il se leva, souhaitant la bonne nuit à tous ses convives, les invitant à rester et à festoyer aussi longtemps qu'il leur plairait. Tandis qu'il s'apprêtait à partir, il s'arrêta à la hauteur de deux de ses Frères blancs.

— Amenez-la dans ma chambre, dit-il en me désignant d'un signe de tête.

La peur me submergea comme l'eau envahit les poumons d'un homme qui se noie.

J'étais dans la grande salle à servir de l'hydromel comme on me l'avait demandé. Bientôt, les deux Frères s'approchèrent, me prenant chacun par un bras pour me faire sortir. Les Skaldiques braillèrent des obscénités en cognant leurs chopes sur les tables. J'entendis la voix de Gunter, hurlant d'une voix de stentor l'étendue de mes talents, vantant à l'envi la perte qu'il avait consentie.

Je suis Phèdre nó Delaunay, songeai-je, *fille de la Cour de nuit, formée par la plus grande des courtisanes de Terre d'Ange, vouée au service de Naamah. Pas question que je rampe devant ce barbare comme une esclave.*

Je sortis de la grande salle la tête levée bien haut, encadrée de mes gardes. Je ne sais ce que les Skaldiques lurent sur mon visage, mais les plaisanteries se turent sur mon passage.

Puis ils me conduisirent dans l'antre de Waldemar Selig.

L'un des Frères blancs gratta à la porte selon un code convenu. Par la suite, j'appris qu'ils avaient un code pour tout. Je notai celui-ci dans un coin de mon esprit. Selig ouvrit la porte et ils me laissèrent entre ses mains.

Je ne sais pas à quoi je m'étais attendue ; une chambre comme celle de Gunter je suppose, en plus grand. Plus grande, elle l'était effectivement, mais la comparaison s'arrêtait là. La chambre de Waldemar Selig comportait une cheminée et un grand lit, dont la tête montrait une scène finement sculptée représentant l'une des sagas skaldiques. Mais elle contenait bien d'autres choses encore : des livres, des étagères entières de livres, et des alvéoles contenant des rouleaux. Une cuirasse et un casque d'acier étaient posés sur un support ; je découvris plus tard qu'ils étaient en partie à l'origine de sa réputation légendaire d'immunité contre les armes. La plupart des guerriers skaldiques combattent sans protection ; Selig avait gagné la sienne dans un combat contre un champion tribal qui avait lui-même combattu dans les arènes de Tiberium. Une carte était épinglée sur un mur, tracée sur une peau finement tannée ; les territoires skaldiques étaient en son centre et les frontières des Caerdiccae Unitae et de Terre d'Ange étaient représentées avec une grande précision. Il y avait encore un bureau, souvent utilisé à en juger par son allure, couvert d'autres cartes et de missives.

Waldemar Selig se tenait debout au milieu, grand et imposant, et m'observait tandis que je faisais le tour de la pièce des yeux. Un livre était posé sur l'un des coins de son immense table de travail, usé et abondamment réparé. Je le pris. C'était *La Vie de Cinhil Ru* écrite par Tullus Sextus.

— C'est un grand héros pour moi, dit Selig d'un ton tranquille. Un modèle pour la manière dont il convient de mener son peuple, tu ne penses pas ?

Je reposai l'ouvrage ; ma main tremblait.

— Il a uni son peuple pour sauver son pays de la conquête, seigneur, répondis-je tout aussi calmement. Ce n'était pas un envahisseur.

Cela le prit de court et ses joues se colorèrent légèrement. Personne, je crois, ne répondait jamais à Waldemar Selig, et j'étais moins que quiconque en position de le faire. Mais si la vie m'avait donné un don, c'était bien celui d'éveiller l'intérêt de mes clients ; or, l'obséquiosité servile n'était pas de nature à éveiller l'intérêt de Selig – j'en avais l'absolue conviction.

— Tu lis donc le caerdicci, dit-il en changeant de sujet. (Il s'approcha pour se tenir à mon côté, montrant d'autres livres sur l'étagère.) As-tu lu celui-ci ? C'est l'un de mes préférés. (C'était le récit des pérégrinations du héros Astinax par Lavinia Celeres ; je lui dis que je l'avais lu.) Tu sais qu'il n'existe aucun livre écrit en skaldique, dit-il d'une voix songeuse. Notre peuple n'a même pas de langue écrite.

— Il y en a une pourtant, seigneur. (J'avais l'impression d'être une enfant à côté de lui ; le sommet de ma tête n'atteignait même pas son épaule.) Il y a une quarantaine d'années, Didimus Pontus de l'université de Tiberium a retranscrit phonétiquement le skaldique en alphabet caerdicci.

Je sentis le poids de son regard sur moi.

— Vraiment ? demanda-t-il avec étonnement. Il faudra que je me le procure. Gunter ne m'avait pas dit que tu étais une érudite, Fay-dre. Une sorcière, peut-être. Il n'a pas la moindre idée de ce que peut être l'érudition.

— Je suis une esclave, seigneur, murmurai-je. Rien d'autre.

— Tu es une esclave particulièrement bien éduquée. (Je crus qu'il allait ajouter quelque chose, mais il déplaça son index pointé le long de la rangée de livres.) As-tu lu ça ? C'est un livre d'Angelin.

Il s'agissait d'une traduction en caerdicci des *Trois Mille Joies* ; j'aurais pu me mettre à sangloter. Je l'avais lu sous la houlette de Cecilie, bien sûr. C'est l'un des plus grands textes érotiques, une lecture obligée pour tout adepte de la Cour de nuit.

— Oui, seigneur, répondis-je. J'ai étudié ce livre.

— Aaahh !

La force de son soupir fit passer sur lui un frisson. Il tira le livre de l'étagère, puis en lissa la couverture.

— J'ai appris le caerdicci dans ce livre, dit-il, les yeux brillants d'amusement et de désir. Mon maître était un vieux mercenaire tibérien aux cheveux gris, qui s'était mis en tête de voir les Pays plats. Je l'ai payé pour qu'il reste ici à m'enseigner ; j'avais dix-neuf ans. C'était le seul qu'il avait. Il me disait qu'il lui tenait compagnie par les nuits froides. (Ses longs doigts caressaient la couverture.) J'ai payé cher pour le garder, mais jamais encore je n'avais rencontré une femme connaissant ces choses-là. (Il posa le livre pour me relever le visage d'un doigt.) Tu les connais, n'est-ce pas ?

— Oui, seigneur, murmurai-je, impuissante sous sa main, et le haïssant.

Il ne faisait rien cependant, se contentant de scruter mon visage.

— Gunter m'a dit que tes dieux t'ont fait le don d'être satisfaite par tous les hommes, dit-il. C'est ce que dit le signe dans ton œil.

J'aurais pu lui mentir, mais une étincelle de méfiance me poussa à dire la vérité.

— Le signe que les dieux m'ont donné dit que je jouis dans la souffrance, répondis-je d'une voix sourde. Ça, et rien d'autre.

Il me toucha avec une délicatesse étonnante, faisant courir l'extrémité d'un doigt sur ma lèvre inférieure, observant mon visage avec une intensité incroyable ; ma respiration se fit courte et mon cœur s'accéléra, tandis que montait l'inévitable vague de désir.

— Je ne te cause aucune douleur, dit-il d'une voix douce, et pourtant je vois le plaisir en toi.

— Si mon seigneur le dit. (Je fermai les yeux en luttant de toutes mes forces pour que ma voix ne tremblât pas.) Je suis une D'Angeline libre réduite à l'esclavage. Ne me parlez pas de souffrance.

— Je te parlerai comme bon me semblera, répondit-il avec naturel.

C'était dit sans intention de blesser. Il ne faisait qu'énoncer une évidence. Il me relâcha puis tapota le livre qu'il avait posé sur son bureau. J'ouvris les yeux pour le regarder.

— J'aimerais savoir ce que cela fait d'être servi par une femme entraînée à complaire aux rois de cette manière. Commence par la première page.

Hochant la tête, je m'agenouillai avec obéissance.

C'est ainsi que commence la page un.

Le lendemain matin, Waldemar Selig avait un air doucereux et satisfait. Il y eut les murmures et plaisanteries habituels, mais je les ignorai. Joscelin lança un coup d'œil à mes yeux cernés et ne demanda rien – ce dont je lui sus gré.

Au moins, je lui avais donné du plaisir ; de ça, j'étais sûre. Contrairement à Gunter, ses ardeurs n'étaient pas sans un vernis d'instruction, au moins théorique. Waldemar Selig avait consacré bien plus qu'une dizaine d'années à l'étude des points les plus raffinés de l'art d'aimer à la d'Angeline. Il avait faim de sophistications dont Gunter ne soupçonnait pas l'existence – même en rêve.

Selig avait été marié, une fois ; je l'ignorais alors, mais je l'appris par la suite. De ce que j'ai pu glaner, son épouse était plus ou moins de la même eau que lui – fille d'un chef d'une tribu suevie, passionnée et au tempérament vif. Il lui lisait des passages des *Trois Mille Joies* et ils passaient ensuite à la pratique, riant et tombant du grand lit l'un sur l'autre. Elle tomba rapidement enceinte, mais le jour de l'accouchement, l'enfant se présenta par le siège ; l'enfant ne vécut qu'une seule journée et sa femme mourut peu après.

Si elle avait vécu, peut-être n'aurait-il pas rêvé de

conquêtes. Qui peut savoir ? Néanmoins, de ce que j'ai pu observer, le bonheur tend à diminuer les souffrances qu'on est prêt à infliger aux autres. J'aime à penser qu'il aurait pu en être ainsi.

Malgré les conséquences généralisées des excès d'hydromel, les Skaldiques entamèrent ce jour-là le démontage de leurs campements. Waldemar Selig circulait à cheval parmi eux, parlant à tous et à chacun. Il campait un cavalier magnifique monté sur un grand cheval bai, ses cheveux rehaussés d'or par le bandeau qui les nouait, tout comme les deux pointes de sa barbe en fourche. Je ne lui nierai pas cela. L'œil vif et clair de n'avoir commis aucun excès, il menait avec efficacité ce qu'exigeait sa charge, demandant aux plus rapides cavaliers de chaque bastion de rester au camp, pour mettre en place un réseau de communication.

Pour ma part, comme aucun ordre ne m'avait été donné de demeurer dans la grande salle, je sortis moi aussi dans le camp, dans l'idée de faire mes adieux à Hedwig. Je ne sais pas pourquoi cette idée m'était venue ; sans doute parce que c'était mieux que de supporter le ressentiment des gens du bastion de Selig. L'humeur dans les campements était bien différente de celle du jour de notre arrivée. Les hommes qui échangeaient des coups d'œil assassins et pleins de mépris en étaient maintenant à se taper dans les mains comme des frères et à se jurer de se garder mutuellement leurs arrières pendant la bataille lors de leur prochaine rencontre. *Voilà ce que Selig est parvenu à faire,* songeai-je. *Comment Isidore d'Aiglemort a-t-il pu être si fou ?* Au fond de moi, je connaissais la réponse. Il commettait avec Selig la même erreur que le royaume avait commise avec lui.

« Ceux du Camlach pensent avec leur épée », voilà ce qu'avait dit quelqu'un à la fête de Cecilie Laveau-Perrin, il y avait une éternité de cela. C'était ce que nous avions cru tandis que le duc d'Aiglemort complotait et renforçait son armée. Je me demandai alors si lui-même ne s'était pas dit la même chose au sujet de Waldemar Selig. Peut-être pas. En fait, je n'ai jamais entendu un compatriote d'Angelin créditer un Skaldique de la faculté de penser, avec ou sans épée.

Absorbée dans ces pensées, j'omis un moment de regarder où j'allais, et je me retrouvai pile sur le chemin d'un baron d'une tribu gambrivie à l'instant où il jaillit de sa tente. Il sourit, révélant ses dents en mauvais état, et saisit mon poignet en se mettant à brailler.

— Hé ! regardez ! Selig a décidé de nous donner un avant-goût de la victoire ! Qui a envie de baiser comme un roi ? Le premier coup est pour moi, les suivants pour vous !

Tout arriva trop vite. Un moment, j'étais face à ce visage aux dents pourries, en train de prendre une inspiration pour lui répondre, et le suivant, il me tordait le bras dans le dos d'un mouvement vif et expert pour me basculer dans la neige, une main plaquée sur ma nuque. Des cris d'encouragement s'élevèrent – plus quelques mises en garde prudentes – tandis que sa main appuyait fortement mon visage sur la neige tassée. Même là, je n'y croyais pas encore tout à fait. Ce ne fut que lorsqu'il remonta ma robe et mes jupons, exposant mes fesses nues à l'air, que je fus bien obligée d'admettre la réalité de ce que je vivais.

Il faut bien comprendre que le viol n'est pas simplement un crime en Terre d'Ange – comme d'ailleurs dans toutes les nations civilisées, et même chez les Skaldiques au moins pour leurs propres femmes ; c'est également une hérésie. « Aime comme tu l'entends », nous a dit Elua le béni ; le viol est une violation de ce principe sacré. En tant que servante de Naamah, c'est toujours à moi qu'il appartient de consentir ; même en tant qu'*anguissette.* C'est pour cette raison même qu'aucun client ne se risquerait à transgresser le caractère sacré du *signal.* Même Melisande le respectait, conformément aux lois de la Guilde. Ce qu'elle me fit le dernier soir… Elle aurait arrêté si j'avais donné le *signal.* Je le crois. C'était mon choix de ne pas le donner.

Avec Gunter et Selig, j'avais été prise contre mon gré, sans avoir le moindre autre choix ; toutefois, je crois qu'une part de moi-même en mesurait toute l'horreur. Et là, tandis que la neige fondait et gelait sous ma joue et que le baron des Gambrivis fourrageait dans ses chausses, sous les cris des Skaldiques accourus, je sus que je n'en avais encore rien vu.

Puis j'entendis alors une autre voix rugir dans la foule et le poids sur ma nuque disparut. Je me remis debout, rabattant ma robe à grands gestes maladroits, et levai les yeux pour découvrir Knud – dont le visage sans artifice me parut tout bonnement magnifique – tenant le baron des Gambrivis par la peau du cou et lui assenant deux coups de la main gauche en pleine face.

Il n'eut pas le temps de plus ; les autres hommes de la tribu des Gambrivis lui tombèrent dessus, toute fraternité oubliée. Knud succomba sous le nombre. Oubliant ma propre terreur, je saisis la première chose à portée de main – une petite marmite en l'occurrence – pour l'abattre sur le crâne du premier assaillant. L'un des barons me saisit les bras et me retint contre lui, se frottant contre moi en riant.

Dans la mêlée, personne ne vit Waldemar Selig arriver.

Assis sur son gigantesque cheval, il observait la bagarre avec un air de suprême ennui ; pour finir, il prit une profonde inspiration pour crier et y mettre fin. Qu'aurait-il dit ? Personne ne le saura jamais, car Joscelin était derrière lui, parmi les Frères blancs ; avant même que Selig ouvrît la bouche, il avait bondi de son cheval et se ruait en hurlant mon nom comme un cri de guerre.

Il tira son épée.

Deux hommes des Gambrivis moururent avant que quiconque comprît ce qui se passait. Celui qui me tenait me lâcha les bras en jurant pour tirer son épée à son tour et s'élancer. La neige se teintait de rouge. Ce qui jusque-là n'avait été qu'une simple rixe devenait un combat à mort, avec au cœur un Joscelin virevoltant pareil à un derviche de gris et d'acier ; sous les coups, des étincelles jaillissaient de sa lame et de ses avant-bras. Un autre homme encore mourut avant que Waldemar Selig descendît de sa monture, pour tirer son épée et plonger en hurlant au cœur de la bataille.

Je n'avais pas encore vu pour quelles raisons les Skaldiques le révéraient ; j'en voyais une maintenant. Il n'avait pas la grâce et l'aisance d'un Cassilin, mais il n'en avait nul besoin. Waldemar Selig maniait l'épée aussi simplement et naturellement qu'il respirait. Les barons des Gambrivis s'écartèrent devant lui tout en continuant à ferrailler avec Joscelin.

— D'Angelin ! cria Selig d'une voix féroce, le

visage rendu livide par la rage. Je t'ordonne de t'arrêter !

La lance d'un baron fila vers le Cassilin ; Joscelin esquiva, ripostant par un coup d'une précision mortelle.

Il n'atteignit jamais sa cible. D'un coup d'épaule, Selig avait écarté le baron, levant sa propre épée pour parer le coup ; le bras armé de Joscelin s'écarta et Selig fut à l'intérieur de sa garde. Le chef de guerre skaldique abattit le pommeau de son épée sur la tempe du Cassilin.

Joscelin tomba à genoux, comme si une masse d'armes venait de le heurter de plein fouet ; ses doigts soudain sans force lâchèrent son épée. Il demeura là, son corps se balançant d'avant en arrière, parmi les corps des Skaldiques tombés, dont le sang gouttait sur la neige. Non loin, Knud se remit debout en grognant. Personne n'osait parler ; un lourd silence s'était abattu. Waldemar Selig tenait son regard braqué sur Joscelin ; il secoua la tête avec un air de profond dégoût.

— Tuez-le, dit-il à ses Frères blancs.

— Non !

C'était ma voix. Je le sus au son qu'elle avait produit. Je me jetai entre eux, tombant à genoux devant Selig, le suppliant les mains jointes.

— Seigneur, je vous en supplie, laissez-le vivre ! Il ne faisait qu'honorer son serment de me protéger, je le jure. Je ferai tout ce que vous voudrez, tout, en échange de sa vie !

— C'est ce que tu feras de toute façon, répondit Selig, impassible.

Je ne dis pas la phrase : « Pas si vous me tuez » ; mais je la pensai et il le vit sur mon visage. Signe de

Kushiel ou pas, j'aurais pu mourir, je crois ; oui, je serais morte. Nous, les enfants d'Elua, ne sommes que des humains après tout. Tout comme Joscelin qui avait tiré son épée, j'avais été poussée jusqu'aux extrêmes limites de ma nature.

Les choses n'allèrent pas jusque-là. Knud – béni sois-tu, Knud ! – s'approcha en se frottant un côté de la tête. Du bout de sa botte, il retourna le corps d'un Gambrivi mort, dont le rictus figé dévoilait des dents noires. Ses chausses étaient encore baissées ; racorni et rétréci, son pénis pendait sur le côté – triste vision.

— Je l'ai trouvé comme ça, en train d'essayer de grimper la petite, seigneur Selig, expliqua Knud de but en blanc. Et c'est vrai que le garçon a juré de la protéger. C'est son serment. Gunter les a utilisés comme ça, chacun domptant l'autre.

Waldemar Selig nous considéra un instant ; nous étions agenouillés dans la neige, Joscelin à peine conscient et moi saisie par le froid.

— Qui a quelque chose à y redire ? demanda-t-il aux Gambrivis assemblés. (Le chef du bastion avait fait un pas en avant, pour se tenir, tremblant, devant son souverain.) Personne ? Est-ce que tu enverrais un homme pour me voler mon cheval ? mon épée ? Non ? Cette femme m'appartient autant que mon cheval et mon épée. Et même plus.

Il se pencha pour me saisir les cheveux et m'agiter la tête. Derrière moi, Joscelin émit un son inarticulé qui ressemblait à une protestation, avant de s'effondrer sur le côté. Selig me relâcha.

— Parce que tu as demandé la clémence et pour ce que tu as subi, poursuivit-il d'un ton formel, je vais épargner le garçon. Il sera seulement enchaîné. Vigfus. (Son regard glissa vers le chef gambrivi.) Je vais te dédommager pour la mort de tes hommes. Es-tu satisfait ?

— Oui, seigneur. (Le Gambrivi claquait des dents ; à l'évidence, il avait craint que Selig s'en prît à lui.) C'est juste.

— Parfait. (Selig promena son regard sur tous ceux assemblés.) Que chacun retourne à ses affaires, dit-il calmement.

Les Skaldiques s'empressèrent d'obéir. Selig se pencha de nouveau pour me remettre debout. Je claquais des dents moi aussi, sous l'effet du froid et du choc.

— Mais où allais-tu ainsi ? demanda-t-il, avec un air lassé. Au nom d'Odhinn ! que faisais-tu au milieu des campements ?

— Seigneur, répondis-je en serrant mes bras autour de moi. (La vérité toute simple et stupide me faisait venir les larmes aux yeux.) J'allais dire au revoir à ceux du bastion de Gunter. Ils ont été bons avec moi, au moins certains d'entre eux.

— Tu aurais dû me prévenir. Je t'aurais donné une escorte. (Il fit un signe à l'un des Frères blancs.) Accompagne-la au camp de Gunter.

— Je m'en occupe, seigneur Selig, intervint Knud d'un ton bourru. Je l'aime bien, la petite. Il n'y aura plus de problème, dès lors que ce qui vient de se passer sera su de tous.

En fait, c'était la dernière chose au monde dont je me souciais désormais ; tout ce qui m'importait, c'était Joscelin, inconscient dans la neige et dont la respiration paraissait bien faible. Au moins, j'avais obtenu qu'on épargnât sa vie ; il pouvait bien s'y accrocher un peu maintenant. Et je craignais de pousser Selig un peu trop loin.

— Parfait. (Pour Waldemar Selig, le chapitre était clos ; il avait hâte de passer à autre chose.) Ramène-la dans une heure. (Il fit ensuite un signe de tête à deux des Frères blancs.) Emmenez-le à la forge et faites-le entraver. Ça le calmera. (Son regard aux reflets verts vint se poser sur moi un instant.) Et toi aussi, j'espère.

Je m'agenouillai et lui embrassai la main ; il m'écarta d'une secousse pour s'en retourner à son cheval. Il partit avec ses barons. Knud me releva gentiment pour me montrer le chemin du campement. Par-dessus mon épaule, je regardai les Frères blancs remettant Joscelin debout. Le Cassilin se courba en deux et vomit ; ensuite, il se redressa et suivit ses gardes en titubant, en direction du lac au bord duquel ronflaient les feux de la forge. L'un des Frères blancs ramassa l'épée de Joscelin, pour la passer à sa ceinture comme une pièce de butin légitimement conquise.

— Tu as fait tout ce que tu pouvais pour lui, ma petite, dit Knud d'une voix douce. Il vivra s'il ne pousse pas Selig à bout. Il est bien plus costaud qu'il en a l'air, ce garçon. Je ne connais personne d'autre qui ait survécu au chenil de Gunter. Bien sûr, je ne connais personne non plus qui ait eu le plaisir d'y aller, ajouta-t-il en gloussant.

Knud paraissait fort content de sa saillie, comme s'il se fût agi d'un trait d'esprit d'une rare qualité ; après tout, pour lui, ça l'était certainement. Pour ma part, j'éclatai en sanglots. Avec une tendresse maladroite, il me serra contre lui en me tapotant l'épaule, jetant des regards farouches par-dessus ma tête aux Skaldiques qui nous observaient.

Lorsque je me fus plus ou moins calmée, il me conduisit jusqu'au campement pour que je fasse mes adieux aux dernières personnes qui me voulaient un tant soit peu de bien sur cette terre ennemie.

49

Ce fut un moment étrange, cet instant où je dis au revoir aux gens du bastion de Gunter ; non seulement à cause de ce qui venait de se passer, mais aussi parce qu'ils venaient juste, à l'unanimité, de déclarer la guerre à mon peuple. Comme je n'avais d'autre choix, je fis contre mauvaise fortune bon cœur. Harald l'imberbe – dont la barbe commençait néanmoins à pointer et qui aurait bientôt besoin d'un nouveau surnom – resterait en tant que meilleur cavalier de Gunter ; cela ne pourrait pas nuire qu'il y eût au moins une personne dans tout le bastion de Selig susceptible de parler de moi en bien.

Il y eut donc des embrassades et des larmes ; mes émotions étaient soumises à si rude épreuve que je n'eus pas besoin de feindre pour paraître triste qu'ils partent. J'avais du chagrin à revendre.

— Si Gunter demande ta main une quatrième fois, murmurai-je à Hedwig, accepte. Il nourrit de tendres sentiments pour toi, malgré ses rodomontades, et vous êtes trop bien accordés tous les deux pour que ça ne marche pas. Et s'il a appris une chose ou deux dans l'art de traiter une femme, allume une bougie à Freja en mon nom.

J'avais un peu pénétré les mystères du panthéon skaldique, et cette déesse était celle qui me paraissait la plus proche de Naamah. Hedwig hocha la tête, puis se détourna en reniflant.

Puis Knud me raccompagna saine et sauve jusqu'à la grande salle commune de Selig, en boitant bas des suites de la rossée qui lui avait été administrée pour avoir pris ma défense ; là, il me fit ses adieux, me saisissant la main pour l'embrasser à un moment où personne ne pouvait le voir. Moins soucieuse de discrétion, je pris sa tête entre mes mains pour déposer un baiser sur son front, élevant une prière silencieuse à Elua pour qu'il sortît vivant des batailles à venir. Elua le béni comprendrait. *Aime comme tu l'entends*, songeai-je en regardant Knud clopiner vers son campement, un sourire radieux sur son visage ingrat. Yeshua ben Yosef, dont le sang avait donné naissance à Elua, avait ordonné à ceux qui le suivaient d'aimer même leurs ennemis ; je compris en cet instant, en partie tout au moins, ce qu'il avait voulu dire.

Mais je ne pouvais les aimer tous.

Je n'avais vu nulle trace de Joscelin. Le soir venu, lorsque Waldemar Selig rentra, fourbu des activités de sa longue journée, je me risquai à lui demander de ses nouvelles. Il me répondit que Joscelin allait bien, et je n'eus d'autre choix que de prendre cela pour argent comptant.

Trois journées supplémentaires s'écoulèrent avant que j'aie plus d'informations – trois journées au cours desquelles on me fit clairement comprendre que je n'étais pas la bienvenue dans le bastion de Selig. À chaque instant, je sentais peser sur moi le regard de ses barons, empli de désir et de mépris ; les femmes, elles, me manifestaient un ressentiment unanime, à peine voilé, même en présence de Selig. Seuls les enfants me traitaient en égale. Me souvenant d'un tour auquel Alcuin avait recouru pour charmer la marmaille à Perrinwolde, je tressai les cheveux de quelques-uns, utilisant des bouts de ficelle et des bandes de fourrure en guise de rubans. Les enfants adorèrent ça – tous les enfants adorent qu'on s'occupe d'eux – mais je vis ensuite les femmes, les yeux en furie, défaire à gestes rageurs ce que j'avais fait. Les enfants pleurèrent et je ne m'y risquai plus.

Selig lui-même était parfaitement conscient de la situation, mais il ne comprenait pas la nature de l'aversion dont les siens faisaient preuve à mon égard. Lorsqu'il tenta d'arrondir les angles en me félicitant sur mon apparence ou le raffinement de mon service, ils n'y virent qu'une chose : je les supplantais dans son cœur. Ils ne m'en haïrent que plus.

Pour y faire face, il me garda encore plus auprès de lui – ce qui ne fit qu'aggraver les choses. Néanmoins, je me réjouis lorsqu'il m'assigna la tâche de recréer autant que possible la correspondance de l'alphabet skaldique qu'avait établie Didimus Pontus. Cela me permettait de rester hors de leur vue, dans sa chambre. À d'autres moments, il me fit me pencher avec lui sur des cartes de Terre d'Ange, pour corriger et clarifier autant que possible la topographie relevée. Je n'ai pas honte d'avouer que je mentis avec toute l'invention et la conviction dont j'étais capable, affirmant comme exact ce qui n'était que des erreurs. Lorsqu'il m'ordonna de lui apprendre le d'Angelin, je n'eus pas le courage de le fourvoyer. Mes erreurs en matière de géographie, il pourrait toujours les mettre sur le compte de l'ignorance, s'il venait à les découvrir ; pour l'enseignement de ma langue maternelle, je n'avais pas ce recours.

La nuit, nous passions à une autre matière, avançant avec persévérance dans l'étude pratique des *Trois Mille Joies.* Inutile que je précise la nature des services que je lui prodiguais ; ils sont décrits en détail dans cet ouvrage, pour ceux que ça intéresse. Je suis formée à pratiquer tous ceux jugés acceptables pour une femme, selon les critères de la maison du Cereus, plus quelques autres qui ne le sont pas. Tels furent mes services – hormis bien sûr les prouesses que mon maître skaldique jugeait trop peu viriles pour lui.

Ce fut au cours du quatrième jour que Waldemar Selig me parla, sourcils froncés.

— Josse-lin Verre-œil refuse de manger. Tu devrais peut-être aller le voir.

Mon cœur s'arrêta ; j'étais parvenue à supporter les journées précédentes soutenue par la conviction qu'il allait bien, malgré les chaînes. Je pris ma pelisse en hâte et suivis Selig là où Joscelin était détenu.

C'était une petite cabane, à quelque distance de la grande salle commune. *Ce devait être une cabane de bûcheron*, songeai-je. L'un des Frères blancs montait la garde, allongé devant la peau qui en masquait l'entrée, occupé à jouer avec une dague pour passer le temps. Il bondit sur ses pieds à notre arrivée.

L'intérieur était froid et sale, chauffé uniquement par un brasero dans lequel achevaient de fumer quelques braises. Il y avait une paillasse et une couverture, mais Joscelin était agenouillé sur le sol, recroquevillé sur lui-même, bras croisés et grelottant. Des fers entravaient ses mains et ses pieds ; une longueur de chaîne allait de ses chevilles à un anneau de fer fixé dans le sol. Elle était suffisante pour lui permettre de marcher et d'atteindre la paillasse ; c'est de son propre chef qu'il restait agenouillé là.

Il avait une allure épouvantable. Son visage était blême et hagard, ses lèvres craquelées et ses cheveux filasse. Selig s'adossa à un mur et je me précipitai sur Joscelin, m'agenouillant devant lui, scrutant ses traits ravagés.

— Espèce d'idiot ! À quoi joues-tu ?

Voilà ce que je lui dis en d'Angelin.

Joscelin releva la tête, posant sur moi ses yeux injectés de sang.

— J'ai trahi mon serment, coassa-t-il dans un faible murmure. J'ai tiré l'épée pour tuer.

— Par Elua le béni ! C'est tout ?

Je m'assis sur mes talons, pressant la paume de mes mains sur les yeux. Puis je me souvins de la présence de Selig ; je retirai mes mains et me tournai vers lui.

— Il pleure sur l'erreur qu'il a commise, expliquai-je en skaldique. Il est en train d'expier.

Waldemar Selig hocha la tête ; il comprenait.

— Dis-lui qu'il doit vivre, répondit-il. L'expiation est faite ; j'ai payé pour la vie des hommes qu'il a tués. Et je veux qu'il m'enseigne sa manière de se battre.

Il s'interrompit et se concentra un instant, mobilisant ses souvenirs. Ensuite, il répéta à Joscelin ce qu'il venait de dire, mais en caerdicci cette fois-ci.

Le Cassilin eut un rire qui m'effraya, sauvage et à moitié fou.

— Vous m'avez battu, seigneur, répondit-il à Selig, toujours en caerdicci. Pourquoi voulez-vous apprendre ce que je sais ?

— Tu ne t'attendais pas que je te combatte. Tu

m'avais donné ta parole. Et tu ne t'attendais pas que j'entre dans ta garde, poursuivit Selig. Une autre fois, les choses pourraient être différentes.

— Je ne peux pas lui apprendre à combattre comme un Cassilin, me dit Joscelin en d'Angelin, en agitant désespérément la tête. Je t'ai manqué bien trop souvent, Phèdre. J'ai déshonoré mon serment. Je ferais mieux de mourir !

Je jetai un rapide coup d'œil en direction de Selig, avant de poser un regard plein de férocité sur mon compatriote.

— Combien de fois te faudra-t-il découvrir ton humanité, Joscelin ? Tu n'es pas Cassiel réincarné, mais tu as juré de me protéger et jamais je n'ai eu autant besoin de toi qu'en cet instant ! (Je le pris par les épaules pour le secouer, puis lui rappelai les paroles que Delaunay lui avait dites.) Tu te souviens de ça ? « Échouer une fois et persévérer, voilà une épreuve bien plus probante que tout ce que tu peux faire à l'entraînement. Garde ton épée ; je ne peux pas me permettre de la perdre. »

Joscelin rit de nouveau, plus désespéré encore.

— Je ne peux pas, Phèdre. Je te le jure, je ne peux pas ! Je n'ai même plus d'épée à garder. (Il releva le visage vers Selig.) Je suis désolé, seigneur, poursuivit-il en caerdicci. Je ne mérite pas de vivre.

Je le maudis en d'Angelin, en skaldique et en caerdicci, le poussant par le travers pour qu'il bascule sur le côté, empêtré dans ses chaînes, les yeux grands ouverts vers moi.

— Qu'Elua te maudisse ! Cassilin, si c'est là tout le courage que tu as ! (Je l'invectivai dans toutes les langues que je connaissais.) Si je survis à tout ça, je te promets d'écrire au Préfet de ton ordre pour lui dire comment Elua le béni a été mieux servi par une courtisane de la Cour de nuit que par un prêtre cassilin !

Je n'ai pas la moindre idée de ce que Selig pouvait bien penser de ma diatribe ; si l'idée m'était venue de le regarder, j'aurais perdu tout courage, mais cela ne me vint pas à l'esprit. Joscelin n'avait même pas la force de se tenir debout tout seul, mais son regard s'étrécit sous ma menace.

— Tu ne feras pas ça ! répondit-il avec une intensité fébrile, en luttant pour se remettre à genoux.

— Alors tu n'as qu'à m'en empêcher. (Je vins me poster devant lui pour hurler mes derniers mots.) Protège et sers, Cassilin !

Cela devait donner l'impression que je n'éprouvais aucune pitié pour lui ; rien n'était plus faux. J'étais hors de moi parce que j'étais terrifiée. Mais il est des moments où l'insulte fait plus d'effet que des mots apaisants. Tirant sur ses chaînes, Joscelin se remit tant bien que mal à genoux, tremblant, fixant sur moi ses yeux injectés dans lesquels apparaissaient des larmes.

— C'est dur, Phèdre ! dit-il d'une voix suppliante. Qu'Elua me vienne en aide ! C'est dur !

— Je sais, murmurai-je.

Selig sortit et dit quelque chose au garde. Je ne compris pas de quoi il retournait jusqu'à ce que le Frère blanc revînt, quelques minutes plus tard, avec un air renfrogné, portant un bol de soupe chaude. Selig hocha la tête, puis poussa l'écuelle de bois vers Joscelin.

— Mange, dit Selig dans son d'Angelin rudimentaire. Et tu vivras.

Il prit le bol entre ses mains tremblantes et nous sortîmes. Je me retournai une dernière fois tandis que Selig écartait la peau de l'entrée pour me laisser passer. Je vis les lèvres de Joscelin qui s'approchaient du bord.

Il vivra, songeai-je avec soulagement. Cela me donnait une raison de moins de mourir.

Après cela, Joscelin continua à s'alimenter et à reprendre des forces, mais sa peau avait été bien entamée sur ses mains et ses poignets, là où les fers avaient frotté. Des gerçures rouges étaient apparues, qui le démangeaient et le faisaient souffrir ; néanmoins, cela lui offrit une excuse pour repousser à plus tard ses leçons d'escrime cassiline à Waldemar Selig. Ayant fait le premier pas pour que vive son prêtre-guerrier d'Angelin, Selig accéda à la demande que je lui fis d'aller le voir une fois par jour ; Joscelin ayant décidé de vivre, ma présence ne pouvait que l'inciter à persister dans cette voie. Il avait un serment à honorer.

C'était le moment que j'attendais chaque jour. Selig avait d'autres chats à fouetter, si bien qu'il détacha un Frère blanc pour m'escorter. C'était une bonne chose que Joscelin eût dissimulé l'étendue de sa maîtrise du skaldique ; nous pouvions donc nous entretenir en d'Angelin sans éveiller les soupçons. Rapidement, j'eus la certitude que les barons de Selig ne comprenaient pas un traître mot de notre langue.

Malheureusement, il y avait peu de choses à notre portée pour échafauder un plan d'évasion ; le bastion était tout simplement trop bien gardé. Néanmoins, nous parlions de survie et nous nous soutenions.

Jamais trop porté à l'indulgence lorsque les choses n'avançaient pas assez vite à sa guise, Selig finit par s'impatienter : les mains de Joscelin ne guérissaient toujours pas. Il décida de le montrer à un prêtre d'Odhinn qui était également guérisseur.

— En vérité, m'avoua-t-il la nuit précédente, je suis curieux de voir ce que Lodur va penser de toi. C'est mon plus ancien maître et j'ai le plus grand respect de sa sagesse.

Il faut que je précise que l'agitation causée par ma présence aux côtés de Selig était allée croissant. On affirmait volontiers que j'étais une sorcière envoyée de Terre d'Ange pour l'ensorceler, comme en témoignait la tache rouge dans mon œil gauche – signe incontestable d'une origine maléfique.

La rumeur faisait bien rire Selig.

— De l'avis général, la mère de Lodur était une sorcière elle aussi. On disait qu'elle pouvait soigner n'importe quelle blessure, mortelle ou non, pour peu que le patient lui plût. En fait, c'était juste une guérisseuse très douée. Comme tu es toi-même très douée… pour d'autres choses.

Je ne me souviens pas de ma réponse à cela ; une flatterie à n'en pas douter. Si j'ajoutais parfois une petite touche de défi, le plus souvent, je lui disais ce qu'il voulait entendre. Toujours est-il que je me retrouvai à chevaucher avec lui et deux de ses Frères blancs, montée sur un petit cheval tout poilu que Selig m'avait donné, en route pour la demeure de Lodur le borgne.

La première vision que j'eus du guérisseur fut celle d'un vieux bonhomme tout en nerfs, debout torse nu dans la neige, une peau jetée sur ses maigres épaules. Sa chevelure blanche était tout ébouriffée. Il tenait un bâton sculpté dans une main ; un corbeau était perché sur son autre main fermée. À cette époque, je pensais que c'était quelque magie skaldique ; plus tard, j'appris qu'il l'avait recueilli avec les ailes brisées. L'oiseau n'en restait pas moins à moitié sauvage. Lodur releva la tête sans marquer de surprise et je vis qu'il portait un bandeau sur son œil droit ; j'ignorais alors qu'on l'appelait Lodur le borgne.

— Waldemar Berundson, dit-il tranquillement, usant d'un patronyme que je n'avais jamais entendu encore.

Selig était le nom qu'on lui donnait – le béni – comme si les dieux eux-mêmes l'avaient baptisé.

— Voici Fay-dre nó Delaunay de Terre d'Ange, vieux maître, dit Selig avec respect. (Il mit pied à terre et inclina la tête devant le vieillard ; je fis donc de même, et notai que ses barons en faisaient autant eux aussi.) Elle a un compagnon qui souffre de morsures du froid qui ne veulent pas guérir.

— Ah ! bien.

Lodur s'approcha de nous dans la neige, à une allure qui démentait son âge apparent. Son œil unique, d'un bleu soutenu et brillant, ne me considérait pas sans une certaine amabilité. Contrairement à tous les autres hommes skaldiques que j'avais rencontrés, il était glabre ; une barbe de quelques jours de poils gris et blancs ornait ses joues tannées.

— Tu aimes bien ? (Il m'avait vue l'observer ; il passa une main sous son menton, avec un sourire.) J'ai rencontré une femme naguère qui aimait les visages sans poils. Je suppose que j'ai pris l'habitude.

Des prêtres, j'en avais vu des quantités, mais jamais un comme lui ; je bafouillai une réponse indistincte.

— Peu importe, répondit-il avec naturel, avant de me toucher sur tout le corps, en une palpation impersonnelle de ses mains fermes.

Je me tins immobile, stupéfaite. Selig m'observait d'un œil approbateur.

— D'Angeline, non ?

Lodur fixa sur moi son œil unique au regard bleuté comme la glace, examinant pensivement mes yeux dépareillés. Le froid ne paraissait pas le déranger.

— Comment appelle-t-on ça ? demanda-t-il en désignant mon œil gauche d'un signe du menton.

— Le signe de Kushiel, répondis-je timidement.

— Alors tu es marquée par les dieux. Comme moi, tu crois ? (Il rit, montrant son bandeau du doigt.) « Le borgne », qu'on m'appelle. Comme le père de toute chose. Tu connais l'histoire ?

Je la connaissais ; je l'avais entendu chanter plus souvent qu'à mon tour au bastion de Gunter.

— Il a donné son œil pour pouvoir boire dans la fontaine de Mimir, répondis-je. La fontaine de la sagesse.

Lodur mit son bâton sous un bras et applaudit. Les barons de Selig murmurèrent.

— Parlons de mon cas, maintenant, poursuivit le vieux prêtre sur le ton de la conversation. Lorsque je n'étais qu'un jeune idiot d'apprenti, j'ai pris mon propre œil pour l'offrir avec une prière, en demandant à devenir sage comme Odhinn. Et tu sais ce que mon maître m'a dit ?

Je secouai la tête. Lodur releva la sienne pour me regarder en face.

— Il m'a dit que j'avais appris une bonne leçon de sagesse : personne ne peut acheter les dieux. Quel idiot j'étais !

Il gloussa en songeant à ce souvenir. Seul un Skaldique peut rire d'une chose pareille.

— Mais je suis devenu plus sage, ajouta-t-il.

— Vieux maître…, dit Selig.

— Je sais, je sais, l'interrompit Lodur. Les morsures du froid. Et tu veux savoir ce que je pense de la fille. Que veux-tu que je te dise, Waldemar Berundson ? Tu prends une flèche tirée dans ton sein par un dieu d'Angelin, et tu veux que je te dise où est la sagesse ? Autant demander au muet de conseiller le sourd. Je vais chercher mon sac.

Selig me regarda intensément, sourcils froncés. Je tentai de conserver une contenance franche et ouverte ; en toute honnêteté, j'étais aussi étonnée que lui. Je m'étais toujours vue comme une victime de Kushiel, marquée par l'atroce divinité de son amour. C'était autre chose de me voir en arme.

Le vieux prêtre revint avec ses affaires et monta en croupe derrière Selig, aussi vif qu'un jeune homme. Nous refîmes le chemin jusqu'au bastion, à travers les forêts somptueuses. Lodur murmurait des choses pour lui-même ; à un moment, il poussa même un bout de chanson ; personne ne disait rien. Le front de Selig était pensif.

Devant la cabane, Lodur tapa trois fois son bâton sur le seuil, puis lança une invocation à voix haute avant de pénétrer dans la pièce. Avec lui, une fraîche senteur de neige et d'épines de pin parut envahir l'atmosphère confinée. Joscelin, plongé dans quelque méditation cassiline, ouvrit de grands yeux devant l'apparition.

— Pareil au jeune Baldur, non ? dit Lodur toujours sur le ton de la conversation, en s'adressant à Selig. (Il parlait de leur dieu mourant, celui qu'on appelle « le magnifique ».) Bien ! voyons ça, mon garçon. (Il s'accroupit à côté de Joscelin, examinant les chairs rouges et gonflées sur ses poignets et ses mains, d'où suppurait une lymphe claire, et qui refusaient de guérir.) Ah ! j'ai là un baume qui sera parfait pour ça ! s'exclama en riant le guérisseur, tout en farfouillant dans son sac.

Il en sortit un petit pot de grès qu'il déboucha. Que contenait-il ? Je n'en avais pas la moindre idée, mais cela puait jusqu'aux cieux. Joscelin fit une grimace, puis me lança un regard interrogateur par-dessus la tête de Lodur. Impassible, le vieil homme lui tartinait généreusement les mains et les poignets.

— C'est un guérisseur, dis-je en caerdicci, à l'intention de Selig. (Nous maintenions l'illusion selon laquelle le skaldique de Joscelin était insuffisant pour converser.) Le seigneur Selig veut que tu sois en état de lui apprendre ta manière de combattre.

Joscelin inclina la tête en direction de Selig.

— J'ai hâte de pouvoir le faire, seigneur. (Il s'interrompit un instant.) Pour vous montrer le combat cassilin, j'aurai besoin de mes armes, seigneur. Au moins de mes protections pour les bras. Pour le reste, des dagues et épées de bois feront l'affaire.

— Les Skaldiques ne s'entraînent pas avec des jouets d'enfants. J'ai envoyé tes armes à la forge pour qu'on me fît les mêmes. Tu auras les tiennes lorsque nous nous entraînerons. (Selig glissa un regard de travers à l'un de ses Frères blancs ; parce que avec le retour en grâce de Joscelin, cela pourrait lui valoir des ennemis.) Vous avez fini, vieux maître ?

— Presque. (À gestes doux et précis, Lodur appliquait un bandage propre sur les mains et poignets à vif de Joscelin, enduits de baume.) Il guérira vite. Ces D'Angelins ont du sang des dieux dans leurs veines.

Les lignées sont anciennes et affadies, mais même une simple trace de ce sang demeure une chose très puissante, Waldemar Berundson.

Si j'avais, moi, perçu l'avertissement dans ses paroles, Selig ne pouvait pas l'avoir manqué.

— Ancien et puissant, mais corrompu par des générations qui se sont complu dans la mollesse, vieux maître. Leurs dieux courberont la tête devant le père de toute chose, et nous prendrons pour nos propres descendants la magie de leur sang, revigoré par la semence des Skaldiques au sang rouge.

Le vieil homme leva la tête vers lui ; son œil unique était aussi glacial et distant que celui d'un loup.

— Fais donc comme tu dis, jeune Waldemar. Moi, je suis trop vieux pour défier les dieux au bras de fer.

À ces mots, un frisson me parcourut. Je n'avais pas de certitudes, mais cet homme avait un pouvoir ; ça, j'en étais sûre. Je le sentais à l'intérieur de la cabane, passant sur ma peau, murmurant des histoires de terres noires et de grands sapins, de fer et de sang, de renards, de loups et de corbeaux. Lodur se releva, tapotant gentiment Joscelin sur la tête, puis rassembla ses affaires.

Au milieu du bastion, il déclina l'offre qui lui était faite de le ramener chez lui au milieu des bois, affirmant que la marche lui plaisait. Tremblante comme toujours, j'étais incapable d'applaudir sa hardiesse, mais sa peau nue paraissait réellement insensible au froid. Selig était occupé à parler avec ses Frères blancs, si bien que je pris le risque de m'approcher de Lodur comme il s'apprêtait à partir.

— Vous parliez sérieusement ? demandai-je. Au sujet de la flèche.

Je ne dis rien d'autre que ça, mais il comprit.

Il m'examina, debout, enfoncée dans la neige jusqu'aux chevilles.

— Qui peut connaître les intentions des dieux ? Baldur le magnifique a été tué par une branche de gui lancée par une main anonyme. Es-tu moins une arme que le gui ?

Je n'avais aucune réponse à ça ; le vieil homme rit.

— En tout cas, si j'étais le jeune Waldemar, je courrais moi aussi le risque de te prendre, ajouta-t-il avec un sourire un peu fripon. Et si j'étais bien plus jeune encore, je te demanderais un baiser.

Si incroyable que cela pût paraître, je rougis. Lodur ricana encore une fois et partit dans la neige, bâton au poing, d'un pas alerte le long du chemin par lequel nous étions venus. Un homme étrange ; jamais je n'en avais rencontré de plus étrange. J'étais désolée de ne pas le revoir.

Waldemar Selig me regarda par la suite d'un œil encore plus suspicieux. Le soir même, au lit, il ne me demanda pas de le satisfaire. Au lieu de cela, il suivit du doigt les contours de ma marque sur mon dos.

— Peut-être y a-t-il des runes magiques dans ces dessins, Fay-dre, dit-il d'un air faussement tranquille. Qu'en penses-tu ?

— C'est la marque qui indique que je suis vouée au service de Naamah. Toutes ses servantes en portent une. Il n'y a aucune magie dedans ; uniquement le signe de la liberté lorsqu'elle est achevée.

Je me tenais immobile, agenouillée devant lui.

— C'est ce que tu dis. (Il me posa la main sur le dos ; elle recouvrait une grande surface de ma peau.)

Tu m'as dit avoir été vendue comme esclave parce que tu en savais trop. Moi, dans un tel cas, je t'aurais tuée. Comment se fait-il que tu vives ?

La voix de Melisande me revint en mémoire, calme et distante. « *Je ne te tuerai pas, pas plus que je briserais un vase ou une fresque inestimable.* »

— Seigneur, murmurai-je. Je suis unique. Tueriez-vous un loup à la fourrure argentée la plus pure s'il venait à se promener dans votre bastion ?

Il réfléchit un instant, puis s'écarta de moi en secouant la tête.

— Je ne sais pas. Peut-être, si Odhinn l'a mis devant ma lance. Je ne comprends pas cette chose que tu me dis être.

C'était vrai, et c'était une bénédiction pour moi. Même lui, le mieux dégrossi des Skaldiques, comprenait le plaisir sous sa forme la plus simple. Ce n'était pas grand-chose, mais je m'en sentais réconfortée.

— Je suis votre servante, seigneur, dis-je, tête baissée, en mettant tout le reste de côté.

C'était suffisant. Il tendit les bras pour me saisir, puis, passant ses doigts entre mes boucles, amena mon visage sur lui.

50

Comme l'avait prédit Lodur, Joscelin guérit vite. Selig fit venir ses armes pour leurs séances d'entraînement, puis entreprit d'acquérir cette nouvelle compétence d'Angeline.

J'avais fort peu prêté attention aux exercices de Joscelin avec Alcuin dans le jardin de la maison de Delaunay ; dorénavant, j'observai de près. Les mouvements que le Cassilin exécutait de manière si fluide étaient au cœur de sa technique de combat. En les regardant décomposer chacun d'eux, je vis qu'ils avaient tous une finalité spécifique. Dans le fond, peu importaient les noms poétiques que la Fraternité leur avait donnés ; c'étaient des coups, des feintes, des blocages et des parades, tous faits pour suivre ou anticiper les attaques d'un assaillant – voire de plusieurs.

Les membres de la Fraternité cassiline commencent leur apprentissage à l'âge de dix ans, au moment de leur initiation. Pendant de longues années, ils ne font rien d'autre que répéter des mouvements, jour après jour, jusqu'à ce qu'ils soient si profondément ancrés en eux qu'ils peuvent les exécuter indifféremment dans un sens ou dans l'autre, éveillé ou endormi. Et même après, ils continuent de les répéter chaque jour, de crainte que la mémoire dans leurs os commence à faiblir.

Lorsque Joscelin m'avait dit qu'il ne pouvait enseigner son art à Selig, j'avais cru qu'il signifiait que c'était contraire à ses vœux ; je comprenais maintenant qu'il avait juste voulu dire que ça n'était tout bonnement pas possible. Avec Alcuin, cela avait été un jeu ; il n'avait aucune pratique du combat dont il devait se défaire. Waldemar Selig, champion incontesté des Skaldiques, avait cru pouvoir ajouter un savoir-faire à sa panoplie de techniques. Mais ce que Joscelin s'efforçait de lui apprendre allait à l'encontre de la recherche d'efficacité, simple, brutale et directe, qui était gravée dans son instinct et sa mémoire. Lorsqu'il se retrouva à cafouiller, maladroit comme un jouvenceau, il perdit patience et fut agacé.

Les leçons s'arrêtèrent là. Les armes de Joscelin furent remisées dans l'armoire de Selig et le Cassilin fut de nouveau enchaîné en permanence.

Et les doutes de Selig montèrent d'un cran encore.

Kolbjorn de la tribu des Mannis vint voir Selig, avec des nouvelles en provenance du Sud. J'appris que des Skaldiques vivent là-bas, près de la frontière avec les Caerdiccae Unitae, presque en nobles tibériens, avec des demeures et de vastes domaines exploités par des esclaves. Les Caerdiccins les considèrent presque comme civilisés et commercent et correspondent avec eux. Kolbjorn arrivait porteur d'un message de ces Skaldiques-là, à l'intention de Selig.

Même dans l'agitation de la grande salle commune, je savais comment me rendre invisible, agenouillée immobile dans un coin. Selig, qui me pensait en train de travailler à quelque traduction pour lui, ne se soucia pas de moi ; réglant leur conduite sur la sienne, les autres m'ignorèrent. J'étais trop éloignée pour lire, mais je vis son visage lorsqu'il brisa le sceau et ouvrit la missive. Elle lui apportait du soulagement.

— Kilberhaar ne se doute de rien ! s'exclama-t-il en tapant sur l'épaule de Kolbjorn. Il mord à l'hameçon et indique qu'il bougera ses armées comme convenu. Bonne nouvelle, non ?

Kolbjorn de la tribu des Mannis grommela quelque chose pour confirmer ; je n'entendis pas. En revanche, je vis la lettre posée ouverte sur la table entre eux, avec son sceau brisé de cire dorée. Brisé ou pas, j'en connaissais le motif, même à cette distance : trois clés entremêlées presque fondues les unes dans les autres – l'emblème de Kushiel, dont on disait qu'il détenait les clés des portes de l'enfer.

L'emblème de la maison Shahrizai.

Bien sûr, songeai-je, agenouillée et plongée dans une agonie silencieuse. Bien sûr, Melisande était suffisamment intelligente pour abattre la maison Trevalion ; elle était trop intelligente pour tomber avec la maison d'Aiglemort. Elle allait jouer sur les deux tableaux pour emporter la victoire à la fin. Je saisis le diamant à mon cou, le serrant jusqu'à en sentir chaque facette incrustée dans ma paume. Même ici, je n'échappais pas à son emprise.

Ce fut à cet instant, comme à travers une brume lointaine, que j'entendis Selig dire à Kolbjorn sur le ton de la conversation qu'il allait y avoir une grande chasse le lendemain. Les Skaldiques accordent une grande importance à l'hospitalité, et Kolbjorn était un allié de valeur ; la chasse serait donnée en son honneur et il y aurait une fête ensuite.

L'idée du plan me vint alors.

Je me retirai silencieusement de la pièce, pour revenir l'instant suivant au vu et au su de tous ; je m'approchai discrètement pour m'agenouiller devant Selig. Il m'interrogea d'un signe de tête muet ; je lui demandai la permission d'aller voir Joscelin. Il me l'accorda sans même y penser, dépêchant un Frère blanc pour m'accompagner. Tout en trottinant sur la neige, je réfléchissais à la disposition du bastion et du camp ; une fièvre s'était emparée de mon esprit. Oui, cela marcherait peut-être. Si un nombre suffisant de barons de Selig allaient à la chasse. Si Joscelin se montrait disposé à coopérer.

C'était le point délicat.

Baissant la tête, j'entrai dans la cabane ; mon escorte suivit. Joscelin était en train de faire de l'exercice, dans les limites de ce que lui permettaient ses chaînes ; en l'occurrence, allongé sur le sol, il relevait son corps raidi à la force de ses bras. Il n'avait pas grand-chose d'autre à faire, hormis méditer. Il se mit debout à notre entrée, dans un bruit de chaînes. Le Frère blanc jeta un coup d'œil rapide à l'intérieur, puis ressortit, préférant le grand air à l'atmosphère confinée et enfumée.

— Regarde, me dit Joscelin en tirant sur l'anneau métallique fixé aux planches de bois brut du sol.

Il ballottait dans sa fixation ; à l'évidence, il y avait du jeu. Je me réjouis ; cela faisait un obstacle de moins.

— Que s'est-il passé aujourd'hui ? J'ai entendu une grande activité dans le camp.

— Kolbjorn de la tribu des Mannis est ici,

répondis-je. Il a apporté une lettre du Sud, transmise *via* les Caerdiccae Unitae. J'ai vu le sceau. C'est celui de Melisande.

Il demeura silencieux, prenant la mesure de sa trahison. Je savais quel choc c'était.

— Que dit-elle ? demanda-t-il finalement.

Je secouai la tête.

— Je n'ai pas eu l'occasion de la lire, mais elle lui dit que d'Aiglemort ne se doute de rien.

— Tu crois que c'est vrai ?

Je n'avais pas examiné les choses sous cet angle, trop stupéfaite pour mettre l'information en doute. Maintenant, j'en voyais l'éventualité ; je me tapai sur le front.

— Je ne sais pas. Peut-être joue-t-elle double jeu pour livrer Selig sur un plateau à d'Aiglemort. C'est possible. (Nous échangeâmes un regard.) D'une manière ou d'une autre, dis-je à voix basse, la couronne tombe et c'est elle qui sort victorieuse. Joscelin, pourrais-tu tuer un homme à mains nues ?

Il pâlit subitement.

— Pourquoi me demandes-tu ça ?

Je lui exposai mon plan.

Lorsque j'eus fini, il se mit à arpenter sa cabane, malgré ses chevilles entravées, tournant en rond autour de son anneau. Sur son visage, je pouvais lire les pensées qui se succédaient dans son esprit.

— Tu me demandes de trahir mon serment, finit-il par dire, sans me regarder en face. Attaquer sans avoir été provoqué… tuer… c'est contre tous les principes que j'ai juré d'observer. Ce que tu me demandes, Phèdre… c'est ni plus ni moins qu'un meurtre.

— Je sais.

Il y avait bien des choses que j'aurais pu dire. J'aurais pu faire valoir que nous étions tous deux en train de mourir à petit feu, lui dans ses fers, moi à servir le plaisir de Waldemar Selig en luttant contre une vague montante de haine. J'aurais pu lui faire observer que nous étions en guerre, piégés derrière les lignes ennemies, en un lieu où les règles communes ne s'appliquent plus. J'aurais pu dire tout ça, mais je n'en fis rien. Joscelin savait tout ça aussi bien que moi.

Restait que c'était bel et bien un meurtre.

Après un long moment, son regard vint se poser sur moi.

— Je ferai ce que tu me demandes, dit-il calmement, d'une voix qui ne tremblait pas.

C'est ainsi que notre plan fut arrêté.

Tout le reste de la journée, je ne tins pas en place. Mon cœur battait à un rythme inhabituel et une sensation de malaise s'était installée au creux de mon estomac. Je dissimulai mon trouble derrière des sourires et des plaisanteries, œuvrant tranquillement au service de Selig, portant ma soumission comme un masque. Je crois que je m'en tirai plutôt bien ; Selig se montra suffisamment de bonne humeur pour oublier pour un temps son éternelle suspicion à mon égard, allant même jusqu'à me complimenter sur mon service en présence de Kolbjorn. Ravis que Selig consacre sa journée du lendemain à des pratiques purement skaldiques plutôt qu'à la corruption d'Angeline, ses barons et les Frères blancs ne trouvèrent rien à redire.

Il me prit cette nuit-là. Le hasard voulut que nous fussions arrivés à un passage des *Trois Mille Joies* appelé « Le cerf en rut » ; Selig prit cela comme un heureux présage puisqu'ils allaient précisément chasser le cerf le lendemain. En appui sur mes genoux et mes mains, je frissonnais sous lui, les yeux fixés sur la tête de lit ouvragée, le détestant de toutes mes forces, tandis qu'il m'assaillait, la tête rejetée en arrière, les mains accrochées à mes épaules. *Profites-en bien, seigneur*, songeai-je, *c'est la dernière fois que tu me possèdes.*

Après cela, il dormit, tandis que je demeurai allongée les yeux grands ouverts dans le noir. Seule une faible lueur orangée sourdait des braises mourantes, accrochant les éléments métalliques dans la pièce. Mon regard se posa sur l'éclat le plus proche ; mon esprit était farci de mille détails, si bien que je n'en discernai pas immédiatement la forme dans l'obscurité. Puis mes yeux s'accoutumèrent et je vis de quoi il s'agissait.

C'était la dague de Selig, qu'il avait posée sur la table de nuit lorsqu'il s'était déshabillé.

Bien sûr, songeai-je, tandis que le soulagement m'inondait. Bien sûr, il y avait une autre solution. Le prix à payer en était plus élevé… mais, oh ! le résultat au moins était sûr ! Tournant la tête, j'observai les traits de Selig endormi, à la lueur diffuse des braises dans l'âtre. Son visage était détendu dans son sommeil, en paix, comme si aucune pensée difficile ne venait troubler ses rêves. Il respirait profondément ; son torse puissant montait et descendait à un rythme régulier. *Là*, me dis-je ; mes yeux s'étaient faits à la pénombre. *Là, dans le creux à la base du cou, à l'endroit dégagé que sa barbe ne couvre pas. Là, j'enfonce la pointe et je tourne.* Je ne connaissais pas grand-chose aux armes, mais voilà qui devait suffire.

Tout ce que j'avais à faire, c'était atteindre la dague.

Avec mille précautions, je pivotai lentement, tendant la main par-dessus son corps.

Le bois du lit émit un craquement, et je sentis une main me saisir le poignet. Je baissai le regard pour rencontrer les yeux de Selig, ouverts et éveillés. Ce n'était pas Gunter, qui dormait comme un sonneur en toutes circonstances… Waldemar Selig, on l'appelait ; Waldemar le béni, contre qui l'acier ne pouvait rien. Ce que je fis alors, je n'avais d'autre choix que de le faire. J'avais presque été prise en train de tenter d'assassiner celui qui peu à peu s'imposait comme roi des Skaldiques. Avec un murmure de protestation, je dégageai ma main pour achever d'étendre le bras et le serrer contre moi, posant la tête sur son épaule.

Cela lui plut d'imaginer que j'en étais venue de moi-même à la tendresse – à mon corps défendant. Il eut une espèce de gloussement engourdi, qui résonna comme un tambour sous mon oreille, mais il me laissa là, nichée dans sa chaleur. Sa respiration revint rapidement au rythme lent et profond du sommeil. Je demeurai longtemps éveillée, contraignant mes membres à se montrer dociles, chassant par un effort de volonté la raideur que la terreur y faisait venir. Pour finir, rendue de peur et de fatigue, je glissai dans un sommeil agité.

L'aube arriva, vive et brillante ; la grande salle bruissait de l'intense activité qui précède une chasse. Raide, stupéfaite, en état de choc, j'y circulai avec l'impression d'être tombée dans un étrange théâtre de bois. Ma terreur était revenue, ravivée par le sommeil ; je tremblais de l'horreur qui avait failli se passer au cours de la nuit, et de la peur de ce qui allait arriver. Je ne me souviens pas de grand-chose de ce matin-là. Les Skaldiques s'armaient pour la chasse, les femmes s'activaient à leurs travaux, les chevaux piétinaient le sol enneigé ; tout se mélange dans mon esprit avec le matin où les hommes de Gunter étaient partis pour leur raid en terre d'Angeline, revenant plus tard en chantant la gloire de leur massacre. Même Harald l'imberbe était là, en train de fourrager dans les poils qui lui venaient au menton ; il me fit un clin d'œil joyeux, sans savoir que j'étais en disgrâce parmi les gens de Selig. Seuls les aboiements des chiens étaient différents ; ça et les Frères blancs tirant à la courte paille pour désigner celui qui allait rester pour me garder. C'étaient les ordres de Selig. Ce fut un baron du nom de Trygve qui fut désigné. Il maugréait sous les quolibets de ses compagnons. Selig lui lança un regard de mise en garde et Trygve se tut. Je gardai les yeux obstinément baissés ; je ne voulais pas voir l'homme que le destin et une paille un peu courte avaient condamné à mourir.

Puis ils partirent et la grande salle se vida pratiquement. Les serfs reprirent leurs activités. Vautré sur un banc, Trygve contait fleurette à l'une des femmes. Je me retirai dans la chambre de Selig ; il vit où je me rendais et hocha la tête, sachant que j'y travaillais pour son seigneur.

Seule dans la chambre, je retirai la broche fermant ma pelisse et pris entre mes dents l'extrémité acérée de l'épingle. Lentement, j'exerçai une pression pour la recourber, de manière à former un petit crochet. L'opération me prit un certain temps, mais cela me permit de forcer le verrou de l'armoire de Selig, dans laquelle je trouvai sa correspondance, un coffre fermé contenant des pièces, un tas de vêtements pêle-mêle, et les armes de Joscelin empilées tout au fond. La lettre de Melisande Shahrizai était là également ; je m'assis pour la lire.

Elle était de sa main ; je le savais pour avoir souvent vu ses lettres à Delaunay, même si celle-ci était rédigée en caerdicci. En elle-même, la missive était courte, confirmant tout ce que Selig avait dit à voix haute. « Je suis certaine que nous nous comprenons l'un l'autre », écrivait-elle à la fin.

Les fontes de cuir de Selig étaient dans un coin ; elles ne servaient à rien pour une chasse et il ne les avait pas emportées. Je les pris et fourrai la lettre dans une poche intérieure, avant de fouiller dans l'armoire pour trouver les vêtements les plus chauds. Il y avait également un briquet à amadou ; je l'emportai lui aussi. À ce stade, il n'y avait plus grand-chose que je puisse faire. Je remis ma pelisse, refermant la broche avec quelque difficulté. Je pris une profonde inspiration, puis retournai dans la grande salle, pour m'approcher de Trygve toujours occupé à badiner.

— Qu'y a-t-il ? demanda-t-il avec un coup d'œil torve, manifestement mécontent.

— Je souhaiterais aller voir mon ami, seigneur, répondis-je d'une voix douce. Le seigneur Selig m'y autorise, une fois par jour.

C'était vrai et il le savait ; néanmoins, Selig n'était pas là.

— Je t'y conduirai plus tard, dit-il en me congédiant d'un geste, pour reprendre son babillage interrompu.

Je m'agenouillai, les yeux toujours baissés vers le sol.

— Si cela vous agrée, seigneur, je peux y aller

seule. Le bastion est désert aujourd'hui, je ne risque rien. Il est inutile de vous déranger avec ça.

— Oui, laisse-la donc y aller, intervint la femme – une certaine Gerde –, impatientée. Elle reviendra bien toute seule. Elle sait où est son intérêt.

À un autre moment, j'aurais pu relever la tête, encouragée par son commentaire ; là, je ne bougeai pas d'un pouce. Trygve soupira, pivotant sur ses reins pour descendre ses jambes du banc ; il remit sur ses épaules la peau de loup qui lui conférait son statut de Frère blanc, rabattant la gueule sur son crâne.

— Pour que quelqu'un aille le raconter à Selig – un serf qui aura vu la D'Angeline traîner toute seule dans le camp ? Non, je l'accompagne. (Debout, il prit son bouclier et me saisit le bras.) En route. Et tu as intérêt à faire vite, c'est compris ?

Tout en marchant derrière lui, je me félicitai de sa rudesse mal aimable ; cela rendait les choses plus faciles. Maintenant que l'action était lancée, le plus gros de ma terreur s'était dissipé. Les guerriers disent que l'attente est toujours ce qu'il y a de pire avant une bataille. Ce jour-là, je compris ce que cela signifiait. Le bastion était pratiquement aussi vide que la grande salle ; personne n'entrait ou sortait des autres bâtiments. Des silhouettes étaient visibles çà et là autour du lac, à côté des quelques tentes encore dressées.

Puis nous atteignîmes la cabane de Joscelin et Trygve m'indiqua d'un geste de l'y précéder. J'écartai la peau masquant l'entrée et avançai. J'avais été éblouie par le soleil ; il me fallut quelques secondes pour voir qu'il n'y avait personne au centre de la petite construction – uniquement un trou à l'endroit où l'anneau était fixé dans les planches. Je pivotai sur moi-même et vis Joscelin immobile à côté de l'embrasure, une longueur de chaîne tenue entre ses mains entravées. Aucun de nous ne dit rien. Je m'écartai pour permettre à Trygve d'entrer.

Il franchit le seuil et fit deux pas vers l'intérieur, puis Joscelin bougea, passant sa chaîne autour du cou du Skaldique, et serrant. Je l'avais obligé à faire ça ; je m'obligeai à le regarder. Partiellement protégé par sa peau de loup, Trygve lutta, cherchant l'air, agrippant les bras de Joscelin. Le Cassilin le faucha d'un coup dans les jambes et Trygve s'effondra au sol. Pendant la chute, la prise sur sa gorge s'était relâchée ; il prit une inspiration et ouvrit la bouche pour hurler, mais Joscelin lâcha sa chaîne et saisit sa tête à deux mains pour lui imprimer une violente rotation.

J'entendis son cou se briser. Le cri mourut dans sa bouche sans avoir franchi la barrière de ses lèvres. La lueur de la vie quitta son regard. Tout avait été très vite.

— Tends tes mains.

J'arrachai la broche de ma pelisse et me mis à l'ouvrage sans tarder. Les verrous des fers étaient des plus simples.

— Merci, Hyacinthe, murmurai-je en m'agenouillant pour libérer ses chevilles. (Je relevai la tête ; Joscelin était en train de se masser les poignets, le visage parfaitement impassible.) Il faut le déshabiller.

Joscelin hocha la tête.

— Faisons ça.

Les morts pèsent plus lourd que les vivants. Il nous fallut lutter un peu pour lui ôter ses vêtements, mais nous y parvînmes finalement ; nous n'osions nous regarder. Sans un commentaire, Joscelin se détourna pour se déshabiller à son tour, troquant sa tenue cassiline usée jusqu'à la trame contre les vêtements skaldiques.

— Fais-moi voir.

Je l'étudiai, dénouai sa natte, puis pris une poignée de cendres dans le brasero pour en enduire ses cheveux et leur donner une nuance grisâtre. Ensuite, je lui barbouillai le visage pour dissimuler sous une couche de crasse ses traits par trop d'Angelins. Je copiai la coiffure de Trygve, formant de petites nattes sur le côté de son visage et rabattant ses cheveux vers l'avant pour masquer encore plus son visage.

— Tiens, ajoutai-je en lui tendant la peau de loup blanc.

Joscelin la passa sur ses épaules, nouant les pattes avant sur sa poitrine comme le faisaient les Frères blancs, puis rabattit la gueule du loup très bas sur son front.

Cela marcherait. De loin, tout le monde le prendrait pour l'un des Frères blancs.

— Tu es prêt ? demandai-je. (Il prit une profonde inspiration et hocha la tête.) La grande salle sera le plus difficile. Je ne pouvais pas apporter un sac sans éveiller les soupçons, mais nous aurons besoin de vêtements et d'un briquet à amadou ; et puis, il y a la lettre de Melisande. Nous pourrons prendre des provisions dans l'une des petites salles. Il y a moins de monde là-bas.

— J'ai besoin de mes armes.

— Elles ne sont pas skaldiques. Prends celles de Trygve.

— J'ai au moins besoin de mes canons d'avant-bras. Je ne suis pas entraîné pour combattre avec un bouclier. Tu l'as bien vu dans le *holmgang.* (Il s'interrompit un instant.) C'est mon oncle qui me les a donnés ; il les tenait de son propre oncle, Phèdre. Laisse-moi au moins ça.

— D'accord. Pour l'instant, prends les armes de Trygve ; cela aurait l'air étrange si tu ne les avais pas. (Je craignais de perdre du temps en vaines discussions.) Garde la tête baissée et prends une attitude renfrognée. Si on te parle, hoche la tête. Si on insiste, dis ceci : « Ordres de Selig. Il va établir un camp. » (Je lui avais donné la phrase en skaldique et je le fis répéter jusqu'à ce qu'il la sût parfaitement ; il n'avait pas oublié mes leçons.) Et n'oublie pas de me traiter comme une moins-que-rien, ajoutai-je encore, toujours en skaldique.

Tout serait perdu, si je m'adressais à lui en d'Angelin.

— Un instant.

Il s'agenouilla sur le sol de bois, près du corps de Trygve, blafard et bleui dans le froid de la cabane. Bras croisés, Joscelin murmura une prière cassiline – la même que celle que je l'avais entendu prononcer sur le cadavre d'Evrard le caustique. C'était étrange de voir un guerrier skaldique prier comme un frère cassilin. Il se releva, passa la ceinture de Trygve à sa taille et accrocha son bouclier à l'épaule.

— Allons-y, me dit-il en skaldique.

J'écartai le rideau et nous sortîmes dans le soleil éblouissant de cette journée d'hiver.

51

J'avais l'impression que l'alarme allait être donnée d'une seconde à l'autre, que le cadavre de Trygve allait se mettre à hurler. Nous marchions sur les étendues de neige en direction du cœur du bastion. À chaque pas, la distance me paraissait s'allonger. Aujourd'hui encore, il m'arrive de rêver que je traverse cette étendue blanche. Le jour était d'une impitoyable clarté qui faisait planer une menace sur la vraisemblance du déguisement skaldique de Joscelin. Il marchait la tête baissée, la mine sombre et fermée sous sa tête de loup, la main fermement serrée sur mon bras.

Il me semblait cependant que les Frères blancs ne marchaient pas si vite ; peut-être flânaient-ils en rentrant de la cabane. Je ne me souvenais plus – moi qui pourtant étais formée à retenir toutes ces choses. Mon esprit paraissait totalement engourdi.

Nous nous arrêtâmes tout d'abord dans l'une des plus petites salles, là où on me voyait très rarement. Des regards curieux se posèrent sur nous ; l'un des serfs s'approcha, posant une main sur son front devant Joscelin, en signe de respect devant sa tenue de Frère blanc.

— Que désirez-vous ?

Joscelin secoua mon bras avec un signe de tête à mon intention.

— Dis-lui, grogna-t-il, avec le ton exact d'un baron excédé.

Ce n'étaient pas les mots que je lui avais dits, mais cela ferait aussi bien l'affaire ; après tout, cela éveillerait peut-être moins de suspicion.

— Le seigneur Selig a décidé de camper au-dehors avec Kolbjorn et quelques hommes, expliquai-je. Il me demande d'apporter une outre d'hydromel, deux sacs d'orge et d'avoine et une petite marmite. Il faut apporter le tout aux écuries. Mon seigneur Trygve va le rejoindre à cheval.

— Une seule outre ? s'étonna le serf à voix haute, avant de s'étrangler de peur en jetant un regard à Joscelin.

— Trois, répliqua Joscelin en me secouant une nouvelle fois le bras, comme sous le coup de l'irritation.

Sur ce, il tourna les talons et m'entraîna à sa suite. Je ne savais pas si le stratagème avait fonctionné, mais j'entendis le serf appeler pour qu'on vînt l'aider.

Mes genoux tremblaient tandis que nous marchions vers la grande salle. Lorsque Joscelin me fit entrer d'une bourrade dans le dos, je faillis m'étaler ; une bouffée d'exaspération me vint contre lui. Cela me donna la force de me redresser et de lui jeter un regard furieux. Il me rendit mon coup d'œil, puis m'emboîta le pas en direction de la chambre de Selig.

Gerde n'était plus dans les parages – Elua merci ! Dans la chambre de Selig, je désignai l'armoire que je n'avais même pas pris la peine de refermer à clé. Joscelin ouvrit le battant en grand et rassembla son paquetage à la hâte. Il enfila ses canons d'avant-bras, remplaça la ceinture de Trygve par la sienne, puis glissa ses dagues dans leurs fourreaux. Il enfila son baudrier, avant de dissimuler ensuite le fourreau de son épée dans son dos sous la peau de loup blanc. J'en dissimulai tant bien que mal la garde sous ses cheveux abondants, en priant pour que personne ne remarquât l'incongruité d'un guerrier skaldique portant des armes à la cassiline. Pour finir, Joscelin saisit les fontes et m'indiqua la direction de la porte d'un signe de tête.

— La lettre de Melisande ! m'exclamai-je à voix basse, frappée subitement par une idée.

— Je pensais que tu l'avais, répondit-il, les sacs de cuir à la main.

— C'est le cas. (Je pris les fontes, ouvris celle contenant la lettre, puis en fouillai frénétiquement l'intérieur jusqu'à la trouver.) Selig ne sait pas que nous connaissons son intention de trahir d'Aiglemort, expliquai-je sombrement. Si nous prenons la lettre, nous nous trahissons ; il modifiera ses plans et nous perdrons le seul atout dont nous disposons. Nous devrons nous passer de preuve.

Je remis la lettre à l'endroit où je l'avais trouvée, sur l'étagère du haut dans l'armoire. Mes mains tremblaient et je les essuyai sur ma robe en prenant une profonde inspiration.

— Très bien. Allons-y.

Nous n'eûmes pas autant de chance au moment de partir.

À mi-chemin dans la grande salle, Gerde sortit des cuisines et nous aperçut.

— Et où vas-tu maintenant ? demanda-t-elle d'un

ton geignard en marchant dans notre direction. Trygve, tu m'avais promis !

— Ordres de Selig, marmonna Joscelin, les yeux obstinément fixés sur la porte, me poussant devant lui.

— Je n'ai rien entendu de ce genre ! insista Gerde en poursuivant, mains sur les hanches.

Une note d'irritation perçait dans sa voix. Encore quelques pas et elle risquait de voir que ce n'était plus Trygve sous la peau de loup. Je dégageai mon bras de la prise de Joscelin, pour m'interposer entre eux.

— Et pourquoi aurais-tu entendu quelque chose ? demandai-je en laissant transparaître dans ma voix le plus grand mépris. Est-ce que le seigneur Selig t'envoie chercher lorsqu'il veut du plaisir ? Envoie-t-il chercher une femme de ce bastion ?

Je parcourus la salle du regard. Quelques femmes s'étaient arrêtées, stupéfaites. Au moins, plus personne ne regardait Joscelin.

— Non, il ne fait pas ça, poursuivis-je de plus en plus dédaigneuse. Il est digne de porter le titre de roi et il veut un plaisir digne d'un roi. Et tel est son bon plaisir de camper dehors cette nuit et de me mander de l'y rejoindre. Ceux qui veulent demeurer dans ses bonnes grâces seraient bien avisés de ne pas l'oublier !

Sur ce, je fis volte-face et marchai vers la porte. Joscelin offrit un haussement d'épaules fataliste et dégoûté à ceux dans la salle, puis s'avança, ouvrit la porte et me suivit au-dehors. Je perçus les rumeurs de la fureur grandissante, pareille à celle d'un nid de frelons dans lequel on a mis un coup de pied. Si on se faisait prendre, je n'aurais aucune pitié à espérer de quiconque dans le bastion.

— Pas si vite, me dit Joscelin à voix basse.

Sans y penser, j'avais accéléré le pas. Je me contraignis à ralentir l'allure, heureuse qu'il eût du bon sens.

Les écuries de Selig – ou du moins ce qui en tenait lieu – n'étaient rien d'autre qu'une rangée d'appentis érigés face au vent en bordure d'une vaste prairie. Les Skaldiques ne choient guère leurs animaux, pour les garder vigoureux. Quelques chevaux étaient sur le pré, regroupés pour se tenir chaud ; mon petit cheval tout poilu était parmi eux. L'un des manants affectés à ces lieux accourut dès qu'il aperçut le Frère blanc.

— Les provisions ont été apportées, dit-il hors d'haleine. Et votre cheval est presque sellé. Est-ce vrai que Waldemar Selig campe dehors cette nuit ?

— Ordres de Selig, répondit Joscelin d'un ton brusque.

— Le seigneur Selig a demandé que je vienne également, dis-je d'un ton impérieux. Fais seller mon cheval.

Le serf jeta un coup d'œil à Joscelin, qui répondit par un haussement d'épaules et un signe de tête. Le manant s'éloigna pour crier quelque chose et deux garçons partirent en courant sur le pré en direction de mon cheval. Le manant revint et porta une main à son front.

— Il faut aussi du fourrage pour les chevaux. (Je tournai la tête vers Joscelin.) Combien en a demandé le seigneur Selig ? Pour une dizaine de bêtes ?

Il lança un coup d'œil sous le rebord de la tête de loup.

— Du fourrage pour une dizaine de bêtes, confirma-t-il en écho.

— Tout de suite, répondit le serf avec un hochement de tête nerveux.

Il repartit au triple galop. Dans un état proche de la sidération, nous observâmes les gens de Selig qui s'activaient pour nous permettre de fuir, chargeant les bêtes de tout ce que nous avions demandé. Ils sortirent même les chevaux de l'enclos pour nous. Joscelin balança les fontes sur sa monture, pardessus les sacs déjà en place. C'était un geste tout à fait skaldique dans l'esprit, mais il révéla l'acier de ses avant-bras sous le pourpoint de laine ; je retins ma respiration. Apparemment, personne d'autre que moi n'avait vu. Je grimpai en selle et pris les rênes. Mes mains tremblaient. *Ils mettront ça sur le compte du froid*, songeai-je. J'attendais que Joscelin donnât le signal du départ, mais je me souvins qu'il ignorait la direction prise par la troupe des chasseurs. *Il y a tant de détails qui peuvent nous trahir*. Je caressai l'encolure de mon cheval, me penchant sur lui comme pour murmurer à son oreille.

— Va vers l'extrémité nord du lac et suis la piste vers la montagne, dis-je en d'Angelin.

C'était suffisant. Joscelin fit un signe de tête autoritaire au serf, puis me parla en skaldique d'un ton plein d'impatience.

— En route !

Il éperonna sa monture, partant au petit trot vers l'extrémité du lac ; je le suivis.

Il nous fallait encore passer au milieu des tentes des cavaliers des bastions. Certains étaient restés au campement ; seuls les favoris étaient partis à la chasse. Fort heureusement, Harald était du nombre ;

lui seul ici connaissait suffisamment l'allure de Joscelin pour reconnaître sa manière de monter ou repérer l'éclat de l'acier à ses poignets, les dagues à sa ceinture ou l'épée dans son dos.

Mais Harald était avec Selig et il n'y avait personne capable de voir à cette distance que le Frère blanc avec moi n'était pas skaldique. Quelques barons nous saluèrent, criant de joyeuses obscénités ; Joscelin rit en réponse, et esquissa même un geste pour le moins explicite dont je n'aurais même pas imaginé qu'il le connût. Les hommes de Gunter avaient l'habitude de le faire dans mon dos, ricanant comme des gamins lorsque je les prenais sur le fait.

Il faisait froid à pierre fendre ; l'air gelé me brûlait les poumons et me figeait le visage. J'anticipais la nuit avec terreur et le froid glacial qu'il ferait. *Nous aurions dû nous arranger pour récupérer une tente*, songeai-je. Les Skaldiques n'en auraient pas pris pour une partie de chasse, ou même un raid, mais Selig en aurait demandé une pour moi. *Si on meurt gelés, ce sera ma faute.*

Nous contournâmes l'extrémité nord du lac, puis empruntâmes la piste qui quittait la vallée ; de nombreuses traces de cavaliers et de chiens y étaient visibles. La pente était raide, mais au moins les chevaux ne s'enfonçaient-ils pas dans la neige. Nous suivîmes le chemin sans rien dire, l'oreille aux aguets pour saisir le moindre bruit révélant la présence des chasseurs devant nous. Il n'y avait que le silence de la forêt – un chant d'oiseau de temps à autre et le vent dans les branches chargées de neige. Au sommet, je me retournai pour voir le bastion de Selig tout en bas, à côté du lac pareil à un bol bleu. Joscelin souffla sur ses doigts.

— Comment allons-nous faire ? demanda-t-il.

Je regardai une nouvelle fois derrière moi.

— On suit leur piste encore un peu, jusqu'à ce qu'on soit hors de vue du bastion. Ensuite, on avance plein ouest. (Je serrai ma pelisse autour de moi en frissonnant.) Tu sais, Joscelin, mon plan n'allait pas plus loin. Heureusement, grâce aux cartes de Selig, je sais où nous sommes et je sais où nous allons. Par contre, comment aller de l'un à l'autre en restant en vie ? Je n'en ai pas la moindre idée, si ce n'est que nous devrions creuser l'écart le plus possible avant qu'ils s'aperçoivent de notre fuite. Et dire que je n'ai même pas pensé à prendre une tente !

— Tu as trouvé le moyen de nous faire sortir, je trouverai celui de nous faire rentrer chez nous. (Il regarda la forêt tout autour ; ses yeux bleus étaient tout à la fois étranges et familiers sous sa peau de loup.) N'oublie pas, j'ai été élevé dans les montagnes, ajouta-t-il.

Cela me mit du baume au cœur ; je me soufflai sur les mains comme je l'avais vu faire.

— Allons-y alors.

Nous suivîmes encore un peu la piste des chasseurs, avant de virer sur la gauche, plein ouest. Joscelin me fit tenir son cheval un moment, le temps d'aller effacer nos traces à l'aide d'une branche de pin.

— Ils ne les verront pas s'ils n'y regardent pas de trop près, dit-il d'un air satisfait tout en jetant la branche avant de remonter en selle. Et ils ne les trouveront sûrement pas s'ils passent au crépuscule. Allez, éloignons-nous d'ici.

Il y avait une chose que nous avions oubliée cependant.

Cela se produisit peu après. Nous progressions silencieusement ; seuls les bruits des chevaux nous trahissaient.

Mais c'était suffisant pour avertir les Frères blancs qui gardaient les frontières du territoire de Selig.

Ils étaient parfaitement dissimulés dans la neige, sous leurs fourrures blanches. Knud aurait su qu'ils étaient là ; nous, non. Ils jaillirent, lances brandies, en hurlant.

Ils virent la tenue de Joscelin et s'interrompirent, confus.

— Le salut, frère, dit l'un d'eux prudemment, en abaissant sa lance. Où allez-vous ?

Je ne crois pas que Joscelin avait le moindre choix ; aucun mensonge n'aurait pu expliquer notre présence dans ces parages, même s'ils n'avaient pas encore percé à jour son déguisement. Je l'entendis murmurer d'un ton angoissé, puis son épée fut tirée et il éperonna sa monture pour charger.

Celui qui avait parlé n'eut même pas le temps de prendre un air étonné ; Joscelin fut sur lui tout de suite et son épée frappa – mortellement. L'autre recula en titubant, lance baissée. Joscelin volta devant lui pour lui faire face. Ses yeux papillotèrent frénétiquement ; à l'évidence, il hésitait : le cheval ou le cavalier ? Il lança son arme sur Joscelin, visant le cœur. Le Cassilin s'allongea sur son cheval ; la lance se perdit au-dessus. Il se redressa puis avança résolument sur le second Frère blanc, abrité derrière son bouclier ; il lui fallut plusieurs coups pour en venir à bout.

Rien n'est plus rouge que le sang frais sur la neige.

Joscelin revenait vers moi au pas lent de son cheval ; son visage affichait une expression douloureuse.

La lueur enfantine qu'il avait eue en contemplant la forêt avait quitté ses yeux ; son regard était devenu celui d'un homme vieilli et malade.

— Il n'y avait pas d'autre choix, dis-je doucement.

Il hocha la tête et mit pied à terre, pour essuyer sa lame et la remettre au fourreau. Sans regarder le visage du Frère blanc – le premier à être tombé –, il s'approcha pour lui retirer les moufles de fourrure qu'il portait. Sa main droite était encore crispée sur sa lance. Joscelin me les apporta ensuite.

— Ne dis rien. Mets-les, c'est tout.

J'obéis. Mes mains nageaient dedans, au point que je parvenais à peine à tenir les rênes ; mais au moins, elles étaient au chaud. Joscelin remonta en selle et nous repartîmes.

Nous ne rencontrâmes plus personne ; à mesure que nous avancions il devenait de plus en plus évident que nous traversions un territoire inhabité. Nous poussâmes les chevaux jusqu'aux limites de ce qui nous paraissait raisonnable. Nous foncions dans la neige, qui parfois arrivait jusqu'au poitrail de mon petit cheval poilu ; sur ce plan-là, il paraissait plus hardi que le grand étalon de Joscelin. À un moment, nous traversâmes un torrent dont le courant était si fort qu'il n'avait même pas gelé. Nous fîmes boire les chevaux, à petits traits. « S'ils se remplissent la panse d'un seul coup, ils attrapent des coliques », m'expliqua Joscelin. Il vida également deux des outres d'hydromel, pour les remplir d'eau fraîche.

Nous ne nous arrêtâmes que pour faire souffler les chevaux ; et peu de temps, encore. Au milieu de la journée, nous ne mangeâmes qu'une poignée d'avoine, lentement mâchée, poussée ensuite par quelques gorgées d'eau glacée. De temps à autre, Joscelin descendait et menait sa monture par la bride, pour ouvrir une voie et l'alléger un peu. Il me le fit faire une fois également, alors que je devenais bleue de froid. Je le maudis, mais l'exercice me réchauffa. Il avait raison bien sûr. Si les chevaux s'effondraient, nous étions perdus.

J'avais en tête une vision très claire du chemin que nous devions suivre pour gagner la passe la plus au sud du Camlach. Par contre, se repérer sur les immensités que nous traversions était une tout autre affaire ; et je n'étais pas une navigatrice. Lorsque le soleil descendit sur l'horizon, à l'ouest, allongeant les ombres des grands arbres, je m'aperçus que nous avions dévié. Nous corrigeâmes notre route, en direction de la lueur orangée.

— Cela suffira.

Les paroles de Joscelin rompirent le long silence qui s'était établi entre nous. Une ultime lueur filtrait encore à travers les arbres.

— Si nous continuons encore, nous n'y verrons plus rien pour monter le camp.

Il mit pied à terre et noua le licol de son cheval à une branche. Je fis de même, en luttant pour ne pas frissonner à la perspective de l'obscurité glacée.

— Penses-tu que ce soit prudent de faire un feu ? demandai-je en claquant des dents.

— C'est de ne pas en faire qui serait imprudent, répondit-il. À moins que tu veuilles geler dans ton sommeil.

Joscelin dégagea un emplacement, puis ramassa et empila du bois mort. Je m'efforçai de l'aider du mieux que je pouvais en apportant du bois.

— Ensuite, il faudra s'occuper des chevaux, dit-il en sortant le briquet à amadou.

Il s'agenouilla et battit le briquet ; une fois, deux fois, trois fois… sans résultat. Mon cœur s'arrêta. Sans s'émouvoir, Joscelin tira l'une de ses dagues pour faire des copeaux d'une branche morte. Ensuite, il battit de nouveau le briquet. Cette fois-ci, le feu prit. Il l'alimenta doucement de brindilles, jusqu'à obtenir une bonne flamme.

— Que veux-tu que je fasse ? demandai-je avec le sentiment d'être totalement inutile.

— Tiens, dit Joscelin en me tendant la petite marmite. Remplis-la avec l'une des outres et donne à boire aux chevaux. Nous pourrons faire fondre de la neige pour la remplir de nouveau. Quand tu auras fini, mets la bouillie d'avoine sur le feu.

Ce sont les circonstances qui font tout. Chez Delaunay, j'aurais refusé de manger un repas préparé dans une marmite dans laquelle des chevaux avaient bu ; ce jour-là, rien n'aurait pu moins m'importer. Mon brave petit cheval plongea son museau dans la marmite et but longuement, ne relevant la tête que lorsque je lui retirai l'eau, de crainte qu'il boive trop d'un coup. Des gouttes gelaient sur les longs poils qui lui poussaient autour des naseaux ; il me regardait de ses grands yeux noirs à travers les mèches de sa crinière.

Tandis que j'accomplissais mes corvées, Joscelin œuvra avec une efficacité infatigable qui m'emplit d'humilité, leur ôtant leur selle et les bouchonnant avec un linge, fabriquant des entraves à partir d'une longueur de cuir récupérée sur un sac, leur donnant à chacun une mesure de fourrage – qui en vérité sentait meilleur que notre bouillie d'avoine –, érigeant un brise-vent et ramassant une provision de bois pour la nuit. Ensuite, pendant que je remuais doucement le contenu de la marmite, il coupa avec son épée des petites branches d'épineux pour faire un petit matelas moelleux sur la neige. Dans les vêtements de Selig, il trouva un manteau de laine qu'il étala dessus.

— C'est pour empêcher que la neige vole la chaleur de nos corps, expliqua-t-il. (Il s'assit ensuite sur son lit improvisé, et tira son épée,) Il va nous falloir… dormir l'un contre l'autre. Pour la chaleur.

Il y avait comme de l'embarras dans son ton. Je le regardai en haussant les sourcils.

— Après tout ce que nous avons vécu, tu éprouves encore de la gêne ?

Il se pencha sur son épée pour passer une pierre d'affûtage, qu'il gardait dans ses affaires, sur toute la longueur de la lame. Il tenait les yeux détournés ; les lueurs du feu jetaient des ombres sur son front, à travers les orbites vides qui avaient été des yeux de loup.

— Oui, lorsque j'y pense, Phèdre, répondit-il d'un ton calme. Pour ce qui est de mes serments, je n'ai plus grand-chose à quoi me raccrocher.

— Je suis désolée. (Abandonnant mon gruau frémissant, je vins m'asseoir à côté de lui, lui prenant le bras entre mes deux mains engoncées dans leurs moufles.) Sincèrement, Joscelin, répétai-je, je suis désolée.

Nous demeurâmes assis côte à côte, les yeux au cœur du feu qui flambait joyeusement, creusant un trou dans la neige et jetant des ombres mouvantes et fantastiques dans la nuit.

— J'ai essayé de tuer Selig la nuit dernière, dis-je.

Je le sentis sursauter sous le coup de la stupéfaction ; il se tourna pour me regarder.

— Pourquoi ? Ils nous auraient tués tous les deux.

— Je sais. (Je fixai les yeux sur les flammes.) Mais de cette manière, les choses auraient été sûres. Les Skaldiques ne s'uniront pas sous une autre bannière que la sienne. C'est lui et lui seul qui les rassemble. Et puis, comme ça, tu n'aurais pas eu à trahir ton serment.

— Que s'est-il passé ? demanda-t-il doucement.

— Il s'est réveillé. (Je frissonnai.) Peut-être est-ce vrai, peut-être est-il réellement protégé. C'est le vieux prêtre qui m'en a donné l'idée, lorsqu'il m'a appelée « la flèche de Kushiel ». Mais il s'est réveillé. J'ai eu la chance qu'il ne comprenne pas ce que j'étais en train de faire.

— Phèdre. (Joscelin prit une profonde inspiration qu'il relâcha avec un petit bruit qui sonna presque comme un rire.) Jouet des puissants. Ah ! Elua… à côté de toi, j'éprouve de la honte. Comme je regrette de n'avoir pas mieux connu Delaunay, l'homme capable de former une pareille élève.

— Moi aussi, j'aurais aimé que tu le connaisses. (Je retirai l'une de mes moufles pour prendre entre mes doigts une mèche de ses cheveux, la roulant entre mon pouce et mon index pour en sentir la finesse.) Mais en toute honnêteté, la première fois que je t'ai vu, j'ai trouvé que tu ressemblais…

— À un vieux bâton tout sec, finit-il à ma place en me jetant un coup d'œil amusé. Je me souviens. Je me souviens très bien.

— Non. (Je tirai sur sa mèche et lui souris.) Non, ça c'était avant que je te rencontre. Lorsque je t'ai vu, j'ai trouvé que tu étais un jeune frère cassilin arrogant et poseur.

Il rit – d'un rire spontané et sincère.

— Tu avais raison. C'était exactement ce que j'étais.

— Non, j'avais tort. Si tu avais été l'homme que je pensais, tu aurais abandonné et tu serais mort d'humiliation dans le chenil de Gunter. Toi, tu as continué à te battre sans trahir ce que tu es. Et tu m'as permis d'être encore en vie aujourd'hui.

— C'est à toi que tu le dois, Phèdre. Et moi aussi, c'est à toi que je le dois, dit-il calmement, tout en tisonnant le feu de la pointe de son épée. Crois-moi, je ne m'illusionne pas sur ce point. Mais je te jure de faire maintenant tout ce qu'il faut pour te conduire vivante et entière jusqu'à Ysandre de la Courcel. Si je dois être damné pour ce que j'ai fait, alors je ne serai pas damné à moitié.

— Je sais, murmurai-je.

J'avais vu ses yeux lorsqu'il avait tué le Frère blanc. Le silence nous enveloppait ; je finis par le rompre.

— Nous devrions manger.

— Manger, puis dormir. Nous aurons besoin de toutes nos forces.

Il se leva, remit son épée au fourreau, puis rapporta la marmite du feu. Nous n'avions qu'une unique cuiller ; nous l'utilisâmes tour à tour, remplissant nos ventres d'une nourriture chaude – et totalement dénuée de saveur. Lorsque nous eûmes fini, Joscelin récura l'intérieur du récipient, puis le remplit de neige qu'il mit à fondre. Assise, à moitié gelée et à moitié réchauffée, recrue de fatigue, je me tenais recroquevillée dans mon manteau.

Nous nous allongeâmes ensemble sur la couche, empilant sur nous jusqu'au dernier carré de fourrure et de laine dont nous disposions. Lovée contre Joscelin, je sentais la chaleur de son corps se diffuser dans mes membres.

— Dors, murmura-t-il, la bouche collée contre mes cheveux. Ils ne nous trouveront pas cette nuit. Dors.

Au bout d'un certain temps, j'y parvins.

52

Le lendemain matin, je m'éveillai courbatue et gelée.

Si j'avais trouvé difficile le voyage depuis le bastion de Gunter jusqu'à celui de Selig, ce n'était rien comparé à celui-ci. Peut-être l'ignorais-je, mais j'avais fait ce premier voyage en tant que membre choyé de la tribu. Je ne pensais pas alors qu'on m'épargnait la corvée de seller mon cheval, de préparer mes plats et d'assumer toutes sortes de petites choses.

Cette fois-ci, je devais faire face à tout, car la vitesse était la clé de notre survie. Malgré son efficacité, Joscelin n'avait que deux bras ; et il n'était pas né non plus dans les terres sauvages skaldiques où le froid est plus vif et la neige plus épaisse que dans les montagnes du Siovale.

Au fil du voyage, nous en étions venus à échanger par le biais d'un nouveau langage, fait de gestes, de signes de tête et de grimaces. J'appris des choses que je n'avais jamais apprises, et dont je n'avais même jamais envisagé l'utilité, comme la manière la plus efficace de harnacher un cheval ou la meilleure méthode pour suivre une trace dans un sous-bois dense et touffu où des branches retorses cachées sous la neige forment autant de chausse-trappes pour piéger les chevaux et les hommes.

J'appris à m'emmitoufler la tête de laine comme d'un burnous pour conserver la précieuse chaleur et me protéger le visage du vent. J'appris à retirer la glace de mes vêtements et à avancer sans jamais s'arrêter. J'appris à retirer la glace des sabots de mon cheval lorsque le coussinet à l'intérieur se craquelait et se mettait à saigner. J'appris à porter à la ceinture une dague – celle de Trygve que Joscelin avait conservée – et à l'utiliser pour les plus simples corvées.

J'appris toutes ces choses, et rapidement. Nous avancions aussi vite que nous l'osions, amenant nos chevaux et nous-mêmes jusqu'aux limites de l'épuisement. Nos chairs s'engourdirent et il nous fallait vérifier l'état de nos extrémités, pour y repérer le blanchiment symptôme d'engelures. La deuxième nuit, une meute de loups nous encercla tandis que nous établissions le camp ; ils étaient si près que nous les apercevions à travers les rideaux d'arbres. Joscelin s'activa comme un diable pour allumer le feu, et patrouiller ensuite sur le pourtour de notre petit territoire, criant et brandissant une torche. Les loups se retirèrent vers la forêt, mais nous voyions leurs yeux luire non loin dans la nuit.

Cela étant, nous ne vîmes personne le deuxième jour, pas plus que le suivant. Le troisième jour, nous perdîmes une heure précieuse et frôlâmes la catastrophe. Cela se produisit au sommet d'une crête enneigée, où nous faisions une pause, pied à terre, pour prendre nos repères. Une main sur le front pour me protéger les yeux de la lumière, je montrai un point vers le nord, où de la fumée montait droit dans le ciel bleu, derrière le pic fourchu d'une montagne.

— Le bastion de Raskogr, dis-je d'une voix étouffée par la laine voilant mon visage. L'un des chefs de la tribu des Suevis. Il va falloir appuyer un peu au sud, en suivant la crête.

Joscelin acquiesça d'un signe de tête, et fit un pas en avant.

La congère de neige sous ses pieds s'effondra ; il n'y avait rien en dessous. Il tomba en criant, roulant sans pouvoir s'arrêter sur une plaque de neige. Je reculai vivement, saisie d'effroi, cherchant le rocher ; je me retrouvai accrochée à un roc massif qui émergeait de la neige, avec le vide à quelques pieds à peine devant moi. Mon fidèle cheval secoua la tête en reniflant avec inquiétude ; celui de Joscelin avait piqué un début de galop pour s'arrêter un tout petit peu plus loin, roulant des yeux fous.

Tremblante, je me penchai en avant pour voir.

Loin en dessous, Joscelin était en train de s'extraire de la neige, apparemment indemne. Je le vis inspecter ses membres et chercher une éventuelle blessure ; ensuite, il chercha ses armes. Ses dagues étaient à sa ceinture, mais son épée s'était échappée de son fourreau. Je l'apercevais fichée dans la neige à mi-pente.

Il m'aperçut par-dessus le rebord et m'indiqua par gestes qu'il n'avait rien. Je lui répondis et lui montrai son épée. Même de l'endroit où j'étais, je vis le dégoût sur son visage.

Il lui fallut pratiquement une heure entière pour regagner la saillie ; par trois fois, la neige avait cédé sous lui, le faisant reculer de la moitié de la distance qu'il avait gravie. Pour ma part, je passai le plus clair de ce temps à courir après son cheval, qui s'éloignait en soufflant par les naseaux chaque fois que je m'approchais. Pour finir, je me souvins de ce que faisaient les enfants de Perrinwolde et je parvins à l'amadouer avec une poignée d'orge. Lorsque j'eus ses rênes en main, j'étais si transie, fatiguée et énervée, que je posai mon visage contre la chaleur de son cou pour pleurer, jusqu'à ce que mes larmes deviennent de glace sur mes joues. Le cheval de Joscelin mangea son fourrage, puis posa doucement son museau sur mes cheveux, comme s'il avait été innocent de tout ça.

Lorsqu'il atteignit le sommet, Joscelin se laissa tomber sur le dos, les yeux perdus dans le ciel, épuisé. Sans un mot, je lui tendis l'outre d'eau ; il but.

— Il faut repartir.

Sa voix n'était plus qu'un filet ; l'effort avait vidé ses poumons. Néanmoins, il se remit debout. Je hochai la tête.

— Au moins, les chevaux sont reposés.

C'était un pauvre trait d'esprit, mais c'était ce qui nous faisait tenir et aller de l'avant.

Et nous repartîmes.

Aucun de nous ne parla cette nuit-là du temps que nous avions perdu, mais nous étions tous deux sur les dents, sursautant au moindre bruit de la forêt – le glissement ouaté de la neige, le craquement sec des branches rompues par le gel. Joscelin contemplait le feu d'un air maussade, tisonnant les braises comme il avait coutume de le faire lorsqu'une pensée l'habitait.

— Phèdre.

Sa voix m'avait fait sursauter ; je mesurai à quel

point j'étais sur les nerfs. Mes yeux trouvèrent les siens.

— Lorsque… Si… ils nous attrapent, je veux que tu fasses quelque chose. Quoi que je dise, quoi que je fasse, fais-le. Regarde.

Il se leva, s'approcha de notre bagage et revint avec le bouclier de Trygve. C'était un simple bouclier rond, tendu de peau, avec un disque de métal au centre et des courroies de cuir pour y enfiler un bras. Je m'étais demandé pour quelle raison il l'avait conservé, alors qu'il combattait mieux sans bouclier. Sous le ciel de la nuit skaldique, il me montra comment l'utiliser, comment passer un bras dans les courroies et comment me protéger.

— Si tu as la possibilité, dit-il de son ton calme, la plus petite possibilité de fuir, fais-le. Tu en sais assez pour survivre par toi-même, aussi longtemps que tu as des vivres. Mais si tu ne peux pas… utilise le bouclier. Je ferai ce que je pourrai.

— Protéger et servir, murmurai-je en le regardant, découpé sur le ciel étoilé.

Il hocha la tête ; les larmes dans ses yeux les faisaient briller. Je ressentis dans mon cœur une douleur comme je n'en avais jamais éprouvé avant.

— Ah ! Joscelin…

— Va dormir, murmura-t-il en se détournant. Je prends le premier tour de garde.

Le quatrième jour, il se mit à neiger.

Le temps jouait avec nous comme un chat avec une souris, avec des rafales de vent et des bourrasques de neige auxquelles succédaient des accalmies, juste le temps pour nous de récupérer un peu, pour repartir de plus belle. Tour à tour, nous progressions couchés sur l'encolure de nos bêtes et nous pataugions enfoncés dans la neige jusqu'à la taille, jusqu'à ce que s'abattent de nouveau sur nous les griffes du ciel.

Je sombrai dans un rêve éveillé, hébétée et gelée, recroquevillée sur ma selle ou titubant dans la trace de Joscelin ; seuls ses exhortations et ses jurons me faisaient avancer. Je ne sais pas combien de temps dura cette épouvante. Le temps finit par perdre sa substance lorsqu'on le mesure en périodes de progression dans un état d'engourdissement glacé, entrecoupées de brefs moments de lucidité au moment où la neige cesse de tomber et que le paysage se révèle devant nous.

Le vent produit un son bien particulier lorsqu'il souffle en rafales, un cri aigu et pénétrant en s'enroulant autour des arbres et des rochers. Il me devint tellement familier que je ne remarquais même plus lorsqu'il changeait, lorsqu'il cessait de monter et descendre, pour monter, monter et monter encore.

— Joscelin !

Le vent arracha le mot de mes lèvres, mais il le saisit et se retourna – vénérable silhouette sous sa peau de loup blanc. D'une main glissée dans une moufle, je montrai le chemin derrière nous.

— Ils arrivent.

Alarmé, il releva la tête ; ses yeux balayaient les environs. Il n'y avait rien à voir, hormis les tourbillons de neige.

— Combien ?

— Je ne saurais dire. (Je me figeai, tendant mon ouïe pour saisir les cris humains dans les hurlements du vent.) Six. Peut-être huit.

Son visage était sinistre.

— Avance !

Nous continuâmes, à l'aveuglette, comme lorsqu'on fuit dans un cauchemar. Je m'allongeai sur le dos de mon cheval, accrochée à son encolure. L'air m'entrait dans les poumons comme des coups de couteau. Ma brave bête suivait courageusement la trace de la monture de Joscelin, creusant un sillon dans la neige. Je les entendais distinctement derrière nous ; un chant guerrier skaldique porté par le vent qui venait battre à nos oreilles comme les ailes d'un corbeau et nous poussait dans une fuite folle et éperdue.

C'en était trop et il nous restait trop peu à donner. J'entendis le bruit du hurlement de nos poursuivants skaldiques se déployer autour et devant nous. Je vins à la hauteur de Joscelin et secouai la tête à l'instant précis où nous pénétrâmes dans une clairière adossée à un promontoire rocheux. Son cheval était pratiquement à bout de forces et je sentais le mien faiblir sous mon poids.

Joscelin arrêta sa monture ; un calme serein était apparu sur ses traits brûlés par le vent.

— Nous allons faire face, Phèdre, me dit-il très distinctement.

Je m'en souviens avec une précision absolue. Il désigna le promontoire de la tête, puis descendit de selle en me passant le bouclier de Trygve.

— Prends ça et protège-toi du mieux que tu pourras.

J'obéis, descendant à mon tour de mon cheval épuisé. Je passai le bras dans les courroies et vins m'adosser au rocher. Nos chevaux restaient sur place sans bouger, tête basse, tremblant à mesure que leurs flancs écumants se transformaient en glace. Campée sur mes jambes, protégée derrière mon bouclier, je regardai Joscelin tirer son épée et s'avancer au milieu de la clairière pour attendre nos ennemis, silhouette solitaire à moitié perdue dans les bourrasques de neige.

Je ne m'étais pas trompée : ils étaient sept. Des volontaires, les meilleurs hommes de Selig, les cavaliers les plus rapides, les pisteurs les plus aguerris. En fait, c'était presque étonnant qu'il leur eût fallu quatre jours pour nous rattraper. Leurs hurlements s'arrêtèrent lorsque nous cessâmes de fuir ; ils sortirent du brouillard de neige en silence, silhouettes sombres et sinistres. Sept. Ils se déployèrent en arc de cercle devant Joscelin, debout, seul face à eux, la garde de son épée à hauteur d'épaule, la lame légèrement inclinée, dans l'attitude de défense classique des Cassilins.

Puis, il lança son arme devant lui dans la neige, pour joindre ses mains au-dessus de sa tête.

— Au nom de Selig, leur cria-t-il en un skaldique passable, je me rends !

J'entendis un rire ; il y eut ensuite une rafale de vent et des diables de neige dansèrent devant mes yeux. Lorsqu'ils disparurent, je vis que quatre d'entre eux avaient mis pied à terre, s'approchant de lui en marchant, l'épée brandie. L'un d'eux portait une hache de combat. Deux cavaliers restaient en retrait.

Un troisième s'approchait de moi.

Mains en l'air, Joscelin attendait sans bouger. Le premier Skaldique parvint devant lui, tapotant sa poitrine offerte de la pointe de sa lame.

Puis Joscelin se mit à bouger et l'acier sonna dans la clairière. D'un revers du bras, il écarta la lame du barbare ; ses dagues étaient subitement apparues dans ses mains. Il se déplaçait avec la vitesse imprévisible d'un tourbillon de vent. Aucun poète ne décrira jamais l'étrange beauté de cette bataille, le ballet de neige, d'acier et de mort du frère cassilin dans les confins perdus des territoires skaldiques. Leurs silhouettes se déplaçaient comme des spectres dans la clairière emplie de neige ; seul le fracas des armes rappelait la nature mortelle de leur danse.

Le septième cavalier skaldique s'approchait de moi ; j'étais coincée contre le rocher, le bouclier levé pour me protéger.

C'était Harald l'imberbe du bastion de Gunter.

Stupéfaite, je le regardais venir les yeux écarquillés. En deux battements de cœur, il bondit de cheval et fut sur moi, passant un bras autour de mes épaules, appliquant de son autre main la pointe de sa dague sur ma gorge.

— D'Angelin ! cria-t-il, haussant la voix en direction des combattants. Arrête ! J'ai la fille ! (Je me débattis, mais il raffermit sa prise.) Ne t'inquiète pas, murmura-t-il pour moi. Je ne te ferai pas de mal. Selig te veut vivante.

Dans la clairière, je vis l'une des silhouettes qui s'arrêtait – Joscelin à coup sûr. Il avait repris son épée et je sus que c'était lui à la position de sa lame. Deux des Skaldiques gisaient au sol ; tandis que j'observais, l'un des deux cavaliers toujours montés éperonna son cheval, lançant son bras pour frapper de sa hache.

— Joscelin ! (Je criai de toute la force de mes poumons ; je voulais qu'il m'entendît.) Ne l'écoute pas !

Harald jura, me plaquant une main sur la bouche. Je lui écrasai le pied et parvins presque à lui échapper, mais son bras m'enserra de nouveau. Le tranchant de sa lame sur ma gorge s'était fait plus ferme.

Du coin de l'œil, je vis que Joscelin était au sol, roulant sur lui-même, toujours dans le combat. Le cavalier skaldique faisait avancer sa bête de biais.

— J'ai échangé ma place avec l'un des hommes de Selig pour te traquer, siffla Harald entre ses dents. Ne m'oblige pas à te faire mal, D'Angeline ! Je veux laver l'honneur de notre bastion en te ramenant.

Il me tenait serrée contre son flanc ; mes épaules étaient bloquées et le bouclier était comme un intrus incongru entre nous. À tâtons, je tirai une main de la moufle gigantesque et trouvai le manche du poignard de Trygve à ma ceinture. Mes doigts se refermèrent dessus et tirèrent l'arme de son fourreau.

Joscelin était de nouveau debout, esquivant les coups dans la neige, vif et rapide. Au moins, les épreuves lui avaient appris à manœuvrer sur ce terrain. Deux Skaldiques le combattaient toujours à pied, plus un autre à cheval. Aucun d'eux n'avait jamais été obligé de courir sur des lieues, attaché derrière l'un des cavaliers de Gunter Arnlaugson. L'épée frappa à travers les masses de neige et un autre des Skaldiques à pied s'écroula.

— Laisse-moi partir, Harald, murmurai-je d'une voix douce, tordant le cou pour voir son visage.

Il était si jeune, avec son duvet blond qui commençait tout juste à ombrer ses joues. Malgré le froid, ma main était toute moite, serrée sur la poignée.

— Je suis une libre D'Angeline.

— N'essaie pas de m'enjôler ! (Il détourna la tête, refusant résolument de croiser mon regard.) Ta sorcellerie ne marchera pas sur moi, D'Angeline. Tu appartiens à Waldemar Selig.

— Harald.

Ma main tremblait ; la dague était si proche de

ses organes vitaux, cachée sous le bouclier fixé à mon bras gauche. Serrée contre lui, je sentais sa chaleur. C'était lui qui m'avait donné la pelisse que je portais encore ; lui encore qui le premier avait composé et chanté un couplet à mon sujet. Les larmes brouillaient ma vue.

— Laisse-moi partir ou je jure de te tuer.

Absorbé par le combat, il cria une mise en garde au dernier cavalier, qui d'une preste volte épargna à sa monture d'avoir les jarrets tranchés par l'épée de Joscelin. Ce geste atroce clamait l'immensité de notre détermination désespérée.

Tout comme celui que je fis.

— Pardonne-moi, murmurai-je en enfonçant de toutes mes forces ma dague dans le ventre d'Harald.

Je crois qu'il ne comprit pas immédiatement ce qui venait de se passer. Ses yeux s'arrondirent et ses bras me relâchèrent. Il baissa les yeux et vit alors ce que le bouclier lui avait dissimulé. Avec un sanglot, je remontai d'une poussée la lame vers le cœur, avant de la lâcher. Harald recula d'un pas, puis leva vers moi un regard interrogateur de petit garçon. *Qu'as-tu fait ?* semblait-il dire. *Qu'as-tu fait ?*

Je ne lui donnai aucune réponse ; il s'effondra sur le sol et ne bougea plus.

Le dernier cavalier skaldique avait tout vu ; il poussa un cri. Laissant Joscelin, il éperonna sa bête pour venir sur moi, silhouette fantomatique sortant de la neige. Je n'avais nulle part où aller ; je l'attendis, muette et immobile. Là-bas, Joscelin élimina le dernier guerrier à pied et s'élança sur le premier cheval.

Dans les rêves, on voit les choses se produire lentement. Dans cet interminable cauchemar glacé, ce fut ainsi qu'elles se déroulèrent. Je voyais le visage du Skaldique, déformé par la rage, hurlant des imprécations que je ne saisissais pas dans le vent. Selig me voulait vivante, Harald me l'avait dit ; je devinai quelle était sa seconde option. Il me prendrait morte aussi. À vingt pas, je vis le Skaldique lever son bras, lance au poing. À quinze, il la lança.

Je fermai les yeux et levai le bouclier de Trygve.

L'impact m'ébranla le bras jusqu'à l'os et me fit tomber. J'ouvris les yeux pour voir au-dessus de moi la masse formidable qu'il formait avec son cheval, masquant le ciel d'hiver. Toujours accroché à mon bras, le bouclier était devenu inutile, fendu sous la force du coup. La pointe mortelle, en forme de feuille, de sa lance, l'avait traversé.

S'il avait eu une seconde lance, je serais morte à cet instant. Je le sais. Mais il avait déjà lancé la seule qu'il possédait. Il descendit de son destrier et tira son épée.

— Non !

Le cri de Joscelin déchira l'air ; le Skaldique se retourna, marquant un temps d'arrêt en découvrant le Cassilin désormais monté qui s'approchait. Je luttais pour dégager mon bras du bouclier, reculant à tâtons dans la neige. Avec un rictus fou, Joscelin précipita son cheval d'emprunt presque sur nous.

Trop vite. La bête piétina et glissa, perdant pied ; son corps massif et puissant s'effondra de tout son poids sur le sol couvert de neige. Épée à la main, Joscelin fut projeté lui aussi, chutant lourdement à quelques pas du cheval qui déjà se débattait.

Le Skaldique tourna la tête vers moi, avec un sourire féroce – la grimace sauvage d'un guerrier qui n'a plus rien à perdre.

— Toi d'abord, dit-il en levant à deux mains son épée au-dessus de sa tête, prêt à l'abattre sur moi.

— Elua, murmurai-je, prête à mourir.

Mais le coup ne vint jamais.

Son épée lui échappa des mains pour tomber dans la neige avec un petit bruit ouaté. Le guerrier baissa les yeux sur l'extrémité ensanglantée de la lame de Joscelin qui pointait hors de son ventre. Je crois que personne ne manque d'être surpris au combat lorsque survient le coup fatidique. Il pivota doucement sur lui-même ; ses mains tâtonnaient sur la partie saillante de la lame. J'aperçus la garde et le reste de la lame au milieu de son dos. Joscelin était toujours à terre, appuyé sur un bras ; il avait jeté son arme de l'endroit où il était tombé. Le Skaldique le regarda, les yeux agrandis par l'incrédulité, puis tomba à genoux. Les doigts crispés sur l'acier mortel, il mourut.

Tout était calme autour de nous, hormis le vent et la neige toujours aussi furieux. Joscelin se remit douloureusement debout pour s'approcher de moi en titubant. Lorsqu'il fut assez près, je vis une estafilade sur sa joue ; des rigoles de sang avaient coulé au milieu de ses cheveux. Il retourna le dernier Skaldique sur le ventre pour retirer son arme, un pied posé sur le guerrier vaincu. Je me mis péniblement debout et nous nous soutînmes mutuellement.

— Sais-tu quelles chances j'avais de réussir ce coup ? demanda Joscelin dans un murmure, titubant sur ses pieds. On ne s'y entraîne même pas. On ne fait jamais de coup comme ça.

— Non. (Je déglutis et désignai le corps immobile d'Harald au pied du rocher, déjà recouvert par une fine pellicule de neige.) Sais-tu que c'est lui qui m'a donné ce manteau ? Il ne me l'a jamais redemandé.

— Je sais. (Au prix d'un effort, Joscelin me relâcha et se tint debout tout seul, une main plaquée sur son côté.) Il faut que nous continuions à avancer. Prends… prends tout ce qui peut être utile. L'eau, la nourriture, le fourrage… d'autres couvertures. Nous prendrons un cheval de bât. Choisis les bêtes les plus fraîches. Nous devons nous éloigner avant de nous reposer.

53

Détrousser les cadavres est un travail bien sinistre. J'avais entendu raconter que les femmes skaldiques chantent en l'accomplissant. J'essayai d'imaginer mon Hedwig au bon cœur en train de s'y livrer ; sans y parvenir. Puis, le souvenir me revint de la haine que les femmes du bastion de Selig m'avaient montrée ; et cette fois j'y parvins. Nous ne chantâmes pas, Joscelin et moi, travaillant dans une horreur muette. Nous ne parlâmes même pas ; nous fîmes uniquement ce qu'il y avait à faire.

L'un des chevaux des Skaldiques, celui qui était tombé, avait une jambe brisée ; il nous fallut l'achever. Joscelin s'en chargea, tranchant la grosse artère sur son cou avec l'une de ses dagues. Nous prîmes deux de leurs chevaux, et laissâmes les autres, en espérant qu'ils parviennent à trouver rapidement un bastion, avant d'être débusqués par les loups. Ils étaient pratiquement aussi épuisés que les nôtres. Je gardai mon petit cheval poilu, incapable de supporter l'idée de l'abandonner aux loups. Et en vérité, il était plus hardi que les autres, et récupérait plus vite également. J'appris plus tard que cette race était native des territoires skaldiques ; les chevaux plus grands, mieux adaptés au combat mais moins résistants au froid, provenaient de souches importées d'élevages caerdiccins et aragonians.

C'est dans cet équipage que nous repartîmes une fois de plus.

Lorsque nous serions en vue du fleuve Danrau, mon intention était de le suivre jusqu'aux portes du Camlach. Ce fut l'idée de Joscelin de marcher dans l'eau pendant un certain temps, avant de passer sur la rive sud, histoire de perdre définitivement nos poursuivants. Nous ne savions pas s'il y en avait – ni à plus forte raison combien ils pouvaient être et à quelle distance – mais j'avais dans l'idée que Selig enverrait plusieurs troupes sur notre piste.

Nous suivîmes son plan. Nos chevaux progressèrent lentement et prudemment dans l'eau glacée au courant vif ; comme déjà précédemment, il remonta nos traces au sortir de l'eau pour les effacer. Comment procéda-t-il ? Je ne saurais dire ; le froid et la fatigue étaient si intensément en moi que je parvenais à peine à penser. Ce ne fut qu'à son retour, lorsque je vis ses yeux creux, que je compris qu'il était dans un plus sale état que moi encore. Après le fleuve, je pensais pouvoir dire que j'étais parvenue au terme de mes forces, mais de le voir si pitoyable, je trouvai en moi un surcroît d'énergie pour avancer encore et prendre la tête dans le crépuscule. Le vent avait repris ; il n'y avait aucun abri en vue – quelques arbres maigres et la roche nue. À ce stade, j'avais appris à repérer un lieu propice où établir un camp. Je n'en voyais pas ; nous continuâmes.

Je ne sais plus quelles pensées me passèrent par la tête tandis que nous avancions dans cet interminable hiver ; je menais mon petit cheval par la longe, tandis que Joscelin suivait couché sur sa selle, avec en remorque le cheval lourdement bâté. Des milliers d'images de la maison de Delaunay, de fêtes auxquelles j'avais assisté, de clients, de Delaunay lui-même et d'Alcuin. Je pensai aussi à l'échoppe du marquiste, aux sources bienfaisantes du sanctuaire de Naamah, à la bibliothèque de Delaunay – que j'avais un jour considérée comme l'endroit le plus sûr au monde. Je pensai à Hyacinthe et à l'auberge du *Jeune Coq*, puis encore à l'offrande que nous avions faite au temple d'Elua le béni.

Je ne sais pas à quel moment je me mis à prier ; c'était une prière sans paroles, juste le souvenir d'instants de grâce, du temple d'Elua, des anémones rouges dans ma main, de la terre chaude et humide sous mes pieds nus, du marbre frais sous mes lèvres, et de la voix douce du prêtre. « Aime comme tu l'entends, et Elua guidera tes pas si loin que tu ailles », avait-il dit. Je m'accrochai aveuglément à chaque seconde dans cette interminable errance, jusqu'à ce que je ne puisse plus avancer. Je regardai alentour et vis, à travers la neige et l'obscurité naissante, que j'étais au pied d'une paroi de pierre.

Voilà, c'est la fin, songeai-je, en touchant le rocher de la main. *Impossible d'aller plus loin.* Je n'osai pas me retourner.

Sur la gauche, ma main ne rencontrait plus aucune résistance. Les ténèbres s'ouvraient devant moi dans le mur de pierre. J'avançai à tâtons dans le noir, certaine que mon cheval bien trop fatigué n'irait nulle part.

C'était une grotte.

Je m'enfonçais autant que je l'osai, reniflant l'air pour déceler toute trace d'ours ou de loup. À l'intérieur, le bruit et la force du vent disparaissaient ; l'endroit était plongé dans une étrange immobilité noire et silencieuse. Il n'y avait nulle trace d'animal. J'émergeai, luttant contre le vent et la neige ; Joscelin me regarda à travers ses cils gelés.

— Il y a une grotte, criai-je en plaçant mes mains en porte-voix pour couvrir le vent. Donne-moi l'une des torches, je vais aller voir.

En donnant l'impression que le plus petit mouvement lui faisait souffrir le martyre, il descendit de selle et nous menâmes les chevaux sous le surplomb. Dans la lumière grise des derniers instants du jour, nous déballâmes le briquet à amadou et les branches emmaillotées de chiffons imbibés de poix prises aux Skaldiques morts. Je battis le briquet et l'une des torches s'enflamma.

Je la brandis bien haut et partis explorer notre caverne.

Elle était plus vaste et s'enfonçait bien plus profondément que je l'avais pensé. Seule dans ce lieu de ténèbres, je regardai dans tous les coins, laissant la flamme jeter des lueurs sur tous les murs. J'avais vu juste, elle était vide ; mais au milieu, j'aperçus les restes d'un feu. Levant la tête, je vis une anfractuosité dans le plafond de pierre ; un trou par lequel la fumée pouvait s'échapper.

C'était parfait. Et même mieux encore.

Je calai la torche dans une fissure, puis vins rechercher Joscelin. Cette fois-ci, ce fut mon tour d'assumer la plus grosse part du travail, m'occupant des chevaux, serrés les uns contre les autres, heureux d'être sortis de la bise glacée, ramassant des branches mortes et allumant un feu à l'emplacement de l'ancien foyer. Non loin à l'extérieur, je trouvai un arbre couché par la foudre ou le vent, et bricolai un attelage pour mon cheval, rapportant à l'intérieur la plus grande partie de son bois mort. La flamme brûlait haut et clair sans faire beaucoup de fumée ; la grotte baignait dans une douce lumière et une agréable chaleur.

Nous n'avions pas de lit de branches de pin, mais nous n'en avions nul besoin pour une fois ; le sol de pierre était plus chaud que la neige. Joscelin avait étalé nos affaires ; avec ce que nous avions pris aux Skaldiques, nous avions des fourrures et des couvertures à revendre. Assis sans grelotter, nous mangeâmes notre sempiternelle bouillie d'avoine, relevée de morceaux de viande séchée, opportunément apportés par nos poursuivants.

Lorsque nous eûmes fini, je récurai la marmite et la remplis de neige, avant de regarnir le feu. Je pris la dernière outre d'hydromel – la seule que Joscelin n'avait pas vidée – ainsi qu'un petit pot d'onguent trouvé dans les affaires d'un Skaldique. À petites touches prudentes d'un linge trempé dans l'eau chaude, je nettoyai la plaie sur sa joue et la profonde entaille sur son crâne, avant de les rincer à l'alcool.

— Je me demandais pourquoi tu la gardais, dis-je en souriant devant ses grimaces. C'était bien vu.

— Ce n'était pas pour ça. (Ses traits se crispèrent une nouvelle fois tandis que je tamponnais sa joue.) Je pensais que tu pourrais en avoir besoin. Les Skaldiques en boivent pour lutter contre le froid.

— Vraiment ?

Je goûtai, laissant couler un filet dans ma bouche. Cela avait le goût du miel fermenté ; j'eus dans le ventre une agréable sensation de brûlure. L'alcool réchauffait vraiment, au point que j'en avais presque chaud à l'intérieur de notre grotte.

— Ce n'est pas mauvais. (Je m'accroupis et le dévisageai.) Alors, à quel point est-elle grave, cette blessure que tu me caches ?

Il eut un petit sourire forcé dans la lumière mouvante des flammes.

— Ça se voit tant que ça ?

— Bien sûr. Allez, ne fais pas l'idiot. (J'adoucis ma voix.) Montre-moi.

Sans parler, il retira tous les vêtements qu'il portait sur le haut de son corps ; je retins un hoquet de surprise horrifiée. Son torse n'était qu'un amas de contusions et son pourpoint sous les fourrures était raidi de sang séché ; sur le côté gauche, environ une main au-dessus de la hanche, une profonde entaille béait. Même à cet instant, un sang noir s'en écoulait encore.

— Joscelin, dis-je en me mordant les lèvres. Il faut recoudre ça.

— Passe-moi l'outre. (Il bascula la tête en arrière et laissa un long filet couler dans sa bouche ; puis il l'avala.) J'ai trouvé un nécessaire sur l'un des hommes de Selig. Il est dans les affaires.

Je ne suis ni chirurgienne, ni couturière ; lorsque j'en eus fini, une bonne part de l'hydromel était passée dans la gorge de Joscelin. Mes points sur son flanc étaient grossiers et maladroits, mais la blessure au moins était refermée.

— Tiens, dit-il en me tendant l'outre comme je m'allongeais à ses côtés, épuisée au-delà des mots. Tu as fait du beau travail, Phèdre, dit-il doucement. Tout au long de ces journées…

— Chut. (Je me redressai sur un coude et lui posai

un doigt sur les lèvres.) Joscelin, ne dis rien. Je ne veux pas en parler.

Il fit silence derrière mon doigt. Ses yeux bleus clignèrent. Je retirai ma main et l'embrassai.

Je ne sais ce que j'attendais ; je n'avais pas réfléchi. Mes cheveux tombèrent en rideau autour de nos visages. Ses lèvres s'ouvrirent doucement sous les miennes et nos langues se touchèrent ; la pointe d'abord, en effleurements légers et comme incertains. Je sentis ses bras se nouer autour de moi ; et je l'embrassai plus fort encore.

Le feu brûlait tandis que les chevaux dormaient debout à l'entrée de la grotte ; leurs mouvements engourdis et le piétinement d'un sabot de temps à autre étaient les seuls bruits dans cette nuit où nous faisions l'amour. J'avais pensé que ses gestes seraient empruntés – un Cassilin, voué au célibat –, mais il se donna à moi avec un étonnement enchanté, recevant tout ce que je lui offrais avec une dévotion presque craintive. Ses mains caressaient ma peau et des larmes sourdaient de mes yeux, émue que j'étais de tout l'amour qu'il y avait dans ses gestes. Je l'embrassais et le sel de mes larmes se mêlait dans nos bouches. Jamais, jamais je n'avais encore choisi de ma vie. Lorsqu'il fut sur le point d'entrer en moi, un frisson me parcourut et il hésita ; je l'attirai farouchement à moi, enfouissant mon visage dans son cou et me perdant en lui.

À la fin, je dus regarder son visage, aux traits d'Angelins tant aimés, au-dessus du mien. Ce visage que j'avais choisi. Il poussa un cri – un cri de stupéfaction et d'émerveillement mêlés.

Ensuite, il se leva et s'éloigna, seul.

Je ne pouvais rien faire d'autre que le regarder,

allongée sur les fourrures près du feu ; une douleur semblable à la sienne était fichée dans mon cœur. Joscelin, mon Cassilin, mon protecteur ; son corps magnifique bossu et entaillé pour me servir. Quelque part dans mon esprit, j'étais stupéfaite de ce qui arrivait ; et le plus étonnant n'était pas que nous fussions là, tous deux vivants, nus dans une grotte et même pas gelés.

— Nous avons rêvé cette journée, dis-je à voix haute. Joscelin, nous rêvons encore. Demain, nous nous réveillerons.

Il se tourna vers moi, le visage grave.

— Phèdre… Je suis un servant voué à Cassiel. J'ai déjà failli, je le sais, mais je ne peux pas m'accrocher à mon vœu si mon comportement dévie de la règle fixée. Or, sans la force que je puise dans mon serment, je n'ai pas la force de lutter. Tu comprends ?

— Oui. (Les larmes me piquaient les yeux ; je les ignorai.) Crois-tu que j'aurais survécu aussi longtemps si je n'étais pas moi-même une servante de Naamah et l'élue de Kushiel ? Je comprends.

Il hocha la tête et vint se rasseoir à côté de moi sur notre lit de fortune.

— Tu saignes de nouveau.

Je fourrageai dans nos affaires pour y trouver une longueur de linge propre, puis refis le bandage sur sa blessure. Mes doigts sur sa peau, maintenant… C'était totalement différent.

— Je me demandais…, commença-t-il. (Puis il s'interrompit et s'éclaircit la voix.) Ce n'est donc pas la douleur seulement qui te plaît. Je ne savais pas.

— Non. (Je levai les yeux vers lui, avec un petit sourire ; il avait l'air si honnête et si échevelé, si nu et si couvert de bleus, avec ses tresses skaldiques dans ses cheveux blonds.) Tu pensais vraiment ça ? Je réponds aux arts de Naamah – et pas uniquement au fouet de Kushiel.

Il tendit la main pour toucher le diamant de Melisande à mon cou.

— Mais l'appel du second est plus fort, dit-il doucement.

— Oui.

J'avais murmuré le mot, incapable de mentir. Ma main se referma sur le diamant et je tirai violemment dessus, brisant le cordon qui le retenait.

— Ah ! Elua ! Je m'en libérerais si je pouvais ! m'écriai-je, prise de dégoût.

Je lançai la pierre loin de moi. Elle rebondit avec un petit bruit contre la paroi. Joscelin tourna la tête dans sa direction, de l'autre côté du feu.

— Phèdre, dit-il. Nous n'avons rien d'autre qui ait de la valeur.

— Non, dis-je avec obstination. Je préférerais mourir de faim.

— Vraiment ? (Il fixait sur moi son regard franc.) Tu m'as fait préférer la vie à l'orgueil.

Je demeurai silencieuse un instant, abîmée dans une réflexion.

— D'accord, dis-je. Rapporte-le. Je le garderai. Je le porterai et me souviendrai. S'il nous faut acheter nos vies, nous l'utiliserons. (Ma voix monta dans les aigus.) Et si nous ne l'utilisons pas, je le porterai jusqu'au jour où je le jetterai aux pieds de Melisande Shahrizai. Alors, elle aura la réponse à sa question ; elle saura lequel des deux est le plus ferme du signe ou du sang de Kushiel.

Joscelin rapporta le diamant sans rien dire, pour le remettre autour de mon cou. *Mille fois lui*, songeai-je en dégageant ma nuque, *plutôt que n'importe qui d'autre pour me l'attacher.* Lorsqu'il eut fini, il parcourut ma marque d'un doigt léger.

— Je regrette que tu n'aies pas pu finir ta marque, murmura-t-il. Elle est magnifique, tu sais. Comme toi.

Je me tournai vers lui pour voir ses yeux ; il me fit son petit sourire pincé.

— Si j'ai failli à la grâce de Cassiel, dit-il doucement, au moins a-t-il fallu pour cela une courtisane digne d'un roi.

— Ah ! Joscelin… (Je me penchai sur lui pour prendre son visage entre mes mains et déposer un baiser sur son front.) Dors, maintenant, dis-je. Une longue route nous attend encore et il faut que tu guérisses. Je vais te raconter une histoire si tu veux… Est-ce qu'on vous raconte la tentation de Naamah à Cassiel dans ta Fraternité ? On la raconte à la maison du Cereus…

Je lui racontai l'histoire et il s'endormit, un sourire sur les lèvres avant la fin. *C'est aussi bien ainsi,* songeai-je, car c'est l'une de ces histoires qui se terminent sans véritable fin, laissant à celui qui l'écoute le soin d'imaginer ce qui arrive.

Les histoires de dieux et d'anges peuvent se terminer ainsi, car eux vivent à jamais – nous le savons – dans les territoires qui s'étirent au-delà du bout du monde, la véritable Terre d'Ange. Malheureusement, à nous qui sommes mortels est refusé le luxe de la licence dramatique. Nous devons vivre et avancer.

Le lendemain matin, le feu n'était plus qu'un tas de cendres froides où quelques braises couvaient encore. Nous nous vêtîmes dans le froid, sans rien dire de ce qui nous était arrivé pendant la nuit.

Qu'aurions-nous dit d'ailleurs ? Dans une romance, on raconterait les choses différemment, mais voici ce que je dis : on ne parle pas d'amour lorsque la survie est en jeu. J'avais dit vrai en annonçant que nous avions rêvé. Seul le réveil était sinistre. Nous nous préparâmes pour le départ.

Il ne neigeait plus mais le temps restait bouché ; pour autant, les nuages bas paraissaient avoir donné tout ce qu'ils avaient. Une lumière grise pénétrait dans la grotte. Je m'activai pour attacher le dernier sac sur mon cheval ; une moufle entre les dents, je faisais bouger mes doigts gourds. Joscelin, passablement remis de ses blessures, regardait l'état des sabots des chevaux.

— Phèdre !

J'entendis son souffle s'arrêter de surprise. Il relâcha la jambe du cheval – l'un de nos chevaux skaldiques ; le bruit du sabot sur le sol résonna sur les parois. Je tournai la tête pour voir ce qu'il me montrait.

Là, gravé dans le roc, au-dessus de l'entrée de la grotte, je vis le sceau d'Elua. Éclairé par quelque étonnant reflet de la lumière, il luisait dans la pierre, comme s'il avait été d'argent. Je fixai sur lui mes yeux écarquillés, puis refermai la bouche en m'apercevant qu'elle était grande ouverte.

— Tu sais ce que cela signifie ? demanda-t-il, le souffle court. Ils se sont abrités dans cette grotte pendant leur traversée des terres skaldiques ! Elua, Cassiel, Naamah… tous les Compagnons ! (Il s'approcha de l'entrée et posa une main pleine de vénération sur le rocher.) Ils étaient ici.

— Ils étaient ici, dis-je en écho, les yeux rivés sur les lignes argentées, tandis que me revenait en mémoire ma prière muette lorsque nous errions dans la neige. (*Nous avons rêvé dans un lieu sacré*, songeai-je.) Joscelin, dis-je. Rentrons chez nous.

S'arrachant au mur de la grotte, il se tourna vers moi et hocha la tête, en ajustant la peau de loup du Frère blanc sur ses épaules.

— Chez nous, dit-il avec fermeté en prenant la tête.

Un rêve. Et la promesse faite bien longtemps auparavant par nos pères célestes, qui n'avaient pas oublié leurs lointains descendants, dont les veines charriaient encore une goutte de leur sang. Chez nous ; un souvenir de lumière dorée à des lieues et des lieues d'ici.

Dehors, le froid glacé de l'hiver skaldique nous attendait.

Chez nous.

54

Les jours suivants, nous n'eûmes d'autre ennemi que le climat ; mais une chose est sûre, c'était un ennemi bien implacable. Nos montures reposées, nous pûmes accélérer l'allure, ne nous arrêtant qu'à la tombée de la nuit, pour sombrer dans le sommeil dès le camp monté.

De temps à autre, nous tombions sur un bastion, mais nos sens s'étaient aiguisés, si bien que Joscelin ou moi détections bien à l'avance les signes de la présence humaine. Chaque fois, nous faisions un large détour ; jamais nous ne fîmes halte à moins de une heure de cheval de tout lieu habité. Une ou deux fois encore, nous vîmes des loups au crépuscule, et il nous arriva même de vivre un instant de pure frayeur, lorsque nous perturbâmes l'hibernation d'un ours en pénétrant dans une grotte qui ne se révéla pas vide. Je crus mon petit cheval poilu perdu ce jour-là, les grands chevaux, terrorisés, fuyant à la vitesse de leurs longues jambes, mais il parvint tant bien que mal à suivre notre sillage, avec un horrible cri de peur lorsque des griffes grandes comme ma main faillirent lui emporter le train arrière. J'avais entendu dire que les éléphants du Bhodistan sont les plus grandes créatures vivantes, mais je doute de voir un jour plus terrible animal qu'un ours skaldique. De ce point de vue, l'hiver se révéla notre allié, car la bête cessa bien vite de nous poursuivre pour s'en retourner dans son abri reprendre son hibernation.

Ainsi, nous finîmes par rallier la frontière avec le Camlach sans autre incident.

Il n'y a pas de moyen simple pour passer du territoire skaldique en Terre d'Ange. Au nord, le Camlach s'achève dans le fleuve Rhenus, trop profond et trop impétueux pour être traversé à gué ; et bien rares sont les ponts qui l'ont franchi depuis l'époque de Tiberium. Avec leur légion du génie, les troupes tibériennes pouvaient mettre sur pied en une journée une brigade capable d'ériger un pont, pour peu que le bois fût disponible en quantité suffisante. Depuis lors, les D'Angelins tiennent les berges du fleuve.

Si nous avions osé, nous aurions mis cap au nord vers les Pays plats pour demander passage à travers l'Azzalle ; je ne doutais pas qu'il y eût là-bas des partisans loyaux de la couronne – au moins en la personne de Ghislain de Somerville qui, à ma connaissance, commandait toujours le fief de Trevalion. Néanmoins, traverser les immensités sauvages du cœur de la Skaldie était une chose ; longer la frontière en temps de guerre – même si Terre d'Ange ignorait l'imminence de cette guerre – en était une autre. Non, nous n'avions d'autre choix que de passer par les montagnes ; et la situation nous imposait de tenter notre passage par la plus méridionale des passes.

Pendant toute une journée, nous chevauchâmes à l'ombre des sommets du Camlach, et campâmes à leur pied pendant la nuit. La neige était plus profonde ici – et notre progression plus difficile. Toutefois, nous étions suffisamment près pour sentir l'air de notre patrie de l'autre côté de ces cruelles montagnes – ce qui nous mettait du baume au cœur.

Le lendemain matin pourtant, nous vîmes quelque chose qui anéantit nos espoirs.

J'avais craint que Selig prît d'autres mesures contre nous ; et mes craintes étaient fondées. Ayant détecté leur présence, Joscelin fit une reconnaissance à pied ; à son retour, son visage était lugubre. Il me conduisit jusqu'à un point de vue sûr, donnant sur la plaine enneigée menant à la passe. Ils étaient tranquillement installés ; deux dizaines de guerriers de la tribu des Marsis.

Harald m'avait dit avoir échangé sa place avec l'un des barons de Selig. Je comprenais maintenant tout ce que cela impliquait : Selig avait envoyé ses messagers pour demander aux tribus de garder les passes.

Espérant toujours malgré ce que je venais de voir, je levai les yeux vers Joscelin.

— Pas l'ombre d'une chance, me dit-il d'un ton sinistre en secouant la tête. Ils sont trop nombreux sur un terrain ouvert et dégagé, Phèdre. Je me ferais massacrer.

— Que fait-on alors ?

Il croisa mon regard à contrecœur, avant de lever les yeux vers les sommets qui nous dominaient.

— Non, Joscelin, dis-je. Je ne peux pas.

— Il le faut, répondit-il gentiment. Il n'y a pas d'autre moyen.

Sur la plaine en contrebas, les Skaldiques de la tribu des Marsis allumaient des feux, chantant et jouant, buvant et criant, se poussant les uns les autres, mimant des combats. Néanmoins, des sentinelles étaient postées, scrutant l'horizon dans toutes les directions. *Il y a sûrement des hommes de Gunter parmi eux*, songeai-je. *Des hommes que je connais, des hommes à qui j'ai servi à boire*. Par moments, nous entendions leurs cris portés par l'air vif et léger. S'ils avaient appris ce que nous avions fait aux hommes de Selig, alors ils nous tueraient sans la moindre hésitation. Nous ne pouvions pas les contourner et nous ne pouvions pas passer au milieu.

Joscelin avait raison ; il n'y avait pas d'autre solution.

Je serrai ma pelisse de loup autour de moi en frissonnant.

— Alors allons-y et qu'Elua ait pitié de nous !

Je ne décrirai pas toutes les étapes de ce voyage semé d'embûches. L'essentiel est que nous y survécûmes. Joscelin remonta la piste que nous avions suivie, cravachant son pauvre cheval, pour revenir au moment où le soleil se couchait annoncer qu'il avait repéré un passage, à peine un sentier de chèvres, qui montait sur les flancs escarpés de la montagne, plus loin que là où portait l'œil. Nous tournâmes donc le dos aux Skaldiques pour aller dresser notre camp sur les contreforts, ne nous autorisant que le plus petit des feux. Joscelin l'alimenta toute la nuit en petites branches ; je crois qu'il aurait pu tenir dans le creux de mes deux mains. Il maintint néanmoins la chaleur de la vie dans nos corps – mais tout juste.

Dès l'aube, nous entreprîmes notre ascension.

Passé un certain point, il nous fallut descendre de cheval et progresser en cherchant des appuis du pied et de la main ; les chevaux suivaient d'un pas de plus en plus hésitant. Je perdis mon cheval le premier jour. Ce fut horrible et je n'aime pas y repenser ; il fit une embardée sur un surplomb, lorsque la plaque de neige céda sous lui, et tomba dans le vide. Si j'avais été en selle à cet instant, je serais morte avec lui. En l'état, nous venions de perdre la moitié de nos provisions ; et le triste sort de mon cheval me rendait malade.

— Peu importe, dit Joscelin entre ses lèvres gelées, avec l'air d'être aussi bouleversé que je l'étais moi-même. Il nous reste de quoi tenir deux jours, et si nous ne vivons pas jusque-là, alors cela n'aura pas d'importance.

Nous continuâmes notre chemin, après avoir réparti ce que portait mon petit cheval poilu. J'étais heureuse de l'avoir gardé pour le bât ; son pas était plus sûr dans la montagne que celui des grands chevaux.

Nous perdîmes le cheval de Joscelin à cause d'un faux pas.

Cela survint après le franchissement du sommet – où l'air était si léger que nous avions l'impression de ne pas parvenir à remplir nos poumons. Il pénétrait dans nos gorges, plus abrasif que des pointes de couteau. On dit que la montagne est belle au sommet, et je crois que c'est vrai. Si je ne décris pas la beauté des paysages du Camlach, ne croyez pas que mon âme manque de poésie. Je dus lutter à chaque pas ; je n'avais plus la force de lever la tête pour jouir de la vue. Nous atteignîmes le sommet, puis attaquâmes la descente.

Descendre est plus facile que monter ; mais plus dangereux aussi. Une poche de neige, une crevasse dissimulée ; le cheval de Joscelin se brisa un antérieur. C'était le second que Joscelin devait achever ;

c'était toujours aussi difficile. Cette fois, il tint la marmite devant la veine jugulaire au moment de la trancher.

— L'un des hommes de Barquiel L'Envers m'a dit que les Akkadians prélèvent un peu du sang de leurs chevaux et en font du thé lorsqu'ils sont perdus dans le désert, m'expliqua-t-il sans oser me regarder. Ils peuvent survivre ainsi pendant des jours, et les chevaux survivent eux aussi. Celui-ci est déjà mort, Phèdre.

Je ne discutai pas ; c'était vrai. Nous bûmes de son sang, nous survécûmes à la montagne et nous descendîmes vers le Camlach. La province du traître, le duc Isidore d'Aiglemort, chef des alliés du Camlach.

C'était trop demander d'espérer passer la frontière d'Angeline sans être remarqués. Dans leurs chants sur cet hiver-là, les poètes – dont aucun assurément n'est allé dans les montagnes – parlent du plus « amer des hivers ». Les Skaldiques menaient sans cesse des incursions par les passes. Les patrouilles étaient nombreuses sur la frontière.

Les alliés du Camlach nous trouvèrent cette nuit-là.

Certes, nous n'étions guère prudents, soulagés d'être encore en vie. Notre petit campement était isolé et notre flambée modeste, mais peut-être paraissait-elle un feu d'alarme dans cette région à peine moins rude que les territoires skaldiques, si proches dans les montagnes.

Ce fut une petite patrouille qui nous trouva, surgissant de la nuit accompagnée d'un tintement ténu et discret de mors et de brides ; les lueurs du feu éclairaient leurs cottes de mailles. Joscelin bondit sur ses pieds en jurant, envoyant de la neige sur le foyer, mais il était déjà trop tard. Ils étaient sur nous.

Ils s'attendaient aussi peu à tomber sur nous que nous à être trouvés par eux ; voire moins, probablement. Pas plus d'une dizaine de cavaliers d'Angelins, qui nous considéraient de leurs yeux ronds, emplis d'étonnement. Mon cœur bondit et manqua un battement ; je cherchai fébrilement des yeux leur étendard.

Là, l'épée de flammes sur champ de sable ; c'étaient des alliés du Camlach, mais pas des hommes de d'Aiglemort. Elua veillait sur nous. Sous cet emblème, il y en avait un autre – un sapin sur un flanc de montagne escarpé, argent sur champ vert. De quelle maison s'agissait-il ? Je ne trouvai rien dans les archives de ma mémoire.

Du coin de l'œil, je vis Joscelin entamant son salut cassilin, ses mains cherchant ses dagues. Avec un cri, je me jetai sur lui ; ses jambes se dérobèrent sous lui et nous roulâmes tous deux dans la neige, sous le regard ahuri des alliés du Camlach. Quelle que pût être la maison à laquelle ils appartenaient, je n'avais pas envie que se répandît le bruit qu'une femme seule escortée d'un frère cassilin voyageait dans le Camlach.

L'un d'eux s'avança, un guerrier blanchi sous le harnais équipé d'armes bien entretenues.

— Identifiez-vous ! aboya-t-il.

Ce ne fut qu'à cet instant vraiment que je pris la pleine mesure de ce dont nous avions l'air, avec nos visages brûlés par la neige et le vent, engoncés dans nos fourrures skaldiques, égarés seuls au cœur du pire des hivers, avec pour tout équipement un petit cheval poilu lourdement bâté.

— Messire ! m'exclamai-je en indiquant d'un regard à Joscelin de faire silence. Je suis confuse, nous ne voulons pas semer le trouble. Avons-nous sans le savoir pénétré sur quelque territoire interdit ?

Il se rassit sur sa selle, rassuré par mon ton, ma voix et mon accent, indubitablement d'Angelins.

— Non, petite, vous avez le droit d'être là. Mais ce n'est pas sûr, si près de la frontière. Qui êtes-vous et où allez-vous ?

Pas homme à se laisser influencer, donc. Je déglutis avec difficulté et lâchai un mensonge entre mes dents serrées.

— Suriah, du village de Trefail, messire. Et voici mon cousin, Jareth. (Je tremblais, et ce n'était pas pour faire semblant ; échouer maintenant me paraissait inconcevable.) Notre village a été détruit par des razzieurs skaldiques il y a de ça quelques jours. Nous… mon cousin a pris un coup à la tête et je l'ai caché dans une grange. Ils ne nous ont pas trouvés, messire. Nous avons pris toutes ces affaires sur ceux qui n'en avaient plus besoin, pour nous enfuir vers la Ville. Avons-nous fait quelque chose de mal ?

C'était un pari. Je ne savais pas avec exactitude où nous étions, ni dans quelle mesure ces hommes connaissaient les villages de montagne. En revanche, ce que je savais avec certitude, c'était que le village de Trefail avait bien été détruit par les Skaldiques ; c'était celui où Alcuin était né.

— Non, vous n'avez rien fait de mal. (Le visage de l'homme demeurait indéchiffrable dans les lueurs mouvantes que lançaient les braises dispersées par Joscelin.) Vous pensiez que nous étions des Skaldiques ?

— Vous auriez pu. (Avec un frisson non feint, je

lançai un coup d'œil en direction de Joscelin, obstinément silencieux sous sa peau de loup blanc qui plongeait ses traits dans l'ombre.) Nous ne savions pas, messire. Mon cousin a eu peur.

Joscelin confirma d'un hochement de tête, corroborant l'idée que la terreur le rendait muet – ce dont je lui savais gré.

Le chef du détachement réfléchit en se mordillant la lèvre inférieure. Je le vis étudier nos tenues et notre équipement du regard. Je gardais la tête légèrement relevée, en espérant que la pénombre dissimulerait le signe de Kushiel dans mon œil. Pendant un instant, je crus que nous allions nous en sortir, mais les descendants de Camael sont trop profondément soldats pour croire vraiment au hasard.

— Il n'y a rien pour vous dans la Ville d'Elua, dit-il avec un air madré. L'hiver est rude et il y a des fièvres là-bas. Nous allons vous emmener avec nous à Bois-Le-Garde. Le marquis Le Garde ne laissera pas des réfugiés du Camlach dans le plus grand dénuement. On va s'occuper de vous. (Il se tourna vers l'un de ses hommes.) Brys, pars en éclaireur prévenir le gouverneur du château. Dis-lui que nous arrivons et raconte-lui tout en détail sans rien oublier.

Il avait bien insisté sur ces derniers mots ; il n'y avait pas à s'y tromper. Le cavalier commença à faire volter son cheval pour partir vers le nord.

Joscelin bougea à la vitesse de l'éclair ; et qui plus est, il le fit bien plus dans l'esprit skaldique que cassilin – avec une brutale efficacité. Il tira une dague – et une seule – de son fourreau tout en bondissant sur le chef du détachement de Bois-Le-Garde, la lame posée sur sa gorge.

— Vous tous ! dit-il sèchement. Pied à terre. Maintenant !

Ils obéirent ; leurs yeux luisaient de fureur. Joscelin ne dit rien ; sa dague ne tremblait pas ; le chef du détachement demeurait parfaitement immobile.

Je n'avais pas besoin d'ordres. À gestes précis et sûrs, je rassemblai nos affaires, posant nos sacs sur mon petit cheval skaldique.

— Deux chevaux.

L'attitude de Joscelin était empreinte de raideur ; je voyais ce qu'il lui en coûtait de menacer ainsi un D'Angelin. Sa respiration était courte et oppressée.

— Disperse les autres.

Je m'exécutai, sous le regard plein de haine d'une dizaine de guerriers frigorifiés qui ne voulaient pas risquer la vie de leur chef. Les chevaux partirent à contrecœur, entraînés qu'ils étaient à obéir ; je dus crier, faire de grands gestes et frapper leur arrière-train avec férocité. Ils se mirent à courir alors, dans toutes les directions, hormis les deux dont j'avais attaché la bride à un arbre. Ils tiraient sur leur licol, roulant des yeux affolés dont on voyait le blanc.

— Ph… Suriah, en selle.

Joscelin jura d'avoir failli me trahir, agitant sa dague. L'homme qu'il menaçait retint son souffle.

— Vous ne vous en tirerez pas comme ça, dit-il d'un ton amer. On ne vous lâchera pas.

— Nos parents à Marsilikos nous protègent ! répliquai-je d'un ton de défi. Vous n'avez pas le droit de détenir des D'Angelins libres !

— Silence ! siffla Joscelin entre ses dents. Suriah, file !

Il m'avait suivie jusque-là ; je le suivis à mon tour, détachant l'un des chevaux pour bondir en selle et partir tête baissée dans les bois, emmenant derrière moi mon petit cheval bâté au bout d'une longe.

Je ne recommande à personne la fuite à cheval de nuit, à travers un territoire sauvage. Nous avancions à l'aveuglette dans le sous-bois, les deux chevaux gagnés par la peur qui émanait de moi. Joscelin nous rattrapa à un quart de lieue de là, silhouette sombre sur son cheval, et nous partîmes à fond de train pour sauver nos vies.

La nuit était claire – qu'Elua en soit remercié ! – et les étoiles hautes et lumineuses dans ce ciel glacé au-dessus de nos têtes. Sans cela, nous nous serions sûrement perdus, mais la Grande Charrue et l'Étoile du navigateur nous guidaient et jetaient leur lumière d'argent sur ce paysage de neige. Me remémorant la géographie de cette région, je mis le cap résolument au sud, dans l'espoir de croiser l'un des grands axes du royaume – la Voie d'Eisheth, que les Tibériens appellent la Voie Paullus.

La Voie d'Eisheth conduit au sud, vers la côte ; Marsilikos est la plus grande ville sur le littoral – fondée il y a bien longtemps par les Hellènes, avant même l'époque d'Elua – et comme c'est un port, bien des voyageurs finissent là-bas. J'avais l'espoir que les hommes du marquis Le Garde mordent à mon hameçon pour nous traquer au sud.

Nous atteignîmes la Voie d'Eisheth à l'aube ; nos chevaux titubaient de fatigue, écumants et à bout de souffle. Le petit cheval trottait derrière nous ; ses flancs ballottaient lourdement, mais il était encore vaillant. Morte de fatigue comme je l'étais, j'eus presque honte de le voir si courageux.

Les déplacements sont d'ordinaire rares en cette période de l'année ; là, au cœur du plus amer des hivers, la route s'étirait droite et vide devant nous, luisante sous les premiers rayons dorés du soleil.

Les alliés du Camlach n'étaient sûrement pas très loin derrière nous.

— Un chemin de traverse, dis-je avec un effort pour hausser la voix. N'importe lequel allant vers l'ouest. Et prie pour qu'ils continuent vers Marsilikos.

Joscelin acquiesça d'un hochement de tête fatigué ; nous poussâmes nos montures comme jamais il ne leur était arrivé de l'être. Au bout de une heure à ce train d'enfer, nous l'aperçûmes : une petite piste sans nom, dont seule la borne avec le sceau d'Elua disait qu'elle allait vers la Ville.

— Là, dit Joscelin en pointant un doigt.

Je relevai la tête, l'oreille tendue. De derrière me parvenait le fracas de sabots sur le pavé. Une dizaine de cavaliers montés sur des bêtes aussi épuisées que les nôtres.

— Vite ! m'exclamai-je en éperonnant les flancs de ma monture.

Et nous reprîmes notre fuite une fois encore.

Au bout d'un quart de lieue à peine sur cette route, nous tombâmes sur un chariot de Yeshuites.

En vérité, nous faillîmes les percuter, à la vitesse où nous allions dans une courbe serrée et sur une piste étroite. Nos chevaux exténués se cabrèrent ; les mules de l'attelage couchèrent les oreilles et montrèrent les dents. Joscelin cria quelque chose et une jeune fille sortit la tête à l'arrière, tandis que le cocher tournait la tête pour nous regarder.

Jusqu'à cet instant, je n'avais pas vu que c'était une famille yeshuite, mais je reconnus les boucles encadrant son visage, alors que sa nuque était rasée.

J'étais sur le point de dire quelque chose, mais Joscelin me devança.

— Baruk hatah Adonai, père, dit-il, d'une voix à la fois essoufflée et empreinte de respect, en exécutant son salut cassilin. Veuillez pardonner notre intrusion.

— Baruk hatah Yeshua a'Mashiach, lo ha'lam, répondit mécaniquement le cocher, en nous scrutant de ses yeux noirs. Je suppose que vous êtes un disciple de l'Apostat.

Il s'adressait à Joscelin, qui salua une nouvelle fois. Un deuxième visage apparut à l'arrière du chariot, accompagné d'un rire de petite fille.

— Oui. Je suis Joscelin Verreuil de la Fraternité cassiline.

— Je vois. Et qui donc vous poursuit avec tant de hargne ?

Je pris une inspiration pour répondre, mais Joscelin ne m'en laissa pas le temps.

— Des hommes qui sont apostats y compris des enseignements d'Elua le béni, père, fruit de la vigne de Yeshua ben Yosef. Rangez-vous et nous partirons. Ya'er Adonai panav…

— Et pourquoi vous poursuivent-ils ?

— Pour nous tuer très probablement, dès qu'ils nous auront mis la main dessus, m'impatientai-je. Messire…

— Je doute que vos chevaux puissent encore aller bien loin.

C'était vrai et je le savais, mais ils iraient encore un peu plus loin ; en cet instant, mon unique pensée était de mettre autant de distance que possible entre nous et nos poursuivants, dont les chevaux devaient être tout aussi éreintés. Car après eux viendraient d'autres cavaliers, montés sur des bêtes fraîches. Si nous parvenions à franchir les limites du Camlach, nous serions bien plus en sûreté.

— Oui, messire, mais…

— Cachez-nous. (Le ton de Joscelin avait été abrupt ; ses yeux demandaient intensément.) Les hommes après nous, père, ne penseront pas à regarder au sein d'une famille yeshuite. Ils pensent que nous sommes des rebelles, voire des espions skaldiques. Mais je vous jure que ce n'est pas le cas. Nous sommes de libres D'Angelins, enfuis de captivité. Et nous détenons des informations essentielles pour préserver la liberté de notre nation.

Je retins mon souffle, terrifiée par la sincérité confiante avec laquelle il révélait notre secret. Le Yeshuite hocha lentement la tête, puis se tourna vers l'intérieur du chariot.

— Qu'en dis-tu Danele ?

Les pans de la bâche s'écartèrent et une femme aux yeux aimables dans un visage à l'air perspicace apparut. D'un geste, elle fit rentrer ses filles à l'intérieur. Elle regarda Joscelin, puis moi et son visage s'adoucit – pour Joscelin particulièrement.

— Il appartient à l'Apostat, Taavi, laisse-le monter. (Se tournant vers l'intérieur, elle poursuivit en haussant le ton.) Les filles ! Faites un peu de place !

Ce fut ainsi que nous rejoignîmes les Yeshuites.

55

Avant cela, j'ignorais tout de la relation entre la Fraternité cassiline et les Yeshuites. Pourtant, elle est évidente et j'aurais dû la voir, mais ce n'est pas une chose dont on parle en dehors des cercles cassilins. Car si Cassiel était apostat, comme disaient les Yeshuites, jamais sa foi ne s'était détournée du Dieu unique ; il avait simplement porté ailleurs ses yeux emplis de chagrin. Seul de tous les Compagnons, il avait continué de suivre les commandements de son Seigneur sans interférer avec les mortels.

Bien sûr, les Cassilins pensent qu'il a assumé le devoir que le Dieu unique avait négligé – aimer le fils du sang de Yeshua –, ce que contestent les Yeshuites, mais il n'en demeure pas moins que des liens existent entre les deux communautés. Car, comme je le sais bien, même les Cassilins pensent que Cassiel choisit la damnation en devenant le Compagnon d'Elua, le Parfait Compagnon.

Nous relâchâmes les chevaux des hommes de Bois-Le-Garde en direction du sud. De manière inattendue, les filles de Danele et Taavi s'amourachèrent instantanément de mon petit cheval skaldique, suppliant leur père de le garder. Avec un air pénétré, il accéda à leur demande, et notre vaillante monture fut attachée derrière le chariot.

— Un petit peu de vérité relève le mensonge comme le sel la nourriture, déclara-t-il. Vous avez relâché leurs chevaux ; s'ils nous demandent, nous dirons que nous avons trouvé celui-ci en train d'errer. Si jamais nous les croisons.

Nous les croisâmes.

Cela se produisit une petite heure après notre arrivée inopinée sur le chariot des Yeshuites, et peu de temps après que nous nous fûmes cachés à l'arrière du tombereau bâché et que tout notre barda fut dissimulé. Danele avait supervisé l'opération avec une efficacité et un pragmatisme incroyables, ordonnant aux deux sœurs au petit rire gloussant de bouger des écheveaux de laine et de tissu pour nous couvrir. Comme nous l'avions compris, Taavi était tisserand ; Danele avait quelque talent en matière de teinture. Ils nous ménagèrent de l'espace à l'intérieur de l'habitacle parfaitement ordonné. Les deux filles se poussaient du coude en pouffant ; charmé, Joscelin leur sourit et elles pouffèrent de plus belle.

Avec mon ouïe formée à l'école Delaunay, ce fut moi qui entendis la première le martèlement des sabots qui arrivaient.

Malgré tout ce qui nous était déjà arrivé, jamais je ne m'étais sentie si désemparée, recroquevillée dans le noir sous des monceaux de tissus, tandis que Taavi répondait aux questions des cavaliers – deux à en juger au bruit – avec une franchise désarmante. Non, ils n'allaient pas vers la Ville d'Elua, mais vers L'Arène où ils avaient des parents. Oui, ils avaient trouvé le petit cheval sur la Voie d'Eisheth, errant seul et sans bât. Non, ils n'avaient vu personne.

Oui, les hommes du Camlach pouvaient jeter un œil à l'intérieur s'ils le désiraient. Les pans de la bâche s'ouvrirent et trois visages yeshuites regardèrent en silence les cavaliers du marquis Le Garde de leurs yeux apeurés.

De ma cachette, j'aperçus l'un d'eux, las et fatigué. La bâche se referma ; nous pouvions repartir.

Les filles poussèrent quelques petits cris d'excitation tandis que les mules reprenaient flegmatiquement leur trot. Danele les fit taire, en les serrant contre elle. Je poussai un soupir, apaisée ; Joscelin fit de même à mes côtés.

Nous restâmes trois jours avec les Yeshuites.

Certains affirment qu'il n'y a nulle bonté innée en l'homme. À tous ceux-là, j'affirme que s'ils avaient vécu ma vie, ils ne diraient pas cela. J'ai vu les abysses au fond desquels les mortels peuvent descendre ; j'ai vu aussi les sommets jusqu'où ils peuvent s'élever. J'ai vu comment la compassion et le dévouement peuvent naître dans les plus improbables endroits, tout comme les petites fleurs des hauteurs parviennent à s'épanouir sur les rochers battus par les vents.

La famille de Taavi ne fut que bonté pour nous.

Ils ne nous posèrent aucune question, partageant de bon cœur avec nous ce qu'ils avaient à offrir. J'appris quelques bribes de leur histoire ; je regrette de ne pas avoir pu en apprendre plus. Ils étaient originaires de l'un des villages intérieurs du Camlach, où leurs familles s'étaient installées une génération auparavant, apportant leur savoir-faire de tisserand qui faisait défaut. Mais la fièvre s'abattit sur le village et les Yeshuites furent tenus pour responsables – alors qu'il était clair que c'était un messager venu de la Ville qui l'avait apportée. Ils s'étaient ainsi retrouvés à fuir vers le sud, avec toute leur vie entassée dans le chariot.

C'était une chose étrange pour moi, de voir une famille entière. Avant cela, je n'avais jamais vu – sauf peut-être à Perrinwolde – à quel point cela ne faisait pas partie de ma vie. J'avais quelques souvenirs – vagues – de mes parents ; la route, les caravansérails, puis la Dowayne de la maison du Cereus. Pour Joscelin, les choses étaient différentes. Jusqu'à l'âge de dix ans, il avait fait partie d'une famille – une famille aimante. Il avait des frères et des sœurs. Il savait comment jouer avec les enfants, comment les chatouiller et les faire rire.

Et elles l'adoraient pour cela.

Taavi et Danele souriaient, bien heureux d'avoir fait le bon choix en nous aidant. Quant à moi, ils me regardaient avec une pitié pleine de prévenance, et me parlaient avec douceur.

Tant de gentillesse ; tant d'incompréhension.

J'éprouvai du chagrin d'être ce que j'étais.

À quelques lieues à peine de la Ville d'Elua, nos routes se séparèrent. La veille au soir, nous en avions parlé autour du feu. Ils n'avaient aucune envie d'entrer dans la cité où, disait-on, la fièvre sévissait encore.

— Nous vous accompagnerons jusqu'aux portes, dit Taavi, inquiet. Cela ne nous fera pas un bien grand détour et nous ne risquerons rien, non ? Personne ne songerait à faire des ennuis à un pauvre tisserand et à sa famille.

— Vous en avez assez fait, père, répondis-je affectueusement. (J'avais compris alors que le titre de « père » marquait le respect envers un aîné ; même si

Taavi et Danele ne comptaient guère qu'une poignée d'années de plus que nous.) Nous ne savons pas quel accueil nous attend. Allez à L'Arène et prospérez. Vous en avez fait bien plus que nécessaire.

Les filles – Maia et Rena, âgées de six et huit ans – jouaient à l'arrière. Coiffée de la peau de loup blanc de Joscelin, Maia pourchassait sa sœur en hurlant de rire, tandis que Rena plongeait en gloussant entre les pattes du petit cheval stoïque. Danele les regardait faire avec bonheur. Le son de leur innocence qui ignorait la peur s'élevait vers les cieux où s'allumaient les étoiles. Que Waldemar Selig parvînt à ses fins et c'en serait fait des rires d'enfants, d'Angelins ou yeshuites.

— Soit, mais je…

— Non, le coupa Joscelin, avec un sourire sur les lèvres, mais aussi une fermeté dans la voix disant que le sujet était clos. Nous resterons avec vous jusqu'à l'endroit où les routes se séparent, puis nous poursuivrons à pied, père. Même pour l'amour de Cassiel, je ne voudrais pas exposer plus votre famille au danger.

Taavi ouvrit la bouche pour tenter une ultime protestation, mais Danele posa une main sur son bras.

— Laisse, dit-elle avec un ton de douce réprimande. Telle est leur volonté, et c'est bien ainsi.

Il hocha la tête à contrecœur. Sous le coup d'une impulsion, je retirai le diamant de Melisande à mon cou pour le lui tendre. La pierre étincelait à la lueur des flammes.

— Tenez, dis-je. Pour vous remercier de tout ce que vous avez fait. Il vous aidera à vous établir à L'Arène.

Ils échangèrent un regard puis secouèrent la tête ensemble.

— C'est trop, dit Taavi. Et nous ne vous avons pas aidés pour obtenir quelque chose en retour.

Danele, dont la main était toujours posée sur le bras de son mari, confirma son assentiment d'un hochement de tête.

— Mais…, protestai-je.

— Non. (La voix de Taavi était ferme.) Merci, Phèdre, mais non. C'est trop.

— Tu ne parviendras pas à t'en débarrasser, dit Joscelin avec un sourire forcé. (Ses yeux regardèrent derrière moi, en direction de Maia et Rena en train de faire des mamours à notre petit cheval skaldique.) Toutefois, il y a peut-être une petite chose que nous pouvons vous offrir, père, poursuivit-il en souriant.

Ce fut ainsi que nous prîmes congé d'eux, avec des larmes et des bénédictions de part et d'autre. Assis sur son banc, Taavi fit claquer sa langue et ses mules se mirent en marche en direction du sud, de leur pas régulier. Danele et les filles nous faisaient des gestes de l'arrière du chariot. Le petit cheval poilu suivait vaillamment, attaché par une longe. Il avait été le plus loyal et le plus fiable des compagnons ; j'étais triste de m'en séparer, mais heureuse de savoir qu'il serait traité avec tendresse.

Devant nous vers l'ouest attendait la Ville d'Elua aux murs blancs ; chez moi. Joscelin souffla dans l'air glacé du matin, puis chargea nos paquets sur son dos. Nous n'avions plus grand-chose, ayant laissé l'essentiel à Taavi et à sa famille. J'avais conservé ma pelisse de loup et le poignard de Trygve ; Joscelin avait fourré dans un sac sa peau de loup blanc, ainsi que des provisions offertes par Danele et deux outres d'eau. C'était là tout ce que nous avions pour accréditer l'histoire de notre passage chez les Skaldiques et de notre évasion.

Le calme dans lequel nous avions vécu ces trois dernières journées avec les Yeshuites s'envola à mesure qu'on approchait de la Ville. Cela faisait des mois que nous étions partis. Qui était sur le trône d'Elua ? Jusqu'où s'étendait la conspiration qui avait coûté la vie à Delaunay ? Qui étaient les conjurés ? Qui était demeuré loyal ? Avec une angoisse croissante, je prenais conscience de toutes les chausse-trappes qui nous attendaient. Qu'avait dit Alcuin ? De faire confiance à Rousse, Trevalion, Thelesis de Mornay ; à la Dauphine aussi, mais pas au roi.

Les chances que Quintilius Rousse fût présent dans la Ville étaient bien minces ; il devait faire relâche avec sa flotte pendant l'hiver. Trevalion… peut-être, mais il serait logé dans le palais ; tout comme Thelesis de Mornay – poétesse du roi –, et bien sûr, Ysandre de la Courcel. Je ne me souvenais que trop bien de ce qui s'était passé lorsque nous avions tenté d'entrer en contact avec elle.

Elua le béni, priai-je avec ferveur, fais que Melisande Shahrizai ne soit pas là.

Pour autant, j'ignorais qui pouvaient bien être ses alliés, et jusqu'où s'étendait son réseau. Il n'y avait aucun moyen d'approcher les personnes citées par Alcuin sans en passer par le palais ; et il n'y avait personne d'autre à qui j'osais envisager de faire confiance.

À part Hyacinthe.

J'exposai mes pensées à Joscelin. Il m'écouta, mais ne répondit rien.

— Tu n'aimes pas ça.

Il avançait d'un pas ferme, les yeux obstinément fixés devant lui. Il y avait un peu de passage sur la route maintenant ; pas trop, car c'était l'hiver, mais un chariot passait de temps à autre, dont les passagers nous regardaient bizarrement. Sales et échevelés, vêtus d'un mélange de rudes laines et de peaux fermées par des lacets de cuir ou des broches de bronze, l'épée cassiline de Joscelin saillant entre ses épaules, nul doute que nous attirions l'attention. Je me sentais de plus en plus mal à l'aise.

— N'y a-t-il personne d'autre à qui tu puisses t'adresser ? finit par demander Joscelin. Aucun client ou ami de Delaunay ?

— Personne dont je puisse être sûre. (Une rafale balaya la route et je serrai ma pelisse autour de moi.) Il ne s'agit pas seulement de demander un service, Joscelin. La personne à qui nous nous adresserons tiendra nos vies entre ses mains. J'ai confiance en Hyacinthe – et en personne d'autre.

— Le prince des voyageurs, dit-il avec un ton ironique. Combien d'or crois-tu qu'il pourrait obtenir en nous livrant ?

Sans y penser, je le giflai. Nous nous arrêtâmes au milieu de la route ; nos regards étaient rivés l'un à l'autre.

— Tsingano ou pas, dis-je doucement, Hyacinthe a toujours été un ami pour moi, à une époque où personne ne l'était. Et il ne m'a jamais demandé ne serait-ce qu'une pièce. Lorsque Baudoin de Trevalion a été exécuté, c'est Hyacinthe qui m'a donné de l'argent pour faire une offrande en sa mémoire au temple. Savais-tu que j'avais été le cadeau d'adieu fait par Melisande au prince Baudoin avant qu'elle le trahît ?

— Non. (Le visage de Joscelin était devenu livide sous son hâle, hormis la tache rouge qu'avait laissée ma main.) Je suis désolé.

— Si tu as une meilleure idée, dis-je sombrement, alors dis-la. Mais je ne veux plus jamais t'entendre médire de Hyacinthe.

Il lança un regard en direction de la Ville. Elle n'était plus très loin maintenant ; on apercevait la lumière du soleil sur ses murailles blanches.

— Je peux prendre contact avec le capitaine de la garde cassiline du roi. C'est un frère, il ne pourra faire autrement que me recevoir. Il a prêté serment ; on peut lui faire confiance.

— En es-tu sûr ? (J'attendis que son regard revînt sur moi.) En es-tu absolument sûr, Joscelin ? Tu as disparu de la Ville avec celle dont tu avais la charge – une servante de Naamah notoire, un jouet pour les puissants –, en laissant derrière toi toute la maison d'Anafiel Delaunay massacrée. Sais-tu quel poison a été répandu en notre absence ? Es-tu sûr d'être bien accueilli par la Fraternité cassiline ?

Mes paroles furent pour lui comme autant de coups. Jamais il ne lui était apparu – je le vis bien – que sa probité et son honneur de Cassilin avaient pu être mis en doute.

— Personne n'oserait suggérer une chose pareille ! s'étrangla-t-il. Et quand bien même, aucun Cassilin ne le croirait !

— Vraiment ? demandai-je d'un ton las. Mais moi j'y ai pensé ; et si moi je l'ai fait, d'autres ont pu le faire également. Quant à ce qui est de croire… Qu'est-ce qui est le plus facile à admettre ? Un simple meurtre motivé par l'appât du gain et la luxure, ou une vaste conspiration visant à trahir le trône au profit des Skaldiques et dont toi et moi seulement serions informés ?

Au bout d'un certain temps, il hocha sèchement la tête, puis se redressa en tournant les yeux vers la ville.

— À ton idée alors, et prie pour que ta confiance soit bien placée. En attendant, il faut encore que nous franchissions les portes.

Je regardai en direction des murailles et frissonnai.

Malgré nos craintes, pénétrer dans la Ville fut la plus simple de nos épreuves. Deux membres de la garde de la Ville, manifestement épuisés, nous demandèrent de nous arrêter, considérèrent nos accoutrements de bas en haut, puis demandèrent nos noms sans grande conviction. Je donnai de faux noms, assortis d'une fable, en citant toutefois le village de Taavi et Danele ; ils nous posèrent ensuite quelques questions, essentiellement sur notre santé, nous demandant ensuite de tirer la langue pour l'examiner.

Stupéfaits, nous obéîmes sans protester. L'un des gardes s'approcha, jeta un coup d'œil, puis nous fit signe de passer d'un geste négligent de la main.

— C'est donc vrai, dit Joscelin à voix basse. La maladie est ici.

Je ne répondis rien, bouleversée d'être de nouveau à l'intérieur des murs de la Ville d'Elua. Cela ne revêtait pas la même importance pour lui ; il n'était pas né et n'avait pas grandi ici. La beauté des lieux, l'élégance des rues pavées bordées d'arbres dépouillés par l'hiver, tout cela me faisait venir les larmes aux yeux. Et les gens, ah ! malgré le froid et les rumeurs de fièvre, il y avait du monde dans les rues – tous d'Angelins. Le son de leurs voix était comme de la musique à mes oreilles.

Au crépuscule, nous nous glissâmes dans le quartier du Seuil de la nuit, en passant par les ruelles les plus miteuses où notre apparence importait peu. Des odeurs de cuisine en provenance des maisons et des auberges me mettaient l'eau à la bouche ; de la cuisine d'Angeline, de la vraie nourriture ! Nous atteignîmes le Seuil de la nuit au bon moment ; les lanternes des rues venaient d'être allumées et les premiers noceurs faisaient leur apparition, un peu moins nombreux peut-être que dans mon souvenir, mais toujours aussi glorieux dans leurs atours de soie, de velours et de brocarts, rehaussés de bijoux étincelants sous les lumières.

— Joscelin, nous ne pouvons pas entrer, murmurai-je tandis que nous nous tenions dissimulés dans une allée sombre non loin de l'auberge du *Jeune Coq.* L'endroit serait sens dessus dessous et le bruit parviendrait au palais avant minuit. Les langues se délient vite dans le Seuil de la nuit.

— As-tu une idée ?

— Je crois. Écoute.

Et je lui expliquai mon plan.

L'écurie de Hyacinthe était calme ; il était encore tôt. Les chevaux somnolaient dans leurs stalles, dans une délicieuse odeur de paille fraîche. Deux palefreniers étaient là, des garçons de douze ou treize ans occupés à jouer aux dés ; nous les prîmes par surprise. L'un d'eux geignit en découvrant Joscelin, l'épée tirée, puis tous deux se firent tout petits. Je ne pouvais leur en vouloir d'être terrifiés. Même sans peau de loup, avec ses vêtements et ses cheveux en broussaille, il avait bien plus l'air d'un guerrier skaldique que d'un frère cassilin.

— Vous travaillez pour Hyacinthe ? demandai-je. (Ils confirmèrent d'un hochement de tête.) Bien ! Toi, poursuivis-je en désignant celui qui avait geint, je veux que tu fasses quelque chose. La vie de ton ami en dépend. Trouve Hyacinthe et fais-le venir ici. Discrètement. Dis-lui qu'un vieil ami a besoin de son aide. S'il te demande qui, dis-lui que c'est quelqu'un avec qui il a mangé des tartelettes sous le pont de Tertius. Tu as compris ?

Il hocha la tête une nouvelle fois.

— Vieil ami, dit-il, le souffle oppressé. Des tartelettes, le pont de Tertius. Oui, ma… Oui.

— Parfait. (Moi non plus, je ne me serais pas octroyé de titre ; pas dans l'état où j'étais.) Si tu dis un mot à quiconque, un seul, ou si quelqu'un t'entend parler à Hyacinthe, ton ami meurt. Tu as bien compris ?

— Oui ! (Il hocha la tête si vite que ses boucles tombèrent sur ses yeux.) Oui, je le jure !

— Parfait, répétai-je, ajoutant d'un ton sinistre : et si nous ne te tuons pas, tu peux être sûr que Hyacinthe le fera si tu commets la moindre erreur. Et maintenant, file !

Il fila plus vite qu'un carreau d'arbalète. Nous entendîmes le bruit de sa course dans la rue. Joscelin remit son épée au fourreau.

— Tu ne crains rien s'il fait ce qu'il a à faire, dis-je à l'autre garçon, qui nous regardait, livide. Résiste juste à l'envie de le suivre.

Le palefrenier de Hyacinthe hocha la tête, pris d'une fervente terreur.

Nous attendîmes, plus tendus que les cordes d'une

harpe. J'avais l'impression que, depuis mon réveil dans le chariot bâché, percluse de douleurs et l'âme en berne, j'avais passé tout mon temps à guetter des bruits de pas. Ces bruits-là, je les reconnus immédiatement – le pas nonchalant de Hyacinthe, le raclement de ses talons sur les pavés.

Puis il entra dans l'écurie et referma la porte ; toute sa décontraction affichée s'envola. Il tourna sur lui-même ; son visage hésitait entre l'espoir et l'incrédulité.

— Phèdre ?

Je fis deux pas et me jetai dans ses bras.

Il revint à Joscelin de garder la porte, l'épée de nouveau tirée, contre toute arrivée inopinée ou toute tentative de fuite des palefreniers. Celui que nous avions envoyé s'était glissé dans le sillage de Hyacinthe ; il nous regardait de ses yeux ahuris, les poings pressés contre sa bouche. À ma grande honte, je dois confesser ma totale inutilité en cet instant, tandis que j'évacuais des semaines de terreur contenue en longs sanglots qui me secouaient. Ma tête était posée sur l'épaule de Hyacinthe ; il me tenait serrée très fort contre lui en susurrant des mots d'apaisement, d'une voix rendue un peu tremblante par la surprise. Je finis par me calmer et je m'écartai de lui en essuyant mes larmes.

— Ça va ?

Hyacinthe haussa des sourcils interrogateurs et je répondis par un signe de tête ; je pris une profonde inspiration pour calmer ma respiration haletante. Hyacinthe fit un signe aux deux garçons en piochant des pièces dans sa bourse.

— Écoutez-moi, vous deux. Ce que vous venez de voir n'est jamais arrivé. C'est bien compris ? (Ils confirmèrent d'un hochement de tête.) Tenez, dit-il en leur donnant à chacun une pièce d'argent. Vous avez fait ce qu'il fallait. Prenez ça et gardez vos bouches fermées. N'en parlez même pas entre vous. Si vous le faites, je jure de lancer sur vous le *dromonde.* Vous serez maudits au point de regretter d'être nés. Compris ?

La leçon avait porté. Hyacinthe leur dit de partir et ils s'exécutèrent en jetant des regards inquiets à Joscelin.

Hyacinthe ne l'avait pas encore bien regardé. Il l'observa tandis que Joscelin remettait son épée au fourreau, puis cligna des yeux.

— Le Cassilin ?

Joscelin eut un petit sourire en coin, puis inclina la tête.

— Prince des voyageurs.

— Par Elua le béni ! je pensais que tu ne pouvais pas tirer l'épée… (Hyacinthe secoua la tête comme pour s'arracher d'un rêve.) Allez, venez, reprit-il d'un ton décidé. Je vais vous conduire à la maison. Vous avez eu raison, il vaut mieux qu'on ne vous voie pas.

Je fermai les yeux.

— Est-ce qu'on pense… ?

— Oui. Vous avez été jugés et condamnés par contumace, répondit Hyacinthe d'un ton inhabituellement aimable. Pour le meurtre d'Anafiel Delaunay et de tous les membres de sa maison.

56

Hyacinthe vivait toujours dans la même maison, rue Coupole, mais seul désormais. Il m'avait appris, à mon grand chagrin, la mort de sa mère, emportée par la fièvre. Elle avait pris en pitié une famille tsingana dont le plus jeune enfant était malade ; tout était parti de là. La maison demeurait vide, Hyacinthe étant farouchement opposé à l'idée de prendre des locataires aussi longtemps que la maladie sévirait. Nous apprîmes qu'elle se manifestait en premier lieu par des boutons blancs sous la langue – ce qui expliquait que les gardes avaient examiné les nôtres sans se soucier vraiment du reste.

C'était une sensation étrange d'être dans cette maison que sa mère ne hantait plus, grommelant penchée sur son fourneau. Il y mit de l'eau à chauffer pour un bain et envoya l'un de ses garçons au *Jeune Coq* pour y chercher des plats, avec ordre de préciser uniquement qu'il recevait chez lui en toute discrétion.

Être réchauffée, propre et en sécurité me paraissait un luxe au-delà des mots. Assis dans la cuisine autour de la table, nous mangions du pigeonneau au romarin accompagné d'un bon vin rouge que

Hyacinthe avait choisi ; tour à tour, Joscelin et moi expliquâmes, entre deux bouchées voraces, tout ce qui s'était passé. Hyacinthe ne nous interrompit pas une seule fois, nous écoutant avec gravité jusqu'au bout. Lorsqu'il apprit la trahison de d'Aiglemort et le plan d'invasion des Skaldiques, il en eut le cœur au bord des lèvres.

— Il ne ferait pas ça, dit-il. Il ne peut pas faire ça !

— Il croit pouvoir l'emporter. (J'avalai une gorgée de vin et reposai mon verre.) Mais il n'a pas la moindre idée de l'importance des hordes que Selig peut rassembler. Il faut que nous parlions à quelqu'un, Hyacinthe. La Dauphine, ou quelqu'un en mesure d'entrer en contact avec elle.

— Je réfléchis, répondit-il en tendant la main vers son propre verre. Vous êtes perdus si quiconque découvre que vous êtes revenus dans la Ville.

— Pourquoi… comment ? Comment ont-ils pu croire que nous avions pu faire ça ? (Joscelin avait bu un peu de vin lui aussi et il parlait avec plus de chaleur.) Qu'aurions-nous eu à gagner à commettre ces crimes ?

— Tout ce que je peux vous dire, c'est la théorie généralement admise. (Hyacinthe fit tourner son verre dans sa main, le regard plongé au cœur du liquide rouge.) D'après la rumeur, Barquiel L'Envers vous aurait versé une somme colossale – à toi Phèdre pour trahir Delaunay, et à toi le Cassilin pour trahir ton serment. Vous auriez donc laissé sa garde akkadianne pénétrer dans la maison, pour régler leur vieux contentieux au sujet d'Isabel, puis vous emmener tous deux au Khebbel-im-Akkad. Il n'y a aucune preuve, bien sûr, et le duc L'Envers n'a pas été formellement poursuivi, mais les histoires au sujet de l'assassinat de Dominic Stregazza n'ont pas aidé sa cause.

— Jamais je…, commençai-je.

— Je sais. (Hyacinthe plongea ses yeux noirs au fond des miens.) Je savais que c'était un mensonge, et je le disais à qui voulait l'entendre. J'ai entendu quelques autres personnes prendre ta défense – Gaspar Trevalion et Cecilie Laveau-Perrin ont été de ceux-là. Et le Préfet de la Fraternité cassiline a envoyé une lettre clamant l'innocence de son ordre. (Il inclina la tête en direction de Joscelin.) Mais le Parlement voulait un jugement et une condamnation, et les tribunaux se sont exécutés. Il ne fallait pas que le peuple pût penser que des nobles d'Angelins pouvaient être massacrés et que leurs assassins s'en tirent.

— Melisande ? demandai-je.

Mais j'avais déjà deviné la réponse. Hyacinthe secoua ses boucles brunes.

— Si elle est derrière tout ça, elle est restée bien discrète sans jamais apparaître au premier plan.

— Oui, bien sûr. Elle avait déjà joué cette carte au procès de Baudoin ; elle est bien trop rusée pour l'utiliser une seconde fois. (Machinalement, je me mis à jouer avec le diamant à mon cou.) Cela aurait eu l'air suspect, ajoutai-je froidement.

Hyacinthe entreprit de débarrasser la table des reliefs de notre repas, empilant les plats et les assiettes dans un petit cuveau pour plus tard.

— Tout ce que j'ai est à ta disposition, Phèdre, dit-il en venant se rasseoir avec nous, le menton posé sur ses mains. Les poètes et les joueurs vont partout et connaissent tout le monde. Par leur intermédiaire, je peux contacter qui tu veux. Le seul problème, c'est qu'on ne peut faire confiance à aucun d'eux pour se taire.

Instinctivement, je me tournai vers Joscelin, sourcils froncés.

— Tu dis que le Préfet a envoyé une lettre ? demanda-t-il à Hyacinthe. (Le Tsingano confirma d'un hochement de tête et le Cassilin secoua la sienne.) Je ne sais pas, poursuivit-il à contrecœur. S'il a clamé l'innocence de l'ordre et pas la mienne… s'il a écrit plutôt que se déplacer en personne… non. Je ne crois pas qu'on puisse être certains qu'il ne nous enverra pas la garde. Je vais plutôt le voir moi-même. Peux-tu me fournir un cheval ?

Cette dernière question s'adressait à Hyacinthe.

— Oui, bien sûr.

— Non. (J'avais posé les index sur mes tempes.) Ce n'est pas sûr et cela prendrait des jours. Il doit y avoir un autre moyen. (Une pensée me traversa l'esprit.) Hyacinthe, peux-tu trouver quelqu'un pour faire parvenir une lettre à Thelesis de Mornay ?

— Absolument. (Il sourit.) Une lettre d'amour, peut-être, le message d'un admirateur. Rien de plus facile. Mais la seule et unique chose que je ne puisse garantir, c'est qu'elle parviendra à destination avec son sceau intact.

— Peu importe. (Mon esprit était comme pris de frénésie.) As-tu du papier ? Je vais écrire la véritable information de ce message en cruithne. Si un seul de tes poètes est capable de lire la langue des Pictii, je veux bien manger cette table tout entière.

Hyacinthe fourragea dans une commode, puis m'apporta du papier et le nécessaire pour écrire. Il épointa la plume avec son couteau aiguisé comme un rasoir et plaça ensuite l'encrier devant moi. J'écrivis un court message en d'Angelin, qui aurait pu être celui d'un fervent admirateur, puis ajoutai quelques lignes en cruithne, en les structurant pour donner à penser à un œil non averti qu'il s'agissait d'un court sonnet.

« Celle qui fut l'ultime élève de celui qui aurait pu être poète du roi attend, en la demeure du prince des voyageurs, et demande votre aide au nom du cygne du roi, son unique né. »

Je le lus à voix haute, en d'Angelin d'abord puis en cruithne, hésitant par instants sur la prononciation.

— Cruithne, murmura Joscelin. (Il pensait ne plus pouvoir être surpris.) Tu parles cruithne.

— Oui, mais pas parfaitement.

Je glissai sur le fait que j'ignorais le mot cruithne désignant le jeune cygne ; pour décrire l'emblème d'Ysandre de la Courcel, j'avais donc traduit par une périphrase donnant quelque chose comme « le bébé oiseau au long cou qui vit sur l'eau ». Mais Thelesis de Mornay parlait et lisait le cruithne couramment, et c'était elle en outre qui m'avait dit que Delaunay aurait pu être poète du roi si les circonstances avaient été autres.

— Est-ce que ça ira ?

— Ça ira très bien. Ne signe pas. (Hyacinthe, jusque-là assis sur sa chaise en équilibre sur ses pieds arrière, se redressa et me prit la lettre des mains, pour y apposer prestement un cachet de cire.) Il y a un groupe qui doit se rendre à l'auberge *Le Luth et le masque* plus tard cette nuit. Je vais faire en sorte que Thelesis de Mornay ait cette lettre pour demain midi au plus tard, même s'il me faut pour cela soudoyer la moitié du Seuil de la nuit.

L'instant d'après, il sortait en enfilant son manteau à la hâte.

— Tu avais raison de lui faire confiance, dit Joscelin d'une voix calme. Et moi, j'avais tort. (Nos regards se croisèrent, de part et d'autre de la table.) Je dois bien le reconnaître.

— Oui, mais tu avais raison au sujet de Taavi et Danele, répondis-je. Je ne te l'ai pas dit, mais j'aurais pu te tuer sur place à l'instant où tu leur as demandé leur aide. Pourtant, c'est toi qui avais raison.

— C'étaient de bonnes personnes. J'espère que tout va bien pour eux. (Il se mit debout.) S'il n'y a plus rien d'autre à faire cette nuit…

— Va dormir. (Je retins le bâillement qui m'était venu à cette simple évocation.) Je vais attendre Hyacinthe.

— Je vais te laisser alors. Je suis sûr que tu as envie d'être un peu seule avec lui.

Il me fit encore son petit sourire, mais quelque chose dedans me fit l'effet d'une pointe dans le cœur.

— Joscelin…

Je levai les yeux vers lui. Ici, dans ce lieu qui avait été un paradis de mon enfance, il m'apparaissait presque impossible de croire à la réalité de ce qui nous était arrivé ; de tout ce qui nous était arrivé.

— Joscelin, quoi qu'il nous arrive désormais… tu l'as fait. Tu as été fidèle à ton serment de protéger et servir. Tu m'as ramenée saine et sauve, dis-je doucement. Merci.

Il exécuta son salut cassilin, puis sortit.

Il s'écoula un certain temps jusqu'au retour de Hyacinthe. Il entra sans faire de bruit, en tournant tout doucement la clé dans la serrure. Je sursautai ; je m'étais endormie, la tête posée sur la table.

— Tu es encore là. (Il vint s'asseoir à côté de moi et me prit les mains.) Tu devrais être couchée.

— Comment est-ce que ça s'est passé ?

— Sans problème. (Il inspecta mes mains, en les faisant tourner doucement.) Thelesis devrait avoir la lettre d'ici à demain, à moins que le jeune Marc-Baptiste se brouille à mort avec Japheth nó Églantine-Vardennes, ce qui n'est guère probable. Il pense que je travaille pour Sarphiel le reclus, qui est de fait assez fou pour envoyer le prince des voyageurs porter une lettre non signée à la poétesse du roi. Thelesis est tombée malade, tu sais, mais le médecin personnel du roi s'est occupé d'elle ; elle est en voie de guérison, maintenant. Phèdre, on dirait que tu as été esclave sur une galère.

— Je sais. (Je retirai mes mains des siennes ; elles étaient devenues rouges et calleuses, abîmées par le froid, avec des crevasses et de la crasse tellement incrustée qu'un bain n'était pas parvenu à les en débarrasser.) Mais je suis capable aujourd'hui d'allumer un feu avec un bout de bois détrempé au milieu d'une tempête de neige.

— Ah ! Elua. (L'émotion était lisible sur son visage ; des larmes dansaient dans ses yeux noirs.) J'ai vraiment cru t'avoir perdue à jamais. Delaunay, Alcuin… Phèdre, je pensais ne jamais te revoir. Je ne pouvais pas imaginer que tu survives à ce qui s'était passé. Puis, revenir et découvrir qu'on te tient pour meurtrière… Si j'avais su que tu étais vivante, je me serais battu contre tout ça.

— Je sais. (Je déglutis avec difficulté.) Au moins, je suis chez moi maintenant. Si je dois mourir quelque part… Oh ! Hyacinthe, je suis tellement désolée pour ta mère.

Il resta silencieux un instant, les yeux tournés vers ce fourneau qui avait été son domaine, un endroit qu'elle peuplait de ses prophéties marmonnées et du tintement de ses pièces d'or.

— Je sais. Elle me manque. J'avais toujours cru qu'elle vivrait pour me voir réclamer au peuple des Tsingani ce que ma naissance m'a donné – au lieu de cette comédie que je joue dans le Seuil de la nuit. Mais j'ai trop attendu. (Il s'essuya les yeux d'un revers de manche.) Tu devrais aller dormir. Tu dois être épuisée.

— Oui. Bonne nuit, murmurai-je en déposant un baiser sur son front.

Je sentis son regard sur mon dos tandis que je marchais vers le lit bien chaud qui m'attendait.

Il y a un stade dans l'épuisement à partir duquel le sommeil ne vient plus que difficilement. Je l'avais atteint cette nuit-là. Après toutes ces nuits où j'avais eu quelqu'un à mes côtés, cela me procurait une sensation étrange d'être seule dans un lit aux draps propres, avec une chaude couverture et une courtepointe de velours. Même après que ce sentiment d'étrangeté se fut dilué, et alors que l'engourdissement familier commençait à venir, j'avais tout de même l'impression qu'il me manquait quelque chose. Je compris ce que c'était – et ce fut un véritable choc – juste avant que la vague de sommeil m'emportât dans l'oubli, gommant cette pensée de ma conscience comme la vague efface les traces sur le sable.

C'était Joscelin qui me manquait.

Je me réveillai tard le lendemain matin, sans aucun souvenir. Hyacinthe était déjà debout et actif depuis un certain temps, et sa petite demeure était rutilante. Il avait embauché une jeune fille de confiance – la fille d'une couturière tsingana que connaissait sa mère – pour faire la cuisine et le ménage. Silencieuse et efficace, elle s'activait, tête baissée, soucieuse de complaire au prince des voyageurs et à ses mystérieux amis.

— Elle ne dira rien, nous assura Hyacinthe.

Et nous le crûmes. Il avait trouvé des vêtements également, ou du moins les avait achetés à la couturière. Je pris de nouveau un bain, murmurant une prière de reconnaissance à mesure que l'eau chaude faisait disparaître de ma peau les traces de mon expérience skaldique. Ensuite, je mis la robe de velours bleu foncé qu'il m'avait prise – et qui ne m'allait pas si mal.

Joscelin, sobrement vêtu d'un pourpoint et de chausses gris tourterelle, luttait pour démêler ses cheveux propres et humides, dans lesquels subsistaient les vestiges de ses tresses skaldiques. Il ne protesta pas lorsque je vins l'aider à démêler tous ces nœuds.

Ses dagues, son harnais, ses canons d'avant-bras et son épée formaient un tas sur la table où se mêlaient le cuir et l'acier.

— Tu ne… ?

Avant que je puisse finir ma question, il secoua la tête ; ses cheveux balayèrent ses épaules.

— Peut-être ai-je veillé sur ta vie, mais je n'en ai pas moins brisé mon serment. Je n'ai plus le droit de porter d'armes.

— Veux-tu que je te fasse une tresse alors ? demandai-je en saisissant à pleines mains la masse soyeuse de sa chevelure.

— Non, répondit-il fermement. Je vais simplement

les nouer. J'ai encore le droit de faire ça, en tant que prêtre.

Il était ça aussi, je l'avais oublié. Je regardais ses mains poser prestement le catogan à la base de sa nuque. Même sans ses armes, il ressemblait de nouveau à un frère cassilin. Hyacinthe observa tout ça sans rien dire ; seuls ses sourcils interrogateurs me rappelaient combien tout cela était loin de la manière dont Joscelin et moi nous entendions au début.

— On devrait brûler tout ça, dit-il en fronçant son nez en direction de notre pile de vêtements de laine et de fourrures.

— Non, gardons-les, répondis-je. Par Elua ! l'odeur à elle seule corroborera notre histoire ! Nous n'avons aucune preuve à produire.

Joscelin éclata de rire.

Hyacinthe secoua la tête, puis vint se poster à la fenêtre pour regarder dans la rue. Il se raidit subitement.

— Il y a un attelage qui s'arrête, dit-il d'une voix tendue. Passez dans la pièce derrière. Au besoin, il y a une sortie. Si ce n'est pas Thelesis de Mornay, je tenterai de les retenir aussi longtemps que possible.

Nous sortîmes rapidement ; Joscelin prit ses armes et son équipement sur la table et nous nous cachâmes dans le cellier d'où partait un passage vers l'arrière de la maison.

Ce ne fut pas long. J'entendis la porte s'ouvrir. Une personne entra et Hyacinthe la salua avec courtoisie. La voix qui lui répondit était reconnaissable entre toutes ; plus basse que dans mon souvenir, mais pleine et incontestablement féminine.

Thelesis de Mornay.

Je me souvins d'être alors sortie de notre réduit

des larmes plein les yeux, à l'instant où elle rabattait en arrière la capuche de son manteau, révélant son visage aux traits familiers, illuminés par ses yeux sombres dans lesquels brillaient le chagrin et la joie. Elle me prit dans ses bras, pour une embrassade âpre et étonnamment forte.

— Ah ! mon enfant…, murmura sa voix à mon oreille. Je suis si heureuse de te savoir en vie. Anafiel Delaunay serait tellement fier de toi. (Elle me saisit par les épaules et me secoua doucement.) Il serait tellement fier, répéta-t-elle.

Je ravalai mes sanglots, luttant pour refouler les tremblements dans ma voix et reprendre le contrôle de moi-même.

— Thelesis… Il faut absolument que nous parlions à la Dauphine, à Gaspar Trevalion, à l'amiral Rousse, à tous ceux que vous jugez dignes de confiance. Les Skaldiques envisagent de nous envahir. Ils ont un chef et le duc d'Aiglemort va trahir…

— Chut. (Ses mains me serrèrent aux épaules.) J'ai eu ton message, Phèdre. Je savais que tu ne pouvais pas être celle qu'on disait. Je vais te conduire sur-le-champ à une entrevue avec Ysandre de la Courcel. Tu t'en sens capable ?

Tout cela était soudain ; si soudain. Je regardai autour de moi, saisie par l'incertitude et la frénésie. Joscelin vint à mes côtés, les mains vides, mais bardé de toute sa rigueur cassiline.

— Elle n'ira pas seule, dit-il de son ton calme et imparablement meurtrier. Au nom de Cassiel, je porterai témoignage de tout ça.

— Et moi aussi. (Hyacinthe exécuta sa plus belle courbette de prince des voyageurs, mais son regard était noir et glacé.) J'ai déjà perdu Phèdre nó

Delaunay une fois, ma dame, sans protester suffisamment. Je ne compte pas reproduire la même erreur une seconde fois. Et peut-être mon petit don du *dromonde* pourra-t-il être de quelque utilité.

— Cela se pourrait, Tsingano. (Thelesis de Mornay fixa sur lui le regard intense de ses yeux sombres, puis posa sa petite menotte sur sa manche.) Je prie pour qu'il en soit ainsi.

57

C'était tout à la fois semblable au bon vieux temps, et totalement différent. J'étais à bord d'une voiture fermée qui m'emmenait au palais pour rencontrer en secret une personne de la lignée d'Elua, mais je n'étais plus la favorite des clients de Naamah, vêtus d'atours exquis, qui m'attendaient le souffle court des délices à venir. J'étais désormais une meurtrière condamnée et une esclave skaldique en fuite, attendant le jugement de l'héritière du royaume. Même la robe que je portais sur le dos, je ne la devais qu'à la courtoisie d'un vaurien du Seuil de la nuit.

Seules la tache rouge dans mon œil et la marque inachevée sur mon dos témoignaient de ce que j'avais été un jour – l'*anguissette* de Delaunay, la seule et unique née depuis trois générations.

Sur la route, nous racontâmes notre histoire à Thelesis de Mornay ; pas l'intégralité des détails de notre fuite, mais l'essentiel de ce qui était important pour le trône de Terre d'Ange. Elle nous écouta avec la plus grande attention, détournant la tête par instants pour tousser dans sa main.

Elle nous croyait ; cela ne faisait aucun doute. Mais Ysandre de la Courcel nous croirait-elle elle aussi ? Je ne l'avais jamais rencontrée et j'étais incapable de me faire une idée.

Le carrosse passa par une entrée du palais rarement utilisée, où nous attendaient des gardes arborant la livrée de la maison Courcel, bleu nuit avec l'insigne d'argent. Je n'avais pas oublié les leçons de Delaunay ; j'observai tout. Chacun d'eux portait un anneau d'argent à l'auriculaire gauche.

— La garde personnelle de la Dauphine, m'expliqua Thelesis avec une petite toux. (Elle m'avait vue les détailler.) On peut leur faire confiance.

Les gardes voulaient nos armes ; Joscelin leur remit son attirail cassilin avec un salut et Hyacinthe leur donna la dague qu'il portait à la ceinture, avant de leur en livrer, avec un petit haussement d'épaules, une autre dissimulée dans l'une de ses bottes. Pour ma part, je n'avais pas d'arme, hormis la dague de Trygve que je portais dans un sac avec les autres éléments skaldiques. J'entendais bien les conserver ; c'étaient nos uniques preuves.

— Je surveillerai moi-même toutes ces choses, annonça Thelesis, et les gardes n'insistèrent pas.

Ils ne la fouillèrent pas non plus. Elle était la poétesse du roi et la confidente de la Dauphine – au-dessus de tout soupçon.

Ce fut ainsi que nous fûmes amenés en présence d'Ysandre de la Courcel.

Je l'avais vue de loin, depuis ma cachette sous le fauteuil, ainsi qu'au procès de la maison Trevalion ; pour autant, je ne savais pas vraiment à quoi m'attendre. On nous fit pénétrer dans une salle d'audience officielle, mais de dimensions modestes. J'appris plus tard que nous étions dans les appartements du roi – non dans ceux de la Dauphine.

J'appris également pour quelles raisons. Pour l'heure, mes pires craintes étaient apaisées : aucun autre membre de la noblesse d'Angeline n'était présent. Au moins allions-nous être entendus, et non pas capturés dès notre entrée.

Ysandre de la Courcel était assise sur une chaise à haut dossier, flanquée d'une demi-douzaine de gardes tous revêtus de la livrée de la maison royale, et tous avec un anneau d'argent à l'auriculaire gauche. Son visage était détendu et impassible, porteur de la pâle beauté de la lignée L'Envers de sa mère. Seul son cou, long et gracile, était la marque de la maison Courcel, dont le cygne est l'emblème.

— Votre Majesté. (Thelesis de Mornay exécuta une profonde révérence.) Du fond de mon cœur, je vous remercie d'avoir consenti à nous accorder cette audience.

— Nous apprécions les services que vous rendez à notre maison, poétesse du roi. Qui nous avez-vous donc amené ?

La voix d'Ysandre était bien telle que je m'en souvenais, à la fois légère et parfaitement contrôlée. Elle savait ; sa question était de pure forme.

— Phèdre nó Delaunay. Joscelin Verreuil de la Fraternité cassiline. Et…

Thelesis de Mornay hésita à l'instant de présenter Hyacinthe, ne sachant au juste comment l'appeler. Le jeune Tsingano fit un pas en avant et salua d'une inclinaison du buste.

— Hyacinthe, fils d'Anasztaizia de la *kumpania* de Manoj.

C'était une désignation tsingana que je ne l'avais encore jamais entendu utiliser. De même, je n'avais jamais su le nom de sa mère. Néanmoins, l'heure n'était pas à la mélancolie ; le regard violet d'Ysandre, luisant comme la braise dans son visage pâle, était fixé sur moi. Si nous étions coupables, ma trahison était de loin la plus grave à ses yeux.

— Vous, dit-elle. Vous, à qui Anafiel Delaunay avait donné son nom, avez été convaincue d'avoir tué l'homme qui avait fait le serment de protéger ma vie au prix de la sienne. Que répondez-vous à cela, *anguissette* ?

Cela me saisit comme une vague, une indicible émotion montant de la plante de mes pieds jusqu'à la pointe de mes cheveux. J'avais perdu pratiquement tous ceux que j'aimais, j'avais été torturée et réduite en esclavage, j'avais subi le froid brutal de l'hiver skaldique, tout ça uniquement pour qu'on me retournât cette accusation. Je soutins son regard, un brouillard rouge brouillant ma vision, puis les mots qu'on m'avait confiés si longtemps auparavant me vinrent sur la langue.

— Au nom du cygne du roi, son unique né, je vous porte un message, Majesté. Lorsque le sanglier noir régnera sur Alba, le Vieux Frère fera droit !

Les mots résonnèrent dans cette pièce étonnamment sonore. Les gardes tressaillirent et une curieuse expression vint sur le visage d'Ysandre.

— Je sais. Quintilius Rousse a envoyé un autre messager. Est-ce là tout ce que vous avez à dire ?

— Non. (Je pris une profonde inspiration.) Mais c'est là le message qu'on m'a chargée de porter il y a de nombreuses semaines de cela. Je suis innocente de la mort d'Anafiel Delaunay et de tous ses gens. Que la terre m'engloutisse si je mens. Et Joscelin Verreuil de la Fraternité cassiline est lui aussi innocent. (Il salua silencieusement ; mes yeux restaient rivés à ceux d'Ysandre.) Vous avez été trahie, Majesté. Le duc Isidore d'Aiglemort veut s'emparer du trône et conspire avec le seigneur de guerre skaldique Waldemar Selig. Je suis restée deux mois en esclavage chez les Skaldiques. Leur plan consiste à nous envahir. Et ils prévoient également de trahir d'Aiglemort. Et si on ne les arrête pas, ils y parviendront.

J'aurais été incapable de dire si elle me croyait ou non, mais le sang se retira de son visage. Elle semblait être devenue une statue de marbre, assise sur sa chaise à haut dossier. Seuls ses yeux continuaient à flamber.

— Vous accusez Isidore d'Aiglemort, héros du royaume, chef des alliés du Camlach, de ce crime infâme ?

— Pas uniquement lui. (Je tins bon sous le feu de son terrible regard.) J'accuse également dame Melisande Shahrizai du Kusheth ; elle est l'alliée de d'Aiglemort dans cette conspiration. C'est sa parole à elle qui a trahi Delaunay, et c'est sa parole encore, couchée par écrit, qui assure Waldemar Selig de la réussite de son plan.

Ysandre se détourna, murmurant quelque chose à l'un de ses gardes. L'homme hocha la tête et partit. Elle revint vers moi, le visage toujours impassible.

— Dites-moi ce que vous prétendez avoir vu.

Nous lui fîmes le récit complet, Joscelin et moi, en commençant par la nuit la plus longue, le massacre dans la maison de Delaunay, la trahison de Melisande et notre séjour forcé en terres skaldiques. La Dauphine de Terre d'Ange écouta tout, le menton posé sur un poing. Thelesis de Mornay versa le contenu de notre sac sur le sol de marbre au moment parfait, révélant nos fourrures skaldiques et la dague de Trygve. Puis Hyacinthe s'avança et témoigna de l'état dans lequel il nous avait trouvés dans son écurie.

— Est-ce là tout ce que vous avez comme preuves ? demanda Ysandre de la Courcel d'une voix songeuse en regardant nos affaires sur le sol. Une fable échevelée et un tas de fourrures puantes ?

— Faites venir Melisande Shahrizai, intervint Joscelin. (Ses yeux bleus jetaient des éclairs.) Faites-la questionner ! Je jure sur mon serment que tout ce que nous avons dit est vrai !

Le garde envoyé en course rentra discrètement dans la pièce, en refermant soigneusement la porte derrière lui. Ysandre haussa un sourcil à son intention ; il répondit par la négative d'un petit mouvement de tête.

— Il semble que dame Shahrizai ne réside pas au palais, murmura Ysandre. Mais si ce que vous avez dit est vrai, pourquoi vous a-t-elle laissée en vie ? (Son regard glacé revint se poser sur moi.) Aucun membre de la maison Shahrizai n'est idiot, et elle encore moins que quiconque, je crois.

J'ouvris la bouche pour répondre, mais je fus incapable de concevoir une réponse. Comment dire ces choses-là à la fille d'un roi ? Le sang me monta aux joues ; la gêne m'envahissait. Son regard n'avait pas dévié d'un pouce lorsque j'entrepris de bégayer quelque chose. Hyacinthe et Thelesis parlèrent en même temps. J'entendis leurs mots très distinctement – à mon immense mortification.

— La réponse, Majesté, vaut un millier de ducats la nuit et prendrait un peu de temps à détailler, dit le jeune Tsingano.

La poétesse du roi se contenta de citer un proverbe de pêcheur de l'Eisande.

— « Si vous attrapez un saumon qui parle dans un casier à crevettes, surtout remettez-le à l'eau. »

— Ah !

Une syllabe et un haussement de sourcils tout juste esquissé.

— Majesté. (Joscelin exécuta son salut ; il avait recouvré son impassibilité coutumière et sa voix était parfaitement pondérée.) Même à supposer que cela ne soit pas, comment imaginer qu'un descendant de Kushiel puisse tuer une personne marquée du signe de Kushiel ? Cela équivaudrait à attirer la malédiction sur sa maison, fit-il observer avec bon sens. Sans compter qu'on considère généralement qu'assassiner un prêtre apporte le malheur. Melisande Shahrizai ne nous a pas tués, mais elle ne nous a laissé que les plus infimes chances de survie. Jamais sans doute n'a-t-elle pu penser que nous parviendrions à nous échapper et à revenir sans nous faire capturer. Personne n'aurait pu le croire. Si nous sommes aujourd'hui devant vous, c'est à la grâce d'Elua le béni que nous le devons.

— Si vous le dites. Vous n'avez rien d'autre ?

Thelesis de Mornay s'avança.

— Ils ont ma parole, Majesté. Je connaissais Anafiel Delaunay. Je le connaissais bien. Et je sais qu'il faisait confiance à ses élèves au point qu'il aurait remis sa vie entre leurs mains.

— Leur faisait-il confiance au point de leur livrer ses secrets ? (Ysandre tourna son regard vers la poétesse du roi.) A-t-il dit à Phèdre nó Delaunay qu'il avait fait le serment de me protéger ?

Thelesis fit un petit geste d'ignorance en se

tournant vers moi. Je crois qu'elle savait qu'il ne m'avait rien dit.

La sensation revint de nouveau ; la vague qui me faisait sortir hors de moi.

— Non, ma dame, murmurai-je. Il ne m'avait rien dit. Mais vous auriez été mieux servie s'il l'avait fait. (J'avais parlé sans même réfléchir, et ce que je m'entendais dire me terrifiait.) Anafiel Delaunay m'a enseignée et m'a utilisée, en me maintenant dans l'ignorance afin, croyait-il, de me protéger. Mais s'il m'avait parlé, peut-être ne serait-il pas mort, car alors sans doute aurais-je deviné le jeu auquel jouait Melisande Shahrizai. J'étais l'unique personne suffisamment proche pour le voir. Mais je n'ai rien vu ; et il est mort.

Joscelin s'agita à mes côtés, brûlant de me faire taire ; ceux qui ont été esclaves ensemble comprennent ces choses. Mais il était trop tard, j'étais déjà trop loin dans ma colère. Mes yeux étaient fixés sur la Dauphine et deux pensées se rencontrèrent dans mon esprit. Une rencontre si simple, si évidente, que je faillis rire de soulagement.

— La garde, Majesté. Interrogez la garde !

Joscelin sursauta cette fois, comme s'il venait d'être piqué.

— Majesté ! La nuit du meurtre de Delaunay, nous avons sollicité une audience auprès de vous, puis auprès de la poétesse du roi. Chaque fois, on nous a dit que ce n'était pas possible. (Il sourit, dévoilant de manière inattendue la blancheur immaculée de ses dents.) Un frère cassilin et une *anguissette* dans un manteau *sangoire.* Cela n'a pas dû passer inaperçu. Quelqu'un se souvient certainement.

Pendant un instant, j'eus le sentiment qu'Ysandre allait repousser l'idée, mais elle hocha la tête à l'intention du garde déjà dépêché.

— Allez, dit-elle. Et soyez discret. (Son visage revint sur nous, et j'aperçus pendant une fraction de seconde la jeune femme terrorisée sous son masque d'autorité.) Ah ! Elua ! dit-elle avec de la douleur dans la voix. C'est bien la vérité que vous me dites, n'est-ce pas ?

Je compris alors la nature de sa colère et de sa peur ; je tombai à genoux à ses pieds, les yeux levés vers elle. Nous venions de lui apporter les dernières nouvelles qu'un monarque souhaite entendre : la guerre, l'imminence de la guerre et une trahison au cœur du royaume.

— Oui, ma dame, dis-je dans un souffle. C'est la vérité.

Elle demeura silencieuse un moment, acceptant l'idée de cette vérité. Pendant cet instant, je vis quelque chose affleurer à la surface, une résolution implacable qu'elle tirait de quelque profondeur en elle, durcissant les traits délicats de son visage et la ligne de sa bouche. Ysandre de la Courcel était de taille à regarder en face sans ciller cette terrible perspective. Je me souvins alors qu'elle était la fille de Roland de la Courcel, que Delaunay avait aimé.

— Et mon oncle ? demanda Ysandre en revenant à elle. Le duc L'Envers ?

Toujours agenouillée, je secouai la tête avant de me lever dans ce mouvement fluide que j'avais appris à la maison du Cereus.

— D'après ce que je peux savoir, Barquiel L'Envers n'a rien à voir avec tout ça, Majesté.

Delaunay et lui étaient en quelque sorte parvenus à une entente.

— Est-ce vrai qu'il a fait tuer Dominic Stregazza ? Ysandre de la Courcel serait sans pitié en apprenant la vérité ; je le vis.

— Je crois que c'est le cas, dis-je d'un ton calme. Le nom de l'assassin de votre mère est le prix que Delaunay a payé pour obtenir la trêve entre eux. Il a jugé cela utile pour vous préserver du même sort, Majesté.

Elle absorba la nouvelle sans ciller.

— Et vous collectiez ces renseignements pour lui ?

— J'avais un compagnon ; nous le faisions tous les deux. (Le chagrin plantait de nouveau ses griffes dans mon cœur, ravivé par mon retour dans la Ville.) Il s'appelait Alcuin nó Delaunay. C'est lui qui a découvert l'implication de Stregazza. Il est mort avec mon seigneur Delaunay.

— Vous le pleurez. (Ysandre me regardait avec curiosité, attristée.) Je regrette de ne l'avoir pas mieux connu. J'aurais aimé en avoir le temps. (Elle lança un coup d'œil à la porte par laquelle le garde était parti, puis se leva en faisant un signe de la main.) Venez.

Nous la suivîmes, tous les quatre plus ses gardes, par un corridor et deux portes, jusqu'à une chambre cloîtrée lourdement gardée. Deux frères cassilins s'écartèrent sur son ordre, ouvrant la porte. Joscelin s'efforça de ne pas croiser leurs regards. La Dauphine resta sur le palier pour regarder à l'intérieur. Tassés derrière elle, nous regardâmes par-dessus son épaule.

Ganelon de la Courcel, roi de Terre d'Ange, était allongé sur un lit à baldaquin. Son visage cireux était immobile. Il était plus vieux que dans mon souvenir.

Je crus tout d'abord qu'il était passé dans le grand sommeil de la mort, puis je vis sa poitrine monter et descendre.

— Ainsi gît mon grand-père, le roi, dit doucement Ysandre, en faisant tourner une lourde bague en or à son doigt. (Je connaissais ce bijou ; c'était celui de Roland, celui sur lequel Delaunay avait fait son serment.) Ainsi gît le souverain de notre beau royaume. (Elle recula et nous nous empressâmes de lui dégager le passage.) Il a fait sa seconde attaque de cet hiver – le plus amer de tous les hivers. (Elle referma la porte et fit un signe de tête aux deux Cassilins, qui reprirent leur garde vigilante.) Je règne en son nom. Jusqu'ici, les nobles du royaume ont accepté mes prétentions ; mais si nous sommes au bord de la guerre… Combien de temps me reste-t-il avant que quelqu'un me dispute les rênes du pouvoir ? Je ne sais même pas si c'est une bénédiction ou une malédiction qu'il soit toujours en vie. Combien de temps cela peut-il durer ? Je ne sais pas.

Quelqu'un avait du mal à respirer. C'était Hyacinthe, que je regardai stupéfaite. Appuyé contre le mur, il défaisait à gestes devenus maladroits le col de son pourpoint de velours. Sa peau, normalement d'un beau brun profond, avait viré au gris.

— Hyacinthe !

La peur s'était emparée de moi. Je me précipitai à ses côtés pour l'aider. Il m'écarta d'un geste, avant de se courber en deux ; ensuite, il se releva en inspirant profondément.

— Trois jours, dit-il d'une voix faible. (Il se redressa fermement sur ses jambes, appuyé d'un bras contre le mur, et continua à parler.) Le roi mourra dans trois jours, Majesté. (Son regard glissa vers

Thelesis.) Vous m'avez demandé d'utiliser le *dromonde*, ma dame.

— Qu'avez-vous dit ? demanda Ysandre d'une voix devenue aussi dure et glacée qu'un hiver skaldique. Vous prétendez avoir le don de la prophétie, fils d'Anasztaizia ?

— Je prétends avoir le *dromonde*, même si je n'ai pas le talent qu'avait ma mère. (Il passa ses mains sur son visage.) Majesté, alors qu'Elua le béni était las, il chercha asile chez les Tsingani au Bhodistan, mais nous l'avons chassé sous les pierres et les quolibets, prédisant avec orgueil que lui et ses Compagnons seraient condamnés à errer à la surface de la terre, sans trouver d'endroit qu'ils pourraient considérer comme chez eux. Or, ce n'était pas sage de maudire ainsi le fils des entrailles de la Terre. Nous avons donc été punis, et c'est à nous finalement qu'a échu le destin que nous prédisions à un autre ; depuis, nous sommes condamnés à suivre le long chemin. Mais dans sa cruelle mansuétude, la Mère de toute chose nous a accordé le *dromonde*, pour écarter les voiles qui nous dissimulent l'avenir et nous permettre d'y voir mieux dorénavant.

Ysandre demeurait interdite ; pour finir, elle se tourna vers les deux frères cassilins qui montaient la garde.

— Vous ne direz rien de tout cela. Je vous l'ordonne sur votre serment. (Ils saluèrent de conserve, du même salut cassilin.) Retournons dans la salle d'audience.

À notre retour, ses hommes d'armes étaient là, avec un garde du palais, à l'évidence mal à l'aise. Il nous aperçut, Joscelin et moi, et ses yeux s'arrondirent.

— Ce sont eux, dit-il avec conviction. Lui, en gris, et elle dans son manteau rouge foncé. Ils ont demandé à voir la poétesse du roi, mais je me suis dit…

— Merci. (Ysandre de la Courcel inclina la tête.) Vous nous avez été bien utile. N'oubliez pas que tout cela relève du plus grand secret. En parler est une trahison passible de la peine de mort.

Le garde déglutit difficilement, puis hocha la tête. Je ne pouvais pas l'en blâmer. Elle le congédia, puis devisa un instant avec l'un des membres de sa propre garde. Je supposai que l'homme serait surveillé et suivi. Nous nous plongeâmes tous dans le silence, tandis qu'Ysandre arpentait la pièce ; un grand chagrin était apparu sur son visage.

— Qu'Elua ait pitié ! murmura-t-elle pour elle-même. En qui puis-je avoir confiance ? Que dois-je faire ? (Se rappelant soudain notre présence, elle se ressaisit.) Excusez notre ingratitude. Vous nous avez rendu service, un grand service, au prix de grandes souffrances. Nous vous en savons gré, je vous l'assure, et nous veillerons à ce que vous soyez lavés de tout soupçon et que vos noms figurent parmi ceux des héros du royaume. Vous avez la parole de la couronne.

— Non.

Le mot était monté spontanément à mes lèvres. Je m'éclaircis la voix, ignorant les regards incrédules de Joscelin et Hyacinthe.

— Ma dame… Majesté, vous ne pouvez pas faire ça, dis-je à contrecœur. Isidore d'Aiglemort est votre premier ennemi. Il dispose d'une armée, déjà sur pied et à ses ordres. Vous n'avez qu'un seul avantage : il ne sait pas que vous savez qu'il trahit.

Si vous le révélez maintenant, vous lui forcez la main. Avant que lui le fasse, réunissez les pairs et demandez-leur conseil. Si vous ne mettez pas vos forces en place, il frappera ; et il est possible qu'il l'emporte. Et même si ce n'est pas le cas, cela laissera Terre d'Ange exsangue, prête à être mise à sac par les Skaldiques.

Ses yeux violets restaient posés sur moi.

— Et vous resterez une meurtrière, Phèdre nó Delaunay, celle qui a causé la perte de votre maître. Et votre compagnon également.

— Qu'il en soit ainsi. (Je me redressai pour me tenir droite.) Personne ne connaît le rôle joué par Hyacinthe dans cette histoire. Joscelin…

Je me tournai vers lui.

Il me salua, avec du chagrin dans son petit sourire.

— Je suis déjà condamné. J'ai manqué à tous mes serments sauf un seul pour nous ramener ici en vie, Majesté. Je ne crains pas le jugement de Terre d'Ange, alors qu'un jugement plus grand encore m'attend, dit-il d'une voix tranquille.

Ysandre demeura silencieuse un instant, puis hocha la tête.

— Comprenez bien que je suis chagrinée que cela soit une nécessité.

Il y avait de la dignité dans sa voix et dans son port ; je comprenais tout à fait. Je voyais en elle les échos du prince que Delaunay avait tant aimé. Je me demandai ce qu'il avait fait de la fille de Roland. Puis une lueur calculatrice apparut dans ses yeux.

— Mais vous êtes bien trop précieux pour que je renonce à vous en vous envoyant en quelque exil, et vous pas moins que les autres, Tsingano, si votre don dit vrai. Au nom de mon grand-père, je vous place donc tous sous la garde du trône.

Et ainsi fut fait.

58

La prédiction de Hyacinthe se vérifia : Ganelon de la Courcel, roi de Terre d'Ange mourut trois jours plus tard.

Je n'eus que peu d'informations de première main sur les événements et l'ambiance dans ces jours-là, cloîtrés que nous étions au palais, aux bons soins attentifs de la garde personnelle d'Ysandre. Nous parvînmes à glaner quelques nouvelles des gardes eux-mêmes et du chirurgien de la reine, venu examiner et traiter les blessures mal soignées de Joscelin ; il nous prescrivit par ailleurs un régime riche pour reconstituer nos forces après les privations subies lors de notre fuite. Dans l'ensemble, j'avais l'impression d'être confinée à l'intérieur d'un rêve, tandis que la vie réelle s'écoulait tout autour. Nous entendîmes sonner le glas – ce qui n'était plus arrivé depuis le temps de mon enfance au sein de la maison du Cereus. Nous vîmes les visages graves et solennels des gardes, et les brassards noirs qu'ils arboraient. Malgré tout, j'avais du mal à croire à la réalité de tout ça.

Toutefois, il y avait quelque chose sur quoi je n'avais aucun doute : la Ville était plongée dans le malaise, et le royaume tout entier avec elle ; je le sentais sur ma peau. Même si tous ignoraient la véritable menace qui se profilait, les rapports affluaient sur les risques d'une invasion skaldique, et Isidore d'Aiglemort et une demi-douzaine d'autres nobles du Camlach se firent excuser aux funérailles de Ganelon et au couronnement d'Ysandre, affirmant qu'ils n'osaient pas quitter leur province.

Le couronnement fut une affaire vite expédiée. Après une si longue agonie, plus personne n'imaginait que Ganelon finirait par mourir, sans compter que la maladie avait décimé les rangs des nobles d'Angelins et du petit peuple également. Rien qu'au Parlement, cinq fauteuils demeuraient vides désormais. Et parmi ceux qui restaient, la méfiance était grande à l'égard d'une jeune reine novice et sans expérience, seule et sans mari.

Tout cela, je l'appris de Thelesis de Mornay, autorisée à nous rendre visite. Elle poursuivait son combat contre la fièvre, mais son rétablissement était lent ; entendre sa toux rauque me faisait mal.

Par-dessus tout, je craignais d'entendre des nouvelles de Melisande Shahrizai. Même si on la disait en villégiature dans le Kusheth – l'une de ses cousines, Fanchone, apporta des fleurs et des condoléances de la part de la maison Shahrizai –, c'était entre les murs de ce palais que je l'avais vue la dernière fois et ce souvenir planait au-dessus de moi comme une ombre inquiétante. Mes doigts jouaient avec son diamant, qui ornait toujours mon cou comme un talisman de vengeance, dont je n'osais pas me défaire ; il m'arrivait bien trop souvent de penser à elle. La survie sur une terre hostile mobilise toute l'énergie ; ici, j'avais maintenant trop de temps pour penser – et me souvenir. Certes, je n'avais pas dit le *signal*, mais avec le sang de Delaunay sur ses mains, c'était comme si je lui avais abandonné tout le reste. Elle avait joué de moi comme d'une harpe – et moi j'avais chanté tout ce qu'elle m'avait demandé. Je ne parvenais pas à l'oublier, et cela me rendait malade.

Ce fut Joscelin qui trouva quelque chose pour m'arracher à cette mélancolie morose.

Lui savait ; il m'avait accompagnée lorsque je m'étais livrée aux mains de Melisande et il était présent aussi lorsque je m'étais réveillée de ce cauchemar, malade et l'âme déchirée. Il était prêtre, ce détail que j'oubliais toujours avec les Cassilins. Ce qu'il me dit, il me le dit d'un ton grave, sans vraiment me regarder en face.

— Phèdre, tu as donné son dû à Elua, ainsi qu'à Naamah dont tu es la servante. Mais c'est le signe de Kushiel dont tu es marquée, et c'est la volonté de Kushiel que tu défies lorsque tu méprises ce que tu es. (Il posa les yeux sur moi ; leur expression était indéchiffrable.) C'est toi qui rompras à braver ainsi les immortels. Je le sais ; j'ai été moi-même au bord de cet abîme vertigineux, mais c'est toi qui m'en as ramené. Aujourd'hui, moi je ne peux pas t'aider. Demande l'autorisation de sortir pour te rendre au temple de Kushiel. Ils accepteront ton expiation.

Je fis donc ainsi, et Ysandre de la Courcel m'accorda la permission de quitter le palais, à la condition que mon visage fût dissimulé et qu'un de ses gardes personnels m'escortât.

Je ne dirai pas grand-chose de ce qu'il advint ; ceux qui ont eu à solliciter la rude absolution de Kushiel savent ; les autres n'ont pas besoin de savoir. De tous les Compagnons d'Elua, Kushiel est celui dont les disciples sont assurément les plus fiables ; on peut compter sur eux pour garder un secret. S'il n'en était pas ainsi, personne n'irait expier. Les prêtres portent une tunique et un masque de bronze afin que nul ne puisse les reconnaître, pas même leurs proches. Ils m'observaient à travers les fentes de leur masque lorsque je rabattis ma capuche ; ils virent le signe de Kushiel et m'emmenèrent sans poser de question.

Le temple est un lieu terrifiant, mais sûr ; seul y est à craindre le mal que chacun porte en lui. J'endurai patiemment les rituels de purification, puis, nettoyée, purifiée et nue, je m'agenouillai devant l'autel, au pied de la grande statue de bronze représentant Kushiel lui-même, serein et sévère ; deux prêtres attachèrent mes poignets au poteau des suppliciés. Là, je fis ma confession.

Et je fus fouettée.

Je suis ce que je suis ; je peux dire désormais sans honte que je sanglotai de soulagement sous le premier coup, lorsque les pointes d'acier des lanières flétrirent ma peau. La douleur, et la douleur uniquement, pure et rouge, me submergea, emportant ma culpabilité. Devant moi, le visage austère de Kushiel flottait dans un brouillard écarlate ; derrière moi, ses traits étaient représentés sur le masque de bronze du prêtre maniant le fouet, avec un amour cruel et impersonnel. Mon dos était en feu ; j'accueillais avec joie son horrible agonie. Je ne sais pas combien de temps cela dura. Une éternité, me sembla-t-il ; et ce n'était pourtant pas assez longtemps. Lorsque le prêtre s'arrêta, les lanières de cuir étaient rouges de mon sang, et l'autel lui-même en était constellé.

— Sois-en libérée, murmura-t-il, d'une voix rendue étouffée par le masque.

Il plongea une grande cuiller dans un bénitier d'eau salée, pour la verser doucement sur les plaies de mon dos à vif. La douleur fut décuplée et je poussai un long cri ; je frissonnai et le temple tourbillonna devant mes yeux.

Ainsi fut faite mon expiation.

À mon retour au palais, j'étais emplie de sérénité, lavée du terrible mal qui m'avait rongé le cœur pendant tant de jours, prise de cette douce langueur que j'avais connue, enfant, après que le châtieur de la Dowayne en avait eu fini avec moi. Joscelin me regarda, puis détourna la tête. À cet instant, je n'en avais cure ; j'étais apaisée.

— Des nouvelles, me dit Hyacinthe. (Et c'étaient des nouvelles qui ne pouvaient pas attendre.) La Dauphine… la reine, je veux dire, a annoncé qu'elle se retirait dans l'une des demeures de la famille Courcel pour faire son deuil pendant une quinzaine. Elle a convoqué un conseil des pairs en qui elle a confiance. Et elle nous demande d'être présents.

Nous nous y rendîmes donc.

À mon grand chagrin, le nombre des pairs conviés était pathétiquement réduit. S'il s'était agi d'une simple question concernant la conduite de l'État, je crois que d'autres auraient été présents ; mais la trahison de d'Aiglemort était un sujet bien trop grave. Thelesis était présente, au seul motif que la reine savait pouvoir se fier à elle. Gaspar Trevalion également, en qui Delaunay avait toute confiance. Percy de Somerville, qui paraissait plus vieux que dans mon souvenir – et moins hardi. Barquiel L'Envers, en qui personnellement je n'aurais pas eu foi. Il n'y en avait que deux que je ne connaissais pas de vue – du fait qu'ils venaient rarement au palais – mais je me souvenais que Delaunay les tenait en haute estime : la duchesse Roxanne de Mereliot d'Eisande, qu'on appelle la dame de Marsilikos, et Tibault de Siovale, l'érudit comte de Toluard. Sans les funérailles de Ganelon et le couronnement d'Ysandre, il y aurait eu peu de chances qu'ils fussent là si rapidement.

Le Préfet de la Fraternité cassiline était présent lui aussi, grand et austère, avec un visage qui paraissait sculpté dans du vieil ivoire et des yeux d'oiseau de proie. Ses cheveux, serrés dans un catogan, étaient entièrement blancs, avec cette nuance jaune qu'amène parfois le grand âge ; pour autant, son maintien était celui d'un jeune homme.

Le domaine choisi par Ysandre de la Courcel était l'un des relais de chasse du roi en L'Agnace. Je jugeai l'initiative fine, car les lieux étaient agréables et retirés, avec des serviteurs discrets, coupés de la politique. En outre, il n'était guère éloigné du fief de Somerville, dont la loyauté envers le trône était irréprochable.

L'Agnace donc était là, en la personne de Somerville ; l'Azzalle en la personne de Trevalion – et du fils de Somerville, Ghislain, par représentation ; le Namarre, représenté par L'Envers, ainsi que l'Eisande et le Siovale. *Le Kusheth n'est donc pas représenté,* songeai-je, *pas plus que le Camlach. Ysandre n'y a trouvé personne de fiable*.

Je fis ce décompte un peu plus tard, une fois le conseil commencé ; avant cela, les pairs conviés s'étaient réunis pour attendre l'arrivée de la reine. Elle avait choisi l'une des grandes salles, confortable et agréablement meublée, dans un style pas trop formel. Des fauteuils et canapés étaient disposés çà et là, de façon que les invités puissent s'installer à leur convenance. Des plats légers furent apportés et du vin servi, puis les serviteurs se retirèrent.

J'étais présente lorsque Ysandre de la Courcel fit son entrée ; elle nous gardait en permanence à ses côtés, préférant éviter que coure l'annonce de son arrivée. Elle ordonna à ses gardes cassilins – ceux-là mêmes qui avaient été l'escorte de son grand-père et dont elle avait hérité – de rester à l'extérieur, puis elle posa les mains sur les poignées et prit une profonde inspiration en s'efforçant de conserver un visage impassible. *Elle n'est pas plus âgée que moi*, songeai-je avec un pincement de cœur pour elle.

Mais elle était la reine.

Ysandre pénétra dans la pièce, avec dans son sillage l'improbable trio que nous formions ; puis le conseil de la reine débuta.

C'était étrange d'être ainsi derrière elle, avec une vue directe sur les sept pairs du royaume ; ils tournèrent la tête à son entrée et s'approchèrent pour faire leur révérence.

— Relevez-vous, dit Ysandre. Oublions le cérémonial en cette heure et en ce lieu. D'ailleurs, vous aurez oublié tout souci de l'étiquette lorsque je vous aurai expliqué les raisons pour lesquelles je vous ai demandé de venir.

— Phèdre ! s'exclama Gaspar Trevalion en m'apercevant.

Sa voix était emplie de surprise, et de joie aussi – ce dont je lui sus une infinie gratitude. Il traversa la pièce à grandes enjambées pour venir me prendre dans ses bras.

— Tu es vivante, dit-il en me prenant aux épaules comme pour s'assurer de la véracité de ce qu'il était en train de dire. Par Elua le béni ! tu es vivante !

Barquiel L'Envers s'approcha à son tour ; son sourire ne se reflétait pas dans ses yeux.

— L'*anguissette* de Delaunay, dit-il d'une voix nonchalante. Et le Cassilin aussi. Alors, avez-vous apprécié mes largesses à la cour du Khalif ? Il paraîtrait, à ce que j'ai entendu dire, que je vous ai envoyés au Khebbel-im-Akkad après vous avoir payés pour trahir votre maître.

Je me tournai vers lui, mais Joscelin fit un pas en avant.

— Votre Grâce, dit-il de sa voix impassible, le sujet ne prête pas à la plaisanterie.

L'Envers le jaugea du regard, longuement et posément.

— On dirait que tu as grandi, mon garçon. J'espère que vous les avez fait venir pour qu'ils lavent mon honneur, Ysandre.

— C'est l'une des raisons, mais pas la plus importante, j'en ai peur, répondit-elle dans un murmure.

— Seigneur Rinforte !

La voix de Joscelin contenait tout le soulagement que j'avais moi-même éprouvé au temple de Kushiel. Des yeux, je cherchai autour de moi et compris pourquoi ; il venait de voir le Préfet. Il vint s'agenouiller aux pieds du vieil homme, tête inclinée et avant-bras croisés.

— Seigneur Rinforte, reprit-il d'un ton solennel. Je me remets entre les mains de votre justice, car j'ai failli à mon serment.

— Tu es condamné pour avoir trahi la maison que tu avais juré de protéger et de servir, Joscelin Verreuil, répondit le Préfet d'un ton lugubre. Il ne s'agit pas d'un simple manquement à tes vœux, mon jeune frère.

— De ça, il est innocent, intervint Ysandre de la Courcel en haussant la voix. (Elle portait haut et clair, rappelant à tous qu'ils étaient en présence de leur souveraine.) Seigneur Rinforte, l'honneur et l'intégrité de votre ordre sont sans tache. Et croyez-moi si je vous dis que je préférerais qu'il en fût autrement. Écoutez leur histoire et jugez-en par vous-même.

Nous la racontâmes donc une nouvelle fois.

Ils écoutèrent en silence, avec des degrés variables d'incrédulité ; je ne leur en tins pas rigueur. Ysandre avait bien choisi la pièce où nous étions ; tour à tour, ils s'assirent à mesure que nous parlions. Je ne leur tins pas rigueur de ça non plus ; c'était une histoire longue et douloureuse. Lorsque nous eûmes fini, un grand silence régnait.

La plupart d'entre eux conservèrent un visage impassible, sur lequel je ne pouvais rien lire ; même celui de Gaspar Trevalion, qui avait été comme un oncle pour moi, me restait indéchiffrable. En revanche, ceux qui montrèrent leurs sentiments ne me laissèrent rien présager de bon.

— Il va de soi, Ysandre, dit Barquiel L'Envers avec une inquiétante légèreté, que vous n'escomptez pas nous faire croire cette fable ridicule.

Contrairement aux autres, lui s'était affalé à son aise sur un divan, dangereux comme un fauve en chasse, jouant négligemment avec les extrémités du burnous qui lui tombaient sur les épaules. Je ne voyais que le danger en lui ; mais il était le plus proche parent d'Ysandre.

— Pas sur leur seule parole. (Son ton demeurait ferme ; elle releva le menton, ce qui mit en valeur l'élégance de son cou Courcel.) Ma garde personnelle a posé des questions, aussi discrètement que possible, et a trouvé quatre hommes parmi les gardes du palais qui les ont effectivement vus ce soir-là, lorsqu'ils ont demandé audience comme ils l'ont dit. Et l'un d'eux les a même vus avec Melisande Shahrizai. Ils ont été examinés par mon propre médecin, que je connais depuis toujours, et il m'a certifié que leur état actuel confirme les privations qu'ils affirment avoir subies, que ce soit le vent et le froid ou les chaînes aux poignets de Joscelin Verreuil.

— Pour autant, d'autres circonstances peuvent avoir causé ces choses, murmura le comte de Toluard, le visage impassible.

— C'est possible, concéda Ysandre. Cependant, à leur procès, c'est leur absence qui a été retenue comme la charge la plus lourde contre eux. Or, ils sont là.

— N'y a-t-il aucun autre élément que nous pourrions examiner ? demanda Roxanne de Mereliot.

Il était loin le temps où les soupirants faisaient le siège devant Marsilikos, mais elle conservait une beauté ronde et luxuriante ; quelques cheveux blancs striaient sa chevelure noire. Je l'aimais bien, car ses yeux exprimaient tout à la fois la bonté et l'intelligence.

— Oui, ma dame, dis-je avec une petite révérence à son intention, vous pourriez faire interroger le marquis de Bois-Le-Garde du Camlach, dont les hommes nous ont trouvés dans les bois. Mais vous pouvez aussi, ajoutai-je en lançant un regard plein de froideur et d'obstination à Barquiel L'Envers, vous aventurer en territoire skaldique, si vous voulez. Je peux indiquer l'emplacement du bastion de Gunter Arnlaugson sur une carte ; ce n'est pas difficile. Interrogez-le au sujet de ses esclaves d'Angelins achetés à des soldats du Camlach.

— Et si c'est vrai, nous montrons notre jeu à d'Aiglemort – dans l'hypothèse peu probable où nous survivrions à pareille expédition, rétorqua Barquiel L'Envers en grattant ses cheveux blonds coupés court, très surprenants pour un noble d'Angelin. (En tout cas, qu'il eût ou non ma confiance importait peu ; il n'était pas idiot.) C'est un joli piège. Si c'est vous qui l'avez tendu, Delaunay aura été un bon professeur. Si ce n'est pas le cas, qu'Elua ait pitié de nous !

— Elua nous a effectivement pris en pitié, intervint d'une voix tranquille Gaspar Trevalion. Je connais Phèdre nó Delaunay depuis sa plus tendre enfance et je ne peux pas croire qu'elle ait pu tremper en quoi que ce soit dans le meurtre de Delaunay. Et dans ce cas-là, elle nous dit bel et bien la vérité, telle qu'elle la croit. Quant au Cassilin… regardez-le, Barquiel. Il porte son honnêteté sur le visage. Je ne vous connais pas, ajouta-t-il encore à l'intention de Hyacinthe, mais je ne vois pas ce que vous auriez à gagner dans tout ça.

Hyacinthe s'éclaircit la voix, rosissant légèrement de s'adresser à une telle assemblée.

— Je connais Phèdre depuis plus longtemps que quiconque, dit-il. Même Delaunay. Je l'ai vue le soir même où Joscelin et elle sont revenus dans la Ville. Elle ne ment pas.

— Mais pour quelle raison, dit Tibault de Toluard, de son ton méditatif, Isidore d'Aiglemort pouvait-il bien souhaiter la mort de Delaunay ?

Gaspar Trevalion et Thelesis de Mornay échangèrent un coup d'œil, mais ce fut Ysandre qui répondit ; le rose lui était monté aux joues, rehaussant son teint d'albâtre.

— Parce que, répondit-elle avec dignité, je lui ai demandé son aide sur une certaine question, et que d'Aiglemort a pu le croire dangereux pour ses plans.

— Non ! (Barquiel L'Envers se redressa sur son divan.) Oh non ! Vous ne pouvez encore vous en remettre à cela !

— Si, répondit-elle, les yeux luisants. Et c'est ce que je fais !

— Non, insista-t-il en soutenant son regard. Si cette histoire comporte une once de vérité… Ysandre, je peux arranger une union avec un prince de la maison royale d'Aragonia, capable de mettre deux mille lances à votre disposition !

— La Lionne de l'Azzalle, observa Gaspar Trevalion sur le ton de la conversation, a été bien plus près de renverser la couronne que ce qu'on imagine. Si elle avait réussi à faire venir l'armée de Maelcon l'usurpateur, le fils de l'ancien Cruarch, de ce côté-ci du détroit, elle aurait déferlé sur le pays comme une immense faux.

Percy de Somerville secoua sa tête aux cheveux d'or et d'argent, puis s'exprima pour la première fois :

— Ils nous auraient certes pris par surprise, mais jamais ils n'auraient pu traverser. Ghislain a tenté la même tactique sur ordre du roi, mais le Maître du détroit n'a pas laissé un seul de ses vaisseaux en état de flotter.

— Personne ne sait quelles sont les raisons qu'a le Maître du détroit d'agir comme il le fait, observa Tibault de Toluard. Il a laissé passer l'ancien Cruarch et personne ne sait pourquoi. S'ils avaient réussi… (Une pensée lui vint subitement et il pâlit.) Ils ont échoué à cause d'Isidore d'Aiglemort et Melisande Shahrizai. Majesté, qu'avez-vous à voir avec cette île d'Alba ? Et qu'est-ce que cela a à voir avec la mort d'Anafiel Delaunay de Montrève ?

Troublée, je me répétai ce nom silencieusement. *Montrève ?*

Ysandre de la Courcel croisa les mains sur son giron, redressant une nouvelle fois le menton.

— À l'âge de seize ans, dit-elle d'une voix posée, j'ai été promise à l'héritier du Cruarch, le fils de sa sœur, Drustan mab Necthana, prince des Cruithnes.

Lorsque la vérité est soudain révélée, il se passe quelque chose : une lueur blanche apparaît dans laquelle toutes les pièces trouvent leur juste place. Je vis tout ça à cet instant, au beau milieu du conseil de la reine.

— Delaunay ! m'exclamai-je, submergée par une incoercible vague de chagrin. Ah ! Elua ! le message, Quintilius Rousse, le Maître du détroit… Vous vouliez le faire passer. Le prince picte sur le sol d'Angelin ! Mais pourquoi… pourquoi faire appel à Delaunay ?

— Anafiel Delaunay de Montrève. (Ysandre m'accorda l'esquisse d'un sourire fantomatique.) Vous n'aviez jamais su son véritable nom, n'est-ce pas ? Son père, le comte de Montrève, l'a renié lorsqu'il a lié son destin à celui de mon père, renonçant à donner le jour à des héritiers. Il a pris le nom de sa mère, car elle ne l'en aimait pas moins. Messire Toluard doit savoir ça, étant originaire du Siovale.

— Sarafiel Delaunay, intervint Roxanne de Mereliot, dame de Marsilikos, avec un petit sourire. En fait, sa mère était d'Eisande par la naissance. En

Eisande, nous avons une légende qui parle d'Elua et du fils d'un pêcheur, nommé Delaunay. Sarafiel a forcément compris. Elle avait confié Anafiel à ma garde lorsqu'il était enfant.

— Par Elua !

C'était presque trop d'informations à la fois. Je mis mes paumes sur mes yeux. Je sentis la main de Hyacinthe qui me soutenait et je lui en sus gré.

— Mon grand-père déjà utilisait Delaunay, poursuivit Ysandre, impitoyable. Il ne l'appréciait pas particulièrement, mais il connaissait la force de son serment et la qualité de sa discrétion. Lui voulait savoir s'il y avait quelque chose à tirer d'une alliance avec un héritier renversé. Moi, c'est autre chose qui m'intéressait. (Ses traits impassibles révélèrent fugacement une émotion et elle murmura plus qu'elle dit ses derniers mots.) Drustan mab Necthana.

Ses paroles suscitèrent un silence au moins aussi épais que celui qui avait suivi notre récit. Ce fut Barquiel L'Envers qui le troubla, par un rire soudain.

— Le garçon bleu ? demanda-t-il incrédule. Vous voulez réellement épouser le garçon bleu ?

Les yeux d'Ysandre lancèrent des éclairs.

— Je veux épouser l'héritier légitime du royaume d'Alba, à qui j'ai été promise. Oui, mon oncle. Et c'est à cela qu'œuvrait Anafiel Delaunay ; et c'est pour l'en empêcher qu'on l'a tué.

— Mais…

C'était le seigneur Rinforte qui avait pris la parole, le Préfet de la Fraternité cassiline. Ses mâchoires bougèrent à vide quelques fois tandis qu'il essayait d'y voir clair dans tout ce qui avait été dit.

— Qu'est-ce que tout cela a à voir avec les Skaldiques et le duc d'Aiglemort ?

— Rien, répondit Ysandre d'une voix douce. Ou tout.

Ce fut à cet instant que je compris que notre entrevue allait durer longtemps.

Très longtemps.

59

Je dois bien avouer que, pas plus que les autres, je ne parvenais à imaginer quel but Ysandre pouvait bien viser en honorant son serment au prince des Pictii. Un an plus tôt, le romantisme de cette histoire aurait bien pu me chavirer, mais entre-temps, un chef barbare m'avait réduite en esclavage dans son lit, si bien que le charme de l'exotisme avait grandement pâli à mes yeux.

Néanmoins, lorsqu'elle en parla, je me pris à éprouver de la sympathie pour elle, grâce au feu qu'elle y mettait ; elle s'était levée pour arpenter la pièce.

— Toute ma vie, dit-elle, les mains croisées dans son dos, le menton levé, je n'ai été rien d'autre qu'un gage à donner en mariage dans le jeu des alliances politiques. J'ai été sollicitée, courtisée et fêtée par tous les petits D'Angelins qui voyaient en moi un marchepied vers le trône – créatures avides que tout ennuie hormis le pouvoir. Les Cruithnes, eux, ne venaient pas pour le pouvoir. Ils venaient pour suivre un rêve, une vision si puissante qu'elle avait poussé le Maître du détroit à les laisser passer.

Ysandre lança un coup d'œil à Thelesis de Mornay

en disant ces mots, et un souvenir me revint : dans le jardin de Delaunay, après l'audience avec le Cruarch. J'entendis l'écho de la voix d'Alcuin dans mon esprit. « *Toujours est-il qu'il parlait d'une vision qu'aurait eue la sœur du roi : un sanglier noir et un cygne d'argent.* »

Un sanglier noir. Je me dis les mots pour moi-même, en silence, les répétant ensuite en cruithne. *Sanglier noir.*

Le conseil de la reine s'agita ; l'évocation de la vision les mettait mal à l'aise.

— Drustan mab Necthana ne souhaite pas régner sur Terre d'Ange, poursuivit Ysandre d'une voix ferme. Nous en avons parlé, en riant, tantôt dans une langue, tantôt dans l'autre ; nous rêvions de nous, devenus grands, régnant ensemble sur nos royaumes. Les rêves oiseux d'une jeunesse romantique, assurément, mais il y avait une part de vérité dedans. Et j'ai vu en lui quelque chose que je pouvais aimer ; et lui a vu une chose pareille en moi. Lorsqu'il parlait d'Alba, ses yeux brillaient comme des étoiles. Je ne suis pas prête à renoncer à cette alliance pour de simples questions de convenance politique.

— Vous êtes la reine, ma chère, murmura Roxanne de Mereliot. Choisir est un luxe que vous ne pourrez peut-être pas vous permettre.

— La maison d'Aragonia…, commença L'Envers.

La dame de Marsilikos le coupa net :

— La maison d'Aragonia enverra de l'aide si nous sommes envahis par les Skaldiques ; les Aragonians ne savent que trop bien vers où se tourneront ensuite les barbares si Terre d'Ange tombe. Pour l'heure, c'est à l'intérieur même de nos frontières que réside le danger le plus immédiat. (Elle posa ses yeux noirs voilés par le chagrin sur Ysandre.) La solution la plus simple est que vous épousiez Isidore d'Aiglemort.

— Pour mettre ainsi un traître sur le trône. (Le comte de Somerville était piqué au vif.) Si ce qu'ils disent est vrai…

— Si c'est vrai, et notre premier devoir est de déterminer si ça l'est, l'interrompit Roxanne, alors nous n'aurons d'autre choix que de nous attacher sa loyauté, par n'importe quel moyen. C'est ça – ou l'invasion.

Il y eut des murmures d'approbation, donnés à contrecœur. Ysandre était devenue livide.

— Non, dis-je dans un souffle. (Les conversations cessèrent et tous se tournèrent vers moi.) Cela ne réglerait rien. La menace skaldique demeurerait ; et elle sera dix fois plus importante que tout ce qu'Isidore d'Aiglemort pourra jamais rassembler. Et puis, il y a Melisande. Elle… elle entretient une correspondance directe avec les Skaldiques, avec Waldemar Selig lui-même, en passant par les Caerdiccae Unitae. J'ai vu combien ils sont nombreux. S'ils se savent trahis… Même la loyauté pleine et entière des alliés du Camlach ne pourra pas nous sauver.

— Alors nous allons nous emparer de la personne de Melisande Shahrizai, intervint le seigneur Rinforte, Préfet de la Fraternité cassiline. C'est une affaire assez simple.

J'émis un rire lugubre et sans joie.

— Seigneur… Oh ! seigneur Rinforte, mais rien n'est simple avec Melisande Shahrizai. Pensez-vous que ce soit un hasard si elle se trouve présentement dans le Kusheth plutôt que dans la Ville d'Elua ? Moi, je ne parierais pas dessus.

— Mais pourquoi ? demanda Tibault de Toluard

en tirant pensivement sur ses cheveux noués, en un geste d'érudit. Pourquoi trahirait-elle le royaume? Qu'est-ce qui peut valoir de courir de tels risques?

Tous se tournèrent vers moi. Ma main vint se refermer sur le diamant à mon cou; je fermai les yeux.

— Il n'y a pas qu'un seul royaume dans la balance, mais deux. Mais tout cela ne représente que le jeu – et pas l'enjeu, murmurai-je. Songez-y. Les Shahrizai jouent au jeu des maisons depuis que les pas d'Elua ont foulé Terre d'Ange; et Melisande y joue mieux que quiconque. (Je rouvris les yeux pour les regarder.) Elle a commis une erreur; j'en suis la preuve. Mais ce petit avantage restera unique. Ne comptez pas sur elle pour en commettre une autre. Et si vous prenez le duc d'Aiglemort pour notre plus grand adversaire, je crains que cela signe notre perte. Waldemar Selig n'est certainement pas un idiot.

— Nous ne pouvons tout de même pas ignorer une province rebelle, protesta Percy de Somerville.

— Et nous n'avons pas la certitude que le Camlach soit en situation de rébellion, observa Barquiel L'Envers d'un ton prosaïque. Notre premier objectif doit demeurer ceci: déterminer ce qui est vrai dans cette histoire.

— Et le tout, bien sûr, sans apparaître au grand jour, lui rappela Tibault de Toluard.

— Bien sûr, répondit L'Envers avec une petite inclinaison de la tête, très légèrement sardonique.

Gaspar Trevalion se gratta le menton, puis s'adressa à Percy de Somerville:

— Où sont les Chasseurs de gloire du prince Baudoin? D'Aiglemort les avait demandés au roi.

— Vous devriez le savoir, répondit sèchement

l'ancien chef des armées royales. En Trevalion, sous le commandement de Ghislain, en train de semer le désordre. Je me demande comment Marc faisait pour supporter leur insubordination.

— Mon cousin a toujours été un homme patient, répondit Gaspar avec un sourire. Il a survécu à son mariage avec Lyonette, n'est-ce pas ? Voici ce que je pense : envoyez les Chasseurs de gloire à d'Aiglemort, afin de lui faire croire que la reine est plus malléable que l'était son grand-père. La garde de Baudoin ne porte pas Isidore d'Aiglemort dans son cœur ; c'est lui qui a causé sa perte et sali son nom. Laissons-les jouer le jeu de la dissimulation, laissons-les patrouiller le Camlach de long en large et voyons où vont les loyautés.

— Et qu'est-ce qui nous garantit qu'ils seront loyaux ? demanda Roxanne de Mereliot. C'est la maison Courcel qui a fait exécuter Baudoin de Trevalion.

— Ah ! murmura Gaspar, c'est vrai. Ganelon de la Courcel l'a fait. Mais Ysandre de la Courcel pourrait rappeler le duc Marc de Trevalion et sa fille Bernadette de leur exil.

— Et dépouiller mon fils Ghislain de son fief ? demanda Percy de Somerville d'un ton où perçait une note menaçante.

Gaspar Trevalion posa sur lui un regard flegmatique.

— J'ai entendu de grandes choses au sujet de votre fils, messire de Somerville. Mais il est un descendant d'Anael et jamais il ne sera aimé en Azzalle, où l'orgueil est le premier des péchés. À moins, bien sûr, qu'il devienne l'un des leurs. En épousant, disons, une Trevalion.

— Bernadette ?

— Par exemple.

Ysandre suivait leur échange avec la plus grande attention, le visage grave.

— L'Azzalle contrôle les Plats pays. Nous ne pouvons pas nous permettre de risquer une dissension là-haut, dit-elle calmement. Messire de Fourcay, votre cousin a commis un crime contre le trône en ne dévoilant pas ce qu'il savait du plan de Lyonette. Si on lui offrait une possibilité de rédemption, l'accepterait-il ?

— Majesté, répondit Gaspar Trevalion, comte de Fourcay, avec une petite courbette. C'est un D'Angelin en exil. Bien sûr qu'il l'accepterait. Et je vous jure sur mon nom qu'il en serait deux fois plus ferme dans sa loyauté. Aussi longtemps que vous vivrez, jamais la maison Trevalion ne vous donnera de raison de regretter votre clémence.

Elle était jeune ; elle se mordilla la lèvre, puis hocha la tête.

— Qu'il en soit donc ainsi. Savez-vous où il réside ? (Elle tourna la tête vers Gaspar, qui confirma d'un hochement de tête.) Nous nous mettrons en rapport avec lui. Mais occupons-nous d'abord de l'offre à faire à la garde de Baudoin. Faisons en sorte qu'ils comprennent que de leur loyauté – et de leur discrétion – dépend la rédemption de leur maison. Vous occuperez-vous de cela, messire ?

— Je le ferai, affirma Gaspar d'un ton ferme.

— Parfait. (Ysandre semblait confortée de voir cette question résolue.) Par ailleurs, j'ai parlé de ces sujets avec le prince Benedict, avec autant de précision qu'il m'a paru prudent d'en donner. Sachez que lui et mon oncle ont fait la paix.

Elle se tourna vers le duc Barquiel L'Envers, qui hocha la tête, sans la moindre trace de moquerie sur son visage. *Bien joué,* songeai-je, impressionnée qu'elle fût parvenue à les amener à la concorde. *Oh! comme ils vous ont sous-estimée, Majesté, ces D'Angelins qui ont appelé Baudoin pour vous remplacer. Il y a de l'acier en vous, Ysandre de la Courcel!*

— La Serenissima ne peut pas nous aider en nous envoyant des hommes, poursuivit-elle. Ils sont trop proches de la frontière skaldique, et trop exposés eux-mêmes. Mais ils peuvent nous aider en nous transmettant des informations ; et cela, Benedict s'est engagé à le faire. (Elle promena son regard sur toutes les personnes assemblées.) Nous avons besoin de renseignements, messires et gentes dames. Des renseignements sur l'appui apporté par l'Aragonia, ainsi que par les autres villes-États caerdiccines. Des renseignements sur les mouvements des Skaldiques, mais aussi sur les loyautés à l'intérieur du royaume. Des renseignements sur l'importance des forces que nous pouvons rassembler et sur leur état de préparation. Tous ces renseignements nous en avons besoin, et il nous faut les obtenir dans le plus grand secret. Qu'êtes-vous prêts à faire ?

Je ne détaillerai pas la conversation qui s'ensuivit ; elle fut longue et complexe. Pour finir, il fut décidé que chacun d'eux prendrait des mesures pour parvenir au but fixé, le tout dans la plus grande discrétion. La Fraternité cassiline servirait de fil de transmission de tous ces renseignements, et mettrait sur pied à cette fin un réseau de messagers dans toutes les provinces. Cela était bien pensé, car nul ne soupçonnerait les Cassilins de se mêler de politique. De fait, je doute que le Préfet aurait donné son accord à cette manœuvre, s'il n'avait eu à cœur d'effacer l'opprobre que les actes de Joscelin avaient jeté sur l'honneur de son ordre. Par ailleurs, il fut entendu que rien ne serait révélé au sujet de la trahison et des traîtres, tant qu'il n'y aurait pas de preuves à produire – et qu'il n'y aurait rien à gagner à le dire.

Lorsque cela fut fait, ce fut Barquiel L'Envers qui revint à la question d'Alba.

— Bien ! Ysandre, dit-il avec un sourire forcé, nous avons arrêté les premières mesures pour gérer du mieux possible la guerre civile et l'invasion. Mais qu'en est-il de votre garçon bleu ? Où en sont les affaires avec Alba ?

Gaspar Trevalion répondit, en se frottant l'arête du nez. Tout le monde commençait à être las.

— Drustan mab Necthana a échappé au bain de sang et est parvenu à faire front et à s'enfuir, avec sa mère, ses sœurs et une poignée de guerriers, pour trouver refuge parmi les Dalriada dans la partie ouest d'Alba. Ça, nous le savons. Si les Dalriada acceptaient de combattre pour lui, il y a fort à parier qu'il parviendrait à reprendre le trône à son cousin Maelcon, mais ils ont refusé jusqu'à présent.

— Oui, répondit Barquiel d'un ton sarcastique. Je sais tout ça, tout comme la moitié du royaume, et tout comme le savait Ganelon – ce qui explique qu'il envisageait de rompre l'alliance promise, qui d'ailleurs n'avait jamais été rendue publique. Sont-ce là tous les renseignements dont vous disposez, et qui ont valu à Anafiel Delaunay d'être assassiné ?

— Non, intervint Thelesis de Mornay d'une voix douce, mais avec cette petite note implacable qui permet aux poètes de subjuguer l'auditoire. Delaunay était en contact avec Quintilius Rousse, qui a transmis une requête au Maître du détroit. Nous l'avons supplié d'accorder le passage à Drustan mab Necthana et aux siens. Qu'il parvînt sur le sol d'Angelin et Ysandre et lui auraient pu se marier. Terre d'Ange l'aurait alors aidé à reconquérir le trône d'Alba, et Alba aurait aidé Ysandre à garder le trône de Terre d'Ange.

— Exactement le plan de la Lionne de l'Azzalle, murmura Roxanne de Mereliot.

— Qui a bien failli marcher, lui rappela Gaspar. Oui, à la différence près que nous avons sollicité l'accord du Maître du détroit.

— Accord qu'il n'a pas donné si je comprends bien, observa Tibault de Toluard.

— Il nous a répondu ceci, dit Thelesis : « Lorsque le sanglier noir régnera sur Alba, le Vieux Frère fera droit ! » Voilà ce que fut le message de Quintilius Rousse – les mots pour lesquels Delaunay a été tué.

Je connaissais ces mots ; je les connaissais bien ; pourtant, ils titillaient ma mémoire comme pour en arracher un souvenir.

— Ce message n'a aucun sens, dit L'Envers d'un ton acerbe.

— Pourtant si. (Thelesis secouait doucement la tête.) L'Alba et l'Eire comptent des dizaines de tribus, mais celles-ci se répartissent en quatre grands peuples. Le peuple du taureau rouge, auquel appartiennent Maelcon et Foclaidha par la naissance ; celui de la jument blanche, dont les Dalriada font partie ; puis le peuple de la biche dorée au sud, et celui du sanglier noir, dont Drustan mab Necthana est issu – la lignée de Cinhil Ru. Ce que dit le Maître du détroit, c'est qu'il accédera à notre requête si le prince Drustan peut récupérer Alba.

— Ah ! très bien, dit L'Envers en haussant les épaules. Autant dire qu'il accéderait à notre requête si Elua le béni revenait de Terre d'Ange de l'au-delà pour lui demander une faveur. C'est une pure argutie.

Le souvenir qui me fuyait jusqu'alors me revint subitement.

— « Ne comptez pas pour rien le Cullach Gorrym », dis-je à voix haute. Hyacinthe ! (Je le secouai, saisie d'une subite excitation.) Tu te souviens ? C'est ta mère qui m'a dit ça. « Ne comptez pas pour rien le Cullach Gorrym », répétai-je. Ne comptez pas pour rien le sanglier noir !

— Je me souviens, dit-il, sourcils froncés. Cela ne voulait rien dire.

— Mais cela a un sens maintenant, répondis-je. Cela désigne le prince Drustan.

— Vous voulez dire que votre mère avait le don ? demanda Ysandre, en posant son regard sur Hyacinthe.

— Oui, Majesté. (Il salua d'une courbette.) Bien plus que moi. Et elle a dit ces mots, c'est vrai.

— Que voyez-vous maintenant ?

Il posa le regard dans le vide devant lui et ses yeux noirs devinrent blancs et opaques ; pour finir, il secoua la tête.

— Je vois un navire, dit-il avec réticence. Rien de plus. Lorsque les fils de l'avenir sont nombreux et emmêlés, je ne peux pas voir très loin. Je ne distingue clairement que les routes droites et dégagées, comme avec votre grand-père, le roi.

— N'importe qui aurait pu faire la même prédiction, murmura Percy de Somerville. Ganelon était sur son lit de mort.

— Le jeune Tsingano a prédit le jour de sa mort, rappela Ysandre, un air songeur sur le visage. Si les Dalriada étaient informés de l'exigence du Maître du détroit, peut-être apporteraient-ils leur aide à Drustan. Anafiel Delaunay y serait allé lui-même s'il n'avait pas été assassiné. C'est vraiment regrettable, car il parlait le cruithne – tout comme son jeune élève. Il n'y a personne d'autre à qui je puisse me fier. (Elle eut une petite mimique aimable à l'intention de Thelesis.) Je ne parle pas pour vous, bien sûr. Je remettrais ma vie entre vos mains, poétesse du roi ; et je sais que vous seriez disposée à m'aider. Mais j'ai parlé avec mes médecins et ils sont formels : un si long voyage sur la mer et les terres vous serait fatal, Thelesis.

— C'est ce qu'ils m'ont dit également, répondit Thelesis de Mornay dans un murmure.

Je compris qu'elle était prête à partir quand même, malgré les ravages de la fièvre, visibles sur ses traits tirés. Cependant, son regard lumineux vint se poser sur moi.

— Majesté, dit-elle à Ysandre, Anafiel Delaunay avait deux élèves.

Le choc me tétanisa.

— Que dites-vous ? demandai-je dans un souffle.

— Je dis… (Elle dut s'interrompre, la poitrine déchirée par une quinte de toux.) Phèdre nó Delaunay, je dis que tu pourrais prendre la place d'Anafiel en tant qu'ambassadrice de la reine.

— Ma dame ! protestai-je.

Mes yeux allaient de Thelesis à Ysandre ; je ne savais même plus à laquelle des deux je m'adressais. Mon esprit bouillonnait littéralement.

— Ma dame, je suis une *anguissette* ! Je suis

formée à être servante de Naamah, pas pour être ambassadrice.

— Quelle que soit la tâche à laquelle tu es formée, il semblerait que tu l'accomplisses sacrément bien, dit Barquiel L'Envers d'un ton laconique. Savais-tu que Rogier Clavel ne se remet pas de t'avoir perdue ? Le chagrin lui a fait perdre plus de vingt livres. Il est mince comme un fil maintenant. N'importe quel élève d'Anafiel Delaunay est infiniment plus qu'un simple servant de Naamah, petite *anguissette.* Tu es la première catin dont j'entends parler qui ait réussi à duper un chef de guerre skaldique, puis à survivre pour venir prévenir sa patrie d'une menace de trahison.

— Messire ! (Je perçus nettement la pointe de terreur dans ma voix.) J'espère ne jamais avoir à refaire ce que j'ai fait pour survivre. Je n'aurais pas la force de subir ça une seconde fois.

— Les Cruithnes ne sont pas les Skaldiques, observa Ysandre avec bon sens. Et puis, vous serez sous la protection de Quintilius Rousse, le plus grand amiral qu'on ait jamais vu sur les mers. Phèdre, je vous suis infiniment reconnaissante de tout ce que vous avez fait. Ne pensez jamais le contraire. Je ne vous demanderais pas une telle chose, si nous n'étions pas confrontés à l'urgence.

Je m'assis sans un mot ; ma stupeur était telle que ma vue en était brouillée. À côté de moi, Joscelin se leva pour adresser son petit salut cassilin à la reine. Ensuite, il se tourna vers moi et je levai les yeux vers lui. Son visage rayonnait d'une incoercible bravoure.

— Phèdre, dit-il d'une voix dans laquelle vibrait le courage des héros. Nous avons survécu à pis. Je viendrai avec toi. J'ai juré de protéger et servir !

Pendant un instant, son courage réchauffa le

mien. Puis la voix du Préfet s'éleva, sévère et glacée après les accents chaleureux de Joscelin.

— Frère Joscelin ! dit-il d'un ton cassant. Nous nous réjouissons que ton innocence ait été établie au sujet de la mort d'Anafiel Delaunay. Mais tu as toi-même confessé avoir failli à tes vœux et demandé à t'en remettre à notre justice. Pour le salut de ton âme, tu dois te confesser et expier. Seuls ceux qui s'efforcent d'être de parfaits compagnons sont dignes de servir les descendants d'Elua.

Bouche bée, Joscelin regardait le Préfet en clignant des yeux. Puis il se reprit.

— Messire Préfet, dit-il avec un salut. Je suis toujours lié par serment à la maison d'Anafiel Delaunay. (Il y avait une note d'angoisse perceptible dans sa voix.) S'il y a un salut pour moi, il passe par le respect de ce serment.

— Je te délie de ton serment envers la maison de Delaunay, répliqua le Préfet d'un ton uni. Tel est mon décret.

— Seigneur ! (Joscelin grimaça comme si on venait de le frapper.) Messire Préfet, je vous en supplie, non !

Le vieux Préfet posa son regard d'aigle sur Joscelin.

— Quelle transgression as-tu commise, jeune frère ?

Joscelin détourna la tête, incapable de soutenir le regard du Préfet.

— Je n'ai pas su protéger ceux dont j'avais la garde, répondit-il lentement. J'ai tué sous le coup de la colère au lieu de me défendre. J'ai… j'ai commis un meurtre. Et j'ai…

Ses yeux vinrent se poser sur moi ; son expression

était grave. Je me souvins de la caverne d'Elua et de ce qui s'était passé entre nous. Puis son regard quitta le mien pour glisser vers Hyacinthe.

— J'ai tiré l'épée pour menacer, finit-il.

— Ce sont des péchés majeurs, dit le Préfet en secouant la tête. Je ne peux pas l'autoriser, frère Joscelin. Un autre ira à ta place.

Tout était immobile et suspendu dans le relais de chasse du roi. Personne, pas même Ysandre, n'aurait osé interférer dans une question touchant l'ordre cassilin. Debout, seul, Joscelin paraissait absorbé dans ses pensées. Il leva ses yeux bleus vers le plafond, puis me regarda de nouveau. Je me souvins de lui, seul dans les tourbillons de neige, baissant son épée devant les Skaldiques. Il avait fait des choix auxquels jamais un Cassilin n'avait été confronté. Il avait été broyé par le fer, les chaînes, le sang et la glace ; il n'avait pas été brisé. Je ne voulais pas d'un autre protecteur.

— Majesté.

Joscelin vint se placer devant Ysandre et salua. Son ton était empreint du plus grand formalisme.

— Accepteriez-vous que je mette mon épée à votre service pour protéger Phèdre nó Delaunay ?

— Fais cela, et tu seras damné, jeune frère ! s'exclama le Préfet entre ses dents serrées. Le serment à Cassiel te lie dans cette vie et au-delà !

Ysandre observait tout cela sans rien dire ni bouger ; son visage était absolument impassible. Pour finir, elle inclina la tête.

— Nous acceptons, dit-elle à Joscelin, avant de se tourner ensuite vers le Préfet. Seigneur Rinforte, nous regrettons d'aller à l'encontre de votre volonté. Mais en la matière, nous devons suivre les préceptes d'Elua, plutôt que les désirs de la Fraternité cassiline. Or, selon les enseignements d'Elua, il est libre de choisir son chemin.

— Cela retombera sur les Égarés ! murmura le Préfet entre ses dents serrées. Qu'il en soit donc ainsi. Est-ce ta volonté, frère Joscelin ?

— Oui, répondit-il d'une voix détimbrée, qui cependant ne tremblait pas.

Le Préfet exécuta un impeccable salut cassilin, avant de mimer avec les deux mains le geste qu'on fait pour briser quelque chose.

— Joscelin Verreuil de la Fraternité cassiline, tu es frappé d'anathème. (Il salua une nouvelle fois, à l'intention d'Ysandre.) Je remets cet homme à votre service, Majesté.

— Bien, dit-elle simplement. Phèdre nó Delaunay, acceptez-vous d'assumer la charge confiée à votre maître de porter ma parole au prince Drustan mab Necthana des Cruithnes ?

Après ce que Joscelin avait fait, je n'avais plus guère le choix. Je me mis debout, l'estomac noué par la terreur, la fierté et l'excitation, puis jurai obéissance à ma reine.

— Oui, Majesté. J'irai.

— Bien ! répéta Ysandre. Tout le problème consiste maintenant à vous amener sains et saufs jusqu'à Quintilius Rousse, ajouta-t-elle avec un air pensif.

— Où est-il ?

Je savais où il était précédemment ; la réponse à cette question me terrorisait à l'avance.

— Kusheth.

Ce mot semblait peser plus lourd qu'une pierre.

— Majesté, dit Hyacinthe à la surprise générale. J'ai une idée.

60

Il existait, semblait-il, une route tsingana jusqu'au Kusheth, quelque chose que j'ignorais absolument, comme tous ceux présents au conseil de la reine. Les Tsingani vivent parmi les D'Angelins, voyagent sur nos routes, et pourtant nous savons bien peu de choses sur eux. Hyacinthe, lui, savait ces choses. Cela avait toujours été son ambition plus ou moins secrète, tout en jouant à être le prince des voyageurs dans le quartier du Seuil de la nuit, que d'aller faire valoir les droits que lui valait sa naissance auprès de la *kumpania* de son grand-père. Hormis sa mère, je crois que j'étais la seule à en être informée.

Les Tsingani sont de grands marchands de chevaux, et de grands éleveurs aussi. L'Eisande se flatte d'avoir les meilleurs, car ils sont très appréciés des *taurieres* pour leurs combats mortels avec les grands taureaux eisandins, mais l'arrière-pays Kusheth compte également un grand centre tsingano d'élevage de chevaux. Et plusieurs *kumpanias s'*y rendent au début de chaque printemps pour choisir parmi les poulains de l'année.

Tel était en substance le plan de Hyacinthe : nous faire voyager jusqu'au Kusheth par la route des

Tsingani, tout en cherchant les siens, la *kumpania* de Manoj. Une fois que nous les aurions trouvés, nous pourrions solliciter leur aide, ou la monnayer, pour voyager avec eux sous l'identité de marchands de chevaux, jusqu'à la Pointe d'Oeste où la flotte de Rousse faisait relâche. C'était un plan dangereux, car il signifiait que nous serions isolés et vulnérables, mais il était excellent également, car nous voyagerions sous un déguisement auquel personne ne songerait.

Plus que tout, ce fut cet aspect qui fit pencher la balance en faveur de la proposition de Hyacinthe. De tout ce qui nous attendait, une chose me terrifiait ; ce n'était pas d'aller affronter la colère du Maître du détroit, ni les dangers de l'Alba lointaine et des Cruithnes tatoués de bleu. Non, c'était de m'aventurer dans le Kusheth, le fief de la maison Shahrizai. *Pourtant*, songeai-je, *pas un seul petit seigneur kushelin, pas même Melisande, ne penserait à regarder les yeux d'une jeune femme tsingana pour y chercher une tache écarlate.*

Ainsi fut donc décidé.

Nous réglâmes les détails de l'opération après le conseil de la reine – après que chacun eut juré le secret et la loyauté. Nous fîmes un excellent dîner, puis nous nous réunîmes : Gaspar et Thelesis, qui étaient depuis le début dans le secret du plan avec Alba, plus Joscelin, Hyacinthe et moi. Il s'en faudrait d'une semaine encore avant notre départ, car la saison n'était pas vraiment entamée et rares seraient les *kumpanias* déjà sur les routes ; en outre, diverses dispositions devaient être prises. Hyacinthe et Thelesis repartiraient pour la Ville, afin de se procurer tout le nécessaire.

Lorsque tout fut arrêté, nous eûmes un peu de temps pour discuter.

— Phèdre, dit Gaspar Trevalion en prenant mes mains dans les siennes, je n'ai pas encore eu l'occasion de te dire à quel point j'ai été attristé de la mort d'Anafiel Delaunay. Il était… mon ami ; le meilleur ami que j'aie jamais eu. Le monde a perdu un grand esprit et un cœur d'or. Et Alcuin… je l'ai connu alors qu'il n'était qu'un petit garçon, tu sais. C'était un véritable joyau.

— Merci, messire. (Je serrai ses mains pour lui dire ma gratitude ; les larmes me piquaient les yeux.) Delaunay vous a toujours tenu pour le meilleur des hommes.

— Parfois, je me disais qu'il était idiot, poursuivit Gaspar d'un ton bourru. Honorer ainsi un serment fait à un mort… Il lui aura coûté beaucoup, ce sens de l'honneur.

— Oui. (Je songeai aux mots amers que j'avais dits à Ysandre de la Courcel lors de notre première entrevue.) Mais c'est aussi pour ça que je l'aimais.

— Nous l'aimions tous, dit Thelesis avec un sourire. Du moins tous ceux qui ne le haïssaient pas. Car il suscitait des émotions pour le moins tranchées, Delaunay. Phèdre, sa maison et ses affaires ont été placées sous séquestre par le tribunal. Y a-t-il quelque chose à quoi tu tiennes particulièrement ?

Je secouai la tête en portant une main au diamant de Melisande.

— Uniquement ça, répondis-je d'un ton lugubre, une chose que j'ai incontestablement gagnée. Je le porterai jusqu'au jour où je pourrai le jeter à celle qui me l'a donné. Pour le reste, le tribunal ne m'a rien pris de grande valeur. Tout ce que je possédais ou presque est allé à maître Robert Tielhard pour commander l'achèvement de ma marque. (Je jetai un coup d'œil derrière moi, puis haussai les épaules.) Cette perte, je la mets au compte de Melisande Shahrizai et d'Isidore d'Aiglemort.

— Je jure, dit Gaspar Trevalion d'un ton solennel en me serrant une nouvelle fois les mains dans les siennes, que tu ne manqueras jamais de rien, Phèdre, aussi longtemps que je vivrai. Et quand tout cela sera fini, je veillerai à ce que l'honneur de ton nom soit lavé. (Il tourna la tête vers Joscelin.) Vos noms à tous les deux.

— Merci.

Je me penchai sur lui pour l'embrasser sur la joue ; bien des marques étaient apparues sur son visage depuis que je le connaissais. Silencieux et méditatif, Joscelin marqua sa gratitude d'un simple hochement de tête.

— Il me semble, intervint Hyacinthe, que nous pourrions obtenir une bonne récompense de la reine pour ce service, non ? (Il considéra nos visages ébahis et sourit.) Si vous devez voyager avec des Tsingani, il faut commencer à penser comme eux.

Je vis le dégoût sur le visage de Joscelin.

— Mieux vaut cela que de penser comme l'un des Frères blancs, lui dis-je en skaldique.

Ses yeux bleus s'arrondirent, sous le choc d'entendre des mots prononcés dans notre langue d'esclaves ; puis il eut un sourire, un peu forcé.

— M'apprendras-tu à parler le cruithne comme tu m'as appris le skaldique ? demanda-t-il d'un ton léger.

— Je ne sais pas, répondis-je. Devrai-je t'enchaîner dans un chenil pour obtenir que tu te comportes en élève obéissant ?

— Non, répondit-il sombrement, en passant machinalement une main dans ses cheveux dorés comme les blés, qui lui tombaient maintenant sur les épaules, débarrassés du catogan cassilin. Je crois que j'ai appris les mérites – et les dangers – qu'il y a à t'écouter, Phèdre nó Delaunay. Ton maître serait fier de toi.

— Peut-être. (Nos regards se croisèrent.) Merci, dis-je doucement.

Nous n'avions pas parlé du choix qu'il avait fait. Joscelin détourna la tête, grattant de l'ongle du pouce un petit défaut du bois dans le bras sculpté de son fauteuil.

— Eh bien, murmura-t-il, je crois que je ne pouvais pas te laisser dans l'obligation de supporter la présence d'un vieux bâton cassilin desséché. (Il se tourna ensuite vers Hyacinthe et sourit.) Et tu ferais le désespoir de n'importe quel frère, Tsingano. Moi, je peux au moins espérer survivre à notre promiscuité sans devenir fou.

— J'espère bien, répondit Hyacinthe avec son sourire éblouissant. Tu en as fait du chemin, Cassilin, depuis le jour où Phèdre a dû te tirer des griffes des acrobates de la maison de l'Églantine. J'espère que nous n'aurons jamais pis à affronter ensemble.

— Qu'Elua nous accorde cette grâce ! (Joscelin se leva et salua, se surprenant à croiser les bras devant lui. Il secoua la tête.) Excusez-moi. Il est tard et je crois que j'ai besoin de dormir.

Nous lui souhaitâmes bonne nuit et le regardâmes sortir.

— Vous savez, dit Thelesis de sa voix douce et envoûtante, j'avais un grand-oncle cassilin. Il existe un nom pour désigner ce qu'il a fait aujourd'hui. (Elle me regarda de ses grands yeux lumineux, immenses dans son visage amaigri.) C'est ce qu'ils appellent « le Choix de Cassiel ».

Je n'avais pas besoin qu'elle m'explique. J'avais compris.

Les jours suivants s'écoulèrent dans un isolement relatif, nos forces dispersées aux quatre coins du royaume. À ma demande, Ysandre avait fait porter plusieurs ouvrages de la bibliothèque royale : des textes sur Alba, des livres en cruithne et des traités sur le Maître du détroit. Je regrettais de ne plus avoir accès à la bibliothèque de Delaunay. Je me souvenais d'Alcuin étudiant l'histoire du Maître du détroit ; j'aurais tant aimé qu'il fût là. Je regrettais également de n'avoir pas été présente à cette audience fatale, lorsque Ganelon de la Courcel avait reçu l'ancien Cruarch. Mais non, Alcuin y était allé seul avec Delaunay, à ma grande satisfaction, puisque je m'étais rendue à la maison de la Valériane pour m'extasier sur leurs collections de fouets et leurs chambres des plaisirs.

Ces choses m'apparaissaient comme des jouets d'enfants désormais. Je connaissais les souffrances que l'on peut infliger à l'âme, à côté desquelles les tourments subis par la chair ne sont rien.

Le quatrième jour, Ysandre me fit mander.

— Je vous ai amené quelqu'un, Phèdre, dit-elle. Quelqu'un que j'ai jugé suffisamment digne de confiance.

Ma première pensée fut qu'il s'agissait de Cecilie Laveau-Perrin ; elle me manquait terriblement depuis mon retour en Terre d'Ange, et Thelesis m'avait avoué s'être confiée à elle. Cecilie avait pleuré de joie en apprenant que j'étais en vie. Ysandre fit un signe mais la frêle silhouette qui entra n'était pas Cecilie.

C'était maître Tielhard, le marquiste.

Je tombai à genoux en le voyant ; les larmes me montaient aux yeux. Je saisis ses mains noueuses et les embrassai. Il les retira vivement.

— Toujours comme ça, se plaignit-il, avec les *anguissettes*. Mon grand-père m'avait bien mis en garde. En tout cas, mon enfant, il y a un contrat inachevé entre nous, et ma reine m'ordonne de le mener à bien. Alors, vas-tu te déshabiller ou est-ce que mes vieux os auront fait le voyage pour rien ?

Toujours agenouillée, je relevai mes yeux mouillés vers Ysandre.

— Merci, Majesté.

— Vous pouvez effectivement me remercier, dit-elle avec un petit sourire. Maître Tielhard ne s'est pas laissé convaincre facilement. Mais mieux vaut entamer un voyage en ayant réglé toutes ses affaires. Thelesis de Mornay m'a informée de votre marque toujours en souffrance.

Sur ces mots, elle nous laissa et les serviteurs nous conduisirent dans une pièce où tout le matériel du marquiste avait été installé pour lui. Une table avait été spécialement mise en place. Je me déshabillai et m'allongeai dessus. Il grommela en voyant les marques à peine guéries qui zébraient mon dos, laissées par les prêtres du temple de Kushiel. Mais il s'en arrangerait.

— Où est votre apprenti, maître Tielhard ?

demandai-je, tandis qu'il fourrageait dans ses affaires, toujours grommelant.

— Parti, répondit-il. La fièvre l'a emporté. Tu seras ma dernière grande œuvre, *anguissette.* Je suis trop vieux désormais pour entamer la formation d'un nouveau.

— Naamah vous bénira sûrement pour tous les services que vous avez rendus, murmurai-je.

Maître Tielhard gronda une réponse inintelligible, puis posa le porte-aiguille sur ma colonne vertébrale. Il frappa ensuite d'un coup sec et précis. Une centaine d'aiguilles percèrent ma peau, pour glisser dessous les pigments qui la marqueraient de manière indélébile. Je fermai les yeux, inondée par le plaisir de l'exquise douleur. Quoi qu'il dût advenir désormais, au moins, cela, je l'aurais. Ma marque serait achevée. Même si je devais aller au-devant de terribles dangers, je le ferais en D'Angeline libre, exactement comme j'avais dit l'être à Waldemar Selig.

— Au moins, tu as appris à te tenir tranquille, dit maître Tielhard d'un ton irascible, avant de frapper de nouveau.

La souffrance s'épanouit comme une fleur rouge à la base de mes reins, pour se répandre dans tout mon corps. Je soupirai, les mains crispées sur les bords de la table, lui prouvant qu'il avait tort. Même si Ysandre lui avait dit que j'étais une héroïne du royaume, cela ne faisait aucune différence. Maître Robert Tielhard était un artiste et je n'étais que la toile sur laquelle il dessinait. Excédé, il claqua mes fesses qui se tortillaient, m'ordonnant de me tenir tranquille.

— Maudites *anguissettes*, ronchonna-t-il. Grand-père avait raison.

Plus tard, j'eus le temps, seule dans la chambre qu'on m'avait donnée, de l'examiner. C'était une chambre confortablement meublée, même si elle était un peu sombre et renfermée pour mon goût. Mais ce n'était qu'un relais de chasse après tout. Quoi qu'il en fût, il y avait un grand miroir ovale, encadré d'argent, dans lequel je contemplais ma marque. Nue devant lui, les cheveux écartés pour bien voir, je regardais par-dessus mon épaule.

En toute sincérité, ma marque achevée était somptueuse.

Les lignes noires entremêlées jaillissaient des volutes délicates dans le bas de mon dos pour suivre toute ma colonne vertébrale et finir en élégante apothéose à la base de ma nuque. Les taches écarlates disséminées avec parcimonie formaient un contraste saisissant avec le noir des traits et le blanc ivoirin de ma peau. Un écho du signe de Kushiel, avais-je songé à l'époque ; aujourd'hui, ces taches rouges me rappelaient le plus amer des hivers, la sauvagerie skaldique, des branches sur la neige tachée de sang.

Somptueuse et ô combien appropriée.

Un coup fut frappé à la porte ; j'enfilai à la hâte la robe de soie qu'on m'avait donnée. J'ouvris pour me trouver nez à nez avec Ysandre de la Courcel ; je m'apprêtai à tomber à genoux.

— Non, dit la reine avec nervosité. J'ai eu mon content de cérémonial au cours de mon existence. Et puis, nous sommes presque cousines par le lit, par Delaunay et mon père. (C'était un point de vue étonnant, mais Ysandre ne me laissa pas le temps de m'appesantir dessus.) Alors, le marquiste a-t-il travaillé à votre convenance ?

— Oui, Majesté. (Je reculai pour lui permettre

d'entrer dans la chambre.) C'était vraiment une fort délicate attention de votre part. Merci.

Ysandre me regardait curieusement.

— Pourrais-je la voir ?

Personne ne peut refuser une pareille demande lorsqu'elle émane de son souverain. En silence, je défis le lacet de ma robe, puis la laissai glisser au sol avant de me tourner.

— Voilà donc la marque de Naamah. (Ses doigts, fureteurs et légers, effleurèrent ma peau tout juste marquée.) Est-ce que cela fait mal ?

Je réprimai un frisson.

— Oui.

— Je vous prie de m'excuser. (Il y avait comme une trace d'amusement dans sa voix calme.) Merci. Rhabillez-vous, je vous en prie.

Je m'exécutai, en me tournant face à elle.

— Vous n'aviez jamais vu une servante de Naamah ?

— Non, répondit Ysandre en secouant la tête. Mon grand-père m'interdisait ce type de contacts. La virginité est un bien infiniment précieux pour une promise, en particulier chez les barbares. Chez les Akkadians, par exemple, ajouta-t-elle sombrement.

— Elua le béni nous a pourtant dit d'aimer comme nous l'entendions, répondis-je. Même le roi ne peut pas aller contre ce précepte.

— En effet. (Elle se mit à marcher à grands pas dans la pièce ; sa chevelure faisait comme une flamme dans la pénombre.) Mais vous comprenez certainement. Lorsque vous apparteniez à Anafiel Delaunay, vous ne pouviez pas dispenser votre amour comme bon vous semblait, n'est-ce pas ? Moi, j'appartiens au trône, Phèdre. Néanmoins, j'entends bien suivre le précepte d'Elua, et c'est pour ça que je vous envoie en Alba pour porter mon message à Drustan mab Necthana. Si vous échouez… j'aurai toujours intact mon capital nuptial. Fasse Elua que je trouve quelque part où le dépenser !

— Je ferai de mon mieux, murmurai-je.

— Vous avez un talent pour la survie. (Ysandre leva son regard violet vers moi.) J'espère qu'il ne viendra pas à vous faire défaut. (Son ton redevint celui de la curiosité.) Dites-moi, pourquoi les servants de Naamah portent-ils une telle marque ?

— Vous l'ignorez ? (Je souris, haussant légèrement les épaules pour sentir la caresse de la soie sur ma peau tendre.) On dit que Naamah marquait ainsi le dos des amants qui lui avaient plu, le griffant de ses ongles. Ils portaient les marques de son extase jusqu'à la fin de leur vie. Nous le faisons en mémoire d'elle, et pour lui rendre hommage.

— Ah ! (Ysandre hocha la tête, satisfaite.) Je comprends. Merci. (Elle pivota sur elle-même pour sortir, puis s'arrêta.) Votre compagnon, Hyacinthe, sera là demain ; vous vous préparerez ensuite à partir. J'ai pensé que vous apprécieriez d'avoir ça. Il est suffisamment petit pour être transporté.

Elle me tendit un petit livre, mince, abondamment rapiécé. Je l'ouvris, survolant les pages couvertes d'une écriture que je ne connaissais pas.

— C'est le journal que tenait mon père, m'expliqua tranquillement Ysandre. Il l'a commencé à l'université, à Tiberium. Il se termine peu après ma naissance. Il y est beaucoup question de Delaunay. C'est cette lecture qui m'a incitée à entrer en contact avec lui.

— Au théâtre du palais, dans le vestiaire des

acteurs, dis-je sans même réfléchir. (Je vis alors son visage s'empourprer.) C'est une longue histoire, Majesté. Delaunay lui-même n'a jamais su que j'étais là.

Ysandre secoua la tête.

— Mon oncle a raison. Quoi que vous fassiez, Phèdre nó Delaunay, il semble que vous le fassiez vraiment bien. (Le violet de ses yeux devint plus foncé.) Mon père s'est marié par devoir, sûrement pas par amour. Qu'Elua vous permette de m'épargner le même destin ! Je prierai pour que vous reveniez saine et sauve ; et je prierai pour que vous rameniez le prince des Cruithnes avec vous. C'est là tout ce que je peux faire. Je dois protéger le royaume du mieux que je peux.

Mon cœur se serra à l'évocation de son fardeau ; le mien semblait bien léger à côté.

— Si c'est humainement possible, je le ferai, ma dame.

— Je sais.

Nos regards plongèrent l'un dans l'autre. Nous étions presque du même âge et pourtant si différentes.

— Portez-vous bien, dit Ysandre. (Elle me prit ensuite le visage entre ses mains pour venir déposer le baiser formel de bénédiction sur mon front.) Qu'Elua vous bénisse et vous garde ! Je prie pour que nous nous revoyions.

Elle partit, me laissant seule avec ma marque achevée et mon livre. N'ayant rien d'autre à faire, je m'assis et je lus.

Le lendemain matin, Hyacinthe arriva, de retour de la Ville. Il avait avec lui trois bons chevaux, de la nourriture en abondance et deux mules bâtées pour transporter notre équipement.

Et il avait des vêtements.

Lui porterait sa tenue habituelle, criarde et abondamment colorée, avec par-dessus un manteau couleur safran – la couleur des Tsingani en voyage. Il avait apporté un manteau semblable pour moi, avec une capuche bordée de marron pourpré, à porter sur une robe de velours bleu à triple jupon, frangée de marron également. C'était un vêtement de qualité, peut-être même un peu trop, mais le tissu était usé et l'étoffe brillait par endroits.

— Les Tsingani ne jettent jamais rien, me rappela-t-il. Phèdre, tu seras un genre de cousine, une bâtarde issue d'un marchand à moitié tsingano avec une femme d'une des maisons de plaisir de la Cour de nuit. Tu as les yeux qu'il faut pour cela – disons, l'un des deux au moins. (Il sourit.) Quant à toi, mon ami le Cassilin…

Hyacinthe sortit un lourd et volumineux manteau gris, qu'il retourna pour en montrer la doublure.

C'était une invraisemblable explosion de couleurs : garance, prune, ocre, bleu céruléen et nacre. Je ris, en portant vivement une main devant ma bouche.

— Tu sais ce que c'est ? demanda Hyacinthe.

— J'en ai vu un, une fois, répondis-je avec un hochement de tête. C'est une tenue de Mendacant.

— C'est une idée de Thelesis et de la dame de Marsilikos. (Il tendit le manteau à Joscelin, qui le reçut sans un mot, plongé dans la plus grande hébétude.) Tu ne peux pas passer pour tsingano, Cassilin, pas même pour un bâtard. Or, il faut trouver quelque chose pour expliquer ta présence.

Les fabulistes errants qu'on appelle les « Mendacants » sont originaires de l'Eisande. Parmi les Compagnons d'Elua, c'est Eitheth qui a donné aux mortels les talents pour la musique et les contes. C'est du moins ce que disent les D'Angelins ; ceux qui nous critiquent affirment qu'elle nous a appris à jouer et à mentir. Quoi qu'il en soit, les Eisandins sont les plus grands conteurs d'histoires ; et les meilleurs d'entre eux sont les Mendacants, voués à voyager partout dans le royaume, pour broder et raccommoder en un même tissu la fable et la vérité.

Si un D'Angelin peut voyager avec des Tsingani sur le long chemin, c'est incontestablement le Mendacant.

— Sais-tu mentir, Cassilin ? demanda Hyacinthe, de nouveau tout sourires.

Joscelin passa le manteau sur ses épaules. Il tombait sur lui, gris et sombre comme son ancienne tenue de prêtre, puis il bougea et apparurent quelques touches de couleur éclatantes.

— J'apprendrai, répondit-il sèchement.

— Vous pouvez commencer avec ça.

Ysandre de la Courcel était entrée sans se faire annoncer. Elle hocha la tête en direction de l'un de ses gardes cassilins, dont les bras étaient encombrés d'acier luisant.

Tout l'armement de Joscelin – ses dagues, ses canons d'avant-bras, son épée et le reste. Il regarda la reine, les yeux écarquillés.

— Les armes appartiennent à la famille et pas à la Fraternité cassiline, n'est-ce pas ? expliqua Ysandre. Vous m'avez offert votre épée, Joscelin Verreuil, et voici l'épée que j'ai acceptée. Vous la porterez, ainsi que vos armes, pour me servir. (Un petit sourire passa fugacement sur ses lèvres.) À vous maintenant d'inventer une histoire pour expliquer qu'un Mendacant errant porte des armes cassilines.

— Merci, Majesté, murmura-t-il, en saluant, sans même y penser, les bras croisés devant lui.

Il prit alors ses armes des bras du garde cassilin renfrogné, passant sa ceinture, puis enfilant ses canons d'avant-bras aux poignets et son baudrier. Avec la garde de son épée pointant du manteau de Mendacant par-dessus son épaule, il paraissait plus grand et plus droit.

— Vous avez fait du beau travail, dit Ysandre à Hyacinthe.

Le Tsingano salua d'une courte révérence. Elle nous examina tous les trois.

— Tout est prêt pour votre voyage. Phèdre…

Elle me tendit un objet, une grosse bague en or passée sur une longue chaîne. Je la pris et l'examinai ; elle portait l'insigne de la maison Courcel, le cou et la tête du cygne.

— C'est celle de mon père. Moi, je porte celle de mon grand-père, dit-elle en montrant sa main ornée d'un bijou identique. Montrez-la à Quintilius Rousse si jamais il doute de la véracité de vos dires. Et lorsque vous aurez gagné Alba, donnez-la à Drustan mab Necthana, pour qu'il sache d'où elle vient. Il saura. Je l'ai portée depuis la mort de mon père.

— Oui, Majesté.

Je passai la chaîne par-dessus ma tête, puis glissai la bague sous mes vêtements. Elle trouva sa place sur ma peau, sous le diamant de Melisande.

— Bien, dit Ysandre simplement.

Elle se tenait droite et fière, ne laissant rien transparaître sur son visage hormis le courage. Elle était la reine ; elle ne pouvait s'accorder le luxe de rien d'autre.

— Qu'Elua le béni soit avec vous !

C'était l'ordre de nous mettre en route. Hyacinthe et Joscelin saluèrent du buste ; je fis une profonde révérence.

Et nous partîmes.

61

L'endroit vers lequel nous marchions s'appelait l'Hippochamp. On voit souvent le Kusheth comme une terre de rochers, âpre et dure ; bien sûr, cela n'est vrai que sur son pourtour. À l'intérieur, cette province est aussi riche et fertile que les six autres, avec ses vallées profondes aux larges rivières.

Nous allions marcher vers l'ouest à travers L'Agnace, pour entrer dans le Kusheth par la route de la forêt Senescine ; du moins, c'était ce que pensait Hyacinthe. En fait, il ne pouvait avoir aucune certitude avant de voir un *chaidrov*, les petites marques invisibles au profane que les Tsingani laissent sur le chemin. À dire vrai, cela n'aurait guère d'importance sur le territoire de L'Agnace, pacifique et dirigée par le comte de Somerville. L'agriculture et l'élevage, tels étaient les dons d'Anael, le Compagnon d'Elua ; il a beaucoup appris aux mortels sur l'art de soigner la terre et de faire pousser les choses bonnes à manger. Il a bâti une province calme et tranquille, même si les L'Agnacites se révèlent féroces comme des lions lorsqu'ils défendent leur terre – comme en témoignent les faits d'armes de Percy de Somerville à la tête de l'armée royale.

Le beau temps accompagna notre départ ; un redoux un peu précoce mettait de l'humidité et de la légèreté dans l'air. Malgré les craintes que m'inspirait l'ampleur de notre entreprise, j'envisageais avec entrain la perspective de chevaucher de nouveau. De fait, rien n'est pire que d'attendre sans rien faire, tandis que la peur pèse sur l'esprit comme un corbeau sur un cadavre. Et après les terreurs glacées de la Skaldie, la Senescine paraissait presque amicale.

Notre première journée s'écoula absolument sans le moindre incident. Nous ne vîmes personne, hormis quelques paysans occupés à planter les cultures de printemps, qui répondaient à nos saluts par des hochements de tête taciturnes. Une fois sur la route de la forêt, nous fûmes seuls.

Hyacinthe était un compagnon des plus agréables. Il avait avec lui un petit tambourin dont il jouait tout en chevauchant ; ses doigts agiles produisaient un rythme entraînant. Après notre précédent voyage fait dans un silence terrible et désespéré, Joscelin et moi étions troublés de cette initiative, la jugeant pour tout dire dangereuse. Néanmoins, j'en voyais la sagesse. Les Tsingani ne font jamais rien discrètement et le bruit peut être tout aussi trompeur que le silence.

Ce fut après notre pause pour manger que nous vîmes les premiers signes tsingani sur la route : les restes d'un campement près d'un ruisseau. Les marques sur le sol et des débris de fer indiquaient qu'une forge avait été installée là ; or, on sait que les Tsingani travaillent le métal. Hyacinthe explora les lieux et poussa un cri de triomphe. Nous nous précipitâmes et il nous montra une baguette fendue en deux plantée dans le sol ; l'un des morceaux était plié sur le côté, dans la direction de l'ouest.

— Un *chaidrov*, expliqua-t-il. Nous sommes sur la bonne route.

Nous poursuivîmes donc, suivant les signes tsingani que Hyacinthe repérait ; peu à peu, nous devînmes tous experts en la matière. Je ne m'étendrai guère sur ce voyage, car les jours passèrent sans le moindre incident. Hyacinthe nous raconta un peu les us et coutumes tsingani, nous préparant à ce que nous allions rencontrer. Pour ma part, je leur enseignai quelques mots de cruithne. Pour les D'Angelins, la langue des Pictii est plus difficile que le skaldique, car elle comporte des sonorités qui s'accommodent mal de notre manière de parler. J'avais toujours méprisé le fait que Delaunay m'obligeât à l'apprendre ; quelle ironie que j'en aie tant besoin !

Le reste du temps, je m'absorbais dans la lecture du journal du prince Roland de la Courcel, dont Ysandre m'avait fait présent.

La lecture de ce petit ouvrage me permit de reconstituer ce qu'avait été la belle et fatidique romance qui avait lié le destin d'Anafiel Delaunay à la protection d'Ysandre de la Courcel – et fait de moi ce que j'étais : une courtisane armée pour déjouer les stratagèmes des plus redoutables nobles du royaume.

Comme je le savais déjà, ils s'étaient rencontrés à l'université de Tiberium. Mais je voyais maintenant Delaunay à travers d'autres yeux, en jeune homme magnifique, animé d'une inextinguible passion pour la connaissance. Jamais je n'avais connu Delaunay jeune ; c'était une surprise pour moi de lire ses poèmes, pieusement recopiés par Roland de la

Courcel, ses petites satires mordantes et drôles qui brocardaient tout ensemble les maîtres et les autres étudiants. C'était Roland qui avait commencé à l'appeler Delaunay, du nom de sa mère, bien sûr, mais aussi pour rappeler ce petit berger eisandin qu'Elua avait aimé. À partir du jour où ils furent ensemble – la lecture de ce passage me fit rougir ; je me demandai comment Ysandre l'avait pris –, ce furent les maîtres de l'université qui l'appelèrent Antinoüs, du nom d'un garçon aimé par un ancien empereur tibérien.

La nature de Roland transparaissait à chaque ligne, de même que son esprit généreux et téméraire qui aimait librement sans en envisager le coût, bien plus proche du précepte d'Elua le béni et de la pensée antique soucieuse de gloire que des machinations politiques de la monarchie. Je ne pouvais qu'imaginer ce qu'avaient dû être l'adoration et le désespoir de Delaunay devant cette noblesse insouciante, incapable de subtilité.

C'était la mort d'Edmée de Rocaille qui avait provoqué une fracture entre eux, après l'université, après que Delaunay eut été sévèrement réprimandé par son père et qu'il eut pris officiellement le nom de sa mère. Hyacinthe et moi n'étions pas tombés très loin de la vérité. Les liens entre les maisons Rocaille et Montrève – comme il m'était difficile de songer à Delaunay sous un autre nom ! – étaient anciens et Edmée était une amie de longue date, depuis leur enfance dans le Siovale. Edmée avait accepté par bienveillance de se fiancer à Roland, et cela avait été accepté parce que sa famille était liée à la maison royale d'Aragonia.

Un bon arrangement, selon toute apparence ; une

grande affection les unissait tous, et Edmée comprenait fort bien qu'elle renonçait à la passion pour devenir reine de Terre d'Ange, mère des futurs héritiers du trône.

Puis il y eut l'accident de chasse.

Il ne faisait aucun doute que Roland l'avait pleurée sincèrement, et aucun doute non plus qu'il s'était aveuglé sur la question de l'implication d'Isabel L'Envers, allant jusqu'à mettre la véhémence de Delaunay sur le compte du chagrin et de la jalousie. C'est un travers bien humain que d'attribuer les meilleurs sentiments à ceux qu'on connaît le moins bien, et les pires pensées à ceux qu'on adore. Roland aimait trop bien – et craignait de se montrer trop clément dans son jugement au point de favoriser indûment Delaunay. Il écouta donc Isabel, qui le flattait et l'ensorcelait. Et ils se fiancèrent, car la maison L'Envers était puissante, puis se marièrent.

Et Delaunay écrivit sa satire.

Je crois que Roland comprit lorsque Isabel réclama son bannissement. Je lus ce qu'il écrivit alors, sans personne pour lui dicter son propos, au sujet de ses interminables discussions avec son père, le roi Ganelon, concernant le sort de Delaunay. L'accord auquel il parvint était un compromis bien amer. Delaunay vivrait et conserverait le statut qui était le sien depuis la répudiation de son propre père, mais sa poésie serait interdite et frappée d'anathème. Posséder ses écrits serait considéré comme une trahison.

Cela, je le savais. En revanche, j'ignorais que tous les exemplaires des œuvres de Delaunay avaient été rassemblés et brûlés ; et que le prince Roland de la Courcel en avait pleuré. Je crois pouvoir dire que personne ne l'avait jamais su, hormis Ysandre qui avait lu ces lignes.

Puis, d'une certaine manière, ils furent réconciliés, Roland et Delaunay. Je le vis à quelques lignes écrites dans le journal de Roland. « Tout est pardonné, même si rien n'est plus pareil. Si nous ne pouvons plus avoir le passé, Elua au moins nous accorde un avenir. » On pourrait croire bien sûr qu'il parlait là d'Isabel, mais ce serait ignorer ce qui suivait.

Cela survint après la naissance d'Ysandre ; dans la vie de Roland, l'heure de la paternité avait été un instant marqué par un mélange de bonheur et de terreur. Pour qui sait lire entre les lignes, il transparaissait clairement que ses rapports avec Isabel étaient alors devenus pour le moins acerbes. J'espérais que cela eût échappé à Ysandre, mais j'en doutais. Plus loin, après un blanc, Roland avait écrit les phrases suivantes : « Anafiel a promis, juré sur ma bague, et mon cœur en est heureux, même si ni Isabel ni mon père ne partagent mon bonheur. Mais qui parmi nous est entier ? Lui est la moitié sage de mon âme coupée en deux, et je ne peux offrir plus grand présent à mon enfant premier-né que de lui donner mon entière dévotion. » Puis : « C'est fait. Les prêtres d'Elua en ont été témoins. »

Le journal de Roland s'achevait peu après. Je savais pourquoi ; en tant qu'héritier, il avait été happé par les affaires du royaume, et avait dû partir peu après au Camlach, à la bataille des Trois Princes, et y perdre la vie.

Tant de morts…, étais-je en train de songer, assise auprès du feu de camp, juste après avoir achevé cette lecture. *Tant de sang.* J'étais encore une enfant dans la Cour de nuit lorsque ces événements avaient façonné la vie d'Ysandre. Et la mienne aussi, si j'en avais eu connaissance ; néanmoins, ce dessein était déjà à l'œuvre pour mon avenir lointain. Tandis que j'apprenais à rester agenouillée des heures entières sans me plaindre, ou encore à présenter un plateau de douceurs à la fin d'un repas selon la manière appropriée, Ysandre apprenait comment l'envie et la jalousie corrompent l'âme humaine.

Pas étonnant qu'elle s'accrochât au rêve d'amour qu'elle avait fait jeune fille. Mes yeux glissèrent du journal abîmé et moult fois rapiécé aux ultimes lueurs du couchant à l'ouest, entre les grands arbres. Nous n'étions plus très loin du Kusheth désormais ; voire, nous en avions déjà franchi la frontière. C'était difficile à dire dans la forêt. Plus loin, bien au-delà de ce que mes yeux pouvaient voir, il y avait le détroit d'Alba, cette étendue d'eau battue par les vents, grise, effilée et mortelle comme une lame, qui séparait Ysandre de son rêve.

Pas le simple rêve d'une jeune fille, songeai-je. *Celui d'une reine.* Les mains du garçon bleu d'Ysandre se poseraient peut-être avec légèreté sur la couronne, mais c'étaient des mains armées d'une lance, de milliers de lances. C'était un rêve à opposer à un cauchemar dans lequel les têtes des D'Angelins se courbaient devant les épées des Skaldiques. L'image de Waldemar Selig m'apparut fugacement et je réprimai un frisson. J'avais du mal à imaginer un prince picte capable de lui résister – lui si fort, si puissant, appuyé par la loyauté de dizaines de milliers de guerriers.

Et pourtant… Les Skaldiques avaient déjà senti sur leur nuque les sandales des légions de Tiberium, alors que les Cruithnes n'avaient jamais connu la défaite. Et Drustan mab Necthana était de la lignée de Cinhil Ru – l’homme qui avait chassé les soldats de Tiberium hors d’Alba.

Un espoir si ténu, et qui reposait tout entier sur les épaules de l’improbable trio que nous formions. Je serrai le journal de Roland contre moi, comme un talisman. Puis je levai les yeux vers les étoiles qui apparaissaient au ciel, priant pour que sa magie ne me fît pas défaut.

62

À l'Hippochamp, l'ampleur de la foire des Tsingani me stupéfia. Dès que nous fûmes sortis de la Senescine, le chemin qu'il nous fallait suivre devint de plus en plus évident, alors même que le nombre des routes allait croissant. Tandis que les frimas de l'intersaison hésitante cédaient peu à peu le pas aux promesses du véritable printemps, alors que les bourgeons vert pâle apparaissaient sur les branches, la circulation se densifiait autour de nous.

Parmi tous ces gens en errance, nous vîmes des Tsingani en grand nombre ; c'étaient les véritables voyageurs, ceux qui ne s'arrêtent jamais sur le long chemin.

Une autre foire aux chevaux se tient à l'Hippochamp à la fin de chaque été, lorsque les poulains les plus prometteurs se sont étoffés et peuvent être vendus aux nobles *gadje* à des prix scandaleusement astronomiques. D'après Hyacinthe, cette autre foire-là est infiniment plus vaste que celle que nous découvrions, tout comme l'est également la foire qui se tient en Eisheth au milieu de l'été. Là, c'était une affaire de Tsingani uniquement, un moment où il y a des affaires à saisir, des poulains tout neufs dont rien ne dit ce qu'ils promettent, hormis leur lignée et le regard madré des éleveurs.

Personne n'a jamais compté les Tsingani en Terre d'Ange ; cela tient au fait qu'ils sont trop viscéralement nomades pour rester à un endroit et trop suspicieux pour dire d'eux-mêmes combien ils sont. Moi qui les ai vus réunis, je peux affirmer qu'ils sont nombreux, bien plus que nous le supposons.

À mesure que nous approchions de l'Hippochamp, nous ne cessions de doubler des caravanes. C'était une chose fascinante de voir le changement qui s'opérait en Hyacinthe. C'était lui qu'ils saluaient, en lançant des phrases de bienvenue dans leur dialecte. Et pourquoi pas, après tout ? Il était jeune, hardi et beau garçon – et l'un des leurs, Hyacinthe répondait en criant, agitant son chapeau de velours ; ses yeux noirs brillaient. Leur langue était abondamment métissée de d'Angelin, mais je n'en comprenais quasiment pas un traître mot.

— Tu ne m'avais pas dit qu'il me faudrait apprendre le tsingano, murmura Joscelin, en amenant son cheval à ma hauteur.

— Je l'ignorais, répondis-je, chagrinée.

Même Delaunay, tout érudit qu'il était, n'avait pas su voir que les Tsingani avaient leur propre langue. Depuis tout ce temps que je connaissais Hyacinthe, après tous les repas que j'avais partagés avec lui dans la cuisine de sa mère, je n'avais jamais compris ce que cela signifiait pour lui que d'être tsingano. Devant moi, ils parlaient d'Angelin uniquement. D'un coup, je songeai à toutes les taloches et moqueries qu'il avait dû supporter, depuis le premier jour où je l'avais rencontré, lorsque les gardes de la Dowayne étaient venus me chercher. Je ne savais pas alors ; je n'avais pas compris. Lorsqu'il avait récupéré une ruine pour en faire une écurie de chevaux de louage éminemment rentable, je n'avais pas vu combien cela était ancré dans la tradition tsingana. J'avais juste pensé que son intelligence seule lui avait permis de réaliser cette bonne affaire.

C'est étonnant de voir comment les points de vue peuvent changer. Tandis que nous approchions de l'Hippochamp, je voyais Hyacinthe d'un autre œil. Nous doublâmes des carrioles infiniment plus colorées et élaborées que l'humble chariot yeshuite de Taavi et Danele, alors même qu'elles étaient de conception toute semblable. Les filles dont les minois dépassaient à l'arrière lançaient des œillades à Hyacinthe. J'appris à reconnaître celles qui n'étaient pas mariées, à leur chevelure non couverte. Elles minaudaient et jasaient à notre passage ; et Hyacinthe devenait plus désirable à chaque échange.

Si les femmes du peuple tsingano semblent suffisamment impudiques pour faire rougir un D'Angelin – et Elua sait que certaines y parviennent ! – je crois pouvoir dire que leur attitude est trompeuse. De fait, je découvris par la suite que le comportement licencieux n'est qu'une attitude de façade. Entre eux, les Tsingani surveillent farouchement la chasteté de leurs filles. Mais cela, je ne le savais pas encore, et je me sentais vexée de voir toutes ces femmes qui se sentaient libres d'attirer l'attention de Hyacinthe.

Quant à Joscelin, sa mine et son apparence provoquaient gloussements et petits rires étouffés ; des commentaires étaient susurrés de la bouche à l'oreille, derrière une main qui se voulait discrète. Les femmes skaldiques l'avaient lorgné sans pudeur ; les femmes du peuple tsingano n'osaient pas. La loi de la *laxta* est stricte au sein de leur société. Hyacinthe ne savait comment traduire ce mot qui désigne la vertu immaculée d'une femme. Il existe des centaines d'occasions de la perdre – disons que si moi-même je l'avais eue un jour, alors cela faisait longtemps que je l'avais perdue – mais la première et la pire d'entre toutes consiste à mêler le précieux sang des Tsingani avec celui d'une personne *gadje* – une personne qui appartient aux Autres.

Lorsque je compris l'importance de cette loi, je compris également ce qu'avait été la faute de la mère de Hyacinthe. Non seulement elle avait laissé son corps être profané – souillé et *vrajna* – mais elle avait aussi corrompu sa lignée. Elle avait perdu sa *laxta*, le bien le plus précieux pour une femme tsingana.

Néanmoins, ils l'ignoraient, tous ces Tsingani que nous rencontrions sur la route de l'Hippochamp. Ils savaient seulement que Hyacinthe parlait et pensait comme l'un d'entre eux. Si une certaine finesse d'Angeline illuminait ses traits, cette beauté ardente et radieuse qui nous vient de notre sang, ils ne voyaient en cela qu'une seule chose, qu'il était un magnifique spécimen, un véritable prince des voyageurs.

Et de fait, c'était exactement ce qu'il était, avec ses vêtements somptueux, sa belle peau brune, ses boucles noires et brillantes, et la lueur joyeuse qui dansait dans ses yeux. Lorsqu'il annonça qu'il cherchait la *kumpania* de Manoj, ils rirent et répondirent en désignant l'assemblée devant nous. Manoj était là, le vieux patriarche, déjà sur place. À coup sûr, il accueillerait Hyacinthe à bras ouverts, le sang de son sang, de même que tous ses oncles et tantes, cousins et cousines qu'il n'avait jamais rencontrés.

C'était son rêve, son vieux rêve, qui allait devenir réalité. Je voyais son impatience qui grandissait à mesure que nous avancions – son sourire éblouissant qui tout à coup s'allumait.

C'était un rêve tout simple : trouver une famille et y être accepté. Je priais pour qu'il se réalisât. Hyacinthe avait risqué beaucoup dans ce voyage et, en toute sincérité, c'était là l'unique récompense qu'il avait jamais cherchée. Toutefois, alors que nous approchions, je vis la réserve dans le regard bleu de Joscelin. Chacun de nous avait dans son sillage l'une des mules bâtées ; nous chevauchions avec l'aisance silencieuse que donne une longue pratique. Lui dont la vie avait été réglée par un simple vœu savait combien les choses peuvent soudain virer sans prévenir.

Nous atteignîmes l'Hippochamp.

C'était un champ et rien d'autre ; une immense pâture, à l'herbe déjà verte et tendre en ce début de printemps, le long des berges du fleuve Lusande qui flanque le sud du Kusheth. Notre arrivée était parfaitement calculée. Un grand nombre de *kumpanias* étaient déjà là, occupées à organiser les campements et à dresser les tentes et les abris pour les chevaux. Un grand nombre était encore attendu. Nous trouvâmes toute la place voulue pour nous installer, et marquâmes notre emplacement avec les rubans aux couleurs vives que Hyacinthe avait apportés à cet effet.

Tout autour de nous, il y avait des chevaux : des poneys, des chevaux de trait, des palefrois et des chevaux de chasse et de roulage, et même des destriers de guerre, aux flancs massifs et à l'encolure basse, suffisamment puissants pour porter armures et mailles, mais aux jambes vives et nerveuses. Et il y avait aussi des poulains, ceux d'un an dégingandés et efflanqués, et ceux de l'année, encore titubants sur leurs longues jambes qui ne demandaient qu'à s'emmêler.

Au centre de la prairie, là où s'étaient installées les *kumpanias* les plus puissantes, il y avait une esplanade commune autour d'un grand feu. Un groupe assez important de Tsingani s'y était déjà rassemblé, jouant de la musique, chantant et dansant. Je crus d'abord qu'il y avait une fête, mais Hyacinthe m'expliqua qu'il n'en était rien ; c'était juste leur manière d'être. Il y avait d'autres rassemblements encore, plus petits, dans les zones écartées telles que celle que nous avions choisie.

Avec le crépuscule, l'air s'emplit de délicieuses odeurs de cuisine, qui firent paraître notre ordinaire – composé de pain et de fromage, de noix, de fruits secs et d'un peu de viande – bien triste, même si tout cela avait été acheté avec l'argent de la reine. L'œil toujours à l'affût, Hyacinthe négocia avec nos plus proches voisins, troquant une outre de vin passable contre trois bols d'un ragoût de gibier très épicé avec du fenouil et des carottes de l'an passé – plus la promesse d'autres repas à venir.

C'était une excellente initiative, car cela nous permit de lier connaissance, à la manière simple et directe des voyageurs. Nos voisins composaient une famille jeune – pas encore une *kumpania.* Neci, le *tseroman,* le chef, nous présenta sa femme, Gisella, sa sœur et son beau-frère, son cousin qui s'était joint à eux, et toute une flopée d'enfants âgés de quelques semaines à une dizaine d'années. Les Tsingani se marient tôt. Les femmes s'approchèrent toutes pour me donner le baiser de bienvenue ; les hommes firent un signe de tête, leurs yeux brillants de curiosité. J'ai un certain don pour les langues, et je commençai à suivre plus ou moins leurs conversations en d'Angelin mêlé de leur dialecte tsingano. Hyacinthe nous présenta, selon les rôles convenus, indiquant que j'étais née dans un bordel d'un père bâtard tsingano, ajoutant même – gratuitement de mon point de vue – que sa mère m'avait recueillie, saisie de pitié de me voir errer dans les rues.

Lorsqu'il présenta Joscelin, l'ancien Cassilin salua et fit virevolter son manteau autour de lui, faisant naître un tourbillon de couleurs. Toute la famille de Neci s'esclaffa ; les enfants le contemplaient les yeux écarquillés.

Après cela, ils nous invitèrent à nous joindre à eux autour du feu, où le beau-frère de Gisella – nommé Pardi, je crois – allait jouer du violon.

La vertu du silence me fut de la plus grande utilité ; assise près de Hyacinthe j'écoutais de toutes mes oreilles sa conversation avec Neci, m'efforçant de saisir du mieux possible le sens de leur sabir. Derrière moi, à ma grande surprise, j'entendis Joscelin dévider une fable en d'Angelin, avec un certain talent ma foi. Gisella, sa sœur et tous les enfants suivaient religieusement. Le petit groupe s'étoffa à mesure que son histoire prenait de l'ampleur, au milieu de la complainte déchirante du crincrin, ponctuée de coups de tambourin.

— ... et j'ai dit alors à la princesse skaldique, déclamait Joscelin, ô ma dame, votre beauté ferait pâlir la lune et toutes les étoiles, mais je ne peux vous obliger, car je suis voué à Cassiel. Elle m'a alors répondu que si je refusais de l'épouser, je devrais me battre contre son frère Bjorn, car aucun homme ne pouvait lui faire pareil affront et s'en tirer vivant. Or, ce Bjorn était un puissant guerrier, qui avait vaincu un jour une sorcière… Pour sauver sa vie, celle-ci lui avait fait don d'un grand sortilège : une peau d'ours qui avait le pouvoir de transformer en bête celui qui la portait…

Je secouai la tête et reportai mon attention sur Neci et Hyacinthe. Sincèrement, un Cassilin devenu Mendacant… Qui pourrait croire une chose pareille ?

— S'il est vrai que tu es le petit-fils de Manoj, expliquait Neci, ou du moins quelque chose d'approchant, alors tu dois aller le trouver. La *baro kumpai*, les quatre *kumpanias* les plus puissantes sont là-bas. (Il désigna du doigt le grand feu au centre de la prairie, où les parcelles délimitées étaient vastes, avec des box improvisés emplis de nombreux chevaux.) Mais si tu cherches uniquement des Tsingani et des *khushti grya* pour aller vers l'ouest et commercer… (Neci haussa les épaules, caressant l'extrémité de sa moustache élégante.) Peut-être pourrions-nous être intéressés, s'il y a un peu de *czokai* à la clé. Peut-être assez pour faire de notre *lav* une vraie *kumpania*.

— Il y a assez d'or pour faire briller le nom de celui qui réussira avec moi, répondit Hyacinthe sans vraiment s'engager.

Il était passé au d'Angelin. D'un coup d'œil, il sollicita muettement mon approbation. Je confirmai d'un signe de tête.

— J'ai beaucoup d'amis dans la Ville d'Elua. Mais rien ne vaut les liens du sang, n'est-ce pas ? Je vais d'abord aller voir Manoj.

— Très bien, dit Neci avec un sourire. Mais ne va

pas le voir ce soir, *rinkeni chavo*, car le vieux *Tsingan Kralis* devient un vrai *gavver* lorsqu'il boit et il serait bien capable de te botter le *dandos* si tu lui dis que tu es le fils d'Anasztaizia. Vois-le plutôt demain, et n'oublie pas qui t'a donné ces bons conseils, d'accord *rinkeni* ?

— D'accord. (Hyacinthe et Neci se serrèrent la main à la tsingana, en se saisissant au niveau du poignet.) Merci.

Neci s'éloigna pour aller chercher sa femme et danser avec elle. Ils formaient un couple magnifique, empreint de charme et d'une fière élégance.

— Qu'est-ce que c'est qu'un « vrai *gavver* » ? demandai-je à Hyacinthe en observant leur chorégraphie.

— Tu as suivi ça ? s'étonna-t-il. (Il resta silencieux un instant.) Je ne sais pas. Il n'y a pas de traduction. Un « belliqueux » au sens strict.

— Et *khushti grya* ? *rinkeni chavo* ? *Tsingan Kralis* ?

Il me lança un coup d'œil oblique.

— Delaunay t'a trop bien appris à écouter, dit-il avec un soupir. Les « *grya* » sont des chevaux. Neci m'a dit qu'il avait de bons chevaux à vendre, des « *khushti grya* ». « *Rinkeni chavo* »… (Hyacinthe eut un petit sourire forcé.) Beau garçon. Je ne lui ai pas dit que j'étais à moitié d'Angelin.

J'attendis un peu avant de reposer ma question.

— Et *Tsingan Kralis* ?

Le regard de Hyacinthe glissa vers le grand feu central, où les tentes étaient plus grandes, les chariots plus pimpants et les chevaux plus beaux.

— Le roi des Tsingani, dit-il finalement, son esprit emporté bien loin.

— Tu veux dire qu'il l'est vraiment ? (J'étais surprise et ma question avait fusé, plutôt brusquement.) Je suis désolée.

— Ne le sois pas. (Ses yeux revinrent fugacement sur moi.) Je n'étais pas… je n'étais pas sûr moi-même. Jusqu'à ce que Neci me le dît. J'y ai toujours cru, mais…

— Je comprends. (Je souris tristement et caressai ses boucles noires.) Prince des voyageurs.

Quelque part derrière nous, Joscelin poursuivait son histoire. Il la jouait maintenant, imitant les rugissements terribles du guerrier-ours. Des cris de joie terrifiée lui répondaient ; les enfants adoraient. Le vieux Préfet serait mort de honte. Une jeune femme tsingana, les cheveux non couverts, s'approcha pour inviter Hyacinthe à danser. Il me lança un petit coup d'œil en manière d'excuses, puis se leva. Je comprenais, bien sûr ; cela aurait paru bien étrange s'il avait décliné l'invitation. À moins que nous ayons été un couple fiancé – et si je n'étais plus une servante *vrajna*, en tant que bâtarde d'un bâtard, je ne pouvais pas prétendre à la *laxta.* Je ne pouvais pas prétendre être une véritable femme tsingana.

Ce qui faisait de moi une femme indigne du petit-fils du *Tsingan Kralis.*

Il est étonnant de voir combien l'orgueil est fort et puissant chez un peuple méprisé, comme les Tsingani l'ont été dans tant de pays. Je pensai à tout ça, assise seule près du feu, regardant les danseurs, écoutant Joscelin raconter sa première histoire de Mendacant. Cela ne changeait pas grand-chose à notre mission.

Mais cela fait une différence, songeai-je. *Pour moi.*

63

Le lendemain matin, nous allâmes voir Manoj.

La foire aux chevaux de l'Hippochamp dure trois jours ; celui-ci était officiellement le premier. Selon ce que disent les Tsingani, le premier jour est pour regarder, le deuxième pour parler et le troisième pour négocier. Et c'est vrai. Mais il est également vrai qu'au troisième jour une poignée de nobles *gadje* avertis viennent visiter la foire pour acquérir des bêtes, de sorte que les transactions sont alors loin d'être terminées.

Cela expliquait le calme des déambulations et l'ambiance relativement atone des conversations – mortellement honnêtes pour tout dire. Pour rencontrer Manoj, il nous fallut nous fondre nous-mêmes dans ce flot ; Hyacinthe n'était pas naïf au point de venir se présenter directement en espérant être accueilli à bras ouverts.

Nous déambulâmes donc parmi les box, examinant les chevaux. Joscelin, à qui avait été confié notre trésor – Mendacant ou pas, il portait des dagues cassilines et était le moins susceptible d'entre nous d'être détroussé –, me tendit le collier que Hyacinthe lui avait confié. C'était un assemblage complexe de pièces d'or enfilées sur une chaîne. Je le connaissais bien ; il avait appartenu à sa mère.

Il s'ensuivit d'intenses chuchotements ; on s'étonnait en murmurant qu'une femme *didikani* osât porter un *galb* tsingano. Je reconnus rapidement ces mots – signifiant respectivement « bâtarde » et « bijou de pièces d'or » – mais le but recherché fut atteint. L'un des innombrables neveux de Manoj nous repéra et vint se pencher par-dessus la barrière de gaules de saule entremêlées pour discuter avec Hyacinthe. Ayant appris que nous recherchions hommes et chevaux pour une expédition fort lucrative vers l'ouest, il nous conduisit à Manoj.

Nous rencontrâmes le roi des Tsingani sous sa tente, ornée de rayures aux couleurs vives et confortablement meublée. Je m'étais attendue à découvrir un vieillard, semblable à Ganelon de la Courcel ; mais c'était oublier combien les Tsingani se marient tôt. Il était difficile de lui donner un âge – la vie sur le long chemin donne vite de la patine aux traits – mais il ne devait guère compter plus de soixante années. Son regard était farouche et dur et ses cheveux gris acier ; il arborait une somptueuse moustache.

— Tu veux emmener mes hommes et mes chevaux vers l'ouest ? demanda-t-il. Qui es-tu pour demander ça ? Quelle est ta *kumpania* ?

Bien sûr, ce ne furent pas exactement ces mots-là qu'il employa. Comme tous les autres, il s'exprimait dans le dialecte tsingano, mais je parvins plus ou moins à suivre. Je compris en partie la teneur générale de leur échange ; le reste, Hyacinthe me le traduisit plus tard. Ce que j'expose maintenant, c'est ce que je compris alors, par bribes assemblées entre elles comme une fable de Mendacant et demeurées dans mon souvenir.

— Je cherche une poignée de braves et de bons chevaux pour mener une opération intéressante, *Kralis*, répondit Hyacinthe d'une voix posée.

D'un signe, Manoj fit venir l'un de ses neveux pour chuchoter quelque chose à son oreille avant de le congédier d'un geste de la main.

— Parle-moi un peu de cette opération.

Hyacinthe marqua sa bonne volonté empressée d'une courte inclinaison du buste.

— La flotte de l'amiral de la reine est amarrée à la Pointe d'Oeste. J'ai appris qu'ils ont besoin de chevaux.

De fait, c'était la plus stricte vérité ; si Quintilius Rousse devait emmener un seul navire de l'autre côté du détroit, il lui faudrait des cavaliers armés pour garder le reste de la flotte et sécuriser sa tête de pont. Au mieux, le Kusheth devait être considéré comme un territoire neutre. Cela étant, c'étaient là des détails que nous ne pouvions pas révéler.

— Je n'ai rien entendu à ce sujet, répondit Manoj en guise de fin de non-recevoir. Qui es-tu pour savoir ces choses-là ? Tu ne m'as pas dit ton nom ni celui de ta *kumpania*.

— Je viens de la Ville d'Elua, où je connais beaucoup de monde et où j'entends beaucoup de choses. (Hyacinthe soutenait fermement le regard du patriarche.) Je suis Hyacinthe, le fils d'Anasztaizia. J'appartiens par la naissance à votre *kumpania*, grand-père.

Dans un coin de la tente, une femme laissa tomber un pot en terre qu'elle tenait à la main. Il émit un son sourd sans se briser. Il n'y avait aucun autre bruit alentour. Manoj cligna des yeux ; ses paupières étaient toutes ridées sous ses sourcils ombrageux.

— Le fils d'Anasztaizia ? dit-il lentement, d'une voix songeuse. Anasztaizia a eu un garçon ? Un fils ?

— Je suis son fils, dit Hyacinthe, sur le ton du plus grand naturel.

Après cela, ce fut un désordre indescriptible. Tout d'abord, Manoj appela l'un de ses neveux à grands cris, un homme sec et nerveux d'une quarantaine d'années, qui se précipita à l'intérieur de la tente pour venir se jeter à genoux aux pieds du patriarche tsingano, puis ce furent des cris et des embrassades à n'en plus finir ; Manoj sanglotait sans se cacher en prenant Hyacinthe dans ses bras pour l'embrasser sur les deux joues.

Je reconstituai le fil des événements par la suite, car ce fut à ce moment-là que je perdis la faculté de suivre ce qui se disait. Apparemment, le neveu convoqué par Manoj – Csavin de son nom – avait été floué par un adepte de la maison de la Bryone, la seule et unique fois où la *kumpania* de Manoj était entrée dans la Ville d'Elua.

La maison de la Bryone est la plus riche des treize maisons, car la richesse sous toutes ses formes est sa spécialité ; il y a des gens pour qui rien n'est plus séduisant que l'or et l'argent. Si un jour on déshabillait le personnel responsable du trésor royal, on s'apercevrait que la moitié au moins d'entre eux portent la marque de la maison de la Bryone ; la clairvoyance et le savoir-faire de ses adeptes sont légendaires.

Mais les adeptes de cette maison sont aussi les seuls qui acceptent de jouer avec leurs faveurs comme enjeu.

Et ils ne perdent presque jamais ; pas même face à des Tsingani.

J'avais toujours cru – tout comme Hyacinthe – que sa mère s'était amourachée d'un D'Angelin, car c'était l'histoire qu'elle racontait. En fait, elle disait cela par amour pour son fils, pour le protéger d'une plus sordide vérité. Dans la réalité, elle avait perdu sa vertu, sa *laxta*, car son cousin Csavin l'avait pariée face à un adepte de la Bryone, certain qu'il était de l'emporter. Les Tsingani connaissent des milliers de manières de tromper un *gadje*.

Mais il avait perdu.

Et non seulement il avait perdu mais devant les gardes de la Dowayne de la maison de la Bryone il avait dû acquitter sa dette en donnant quelque chose qui ne lui appartenait pas. Ainsi avait-il obligé sa cousine – la propre fille de Manoj, jeune encore et assoiffée d'aventure – à se soumettre à un client, qui lui payait en or de la maison de la Bryone le plaisir de séduire une jeune vierge tsingana.

Jamais une histoire ne m'avait autant consternée, car cette mésaventure touchait au plus intime de la vie d'Angeline. Si Anasztaizia avait été une D'Angeline et pas une Tsingana, ce qu'elle avait subi aurait été ni plus ni moins qu'une violation des lois de la Guilde. Mais celles-ci ne valent que pour les D'Angelins ; les Tsingani et les étrangers ne restent soumis qu'à leurs propres règles. En revanche, Csavin avait violé la loi des Tsingani ; tous ses biens et tous ses droits étaient devenus ceux de Manoj et il avait vécu comme un paria au milieu des siens. Je pense néanmoins que la maison de la Bryone s'était rendue coupable d'hérésie, car le calvaire infligé à la mère de Hyacinthe transgressait le précepte d'Elua, qui vaut pour tous les hommes et toutes les femmes, qu'ils soient d'Angelins ou pas. On doit entrer de son plein gré au service de Naamah, et cette règle ne souffre nulle exception.

En tant que Tsingana, la mère de Hyacinthe avait eu à subir la loi des siens. Elle avait été déclarée *vrajna* et bannie, dans le chagrin et les larmes, sans aucun espoir de pardon.

Mais voilà qu'on découvrait qu'elle avait eu un fils, et si Hyacinthe n'était qu'un bâtard *didikani*, il avait été élevé en authentique Tsingano. Il était le fils d'Anasztaizia, dont Manoj n'avait cessé de pleurer la perte ; sa seule fille, son unique enfant, sa perle précieuse au milieu de tous les gamins de ses frères et sœurs ; sa fille chérie dont il entendait le *mulo* implorant son pardon dans le vent, depuis qu'elle était morte un peu plus d'un mois auparavant.

Prince des Tsingani. Prince des voyageurs.

Le reste de la journée s'écoula dans un tourbillon de frénésie. Une vague déferla sur notre petit campement et toutes nos affaires furent transportées au sein de la *kumpania* de Manoj, où la fête des retrouvailles et la foire des chevaux se mélangèrent dans un maelström assourdissant. Ébahis et à moitié oubliés de tous, Joscelin et moi suivions dans le sillage d'un Hyacinthe fêté par des ribambelles de cousins, d'oncles et de grand-tantes dont jamais il n'avait soupçonné l'existence.

Manoj gardait Hyacinthe auprès de lui ; le jeune prince lui racontait son enfance et sa jeunesse dans le quartier du Seuil de la nuit, sans trop s'étendre sur ce qu'avait été la vie de sa mère. Manoj apprit avec fierté combien était grande sa renommée de diseuse de bonne aventure ; en se frappant la poitrine, il clama que jamais aucune des femmes de sa lignée n'avait eu un don du *dromonde* aussi puissant que sa fille Anasztaizia.

Je saisis suffisamment de mots pour lever un air interrogateur vers Hyacinthe, qui d'un coup d'œil impératif m'enjoignit de me taire. Ce qu'avait dit Delaunay était vrai : le *dromonde* était le pré carré des femmes uniquement. Pour les hommes, son art était interdit, *vrajna.*

Lorsque vint la nuit, d'immenses feux furent allumés et les Tsingani burent et jouèrent, emplissant l'air de leur musique débridée. Hyacinthe se joignit à eux, jouant du tambourin et dansant avec les filles non mariées ; une bonne dizaine au moins se disputaient son attention. Assise un peu à l'écart, je regardais son sourire illuminer la nuit.

J'étais ainsi lorsqu'une vieille femme, plus ridée qu'une pomme de l'an passé, vint vers moi en clopinant, courbée sous le poids des *galbi* d'or qu'elle portait au cou.

— Le bonsoir, ô mère, dis-je poliment.

— Pas pour toi, n'est-ce pas, *chavi* ? répondit-elle de sa voix caquetante, après m'avoir longuement considérée. C'est le mauvais œil que tu as sur toi, avec la tache rouge que j'y vois. Sais-tu qui je suis ?

Je secouai la tête, troublée. Elle pointa un index tout déformé sur sa poitrine.

— Abhirati je suis, la grand-mère d'Anasztaizia. Son don lui venait de mon sang. (Son index vint ensuite se poser sur moi ; le souvenir de la mère de Hyacinthe dans sa cuisine me revint.) Il n'y a pas une goutte de sang tsingano dans tes veines, *chavi*, malgré tout ce que le garçon peut dire. Sais-tu que le *dromonde* peut lire en arrière aussi bien qu'en avant ?

— Que voyez-vous alors ?

— J'en vois assez, répondit-elle avec un rire cassant. Les maisons de plaisir, oui. Le garçon a dit vrai pour ça, hein ? Ta mère était une catin, pour sûr. Mais tu n'es pas une bâtarde tsingana, non. Pas toi.

Mes yeux se posèrent sur Hyacinthe, entouré de toute sa famille retrouvée.

— Peut-être aurait-il mieux valu que je le sois. Mon père avait un nom, mais il ne me l'a pas donné. Ma mère m'a vendue et s'en est allée sans même se retourner.

— Ta mère n'avait aucun don pour voir, ni devant, ni derrière, dit Abhirati. Sa mère à lui l'avait, ajouta-t-elle en désignant Hyacinthe d'un signe de tête. Que crois-tu qu'elle ait vu, hein ? Le *Lungo Drom* et la *kumpania*, hein, ou quelque chose d'autre, un reflet dans un œil taché de sang ? (Elle émit un autre ricanement.) Oh ! mais qu'a donc vu ma petite-fille pour son fils ? Réfléchis à ça, *chavi.*

Sur ce, elle repartit en clopinant, ses épaules osseuses secouées par le rire. Je sentis mes sourcils se froncer.

— Des soucis ? demanda Joscelin, en apparaissant à mes côtés comme par magie.

— Qui sait ? répondis-je avec un haussement d'épaules. Je crois que mon destin est d'être la cible des voyants tsingani. Je ne serai pas fâchée lorsqu'on partira d'ici. Crois-tu que Manoj donnera à Hyacinthe les hommes et les chevaux qu'il a demandés ?

— Je crois que Manoj lui donnerait n'importe quoi, observa Joscelin avec un petit sourire. Y compris la tête de Csavin sur un plateau, si Hyacinthe ne lui avait pas pardonné. (Cela s'était déroulé un peu plus tôt, au milieu des larmes et de l'ivresse.) J'espère seulement qu'il n'oublie pas pourquoi nous sommes là.

— Je ne crois pas que soyons tous ici pour les mêmes raisons, dis-je dans un souffle, en contemplant la fête endiablée dont Hyacinthe était le héros. Du moins, plus maintenant.

Le deuxième jour est pour parler.

Manoj avait une demi-douzaine de jeunes chevaux, de trois et quatre ans, des bêtes pour la chasse essentiellement, à la robe étrillée jusqu'à devenir luisante ; des montures parfaites pour patrouiller le long d'une frontière agitée. Il comptait aussi dans sa *kumpania* une demi-douzaine d'hommes jeunes, brûlants de vivre l'aventure, et disposés à chevaucher jusqu'au bout du Kusheth avec la promesse de bonnes affaires à réaliser et la perspective de rentrer lentement en chariot.

Il était essentiel que Hyacinthe se montrât avisé. Le marchandage progressait en lentes circonvolutions ; je crus que j'allais mourir d'ennui. Les chevaux furent examinés un par un. Nous montâmes chacun d'eux sur la prairie, au milieu des centaines d'autres qui s'ébrouaient follement dans l'air printanier. Les sabots martelaient le sol, puis, criant et riant, nous piquâmes des deux pour une course folle sans vainqueur ni vaincu ; dans les forges qui avaient été montées sur le pourtour, les maréchaux-ferrants montraient la blancheur éclatante de leurs sourires sur leurs visages barbouillés de suie.

— Celui-là boite un petit peu, s'exclama Hyacinthe hors d'haleine, en ramenant sa bête au trot, sous les branches basses d'une rangée de saules le long de la berge.

Les bourgeons jaunes et verts commençaient à

pointer. Nous avions semé Joscelin quelque part derrière dans notre cavalcade échevelée.

— Je crois que mon grand-père me teste.

— C'est possible, répondis-je dans un murmure. (L'effort avait fait monter un peu de couleur à ses joues.) Hyacinthe… tu sais que tu n'es pas obligé de venir jusqu'en Alba. Si tu peux nous conduire jusqu'à Quintilius Rousse… après tout, c'est la seule chose que tu aies promise à Ysandre.

— Je sais.

Mes mots lui avaient fait recouvrer tout son sérieux. Il embrassa du regard l'Hippochamp tout entier, brillant et animé sous le soleil.

— Je ne savais pas… Phèdre, je ne savais pas qu'ils allaient m'accepter comme ça. Je n'étais pas sûr. Je ne pensais pas que ça pourrait être ainsi.

— Non. (Je posai les yeux sur lui ; la douleur était dans mon cœur.) Mais c'est ainsi. Et tu es libre de choisir, prince des voyageurs.

Je n'avais pas besoin de préciser que choisir les Tsingani, c'était me perdre ; perdre notre amitié, ce qu'elle était et ce qu'elle pouvait devenir. Ou pas. La promesse d'un baiser échangé dans une taverne encombrée. Nous le savions tous les deux. Et le sachant, nous rentrâmes en silence au campement de Manoj – où le vieux patriarche fut enchanté d'entendre que le fils de sa fille était suffisamment malin pour avoir repéré le cheval boiteux dans le lot.

Le troisième jour, ils négocièrent. Mais notre affaire était entendue, ou tout comme ; notre voyage était arrêté et une demi-douzaine des petits-neveux de Manoj prêts à nous accompagner dès le lendemain. Je ne me souviens plus de leurs noms, mais ils étaient fougueux et téméraires, avec des yeux noirs qui me regardaient en oblique ; ils échangeaient des coups de coude à la pensée d'être sur le long chemin en compagnie de la fille d'une catin qui n'avait pas de *laxta* à perdre. Seule la crainte du mauvais œil les retenait de le montrer trop ostensiblement ; ça et les mains de Joscelin perpétuellement posées tout près de ses dagues lorsqu'ils le regardaient.

Et le troisième jour, des nobles kushelins vinrent à l'Hippochamp, déambulant sur l'herbe tendre de la prairie, l'air très satisfaits d'eux-mêmes de brûler la politesse à leurs compatriotes pour venir moissonner les meilleures bêtes des Tsingani.

Nous les observâmes avec amusement, assis sur des tabourets pliants devant la tente de la *kumpania* de Manoj. Certaines des femmes m'appréciaient suffisamment pour avoir partagé avec moi les secrets du *Hokkano,* les mille et un tours mis au point par les Tsingani pour délester les nobles d'Angelins de leurs pièces. C'était un spectacle étonnant de voir les fiers Tsingani devenir obséquieux, prévenants et onctueux, les mains ouvertes et tendues devant eux, tandis que de leur bouche s'écoulaient des rivières de paroles mielleuses. Par bonté d'âme, je tairai le nom de la marquise kusheline – mais je le connais, ne vous y trompez pas – qui remit un paquet de pièces et de bijoux à l'une des cousines de Hyacinthe ; celle-ci lui avait juré qu'enterrer ce trésor à l'endroit où un poulain blanc avait vu le jour permettrait d'enlever la malédiction qui le frappait certainement. Faut-il le préciser, lorsque la marquise reviendrait avec ses gens trois jours plus tard pour déterrer le trésor, à l'emplacement précisément marqué d'un ruban blanc, elle n'y trouverait plus qu'un paquet vide au milieu d'un champ désert.

— C'est pure charité d'ôter de telles choses des mains de pareils idiots, m'expliqua complaisamment la cousine de Hyacinthe à son retour, en tirant de son corsage le ballot miraculeux pour en examiner le contenu d'un œil expert. Bien sûr, ajouta-t-elle, même parmi les *gadje*, il y en a avec lesquels mieux vaut ne rien tenter.

D'un mouvement de menton très tsingano, elle me désigna un groupe de l'autre côté de la prairie.

Ils étaient quatre ou cinq au plus, escortés de gardes de leur maison ; ils chevauchaient lentement, regardant autour d'eux, parlant et riant sous le ciel bleu. Des montures exceptionnelles, comme toujours, plus les atours qui les distinguaient entre tous : de longues tuniques noires comme la nuit ornées de motifs d'or, orientaux d'inspiration et délicatement imbriqués. Toujours différents, les Shahrizai, avec leur longue chevelure noire au point d'en tirer sur le bleu, le visage pâle comme de l'ivoire sculpté, et des yeux de saphir.

Il y avait trois hommes, venus acheter des chevaux de guerre. Et deux femmes.

L'une d'elles était Melisande.

J'avais oublié – comment avais-je pu ? – à quel point elle était belle. Odieusement et mortellement beau, son visage sans défaut était comme une étoile parmi des diamants. Petite, insignifiante, fille *didikani* perdue parmi les Tsingani, je la regardais de l'autre côté de l'Hippochamp ; des frissons brûlants et glacés me parcouraient la peau ; j'étais devenue une pierre, un bloc de haine et, ô Elua ! de désir. Personne, pas même Delaunay, ne me connaissait comme elle, ne savait ce que c'était que d'être ce que j'étais. Ce que j'étais et ce que je serais toujours.

Tout. Le plus petit de ses mouvements, le moindre changement de position sur sa selle, la plus infime variation de la tension sur ses rênes ; je sentais tout sur ma peau, dans ma chair et dans mes os.

Et derrière ça, la terreur s'abattit sur moi, car je n'étais pas ici en tant que bâtarde tsingana, servante de Naamah ou victime de Kushiel ; non, j'étais ici en tant que Phèdre nó Delaunay, ambassadrice d'Ysandre de la Courcel, reine de Terre d'Ange. Et Melisande Shahrizai était la pire traîtresse que le royaume eût jamais connue.

Je vis une lueur intense, puis les ténèbres, tandis que mon cœur s'affolait dans ma poitrine comme un lapin terrifié et pris au piège. Des voix bruissaient autour de moi, parlant d'Angelin et tsingano, mais elles ne disaient rien ; elles ne franchissaient pas le bruit qui battait à mes oreilles pareil à celui des vagues de l'océan, un bruit sourd, immense et envoûtant ; le rire insouciant de Melisande que j'entendais malgré la distance. Des visages dansaient dans mon champ de vision ; je n'en distinguais aucun. À un moment, j'eus conscience de mains qui me secouaient les épaules, puis de la présence, pleine d'urgence et de frayeur, de Joscelin à mes côtés. Ses cheveux balayaient la marée écarlate devant mes yeux, tandis qu'il me bousculait ; des épis de blé noyés de soleil fouettant une brume rouge.

Puis il disparut et il n'y eut plus qu'elle, Melisande et son visage de trois quarts, insouciante et magnifique, sur le point de finir de se retourner ; d'une seconde à l'autre, ses yeux allaient passer sur moi, à cinquante pas de là, et il n'y aurait plus que nous. Son diamant à mon cou était comme un phare dans la nuit ; le cordon de velours n'attendait plus que sa main.

J'étais perdue.

— Elle va passer sans rien voir.

C'était une voix, sourde et insistante, qui se frayait un chemin à travers ma terreur pour s'ancrer dans mon âme et me ramener. Lentement, le voile se déchirait ; mes yeux papillotèrent et je vis le visage de Hyacinthe qui flottait devant moi, avec ses beaux yeux noirs. Ses mains serraient les miennes avec douceur. Derrière lui, les Shahrizai passèrent, petites silhouettes noires sur leurs fringantes montures.

— Elle va passer sans rien voir, répéta-t-il.

Il y avait du chagrin dans sa voix.

Le prince des voyageurs avait choisi.

64

C'était vrai que le *Tsingan Kralis* aimait beaucoup son petit-fils bâtard ; ça, je n'en doutais pas.

Néanmoins, un lourd silence s'abattit à la suite des paroles de Hyacinthe, semblable au silence qui suit une énorme vague, tandis qu'une plus gigantesque encore se prépare. Puis les cris éclatèrent.

— *Vrajna !* Il a appris le *dromonde* ! Le fils d'Anasztaizia dit le *dromonde* ! Il apporte la malédiction sur nous tous !

Je ne citerai pas ici toutes les voix qui s'élevèrent pour le vilipender ; sachez seulement que tous le firent, tous ces oncles et grand-tantes, cousines et cousins qui l'avaient serré sur leur cœur. Stoïque, Hyacinthe restait debout sous l'assaut, sans rien dire, sans bouger ; ses yeux croisèrent les miens. *Pas pour moi*, songeai-je, *ne le fais pas pour moi uniquement.* Il comprit, et secoua la tête ; ce n'était pas pour moi uniquement. Plus loin, les descendants de la maison Shahrizai regardèrent dans notre direction, leur curiosité vaguement éveillée par cette agitation tsingana ; puis ils retournèrent à leurs affaires, achetant des destriers pour une guerre dont nul encore dans le royaume ne connaissait l'imminence, sans prendre parti, soucieux uniquement de protéger leurs arrières.

Quelque part, une vieille femme souriait comme pour se justifier ; une centaine de pièces d'or ornaient son cou ridé.

Hyacinthe ne bougeait pas.

Les dagues de Joscelin étaient dans ses mains ; il tournait lentement autour de moi, poli et mortel. Il me gardait.

— Est-ce vrai ?

C'était Manoj qui avait rompu le silence ; ses yeux farouches brillaient d'angoisse tandis qu'il s'approchait. Les membres de sa *kumpania* s'écartaient devant lui.

Hyacinthe exécuta son salut de prince des voyageurs.

— Oui, grand-père, répondit-il doucement. J'ai le don du *dromonde.* Ma mère m'a appris à l'utiliser.

— C'est *vrajna.* (Manoj prit une profonde inspiration avec une grimace de douleur.) *Chavo*, mon petit-fils, fils d'Anasztaizia, tu dois y renoncer. Le *dromonde* n'est pas pour les hommes.

À cet instant, si Melisande avait regardé l'agitation dans la *kumpania*, elle aurait compris. Même sans me voir… le cercle, l'immobilité, Hyacinthe au centre, et un prêtre-guerrier cassilin vêtu en Mendacant… D'une manière ou d'une autre, elle aurait compris que j'étais impliquée. Delaunay lui avait appris ce qu'il m'avait appris : apprendre, écouter et voir les trames sous-jacentes lorsqu'elles émergent du chaos. En cela, nous étions semblables. Mais Elua eut pitié de nous ; elle ne regarda pas. Les Shahrizai nous avaient déjà gratifiés d'un coup d'œil ; ils n'étaient là que pour acheter des chevaux.

Hyacinthe secoua la tête avec un regret infini sur le visage ; rendus brillants par les larmes, ses yeux étaient comme deux perles noires.

— Je ne peux pas, grand-père, dit-il d'une voix posée. Tu as banni ma mère de la *kumpania*, mais je suis son fils. Si c'est *vrajna* d'être ce qu'elle a fait de moi, alors je suis *vrajna.*

Qu'avait-elle vu ? Un reflet dans un œil avec une tache de sang ? Je ne sais pas. Uniquement qu'au bout du compte nous avions besoin de Hyacinthe, et que le long chemin qu'il avait choisi n'était pas celui que suivent les Tsingani depuis l'époque où Elua a foulé la terre.

— Alors qu'il en soit ainsi, dit le *Tsingan Kralis*, avant de tourner le dos à son petit-fils. Ma fille est morte. Je n'ai pas de petit-fils.

Une lamentation s'éleva et ils pleurèrent Hyacinthe, tout comme s'il n'avait pas été là, vivant, debout devant eux. Je vis le sang se retirer de son visage et son teint devenir gris. Joscelin nous soutint l'un et l'autre, remisant ses dagues au fourreau, ramassant nos affaires et nous entraînant loin du campement de la *kumpania* de Manoj. À la périphérie de l'Hippochamp, nous retrouvâmes Neci et les siens.

— As-tu toujours en tête d'établir une *kumpania* à ton nom ? demanda Joscelin à Neci, plutôt brutalement et en d'Angelin.

Le Tsingano nous regarda tous trois, l'œil étonné, avant de jeter un coup d'œil à sa femme. Elle haussa les épaules, puis consulta les autres du regard, avant de hocher vigoureusement la tête. Ensuite, elle commença à regrouper sa marmaille.

Quelque part, non loin, les Shahrizai faisaient affaire ; je frissonnai comme si j'avais eu la fièvre.

— Parfait, dit Joscelin d'une voix dure. Rassemblez vos chevaux et vos affaires. On part vers l'ouest.

Et c'est ce que nous fîmes.

La vitesse à laquelle une troupe tsingana parvient à se mettre en route est prodigieuse. En matière d'efficacité, je crois que n'importe quelle armée pourrait bien apprendre une chose ou deux à leur contact. La famille de Neci avait un chariot, un attelage de deux bêtes pour le tirer, et cinq chevaux à négocier : deux chevaux de chasse, une poulinière, son poulain de l'année et un autre de deux ou trois ans. En quelques minutes, Neci céda la jument et les deux petits contre deux chevaux de chasse supplémentaires et un hongre élancé à l'ascendance indéterminée. Dans ce même laps de temps, Gisella et sa sœur accrochèrent le chariot et tout le monde fut prêt à partir.

Néanmoins, ce délai fut suffisant pour que le bruit se répandît. Lorsque nous partîmes, ils savaient que Hyacinthe n'existait plus aux yeux du *Tsingan Kralis.* Un instant, je crus que Neci allait faire machine arrière, mais Joscelin lui versa un acompte à titre de garantie ; l'appât du gain et la fierté l'emportèrent. Ils acceptaient de courir le risque de venir.

Nous chevauchâmes quatre jours en compagnie de la famille de Neci, le long du fleuve Lusande, toujours plein ouest en direction des rudes collines de la province isolée du Kusheth. La vallée du Lusande est luxuriante et riche au milieu du territoire kushelin. Nous croisâmes beaucoup de monde sur notre chemin. Les Tsingani faisaient du troc, échangeant quelques services de potier ou de maréchal-ferrant contre du vin et de la nourriture. De temps à autre, nous apercevions des nobles avec leur suite, et leurs gardes arborant leurs armes kushelines rutilantes, mais nous ne craignions pas d'être découverts. Avec la famille de Neci, notre déguisement était parfait, mieux encore qu'il l'aurait été avec les cavaliers de Manoj. Souvent, Joscelin faisait un numéro devant une petite foule ; il prenait confiance dans son rôle de Mendacant, tandis que les enfants circulaient dans la foule avec une timbale, réclamant des pièces de cuivre. Je demandai gentiment à Gisella de veiller à ce qu'aucune bourse ne disparût dans le public ; si nous atterrissions devant un juge, c'en serait fait de notre quête.

Vivre aux côtés d'un Cassilin devenu bavard et d'un Tsingano silencieux est chose plutôt étrange. Je parlai avec Hyacinthe la première nuit ; les autres s'étaient éloignés pour ne pas nous déranger.

— Tu peux toujours y retourner, tu sais, dis-je en m'asseyant près de lui. Lorsque ce sera fini, Manoj te reprendra, je pense. Ils aiment pardonner.

Hyacinthe secoua la tête.

— Non, murmura-t-il. Il n'avait jamais pardonné à ma mère, tu sais, malgré toutes ses larmes. Certaines choses peuvent être pardonnées. Le meurtre, le vol, la trahison… mais pas ce qui est *vrajna.* Je le sais. J'ai été complètement emporté, Phèdre. Jamais je n'avais connu ça, avoir une famille, tant de personnes qui sont des cousines, des cousins, des tantes, et presque des frères.

— Je sais, dis-je en glissant ma main dans la sienne. Crois-moi, je sais.

Il y a tant de choses à dire en pareil instant, et aucune qui convienne vraiment. Nous restâmes assis pendant un long moment. Hyacinthe me passa un bras autour de la taille et je laissai aller ma tête sur son épaule ; pour finir, je sombrai dans l'immense fatigue qui suit les fortes émotions, jusqu'à m'endormir en rêvant que j'étais éveillée. Au moins, je ne rêvai pas de Melisande, comme je l'avais craint ; la présence de Hyacinthe tenait ces cauchemars éloignés. Je dormis donc, pour m'éveiller au matin ; Hyacinthe dormait encore et nous étions tous deux mêlés comme des jumeaux. Mes cheveux faisaient comme un drap de soie sur sa poitrine. Quelqu'un avait mis une couverture sur nous. Je m'assis, les yeux clignant sous les premiers rayons du soleil. De l'autre côté du camp, Joscelin me lança un coup d'œil, avant de détourner poliment la tête. Hyacinthe s'agita ; il se réveillait.

C'était dur de m'arracher à sa chaleur. À tâtons, je cherchai la bague de la reine attachée à sa chaîne sous ma robe, à côté de la présence mortelle du diamant de Melisande.

Une mission pour la reine ; ça, et rien d'autre.

Notre caravane progressait lentement, au rythme imposé par le chariot – pas vraiment fait pour aller vite. Néanmoins, le troisième soir, nous laissâmes derrière nous la riche vallée pour le terrain plus rocailleux de la côte du Kusheth. Le quatrième jour, notre progression devint lente jusqu'à en être insoutenable ; il fallut pousser le chariot à plusieurs reprises. Les enfants jouaient en poussant des cris, tandis que tous les hommes – Neci, son beau-frère et son cousin, plus Hyacinthe et Joscelin – s'arcboutèrent en serrant les dents.

Ce soir-là, autour du feu, nous pouvions sentir le sel dans l'air.

J'avais pris quelques relevés depuis la plus haute des collines, puis étudié ensuite la carte qu'Ysandre nous avait remise – un véritable luxe après la sauvagerie skaldique. Joscelin regardait par-dessus mon épaule.

— Là, dis-je en montrant une direction. La Pointe d'Oeste est par là. La flotte de Rousse est à un peu plus d'une lieue au nord. Si nous prenons cette route qui passe au sud de cette crête, nous devrions y être demain avant midi.

— Parfait.

Il s'accroupit sur ses talons et laissa couler une poignée de terre entre ses doigts repliés. Ensuite, il ouvrit la main et me montra les jeunes pousses herbeuses qui prenaient racine même sur ce sol pierreux.

— Le printemps démarre, même ici, dit-il doucement. D'après toi, combien de temps encore Waldemar Selig attendra-t-il ?

— Il s'en faut de plusieurs mois encore avant les premières moissons. (La peur faisait battre mon cœur plus vite.) Pour l'instant, il n'a pas de provisions. Il devra attendre.

— Pas si longtemps. (Joscelin leva la tête, les yeux tournés vers l'ouest qui s'assombrissait.) Et nous avons bien du chemin à faire.

— Demain, dis-je. Nous atteindrons Quintilius Rousse demain.

Et de fait, c'était ce qui aurait dû se passer. Même cela n'arriva pas.

Peut-être avions-nous péché par excès de confiance, convaincus que notre déguisement nous protégeait tandis que nous traversions sans encombre le Kusheth. En vérité, je crois que rien n'y aurait fait. Les gardes qui nous arrêtèrent n'étaient pas là par hasard ; ils auraient arrêté n'importe quel voyageur, Tsingano ou courrier royal.

Occupés à franchir une colline, nous ne les vîmes qu'au dernier moment. L'un des enfants se mit à crier :

— *Dordi-ma ! Gavverotti !*

Un détachement d'une vingtaine d'hommes était déployé sur la route. Derrière eux, on apercevait la mer à un quart de lieue à peine. Le ciel était couvert et la lumière jouait faiblement sur leurs armures. Une brise agitait leur bannière, dont je connaissais l'emblème. Ils arboraient le même sur leur livrée. Je l'avais déjà vu en un autre lieu et un autre temps.

Un corbeau et la mer.

Les armes du duc de Morhban.

Éperonnant son cheval, Hyacinthe se porta en tête de la caravane. C'était ce que nous avions prévu ; mieux valait que lui parlât, plutôt que Joscelin ou moi, avec notre allure qui détonnait.

— Où vas-tu, Tsingano ?

Le chef des gardes avait mis une note de mépris dans ce dernier mot ; c'était un détail que je notais désormais.

— Nous avons un accord pour commercer avec l'amiral de la reine, expliqua Hyacinthe sur un ton conciliant. Pouvons-nous passer, seigneur ?

Le garde tourna la tête pour cracher au sol.

— L'amiral de la reine va où il veut en mer, mais ici, c'est le Morhban. Personne n'y entre sans la permission du duc. Tu vas attendre Sa Grâce avec les tiens.

En toute vérité, cela faisait déjà un certain temps que nous étions entrés dans le Morhban ; son territoire couvre tout le duché souverain du Kusheth et il est vaste. Je compris de quoi il retournait. C'était l'accès à l'amiral de la reine que Quincel de Morhban contrôlait. Hyacinthe fit volter sa bête, comme pour nous consulter ; nos regards se croisèrent rapidement et je bougeai imperceptiblement la tête. Nous n'allions pas risquer de passer en force, pas avec le reste des troupes de Morhban dans les environs.

— Alors nous attendrons, dit Hyacinthe d'un ton calme et posé.

C'est ce que nous fîmes, pendant que les hommes de Morhban restaient les bras croisés et qu'un cavalier partait vers le sud. Chez les Tsingani, la peur régnait, mais ils ne montraient rien ; les enfants – notre meilleur alibi – s'amusaient pour nous. L'une des petites filles avait déniché un terrier peuplé de lapereaux ; cela les tint occupés.

Finalement, pas si longtemps après, Quincel de Morhban s'annonça, à la tête d'un second escadron de gardes de sa maison. Quarante hommes armés face à nous ; si jamais nous avions eu une chance de nous en sortir en combattant, celle-ci s'en était allée désormais.

Je gardais la tête baissée, l'observant entre mes cils.

Je me souvenais de lui, grand et mince, avec des traits qui avaient la même beauté que son pays : rude et impitoyable. Ses cheveux blonds commençaient à tirer sur le gris ; ses yeux étaient de la couleur de l'acier, bleu-gris, et sans la moindre chaleur. Je me souvenais de son persiflage acéré avec Melisande lors de la nuit la plus longue ; je n'avais pas oublié non plus comment il m'avait touchée à travers la fine gaze constellée de diamants.

— Vous voulez passer à travers mes terres ? demanda-t-il sans autre préambule, d'un ton teinté d'ironie. Qu'est-ce que les Tsingani peuvent bien avoir à faire avec un marin ?

Hyacinthe salua d'une courbette du buste.

— Votre Grâce, nous avons un accord avec l'amiral de la reine.

— Et depuis quand un marin a-t-il besoin d'un cheval ? (Le regard aigu de Morhban balaya notre groupe, pour se poser sur Joscelin.) Au nom d'Elua ! qu'est-ce que c'est que ça ?

— Votre Grâce ! (Joscelin mit pied à terre pour exécuter une révérence avec moult effets de bras qui firent tourbillonner son manteau dans une avalanche de couleurs.) Je ne suis qu'un humble Mendacant, qui a vu le jour dans la ville de Marsilikos. Pour vous distraire, je vais vous conter comment je suis…

— Assez ! (Morhban le coupa d'un seul mot ; il affichait un air dégoûté.) Je n'ai pas de temps à perdre avec des histoires. Alors comme ça, Quintilius Rousse envisage de se constituer sa propre troupe de cavaliers ? (Son regard gris s'étrécit.) Je pourrais peut-être te faire une meilleure offre pour ces bêtes, Tsingano. Qu'en dis-tu ?

Un murmure excité monta parmi la famille de Neci, mais Hyacinthe secoua la tête comme sous le coup d'un regret.

— Hélas, Votre Grâce, j'ai donné ma parole à l'amiral. J'ai juré sur l'esprit de ma mère, puisse-t-elle reposer en paix.

Morhban croisa les mains sur le pommeau de sa selle.

— Vraiment ? demanda-t-il avec un sourire forcé. Et que vaut la parole d'un Tsingano ? Le double de l'offre de Rousse, peut-être ?

Il y eut un nouveau murmure, rapidement étouffé.

— Peut-être, répondit Hyacinthe avec un air matois. Peut-être pourrions-nous faire affaire avec Votre Grâce. Un droit pour notre passage, peut-être ? (Il fit tourner son cheval sur lui-même.) Ce destrier, par exemple, est une bête magnifique… En auriez-vous l'usage, Votre Grâce ?

— Rousse doit vraiment offrir beaucoup. (Le visage de Morhban demeurait indéchiffrable.) Non, je ne crois pas, Tsingano. Ce n'est pas mon intérêt de voir l'amiral se doter de cavaliers. Mais je vais être juste avec toi ; je te paie son prix et plus encore.

Hyacinthe écarta les bras et haussa les épaules.

— Comme Votre Grâce voudra. Je ne vous demande que l'autorisation de passer pour aller porter mes regrets à l'amiral et demander son pardon. (Il referma les bras en frissonnant ; une pointe de frayeur se glissa dans sa voix.) Car si vous ne m'y autorisez pas, le *mulo* de ma mère reviendra sur les ailes de la nuit pour hanter mon sommeil à jamais, conclut-il avec une mine faite pour susciter la pitié.

C'était une bonne prestation d'acteur ; je crois que la plupart des gens y auraient cru. Mais les Kushelins sont suspicieux par nature, Quincel de Morhban n'était pas idiot pour tenir son duché d'une main de fer. Il s'assit sur sa selle et considéra notre petite troupe dépenaillée ; puis il secoua lentement la tête.

— Non, Tsingano, je ne crois pas. À moins qu'il y ait quelque chose d'autre dont tu veuilles me parler.

— Seigneur !

La voix de Joscelin avait tonné. Avançant son cheval, il tira ses dagues d'un seul mouvement fluide, pour les présenter, garde en avant, posées sur un avant-bras.

— Je vous offre ceci en échange d'un passage pour aller négocier avec l'amiral. Ce sont d'authentiques dagues cassilines, forgées voici plus de trois cents ans. Et si vous voulez bien vous donner la peine de m'écouter, je vous raconterai comment je suis venu à les avoir en ma possession…

— Non. (Morhban leva une main.) Je n'ai aucun besoin de ces breloques de prêtre, Cassilin, Mendacant ou quoi que tu puisses être. Donc, s'il n'y a rien d'autre dont vous vouliez me parler au sujet de l'amiral, ni rien d'autre à offrir, la discussion est close.

Ses gardes se redressèrent devant nous, largement déployés sur la route ; quarante hommes qui avaient pris position entre nous et la mer, toute proche, sur laquelle je distinguais maintenant les vaisseaux de la flotte de Quintilius Rousse. Échouer si près du but ! Peut-être pourrions-nous revenir de nuit pour tenter de rallier la flotte.

Joscelin avait dû se faire la même réflexion – et le montrer sur son visage.

— Plus vite c'est fait, mes amis, dit Morhban d'un ton sec, et plus vite vous pouvez repartir. Je vais vous faire escorter jusqu'à la frontière de Kusheth, pour qu'il ne vous arrive aucun mal.

Plutôt pour que nous ne revenions pas, songeai-je. Je comprenais parfaitement son message. Bien sûr, nous disposions aussi de la bague d'Ysandre. Elle nous vaudrait de pouvoir passer s'il était loyal. Un instant, je songeai à la lui montrer. Mais s'il était loyal, pourquoi nous interdisait-il l'accès à la flotte ? Et s'il était l'allié de Melisande… alors il y avait peut-être une autre solution.

La maison Morhban n'était pas aussi ancienne que la maison Shahrizai dans le Kusheth, mais suffisamment ancienne tout de même pour régner. Il était un descendant de Kushiel ; et à ce titre, il y avait peut-être quelque chose qui pourrait le tenter.

— Seigneur.

Il est étonnant de constater combien la voix conserve les inflexions de la maison du Cereus. Je relevai la tête et fis avancer mon cheval tout près du sien, pour que ses yeux ne puissent pas manquer de voir ce qu'il y avait dans le mien.

— Seigneur, peut-être avons-nous autre chose à offrir pour notre passage.

Quincel de Morhban eut un hoquet de surprise et son cheval dansa sur place.

— Toi ! s'exclama-t-il en calmant sa monture. (Son regard s'étrécit de nouveau.) La créature de Melisande. Mais je pensais… J'avais entendu dire que tu avais été condamnée pour le meurtre du poète de Roland, Delaunay.

— Non ! s'interposa Joscelin, qui venait seulement de comprendre ce que j'étais en train de faire. (Il me saisit le bras.) Phèdre, non !

Je me dégageai d'une secousse, sans lâcher du regard les yeux de Morhban.

— Vous savez ce que je suis, Votre Grâce. Vous savez ce que j'offre. Une nuit. Et vous nous laissez passer, sans poser de questions.

Son expression demeura impassible, mais ses sourcils se hissèrent sur son front.

— Dans la Ville d'Elua, tu ne pourrais pas imposer de pareilles conditions, *anguissette.* Pourquoi n'irais-je pas te chercher là-bas ? J'ai de l'argent.

— Je possède ma marque désormais et c'est moi qui impose les conditions que je choisis, répondis-je d'un ton uni. Je viens de fixer mon prix. Pour vous, il n'y en a pas d'autre.

Le regard de Morhban glissa vers Joscelin, assis sur sa selle, le dos raidi par l'angoisse.

— Il y avait aussi un Cassilin impliqué dans cette affaire, si je me souviens bien. Que paierait la reine pour cette information ? (Ses yeux revinrent sur moi, jaugeant ma réaction.) Ou la maison Shahrizai, peut-être ? Melisande adore apprendre des choses.

Quelque part derrière moi, j'entendis Hyacinthe jurer entre ses dents, en proie à une fureur noire ; je sentais également la rage monter en Joscelin. Nous allions être trahis, songeaient-ils ; je m'étais fourvoyée. Parfois, Delaunay lui aussi avait ce genre de pensées – lorsque je prenais des risques avec un client. Mais il y avait une chose que je savais avec une absolue certitude : jamais je ne m'étais trompée sur les désirs d'un client. Je ne répondis même pas à la question de Morhban, me contentant de rester sous ses yeux. *Vous savez ce que je suis, seigneur*, me disais-je en moi-même. *Vous savez que je suis unique, la seule anguissette née en trois générations. Je suis née pour servir ceux comme vous. Le feu cruel de Kushiel couve dans vos veines et moi seule sais comment l'embraser. Choisissez maintenant ou renoncez à jamais à savoir.*

La tension montait entre nous comme la chaleur d'un brasier. Pour finir, Quincel de Morhban sourit – d'un sourire qui fit courir un frisson tout le long de ma colonne vertébrale.

— Qu'est-ce que cela peut me faire si quelqu'un envoie des marchands de chevaux tsingani, des putains et des prêtres à l'amiral de la reine ? C'est parfait. Ton offre est acceptée. (Il s'inclina et désigna du bras la direction du sud.) J'offre à ta compagnie mon hospitalité pour une nuit. Demain matin, vous pourrez aller voir Quintilius Rousse. Sommes-nous d'accord ?

— Non, nous ne…, commença Joscelin.

— Votre Grâce, peut-être…, tenta Hyacinthe au même moment.

— Oui, dis-je d'une voix forte qui les couvrit tous deux. Nous allons établir le contrat dans vos quartiers, Votre Grâce. Avez-vous un prêtre pour servir de témoin ?

Ma précaution fit passer une lueur d'amusement lugubre sur le visage de Morhban.

— Je vais envoyer quelqu'un au temple de Kushiel sur l'île d'Oeste. Cela suffira-t-il ?

— Oui, cela ira.

Ce fut ainsi que nous en vînmes à goûter à l'hospitalité du duc de Morhban.

65

J'avais connu pis. Bâti au sommet d'un escarpement rocheux surplombant la mer, le château de Morhban était imprenable sur trois côtés et solidement défendu devant. C'était une place forte terne et triste, que nous découvrions par une journée grise et maussade. Le printemps en était encore à tenter de prendre pied sur cette terre lointaine.

Nous frissonnions tous pendant le trajet ; la famille de Ņeci était murée dans le silence et la peur – même les enfants. Mais la parole de Morhban était loyale et il veilla à ce qu'ils soient tous bien logés et les chevaux mis aux écuries.

Hyacinthe était du lot, ce qui le fit grincer des dents ; il s'abstint toutefois de protester. Morhban aurait sans doute mis Joscelin avec eux.

— Votre Grâce, dit l'ancien Cassilin en faisant un grand effort sur lui-même pour se contrôler. J'ai prêté serment et juré de protéger ma dame Phèdre nó Delaunay. Ne me demandez pas de manquer à ma parole.

— Si tu le dis. (Quincel de Morhban détailla le manteau de Mendacant de Joscelin.) Oui, c'est bien le genre de loyauté stupide qu'un Cassilin pourrait proclamer. Est-ce que tu fais aussi le Mendacant, prêtre ?

Au bout d'un certain temps, Joscelin inclina la tête.

— Parfait. Alors tu amuseras mes gens.

Deux hommes d'armes du duc se poussèrent du coude, souriant comme des garçons à cette perspective ; ce fut l'unique chose de ce voyage qui me fit sourire. Je supposai que l'hiver dans le duché avait dû être long et bien ennuyeux.

— Oui, Votre Grâce, répondit Joscelin en saluant à la cassiline sans même y penser. Faites-lui du mal, ajouta-t-il à voix basse, et vous mourrez. Je vous le promets.

— Vraiment ? (Morhban haussa les sourcils.) Mais elle est née pour qu'on lui fasse du mal.

Sans rien ajouter, le duc tourna les talons pour appeler son chambellan. Joscelin me saisit de nouveau le bras, serrant très fort.

— Phèdre, ne fais pas ça. Je te jure que je trouverai quelque chose…

— Arrête. (Je lui posai la main sur la joue.) Joscelin, tu as fait le choix de Cassiel. Tu ne peux pas m'empêcher de faire celui de Naamah. (Je plongeai la main dans mon corsage pour en extraire la bague d'Ysandre, faisant passer la chaîne par-dessus ma tête.) Garde-la précieusement, d'accord ?

Je crus qu'il allait protester encore, mais il la prit sans rien dire ; son visage prit cette expression impassible que j'avais si souvent vue au bastion de Gunter, puis dans celui de Selig, lorsqu'il devait me regarder servir d'esclave au lit pour nos maîtres skaldiques.

Cependant, c'était de l'esclavage ; aujourd'hui, ce n'en était plus.

Morhban n'avait pas menti. Il avait envoyé chercher un prêtre, et un prêtre revint vêtu du surplis noir de Kushiel, sans masque, portant le fouet et le bâton. En fait, c'était une prêtresse, une vieille femme, dont la mine montrait toute la terrible compassion de sa caste. Morhban lui montra le plus grand respect ; je compris dès lors qu'il honorerait notre contrat.

Dans sa majeure partie.

— Et le *signal*? demanda-t-il courtoisement, la plume déjà levée.

Sa question me prit par surprise ; j'avais presque oublié, après la Skaldie, que ces choses-là existaient. Je m'apprêtai à répondre, puis me ravisai.

— Perrinwolde, dis-je finalement.

Utiliser le mot « Hyacinthe » ne me paraissait plus approprié.

D'autant qu'il n'était plus, comme par le passé, synonyme de sécurité.

Morhban hocha la tête, puis le coucha sur le papier. La prêtresse mit son masque de bronze, prenant les traits de Kushiel, puis appliqua son sceau sur la cire chaude.

— Tu sais que je poserai des questions après ton départ, dit le duc, en me tendant le contrat pour que ma signature y fût apposée. Notre accord ne me l'interdit pas. Pas plus qu'il m'empêche d'interroger Rousse et ses hommes, qui sont sur le territoire du Morhban.

— Oui, seigneur. (Je traçai mon nom d'un geste précis.) Mais les questions sont dangereuses, car elles amènent des réponses.

Il me considéra avec curiosité.

— Ainsi donc, Anafiel Delaunay t'a appris à

réfléchir. Je l'avais entendu dire, mais c'est difficile à croire. Il n'y avait pas la moindre pensée sur ton joli minois la nuit où je t'ai rencontrée.

Aucune pensée qui ne fût reliée à la laisse tenue par la main de Melisande. Je rougis à l'évocation de ce souvenir. Le duc de Morhban hocha la tête à l'intention de la prêtresse ; la vieille femme salua et partit en silence.

— Es-tu la créature de Melisande ? me demanda-t-il d'une voix songeuse.

Il tendit le bras pour saisir le diamant posé sur ma poitrine et m'attirer vers lui. Je titubai et mon cœur s'accéléra.

— C'est ce que je m'étais dit ce jour-là. Aujourd'hui, je ne suis plus sûr. À quel jeu joue-t-elle ? Réponds au moins à cette question : est-ce qu'elle t'a envoyée ? Est-ce que ce n'est pas encore l'un de ses stratagèmes pour voir où va ma loyauté ?

— Pas de questions, seigneur, murmurai-je. (La tête me tournait.) Vous l'avez promis.

— Oui, dit-il en relâchant le diamant. Je l'ai promis.

Dans le service de Naamah, il y a des choses qu'on apprend à voir chez les clients ; chez lui, je vis la peur qui peut couper le désir. Depuis qu'il avait fait son choix, le doute s'était insinué en lui. Il avait la malchance de régner sur une province contenant la maison Shahrizai et tous ses affidés. Je reculai d'un pas et pris une nouvelle option – tout aussi imprudente que la première.

— Non, dis-je. (Mes yeux trouvèrent son regard stupéfait.) Je vous donne une réponse, seigneur, puis vous honorerez notre contrat, ou alors je partirai.

Non. Si je suis la créature de quelqu'un, c'est celle de Delaunay. Et si je suis ici, c'est à sa demande.

— Par-delà la tombe. (C'était un constat et pas une question.) J'ai entendu dire qu'il avait honoré son serment au prince Roland. Jusqu'à la mort et au-delà. (Le duc de Morhban posa ses deux mains sur la table, examinant le contrat devant lui.) Si cela est vrai, c'est donc que tu es ici à la demande d'Ysandre.

Je ne répondis rien à cela.

— Je suis ici pour votre plaisir, seigneur, insistai-je en désignant le contrat d'un signe de tête.

— En effet. (Il se détourna du contrat pour poser un regard ironique sur moi.) Et mon bon plaisir serait que tu prennes un bain et t'habilles dignement. Je n'ai aucun goût pour les souillons tsingani, si ça ne te fait rien.

— Comme mon seigneur voudra, répondis-je avec une révérence.

Les femmes du Morhban se montrèrent relativement aimables avec moi, dissimulant leur curiosité derrière leur silence coutumier ; ce ne sont pas des gens causants, ceux qui vivent à la frange extrême du Kusheth. On m'emmena prendre un bain, absolument délicieux, puis j'attendis, séchant dans une tunique de soie, tandis qu'une couturière me montrait des tenues pour voir celle qui m'irait le mieux. Malgré son style lugubre, le duc de Morhban ne manquait pas d'un certain raffinement. Nous trouvâmes ce qu'il fallait, une robe rouge très échancrée dans le dos, qui mettait parfaitement en valeur ma marque achevée.

Je le confesse, je m'admirai dans le miroir, ramassant mes cheveux dans une résille d'or, puis me tournant d'un côté et de l'autre pour admirer les lignes noires de ma marque montant du bas de mes reins jusqu'à ma nuque. Ensuite, j'examinai mon visage, pour apprécier comment la couleur de la robe mettait en valeur le bistre profond de mes yeux, et la touche écarlate du signe de Kushiel.

C'est vrai, je suppose que j'aurais dû craindre ce rendez-vous ; la nécessité seule m'avait contrainte à le concéder. Mais depuis le premier instant où j'étais devenue femme, j'avais été vouée au service Naamah ; d'une manière que je ne saurais exprimer, la perspective de pratiquer mon art m'emplissait d'un indicible plaisir. Je pensai à Hyacinthe et à Joscelin, et la culpabilité posa sur moi sa main glacée. Je pensai à Gunter et à Waldemar Selig, et la honte me rendit toute petite. Et pourtant. Je me souvenais de mes vœux au temple de Naamah et de la colombe en offrande qui tremblait dans ma main.

Voilà ce que j'étais.

Toute la force que j'ai découle de là.

Quincel de Morhban me reçut dans son jardin, un lieu inimaginable à mes yeux pour un tel homme. C'était un sanctuaire intérieur, semblable à celui de Delaunay, semblable à d'autres que j'avais vus dans la Cour de nuit, mais plus grand. Il était protégé des intempéries, chauffé par une dizaine de braseros et de torches, avec des miroirs pour capter les rayons du soleil lorsqu'il paraissait, et des voiles de pure soie qui pouvaient être déroulés sur le toit ouvert pour protéger la flore délicate.

Défiant les frimas de ce début de printemps, tout un ensemble de fleurs avaient éclos : aralies, digitales pourpres, azalées, sabots-de-Vénus, orchidées, phlox, lavande et roses.

— Cela te plaît ? demanda le duc de Morhban

d'un ton suave. (Il m'attendait, debout à côté d'une petite fontaine ; ses yeux s'agrandirent en me voyant.) L'entretien de cet endroit me coûte des milliers de ducats. J'ai un jardinier de L'Agnace et un autre du Namarre et ils ne sont jamais d'accord sur rien. Mais je trouve que cela en vaut la peine. Je suis un D'Angelin ; et nous autres de Terre d'Ange reconnaissons le prix du plaisir. (Il tendit une main vers moi.) Je reconnais donc ton prix.

Je vins à lui sans hésiter. Il m'attira contre son corps mince vêtu d'un pourpoint et de chausses de velours noir, avec la crête de Morhban sur les épaules. Je sentis la vague sombre du désir se répandre dans toutes mes fibres lorsque sa main s'abattit fermement sur mes fesses, me pressant, tandis que l'autre saisissait mes cheveux dans la résille sur ma nuque, pour me tirer la tête en arrière. Ensuite, il m'embrassa, durement et sans le moindre égard.

J'avais choisi. Pour tout ce qui s'était passé avant, pour Melisande, pour les Skaldiques, j'avais subi le fouet et je m'étais repentie. Avec un soulagement si intense et si profond qu'il en devenait douloureux, je me soumis à cet instant, à ce seigneur kushelin et à ses mains fortes et cruelles.

Relevant la tête, Quincel de Morhban me considéra avec ce qui ressemblait à de la stupéfaction.

— C'est vrai, murmura-t-il. Ce qu'on dit… le signe de Kushiel. Tout est vrai.

— Oui, seigneur, répondis-je dans un souffle.

S'il m'avait dit à cet instant que la lune était enfermée dans ses écuries, j'aurais répondu la même chose. Le duc de Morhban me relâcha, se retournant pour cueillir une longue rose couleur argent, sans se soucier des épines.

— Tu vois ceci ? demanda-t-il en la plaçant sur ma main, avant de refermer mes doigts sur la tige. Elle n'existe nulle part ailleurs. Mon jardinier du Namarre la fait pousser. Il l'appelle « l'Étoile de Naamah ».

Sa main était autour de la mienne ; il la referma, serrant ma prise sur la tige. Les épines percèrent ma peau et mon souffle s'arrêta ; mes os étaient devenus comme de l'eau. La rose d'argent s'épanouit entre nous ; son parfum emplit l'air éclairé par les torches, tandis que mon sang s'écoulait lentement, goutte à goutte, de mon poing. Le regard de Morhban me transperçait ; son corps était contre moi et je sentais son phallus dressé contre mon ventre. Il me relâcha la main et je tombai à genoux, devinant son désir. Je défis ses chausses et la rose tomba à terre, oubliée, tandis que je prenais dans ma main son membre palpitant, l'enduisant de mon sang, avant de le conduire dans ma bouche.

Autour de nous, son jardin inattendu s'ouvrait sur la nuit ; je pratiquai sur lui le *languissement* jusqu'à ce qu'il me repousse à la fin, pour se répandre sur moi et dans le jardin ; les gouttes laiteuses, pareilles à des perles salées, atterrirent sur ma peau, sur les feuilles noires et les pétales de soie. Il émit un grognement de plaisir puis, baissant les yeux sur moi, il libéra d'un mouvement brusque mes cheveux de la résille, les faisant cascader sur mes épaules et le long de mon dos.

— Dîner, dit-il en reprenant son souffle. Ensuite, je te montrerai ma chambre des plaisirs, petite *anguissette*.

Toujours agenouillée, je passai le bout de ma langue sur mes lèvres, récupérant une goutte de sa semence. La « chambre des plaisirs ». Ma peau frissonna, dans l'attente du fouet.

— Comme il vous plaira, seigneur, murmurai-je.

Il n'est pas nécessaire, me semble-t-il, que je détaille ce qu'il advint ensuite ; ce fut un bon repas, un excellent repas même, car les cuisiniers du duc de Morhban égalaient au moins ses jardiniers. Nous eûmes des poissons et fruits de mer tout juste sortis de l'eau, des petits poulpes si frais qu'ils se tortillaient encore, cuisinés dans leur encre. Ensuite vint un turbot farci, dont le seul souvenir m'arrache encore des larmes, avec du riz et des épices rares. Trois vins de la vallée du Lusande, puis un plat à la pomme… dont je ne me souviens plus. Les yeux de Morhban ne me lâchèrent pas un seul instant pendant tout ce temps-là, gris, ardents et pénétrants. Il avait enfin pris la mesure de ce que j'étais ; il savait que le désir était dans mon sang comme une fièvre.

— Pourquoi Ysandre t'a-t-elle envoyée ? demanda-t-il doucement, comme pour tenter sa chance.

Je repoussai ma chaise de la table, luttant pour me remettre debout, refoulant de toutes mes forces la vague couleur sang. *Quelque part*, songeai-je, *quelque part, Joscelin raconte des histoires aux gardes de la maison Morhban.* Je m'accrochai à ce souvenir comme à un talisman. *Joscelin lancé dans sa danse mortelle face aux barons de Selig au cœur d'une tempête de neige.* Cette image me permettait de recouvrer mon sang-froid. Je secouai la tête.

— Pas de questions, dit Morhban, très vite. Pas de questions. Phèdre, pardonne-moi. Assieds-toi.

— Vous avez juré au nom de Kushiel, murmurai-je.

Je m'assis néanmoins. Il tendit la main par-dessus la table pour caresser d'un doigt la ligne du sourcil surplombant mon œil gauche – celui marqué par Kushiel. Des cals ; les doigts d'un duc guerrier.

— Au nom de Kushiel, dit-il.

Et sur ce, nous commençâmes.

Nous passâmes à ce qui arrive toujours dans ce genre d'affaires ; le duc de Morhban avait une chambre des plaisirs entièrement équipée avec un assortiment des plus complets de fouets. Il m'y conduisit, dans les profondeurs glacées des entrailles du château à l'extrémité la plus reculée de Terre d'Ange, allumant des torches tout le long ; nous aurions tout aussi bien pu être dans le domaine de Kushiel lui-même. Il fit de moi une poupée pantelante couverte de sang et de sueur ; le visage déformé derrière son fouet. Moi, j'implorai, je suppliai, même lorsqu'il me chevaucha à la fin, impitoyable et féroce comme un colosse.

Il utilisa les fléchettes également ; ce à quoi je ne m'étais pas attendue.

Je vécus un millier de morts, d'agonie et de plaisir, dans l'antre souterrain de Quincel de Morhban. Il était bon, meilleur presque que tous les clients que j'avais connus ; il finit par oublier toute courtoisie et jusqu'au sens de la mesure, pour le seul plaisir violent, le masque de la pure luxure plaqué sur ses traits. C'était un Kushelin ; c'était dans son sang. Il voulait – oh ! Elua, comme il voulait ! – m'entendre dire le *signal*. S'il avait renoncé à ses questions, c'était pour ça ; il attendait de tout son être que je le dise. Et si je l'avais dit, j'aurais répondu à toutes ses questions.

Mais je n'avais jusqu'alors donné le *signal* qu'à un seul de mes clients – celle qui m'avait coupée de moi-même. Quincel de Morhban, lui, pouvait me contraindre, m'obliger à abjurer jusqu'à ma chair en des acmés d'extase abjecte ; et il le fit, en grondant comme une bête dans la victoire.

Mais il ne pouvait pas avoir mon *signal*.

Pour finir, son épuisement nous vainquit tous deux.

— Prenez soin d'elle, ordonna-t-il à ses servantes, d'une voix lasse où perçait un sentiment d'immense satisfaction. (Frissonnant dans sa tunique de soie, il s'inclina devant moi.) Prenez bien soin d'elle.

Elles le firent ; du moins, c'est ce que je crois, car je ne me souviens guère de ces instants en vérité. Je vis des visages s'approcher, frappés de stupeur. Dans le Kusheth, ils savent ce que signifie servir Kushiel. Tout mon corps me faisait mal, jusqu'à la plus infime partie ; et moi j'étais satisfaite. Je fermai les yeux et laissai l'inconscience s'emparer de moi.

Le lendemain matin, je m'éveillai percluse et épuisée, dans des draps propres couverts de taches de sang séché. Le médecin personnel du duc vint me visiter dans la chambre, le regard détourné, avant même que je sois levée. Je compris qu'il s'était déjà occupé de moi dans la nuit ; il vérifia les pansements qu'il m'avait appliqués, puis passa du baume sur les blessures qui s'étaient rouvertes dans la nuit. Je me sentis mieux avant même qu'il en eût fini, et je le congédiai.

Quincel m'avait procuré de nouveaux habits – des vêtements de qualité, parfaits pour voyager, tels qu'en porterait une noble kusheline. Je l'en remerciai lorsque nous déjeunâmes ensemble.

— J'ai pensé que tu n'aurais peut-être plus besoin de tes haillons tsingani, dit-il.

Ses yeux gris brillaient. Je haussai les sourcils, bien

consciente qu'il était préférable que je ne réponde rien.

— Tiens, dit-il brusquement en poussant quelque chose vers moi sur la table.

C'était une bague, un anneau parfait de perles noires, petites et immaculées, serties dans l'argent.

— C'est la coutume, n'est-ce pas, de remettre un cadeau ? (La bouche du duc prit un pli ironique.) Elle appartenait à ma mère. Mon intention était de l'offrir à ma femme, mais il y a tellement de femmes parmi lesquelles choisir son épouse ; et je ne crois pas qu'il me sera donné de rencontrer de nouveau une *anguissette.* Porte-la, et pense à moi de temps en temps. J'espère que tu ne renonceras pas au service de Naamah, Phèdre nó Delaunay.

Il y a des moments pour objecter ; et d'autres où ce serait déplacé. L'heure n'était à l'évidence pas faite pour protester. Je passai la bague à mon doigt, et saluai le duc de Morhban d'une inclinaison de la tête.

— Lorsque je penserai à vous, seigneur, je penserai en bien.

Ses doigts jouaient avec les couverts sur la table, curieux et agités.

— J'attendrai avec le plus grand intérêt la résolution du mystère que tu m'as posé, dit-il. Prie pour que je n'aie pas à regretter mon choix en la matière.

En toute sincérité, je ne savais pas. Tout ce que j'avais pu comprendre de notre rencontre, c'était qu'il n'avait pas encore déterminé où allait sa loyauté. Il était le duc du Kusheth, souverain en son duché ; que la province prît fait et cause pour la couronne ou qu'elle se dressât contre elle, la décision lui appartenait. Pour finir, je lui fis une réponse toute simple.

— Je prie pour cela moi aussi, Votre Grâce.

Nous laissâmes là la question, incertains et hésitants de part et d'autre, la garde levée. Il agita une clochette et demanda qu'on fît venir Joscelin. Le Mendacant jaillit dans la pièce en proie à la plus grande agitation ; ses yeux rougis et cernés lançaient des menaces, des accusations et des questions. Je l'accueillis d'un regard aimable par-dessus le bord de ma tasse de thé.

— Es-tu déçu, Cassilin ? demanda Quincel de Morhban d'une voix où perçait l'amusement. J'en suis désolé. Je dois dire que je serais assez curieux de croiser le fer avec un des tiens.

Joscelin lui retourna un regard qui disait qu'il serait heureux de lui offrir ce plaisir n'importe où, n'importe quand, puis il s'agenouilla à côté de moi.

— C'est vrai ? Tout va bien, Phèdre ?

— Sa Grâce le duc de Morhban a honoré son contrat, répondis-je en jouant sans y penser avec la bague à mon doigt.

Je regardais Quincel. C'était plus facile que de croiser les yeux de Joscelin ; il ne manquerait pas de voir la langueur dans tout mon être, et de désapprouver à sa manière unique, et toute cassiline.

— Et nous sommes libres de partir, n'est-ce pas, Votre Grâce ?

Quincel de Morhban fit une petite grimace, qui disait tout à la fois sa frustration et sa satisfaction. De la main, il fit un geste qui nous signifiait notre liberté. Puis il appela un serviteur pour servir de témoin.

— Notre contrat a été honoré, dit-il d'un ton

formel et avec brusquerie. Vous êtes libres de circuler où bon vous semble dans tout le duché de Morhban. Jusqu'à la flotte royale et au-delà. (Il s'interrompit un instant, avant de poursuivre.) Une journée, Phèdre. Je te donne une journée avant de décider s'il me complaît d'interroger l'amiral de la reine.

— Merci, Votre Grâce.

66

Joscelin marchait à toute vitesse dans les couloirs de pierre du château du duc de Morhban ; je m'efforçai de suivre avec une grimace de douleur. Il s'arrêta pour m'attendre ; les muscles de sa mâchoire saillaient.

— Es-tu en mesure de monter à cheval ? demanda-t-il brutalement.

— J'y arriverai, répondis-je entre mes dents serrées.

Joscelin me considéra un moment, puis secoua la tête ; il repartit ensuite, à une allure à peine moins rapide.

— Je ne comprendrai jamais, dit-il, les yeux fixés devant lui, comment tu peux faire ce que tu fais et appeler ça du plaisir.

— Avec ton mauvais caractère, tu devrais pourtant.

Mes paroles l'arrêtèrent net ; il se tourna vers moi, choqué au plus profond, ses yeux bleus agrandis par la stupéfaction.

— Je n'ai pas mauvais caractère ! Et qu'est-ce que tout ça a à voir avec moi ?

— Tu as un caractère épouvantable, Joscelin

Verreuil. Tu t'es juste contenté de l'enterrer sous la discipline cassiline.

Je pliai un bras pour frotter mon épaule, là où l'articulation me faisait mal. Les coups de Morhban auraient mieux convenu à une personne plus résistante.

— Et pas si bien que ça encore, poursuivis-je. Je l'ai vu, Joscelin. J'ai vu la fureur monter en toi contre les Skaldiques. Je t'ai vu te battre comme un loup piégé lorsque tu n'avais plus aucune chance de l'emporter. Que ressens-tu à cette seconde où tu te laisses aller, où tu lâches tout ce qui est en toi, tout en sachant que tu vas être battu et réduit en poussière ? Est-ce qu'il n'y a pas un certain soulagement à accepter cela ?

— Si, répondit-il dans un souffle, avant de détourner la tête.

— Bien. (Quelque chose lâcha doucement dans mon épaule et la gêne s'atténua.) Imagine maintenant le même soulagement, multiplié par dix, par cent, sous chaque coup reçu, dans la douleur et l'agonie, jusqu'à devenir un plaisir si immense et si horrible à la fois qu'il te transperce comme une lance. (Je remuai le bras ; il allait mieux.) Alors seulement, tu comprendras, un peu, ce que signifie servir Kushiel.

Il écouta ; il m'entendit, puis posa un regard sombre sur moi.

— Même chez les Skaldiques ?

— Non. (Je secouai la tête et mon ton se fit dur.) C'était différent. Je n'avais pas choisi. Cela c'est ce qu'on doit ressentir, je crois, à être utilisé par un immortel.

— Le signe de Kushiel.

Quelque chose dans la manière dont il venait de prononcer ces paroles me faisait penser à Lodur le borgne, le prêtre d'Odhinn. Joscelin frissonna sans raison apparente.

— Allez, viens, on ferait mieux d'y aller. Une journée, a-t-il dit. Tiendra-t-il parole ?

— Oui, répondis-je. Une journée.

— Tiens, dit-il en faisant passer la chaîne de la bague d'Ysandre par-dessus sa tête. C'est à toi qu'elle l'a confiée.

Je la pris sans faire de commentaires, et nous nous hâtâmes.

Dans la cour, nous retrouvâmes Hyacinthe et les Tsingani lancés dans une activité désordonnée – adultes, enfants et chevaux piaffant de retrouver le long chemin. Les Tsingani n'aiment pas dormir entre des murs de pierre ; cela porte malchance, disent-ils. Le beau-frère de Neci finit de rassembler les siens, puis désigna la porte du menton.

— Allons-y, *rinkeni chavo*, avant que le *Kralis* de la mer change d'avis ! dit-il en se tournant vers Hyacinthe, lui conférant le statut de chef.

Hyacinthe me lança un regard interrogateur.

— Je vais bien, répondis-je en sautant en selle. (Je fis de mon mieux pour réprimer une grimace.) Allons-y. On a une journée.

Les hommes d'armes du duc nous regardèrent partir ; quelques-uns crièrent en riant. Certains des saluts amicaux s'adressaient à Joscelin ; il y répondit en saluant du buste, un léger sourire sur les lèvres.

— Tu leur as vraiment donné un spectacle ? demandai-je.

Il haussa les épaules.

— Que pouvais-je faire d'autre ? Mourir d'inquiétude pour toi ? En tout cas, c'était un bon entraînement.

— J'ai l'impression que tu as aimé ça, le taquinai-je.

Mon cœur s'allégeait à mesure que nous nous éloignions des murs du château de Morhban.

— Je n'irais pas jusque-là.

Son ton était mesuré, mais l'ombre d'un sourire lui retroussait le coin des lèvres.

Le jour promettait d'être beau et clair ; une légère brume de chaleur montait dans le frais matin et seuls quelques nuages effilochés s'étiraient dans le ciel. Nous suivions une piste en bord de mer ; l'eau immense et bleue se ruait sur les rochers en contrebas et des embruns montaient parfois jusqu'à nous. Les mouettes tournoyaient au-dessus de nos têtes, peuplant l'air de leurs cris aigus et rauques. J'observai l'étendue marine devant nous, m'efforçant d'apercevoir Alba, mais l'île était trop loin. En Azzalle, on peut voir, dit-on, les falaises blanches de l'autre côté du détroit.

Cela faisait une heure à peine que nous étions partis lorsque nous la vîmes, au détour d'une colline. Là, au pied de la falaise dans une petite baie découpée dans la côte, avec une longue étendue de sable plate. L'un des éclaireurs tsingani cria la nouvelle et les enfants jaillirent du chariot, le doigt tendu.

La flotte de la reine était à l'ancre dans l'embouchure de la baie – une quarantaine de vaisseaux dont les mâts bougeaient sur l'horizon. Leurs voiles étaient affalées, mais sur chacun d'eux était hissé un pavillon aux couleurs de la maison Courcel – le cygne d'argent claquait dans l'air marin. C'était une vue magnifique. Sur la plage s'étalait un vaste campement ; de notre surplomb, nous apercevions les silhouettes minuscules des marins s'activant en tous sens. Une bonne centaine de canots à rames étaient échoués sur la grève, tandis que d'autres affrontaient les vagues, allant et venant de la terre aux vaisseaux.

Nous avions trouvé Quintilius Rousse.

— Allons-y ! cria Hyacinthe avec un grand geste de la main.

Notre excitation gagna les Tsingani, qui s'élancèrent hardiment à notre suite dans la pente vertigineuse. Les hommes de Rousse nous aperçurent bien avant notre arrivée en bas ; massés sur la plage, ils nous attendaient, la main prudemment posée sur la garde de leur épée, une expression étonnée sur le visage.

Presque au bas de la route, nous eûmes à payer le prix de notre impatience. Lancé bien trop vite, le chariot quitta la route pour finir sa course au sommet d'un talus. Le chœur des enfants tsingani effrayés fit de son mieux pour couvrir les mouettes de ses hurlements. Avec force soupirs, Gisella et sa sœur comptèrent leur progéniture, s'assurant qu'il n'y avait rien de cassé. Penauds, Neci et les autres hommes rebroussèrent chemin pour aller examiner la situation en marmottant.

— Vas-y, *chavi*, me dit Gisella d'une voix gentille, en resserrant son châle sur sa tête. (Elle regardait les hommes faire d'un œil exercé.) Ils vont le sortir de là, dit-elle. Va donc avec les autres pour négocier. Va forger la gloire de la *kumpania* de Neci, qui a été aussi loin qu'il était possible à l'ouest à la conquête de l'or.

Je hochai la tête, puis rejoignis Joscelin et Hyacinthe ; nous descendîmes le reste du chemin bien plus prudemment. Lorsque nous parvînmes au bas de la falaise, l'amiral lui-même était arrivé ; robuste et massif, il avançait dans la foule de ses hommes aussi sûrement que la proue de son navire fendait les flots.

— Qui sont donc ces vagabonds qui nous arrivent ? hurla-t-il. (Ses yeux bleus fulminaient.) Par les couilles d'Elua ! Est-ce que les voyageurs auraient décidé de poursuivre leur long chemin de l'autre côté de la mer ?

Il n'était pas comme Gaspar Trevalion, quasiment un oncle pour moi, mais il avait été un ami de Delaunay et représentait une figure de mon enfance ; un sanglot que je n'avais pas senti venir me submergea.

— Amiral. (Tant bien que mal, je parvins à descendre de ma monture et à faire une révérence.) Amiral, je suis porteuse d'un message de la reine.

Je levai le regard vers lui et il baissa le sien sur moi ; une expression d'hébétude apparut sur son visage couturé de cicatrices.

— Par les dix mille diables du Khebbel-im-Akkad ! rugit-il de sa voix de stentor. (Ses hommes sourirent ; les plus proches de lui se couvrirent les oreilles.) La pitchoune de Delaunay !

Et sur ce, il me prit dans ses bras pour me serrer à m'en faire craquer les os ; tout l'air sortit de mes poumons et je demeurai incapable de recouvrer mon souffle entre ses pattes gigantesques plaquées sur mon dos à vif.

— Par les sept enfers ! mais que fais-tu ici, ma fille ? demanda-t-il en me rendant ma liberté. Je croyais que ces idiots de juges de la Ville t'avaient condamnée pour meurtre.

— C'est ce qu'ils ont fait, répondis-je, entre deux respirations haletantes. C'est… C'est l'une des deux raisons pour lesquelles je suis ici et pas là-bas.

Quintilius me regarda, puis considéra le chariot des Tsingani toujours coincé sur la piste descendant de la falaise ; son esprit était à l'ouvrage.

— Allez les aider, dit-il à quelques hommes, qui partirent en grommelant. Et la seconde raison ?

Je repris enfin mon souffle.

— Je parle le cruithne.

— Aaahhh ! (Une seule et longue syllabe, et une lueur de compréhension dans son regard perspicace.) Suis-moi alors. Nous avons beaucoup de choses à nous dire. (Ses yeux se portèrent sur Hyacinthe et Joscelin.) Vous aussi, je suppose ?

Tous s'inclinèrent pour saluer.

— Alors allons-y. (Il releva une nouvelle fois la tête en direction de la falaise, puis se passa une main sous le menton.) Vous avez bien fait de les amener. Je n'aurais rien contre quelques chevaux, dit-il.

— On comptait précisément là-dessus, dit Hyacinthe.

L'amiral de la reine nous reçut sous sa tente, un vaste espace encombré de nombreux coffres débordant de cartes et de livres ; de ça, plus d'un trésor accumulé au cours de sa vie et dont on voyait partout l'abondance.

— Je n'ai pas le temps de ranger, ni même de m'offrir une maîtresse digne de ce nom, marmonna-t-il, en dégageant un tas de joyaux digne d'une rançon de roi du couvercle d'un coffre. Asseyez-vous et dites-moi ce qui vous amène. Et pour commencer, qui a tué Anafiel Delaunay ?

Nous lui racontâmes, Joscelin et moi, en commençant depuis le début, dans l'échoppe du marquiste.

— Mon messager, Aelric Leithe, a réussi à ramener sa peau entière jusqu'ici, nous interrompit Rousse. Je savais donc tout ça et c'est pour ça que je savais que ce n'était pas toi, pas plus que le Cassilin. Ça plus le fait, bien sûr, que tu l'avais toujours couvé du regard qu'a le nourrisson devant la mamelle. Donc, Delaunay était déjà surveillé. Alors qui a fait le coup ?

— Isidore d'Aiglemort, répondis-je.

Ensuite, je pris une profonde inspiration, puis lui débitai tout le reste. Cette fois-ci, il ne m'interrompit pas. Au fur et à mesure, son visage s'assombrit d'indignation ; lorsque j'en eus fini, la colère couvait en lui comme un ouragan sur le point d'éclater.

Puis la tempête se déchaîna, et Rousse se mit à arpenter sa tente en hurlant, cassant et lançant tout ce qui lui tombait sous la main. L'un de ses hommes passa la tête dans l'ouverture, pour se retirer bien vite, tandis qu'un pot en faïence volait vers lui. Lorsque sa fureur se calma, Quintilius Rousse poussa un énorme soupir.

— C'est trop gros pour que tout ça soit inventé, je suppose ? demanda-t-il avec malgré tout une note d'espoir.

Tout en secouant la tête, je pris la bague d'Ysandre, pour la lui présenter à plat sur la paume de ma main.

— Elle m'a remis ceci, pour vous le montrer et le donner au prince des Cruithnes.

— La bague de Roland. (L'amiral lui jeta un coup d'œil superficiel, puis laissa échapper un nouveau soupir.) Oh ! je la reconnais, pas de problème. Non, ce qu'il y a, c'est que tout ça est sans espoir. Autant vous le dire à tous, je préférerais caboter le long des côtes, puis remonter le fleuve Rhenus pour aller prendre position afin de briser des crânes skaldiques – et des crânes camaelins aussi, tant qu'à faire – plutôt que d'aller me casser le nez du côté d'Alba.

— Et si nous n'y allons pas pour nous casser le nez ? objectai-je.

Quintilius Rousse posa sur moi son regard pénétrant.

— On a déjà essayé, tu sais, en faisant le grand tour depuis le Siovale tout en bas, en passant à des milles au large pour éviter le détroit, jusqu'aux rivages les plus lointains d'Alba. Et tu sais ce qu'on a trouvé là-bas ? Un millier de Dalriada aux cheveux enduits de chaux, qui nous criaient leurs malédictions et nous jetaient des lances. On n'a même pas pu mettre un pied à terre.

— Combien de vaisseaux ? demanda brusquement Hyacinthe.

— Quinze, répondit Rousse, toute curiosité éveillée.

— Il n'en faut qu'un. Un seul. (Hyacinthe déglutit avec difficulté, comme si les mots lui écorchaient la gorge.) C'est ce que j'ai vu lorsque Ysandre m'a demandé de dire le *dromonde.* Un seul navire.

Un nouveau soupir, terrible comme le vent, se fit entendre.

— Une fleur de la Cour des floraisons nocturnes, un sorcier tsingano et un… un Cassilin quelque chose. Voilà ce que m'a envoyé Ysandre. Je dois être fou. (Quintilius Rousse passa une main dans la masse brun et roux de ses cheveux ébouriffés, à moitié domptés et nattés.) Qu'est-ce que tu en dis, Cassilin ?

Joscelin s'inclina.

— Seigneur amiral, je dis que, quelle que soit votre décision, il faut qu'elle intervienne rapidement. D'ici à demain après-midi, le duc de Morhban sera ici pour vous interroger.

— Morhban. (C'était dit avec du dégoût dans la voix.) Il m'a parqué ici, comme un renard qu'on isole des poules. Au fait, comment avez-vous fait pour passer ? Aelric a tout juste réussi à se faufiler et le duc est devenu encore plus méfiant depuis la mort du roi.

Hyacinthe se tourna vers moi, et Joscelin aussi.

— Les voies de Naamah, répondis-je avec un petit haussement de sourcils.

— Aaahh ! (Rousse sourit.) L'élève de Delaunay jusqu'au bout ! Bon ! je dois me décider et vite. C'est trop demander je suppose, mais la reine a-t-elle un plan pour passer le Vieux Frère ?

Dépitée, je secouai la tête.

— Je pensais que vous aviez obtenu le droit de passage, messire. Vous avez traité avec lui. Vous avez même obtenu une réponse : lorsque le sanglier noir régnera sur Alba !

— Oui, et j'ai failli sombrer pour l'obtenir. (Il se gratta le menton.) Non, je n'ai aucun passage, ma belle. Cette réponse, c'est tout ce que j'ai obtenu ; ça et le droit de m'accrocher à ma misérable vie. Pourquoi crois-tu que Delaunay mettait autant d'ardeur à percer son mystère ? Lui et le garçon aux cheveux blancs, Alcuin.

De l'extérieur nous parvint une musique, de violons et de tambourins ; les marins marquaient le rythme en tapant dans leurs mains. Hyacinthe se retourna, troublant notre morne silence.

— Seigneur, dit-il, nous avons promis aux Tsingani un bon prix pour leurs chevaux. Ils nous ont rendu un fier service en nous cachant parmi eux. Cela a bien fonctionné, jusqu'au duc de Morhban.

— Je comprends ça. (L'amiral saisit une pleine poignée de son trésor akkadian ; de longs colliers de rubis et de perles débordaient de ses mains tannées.) On dirait que je n'ai rien de mieux à faire de ça. Et puis, ce n'est pas au fond du détroit que je risque de le dépenser. On va les renvoyer sur le long chemin avec de quoi se pavaner, hein ?

Je ne suis pas joaillière pour estimer le prix de ce que Quintilius Rousse donna ce jour-là à la famille de Neci, ni spécialiste des chevaux pour deviner ce que valaient ceux que nous avions amenés. Mais, quels que soient l'un et l'autre, les Tsingani ouvrirent des yeux ronds et se confondirent en manifestations obséquieuses, jurant de bénir son nom à tous les carrefours.

Cela avait pris un certain temps de dégager le chariot pour l'amener sur la plage, puis de parler et négocier. La nuit tombait lorsque tout fut fini. Les Tsingani dormiraient donc là, pour repartir le lendemain matin. Ils installèrent leur camp avec leur efficacité coutumière ; j'aperçus Gisella qui vendait des épices aux marins d'Angelins, lassés de leurs ragoûts de poisson fadasses. Joscelin amusa les enfants avec une ultime fable de Mendacant. Puis les étoiles apparurent, discrètes et lointaines au-dessus de l'immense océan.

Hyacinthe m'emmena avec lui faire ses adieux à Neci.

— Que le *Lungo Drom* te soit prospère, *tseroman* de la *kumpania* de Neci, dit-il avec une courbette tout ce qu'il y avait de formel. Tu as été un excellent camarade sur le chemin.

Neci lissa sa moustache jusqu'à ses pointes recourbées.

— Toi aussi, *rinkeni chavo*, répondit-il avec un sourire. (Subitement, il prit un air solennel, passant brutalement d'une émotion à l'autre comme les Tsingani savent si bien le faire.) *Chavo*, je ne sais pas si tu dis le *dromonde* ou pas, mais peu m'importe. À tous ceux que j'entendrai dire que Manoj n'a pas de petit-fils, je dirai qu'ils se trompent. Je parlerai de toi et ton nom ne sera pas oublié. Dans ma *kumpania*, ton nom demeurera sacré.

— Merci. (Hyacinthe serra fermement le poignet de Neci.) Je n'oublierai pas le tien non plus.

— La vente de chevaux dans les confins de l'Ouest. (Le regard de Neci se perdit dans les vagues qui se brisaient sur la grève.) Elle fera notre *lav*. (Il s'inclina devant moi.) Et toi, *chavi*, qui n'es sûrement pas née dans une ruelle ou alors je suis aveugle, nous ne t'oublierons pas.

— Merci. (Je l'embrassai sur la joue.) Sois bon avec les femmes sans *laxta*, en souvenir de moi.

— Je me souviendrai de toi dans mes rêves.

Il nous fit don une dernière fois de son sourire resplendissant, puis repartit vers les siens en agitant la main.

— Ce n'est pas trop tard, dis-je à Hyacinthe.

Il contempla l'étendue argentée de la mer.

— Qu'a dit Rousse déjà ? Sans doute a-t-il raison. Le long chemin ne s'arrête pas là où la mer commence. Et si quelqu'un mérite de la traverser, c'est bien le prince des voyageurs, non ?

— Si, répondis-je en nouant une main autour de son bras. (Nous restâmes là à admirer la surface luisante, fascinante dans sa transformation perpétuelle.) À condition que nous ne soyons plus ici lorsque Morhban arrivera, ajoutai-je, en montrant la silhouette de Rousse, reconnaissable entre toutes, allant et venant sur la grève, s'arrêtant de temps à autre pour regarder ses bateaux.

— Non, affirma Hyacinthe, catégorique. Il viendra. Il le doit. Un seul vaisseau. Je l'ai vu. (Il demeura silencieux un instant, avant de poursuivre sur un ton des plus cocasses.) Et comment était-il ce duc de Morhban ?

— Tu veux vraiment savoir? demandai-je en levant les yeux sur son visage éclairé par les étoiles.

Il rit.

— Pourquoi pas ? J'ai toujours voulu savoir.

— D'accord, dis-je en reportant le regard sur la mer. Le duc de Morhban a été très, très bon.

— Je m'en doutais. Tu avais ce petit air. (Il noua l'une de mes boucles autour de son index.) Je n'ai pas peur, tu sais, murmura-t-il. Pas peur de ce que tu es.

— Vraiment ? (Ma main vint se fermer sur le diamant de Melisande.) Moi, j'ai peur.

Nous rentrâmes au camp de Rousse ; je laissai Hyacinthe pour aller parler à l'amiral, toujours à faire les cent pas au bord de l'eau. Ses hommes évitaient prudemment de s'approcher de lui. Une lune gibbeuse s'était levée ; sa lumière sur l'eau semblait nous montrer un chemin – le long chemin.

— Seigneur, dis-je en m'agenouillant près de lui.

Le sable était frais et humide sous mes jambes. Quintilius Rousse se tourna vers moi.

— Ah ! épargne-moi ton décorum de Cour de nuit, ma belle ! J'ai une décision difficile à prendre.

— Je sais, seigneur, répondis-je sans me relever. Obéir à la couronne ou pas.

— Ce n'est pas ça ! (Sa voix avait couvert le bruit des vagues ; il s'accroupit et poursuivit un ton plus bas.) Écoute, ma belle, Ysandre de la Courcel est loyale à notre pays et elle a l'étoffe d'une grande reine. Je le sais, Delaunay le savait et Gaspar Trevalion le sait aussi. C'est pour cela que nous l'avons aidée. Et cette alliance serait une grande chose… si elle avait la moindre chance d'aboutir. Mais cette chance est bien mince et, si ce que tu m'as dit est vrai, nous sommes au bord de la guerre civile et sur le point de subir une invasion skaldique. Et tout ça ensemble. Alors, vois-tu, je dois me demander où je pourrais bien être le plus utile. Dans une mission insensée condamnée à échouer, ou au combat pour mon pays ? J'ai quarante vaisseaux et près de mille hommes ici, tous choisis parmi la crème, capables de combattre en mer ou sur terre. Par les couilles d'Elua ! ils ont mis une dérouillée aux Akkadians, qui combattent pourtant comme leurs dix mille démons ! Ysandre de la Courcel est jeune et sans expérience ; elle ne sait pas grand-chose de la conduite d'un royaume – et absolument rien de la guerre. Comment puis-je l'aider au mieux ? En obéissant ou en la défiant ?

Agenouillée, en posture d'obéissance soumise, celle que l'on m'avait inculquée dès mon plus jeune âge, je levai les yeux vers lui.

— Vous n'avez rien, dis-je d'une voix posée.

(Quintilius Rousse me regarda avec des yeux ronds.) Pensez-vous sincèrement que vos vaisseaux pourraient faire une différence dans une guerre terrestre ? Croyez-vous que vos hommes pourront quelque chose ? Seigneur, j'ai vu les Skaldiques ; ils sont plus nombreux que les grains de sable sur cette plage. Quelques centaines d'hommes… (Je pris une poignée de sable dans mes mains en coupe, puis le laissai glisser entre mes doigts.) Comment voulez-vous mourir, amiral ? Nous sommes d'Angelins. Mourir écrasé par le nombre ou à la poursuite de nos rêves ?

Avec un bruit de bouche exprimant son dégoût, Quintilius Rousse se redressa, puis s'éloigna en me tournant le dos jusqu'à l'endroit où venaient mourir les vagues.

— Tu es aussi terrible que ton maître, murmura-t-il. (Le bruit de la mer couvrait pratiquement sa voix.) Pire encore. Au moins, ses paroles ne tombaient pas de la bouche d'une courtisane.

Je ne répondis rien. Quintilius Rousse poussa un soupir.

— Que le Vieux Frère ait pitié de nous ! Nous partons demain à l'aube.

67

Et nous partîmes le lendemain.

En vérité, l'aube était déjà levée lorsque nous embarquâmes dans le canot, à destination du vaisseau amiral de Rousse. Une fois sa décision prise, l'amiral de la reine s'était montré d'une infatigable efficacité ; néanmoins, fort nombreuses étaient les tâches à déléguer avant de partir.

Je tentai de suivre tout cela du mieux que je pus, mais Quintilius Rousse n'était pas d'humeur à traîner l'*anguissette* de Delaunay partout dans son sillage ; au final, je n'eus qu'une impression assez confuse. Il laissait le commandement à son lieutenant, avec ordre de mettre sur pied une brigade à terre, chargée de patrouiller leurs abords. Un quart de sa flotte ferait voile vers l'Azzalle pour aller mouiller à Trevalion – une place loyale sous la houlette de Ghislain de Somerville – et Ysandre en serait avertie. Si les courriers envoyés à la reine ne parvenaient pas à traverser le Kusheth, les messages seraient acheminés *via* Trevalion.

Pour le reste, ils feraient de leur mieux pour retenir et détourner la curiosité du duc de Morhban, et clamer haut et fort la loyauté de l'amiral. Car

Morhban possédait sa propre flotte – ce que j'ignorais jusqu'alors –, de sorte que s'il prenait fait et cause contre Ysandre, il pourrait naviguer vers le nord et harceler les côtes de l'Azzalle, détournant l'attention de Trevalion des Pays plats et de la garde du Rhenus.

Sur le plan stratégique, le nombre des combinaisons possibles était stupéfiant. Jusqu'à sa mort, jamais je n'avais véritablement pris la mesure de l'étroitesse de la voie empruntée par Delaunay, au milieu de ses alliés et de ses ennemis. *Lui non plus d'ailleurs*, songeai-je. *Pas complètement.* Melisande avait joué un jeu plus retors encore, maintenant dans l'ombre avec maestria la trahison de d'Aiglemort. Ma malchance, c'était d'être arrivée par hasard au beau milieu de tout ça.

Et j'en étais maintenant à jouer une partie à un niveau qu'elle n'avait pas encore deviné. Rien que d'y penser, j'en frissonnais. Le signe de Kushiel dressé contre le sang de sa lignée. Quoi que nous puissions trouver sur l'eau, au moins cela m'éloignait d'elle. Je ne pouvais même plus avoir confiance en moi ; pas après l'avoir vue à l'Hippochamp. Certes, j'avais retenu le *signal* la dernière fois… mais je n'étais pas certaine qu'il pût y en avoir une troisième. Avec le duc de Morhban, je m'étais approchée de la ligne fatidique bien plus qu'il m'était agréable d'y songer. C'étaient le choc et le chagrin qui m'avaient soutenue en cette terrible nuit – celle où Alcuin et Delaunay étaient morts. Et malgré cela, j'étais passée si près…

Une autre fois… Les hommes tirèrent sur les avirons et je laissai mes doigts traîner dans l'eau ; la rive s'éloignait derrière nous. Une autre fois, ce serait différent. *Et qu'Elua me vienne en aide ! je rêve de vivre cet instant.* Je ne pouvais pas m'en empêcher, même si je méprisais Mélisande.

La frontière entre l'amour et la haine est plus mince que le tranchant de la plus fine des fléchettes. Elle m'avait dit quelque chose comme ça, une fois, mais je préférais ne pas y penser ; son nom était trop près du bout de ma langue. Elle m'avait dit également que ce n'était pas ma soumission qui l'intéressait, mais ma rébellion. C'était exactement cela qui la distinguait des autres ; eux ne savaient pas voir ces subtilités.

Et c'était ça qui me terrifiait.

D'accord. Si je ne peux pas m'affranchir de son empire, je peux au moins être terrifiée. Je glissai un doigt sous le cordon de velours noué à mon cou, les yeux fixés sur l'horizon. Melisande voulait voir jusqu'où j'irais avec son emprise invisible sur moi ; jusqu'où ma rébellion me conduirait. Je ne pense pas qu'elle avait cru un instant qu'elle me conduirait jusqu'aux lointains rivages de la verte Alba. *Et si Elua le veut, elle pourrait bien me conduire jusqu'à déjouer ses plans machiavéliques et subtilement imbriqués.*

Face à la mer miséricordieuse, je priais. *Et si je dois être engloutie dans ces eaux mortelles,* priai-je, *faites que ma dernière pensée ne soit pas pour elle.*

Mais, d'une certaine manière, je doutai qu'il pût en être ainsi.

Tandis que ces pensées mortifères m'absorbaient, les rameurs de Rousse avaient rejoint son vaisseau amiral ; notre canot tanguait le long de sa coque. Puis je n'eus plus de temps à consacrer à tout cela ; des marins nous jetèrent des échelles de corde, rendues glissantes par l'eau et le sel, que nous dûmes escalader pour monter à bord. Je me considère volontiers comme une personne agile, mais apprendre à marcher sur le pont mouvant d'un grand vaisseau est loin d'être chose aisée.

Véritable parangon de compassion, Quintilius Rousse rit de notre consternation, allant et venant sur le gaillard avec une aisance dont il ne faisait pas preuve à terre. Il criait des ordres auxquels ses hommes obéissaient dans l'instant ; rapidement, nous comprîmes tous ce qui lui valait d'être l'amiral royal. Il nous livra aux bons soins de son second, Jean Marchand, un homme sec et nerveux avec des yeux d'oiseau de proie, qui nous conduisit jusqu'à une cabine où quatre hamacs étaient suspendus au plafond.

Le temps de ranger nos quelques affaires, Quintilius avait donné l'ordre du départ.

Je le confesse, les bateaux sont un grand mystère pour moi. Avant la veille, je n'avais jamais vu la mer ; à plus forte raison, je n'avais jamais navigué. Je n'imaginais même pas les myriades de tâches que les marins doivent exécuter, agglutinés en grappes le long des mâts, nouant et dénouant d'incroyables quantités de bouts, halant la chaîne qui remontait l'ancre, massive et dégouttant d'eau. Tout ce que je voyais, c'était que Quintilius Rousse donnait des ordres, et qu'ils les exécutaient. Une trentaine d'hommes gagnèrent le pont inférieur pour s'installer aux bancs de nage ; les longues rames plongèrent dans l'eau, d'un côté seulement, et le grand bâtiment pivota, amenant sa proue vers le large. Les voiles furent lancées, majestueuses et parfaitement découpées, d'un bleu profond frappé du cygne Courcel – trois voiles, la plus grande au milieu et deux plus petites sur le mât d'artimon et le mât de misaine. Le vent s'engouffra et elles s'arrondirent comme des ventres, claquant par instants, donnant son envol au cygne d'argent.

Tout se déroule plus vite qu'on l'imagine. À un moment donné, le navire vire lentement, luttant pied à pied contre les remous, les rames frappant furieusement l'eau pour créer ce qui semble être un tourbillon inutile. L'instant suivant, les vagues sont subitement en train de passer le long de la coque dans un bruit soyeux, à une allure qui ne cesse d'augmenter.

Les marins crièrent de joie et Quintilius Rousse ouvrit un tonneau de vin pour trinquer à la ronde ; plus tard, j'appris que c'était une tradition, respectée au début de chaque voyage.

Nous partageâmes l'instant avec eux. Hyacinthe vida son verre d'un trait, promenant autour de lui un regard plein d'exubérance. Je dégustai le mien lentement ; il me réchauffait dans le petit vent frais. Joscelin fixa ses yeux sur le fond de son quart ; son teint avait viré au vert.

— Je ne crois pas avoir le pied marin, murmura-t-il.

Quintilius Rousse, qui passait par là de sa démarche chaloupée, lui claqua vigoureusement l'épaule.

— Bois ça, mon garçon, dit-il de bon cœur. Si ça remonte, eh bien tant pis. Penche-toi par-dessus bord et donne ton offrande au seigneur des profondeurs.

Son conseil s'avéra prophétique. J'eus une grimace de sympathie pour Joscelin, accroché au bastingage, cassé en deux, en train de vomir dans la mer. Hyacinthe sourit.

— Les Cassilins ne sont pas faits pour le long chemin, répondit-il. Pas lorsqu'il se prolonge sur la mer.

— Tu sais qu'il est capable d'allumer un feu avec du bois humide au milieu d'un blizzard, dis-je, poussée par un désir obscur de prendre sa défense. Je n'ai pas vu beaucoup de Tsingani au milieu des steppes skaldiques, prince des voyageurs.

— Nous ne sommes pas stupides, répondit Hyacinthe en riant, avant de s'en aller musarder pour observer les marins au travail, adoptant déjà la démarche du vieux loup de mer.

Je le suivis des yeux, le regard acerbe ; je me retrouvai seule à devoir m'occuper d'un Cassilin agité de haut-le-cœur. Il y a quelque chose d'intensément pitoyable à voir un homme aux avant-bras dotés de canons d'acier en train de vomir son dernier repas.

Le plan de Rousse était de naviguer plein ouest, avec par l'arrière le vent fort du détroit. Si la brise demeurait soutenue, estimait-il, nous devions pouvoir contourner le Vieux Frère en demeurant hors de portée, par la haute mer tout d'abord, puis en contournant la pointe sud d'Alba.

C'était un bon plan ; et à ce que je compris, il s'entamait sous les meilleurs auspices. Nous naviguâmes une bonne demi-journée, jusqu'à être précisément entre les deux rives, parfaitement invisibles depuis Terre d'Ange que nous venions de quitter, et d'Alba vers laquelle nous cinglions. Le temps se maintenait au beau et le vent ne mollissait pas. Nous avancions plein ouest et il n'y avait rien devant nous hormis la mer, dont l'immensité et l'horizon infini me glaçaient le sang – et faisaient chanter les marins. Il n'y a rien à dire, ils forment une caste à part. Je règle toujours ma boussole intérieure sur les éléments autour de moi, même dans une mauvaise passe ; du moment que je sais où je suis. Pour eux, c'est différent ; l'inconnu, l'infini et le vide de la mer offrent des charmes que je ne peux qu'imaginer.

Les « confins de l'ouest » ; ainsi les Tsingani avaient-ils appelé les rivages du Kusheth. Je comprenais maintenant que les confins de l'ouest ne faisaient que commencer à cet endroit ; la mer s'étirait indéfiniment, encore et encore, dans la direction où le soleil se couche chaque soir. Les confins de l'ouest sont au-delà de ce qu'on connaît. C'est là-bas, quelque part, nous disent les prêtres, que notre mère la Terre et le Dieu unique créèrent un royaume où le soleil ne meurt jamais – où il ne fait que se reposer. La véritable Terre d'Ange ; Elua y marche en souriant, les pieds nus sur le sol, et les plantes poussent sous ses pas.

Peut-être est-ce ainsi ; je ne peux que croire, et me dire que c'est vrai. Cela ne faisait qu'une journée que nous étions partis ; notre voyage pourtant toucha à sa fin.

Cela se produisit comme se produisent toujours ces choses-là, lorsqu'on pense avoir franchi le passage le plus délicat et que la route s'ouvre devant nous, sans le moindre obstacle. Personne ne sait jusqu'où s'étend le pouvoir du Maître du détroit. Sans aucun doute, il va plus loin que le pensait Quintilius Rousse ; cela arriva alors qu'il commençait enfin à se détendre, confortablement bercé à la barre de son vaisseau. Il venait de demander à ses hommes de sonder les fonds, évaluant s'il était temps ou non de tourner sa proue vers le nord.

Ce fut d'abord une rafale giflant les vagues et les frangeant de blanc.

On pourrait croire que ces choses arrivent en mer, là où le vent est une maîtresse capricieuse qui n'en fait toujours qu'à sa tête. C'est vrai. Mais ce vent… Je ne peux pas vraiment expliquer. Il venait à contre-courant de la brise qui soufflait franc, plein ouest, plus bas qu'elle, au ras des flots et à rebrousse-poil, créant un véritable effondrement d'angoisse et de détresse.

— Ah ! non ! murmura Quintilius Rousse, en raffermissant sa prise sur la barre, les yeux levés au ciel. Ah ! non ! Vieux Frère, aie pitié de nous !

Je levai les yeux à mon tour vers ce ciel qui avait été clément pendant toute la journée, et le jour d'avant également. Ce n'était plus le cas désormais. Des nuages roulaient au-dessus de nos têtes, se regroupant comme à dessein ; les ténèbres mangeaient la lumière du soleil.

— Qu'est-ce que c'est ? demandai-je à l'amiral de la reine, terrorisée à l'idée de la réponse.

Les questions sont dangereuses, car elles amènent des réponses ; c'est ce que j'avais dit au duc de Morhban. Quintilius Rousse me regarda avec la peur dans ses yeux bleus ; sa vieille cicatrice faisait tomber un coin de sa bouche.

— C'est lui, dit-il.

À cet instant, le ciel s'ouvrit au-dessus de nous.

Je ne souhaite à personne qui n'a jamais traversé une tempête en pleine mer d'avoir à vivre cette expérience. Notre navire, qui m'avait paru être un tel sanctuaire sur le vaste sein de la mer, se fit secouer et ballotter comme s'il n'avait été qu'un jouet d'enfant. Le vent contraire, encore modéré la seconde précédente, déchaîna toutes les forces de la destruction ; la mer se creusa furieusement, formant des vagues plus gigantesques que le plus haut de nos mâts. Impossible de voir si c'était encore le jour ou la nuit. Les deux avaient pris l'horrible teinte d'une contusion, uniquement déchirés par les éclairs.

— Affalez toute la voile ! hurla Quintilius Rousse. (Sa voix puissante se perdit dans le vent et les rafales de pluie.) Affalez !

D'une manière ou d'une autre ses hommes l'entendirent ; accrochée avec toute la force du désespoir au mât de misaine, j'aperçus leurs silhouettes, découpées contre le ciel zébré d'éclairs, qui s'activaient pour obéir aux ordres. Les voiles tombèrent comme des pierres et je vis un homme, au moins, se faire emporter tandis que le bateau donnait de la bande à tribord. La pluie tombait en rideaux devant mes yeux ; de manière incroyable, je parvins tout de même à distinguer l'ombre fantomatique de Joscelin avançant péniblement mais avec une inébranlable détermination, s'agrippant à tout ce qu'il pouvait, en direction du pont avant. Je priais pour que Hyacinthe eût réussi à gagner notre cabine, mais j'en doutais. La dernière fois que je l'avais vu, il était au milieu d'un groupe de marins, trop intéressé pour descendre s'enfermer. Et puis, la tempête s'était abattue sur nous si soudainement.

Joscelin rallia le mât et vint se mettre au-dessus de moi, pour me protéger de son corps contre les vents déchaînés. Trempée jusqu'aux os, je levai les yeux vers lui, pour le regarder à travers les mèches de mes cheveux collés.

— Est-ce que nous faisons demi-tour ? demanda-t-il à l'amiral en hurlant. Amiral ! Est-ce que nous faisons demi-tour ?

— Le voilà ! rugit Quintilius Rousse en guise de réponse, un doigt tremblant pointé devant nous.

Il arrivait en effet.

Le Maître du détroit.

Ceux qui n'ont jamais tenté cette traversée diront que je mens ; je jure pourtant que telle est la vérité. Blottie sous le torse de Joscelin, je le vis – visage posé au-dessus des eaux furieuses en train de s'approcher de nous. De vagues était sa chair, de nuages d'orage ses cheveux ; ses yeux étaient des éclairs et, je le jure, il parlait. Sa voix tonna, couvrant tout le fracas des eaux et du ciel, martelant nos oreilles jusqu'à nous laisser tout tassés et tremblants.

— QUI OSE PASSER ?

Il faut répondre à la hauteur de la question. Trépignant violemment à la barre, l'amiral de la reine osa parler, rugissant comme une furie dans le vent, un poing brandi bien haut.

— C'est moi qui ose, vieux bâtard ! Et si tu veux que ton sanglier noir règne sur Alba, tu ferais mieux de me laisser passer !

Il y eut un rire, et la surface des eaux s'éleva jusqu'à trois fois la hauteur de notre grand mât, écrasant littéralement la bravade de Rousse. L'immense visage d'eau riait dans une clameur assourdissante ; je dus me plaquer les mains sur les oreilles.

— CE RÊVE NE T'APPARTIENT PAS, MARIN ! QUEL PRIX VAS-TU ACQUITTER ?

— Dis ton prix ! hurla Quintilius Rousse.

Ses mains étaient comme soudées à la barre. Le navire plongea dans le creux d'une lame, mais il tint bon, clamant son défi à tous les vents.

— Dis-le, vieux bâtard ! Je paierai ce qu'il faut !

Le vaisseau remonta jusqu'au sommet de la vague,

en direction de la gueule énorme, noire et infinie, qui venait de s'ouvrir dans le ciel. Béante et riante, elle paraissait sur le point de nous avaler.

C'est la fin, songeai-je en fermant les yeux.

Je sentis que le corps de Joscelin n'était plus au-dessus de moi.

— Une chanson !

Je connaissais cette voix ; c'était celle de Joscelin, stridente et emplie d'espoir. Ses mains me saisirent aux épaules pour m'obliger à me lever, alors même que le bateau se tenait en équilibre sur la crête d'une vague immense.

— Une chanson comme vous n'en avez jamais entendu, Maître du détroit, chantée à la surface des eaux ! cria-t-il à ce visage d'eau qui nous contemplait, penché sur nous. Une chanson !

— Quelle chanson ? demandai-je avec désespoir.

Le navire tanguait. La pluie fouettait ses cheveux trempés et ses mains me serraient à me faire mal. De ce que je pouvais voir, nous aurions tout aussi bien pu être les deux derniers mortels encore en vie.

— Joscelin, quelle chanson ?

Il répondit en hurlant ; je le vis, mais sans pouvoir l'entendre. Le vent avait emporté ses mots. Mais nous avions vécu ensemble les pires épreuves que des humains peuvent endurer, dans le blizzard, la tempête et les éléments déchaînés. Nous n'avions pas besoin de nous entendre pour nous comprendre. Je vis les mots sur ses lèvres.

« Le bastion de Gunter. »

Et comme il n'y avait plus rien d'autre à faire hormis mourir, je me mis à chanter l'une des chansons du bastion de Gunter qu'on chantait près de l'âtre.

C'était un chant que les femmes m'avaient appris – Hedwig et les autres – sur l'attente et l'espérance, qui parlait d'un beau guerrier qui mourait jeune, dans un torrent de sang et de tristesse, de la récolte, des moissons et des semailles, de la vieillesse qui vient trop tôt, et des journées passées à filer au coin du feu tandis que la neige de l'hiver s'entasse devant la porte.

Je ne suis pas Thelesis de Mornay dont la voix impose le silence à tous. Mais j'ai un don pour les langues, que Delaunay a si bien su me faire travailler. Ces chants que jamais les hommes n'avaient notés, moi, je les avais écrits avec un petit bâton brûlé et je les avais rangés dans ma mémoire. C'étaient les petits chants simples des femmes skaldiques auxquels les érudits ne prêtent pas attention. Le vent emportait les mots de ma bouche, mais je les chantais pour le Maître du détroit, dont le visage immense et terrible flottait au-dessus de nous.

Et il m'écouta ; et les eaux se calmèrent. Les traits colossaux du Vieux Frère retournèrent se fondre dans les eaux.

Personne n'avait jamais apporté ces chants sur la mer.

Je continuai à chanter tandis que les eaux s'apaisaient ; les vagues enveloppaient les flancs du navire et la main de Joscelin était sous mon bras, pour me soutenir ; ma voix lentement s'éraillait. Les marins, qui avaient ployé sous l'assaut, s'agitèrent en rampant sur le pont. Je chantais d'une voix rauque la naissance des enfants, la pousse des nouveaux pins sur la plaine ; puis Quintilius Rousse se redressa, tout tremblant.

— Acceptes-tu le prix ? cria-t-il.

Un frisson agita les vagues et un visage apparut à la surface, doux et complaisant, mais vaste, si vaste ! Sa bouche seule aurait pu avaler notre navire tout entier.

— OUUIII…, répondit-il dans un murmure effrayant. VOUS POUVEZ PASSER.

Et il disparut.

La disparition subite de sa force nous fit l'effet d'un coup. Les eaux redevinrent calmes et les vagues gigantesques se transformèrent en une petite houle, portée par une brise d'ouest. Le ciel s'éclaircit ; ce n'était même pas encore le crépuscule. Je pris une profonde inspiration ; ma gorge était en feu.

— C'est fini ? demandai-je à Quintilius Rousse, en comptant sur Joscelin pour m'épargner de tomber.

— C'est fini, répondit-il en scrutant tout autour, à bâbord et tribord, osant à peine croire ce qu'il voyait. (Son regard se posa sur moi ensuite ; j'y vis comme une note de peur.) Est-ce que Delaunay t'a appris à faire ça aussi, calmer les ardeurs du Vieux Frère ?

Je ris ; ma voix se brisait sous la fatigue et l'hystérie.

— Non, répondis-je dans un murmure en m'appuyant sur l'avant-bras de Joscelin galbé d'acier. Ce sont les chants des femmes skaldiques, dont les maris et les frères pourraient bien nous massacrer tous bientôt.

Et sur ces mots, je m'évanouis.

Lorsque je repris conscience, j'étais dans le noir d'une cabine fermée, empêtrée dans un hamac comme s'il se fût agi d'un berceau de corde en train de se balancer. Une unique lampe perçait l'obscurité, sa flamme réglée au minimum. Une silhouette somnolait à mes côtés sur une chaise.

— Hyacinthe, murmurai-je.

Il redressa la tête, m'offrant son grand sourire rassurant.

— Tu pensais m'avoir perdu ?

— Je n'étais pas sûre. (Je tentai de m'asseoir droite, avant de renoncer, vaincue par le hamac.) J'en ai vu au moins un passer par-dessus bord.

— Quatre au total, annonça-t-il posément, sans plus sourire. Cela aurait été bien pis sans Jean Marchand. Il nous a demandé de nous attacher à tout ce qu'on pouvait.

— Alors tu l'as vu.

Ma voix demeurait enrouée ; ce n'est tout de même pas rien de calmer la mer en chantant. Hyacinthe hocha la tête – mouvement à peine perceptible dans l'ombre.

— Je l'ai vu.

— Où est Joscelin ?

— Sur le pont. (Hyacinthe bâilla.) Il voulait regarder les étoiles pour faire un relevé et retrouver le nord. Au moins, il ne vomit plus.

Je commençai à rire, puis m'arrêtai. Cela me brûlait la gorge.

— Nous lui devons tous la vie.

— Mais c'est toi qui as chanté.

Il fixait avec curiosité son regard sur moi dans la pénombre.

— C'est lui qui m'a fait chanter. Il se souvenait des chansons, celles du bastion de Gunter. (Épuisée, je m'allongeai de nouveau dans le hamac.) Je n'aurais jamais pensé être un jour reconnaissante de quoi que ce fût aux Skaldiques.

— « Toute connaissance est bonne à prendre », dit Hyacinthe en citant Delaunay, que je lui avais moi-même cité. Même ça. Même le *dromonde.* (Il se leva, puis repoussa mes cheveux pour dégager mon front et y déposer un baiser.) Dors encore, dit-il avant de souffler la lampe.

68

Le jour suivant, l'aube se leva aussi calme et radieuse qu'on pouvait le souhaiter, comme pour s'excuser de la terrible tempête de la veille. Nous avions obliqué vers le nord dans la nuit, contournant la pointe méridionale d'Alba ; j'apercevais le vert de la côte au-delà de l'étrave tribord, brumeuse et trouble à cette distance.

— Où allons-nous débarquer ? demandai-je à Quintilius Rousse, debout à côté de lui sur le pont.

Le vent agitait mon manteau, mais le temps paraissait plus doux que la veille, en tout cas moins mordant. Je me sentais mieux ; pour la millième fois au moins, je remerciai Elua de ma capacité à vite récupérer.

— Ça, répondit sèchement l'amiral, c'est une excellente question.

Il avait l'air hagard et épuisé ; il n'avait guère dormi que quelques heures, après avoir confié le navire à son homme de barre lorsqu'il nous avait jugés hors de danger. De son bras buriné, il désigna la côte.

— Voici Alba dans toute sa splendeur et sa gloire.

Par contre, savoir où peut bien se trouver le Cruarch renversé d'Ysandre est une autre paire de manches.

— Je pensais que vous saviez, dis-je, une nouvelle fois dépitée. Vous l'avez vu, m'avez-vous dit. Chez les Dalriada.

— Je sais où sont les Dalriada. (Rousse se tourna pour cracher, mais il se souvint de ma présence et se retint.) Dans la région la plus proche de l'Eire. Nos sources disent que c'est là que Drustan mab Necthana a fui. Mais cela fait tout de même un territoire considérable.

— Déjà, comment être sûr que c'est vrai ?

Rousse haussa les épaules.

— Delaunay a dit qu'il en était ainsi ; et Thelesis de Mornay aussi. Ils avaient un système d'échange par-dessus les eaux avec les loyalistes albans – des gens que Thelesis avait connus pendant son exil. Puis les messages ne sont plus arrivés et ils ont compris que Maelcon l'usurpateur les avait interceptés. C'est à ce moment-là que j'ai tenté d'aborder la côte. Seulement, je n'ai jamais vu le moindre prince picte.

Et dire que j'avais douté lorsqu'il avait qualifié notre épopée de mission insensée. Je m'assis sur un espar posé à ses pieds, pour réfléchir. À la proue, Joscelin pratiquait ses exercices cassilins. Sa silhouette se découpait sur le ciel. L'acier de ses armes lançait des lueurs ; apparemment, il avait désormais le pied marin.

— Combien de temps avant d'atteindre le royaume des Dalriada ? demandai-je.

— Une journée, pas plus, répondit Rousse en haussant une nouvelle fois les épaules. Ensuite, nous tenterons notre chance, en espérant qu'ils puissent nous conduire aux Cruithnes.

Je n'étais pas absolument certaine d'aimer ce plan. En premier lieu, j'avais des doutes sur ma capacité à parler leur idiome – c'est une chose d'apprendre une langue sur le papier, avec des professeurs capables au besoin de s'exprimer dans la mienne ; une autre toute différente d'avoir à dialoguer avec des gens dont c'est la langue maternelle et la seule qu'ils comprennent. Et puis, je n'étais pas sûre que leur cruithne fût le même que celui que j'avais appris. L'Eire est une île distincte d'Alba ; est-ce que je saurais comprendre le dialecte parlé par les Eirans installés sur l'île voisine d'Alba ? Ou bien parlaient-ils quelque chose de tout à fait différent ? Les érudits n'en savent rien ; les armées de Tiberium ne s'étaient pas encore aventurées si haut lorsqu'elles avaient été chassées par Cinhil Ru. Et s'il en était ainsi… comment me ferais-je comprendre ? La bague d'Ysandre, le serment de Drustan mab Necthana, tout cela ne signifierait rien pour eux.

J'en étais là à ruminer toutes ces questions, lorsque la lumière se fit dans mon esprit. « Toute connaissance est bonne à prendre. »

— Hyacinthe peut peut-être nous aider, dis-je. Il peut dire le *dromonde* et nous indiquer où débarquer.

— Tu y crois ? demanda Quintilius Rousse en me coulant un regard en coin, avec une lueur dubitative au fond des yeux. C'est déjà bien assez qu'on soit partis à un seul bateau. Même Delaunay n'y croyait pas, ma belle, et pourtant il pouvait faire sortir la vérité des endroits les plus étonnants.

Menton posé sur les mains, je contemplais les vagues.

— Je sais, amiral. Mais lorsque j'avais treize ans à

peine, sa mère a dit le *dromonde* pour moi, sans que je lui demande rien. C'était à une époque où je cherchais à percer le mystère de l'histoire de Delaunay ; et elle m'a dit que je me repentirais le jour où tout me serait révélé.

— Et je suppose que ça a été le cas, dit Rousse d'un ton bourru, comme je m'étais tue.

— En fait, il y a eu deux jours. (Le spectacle des vagues, toujours identiques, jamais pareilles, était fascinant et hypnotique.) J'ai appris la moitié de la vérité le jour où Melisande Shahrizai m'a engagée pour la nuit la plus longue et m'a utilisée pour débusquer votre messager, seigneur. Et lui a conduit les hommes de d'Aiglemort à Delaunay. J'ai ensuite appris qu'il avait été l'amour du prince Roland, puis appris ce qui en était résulté, tout ça le jour où il a été tué, et toute sa maison avec lui, y compris Alcuin qui était comme un frère pour moi. C'est ce jour-là que j'ai appris qu'il avait fait le serment de protéger Ysandre de la Courcel. C'est Alcuin qui me l'a dit à l'instant d'expirer. Alors oui, seigneur, je me repens qu'un tel jour soit jamais arrivé.

Quintilius Rousse resta silencieux un moment, absorbé dans ses manœuvres.

— Tout le monde peut dire ça, dit-il finalement. C'est toujours dangereux de chercher à connaître les secrets enfouis.

— C'est vrai, concédai-je. Mais elle m'a dit le *dromonde* une seconde fois. Elle m'a dit : « Ne comptez pas pour rien le Cullach Gorrym. » Savez-vous ce que cela signifie, seigneur ?

Rousse secoua la tête. Ses boucles auburn voletaient dans la brise.

— Elle non plus, poursuivis-je. Cela signifie le

« sanglier noir » en cruithne. Or, il n'y avait aucune raison, absolument aucune, pour laquelle elle aurait pu connaître ces mots, ou savoir qu'ils étaient associés à moi. (Je me levai pour m'étirer.) Lorsque nous serons en vue du royaume des Dalriada, autoriserez-vous Hyacinthe à parler ?

— Sa mère a dit ça…

La voix de Quintilius Rousse était dure et rauque, mais je voyais bien qu'il y croyait, au moins un peu. Personne ne peut rencontrer le Maître du détroit et ne pas croire aux choses invisibles.

— Le garçon t'a déjà dit quelque chose ?

— Pas à moi, répondis-je sans mentir. Il craint de révéler l'avenir de ses amis. Mais il a parlé à Melisande, une fois.

— Et qu'a-t-il dit ?

Les mains de l'amiral s'étaient faites légères sur la barre ; il était captivé malgré lui. Les marins adorent les histoires ; ses yeux étaient fixés sur moi, emplis de curiosité.

— Il lui a dit : « Qui se soumet n'est pas toujours faible. »

Malgré la douceur de l'air, je ne pus retenir un frisson. Je m'éloignai, emmitouflée dans mon manteau de velours – un cadeau du duc de Morhban, désormais raidi par le sel. Je sentais le regard de Rousse sur mon dos. Les sceptiques pourraient facilement objecter qu'une telle prophétie est facile ; mais pas lorsqu'on est précisément celle « qui se soumet ». Je traversai le pont, briqué à neuf chaque matin – Quintilius Rousse n'autorisant aucune main inactive à son bord –, pour rejoindre Hyacinthe qui s'essayait à la pêche. Il m'aperçut et se redressa, tout fier.

— Phèdre, regarde ça ! J'en ai pris trois. (Il exhiba trois poissons enfilés sur une ficelle, leurs corps argentins agités de secousses, tandis qu'ils s'asphyxiaient hors de l'eau.) J'ai fait un pari avec Rémy, ajouta-t-il en désignant le marin à ses côtés d'un signe de tête.

Rémy avait l'air plutôt amusé.

— Magnifiques, dis-je après un coup d'œil rapide à ses prises. Hyacinthe… Si je te demandais de voir à quel endroit le long chemin que nous suivons doit toucher la terre, est-ce que tu pourrais le faire ?

Une lueur malicieuse passa dans ses yeux noirs ; il prit le plus gros des poissons pour me l'offrir, présenté sur ses deux mains.

— Tout ce que tu veux, ô Étoile de la nuit. Es-tu sûre de ne pas vouloir demander à ton Cassilin ? Il pourrait être jaloux d'une telle attention.

Je ris malgré moi.

— Je vais prendre le risque.

Pendant encore une journée et une nuit, nous remontâmes le long des côtes d'Alba, tirant des bords face au vent, devenu faible. Le troisième jour débuta dans une brume étrange ; le vent mollit jusqu'à ce que le pavillon Courcel pendît inerte au grand mât. Rousse mit ses hommes à la rame, criant des imprécations, et nous continuâmes à avancer péniblement. La côte verte sortait de temps à autre du brouillard pour s'y fondre de nouveau.

— Maintenant ou jamais, décréta sombrement Quintilius Rousse, en m'appelant sur le pont. Fais venir le Tsingano, Phèdre nó Delaunay. Qu'il vienne et nous montre le chemin.

L'heure n'était plus à la moquerie. Hyacinthe s'avança lentement jusqu'à la proue, visage levé vers la brume qui nous enveloppait complètement. Pareil à un chien de chasse qui flaire le vent, il bougeait la tête d'un côté à l'autre, les yeux devenus blancs, tous ses sens tendus vers l'invisible. Les marins l'observaient attentivement. Ils étaient tous convaincus que la chance était sur lui – j'appris plus tard que bon nombre avaient eu la mauvaise idée de jouer aux dés avec lui ; en proie au doute, Quintilius Rousse retenait son souffle.

— Je ne vois rien, murmura Hyacinthe, les bras tendus à l'aveuglette dans l'épaisse brume devant nous. Phèdre, je ne vois pas notre chemin.

Je m'approchai de lui et les marins s'éloignèrent en marmonnant. Joscelin observait sans rien dire.

— Tu peux le faire, Hyacinthe. Je sais que tu peux le faire, dis-je en lui saisissant le bras. Ce n'est que de la brume ! Qu'est-ce que c'est comparé aux voiles qui dissimulent ce qui pourrait être ?

— C'est *vrajna.*

Il frissonna. Son bras était glacé sous ma main.

— Ils avaient raison. Manoj disait vrai. Le *dromonde* n'est pas pour les hommes.

Des vagues caressaient les flancs du bateau, de petites vagues qui ne nous menaient nulle part. Nous étions à l'arrêt ; les rameurs avaient levé leurs avirons.

— Prince des voyageurs, dis-je. Le long chemin nous conduira chez nous. Qu'il nous indique la voie.

Hyacinthe frissonna de nouveau ; ses yeux noirs étaient troublés et emplis de crainte.

— Non. Tu ne comprends pas. Le long chemin se poursuit indéfiniment. Il n'y a pas de « chez nous » ; il n'y a que le voyage.

— Tu es à moitié d'Angelin ! (J'avais haussé la

voix sans même m'en rendre compte ; je le secouai.) Hyacinthe ! Le sang d'Elua coule dans tes veines pour te donner une terre ; ton sang tsingano te montre le chemin. Tu peux le voir. Il le faut ! Où est le Cullach Gorrym ?

Il tourna la tête à gauche, puis à droite ; l'humidité déposait des perles sur ses boucles brunes.

— Je ne vois rien, répéta-t-il, toujours agité de frissons. C'est *vrajna* ! Ils avaient raison. Je n'aurais jamais dû regarder, jamais. Les hommes ne sont pas faits pour écarter les rideaux de l'avenir. Cette brume a été envoyée pour nous perdre parce que j'ai commis un péché.

Je me tenais à côté de lui, les doigts fermement accrochés à son bras ; mes yeux allaient dans tous les sens. Vers le haut, où le disque blanc du soleil apparaissait faiblement dans la brume. Les trois mâts du bateau disparaissaient dans la grisaille tout là-haut.

— Si tu ne vois pas à travers la brume, dis-je farouchement, alors va voir par-dessus !

Hyacinthe me regarda un instant, puis ses yeux remontèrent le long du grand mât jusqu'à la hune de vigie perdue dans les nuées.

— Là-haut ? demanda-t-il d'une voix pleine de peur. Tu veux que j'aille voir de là-haut ?

— Ton arrière-grand-mère m'a posé une question, lui dis-je délibérément. Qu'a vu Anasztaizia à travers les voiles du temps pour choisir d'enseigner le *dromonde* à son fils ? Un chariot tiré par des chevaux et une place autour du feu d'une *kumpania*, ou bien un bateau coincé dans la brume emportant un anneau au promis d'une reine ? C'est à toi d'y répondre.

Ses yeux restèrent fixés sur moi pendant un long moment. Il ne dit rien.

Puis il commença à grimper.

Pendant d'innombrables minutes, nous demeurâmes dans un silence ouaté, cernés par la brume, les yeux levés vers la grisaille dans laquelle Hyacinthe avait disparu, loin au-dessus de nous. Le bateau tanguait doucement ; des vaguelettes léchaient ses flancs. Puis sa voix nous parvint, sourde et désincarnée. Un cri, un seul.

— Là !

Il aurait tout aussi bien pu nous montrer les profondeurs de l'océan ; personne ne voyait ce qu'il montrait. Quintilius Rousse poussa un juron, revenant à tâtons vers la barre.

— Faites un relais ! rugit-il en envoyant ses marins dans la mâture. Toi ! Et toi ! ordonna-t-il en désignant les hommes. Filez dans le gréement ! Marchand, fais donner la cadence ! Que les rameurs se mettent à souquer ! On suit les instructions du Tsingano !

Tout à coup, le navire s'ébranla ; des hommes se mirent à aller et venir, pour transmettre les ordres de Rousse.

— Deux degrés à bâbord ! cria un gabier. Et une lampe à la proue, amiral !

L'énorme vaisseau pivota lentement, furetant de la proue dans la brume. Loin devant, une lanterne s'alluma ; un marin la tenait à la pointe extrême de l'étrave. Les ordres continuèrent à descendre le long du mât ; Rousse à la barre amena le bâtiment en position, jusqu'à aligner la lanterne sur la direction pointée par Hyacinthe, tout là-haut, invisible de ceux qui étaient en bas.

— C'est bon, moussaillons ! cria-t-il. Souquez ferme maintenant !

Du pont inférieur s'éleva le son du tambour, sur lequel la voix de Marchand faisait contrepoint. Deux bancs de nage tiraient de conserve, plongeant les rames profondément dans l'eau. Le navire avançait, gagnant de la vitesse, en aveugle dans la brume.

Je n'avais nul besoin d'être marin pour comprendre combien la manœuvre était dangereuse, si près d'une côte étrange et invisible. Je m'approchai de Joscelin et nous nous absorbâmes dans la contemplation de Quintilius Rousse qui maniait la barre. Un air de témérité désespérée flottait sur son visage couturé de cicatrices ; il venait de jouer son va-tout, je ne sais combien de temps nous avançâmes ainsi ; cela me parut durer toute la journée, mais je crois qu'en fait une heure à peine s'écoula.

Puis vinrent un autre cri et un changement de cap. Sur l'ordre de Hyacinthe, la proue obliqua vers la terre, invisible devant nous… et pourtant toute proche la dernière fois que nous l'avions aperçue. L'amiral tenait le cap et son visage devenait sinistre. Ses phalanges étaient blanches à force de serrer la barre. Pour la première fois de la journée, le vent se leva subitement, gonflant nos voiles. Les rameurs relevèrent leurs rames ; nous filions sur l'eau comme un oiseau porté par le vent.

Nous sortîmes de la brume, pour déboucher au soleil dont les rayons se reflétaient sur les eaux ; le bateau avançait à l'intérieur d'une baie étroite et rocheuse qui s'enfonçait profondément à l'intérieur des terres.

Une clameur immense s'éleva – à côté de laquelle les cris qui avaient salué notre départ paraissaient n'avoir été qu'un soupir. Au-dessus de nos têtes,

Hyacinthe, accroché au bastingage de la hune, était vidé par l'effort.

Devant nous, nous apercevions une grève, au pied de collines vertes, au flanc desquelles serpentaient les eaux cristallines d'une petite rivière.

Sur la plage, une troupe assemblée ressemblait fort à un comité de réception.

Puissamment armé et qui nous attendait.

69

— Jetez l'ancre !

Le cri de Quintilius Rousse déchira l'air subitement devenu limpide et brillant ; les voiles furent promptement affalées et attachées, les rames plongées et le navire freiné dans les remous ainsi provoqués. Hyacinthe descendit de la mâture, les jambes flageolant sous l'effet de l'épuisement. Dans un grand bruit, l'ancre fut débloquée et la chaîne produisit sa monstrueuse complainte métallique en passant sur le guindeau. Le bateau fut mis à l'ancre dans les eaux profondes de la baie, parallèlement à la plage ; le cygne Courcel flottait dans le vent au sommet du grand mât. Quintilius Rousse marmonna dans sa barbe, puis tira une pièce d'or de sa bourse pour la lancer par-dessus bord. Elle jeta des lueurs dorées puis tomba dans l'eau avec une petite éclaboussure. C'est une superstition de marin pour rendre hommage au seigneur des profondeurs au terme d'un voyage dangereux.

Ensuite, nous vînmes tous nous aligner le long du bastingage pour regarder vers la terre.

La troupe sur la grève n'était guère importante ; une grosse dizaine d'hommes tout au plus, tous revêtus de couvertures de laine aux couleurs vives. Mais ils brandissaient de larges épées dont l'acier luisait au soleil ; il n'y avait aucun doute à avoir.

— Que fait-on de ça ? demanda Rousse en pointant un doigt vers la terre, avec un regard oblique.

Je regardai dans la direction qu'il indiquait. Deux silhouettes s'étaient avancées, plus petites que les autres. La plus grande des deux, aux cheveux bruns, restait parfaitement immobile ; la plus petite trépignait sur place en agitant une lance. J'évaluai leur taille par rapport à celle des épées des hommes derrière eux.

— Un enfant, dis-je. Amiral, un enfant, deux peut-être.

Le marin fronça ses sourcils roux.

— C'est toi l'émissaire de la reine. Que fait-on ?

Je serrai mon manteau autour de moi ; ma main se ferma sur la bague d'Ysandre.

— Nous y allons, seigneur, répondis-je fermement. Prenez six hommes avec vous, des hommes qui savent se battre. J'emmène Hyacinthe et Joscelin.

— Nous serons en infériorité numérique, répondit-il d'un ton morne.

— Il faut faire preuve de confiance. (Avec un sourire forcé, je jetai un coup d'œil en direction de Joscelin ; accoudé au bastingage, ses canons d'avant-bras étincelants sous le soleil, il scrutait intensément la plage.) Si c'est un piège, amiral, tous vos hommes n'y suffiraient pas. Dans le cas contraire, nous ne serons pas submergés par le nombre – pas avec un Cassilin sur ses gardes. Et puis, si vous voulez bien… nous pourrions offrir quelque chose de votre trésor aux Dalriada. La reine vous dédommagera.

— Qu'il en soit ainsi.

Quintilius Rousse choisit ses hommes ; Rémy, le compagnon de pêche de Hyacinthe, était du nombre. Puis il donna ses ordres, laissant la barre et le commandement à Jean Marchand. Après un crochet par sa cabine, il me montra un coffre rempli de soieries, de gemmes et de pots contenant des épices. J'approuvai d'un hochement de tête – comme si j'avais été experte dans ce genre de choses. Ensuite, un canot fut mis à l'eau, une échelle de corde balancée par-dessus bord, et j'entrepris ma descente à la force des bras.

Les six marins de Rousse prirent les avirons et nous partîmes sur les vagues éblouissantes. Chaque coup de rames nous rapprochait de la plage – et nous éloignait de la sécurité du bateau et de tout ce qui était d'Angelin. Je gardai la tête bien haute, m'efforçant de donner l'impression que je savais ce que je faisais.

À une cinquantaine de pas de la plage, nous pûmes les distinguer. Aucun doute possible, les hommes étaient des guerriers, aux cheveux blonds et roux ; ils me rappelaient douloureusement les Skaldiques, grands et musclés qu'ils étaient. J'avais eu raison : l'un d'eux était un enfant, un jeune garçon aux cheveux blond cuivré, avec un torque d'or autour du cou. Il bondissait sur place, criant des choses dans une langue inintelligible.

L'autre…

L'autre n'était pas un enfant, mais une femme, mince et d'allure composée, avec des cheveux bruns et une peau couleur noisette ; il y avait un espace autour d'elle, dans lequel les guerriers dalriada n'entraient pas.

— Soyez les bienvenus, dit-elle en cruithne, d'une

voix haute, claire et musicale, dès que nous fûmes à portée.

Elle tendit une main et les guerriers dalriada agitèrent leurs épées en criant, avant de les remettre au fourreau. Ensuite, ils s'avancèrent dans l'eau pour venir saisir les bords du canot et le haler dans l'eau peu profonde jusque sur la grève rocheuse. Le garçonnet courait en tous sens, agitant sa petite épée qui n'était qu'un jouet.

— Soyez les bienvenus, répéta la jeune femme, dont les pommettes foncées étaient ornées de deux lignes de points bleus.

Malgré sa frêle silhouette, ce n'était plus une jeune fille. Ses yeux noirs souriaient ; sa main était toujours tendue.

Tétanisés, les D'Angelins restaient assis dans le canot, qui avait quitté les flots pour atterrir sur la terre ferme. Avec un léger choc, je pris conscience que j'étais la seule à avoir compris ce qu'elle avait dit. Je me mis debout, en veillant à ne pas déséquilibrer notre embarcation.

— Je suis Phèdre nó Delaunay, dis-je dans un cruithne prudent, en m'efforçant d'adopter les inflexions qu'elle avait mises dans sa voix, et je suis ici en tant qu'ambassadrice d'Ysandre de la Courcel, reine de Terre d'Ange. Nous cherchons Drustan mab Necthana, le véritable Cruarch d'Alba.

En entendant le nom de Drustan, les guerriers se mirent à crier, agitant leurs épées et tapant du pied. Le jeune cria à pleins poumons et la jeune femme sourit en mettant les mains sur les épaules du bambin pour le calmer.

— Je suis Moiread, sa sœur, dit-elle avec une grande simplicité. Nous vous attendions.

— Comment ? murmurai-je. (Le souvenir de mes compagnons me revint à cet instant et je me tournai vers eux.) Tout va bien, dis-je en d'Angelin. Ils nous souhaitent la bienvenue.

Des mains puissantes me saisirent pour m'aider à sortir du canot ; je titubai presque de retrouver la terre ferme sous mes pieds. Le sourire de Moiread s'accentua et elle s'approcha pour poser les mains sur mes épaules, plongeant son regard dans le mien. Ses yeux étaient largement écartés et très foncés ; les points bleus sur ses joues les faisaient paraître plus grands encore.

— J'ai fait un rêve, dit-elle de sa voix posée. Brennan jouait sur la plage et un cygne passa en volant au-dessus de lui. D'un coup de lance, il lui transperça un œil. Le cygne tomba au sol et se défit de son habit de plumes. Puis il retira la lance et se mit à parler. J'ai donc suivi Brennan là où il vient chasser les mouettes avec sa lance. Lorsque j'ai eu trouvé l'endroit, les hommes d'Eamonn sont venus. Et vous voilà.

Je frissonnai sous ses mains.

— Vous avez suivi un rêve ?

Ses yeux noirs passèrent sur notre petit groupe pour se fixer sur Hyacinthe.

— Vous avez suivi un rêve, dit-elle. (Sur ces mots, elle s'approcha de Hyacinthe et toucha son visage de ses doigts bruns et effilés.) Un rêveur éveillé.

Le Tsingano recula à son contact, avec une expression étrange. Les hommes de Rousse et les guerriers dalriada se jaugeaient du regard, leurs mains touchaient leurs armes. Le petit garçon, Brennan, bascula la tête en arrière pour demander quelque chose. Je parvins presque à saisir quelques mots ; presque.

— Pouvons-nous voir votre frère ? demandai-je à Moiread, désespérant de mettre un peu de logique dans cette rencontre.

— Bien sûr. (Elle se tourna vers moi, toujours souriante.) Mais vous devez d'abord rencontrer les Jumeaux. Ce sont les seigneurs des Dalriada.

Ce fut une étrange procession. Deux des marins restèrent au canot, pour rendre compte des événements à ceux encore à bord ; les autres suivirent. Nous cheminâmes sur un petit sentier étroit à travers les vertes collines. Les Dalriada riaient et criaient ; l'un d'eux prit Brennan sur ses épaules et fit le cheval. Yeux écarquillés, les D'Angelins ne disaient pas un mot. Un peu sonnée moi-même, j'expliquai autant que possible ce qui nous arrivait.

Le siège de la royauté des Dalriada est un grand manoir au sommet de l'une des plus hautes collines. On m'expliqua qu'il faisait pendant au manoir de Tea Muir en Eire, où règne le roi d'Eire – un bâtiment de pierre et de torchis, passé à la chaux et recouvert d'un toit de chaume ; mais cela ne lui rend pas justice. Il est vaste, doté de sept portes, par lesquelles on entre selon son rang. Les Eirans ont des lois régissant ce genre de choses.

Nous entrâmes par la porte du soleil, ce qui représentait un honneur, mais je ne le savais pas encore. C'était le deuxième rang le plus élevé qui pouvait nous être accordé ; le premier aurait été de nous faire passer par la porte de la jument blanche, que seuls les descendants de Tea Muir peuvent emprunter. Là, on nous fit attendre dans une pièce ; Brennan fut envoyé jouer au-dehors et les guerriers dalriada s'assirent avec nous, les yeux brillants. Le bruit d'une querelle nous parvenait de l'autre côté de la porte.

— Tu parles pour le cygne, dit Moiread, embarrassée. Qui vient avec toi ?

— Lui, dis-je sans hésitation en désignant Quintilius Rousse, qui portait le coffre au trésor. Et lui, et lui encore, indiquai-je en montrant Joscelin et Hyacinthe.

Tous deux s'inclinèrent, un peu gênés.

— C'est parfait, dit-elle. (Elle sortit et revint peu après.) Les Jumeaux vont vous recevoir.

Je regardai une fois Quintilius, une fois Joscelin et une fois Hyacinthe, puisant du courage et de la force dans leurs regards fermes. Ensuite, je pris une profonde inspiration et suivis Moiread dans la salle d'audience du manoir des seigneurs des Dalriada.

Je ne savais pas à quoi je m'étais attendue ; tout était allé si vite. Mais si j'avais pensé à quelque chose, ce n'était sûrement pas à ça : les deux Jumeaux, frère et sœur, assis sur leurs trônes contigus.

Aujourd'hui, je les connais assez bien, les Jumeaux. Ce jour-là, je me réfugiai dans ce que je connaissais le mieux : je pris le coffre des mains de Rousse pour le leur offrir, avant de m'agenouiller, tête baissée. Grainne me regardait avidement – je la vis entre mes cils, jouant nerveusement avec le torque d'or qu'elle portait au cou et les épingles rehaussées de pierreries piquées dans ses cheveux roux cuivré coiffés en tresses. Eamonn était le plus suspicieux ; il mit le coffre de côté et haussa la voix pour s'enquérir des motifs de notre venue.

— Ils sont venus pour voir Drustan, expliqua Moiread. (Je compris le sens de son phrasé si fluide qu'il paraissait couler comme de l'eau, en prenant un par un chacun des mots eirans, puis en reconstituant la phrase.) Ils demandent une audience avec le Cruarch.

Eamonn fronça les sourcils, mais Grainne se leva ; ses yeux gris-vert brillaient. C'était une grande femme, magnifique selon leurs critères ; ses traits étaient plus rudes que le sont les nôtres, mais ses cheveux et ses yeux étaient assez jolis, tout comme sa bouche généreuse qui nous souriait. Elle portait une épée à la taille ; j'estimais qu'elle ne devait guère être plus âgée que Joscelin – dans les vingt-cinq ans.

— Dis-leur qu'ils sont les bienvenus, dit-elle. Et va chercher ton frère.

— Ma dame, dis-je avec hésitation, en relevant la tête. (Les mots dans cette langue qui ne m'était pas familière m'écorchaient la bouche.) Je crois que je comprends.

Eamonn posa son regard intense sur moi ; ses sourcils roux cuivré étaient arqués sur son front. Il marmonna quelque chose sur son trône, dont je ne saisis qu'un seul mot, « problème ». Il était grand, à l'instar de sa sœur, mais ses cheveux étaient plus clairs et ses yeux d'une teinte plus trouble.

Ce doit donc être ça, songeai-je. Pour les autres, j'expliquai en d'Angelin.

— Ils vont chercher le Cruarch.

Nous l'entendîmes avant de le voir ; une démarche claudicante parmi les autres bruits de pas. J'avais oublié ce détail. La voix de Delaunay me revint en mémoire, avec ses tonalités amusées. « *Et Ysandre de la Courcel, fleur du royaume, va apprendre à un prince barbare affecté d'un pied bot à danser la gavotte.* »

Drustan mab Necthana, prince des Pictii, Cruarch d'Alba chassé de son trône, entra dans la pièce.

En plus de quelques guerriers, il était accompagné

d'une vieille femme et de deux plus jeunes – plus Moiread –, à l'évidence sa mère et ses sœurs. Ils étaient tous faits de la même étoffe, minces et bruns, la peau sombre, plus courts d'une demi-tête au moins que les Jumeaux. Mais Delaunay m'avait appris à observer et je vis comment les Dalriada reculèrent pour faire place aux Pictii.

Il portait leurs signes ; un trait de teinture bleue séparait ses sourcils en deux, s'enroulait sur ses joues en un motif baroque et barbare. Pour autant, ce n'était pas totalement déplaisant, d'autant que dans ce masque de guerrier picte brillait un beau regard sombre. Un manteau de laine rouge était accroché à ses épaules, fermé par une fibule d'or.

— Vous êtes la voix du cygne, me dit-il en cruithne, tandis que ses yeux noirs me transperçaient jusqu'aux os. Que dit Ysandre de la Courcel ?

S'il n'avait pas parlé… Il était suffisamment étrange et effrayant pour que j'en sois venue à douter de ma réponse. Mais il y avait dans sa voix comme une fêlure, faite d'espoir et de jeunesse, que seule une oreille entraînée pouvait entendre. Je me levai et fis passer par-dessus ma tête la chaîne portant l'anneau de Roland. La bague se balançait doucement entre nous.

— Seigneur, dis-je en haussant la voix, Ysandre de la Courcel, reine de Terre d'Ange, souhaite honorer le pacte passé entre vous.

Drustan mab Necthana prit la bague, refermant sèchement la main dessus. Il tourna la tête vers sa mère et ses trois sœurs, qui hochèrent la tête ensemble. Une lueur flamboya puis mourut dans ses yeux.

— Quel est le prix ? demanda-t-il d'une voix dure.

Je croisai son regard au milieu de son masque

bleu – un regard qui avait vu la déchéance, la trahison et le meurtre de son père. Pendant un instant, nous nous comprîmes, le prince des Pictii et moi.

— Terre d'Ange est sous la menace d'une invasion, répondis-je d'une voix calme. Si vous reconquérez le trône d'Alba, le Maître du détroit vous laissera traverser. Voilà le prix. Votre aide pour protéger le trône d'Angelin. C'est le prix pour épouser la reine de Terre d'Ange, seigneur.

Drustan regarda les Jumeaux.

Les deux seigneurs des Dalriada s'agitaient sur leurs trônes. Grainne était penchée en avant, et Eamonn affalé en arrière. Leurs deux regards se dérobaient, refusant celui du Cruarch.

— Qu'en dites-vous, mes frères? demanda Drustan en cruithne. (Ses yeux noirs brillaient.) Tu as attendu un signe, Eamonn. Le voilà. Prenons l'épée et Alba se rangera à nos côtés. Les hommes de Maelcon courront devant nous et le Maître du détroit nous récompensera en faisant une mer d'huile devant nous. Qu'en pensez-vous?

— Je dis…

Grainne prit une profonde inspiration.

— Non, la coupa Eamonn en cruithne, en tirant sur son torque. Non. (Il secoua la tête, plus têtu qu'un baudet.) Le risque est trop grand et le bénéfice trop petit. Amènent-ils une armée? Apportent-ils des épées?

Il ouvrit le coffre, montrant son contenu, chatoyant et inoffensif, embaumant les épices. Grainne eut un murmure appréciateur, tirant une écharpe de soie verte filée d'or.

— Non! (Eamonn retira le coffre, refermant

presque le couvercle sur la main de sa sœur.) Des babioles et des belles paroles !

— Dagda Mor ! s'écria Grainne, les yeux luisants de colère. Tu es un lâche et un idiot ! Je dis…

— Tu dis ce que tu veux ! répondit-il, de nouveau en eiran, en lui retournant son coup d'œil furibond. À moins qu'on parle d'une même voix, les Dalriada ne vont nulle part ! On a déjà bien du mal à tenir ce territoire !

C'en était trop pour que je puisse espérer mal comprendre ; je suivais relativement bien, en passant de l'un à l'autre. Rousse, Joscelin et Hyacinthe regardaient les Jumeaux en train de se quereller avec la plus grande perplexité.

— Eamonn. (Drustan avait haussé la voix ; il fit taire tout le monde.) Vous tenez ce territoire parce que mon père a choisi d'honorer la vieille promesse faite par Cinhil Ru aux Dalriada. Par ailleurs, le peuple du Cullach Gorrym ne fera rien contre moi, oh non ! pas plus qu'une bonne part du peuple de Tarbh Cró, même si Maelcon ordonne à la tribu du taureau rouge de partir en guerre. Mais qu'en sera-t-il de vos enfants, et des enfants de vos enfants ?

— Tous sauront que leurs parents et leurs grands-parents auront été des lâches ! s'exclama Grainne avec fougue. Si nous ne…

— Assez ! cria Eamonn à sa sœur en se prenant la tête à deux mains. (Il braqua un regard menaçant sur Drustan.) Pensez-vous que les Albans se rallieront à la bannière d'un estropié, seigneur ?

Il y eut des murmures parmi les guerriers cruithnes et l'une des sœurs de Drustan eut un hoquet de stupéfaction ; sa mère posa une main légère sur son bras pour lui intimer de se taire. Drustan mab Necthana rit, découvrant ses dents blanches et fortes, puis écarta les bras. Le manteau rouge qu'il portait glissa en arrière, révélant les motifs complexes de volutes et spirales tatouées sur ses épaules et le long de ses bras.

— Qu'en pensez-vous, frère ? Ils m'ont déjà suivi. Sur un cheval, j'ai quatre jambes. Et c'est suffisant.

J'avais résisté jusque-là à la tentation, mais mes yeux se portèrent malgré moi vers sa difformité. En fait, malgré ses bottes de cuir souple, on voyait nettement que son pied droit était vrillé au niveau de la cheville, et ce pied rabougri se recroquevillait sur lui-même, de sorte que la semelle n'était pas en appui sur le sol. Hormis cela, sa jambe droite semblait aussi vigoureuse que la gauche, avec de longs muscles noueux.

— Voulez-vous éprouver mon épée pour voir si je suis digne d'être suivi ? demanda Drustan d'une voix doucereuse. (Eamonn détourna la tête.) Vous venez de répondre à ma question, frère.

Je pris un instant pour récapituler brièvement la situation aux D'Angelins. Quintilius Rousse avait l'air particulièrement mécontent. Joscelin jeta un regard à Eamonn.

— J'éprouverais bien son acier, murmura-t-il avec une colère qui n'était pas du tout cassiline. Qu'on me laisse lui montrer s'il apprécie les babioles que je porte.

Dans le silence qui avait suivi la déclaration de Drustan, de nombreuses discussions avaient éclaté dans la vaste pièce ; les Cruithnes et les Dalriada se poussaient et se querellaient. Grainne était au milieu de la tourmente, criant après l'un des Pictii, son épée à moitié tirée du fourreau. Cela paraissait étrange à mes yeux de voir une femme armée, mais elle n'était pas la seule des femmes dalriada à porter l'épée

– seules les plus puissantes d'entre elles, comme je l'appris plus tard. Ce n'était pas rare non plus chez les Pictii, même si Necthana et ses filles n'allaient pas au combat. D'ailleurs, elles étaient les seules personnes parfaitement sereines ; leurs quatre paires d'yeux, pareillement immenses, observaient placidement ce qui se déroulait.

Pour finir, Eamonn se leva d'un pas lourd de son trône pour crier ; la mêlée cessa, mais sa sœur et lui continuèrent à discuter, jusqu'à ce qu'il levât les mains au ciel.

— C'est une question trop importante pour être ainsi tranchée sur l'instant, annonça-t-il en cruithne pour que je comprenne. Nous vous accueillons et vous remercions pour les présents reçus, Phèdre de Terre d'Ange. Ce soir, nous festoierons en votre honneur, et demain nous reparlerons de ces choses. Cela vous convient-il, mon prince ?

Drustan inclina la tête, mais ce fut sa mère qui parla.

— Voilà qui est sagement parlé, seigneur Eamonn, dit Necthana d'une voix plus profonde et plus mielleuse que celle de sa fille.

— Oh ! ça, il peut parler, dit Grainne avec mépris, en agitant sa chevelure cuivrée. Parler, parler et parler encore, jusqu'à ce que tous se couvrent les oreilles et le supplient d'arrêter !

La bouche de Necthana se tordit comme si elle luttait pour réprimer un sourire.

— C'est un grand talent, à n'en pas douter. Mais nous avons des invités à qui nous avons offert l'hospitalité. Ils doivent être épuisés de leur voyage. Ne leur offririez-vous pas de se reposer et de se rafraîchir ?

— Dagda ! (Grainne reporta sur nous un regard empli de contrition et d'intérêt mêlés.) Si, bien sûr.

Frappant dans ses mains, elle convoqua des serviteurs. Laissant les affaires domestiques à la charge de sa sœur, Eamonn serra son manteau autour de lui et sortit, drapé dans sa dignité outragée, escorté de ses Dalriada. Le prince Drustan rassembla ses Cruithnes pour leur parler à voix basse. Je saisis quelques bribes ; il leur demandait de passer parmi les Dalriada pour y chanter la gloire des batailles à venir.

— Ne craignez rien.

C'était une voix basse derrière moi, apaisante et musicale. Je me retournai pour découvrir Necthana et ses filles qui me souriaient. Moiread était la plus jeune.

— Ils forment un attelage bien dépareillé, ces Jumeaux, dit Necthana en désignant Grainne d'un signe de tête. Elle qui tire devant et lui qui freine des quatre fers. Mais si vous parvenez à trouver l'équilibre entre eux, ils sont fiables et tiennent bien l'allure.

— Et comment fais-je cela ? demandai-je d'un ton de supplique.

Elle posa une main sur mon front, plongeant son regard au fond de mes yeux avec un sourire.

— Vous trouverez. C'est pour ça que vous avez été choisie.

Elles tournèrent les talons et sortirent de la vaste salle dans le plus grand calme. Je me retournai vers mes compagnons en haussant les épaules.

— Il semblerait qu'il nous faille trouver un moyen de parvenir à l'équilibre entre les Jumeaux, dis-je avec un sourire forcé. Si quelqu'un a une idée, qu'il n'hésite surtout pas à m'en faire part.

70

On me donna une chambre à partager avec Breidaia, la plus âgée des sœurs de Drustan – celle destinée à devenir la mère de ses héritiers, selon la tradition cruithne. Même si Ysandre et lui venaient à se marier, leurs enfants ne régneraient jamais sur Alba.

En revanche, ils seraient les héritiers du trône d'Angelin ; des descendants d'Elua à moitié pictes, élevés au sein de la maison Courcel. Je dois bien reconnaître que, pour un natif de Terre d'Ange ayant grandi sur cette terre bénie, cette pensée avait quelque chose de déconcertant.

— Nous sommes les plus anciens enfants de la Terre sur ce sol, m'expliqua Breidaia comme si elle avait deviné mes pensées. (Tout en demandant à une servante de secouer les oreillers, elle me gratifia d'un sourire tranquille.) Des milliers d'années avant la naissance de Yeshua, avant qu'il saigne sur sa croix de bois, avant que Magdelene verse des larmes et qu'Elua erre sur la terre, nous avions déjà traversé la mer jusqu'en Alba. Nous sommes le peuple du Cullach Gorrym, ceux qui suivirent le sanglier noir vers l'ouest, bien avant que les D'Angelins apprennent seulement à compter sur leurs doigts. Lorsque les autres arrivèrent, grands et blonds, la Fhalair Bàn, la jument blanche d'Eire, le Tarbh Cró au nord, l'Eidlach Òr au sud, nous étions déjà là.

Les Dalriada appartenaient à la jument blanche, et Maelcon l'usurpateur au taureau rouge. Au sujet de l'Eidlach Òr, la biche dorée, je ne savais rien.

— Et ils suivront Drustan ? demandai-je. Tous ?

— Si telle est la volonté du Cullach Gorrym, répondit-elle sur le ton de l'évidence.

Je n'étais pas rassurée.

Breidaia posa son regard calme sur moi.

— Toutes les choses arriveront comme elles doivent arriver. Ne crains rien.

C'était dit pour m'apaiser, mais j'en avais vu bien trop pour être apaisée par les mots d'une jeune femme pas plus vieille que moi, voire moins. J'avais vu le duc d'Aiglemort recevoir un triomphe avec les alliés du Camlach, et je ne connaissais que trop bien la redoutable intelligence de Waldemar Selig – lui dont les guerriers se comptaient par dizaines de milliers et dont la bibliothèque comportait les ouvrages des plus grands tacticiens. Bien du temps s'était écoulé depuis que Cinhil Ru avait su rassembler les Cruithnes contre les armées de Tiberium. Aujourd'hui, un couple de jumeaux querelleurs, un prince tatoué et une petite foule de guerriers indisciplinés ne suffisaient pas à me donner confiance. *Ils sont comme des enfants*, songeai-je, *qui affirment connaître le danger jusqu'à ce qu'ils le rencontrent pour de bon.*

Puis je me souvins du rêve de Moiread et je n'eus plus aucune certitude.

— Écoute, dit Breidaia en relevant la tête, l'oreille

aux aguets. Ils sont en train de préparer la fête. Est-ce qu'on les rejoindra ?

C'est donc dans cet état d'esprit que je la suivis jusqu'à la salle d'audience du manoir des seigneurs des Dalriada, aussi désespérée et téméraire que Quintilius Rousse à la barre de son navire, lancée dans la brume vers des rivages inconnus.

Si les Jumeaux n'étaient pas en accord sur la conduite des événements, ils affichaient en revanche une belle unanimité en matière d'hospitalité. Une bonne moitié des marins avaient été débarqués pendant que nous nous reposions et la salle était pleine d'invités, d'Angelins, dalriada et cruithnes, mais aussi pleine de bruit et de gaieté. C'était étonnant de noter la présence de tant de D'Angelins parmi des étrangers ; par leur beauté et leur élégance, ils resplendissaient comme des diamants au milieu de pierres brutes.

Ils s'en tiraient plutôt bien ; les marins sont gens diserts, plus habitués que la plupart à communiquer malgré la barrière de la langue. Nous fîmes bonne chère, car Alba est une terre fertile et les Dalriada n'étaient pas peu fiers d'étaler leur opulence. Des plats simples pour les goûts d'Angelins, mais servis en abondance – venaisons et ragoût de poissons, des légumes de printemps et un fromage caillé au goût étonnamment doux, des soupes et du vin assez grossier. Il y avait un breuvage également, le *uisghe*, qui brûlait férocement au début, puis s'adoucissait par la suite, avec des arômes d'herbes et de tourbe.

À mesure que la nuit s'avançait, le *uisghe* se mit à couler à flots ; les bardes dalriada récitèrent de longs poèmes, que je traduisis pour les D'Angelins. Les Dalriada sont de grands causeurs ; je comprenais mieux la verve de Grainne. Ensuite, Quintilius Rousse, les joues rendues vermillon par le *uisghe*, entonna une chanson de marin que je traduisis en rougissant. Si j'avais eu un doute avant cela, il était maintenant dissipé ; il n'y avait ni honte ni tabou chez les Dalriada ou les Cruithnes sur ces questions-là. Ils frappèrent dans leurs mains et reprirent le refrain à tue-tête.

Cela me rappelait un peu ce que j'avais vu chez les Skaldiques, mais dans une ambiance différente. Par exemple, je vis que les femmes étaient aussi hardies que les hommes, lançant des œillades aux marins d'Angelins avec un intérêt non déguisé. Bon nombre d'entre eux partirent avant la fin de la nuit, les marins de Rousse se laissant conduire tout sourires là où on les emmenait – du moins, ceux qui avaient un goût pour les femmes. D'Angelins, Dalriada ; peu importait, car ils étaient restés bien longtemps dans le Kusheth sans aucune autre compagnie.

Lorsque la chanson de Rousse fut achevée, le champion d'Eamonn – Carraig –, un guerrier dalriada plus grand que tous les autres, lança en plaisantant à moitié un défi à Joscelin, désignant avec amusement et grands gestes ses canons d'avant-bras, ménageant un grand espace au centre de la pièce, puis tirant son épée pour l'agiter avec un air provocateur.

Les Jumeaux hurlèrent leur approbation, avant de vider d'un trait leur verre de *uisghe* ; Dalriada et D'Angelins voulaient voir l'affrontement. Les Cruithnes avaient un air amusé. Avec calme et grande patience, Joscelin me lança un coup d'œil, un sourcil levé.

Je tournai la tête vers Drustan mab Necthana.

Comme précédemment, il y avait de la compréhension entre nous. Je lus sa question muette dans ses yeux sombres, si étonnamment graves dans son visage marqué de bleu. « Votre homme peut-il gagner ? » Je répondis par l'affirmative d'un simple hochement de tête. Ses épaules esquissèrent un semblant de haussement, tandis qu'elle exécutait d'une main un geste appelant à la pondération. Je me levai pour m'adresser aux Jumeaux.

— Voyons voir, donc, quelle forme de combat à l'épée les D'Angelins ont apportée avec eux, dis-je, avec la grande aisance que me conférait le *uisghe*. Mais que le sang ne coule pas, que rien ne vienne assombrir cette rencontre. Que le premier désarmé reconnaisse sa défaite dans l'honneur !

Ils acceptèrent les termes proposés dans un tonnerre de vivats. Joscelin se leva en souplesse, saluant les bras croisés, Quintilius Rousse tituba jusqu'à moi.

— Je croyais que les Cassilins ne tiraient l'épée que pour se défendre, dit-il en bafouillant un peu.

— Le Préfet de la Fraternité cassiline l'a renié, expliquai-je avec un haussement d'épaules. L'épée de Joscelin est maintenant vouée au service d'Ysandre.

— Aaahh !

Ses yeux brillèrent et notre attention se porta sur les combattants.

Carraig fit tournoyer son épée au-dessus de sa tête en poussant un rugissement ; puis il se rua en avant en l'abattant de toute sa hauteur. Les dagues de Joscelin jaillirent de leurs fourreaux ; lames croisées, il intercepta et dévia la lame de son adversaire. Les convives s'esclaffèrent en le voyant tourbillonner gracieusement pour sortir de la ligne d'attaque ;

Carraig chancela, puis se ressaisit pour une deuxième charge. L'acier résonna ; l'épée dalriada glissa sans dommage sur l'un des canons d'avant-bras. Joscelin s'écarta, aussi fuyant que l'eau, inversant sa prise sur l'une de ses dagues. Avec un mouvement si rapide que l'œil ne pouvait presque pas le suivre, il abattit la poignée de son arme sur la main de Carraig qui tenait son épée. De saisissement, la main s'ouvrit, mais Joscelin balayait déjà dans le même mouvement la jambe d'appui du guerrier dalriada.

Il y eut un bruit formidable ; Carraig était tombé par terre tandis que son épée rebondissait sur le sol. Avant même qu'il pût prendre conscience de ce qui lui était arrivé, les deux lames croisées de Joscelin étaient posées sur sa gorge. Le champion d'Eamonn se soumit avec bien meilleure grâce que ce que j'avais craint. Tandis que Joscelin rangeait ses dagues après avoir salué, Carraig se releva pour le serrer dans ses bras avec un rugissement, en lui assenant de joyeuses claques dans le dos.

— Au moins, on les aura impressionnés avec ça.

Hyacinthe venait d'apparaître à mes côtés, un sourire de biais sur le visage ; ses yeux noirs luisaient sous l'effet du *uisghe*. Je n'avais pas perçu la plus petite trace de jalousie dans sa voix ; en me tournant vers lui je compris pourquoi. Moiread se tenait à côté de lui, calme et souriante – un rêveur éveillé, aucun doute ; la fille de Necthana s'intéressait à lui. Il se trémoussait d'un pied sur l'autre, les yeux fixés sur moi comme s'il se demandait si j'allais lui dire de rester ou de partir – incertain quant à la réponse qu'il espérait le plus.

— Oui, au moins nous aurons cela.

Je passai une main sur ses cheveux. J'avais trop bu, ou pas assez, pour m'expliquer avec lui.

— Va où tu l'entends, prince des voyageurs, dis-je avec une dignité à peine entamée. (Du moins, c'était ce que je me figurais.) Je m'occupe des affaires de la reine.

Ses yeux brillèrent ; sur une petite courbette, il disparut en compagnie de Moiread.

Je me retournai ; Joscelin était fermement entouré par les guerriers dalriada, pas vraiment dérangé par leurs louanges et leurs rires, s'efforçant de trouver les mots pour expliquer ce qu'était la discipline cassiline. Quintilius Rousse avait disparu ; à sa place, il y avait trois jeunes hommes dalriada, se poussant les uns les autres pour être celui qui m'offrirait un nouveau verre de *uisghe*.

À tous ceux qui n'ont jamais eu à tenir le rôle d'émissaire royal, je donnerai le conseil suivant : méfiez-vous des breuvages exotiques.

Malheureusement, je ne jouissais pas encore d'une telle sagesse.

Une bonne part des événements de cette nuit se brouillent dans ma mémoire ; d'autres, hélas, me sont demeurés parfaitement clairs. Je me souviens d'Eamonn arrivant dans la mêlée et repoussant ses hommes pour m'offrir un siège et du *uisghe*, et quelque chose d'autre encore. Je me souviens de Grainne se querellant avec lui, ses cheveux cuivrés tombant comme un manteau sur ses épaules, ses yeux étrécis par la joie. Ils se chamaillaient comme des enfants, les Jumeaux ; de ça, je me souviens.

J'étais l'enjeu de leur dispute.

À un moment, je dus dire quelque chose. Quoi ? Je ne m'en souviens plus ; toujours est-il que je fis droit aux prétentions de l'un d'eux – ou des deux peut-être. C'était là ce qui les avait poussés à se quereller, même si en vérité ils n'avaient guère besoin d'un prétexte.

— N'importe qui est plus beau que toi, Eamonn. (Je me souviens du rire de Grainne.) Je saurai ce que c'est, pour une fois. N'est-ce pas ce que font les D'Angelins ?

Elle me regarda dans l'attente d'une réponse ; je dus dire « oui ». D'ailleurs, c'est assez vrai au fond. Eamonn marmonna quelque chose sur un ton bourru, dont je ne me souviens pas, s'attirant un regard moqueur de Grainne.

— De toute façon, c'est à l'invitée de choisir.

Ce que je fis.

Le lendemain matin, je m'éveillai avec la tête comme fendue en deux.

— Est-ce que tous les D'Angelins sont comme ça ? Est-ce que tout le monde apprend à faire ça ?

Les mots étaient dits en eiran – une langue que je comprenais parfaitement la veille encore. Là, il me fallait chercher à tâtons le sens de chaque mot dans ce dialecte, tout en luttant pour m'extraire des draps froissés et affronter l'un des deux seigneurs des Dalriada, déjà habillé et parfaitement réveillé.

— Non, ma dame, répondis-je modestement en cruithne, repoussant mes cheveux en arrière pour croiser son étrange regard. Pas tout le monde.

— C'est bien dommage, dit-elle doucement, tout en nouant sa jupe.

Un petit être jaillit dans la chambre pour bondir sur le lit et s'enfouir sous les couvertures ; Brennan, le petit garçon, dont j'avais deviné qu'il était son fils.

Je fis une grimace ; le sang battait à mes tempes.

— Doucement, lui dit-elle d'un ton plein d'indulgence. (Elle s'assit sur le bord du lit, ébouriffant les cheveux roux de son fils, un regard amusé posé sur moi.) Je ne suis pas sûre d'apprécier de rencontrer quelqu'un meilleur que moi à ces choses. Mais tu m'as rappelé que certaines choses précisément se font mieux en prenant tout son temps, bien plus qu'à la hâte. C'est à ça que vous êtes formés, à complaire aux souverains ?

J'aurais ri si ma tête ne m'avait pas tant fait souffrir. Brennan se tortillait sous la main de sa mère ; il rampa derrière moi et ses petits doigts remontèrent le long de ma marque, avec une curiosité tout enfantine.

— Non, ma dame, répétai-je en appuyant l'extrémité de mes doigts sur mes tempes. C'est ce à quoi moi j'ai été formée. (Je songeais tristement au nouveau coin que je venais d'enfoncer dans les relations entre le frère et la sœur.) Je ne suis pas faite pour la diplomatie. C'est ce que j'ai dit à ma reine.

— Tu es douée pour les langues.

Un coin de la bouche de Grainne esquissa un sourire. Elle se leva pour s'admirer dans un petit miroir, puis planta une épingle ornée d'une gemme dans sa glorieuse chevelure.

— En tout cas, je t'ai donné la clé pour dompter Eamonn.

— Ma dame ?

Les chatouillis du garçonnet me détournaient de ma migraine, mais je ne parvenais pas à saisir le sens de ce qu'elle voulait dire.

— Il ne supporte pas que j'aie quelque chose qu'il ne puisse avoir, m'expliqua-t-elle complaisamment. Un cheval, une épée, une broche… Quelle que soit cette chose, Eamonn veut à tout prix posséder au moins la même.

— Vous voulez dire qu'il partirait en guerre pour moi ?

Son regard était empreint d'une douceur condescendante.

— Si on lui laisse le choix, Eamonn ne décide jamais rien. Avec lui, c'est ni oui, ni non, jusqu'à ce que le taureau de Macha donne du lait. Pour toi uniquement… non. Mais ça l'écorchera de se voir refuser ce que moi j'ai eu. Là est la clé, Phèdre nó Delaunay. (Elle prit grand soin de bien prononcer mon nom, puis sourit.) Pourtant, tu es presque… presque digne d'une guerre.

Je me redressai pour m'asseoir en tailleur sur le lit ; mes doigts passaient dans mes cheveux. Le diamant de Melisande pendait à mon cou ; c'était là mon unique parure.

— L'avez-vous fait pour cela ? demandai-je.

— Non.

Grainne me sourit de nouveau, puis frappa dans ses mains pour que son garçon vînt à elle. Il s'accrocha à sa taille, levant vers elle son visage souriant.

— Pour moi. (Elle ébouriffa ses cheveux, puis posa sur moi un regard scrutateur.) Penses-tu que votre capitaine engendrerait des fils et des filles robustes ?

— Quintilius Rousse ? demandai-je en riant, avant de me ressaisir. Oh oui ! ma dame. De ça, je suis sûre.

— Parfait. (Ses yeux gris-vert brillèrent dans le soleil.) Demain, la mort nous attend peut-être ; mieux vaut vivre aujourd'hui. Et certaines choses se décident mieux dans la hâte. Peut-être pourrais-tu apprendre cela à mon frère.

« *Si vous parvenez à trouver l'équilibre entre eux…* »

— On dirait bien, répondis-je. Je vais essayer.

71

Elua merci ! je n'étais pas la seule ce jour-là à souffrir des conséquences du *uisghe* ; la plupart des D'Angelins avaient l'œil vitreux – et rares étaient les Dalriada à y échapper. Apparemment, tous n'avaient pas la constitution de Grainne. Même certains des Cruithnes entretenaient une solide migraine, mais Drustan n'était pas du nombre.

En revanche, aucun de tous ceux-là n'eut à affronter la mine désapprobatrice de Joscelin Verreuil.

— C'est une indignité, siffla-t-il entre ses dents lorsque nous nous assîmes pour prendre notre premier repas. Crois-tu vraiment que chaque problème peut être résolu simplement en tombant dans le lit de quelqu'un ? Crois-tu que ce soit pour ça qu'Ysandre de la Courcel t'a choisie ?

— Pardonne-moi, murmurai-je en me prenant la tête à deux mains. Je n'ai pas ton talent pour régler ces affaires l'épée à la main. Et puis, je ne serais peut-être pas tombée, si vous ne m'aviez pas laissée, tous autant que vous êtes. En tout cas, tu devrais peut-être essayer. Ça améliorerait ton humeur.

— Je n'ai jamais…, commença-t-il d'un ton menaçant.

Je levai les yeux vers lui.

— C'était différent, dit-il calmement.

— Oui, dis-je en me massant les tempes. C'était différent. Et ce qui s'est produit la nuit dernière est ce qui arrive lorsqu'on envoie une servante de Naamah jouer les diplomates et qu'on l'abreuve de boissons fortes.

Joscelin prit son souffle pour répondre, puis considéra ma mine épouvantable. Un muscle joua sur sa joue ; cela pouvait passer pour un sourire.

— Au moins as-tu eu le choix. À ce que j'ai cru comprendre.

— Oh oui ! j'ai choisi.

Il lança un coup d'œil à Grainne, qui riait au bout de la table, rompant un morceau de pain d'une miche et mangeant de bon appétit.

— Elle a une certaine splendeur barbare.

Je ris, puis m'arrêtai bien vite ; cela résonnait dans ma tête.

Au milieu du jour, j'avais suffisamment récupéré pour accepter l'invitation de Drustan à faire le tour du village dalriada, appelé Innisclan. Nous partîmes à cheval, le prince picte et quatre Cruithnes, Joscelin et moi. Il me montra les bâtiments, la forge et le moulin, puis les vastes troupeaux dans les collines, qui paissaient l'herbe tendre du printemps.

C'était un spectacle apaisant ; toutefois, la chaleur humide que je sentais dans l'air me glaçait les sangs. La saison avançait et chaque jour nous rapprochait un peu plus de l'été et de la guerre.

— D'où venez-vous, seigneur ? demandai-je à Drustan.

— De là-bas, dit-il en faisant volter son cheval pour me montrer la direction du sud-est. (Comme tous les exilés, il avait dans le cœur une carte indiquant en permanence le chemin pour chez lui.) Bryn Gorrydum, où Maelcon est assis sur le trône. (Il découvrit ses dents magnifiques en un rictus effrayant dans son visage bleu.) J'exposerai sa tête au-dessus de ma porte !

Qu'Elua me pardonne ! mais je ne pouvais que prier pour que ce jour arrivât.

— Pensez-vous qu'Eamonn donnera son accord ? demandai-je.

Drustan secoua la tête ; son expression sauvage et farouche s'évanouit.

— Il n'y a pas plus féroce combattant que lui lorsqu'il est dos au mur, mais Eamonn ne va pas au-devant du danger. Si Maelcon tentait de venir me chercher, Eamonn se battrait jusqu'à la mort. Mais sa nature est de défendre, pas d'attaquer.

— Si Grainne se prononçait contre lui, est-ce que les Dalriada suivraient ?

Il posa sur moi un regard méditatif.

— Certains suivraient. Les talents de votre guerrier ont enflammé leurs cœurs. (Il inclina la tête en direction de Joscelin, qui répondit par un sourire poli, sans avoir compris ce qui se disait.) Mais Grainne ne fera pas ça. Elle a beau être aussi brave qu'un aigle, elle ne peut pas rompre le lien qui les lie. (Il posa les rênes sur le pommeau de sa selle, pour regarder en direction de l'est, en direction de son trône et au-delà, vers les rivages de Terre d'Ange ; sa voix devint sourde.) J'ai rêvé un jour de nouer un lien. Deux trônes unis par le fil de soie de l'amour, et pas par les chaînes de la nécessité. (Un sourire flotta fugacement sur ses lèvres.) C'est ce que nous nous sommes promis, moi dans mon pauvre caerdicci, si mauvais que je n'ai même pas osé vous le faire entendre, elle dans son cruithne, un peu meilleur. Mais nous nous sommes compris. Nous avons rêvé ensemble, Ysandre de la Courcel et moi. A-t-elle changé d'avis ?

Je crois que je n'avais pas saisi ce qu'Ysandre avait voulu me dire ; elle avait parlé par allusions, cachant sa pensée sous les mots de la politique. Je comprenais maintenant. Elle l'aimait, avec toute la ferveur rebelle de la jeune fille de seize ans qu'elle était lorsqu'ils s'étaient rencontrés.

Et ses sentiments à lui étaient les mêmes.

— Non, seigneur, murmurai-je. Elle est restée la même.

Ses yeux noirs revinrent se poser sur moi, scrutant mon visage. « Les plus anciens enfants de la Terre », m'avait dit sa sœur. Après tout, peut-être n'était-il pas indigne de la reine de Terre d'Ange.

— Je laisse une semaine à Eamonn pour se décider, dit Drustan mab Necthana d'une voix posée. Ensuite, si son cœur n'a pas varié, je partirai et marcherai sur Bryn Gorrydum sous la bannière du Cullach Gorrym. Certains me suivront, mais pas assez j'en ai peur, sans les Dalriada. Vous, vous regagnerez Terre d'Ange par la mer et direz à Ysandre que je viendrai, si je vis.

Il n'y avait rien à ajouter ; j'inclinai la tête. Drustan fit volter sa monture, appela ses hommes et nous repartîmes vers le manoir d'Innisclan. Je traduisis notre conversation à Joscelin sur le chemin.

— Je vais faire quelque chose, ajoutai-je, que tu ne vas pas apprécier. Je te demande juste de… de laisser passer sans rien dire. Sur le nom de Delaunay, je te jure que j'ai de bonnes raisons de le faire.

Trois jours s'écoulèrent, pendant lesquels nous nous réunîmes pour discuter. Le bruit de notre arrivée s'était répandu et des chefs de clan dalriada arrivaient chaque jour à Innisclan, jusqu'à ce que le manoir fût trop petit pour les contenir tous. Tous étaient grands et farouches, revêtus de laine aux multiples couleurs, avec des bijoux en or qui faisaient leur fierté. Certains arrivèrent prêts à partir au combat, les cheveux dressés sur la tête en crêtes blanches avec de la chaux ; Rousse avait parlé de ça, mais c'était la première fois que je le voyais.

Néanmoins, les Jumeaux étaient les seigneurs des Dalriada, et tant qu'Eamonn camperait sur ses positions, il n'y aurait pas de guerre. Et il ne lâchait rien. Du reste, il n'était pas seul, car bon nombre de Dalriada n'étaient pas prêts à se lancer dans l'aventure pour le compte des Cruithnes.

— Une épopée insensée, dont nous allons revenir les mains vides, observa sombrement Quintilius Rousse en suivant les débats.

Ce jour-là, j'avais parlé jusqu'à en avoir la bouche sèche et l'esprit tout embrouillé de mots d'Angelins et cruithnes mêlés comme dans un nœud de vipères. Eamonn m'écouta sans me lâcher de ses yeux fiévreux, mais ce que je disais lui importait peu. Je ne suis pas une bonne oratrice ; je n'ai pas le talent de chavirer le cœur des hommes avec des mots. Mon savoir-faire est ailleurs.

— Il ne nous reste que quatre jours.

J'appuyai les paumes de mes mains sur mes yeux pour chasser la fatigue. Cela faisait trois jours que je déclinais poliment les approches peu subtiles d'Eamonn, faisant comme si je ne voyais rien. J'écartai les mains pour sourire à l'amiral.

— Êtes-vous si pressé de quitter le lit de dame Grainne ?

Son visage couturé s'empourpra.

— Elle veut un enfant, marmonna-t-il.

— Je sais. Elle pense que vous feriez un bon géniteur. Elle est très directe dans ses envies.

En fait, je les trouvais très bien assortis, mais je me gardais bien de le dire.

— Sibeal a fait un rêve, annonça Hyacinthe, en parlant de la deuxième fille de Necthana. Elle t'a vue, Phèdre. Tu tenais une échelle inclinée sur un seul pied.

— Tu as compris ce que cela signifie ? demandai-je en haussant les sourcils.

Il me retourna un regard perplexe.

— Elles m'apprennent le cruithne et moi je leur enseigne le *dromonde*. Toi, tu as été occupée ailleurs par les affaires de la reine.

— Eh bien, dis à tes rêveuses que l'échelle n'est pas encore prête à trouver son équilibre, répondis-je avec un petit sourire en coin. T'ont-elles vu toi aussi dans leurs rêves, ô prince des voyageurs ?

Hyacinthe secoua la tête en fronçant un peu les sourcils.

— Une seule fois. Breidaia a rêvé de moi sur une île. Elle m'a demandé si c'était là que je suis né. C'est tout.

— Étrange, dis-je en oubliant l'histoire sur l'instant, comme Drustan me faisait signe de venir débiter des histoires de gloire à conquérir dans une alliance avec les D'Angelins, à un chef de clan dalriada manifestement plein d'ardeur.

Au moins, nous progressions plutôt pas mal sur ce front-là. Je traversai la grande salle, avec le poids du regard d'Eamonn sur mon dos. Il en était ainsi chaque jour depuis que j'avais passé la nuit avec sa sœur.

Pour autant, ce que j'avais dit à Hyacinthe était la plus stricte vérité. Si je n'étais toujours pas une vraie diplomate, au moins je savais jauger un client. Eamonn avançait avec lenteur, aussi avisé et prudent que sa sœur était impétueuse. Il avait tenté sa chance le premier soir – et perdu ; il ne s'approcherait plus qu'avec circonspection désormais. Or, j'avais besoin qu'il fût désespéré.

Quatre jours passèrent, puis cinq. Grainne et Eamonn échangeaient des hurlements, chacun soutenu par ses propres factions. J'assistai à la première querelle entre Dalriada et Cruithnes, lorsque trois Dalriada de l'extérieur attaquèrent l'un des hommes de Drustan. Et je vis alors pourquoi Eamonn avait refusé de croiser le fer avec Drustan. Surpassé par la taille et le nombre, le guerrier cruithne combattit avec une intelligence et une rapidité que je n'avais encore jamais vues, contenant ses adversaires jusqu'à l'arrivée de Drustan. Furieux, le Cruarch déchu s'avança en claudiquant, repoussant les épées dalriada de ses mains nues.

Ils auraient pu le tuer à cet instant ; ils ne le firent pas. Ils contemplaient avec crainte et respect ses marques bleues de guerrier, son manteau rouge et le torque d'or à son cou qui clamait son droit par le sang – Cruarch d'Alba.

— Dites-leur demain, dis-je à Drustan, après que les Dalriada se furent confondus en excuses et retirés. Pas en conseil, mais après, lors du festin. Dites-leur ce que vous avez décidé.

Il m'observa un instant et hocha la tête.

— Je ferai comme vous dites.

Ce fut donc ce qui arriva le sixième jour.

La situation était la même que les jours précédents – rien n'avait été décidé et les Jumeaux étaient brouillés. Néanmoins, ils sacrifiaient aux règles de l'hospitalité en fêtant leurs invités. Drustan prit la parole dans la grande pièce, devant le feu d'enfer qui flambait dans l'âtre, s'adressant à Grainne et Eamonn.

— Seigneurs des Dalriada, dit-il en s'inclinant. Vous nous avez accueillis sous votre toit, moi et les miens, et je vous en suis reconnaissant. Mais j'ai fait un serment. (Il leva sa main droite ; la lueur des flammes se reflétait sur l'or de la bague de Roland.) Et je dois l'honorer ou mourir en tentant de l'honorer. Un usurpateur est assis sur le trône de mon oncle, celui qui me revient de droit – Maelcon, mon cousin parricide. Demain matin, je partirai vers l'est pour reprendre ce qui m'appartient. Et si je survis, nous traverserons le détroit.

Une tempête de cris s'éleva dans la salle – un tumulte qui m'était devenu familier. J'attendis, puis m'avançai vers les trônes des Jumeaux.

— Seigneurs, dis-je en m'agenouillant devant eux. Nous vous remercions de votre hospitalité. Le prince Drustan a parlé. Nous partirons demain, pour porter son message à notre reine.

Grainne m'accorda un hochement de tête royal, avant de tourner le regard pour dissimuler la lueur amusée dans ses yeux gris-vert. Elle savait ce que j'étais sur le point de tenter ; c'était elle qui m'avait donné la clé. Je me redressai, exécutai une révérence avec toute la grâce de la maison du Cereus, puis pivotai pour me retirer.

— Attendez, protesta Eamonn en venant me saisir aux épaules. Ce n'est pas nécessaire de partir si vite, ma dame ! Au moins... prenez au moins le temps de boire avec moi. Vous n'avez pas... vous ne pouvez pas... (Il lança un regard meurtrier à sa sœur.) Nous sommes pareils, elle et moi, nés du même ventre ! Vous ne pouvez pas donner vos faveurs à l'une et pas à l'autre !

— Seigneur ! (J'écartai ses mains.) Je suis l'ambassadrice de la reine ! Refuseriez-vous de me traiter comme telle ?

— Je n'ai jamais forcé une femme ! dit-il en retirant vivement ses mains. (Il fixa intensément ses yeux sur moi.) Mais comment pouvez-vous faire ce choix ? Ce n'est pas correct !

Je haussai doucement les épaules.

— Seigneur, dis-je d'une voix douce, vous désirez les D'Angelins pour leur beauté. Nous, nous admirons autre chose chez les autres, le courage et l'intrépidité, par exemple. Des qualités que possède votre sœur.

— Parce que moi je ne les possède pas ? (Peu à peu, Eamonn entrait en fureur ; les traits de son visage se déformaient.) Vous dites que je manque de courage ?

Une petite foule commençait à se former autour de nous. Joscelin s'approcha discrètement pour venir à mes côtés.

Rassurée par sa présence, je levai les yeux vers Eamonn et haussai les épaules une nouvelle fois. Mon visage demeurait impassible.

— Je ne le dis pas, seigneur. Vos actions parlent pour vous.

— Et plus fort que tu l'imagines, Eamonn.

C'était Grainne qui venait de parler, d'une voix tranchante et moqueuse qui déclencha les rires. Il se tourna vers sa sœur ; son visage était devenu violet sous l'effet de la colère. Le long de son corps, ses mains crispées étaient devenues des poings. Face à lui, sa sœur lui rendait son regard, avec un calme glacé, ses sourcils cuivrés haussés sur son front.

— Tu as fait ton propre lit, dit-elle. Et tu t'étonnes maintenant de devoir y dormir seul ?

— C'est de la bravoure que vous voulez, dit-il entre ses dents serrées. Je vais vous montrer ma bravoure ! (Brandissant un poing bien haut, il hurla la suite de sa phrase.) Les Dalriada partent en guerre aux côtés de Drustan mab Necthana !

Son cri déclencha un tonnerre d'acclamations ; s'il y eut des récriminations, elles furent noyées sous les vivats. Eamonn agitait son poing en hurlant, totalement pris dans la frénésie. Pendant un instant, je crus qu'il m'avait oubliée ; j'avais été un catalyseur dans la profonde rivalité qui l'opposait à sa jumelle, rien d'autre. Puis, il se souvint de moi et me fit face, les yeux brillants, un large sourire barrant son visage.

— Que dis-tu de ça, D'Angeline ? demanda-t-il en me saisissant par le bras. Est-ce que ma bravoure te convient ?

Un cheval, une épée, une broche… Sa joie était celle d'un enfant qui vient d'emporter une victoire. Elle me fit sourire malgré moi.

— Oui, seigneur, répondis-je en toute sincérité. Elle me convient.

Je finis donc par coucher avec le second des Jumeaux, seigneurs des Dalriada. Eamonn garda son sourire pendant des jours entiers ; tandis qu'il s'activait aux préparatifs de la guerre, fou et heureux à la fois, il demeurait là, plaqué sur ses lèvres. Je le servis mieux que sa sœur, car je bus beaucoup moins. Pour autant, Grainne n'avait eu aucun motif de se sentir flouée ; un jour, elle m'attrapa dans la grande pièce pour glisser un bracelet en or à mon bras – un bijou aux entrelacs finement ciselés selon l'art eiran.

— Il te portera chance, dit-elle avec une note amusée dans la voix. La déesse que tu sers est vraiment très puissante.

Je l'espérais de tout mon cœur.

Nous partions à la guerre.

72

Bien sûr, aucun D'Angelin n'était tenu de suivre ; ce n'était pas notre combat. Nous aurions tout aussi bien pu reprendre la mer, passer très loin au large pour éviter le détroit et faire un détour jusqu'aux côtes du Siovale. Mais cela aurait été une solution lâche ; en vérité, ce faisant, nous n'aurions eu aucun message à porter. Au moment où nous aurions rallié le sol de Terre d'Ange et rejoint Ysandre, les Cruithnes auraient déjà traversé le détroit. Ou alors, ils seraient morts.

Drustan voulait voler au secours de Terre d'Ange ; nous, D'Angelins, ne pouvions faire moins pour le Cullach Gorrym. Quintilius Rousse laissa la moitié de ses hommes au bateau, avec pour instruction de rendre compte à la reine si jamais nous venions à échouer.

Les autres partirent à la bataille.

Les Dalriada marchaient au combat comme s'il s'était agi d'aller à une fête, criant, plaisantant et riant, revêtus de leurs plus beaux atours. Les seigneurs combattaient à l'ancienne mode, sur des chars de guerre ; c'était quelque chose à voir – un véritable tableau des temps hellènes ressuscités. Les

Cruithnes étaient plus tranquilles, mais tout aussi funestes, avec leurs yeux farouches et leurs sourires luisants sur leurs visages enluminés de bleu.

Vingt guerriers, Dalriada et Cruithnes appariés, partirent en éclaireurs sur les meilleurs chevaux, dans toutes les directions sur un large arc de cercle pour couvrir Alba tout entière. Ils portaient la double bannière sous laquelle ils combattaient, la Fhalair Bàn, la jument blanche d'Eire sur champ vert, et le Cullach Gorrym, le sanglier noir sur champ écarlate. Nous saluâmes à grands cris leur départ, nous retournant sur nos selles pour agiter les bras ; nous savions qu'ils avaient toutes les chances de mourir. S'ils réussissaient, ils annonceraient la nouvelle, rameutant des alliés pour grossir nos rangs dans notre marche vers l'est.

Certains allaient réussir ; d'autres allaient mourir.

Drustan les regarda s'éloigner en silence. Cinquante hommes – pas plus – l'avaient suivi à Innisclan, échappant aux forces de Maelcon et protégeant l'héritier du Cruarch, sa mère et ses sœurs ; ils étaient bien deux cents au départ. Son père était du nombre, avant d'être assassiné par ceux du Tarbh Cró. Foclaidha, la mère de Maelcon, appartenait à la tribu des Brugantii qui suivait le taurçau rouge ; c'étaient les siens qui avaient fondu sur Bryn Gorrydum et démarré le bain de sang.

Ensuite, ils avaient mis Maelcon sur le trône.

Pas étonnant, songeai-je, que la Lionne de l'Azzalle eût cherché à traiter avec Foclaidha et Maelcon. Ils étaient de la même eau et faits pour s'entendre. Je m'interrogeai ensuite sur ce qui était advenu de Marc de Trevalion. Est-il rentré d'exil ? Sa fille Bernadette consent-elle à épouser Ghislain de Somerville ? Marc a-t-il donné son accord ? Et puis, je me demandai si la guerre avait été déclarée. Isidore d'Aiglemort a-t-il pris la fuite ? Et qu'advient-il de ce nid de vipères qu'est la maison Shahrizai ? Pour tout dire, je me demandai même si Ysandre était encore sur le trône. Qui pouvait savoir ? Et est-ce que la maison royale d'Aragonia a envoyé des troupes ? Et combien ?

Et que sait Waldemar Selig ?

C'était une situation terrible que d'être si loin et d'en savoir si peu ; je ne pouvais m'empêcher de ruminer. Je chevauchais en compagnie de Hyacinthe et Joscelin, Necthana et ses filles, et d'autres encore de la maison des Jumeaux, derrière l'armée en ordre de marche. Dans l'été d'Angelin, nous aurions étouffé dans la poussière soulevée par le convoi ; mais nous n'étions qu'à la fin du printemps en Alba et il pleuvait pratiquement tous les jours. La poussière restait au sol et la nature verdissait. Notre ligne de front s'étirait sur un bon quart de lieue, dans le désordre et l'indiscipline, au rythme lent des hommes à pied.

Nous progressions doucement, mangeant ce que nous trouvions ; et les paysans nous maudissaient. Les Cruithnes de Drustan chassaient ; la précision de leurs flèches faisait des ravages et jamais les hommes n'eurent faim.

Puis des alliés nous rejoignirent, ralliant la bannière du Cullach Gorrym.

Des Decanatii, des Corvanicci, des Ordovales et des Dumnonii, tous brandissant l'étendard du sanglier noir ; nos rangs grossissaient. Puis vint une troupe sauvage de Sigovae et de Votadae en provenance du nord, grands et blonds, avec les cheveux passés à la chaux comme les Dalriada et des masques bleus comme les Cruithnes, agitant en un geste de défi l'étendard du taureau rouge ; et vinrent aussi de mauvaises nouvelles – des tribus du Tarbh Cró se déclaraient loyales à Maelcon, et six des émissaires de Drustan avaient été massacrés.

Maelcon savait ; Maelcon levait une armée.

Maelcon nous attendait.

Une rumeur nous parvint : le Sud avait pris fait et cause pour Maelcon et courait sus au nord pour brûler les villages des nordistes ralliés au Cullach Gorrym. Il y eut presque une mutinerie, lorsque la moitié des tribus du Cullach Gorrym demandèrent qu'on tournât bride. Ce fut à cet instant que nous aperçûmes une force gigantesque déployée sur l'horizon.

Les Jumeaux étaient prêts à attaquer, mais Drustan les fit patienter. Nous piaffâmes sur place jusqu'à voir qui approchait. Des Trinovantii, des Atribatii, des Canticae – ceux de l'Eidlach Òr, sous la double bannière de la biche dorée et du sanglier noir, qui venaient faire allégeance. En fait, la rumeur était fausse. Ils avaient vu des batailles et perdu des centaines de guerriers, mais les partisans de Maelcon avaient cédé devant ceux qui n'avaient pas oublié leur ancienne dette à la lignée de Cinhil Ru.

Ainsi se poursuivit notre avancée vers Bryn Gorrydum.

— Ce garçon est étonnant, dit Quintilius Rousse en prenant place près du feu avec un grognement. (Une douleur dans les articulations l'élançait lorsque le temps était à la pluie.) Il ne dort jamais. L'armée de Maelcon est quelque part, Elua sait où, il passe son temps à aller et venir le long des lignes, parlant à chacun, aux hommes et aux femmes aussi. Quel peuple idiot faut-il être pour laisser les femmes aller à la guerre ?

— Tenteriez-vous de les arrêter ? demandai-je en pensant à Grainne.

Rousse me lança un regard sévère.

— Je le ferais si j'en avais épousé une, répondit-il d'un ton aigre. Écoute, j'ai réfléchi et je crois que ce serait peut-être mieux si je rassemblais mes hommes pour te garder. Lorsque la bataille s'engagera, je n'aimerais pas que tu sois sans protection.

Sibeal, la deuxième des trois filles de Necthana, dit quelque chose.

Quintilius Rousse m'interrogea du regard et je traduisis.

— Si vous ne mourez pas pour nous, dis-je lentement, vous ne pouvez pas nous demander de mourir pour vous.

— Je ne veux la mort de personne, répondit Rousse, en fronçant les sourcils à son intention. (Il attendit ma traduction, mais elle paraissait avoir compris.) Et surtout pas celle de ma dame l'ambassadrice de la reine.

J'entourai mes genoux de mes bras et levai la tête vers le ciel. Les étoiles étaient cachées derrière les nuages.

— Messire amiral, dis-je, si vous me le demandez pour vos hommes, je dis « oui », qu'ils le fassent, car je n'ai aucune envie de voir couler le sang d'Angelin sur une terre étrangère, ni non plus celle de devoir annoncer votre mort à Ysandre de la Courcel. Mais si vous me le demandez pour moi, je dis « non ». (Je posai le regard sur lui.) Je ne peux pas l'approuver. Pas avec le sacrifice que nous leur demandons.

Il me maudit, dans son langage fleuri de marin. Le

nom de Delaunay fut prononcé plusieurs fois, assorti de commentaires où il était question d'honneur et d'idiotie. Je laissai passer la vague.

— Nous serons loin derrière les lignes de front, messire amiral, répondis-je lorsqu'il en eut fini. Je ne cours aucun risque que ne coure également la propre mère du prince. Et puis, j'ai Joscelin.

Quintilius Rousse lâcha une nouvelle bordée, puis se leva nerveusement, pointant un doigt épais sur Joscelin.

— Tu vas rester avec elle, hein ? dit-il, les sourcils hérissés. Tu le jures, Cassilin ? Tu ne la quitteras pas un instant ?

Joscelin inclina la tête ; ses canons d'avant-bras rutilaient à la lueur des flammes.

— Je l'ai juré, seigneur, répondit-il doucement. Jusqu'à la damnation et au-delà.

— J'ai dit ça pour ton propre bien. (Quintilius Rousse revint se planter devant moi et prit une profonde inspiration.) Mes hommes veulent en découdre avec les Albans ; ça les démange. Nous n'avons plus eu à nous battre depuis notre rencontre avec ces diables de Khebbel-im-Akkad. Mais je te jure, Phèdre nó Delaunay, que s'il t'arrive quoi que ce soit pendant cette bataille, l'ombre de ton maître me poursuivra jusqu'à ma mort ! Et je n'ai aucune intention de subir ça.

— Elle ne mourra pas.

C'était la voix de Hyacinthe, rendue sourde sous l'action du *dromonde*. Il tourna la tête ; ses yeux étaient devenus troubles.

— Son long chemin n'est pas fini. Ni le vôtre, amiral.

— Dis-tu que nous aurons la victoire ?

Une petite pointe railleuse perçait dans la voix de Rousse. Le don de Hyacinthe le mettait mal à l'aise – et d'autant plus depuis que ses prédictions s'étaient révélées exactes.

— Est-ce là ce que tu dis, Tsingano ?

Hyacinthe secoua la tête, agitant ses boucles.

— Je vous vois revenu sur la mer, seigneur. Et Phèdre également. C'est tout ce que je vois.

Quintilius jura une fois – un long chapelet d'imprécations.

— Qu'il en soit ainsi ! Nous combattrons pour le garçon bleu d'Ysandre. Que le sang des Albans goûte à l'acier d'Angelin. (Il inclina la tête devant moi ; l'ironie était peinte sur ses traits couturés.) Qu'Elua te bénisse ! ma dame Phèdre, et que ton sorcier tsingano et ton « chose » cassilin te protègent. Nous nous reverrons sur la mer, ou dans la véritable Terre d'Ange de l'au-delà.

— Qu'Elua le béni soit avec vous ! murmurai-je en me relevant. (Je le serrai dans mes bras et déposai un baiser sur sa cicatrice.) Aucun roi ni aucune reine n'a jamais eu de plus fidèle serviteur, seigneur Quintilius Rousse.

Il rougit ; je sentis la chaleur de son trouble sous mes lèvres.

— Ni aucun ambassadeur, bougonna-t-il en m'embrassant à son tour. Ni aucune fille de ta qualité. C'est quand même toi qui les as conduits ici, pas vrai ? Qu'Elua soit avec toi !

Nous dormîmes cette nuit-là sous le ciel nuageux, tandis que les sentinelles montaient la garde, tressaillant au moindre bruit, et que les éclaireurs cruithnes patrouillaient le périmètre à la recherche de l'armée de Maelcon. Nous n'étions plus qu'à une journée de marche à peine de Bryn Gorrydum.

Aucune nouvelle ne nous était parvenue lorsque la lueur spectrale de l'aurore envahit le ciel d'Alba, mais Drustan n'en fit pas moins mettre son armée sur le pied de guerre – six mille fantassins, sept cents cavaliers et une cinquantaine de chars, dans un ordre de bataille totalement débraillé. Notre campement était installé à l'orée d'un bosquet qui frangeait une vallée profonde. De l'autre côté du vallon, la plaine menait droit sur Bryn Gorrydum.

Drustan montait son alezan, le dos droit et la tête bien haute, son manteau rouge flottant derrière lui. Il allait et venait sur le front de ses troupes ; tous le voyaient et comprenaient qu'il ne dissimulerait pas son identité aux forces de Maelcon.

— Mes frères, mes sœurs ! cria-t-il. Vous savez pourquoi nous sommes ici. Nous sommes venus pour rendre le trône d'Alba à son héritier légitime ! Nous sommes venus pour l'arracher des mains de Maelcon l'usurpateur, tachées du sang de son propre père !

Une clameur lui répondit. Les guerriers brandissaient leur lance, frappaient leur bouclier de leur épée. Je crois que les Dalriada criaient plus fort que tout le monde. Debout côte à côte sur leurs chars de guerre à l'avant de leur troupe, Eamonn et Grainne semblaient attendre le départ d'une course. Leurs attelages piaffaient, dents découvertes, cherchant à se mordre les uns les autres.

— Je suis Drustan mab Necthana ! Vous connaissez mon nom et ma lignée. Mais sachez que vous tous qui êtes ici aujourd'hui, vous tous êtes ma lignée.

Chacun d'entre vous est mon frère ou ma sœur. Lorsque le soleil paraîtra au-dessus des arbres…

Un silence se fit dans les rangs ; un par un les hommes et les femmes se turent. Nous nous tenions sur un petit tertre rocheux derrière les lignes, nous qui n'allions pas combattre, mais les proches de Drustan avaient les places d'honneur, tout en haut. J'y voyais suffisamment bien pour l'apercevoir à l'avant de la masse des guerriers, mais ma vue n'allait pas au-delà.

Ce fut sa sœur, Breidaia, qui poussa un cri en montrant quelque chose du doigt.

Nous nous regroupâmes tous autour d'elle pour regarder.

Là-bas, à la lisière du bosquet, là où les bourgeons jaunes pointaient sur les branches des jeunes arbres, dans la fine brume montant du sol humide, un sanglier noir venait d'apparaître.

Il était colossal. Je ne sais pas combien de temps vivent les sangliers, mais celui-ci devait être particulièrement vieux pour avoir atteint pareille taille. Sa silhouette massive se détachait distinctement contre la pâleur du taillis. Il leva son groin noir, humant l'air ; ses défenses étaient assez grandes pour labourer un champ. Quelqu'un émit un petit cri incrédule, et je reconnus le son de ma propre voix. Je jure que je sentis son odeur forte et musquée dans la brume du petit matin. Le sanglier noir contemplait l'aube grise de ses petits yeux féroces. Six mille et quelques guerriers pictes et eirans fixaient sur lui leur regard dans un silence empli de crainte et de dévotion.

Il y eut un cri étouffé ; un seul. La bête gigantesque fit demi-tour avec un grognement effrayé pour regagner le couvert.

Elle boitait.

Près de sept mille gorges poussèrent un immense hurlement. Drustan tira son épée ; son visage bleu et sauvage rayonnait et ses yeux lançaient des éclairs. Son cri couvrit la clameur de son armée.

— Suivez le Cullach Gorrym !

Dans un fracas effrayant, ils chargèrent.

Il n'y avait aucune discipline, aucune stratégie, aucun plan. L'armée de Drustan se rua à l'assaut comme elle s'était assemblée, en horde indomptable. Les fantassins s'engouffrèrent les premiers dans le bois, suivis par les cavaliers et les chars cherchant un passage assez large. Soudain, le bois fut plein de guerriers qui débouchèrent en hurlant au sommet du vallon.

Ce qu'ils y trouvèrent, je l'appris par la suite ; au pied de l'escarpement, il y avait l'armée de Maelcon qui s'était glissée là pendant la nuit, dans l'espoir de nous surprendre à l'aube. Dix minutes plus tard, ils auraient réussi à nous prendre en tenaille sur deux flancs. Or, Drustan était parti pour parler tout ce temps ; s'il n'y avait pas eu le sanglier noir…

« *Ne comptez pas pour rien le Cullach Gorrym.* »

Un bruit terrible nous parvint, à nous qui étions à l'arrière, le choc des armes, les hurlements de mort, l'acier frappant l'acier. Piégés au pied du vallon, les hommes de Maelcon moururent, submergés par les milliers d'hommes dévalant les flancs verts de la colline. Ils combattirent, désespérés et coincés, tuant des centaines d'assaillants avant de succomber.

Aujourd'hui, je sais ; sur l'instant, je ne savais rien. Je vis le visage de Hyacinthe, terrifié, ses yeux devenus blancs tournés vers la bataille.

— Que vois-tu ? demandai-je en le secouant. Que vois-tu ?

— La mort, répondit-il dans un murmure en tournant vers moi son regard emporté par le *dromonde.* La mort.

Je le regardai, puis mes yeux virent quelque chose derrière lui.

Une troupe de cavaliers puissamment armés du Tarbh Cró, des Cruithnes aux cheveux roux et blonds, aux visages tatoués de bleu, sous la bannière du taureau rouge.

— Maelcon avait raison, dit l'un d'eux en tirant son épée et en faisant des grands gestes. (Ils se déployèrent pour nous encercler.) Prenez-les en otages.

Pas nous, mais Necthana ; Necthana et ses filles. La mère et les sœurs de Drustan, auprès de qui nous nous tenions sur notre promontoire.

C'étaient des femmes cruithnes ; elles n'allaient pas au combat, mais elles savaient tirer à l'arc, aussi bien que les hommes et même souvent mieux. Je les avais vues. Seulement, leurs arcs étaient au campement, à quelques pas de distance. Mais entre ces armes et nous, il y avait les hommes de Maelcon. Aucun d'entre nous n'était armé.

À l'exception de Joscelin.

Presque sans y penser, je regardai vers lui, sachant déjà ce que j'allais voir. Il s'était avancé, sans la moindre hésitation. Dans les premiers rayons du soleil, l'acier de ses dagues jeta quelques lueurs ; ses canons d'avant-bras paraissaient d'argent. Il s'arrêta à mi-chemin et salua.

— Au nom de Cassiel, dit-il doucement. Je protège et je sers.

Et ils attaquèrent.

Deux tombèrent à terre, puis trois, puis cinq ; ils étaient trop nombreux, agglutinés tout autour de notre rocher, descendus de cheval et l'épée à la main. Hyacinthe poussa un juron et gratta le sol pour ramasser des pierres, qu'il lança avec la mortelle précision acquise en grandissant dans la rue. Vive et rapide, une silhouette noire se glissa sur le rebord du surplomb. L'un des hommes du Tarbh Cró était parvenu à prendre pied sur notre sommet ; il se fendit pour frapper de la pointe puis enchaîna par un large coup circulaire. J'esquivai en passant sous la lame pour me retrouver dans son dos. Sans réfléchir, sans savoir même ce que je faisais, je le poussai d'une bourrade. La pente le précipita jusqu'en bas, où il rejoignit les siens en riant.

— Joscelin ! criai-je. Ton épée !

Il suspendit son geste pour tourner la tête vers moi ; dans le regard bleu de ses yeux, je lus le souvenir qui lui revenait – son combat en Skaldie et son serment rompu. Ses traits se durcirent et il remit prestement ses dagues au fourreau pour tirer son épée.

Une silhouette apparut devant Joscelin, se précipitant pour l'attaquer. Et le Cassilin entra dans la danse, parant et ripostant comme un derviche.

— Reculez ! cria le chef de la troupe des Tarbh Cró, dans un cruithne rugueux.

Ils obéirent et se replièrent jusqu'à leurs chevaux. Il avait vu juste. Joscelin, qui ne voulait pas perdre l'avantage de la hauteur, resta au sommet ; son épée tenue inclinée jetait des lueurs sur leurs visages.

Ce fut à cet instant que les flèches se mirent à chanter.

Moiread, la plus jeune fille de Necthana, presque

encore une enfant, avait rejoint le camp. Son carquois était plein et elle décochait des traits mortels. Deux assaillants tombèrent, puis leur chef jura en saisissant sa lance à tâtons.

— Oubliez les otages ! cria-t-il. Tuez-les tous !

Et il lança sa javeline.

Sur Moiread.

Je vis l'arme atteindre sa cible, transperçant la jeune fille de part en part dans le ventre. Ses deux mains saisirent le manche et elle tomba en arrière, bouche ouverte.

Deux cris montèrent autour de moi ; Hyacinthe hurlait sa douleur tandis que Necthana, les mains sur ses yeux, mugissait à la mort. Les sœurs de Moiread se lamentaient sourdement.

Une autre voix tonna, haute et claire, dans l'air du matin.

J'avais déjà vu Joscelin combattre contre les Skaldiques ; et je pensais que rien ne pouvait l'égaler. J'avais tort. Il s'abattit sur les Tarbh Cró comme une étoile filante tombée du ciel – berserker cassilin. Son épée mordait et tranchait comme un serpent d'argent ; les guerriers tombaient devant lui, leurs chairs s'ouvraient dans des gerbes de sang ; ils tombaient et mouraient sans même avoir eu le temps de saisir leur lance.

Combien ? J'en avais compté vingt. La plupart étaient à mettre au compte de Joscelin, hormis les deux abattus par Moiread. Mais pas tous. Necthana et ses filles, Breidaia et Sibeal, s'élancèrent dans la mêlée, avec leurs petites dagues effilées. Quatre, je crois, moururent de leurs mains ; peut-être cinq, ou six. Et Hyacinthe, prince des voyageurs, en acheva deux, du poignard tiré de sa botte.

Moi, tremblante, je n'en avais tué aucun.

Ainsi nous trouvâmes Drustan, Cruarch d'Alba, ses bras teints de bleu recouverts de sang jusqu'aux coudes, le visage exultant, sur son alezan écumant et hors d'haleine. L'armée victorieuse franchissait le petit bois derrière lui, criant dans le plus grand désordre. Il arrêta son cheval et regarda sa mère et ses deux sœurs survivantes ; leurs visages clamaient le même chagrin ; et Moiread, la plus jeune, avec son sourire figé à jamais.

— Ah non ! non !

Nous étions regroupés d'un côté ; Joscelin agenouillé en signe de pénitence cassiline et Hyacinthe la tête baissée. Necthana se leva, grave et affligée.

— Le Cullach Gorrym a pris son tribut, dit-elle d'une voix posée. Mon fils, qui règne sur Alba ?

Drustan tourna la tête ; un char arrivait derrière, conduit par Eamonn, le visage barbouillé de poussière et de sang. Accroché derrière, un corps ballottait sur le sol ; celui d'un homme jeune aux cheveux roux. Son visage mort grimaçait ; sa chair était à vif et des lambeaux avaient été arrachés. Maelcon.

— Je suis le roi, mère, répondit Drustan d'une voix sourde. L'usurpateur est mort.

— Tué de la main même du roi ! cria Eamonn en amenant son attelage au plus près. (Puis il vit et tira violemment sur les rênes.) Dagda Mor, non !

— Pour chaque victoire, murmura Necthana, ses yeux noirs gonflés des larmes d'une mère, il y a un prix à payer.

73

Nous ne marchâmes pas sur Bryn Gorrydum ce jour-là, mais restâmes sur le champ de bataille.

Les poètes ne chantent pas les instants de douleur, d'horreur et de pestilence qui suivent le combat, la terre jonchée de corps, les entrailles répandues partout pourrissant sous le soleil, les corbeaux se repaissant des chairs, les mouches rassemblées en nuages – ni non plus l'atroce travail des guerriers qui creusent les charniers, suant et jurant.

Environ douze cents hommes du Tarbh Cró survécurent et déposèrent les armes ; des milliers avaient péri. Cela avait été un massacre lorsque l'armée du Cullach Gorrym avait jailli au sommet du vallon, les prenant par surprise, piégés au fond de la nasse, alors même qu'ils pensaient duper leur ennemi.

Seule la troupe envoyée par Maelcon pour prendre des otages était parvenue à se glisser ; tous étaient morts néanmoins.

Je travaillai avec Necthana et ses filles – celles qui lui restaient –, apportant de l'eau aux mourants comme à ceux qui œuvraient. Parmi ces derniers, je tombai sur Joscelin qui s'activait en silence ; les morts de l'armée de Drustan avaient été regroupés, au moins huit cents, dont bon nombre de Dalriada. Ils édifiaient un cairn sur ces braves, charriant de lourdes pierres.

Il secoua la tête pour refuser la louche d'eau que je lui tendais. Son beau visage était hagard ; ses vêtements, sa peau et même son épaisse tresse blonde étaient couverts de sang qui brunissait et s'écaillait en séchant. Cela non plus les poètes ne le chantent pas.

— Tu as fait ce que tu devais faire, dis-je doucement en lui tendant de nouveau la louche d'eau. Joscelin, ils avaient tiré l'épée pour tuer.

— J'aurais dû la sauver elle aussi, répondit-il sombrement, en se retournant pour prendre une pierre.

Je le laissai ; plus loin, j'offris ma louche à un guerrier cruithne qui l'accepta avec joie et but avidement. Puis, il y en eut d'autres et d'autres encore. Les morts étaient ce qu'il y avait de pire. Je me souvenais de la nuit de la mort de Guy, lorsque j'appuyais les mains sur la blessure d'Alcuin dans la cour de Delaunay, tentant désespérément de retenir le flot de son sang. Je me souvenais de la mort d'Alcuin dans la bibliothèque de Delaunay, ses mains accrochées aux miennes.

Ce jour-là, je revécus ces instants ; de très nombreuses fois. Je pleurai sur chacun d'eux, Cullach Gorrym ou Tarbh Cró, prolongeant leur vie avec mon eau, tandis que les corbeaux attendaient leur pitance.

Nous campâmes là cette nuit-là ; parmi des milliers de feux. C'était une grande victoire qui avait été emportée ; Drustan ne leur refusa pas de la fêter, alors que Moiread, pourtant, gisait pour l'éternité. Quintilius Rousse s'approcha du feu en boitant et j'écoutai son récit. Un large bandage lui enveloppait la tête, un autre le mollet gauche, mais ses yeux brillaient.

— Par Elua ! ç'a été quelque chose ! dit-il en acceptant une outre de vin avec un soupir de soulagement. Ah ! Phèdre, ils se sont dispersés devant nous comme des feuilles mortes dans le vent de l'hiver ! Et Drustan… Par les couilles d'Elua ! il a traversé leurs rangs comme une faux, hurlant le nom de Maelcon. Ce sont de vrais sauvages, mais… ah ! Et Eamonn et Grainne, oh ! il fallait les voir. Les fantassins entouraient leurs chars, mais ils ont fondu dans ce vallon comme, comme… (Les mots lui manquaient ; il but une gorgée de vin et secoua la tête.) Elle était sublime, dit-il. Mais Eamonn… Il s'est battu comme un lion, ça je peux le dire. Ce garçon, lorsque sa décision est prise, rien ne peut l'arrêter. Et Drustan et Maelcon, oh !… ça c'était une bataille.

Il nous raconta alors comment Maelcon était entré au milieu du carnage, immense et arrogant sur son cheval gris. Comment il s'était battu et comment Drustan avait eu le dessus. Puis comment Eamonn était venu pour attacher le corps de l'usurpateur derrière son char et comment Grainne, sa sœur, l'avait protégé pendant tout ce temps-là en tournant autour de lui sur son char, pareille à une furie.

C'était un récit magnifique, plein de vaillance et d'héroïsme.

Quatre de ses marins d'Angelins étaient morts.

— Ils savaient, ma dame Phèdre, me dit Quintilius Rousse, entendant mon silence et croisant mon regard.

À quel moment étais-je devenue sa « dame » ? Je m'efforçai de me souvenir ; en vain.

— Ceux qui s'embarquent avec moi connaissent les risques. Mourir sur la terre… est chose glorieuse. Finir au fond de l'eau, voilà notre vraie peur. (Il me coula un regard en biais, puis s'éclaircit la voix.) Je leur ai promis quelque chose.

— Quoi ? (Mes pensées étaient ailleurs.) Quoi donc, amiral ?

Il se racla une nouvelle fois la gorge, puis gratta son crâne enturbanné.

— Je leur ai promis… Je leur ai promis que ceux qui survivraient seraient anoblis. Par vous, ma dame.

Deux fois prise au dépourvu ; je posai un regard ébahi sur lui.

— Par moi ?

— Vous êtes l'ambassadrice de la reine, répondit-il d'un ton bourru. Ils vous respectent. Et vous en avez le droit.

— Vraiment ? Ils me respectent ? Et j'en ai le droit ?

De l'autre côté du feu, Joscelin releva la tête.

— En effet, tu en as le droit, Phèdre.

C'était la première fois que j'entendais le son de sa voix depuis que je l'avais vu sur le cairn.

— S'il en est ainsi, Joscelin, alors toi…

— Non ! me coupa-t-il d'une voix dure. Pas moi. Je suis un serviteur de Cassiel – et un bien piètre serviteur. Mais eux, ils le méritent.

Toujours stupéfaite, je me retournai vers Quintilius Rousse.

— Eh bien, allons-y alors. S'ils veulent vraiment que ce soit moi. Ils sont dignes d'être faits chevaliers.

L'amiral sourit et se remit péniblement debout ; sa jambe blessée était raide. Il porta une main à sa bouche et émit un sifflet strident ; de l'autre, il me tendit son épée. Elle pesait plus lourd que je me l'étais figuré ; c'était une épée courbe, à la lame parfaitement nettoyée, mais dont la poignée était toujours pleine de la sueur du combat. Je me levai tandis que les marins d'Angelins sortaient des ténèbres au-delà du cercle du feu ; avec cette épée à la main, j'avais l'impression d'être une enfant à un bal masqué.

Je m'exécutai néanmoins ; Rousse me dit les formules et je les répétai. Au nom d'Elua et d'Ysandre de la Courcel, reine de Terre d'Ange, je conférai le titre de chevalier à une vingtaine de marins d'Angelins, avec au cœur le sentiment de commettre une imposture. Malgré tout, lorsqu'ils se mettaient à genoux devant moi, leurs yeux me disaient autre chose.

— Bravo ! s'exclama Quintilius Rousse en récupérant son arme, avant de me tapoter l'épaule. Je vais les baptiser, ceux-là. Dorénavant, ce seront les hommes de la Section de Phèdre ! Un nom qu'ils seront fiers de porter !

— Seigneur ! m'écriai-je, incapable de dire si je pleurais ou riais. J'aimerais autant que vous n'en fassiez rien.

De l'autre côté du feu, les yeux de Joscelin brillaient, rougis par le plaisir et les larmes qui coulaient.

— Nous sommes à la guerre, petite fleur de la Cour de nuit, dit l'amiral. (Son haleine fleurait le vin.) À quoi est-ce que tu t'attendais ? Qu'ils se battent pour toi – c'est entendu. Mais qu'ils soient fiers de mourir pour ton nom, c'est encore mieux. À quoi t'attendais-tu lorsque tu m'as demandé de te suivre ?

— Je ne sais pas, murmurai-je.

Je m'enfouis le visage dans les mains et, dans les

ténèbres de mes yeux clos, je vis Waldemar Selig et vingt mille Skaldiques, les alliés du Camlach, impitoyables et nimbés de lumière. Ce n'était pas la réalité, je le savais.

— Appelez-les comme vous voulez.

C'est ce qu'il fit ; et le nom demeure aujourd'hui dans la marine royale.

Lorsque Quintilius Rousse fut reparti, je cherchai Hyacinthe ; il veillait sans rien dire le corps de Moiread.

— J'ai entendu, dit-il d'une voix morne en m'entendant arriver. Félicitations.

— Hyacinthe, répondis-je. (C'était son nom qui naguère avait été mon *signal* ; je posai les mains sur ses épaules.) Je n'ai jamais cherché à me faire acclamer. Tu le sais.

Il poussa un soupir ; tout son corps tremblait. Je vis alors paraître sur son visage une expression profondément humaine.

— Je sais, dit-il doucement. C'est la guerre. Mais, ah ! Elua ! Phèdre, pourquoi ? Ce n'était presque encore qu'une enfant.

— Tu l'aimais, dis-je en soulignant l'évidence.

— Je l'aimais. (Hyacinthe eut un pauvre petit sourire, empli de tristesse.) Oui. Ou du moins, j'aurais pu l'aimer. Le « rêveur éveillé », c'est comme ça qu'elle m'appelait. Elle l'a dit sur la plage, la première fois.

Un autre frisson l'agita et je passai un bras sur son épaule. Sa voix était tout assourdie.

— Mon propre peuple m'a rejeté à cause de ça… Toi, tu crois, je le sais, tu l'as dit à l'amiral… Mais elle, elle a été la première à me toucher, à mettre un nom sur ce que je suis, pour m'accueillir, la fille de Necthana…

Hyacinthe sanglota et moi aussi ; nous pleurions ensemble. La guerre est une chose étrange. Tout ce qui était entre nous, toutes les choses non dites et non réglées, nous avions tout mis de côté pour la guerre. *Nous sommes en mission pour la reine. Cela passe avant tout…* Je le savais et lui aussi. Et pourtant, lorsqu'il tourna vers moi son visage ravagé par le chagrin, je l'embrassai ; mes lèvres vinrent doucement se poser sur les siennes. Ses bras m'entourèrent comme ceux d'un homme en train de se noyer.

À la maison du Baume, on dit que c'est par compassion que Naamah a couché avec le roi de Persis, pour apaiser les souffrances de son âme. J'ai grandi dans la Cour de nuit et je savais cela ; pourtant, jamais jusqu'à cette nuit-là je n'avais compris ce que cela pouvait signifier – jusqu'à cet instant où j'entraînai Hyacinthe à l'écart du cercle des torches entourant le corps de Moiread.

Nous sommes dans l'erreur, nous qui nous querellons, nous qui avons fragmenté le désir de Naamah en treize morceaux – treize maisons. Les pans de la vérité sont nombreux, c'est sûr, mais tous peuvent être assemblés pour former un tout unique, comme un manteau de Mendacant. Le réconfort et l'expiation, le chagrin et la gaieté – unis dans un même élan sur une verte colline d'Alba. La mort engendre une immense soif de vie ; voilà autre chose que les poètes ne chantent pas. Moi qui savais comment recevoir la douleur, je pris celle de Hyacinthe. La douleur et le plaisir – je pris les deux chez lui, et je les lui rendis ; jusqu'à ce que chacun d'entre nous comprît combien ils sont inextricablement mêlés, comment l'un ne peut venir sans l'autre.

Ami, frère, amant… Dans l'obscurité de la nuit, je façonnai son visage avec mes mains, sa bouche avec mes lèvres, son corps avec le mien.

Il cria, avant même la fin ; j'avais déployé quelques artifices de mon art.

— Chut, murmurai-je, en retenant son cri du bout de mes doigts. (Toute ma chair vibrait comme la corde d'une harpe.) Chut…

Au jour de ma mort, je le jure, je crois que je n'aurai pas exploré l'étendue de tout ce que recouvre le service de Naamah.

Ensuite, il se retourna ; déjà, la culpabilité arrivait dans le sillage du plaisir.

— Hyacinthe. (Je posai ma joue contre son dos, sur sa peau brune et chaude, puis l'enserrai entre mes bras.) Le lait du pavot enlève la douleur ; il permet au corps de dormir et de guérir. De même, Naamah fait naître le désir pour apporter à nos cœurs l'oubli et la guérison.

— Est-ce que c'est aussi quelque chose qu'on t'a enseigné ? demanda-t-il, en insistant durement sur le dernier mot.

— Oui, répondis-je doucement. C'est toi qui me l'as appris.

Il tourna la tête pour me voir derrière lui, puis pivota complètement entre mes bras. Ses doigts touchèrent mon visage ; il secouait la tête.

— Ce n'était pas supposé se passer ainsi, Phèdre. Toi et moi. Pas comme ça.

— Oui. (Je caressai ses boucles brunes sur lesquelles la lune jetait des reflets d'argent ; un triste sourire monta à mes lèvres.) Nous étions censés devenir la reine des courtisanes et le prince des voyageurs pour régner sur la Ville d'Elua du Mont de la nuit jusqu'au palais. Nous n'étions pas censés nous accoupler sur la terre d'Alba à côté d'un champ de bataille gorgé de sang, avec six mille Cruithnes et le deuil en spectateurs ; et pourtant…

Cela le fit sourire ; un peu.

— Nous devrions retourner là-bas, dit-il en regardant en direction des torches et des feux.

Les Dalriada et les Cruithnes de Drustan poursuivaient leurs célébrations. Plus loin, les restes de l'armée de Maelcon, parqués ensemble et sous bonne garde, suivaient tout cela d'un regard morose et épuisé. Eux aussi avaient enterré leurs morts, et la tâche avait été plus rude encore ; aucun cairn ne marquait l'emplacement de la fosse, car les morts étaient nombreux et bien rares les vivants pour les ensevelir.

D'autres étaient venus veiller le corps de Moiread lorsque nous revînmes. Necthana et ses filles chantaient une complainte funèbre, lente et bouleversante, une mélopée qu'elles reprenaient chacune à leur tour dans une tonalité renouvelée. J'écoutai quelques instants, les yeux emplis de larmes, touchée par sa beauté et sa tristesse infinie.

Et Joscelin était là aussi, à genoux, abîmé dans une prière cassiline. Il leva la tête et me lança un regard morne. *Ne t'occupe pas de moi*, songeai-je. Je pris le visage de Hyacinthe entre mes mains, et l'attirai pour poser un baiser sur son front.

— Pleure et guéris, murmurai-je.

Il hocha la tête et rejoignit le cercle. Je m'agenouillai moi aussi et contemplai le visage de Moiread, aussi serein dans la mort qu'il l'avait été dans la vie. Necthana, Breidaia et Sibeal chantaient, tissant ensemble les fils de la vie – victoire et défaite, naissance et mort, amour et haine. Au bout d'un certain temps, mon esprit s'assoupit, et je m'éveillai en sursaut comme cela ne m'était plus arrivé depuis mon enfance à la maison du Cereus, lorsque j'assistais, à genoux pendant des heures, un adulte dans sa charge. Une autre voix avait rejoint les leurs, plus grave. Je me secouai pour revenir à la réalité ; Drustan était là, auprès de sa mère et de ses sœurs.

Il est vraiment beau finalement, songeai-je, étonnée d'une telle pensée. Pour la première fois, mes yeux voyaient ce que ceux d'Ysandre avaient vu. Sous les tatouages, ses traits étaient fins et délicats ; ses cheveux noirs et raides tombaient joliment sur ses épaules. « Les plus anciens enfants de la Terre ». Tous ensemble, unis dans ce chant magnifique et poignant.

Et nous les appelions des barbares.

Lorsqu'ils eurent fini, Breidaia entama un nouveau refrain, mais seules les femmes suivirent. Drustan s'approcha de Joscelin et s'accroupit à côté de lui. Je me demandai un instant si je ne devais pas le rejoindre pour traduire, mais le jeune Cruarch d'Alba parla dans son caerdicci hésitant et haché – « si mauvais que je n'ai même pas osé vous le faire entendre », m'avait-il dit. Je compris pourquoi en l'entendant.

— Toi… combattre… pour famille, dit-il à Joscelin. Frère.

Drustan tendit sa main, mais Joscelin secoua la tête, les yeux fixés sur le corps de la morte.

— Votre sœur est morte, mon roi, répondit-il dans son caerdicci parfait, appris enfant, assis aux pieds de son père. Ne m'honorez pas. J'ai failli.

Drustan me chercha des yeux ; je hochai la tête, puis me levai doucement pour les rejoindre. Je me mis à genoux, tête inclinée.

— Des milliers d'hommes sont morts aujourd'hui, que je n'ai pas pu sauver, dit Drustan en cruithne sans quitter Joscelin des yeux. Moi, né Cruarch, moi qui suis censé donner ma vie pour mon peuple. Dirais-tu que ce qu'il fallait faire n'a pas été fait, prince des épées ?

Je traduisis, même le titre donné. Joscelin tourna la tête vers Drustan.

— Mon roi, vous n'avez fait que reprendre ce qui vous appartient de droit ; et vous avez vengé la mort des vôtres. Vous avez fait ce qui devait être fait. C'est moi qui ai failli.

Je traduisis pour Drustan, en ajoutant quelques explications sur les vœux cassilins. Le Cruarch réfléchit un instant, en frottant d'un geste machinal son pied difforme aux ligaments douloureux.

— Tu n'as fait aucun serment au Cullach Gorrym. Nous, nous avons risqué notre vie pour reconquérir Alba. Ne rabaisse pas le sacrifice de ma sœur en te l'appropriant.

Lorsque je lui rapportai les propos de Drustan, Joscelin réagit. L'arrogance des Cassilins, même reniés par la Fraternité – et surtout ceux qui ont été reniés –, est quelque chose qui m'échappe. Pourtant, peu à peu, il lui apparut que Drustan lui disait qu'il outrepassait les limites de sa responsabilité ; et plus lentement encore, il finit par admettre que c'était sans doute vrai. Ayant dit ce qu'il avait à dire, Drustan reporta son regard pondéré sur Joscelin, en lui tendant sa main, puissante et ornée de bleu.

— Frère, dit Joscelin en caerdicci, avant de saisir la main tendue. Si vous voulez bien m'accepter.

Inutile de traduire, Drustan avait compris ; il sourit, puis se releva pour serrer Joscelin dans ses bras.

— Ah ! tu es là !

C'était une voix de femme s'exprimant en eiran ; je relevai la tête pour apercevoir Grainne, avec Eamonn un pas derrière elle. Ils n'avaient pas la moindre égratignure. Ils devaient vraiment se battre comme des lions ; cela ne faisait aucun doute.

— Ah ! petite sœur, poursuivit Grainne d'une voix triste, les yeux fixés sur Moiread.

Elle tira une dague de sa jupe pour couper une mèche de ses cheveux cuivrés. Elle vint ensuite la déposer doucement sous les mains croisées de Moiread.

— Nous t'avons vengée, petite sœur. Des centaines de fois.

Eamonn s'approcha ensuite, avec une mèche de ses cheveux plus blonds que ceux de sa sœur, toujours enduits de chaux. Il caressa les mains froides de la morte.

— Sois en paix, petite sœur. Nous chanterons ta bravoure.

— Les nôtres ont besoin de te voir, dit Grainne à Drustan avec sa franchise coutumière, ses yeux directement plongés dans ceux du Cruarch. Pour partager ton chagrin et ta victoire. Ils ont suivi le Cullach Gorrym et ont bien combattu pour toi aujourd'hui.

— Je viens, répondit Drustan avec un hochement de tête.

— Et toi aussi, ajouta Grainne en me regardant, toujours agenouillée. (Elle me sourit.) Tu es venue en tant qu'émissaire du cygne et tu as demandé que le Cullach Gorrym te suive. Ils ont besoin de te voir.

— J'arrive.

Je me relevai – fière silhouette à côté des Jumeaux. Joscelin exécuta son petit salut cassilin, sans vraiment croiser mon regard. Je tournai la tête vers Hyacinthe. Nos regards se rencontrèrent, emplis de notre ancienne complicité – et de la nouvelle.

— Je vais rester, dit-il doucement. Que les rêveurs et les voyants montent la garde. C'est notre rôle.

74

Le lendemain, nous nous mîmes en route pour Bryn Gorrydum. C'était une petite ville – ce qui me surprit. Je reconnus les soubassements et fondations datant de l'ère tibérienne. Nous arrivâmes en vue d'un large cours d'eau et poursuivîmes le long de sa berge en direction d'une baie ; la ville était sur la rive est. Le petit peuple nous accueillit par des acclamations ; Maelcon n'avait jamais été un roi aimé. Lorsque nous parvînmes à la forteresse, ce fut pour trouver ses portes grandes ouvertes et le pont-levis baissé. La garnison avait déposé les armes.

Ils avaient appris la nouvelle. Et ils nous livrèrent Foclaidha.

La mère de Maelcon.

Plus tard, nous apprîmes que la défaite des forces de Maelcon n'avait pas été l'unique cause de la peur qui s'était propagée chez les partisans du taureau rouge ; il y avait eu également tous ces gens du commun, notamment à l'intérieur même de la place forte, tous ces serviteurs qui avaient échappé au massacre le jour de la trahison de Maelcon, dont les yeux noirs s'étaient mis à luire en entendant parler du retour du Cruarch.

La discrétion est l'une des vertus de la bravoure ; les Tarbh Cró se rendirent.

Et Drustan mab Necthana reprit son trône.

On descendit l'étendard du taureau rouge, et celui du sanglier noir flotta de nouveau sur Bryn Gorrydum. La sœur du Cruarch, Moiread, fut enterrée en grande pompe. La tête de Maelcon l'usurpateur fut exposée au-dessus des portes de Bryn Gorrydum ; Drustan n'avait pas parlé en l'air.

Finalement, ce n'est pas tout à fait sans raison qu'on les appelle des barbares.

Assis sur le trône, il entendit ce que Foclaidha avait à dire.

En tant qu'invitée d'honneur, j'eus le privilège d'assister à l'entrevue ; une prérogative à laquelle j'aurais bien volontiers renoncé. Je vis tout néanmoins. J'avais l'impression qu'un millier d'années s'étaient écoulées depuis le jour où j'avais suivi le procès de Lyonette de Trevalion, debout sur la pointe des pieds au milieu de la foule, dans la grande salle des audiences du palais de la Ville d'Elua. Et là, je me tenais à la gauche du trône d'Alba, mon compagnon cassilin à mon côté, luttant de toutes mes forces pour conserver un visage impassible ; je représentais la reine de Terre d'Ange. Si j'avais eu le sentiment de commettre une tromperie en anoblissant les hommes de Quintilius Rousse, ce n'était rien par rapport à ce que je vécus là.

Je ne pouvais m'empêcher de penser que si Ysandre de la Courcel avait su que nous irions si loin, jamais elle n'aurait choisi de m'envoyer. Moi, « le fruit non désiré des amours d'une traînée » ; les mots de la Dowayne résonnaient encore dans ma mémoire.

Mais elle m'avait envoyée. Et si j'étais bien le fruit non désiré des amours d'une traînée, j'étais aussi l'élève choisie par Delaunay, et lui m'avait jugée digne de porter son nom, alors que mes parents avaient vendu mon droit à porter le leur. Et cette femme debout devant Drustan, grande, fière, et qui ne se repentait pas, avait causé non seulement le bain de sang dont j'avais été le témoin la veille, mais aussi toutes les morts ordonnées par décret royal dans la grande salle des audiences de la Ville d'Elua.

Baudoin de Trevalion, qui m'avait donné mon premier baiser. Il avait emporté avec lui toute la chance et tout le bonheur qu'il était censé contenir ; j'avais été son cadeau d'adieu.

Offert par Melisande – qui avait révélé au grand jour les messages envoyés à Lyonette de Trevalion. Des messages écrits par cette femme – qui se tenait devant le trône de Drustan.

Les Tsingani disent vrai ; c'est un long chemin.

Drustan la laissa parler et elle parla bien, avec fougue, contre une transmission du pouvoir royal qu'elle jugeait archaïque, et en faveur d'une nouvelle où le père transmettrait à son fils. Il n'y avait aucune trahison, juste une noble cause, clamait-elle de sa voix forte ; il s'agissait de se débarrasser des vieilles lunes, de la superstition selon laquelle personne ne peut connaître avec certitude le père d'un enfant, de sorte que rien ne garantit l'ascendance royale de ce côté-là. Foclaidha était une grande femme, avec des cheveux roux et les volutes d'un guerrier cruithne tatouées sur les joues. J'appris plus tard qu'elle avait tué quatre hommes de sa propre main lorsque la garnison était venue la chercher.

La Lionne de l'Azzalle avait été ce même genre de femme, irrésistible et toute-puissante, à la nuance près qu'elle ne maniait pas l'épée. C'était cela qui avait rendu Baudoin téméraire et un peu fou. *Maelcon était-il comme cela lui aussi ?* me demandai-je.

C'était un excellent plaidoyer, et bien des hommes l'écoutèrent, tentés de tourner le dos à la tradition de la descendance par la ligne maternelle, afin d'élever des enfants de leur sang et de leur semence, pour leur léguer tout ce qu'ils possédaient et tout ce à quoi ils prétendaient.

Quitte à ne plus être les plus anciens enfants de la Terre.

Quatre paires d'yeux tous identiques la dévisageaient ; ceux de Drustan, Necthana, Breidaia et Sibeal. Il aurait dû y en avoir une cinquième. Je me demandai si Terre d'Ange avait suivi cette même pratique à une certaine époque. En tout cas, si cela était, les errances d'Elua y avaient mis un terme ; nous, nous remontions nos lignées du côté de la mère comme du père, jusqu'aux origines glorieuses du passé, jusqu'à Elua et à ses Compagnons lorsqu'ils marchaient à la surface de la terre. Notre lignée se voit sur notre visage ; elle transparaît dans notre âme.

En Alba, isolée par le Maître du détroit, les choses sont différentes. On trace la lignée par la mère ; la preuve de l'hérédité est donnée à la naissance, dans le sang et les larmes. Les enfants de Necthana étaient tous nés de pères différents ; des guerriers, des rêveurs. « Aime comme tu l'entends. » Elua le béni était lui aussi un fils de la Terre, le dernier qu'elle avait conçu dans ses entrailles noires de larmes et de sang.

Ayant écouté, Drustan se pencha vers les Jumeaux assis à sa droite.

— Que disent les Dalriada ?

Eamonn prit une profonde inspiration.

— Drustan Cru, vous connaissez notre cœur et notre esprit. Votre oncle était notre ami. En Eire, nous ne permettons pas à un traître de vivre.

Grainne – inhabituellement sombre – hocha la tête pour marquer son assentiment. *Eux aussi demeurent fidèles à la tradition*, songeai-je en me souvenant de son fils, Brennan. Qui était son père ? Je ne l'avais jamais demandé. Par Elua ! son prochain enfant pourrait être le fruit des œuvres de Rousse.

Drustan se tourna vers moi.

— Que dit Terre d'Ange ?

Je ne m'étais pas attendue à cela ; j'ignore pourquoi. C'est pourtant ainsi que les choses se passent devant les assemblées. Je me souvins du vote du Parlement lors du procès de la maison Trevalion, de la Lionne de l'Azzalle et du visage glacé d'Ysandre de la Courcel, de son pouce tourné vers le sol pour réclamer la mort.

— Seigneur, répondis-je à Drustan d'une voix qui me paraissait appartenir à quelqu'un d'autre. Foclaidha des Brugantii a conspiré contre la couronne. Cela a été établi. Nous ne demandons pas la clémence.

Il y eut un murmure dans la salle. Tous ceux qui venaient de m'entendre parler cruithne ne savaient pas qui j'étais. Drustan les ignora, maintenant son regard fixé sur Foclaidha.

— Pour votre trahison, dit-il, vous mourrez. Pour les liens du sang qui nous unissent, ce sera rapide.

À quoi m'étais-je attendue ? Je ne sais pas. À

quelque chose d'autre. Sincèrement, je n'avais pas réfléchi à cette journée ; je ne m'y étais pas préparée. Lyonette avait accepté le poison, puis l'avait bu d'un trait en riant. Baudoin avait choisi de tomber sur son épée. Est-ce plus civilisé ainsi ? Non. Au bout du compte cela revient au même ; la mort et rien d'autre. Tous les rituels du monde ne peuvent rien y changer. Et pourtant, je fus choquée lorsque deux hommes de Drustan saisirent les bras de Foclaidha pour l'obliger à se mettre à genoux, tandis que Drustan se levait de son trône et tirait son épée.

Elle jeta une lueur ; une seule. Il l'avait bien aiguisée pour ce jour et les gens du Cullach Gorrym jouissent d'une grande force, même s'ils sont petits de taille. Il lui trancha le cou, proprement.

La tête de Foclaidha roula sur le sol ; ses yeux étaient toujours ouverts.

Son corps tomba lourdement sur les pierres de la grande salle de Bryn Gorrydum. Une mare de sang se forma tout autour.

Mon souffle resta bloqué dans ma gorge ; je parvins à retenir mon cri – Elua merci ! La main de Joscelin se referma sur mon coude ; il serrait à m'en broyer les os. J'étais heureuse, ô combien, qu'il fût là. Autour du trône, Necthana et ses filles contemplaient le corps décapité de Foclaidha des Brugantii ; une sombre délectation peinte sur leur visage serein. À leur droite, les Jumeaux souriaient avec une satisfaction féroce.

— Qu'ainsi se close cette affaire, dit Drustan d'une voix basse, essuyant sa lame avant de la remettre au fourreau. Ceux qui me jureront fidélité pourront vivre. Les terres des Brugantii sont confisquées et données aux tribus Sigovae et Votadae, les seules au sein du Tarbh Cró demeurées fidèles au Cullach Gorrym.

Cette annonce fut saluée par une exclamation enthousiaste de la part de ces Pictii sauvages, descendus de leur Nord pour rejoindre l'armée de Drustan. Un choix avisé, apparemment ; un choix apprécié de la part du Cruarch. Cela redorait le blason du taureau rouge.

Le sanglier noir régnait en Alba.

Tous les exilés portent dans leur cœur une carte indiquant le chemin qui mène chez eux. Mes yeux se tournèrent vers l'est ; par les fenêtres ouvertes nous arrivaient, portés par une brise, des parfums de pluie et d'embruns salés, qui se mêlaient à l'odeur fade du sang tout juste versé. Une brise chaude qui annonçait l'été. Depuis combien de mois étions-nous partis, sur les routes et la mer ? En Terre d'Ange, les fleurs devaient être en train d'éclore ; les fruits devaient pousser dans les arbres. J'entendis dans mon esprit la voix de Thelesis de Mornay chantant *La Complainte de l'exilé.* « *Une abeille, des lavandes, un peu d'eau, Coule le miel, bourdonne la vie.* » Les Skaldiques devaient être en train de se masser aux frontières, d'avancer, de traverser les passes du Camlach, de franchir à gué le fleuve Rhenus.

Tandis que nous faisions la guerre, l'été était arrivé.

Les affaires du royaume ne seraient pas réglées en un jour. Au bout du compte, cela en prit beaucoup, au cours desquels Drustan entendit les doléances des chefs tribaux et du commun, dépossédés par Maelcon l'usurpateur, et auxquels il rendit leurs droits et leurs terres. Pendant tout ce temps, il ne fit rien pour notre cause, mais ce n'était pas une mince affaire que de rassembler une armée prête à tenter le passage et de convaincre les Cruithnes qu'il était dans leur intérêt de défendre le sol d'Angelin. Et bien sûr, avec un royaume tout juste rendu à son souverain légitime, il était impératif de laisser une force suffisante pour imposer la loi de Drustan en son absence ; Necthana assurerait la régence.

Finalement, il fut décidé que trois mille fantassins et quatre cents cavaliers passeraient le détroit. À ma grande surprise, Eamonn et Grainne, et la moitié des Dalriada en seraient. Les autres se rendraient à Innisclan annoncer la victoire et dire aux marins de Rousse demeurés là-bas de rentrer par la mer.

— J'ai déjà fait tout le chemin jusqu'ici, dit Eamonn avec entêtement. Si les harpistes de Tea Muir chantent nos hauts faits, je ne veux pas qu'ils racontent comment Eamonn mac Conor des Dalriada est rentré chez lui plutôt que de se mouiller les pieds.

Grainne fit son sourire paresseux.

— Et moi, je suis tentée d'aller découvrir une terre qui donne naissance à des gens pareils, dit-elle en lançant un coup d'œil à Quintilius Rousse.

Le marin toussa dans sa main pour dissimuler son trouble. Elle se tourna vers moi pour me faire un clin d'œil ; je contins un sourire. Il était impossible de ne pas aimer les Jumeaux.

Avec ou sans la bénédiction du Vieux Frère, la traversée promettait de ne pas être une partie de plaisir, en particulier avec les chevaux. Penchés sur des cartes, Rousse et Drustan décidèrent qu'il serait préférable que nous marchions au sud, jusqu'à l'endroit où le bras de mer était le moins large. Cela nous ferait passer par les terres de l'Eidlach Òr qui était restée loyale ; là-bas, on acclamerait sûrement le triomphe de Drustan. Si Elua voulait bien, nous prendrions pied au nord de l'Azzalle, en Trevalion, où nous pourrions alors entrer en contact avec Ghislain de Somerville, ou même avec l'ancien duc de Trevalion, si Marc était rentré de son exil.

N'eût été la peur qui me mordait au ventre, le voyage aurait été plutôt plaisant. La verte Alba est une jolie île où règne l'abondance. Nous suivions une ancienne voie tibérienne, en un immense convoi qui serpentait vers le sud le long de la côte est, dans les zones où les armées de Tiberium s'étaient solidement implantées avant que le Cinhil Ru réunît les tribus sous sa bannière pour les rejeter à la mer.

À cette époque, Elua le béni errait toujours au Bhodistan et aucun Maître du détroit ne régnait sur les eaux. *Quand donc cette énigme est-elle apparue ?* me demandai-je. Je me souvenais d'Alcuin dans la bibliothèque de Delaunay, des ouvrages et des rouleaux anciens déployés sur la table, mobilisant toute la vivacité de son esprit pour percer ce mystère. S'il avait appris quelque chose avant de mourir, il n'avait pas eu le temps de me le dire. Je regrettais qu'il ne fût plus là pour que je puisse l'interroger. J'avais vu une fois ce visage terrible à la surface de l'eau ; je n'avais aucune envie de le revoir. Je détestais l'idée d'avoir à m'en remettre à la promesse faite par un mystère.

L'une de mes peurs, et non la moindre, me venait des Cruithnes – trois mille fantassins et quatre cents cavaliers. Ce n'était pas un bien grand nombre pour s'opposer aux hordes skaldiques. Je les avais vus combattre ; c'étaient de farouches guerriers – féroces mais indisciplinés. Cinhil Ru avait délogé les

Tibériens uniquement en les noyant sous le nombre, une fois toutes les tribus rassemblées sous la bannière du Cullach Gorrym. Or, cette fois, l'arithmétique jouait en faveur de Waldemar Selig. Et Selig avait étudié les tactiques de Tiberium.

Les Skaldiques allaient-ils suivre aveuglément ses ordres ? Je m'interrogeais. En me fondant sur les rivalités entre les différentes tribus que j'avais relevées lors du *Althing*, j'imaginais qu'il serait peut-être difficile de maintenir la discipline d'airain qui avait fait de Tiberium l'implacable adversaire qu'il avait été. C'était un point en notre faveur, mais un point mineur.

Selig conservait l'avantage du nombre. Plus les alliés du Camlach. Telles étaient les noires pensées que je ruminais tout en chevauchant, chaque aube glorieuse renforçant mon malaise, la douce chaleur du soleil ne servant qu'à me rappeler la fuite du temps.

— Vas-tu tout prendre sur tes épaules, Phèdre ? me demanda Joscelin un jour, en amenant sa monture à la hauteur de la mienne.

Comment pouvait-il connaître mes pensées ? Je l'ignore. Les émotions sur mon visage devaient être comme un livre ouvert.

— Peux-tu ralentir le temps ou raccourcir les distances ? Il n'y a pas si longtemps, quelqu'un m'a rappelé que je ne devais pas prendre sur moi des fardeaux qu'il ne m'appartenait pas de porter.

— Je sais, répondis-je avec un soupir. Je ne peux m'empêcher de m'inquiéter. Et les Skaldiques… Ah ! par Elua ! tu les as vus toi-même ! Si les Cruithnes marchent vers la mort, c'est parce que je le leur ai demandé, Joscelin.

Il secoua la tête.

— Non. Ysandre le leur demande. Toi, tu ne fais que porter le message. Et eux ont fait leur choix, en totale liberté.

— C'étaient peut-être les mots de la reine, mais c'est moi qui les ai prononcés, puis qui ai fait mon possible pour les influencer. (Je réprimai un frisson.) Les Dalriada ne seraient pas ici si je n'avais pas fait tout ça. Aucun d'entre eux.

— C'est vrai. (Joscelin eut le mérite de dire ces mots sans son ironie coutumière.) Mais Drustan vient au nom de l'amour et d'une promesse. « Aime comme tu l'entends. » Tu ne peux rien redire à cela.

— J'ai peur de cette guerre, murmurai-je. Ce à quoi nous avons assisté en Alba… Joscelin, je ne veux plus jamais voir une chose pareille. Or, tout cela n'était rien encore par rapport à ce qui nous attend en Terre d'Ange. Je n'ai pas la force de voir autant de morts.

Il ne répondit pas immédiatement, les yeux perdus loin devant lui ; son profil se découpait nettement sur le vert des champs.

— Je sais, dit-il finalement. Elle me terrifie également. Mais si ce n'était pas le cas, cela signifierait que quelque chose ne tourne pas rond chez nous, Phèdre.

— Tu te souviens lorsque nous nous sommes réveillés dans le chariot après la trahison de Melisande ? (Il hocha la tête.) J'aurais pu mourir à cet instant. Mon sort ne m'importait plus. Pendant un certain temps, ma haine pour elle a été l'unique chose qui m'a aidée à tenir. (Machinalement, ma main vint toucher le diamant à mon cou.)

Aujourd'hui, je n'éprouve plus tout ça. Aujourd'hui, j'ai peur de mourir.

— Tu te souviens du chenil de Gunter ? (Cette fois-ci, il me fit son petit sourire en coin.) Ma haine pour toi a été l'unique chose qui m'a fait tenir – lorsque je pensais que tu m'avais trahi. Avant cela, j'aurais juré préférer mourir plutôt qu'endurer pareille humiliation. Et au bastion de Selig ? Tu m'as obligé à vivre en me faisant honte.

Je me souvins lui avoir crié après, l'avoir poussé là où il se tenait à genoux, blessé et enchaîné ; mes joues s'empourprèrent.

— J'étais désespérée. Comptes-tu faire la même chose avec moi ?

— Non, répondit Joscelin, avec toutefois un sourire qui disait que la perspective ne lui aurait pas totalement déplu. (Cela fit naître en moi une étrange sensation – dont je ne dis rien.) Mais eux le feront, ajouta-t-il en se retournant sur sa selle pour me montrer l'arrière de la colonne d'un signe du menton. En fait, c'est ça que je suis venu te dire.

Je me retournai.

Les hommes de Rousse marchaient derrière nous. Il n'y avait pas assez de chevaux pour tout le monde ; ils avaient d'ailleurs dû combattre à pied. Ils marchaient en formation, sur quatre colonnes de six. L'amiral, dont la jambe n'était pas encore guérie, chevauchait à leurs côtés. En apercevant mon visage, le premier rang sourit. Un homme s'avança – Rémy, celui qui avait appris à pêcher à Hyacinthe ; il tenait dans ses mains une bannière roulée. Les autres marins du premier rang se déployèrent pour former un triangle.

La Section de Phèdre. En selle sur son hongre alezan, Quintilius Rousse émit un petit rire étouffé.

Rémy déploya l'étendard et le brandit en poussant un cri d'Angelin ; la bannière claqua dans la brise. Ils l'avaient confectionnée eux-mêmes ; les marins sont d'excellents tailleurs. J'ignore où ils avaient pu récupérer le tissu ; j'appris plus tard que le fil d'or leur avait coûté une fortune.

C'était une bannière sable, avec en son centre un cercle écarlate aux contours irréguliers, barré d'une flèche dorée empennée et pourvue d'une pointe. Je mis un certain temps à comprendre. Le trait de Kushiel.

Le signe de Kushiel.

— Oh ! par Elua le béni !

Je les regardai les yeux écarquillés ; je me souvins que le silence était mon meilleur allié. Avec un sourire de bienheureuse naïveté, Rémy frappa le sol de la hampe et entonna une marche ; tous la reprirent à l'unisson, même Quintilius Rousse. Ils riaient et les paroles en étaient presque inintelligibles.

Le fouet, jusqu'à nous faire tomber morts ! Le fouet, encore et encore ! Nous sommes la Section de Phèdre !

— Oh non !

Je fus incapable de contenir mon rire, perdue entre la stupéfaction et l'hilarité ; je remerciai Elua que les Cruithnes qui nous regardaient avec un étonnement bonhomme ne comprennent pas le d'Angelin.

— Par Elua ! Joscelin, tu étais au courant ?

— C'est possible, reconnut-il avec une lueur amusée dans ses yeux bleus. Ils ont besoin de croire en quelque chose qui vaille la peine de se battre. Un nom, un visage qu'ils connaissent. Rousse me l'a expliqué et j'ai déjà vu que c'était vrai, au sein de la Fraternité. On ne devient pas de véritables compagnons tant qu'on n'est pas unis autour d'une cause. Ces hommes n'ont jamais vu Ysandre de la Courcel. Toi, ils te connaissent.

Souffrir et saigner, c'est ça que nous aimons ! Le fouet, chaque jour, pour fidèle compagnon ! Nous sommes la Section de Phèdre !

— Mais…, demandai-je, toujours riant,… c'est comme ça qu'ils me voient ?

Joscelin haussa les épaules ; son sourire ne quittait pas ses lèvres.

— Tu as calmé les eaux en chantant, et tu as su convaincre les Dalriada de partir à la guerre. Ils savent ce que tu as fait et comment tu l'as fait. Et c'est pour ça qu'ils t'adorent. Tout le monde a besoin de rire face à la mort. Ils marchent au combat derrière une *anguissette.* Reconnais-leur le mérite d'en goûter toute l'absurdité. Cela fait suffisamment longtemps que toi tu t'appesantis dessus.

— Oh ! je leur reconnais plus que du mérite.

Je fis volter ma monture pour remonter jusqu'à eux, puis je mis pied à terre devant Rémy et sa bannière, forçant les rangs à s'arrêter. Il contint tant bien que mal un sourire espiègle. Je saisis sa natte auburn, attirant sa tête vers la mienne pour l'embrasser. Ses yeux devinrent ronds et son souffle s'arrêta. Les D'Angelins hurlèrent leur joie.

— À tous ceux qui survivront, criai-je en remontant en selle. Je le jure, je ferai ouvrir toutes grandes les portes des treize maisons de la Cour de nuit !

Ils hurlèrent de plus belle, longuement et à tue-tête ; puis ils reprirent leur chant tandis que je rejoignais Joscelin. La colonne se remit en marche.

— Et comment entends-tu faire ça ? demanda-t-il.

— Je trouverai un moyen, répondis-je, le cœur léger pour la première fois depuis bien des jours. Même si je dois accepter un rendez-vous avec le Khalif de Khebbel-im-Akkad, je fais le serment de trouver un moyen !

Et ainsi se poursuivit notre pérégrination à travers Alba, par les territoires des Trinovantii et des Canticae, tandis que l'été s'épanouissait, que le blé dans les champs passait du vert à l'or, que les pommes mûrissaient dans les vergers ; et nous atteignîmes l'ancien port tibérien de Dobria, là où le détroit est le moins large.

Nous arrivâmes par un jour clair au ciel dégagé. Nous nous arrêtâmes un moment au sommet des falaises – les hautes falaises blanches de Dobria – avant de descendre pour rallier la tête de pont à une lieue de là. Les prairies descendent doucement, pour plonger sur le détroit, que seuls les oiseaux de mer peuplent de leurs cris.

— Là-bas, dit Drustan, le bras tendu.

Au loin, par-delà des milles et des milles d'eaux grises, nous distinguions sa masse émergée. Terre d'Ange.

Chez nous.

75

Le peuple de l'Eidlach Òr avait bien travaillé.

Drustan avait dépêché ses meilleurs cavaliers en éclaireurs pour faire part de nos besoins ; et Alba avait répondu « présent », avide de complaire au Cruarch remonté sur son trône. Ils avaient rameuté des bateaux de toutes tailles – petits navires à un seul mât, chalands, bateaux de pêche, radeaux. Une immense flottille dépareillée emplissait tout le port, attendant notre arrivée.

— Ça va être horrible, murmura Quintilius Rousse en jetant un œil expert sur toutes les embarcations rassemblées.

Il fallut près de deux journées pour coordonner les différents efforts. Les Cruithnes naviguaient certes, mais uniquement le long des côtes ; bien rares étaient ceux à avoir déjà été en haute mer. Les marins de la Section de Phèdre furent soigneusement répartis ; leur savoir-faire était précieux. Les Dalriada, accoutumés à naviguer en Eire et Alba, les secondaient utilement. Nous répartîmes tant bien que mal les chevaux à bord des vaisseaux, dont bien peu étaient équipés à cette fin. Les autres traverseraient sur des radeaux, les yeux couverts. Rousse nous avertit qu'en cas de panique mieux valait les laisser se noyer plutôt que de risquer de chavirer.

Un vieux pêcheur alban au visage parcheminé traversa la foule agglutinée pour venir tirer le manteau de Drustan.

— Seigneur Cruarch, dit-il d'une voix chevrotante, dites-leur bien de ne pas pêcher au large ! Trois jets de lance des côtes, c'est tout ce à quoi on a droit ; au-delà, c'est le terrain de chasse du seigneur de la mer !

— Je le leur dirai, vieil homme, répondit Drustan avec déférence. Mais ne crains rien, nous ne sommes pas là pour pêcher. Et puis, le seigneur de la mer nous a autorisé le passage.

— Dites-le-leur ! insista le pêcheur. Vous du Cullach Gorrym du Nord et de l'Est, vous ne savez pas ! Nous de l'Eidlach Òr, nous pêchons ici. Nous savons.

— Je le leur dirai, répéta Drustan.

Et il le fit. Il harangua son armée massée sur la grève. Un tiers de la troupe avait embarqué avec les chevaux ; les autres attendaient les ordres. Ce fut un bref discours ; le vent du large emportait ses mots.

— Nous allons traverser pour suivre un rêve. Celui de deux royaumes réunis ! Nous allons traverser pour honorer le serment que j'ai fait, voici bien longtemps, à Ysandre de la Courcel, reine de Terre d'Ange, de l'autre côté de ces eaux ! Si l'un ou l'une d'entre vous veut s'en retourner, qu'il ou elle le fasse maintenant. Vous avez ma bénédiction. Je ne demande à personne de risquer sa vie pour ce rêve et ce serment. Mais si c'est l'honneur et la gloire que vous cherchez – une gloire plus grande encore que dans les chants des bardes – alors, suivez-moi ! (Ils l'acclamèrent ; son visage rayonnait.) Écoutez-moi, le seigneur de la mer nous a promis une traversée sûre. Nous arriverons sur l'autre rive. Je l'ai déjà fait. Je sais ! Ces eaux sont son territoire. Respectez sa souveraineté et ne touchez à aucune de ses créatures. Alors, que dites-vous ? Êtes-vous prêts à tenter l'aventure ?

Prêts, ils l'étaient ; et ils le lui dirent en criant et en agitant les bras. Le vacarme résonna dans tout le port. Une troupe de Pictii du Nord, des membres loyaux du Tarbh Cró, crièrent plus fort que les autres, soucieux de se fondre dans la foule et de faire oublier qu'ils étaient arrivés un peu tardivement – après des adieux vite expédiés auprès des femmes les plus ardentes de l'Eidlach Òr. Toujours bien heureux de compter des alliés appartenant au taureau rouge, Drustan avait glissé sur l'incident.

— Alors, allons-y ! cria-t-il.

Et l'exode débuta.

Quintilius Rousse avait vu juste ; ce fut horrible. Même avec les chevaux déjà embarqués, il fallut près de une heure entière pour que chaque guerrier trouvât une place où se glisser. Alors seulement notre flottille lourde et dépenaillée entama-t-elle ses manœuvres pour sortir du port. Rousse avait réquisitionné l'un des meilleurs navires – sur lequel Drustan mab Necthana, Hyacinthe, Joscelin et moi avions embarqué ; nous n'étions d'aucune aide pour la navigation, mais nous serions plus en sûreté avec l'amiral que n'importe où ailleurs.

Dans des circonstances moins graves, je suppose que le tableau que nous formions aurait pu paraître comique – assemblage hétéroclite de bateaux tous dépareillés avançant dans le plus grand désordre sur les eaux. Penchée sur le bastingage, je suivais les efforts de l'un des marins de la Section de Phèdre, hurlant ses ordres à un groupe de malheureux Cruithnes qui s'efforçaient de faire avancer leur radeau à la rame. Par manque de coordination, ils tournaient en rond sur place, sans parvenir à avancer.

— L'Azzalle a une flotte, murmura Quintilius Rousse qui les regardait lui aussi. Peut-être le mieux serait-il encore que nous traversions seuls, puis d'envoyer la flotte pour les récupérer.

— Il n'est pas exclu que la flotte de l'Azzalle soit présentement en train de remonter le Rhenus, amiral, lui rappelai-je. Et la vôtre aussi d'ailleurs. Mais si vous pensez que c'est plus prudent, donnez vos ordres maintenant, avant qu'ils sombrent.

Il suivit d'un œil glacé la lutte de l'équipage du radeau. Pour finir, en suivant les instructions que le marin d'Angelin mimait à grands gestes, les Cruithnes finirent par attraper le coup de main, et le radeau commença d'avancer.

— Laissons-les tenter leur chance. Si ce n'est pas absolument nécessaire, je préfère ne pas avoir à traverser plusieurs fois le détroit.

Je ne pouvais guère lui reprocher sa prudence – pas après avoir vu le Maître du détroit ; je n'avais aucune intention moi-même d'avoir à le recroiser. D'ailleurs, dès que nous fûmes en route, une chose étrange se produisit : un petit vent, léger et régulier, se mit à souffler d'Alba en direction de Terre d'Ange ; la brise était soutenue, mais la mer demeurait d'huile, à peine ridée par le souffle. Notre flotte s'étirait en une large ligne déguenillée, avançant, lentement mais sûrement, par embardées chaotiques. La côte s'amenuisa derrière nous ; les falaises blanches reculèrent d'un mille, puis d'un autre. Les Albans ne manquent ni de courage ni de hardiesse ; confrontés à une tâche nouvelle et difficile, ils y mirent tout leur cœur. Leurs mains rendues calleuses par le maniement des armes tiraient sur les rames.

Çà et là sur la mer, des voix d'Angelines s'élevèrent. La marche des marins de la Section de Phèdre devint un chant de rameurs – et son rythme une cadence.

Homme ou femme, peu nous chaut ! Donnez-en deux, car on prend les jumeaux ! Mais si les coups sont pour nous des douceurs ! Ne vous trompez pas, nous serons les vainqueurs !

D'autres voix se joignirent au chœur, des voix cruithnes et eiranes, fondues en un incroyable sabir de rimes sans queue ni tête. Debout à la barre, tirant de longs bords pour rester au contact à l'avant de la flotte, Quintilius Rousse agita la tête, un large sourire sur les lèvres.

— Jamais personne n'a vu pareille chose ! cria-t-il. Cette traversée restera dans l'histoire, je vous le garantis ! Et le Vieux Frère semble tenir sa parole ! (D'un coup de menton, il s'adressa à Hyacinthe.) Qu'est-ce que tu en dis, Tsingano ? Tu crois qu'il faudrait que tu nous montres où on va arriver ?

Debout à la proue, les yeux perdus au loin sur les eaux calmes, enveloppé dans son manteau safran raidi par le sel et usé par la route, Hyacinthe ne répondit rien.

Subitement alarmée, je m'approchai de lui.

— Que se passe-t-il ? Que vois-tu ?

Il tourna son visage vers moi ; le *dromonde* habitait ses yeux noirs.

— Rien. Je ne vois rien. Je ne vois pas notre arrivée.

— Qu'est-ce que cela signifie ?

Hyacinthe fit de nouveau face à la mer.

— Cela signifie, expliqua-t-il, qu'il y a un carrefour entre ici et la côte. Et je ne vois pas au-delà.

Je lui aurais certainement posé une autre question à cet instant, mais une grande clameur s'éleva à bâbord – avec des rires, des bousculades et des coups. Tels furent les bruits qui nous amenèrent le long du bastingage, nous qui n'étions occupés à rien ; même Hyacinthe en oublia ses craintes.

C'était l'un des petits radeaux emportant quatorze guerriers du Tarbh Cró – des hommes de la tribu des Segovae – et un D'Angelin. Faute de rames en nombre suffisant, trois des guerriers du Nord s'étaient allongés à l'avant et s'amusaient à brasser l'eau en agitant leurs mains et leurs doigts, pour attraper des poissons.

La technique fonctionne, dit-on, dans les ruisseaux ; elle n'aurait dû mener à rien, ici, en pleine mer. D'ailleurs, nul poisson ne vint – hormis une anguille, très grande et très curieuse.

L'un des hommes de la tribu des Segovae l'avait attrapée par le milieu à deux mains pour la hisser sur le radeau – où elle s'agitait comme une furie. C'était cette anguille qu'ils étaient en train de mater à coups de poing et de rame ; ils riaient et criaient ; le marin de Rousse leur hurlait des instructions dans un d'Angelin qu'ils ne comprenaient pas ; le radeau tanguait en tous sens.

Je crois que nous rîmes tous pendant un moment, jusqu'à ce qu'un des Segovae l'atteignît à la tête. Quelques frissons agitèrent la bête, puis elle s'immobilisa, humide et brillante sur le radeau. Cinq pieds de long au moins.

Et le vent tomba.

Ce fut à cet instant que me revinrent en mémoire les paroles du pêcheur.

Les guerriers du Tarbh Cró étaient arrivés en retard ; ils n'avaient pas entendu la mise en garde de Drustan, et les marins d'Angelins ne l'avaient pas comprise. Le Cruarch avait parlé en cruithne et je n'avais pas traduit. L'amiral leur avait donné leurs ordres ; ils savaient ce qu'ils avaient à faire.

« Trois jets de lance des côtes ; au-delà, c'est le terrain de chasse du seigneur de la mer ! »

Nous étions bien au-delà des trois jets de lance impartis ; nous étions à des milles de la côte, en pleine mer. Le vent avait subitement disparu, comme si le monde entier avait pris une profonde inspiration et retenait maintenant son souffle.

Je retins le mien.

La fois précédente, le Maître du détroit était arrivé au milieu des ténèbres, des vagues et des vents furieux. Cette fois-ci, ce fut différent. Cette fois-ci, la mer tout entière parut entrer en éruption. Au beau milieu de notre flotte de bric et de broc, les eaux se mirent à bouillonner ; les bateaux et les radeaux se dressèrent à la verticale vers le ciel ; les hommes et les femmes embarqués crièrent, s'accrochant avec désespoir pour ne pas basculer.

Et du cœur de ce maelström surgit l'immense tête. Les bateaux les plus proches plongèrent le long de la paroi vertigineuse que formait sa chevelure. De l'autre côté – là où nous étions – les navires s'inclinèrent dans l'autre sens. Pendant un instant, je le jure, notre vaisseau tint en équilibre sur sa proue à la surface d'une pellicule d'eau. Quelque part, Quintilius Rousse criait des ordres, perdu dans le tumulte de l'eau furieuse. J'étais accrochée à la lisse du bastingage ; seules mes mains m'empêchaient de tomber dans le vide. J'adressai un vœu à Elua : si je survivais, je promis d'allumer une bougie en souvenir de mon vieux maître d'acrobatie. Un homme dévissa, glissant sur le pont de bois incliné, et disparut dans les eaux.

La tête du Maître du détroit s'élevait et s'élevait encore, plus immense que dans mon souvenir, transparente et brillante ; çà et là dans ses traits, j'apercevais des poissons, des créatures et du goémon.

Puis il ne s'éleva plus et la mer s'aplanit dans un terrible ressac ; notre bateau retomba sur sa quille dans un bruit de tonnerre. Sous l'impact, mes mains lâchèrent prise. Je faillis passer par-dessus bord, mais la lisse me retint ; je ressentis un choc terrible au creux de l'estomac. Tout autour, sur la houle violente, les embarcations de notre flotte de fortune s'agitaient comme des bouchons sur les eaux d'un torrent ; notre armée était à moitié noyée et les chevaux paniqués poussaient des hennissements stridents. Certains nageaient ou se débattaient, terrifiés.

— Phèdre !

Une main puissante saisit mon manteau pour me ramener sur le pont ; c'était Joscelin, trempé jusqu'à l'os, les yeux agrandis par le choc. Je cherchai Hyacinthe ; il n'était qu'à quelques pas de moi, là où une vague l'avait fait glisser. Puis je n'eus plus le temps de chercher de survivants ; le Maître du détroit parlait.

Haute comme une falaise, brillante sous la lumière, sa tête se dressait au-dessus de nous. Son énorme bouche s'ouvrit et sa voix tonna, emplissant la terre et le ciel :

— QUI CHASSE DANS MA MER ?

Je sais ce que je sais, ce que j'ai vu, ce que j'ai entendu. Je le jure : le Maître du détroit parlait d'Angelin. Je l'ai entendu ; Hyacinthe, Joscelin, l'amiral l'ont entendu eux aussi. Mais les Tarbh Cró sur le radeau en dessous poussèrent un cri de terreur. Au même moment, Drustan mab Necthana, Cruarch d'Alba, s'avança sur le pont qui avait recouvré son assiette, d'un pas assuré malgré son infirmité.

— Ce sont mes hommes, seigneur de la mer ! cria-t-il en cruithne, la tête basculée en arrière pour regarder le Maître du détroit. C'est moi qui ne les ai pas prévenus ! C'est moi le coupable !

Le visage s'abaissa ; l'eau ruisselait sur toute sa hauteur :

— C'EST TOI LE CHEF... ALBAN ?

Quintilius Rousse poussa un juron et lâcha la barre pour s'approcher.

— C'est mon bateau et c'est moi qui commande, vieux bâtard ! Si tu veux réclamer quelque chose, c'est à moi que tu le demandes !

Pour rien au monde je n'aurais lâché la lisse du bastingage à laquelle j'étais agrippée ; je voulais rester là, accrochée, maintenue par les mains fermes de Joscelin, loin de l'attention de cet horrible visage d'eau dressé au-dessus de nous. Pour rien au monde.

— Lâche-moi, murmurai-je à Joscelin avec un soupir de désespoir.

Sa prise se raffermit sur mes bras ; je tournai mon visage vers le sien. Il inclina la tête et ses mains me lâchèrent. Je m'éloignai du bastingage, haussant la voix en direction de l'immense montagne d'eau.

— Seigneur, je suis l'émissaire d'Ysandre de la Courcel, reine de Terre d'Ange.

La tête du Maître du détroit se tourna vers moi. L'eau dégoulinante représentait des chairs contrefaites. Des éclairs jaillirent de ses yeux. Le gouffre noir de sa bouche s'ouvrit.

— JE VAIS TOUSSSS VOUS PRENDRE !

Les mots me manquent pour dire ce qu'il advint ensuite. L'eau du visage s'effondra sur elle-même, l'onde s'étala, puis la mer se souleva pour former une bosse, une colline gigantesque et transparente, une vague inouïe qui passa sous notre bateau pour le soulever. Pareil à un fétu dans le vent, notre esquif devenu minuscule monta jusqu'à la crête et la vague partit. Elle avançait sans jamais déferler. Elle traversait le détroit comme un taureau lancé au galop, cap au sud sans rien perdre de sa force, sans jamais se fracasser, avec nous posés dessus. Certains douteront de ce que je raconte, mais je jure que c'est la plus entière vérité.

Nous avançâmes sur des milles et des milles, deux ou trois fois la distance de notre traversée, peut-être même plus encore. Combien de temps cela dura-t-il ? Je serais incapable de le dire. La terreur avait cédé le pas à l'interrogation ; puis, lentement, le désespoir nous saisit. S'étaient-ils noyés, ceux que nous avions laissés derrière nous ? J'avais la conviction qu'ils avaient tous sombré. Et nous, nous voguions toujours au sommet de notre vague.

Finalement, une île apparut devant nous, morne et seule, perdue au milieu des eaux. Nous approchions et la vague ne ralentissait pas ; je n'apercevais aucune embouchure, aucun estuaire. *Nous allons nous fracasser contre les falaises grises*, songeai-je.

Puis, au dernier moment, je le vis : un port minuscule creusé à l'intérieur du rocher, cerné par des murs. C'était vers lui que nous filions plus vite que le vent. À l'entrée du port, l'immense vague s'étala, puis s'inversa sous notre coque ; la crête mortelle n'était plus qu'une houle tranquille. Notre bateau glissa doucement vers l'arrière pour s'arrêter tranquillement entre les falaises. Je ne sais si Quintilius Rousse y fut pour quelque chose ; toujours est-il que la vague nous déposa à l'intérieur de ce petit havre avec la même précision délicate que celle du chat saisissant une souris entre ses pattes.

La comparaison est pertinente ; j'éprouvais l'infinie terreur de la souris.

Encore à moitié trempés, raidis par le sel là où le vent nous avait séchés, encore sidérés de notre incroyable voyage, nous reprenions douloureusement nos esprits, chassant la stupeur pour regarder autour de nous. Nous étions une trentaine encore à bord, des Cruithnes pour la plupart, avec huit chevaux dans la cale. Ce fut l'un des hommes de Drustan qui l'aperçut le premier ; il poussa un cri en le montrant du doigt.

Un promontoire rocheux s'avançait dans les eaux de la petite rade. Un escalier taillé dans la pierre descendait jusqu'à l'eau. Au-dessus, les marches s'élargissaient, taillées dans la falaise elle-même, et montaient vers le ciel. Derrière nous, il n'y avait rien d'autre que les falaises qui nous enserraient et la haute mer, vide. Mes yeux vinrent se poser sur la plate-forme tout en haut, sur laquelle se dressaient des colonnes, semblables à celles d'un temple hellène. La blancheur de leur marbre se fondait dans le gris du ciel.

Mais ce n'est pas cela qui avait fait crier le Cruithne.

Sur le promontoire, deux silhouettes, enveloppées dans des robes, nous attendaient.

76

— Je vais y aller.

Drustan avait parlé le premier, avec force et conviction ; dans le bleu de son visage, ses yeux noirs brillaient de détermination. Je me souvenais de la manière dont il s'était avancé pour assumer la faute commise par les Tarbh Cró.

Il était impossible de ne pas l'admirer.

Et de ne pas voir la valeur qu'il représentait pour le peuple d'Alba.

— Non, seigneur.

Je secouai la tête – et sentis toute la masse de mes cheveux dans le vent, encore lourds de l'eau salée. Si je disparaissais, quelle serait la perte pour Terre d'Ange ? Une nation en guerre n'a pas besoin d'une *anguissette* déjà un peu usée par la route.

— Nous sommes près des côtes d'Angelines. C'est à moi d'y aller.

Tandis que nous discutions en cruithne, Quintilius Rousse se pencha par-dessus le bastingage, évaluant la distance qui nous séparait des marches ; lui seul paraissait se rappeler que nous ne pouvions aller nulle part tant qu'il n'y aurait aucun pont avec la terre ferme. La plus haute des deux silhouettes s'approcha jusqu'au bord et repoussa sa capuche grise ; c'était un jeune homme aux cheveux bruns et au visage anodin.

— L'eau est profonde, sirrah, dit-il d'une voix calme qui portait, dans un d'Angelin aux tournures anciennes. Amenez votre bâtiment au plus près pour qu'une planche nous puissions installer.

— Tu as entendu ? (Rousse se tourna en faisant claquer ses doigts à l'intention du Cruithne le plus proche, qui roulait des yeux ronds sans comprendre.) Allez, aux rames ! On va approcher ce navire ! (Il se tourna ensuite vers moi, pour me gratifier de son meilleur regard.) Je ne sais pas ce que tu as en tête, ma belle, mais personne ne va nulle part tout seul, émissaire de la reine ou pas. Donc, tu dis à tous les garçons bleus de faire le dos rond, en attendant de voir à quel jeu joue le Vieux Frère.

Je m'exécutai, en me sentant malgré moi un peu idiote. Drustan fixa un instant ses yeux sur Rousse, avant de se rendre à la poupe pour scruter la mer derrière nous, à la recherche de notre flottille disparue. S'il pouvait acheter la sécurité pour les Albans au prix de sa vie, j'avais la conviction qu'il le ferait. Mais Rousse avait raison ; nous ne savions pas pour quelle raison le Maître du détroit nous avait amenés ici.

— Que vois-tu ? demandai-je à Hyacinthe, tandis que les rames s'enfonçaient dans l'eau de manière désordonnée et que le navire s'approchait doucement du promontoire.

Ses yeux remontèrent le long de la paroi ; un petit sourire étrange flottait sur ses lèvres.

— Je vois une île, murmura-t-il. Et toi, que vois-tu, Phèdre nó Delaunay ?

Je n'avais aucune réponse à donner à cette question. Bientôt, le bateau arriva bord à bord ; Quintilius Rousse ordonna la mise à l'ancre et l'amarrage. La planche de débarquement fut mise en place, mais personne ne s'engagea dessus. Massés sur le pont, nous attendions un ordre de nos hôtes mystérieux.

La seconde silhouette repoussa sa capuche à son tour ; c'était un vieil homme aux cheveux blancs.

— Les suivants parmi vous, le Maître veut les voir, dit-il dans la forme ancienne du d'Angelin.

Je lançai un regard vers Drustan. Ses sourcils étaient froncés ; il ne comprenait pas. Le vieillard tendit un bras ferme dans notre direction.

— Toi, toi, toi et toi.

Drustan, Rousse, moi… et Hyacinthe.

Joscelin s'avança, dagues croisées ; il salua à la cassiline.

— Où elle va, je vais, dit-il calmement. Je l'ai juré au nom de Cassiel.

— La violence ne saurait t'être utile.

C'était le plus jeune qui avait parlé, un petit sourire sur les lèvres. Il hocha la tête en direction de la mer et elle ondula en réponse. Notre bateau se souleva avant de redescendre.

— Vos compagnons sont saufs, sur le rivage de la Première Sœur. Voudrais-tu compromettre leur sécurité ?

Je traduisis rapidement et Drustan saisit Joscelin par le bras.

— Les miens, dit-il. Ils les ont, mon frère, en sécurité. Je te supplie de ne rien faire qui puisse leur causer du tort.

Joscelin ne relâcha pas ses dagues, tandis que je

lui traduisais la réponse de Drustan ; ses phalanges blanchirent.

— Jusqu'à la damnation et au-delà, dit-il. (Sa voix s'était faite toute ténue ; l'expression sur son visage était terrible.) Je l'ai juré, Phèdre.

Une menace planait sur la vie de trois mille et quelques Albans innocents, plus celle de presque tous les marins de Rousse.

— Joscelin, dis-je entre mes dents serrées. Je te tuerai ou me tuerai moi-même plutôt que de laisser quiconque mourir à cause de ton vœu. Je te le promets.

Il fixa son regard sur moi ; qu'aurait-il dit alors ? Je ne sais pas. Le plus vieux des deux hommes leva une main et le devança.

— Il a prêté serment au nom d'un Compagnon. Laisse-le venir, dit-il au plus jeune, qui inclina la tête en signe d'acquiescement.

Drustan suivait attentivement nos échanges ; ses yeux passaient d'un visage à l'autre. Je lui traduisis ce qui venait de se dire. Il hocha la tête et relâcha le bras de Joscelin.

— Gildas, au Maître du détroit va vous conduire, dit le plus jeune. Je vais m'occuper des autres. Las et effrayés vous êtes ; repos et réconfort nous offrons.

Je répétai ses paroles en cruithne. Drustan hocha une nouvelle fois la tête et parla à ses hommes d'un ton rassurant. C'était décidé.

Ainsi donc, songeai-je tandis que nous marchions sur la planche et que le bruit de nos pas résonnait au-dessus de l'eau, le Maître du détroit a des serviteurs – des mortels qui plus est. Détiennent-ils ses pouvoirs pour commander aux vagues ou ne font-ils que transmettre ses ordres ? La surface de l'eau avait parlé et tous avaient compris ; mais ces hommes s'exprimaient en d'Angelin, et à la manière des anciens.

Je pensais à toutes ces choses tandis que nous gravissions les degrés vers le ciel. Gildas allait en tête, devant Rousse et Drustan. Le pied bot du jeune Cruarch l'obligeait à sautiller de marche en marche. J'étais derrière lui, avec Joscelin à mes côtés pareil à une énorme tique cassiline qui ne voudrait pas me lâcher ; Hyacinthe était le dernier. Je voulais lui parler, mais son air fermé m'en dissuadait. D'en bas montaient les bruits rassurants du reste de notre troupe en train de débarquer, le claquement des sabots des chevaux effrayés sur la pierre, le bruit des voix cherchant à communiquer dans des langues différentes.

Nous montions indéfiniment vers le ciel. Aucun doute, il y avait bien un temple au sommet. Un large chemin partait sur la droite tout en bas, mais d'autres marches nous attendaient devant nous, raides et étroites, taillées dans le marbre. Mon souffle se fit court ; je ne m'étais pas ménagée à chevaucher aux côtés des Cruithnes. Derrière, j'entendis les hommes et les chevaux prendre le chemin sur la droite ; je les enviai. Rousse était à la peine lui aussi et j'entendais Hyacinthe haleter derrière moi. Le visage de Drustan était plein d'une intense détermination et, alors qu'il faisait deux fois plus d'efforts que n'importe lequel d'entre nous, il ne montrait aucun signe de fatigue.

Quant à Joscelin… Joscelin était un Cassilin. Il avait couru pendant des heures derrière le cheval du baron de Gunter, dans la neige profonde, pour en sortir les yeux fulminants de haine. Lorsqu'il raffermit sa prise sur mon coude pour m'aider à monter, je repoussai sa main.

Et Gildas aux cheveux blancs n'était pas même essoufflé.

Nous parvînmes au temple.

Cela semble être mon triste destin de toujours parvenir dans des lieux rares à la somptueuse beauté dans des états de fatigue trop avancés pour y trouver le moindre intérêt. Au sommet de cette île solitaire, là où des colonnes de marbre s'élevaient dans les airs comme une prière vers un dieu insouciant, je me courbai en deux pour reprendre mon souffle, les yeux fixés sur la silhouette au milieu du temple.

Il était grand, immobile dans la brise, vêtu d'une robe grise lui aussi ; mais contrairement aux autres, la couleur de sa robe variait sous le ciel, tour à tour claire ou foncée, selon les variations de la lumière. Ses longs cheveux pendaient dans son dos, couleur gris acier ; du moins, c'est ce que je crus d'abord jusqu'à ce que la couleur changeât elle aussi avec le passage des nuages. Il nous tournait le dos, seul au cœur de la construction rectangulaire, à côté d'une grande vasque peu profonde posée sur un trépied.

— Venez, dit Gildas en s'avançant.

Nous le suivîmes sur les dalles de marbre blanc.

La haute silhouette se retourna en nous entendant arriver, posant sur nous le regard de ses yeux verts comme l'océan et montrant un visage encadré de boucles grises, blanc comme un coquillage et plus ancien que des os, sur lequel se lisait toute la puissance des forces élémentaires, mouvantes et fluides, avec un pouvoir remonté des profondeurs abyssales.

J'avais vu le visage à la surface de l'eau, terrible et surpuissant.

Mais ce n'était qu'un messager, rien de plus. Une pensée née dans un esprit ancré au fond de la mer ;

le bras armé de sa puissance. Ici… Ici était le véritable Maître du détroit.

— Seigneur, murmurai-je en tombant à genoux.

Drustan mab Necthana s'avança d'un pas, plongeant son regard dans celui du Maître du détroit. La brise faisait voler son manteau écarlate.

— Seigneur des eaux, dit-il d'une voix posée. Vous aviez donné votre parole. Que le sanglier noir règne sur Alba et vous nous laisseriez passer. Pourquoi nous avoir amenés ici ?

Le Maître du détroit sourit ; ses yeux prirent la teinte lumineuse d'une brume sous le soleil.

— Tu étais prévenu, jeune Cruarch, dit-il. (Sa bouche bougeait, mais ses mots semblaient sourdre du vent pour résonner dans tous les coins du temple ouvert.) Tu étais prévenu… Alban.

Les Skaldiques disaient que j'avais le don des langues – une sorcellerie. J'avais eu Delaunay pour professeur, ni plus ni moins. Le Maître du détroit, lui, avait le don des langues, car je le jure, j'entendais ses mots en d'Angelin, quand Drustan les entendait en cruithne et lui répondait de même.

— Seigneur des eaux, dit-il vivement. Vous donnez vos avertissements comme un chasseur pose ses appâts. Pourquoi nous avez-vous fait venir ici ?

Toujours agenouillée, je réfléchissais à toute allure. Drustan avait raison : la promesse pleine de miel d'une traversée sûre, puis un avertissement presque impossible à ne pas transgresser. Le Maître du détroit voulait quelque chose de nous. Mais quoi ? À côté de moi, les mains de Joscelin frôlaient ses dagues. Quintilius Rousse se tenait comme un taureau prêt à charger, tête baissée. Hyacinthe se balançait sur ses pieds, presque incapable apparemment de se tenir debout.

— Pourquoi ? répéta le Maître du détroit, et le vent du large soupira autour de nous. (Il mit ses mains dans son dos et regarda l'océan.) Pourquoi ? (Il se tourna de nouveau vers nous, et cette fois ses yeux étaient noirs comme des nuées d'orage.) Pendant huit cents ans, j'ai régné, enchaîné à ce rocher que ni la terre ni le ciel ne se disputent !

Son ton avait monté et le vent nous fouettait, les nuages roulaient dans le ciel et les vagues loin en dessous se ruaient furieusement contre les falaises. Le vent agitait ses mèches qui lui faisaient comme une étrange couronne autour de la tête.

— Huit cents ans ! Et tu me demandes pourquoi ?

Nous nous accrochions pour lutter contre le vent ; à travers mes doigts posés sur mon visage pour me protéger, je vis Drustan mab Necthana penché en avant, le regard étréci.

— Pourquoi ? demanda-t-il en hurlant. Seigneur des eaux, vous retenez les miens en otages ! Pourquoi ?

Le vent tomba d'un coup et le Maître du détroit sourit de nouveau ; ses yeux revenaient à leur nuance vert océan.

— Alban, dit-il en savourant le mot. (Il tendit un bras en pointant un index sur la bague de Roland que Drustan portait à sa main.) Tu as le courage de vivre le rêve qui me libérera. Ta mère l'a vu dans l'obscurité derrière ses yeux. Le cygne et le sanglier. L'Alban et la D'Angeline, prêts à relever le défi de l'amour. Mais ce n'est là qu'une moitié.

Je compris. C'était mon don, ce à quoi Delaunay m'avait formée ; entendre ce qui n'est pas dit, voir les fils de la trame sous la surface. Je me relevai.

— Seigneur, dis-je d'une voix pleine de prudence. Voici ce qui est vrai. Vous êtes prisonnier sur cette île, que ce soit de votre gré ou non. Et vous voulez vous en libérer. Deux choses sont alors nécessaires. La première, c'est l'union d'Alba et Terre d'Ange, qu'incarnent Drustan et Ysandre. Quelle est la seconde ?

— Ahhh !

Il s'avança d'un pas et me caressa le visage d'une main, comme s'il avait eu le pouvoir de modeler ma chair sous ses doigts ; comme si ma chair avait été de l'eau. Je fermai les yeux et frissonnai.

— En voici une qui entend, écoute et pense. C'est bien. Tu as mis des mots sur l'énigme. Répondez-y complètement et vous pourrez partir.

Il retira sa main et la passa au-dessus de la vasque ; sa manche prit la couleur du bronze.

La surface de l'eau qu'elle contenait se rida, puis redevint immobile ; au lieu de refléter le ciel, elle montrait le visage d'Ysandre de la Courcel assise sur un trône de fortune. Derrière elle, on apercevait ce qui ressemblait à un camp retranché juste avant la bataille. Ysandre écoutait attentivement ce que lui disait quelqu'un qu'on ne voyait pas. Drustan poussa un petit cri et Quintilius Rousse posa un poing sur son front.

— Répondez complètement, dit le Maître du détroit en souriant, les yeux devenus plus blancs que de vieux os, et vous aurez mon aide pleine et entière. Échouez et la mer vous prendra. (Du doigt, il désigna le ciel à l'ouest, rougi par le soleil en train de se coucher derrière l'horizon.) Je vous donne une nuit. Lorsque le soleil se lèvera demain, vous me répondrez ou bien vous mourrez.

77

Par une autre série de larges marches de marbre à l'autre extrémité du temple, puis le long d'un chemin pavé, Gildas nous conduisit à la tour qui montait en colimaçon vers le ciel depuis un autre promontoire en contrebas.

Nous suivions en silence, chacun d'entre nous perdu dans ses propres pensées ; le soleil couchant étirait nos ombres devant nous. Sa lumière jetait des feux d'or et de sang sur les murs gris de la tour en se reflétant sur des fenêtres en encorbellement de verre coloré – une splendeur rare et prodigieuse. Il y en avait sur tout le pourtour de la salle du sommet, et d'autres encore disposées en quinconce sur les deux niveaux inférieurs.

C'était un régal pour les yeux ; et je n'aurais pas manqué d'être surprise et ébahie si mes capacités d'étonnement n'avaient pas déjà touché à leurs limites. Nous pénétrâmes dans la grande pièce du bas, pour y trouver des serviteurs qui nous attendaient, des hommes et des femmes vêtus simplement – *des habitants de l'île*, songeai-je.

— Nous nous occupons des marins et les chevaux sont aux écuries, dit Gildas. (Ses gestes et la courtoisie un peu formelle qu'il mettait dans son ton paraissaient sincères.) Vous n'avez rien à craindre en ces lieux. Jusqu'à votre départ, nous vous offrons l'hospitalité du Maître. Des bains chauds, des vêtements propres, un repas et du vin.

— Et les miens ? demanda Drustan après que je lui eus traduit ces paroles. Est-ce que ce… ce prêtre garantit leur sécurité ?

Je posai la question en d'Angelin. Gildas hocha la tête ; sa robe grise produisait un bruit soyeux, mais ne changeait pas de couleur comme celle du Maître.

— La Première Sœur est… là-bas, dit-il en montrant la direction du sud. À trois lieues environ. On y trouve du bétail, des volailles et du cidre. Les tiens y ont été amenés sains et saufs. Ne commettez rien de répréhensible ici et il ne leur arrivera rien là-bas. Sur ma tête, je le jure.

Drustan dut se contenter de cela, tout comme Quintilius Rousse dont les marins étaient avec les Cruithnes.

— Le Maître du détroit dînera-t-il avec nous ? demandai-je.

— Non, ma dame, répondit Gildas en secouant la tête. Vous n'aurez que votre seule compagnie à partager.

— Vous le servez, observai-je en notant sa robe, bien différente des vêtements simples des serviteurs. Êtes-vous son prêtre ?

Il marqua une hésitation.

— En vérité, nous remplissons la vasque de bronze d'eau de mer, Tilian et moi. Une fois au lever du soleil, une fois à son coucher. Et parfois, nous parlons en son nom, lorsque besoin il y a. Ainsi avons-nous le privilège de le servir. Mais ceux nés sur les Trois Sœurs ne peuvent pas rompre la Geis.

Je revis en esprit la grande vasque posée sur son trépied ; peu profonde, mais de grande dimension. Deux fois par jour, il leur fallait descendre cet interminable escalier jusqu'à la mer, puis le remonter en la portant remplie à ras bord ; trois fois aujourd'hui à cause de nous. Pas étonnant qu'il ne fût pas le moins du monde essoufflé.

— L'obligation qui lui est imposée, aucun natif de l'île ne peut donc l'en libérer ?

Gildas marqua une nouvelle hésitation, puis inclina la tête.

— Comme vous dites. Nous ferez-vous l'honneur d'accepter notre hospitalité ?

— Oui, répondis-je, sachant que cela n'aurait pas rimé à grand-chose de refuser. Merci, ajoutai-je, pour le gratifier de m'avoir donné sans le vouloir la clé de l'énigme.

Il prit néanmoins mes remerciements pour de la gratitude envers leur accueil – mais c'était exactement ce que j'avais voulu.

Oui, songeai-je. *C'est ça.*

Je ne sais pas comment les choses se déroulèrent pour les autres, mais je fus, moi, conduite dans une chambre magnifique par un escalier en colimaçon. Trois servantes m'escortaient – une jeune femme et deux plus âgées, toutes placides et réservées. J'avais bien l'impression que servir le Maître du détroit n'était pas d'une folle gaieté.

La chambre était somptueusement meublée ; et moi qui suis née dans la Cour de nuit, je n'emploie pas ces mots à la légère. Le lit était une pure merveille, tout en ébène sculptée dans des formes fantastiques, recouvert d'une courtepointe de velours piquée d'or. Le bain se prenait dans un cuveau de marbre ; on apportait l'eau chaude dans des brocs d'argent.

— D'où cela vient-il ? demandai-je avec curiosité.

J'ouvris ma broche et retirai mon manteau imprégné de sel. La plus jeune des servantes, qui m'aidait à me déshabiller, retint une exclamation de surprise en découvrant ma marque.

— De l'infinie bonté de la mer, murmura l'une des plus âgées, tout en versant l'eau dans le bain.

Des naufrages, songeai-je.

J'achevai de me déshabiller.

La stupéfaction s'abattit sur elle.

Je compris alors ce qui était différent ; ces insulaires n'étaient que de simples paysans sans aucune grâce. Certes, ils parlaient le d'Angelin, mais si le sang d'Elua et de ses Compagnons coulait dans leurs veines, cela ne se voyait absolument pas sur leurs traits. Non, ce n'étaient que des mortels, simplement nés de la terre, sans la moindre trace de la beauté ou des dons qui affleuraient chez le dernier des D'Angelins. Elua avait aimé de la même manière des bergères et des pêcheurs, sans nullement se soucier de rang ou de préséance – ces créations humaines. Mais d'Elua et de ses Compagnons, il ne subsistait rien dans les lignées de ces gens.

Ensuite, je me glissai dans l'eau et oubliai tout.

Dans toutes les circonstances, si difficiles soient-elles, un bon bain chaud ne peut que faire du bien ; je l'ai toujours constaté. En outre, je n'éprouve aucune honte à jouir du luxe. Depuis mon contrat avec le duc de Morhban, je n'avais plus été traitée comme j'en avais l'habitude. Je me laissai donc aller avec volupté sans la plus petite arrière-pensée. Elles m'apportèrent des savons et des huiles parfumées, des peignes et des petits ciseaux, pour me soigner et me dorloter jusqu'au bout de mes ongles, lavée des rigueurs de toutes ces journées passées en mer, à cheval ou à la guerre.

Oui, je me ferais assez bien à cette vie, songeai-je.

Puis mes pensées dérivèrent vers le Maître du détroit et je frissonnai.

Une fois mon bain achevé, on m'apporta des vêtements, un peu surannés mais d'une éblouissante élégance. « L'infinie bonté de la mer ». *À qui pouvaient bien appartenir les malles contenant la robe que je choisis ?* C'était une robe de satin couleur bronze, riche et chatoyante, avec un col très large, rehaussé de semence de perles. Une épingle à cheveux l'accompagnait, parsemée de perles ; je la piquai au sommet de ma tête, entortillée dans mes boucles brunes.

J'admirai mon reflet dans le miroir, une lourde chose de verre sombre, sertie dans un cadre d'argent massif. *Oui, à quoi d'autre s'attendre ?*

Une servante s'approcha ensuite, saluant discrètement, pour me conduire au dîner.

La salle à manger était l'une des pièces aux fenêtres en encorbellement. La longue table rutilait de couverts et plats d'argent, posés sur une nappe blanche. Les autres étaient déjà là. Quintilius Rousse retint son souffle lorsque je fis mon entrée.

— Ma dame Phèdre, dit-il avec une courbette et en m'offrant son bras.

Apparemment, nous avions tous bénéficié du même traitement. L'amiral était positivement resplendissant dans un manteau brun tirant sur le roux et un gilet de brocart ; sa chemise blanche comportait un jabot qui s'étalait sur son ample poitrail. Hyacinthe portait des chausses et un pourpoint bleu nuit, avec des manches à crevés tapissés d'argent. Je ne l'avais jamais vu sans ses oripeaux tsingani ; il avait en tout point l'allure d'un jeune noble, avec toutefois un petit quelque chose de mélancolique. Vêtu de noir, Joscelin me rappelait – avec une pointe au cœur – Delaunay dans sa sobre austérité. Une chaîne d'argent à maillons carrés ornait son plastron ; sa natte blonde faisait comme une marque dans son dos. Ses armes cassilines ajoutaient une touche étonnante à son allure, même s'il avait renoncé à porter son épée.

Je crois pouvoir dire que Drustan était le plus étonnant de nous tous, avec sa chemise de soie noire ornée d'un jabot, ses chausses de moleskine d'un gris anthracite, et un manteau écarlate. Les volutes bleues sur son visage de guerrier cruithne avaient presque des allures d'une affectation exotique. Pourtant, d'une certaine manière, elles étaient l'exacte expression de ce qu'il était au fond de lui.

J'exécutai une profonde révérence, à laquelle ils répondirent par une inclinaison du buste. Quintilius Rousse me conduisit à ma place et le dîner commença. Nous fîmes excellente chère dans la demeure du Maître du détroit, servis par ses valets discrets aux regards baissés. Nous mangeâmes dans cette pièce aux fenêtres obscurcies, sans guère parler, jusqu'à ce que les plats soient desservis. Un serviteur déposa sur la table un plateau avec quelques douceurs, une carafe et cinq verres, puis se retira sur une ultime courbette. Rousse servit l'alcool.

— Alors, dit-il, avant de goûter son breuvage en faisant claquer sa langue. (Il posa ensuite son verre sur le bois poli et parcourut notre petite assemblée de son regard bleu.) Nous avons une énigme à résoudre. Chacun pourrait exposer le fruit de ses cogitations, non ?

Personne ne répondit. Je pris une gorgée ; le liquide ambré me brûla agréablement la gorge avant de diffuser ses arômes subtils. Verre à la main, je me levai et m'approchai d'une des fenêtres pour contempler, à travers les ténèbres, la mer invisible tout en bas. À quoi Delaunay m'avait-il formée, si ce n'était à remonter le fil d'un mystère pour le dénouer ? Ils parlaient la langue des ballades anciennes sur cette île. Je posai mon front sur la vitre ; le verre était doux et frais contre ma peau.

— Vous savez.

Les mots avaient été murmurés en cruithne. Sans me retourner vers Drustan mab Necthana, je hochai la tête, mon front toujours collé contre le carreau. J'avais lu un millier d'histoires venues du fond des âges, en d'Angelin, en caerdicci, en skaldique, en cruithne. Des traductions de l'hellène que je maîtrisais encore mal. Je savais. Ces choses-là suivent une structure, une trame sous-jacente ; j'avais été formée à les voir. Je savais.

Drustan prit une profonde inspiration.

— Il y a un prix à payer.

Je posai une main sur la vitre ; elle se découpait sur le noir insondable.

— Il y a toujours un prix, seigneur Cruarch. Mais celui-ci est justifié. (Il se leva et inclina la tête ; je me tournai vers lui.) Sachez que j'entends l'acquitter si j'en ai les moyens.

Il n'y avait rien à ajouter ; je hochai la tête une nouvelle fois. Drustan fit tourner la bague de Roland à son doigt ; ses yeux noirs ne lâchaient pas les miens. Puis il quitta la pièce.

— Qu'a-t-il dit ? demanda Quintilius Rousse, stupéfait. Par les dix mille diables !... Je croyais que nous avions une énigme à résoudre !

— Demandez à Phèdre, dit Hyacinthe d'une voix blanche en levant son visage, hagard et halluciné. Elle croit qu'elle l'a résolue. Demandez-lui pour voir si elle va parler.

Il passa ses mains sur son visage, avant de les laisser retomber, sans force.

— Si je dois donner la réponse entière à cette énigme, je le ferai, dis-je d'une voix sourde. (La douleur de Hyacinthe me brisait le cœur.) Ne me refuse pas ça, Hyacinthe.

Il émit un rire étouffé, puis se leva d'un pas chancelant.

— Pourquoi Delaunay ne t'a-t-il pas laissée là où il l'a trouvée ? Je maudis le jour où il t'a appris à penser !

Je ne répondis rien à cela non plus. Hyacinthe me fit une révérence pleine de raillerie, dans son plus pur style de prince des voyageurs ; l'argent au fond de ses crevés jeta des lueurs éloquentes. Quintilius Rousse fronça ses sourcils en le regardant sortir et secoua la tête.

— Je n'aime pas ça du tout, grogna-t-il en piochant machinalement dans les friandises. Si tu as une réponse, ma belle, explique-nous ! Réfléchissons-y ensemble pour le bien de tous !

— Messire amiral, répondis-je, c'est non. Si Anafiel Delaunay avait trouvé cette réponse, il ne l'aurait pas partagée. Je ne peux pas le faire. Si vous la trouvez par vous-même, alors très bien.

Quintilius Rousse murmura quelque chose au

sujet de la folie de Delaunay. Joscelin s'agita, puis marcha jusqu'à moi, mains dans le dos ; son regard se perdit dans la nuit au-dehors.

— Je ne vais pas aimer ça, n'est-ce pas ? dit-il d'une voix calme.

— Effectivement, répondis-je en secouant doucement la tête.

Il demeura là à contempler le lointain ; je posai la main sur son bras.

— Joscelin. (Il tourna la tête pour me regarder, à contrecœur.) Depuis le jour où tu as été chargé de me garder, j'ai été un véritable martyre pour toi. J'ai mis ton serment à l'épreuve d'un millier de manières, jusqu'à ce que la Fraternité finît par t'exclure. Je te le promets, je ne le ferai plus qu'une seule fois. (Je m'éclaircis la voix.) S'il nous faut… S'il nous faut nous séparer, tu dois l'accepter. Tu as été formé pour servir des souverains, pas la fille clandestine d'une adepte de la Cour de nuit. Tu as juré de mettre ton épée au service d'Ysandre. Si tu veux la servir, protège Drustan. Promets-le-moi.

— Je ne peux pas promettre ça, dit-il d'une voix sourde.

— Promets-le-moi !

Mes doigts s'enfonçaient dans son bras.

— J'obéis à la volonté de Cassiel ! C'est tout ce que je peux promettre.

J'allais devoir me contenter de cela. Je ne pouvais pas demander plus que ce que je donnais moi-même. Je le relâchai.

— Même Cassiel a accepté de plier sa volonté pour Elua, murmurai-je. Ne l'oublie pas.

— Et toi, n'oublie pas que tu n'es pas Elua, répondit-il avec un rictus douloureux.

78

Je ne dormis pas bien cette nuit-là dans le fabuleux lit d'ébène du Maître du détroit. Mon cœur et mon esprit étaient bien trop agités. Une fois, je me levai, une chandelle à la main, pour gagner le palier desservant les chambres de mes compagnons. Je contemplai leurs portes closes ; je voulais aller quelque part, voir quelqu'un, mais je ne savais vers où me tourner.

Je retournai donc dans mon lit gigantesque et vide, me tournant et me retournant entre mes draps.

Comme j'aurais voulu que Delaunay fût là.

Le jour parut et rien n'avait changé. Je dénichai la bibliothèque qui abritait des centaines d'ouvrages qu'on croyait perdus. Leur séjour dans l'eau avait gonflé leurs pages ; l'encre s'était diluée, mais les lignes demeuraient lisibles. Il y avait un volume entier de vers d'une poétesse hellène dont je n'avais jamais pu lire toute l'œuvre. Le maestro Gonzago aurait donné sa main droite pour poser les yeux dessus. Je le lus lentement, traduisant les poèmes en d'Angelin, regrettant de n'avoir ni plume, ni papier. Ils étaient magnifiques, si délicats et divins que les larmes me vinrent. J'en oubliai où j'étais – jusqu'à ce que Tilian vînt me chercher.

Midi approchait.

Ils nous conduisirent de nouveau le long du large chemin ; c'était étonnant de voir à quel point il me paraissait déjà familier. Le Maître du détroit nous attendait dans son temple, ouvert de tous les côtés à la brise.

Jusqu'à ce jour, je n'avais jamais compris comment les victimes peuvent consentir à marcher vers leur propre sacrifice. Je songeai à Elua, offrant la paume de sa main à la lame. Je songeai à Yeshua prenant sa place sur la croix. Aucun sacrifice ne ressemble à un autre ; et pourtant, ils sont tous semblables au bout du compte. C'est toujours l'offrande de soi, totale et absolue, à celui qui la réclame.

— Avez-vous une réponse ? demanda le Maître du détroit.

Sa voix résonna et le vent forcit autour de nous. Ses yeux avaient la couleur du soleil se mirant à la surface de l'eau. Je frissonnai ; je fus même assez lâche pour attendre que quelqu'un d'autre parlât.

Personne ne dit rien.

— Oui, seigneur, dis-je d'une toute petite voix qui paraissait sur le point de se briser. (Je levai la tête pour croiser son regard mouvant comme la mer.) L'un d'entre nous doit prendre votre place.

J'entendis Hyacinthe rire de désespoir.

Le Maître du détroit me tenait sous son regard qui avait pris la teinte d'un ciel d'orage.

— Et es-tu prête à y répondre ?

Joscelin prit une inspiration profonde et sifflante ; ses mains bougeaient au-dessus de ses dagues. Quintilius Rousse émit un son étonné et Drustan courba la tête en tournant la bague à son doigt. Il avait deviné. Les plus anciens enfants de la Terre ;

plus proches des anciennes légendes et des œuvres du destin.

— Oui, murmurai-je. Oui, seigneur.

— Non.

Pendant une seconde, je ne compris pas qui avait parlé ; cela ressemblait si peu à Hyacinthe, mon prince des voyageurs, si insouciant et léger ; et si triste depuis la mort de Moiread. Il émit un nouveau rire étouffé et passa les doigts dans ses cheveux noirs.

— Vous m'avez fait venir, seigneur. Je suis ici. Je resterai.

Le Maître du détroit demeurait silencieux.

Et je sus que tout ce qui s'était déroulé auparavant n'avait été qu'un jeu.

— Non, murmurai-je en me tournant vers Hyacinthe. (Mes mains se posèrent sur son visage que je connaissais aussi bien que le mien.) Hyacinthe, non !

Il me saisit doucement les poignets.

— Breidaia a rêvé de moi sur une île, Phèdre. Tu t'en souviens ? Je ne voyais aucune côte nulle part. Pour moi, le long chemin s'achève ici. C'est toi qui as percé l'énigme, mais c'est moi qui dois rester.

— Non, dis-je, avant de le crier. Non !

Je me tournai pour faire face au Maître du détroit. Dans mon désespoir, toute peur m'avait quittée.

— Vous voulez quelqu'un pour prendre votre place. Vous avez posé une énigme et c'est moi qui y ai répondu ! C'est à moi qu'il appartient d'apporter la réponse tout entière.

— Oui, mais ce n'est pas l'unique énigme à laquelle il faut répondre ici.

Une note de chagrin perçait dans sa voix, vieille de huit cents ans. Le soleil était à l'aplomb au-dessus de nous ; le Maître du détroit tenait sa tête penchée en avant et ses traits étaient dans l'ombre.

— Qui prend mes chaînes hérite de mon pouvoir. Qui se croit digne de le servir doit me dire quelle en est la source.

Joscelin se détourna en poussant un cri ; je crois que jusqu'à cet instant il avait espéré trouver un moyen de donner la réponse. Concentrée à l'extrême, plongée dans mes souvenirs, je levai mon visage vers le soleil. La bibliothèque de la tour, les poèmes perdus. La bibliothèque de Delaunay où j'avais passé tant d'heures maussades, contrainte d'étudier quand je ne songeais qu'à satisfaire des clients. J'aurais donné n'importe quoi à cet instant pour les revivre. Alcuin, le visage dissimulé derrière ses cheveux comme derrière un rideau de fils de soie, penché sur un livre ancien. La voix de Joscelin inhabituellement légère, le lointain écho du fils de seigneur érudit du Siovale qu'il avait été naguère. « *On trouve tout ici, hormis le Livre perdu de Raziel. Est-ce que Delaunay peut vraiment lire les ouvrages yeshuites ?* »

Toutes les pièces du puzzle se mirent en place. Je rebaissai la tête ; mes yeux papillotaient.

— C'est le Livre de Raziel, seigneur.

Le Maître du détroit commença à se tourner vers moi.

— Quelques pages uniquement. (La voix de Hyacinthe semblait venir d'outre-tombe.) Les pages du Livre perdu de Raziel que le Dieu unique a offert à Edom, le premier homme, pour lui donner la maîtrise de la terre, de la mer et du ciel, puis qu'il a emporté pour le punir de sa désobéissance, avant de le jeter dans les profondeurs.

Le Maître du détroit s'arrêta pour poser son

regard sur lui. Hyacinthe émit son rire ; ses yeux noirs étaient devenus blancs sous l'effet du *dromonde.* Il voyait enfin.

— Un présent de votre père, n'est-ce pas ? L'amiral l'appelle « le seigneur des profondeurs » et lui jette des pièces d'or, car il est superstitieux comme le sont tous les marins. Mais les Yeshuites l'appellent « prince de la mer » ; « l'ange Rahab », ainsi le nomment-ils, l'orgueil et l'insolence, tombé, brisé puis reconstitué en un tout, l'ange déchu qui n'a jamais suivi.

Il parlait plus vite maintenant ; les mots tombaient de sa bouche, tandis que ses yeux vides plongeaient au fond d'un gouffre vieux de huit cents ans. Je revis un grand feu et Hyacinthe jouant du tambourin ; un autre jouait du violon et une vieille femme s'approchait de moi. « *Sais-tu que le* dromonde *peut lire en arrière aussi bien qu'en avant ?* »

— Il vous a engendré, seigneur, avec une fille d'Angeline, qui en aimait un autre. Qui aimait un Alban, fils du Cullach Gorrym, un mortel, l'un des plus anciens enfants de la Terre. N'est-ce pas toute la vérité, seigneur ?

— Si, murmura le Maître du détroit. C'est toute la vérité.

Hyacinthe passa les mains sur son visage.

— Le détroit était encore ouvert alors, ses eaux étaient libres… Il l'a emmenée ici, dans cet endroit, cette île, la Troisième Sœur, que les descendants d'Elua n'avaient pas encore foulée. C'est ici qu'elle vous a porté et mis au monde… et, même si elle vous aimait, elle chantait son chagrin d'être comme un oiseau dans une cage, jusqu'à ce que son chant franchît les eaux, et que les Albans qui l'aimaient traversent le détroit pour la libérer…

Il se tut.

— Ils périrent. (Les mots jaillirent autour de nous comme portés par la puissance des eaux, éternelle et emplie de chagrin.) Les vagues se dressèrent et leurs bateaux se retournèrent ; les abysses se refermèrent sur eux. Je sais où se trouvent leurs os.

Le Maître du détroit contemplait la mer depuis son vaste temple ouvert ; ses traits mouvants comme un fluide s'étaient figés.

— Et le Dieu unique punit la désobéissance de Rahab, et le soumit à sa volonté, reprit Hyacinthe dans un souffle. À cause du cœur d'une femme, il ne pouvait pas régner et avait perdu sa liberté ; Rahab se vengea alors et lança une Geis sur vous, seigneur. Il remonta les pages perdues du fond des profondeurs pour vous donner le pouvoir de commander aux eaux, et il vous condamna à demeurer ici pour qu'Alba et Terre d'Ange soient séparées à jamais par la mer que vous commandez, jusqu'à ce que naisse de nouveau un amour suffisamment téméraire – et que vienne quelqu'un pour prendre votre place.

Le Maître du détroit parla alors et sa voix fit comme une vague qui vient mourir sur la grève ; et je sus que j'avais perdu.

— Oui, c'est ainsi.

Hyacinthe se redressa ; son visage était redevenu celui que nous connaissions. Il rit – et son rire avait recouvré toute sa gaieté.

— Alors, seigneur, vais-je devenir celui qui sert ?

— Oui, tu seras celui qui sert. (Le Maître du détroit inclina la tête ; ses yeux avaient pris une teinte bleue dans laquelle brillait une immense compassion.) Un long apprentissage solitaire t'attend, jusqu'à ce que tu sois prêt à prendre les chaînes de ma Geis ; alors je serai libre de quitter cette terre pour suivre les pas d'Elua, là où on accueille les fils bâtards tombés du ciel.

— Vous nous avez utilisés sans pitié, Vieux Frère, murmura sombrement Quintilius Rousse. Que va devenir ce garçon ?

— Je vous ai utilisés, mais j'ai fait preuve de plus de pitié à votre égard que le destin m'en a jamais montré, répondit le Maître du détroit en tournant vers lui un visage implacable. La mer t'a aimé, mon ami ; considère que c'est une bénédiction. La moitié d'entre vous auraient péri dans la traversée si je ne vous avais pas pris dans ma main. Mon successeur sera condamné à demeurer sur cette île, comme moi je l'ai été. Et la malédiction demeurera aussi longtemps que le Dieu unique ne se repentira pas de la sanction infligée à mon père – tant que son souvenir ne sera pas effacé.

— Et le détroit ? demanda Drustan en cruithne.

Sourcils froncés, il s'efforçait de suivre ce qui se disait, notamment tout ce qu'avait dit Hyacinthe en d'Angelin. Néanmoins, il avait compris l'essentiel.

— La traversée restera-t-elle interdite ?

— C'est toi qui détiens la clé. (Le long doigt blanc du Maître du détroit montra la bague de Roland au doigt du Cruarch.) Marie-toi et le verrou tombera.

— Il n'y a jamais que vingt mille Skaldiques hurlants et les traîtres du Camlach pour y faire obstacle, observa l'amiral d'un ton sardonique. Et pendant ce temps-là, nous nous languissons sur un rocher perdu au milieu de la mer, sans aucune armée en vue.

— Je vous ai promis mon aide, dit le Maître du

détroit, impassible. Et vous allez l'avoir. (Il passa la main au-dessus de la vasque de bronze ; des rides apparurent à la surface de l'onde.) Je vais vous montrer tout ce qui s'est passé en Terre d'Ange. Puis j'emmènerai vos hommes, vos armes et vos chevaux jusqu'à la terre. Je ne peux rien faire de plus. Voulez-vous voir maintenant ?

Ils me regardèrent avec des mines inquiètes. Je les regardai à mon tour, puis constatai que je tremblais de tous mes membres. Sincèrement, il y a des limites à ce que l'esprit est capable de supporter en une seule journée. J'étais montée ici prête à enchaîner ma vie à cette île solitaire ; il est bien difficile de remonter d'un gouffre pareil.

— Non, répondis-je en secouant la tête, luttant de toutes mes forces pour que ma voix ne tremblât pas. Seigneur, si vous le voulez bien… je voudrais un peu de temps, une heure peut-être. Pouvons-nous attendre ?

— Oui. J'enverrai quelqu'un vous chercher une heure avant le coucher du soleil. (Il inclina la tête, puis se tourna vers Hyacinthe.) Je te laisse cette journée. Mais n'oublie pas que tes pieds ne quitteront plus jamais ce sol.

Hyacinthe hocha la tête. Ses yeux étaient secs.

Il comprenait.

Nous nous retrouvâmes dans la tour, dans une pièce aux fenêtres sans verre ; d'une voix qui monta dans l'aigu, j'ordonnai qu'on apportât du vin. Les serviteurs s'empressèrent ; en cet instant, je n'avais plus la force de me soucier des autres. Je bus la moitié d'un verre d'un coup ; puis mes yeux se fixèrent durement sur Hyacinthe. Les autres s'écartèrent pour nous laisser un peu seuls.

— Pourquoi ? demandai-je. Pourquoi as-tu fait ça ?

Il eut un pauvre sourire ; sa main faisait tourner son verre. Ses yeux étaient profondément cernés, mais il semblait s'être retrouvé lui-même maintenant que le pire était passé.

— Tu sais, je n'aurais pas trouvé sans toi. Je n'avais pas la réponse. Tout était tellement vaste que je ne la voyais pas. (Il but une gorgée, puis son regard se riva sur un point derrière moi, au loin par la fenêtre.) À l'instant où j'ai vu cette île, j'ai su que mon chemin s'arrêtait ici. Simplement, je ne comprenais pas pourquoi. La nuit dernière, lorsque j'ai compris que tu avais la réponse, j'ai eu peur.

— Hyacinthe. (Ma voix se brisa lorsque je dis son nom ; les larmes coulèrent sur mes joues.) Une nation en guerre n'a que faire d'une *anguissette.* Ce devrait être moi. Laisse-moi rester.

— Pour que je fasse quoi ? demanda-t-il gentiment. Que je jette des pierres aux Skaldiques ? Que je mette des coups de couteau aux mourants ? Que je leur lise l'avenir ? Une nation en guerre n'a que faire d'un bâtard tsingano qui ne connaît rien au combat.

— Tu as le *dromonde* ! C'est bien plus que ce que j'ai à offrir !

— C'est le *dromonde* qui m'a conduit ici, Phèdre. (Hyacinthe prit mes mains dans les siennes et regarda nos doigts enlacés.) C'est le *dromonde* qui me met à part des D'Angelins et des Tsingani. S'il m'a conduit en un lieu auquel j'appartiens, alors laisse-moi y rester. (Il me lâcha les mains pour toucher le diamant à mon cou.) Kushiel t'a marquée et tu lui appartiens. Je ne sais pas quel but il poursuivait en faisant cela, mais je ne crois pas qu'il voulait faire de toi le Maître du détroit. (Un frisson me parcourut et je détournai la tête.) D'ailleurs, reprit-il avec un petit sourire, si tu restais, à peine serions-nous à terre que ce maudit Cassilin reviendrait à la nage et nous damnerait tous. Non seulement son serment l'aveugle complètement, mais le fait d'être fou de toi en fait une véritable menace.

— Joscelin ?

Sous le coup de la surprise, ma voix avait monté. Joscelin se retourna, sourcils froncés. Je le rassurai d'un signe de tête et il reprit sa conversation avec l'amiral.

— Qu'Elua lui vienne en aide s'il vient un jour à le comprendre ! (Du bout de son index, Hyacinthe suivait le contour de mon sourcil ; il caressa ensuite mes cils ; ceux de mon œil portant la tache écarlate.) Et qu'il t'aide toi aussi.

— Hyacinthe, murmurai-je d'une voix suppliante. (Je m'écartai de lui et montrai la pièce austère autour de nous.) Regarde… Regarde cet endroit. Tu es la personne au monde la moins faite pour terminer ici ! Pas d'amis, pas de rires, pas de musique… Tu vas devenir fou !

Il contempla les lieux, puis haussa les épaules.

— J'apprendrai au Maître du détroit à jouer du tambourin. J'apprendrai aux vagues à danser. Que veux-tu que je te dise, Phèdre ? Si tu as survécu aux montagnes du Camlach en plein hiver, alors je peux survivre sur une île isolée.

— Huit cents ans.

— Peut-être. (Hyacinthe posa son menton sur ses mains.) Le prince des voyageurs enchaîné à un rocher. C'est assez drôle, non ? (Je ne le lâchai pas des yeux ; il haussa de nouveau les épaules.) Le reste du Livre perdu de Raziel gît quelque part. J'ai toujours été doué pour retrouver les choses perdues. Qui sait ? Peut-être y a-t-il quelque chose dans ces pages qui pourra me libérer. À moins qu'une personne douée pour les énigmes trouve une autre solution. (Il me fit son irrésistible sourire.) Ce ne serait pas la chose la plus étonnante que tu aies jamais faite.

— Ne fais pas ça, le suppliai-je, en riant à moitié à travers mes sanglots. Hyacinthe, ce n'est pas drôle.

— Quand même un peu. (Son regard se fit plus sérieux tout à coup.) Tu voudras bien me rendre un service ? (Je hochai la tête.) Ma maison, mon écurie… je veux qu'elles aillent aux gars de ma bande du Seuil de la nuit. Je vais écrire ça noir sur blanc. Tu donneras les papiers à Emile ; c'est lui que j'ai nommé comme second. S'il reste quelque chose de la Ville d'Elua lorsque tout sera fini, il saura ce qu'il faut faire.

— Je te le promets.

— C'est parfait.

Il déglutit, mais sa gorge paraissait s'être nouée. Contempler la réalité du choix qu'il avait fait devenait plus difficile.

— Et fais une offrande à Elua en souvenir de ma mère.

Je hochai la tête une nouvelle fois ; ma vue se brouillait.

— Anasztaizia, fille de Manoj.

Elle avait défié les Tsingani et enseigné le *dromonde* à son fils. « *Que crois-tu qu'elle ait vu, hein ? Le* Lungo Drom *et la* kumpania, *hein, ou quelque chose d'autre, un reflet dans un œil taché de sang ?* » Moi, je savais ce que Hyacinthe voyait dans mes yeux ; à travers mes larmes, j'en voyais le reflet dans les siens – une tour solitaire sur une île perdue.

— Je le ferai.

— Merci.

Il se leva et vint à la fenêtre pour regarder les vagues en contrebas, dorées par les rayons du soleil de cette fin d'après-midi. De l'autre côté de la pièce, Rousse, Drustan et Joscelin nous observaient sans bouger. S'ils n'avaient pas déjà été informés, Joscelin avait dû leur expliquer la profondeur des liens qui nous unissaient Hyacinthe et moi ; Drustan comprenait le caerdicci mieux qu'il le parlait, suffisamment pour suivre en tout cas. Je connaissais Hyacinthe depuis plus longtemps que Delaunay ; il avait été mon ami à une époque où je n'avais personne d'autre à qui donner mon amitié ; il avait été ma liberté lorsque j'étais une esclave. Il se retourna vers moi ; son visage était grave.

— Phèdre, méfie-toi de Melisande Shahrizai.

Mes mains se portèrent à mon cou ; à son diamant.

— Le *dromonde* t'a dit quelque chose ? demandai-je, subitement effrayée.

— Non, dit-il en secouant la tête avec un petit sourire. Ta vie suit des chemins encore plus sinueux qu'une histoire de Mendacant. Je ne crois pas pouvoir voir au-delà de demain. Mais tu sais, il est plus simple de regarder en arrière ; tout est déjà écrit, si loin que tu remontes. Je te dis cela parce que je te connais, c'est tout. Si un jour tu risques de te retrouver seule face à elle, fuis.

— Tu crois sincèrement que je ne la hais pas assez pour avoir confiance en moi ? demandai-je avec un rire amer. Tu n'étais pas avec moi dans le chariot lorsque je me suis réveillée après sa trahison.

— J'étais là à l'Hippochamp, lorsque j'ai renoncé à ce que m'offrait le droit du sang pour te tirer de la transe dans laquelle t'avait plongée le simple fait de l'apercevoir, répondit-il. Et ce n'était pas que la haine qui l'avait provoquée. Elle n'aurait jamais dû lâcher la laisse lorsqu'elle t'a mis ce collier. Ne lui laisse pas une seconde chance de mettre la main dessus.

Il parlait d'or ; c'était certainement l'exacte vérité, dans quelque coin sombre de mon âme que je n'avais aucune envie d'explorer. Je me mordis les lèvres et hochai la tête.

— Je ne le ferai pas. Fasse Elua le béni que je puisse suivre ton conseil !

— Parfait. (Son regard se porta sur nous tous.) Si vous voulez bien, j'aimerais être seul quelques instants, dit-il posément. Autant que je m'y habitue un peu avant que nous nous fassions nos adieux. Et puis, il vous faudra élaborer une stratégie lorsque le Maître du détroit vous aura montré tout ce qu'il peut. Vous aurez besoin d'avoir l'esprit clair.

79

Nous étions donc quatre, et non plus cinq, réunis une nouvelle fois dans le temple du Maître du détroit.

— Êtes-vous prêts ? demanda-t-il de sa voix qui parlait tant de langues à la fois.

Assommée par le chagrin, je ne trouvai même plus cela étrange.

— Montrez-nous, seigneur, dis-je, en m'exprimant au nom de tous.

Le Maître du détroit passa le bras au-dessus de la vasque ; la large manche de sa robe prit des reflets d'ambre dans le soleil couchant.

— Voyez, dit-il. La guerre.

Ses paroles étaient teintées de toute la terreur, irrépressible et glacée, qu'évoquent les profondeurs de l'océan. Rassemblés autour de la vasque, nous observions les images qui se formaient à la surface de l'eau.

Des Skaldiques, des dizaines de milliers de Skaldiques, armés de lances, d'épées et de haches, casque sur la tête et bouclier au bras, déferlant sur Terre d'Ange par les passes du Nord. Des hordes de Skaldiques remontant vers les Pays plats, prenant position le long du Rhenus, jetant leurs lances aux navires d'Angelins sur le fleuve, puis se repliant bien vite pour échapper aux volées de flèches tirées en riposte. Des Skaldiques tenant les passes du Sud, attirant les troupes d'Angelines sur le flanc est.

Et dans les montagnes du Camlach, Isidore d'Aiglemort dans son armure rutilante attendait, à la tête de cinq mille hommes, tous regroupés sous la bannière des alliés du Camlach – l'épée de feu sur champ sable.

J'observai tout cela, un poing posé sur la bouche. Ils connaissaient le plan d'invasion de Selig. Je le leur avais dit ! Je pensais qu'Ysandre m'avait crue. Était-ce trop demander à une armée que d'obéir aux ordres de sa reine, sur la foi des indications données par une servante de Naamah devenue esclave skaldique en fuite ? *Qui plus est convaincue de meurtre*, songeai-je sombrement. Mais Ysandre était assez intelligente pour croire aux renseignements fiables, d'où qu'ils viennent.

— Attendez, dit le Maître du détroit.

L'image se modifia à la surface de l'eau.

La horde skaldique s'abattait sur Terre d'Ange depuis le nord, tel un nuage de criquets, massacrant tout sur son passage. Je vis Waldemar Selig lui-même – silhouette colossale – sur son destrier, commandant le flanc gauche. Kolbjorn de la tribu des Mannis, en qui Selig avait toute confiance, commandait le flanc droit. Débordé sur les côtés, le centre traînait à l'arrière ; ils étaient si nombreux que les D'Angelins ne pouvaient rien faire quand bien même ils auraient été avertis.

Je vis également la bannière au pommier de Percy de Somerville, sous le cygne d'argent de la maison

Courcel ; une grande partie des forces d'Angelines au sud tournaient bride pour foncer vers le nord à travers le Namarre afin d'intercepter les Skaldiques.

Et dans les montagnes du Camlach, je vis Isidore d'Aiglemort lever une main et crier un ordre. *Sait-il que Selig l'a trahi ?* me demandai-je. Sa troupe déployée, immense et redoutable de puissance, attendait. D'une voix déchirée par les larmes, Quintilius Rousse appela toutes les malédictions sur la tête de d'Aiglemort.

Puis, de manière inexplicable, une terrible confusion éclata dans les rangs ; les alliés du Camlach se battaient entre eux. Les yeux rivés à la surface de l'eau, je m'efforçai de comprendre.

Puis je vis – et je me mis à pleurer.

L'arrière-garde de la propre armée de d'Aiglemort venait de tomber sur ses hommes, taillant et tuant. Ici et là, dans les poches où les combats étaient les plus furieux, je reconnus les bannières brandies : l'insigne de la maison Trevalion, trois vaisseaux et l'Étoile du navigateur. Des hommes jeunes combattaient comme des lions ; je voyais le cri sur leurs lèvres tandis que leurs bras s'abattaient. Je l'avais entendu bien longtemps auparavant, tandis qu'ils le scandaient pendant le triomphe. « Baudoin ! Bau-doin ! » Gaspar Trevalion avait eu cette idée d'envoyer les Chasseurs de gloire de Baudoin dans le Camlach. Quel qu'eût pu être leur rôle dans la machination de la Lionne de l'Azzalle, ils acquittaient leur dette ce jour-là. Intégralement.

Les Chasseurs de gloire du prince Baudoin de Trevalion ne furent pas les seuls à tomber ; d'autres parmi les alliés du Camlach étaient demeurés fidèles à la couronne. Ils devaient savoir pourtant qu'ils commettaient un suicide. Sous mes yeux frappés d'horreur, je vis le duc d'Aiglemort regrouper ce qui lui restait de forces loyales.

Pour autant, la manœuvre désespérée avait suffi à briser l'élan de d'Aiglemort. Une poignée de rebelles survivants rompirent et fuirent à fond de train en direction de la vallée. Les plus prompts des hommes de d'Aiglemort étaient tout prêts à leur donner la chasse, mais le duc les retint, préférant d'abord évaluer les forces qui lui restaient. Il était trop tacticien pour se ruer tête baissée au combat.

Il interrogea les rebelles capturés vivants. L'un d'eux – l'un des Chasseurs de gloire – rit et cracha au visage du duc félon. Les hommes de d'Aiglemort le frappèrent et l'obligèrent à s'agenouiller, une épée sur le cou. Le duc lui demanda quelque chose ; même sans avoir entendu la question, j'en devinai la teneur à l'expression atroce apparue sur le visage d'Isidore d'Aiglemort en entendant la réponse.

Il ignorait que Waldemar Selig l'avait trahi.

Il le savait maintenant. Il tua le messager de la terrible nouvelle.

J'aurais préféré que la vasque enchantée du Maître du détroit ne nous montrât pas ce qui était arrivé aux rebelles en fuite… mais elle le fit. Nous les vîmes gagner les champs du Namarre, les forces de d'Aiglemort tranquillement à leurs trousses. Tête baissée, les fuyards vinrent se jeter dans les pattes de la horde de Waldemar Selig.

Joscelin émit un son étranglé. Je détournai la tête.

— Regardez, dit le Maître du détroit d'une voix inflexible.

Ce fut un massacre. Au moins, ce fut rapide ; les Skaldiques sont entraînés à tuer efficacement – et les guerriers de Selig tout particulièrement. Je les vis en train de chanter pendant qu'ils tuaient, leurs lames rougies par le sang. À n'en pas douter, j'avais déjà dû entendre ce chant. Dans le lointain, je vis l'avant-garde de d'Aiglemort, sous la bannière de l'aigle d'argent, battre prudemment en retraite, sans être vue des Skaldiques.

Et le gros de l'armée d'Angeline fit son entrée.

Les combats étaient trop immenses pour qu'on pût tout voir d'un coup. Nous reconstituâmes l'ensemble, morceau par morceau. Percy, comte de Somerville, à la tête de ses troupes, pénétra dans le ventre mou de la masse skaldique. Ah ! Elua, quel bain de sang ! C'était une vision d'horreur. Je tentai de dénombrer les bannières dans l'armée d'Angeline, sans y parvenir. Il y en avait du Siovale, de l'Eisande, de L'Agnace, du Kusheth et du Namarre ; il n'y en avait aucune de l'Azzalle, car elles étaient déployées au nord sur les rives du Rhenus.

Et il n'y en avait pas non plus du Camlach, car ils étaient tous avec d'Aiglemort, ou avaient été massacrés.

Je vis le lion d'or de la maison royale d'Aragonia flottant au-dessus d'une compagnie de fantassins, forte d'un millier d'hommes arborant de hauts casques évasés ; armés de longues lances, ils combattaient efficacement, repoussant les Skaldiques à pied.

À ma grande surprise, j'aperçus le duc Barquiel L'Envers, à la tête de deux cents cavaliers combattant à la mode akkadianne, harcelant le flanc droit de la horde skaldique de leurs flèches tirées avec leurs arcs courts. Drustan mab Necthana se pencha en avant, subitement intéressé ; je ne pouvais pas l'en blâmer. Le duc chevauchait un large sourire sur les lèvres ; les extrémités de son turban se rejoignaient à la base d'un petit casque de forme conique. Ses cavaliers chargeaient et voltaient comme une volée d'étourneaux, décochant chaque fois de mortelles nuées de flèches. L'une d'elles finit sa course dans l'œil de Kolbjorn de la tribu des Mannis – et je dois dire que je n'en fus pas attristée. J'avais douté de Barquiel L'Envers – l'ennemi de mon maître Delaunay pendant tant d'années ; je me réjouissais de le découvrir de notre côté.

Au bout du compte, les Skaldiques étaient tout simplement trop nombreux. L'attaque du comte de Somerville perfora le centre de la masse skaldique, dans un invraisemblable carnage ; en grand désordre, le flanc droit se disloqua, démangé par l'envie de mettre un terme aux attaques éclair de L'Envers.

Mais sur le flanc gauche, côté est, il y avait Waldemar Selig. Fascinée, incapable de détourner les yeux, je vis le roi barbare rassembler ses forces dans des rugissements que nous n'entendions pas, pour venir presser l'armée d'Angeline et se refermer sur l'arrière-garde des troupes du comte de Somerville.

Ce fut une véritable déroute – mais grâce à Somerville, elle se fit heureusement en bon ordre. Je n'avais jamais compris jusqu'à ce jour ce qui avait valu au comte d'obtenir le titre de commandant en chef des armées royales. Je compris ce jour-là. Sous la protection de la cavalerie, une ligne d'archers de L'Agnace prit position ; un genou en terre, les hommes tiraient avec leurs grands arcs, volée de flèches sur volée de flèches, maintenant les Skaldiques à distance tandis que l'armée d'Angeline se repliait. Bon nombre d'entre eux étaient condamnés à mourir ce jour-là, mais les cavaliers de Barquiel L'Envers, chevauchant comme les dix mille diables akkadians de Rousse, en sauvèrent plus d'un.

La fuite de l'armée d'Angeline était protégée.

Ils se replièrent à Troyes-le-Mont, dans les collines du nord du Namarre. Par la suite, j'appris que Somerville avait envisagé cette éventualité et fait préparer la place pour accueillir leur repli ; vivres, garnison et fortifications étaient prêts.

Ysandre de la Courcel, prête à lutter ou à mourir avec Terre d'Ange, était là.

C'était la toute première image que nous avions vue dans l'eau de la vasque de bronze ; ce fut aussi la dernière. Le visage d'Ysandre de la Courcel, reine de Terre d'Ange. Drustan poussa un profond soupir. Puis les images se brouillèrent et une carte de Terre d'Ange apparut à la place.

— Vous comprenez la situation ? demanda le Maître du détroit en posant un doigt sur la carte. Ici, précisa-t-il en désignant Troyes-le-Mont, l'armée d'Angeline est assiégée. (Son doigt traça ensuite un cercle autour de la citadelle.) Tout autour, les troupes skaldiques menacent. (Son doigt suivit ensuite la frontière nord de l'Azzalle.) Ils sont aussi là, en moins grand nombre, mais en quantité suffisante pour pratiquer le harcèlement. Ici et là, poursuivit-il en montrant les passes du Sud, les combats sont au point mort. Il n'y avait presque plus de combattants. Et ici, conclut-il en montrant la frontière est de l'Eisande, le long des Caerdiccae Unitae, la zone est tenue par une force des villes-États coalisées – à moins que les Skaldiques aient réussi à passer.

— Lâches, murmura Quintilius Rousse d'une voix pleine de mépris. C'est tout ce qu'ils nous proposeront, c'est sûr. Seigneur, poursuivit-il, pouvez-vous m'indiquer où se trouve ma flotte ?

— Elle est sous la bannière du cygne ? demanda le Maître du détroit.

J'en fus un peu étonnée, même si bien sûr les visages aperçus à la surface de l'eau ne donnaient pas les noms. Rousse confirma.

— Ici. (Le long doigt osseux suivit le cours du Rhenus.) Elle tient la frontière nord de l'Azzalle.

— Les braves garçons, grogna Rousse.

— Alors le duc de Morhban les a laissés partir, dis-je d'une voix songeuse. D'ailleurs, où se trouve Morhban ? Avez-vous vu sa bannière ?

Tous secouèrent négativement la tête. Je me penchai de nouveau sur la vasque.

— Où se trouve Isidore d'Aiglemort maintenant ? demandai-je au Maître du détroit, en oubliant d'avoir peur de lui. Il commande toujours une armée, n'est-ce pas ?

— L'aigle d'argent du Nord. (Son index désigna une zone le long de la frontière nord entre le Camlach et le Namarre.) Ici aujourd'hui. (L'index toucha la surface de l'eau ; la carte tremblota.) Demain, juste à côté. Dans sa folie, il s'est piégé lui-même.

— Parfait, dis-je avec amertume, en songeant aux Chasseurs de gloire de Baudoin et aux centaines de guerriers loyaux du Camlach qui étaient morts pour qu'il demeurât coincé là. (Ma main vint se poser sur le diamant à mon cou.) Où est Melisande Shahrizai ?

Le Maître du détroit marqua une hésitation, puis secoua la tête. Le soleil bas sur l'horizon à l'ouest allumait un feu couleur sang dans ses yeux changeants. Gildas et Tilian attendaient non loin, avec un peu de nervosité ; il était bientôt l'heure de descendre les marches pour remplir la vasque.

— Les grands événements, je les vois, dit le Maître du détroit. Les petits, je ne peux pas, à moins qu'il s'agisse d'un visage que je connais.

— Ce sont les petits événements qui font basculer l'histoire, dit Quintilius Rousse d'une voix lugubre.

Joscelin bougea ; le soleil derrière lui projetait sur les eaux de la vasque l'ombre cruciforme de l'épée dans son dos.

— Là, murmura Drustan mab Necthana en cruithne, sans même se soucier de nous.

Il se pencha en avant et toucha l'emplacement de Troyes-le-Mont du bout de son index, comme le Maître du détroit l'avait fait, marquant l'endroit où le visage d'Ysandre de la Courcel était apparu pour la dernière fois. Un train de rides concentriques se propagea à la surface de la carte. Lorsque l'eau se calma, elle ne se reforma pas. À la place, on voyait le reflet du ciel et des ultimes feux du couchant.

— C'est là que nous allons !

Il me regarda ; ses yeux noirs luisaient dans son visage bleu. Je levai les yeux vers Quintilius Rousse, le seul d'entre nous qui eût de l'expérience dans le domaine militaire. Lui regardait le Maître du détroit.

La haute silhouette s'éloigna, marchant doucement vers l'extrémité du temple.

— Le Cruarch d'Alba a eu raison de penser que je n'ai pas été très juste avec vous. Je vais amener votre flotte là où vous voulez, là où l'eau arrive à la terre. Je ne peux rien faire de plus. Sur la terre, je ne peux rien. Je peux agir sur la Première et la Deuxième Sœur depuis la Troisième, même si je ne peux pas la quitter, mais c'est tout ce que je peux faire.

— Messire amiral ? dis-je en fixant mon regard sur lui.

Rousse s'éclaircit la voix.

— À l'embouchure du Rhenus, Vieux Frère, et aussi loin à l'intérieur que votre vent peut nous emmener. (Il se gratta le menton et nous regarda tous.) Nous allons rejoindre ma flotte et les forces de Ghislain de Somerville, puis nous prendrons le contrôle de la frontière nord. Ensemble, nous trouverons peut-être quelque chose pour briser le siège autour de Troyes-le-Mont.

Je traduisis pour Drustan, qui acquiesça. Il était peut-être jeune et languissant d'amour, mais pas assez idiot pour risquer la vie des siens dans une charge désespérée.

— Demain à l'aube, dit le Maître du détroit en tournant vers nous son visage terrible et pâle contre le ciel de la nuit. La mer vous emmènera où vous voulez. Soyez prêts.

— Nous le serons, murmurai-je en frissonnant.

Nous fûmes congédiés. Gildas et Tilian passèrent devant nous en toute hâte pour prendre la vasque de bronze. Ils la soulevèrent précautionneusement de son trépied puis la transportèrent avec le plus grand soin jusqu'au bord de l'escalier. Je les regardai disparaître, marche après marche, une à la fois. Je ne leur enviais pas leur place.

En regagnant la tour, j'en contemplai la haute silhouette. Les pièces étaient éclairées de l'intérieur et les fenêtres à encorbellement jetaient dans la nuit des lueurs ambre, cobalt, rubis et émeraude. La pièce du sommet en possédait sur tout son pourtour.

Hyacinthe.

80

Nous partîmes à l'aube.

Faut-il le préciser, notre soirée fut en grande partie consacrée à la mise au point d'une stratégie. À notre demande, les serviteurs apportèrent des plumes et de l'encre, ainsi qu'un vélin soigneusement gratté ; il n'y avait aucun papier sur les Trois Sœurs. Je dessinai une carte de Terre d'Ange avec les positions des différentes forces telles que nous les connaissions ; penchés par-dessus mon épaule, Rousse, Joscelin et Drustan commentaient et corrigeaient.

Par nécessité, nos échanges se faisaient dans un sabir de d'Angelin, de caerdicci et de cruithne mélangés ; je ne pouvais pas être partout pour traduire. Je crois que n'importe qui aurait trouvé cela incompréhensible ; pour autant, chacun d'entre nous se faisait comprendre des autres.

Hyacinthe écoutait ; ses yeux étaient assombris.

Nous lui avions expliqué, bien sûr, ce que nous avait révélé la vasque de bronze du Maître du détroit. Il écouta sans faire de commentaire, juste chagriné de toutes ces nouvelles.

Cela le peinait de nous entendre élaborer notre plan ; je le voyais bien. Au bout d'un certain temps, après notre dîner pris sans même y penser dans la bibliothèque où nous travaillions, il salua et partit.

— Je vous verrai demain matin, dit-il doucement.

Je le regardai partir ; puis je sentis soudain le regard de Joscelin qui pesait sur moi. Lorsque je me tournai vers lui, il me fit un petit sourire, puis haussa les épaules, mains ouvertes. Dans les profondeurs de l'hiver skaldique, nous n'avions pas besoin de mots. Je compris.

— Messire amiral, dis-je. (Quintilius Rousse releva la tête du plan qu'il était en train d'examiner, celui d'une catapulte tibérienne trouvé quelque part sur une étagère de la bibliothèque.) Vous n'avez pas besoin de moi, je suppose, pour dresser un plan de bataille.

— Les grandes lignes sont tracées… (Il se reprit, secoua la tête, et une expression empreinte de compassion apparut sur son visage couturé.) Non, ma dame. Nous nous en tirerons sans vous ce soir.

Je remerciai d'un hochement de tête, puis regagnai ma chambre.

Si la veille les servantes avaient œuvré pour dénicher quelques trésors sortis des mers afin de me parer dignement, cela n'avait pas été grand-chose par rapport à ce que je leur demandai ce soir-là. Au moins, je crois qu'elles apprécièrent ; la plus jeune gloussa beaucoup. Fouillant dans les malles parmi les piles de vêtements somptueux nettoyés et ravaudés avec soin, elles me trouvèrent une nouvelle robe acceptable – d'un ambre profond semblable à la couleur d'un feu couvant, avec un brocart d'or sur le corsage ajusté. Plus une mantille d'or pour tenir mes cheveux et, je le jure, des petits pots hermétiquement scellés d'onguents cosmétiques, provenant sans doute de la toilette d'une noble, que la mer n'avait même pas abîmés.

Penchée sur le verre sombre du vieux miroir, je mis une touche de carmin sur mes lèvres – faisant écho à la tache dans mon iris gauche, le rouge contrastait avec le bistre profond. Sur mes yeux, j'appliquai juste un trait de khôl. Je n'ai jamais beaucoup utilisé les couleurs ; je n'en ai pas besoin.

Lorsque je me levai, mes aides retinrent leur souffle ensemble.

— Ça me fait penser à une dame dans un poème d'autrefois, dit la plus ancienne en rougissant.

J'examinai lugubrement mon reflet dans le miroir.

— C'est vrai, dis-je en pensant au destin de Hyacinthe. C'est tout à fait ça.

Sa porte n'était pas verrouillée. Il leva vivement la tête lorsque je tournai la poignée et poussai la porte, chandelle à la main. Je le surprenais prêt à se coucher, en chemise blanche et chausses noires. Il me regarda une première fois, puis une seconde encore, d'un œil devenu sombre.

— Je ne suis pas Baudoin de Trevalion, dit-il d'un ton brusque. Je n'ai pas besoin de cadeau d'adieu, Phèdre.

Je refermai la porte derrière moi.

— Si c'est plus facile pour toi d'être cruel, dis-je doucement, je comprendrai très bien et je partirai. Mais si ce n'est pas le cas… Quel souvenir veux-tu garder de nous, Hyacinthe ? Sur un champ de bataille au large de Bryn Gorrydum, ou ici ?

Il demeura encore un moment silencieux, le regard fixé sur moi. Finalement, il exécuta sa plus belle révérence, accompagnée de son fabuleux sourire ; sa belle humeur lui était revenue.

— À la reine des courtisanes !

À cet instant, je l'aimais plus que tout.

— Et au prince des voyageurs, répondis-je en inclinant la tête.

Je ne parlerai pas de ce qui se passa entre nous cette nuit-là. Cela n'eut aucune incidence sur les événements avant ou après ; cela ne regarde personne hormis Hyacinthe et moi. Rarement dans ma vie avais-je eu l'occasion d'offrir mes dons, mon art de Naamah, à qui et où je le voulais. Je choisis cette nuit-là et je ne le regrette pas.

Nous étions éveillés lorsque le ciel commença à pâlir à l'est.

— Pars, dit Hyacinthe en m'embrassant sur le front, d'une voix emplie d'une rare tendresse. Pars avant que mon cœur se brise. Pars.

Je partis.

Je troquai ma grande tenue sortie des eaux pour ma tenue de voyage – celle dont Quincel de Morhban m'avait fait présent, nettoyée avec le même soin que celui apporté à la robe que j'avais portée. Je la reposai sur le coffre, remerciai les servantes aux yeux cernés, puis rejoignis mes compagnons.

Dans le temple ouvert à tous les vents, nous saluâmes le Maître du détroit, debout, silencieux comme une statue ; seule sa robe bougeait doucement. Je ne voudrais pas revivre cet instant pour tout l'or du monde. Je ne sais pas comment Hyacinthe fit pour le supporter ; toujours est-il qu'il eut un mot pour chacun d'entre nous, tandis que notre bateau tanguait doucement sur les eaux du port et que notre équipage et nos affaires étaient embarqués sous l'œil vigilant de Tilian et Gildas.

— Seigneur Cruarch, dit-il à Drustan, dans le

cruithne que Moiread et ses sœurs lui avaient enseigné, je veillerai. (Hyacinthe saisit les mains de Drustan, bague de Roland vers le ciel.) Qu'Elua le béni te garde !

Drustan hocha la tête.

— Le Cullach Gorrym chantera ton sacrifice, dit-il posément.

Leurs yeux se croisèrent. Il n'y avait rien à ajouter.

Tandis que le Cruarch boitillait vers l'escalier, Quintilius Rousse s'approcha pour serrer Hyacinthe dans ses bras.

— Ah ! mon garçon, dit-il d'un ton bourru. Tu nous as guidés dans les brumes jusqu'à la terre. Je ne l'oublierai jamais. (Il s'essuya les yeux.) Je ne maudirai plus jamais le Maître du détroit, Jeune Frère. Si tu as besoin de quoi que ce soit que je puisse t'apporter, envoie le vent me le glisser à l'oreille.

— Amenez-les sains et saufs jusqu'à la terre, répondit Hyacinthe. Je ne demande rien d'autre, amiral.

Rousse partit et Joscelin prit sa place.

— Tsingano, murmura-t-il en prenant ses poignets. Je ne sais pas quoi dire.

Hyacinthe eut un petit sourire.

— Étonnant. Moi, il y a plein de choses que je pourrais te dire, Cassilin. Tu as fait un sacré bout de chemin depuis la première fois que je t'ai vu, taquiné par les acrobates de la maison de l'Églantine. Tu avais même commencé à faire un Mendacant acceptable.

— C'est à toi que je le dois. (Les mains de Joscelin resserrèrent leur étreinte sur les poignets de Hyacinthe.) Ça et une leçon de courage, Tsingano. (Ensuite, il lui dit la formule d'adieu rituelle chez les

Tsingani, qu'il avait dû apprendre auprès des *kumpanias*.) Je dirai ton nom et je m'en souviendrai.

— Et moi le tien.

Hyacinthe se pencha en avant pour dire quelque chose à voix basse – si basse que je ne pouvais rien entendre. Attendant mon tour pour faire mes adieux, je me tournai vers le Maître du détroit qui observait le ciel avec ses yeux devenus opaques comme un nuage derrière une fenêtre.

— Pourquoi nous avez-vous laissés passer pour le prix d'une chanson ? demandai-je de but en blanc. (La question avait jailli dans mon esprit, comme remontée d'un lieu mystérieux où vivent les énigmes non résolues.) Et Thelesis de Mornay, et d'autres ? Pourquoi ?

Ses yeux blancs rencontrèrent les miens.

— Ma mère chantait, dit le Maître du détroit d'une voix sourde qui se mêlait au vent. Parfois, elle chantait pour moi. C'est l'unique marque de tendresse dont je me souvienne. Après huit cents ans, j'ai soif d'entendre de nouveaux chants.

Je frissonnai et resserrai mon manteau autour de moi.

— Je n'ai aucune tendresse à vous donner, messire le seigneur du détroit, ni aucun remerciement à vous faire. Le prix de votre liberté est trop élevé.

Il ne répondit rien, se contentant d'une inclinaison. Il connaissait, je crois, la hauteur du prix demandé.

Puis Joscelin partit et ce fut mon tour de dire au revoir.

Au sommet de l'île solitaire, nous étions face à face, Hyacinthe et moi.

— Tu avais raison, dit-il. Du Mont de la nuit jusqu'au palais, nous aurions régné sur la ville.

Ce fut tout ce qu'il dit ; il n'y avait rien d'autre à dire. Pendant un instant, je m'accrochai à lui. Puis il retira délicatement mes doigts de sa nuque.

— Qu'Elua te garde, Phèdre, murmura-t-il. Pars, maintenant. Quitte cet endroit.

Pendant toute la descente, marche de marbre après marche de marbre, je n'osai pas me retourner une seule fois. Les yeux brouillés par les larmes, je marchai jusqu'en bas ; quelqu'un – Elua sait qui ! – m'aida à franchir la planche d'embarquement. Les couleurs et les visages se fondaient dans un brouillard. J'entendis Quintilius Rousse crier, puis le raclement de la chaîne qu'on relevait. La proue de notre navire se tourna vers la haute mer et un souffle de vent vint par l'arrière. Les voiles furent hissées, et claquèrent en s'arrondissant comme des ventres. Les parois grises des falaises passèrent sans que je les voie, puis nous fûmes au large de l'île, cap vers le nord.

Nous étions en pleine mer ; je me retournai. Je pouvais encore les apercevoir, les colonnes du temple dressées sur le promontoire, et deux silhouettes. L'une, immobile comme une statue, portait une robe et l'autre, plus petite, avait des boucles noires agitées par le vent.

Un cri me fit tourner la tête. L'un des hommes de Drustan montrait quelque chose du doigt.

Dans les haubans, se tenant d'une main, les pieds enserrant une corde, Joscelin agitait de son autre main son épée tirée du fourreau. Le soleil se reflétait sur toute sa longueur, jetant des lueurs d'acier – un salut sauvage et dangereux. Tout en haut de la falaise, la silhouette de Hyacinthe leva une main et la tint ainsi, dressée vers le ciel.

Je ris jusqu'à pleurer ; ou bien je pleurai jusqu'à rire. Je ne sais plus. Joscelin demeura là-haut jusqu'à ce que l'île disparût hors de notre vue. Il redescendit alors, finissant d'un bond d'au moins sa propre hauteur.

— Ça va ? me demanda-t-il, à peine essoufflé.

— Oui, répondis-je en prenant une inspiration bien difficile. Non. Ah ! Elua ! Joscelin… que t'a-t-il dit à la fin ?

Accoudé au bastingage, il contempla les longues vagues qui longeaient les flancs du bateau, tandis que le Maître du détroit nous ramenait vers la côte de Terre d'Ange.

— Il m'a dit de ne pas te le dire, répondit Joscelin. Il m'a dit que le fait de ne pas savoir allait te rendre folle.

Je redressai ma tête comme si je venais d'être piquée.

— Il n'a pas fait ça ! répliquai-je, outragée.

Pourtant, cela ressemblait bien à quelque chose que Hyacinthe aurait pu dire. Joscelin me lança un regard du coin de l'œil.

— Non, admit-il finalement. Il m'a dit que s'il t'arrivait quoi que ce fût, il ferait se lever la mer tout entière pour m'écraser.

Oui, ça aussi c'était du Hyacinthe tout craché. Mes yeux se perdirent dans le sillage derrière nous ; je souriais à travers mes larmes.

— Mon ami, murmurai-je, tu vas me manquer.

Toute la journée, le vent surnaturel nous poussa vers le nord. Nous chevauchions la crête des vagues, bondissant vers l'avant, cap sur la côte nord de l'Azzalle. Quintilius Rousse était accroché à la barre, criant ses ordres en d'Angelin et dans un cruithne mâtiné d'autre chose. Une vigie était en poste dans la hune pour repérer le reste de notre flotte ; il n'y avait personne d'autre cependant sur ces eaux.

Lorsque nous parvînmes à l'embouchure du Rhenus, nous comprîmes pourquoi.

Ils avaient tous été amenés avant nous. L'estuaire sablonneux du fleuve était empli de vaisseaux, bateaux à rames et radeaux ; un vaste camp nous attendait sur la rive sud. Debout à la proue, je vis la joie briller dans les yeux de Drustan lorsqu'il découvrit les siens, sains et saufs.

La moitié au moins aurait péri lors de la traversée, avait dit le Maître du détroit. En vérité, c'était une promesse bien contestable ; mais qui pouvait dire qu'elle n'était pas vraie ? Une vie sacrifiée contre des centaines. Et pourtant, Hyacinthe était mon ami et j'avais du chagrin pour lui.

Nous lançâmes des cordes à terre et des dizaines de mains nous halèrent vers la terre ferme. Notre débarquement fut triomphal ; tout le monde, ou presque, se retrouvait. Il y eut des mains claquées, des tapes dans le dos et des histoires échangées. Apparemment, notre arrivée suivait la leur de quelques heures à peine ; nous entendîmes leur récit, incroyable pour n'importe qui d'autre que nous. Des vagues immenses avaient pris délicatement toutes les embarcations pour les conduire jusqu'à la Première Sœur, puis de nouveau jusqu'ici, sur les berges envasées du Rhenus, pour les déposer comme une mère couche son enfant.

Bien sûr, il y avait eu quelques disparitions, lorsque le Maître du détroit avait déchaîné ses vagues. Dix-sept hommes et quatre chevaux avaient sombré. J'ajoutai ces vies perdues au prix payé pour la liberté du Vieux Frère ; un prix décidément bien élevé.

Mais le gros de l'armée était encore en vie.

En notre absence, les Jumeaux avaient pris le commandement – et fait du beau travail. Personne n'en parla alors, mais j'appris par la suite comment nos troupes s'étaient désespérées, jetées sur les rivages de la Première Sœur, et comment Grainne avait su regonfler leur moral par son indomptable volonté. Ensuite, Eamonn avait maintenu l'ordre et la discipline, organisant la conduite des chevaux aux pâtures, le séchage et le nettoyage des armes et l'envoi de sections au ravitaillement ; il avait même déniché des natifs de la côte de l'Eidlach Òr qui parlaient d'Angelin – un talent qui leur venait de leurs rencontres régulières avec des pêcheurs de l'Azzalle – pour communiquer avec les insulaires de la Première Sœur. Ce faisant, il avait même rencontré des autochtones qui avaient connu Thelesis de Mornay, et l'avaient hébergée au cours de son exil.

Et lorsque la tête d'eau était revenue, gigantesque au-dessus de la baie, leur ordonnant de regagner leurs embarcations, c'étaient encore les Jumeaux qui les avaient convaincus d'obéir. Je n'y étais pas et je ne peux donc pas décrire exactement ce qui arriva, mais ce qui est sûr c'est que cela donna du grain à moudre à des générations de bardes dalriada.

Quintilius Rousse ne perdit pas de temps pour rassembler ses hommes. Aucun d'eux n'avait disparu – et les faibles pertes subies à bord des différentes embarcations étaient peut-être à mettre au compte de la bonne discipline qu'il avait su leur inculquer. Il les réunit donc et demanda des volontaires.

Choisissant les cinq meilleurs cavaliers, il les fit partir sur-le-champ, avant que les rayons du soleil disparaissent à l'ouest.

Ils allaient partir vers l'est, à la recherche de Ghislain de Somerville, qui avait avec lui l'armée de l'Azzalle et la flotte de l'amiral. Je me tenais à côté de lui lorsqu'ils s'en furent, nous saluant tous les deux ; ils portaient la bannière de la maison Courcel, plus le pavillon artisanal représentant le signe de Kushiel.

Les hommes de la Section de Phèdre.

Comment font les rois et les reines pour envoyer des innocents mourir en leur nom ? Je ne sais pas. J'avais vécu dans la terreur et le chagrin ces deux dernières journées ; tandis que je titubais, je ne rêvais plus que d'une chose : poser ma tête quelque part et dormir. Mais les marins de Quintilius Rousse souriaient en selle et nous saluaient ; puis ils partirent dans le tonnerre des sabots martelant la terre. Les chevaux piétinaient leur propre ombre tandis qu'ils avançaient plein est.

— Ils ramèneront des bateaux, seigneur Cruarch, lorsqu'ils auront trouvé ma flotte, dit Rousse à Drustan, dans son caerdicci hésitant. Des bateaux capables d'emporter toute votre armée pour remonter le Rhenus !

Les yeux de Drustan brillèrent à cette perspective ; il hocha la tête.

— Ce soir, on campe, dit-il en cruithne, me cherchant des yeux pour traduire. Nous fêtons les vivants et honorons les morts. Et demain, nous partons à la guerre !

81

Il fallut un certain temps pour mettre tout le monde en mouvement, mais nous réussîmes à partir avant que le soleil fût trop haut.

Nous manquions de chevaux ; à ma grande surprise, Grainne me proposa de voyager avec elle sur son char de guerre récupéré à grand-peine et sauvé de notre longue traversée infernale.

Je ne refusai pas, finalement assez satisfaite. C'était la première fois que je me déplaçais de cette manière et ce fut la dernière ; voici ce que j'en dirais : le char de guerre ne constitue en rien un luxe. Mes dents claquaient en permanence, tandis qu'il cahotait et rebondissait sur le terrain accidenté.

Pour autant, je fus impressionnée par la maestria avec laquelle elle conduisait son attelage, bien campée sur ses jambes, les rênes entourées autour d'un bras, pour laisser l'autre libre de manier la lance ou l'épée. Avec le gros de la troupe, nous progressions sur la berge le long du Rhenus ; une poignée seulement des bateaux avaient valu la peine d'être récupérés. Ils avançaient lentement sur l'eau, à contre-courant ; mais les rames s'activaient en cadence et le vent restait régulier dans notre dos.

Donc, à pied, à cheval, en char et en bateau, nous nous enfonçâmes dans les Pays plats. Nous passâmes au large de quelques villages, peuplés de fermiers de l'Azzalle, qui nous regardaient de travers ; les Cruithnes les effrayaient, mais leur fierté leur interdisait de le montrer. Avec Quintilius Rousse et Joscelin, nous allions leur parler pour les rassurer ; j'avais pensé que cela les apaiserait, mais ils n'en furent que plus confus d'entendre une courtisane de la Cour de nuit leur prodiguer des paroles de réconfort, escortée de barbares tatoués de bleu.

Au moins étaient-ils informés de la guerre – et c'était déjà quelque chose ; chaque village avait sa propre milice, composée d'hommes forts armés de bric et de broc, surveillant le fleuve, veillant à ce que les Skaldiques n'y établissent aucun pont. Lorsque nous leur demandions où se trouvait l'armée de l'Azzalle, ils nous indiquaient la direction de l'est.

Nous avançâmes pendant deux journées pleines, plus la moitié d'une autre, dormant du sommeil de l'épuisement pendant de trop courtes nuits, avant que les éclaireurs de Rousse nous reviennent, au milieu du troisième jour. Ils avaient galopé ventre à terre, les hommes de la Section de Phèdre, acceptant les montures fraîches, mais refusant d'être relayés.

Je dois avouer que mon cœur s'emplit de joie de les voir revenir, avec la bannière Courcel et mon propre étendard ridicule – le signe de Kushiel – flottant dans le vent. J'attrapai le bras de Grainne et elle arrêta ses chevaux. Quelqu'un cria pour appeler Quintilius Rousse ; l'amiral s'avança alors même que les cavaliers déboulaient à fond de train, pour freiner des quatre fers devant nous dans une gerbe de poussière et de boue.

— Messire amiral ! cria le premier d'entre eux, d'une voix rendue vibrante par la fatigue et l'orgueil. La flotte arrive !

Il tendit le bras et nous la vîmes ; les bateaux débouchaient d'une boucle du fleuve, souquant de toute la vigueur de leurs bras dans le sens du courant – la flotte royale entièrement pavoisée, la bannière du cygne flottant sur chaque mât. Ils allaient si vite que les cavaliers les avaient à peine devancés.

Je sais ce que l'armée cruithne éprouva en voyant notre modeste armada ; nous nous mîmes tous à crier d'une seule voix, en nous précipitant pour attraper les amarres lancées vers la berge.

Plus de trente vaisseaux ; leurs mâts formaient une véritable forêt sur les eaux du fleuve. Quintilius Rousse, le visage rayonnant de bonheur, hurlait ses ordres, relayés dans un mélange de cruithne et d'eiran, tandis qu'on embarquait l'armée de Drustan. Lorsque tout fut fini, les bateaux gémissaient sous le poids ; leur ligne de flottaison s'était considérablement enfoncée. Les rameurs luttèrent pour nous faire pivoter, mais le destin nous fut favorable, car un petit vent soutenu se mit à souffler de l'arrière, gonflant les voiles et allégeant leur tâche.

Le Maître du détroit honore sa dette, songeai-je, debout à la proue, les yeux tournés vers l'amont.

Après avoir veillé sur l'embarquement de ses chevaux et s'être assurée que son char était soigneusement mis en cale, Grainne me rejoignit. Nous étions à bord du vaisseau amiral, avec Rousse. Un autre bâtiment naviguait presque bord à bord ; sur son pont, Eamonn nous faisait des grands signes. Grainne cria en retour, riant, envoyant des baisers à son frère. Je souris.

— Jamais nous ne pourrons assez remercier les Dalriada de tout ce qu'ils ont fait, dis-je.

Grainne regarda Drustan, en train d'écouter attentivement ce que lui disait Quintilius Rousse.

— Vous nous avez donné un rôle dans une histoire que les bardes chanteront aux enfants de nos enfants, dit-elle en posant une main sur son ventre, avec un petit sourire entendu. Et tel est le rêve des Dalriada. Même Eamonn le sait, au fond de son cœur. (Elle passa un bras sur mes épaules.) Nous avons appris ce qui est arrivé à ton ami. J'en suis désolée. Il était hardi et téméraire, et joyeux compagnon avec ça.

— Merci, répondis-je dans un souffle.

Les larmes me montèrent aux yeux. Elle était sensible et prévenante ; je ne l'ai jamais oubliée. Certains ne savent pas quoi faire face au chagrin, craignant de dire ce qu'il ne faut pas ; à tous ceux-là, je dis qu'il n'y a aucun mal à réconforter quelqu'un dans la peine. Un mot aimable, un bras consolateur… tous ces gestes sont les bienvenus. Grainne le savait ; tel était son talent, de toujours savoir ce qu'il fallait dire et montrer à ceux autour d'elle.

Nous restâmes une journée encore sur le fleuve ; malgré le vent, notre progression était lente sur ces vaisseaux surchargés. Heureusement, les bras ne manquaient pas pour souquer et personne ne dut jamais ramer jusqu'à s'épuiser. Les Segovae du Tarbh Cró s'imposèrent de longues heures sur les bancs de nage, en expiation de ce qui nous était arrivé pendant la traversée du détroit ; ils se mettaient les mains en sang, jusqu'à ce que le bruit en vînt aux oreilles de Drustan. Il vint leur parler et les rassurer ; il ne les tenait pour responsables de rien.

C'était un geste généreux et bien avisé ; à dire vrai, je me considérais moi-même coupable, pour n'avoir pas prévenu les marins. Mais en réalité, le Maître du détroit avait préparé son piège de telle sorte qu'il nous était certainement impossible d'y échapper.

Les cavaliers de Rousse avaient trouvé la flotte avec Ghislain de Somerville et la moitié des forces de l'Azzalle ; telle était la nouvelle qu'ils nous rapportaient. L'autre moitié était sous le commandement de Marc de Trevalion, plus loin au sud-est. À eux deux, ils couvraient une bonne portion de frontière, ainsi que les restes de quatre ponts détruits toujours susceptibles d'être utilisés pour traverser le Rhenus. La flotte allait remonter jusqu'au premier pont ; au-delà, le fleuve devenait impraticable pour les vaisseaux de l'amiral. En fait, l'intérêt stratégique qu'ils offraient était de verrouiller la frontière entre le premier pont et la mer. Nous les avions trouvés massés au premier pont, car une rumeur persistante laissait entendre qu'une troupe de quinze cents Skaldiques s'apprêtait à porter là un assaut.

Je ne crois pas que la maîtrise du fleuve avait jamais fait partie du plan d'invasion de Selig ; de ce que nous avions vu, le gros de la horde skaldique avait franchi la passe du Nord. Mais s'il prenait le contrôle de la frontière de l'Azzalle, il bénéficierait d'un accès illimité à Terre d'Ange, ainsi que d'une solide tête de pont dans les Pays plats. Et même s'il n'y parvenait pas, une poignée d'hommes – quelques milliers aux yeux de Selig – suffisait à clouer les forces d'une province tout entière. Il avait ainsi la certitude que l'armée de l'Azzalle ne lui tomberait pas dessus à revers.

Un chef qui réfléchit. Gonzago de Escabares avait vu juste.

Lorsque la clameur de la bataille nous parvint, le fracas de l'acier contre l'acier, je sus que nous étions tout proches.

Nous fûmes les premiers à voir le combat depuis le navire amiral. Les Skaldiques avaient trouvé un ou deux bâtisseurs dans leurs rangs ; en l'absence de la flotte, ils avaient entrepris un effort considérable pour remettre le pont d'aplomb. Adoptant la tactique tibérienne, ils avaient établi des fortifications sur la berge et élevé des murs mobiles pour protéger ceux qui travaillaient à relever l'ouvrage.

Cependant, les soldats tibériens n'auraient sûrement pas rompu les rangs en ignorant les ordres à mi-chemin, se ruant en avant sous le couvert d'une pluie de lances, progressant sur des radeaux rudimentaires le long des piles effondrées. Quelques centaines seulement avaient réussi à prendre pied sur le sol d'Angelin, mais les autres se démenaient pour les rejoindre, maintenant les soldats de Ghislain à un jet de lance de distance. Il ne disposait que de sept cents hommes ; j'appris plus tard que ses archers avaient épuisé toutes leurs flèches au cours des deux journées précédentes, dans l'espoir de contenir les Skaldiques jusqu'à notre arrivée.

Ils avaient réussi, mais tout juste.

Les Skaldiques se figèrent en apercevant nos quelque trente navires remontant le fleuve. Je crois qu'ils avaient dû poster une sentinelle, deux jours plus tôt, pour avertir du retour de la flotte, mais cette discipline-là avait elle aussi cédé devant la fièvre d'un assaut général. Mon cœur s'emplit d'une peur glacée de revoir ces guerriers skaldiques, féroces et durs comme l'acier.

Je crois que c'est aussi bien que les femmes d'Angelines n'aillent pas au combat. Quintilius Rousse n'hésita pas une seconde. Sur chacun de ses navires, c'étaient ses marins qui étaient à la manœuvre, des hommes formés pour obéir à ses ordres sans même réfléchir. L'amiral fit rugir sa terrible voix, hurlant ses instructions comme pour défier l'océan – des commandements hermétiques que seuls les marins comprennent.

Les Skaldiques commencèrent de scander le nom de Waldemar Selig.

Drustan mab Necthana saisit bien vite l'intention de Rousse ; bondissant sur la proue du vaisseau amiral, sans que sa jambe amoindrie diminuât en quoi que ce fût son agilité, il répercuta les ordres en cruithne. Sur chaque navire, une ligne d'archers prit place le long du bastingage pour couvrir les marins qui basculaient en grappes par-dessus bord pour saisir les cordes et haler les bateaux vers les eaux peu profondes le long de la rive ennemie.

Au niveau du pont, les rangs skaldiques se débandèrent ; la plus grande partie d'entre eux se replia en désordre du côté des Pays plats. Il faut leur reconnaître au moins ceci, les Skaldiques sont téméraires ; tous ceux demeurés du côté d'Angelin entonnèrent leur chant de mort, féroce et implacable. Je l'entendis et un froid intense me saisit jusqu'à la moelle. Sans le moindre doute, les guerriers de l'Azzalle ressentirent la même chose.

Nos navires s'enfoncèrent dans les ajoncs. Des planches furent mises en place ; certaines allaient jusqu'à la rive, d'autres tombèrent dans l'eau. Drustan criait ses ordres ; son manteau rouge flottait autour de lui. Les chevaux furent remontés des cales sur des rampes, terrifiés et l'œil fou. Les Cruithnes et les Dalriada couraient pour prendre leurs armes.

C'était un spectacle fascinant de voir cette armée tout entière se déverser par les planches de débarquement, transformant l'eau et la terre en un immense champ de boue. Je compris à cet instant pourquoi les poètes en chantent parfois la sinistre beauté.

Et les combats s'engagèrent.

Ils ne durèrent pas longtemps. Si farouches soient-ils, les Skaldiques ne sont jamais que des hommes ; ils saignent et meurent également. Et rien dans le plan de Waldemar Selig ne les avait préparés à affronter l'armée sauvage de Drustan, ce flot de guerriers au visage orné de bleu, qui combattaient avec une violence au moins égale à la leur.

Que leur avait-on raconté sur les D'Angelins ? Je ne peux que conjecturer. Mais si les Skaldiques coincés entre les soldats de Ghislain et le fleuve avaient pensé pouvoir défier des adversaires mous et craintifs, ils furent vite détrompés. Sous sa houlette, les guerriers de l'Azzalle faisaient preuve d'une efficacité redoutable et mortelle. Finalement, rassérénés par le retour de Marc de Trevalion, ils s'accommodaient parfaitement d'être commandés par un seigneur de L'Agnace.

Je vis tout depuis le bord, sous la garde vigilante de Joscelin et d'une poignée de fidèles de la Section de Phèdre ; après ce qui s'était passé aux portes de Bryn Gorrydum, Quintilius Rousse n'avait aucune envie de prendre des risques avec ma sécurité.

Lorsque tout fut achevé, les Cruithnes de Drustan rembarquèrent, couverts de sang et victorieux. Ils n'avaient pas eu à subir de lourdes pertes, mais les seigneurs des Dalriada n'étaient guère satisfaits d'avoir eu à laisser leurs chars à bord des vaisseaux. Quant aux navires, hélas, ils étaient bel et bien échoués. Il fallut plus d'une cinquantaine d'hommes pour dégager le navire amiral ; Rousse confia le commandement du reste de l'opération à Jean Marchand et nous passâmes à la rame du côté d'Angelin.

Les hommes de l'Azzalle avaient l'humeur sombre qui suit généralement la bataille. Il suffit de le voir une fois pour s'en souvenir à jamais. Nous descendîmes, Rousse, Joscelin et moi, plus deux hommes de la Section de Phèdre, Drustan, Eamonn et Grainne, et une petite garde d'honneur de Dalriada et de Cruithnes.

Je m'étais accoutumée aux visages bleus, mais les hommes de l'Azzalle roulèrent des yeux ronds tandis que nous nous approchions de Ghislain de Somerville. Je crois que Drustan comprenait en partie ce que disaient les murmures sur son chemin ; il apprenait vite et avait acquis quelques rudiments de d'Angelin au cours de la traversée. Eamonn, qui lui ne comprenait rien, lançait des regards menaçants ; si son visage n'était pas orné de bleu, ses cheveux raidis à la chaux clamaient sans conteste qu'il était un barbare.

Entourée d'une nuée de guerriers d'Angelins ébahis, Grainne paraissait plutôt apprécier la situation.

Nous trouvâmes Ghislain de Somerville occupé à donner ses instructions pour évacuer les cadavres skaldiques. J'avais entendu dire que c'était un homme sensé et modeste ; et de fait, n'eût été son porte-étendard à ses côtés, jamais je n'aurais su qu'il était fils de seigneur. Large et robuste, il portait une simple cuirasse bien entretenue, d'acier et de bandes de cuir huilé. Comme nous approchions, il ôta son casque et passa sa main recouverte d'un gantelet dans ses cheveux blonds et trempés.

— Je ne voulais pas le croire lorsque vos hommes m'ont prévenu, messire amiral, dit-il sans ambages.

Ses yeux étaient du même bleu pâle que ceux de son père ; ses traits lui donnaient un peu des allures d'un fermier de L'Agnace.

Quintilius Rousse s'inclina, tout comme Joscelin ; moi, j'exécutai une révérence. Drustan et les siens ne bougèrent pas ; ils n'avaient aucune vassalité envers le seigneur d'Angelin.

— Messire de Somerville, dit Rousse, voici Drustan mab Necthana, Cruarch d'Alba, et Eamonn et Grainne mac Conor, seigneurs des Dalriada.

Je traduisis pour eux et ils s'inclinèrent – du moins, ils inclinèrent la tête. Ghislain de Somerville les observait avec dans l'œil comme une note d'étonnement.

— Vous l'avez vraiment fait, dit-il, stupéfait, avant de répondre à leur salut par une inclinaison du buste. Majestés.

— Moi, je n'y suis pour rien, dit Rousse d'un ton bourru. (Il mit une main sur mon épaule pour me pousser en avant.) C'est l'œuvre de Phèdre nó Delaunay, l'émissaire d'Ysandre.

— Reine de Terre d'Ange, compléta Ghislain par réflexe. (Puis ses yeux, légèrement écarquillés, se posèrent sur moi.) C'est vous la putain de Delaunay ?

Je ne crois pas qu'il avait dit ça méchamment ; c'était plus ou moins dans les mêmes termes que j'avais fait la connaissance de son père, après mon escapade à la maison de la Valériane, le jour où l'ancien Cruarch d'Alba avait rencontré Ganelon de la Courcel. Je me souvenais très bien comment Delaunay avait dépêché Alcuin, ce soir-là, chez le commandant de l'armée royale, Percy de Somerville. Je crois que c'était cela qui avait scellé leur entente ; si Delaunay n'accordait pas toute sa confiance à Somerville, au moins il ne répugnait pas à avoir foi dans sa loyauté. Pour autant, c'était exactement ce que nous avions été, Alcuin et moi, pour Percy de Somerville – les putains de Delaunay. Pas étonnant que son fils ne me connût pas autrement.

Néanmoins, il eut la surprise de voir deux dagues cassilines jaillir de leurs fourreaux, d'entendre les marins de Rousse siffler leur désapprobation entre leurs dents, et de se retrouver avec une demi-douzaine de lames cruithnes et dalriada pointées sur son cou, sur un ordre du Cruarch d'Alba. Oui, j'avais vu juste : Drustan comprenait un peu le d'Angelin.

Ghislain de Somerville cligna des yeux.

— Messire, dis-je calmement. Je suis la fille d'une adepte de la Cour de nuit, formée par Cecilie Laveau-Perrin de la maison du Cereus, et j'ai achevé ma marque au service d'Anafiel Delaunay de Montrève. Est-ce ma lignée qui pose un problème ou les mérites du service de Naamah ?

— Rien de tout cela. (Ghislain rougit ; une odeur de pomme se répandit – la marque des descendants d'Anael.) C'est juste que d'ordinaire les servants de Naamah ne… n'occupent pas de telles fonctions au service du palais.

Quintilius Rousse toussa. Drustan haussa un sourcil interrogateur. Avec une lueur amusée dans l'œil, Joscelin traduisit le commentaire dans son caerdicci de cuisine. Puis Drustan retranscrivit en cruithne.

Eamonn sourit ; mais Grainne éclata de rire et passa un bras amical sur les épaules de Ghislain de Somerville.

— C'est un tort, dit-elle en eiran. Pour quelle autre raison croyez-vous que nous autres Dalriada soyons venus nous battre pour vous ?

Sincèrement, jamais une troupe plus étrange n'avait encore débarqué sur le sol d'Angelin.

J'eus soudain pitié de Ghislain.

— Messire, dis-je, nous avons une très longue histoire à vous raconter ; mais l'essentiel en est que nous avons ramené avec nous l'armée d'Alba, conformément aux souhaits de la reine de Terre d'Ange, et que nous avons besoin de toutes vos lumières. Nous savons que l'armée royale est assiégée à Troyes-le-Mont, mais nous ne savons pas grand-chose d'autre. Nous accorderez-vous votre hospitalité et partagerez-vous vos informations avec nous ? Nous avons ce qu'il faut pour nous ravitailler ; je vous promets que nous ne pillerons pas votre camp.

— Vous plaisantez ? (Ghislain de Somerville se ressaisissait, retirant prudemment le bras de Grainne de ses épaules.) Vous nous avez sauvé la peau, vous êtes nos invités. Faites venir vos troupes. Tous les combattants sont les bienvenus !

Il s'éloigna en criant ses ordres et les soldats de l'Azzalle s'exécutèrent.

— Il sent la pomme, dit Grainne d'un air songeur.

— Oui, confirmai-je. Il sent la pomme.

82

Ghislain de Somerville avait plus qu'une odeur agréable à faire valoir.

Passé les premiers instants d'étonnement, il se révéla un chef de guerre avisé et fort capable. La table de travail à l'intérieur de sa tente était couverte de cartes détaillées. Il nous indiqua précisément l'endroit où les forces de Marc de Trevalion étaient alignées le long du Rhenus, ainsi que les points où les Skaldiques avaient tenté des percées – dont la dernière en date avait bien failli réussir. Il montra ensuite le trajet suivi par les forces d'invasion skaldiques *via* la passe du Nord, avant de nous donner le détail du plan de repli de son père vers Troyes-le-Mont. Pour finir, il nous brossa un tableau complet des événements depuis notre départ.

Apparemment, tout s'était déroulé comme prévu ; le problème demeurait que, malgré leurs efforts stratégiques, les forces skaldiques étaient bien trop importantes.

— Tout ce qu'ils ont à faire, c'est attendre, dit-il, le visage grave, en traçant un cercle de l'index autour de la forteresse assiégée. Ils disposent d'un puits sûr, et profond, et mon père a veillé à ce que

Troyes-le-Mont soit bien approvisionnée. Mais malgré tout, quelle que soit l'importance de leurs vivres, ils finiront bien par s'amenuiser. Selig, lui, a tout le pays à sa disposition. Aussi longtemps qu'il parviendra à maintenir l'unité et la discipline…

Il haussa les épaules et secoua la tête.

Drustan montra la carte du doigt et dit quelque chose en cruithne. Je traduisis.

— Combien de Skaldiques ?

— Environ trente mille, répondit Ghislain, la mine fermée.

Je traduisis une nouvelle fois, et Drustan devint pâle sous son tatouage.

— Et dans la forteresse ? demandai-je.

— On ne sait pas au juste quelles sont les pertes. (Ghislain tira une nouvelle carte qu'il plaça pardessus la première ; c'était un plan de la ville fortifiée.) Huit mille avant la bataille. J'ignore combien ont survécu. La plupart, je pense. Il y a une enceinte extérieure ici, et des tranchées de défense hérissées de pieux ici, et ici. Ensuite, il y a une seconde muraille de fortifications, ici. (Son doigt indiquait les différents emplacements.) Jusqu'à présent, ils ont gardé le contrôle de ces ceintures, mais mes nouvelles ne sont pas plus fraîches que les vôtres – si ce qu'a montré la vasque du Maître du détroit est exact. Après cela, il n'y a plus que la forteresse proprement dite.

— Et maintenant ? demanda Quintilius Rousse.

Ghislain leva son visage vers lui.

— Le prince Benedict fait ce qu'il peut pour lever une armée auprès des villes-États caerdiccines. Si on parvient à mobiliser suffisamment d'hommes, on pourrait prendre les Skaldiques en tenaille, et leur tomber dessus comme le marteau sur l'enclume.

Mais les Caerdiccins ne sont pas très enthousiastes. Il semblerait qu'il n'y ait pas grand-chose à attendre de leur part.

— Alors, Troyes-le-Mont tombera, dit Joscelin dans un souffle. Et Terre d'Ange tombera avec.

« *Aussi longtemps que Selig parviendra à maintenir l'unité et la discipline…* »

J'observai la carte.

— Nous avons encore une chance, dis-je, en pensant à voix haute. (Ce ne fut qu'en sentant peser sur moi le regard interrogateur de Ghislain que je m'aperçus que les mots étaient sortis de ma bouche.) L'armée de Selig est un ensemble hétéroclite à l'humeur irascible. Il doit bien y avoir une centaine de tribus différentes dans ses rangs. (Je lançai un coup d'œil à Joscelin.) Tu te souviens de notre arrivée au *Althing* ? demandai-je. (Il confirma d'un mouvement de tête.) Certaines d'entre elles sont des ennemies jurées. Si on parvient à les diviser, à rompre la discipline de Selig… c'est toujours quelque chose.

— Et comment fait-on ça ? demanda Rousse, d'un ton sceptique.

Ghislain fixait intensément son regard sur la carte.

— Les Cruithnes les ont effrayés, dit-il pensivement en tapotant la table du bout de son index. Tous ces visages bleus… les Skaldiques ne savaient pas comment réagir. Je l'ai bien vu depuis l'autre rive. Ils sont superstitieux pour la plupart, vous savez. Si on les harcelait sur leurs flancs – des coups de main rapides avec un repli immédiat… ça les ferait peut-être cogiter. Il faudrait une retraite sûre, quelque part dans les montagnes. Un endroit bien caché.

Je regardai Drustan, Eamonn et Grainne, sans traduire ses paroles.

— Combien d'entre nous survivraient ? demandai-je à Ghislain. Sincèrement.

Il releva la tête de la carte et poussa un profond soupir.

— Aucun, répondit-il posément. Au bout du compte, personne. Nous pourrions survivre aussi longtemps que la chance demeurerait avec nous ; mais pas plus. Et finalement, on sera peut-être morts pour rien. Vous avez raison, c'est notre seule chance. Mais elle est bien mince.

— Merci, répondis-je avant de traduire tout ce qu'il avait dit en cruithne.

Drustan prit les choses sobrement ; il s'éloigna en boitant jusqu'à l'entrée de la tente pour regarder au-dehors, surprenant le garde de faction. Eamonn et Grainne échangeaient des regards.

— Dis-lui que je vais ramener tous les siens en Alba, dit Quintilius Rousse de son ton bourru. Chaque guerrier bleu et tous ceux qui ont de la chaux dans les cheveux. On ne les a pas fait venir ici pour qu'ils se suicident.

Je crois que Drustan comprit, car il répondit avant même que je puisse parler.

— Et qu'arrivera-t-il à Hyacinthe ? me demanda-t-il en se retournant. (Il leva la main et la bague de Roland à son doigt scintilla.) Si je n'épouse pas Ysandre (son visage se crispa), si je meurs, si Ysandre meurt ? Si la malédiction n'est pas brisée, hein, qu'adviendra-t-il de lui ? Et comment rentrerons-nous chez nous si le seigneur de la mer reste enchaîné à son rocher, mis en rage par notre échec ? Quel chant pourrait nous ramener jusqu'en Alba, Phèdre nó Delaunay ?

Les larmes me brûlaient les yeux ; c'était moi qui l'avais fait venir.

— Je ne sais pas, murmurai-je. Seigneur, je suis tellement désolée.

— Ce n'est pas votre faute. (Ses yeux noirs étaient posés sur moi.) Vous avez suivi les ordres de votre reine. Mon destin n'appartient qu'à moi et vous ne pouvez pas le changer. Mais je dois laisser le choix aux miens. C'est mon destin, mais ce n'est pas leur guerre. S'ils doivent mourir, il faut qu'ils puissent choisir de quelle manière – par la vague ou par l'épée.

Je hochai la tête ; mes yeux ne voyaient presque plus. Drustan appela Eamonn et Grainne et ils sortirent, escortés de leurs gardes. Je rapportai ses paroles aux autres.

— C'est juste, dit Ghislain, en suivant les contours de Troyes-le-Mont sur la carte du bout de son index, tête baissée. Quoi que vous ayez pu leur dire, ils ne pouvaient pas comprendre l'ampleur des forces en face. Aucun d'entre nous n'en avait pris la mesure. (Il releva la tête ; son visage était sombre.) En tout cas, si vous y allez, j'y vais aussi. Mon père est là-bas. (Il posa son regard dur sur Joscelin.) Et si je ne me trompe pas, le vôtre aussi, Cassilin.

Nous en parlâmes cette nuit-là.

Les étoiles brillaient dans le ciel noir ; les constellations d'Angelines si familières. Il n'y a pas d'endroits calmes dans le camp d'une armée en guerre, mais je trouvai Joscelin à l'écart de nos tentes, assis sous un orme, le regard perdu devant lui. L'atmosphère n'était pas à la fête, comme après la défaite de l'armée de Maelcon. Nous avions remporté une escarmouche, rien de plus ; une petite victoire dans une guerre sans espoir. Les soldats de l'Azzalle fourbissaient leurs armes, en se demandant sombrement quel sort les attendait maintenant. Des feux avaient été allumés là où campaient les forces de Drustan ; les discussions allaient durer longtemps dans la nuit.

— Tu savais ? demandai-je à Joscelin en m'asseyant à côté de lui.

— Je n'étais pas sûr, répondit-il en secouant la tête. Je savais que c'était possible. Je n'ai pas vu notre bannière, lorsque nous étions sur l'île, mais il y en avait tant.

— Je suis désolée.

— Ne le sois pas. (Sa voix s'était faite rauque.) La maison Verreuil a toujours servi. Savais-tu que mon père a combattu à la bataille des Trois Princes ? C'est là qu'il a obtenu le titre de chevalier. (Un coin de sa bouche se releva.) Tu sais, le titre que tu as accordé aux hommes de Rousse.

— Oui, mais moi je n'ai pas le pouvoir de donner des fiefs.

— En effet. (Il contempla les étoiles.) Verreuil est un petit domaine, mais il appartient à ma famille depuis six cents ans. Nous sommes de la lignée de Shemhazai, tu sais. Nous prenons soin de nos livres et nous donnons un fils à la Fraternité cassiline à chaque génération. Et puis, nous servons le trône de Terre d'Ange lorsque c'est nécessaire.

— Y a-t-il seulement ton père ?

Joscelin secoua de nouveau la tête.

— Non, répondit-il posément. Luc doit être avec lui.

— Luc ?

— Mon frère aîné. (Il soupira et posa le menton sur ses genoux.) J'ai un frère cadet également, mais

Mahieu est sûrement resté. Le plus jeune pour consoler ma mère ; le plus grand pour la force de mon père. Et celui du milieu pour Cassiel. C'est ce qu'on dit dans le Siovale. Mes sœurs me taquinaient toujours avec ça. J'ai trois sœurs aussi, tu sais.

Et cela faisait onze années qu'il avait quitté les siens ; je m'en souvenais parfaitement. Peut-être même douze maintenant. Plus que la moitié de mon âge – et presque autant pour Joscelin. J'en étais venue à considérer qu'il était aussi dénué de racines que je l'étais – mais ce n'était pas le cas.

Je voulais dire quelque chose, mais les mots ne me venaient pas. À la place, je lui pris le bras ; il me regarda tristement.

— J'avais pensé que j'aurais une chance d'aller les voir, dit-il. Avant… eh bien, avant la fin. À vingt-cinq ans, ils nous laissent retourner chez nous quelque temps si on a bien servi… (Un frisson agita ses épaules.) À moins que… Je suis frappé d'anathème, maintenant. Penses-tu que les miens en soient informés ? Savent-ils que je suis un meurtrier condamné, convaincu de l'assassinat d'Anafiel Delaunay ?

— Personne parmi ceux qui te connaissent ne pourrait croire une chose pareille, Joscelin.

— Mais que savent-ils ? (Une note dure était apparue dans son ton.) J'avais dix ans, Phèdre ! Comment peuvent-ils savoir ce que je suis devenu ? (Il ramena ses avant-bras vers lui ; la lueur des étoiles se reflétait sur l'acier de ses canons.) Je ne me connais plus moi-même, murmura-t-il. Ah ! Elua ! avons-nous fait tout ce chemin pour ne trouver que cela ?

— Je ne sais pas, murmurai-je, en regardant par-delà les feux, loin sur la plaine plongée dans les ténèbres.

Je savais combien les Skaldiques étaient nombreux ; je les avais vus. Mais quand même... trente mille. Quelque part, là-bas au loin, ils campaient autour d'une place forte, prêts à réduire à néant jusqu'à la trame la plus intime de tout ce qui m'était cher.

Joscelin inspira profondément et se ressaisit.

— Quoi qu'il arrive, demain matin, nous partirons pour Trevalion, dit-il. La garnison y demeure importante et Ghislain a promis son hospitalité. Rousse t'accordera une escorte. Ses hommes n'accepteraient pas qu'il agît autrement.

Je me tournai vers lui sans rien répondre.

— Non. (Il serra les mâchoires avec détermination ; même à la seule lueur des étoiles, je distinguais les lignes blanches autour de son nez.) Oh, non ! N'y pense même pas.

— Ils sont venus parce que je le leur ai demandé.

— Ils sont venus parce que la reine le leur a demandé ! Tu n'as fait que leur porter le message !

— Ysandre de la Courcel n'a pas joué avec la jalousie des Jumeaux pour inciter les Dalriada à partir à la guerre, répliquai-je. Elle n'a pas non plus abandonné son plus vieil ami enchaîné à un rocher pour obtenir le passage vers une bataille perdue d'avance. Je ne peux pas échapper à cela, Joscelin.

— Mais par les sept enfers de Rousse ! que crois-tu pouvoir faire ? cria-t-il. C'est une guerre !

— Regarder en face ceux contre lesquels on se bat et devant lesquels on meurt, répondis-je en haussant les épaules. C'est bien ce que tu m'as appris, non ?

Il n'avait rien à répondre à cela.

— Et s'ils choisissent de se replier ? demanda-t-il en détournant la tête.

— J'irai dans les Caerdiccae Unitae pour offrir mes services au prince Benedict. (Surpris, Joscelin posa de nouveau son regard sur moi.) Que faire d'autre ? Quoi qu'il arrive, Drustan restera. Si les Caerdiccins entendent parler du sacrifice du Cruarch d'Alba, peut-être certains seront-ils incités à reconsidérer leur position.

— Jamais les Caerdiccins ne se battront pour Terre d'Ange, murmura Joscelin. Les villes-États sont encore plus divisées que les tribus skaldiques, et plus jalouses que les Jumeaux. Les artifices de Naamah eux-mêmes ne peuvent pas les réunir, Phèdre.

— Je sais, répondis-je. Mais c'est toujours mieux que d'attendre de tomber entre les mains de Selig. (Je me levai, puis me baissai pour l'embrasser sur la joue.) Je suis désolée pour les tiens, Joscelin. Je prierai pour eux.

— Prie pour nous tous.

Et je priai. Cela faisait bien longtemps que je n'avais pas prié longuement et sincèrement Elua le béni, en dehors des courtes oraisons qu'on dit sous le coup de la terreur. Je priai Elua et tous ses Compagnons – et pas seulement ceux qui m'avaient touchée – pour qu'ils me donnent la sagesse, pour qu'ils me guident et pour qu'ils m'offrent un peu d'espoir dans tout cet accablement. Je priai également pour le père et le frère de Joscelin, pour Ysandre de la Courcel et tous les assiégés de Troyes-le-Mont, pour Drustan et les Jumeaux et tous les Dalriada et les Cruithnes, pour Rousse, les hommes de la Section de Phèdre, Ghislain et Trevalion, les soldats de l'Azzalle et Hyacinthe, seul au milieu de la mer. Pour la Cour de nuit et toutes ses maisons, pour les poètes et les joueurs du Seuil de la nuit, pour Thelesis de Mornay et Cecilie Laveau-Perrin, pour l'aimable intendant de Perrinwolde et tous les siens.

Au bout du compte, je crois que je priai pour toutes les personnes que j'avais rencontrées au cours de ma vie, l'âme et le sel de Terre d'Ange. Je ne sais pas si cela me fit du bien ; mais si mon cœur n'en fut pas apaisé, cela me fit sombrer dans le sommeil de l'épuisement.

Le lendemain matin, Drustan donna la réponse des Cruithnes.

— Nous restons et nous allons nous battre.

Il le dit en caerdicci pour que tous puissent entendre. Le regard de Ghislain de Somerville demeurait fixe ; il n'était pas sûr d'avoir bien entendu.

— Vous allez tous rester ?

Drustan confirma d'un petit hochement de tête.

— Nous restons si vous nous promettez la chose suivante, reprit-il en cruithne. (Il lui était encore difficile de tenir de longs discours en caerdicci.) Si nous tombons, quelqu'un devra aller le dire en Alba. Nos familles et nos amis doivent savoir comment nous sommes morts. Les poètes doivent chanter ce que nous avons fait.

Je traduisis ses paroles, puis lui répondis en cruithne :

— Je le promets. (Il fixa ses yeux noirs sur moi.) Je promets qu'il en sera ainsi, seigneur Cruarch. (Pour Ghislain, je repris en d'Angelin.) Je le jure. Au nom de la reine.

Joscelin émit une plainte de désespoir.

— Joscelin, réfléchis. Si nous mourons… si je ne peux pas traverser le détroit, raisonnai-je. Alors qui peut le faire ?

— Elle n'a pas tort, Cassilin, observa Quintilius Rousse.

— Et la nuit dernière, tu parlais des Caerdiccae Unitae, murmura Joscelin d'un ton amer. Demain, tu voudras aller au Khebbel-im-Akkad. Si vous voulez mon avis, amiral, nous devrions l'enfermer dans une tour et jeter la clé.

— Alors c'est décidé. J'ai envoyé un messager à Marc de Trevalion pour lui demander une rencontre, dit Ghislain. (Il tira l'une de ses cartes et montra un point sur le cours du Rhenus.) Nous nous verrons ici. Si Trevalion est d'accord, nous combinerons nos forces sous son commandement. Avec la victoire d'hier, nous pourrions même être en mesure de libérer une centaine d'hommes. Messire amiral, avec votre permission, j'aimerais autant que vous restiez avec votre flotte pour commander la défense de la rive ouest, dit-il en levant un regard interrogateur.

Je crois que cela lui fit l'effet d'une gifle ; cela faisait si longtemps que Rousse était au cœur de notre épopée. Mais Ghislain avait raison ; il était bien plus sage qu'il demeurât à la tête de ses bateaux. Quintilius Rousse ne connaissait pas grand-chose au combat terrestre. Ghislain de Somerville, lui, était le fils du commandant en chef de l'armée royale. Rousse hocha doucement la tête.

— Comme vous l'ordonnez, messire.

— Parfait. (Ghislain roula sa carte.) On lève le camp.

83

Le lendemain matin, Joscelin et moi, ainsi que Drustan et les Jumeaux également, fîmes nos adieux à Quintilius Rousse. J'avais fini par m'enticher sérieusement de l'amiral et de son caractère entier ; à l'instant de le quitter, je comprenais à quel point nous en étions tous venus à compter sur sa solidité.

— Qu'Elua te garde ! ma belle, dit-il de son ton bourru, en me serrant entre ses bras massifs. Tu as du courage pour dix, à ta manière toute perverse, et avec le sens de l'honneur de ton maudit maître pour flanquer des coups de pied. Si jamais tu veux retraverser le détroit, tu sais que tu peux compter sur moi.

— Merci, murmurai-je. Prendriez-vous un deuxième passager, au besoin ?

— Qui tu veux.

Rousse honorerait sa promesse ; j'en avais la certitude. Malgré mes protestations, il releva de leurs fonctions les hommes de la Section de Phèdre pour qu'ils viennent avec nous. Une trentaine de marins en plus ou en moins sur le Rhenus, ce n'était pas cela qui ferait la différence. En revanche, c'était devenu une question d'honneur pour eux. Avisant l'air plus dur que le diamant apparu sur le visage de Joscelin, je cessai de protester pour accepter avec grâce. Après tout, eux aussi avaient le choix.

Nous avançâmes bien ce jour-là, ralliant même le point de rendez-vous avant la tombée de la nuit.

Si Marc de Trevalion fut étonné par le spectacle de plus de trois mille Albans, il le cacha bien, saluant Drustan avec une courtoisie grave et formelle. Je ne le connaissais que pour l'avoir vu à son procès, où il avait fait preuve de la même retenue. Il accueillit Ghislain de Somerville comme un fils ; d'ailleurs, sa fille Bernadette – revenue d'exil avec lui – était maintenant la promise de Ghislain.

En revanche, je ne savais pas clairement lequel d'entre eux pouvait prétendre à régner sur le duché de Trevalion. Par la suite, j'appris que le titre était retenu par la couronne, pour être transmis plus tard au premier-né de Ghislain et Bernadette. Marc de Trevalion et Ghislain de Somerville étaient tous deux des hommes sensés ; la question n'était pas une source d'animosité entre eux, aucun d'eux ne voyant la nécessité de se disputer une parcelle de terrain quand le royaume tout entier était en péril.

Moi, il m'accueillit par ces mots :

— Mon cousin Gaspar m'a parlé en bien de votre maître Delaunay. Il l'avait toujours tenu dans la plus haute estime, et moi-même je n'ai toujours eu que le plus grand respect pour lui.

Je le remerciai d'un signe de tête ; je sentis une boule se former dans ma gorge. Malgré le temps écoulé, mon chagrin se trouvait toujours ravivé d'entendre quelqu'un qui l'avait connu prononcer le nom de Delaunay.

Ghislain de Somerville résuma les grandes lignes de ce qui nous était arrivé. Trevalion l'écouta présenter notre plan sans l'interrompre. Lorsque Ghislain eut fini, il se mit à faire les cent pas, mains dans le dos.

— Vous savez quelles seraient nos chances de survie ? demanda-t-il sombrement.

— Je sais. Nous le savons tous.

Marc de Trevalion hocha la tête.

— Alors, vous devez essayer, dit-il posément. J'assurerai la coordination avec mes capitaines d'armes. Ne craignez rien, nous tiendrons le Rhenus aussi longtemps que Troyes-le-Mont tiendra.

— Merci, Marc, répondit Ghislain, simplement.

Ainsi se décident ce genre de choses. Je les laissai à leurs cartes et à leurs stratégies, et demandai de l'encre et du papier à Trevalion pour écrire une lettre.

— Que fais-tu ? demanda Joscelin en tordant le cou pour lire par-dessus mon épaule.

Je mis un peu de sel pour sécher l'encre encore humide, puis agitai la feuille.

— Thelesis de Mornay, expliquai-je en lui montrant. Si… Si aucun de nous ne survit aux semaines qui s'annoncent, elle sera en mesure de porter la nouvelle en Alba. Le Maître du détroit l'a déjà laissée passer une fois – et Hyacinthe la connaît. (J'eus un petit sourire triste en voyant son expression.) Pensais-tu que j'allais m'en charger moi-même ? Je connais tous les risques qu'implique mon choix.

Joscelin secoua la tête.

— Je ne sais pas si je dois me réjouir ou m'inquiéter que tu les connaisses, dit-il doucement.

Je soufflai sur l'encre.

— Réjouis-toi, dis-je. Pour Alba.

J'eus ensuite l'occasion de me féliciter que la

Section de Phèdre fût avec moi. Avec Joscelin sur les talons, j'allai trouver Rémy, pour lui remettre la lettre roulée dans un étui de cuir.

— J'ai une mission, dis-je, pour les plus intrépides et les plus clairvoyants d'entre vous. J'ai besoin que cette lettre soit portée jusqu'à la Ville d'Elua, à travers des zones hostiles, pour être remise en main propre à la poétesse de la reine. Avez-vous des hommes capables de mener à bien cette tâche, chevalier ?

— Si j'ai ça ? s'exclama-t-il en tendant la main, tout sourires. Donnez-moi ça, ma dame, et ils veilleront à ce qu'elle arrive à bon port plus sûrement qu'aucun bateau ayant jamais vogué sur les eaux !

Je lui remis bien volontiers ma missive, puis regardai partir quatre cavaliers, armés des derniers renseignements de Trevalion sur les positions ennemies et le chemin le plus sûr. Au moins, les perspectives de réussite étaient meilleures pour eux que pour nous ; la promesse faite à Drustan avait de bonnes chances d'être honorée un jour. Si j'avais pu, je les aurais tous envoyés la porter.

— Tu n'es pas tout à fait aussi imprudente qu'il y paraît, dit pensivement Joscelin en les regardant partir.

— Pas tout à fait, convins-je. Mais presque. J'aurais été plus tranquille si tu étais parti avec eux.

Il me lança un regard plein d'ironie contenue.

— Tu ne cesseras donc jamais de mettre mon serment à l'épreuve ?

— Jamais. (Je sentis une pointe de douleur inattendue dans mon cœur.) Pas si j'ai le choix en la matière, Cassilin.

Jamais aucun d'entre nous n'avait été si près de

déclarer ses sentiments ; et puis, c'étaient des paroles de défi lancées à la face du désespoir. Joscelin ne sourit pas, mais exécuta son salut cassilin, plus ancré en lui que n'importe quoi d'autre.

— Elua t'accorde cette fortune, murmura-t-il. Et j'ai bien l'intention de m'en accommoder si cela peut te permettre de survivre.

Une autre fois, nous aurions pu parler plus ; mais c'était la guerre. Je fus appelée pour servir d'interprète entre Drustan mab Necthana et nos commandants d'Angelins, pour la mise au point de notre dangereuse stratégie.

— J'aimerais pouvoir vous apprendre quelque chose au sujet de d'Aiglemort, dit Marc de Trevalion en secouant la tête. Mais il a emmuré ses forces, là-haut quelque part dans les montagnes du Camlach, et personne ne sait où. Autant aller défier un blaireau dans son terrier que le suivre là-bas. (Il posa un doigt sur la carte.) Voici le meilleur endroit pour établir votre camp de repli. Et j'ai un conseil à vous donner, ajouta-t-il en se tournant vers Ghislain. Descendez Selig à tout prix. Si leurs informations sont bonnes, poursuivit-il en nous désignant, Joscelin et moi, de la tête, et je n'ai aucune raison d'en douter, alors Waldemar Selig est la clé. Qu'il disparaisse et les Skaldiques seront sans chef.

Les Skaldiques croyaient que Selig était à l'épreuve des armes. J'aurais aimé pouvoir penser autrement ; mais je me souvenais de cette nuit où j'avais essayé de le tuer – et le doute me prenait.

— Nous essaierons, murmura Ghislain de Somerville. Vous pouvez en être sûr.

— Messire de Trevalion, demandai-je, qu'est-il advenu de Melisande Shahrizai ?

Le visage de Marc de Trevalion se durcit ; il avait lui-même un compte à régler avec Melisande, dont les machinations avaient causé la chute de sa maison. Mais il secoua la tête.

— La dernière fois que j'ai eu des nouvelles, la Fraternité cassiline était à la recherche des Shahrizai pour les interroger. Mais je n'ai jamais entendu dire qu'ils avaient été trouvés.

Et il est peu probable qu'ils le soient, songeai-je. Melisande était capable de voir un Cassilin arriver à cinq cents pas. Tant pis. Je touchai le diamant à mon cou. Où qu'elle fût, ce n'était pas sur le champ de bataille.

Le lendemain matin, nous partîmes à la guerre.

Je ne décrirai pas en détail l'approvisionnement de notre armée, ou les énormes difficultés rencontrées pour communiquer un plan de cette ampleur à une force si vaste – surtout avec la barrière de la langue. Qu'il soit dit simplement que tout fut fait à la fin, mais que ma voix était tout éraillée d'avoir tant parlé.

Ghislain de Somerville fut le principal artisan du bon déroulement de toute l'opération. Malgré son malaise au début, il parvint à s'en sortir plutôt bien avec nos troupes hétéroclites ; il se découvrit même des affinités avec Drustan mab Necthana, qui n'était pas fier au point de ne pas savoir apprécier les qualités des autres.

Eamonn, seigneur des Dalriada, joua un rôle clé lui aussi, en particulier avec son esprit méticuleux doué pour aller dans le détail. Au bout du compte, si nous étions tous bien approvisionnés et si la distribution des armes et des chevaux se passa sans incident, ce fut en grande partie à lui que nous le dûmes. De même, si les Jumeaux passaient leur temps à se chamailler, je vis aussi au cours de notre exode pourquoi Grainne restait avec lui – ensemble, ils formaient une formidable équipe.

Nous marchâmes vers le sud en décrivant une large boucle vers l'est, de façon à pénétrer dans le Camlach sans être repérés par les guetteurs de Selig. Avancer au milieu d'une armée en mouvement n'est pas chose aisée ; je ne le souhaite à personne. Mais, lentement, nous finîmes par rallier les collines du Namarre irriguées par tant de rivières, et même un col offrant un point de vue sur Troyes-le-Mont assiégée.

Plusieurs Skaldiques perdirent la vie à cette occasion ; pas fou, Waldemar Selig avait posté des sentinelles sur le pourtour de la zone qu'il tenait. Mais il avait compté sans les Cruithnes dont la connaissance de la forêt surpassait tout ce que j'avais vu jusqu'alors. Drustan dépêcha une avant-garde, qui fit un excellent travail, émergeant silencieusement et comme par magie du paysage pour éliminer les guetteurs sur notre chemin.

Ce fut ainsi que nous parvînmes à ce col surplombant la plaine dans laquelle campait l'armée de Selig.

— Tant que ça, murmura Drustan en cruithne, allongé sur le ventre comme nous tous pour observer.

Je savais ; j'avais compté le nombre immense qu'ils étaient au *Althing*, je les avais vus dans la vasque de bronze du Maître du détroit et Ghislain de Somerville l'avait dit. Mais rien ne m'avait préparée à cette vision. De là où nous étions, l'armée skaldique grouillait autour des remparts fortifiés de Troyes-le-Mont, comme des fourmis autour de leur fourmilière. Des essaims de silhouettes minuscules s'activaient dans la plaine, se regroupant çà et là en des points stratégiques pour attaquer les défenses. Nous voyions la minceur des troupes de défense réparties sur les murs – et les points vulnérables à attaquer.

Il ne faudrait plus guère de temps aux Skaldiques pour repousser les défenseurs à l'intérieur de la forteresse. Percy de Somerville avait choisi Troyes-le-Mont parce que la citadelle était défendable – et parce qu'elle n'était pas entourée d'une ville pleine de D'Angelins innocents et sans armes ; malheureusement, Selig avait étudié les stratégies des maîtres tacticiens tibériens.

Et ils étaient en train de construire des tours de siège.

— C'est là le meilleur endroit pour frapper, dit Ghislain d'un ton prosaïque en montrant d'un coup de menton une tour en train d'être construite à la périphérie du campement. Ils sont hors de portée des arcs, de sorte qu'ils ne sont pas sur le qui-vive, et leur attention est entièrement concentrée sur la tour. Vous êtes d'accord ?

Je traduisis pour Drustan qui acquiesça d'un hochement de tête.

— Bien.

Le regard de Ghislain se riva sur la citadelle assiégée. Son visage était dur ; il pensait sûrement à son père. Puis il se recula.

— Nous allons organiser notre retraite en plusieurs étapes, dit-il, en regardant les collines derrière nous, avec l'attention d'un fermier en train de concevoir son verger. Il faut absolument que nous parvenions à décrocher sans encombre.

Si quiconque avait pu penser qu'il n'avait pas hérité des qualités de tacticien de son père, ce n'était plus concevable après cette journée. Notre voie de repli s'étirait sur des lieues dans les collines, obligeant nos poursuivants skaldiques à passer par toute une série de pièges, pour finir dans une gorge étroite que l'on pouvait bloquer ; les Skaldiques n'auraient alors plus qu'à battre en retraite.

La préparation de l'attaque nous prit deux jours ; Ghislain devint précautionneux à l'excès, avant de donner finalement son accord. Je me réjouis d'apprendre que Drustan envisageait de mener l'attaque.

Ils fixèrent leur choix sur cinquante Cruithnes, dont les meilleurs archers montés sur les chevaux les plus rapides. C'était le nombre parfait pour parvenir là-bas sans être repérés, puis être bien remarqués une fois sur place.

Je n'étais pas à Troyes-le-Mont pour assister à l'attaque ; je restai au point de repli le plus éloigné – une colline boisée très pentue – avec Joscelin, la Section de Phèdre et le gros de notre armée ; cela faisait partie du plan de Ghislain de cacher notre nombre aux Skaldiques.

Mais j'en entendis le récit par la suite. Nous l'entendîmes tous.

Les Cruithnes de Drustan frappèrent à la première lueur de l'aube, alors qu'ils distinguaient à peine la forme de la tour de siège contre le ciel obscur ; les Skaldiques n'étaient que des formes indistinctes, enveloppées pour la plupart dans leurs couvertures.

Sans le moindre avertissement, ils descendirent de leur colline comme un genre de cauchemar, pour traverser la plaine, créatures étranges au visage bleu, frappant la lisière extérieure de la troupe, semant la mort. Une bonne centaine de Skaldiques furent tués dans leur sommeil ce matin-là. J'en éprouvai du chagrin ; mais j'avais éprouvé encore plus de chagrin en apprenant combien de victimes les Skaldiques avaient semées tout le long de leur chemin.

Suivant le plan de Ghislain, les Cruithnes plongèrent des torches imbibées de poix dans les feux skaldiques, puis voltèrent pour les lancer sur les tours de bois ; Drustan lança lui-même la première. Le temps que le camp skaldique s'éveillât complètement, agité comme un nid de frelons dans lequel on a mis un coup de pied, les Cruithnes se repliaient déjà ; les archers retardaient toute velléité de poursuite par une pluie de flèches d'une précision mortelle. C'était la tactique akkadianne de Barquiel L'Envers que Drustan avait admirée.

Cela leur permit d'avoir de l'avance – une petite avance.

Les Skaldiques les prirent en chasse.

Ils rattrapèrent l'arrière-garde alors qu'elle luttait pour rejoindre les collines. Une dizaine de Cruithnes moururent là, dans une résistance désespérée submergée par le nombre. Drustan ne se retourna pas une seule fois, hurlant à ses hommes d'aller de l'avant. Les Skaldiques les suivirent – et tombèrent dans le premier piège.

Au sommet des flancs escarpés longeant le trajet de repli des Cruithnes, Ghislain avait positionné les archers de L'Agnace. Calmes et imperturbables, capables de tirer de bien plus loin que les archers cruithnes avec leurs arcs courts, les hommes de Ghislain abattirent les premiers rangs des poursuivants, jusqu'à ce que les morts eux-mêmes finissent par former un obstacle.

Ils ne s'éternisèrent pas, remontant bien vite pour se mettre hors de danger, chacun selon une voie de repli soigneusement repérée. Lorsque les Skaldiques s'en dépêtrèrent, les hommes de Drustan avaient repris de l'avance.

Combien de Skaldiques leur donnaient la chasse ? Des centaines au moins. Un millier peut-être. À un moment, la piste se divisait en trois ; les Cruithnes prirent celle du milieu. Les cavaliers skaldiques qui optèrent pour les deux pistes extérieures rencontrèrent les lances et les frondes dalriada. Les Eirans aiment particulièrement les frondes, qu'ils manient avec une redoutable efficacité.

L'action se rapprochait. J'étais là lorsque Drustan lança ses hommes à l'assaut du flanc escarpé de la gorge étroite, sur des montures écumantes et au bord de l'épuisement ; les cavaliers valaient à peine mieux. Les premiers poursuivants skaldiques arrivèrent juste derrière.

— Maintenant ! hurla Ghislain.

Du haut des falaises de chaque côté de la gorge, les soldats d'Angelins et albans s'arc-boutèrent sur les leviers placés sous d'énormes rochers et poussèrent.

Ghislain de Somerville avait bien préparé son plan ; une avalanche de rocs et de pierres s'abattit dans un effroyable fracas pour bloquer le passage. Les Skaldiques reculèrent et les archers entrèrent en action.

Un très grand nombre de Skaldiques moururent. Mais ces hommes n'étaient pas des lâches. La centaine de survivants recula pour se mettre hors de portée et se concerter. Puis, tandis que les autres demeuraient au loin, un contingent revint.

Sous la protection de leurs boucliers tenus au-dessus de leurs têtes, ils commencèrent à dégager le passage.

L'œuvre de Selig, songeai-je. Ils n'auraient jamais conçu cela tout seuls.

Ghislain observa, la mine sombre, puis prit sa décision.

— On se replie, dit-il brusquement, avant de le crier. Repli !

Nous partîmes donc vers l'est, nous enfonçant toujours plus dans les collines.

Je ne saurais dire à quel moment nous passâmes dans le Camlach. Comme l'après-midi touchait à sa fin, je ne me concentrai sur rien d'autre que la nécessité de rester en selle, sans imposer de fardeau supplémentaire à quelqu'un d'autre. Ghislain s'était préparé à l'éventualité de notre situation. Il laissa une compagnie d'archers pour ralentir la marche des Skaldiques ; d'ici à ce qu'ils parviennent à passer, nous serions loin. Tout en progressant toujours plus loin vers le cœur des montagnes, nous laissions derrière nous des chausse-trappes et des fausses pistes. De temps à autre, un archer cruithne nous rejoignait pour nous dire ce qu'il avait vu.

Je ne sais pas ce que nous aurions fait sans leur immense connaissance de la forêt. Aucun sanglier noir n'était sorti dans la lueur de l'aube pour nous guider, mais je n'en sentais pas moins la présence du Cullach Gorrym tout autour. Et Drustan, les bras couverts de sang, coordonnait inlassablement leurs efforts, envoyant des éclaireurs pour trouver les passages les plus sûrs.

Ce ne fut que lorsque Ghislain estima que nous étions hors de danger que nous établîmes un camp pour la nuit. Je tombai de ma selle, épuisée jusqu'à la moelle, vidée par la terreur. Si je n'avais pas survécu déjà à ma fuite à travers l'hiver skaldique, je crois que j'aurais abandonné pour mourir ce soir-là.

Pour autant, il ne devait pas m'être accordé de dormir.

L'un des éclaireurs de Drustan revint du sud, les yeux luisants dans son visage bleu, essoufflé comme un fantassin après une course ; il montrait à grands gestes la direction d'où il arrivait. Drustan haussa un sourcil incrédule et je m'approchai pour écouter.

— Que se passe-t-il ? demanda Ghislain de Somerville en me saisissant par le bras.

— Il dit qu'il y a une armée, messire. (Je n'étais pas sûre moi-même d'avoir bien compris.) Une armée d'Angeline, qui campe dans une vallée, à pas un quart de lieue au sud d'ici.

84

— ISIDORE D'AIGLEMORT !

Ghislain de Somerville prononça son nom comme il aurait craché une malédiction. Je ne pouvais pas l'en blâmer. Aucun des D'Angelins présents n'aurait pu l'en blâmer. J'entendis la respiration de Joscelin siffler entre ses dents en entendant ce nom.

J'expliquai rapidement la situation à Drustan. Il hocha la tête ; il comprenait. Il avait été trahi par son cousin Maelcon ; il savait ce que c'était.

— Nous campons tout de même, dis-je.

Ghislain confirma. Nous n'irions nulle part cette nuit-là ; les forces de d'Aiglemort n'avaient pas repéré notre présence.

On aurait pu croire que le ciel lui-même allait déverser sur nous sa désapprobation, mais il resta en fait dégagé. Oubliant mon épuisement, je resserrai mon manteau autour de moi pour rechercher l'éclaireur cruithne qui avait débusqué l'armée du duc Isidore d'Aiglemort ; je le pressai de questions.

Ensuite, je me mis en quête de Ghislain de Somerville ; il supervisait les soins aux chevaux – qui étaient pour nous plus précieux que l'or.

— Messire, dis-je, vous nous avez dit que si les

Caerdiccins nous ralliaient, nous pourrions prendre les Skaldiques en tenaille comme entre le marteau et l'enclume. Combien d'hommes vous faudrait-il ?

— Au total, autour de dix mille. Peut-être moins, si on parvenait à se coordonner avec les défenseurs de Troyes-le-Mont. (Son regard aigu se posa sur moi.) Pourquoi ? Les Caerdiccins ne s'aventureront pas au-delà de leurs frontières, nous le savons parfaitement, vous et moi.

Je regardai en direction du sud et un frisson me parcourut.

— J'ai pensé à quelque chose.

Je lui dis quelle était mon idée.

Ghislain de Somerville me considéra de nouveau, longuement.

— Venez avec moi, dit-il. Il faut que nous parlions.

Sa tente confortablement meublée, avec la table de travail, était restée en Azzalle ; là, il ne disposait que d'un simple abri – et s'il constituait un luxe, c'était parce que la plupart d'entre nous n'avaient qu'une couverture pour dormir. Nous voyagions léger, avec le strict nécessaire et rien d'autre. Je m'assis sur un tabouret pliant, tandis qu'il faisait les cent pas, à la lueur de son unique lampe.

— Si vous pensez que c'est une folie, messire, finis-je par dire, incapable de supporter plus longtemps son silence, dites-le-moi.

— Bien sûr que c'est une folie, répondit-il brutalement. Mais tout comme ce que nous avons fait aujourd'hui, et ce que nous ferons demain si nous ne choisissons pas une autre voie. Et si demain se passe comme aujourd'hui, alors nous mourrons et nos rangs s'éclairciront, puis lorsque nous serons trop fatigués, trop lents ou trop imprudents, les

Skaldiques nous captureront. S'ils ne sont pas déjà en train d'escalader les murs de la citadelle. (Ghislain de Somerville arrêta son va-et-vient, s'assit sur sa couverture et enfouit son visage dans ses mains.) Ah ! Anael ! soupira-t-il. J'étais né pour surveiller mes vergers, m'occuper de ma terre et aimer les gens qui y vivent. Pourquoi me mettez-vous devant des choix si terribles ?

— Parce que, messire, répondis-je d'une voix douce, vous êtes né pour vous occuper de votre terre et aimer les gens qui y vivent – et pas pour les mettre au bout d'une épée. Parmi nous, personne d'autre ne serait capable d'élaborer un plan qui pût faire fonctionner cela.

— C'est possible. (Il posa ses mains sur ses genoux et me regarda avec gravité.) Mais même si c'est possible… si nous échouons, nous risquons de tout perdre. Et je ne sais pas si je pourrais supporter de voir les nôtres massacrés par des mains d'Angelines. Phèdre nó Delaunay, êtes-vous sûre de lui ?

— Non, murmurai-je. (Malgré la chaleur de la nuit et le feu de la lampe, je me sentais glacée.) Il y a un atout, une chose qu'il ignore ; cela peut être suffisant… mais je ne suis sûre de rien, messire.

— J'aimerais que vous le soyez, murmura Ghislain, en appuyant l'extrémité de ses doigts sur ses genoux. (Il sourit tristement.) Saviez-vous que mon père adore parier ? C'est un penchant que beaucoup partagent en L'Agnace ; j'ignore pourquoi. Mais il m'a toujours dit que le seul homme contre qui il n'a jamais accepté une gageure était Anafiel Delaunay.

— Messire, m'écriai-je, alarmée, je ne suis pas lui. Même si j'avais la moitié de sa sagesse, je craindrais de vous conseiller en quoi que ce fût sur cette question.

— Si vous aviez la moitié de sa sagesse, vous n'auriez sans doute jamais eu pareille idée. (Son regard se perdit au cœur de la flamme de sa lampe.) Mais vous l'avez eue et je dois maintenant miser sur quelque chose. Je parlerai avec l'éclaireur cruithne pour voir ce que nous pouvons apprendre encore. Lorsque j'aurai arrêté un plan, je vous en informerai.

J'acquiesçai et me levai, lui accordant ensuite une profonde révérence, celle qu'à la Cour de nuit on réserve aux descendants de la maison royale. Je sortis d'un pas ferme, mais sous la clarté des étoiles je titubai et dus me retenir, saisie d'effroi devant l'énormité du risque que je venais de suggérer.

Lorsque tout était consommé, jamais je ne m'étais trompée au sujet d'un client, pas plus Childric d'Essoms que Quincel de Morhban, et pas même Melisande Shahrizai. Mais le duc Isidore d'Aiglemort n'avait jamais été mon client ; et par ses actes, il était un traître à Terre d'Ange. Si je me trompais, nous paierions tous ; avec notre sang.

— Où étais-tu ? demanda Joscelin, d'un ton brusque qui trahissait son inquiétude. (Il vit ma pâleur.) Que se passe-t-il ? Quelque chose ne va pas ?

— Non, répondis-je en claquant des dents.

Il mit un manteau sur mes épaules ; son manteau de Mendacant, taché et usé, et dont les couleurs avaient été délavées par la mer et la pluie. Je me blottis dans sa chaleur.

— Pas encore.

— Tu nous feras tous mourir, murmura Joscelin, avant de se demander d'où me venait ce rire de désespoir.

Lorsque nous encerclâmes la vallée au fond de laquelle campait l'armée de d'Aiglemort, Joscelin savait.

En fait, ce fut bien plus simple que le plan de repli très élaboré conçu par Ghislain. Tranquilles et sûrs au fond de leur vallée, les alliés du Camlach n'avaient posté que quelques sentinelles ; d'ailleurs, si les Skaldiques ne nous avaient pas ainsi talonnés la veille, jamais nous ne les aurions dénichés.

Surveillant les relèves, les Cruithnes de Drustan se débarrassèrent facilement des sentinelles. Les archers et les manieurs de frondes se dissimulèrent le long des issues étroites. La bataille de Bryn Gorrydum, notre fuite à travers la Skaldie, tout me paraissait maintenant n'avoir été qu'une répétition pour cette action.

Le reste de notre armée se déploya sur les hauteurs encerclant la vallée. Ghislain plaça le gros de ses troupes de L'Agnace en première ligne, pour donner l'impression que nous étions une force intégralement d'Angeline. À l'aube – moins d'un jour et demi plus tard – nous étions en place.

Cette fois-ci, j'étais là. C'était mon idée.

Nous avions eu le temps de prendre la mesure des forces camaelines ; plus de trois mille hommes, d'après moi. *Ils ont l'air affamés et épuisés,* songeai-je. C'était difficile d'être catégorique à cette distance.

Lorsque le soleil mit de l'or au fond de la vallée, Ghislain de Somerville donna le signal. Il y avait deux cors avec nous, mais ils résonnèrent comme s'ils avaient été dix, leur son déchirant rebondissant sur les parois des montagnes ; nos troupes se dévoilèrent et hissèrent leurs bannières.

Il y avait le cygne d'argent de la maison Courcel,

le pommier des Somerville, les bateaux et l'Étoile du navigateur de la maison Trevalion ; mais aussi celles des Albans, le Cullach Gorrym et le Tarbh Cró, l'Eidlach Òr et la Fhalair Bàn – la jument blanche d'Eire. Elles flottaient fièrement, resplendissant au soleil ; et il y avait aussi nos trois hérauts, tout sourires sous la bannière qu'ils s'étaient choisie, hissée juste sous le drapeau blanc de la paix : une tache de rouge frappée par la flèche d'or de Kushiel.

Les hommes de la Section de Phèdre. Rémy me fit un clin d'œil ; c'était un combat que j'avais perdu.

Nous avions pris les alliés du Camlach par surprise. Au fond de la vallée, ils se tournèrent vers les flancs, les mains posées devant leurs yeux pour se protéger du soleil matinal ; tout autour d'eux, ils apercevaient les centaines d'hommes de l'armée qui les cernait. L'un d'eux se tenait debout, seul et sans peur ; son armure luisait, tout comme ses cheveux couleur d'argent.

Kilberhaar, songeai-je.

Ghislain de Somerville s'approcha d'un surplomb. Les mains placées autour de la bouche, il cria, éveillant des échos dans toute la vallée.

— Isidore d'Aiglemort ! Nous voulons parlementer ! Nous envoyons nos hérauts en gage de bonne foi ! Nous accorderez-vous la concorde de la guerre ?

Plus facile de se faire entendre du haut vers le bas que l'inverse ; la silhouette nimbée de lumière exécuta une révérence un peu exagérée.

— Allez-y, dis-je à Rémy et à ses deux compagnons. Qu'Elua soit avec vous !

— Vous avez promis de faire ouvrir les portes de toute la Cour de nuit, me rappela-t-il.

— Tout ce que vous voulez et même plus encore.

(Je ris avec un sanglot dans la voix.) Revenez entier pour me le rappeler, chevalier.

Ils éperonnèrent leurs montures, pour descendre un petit chemin étroit jusqu'à d'Aiglemort et ses compagnons. Si le duc nous trompait, nous pouvions abattre sur lui une vengeance terrible depuis notre position ; leurs vies nous appartenaient. Nous regardâmes descendre nos trois hommes, qui allaient porter notre requête au duc d'Aiglemort.

Ce furent certainement les instants qui me parurent les plus longs, au flanc de cette montagne, ne sachant si Isidore d'Aiglemort allait honorer la concorde proposée.

Pour finir, il le fit. Un certain nombre de guerriers du Camlach entourèrent Rémy et ses compagnons ; l'avertissement était clair. Le drapeau blanc se découpait sur le fond de la vallée. Isidore d'Aiglemort et une poignée de cavaliers remontèrent le chemin par lequel ils étaient venus.

Il était armé et revêtu de sa cotte de mailles, mais sans casque ; ses cheveux pâles luisaient au soleil, tout comme ses yeux un peu rapprochés. Sans montrer le plus petit signe de peur, il piqua directement sur Ghislain de Somerville, ignorant purement et simplement les archers de L'Agnace qui le cernaient, leurs arcs bandés, leurs flèches pointées sur sa tête.

— Je suis là, cousin, dit Isidore d'Aiglemort avec une courtoisie exagérée. (D'une certaine manière, toutes les grandes maisons sont plus ou moins apparentées.) Vous souhaitez me parler ?

— L'émissaire d'Ysandre de la Courcel, reine de Terre d'Ange, souhaite vous parler, répondit Ghislain. (Son large visage aux traits agréables demeurait impassible.) Votre Grâce.

Isidore d'Aiglemort se retourna, évaluant les forces déployées devant lui, regardant par-dessus ma tête. Je le vis tressaillir en apercevant les visages bleus des Cruithnes. Drustan mab Necthana grinça des dents ; mais c'était là une affaire strictement d'Angeline. Je m'approchai de lui et parlai d'une voix forte.

— Seigneur, dis-je.

— Vous. (Isidore d'Aiglemort baissa les yeux, sourcils froncés.) Je vous connais.

— Oui, seigneur, répondis-je avec une petite inclinaison de la tête. Je vous ai offert de la *joie* au Bal masqué de l'hiver, où Baudoin de Trevalion fut le Prince soleil. Vous vous souvenez de la dernière fois où nous nous sommes vus ? (Je vis qu'il me resituait.) Vous avez été élevé au sein de la maison Shahrizai, dis-je posément. Ils auraient dû vous apprendre à reconnaître le signe de Kushiel, seigneur.

Je vis passer sur son visage les pensées qui l'agitaient ; trop vite pour qu'on pût toutes les suivre. Quant à ses émotions, elles ne transparaissaient pas.

— L'*anguissette* de Delaunay, dit-il d'un ton cassant. Je me souviens. Melisande m'avait demandé un service pour une histoire qui était partie de travers. Je croyais que tu étais chez les Skaldiques. En tout cas, ce n'est pas moi qui ai ordonné la mort de ton maître, *anguissette.*

— C'est ce qu'on me donne à comprendre, répondis-je avec un calme apparent que j'étais loin d'éprouver.

Il haussa ses sourcils pâles.

— Tu n'es pas venue pour te venger ? Alors quoi ? (D'Aiglemort regarda encore une fois tout autour les Albans qui se rapprochaient.) Vous avez amené les Pictii ? Pourquoi ?

On voyait les pensées qui se bousculaient derrière ses yeux. Subitement, deux d'entre elles s'associèrent.

— Delaunay. C'est à ça qu'il œuvrait avec Quintilius Rousse.

— Seigneur. (Je piochai au plus profond de mes forces et des réflexes nés de mon entraînement pour soutenir mon regard sur lui et faire en sorte que ma voix ne tremblât pas.) Voici l'armée du Cruarch d'Alba et de Ghislain de Somerville. Nous sommes venus
vous offrir de choisir de quelle manière vous voulez mourir.

Les hommes de d'Aiglemort réagirent, portant la main à l'épée, malgré l'immense force déployée autour d'eux. Impassible, le duc leva une main pour les retenir.

— Expliquez-vous.

— Vous êtes un homme mort, Kilberhaar. (Je vis le sang se retirer de son visage en entendant son nom skaldique ; j'en fus heureuse.) Waldemar Selig s'est servi de vous. Si la victoire lui revient, il ne vous laissera pas vivre ; quant aux D'Angelins, ils savent que vous êtes un traître et ils ne pourront jamais l'accepter. Selig est assez intelligent pour faire le ménage derrière lui, et suffisamment sage pour ne pas laisser une épée tirée dans son dos. Je le sais – j'ai passé suffisamment de temps dans son lit grâce à vous. Peu importe qui emporte cette guerre, vous, vous êtes mort. Mais nous vous offrons une chance de mourir dans l'honneur.

Isidore d'Aiglemort rejeta sa tête en arrière ; ses yeux lançaient des éclairs.

— Et quelle raison aurais-je de saisir cette chance, *anguissette* ?

— Je suis Phèdre nó Delaunay, dis-je tranquillement. Et je peux vous donner une bonne raison, seigneur. Parce que si vous ne le faites pas et que Selig l'emporte, Melisande Shahrizai dansera sur votre tombe.

J'ai vu des hommes recevoir une blessure mortelle ; leur visage ressemblait beaucoup à celui qu'eut d'Aiglemort à cet instant-là, contracté en un horrible rictus, comme si on leur susurrait à l'oreille une effrayante plaisanterie. Dans son visage torturé, ses yeux de braise restèrent rivés sur moi. J'avais parié, et je crois bien que je l'avais emporté. Il ignorait que Melisande l'avait trahi.

— Melisande était de mèche avec Selig ? demanda-t-il entre ses dents serrées.

— Oui, seigneur. J'ai vu une lettre de sa main. Je connais son écriture – c'est bien le moins. (Je n'osais pas lâcher son regard.) Vous seriez bien avisé de ne plus lui faire la moindre faveur.

Il se détourna en lançant une imprécation, pour regarder derrière lui vers la vallée, là où ses hommes étaient déployés. Les forces albanes attendaient, passant d'un pied sur l'autre ; le cuir et l'acier crissaient et grinçaient. Ghislain de Somerville se tenait debout, massif comme un chêne – et avec la même impassibilité. Drustan observait tout, l'œil songeur. Joscelin demeurait près de moi, dans une attitude de vigilance cassiline ; j'étais heureuse de sa présence à mes côtés.

Je ne saurais dire quelles pouvaient être les pensées d'Isidore d'Aiglemort.

— Je suis l'épée que vous voulez plonger dans le cœur de Selig, dit-il sans se détourner.

— Oui, Votre Grâce, répondit Ghislain. L'épée de Camael.

Le duc d'Aiglemort émit un rire dénué de toute joie.

— Le traître à sa nation qui en devient le sauveur.

Il ne bougeait pas, les yeux obstinément fixés sur son armée. Un groupe d'hommes entourait nos trois hérauts, non pas pour les garder, mais pour leur parler et apprendre quelque chose ; ils avaient soif de nouvelles. Après tout, ils étaient d'Angelins, et personne ne raconte des histoires aussi bien qu'un marin – à part peut-être un Tsingano ou un Mendacant. Des éclats de voix et de rire montèrent de la vallée lorsque les hommes de la Section de Phèdre entonnèrent leur chant. *Le fouet, jusqu'à nous faire tomber morts…*

— Vous leur donnerez à manger ? demanda brusquement d'Aiglemort. Ysandre a coupé nos lignes d'approvisionnement et refermé sur nous les portes du Camlach.

— Oui, nous le ferons, répondit posément Ghislain.

Isidore d'Aiglemort se retourna alors vers moi pour me regarder dans les yeux.

— Que proposez-vous ?

— Je propose que nous unissions nos forces pour attaquer l'armée de Selig.

— Il faut frapper Waldemar Selig le plus fort possible, dit Ghislain avec un petit sourire forcé. Personne ne vous demande de mourir seul, cousin.

— Selig est à moi. (Le ton était calme, mais les

yeux de d'Aiglemort fulminaient.) Jurez-le et j'accorderai ce que vous demandez.

— Je le jure, dit Ghislain. (Puis son visage devint grave.) Et vous, jurez-vous fidélité à Ysandre de la Courcel, sur l'honneur de Camael et au nom d'Elua le béni ?

— Je jure fidélité à la destruction de Melisande Shahrizai, répondit d'Aiglemort d'une voix dure.

Ghislain m'interrogea du coin de l'œil ; je touchai le diamant à mon cou et hochai la tête.

Ce serment ferait l'affaire.

85

Lorsque nous descendîmes dans la vallée pour rejoindre l'armée de d'Aiglemort, la tension était palpable tout autour de nous. Je ne pensais pas qu'il avait l'intention de trahir sa parole – il ne pouvait pas espérer rompre le siège des Skaldiques sans notre aide, pas plus que nous le pouvions sans la sienne – mais s'il l'envisageait, c'était le moment pour le faire, alors que nos forces s'étiraient en d'interminables colonnes sur les flancs escarpés, avec nos provisions, nos mules bâtées et les lourds chars de guerre que les Dalriada ne voulaient surtout pas abandonner.

Je savais que Ghislain de Somerville et Drustan mab Necthana étaient sur leurs gardes, bien conscients du risque ; ils restèrent en selle, leurs armes à portée pendant tout le trajet. Isidore d'Aiglemort, toujours tête nue, observait tout cela avec dédain. Dirigeant sa monture sans effort sur la pente, il se porta à notre hauteur.

— Vous êtes le Cassilin, n'est-ce pas ? demanda-t-il à Joscelin. Je me souviens du service que Melisande m'avait demandé.

— Oui, messire. (Le ton de Joscelin était teinté

d'amertume.) J'étais bien ce Cassilin. Joscelin Verreuil, anciennement de la Fraternité cassiline.

— Vous êtes mieux en dehors de la Fraternité, dit d'Aiglemort d'un ton sec. L'acier et la foi ne sont pas faits pour s'entendre. En tout cas, je suis impressionné. Je croyais que l'esclavage aurait tué n'importe quel Cassilin. Plus tard, vous me direz tout ce que vous savez au sujet de Waldemar Selig.

Il éperonna sa monture pour s'éloigner. Joscelin le suivit du regard.

— Si nous n'avions pas besoin de lui, je te jure que je lui planterais une dague dans le cœur. Comment peux-tu lui faire confiance ?

— Il fut un temps où il était un héros, murmurai-je. Quoi qu'il pût devenir, il fut au moins cela. Que nous réussissions ou que nous mourions, c'est ce souvenir qui restera de lui. Sans cela, son nom demeurera dans l'histoire de Terre d'Ange – quels que soient ceux parmi nous qui survivront – comme celui de la dupe de Waldemar Selig. Et il mourra en sachant que Melisande s'est servie de lui.

Joscelin s'absorba quelques instants dans ses pensées.

— Avec lui, elle aurait pu obtenir le pays tout entier, dit-il. Pourquoi ?

Je secouai la tête.

— Les Skaldiques nous auraient quand même envahis. Selig l'utilisait lui aussi. Qui sait ce qu'il a pu promettre à Melisande ? Avec Selig… elle obtient deux nations. Dix mille Camaelins savent qu'Isidore d'Aiglemort a trahi la couronne – il avait tout de même une armée derrière lui. Melisande joue un jeu bien complexe. Si Selig l'emporte, on pourra compter sur les doigts d'une seule main les survivants qui sauront quel rôle elle a joué. Lui aura un empire ; et il prendra une reine pour le consolider.

— C'est cela que tu penses ?

Joscelin rejeta sa tête en arrière, choqué. Je lui fis un petit sourire, lugubre.

— Quoi d'autre ? Melisande joue toujours gros. Et je ne conçois pas de plus gros enjeu. À moins…, ajoutai-je pensivement. À moins qu'elle élimine Selig une fois qu'il aura conquis son trône et dompté son royaume.

— Comment peut-elle supporter d'avoir autant de sang sur les mains ? demanda Joscelin dans un souffle, en contemplant l'armée camaeline étalée dans la vallée. Comment peut-on humainement supporter cela ?

— Je ne sais pas, répondis-je en secouant la tête. Je sais juste que c'est le goût du jeu qui la pousse à faire ça. Je ne crois pas qu'elle soit capable d'en mesurer le coût humain ; pas complètement.

Delaunay était un peu pareil, songeai-je, *même si ses motivations étaient plus nobles.* Dans leurs parties tortueuses et complexes, ils faisaient preuve d'un même orgueil. Je me souvins du jour où il m'avait présentée à elle, alors que toute la Ville d'Elua s'interrogeait sur sa seconde protégée. Et je me souvins comment elle lui avait fait savoir, à travers moi, qu'elle était l'architecte derrière la chute de la maison Trevalion.

— Quoi qu'il en soit, dit Joscelin sombrement, c'est monstrueux.

Je ne le contredis pas.

Nous atteignîmes le fond de la vallée sans incident, au milieu d'une foule de guerriers d'Angelins et albans. Les yeux écarquillés, les alliés du Camlach observaient nos forces – les visages bleus des Cruithnes. Ils étaient maigres et fiévreux, avec des mines farouches de fugitifs. Nous ne perdîmes guère de temps pour établir un campement et entamer le partage de nos vivres.

L'ambiance générale était étrange ; et mon humeur ne l'était pas moins. La nouvelle d'une attaque imminente fut diversement accueillie, entre la joie et le désespoir. J'avais pensé que le succès de notre démarche auprès de d'Aiglemort ôterait une part de l'ombre pesant sur mon esprit ; au moins, personne ne mourrait par ma faute sous les coups des alliés du Camlach. En fait, ce fut tout le contraire. Tout était clair et précis dans mon esprit, mais j'observais avec un détachement irréel, comme si j'avais été à l'extérieur de moi-même.

Il y eut une réunion qui se prolongea fort tard dans la nuit, pour organiser nos effectifs conjugués en un ensemble de légions plus efficaces. Il y avait là d'Aiglemort et le capitaine de son infanterie, Ghislain, Drustan et les Jumeaux, plus moi pour traduire et Joscelin – mon ombre protectrice. Les Cruithnes et les Dalriada ne connaissaient pas grand-chose au combat en formation, mais ils saisirent vite.

Il fut décidé que l'infanterie camaeline formerait la première ligne de notre attaque. La réputation d'Isidore d'Aiglemort n'était pas usurpée. C'était un grand soldat, et tous les hommes servant sous ses ordres étaient dûment entraînés et disciplinés. Une fois que les Skaldiques seraient au contact, nous lâcherions l'armée albane sur les flancs, cavalerie et chars de guerre, suivis par les hordes de combattants à pied.

Puis, une fois le chaos installé, l'infanterie camaeline s'écarterait pour permettre à la cavalerie de d'Aiglemort de fondre jusqu'au cœur des forces skaldiques – jusqu'à Waldemar Selig. Il devait être aux avant-postes de l'attaque sur Troyes-le-Mont ; Selig n'était pas homme à diriger son assaut depuis l'arrière. Il leur faudrait donc s'enfoncer profondément pour l'atteindre.

— À quel point est-il fort ? demanda brusquement Isidore d'Aiglemort en relevant la tête de notre plan griffonné à la hâte pour planter son regard dans celui de Joscelin. Le savez-vous, Cassilin ?

Joscelin soutint son regard sans ciller.

— Il m'a désarmé, dit-il d'une voix sourde. En plein combat. Il est fort à ce point-là, messire.

Je m'attendais à un commentaire de la part du duc, mais il dut prendre la mesure de Joscelin dans le long regard qu'ils échangèrent. Il se contenta de hocher la tête ; la lueur de la lampe se refléta sur ses cheveux couleur argent.

— Alors il faudra que je sois plus fort encore, dit-il posément, une main sur la garde de son épée.

Après une hésitation, Joscelin reprit la parole.

— N'attendez pas de l'engager, sinon il pénétrera à l'intérieur de votre garde. Il combat d'instinct, sans réfléchir, comme vous et moi respirons. Et ne vous laissez pas abuser par sa taille. Il est plus rapide qu'on le croit.

— Merci, répondit d'Aiglemort en hochant la tête, la mine grave.

Nous passâmes le jour suivant à nous préparer au départ ; des escouades d'éclaireurs furent dépêchées, à la recherche de nos poursuivants skaldiques. Elles nous rapportèrent des nouvelles sur le siège. Avant même notre départ le lendemain matin, nous savions que les fortifications étaient tombées – et que les Skaldiques étaient aux portes de la forteresse de Troyes-le-Mont.

Cela avait été la bonne décision de solliciter l'aide de d'Aiglemort. Même si notre stratégie initiale de harcèlement avait porté ses fruits, nous n'aurions pas eu le temps de diviser les forces skaldiques. Je ne connaissais pas grand-chose à l'art de la guerre ; je ne pouvais donc pas être bien utile, hormis pour traduire lorsque besoin était – et me tenir à l'écart lorsque besoin n'était pas. J'avais abattu ma dernière carte ; ce qui allait advenir ne dépendait plus de moi.

Pourquoi alors éprouvais-je cette sensation de malaise, ce sentiment diffus et constant que j'oubliais quelque chose ?

L'impression persista pendant toute la durée de notre marche vers le Namarre. Je scrutais les personnes autour de moi, cherchant une réponse sur leur visage. Maintenant que nous étions partis, l'incertitude sur leurs traits avait cédé le pas à une sombre résolution. Çà et là, j'apercevais quelques regards tournés vers l'intérieur – le regard de ceux contemplant leur fin prochaine ; mais çà et là également, je voyais l'espoir et le défi. Tête levée, yeux brillants, Drustan mab Necthana était de ceux-là. Quoi qu'il pût advenir, il chevauchait vers Ysandre, son aimée. Grainne et Eamonn partageaient son état d'esprit, échangeant des sourires ; à l'instant de la bataille, je voyais à quel point ils se ressemblaient.

Je tournai la tête vers Ghislain de Somerville ; sa mine était dure et concentrée. Il avait dressé un plan de bataille du mieux qu'il pouvait – lui, le fils du commandant en chef de l'armée royale. Son père n'aurait pas fait mieux. Isidore d'Aiglemort rutilait dans son armure ; son regard était fixé dans le lointain, comme celui d'un archer visant une cible éloignée, et un petit sourire flottait sur ses lèvres tandis qu'il allait au-devant de son destin.

Et Joscelin, qui chevauchait à mes côtés, était calme et inquiet. De le regarder, mon cœur se serrait.

Elua le béni, demandai-je, *que me fais-tu faire ?* Seul le silence me répondit. J'élevai ensuite une prière à Naamah, dont j'étais la servante. Pourtant, ce que je faisais là n'avait rien à voir avec le service de Naamah. Mais tout ce que j'avais fait, et plus encore, je l'avais fait en son nom.

Et j'étais l'élue de Kushiel.

Je le priai à son tour.

Tout mon sang se mit à vibrer comme se forme une vague sur la mer ; la réponse était là. Toute ma vie, j'avais honoré Elua ; depuis mon enfance, j'avais servi Naamah. Mais c'était Kushiel qui m'avait touchée ; et c'était lui qui m'appelait maintenant. Je sentis sa présence m'envelopper comme une main toute-puissante. *Ô Kushiel*, priai-je, *que dois-je faire ?*

— Tu sauras…

Depuis combien de temps étions-nous sur les chemins ? Je ne parvenais même plus à compter – des semaines, des mois. Il me semblait qu'un temps long, très long, s'était écoulé depuis ce jour effrayant où Joscelin et moi n'avions pas su courir plus vite que la mort jusqu'au seuil de la maison de Delaunay. Et pourtant, la fin de tout ça approchait – bien trop vite même, me semblait-il. Nous établîmes notre camp dans les collines, à une distance raisonnable de la bataille.

Le lendemain matin, nous lancerions l'attaque.

J'accompagnai Ghislain et les autres pour voir où en était le siège. Dans le soleil couchant sur la plaine, nous distinguions la forteresse attaquée de toutes parts, sur laquelle flottait toujours le cygne Courcel, pareille à une île entourée d'une marée skaldique. Derrière le rempart éventré, il y avait le squelette à moitié incendié d'une tour de siège appuyée contre la muraille ; plus loin, sur la plaine, on apercevait les restes calcinés de celle brûlée par les Cruithnes de Drustan.

Mais il restait deux autres tours encore, presque amenées en position ; et les Skaldiques œuvraient à la construction d'un énorme bélier pour attaquer les portes. Seuls les archers et le trébuchet de la forteresse parvenaient à les tenir à distance. Si les Skaldiques réussissaient à mettre une de leurs tours en position et à envahir le parapet, la forteresse ne tarderait pas à tomber. Ils se repliaient avec le crépuscule – pour reprendre leur effort dès l'aube du lendemain.

— Nous attendrons le point du jour, murmura Ghislain. Et prions pour que ceux de la forteresse nous reconnaissent comme alliés. Plus vite ils attaqueront dans le dos des Skaldiques, mieux cela vaudra.

— Vous pensez qu'ils sortiront pour voler au secours de l'aigle d'Aiglemort ? demanda Isidore d'Aiglemort avec un rictus. Ne comptez pas trop sur leur promptitude, cousin.

— Mon père n'est pas idiot, répondit Ghislain sans détacher son regard de Troyes-le-Mont. Les hommes de Drustan combattent sous la bannière du Cullach Gorrym. Il comprendra.

— S'il parvient à voir le sanglier noir au milieu de trente mille Skaldiques hurlants. (Le duc se retira du surplomb, puis haussa les épaules.) Nous ferons autant de dégâts que possible, en priant que cela suffise pour rompre le siège. Mais pour chaque minute d'hésitation de la part de votre père, et pour chaque minute passée à préparer la contre-attaque, des centaines d'entre nous mourront.

L'un des hommes de la Section de Phèdre – Eugène, dont Quintilius Rousse avait vanté l'œil d'aigle – repéra quelque chose sur le champ de bataille et tendit le bras avec une exclamation étouffée.

Ce n'était pas facile à cette distance, mais nous pûmes distinguer les files de prisonniers qu'on emmenait dans les camps, en les poussant. Leurs robes mettaient des taches de couleur sur le sol poussiéreux de ce décor gris métallique.

Des femmes ; des femmes d'Angelines.

L'armée de Selig avait fait sa moisson dans le nord du Namarre avant de croiser la route de l'armée de Percy de Somerville. Nous ne le savions pas encore. Ils avaient pris des esclaves.

Nous regardâmes en silence, trop loin pour entendre si elles criaient ou non. Pour ma part, j'en doutais. Cela devait faire plusieurs semaines qu'elles étaient parmi les Skaldiques ; au bout d'un certain temps, on finit par tomber dans le silence. Je ne parvenais pas à en détacher le regard ; Joscelin me prit par les épaules pour me tirer en arrière, doucement. J'enfouis mon visage contre son torse en réprimant un frisson. Lorsque je relevai la tête, je vis Isidore d'Aiglemort qui nous regardait ; son visage était lugubre.

— Je suis désolé, dit-il d'une voix sourde. Pour tout ce que vous avez eu à subir. Peu importe ce que valent mes regrets, sachez que je suis désolé.

Joscelin hocha la tête, sans me lâcher.

— Demain à l'aube, dit Ghislain de Somerville.

86

Je m'éveillai peu après l'apparition de la lune.

C'était la vague dans mon sang qui m'avait tirée de mon sommeil – la présence de Kushiel autour de moi, avec de grandes ailes de bronze, qui faisait battre mon sang à mes tempes. Je balayai du regard notre camp endormi ; tout m'arrivait à travers une brume de sang qui se répandait sur les armures, les visages et les chevaux qui dormaient, la tête basse et une jambe postérieure repliée.

« Pour chaque minute perdue, des centaines mourront. »

La voix de Kushiel murmura à mon oreille.

— Maintenant…

Je m'enfouis le visage dans les mains et je sus.

Ce n'était pas si difficile de se lever sans réveiller personne. Nos sentinelles surveillaient l'extérieur du camp ; elles n'avaient aucun ordre d'interdire les déplacements à l'intérieur. Et je sais comment être discrète et ne pas faire de bruit ; c'est la première chose qu'on apprend dans la Cour de nuit. Avant toute autre chose, on nous enseigne à être invisible et à servir sans être remarquée.

Delaunay me l'avait appris également.

Quitter Joscelin fut la chose la plus dure ; je savais qu'il ne me le pardonnerait jamais. Je me penchai sur lui endormi, nimbé d'argent sous la lune, comme Endymion dans la légende hellène. Je posai mes lèvres sur son front, avec tant de légèreté qu'il ne fit que murmurer dans son sommeil.

— Adieu, mon Cassiel, murmurai-je en lui caressant les cheveux.

Puis je me levai et refermai autour de moi mon manteau de velours brun foncé – cadeau de Quincel de Morhban. Il faisait suffisamment noir pour me dissimuler. Je traversai notre camp enténébré – les feux n'avaient pas été autorisés de crainte que les Skaldiques les voient – puis je partis à la recherche d'Isidore d'Aiglemort.

Il se réveilla à la seconde même où je m'agenouillai à côté de lui ; ses réflexes camaelins le firent saisir son arme avant tout, et j'en eus la pointe sur la gorge avant même d'avoir pu dire un mot.

— Vous ? dit-il, le regard étréci. Qu'y a-t-il ?

— Messire, répondis-je d'une voix étouffée qui ne portait pas, la forteresse sera prévenue au moment de votre attaque.

Il remit sa lame au fourreau et ses yeux me scrutèrent.

— Vous serez capturée.

— Pas avant d'avoir atteint le mur. (Je serrai mes bras autour de moi et frissonnai.) Le camp skaldique est plein de femmes d'Angelines. Je peux m'approcher suffisamment et avertir. Ysandre comprendra.

Le duc d'Aiglemort secoua lentement la tête.

— Vous ne comprenez pas. Selig vous fera parler. Vous nous condamnez à une mort certaine.

— Non. (Un rire effrayé resta bloqué dans ma

gorge.) Non, messire. Je suis l'unique personne dont on peut être sûr qu'elle ne parlera pas.

Il faisait trop sombre pour qu'il pût voir la tache écarlate dans mon œil, mais je vis son regard glisser néanmoins vers ma prunelle ; il se souvenait. Isidore d'Aiglemort repoussa ses cheveux brillants vers l'arrière.

— Pourquoi me prévenir moi ? demanda-t-il d'une voix dure.

— Parce que vous êtes le seul ici qui ne tentera pas de m'en empêcher, chuchotai-je. Aidez-moi à échapper aux sentinelles. Des centaines de vies pour chaque minute perdue, c'est ce que vous avez dit. Je peux en sauver un millier ; peut-être trois fois plus, même. Je vous ai laissé le choix de votre mort ; le moins que vous puissiez faire, c'est de respecter le mien.

Je crus qu'il allait refuser, mais pour finir, il consentit d'un petit hochement de tête. Nous marchâmes ensemble jusqu'à l'orée de notre camp où l'un de ses hommes était de garde. Il l'appela pour lui parler et le soldat s'empressa d'obéir. Ce ne fut pas sa faute s'il ne vit rien tandis que je me glissais dans l'ombre ; il ne regardait pas.

Ce fut ainsi que je quittai le camp.

Tout bien réfléchi, j'avais déjà connu déplacement plus difficile. Par exemple, cela n'avait rien de comparable avec notre fuite, à Joscelin et moi, à travers les profondeurs glacées de l'hiver skaldique ; et il ne baignait pas non plus dans l'ambiance de terreur surnaturelle de la traversée du détroit. Mais la difficulté d'un effort peut dépendre de bien des facteurs, et à certains égards, celui-ci fut le pire de tous.

Une fois d'Aiglemort derrière moi, je me retrouvai seule.

Il fallut me montrer particulièrement vigilante pour descendre des collines sans faire le moindre bruit. J'aurais bien pris un cheval, si j'avais osé, mais les archers de Ghislain étaient postés aux abords avec ordre de tirer sur tout ce qui bougeait. Je ne me sentais pas de mettre leurs talents à l'épreuve, même au tir en aveugle. Ils sont capables d'atteindre un corbeau dans un champ de maïs rien qu'au bruissement des feuilles ; or, un cheval fait tout de même beaucoup de bruit et constitue une cible tout à fait repérable sous la lune.

À pied, je faisais une cible discrète et silencieuse.

Ma descente me prit une bonne heure ; lorsque j'eus franchi le rideau des dernières sentinelles, je pus accélérer. Je dégringolai sur les mains et les pieds, me déchirant la peau et me cassant les ongles, mais je finis par gagner la plaine, saine et sauve.

Ensuite, j'estimais à deux heures le temps nécessaire pour la traverser et atteindre les murs de la forteresse. Il y avait plus ou moins une demi-lieue pour atteindre la zone la plus excentrée du campement, mais la traversée n'allait pas en être chose aisée.

Il restait quatre heures au moins jusqu'à l'aube ; cela suffirait.

La plaine était immobile et silencieuse sous la lune brillante. Je la traversai en proie à d'indicibles terreurs, sursautant au moindre bruit. À plusieurs reprises, je m'étonnai que les petites créatures des champs – souris, lapins et même un petit serpent nocturne – n'aient pas fui la proximité de la guerre. À un moment, le cri d'une chouette me fit bondir si fort que je me pris les pieds dans le bas de ma robe et m'étalai de tout mon long. Les deux mains posées sur la terre riche et grasse de Terre d'Ange, je m'efforçai de calmer les battements affolés de mon cœur. Je trouvai une pierre à tâtons et l'emportai avec moi.

Je poursuivis ma marche.

Un tour d'enfant pour distraire la vigilance de la sentinelle skaldique, assoupie sur sa lance ; rien de plus. Je lançai la pierre de toutes mes forces. Elle tomba avec un petit bruit, attirant l'attention du garde dans cette direction. Je passai dans son dos, ma capuche baissée sur les yeux. « Il ne faut jamais mépriser les tours les plus simples », avait coutume de dire Delaunay ; les vieilles ficelles ont la vie dure, car elles fonctionnent.

Et maintenant, la partie la plus dangereuse, songeai-je.

Jusqu'au campement skaldique.

Des dizaines de brèches avaient été ouvertes dans les remblais fortifiés autour de Troyes-le-Mont, sapés par les Skaldiques, puis éventrés à coups de bélier. Les destructions auraient même été plus rapides si Selig avait eu des catapultes à sa disposition ; fort heureusement, c'étaient des éléments de la technologie tibérienne que ses architectes skaldiques n'avaient pas été en mesure de reproduire.

C'était déjà suffisamment regrettable qu'ils soient parvenus à construire des tours de siège.

Échaudé par l'attaque des Albans quelques jours auparavant, Selig avait posté des sentinelles au niveau des brèches les plus importantes ; mais elles guettaient l'arrivée d'une troupe importante, pas celle d'une intruse seule et à pied. En tournant autour des murailles à bonne distance, je finis par repérer une ouverture à peine suffisante pour laisser passer un enfant ; les sapeurs y avaient entamé une brèche, avant de l'abandonner lorsque d'autres avaient réussi ailleurs.

La haute paroi de terre et de bois jetait une ombre épaisse. Accroupie dans l'obscurité, je travaillai fébrilement à l'agrandir jusqu'à pouvoir y passer la tête et les épaules.

À mi-chemin, je restai coincée. L'ouverture était tout juste suffisante pour que je puisse m'y glisser, mais quelque chose – la boucle de ma ceinture, peut-être – se prit dans quelque morceau de bois de la structure. Je me mis à gigoter frénétiquement, en repoussant de toutes mes forces la panique et en faisant de mon mieux pour ne produire aucun bruit. J'étais vraiment coincée. *Kushiel,* me dis-je, *tu ne m'as pas envoyée ici pour que je meure comme ça.* Je poussai encore une fois dans une convulsion désespérée, et quelque chose céda. Je tombai de l'autre côté.

À genoux dans l'obscurité, je me ressaisis et scrutai les alentours.

Une nouvelle fois, j'étais derrière les lignes ennemies.

Loin devant moi, la silhouette de la forteresse attaquée se dressait contre le ciel. Les ouvertures extérieures étaient calfeutrées, mais je pouvais deviner des lueurs mouvantes de l'autre côté, et distinguer nettement les torches des patrouilles allant et venant sur le chemin de ronde, gardant un œil sur le camp skaldique.

Entre la citadelle et moi, il y avait les Skaldiques.

Je pris une profonde inspiration et quittai le mur pour m'enfoncer dans le camp.

Les rangs les plus périphériques furent les plus faciles. Confiants dans la vigilance de Selig et celle des sentinelles, les hommes dormaient, roulés dans leurs manteaux, laissant les braises de leurs feux mourir doucement. Les Skaldiques ne craignaient pas d'être vus ; le monde entier savait où ils étaient.

Au fil de mon trajet tortueux, je repérai les lignes de division, très nettes, qui séparaient les tribus les unes des autres. Je les avais déjà vues lors du *Althing* ; je savais. Partout entre les camps assoupis, je voyais les séparations entre les Mannis et les Marsis, les Gambrivis, les Suevis et les Vandalis… Je me déplaçais au milieu, suivant ces lignes invisibles, évitant un bras étendu ici, une jambe aux muscles d'acier là.

Je ne dirais pas qu'aucun d'eux n'était éveillé, ni qu'aucun d'eux ne me vit. En fait, quelques Skaldiques m'aperçurent, malgré tous mes efforts pour échapper à leurs regards. Mais que virent-ils au juste ? Une jeune femme d'Angeline, échevelée et tremblante de peur. Tête obstinément baissée, j'avançai en direction de l'endroit d'où je les avais vus venir avec leurs prisonnières, en priant pour cela fût suffisant.

Elua merci ! cela suffit.

Tant de Skaldiques ! Ils étaient si nombreux que cela m'en paraissait irréel. Et ils avaient l'air si inoffensifs dans leur sommeil, leurs fières moustaches et leurs barbes tressées paraissant n'être que des ornements sur leurs visages endormis, leurs boucliers et leurs armes semblables à des jouets d'enfants. Se pouvait-il qu'ils soient différents, une fois emportés au pays des songes ?

Plus je m'approchais de Troyes-le-Mont et plus ma progression devenait difficile. Je maintins le cap vers le camp des prisonnières aussi longtemps que j'en eus le cran, mais il me fallut bien obliquer à un certain moment vers la forteresse, là où la carcasse calcinée d'une tour de siège se dressait au-dessus des douves inondées dans lesquelles se mirait la lune. Selig faisait patrouiller le périmètre ; les Skaldiques gardaient un œil sur les assiégés.

Je recourus à toute ma ruse pour éviter d'être repérée ; même ainsi, cela ne fut pas tout à fait suffisant. Une patrouille approchait et je me rencognai à la hâte, m'accroupissant dans l'ombre d'un bouclier fiché en terre.

Dans le mouvement, un pan de mon manteau précipita au sol un groupe de lances rangées en faisceau, dans un grand vacarme.

Le dormeur le plus proche, un bras nonchalamment posé sur les épaules d'une jeune D'Angeline, se retourna et releva la tête. Il cligna des paupières – ses yeux étaient vitreux – et un sourire s'épanouit lentement sur son visage.

— Où cours-tu comme ça, ma colombe ? demanda-t-il en skaldique, en se redressant sur un bras. Viens ici, je vais te montrer où dormir !

Lorsque la peur nous saisit, on cherche de l'aide là où on peut ; mon regard terrifié glissa sur la femme à ses côtés. Elle avait de grands yeux clairs ; elle ne dormait pas. Nous échangeâmes un coup d'œil sous les lueurs de la lune, D'Angelines l'une et l'autre ; je vis alors que sa robe, déchirée et couverte de poussière, était celle d'une prêtresse de Naamah.

Bien sûr, nous étions en Namarre – le pays de Naamah.

Je n'avais pas pensé que les Skaldiques attaqueraient les temples également.

— Où allez-vous, messire ? demanda-t-elle en d'Angelin en lui attrapant le bras pour l'attirer à elle. Vous n'allez pas me laisser dans le froid quand même ?

S'il ne comprit pas ses paroles, il en saisit le sens ; il rit et enfouit son nez dans son cou. Accroupie dans l'ombre, j'accrochai le regard, triste et résolu, de la jeune femme par-dessus l'épaule du guerrier. Ma bouche esquissa un mot en silence – « merci » – puis je me fondis dans les ombres, remerciant Naamah pour avoir protégé sa servante.

J'atteignis la tour en ruine.

Combien de fois n'avais-je pas maudit Anafiel Delaunay qui me forçait à endurer les interminables exercices de notre maître d'acrobatie ? Je m'en étais repentie depuis ; je m'en repentis encore ce jour-là, en attrapant un bastaing pour me hisser souplement.

Je grimpai toujours plus haut, le visage tourné vers les murs de pierre grise de Troyes-le-Mont, dont je n'étais plus séparée que par la largeur des douves. La tour était arrivée bien près ; si les Skaldiques étaient parvenus à jeter une passerelle au-dessus des douves, ils auraient pu atteindre le parapet crénelé.

Mais ils n'avaient pas réussi – et ce qui leur avait manqué allait me manquer aussi. Je grimpai aussi haut que je l'osai ; la suie du bois calciné maculait mes mains égratignées et mes vêtements déchirés. Néanmoins, une sorte d'ivresse m'envahissait – celle que j'avais ressentie à plat ventre sur la poutre de la grande salle commune du bastion de Selig.

Sur le mur de la tour la plus proche, j'aperçus une meurtrière – une mince ouverture par laquelle les défenseurs tiraient des flèches sur les assaillants en contrebas. *Par les temps qui courent, il doit bien y avoir quelqu'un de garde*, songeai-je. J'arrachai des morceaux de bois de la tour de siège pour les lancer par la petite ouverture.

Des lueurs bougèrent de l'autre côté ; des torches. J'aperçus fugacement un visage d'Angelin, bien vite remplacé par la pointe d'un carreau d'arbalète braqué dans ma direction.

Le sang me battait aux tempes.

— Attendez ! criai-je, laissant ma voix monter dans la nuit claire. Au nom d'Ysandre de la Courcel, attendez !

Le soldat ne tira pas ; des cris montèrent de la patrouille skaldique. Des silhouettes s'agitaient dans l'ombre en dessous, s'agglutinant au pied de la tour. L'arbalète disparut et le visage apparut de nouveau, ses yeux perplexes fixés sur les miens.

Agrippée à une poutre, je me penchai le plus possible pour que mon visage fût éclairé par les torches du chemin de ronde au-dessus.

— Dites à la reine, criai-je, que l'autre élève de Delaunay a accompli sa mission !

Ce fut tout ce que je pus dire ; pas un mot de plus. On m'attrapa par en dessous pour me tirer vers le bas. Mes mains glissèrent et des échardes s'enfoncèrent sous mes ongles ; puis je lâchai prise et ma tête vint cogner contre une poutrelle de bois. Des bras skaldiques me saisirent sans ménagement.

Ils me firent descendre de la tour brûlée en me poussant brutalement, mais m'empêchèrent de tomber lorsque mes bras tremblants faiblissaient ou que mes pieds glissaient. J'entendis le tumulte qui montait du camp ; on soufflait sur les braises pour relancer les feux.

L'un des Skaldiques me poussa lorsque mes pieds reprirent contact avec la terre ferme ; je titubai et tombai à genoux aux pieds du chef de la patrouille. Il me mit une gifle à la volée, puis braqua sur moi un regard menaçant.

— Qu'est-ce que tu faisais, hein ? demanda-t-il en skaldique. Tu pensais pouvoir entrer dans le château ? Ta place est là-bas, esclave ! (Du doigt, il désignait la prison du camp.) Tu connais la sanction pour la fuite ?

— Elle ne te comprend pas, Egil, dit en riant l'un de ceux qui étaient venus me chercher.

Il crocha une main dans mes cheveux ; j'aurais pu rire moi aussi si je n'avais pas craint de devenir hystérique. Ils pensaient que j'étais une esclave en fuite. L'acier, les flammes et tous ces visages skaldiques se mêlaient devant mes yeux ; l'odeur rance du champ de bataille envahissait mes sens. Quelque part, un cavalier approchait.

— Oh si ! je crois qu'elle comprend.

C'était une voix différente, profonde et autoritaire, et lourdement teintée d'ironie. Je la connaissais ; et même très bien ; mieux même que je préférais m'en souvenir. Le Skaldique tira sur mes cheveux, basculant ma tête en arrière pour me forcer à croiser le regard du cavalier. Il était grand, plus grand que dans mon souvenir ; ses larges épaules se détachaient sur la forteresse derrière lui. Ses yeux couleur noisette plongèrent dans les miens. Son regard s'étrécit et sa bouche esquissa un sourire.

— N'est-ce pas, Fay-dre ? demanda Waldemar Selig d'un ton doucereux.

87

— Oui, seigneur Selig, dis-je en forçant les mots à sortir de ma bouche.

Waldemar Selig mit pied à terre et tendit les rênes de son cheval à un baron ; puis il s'approcha de moi pour me gifler deux fois à la volée. Ma tête roula de gauche et de droite.

— Ça, dit-il tranquillement, c'était pour avant. (Il me saisit les cheveux dans son poing et tira pour me relever la tête, ses yeux au fond des miens.) Que faisais-tu sur la tour ?

Je soutins son regard sans rien dire.

Il me gifla de nouveau, très fort, très vite.

— Que faisais-tu ?

Du bout de ma langue, je touchai ma lèvre et sentis le goût du sang.

— Elle a crié quelque chose, dit l'un des guerriers skaldiques qui étaient venus me chercher.

— Quoi ? Qu'a-t-elle dit ? demanda Selig sans relâcher sa prise.

Ils se chamaillèrent un peu à ce sujet, s'efforçant de reconstituer les mots dans un d'Angelin purement phonétique. Titubant sur mes genoux, je vis les lèvres de Selig bouger en silence, s'efforçant de mettre les mots tous ensemble. Il parlait un d'Angelin acceptable. Je le savais. Je l'avais aidé à l'acquérir.

— Dites à… dites à la reine que… l'autre… quelque chose… de Delaunay… a accompli…

Les mots étaient trop déformés pour son oreille. De colère et de frustration, il se mit à me secouer la tête.

— Qu'on amène une prisonnière ! ordonna-t-il.

Ce fut la prêtresse de Naamah ; c'était la plus proche. Recouvrant une certaine dignité, elle resserra sa robe toute tachée autour d'elle tandis qu'on la conduisait. Son regard glissa sur mon visage sans paraître me reconnaître ; elle écouta ensuite la phrase hachée que le chef skaldique ne cessait de lui répéter.

— Dites à la reine que l'autre élève de Delaunay a accompli sa mission, dit-elle tranquillement en d'Angelin.

Je ne pense pas qu'elle avait cru que Selig pût en tirer quelque chose ; le voir sourire la déstabilisa quelque peu. Mais je vis son sourire s'évanouir ; un amer sentiment de triomphe me submergea. Les mots ne signifiaient rien pour lui.

— Merci, dit-il à la prêtresse de Naamah en d'Angelin, mais d'un ton brusque. Ramenez-la avec les prisonnières, poursuivit-il en skaldique.

Elle regarda une fois par-dessus son épaule, puis je ne la vis plus. Selig fixa son regard sur moi ; il tenait toujours ma tête levée.

— Ce serait mieux pour toi de m'expliquer, dit-il presque gentiment. Je ne te dois pas une mort rapide, mais je suis disposé à te l'accorder si tu parles.

Il était beau, pour un Skaldique ; je l'ai déjà dit. Les torches portées par les guerriers rassemblés jetaient des lueurs sur le bandeau d'or retenant ses cheveux et sur le fil d'or ornant les pointes de sa barbe en fourche. Mon visage me faisait mal et des larmes me piquaient les yeux. Je ris néanmoins. Je n'avais plus rien à perdre.

— Non seigneur, dis-je d'un ton tranquille. Je crois que je vais plutôt prendre l'autre option.

Avec un juron, il relâcha mes cheveux pour me repousser. Il se retourna pour regarder pensivement la forteresse.

— Tu prétends trouver du plaisir dans la douleur, dit-il. Alors montrons à Ysandre de la Courcel comment Waldemar Selig donne du plaisir à ses espions.

J'ai dit aussi que Selig était un homme intelligent. Il savait tout l'intérêt de contrôler l'esprit de ses ennemis. Il fit dégager un vaste espace devant la forteresse, juste au-delà de la portée des flèches d'Angelines, éclairé par des torches. La barbacane au-dessus de la porte de Troyes-le-Mont était éclairée *a giorno* ; aucun doute, les assiégés regardaient. Je le savais ; Selig le savait lui aussi. Deux de ses barons m'amenèrent au milieu de cet espace, m'obligeant à me mettre à genoux. Des Frères blancs, avec leurs peaux de loups tout juste posées sur leurs épaules. Dans la chaleur de l'été, ils avaient troqué la laine contre le cuir et l'acier.

Selig portait une peau de loup blanc lui aussi, pareille à de la neige sous la lune ; elle faisait joliment contrepoint à la tunique sous son armure. Il pénétra dans le cercle éclairé et tira sur le col de ma robe, la déchirant d'un coup sec. Je sentis l'air de la nuit sur la peau nue de mon dos.

— Ysandre de la Courcel, cria-t-il de sa voix

puissante. Regarde ce qui arrive aux espions et aux traîtres !

J'entendis le son de sa dague lorsqu'il la tira de son fourreau, puis j'en sentis la pointe posée sur ma peau contre mon omoplate gauche. Les Frères blancs me tinrent les bras lorsqu'il commença à couper.

Waldemar Selig était connu pour être un grand chasseur. Contrairement aux nobles d'Angelins, les seigneurs skaldiques n'ont pas de serviteurs pour s'occuper des tâches répugnantes. Ils vident et dépècent eux-mêmes leurs prises. Lorsque Selig eut entaillé une bande de chair sur mon dos et qu'il commença à tirer lentement dessus, je sus qu'elle était son intention.

Il voulait m'écorcher vive.

J'avais déjà connu la douleur ; Elua sait que je l'avais déjà connue. Mais rien ne m'avait jamais préparée à ça. Je poussai un râle lorsqu'il incisa, mais lorsqu'il saisit la bande de chair, pleine de sang, entre ses doigts comme des pinces, puis commença à tirer, je hurlai.

Longtemps.

La douleur éclata en une brume rouge devant mes yeux, me faisant chanceler. Je savais où j'étais ; et je ne le savais plus. *Kushiel*, songeai-je ; et mon sang battit à mes tempes, comme les ailes d'un oiseau affolé. J'avais fait tout ce que je pouvais. C'était un soulagement de me soumettre enfin – à la toute fin. J'entendais encore ma voix, implorante, déchirée par la douleur, et le murmure de Selig à mon oreille – « dis-moi, dis-moi ». Ces choses arrivent, je le sais. Et pourtant, tout me paraissait si distant, si éloigné de moi ; de toutes petites tempêtes à la périphérie du maelström d'agonie au milieu duquel je me trouvais.

Le monde chancelait à travers une brume écarlate, couleur sang, et des mains me relevaient. La douleur fleurit partout en moi, pour s'établir à la base de ma colonne vertébrale et irradier dans toutes les directions. La douleur fait disparaître tout le reste. Dans la douleur n'existe plus qu'un présent éternel. Je tombai dedans comme dans un puits de ténèbres, sans fond ; le masque de bronze de Kushiel dansait devant mes yeux, sévère et plein de compassion ; ses lèvres de bronze bougeaient, formaient des mots que je ressentais dans mes os. La douleur rachète tout ; elle est une prise de conscience de la vie et un rappel de l'existence de la mort. Je vis des visages, d'autres visages, mortels et adorés – Delaunay, Alcuin, Cecilie, Thelesis, Hyacinthe, Joscelin… et d'autres encore qui scintillaient trop vite pour que je puisse les compter – Ysandre, Quintilius Rousse, Drustan, les Jumeaux, les hommes de la Section de Phèdre, maître Tielhard, Guy… et puis d'autres que je n'avais pas attendus – Hedwig, Knud, Childric d'Essoms, la vieille Dowayne, Lodur le borgne… et même, à la fin, ma mère et mon père, dont je n'avais qu'un vague souvenir, et le mercenaire skaldique qui me lançait en l'air et riait derrière sa moustache…

Melisande.

Ah ! Elua ! Comme je l'ai aimée…

Ce fut la disparition de la douleur qui me ramena. Le couteau de Selig s'était arrêté ; il ne séparait plus ma peau de ma chair. Son geste était suspendu dans un moment incrédule. Une voix parlait, une voix que je connaissais ; des mots qui sonnaient clair dans l'air de la nuit, prononcés dans un skaldique lourdement accentué.

— Waldemar Selig, je te défie dans le *holmgang* !

Ils me lâchèrent et je tombai en avant, la joue posée sur le sol poussiéreux du champ piétiné. Je saignais dans la poussière ; mes yeux clignèrent d'incrédulité en reconnaissant la silhouette qui venait de fendre les rangs skaldiques.

Une armure volée et un cheval volé – un déguisement qu'il avait déjà utilisé – et des armes cassilines, et des yeux de la couleur d'un ciel d'été derrière le regard de défi désespéré et sauvage.

— Elua, non, murmurai-je contre le sol d'Angelin.

Waldemar Selig se redressa, éberlué, puis se mit à rire, à rire et à rire encore.

— Je n'aurais pas osé le demander ! dit-il joyeusement en écartant largement les bras. Ah ! Odhinn, père de toute chose, comme tu es généreux ! Oui, Josse-lin Verre-œil, dansons un peu sur les peaux, puis… (Il se retourna pour hurler la suite en direction de Troyes-le-Mont.) Que Terre d'Ange voie ce que Waldemar Selig fait de ses champions !

Ce sont les choses que les Skaldiques adorent, ces histoires qui ont l'ampleur des légendes. Vingt lances furent pointées sur Joscelin tandis qu'il mettait pied à terre ; on prit son cheval volé, puis on lui arracha aussi son armure volée, tandis que le bruit se répandait à travers tout le camp et qu'on cherchait une peau à ficher en terre pour le *holmgang*. Remise sur mes genoux et maintenue par les deux Frères blancs, je vis tout. Les yeux noisette de Selig luisaient tandis qu'il jaugeait le poids de son bouclier.

Personne, bien sûr, n'en prêterait un à Joscelin. Il se tenait debout, décontracté dans sa position d'attente cassiline, uniquement équipé de ses canons d'avant-bras pour se protéger. À genoux, en sang, transpercée par la douleur, je le maudissais de toute mon âme. Au fond, peu importait que Waldemar Selig le vainquît ou non. Il n'était pas assez fou pour jeter aux orties la victoire pour un simple jeu d'honneur. Il allait briser Joscelin – ou pis, m'utiliser pour le briser.

Joscelin, Joscelin, songeai-je à travers les larmes qui dévalaient mon visage. *Tu l'as fait, tu l'as vraiment fait – et tu nous as tous tués avec ton maudit serment.*

Chacun d'eux prit sa place à une extrémité de la peau tendue. Joscelin croisa les avant-bras et salua. Waldemar Selig lança son épée en l'air et les Skaldiques hurlèrent ; trente mille gorges, une seule voix. Ils commencèrent à frapper leurs boucliers de leurs armes, donnant la cadence. Selig se tourna vers la forteresse plongée dans l'obscurité et exécuta un salut moqueur, je surnageais à peine dans un océan de douleur.

Puis le *holmgang* commença.

J'aimerais pouvoir décrire avec des mots de poète la danse mortelle qu'ils exécutèrent sur une peau de quelques pas de côté, devant l'ensemble de l'armée skaldique attroupée et les défenseurs silencieux de Troyes-le-Mont. J'aimerais pouvoir. Mais ils allaient vite, si vite ; et moi je remontais à peine du royaume de Kushiel. Je vis les épées scintiller à la lueur des torches, les éclairs d'acier zébrant la lumière orangée, le fracas du métal perdu dans le bruit des lances frappées sur les boucliers skaldiques. Je vis les cheveux de Joscelin, l'or des blés contre les ténèbres de la nuit, qui formaient un éventail de tresses skaldiques autour de sa tête lorsqu'il virevoltait pour échapper à la morsure de la lame de Selig. Rapide ; mais pas assez rapide. Je vis sa manche s'assombrir et une tache de sang s'élargir ; l'épée de Selig avait entaillé son bras juste au-dessus du canon.

La cadence parut hésiter ; les Skaldiques attendaient de voir si le sang allait tomber sur la peau. Selig jeta son bouclier fendu puis tendit la main pour qu'on lui en donnât un autre – sachant sans même regarder qu'un baron loyal serait là. Joscelin défit la boucle du canon d'une seule main, puis le remonta pour le serrer sur son entaille, refermant la boucle avec ses dents.

En riant, Waldemar Selig repartit à l'attaque et les battements reprirent.

Je vis Joscelin détourner son coup d'un geste, puis enchaîner par une attaque. Sa main vint rejoindre l'autre sur la poignée de son épée et sa lame partit s'élever bien haut dans la nuit. Selig leva son bouclier pour parer, mais la pointe de Joscelin traça un sillon écarlate le long du menton du chef skaldique.

Une rigole de sang rouge coula dans sa barbe brune rehaussée de fils d'or ; un filet de sang qui tomba en grosses gouttes sur la peau.

Les Skaldiques cessèrent de frapper sur leurs boucliers.

En silence, Joscelin salua et remit son épée au fourreau.

Waldemar Selig passa une main le long de sa mâchoire, puis la secoua avec mépris, projetant quelques gouttelettes.

— Pour ça, dit-il doucement en levant son épée pour la pointer sur le cœur de Joscelin, je te laisserai vivre assez longtemps pour que tu voies ce qui restera d'elle lorsque j'en aurai fini, et que j'aurai donné les restes à mes hommes.

Je vis en moi la blancheur immaculée et infinie du parfait désespoir.

Joscelin regarda Selig dans les yeux ; il se tenait immobile ; ses yeux bleus étaient sereins.

— Au nom de Cassiel, dit-il d'une voix d'un calme au-delà du calme, je protège et je sers.

Et il bougea, comme coule l'eau.

Toutes les formes d'attaques cassilines ont un nom : des noms de poètes, des noms qui évoquent la beauté et la sérénité, des noms tirés de la nature… les oiseaux dans le ciel, les ruisseaux de montagne, les arbres qui ploient dans le vent. C'est ainsi qu'ils décrivent tout ce qu'ils font.

À l'exception de l'attaque qu'ils appellent « terminus ».

Il existe une pièce de théâtre, une pièce célèbre – mais dont le titre était perdu dans le blanc du désespoir – dans laquelle un frère cassilin exécute le terminus. Un jour, à l'auberge du *Jeune Coq*, j'avais vu un acteur mimer la scène. Je savais donc. Chancelant sur mes genoux, maintenue par mes gardes skaldiques, je savais. Lorsque Joscelin, tourbillonnant sur lui-même dans ma direction, lança en l'air la dague qu'il tenait dans sa main droite pour la rattraper par la lame, je savais. Lorsqu'il porta la dague de sa main gauche sur sa gorge pour prendre sa marque, je savais.

C'est le dernier geste que peut exécuter le parfait compagnon.

Je croisai son regard. La dague dans sa main droite était prête à être lancée dans mon cœur, celle dans sa main gauche prête à lui trancher la gorge. Je l'avais mal jugé. Sincèrement, il était venu pour nous sauver tous les deux de la seule manière qui nous restait. Jusqu'à cet instant, je n'avais pas mesuré à quel point j'avais peur de ce qui allait m'arriver.

— Fais-le, murmurai-je.

Joscelin regarda derrière moi et son élan parut se figer.

Puis, il repartit comme l'éclair. Sa main droite fouetta l'air, lançant la dague. Elle prit le Frère blanc à ma gauche dans la gorge ; il tomba en arrière presque sans un gargouillis, lâchant mon bras. Je titubai, déséquilibrée. Joscelin arrivait sur moi à une vitesse sidérante, récupérant sa dague dans la gorge du mort sans même s'arrêter. Mon autre garde me lâcha, pour tirer son épée. Trop tard ; les lames croisées le cueillirent lui aussi, ouvrant des plaies béantes de chaque côté de son cou. Sans se soucier de la douleur qu'il me causait, Joscelin me prit le bras, me hala d'un coup sec pour me mettre sur mes pieds, plongeant en direction de la forteresse.

À moitié tirée, trébuchant derrière lui, souffrant le martyre, je vis. La herse était en train d'être relevée. L'armée skaldique rugit derrière nous lorsque le pont-levis s'abattit dans l'eau des douves. Nous courions avec l'énergie du désespoir à travers la terre dévastée ; mes poumons étaient en feu et chaque pas faisait naître une agonie.

Ce fut à ce moment-là que le ciel de la nuit s'embrasa.

Au sommet des remparts, le trébuchet entra en action et une nuée de gouttes enflammées zébrèrent le ciel noir ; le feu d'Hellas, de la poix liquide. Elle décrivit un arc de cercle, passant au-dessus de nos têtes pour atterrir sur la première ligne de nos poursuivants skaldiques ; ils se tordaient de douleur sur le sol en poussant des hurlements de souffrance. J'entendis la voix de Selig couvrant la mêlée.

— Avancez ! rugit-il. Passez de l'autre côté, imbéciles !

Combien écoutèrent, je ne sais pas ; un certain nombre, je dirais. Mais la terre se mit alors à trembler, et par la gueule noire de la porte jaillit une petite sortie montée pour une charge de cavalerie.

C'étaient quatre cataphractes du Siovale, hommes et chevaux pareillement caparaçonnés de la tête aux sabots. Ils passèrent de chaque côté de nous, dans une débauche de lueurs d'argent et d'or, pour aller fracasser le premier rang des Skaldiques qui nous talonnaient. Puis dans leur sillage sortirent également une vingtaine de cavaliers légers, casqués et enturbannés, poussant un féroce ululement akkadian. L'un d'eux piqua sur moi comme un faucon, pour me saisir d'une main preste et me jeter en travers de sa selle. Grimaçant de douleur, j'aperçus du coin de l'œil Joscelin saisissant la main d'un autre cavalier pour sauter en selle.

Nous voltâmes en direction de la forteresse. Les cataphractes rompirent pour piquer à fond de train en direction du pont-levis ; les sabots des lourds chevaux martelaient l'ouvrage. Les autres cavaliers se déployèrent en demi-cercle face aux Skaldiques et tirèrent des volées de flèches. Du sommet de la forteresse, le trébuchet lâcha une nouvelle bordée de feu d'Hellas qui illumina la nuit, éclairant la mine féroce de Waldemar Selig ; le chef de guerre skaldique contemplait sans parvenir à y croire la porte par laquelle sa proie s'en était allée.

Le vacarme des sabots sur le pont-levis résonnait sous mon crâne ; dans le corps de garde, les hommes s'activaient frénétiquement à la manœuvre. Les derniers cavaliers franchirent le pont en un saut désespéré qui fit flageoler les jambes des chevaux sur les planches inclinées.

Le pont retrouva sa place et quelqu'un coupa la corde retenant la herse ; elle tomba dans un sourd fracas de métal. Nous avions tous regagné la cour intérieure. Le dos en sang et sans force, je notai à peine l'agitation lorsque les gardes de l'entrée se regroupèrent face aux Skaldiques agglutinés le long des douves, pour les noyer sous un déluge de carreaux d'arbalète.

Sains et saufs à l'intérieur des murs de la forteresse, les cavaliers mirent pied à terre, échangeant des plaisanteries, incrédules à l'idée d'être toujours vivants. Mon sauveteur était parmi eux ; il retira son casque conique et passa une main dans ses cheveux blonds coupés court.

— Qui aurait dit que je risquerais ma vie pour sauver quelqu'un de la maison de Delaunay ? dit Barquiel L'Envers d'un ton plein d'ironie.

Mon regard croisa ses yeux violets lorsqu'il m'aida à me relever de mon étrange posture ; mais lorsque mes pieds touchèrent le sol, toute ma force s'évanouit et je m'effondrai sur les pavés de la cour de Troyes-le-Mont.

88

— Laissez-la !

Il y avait une petite foule massée au-dessus de moi ; de ça, je me souviens. Puis Joscelin fut là, Elua merci ! pour faire reculer tout le monde et me permettre de respirer. Il s'agenouilla à côté de moi et je m'accrochai à sa main, emplie de gratitude par sa simple présence, malgré mon désespoir.

Puis il y eut un cri.

— Faites place pour la reine !

Bien avisée, Ysandre s'était fait accompagner d'un chirurgien eisandin, qui examina ma blessure, palpant ma peau de ses mains fraîches ; il me fit m'allonger sur le ventre pour examiner les dégâts causés par Selig et nettoyer le sang.

— Ce n'est pas aussi terrible qu'il y paraît, dit-il d'un ton rassurant en envoyant son assistant chercher du fil et une aiguille. Il cherchait à faire souffrir, pas à tuer.

Je grinçai des dents lorsqu'il rabattit le lambeau de chair, le maintenant en place par quelques points habilement posés. Mais je ne criai pas ; je crois qu'ils m'avaient assez entendue. J'entendis Ysandre murmurer quelque chose à Joscelin – à quoi il répondit d'une voix posée. Lorsque ce fut fini, le chirurgien appliqua un onguent, puis un bandage bien serré. Puis je me mis debout ; ma robe imbibée de sang tombait très bas sur mes épaules.

À ce stade, le gros de l'armée royale d'Angeline paraissait s'être massé dans la cour, derrière ses seigneurs et commandants, qui eux-mêmes entouraient Ysandre de la Courcel, reine de Terre d'Ange, flanquée de ses deux frères cassilins. Et tous étaient suspendus à mes lèvres.

Je me sentais un peu submergée.

J'exécutai une révérence douloureuse devant ma souveraine ; je la vis retenir son souffle et je crois qu'elle m'aurait arrêtée si nous avions été seules. Je serrai les dents.

— Majesté, dis-je en bandant ma volonté pour que ma voix ne tremblât pas.

— Phèdre nó Delaunay, répondit-elle avec une petite inclinaison de la tête. Avons-nous bien compris votre message ?

Je pris une profonde inspiration et contemplai l'océan de visages impatients qui me faisait face.

— Une armée de sept mille hommes se tient prête ; elle attaquera l'arrière-garde de Selig à l'aube, dis-je d'une voix forte.

Un murmure se propagea tandis qu'on rapportait mes paroles vers l'arrière.

Percy de Somerville, l'air hâve et épuisé, parut renaître à la vie.

— Par Elua ! s'exclama-t-il. Sept mille Albans !

— Non, messire, répondis-je en secouant la tête. Les Albans composent la moitié de cette force. L'autre moitié est l'armée d'Isidore d'Aiglemort.

Cette fois, le murmure devint un véritable rugissement, qui se propagea en vagues à travers toute la cour. Je titubai et Joscelin me soutint par le bras. Échevelé et sale, avec des nattes hâtivement faites dans sa chevelure, une manche raidie de sang séché, il ne ressemblait en rien à ses frères cassilins ; et il paraissait au moins dix fois plus dangereux.

— D'Aiglemort ! dit Barquiel L'Envers avec dégoût. Mais de qui vient cette idée folle ?

— De moi, seigneur, répondis-je d'une voix impassible. Et c'est le fils de messire de Somerville qui l'a concrétisée.

— Ghislain ? (La lueur dans les yeux de Percy de Somerville devint brillante.) Ghislain est avec eux ?

Je répondis d'un hochement de tête, luttant contre l'épuisement.

— Ghislain et une centaine de ses hommes. Il a laissé le commandement à Marc de Trevalion en Azzalle, avec l'amiral Rousse. Ils ont préparé l'attaque ensemble ; je veux dire, Ghislain, d'Aiglemort, mais aussi Drustan et les Jumeaux. (Je vis son air décontenancé.) Les seigneurs des Dalriada.

— Alors Rousse est vivant, et Marc aussi, dit Gaspar Trevalion.

Ses cheveux naguère poivre et sel s'étaient chargés de sel en quelques mois. J'appris plus tard qu'il avait traîné trop longtemps auprès d'Ysandre et de Somerville, à organiser la défense de Troyes-le-Mont, pour retourner en Azzalle combattre auprès des siens.

— Oui, seigneur, répondis-je. Ils l'étaient lorsque nous les avons quittés.

— Elua, merci ! murmura-t-il. (Il me regarda avec douceur.) Pour les avoir protégés, et vous avoir protégée aussi.

— Pourquoi Isidore d'Aiglemort nous aiderait-il ? demanda une voix posée.

Je reconnus Tibault, comte de Toluard, du Siovale, devenu plus soldat qu'érudit.

— Parce que…, commençai-je en me retournant.

Le mouvement m'arracha une grimace. Mon dos me brûlait comme du feu. Isidore d'Aiglemort avait vu juste : tous répugneraient à lui faire confiance. Je n'avais pas vraiment compté avec cette difficulté. Je n'avais pas vraiment compté non plus être encore en vie.

— Parce qu'il est d'Angelin, messire, et parce qu'il est mort quoi qu'il arrive. Je lui ai offert l'occasion d'une mort héroïque.

Barquiel L'Envers posa un regard dur sur moi.

— Êtes-vous sûre de lui, ma dame l'élève de Delaunay, au point de risquer nos vies là-dessus ?

— Oui, messire, répondis-je en soutenant son regard. Pourquoi êtes-vous venu me chercher, alors que vous méprisez mon maître Delaunay ?

— Parce que… (Les yeux de L'Envers brillèrent en comprenant où je voulais en venir.) Parce que nous sommes d'Angelins, Phèdre nó Delaunay. Et puis, parce que le jeune Verreuil a offert une distraction aux hommes de Selig. (Il abattit une main sur l'épaule de Joscelin.) C'est une bonne chose que nous soyons sortis avant que vous nous jouiez votre final à la cassiline, non ? (Il rit du regard que lui rendait Joscelin.) Mais quoi qu'il en soit, d'Aiglemort est un traître. Quoi que Delaunay ait jamais pu penser de moi, je n'ai jamais ouvert la porte aux Skaldiques. Qu'importe à d'Aiglemort de savoir qui règne sur Terre d'Ange, s'il est mort dans tous les cas ? Nous l'avons piégé avec les hommes de

Baudoin. Ne croyez-vous pas qu'il pourrait nous rendre la pareille ?

Ysandre nous observait, sans rien laisser paraître de ses pensées ; les seigneurs et l'armée attendaient son verdict.

— Oh ! cela importe à d'Aiglemort, répondis-je doucement. Et il veut se venger. (Je touchai le diamant à mon cou.) Il n'agit pas pour vous, ma dame, dis-je en me tournant vers Ysandre. Il agit contre Melisande Shahrizai.

Un lourd silence s'abattit.

— Oui, cela a un sens, admit L'Envers, d'un ton réfléchi.

— Messire de Somerville, dit Ysandre d'un ton nerveux, en se tournant vers Percy. Nous appuierons nos alliés en menant une contre-attaque sur l'armée skaldique. En prendrez-vous le commandement ?

Percy de Somerville s'inclina ; son visage était empreint de la plus ferme résolution.

— Oui, Majesté. Je le ferai.

Il y avait de l'empressement et du soulagement dans son ton ; son fils était à la tête des alliés.

Un cri étouffé nous parvint du corps de garde. L'un des défenseurs arriva en courant, puis salua Somerville.

— Ils démolissent la tour de siège pour en récupérer le bois et faire un pont par-dessus la douve, dit-il en s'essuyant le front d'un revers de main. Selig est là, déchaîné comme un taureau devenu fou.

— Utilisez tout ce que nous avons !

Je ne connaissais pas l'homme qui venait de parler ; un Kushelin d'après son accent. L'excitation commençait à gagner, suite à l'annonce d'Ysandre.

— Un archer à chaque meurtrière. Noyez-les sous un déluge de feu ! Il faut tenir jusqu'à l'aube !

Une clameur frénétique s'éleva ; mes oreilles bourdonnèrent.

— Non ! (La voix de Percy de Somerville doucha l'enthousiasme.) Écoutez-moi bien, dit-il sombrement dans le calme déprimé qui s'ensuivit. La dernière chose dont nous ayons besoin, c'est donner à penser à Waldemar Selig que nous pouvons nous permettre de gaspiller notre armement simplement pour le tenir à distance. À l'instant même où il nous trouvera bien confiants, il se demandera pourquoi. Nous devons faire le dos rond en lui laissant croire que nous avons trop tiré sur la corde. Il est en colère – parfait. Laissons-le bouillir, mais par-dessus tout, il faut maintenir son attention totalement concentrée sur la forteresse ! Laissons-le approcher le plus possible, alors seulement nous le repousserons !

D'un coup d'œil rapide à Ysandre, il sollicita son accord, puis émit ses ordres en dressant un plan de défense et en demandant la mise sur le pied de guerre de tous les soldats.

À cet instant, je sus que mon rôle s'achevait là ; définitivement. Je fus sur le point de fondre en larmes de soulagement en voyant les forces amassées dans la cour se mettre en action, suivant les ordres de Somerville, dans la discipline et l'efficacité. Ysandre posa sur moi un regard empli de compassion.

— Venez, dit-elle, en m'invitant d'un geste à aller vers l'intérieur. Vous ne devriez pas être debout – et encore moins en train de marcher et de parler. Je dispose encore de quelques serviteurs ; nous veillerons à ce qu'ils vous installent confortablement. Messire Verreuil, vous nous accompagneriez ?

— Un instant, Majesté, murmura Joscelin, en s'écartant pour tirer le comte de Toluard par la manche. Messire comte, pourriez-vous me dire si mon père est ici ? C'est le chevalier Millard Verreuil, du Siovale. Mon frère Luc est certainement avec lui, ainsi que quatre ou cinq hommes d'armes.

Toluard hésita un instant, avant de secouer la tête, d'un air navré.

— Je suis désolé, messire Verreuil. Il y a environ six cents hommes du Siovale ici et je ne les connais pas tous. Vous devriez demander au duc de Perigueux, qui commande les forces du Siovale.

— Le duc de Perigueux est sur les remparts, intervint un homme. Du moins, il l'était. L'un des trébuchets avait un problème. Sur le mur sud, je crois.

— Non, le mur ouest, dit un autre.

D'autres voix s'élevèrent ; apparemment, le commandant du Siovale était partout où survenaient des problèmes d'ordre mécanique. Ils sont doués pour ces choses-là, dans la lignée de Shemhazai. Pour autant, personne ne savait où pouvaient bien être le père et le frère de Joscelin.

— Va les chercher, dis-je en voyant Ysandre hausser un sourcil d'impatience. Je vais bien.

Joscelin me regarda d'un œil incrédule.

— Il s'en faut de beaucoup que tu ailles bien, murmura-t-il en me soulevant dans ses bras sans autre forme de cérémonie. (Il fit bien attention à ma blessure, mais ne se soucia pas le moins du monde de ma dignité.) Majesté, dit-il avec un hochement de tête.

À l'intérieur, nous étions plus tranquilles. D'épais murs de pierre nous protégeaient et on pouvait presque en oublier qu'il y avait un siège au-dehors.

Trois dames de compagnie seulement accompagnaient la reine ; au palais, il y en aurait eu des cohortes entières, mais Ysandre était suffisamment la fille de Roland pour ne pas demander à ses gens de la suivre à la guerre. Tous ceux qui étaient là étaient venus de leur plein gré. Le chirurgien eisandin – qui s'appelait Lelahiah Valais – contrôla l'état de mes pansements, puis s'occupa de l'estafilade sur le bras de Joscelin, avant de partir sur une ultime courbette.

Après m'être changée – j'avais emprunté une robe à l'une des dames de compagnie de la reine –, je me sentis bien mieux. Ysandre nous fit servir du pain, du fromage et du vin. Je n'avais pas faim, mais je mangeai un peu – car cela ne se fait pas de décliner l'hospitalité d'une souveraine. D'ailleurs, cela fit du bien à mes nerfs mis à rude épreuve, et un verre de vin me permit de ramener la douleur à un niveau tolérable.

— Nous n'avons guère de temps, dit Ysandre en s'asseyant bien droite sur sa chaise. (Elle posa sur Joscelin et moi son regard franc et direct.) Quoi qu'il arrive aujourd'hui, je veux que vous sachiez que j'ai émis un décret avant de quitter la Ville d'Elua proclamant votre innocence dans la mort d'Anafiel Delaunay. Tous ceux qui sont ici en sont informés.

Les larmes me vinrent aux yeux.

— Merci, ma dame, murmurai-je, submergée par un sentiment de gratitude.

J'étais profondément touchée qu'elle se souvînt de telles choses au milieu du chaos de la guerre. Joscelin exécuta une courbette empreinte d'une profonde ferveur.

Ysandre eut un petit geste de la main, signifiant que c'était bien peu de chose.

— Je suis désolée de ne pas l'avoir fait plus tôt, poursuivit-elle, mais si d'Aiglemort ou Melisande Shahrizai en avaient eu vent, cela les aurait mis en alerte. Même à la fin, nous ne savions pas à qui nous fier vraiment.

— Vous n'avez pas trouvé Melisande, dis-je avec le vain espoir qu'elle me contredît.

Ysandre secoua la tête d'un air sombre.

— La Fraternité cassiline a porté mes messages en gardant ses yeux et ses oreilles ouverts mais, toujours pour les mêmes raisons, nous n'avons pas osé mener des recherches au grand jour. Si elle avait un moyen de contacter Waldemar Selig, elle aurait pu l'avertir et il aurait changé ses plans. Nos chances d'en réchapper étaient déjà bien assez minces comme ça, ajouta-t-elle en hochant la tête en direction des murailles assiégées.

— Bien sûr, répondis-je poliment, en regrettant que les choses ne fussent pas totalement différentes.

Ysandre se leva et se mit à arpenter la pièce en jetant des coups d'œil inquiets en direction du couloir. Ses propres gardes cassilins se tenaient en retrait, attentifs à tout ; de temps à autre, ils jetaient un coup d'œil furtif à Joscelin – qui les ignorait purement et simplement.

Pour finir, elle s'arrêta, pour s'enquérir d'une voix hésitante, bien loin de son ton froid habituel :

— Alors c'est vrai que Drustan mab Necthana est redevenu Cruarch d'Alba ? A-t-il dit quelque chose pour moi ?

C'était donc ça. Dans tous ces événements, j'avais oublié que le cœur d'une jeune femme était en jeu également. Je faillis sourire ; à ma grande surprise, Joscelin sourit pour de bon, baissant la tête pour le dissimuler. Le coin de ses yeux était légèrement plissé.

— Majesté, j'ai assisté à son couronnement avant notre départ d'Alba, dis-je, avant d'ajouter en toute sincérité : et s'il ne vous transmet pas de message, c'est uniquement parce qu'il ignorait tout de ce que je viens de faire. Quant à moi, si je ne l'ai pas prévenu, c'est uniquement parce que je ne pensais pas survivre et que son honneur lui aurait alors interdit de me laisser partir. En de multiples occasions, j'ai vu qu'il n'hésitait pas lui-même à prendre tous les risques pour le bien des siens. Mais je peux vous dire une chose : parmi tous nos alliés, seul Drustan mab Necthana est venu vers Troyes-le-Mont la tête haute et le cœur léger, car il savait qu'il venait vers vous. Ce rêve que vous aviez fait ensemble, de régner sur deux nations puissantes, est toujours vivant en lui. Si son peuple ne s'était pas levé avec lui, il serait parti quand même, seul, à la reconquête de son trône, quitte à mourir. Sa dernière pensée, alors, aurait été pour vous.

Ysandre conserva tout son maintien, mais un peu de rose était monté à ses joues.

— Merci, murmura-t-elle.

— Majesté, intervint Joscelin, Drustan mab Necthana m'appelle « frère » et c'est l'un des plus grands honneurs qui m'aient été faits dans mon existence. Il est courageux et c'est un grand chef ; et à sa manière toute placide de Cruithne, je crois qu'il est follement amoureux de vous.

Elle rougit encore plus.

— Je ne pensais pas que les Cassilins étaient censés voir ce genre de choses, releva-t-elle d'un ton revêche pour masquer son trouble.

Ses gardes cassilins demeuraient parfaitement impassibles.

— Effectivement, répondit Joscelin avec un sourire forcé, en me lançant un regard. Ils ne sont pas censés voir cela.

— Majesté ! (Un soldat en cotte de mailles, casque sous le bras, apparut sur le seuil.) Le ciel commence à pâlir. Messire de Somerville souhaiterait s'entretenir avec vous.

Ysandre quitta la pièce avec ses gardes et ses dames de compagnie, nous laissant seuls, Joscelin et moi.

C'était difficile d'en parler après tout ce qui était arrivé.

— Comment as-tu su ? demandai-je.

— Je ne sais pas, répondit-il en secouant la tête. Je me suis réveillé avec la certitude que quelque chose n'allait pas. Puis j'ai vu que tu étais partie et j'ai compris. Et je savais ce que Selig allait te faire s'il t'attrapait.

— J'ai cru que tu allais tous nous trahir, au nom de ton serment. Avant la fin, bien sûr. (Il fallait que je le lui avoue.) Je suis désolée.

— Je ne t'en veux pas. (Il me fit son petit sourire en coin.) Tu sais, le « terminus » est quelque chose que tout Cassilin apprend. Mais de mémoire d'homme, personne ne l'a jamais pratiqué. (Il considéra ses mains un instant.) Je nous ai presque tués tous les deux.

— Joscelin. (Je lui touchai le visage.) Je sais. Et jusqu'au jour de ma mort, je t'en serai reconnaissante.

Il y avait tant de choses encore que je brûlais de lui dire ; mais je ne trouvais pas les mots et le temps nous était compté. Joscelin prit ma main dans la sienne et la serra.

— Cela aurait épargné à Hyacinthe d'avoir à me noyer pour t'avoir laissé capturer par Selig, dit-il avec une légèreté qu'aucun de nous deux ne ressentait vraiment. (Nous entendîmes des cris de l'autre côté de la porte et un bruit de cavalcade.) Tu peux marcher ? Nous pourrions peut-être aller voir ce qui se passe.

— J'aurais marché jusqu'ici si tu ne m'avais pas portée, répondis-je en luttant pour me mettre debout. Tu devrais aller chercher ton père.

Joscelin leva la tête pour écouter les bruits, puis la secoua lentement.

— C'est trop tard. Je le gênerais plutôt qu'autre chose. (Il me gratifia d'un petit sourire lugubre.) Au moins, il sait que je ne suis pas un meurtrier.

C'était une maigre consolation, mais il allait devoir s'en contenter. Je serrai une nouvelle fois sa main dans la mienne, pour lui dire toutes les paroles que je n'avais pas prononcées.

— Allons-y.

89

Nous traversâmes la forteresse en rasant les murs pour ne pas gêner les files de soldats qui couraient en tous sens. L'ascension de la tour sud-est fut la pire épreuve, avec son escalier en colimaçon, étroit et interminable. Joscelin fit de son mieux pour me protéger de son corps, mais le passage était vraiment réduit ; à une ou deux reprises, je faillis crier lorsque mon dos frotta contre une pierre en saillie.

Néanmoins, nous finîmes par déboucher sur le parapet du mur est. Notre déduction était donc juste ; c'était là que le commandement s'était installé.

Dans la lumière plombée qui précède l'aube, le spectacle qui s'offrait à nous avait tout d'une scène venue droit de l'enfer. J'avais traversé le camp skaldique ; mais malgré cela, je n'avais pas pleinement pris la mesure de ce qu'avait dû être la vie des assiégés.

Une marée skaldique grouillait en dessous, un véritable océan, dont les vagues venaient se briser devant les douves pour lancer flèches et lances en direction du chemin de ronde. Des pots de feu d'Hellas fumaient en dégageant leur pestilence ; le trébuchet pointant vers l'est était armé, prêt à tirer. Les arbalétriers étaient accroupis le long des meurtrières ; leurs seconds à côté chargeaient au fur et à mesure. Sur le champ de bataille, un arc tire six flèches, pendant qu'une arbalète tire un unique carreau. En revanche, il n'y a pas d'arme plus efficace pour des tireurs embusqués dans un endroit protégé.

Au milieu de ce chaos, parfaitement maîtresse d'elle-même, Ysandre de la Courcel, reine de Terre d'Ange, se tenait debout à l'abri d'un merlon, en grande discussion avec Percy de Somerville, Gaspar Trevalion et Barquiel L'Envers. Somerville nous aperçut et envoya un détachement pour nous escorter, boucliers tournés vers l'extérieur contre les armes de jet des Skaldiques.

— Parfait, dit le commandant en chef de l'armée royale. Je suis heureux de vous avoir ici. Apparemment, Selig s'est ressaisi et sa rage s'est calmée. Il reste concentré sur l'assaut, mais il vient d'envoyer des patrouilles dans six directions, et je crois bien qu'il a renforcé la garde autour du périmètre. Par où Ghislain va-t-il arriver ?

— Plein est, répondis-je en montrant la direction des collines.

Somerville se pencha à la meurtrière pour scruter au loin.

— Combien de temps avant qu'ils arrivent, s'ils sont partis aux premières lueurs ?

— Deux heures ? répondis-je, à vue de nez.

Joscelin secoua la tête.

— Ils vont avancer à marche forcée, et les sentinelles vont les repérer longtemps avant qu'ils arrivent. Je ne m'en fais pas pour les patrouilles – elles ne sont pas de taille face aux Cruithnes – mais une fois sur la plaine, ils seront visibles. Les Skaldiques n'attendront pas et passeront directement à l'attaque. Une heure au plus, je dirais.

— Si Selig divise ses forces, nous aurons un problème, dit Barquiel L'Envers en fourrant l'extrémité de son turban sous son casque. Il peut laisser dix mille hommes pour nous clouer ici, et affronter les Albans à deux contre un.

Je me mis sur la pointe des pieds pour regarder par la meurtrière. En contrebas, hors de portée des archers, Waldemar Selig chevauchait son immense destrier ; silhouette colossale et toute-puissante, il allait et venait le long des lignes, exhortant ses guerriers.

— Ils suivront Selig, dis-je en me reculant. S'il y va, ils partiront tous. Et Selig est l'objectif de d'Aiglemort.

Je voyais bien à quel point ils n'aimaient pas l'idée. Ils n'avaient aucune confiance dans la loyauté de d'Aiglemort ; et je ne pouvais pas leur en vouloir.

— Qu'il en soit ainsi ! dit finalement Percy de Somerville. Cousin, reprit-il avec un signe de tête à l'intention de Gaspar Trevalion, avec les vôtres en Azzalle, je crois qu'on peut vous épargner le champ de bataille. Et puis, vous êtes le seul en qui j'ai confiance pour faire le bon choix. Avec toute la troupe en bas, il nous faut un signal que nous pouvons voir depuis le corps de garde. Utilisez les trébuchets et le feu d'Hellas. Si Selig part à l'est et que son armée suive, tirez à l'est, et alors nous lui tomberons dessus par-derrière. En revanche, s'il divise ses troupes, tirez à l'ouest, et nous sortirons sur la gauche pour engager son côté faible.

— Ce sera fait, murmura Gaspar Trevalion. Qu'Elua soit avec nous tous !

Ils se saluèrent ; les deux hommes se saisirent les mains. Percy de Somerville s'inclina devant Ysandre.

— Majesté, dit-il sobrement. J'ai servi pendant des années sous les ordres de votre grand-père. Et si je meurs aujourd'hui, je mourrai heureux d'avoir servi aussi sous les vôtres.

Elle se tenait très droite, très grande, le long du mur du chemin de ronde.

— Et j'ai été bien servie par vous, messire comte. Que la bénédiction d'Elua soit sur vous !

À ma grande stupéfaction, Barquiel L'Envers sourit et embrassa sa nièce sur le front.

— Prenez soin de vous, Ysandre. Vous faites une sacrée bonne reine. Nous allons faire tout notre possible pour que vous puissiez le rester. (Il hocha ensuite la tête, dans notre direction, à Joscelin et moi.) Et gardez ces deux-là auprès de vous. On dirait qu'ils sont sacrément difficiles à tuer.

Je n'avais pas toujours apprécié le duc L'Envers, mais je ne pus m'empêcher de l'aimer à cet instant.

Lorsqu'ils furent partis, Ysandre frissonna, resserrant autour d'elle son manteau bleu foncé avec le cygne Courcel brodé sur le col.

— Il faut que j'aille parler à Farrens de Marchet qui commande les servants du trébuchet du mur ouest, s'excusa Gaspar Trevalion. Ne serait-il pas préférable que vous restiez à l'abri en dessous, Majesté ?

— Non, répondit Ysandre en secouant la tête. Je vais rester là, messire. Aujourd'hui, Terre d'Ange tiendra ou tombera avec nous – et moi aussi.

— Nous restons, dis-je.

Cela ne faisait pas une grande différence, hormis au regard du commentaire désinvolte de L'Envers, mais cela suffit. Il acquiesça du chef et partit rapidement, escorté d'une compagnie de boucliers.

Nous restâmes donc là à regarder le ciel s'éclaircir à l'est ; lentement, l'horizon commença à pâlir. Par la meurtrière, Joscelin surveillait la plaine à l'est, guettant notre armée. Une poignée de gardes de la maison Courcel, ainsi que les éternels Cassilins, étaient là eux aussi. Pour autant, je crois qu'il n'y avait personne alentour à qui elle aurait osé dire le fond de sa pensée.

— J'ai toujours votre livre, Majesté, dis-je, en cherchant quelque chose pour meubler. Le journal de votre père. Il est avec mes affaires à notre campement. Je l'ai gardé avec moi pendant tout ce temps.

— L'avez-vous lu ? demanda-t-elle avec un petit sourire triste. Moi, je l'ai trouvé magnifique.

— Oui, votre père écrivait bien – et il aimait de même. Delaunay n'a plus vécu ensuite que pour le souvenir de cet amour.

Je me gardai bien d'évoquer Alcuin, mais en mon for intérieur, je me félicitai que Delaunay eût connu un second bonheur.

— Je sais. (Ysandre regarda dans la cour en contrebas, puis dans la plaine devant nous, où se pressait une masse d'hommes.) Je suis heureuse qu'il se soit réconcilié avec mon oncle avant sa mort. Je crois que ma mère aura causé de grandes souffrances.

— Oui. (Je ne pouvais guère la contredire sur ce point-là.) Les gens font ça parfois, par amour ou par soif du pouvoir.

— Ou pour l'honneur. (Elle posa un regard plein de

sympathie sur moi.) Je suis désolée que vous ayez été entraînée dans tout ça, Phèdre. Quoi qu'il advienne, sachez que vous avez ma gratitude pour tout ce que vous avez fait. Et pour… pour ce que vous m'avez dit au sujet de Drustan. (Elle sourit à Joscelin.) Tous les deux. Au fait, poursuivit-elle, subitement frappée par une pensée, comment va votre ami ? Le Tsingano ? Est-il avec l'armée de Ghislain ?

Penser à lui m'était douloureux ; je retins mon souffle et croisai le regard de Joscelin en me détournant de la meurtrière.

— Non, Majesté, répondis-je. Notre voyage est une longue histoire. Et ce qui concerne Hyacinthe en est peut-être le plus long épisode.

— Une vraie fable de Mendacant, murmura Joscelin.

Et nous la lui racontâmes, là, sur les remparts de la forteresse assiégée de Troyes-le-Mont, tandis que les flèches se fracassaient sur les merlons et que les gardes surveillaient tout autour. J'en entamai le récit, mais Joscelin racontait mieux, fort de toute l'expérience acquise sous sa défroque de Mendacant. C'était son hommage à Hyacinthe ; je le laissai faire, tout comme lui m'avait laissée rendre hommage à mon ami, la dernière nuit, sur cette île perdue au milieu du détroit.

Je crois que Hyacinthe aurait aimé.

Quand Gaspar Trevalion revint, il trouva sa reine, l'œil écarquillé, incapable de décider si elle devait croire ou non à notre histoire.

— Marchet est prêt, dit-il, nous ramenant brutalement à la dure réalité de notre situation. Il tirera à mon signal. Aucun signe de d'Aiglemort ou des Albans ?

— Non, messire. (J'avais continué à surveiller pendant que Joscelin racontait l'histoire de Hyacinthe et du Maître du détroit.) Pas encore.

Gaspar tourna son visage vers le ciel qui virait au bleu pâle tandis que le soleil montait.

— Priez pour qu'ils viennent, dit-il sombrement. Les Skaldiques ont presque comblé les douves avec des moellons au niveau de la barbacane. Et les sapeurs de Selig sont en train de creuser sous la tour nord-ouest. Farrens dit qu'ils sentent les pierres vibrer sous leurs pieds. Sans compter qu'ils approchent également une de leurs tours de siège du mur nord. Si aucune aide ne nous arrive, nous aurons laissé les Skaldiques s'approcher dangereusement.

— Ils vont venir, affirmai-je avec une confiance que j'étais loin d'éprouver.

C'était plus dur de conserver la foi ici.

— Ils arrivent !

De retour à la meurtrière, Joscelin avait le visage collé à l'ouverture. Ses mains posées à plat sur le mur semblaient vouloir creuser dans la pierre.

— Ils arrivent, messire ! Regardez !

Sans plus se soucier des convenances, il saisit Gaspar par le bras pour le tirer vers le mur.

Gaspar regarda dans la plaine en silence, puis recula.

— Majesté, dit-il en appelant sa souveraine à grands gestes.

Ysandre se tourna lentement vers lui, puis s'écarta et poussa un soupir.

— Phèdre, murmura-t-elle. C'est vous qui les avez amenés. C'est à vous de regarder.

Je m'avançai jusqu'à la meurtrière, une fois encore

sur la pointe des pieds, ignorant les élancements dans mon dos. Je regardai.

Au loin, au pied des collines, une ligne mouvante aux reflets d'argent s'avançait vers la forteresse.

Tout en haut des remparts de Troyes-le-Mont, nous avions l'avantage du point de vue, malgré la distance. Pour autant, il ne fallut guère de temps aux sentinelles de Selig pour apercevoir ce qui arrivait. Aucune de ses patrouilles n'était rentrée ; et c'était une vraie bénédiction que Ghislain eût trouvé un chemin pour descendre des flancs escarpés sous le couvert. Malheureusement, sur la plaine, il n'y avait aucun moyen de dissimuler une armée en marche.

Je cédai la place à Ysandre à la meurtrière. C'était la reine ; je ne pouvais pas faire moins. Pourtant, c'était une véritable torture de ne pas pouvoir voir. Je résistai aussi longtemps que je pus, puis m'écartai de la protection du merlon pour regarder depuis l'intérieur du créneau. Joscelin n'était qu'à un pas derrière moi ; je crus un instant qu'il allait me tirer en arrière, mais il se contenta de me lancer un coup d'œil, avant de me rejoindre – debout à côté de moi, les bras croisés devant lui.

En fait, nous n'avions pas grand-chose à craindre ; l'attention des Skaldiques commençait à être attirée sur leurs arrières.

Rien de ce que j'avais vu au cours de mon existence n'était comparable à cela, hormis peut-être la mer tourbillonnant sous les ordres du Maître du détroit. C'était tellement gigantesque ; l'armée skaldique s'étalait comme un océan sur la plaine. Des nouvelles arrivèrent de l'arrière-garde à l'est ; j'aperçus les minuscules silhouettes des sentinelles revenir au galop sur le sol retourné. Et la phénoménale armée commença de s'agiter.

Cela fut d'abord comme une vibration à la périphérie de la force barbare, puis le courant enfla en venant vers nous. Le temps que la vague prît toute sa force pour rouler jusqu'au pied de la forteresse et plonger nos assaillants dans le chaos de son ressac, la ligne argentée des soldats en marche avait continué à avancer.

Les rangs les plus excentrés des Skaldiques rompirent pour se précipiter, à cheval et à pied, sus à l'ennemi qui arrivait. La ligne argentée s'arrêta et parut se contracter ; en fait, les fantassins s'étaient baissés. Les archers de Ghislain de Somerville tirèrent par-dessus leurs têtes, une volée de flèches qui vint cueillir les premiers rangs skaldiques. Puis la première ligne se releva, boucliers brandis, formant un long trait argenté sur l'horizon ; et elle se remit en marche.

C'étaient des soldats du Camlach, la terre de Camael, nés pour le fer et le combat. Farouche et indisciplinée, la vague skaldique vint se briser sur cette ligne comme sur un rocher. Les barbares reculèrent et la ligne reprit sa marche.

Au pied de la forteresse, une grande confusion s'empara des rangs skaldiques. Les sapeurs et les constructeurs quittaient leurs postes. Au cœur de la mêlée, Selig chevauchait en tous sens, leur hurlant de rester à leurs postes.

Malgré le désordre, ils obéirent ; une force skaldique demeura là, suffisante pour nous condamner à rester à l'intérieur de Troyes-le-Mont.

Au loin sur la plaine, la ligne d'argent de l'infanterie de d'Aiglemort continuait à avancer, s'enfonçant de plus en plus profondément dans la horde skaldique, qui la déborda des deux côtés, menaçant de la laminer sous le simple poids du nombre.

Ce fut à cet instant que frappèrent les forces venues d'Eire et d'Alba – cavalerie sur le flanc droit et chars de guerre sur le flanc gauche, plus des torrents de fantassins dans leur sillage, surgissant de derrière la cavalerie camaeline. Sauvages et terrifiantes, toutes ces forces firent plonger la bataille dans le plus indescriptible désordre.

Néanmoins, la loi du nombre continuait de leur être défavorable.

Même à cette distance, je voyais le sang inonder la plaine jusqu'à former des fleuves rouges. Je voyais nos alliés se faire tailler en pièces. Sans même m'en rendre compte, je me détournai ; je saisis Gaspar Trevalion par le bras.

— Donnez le signal ! le suppliai-je, désespérée. Ils sont en train de mourir, là-bas.

Au pied de la forteresse, au-delà des douves, la discipline de Selig tenait bon ; dix mille hommes étaient restés. Gaspar secoua la tête, ignorant mes mains sur son bras.

— Il faut pouvoir franchir la porte, dit-il, la voix lourde de chagrin. Nous ne leur sommes d'aucune utilité si les hommes de Selig peuvent nous cueillir un par un.

Je m'écartai de lui avec un cri ; mes yeux se perdirent de nouveau sur le champ de bataille.

Pratiquement noyée sous la marée skaldique, l'infanterie parvenait à maintenir sa ligne. Soudain, les hommes s'arrêtèrent, ancrés dans le sol ; ensuite, boucliers brandis comme pour défier leurs innombrables assaillants, ils s'écartèrent.

Lentement, comme pivote une porte massive et lourde sur ses gonds, la ligne se rompit et s'ouvrit. Un coup de trompe monta dans l'air ; un coup, un seul, qui couvrit le fracas et les cris.

Dans la brèche la cavalerie camaeline s'engouffra pour charger – les alliés du Camlach, tous ceux qui restaient, avec Isidore d'Aiglemort à leur tête.

Il avait trahi notre patrie et tout ce que nous aimions ; à cela, je ne trouvais pas d'excuses. Mais si les poètes chantent la dernière charge d'Isidore d'Aiglemort, ce n'est pas sans raison. Je le sais. J'étais là. Je vis les cavaliers du Camlach s'enfoncer comme un coin dans les milliers de Skaldiques. Leurs visages luisaient du feu sacré de Camael ; leurs épées chantaient.

Le choc se propagea à travers toute l'armée skaldique.

J'entendis le cri qui monta dans les rangs skaldiques qui se débandaient sous la poussée, certains mourant, d'autres s'écartant simplement.

— Kilberhaar ! criaient-ils en tombant et en fuyant. Kilberhaar !

Sur son immense cheval, Waldemar Selig se retourna ; son instinct lui soufflait qu'il était la cible de cette charge. Tout autour, sur les flancs, les Albans et les Skaldiques s'étripaient ; couverts de sang, les hommes au visage bleu luttaient avec l'énergie du désespoir, sur le point à chaque instant d'être submergés sous le nombre.

En revanche, le centre cédait et l'ennemi venait sur lui.

Le cheval de Selig piétina sur place, puis le chef

barbare tira son épée, la brandissant bien haut dans son poing massif. Ses Frères blancs se resserrèrent autour de lui ; ses forces d'assaut tourbillonnèrent.

Isidore d'Aiglemort fonçait droit sur son cœur.

— Kilberhaar ! rugit Selig en agitant son épée vers le ciel. (Il fit volter son destrier et plongea au cœur de la bataille, dispersant ses propres rangs.) Kilberhaar !

En hurlant, tous les Skaldiques le suivirent.

— Maintenant ! cria Gaspar Trevalion.

Son porte-étendard agita frénétiquement sa bannière au cygne Courcel, puis les servants du trébuchet boutèrent des torches au feu d'Hellas et libérèrent les contrepoids. Le bras se détendit d'un coup, projetant une masse de liquide enflammé sur le front est de l'armée skaldique.

Dans la cour, Percy de Somerville donna un ordre – un seul.

La herse, bossuée par les coups de bélier, fut relevée, le pont-levis fut abaissé et les défenseurs de la barbacane lâchèrent un tir de barrage de carreaux d'arbalète. Par groupe de quatre, les défenseurs de Troyes-le-Mont sortirent, pour se reformer en lignes parfaites. Ensuite, ils tombèrent sur l'arrière-garde de Selig.

Cette fois-ci, les Skaldiques étaient vraiment entre le marteau et l'enclume.

Nous étions tous penchés au rempart, maintenant ; happés dans les combats en dessous, les Skaldiques ne songeaient plus à nous prendre pour cibles. Les hommes de Percy de Somerville tombèrent sur les barbares comme des lions ; leur sang ardent charriait des jours et des jours de rage rentrée. Ce fut un massacre.

Et au cœur de ce maelström, Waldemar Selig piquait droit à la rencontre d'Isidore d'Aiglemort.

Inutile que je la raconte de nouveau ; tout le monde connaît cette histoire. Comment ces deux titans se rencontrèrent au milieu des combats – ces deux guerriers qui combattaient comme ils respiraient. Depuis notre position, nous vîmes comment le coin qu'avait été la cavalerie de d'Aiglemort s'amenuisa à mesure qu'il s'enfonçait, poussant toujours de l'avant, mais toujours plus mince. Puis comment l'aigle d'argent, l'étendard de d'Aiglemort, finit par s'écrouler lui aussi, pour être submergé, écrasé, anéanti par la marée skaldique.

Isidore d'Aiglemort, sur son cheval noir, avançait encore ; seul.

Ils se rencontrèrent à la fin ; le noir destrier fut touché et d'Aiglemort s'effondra au sol. Mais il se releva – ses cheveux d'argent dépassaient sous son casque –, une hache de combat skaldique à la main. D'un coup surpuissant, il abattit la hache sur le cheval de Selig qui fonçait sur lui.

La bête mourut.

Ce sont toujours les innocents qui souffrent : les animaux, les servants de Naamah. Il en est toujours ainsi en temps de guerre. Le fabuleux étalon s'écroula dans un grand bruit ; Selig se redressa, éructant. Et ils se battirent sur la plaine, campés sur leurs jambes, et seuls. Ils se battirent, tous les deux, pareils à deux amants faisant une démonstration à la maison du Cereus. Certains penseront sûrement que la comparaison n'est pas appropriée. Mais moi j'y étais.

Je vis.

Combien de blessures Isidore d'Aiglemort avait-il

endurées pour arriver là ? Je n'aurais su le dire. Plus tard, on les compta sur son corps lorsqu'on lui retira son armure ; dix-sept, il en avait reçu dix-sept, et pas une de moins. Certaines lui venaient de Selig. Mais pas toutes.

Waldemar Selig, le guerrier contre lequel les armes ne peuvent rien ; telle était sa légende parmi les Skaldiques. Tandis que la bataille faisait rage autour d'eux, il combattit le duc Isidore d'Aiglemort, le traître de Terre d'Ange.

Il le combattit et il mourut.

Je n'ai pas honte de le dire, mais lorsque l'épée de d'Aiglemort trouva une faille dans l'armure de Selig, pour s'enfoncer en lui jusqu'à la garde, je poussai un cri de soulagement. Waldemar Selig tomba à genoux, incrédule. Agonisant, d'Aiglemort tomba avec lui, les deux mains sur sa garde, pour pousser encore.

Ainsi périrent-ils tous deux.

90

Après cela, ce fut la déroute pour les Skaldiques, malgré leur nombre.

Ces lignes de démarcation entre les tribus, que j'avais soigneusement suivies dans ma traversée du camp, devinrent des gouffres béants ; les guerriers skaldiques fuirent par bandes entières, d'un millier d'hommes pour certaines, de quelques centaines pour d'autres ; d'autres encore partirent avec ceux de leur bastion seulement, à dix, pas plus.

Les troupes de Percy de Somerville les poursuivirent avec une efficacité impitoyable. Et au centre du champ de bataille…

— Majesté !

Le bras tendu vers le nord-est, je montrai une bande de cavaliers cruithnes qui s'en venaient vers le lieu où d'Aiglemort et Selig s'étaient affrontés. L'étendard du Cullach Gorrym flottait fièrement au-dessus d'eux ; tout devant, agitant sans fin son épée, chevauchait une silhouette que je connaissais bien, avec son manteau rouge flottant derrière lui.

— Drustan. (Ysandre porta ses doigts à ses lèvres, les yeux écarquillés.) Est-ce que c'est vraiment lui ?

— Oh, oui ! c'est lui, la rassura Joscelin. C'est bien Drustan mab Necthana !

Ses cavaliers se frayèrent un passage, formant un cercle autour du corps d'Isidore d'Aiglemort. Au sud-est, les chars de guerre des Dalriada décrivaient des cercles, semant le chaos et la terreur dans le cœur des Skaldiques ; leurs fantassins brandissaient la Fhalair Bàn, la jument blanche de l'Eire.

Une clameur s'éleva plus près de nous, dans la cour de Troyes-le-Mont.

Plus tard, j'appris ce qui s'était passé. Un groupe de Skaldiques désespérés, abandonnés par Selig et surpris par la sortie inattendue de la garnison, s'étaient précipités sur la porte avant qu'elle fût refermée. Ils arrivèrent juste derrière les D'Angelins qui venaient de sortir, si bien que les défenseurs de la barbacane n'osèrent pas tirer.

Ce fut ainsi qu'ils pénétrèrent dans la cour.

Nous vîmes depuis le sommet des remparts un groupe de fantassins de Somerville faire demi-tour pour les combattre. Si le champ de bataille n'était que ruines et chaos, la cour ne l'était pas moins ; une bataille féroce faisait rage devant la porte intérieure entre un groupe de D'Angelins et des Skaldiques trois fois plus nombreux.

Gaspar Trevalion appela les archers ; la moitié de ceux présents sur les remparts descendirent l'escalier intérieur de la tour pour venir prendre position sur le chemin de ronde du mur intérieur surplombant la cour. Pour eux, le problème était toutefois le même que pour les gardes de la barbacane – comment tirer sans risquer de toucher les défenseurs ?

Du dessus, nous ne voyions qu'une masse grouillante de guerriers coiffés de casques et entourés d'acier. Parmi les D'Angelins, un soldat se distinguait ; grand comme le plus grand des Skaldiques, il avait dégagé un espace autour de lui. Quel dommage qu'ils fussent ainsi dominés par le nombre.

Une longue tresse blonde sous son casque faisait comme un fouet derrière lui pendant qu'il combattait.

Joscelin émit un cri ; pendant une seconde, je crus qu'il avait été touché.

— Luc ! cria-t-il dans l'air transparent de cette matinée. Luc !

— Ton frère ?

Il me le confirma d'un hochement de tête plein d'angoisse ; il serrait et desserrait les poings convulsivement, puis il croisa ses avant-bras en un geste réflexe.

Je saisis son bras pour le secouer, ignorant la douleur dans mon épaule.

— Est-ce que tu peux le rejoindre ? (Je n'attendis même pas qu'il me répondît ; j'avais lu dans ses yeux qu'il avait déjà évalué la situation et conçu une manœuvre.) Alors vas-y ! Au nom d'Elua ! Joscelin, n'hésite pas, vas-y !

Des lignes blanches apparurent de chaque côté de son nez et de sa bouche.

— Comme s'il m'arrivait d'hésiter…

Je plongeai les mains dans ses cheveux pour attirer son visage vers le mien ; puis je l'embrassai fougueusement.

— Je t'aime, dis-je farouchement. Et si jamais tu veux de nouveau entendre ces mots dans ma bouche, ne choisis pas ton stupide serment plutôt que la vie de ton frère !

Les yeux bleus de Joscelin, si près des miens,

étaient devenus immenses, et emplis d'étonnement. Je le lâchai et il recula d'un pas, le dos d'un poing collé contre sa bouche. Nos yeux ne se lâchaient pas. Puis il fit demi-tour et se rua vers la tour. Je le jure, j'entendis distinctement chacun de ses pas tout au long de sa descente. Sa silhouette, réduite par la distance, émergea sur le chemin de ronde du mur intérieur, mais je n'eus aucun mal à entendre son cri de guerre.

— Verreuil ! Verreuil !

Les archers de Gaspar s'écartèrent, mais il n'hésita pas une seconde, bondissant du parapet, ses deux dagues tirées.

Plus tard, je mesurai la hauteur de son saut ; elle représentait trois fois la taille d'un homme adulte. Au terme d'une gracieuse courbe, son bond le conduisit au milieu des assaillants skaldiques ; ils s'éparpillèrent – sous le coup de la stupéfaction, je crois, bien plus que pour toute autre chose. Il était arrivé comme une météorite tombée du ciel, mais il avait atterri sur ses pieds et à peine fut-il relevé qu'il se mit à tournoyer. L'espace d'une respiration, il s'arrêta pour remettre ses dagues au fourreau, puis tira son épée, à deux mains. Il fit irruption dans la mêlée skaldique comme un éclair céleste.

Un rugissement monta et s'amplifia parmi les défenseurs d'Angelins, groupés autour de la haute silhouette massive de Luc Verreuil ; et leurs efforts redoublèrent d'ardeur.

Ils l'emportèrent, bien sûr. Il ne pouvait en être autrement.

— Joscelin Verreuil a juré de mettre son épée à mon service, murmura Ysandre à mon oreille en se penchant sur moi, amusée malgré tout. Je la remets entre vos mains, à titre perpétuel. C'est mon cadeau pour vous, Phèdre nó Delaunay, en remerciement de vos services.

D'un signe de tête, j'acceptai son présent. Que pouvais-je faire d'autre ?

Ainsi fut le jour de la victoire.

Pour finir, les Skaldiques encore vivants fuirent le champ de bataille, ou se rendirent – ceux qui avaient su conserver une mesure de la sagesse de Waldemar Selig. Sous les remparts, le porte-étendard de Percy de Somerville abaissa son pennon pour donner le signal ; Gaspar Trevalion ordonna qu'on sonnât le cor. Le soleil avait largement passé son zénith ; la note résonna de manière infiniment lugubre sur la plaine.

La cour avait été débarrassée de ses Skaldiques ; la forteresse de Troyes-le-Mont n'était pas tombée. Les armées et alliés de Terre d'Ange revenaient en traînant la jambe.

Je n'avais pas oublié les leçons de Bryn Gorrydum. Malgré les protestations d'Ysandre, qui ne parvint pas à trouver Joscelin pour m'arrêter, je sortis donner de l'eau aux blessés et aux mourants.

Tant de vies perdues des deux côtés. Si mon dos devait me brûler comme du feu, eh bien, qu'il en soit ainsi ! Par ma sueur, mon sang et mes larmes, j'avais gagné le droit de m'occuper de ceux qui allaient quitter la vie. La mort, voilà le secret dont on se garde bien de parler à ceux qui se battent pour une cause. La mort est notre lot à tous. J'étais l'élue de Kushiel ; je le savais. La douleur nous rend tous égaux. J'avais bien peu de réconfort à apporter ; mais le peu que j'avais, je le donnai volontiers.

Je n'ai jamais osé le dire à quiconque, hormis à

Joscelin, mais les Skaldiques étaient ce qu'il y avait de pire pour moi. Chaque fois que je voyais des cheveux blonds luisants de sang sous un casque, je craignais qu'il pût s'agir de Gunter Arnlaugson. Il m'avait bien traitée, avec tout le bien qu'il avait en lui ; en retour, je ne lui avais apporté que la ruine et la désolation. Pour ça, je craignais de me retrouver face à lui.

Jamais je ne tombai sur Gunter, ni sur aucun de tous ceux que j'avais connus au bastion. Je ne pus que prier qu'ils soient parmi ceux qui eurent assez de bon sens pour fuir, connaissant la profondeur de l'orgueil des habitants de Terre d'Ange pour vivre à sa frontière.

Je trouvai Waldemar Selig ; et d'Aiglemort.

Ils étaient l'un contre l'autre sur le sol ; les Cruithnes de Drustan les entouraient. Inquiets, leurs chevaux tenaient leur tête basse. Drustan mab Necthana me salua, puis glissa maladroitement de selle ; son pied infirme se déroba sous lui.

— Dites à Ysandre…, commença-t-il en se rattrapant à son pommeau.

— Dites-lui vous-même, répondis-je en l'attrapant, avant d'appeler Lelahiah Valais et ses aides à grands gestes frénétiques.

Ils arrivèrent très vite, attentifs et pleins de compassion ; entre autres qualités, les gens de l'Eisande ont un don pour la médecine.

Moi aussi j'avais certains dons.

Waldemar Selig, qui en avait usé sans même me demander, gisait à terre, le corps brisé et tordu ; sa barbe en fourche pointait vers les nuages, comme pour poser des questions au ciel. J'aurais pu lui répondre s'il me les avait posées ; s'il avait ne serait-ce qu'une fois demandé. Mais il ne m'avait jamais sollicitée, estimant que l'âme de Terre d'Ange était dans ses guerriers bien plus que dans ses putains. Je posai une main sur son visage froid et fermai ses yeux noisette qui attendaient toujours des réponses.

— Nous sommes pareils, seigneur, murmurai-je. Nous sommes tous pareils à la fin, et s'emparer de quelqu'un ne suffit pas pour qu'il vous appartienne.

J'entendis un rire à cet instant, faible et amer.

Dix-sept blessures, c'est ce que j'ai dit. Et c'était vrai. Mais Isidore d'Aiglemort n'en était pas encore tout à fait mort lorsque je le trouvai.

— Phèdre nó Delaunay, murmura-t-il en me saisissant la main. Je crains la vengeance de votre maître.

Au début, je crus qu'il voulait parler de Delaunay ; puis je compris, à ses doigts agrippés, de quel « maître » il parlait. Les ailes de bronze de la peur battaient à mes oreilles. Je donnai de l'eau au mourant, portant l'outre à ses lèvres.

— Vous avez payé, seigneur, et en totalité, dis-je avec compassion. Et Kushiel ne punit jamais au-delà de ce qu'on est capable de supporter.

Isidore d'Aiglemort but et soupira ; soupira et mourut.

Cela, je le gardai pour moi. Cela ne concernait que nous – lui, moi et Kushiel.

Puis j'entendis les pleurs des Dalriada.

C'était un son surnaturel, haut et perçant, qui fit se dresser mes cheveux sur ma nuque. C'était inutile de me dire ce qu'il signifiait ; que pouvaient bien pleurer tant de gens à la fois ? Je relâchai la main sans vie de d'Aiglemort, puis me retournai. Non loin, je vis Drustan qui repoussait les guérisseurs, pour se tenir debout l'air emprunté ; ses yeux noirs brillaient d'inquiétude dans son visage bleu.

Nous vîmes les Dalriada regroupés autour d'un des chars, dont l'attelage était écumant entre les brancards. Je vis le chagrin sur le visage de Grainne tandis qu'elle regardait vers nous.

— Ah, non ! dis-je. Non.

Comme il me parut long le chemin à travers la terre dévastée, jonchée de corps brisés et trempée d'un sang noir qui pénétrait jusqu'aux racines. Drustan le fit avec moi, d'un pas encore plus lent et plus douloureux qu'à l'ordinaire ; je crois pouvoir dire que cela lui fit autant de mal qu'à moi, qui sentais la douleur irradier dans tout mon corps.

— Eamonn, murmurai-je.

Ils l'avaient descendu de son char et avaient arrangé ses membres de façon qu'il pût reposer fier et droit sur le sol gorgé de sang de Terre d'Ange ; ils avaient aussi tiré sur son armure pour qu'elle dissimulât la terrible béance qu'une lance skaldique avait creusée à son côté. Ses cheveux, qui n'avaient jamais été aussi brillants que ceux de sa sœur, étaient blanchis à la chaux et hérissés.

Drustan saisit son couteau et le leva sans hésiter pour couper une mèche épaisse de ses cheveux noirs. Ses jambes fléchirent et il s'agenouilla avec dévotion, plaçant sa boucle sous les mains froides d'Eamonn.

— Sa bravoure était plus grande que celle d'un lion et sa vigueur plus grande que celle d'un chêne, dit-il sombrement à Grainne. Son nom demeurera éternellement dans le Cullach Gorrym.

Elle hocha la tête ; des larmes faisaient briller ses yeux gris.

C'était moi qui les avais fait venir ; je n'avais pas le droit d'avoir du chagrin.

— Je suis désolée, murmurai-je à Grainne, à Drustan, aux Dalriada et à tous, d'une voix étouffée. Je suis tellement désolée.

— Mon frère a choisi son destin. (Même dans une armure couverte de sang, Grainne conservait sa dignité et sa gentillesse.) Tu l'as aidé à choisir de devenir plus que ce qu'il aurait été autrement. Ne lui dénie pas cet honneur.

Et dire que j'avais méprisé Joscelin pour son orgueil cassilin. Au bout du compte, c'est vrai que nous sommes tous les mêmes. J'inclinai la tête et pris le couteau de Drustan pour me couper une mèche, que je déposai – épaisse et brillante – à côté de celle du Cruarch.

— Qu'Elua vous garde ! Eamonn mac Conor.

Je me souvins combien il avait su maintenir la cohésion de notre armée lorsque le Maître du détroit nous avait séparés ; je me souvins de ses manières qui avaient aidé Ghislain de Somerville à notre arrivée sur le sol d'Angelin.

— Nous aurions échoué sans vous.

À genoux, je me mis à pleurer, et je pleurai pour nous tous.

— Phèdre.

C'était une voix familière et épuisée. Je relevai la tête pour voir Joscelin à cheval, égratigné mais pas blessé. Ses yeux étaient cernés de noir.

— Tu n'es pas en état de faire ça.

C'était vrai ; je le savais suffisamment pour me relever et obéir. Sur toute la longueur et la largeur du champ de bataille, les troupes d'Angelines accomplissaient la tâche morbide de regrouper les morts et de soigner les blessés, aidées des chirurgiens et guérisseurs.

— Ton frère ? demandai-je. Et ton père ?

— Ils vont bien, répondit Joscelin d'une voix sourde. Ils ont survécu. (Toujours en selle, il inclina la tête à l'intention de Grainne ; un salut cassilin.) Votre deuil m'emplit de chagrin, ma dame.

Je me tournai vers elle et traduisis, sans réfléchir. Grainne eut un sourire triste.

— Remercie-le et pars avec lui, Phèdre nó Delaunay. Nous nous occuperons des nôtres.

Le hochement de tête de Drustan fit écho à ses paroles. Joscelin tendit la main vers moi en se penchant sur sa selle. Je la saisis et montai en croupe derrière lui. Ensuite, nous entamâmes la lente et longue chevauchée jusqu'à Troyes-le-Mont.

91

Les survivants de l'armée de d'Aiglemort optèrent pour la chasse à l'homme et la traque des Skaldiques en fuite.

Les conséquences de la guerre sont une chose bien affreuse. Si j'avais jamais envié sa couronne à Ysandre de la Courcel – ce qui n'était pas le cas –, cela m'en aurait guérie. À elle revint le terrible privilège de prononcer accusations et sentences, pour les vivants comme pour les morts.

Au bout du compte, je crois qu'elle fit un choix judicieux, en accordant l'amnistie aux alliés du Camlach responsables de leur triste sort, à condition de consacrer leur vie à pourchasser les restes de l'immense armée de Selig. Personne ne trouva rien à y redire ; le souvenir de la dernière bataille et du sacrifice d'Isidore d'Aiglemort était encore dans toutes les mémoires. Quant aux Skaldiques qui s'étaient rendus, mon conseil – appuyé par d'autres – était de les échanger contre des rançons. Je savais trop combien la prospérité d'Angeline était passée de l'autre côté de la frontière grâce aux razzias sur lesquelles d'Aiglemort fermait les yeux. En vérité, je n'avais pas le cœur de supporter d'autres bains de sang ; et je pense qu'Ysandre non plus n'en avait plus envie, ni bon nombre de ses partisans.

Les Skaldiques furent donc renvoyés chez eux contre rançon et les frontières se refermèrent derrière eux.

Il y avait eu suffisamment de morts.

Quant aux retrouvailles d'Ysandre et de Drustan, il me fut donné d'y assister – tout comme à quelques milliers de D'Angelins et d'Albans. Il chevaucha vers elle à la tête de son armée, tandis qu'elle ouvrait en grand les portes de Troyes-le-Mont.

Ils se saluèrent comme des égaux, puis se saisirent les mains, et il porta les siennes à ses lèvres pour les embrasser. Nos armées conjointes clamèrent leur approbation, même si les yeux de certains nobles d'Angelins me parurent moins enthousiastes.

Les guerres vont et viennent ; la politique demeure.

À tous ceux qui auraient préféré une plus grande touche de romantisme, je dirai seulement qu'Ysandre et Drustan savaient bien trop qui ils étaient et ce qu'ils représentaient : la reine de Terre d'Ange et le Cruarch d'Alba. Sous le regard des forces armées de leurs deux nations, ils n'osaient pas être moins – mais pas plus non plus. Depuis lors, j'en suis venue à très bien connaître Ysandre, et je crois que ce qui se passa entre eux une fois les portes refermées fut d'une tout autre nature. Je connais Drustan également et je sais à quel point il l'aimait. Mais ils étaient des souverains l'un et l'autre et ils avaient toujours su que les choses se passeraient ainsi ; ce fut donc ce visage-là qu'ils montrèrent à leurs nations.

Une chose était sûre ; personne n'aurait osé se prononcer publiquement contre leur union. Nous devions notre survie et notre souveraineté à Alba ;

leur allégeance ne pouvait être remise en question. Alors que l'on enterrait et pleurait les morts, que l'on récupérait des rançons et que l'on fêtait la victoire, une date fut arrêtée – la date du mariage qui se tiendrait dans la Ville d'Elua.

Pour Joscelin et moi, les choses étaient bien différentes.

Je rencontrai son père et son frère, ainsi que les deux hommes d'armes qui avaient survécu à l'effroyable bataille.

À quoi m'étais-je attendue… je ne sais pas. À rien, sincèrement ; pendant des jours après tout cela, je demeurai totalement engourdie, trop fatiguée pour réfléchir. Je passai des jours et des nuits à répondre aux demandes d'Ysandre, traduisant pour les Cruithnes et les Skaldiques. Certes, dans toute cette masse de gens, d'autres avaient mes compétences ; mais personne en qui elle eût autant confiance qu'en moi – l'autre élève de Delaunay. Et puis, il y avait les visites des blessés, dont de nombreux Albans et quelques-uns des hommes de la Section de Phèdre, dont une dizaine seulement avaient survécu. Tourmentée et angoissée, je m'arrêtai au chevet de chacun d'eux.

Néanmoins, je trouvai du temps le jour où Joscelin m'avertit que la maison Verreuil était sur le départ.

Avec les forces de d'Aiglemort aux trousses des Skaldiques, Percy de Somerville put en grande partie libérer les vestiges de ce qui avait été l'armée royale. Bien sûr, l'armée régulière demeurerait entière, et mobiliserait même des forces supplémentaires pour garder la frontière skaldique, mais tous ceux qui avaient abandonné leur foyer pour servir la reine furent démobilisés avec les honneurs et des remerciements – en particulier ceux qui avaient été blessés. Il y eut une cérémonie spéciale en l'honneur de la compagnie de lanciers de la maison royale d'Aragonia, dont le commandant renouvela les serments d'amitié au nom de son roi, avec la reine Ysandre de Terre d'Ange, mais aussi avec le jeune Cruarch d'Alba.

Les retrouvailles entre Percy et Ghislain de Somerville m'avaient fait venir les larmes aux yeux ; le père et le fils s'embrassèrent en se tapant dans le dos sans se préoccuper de ceux qui regardaient – à la manière simple et franche en usage dans L'Agnace.

Le chevalier Millard Verreuil, le moignon de son bras gauche emporté passé dans un harnais, se montra plus réservé vis-à-vis de son fils ; mais c'était juste sa manière d'être, je crois. C'était un homme grand et mince, avec des cheveux gris coiffés en une austère tresse, et la même beauté classique et presque surannée que son fils puîné. Depuis la bataille, j'avais appris qu'il avait été le premier dans la cour à atteindre la porte intérieure, et qu'il avait perdu son bouclier et sa main gauche en la défendant.

— Si je comprends bien, vous êtes une sorte d'érudite, me dit-il avec gravité après que Joscelin eut fait les présentations.

J'ouvris la bouche, puis la refermai. Ce n'était pas tout à fait faux, mais jamais encore je n'avais été présentée ainsi.

— C'est le cas, mais je ne fais que picorer au festin de mes aïeux, dis-je en caerdicci, citant l'orateur tibérien Nunnius Balbo.

Le père de Joscelin sourit de manière inattendue, faisant naître quelques rides au coin de ses yeux.

— Les servantes de Naamah sont rarement si instruites dans le Siovale, dit-il en posant la main qui lui restait sur mon épaule. Une forme de réaction contre les enseignements de Shemhazai, peut-être.

— Shemhazai eut ses passions lui aussi, seigneur, répliquai-je en lui rendant son sourire, et Naamah n'était pas dénuée de sagesse.

Le chevalier Verreuil rit en me tapotant l'épaule.

— J'ai entendu parler de ce que vous avez accompli, dit-il en redevenant sérieux. Terre d'Ange a une dette immense envers vous.

J'inclinai la tête, toujours gênée d'être félicitée.

— Sans votre fils, je serais morte bien des fois, seigneur.

— Je sais. (Il bougea son harnais et posa son regard sur Joscelin avec fierté.) Que je souscrive ou non au chemin que tu t'es choisi, force m'est de reconnaître que tu t'en es tiré avec les honneurs.

Joscelin hocha la tête sans rien répondre. Son frère Luc, plus grand qu'eux d'une demi-tête, sourit.

— On ne saurait lui en vouloir en voyant la cause qu'il défend, dit-il en me regardant les yeux brillants. (Luc avait les mêmes cheveux clairs et yeux bleus que son frère, mais une mine joyeuse et ouverte qui devait venir de leur mère.) Par Elua ! est-ce que vous viendrez nous voir, Phèdre ? Vous devez au moins m'accorder une chance équitable avant de vous décider pour Joscelin !

Je ne savais pas comment Joscelin allait prendre les plaisanteries de son frère ; nous n'avions guère eu un moment à nous pour parler depuis que je l'avais embrassé sur les remparts. Moi-même, je ne savais pas au juste ce que cela signifiait. D'un coup d'œil en coin, je vis néanmoins une ombre de sourire passer sur ses lèvres.

— Nous n'avons ni l'un ni l'autre encore rien décidé, messire, répondis-je à Luc, mais je serais honorée de découvrir Verreuil.

Il sourit de nouveau et claqua l'épaule de Joscelin.

— Je suppose que tu peux venir aussi. Savais-tu que tu es cinq fois oncle maintenant ? Jehane est mariée depuis six ans et Honoré depuis presque quatre.

— Je viendrai un jour, murmura Joscelin.

— Tu seras le bienvenu, dit son père avec conviction. Quand tu veux. Ta mère se languit de te voir. (Il posa un regard plein de gentillesse sur moi.) Et vous serez toujours la bienvenue chez nous, Phèdre nó Delaunay. Je connaissais le comte de Montrève, vous savez. Je crois qu'à la fin il aurait été très fier de son fils Anafiel, et de ce qu'il a fait de vous.

— Merci, messire.

Cela signifiait plus pour moi que je l'aurais cru. Les larmes me piquaient les yeux. J'espérais que dans la véritable Terre d'Ange de l'au-delà, Delaunay faisait enfin la fierté de son père.

Puis je m'écartai pour les laisser se faire leurs adieux. Ce matin-là, il y avait une troupe d'hommes du Siovale qui s'en regagnaient ensemble leur région. Tandis qu'ils s'éloignaient, Luc Verreuil se retourna sur sa selle ; le soleil faisait briller ses cheveux blonds.

— On chante des chansons intéressantes sur vous à l'hôpital des blessés, Phèdre nó Delaunay, cria-t-il en riant.

— Par Elua !

Je sentis le rouge me monter aux joues. Blessés ou pas, ces maudits marins de Rousse, les hommes de la Section de Phèdre, allaient apprendre leur maudite chanson à qui voudrait l'entendre.

— Ils t'adorent, dit Joscelin avec une petite pointe d'ironie. Ils en ont bien gagné le droit.

— Oui, mais devant ton père…, objectai-je en réprimant un frisson.

— Je sais. (Il les regarda s'éloigner, ralliant la colonne en partance pour le Siovale.) Il voulait parler au Préfet pour l'inciter à lever son édit contre moi.

Je sentis mon cœur bondir dans ma gorge.

— Qu'as-tu dit ? demandai-je en veillant à ce que ma voix ne tremblât pas.

Joscelin me lança un coup d'œil.

— J'ai dit « non ». (Un autre petit sourire en coin, une autre lueur pétillante dans ses yeux bleus.) Après tout, il va falloir que je songe au serment que je veux prononcer.

Depuis combien de temps n'avais-je pas ri – vraiment ri ? Je ne me le rappelai pas. Je ris donc et sentis comme un vent frais et léger souffler sur mon esprit ; Joscelin me regardait avec une lueur amusée dans les yeux.

— Il va falloir que nous parlions, dis-je, après avoir repris mon souffle.

Il hocha la tête. Mais à cet instant, l'un des pages de la reine traversa en courant le pont-levis pour venir me chercher. On réclamait ma présence ; notre conversation serait pour plus tard.

Elle n'eut pas lieu le lendemain, ni le jour d'après. Ainsi en va-t-il pour les gens du commun lorsque les affaires des puissants exigent leur attention. Et quel qu'eût pu être le rôle que nous avions joué dans le vaste théâtre de la guerre, nous n'étions une fois encore que des figurants dans l'arène de la politique.

Ysandre tenait sa cour à Troyes-le-Mont pendant que la situation se stabilisait dans le reste du pays. Des nobles d'Angelins passaient chaque jour à la forteresse, certains pour renouveler leur serment d'allégeance, et d'autres pour dénoncer la déloyauté de leurs pairs. Elle évaluait toutes les situations avec un doigté et un savoir-faire sans rapport avec son jeune âge, aidée par les conseils de Gaspar Trevalion et de Barquiel L'Envers – et bien sûr de Drustan mab Necthana, qui comprenait tout bien plus finement qu'on voulait généralement le supposer. Parfois, ceux qui avaient conspiré contre la jeune reine se trahissaient en regardant avec effarement le visage orné de bleu du Cruarch. Pour moi, il n'avait plus rien d'étrange. Je le voyais chaque jour pour lui enseigner le d'Angelin, et j'étais chaque jour plus impressionnée par sa sagesse intuitive et sa pondération.

On maintenait une surveillance constante sur les remparts ; à chaque nouvelle arrivée, on sonnait la trompe. Je finis par ne plus l'entendre ; bien rares étaient maintenant les occasions où je m'interrogeais sur l'identité des arrivants. De temps à autre, je notais les bannières, pour faire remonter un souvenir du guide des armoiries que Delaunay nous avait fait apprendre. Je connaissais la plupart des écussons de Terre d'Ange ; Alcuin, lui, les savait tous.

Ce matin-là, j'étais chez le forgeron, occupée à régler un différend pour deux des petits seigneurs des Dalriada au sujet de la remise en état de leurs chars de guerre – une nouvelle clavette de bout d'essieu et un nouveau cerclage de roue. On sonna la trompe, mais je n'y pris pas garde, jusqu'à ce que Joscelin arrivât et me saisît le bras.

— Qu'y a-t-il ? demandai-je.

Son visage était indéchiffrable.

— Viens voir.

— Le travail est fait, qu'ils prennent leurs chars, dis-je au forgeron. Le Cruarch veillera à ce que vous soyez payé pour votre travail.

Je regrette d'avoir à le dire, mais certains des artisans venus à Troyes-le-Mont étaient largement tentés d'abuser des Albans. Je hâtai le pas derrière Joscelin, gravissant les degrés de l'escalier de la tour, ignorant les élancements dans mon dos toujours douloureux.

Sur les remparts, il pointa un doigt vers l'ouest, vers une troupe en train d'arriver à la forteresse.

— Là !

Ils avançaient en formation carrée autour d'une silhouette isolée au centre ; il y avait également un cavalier d'escorte de chaque côté. Des étendards flottaient à chaque angle du carré. J'en connaissais le motif : un corbeau et la mer.

Quincel de Morhban.

Je retins mon souffle, stupéfaite, puis les doigts de Joscelin se refermèrent sur mon coude en une prise suffisamment forte pour me faire mal. Je connaissais également la silhouette que les hommes de Morhban entouraient. Il n'y avait pas à s'y tromper, même à cette distance, fière et droite en selle, la tête levée bien haut, avec une cascade de cheveux d'un noir tirant sur le bleu.

Le monde se mit à onduler dans mon champ de vision ; les murs crénelés des remparts basculèrent soudain. Seule la main de Joscelin sur mon bras me tenait encore debout. À mon cou, le diamant de Melisande étincelait comme le soleil – et pesait comme un boulet.

— Melisande, murmurai-je. Ah ! Elua !

92

Je ne crois pas que le duc de Morhban eût pu s'emparer d'elle sans une aide extérieure. C'étaient les siens qui l'avaient trahie, les deux cavaliers d'escorte se révélant être des membres de la maison Shahrizai. D'ailleurs, ils chevauchaient la tête dissimulée sous une capuche, même par ces chaleurs d'été. C'étaient de jeunes membres de la maison – Marmion et Persia – qui avaient vendu la cachette de leur cousine à Quincel de Morhban en échange de son appui.

Après notre départ des rives de Terre d'Ange à bord du navire amiral de Rousse, Morhban avait tenu parole et interrogé les hommes de l'amiral. Rousse ne leur avait pas tout dit avant notre départ, mais ils en savaient assez pour mettre la puce à l'oreille de Morhban. Par ailleurs, lui étaient revenues des rumeurs selon lesquelles des membres de la Fraternité cassiline servant de messagers aux alliés loyaux d'Ysandre cherchaient Melisande. Morhban n'était pas fou et cela faisait suffisamment longtemps qu'il régnait sur le Kusheth pour savoir comment traiter avec la maison Shahrizai. Il ne dit rien dans un premier temps et attendit de voir comment les événements se déroulaient.

Tandis que la nation partait en guerre, Quincel de Morhban attendit son heure. Lorsque des vagues immenses déferlèrent sur le détroit et que lui revint le bruit selon lequel une flotte albane avait pris pied sur le sol d'Angelin, il prit sa résolution et se mit en chasse de Melisande Shahrizai.

Il la trouva dans une demeure isolée du sud du Kusheth, se préparant à partir, tout comme Marmion et Persia l'avaient annoncé.

Au moins, ils savaient ça, l'ayant aidée dans ses préparatifs ; mais ce n'était pas assez pour la condamner. La rumeur se répandit à la vitesse du vent dans Troyes-le-Mont ; partout on annonçait qu'on avait amené Melisande Shahrizai, prisonnière. Apparemment, tout le monde savait quelque chose ; en fait, personne n'en savait assez. Melisande jouait finement. Les preuves de sa culpabilité avaient été annihilées sur le champ de bataille.

— Je suis désolée, me dit Ysandre d'un ton empreint de compassion. Je vous aurais épargné cela si j'avais pu.

Je pris une profonde inspiration et frissonnai.

— Je sais, ma dame.

L'audience du jugement eut lieu dans la salle du trône, fraîche et obscure derrière ses murs épais – éclairée par des torches et des lampes, même au cœur de l'été. Je me tenais derrière le trône d'Ysandre, derrière ses deux Cassilins et la rangée des gardes de la maison Courcel. Joscelin n'était pas très à l'aise avec cette mise en scène, mais il n'en était pas moins à mes côtés.

Quincel de Morhban vint mettre un genou en terre devant Ysandre, affirmant sa loyauté. Je ne me souviens pas de ses paroles à cet instant ; tous mes sens étaient tendus vers un point et un seul dans cette grande pièce. Il s'écarta et Melisande Shahrizai s'avança, flanquée par deux gardes, qui n'osaient toutefois pas la toucher.

— Dame Melisande Shahrizai. (La voix glacée d'Ysandre parut trancher l'air comme une lame.) Vous comparaissez devant nous accusée de trahison. Que plaidez-vous ?

— Majesté. (Melisande exécuta une révérence, fluide et gracieuse ; son visage était aussi calme que magnifique.) Je suis votre fidèle servante – innocente d'un pareil crime.

Je vis Ysandre se pencher en avant.

— Vous êtes accusée d'avoir conspiré avec Isidore d'Aiglemort pour trahir votre patrie et vous emparer du trône. Le nierez-vous ?

Melisande sourit ; oh ! comme je connaissais ce sourire. Je l'avais vu des milliers de fois dans mes rêves et dans la vie. Les lueurs des torches faisaient scintiller ses cheveux et son visage d'ivoire ; ses yeux bleus étaient comme deux étoiles jumelles.

— Depuis mille ans, la maison Shahrizai sert le trône, dit-elle, de sa voix qui était comme le miel, pleine de saveurs et de douceur.

Nous, les D'Angelins, sommes toujours vulnérables à la beauté ; toujours. J'entendis la foule murmurer.

— Sa Grâce le duc de Morhban lance des accusations, mais n'apporte aucune preuve. J'ajouterai qu'il a beaucoup à y gagner puisque, ce faisant, il récupère sa loyauté et mes biens.

Melisande tourna les paumes de ses mains vers le ciel en un geste plein d'éloquence, avant de relever son visage vers Ysandre. Tant d'assurance, tant de confiance ; sa culpabilité était enterrée sur le champ de bataille, plongée dans le long sommeil de la mort.

— Car où était-il lorsque s'engagea la bataille pour protéger la souveraineté d'Angeline ? Oui, Majesté, je récuse ses accusations. S'il a des preuves, qu'il les produise.

Je ne savais guère, au juste, ce que Morhban pouvait bien avoir deviné ; mais à cet instant, je sus l'étendue de ce qu'il lui avait dit : rien. L'isolement qui avait protégé Melisande l'avait aussi rendue vulnérable, et Quincel de Morhban l'avait désarmée de la seule manière possible, en la plongeant dans l'ignorance.

— Vous êtes également accusée, poursuivit Ysandre en tenant son regard posé sur elle, de conspiration en intelligence avec Waldemar Selig des Skaldiques.

Cela prit Melisande par surprise. Je vis ses cils papilloter. Puis elle rit, avec une grâce et un naturel confondants.

— C'est ce que prétend le duc ? Eh bien, je pourrais en dire autant de lui, ou de n'importe qui, Majesté. Rien n'est plus simple que de porter une accusation que les morts ne peuvent ni confirmer, ni réfuter.

— Non, reprit Ysandre. Ce n'est pas le duc de Morhban qui vous accuse.

Melisande se figea ; son regard, fixé sur la reine, s'étrécit.

— N'est-ce pas mon droit, Majesté, de savoir qui m'accuse de pareils crimes ? demanda-t-elle d'une voix grondante et sourde.

Ysandre n'agita pas la main ; elle esquissa un

imperceptible signe, et la rangée de gardes s'écarta devant moi. Je m'avançai, tremblante.

— C'est moi, dis-je doucement, en croisant le regard de Melisande.

Ma main vint se poser sur le diamant à mon cou; j'en arrachai le cordon d'un coup sec. Le velours céda et je brandis le bijou devant moi, avant de le jeter à ses pieds sur les dalles.

— Ceci vous appartient, ma dame, dis-je avec une courte inspiration haletante. Moi, je ne vous appartiens pas.

Dans le silence de mort qui s'abattit sur la salle du trône, Melisande Shahrizai devint plus pâle qu'un spectre.

Elle eut la force de ne rien montrer d'autre; pétrifiée, elle maintenait son regard au fond du mien. Puis, à la stupéfaction de tous, elle rit et détourna les yeux.

— Mon cher Delaunay, murmura-t-elle en observant un point dans le lointain. Quel final vous nous jouez! (Personne ne dit rien; ses yeux d'un bleu saphir revinrent se poser sur moi, pensifs.) C'était l'unique chose que je n'avais pas prévue. Percy de Somerville s'était préparé à l'invasion skaldique. C'était toi?

— J'ai vu une lettre que vous avez écrite à Selig, de votre propre main. (Ma voix tremblait.) Vous auriez dû me tuer lorsque vous en aviez la possibilité.

Melisande se baissa pour ramasser le diamant; elle le tint devant elle par son cordon.

— Te laisser le Cassilin était peut-être un peu trop, dit-elle, en lançant un coup d'œil à Joscelin, impassible à mes côtés. Même si apparemment, il semble fort bien s'en accommoder.

— Contestez-vous ces accusations ? demanda Ysandre d'une voix forte, froide et implacable, qui fit retomber la tension entre nous.

Melisande considéra le diamant, puis referma son poing dessus, arquant les sourcils.

— Je suppose que vous avez des preuves pour étayer leur histoire ?

— Des gardes du palais les ont vus avec vous la nuit du meurtre de Delaunay. (L'expression sur le visage d'Ysandre était aussi calme qu'impitoyable.) Et je crois, dame Shahrizai, que les trente mille Skaldiques qui nous ont envahis attestent de la véracité de leurs dires.

Melisande haussa les épaules.

— Alors je n'ai rien à ajouter.

— Qu'il en soit ainsi ! (Ysandre fit signe à ses gardes d'approcher.) Vous serez exécutée à l'aube.

Personne ; ni Trevalion, ni L'Envers, ni le duc de Morhban, ni aucun de ses pairs assemblés, pas même un des membres de la famille Shahrizai qui se tenaient tête baissée, absolument personne ne parla en sa faveur. Tremblante, je regardai les gardes de la maison Courcel emmener Melisande.

— C'est fini, murmura Joscelin à mon oreille. C'est fini, Phèdre.

— Je sais.

Je portai une main à mon cou que n'ornait plus aucun diamant ; je me demandai pourquoi je me sentais si vide.

Ce jour-là et une partie de la nuit, je demeurai longtemps à l'hôpital des blessés – puisant du réconfort dans ces tâches ingrates. Je n'avais pas, à proprement parler, de connaissances particulières en médecine, mais Lelahiah Valais avait un jeune étudiant timide suffisamment aimable pour me montrer les gestes simples pour changer un pansement ou nettoyer une plaie infectée avec une infusion d'herbes. Ma présence permettait essentiellement aux souffrants de voir un visage aimable, et de s'épancher dans une oreille attentive. Quelques jours auparavant, j'avais récupéré de l'encre et des parchemins à la petite bibliothèque de la forteresse, et j'écrivis des lettres pour tous ces blessés qui savaient désormais qu'ils ne rentreraient jamais chez eux.

Une petite attention, mais qui signifiait beaucoup pour les mourants. Je passai le plus clair de mon temps auprès des Cruithnes et des Dalriada, qui ne pouvaient même pas communiquer avec ceux qui les soignaient. Drustan avait déjà un monceau de lettres ; il avait promis que toutes parviendraient sur le sol d'Alba, où les bardes les liraient si leurs destinataires n'étaient pas lettrés.

Bien avisé à sa manière, Joscelin me laissa. Je ne crois pas qu'il eût jamais véritablement saisi la nature du lien entre Melisande et moi. D'ailleurs, comment aurait-il pu, quand je n'y parvenais pas moi-même ? Cela aurait été plus simple avant ma traversée du camp skaldique ; avant la torture. Je la méprisai pour ce qu'elle avait fait – à moi et à Terre d'Ange.

Et pourtant…

Elua sait combien je l'avais aimée !

La nuit était déjà bien avancée lorsque le messager me trouva. Mal à l'aise et hésitant, il vint me murmurer ce qu'il avait à dire, dans l'atmosphère calme de la salle où gisaient les éclopés.

— Dame Phèdre, je suis envoyé pour vous quérir. Ma dame Melisande Shahrizai souhaiterait s'entretenir avec vous, si vous y consentez.

« *Si un jour, tu risques de te retrouver seule face à elle, fuis.* »

Je n'avais pas oublié la mise en garde de Hyacinthe ; mais j'y allai quand même. Il y avait deux gardes à sa porte ; des hommes d'Ysandre, à l'indéfectible loyauté. Ils me connaissaient, mais ils ne m'en fouillèrent pas moins, à la recherche d'une arme éventuelle. Ironiquement, dans la forteresse surpeuplée, Melisande était la seule – avec la reine – à disposer d'une pièce pour elle. Elle appartenait aux pairs du royaume et était une descendante de Kushiel ; elle méritait bien ces égards pour sa dernière nuit sur cette terre. Je me demandai à qui on avait ordonné de déménager pour lui offrir ce confort.

Au demeurant, ce n'était qu'une petite chambre – deux chaises, une table et un lit. J'entrai et j'entendis la porte se refermer derrière moi ; le verrou fut bien vite tiré.

Assise sur l'une des chaises, Melisande releva la tête.

— Je n'étais pas sûre que tu viendrais, me dit-elle en guise de bienvenue, en haussant ses sourcils parfaits. Et sans ton ange gardien qui plus est.

— Que voulez-vous ? demandai-je sans m'asseoir.

Elle se contenta de rire ; ce rire dense et profond qui transformait mes os en eau ; aujourd'hui encore ; aujourd'hui toujours.

— Te voir, dit-elle enfin. Avant de mourir. Est-ce vraiment trop demander ?

— De votre part, oui, répondis-je.

— Phèdre.

Ses lèvres formaient mon nom ; sa voix lui donnait un sens. Je saisis le dossier de la seconde chaise pour me retenir ; ses yeux me considérèrent avec une petite note amusée.

— Me détestes-tu tant que ça ?

— Oui, murmurai-je en espérant que ce fût vrai. Et comment pouvez-vous ne pas vous haïr vous-même ?

— Ah ! fit Melisande avec un haussement d'épaules. J'ai été imprudente et tu as joué les cartes que je t'avais laissées. Dois-je t'en vouloir pour cela ? Je savais que tu étais la créature de Delaunay lorsque je te les ai données. Les choses auraient sans doute été différentes si j'avais fait de toi ma créature, sans te laisser aucun choix.

— Non.

— Qui sait ? reprit-elle avec un petit sourire. En tout cas, je dois admettre que je t'avais grandement sous-estimée. Toi et ton Cassilin à moitié fou. J'ai entendu des choses racontées par les gardes. Ils disent que tu es allée jusqu'en Alba.

Je m'accrochai au dossier de la chaise.

— Que vous avait promis Selig ? demandai-je en durcissant la voix.

— La moitié d'un empire. (Melisande se laissa aller sur sa chaise, avec la plus grande décontraction.) J'ai entendu parler de lui lorsqu'il a demandé la main de la fille du duc de Milazza. Il a éveillé ma curiosité. Il a cru que je lui offrais Terre d'Ange, mais tu sais, c'est moi qui aurais pris la Skaldie au bout du compte. Ou nos enfants, si je n'avais pas vécu jusque-là.

— Je sais.

Et sur cela, je n'avais aucun doute ; j'avais deviné la profondeur tortueuse de sa conspiration. Un rire hystérique monta en moi, mais resta bloqué dans ma gorge pour me laisser pantelante au bord de l'étouffement.

— Vous auriez été heureuse avec lui, ma dame, dis-je frénétiquement. Nous avions vu ensemble la moitié des *Trois Mille Joies.*

— Vraiment ? murmura-t-elle. Hmm !

Je fermai les yeux pour ne plus la voir.

— Pourquoi avez-vous fui la Ville à la mort de Ganelon ? J'ai cru que vous saviez.

Au bruissement de sa robe, je sus que Melisande s'était levée.

— Non. Je savais que Ganelon se mourait. Et j'ai su que Thelesis de Mornay avait eu une audience avec Ysandre le lendemain, et que ses gardes avaient été interrogés au sujet de la nuit de la mort de Delaunay. (Le froissement soyeux d'un haussement d'épaules.) J'ai cru que la poétesse du roi avait persuadé Ysandre d'ouvrir une nouvelle enquête. C'était suffisant pour que je fasse preuve de prudence et que je m'absente.

Son plan était déjà en marche à ce moment-là. Une nouvelle enquête n'aurait mené à rien – si Joscelin et moi n'étions pas alors sortis des profondeurs de l'hiver skaldique avec une incroyable histoire à raconter.

Je rouvris les yeux ; Melisande contemplait la nuit par la petite fenêtre de sa chambre.

— Pourquoi ? demandai-je dans un souffle.

Je savais toute l'inanité de ma question, mais je ne pouvais faire autrement que de la poser.

Elle se retourna vers moi, sereine et somptueuse.

— Parce que j'en avais la possibilité.

Jamais il n'y aurait une autre explication. Autant je pouvais souhaiter qu'elle me donnât une bonne raison, autant, au fond de mon cœur, et pas seulement dans la sombre partie de moi-même qui comprenait intuitivement, je savais que celle-ci ne viendrait jamais.

— Rien n'aurait jamais été différent, dis-je durement, en souhaitant que mes paroles lui fassent mal.

J'aurais voulu la voir fléchir sous l'impact. Jamais encore je n'avais su ce que cela signifiait de vouloir faire mal aux autres ; je savais désormais.

— Vous auriez pu tenter n'importe quoi, me déclarer comme votre créature, jamais je ne vous aurais aidée dans cette entreprise.

— Vraiment ? (Melisande souriait, amusée.) En es-tu si sûre, Phèdre nó Delaunay ?

Sa voix grave et pleine de miel faisait courir des frissons sur ma peau ; elle traversa la pièce pour venir à moi et mes pieds ne bougeaient pas, enracinés dans le sol. Presque négligemment, elle suivit de la main le contour de ma marque, cachée sous mon corsage. Cela suffit à réveiller la blessure que Selig m'avait infligée ; une douleur brûlante se diffusa dans tout mon corps. Je sentais la chaleur de sa présence – son parfum. Rien n'avait changé. Ma volonté ployait devant la sienne tandis qu'elle posait une main sur ma joue ; obéissante, je relevai mon visage vers le sien. Mon monde tournait autour d'un axe qui avait pour nom Melisande.

— « Qui se soumet, murmura-t-elle en approchant ses lèvres des miennes, n'est pas toujours faible. »

Un baiser ; presque. Ses lèvres frôlèrent les miennes et se retirèrent ; ses mains quittèrent ma peau. En titubant, je tombai dans l'abîme de sa soudaine absence, tétanisée par un désir brûlant.

— C'est ce que ton Tsingano m'a dit. (Melisande me regardait ; ses yeux étaient devenus froids.) Je m'en suis toujours souvenue, mais j'aurais dû prêter plus attention à son conseil de choisir sagement mes victoires. (Elle se rassit sur sa chaise.) Pars, maintenant. Laisse-moi contempler ma mort.

Je partis.

Je frappai sur la porte de sa chambre et en sortis en titubant lorsque les gardes d'Ysandre tirèrent le verrou ; à tâtons, je trouvai le mur de pierre pour m'appuyer.

— Vous vous sentez bien, ma dame ? me demanda l'un d'eux, d'une voix anxieuse.

J'entendis la porte qu'on refermait et je hochai la tête.

— Oui, murmurai-je, en sachant pertinemment que ce n'était pas vrai, pas vrai du tout.

Mais il n'y avait rien à faire ; personne ne pouvait rien y faire. Elle et moi aurions toutes deux dû suivre les recommandations de Hyacinthe. Un rire effrayant menaçait de monter dans ma gorge ; je baissai la tête et me passai les mains sur le visage.

Melisande.

93

Je passai la nuit seule au sommet des remparts.

Les gardes somnolents me laissèrent tranquille, ne venant me déranger que pour m'offrir une gorgée d'alcool de leur flasque, pour me laisser ensuite replonger au cœur du tumulte de mon âme. J'avais toujours aimé venir me réfugier là, seule au milieu de l'espace immense, sous la voûte des cieux. Au plus fort de l'angoisse, c'est toujours un réconfort de se souvenir de notre petitesse face à l'infini du monde.

En toute sincérité, qu'aurais-je fait si Melisande avait acheté ma marque au lieu de payer pour l'avoir parfois ; si elle n'avait jamais lâché la laisse à mon cou ? J'étais sûre, pratiquement certaine d'avoir dit la vérité.

Pratiquement. Elle avait atteint son but ; jamais je ne pourrais être totalement sûre. Jamais.

Au bout du compte, bien sûr, peu importait. Ce qui s'était passé était révolu désormais ; et mes choix étaient arrêtés. À l'aube, Melisande Shahrizai ne serait plus ; condamnée à mort et exécutée. Plus personne n'aurait jamais à subir ses actes.

Moi exceptée.

Telles étaient les pensées qui m'agitèrent tout au

long de cette nuit-là, tandis que j'écoutais les petits bruits de la forteresse assoupie, le murmure des gardes, les chevaux qui s'ébrouaient et piaffaient dans les écuries, le grincement occasionnel d'une porte. J'entendais tout ça et rien d'autre.

Joscelin me trouva alors que le ciel commençait à virer au gris, à l'instant où je songeais que j'avais déjà vu bien trop d'aubes sanglantes. J'étais une servante de Naamah ; mes petits matins ne devraient être placés que sous le signe du sang de la vigne – pas celui du sang de la chair.

— Tu es allée la voir, dit-il à voix basse derrière moi. (Je hochai la tête sans même me retourner.) Pourquoi ?

— Je ne sais pas. Je lui devais bien ça, je suppose. (Je me retournai pour apercevoir son visage calme et sérieux, que je connaissais si bien.) Joscelin, il y a des choses que je ne pourrai jamais oublier. Et il y aura des moments où il faudra que j'essaie.

— Je sais, dit-il gentiment, en venant à côté de moi. Tu sais que je ne pourrais jamais te faire du mal, même si tu me le demandais ?

— Je sais.

Je pris une profonde inspiration et saisis son bras. Une *anguissette* et un Cassilin ; qu'Elua nous vienne en aide !

— Nous avons survécu à trente mille Skaldiques et à la colère du Maître du détroit. Chacun de nous devrait pouvoir survivre à l'autre.

Joscelin rit doucement et je nichai mon visage contre son torse. Il y avait tant de choses entre nous – et tant d'autres condamnées à se dresser toujours entre nous. Et en même temps, je savais que je ne voulais surtout pas être sans lui.

Nous restâmes ainsi un long moment et je sentis glisser de moi l'horreur de cette longue nuit. Le ciel pâlissait ; les longs rayons du soleil commençaient à venir caresser les remparts. Bientôt, tout serait fini.

Telles étaient mes pensées lorsque montèrent à nos oreilles des cris et les bruits de soldats en armure qui couraient.

Effectivement, c'était l'heure de la relève ; néanmoins je ne me souvenais pas qu'il en allait ainsi d'ordinaire. Généralement, les nouveaux gardes arrivaient, visage fermé, et l'officier demandait à ceux de la nuit si tout s'était bien passé. Ils confirmaient d'un signe de tête, pressés d'en finir pour aller se reposer.

— Que se passe-t-il ? demanda Joscelin en attrapant le bras d'un capitaine.

— Au moment d'exécuter dame Melisande Shahrizai à l'aube, dit-il, le visage sombre, ils n'ont trouvé que sa chambre vide. Elle est partie. Deux gardes sont morts à sa porte, ainsi que celui de faction à la poterne. (Il écarta la main de Joscelin.) Excusez-moi, ajouta-t-il avant de repartir coudes au corps.

Tout en haut des remparts, nous nous regardâmes, et le rire désespéré, toujours bloqué dans ma gorge, sortit enfin.

— Melisande, m'étranglai-je. Ah, Elua ! non !

Ysandre fit mettre la forteresse sens dessus dessous, envoya des cavaliers dans toutes les directions et fit interroger tous ceux qui avaient la liberté de se déplacer cette nuit-là ; absolument tous. On ne trouva aucune trace d'elle ; Melisande s'était évanouie comme une apparition. Joscelin lui-même fut interrogé ; et moi aussi. Moi plus qu'une autre. Ysandre me fit venir dans la salle du trône et je sus ce que c'était que de paraître devant la reine – comme Melisande avait eu à le faire.

— Elle vous a demandé de venir cette nuit, dit Ysandre d'une voix froide et dure comme l'acier. Et vous y êtes allée. Ne le niez pas, Phèdre, on vous a vue à l'hôpital. Pourquoi ?

Je lui répondis comme j'avais répondu à Joscelin – à la nuance près que je tenais mes mains serrées l'une contre l'autre pour qu'elle ne vît pas qu'elles tremblaient.

— Majesté, je lui devais bien ça.

— Si vous lui deviez quelque chose, elle-même devait payer le prix de sa trahison. (Le visage d'Ysandre était implacable.) Ce n'est pas ainsi qu'on acquitte ses dettes en Terre d'Ange.

— Elle m'a épargnée une fois, murmurai-je. (« Je ne te tuerai pas, pas plus que je briserais un vase ou une fresque inestimable. ») Et moi, je ne l'ai pas fait. Pour ça, au moins, j'étais sa débitrice.

— Et quoi d'autre encore ? demanda Ysandre, sourcils haussés.

— Rien. (Je passai les mains dans mes cheveux, puis m'étranglai ; le rire dément demeurait toujours dans ma gorge.) Majesté, ma parole est l'unique preuve de sa trahison. Pour la sauver, il m'aurait suffi de garder le silence.

Le visage d'Ysandre s'adoucit, se teinta de compassion. Elle ne connaissait que trop bien la sincérité et la véracité de ce que je disais.

— Vous avez raison, bien sûr. Je suis désolée, Phèdre. Mais vous devez me comprendre. Aussi longtemps qu'elle sera en liberté avec des alliés pour l'aider, je ne serai jamais tranquille sur mon trône.

— Et il serait malvenu que vous le soyez, murmurai-je.

Son escorte me raccompagna jusqu'à la porte avec bien plus de courtoisie que lorsqu'on m'avait amenée. La reine de Terre d'Ange s'était excusée. C'était quelque chose qui valait la peine d'être noté.

Dans l'exaltation de la victoire, j'avais considéré tous ceux qui avaient combattu à Troyes-le-Mont comme des alliés et des amis. Lorsque la politique refit son entrée en scène, je retrouvai une plus juste mesure des choses. Mais après la fuite de Melisande, tout changea radicalement. Je ne regardai plus les gens autour de moi de la même façon.

L'un d'entre nous était un traître.

Pour finir, le mystère demeura entier. Nous ne sûmes jamais où Melisande était partie, ni qui l'avait aidée. Leur complicité était un secret si bien enfoui qu'il ne fut jamais découvert. Et puis, il y avait un royaume à gouverner ; et un mariage à préparer. Des cavaliers continuèrent à partir de Troyes-le-Mont dans toutes les directions, portant les nouvelles partout dans le royaume. Melisande ne serait plus accueillie nulle part sur le sol d'Angelin.

C'était suffisant. Il fallait que cela fût suffisant.

Au cours d'une cérémonie officielle, Ysandre de la Courcel rendit sa souveraineté sur les lieux à la duchesse de Troyes-le-Mont – qui s'était repliée loin du fracas de la guerre pour jouir de l'hospitalité de Roxanne de Mereliot, la dame de Marsilikos. Une part importante des rançons des Skaldiques serait affectée à la remise en état de la place forte, et au dédommagement des gens du cru pour les pertes subies. Une partie servirait encore à payer le train et les serviteurs de l'armée, et le reste à faire du bien pour compenser la vague de dévastation infligée par les Skaldiques au Namarre – en restaurant notamment les temples de Naamah.

Cette nouvelle me réjouit ; je n'avais pas oublié la prêtresse de Naamah qui m'avait sauvée dans le camp barbare. Ysandre faisait face à toutes ces choses avec une force d'âme pleine de pragmatisme, s'attelant à les résoudre en les prenant à bras-le-corps.

Les grappes arrivaient à maturité dans la vigne lorsque nous levâmes le camp pour entamer notre retour triomphal vers le sud de Terre d'Ange.

De tous les voyages que j'avais faits, celui-ci fut le plus glorieux – même si le plus court. Avec une bonne partie des troupes d'Angelines et l'intégralité de l'armée albane, notre progression ne pouvait qu'être lente ; massé tout au long du chemin, le peuple de Terre d'Ange jetait des fleurs sur le sol qu'Ysandre allait fouler. Ils l'acclamaient comme leur reine, et acclamaient Drustan également qui chevauchait à ses côtés. On venait pour voir son visage bleu et on restait pour crier sa joie et lancer des pétales.

Parmi les Cruithnes et Dalriada – les petits bruns du Cullach Gorrym, les blonds de l'Eidlach Òr, les massifs du Tarbh Cró et les grands de la Fhalair Bàn – pas un n'était reparti pour les rives d'Alba. Ils attendaient d'assister au mariage qui allait unir nos deux peuples et ouvrir pour de bon le détroit. Au cours de ce voyage, il m'arriva souvent de chevaucher aux côtés du char de Grainne, pour lui dire qu'Eamonn n'était pas oublié – pas par moi en tout cas.

Je ne dis rien du sac taché de sang suspendu à son char. Les Dalriada ont leurs superstitions. Le corps d'Eamonn avait été enterré dans les champs de Troyes-le-Mont ; si sa sœur voulait que sa tête pût contempler pour l'éternité le manoir des Dalriada à Innisclan, il ne m'appartenait pas d'y trouver à redire. Drustan savait, je pense ; tous les Cruithnes savaient. Mais je n'en parlai jamais à Ysandre.

C'est ainsi que nous ralliâmes la Ville d'Elua, qui se préparait depuis des semaines pour notre arrivée. Sous les vivats et les cris de toute la Ville assemblée, nous parcourûmes ses rues triomphalement.

C'était une sensation étrange pour moi que d'être au milieu de cette procession. Auparavant, je n'avais eu qu'une unique occasion d'assister à un triomphe dans la Ville d'Elua. C'était le jour des débuts d'Alcuin et je m'en souvenais bien. Depuis le balcon de la maison de ville de Cecilie Laveau-Perrin, j'avais bien regardé tous ceux qui défilaient ; tant d'entre eux étaient morts aujourd'hui. La Lionne de l'Azzalle et Baudoin de Trevalion – qui avait Melisande à ses côtés. Ysandre et son grand-père, Ganelon de la Courcel. Et, bien sûr, les alliés du Camlach, avec Isidore d'Aiglemort à leur tête. Tout m'avait alors paru si clair, si bien ordonné.

Rien n'est jamais tel qu'il y paraît vu de loin.

Anafiel Delaunay, qui était encore en vie ce jour-là, avait gagné au jeu du kottabos. Et Alcuin était vivant lui aussi – Alcuin qui avait enduré avec son incroyable dignité la mise aux enchères de sa virginité.

Je ne saurais dire d'où me vinrent les larmes qui me piquèrent les yeux tandis que nous avancions le long des rues de la Ville. La plupart les prirent pour des larmes de joie. Je les laissai le croire ; mes émotions étaient trop profondes et complexes pour que je puisse les décrire avec des mots.

Vidée par la maladie et la guerre, la Ville put largement nous accueillir, tous autant que nous étions – les soldats dans les baraquements et les nobles albans au sein du palais. Je n'avais pas de maison à moi où aller, mais Ysandre me garda auprès d'elle, m'accordant des appartements en sa royale demeure ; elle avait toujours besoin de mes talents de linguiste.

Puis il y eut des retrouvailles pleines de joie et d'effusion.

Première parmi toutes, il y eut la visite de Cecilie Laveau-Perrin venue avec Thelesis de Mornay. J'étais heureuse de voir la poétesse du roi mais, à mon grand étonnement, mon cœur se gonfla de voir Cecilie, son visage magnifique sur lequel le temps n'ajoutait que des grâces, et l'immense affection que je voyais dans ses yeux bleus. Le visage enfoui dans son cou, je pleurai sans retenue.

— Là, là, disait-elle en me tapotant le dos. Là, là… (Lorsque j'eus suffisamment repris contenance, elle me prit le visage entre ses mains.) Phèdre, mon enfant, bien rares sont les servants de Naamah qui savent ce que signifie réellement le fait de suivre le même chemin qu'elle. Chaque jour, j'ai prié pour que tu reviennes saine et sauve.

Joscelin se balançait d'un pied sur l'autre, ne sachant comment réagir à cet étalage d'émotions, fort inhabituel chez moi. Mais Cecilie n'avait rien perdu de ses manières gracieuses, acquises au sein de la maison du Cereus. Elle le mit instantanément à l'aise, prenant ses mains dans les siennes pour lui donner le baiser de bienvenue.

— Quel beau jeune homme, ce Joscelin Verreuil ! dit-elle d'un ton léger, en tournant ses mains dans les siennes pour examiner ses canons d'avant-bras. (Il portait maintenant la livrée Courcel, d'un bleu profond.) Et un véritable héros également. (Les yeux de Cecilie brillaient tandis qu'elle tapotait ses protections d'acier.) Qu'il ne soit jamais dit que Naamah n'a pas d'humour !

Il rougit jusqu'à la racine de ses cheveux et s'inclina.

— De la part de la reine de la Cour des floraisons nocturnes, j'accepte bien volontiers ce compliment.

Thelesis de Mornay tenait fixé sur nous son regard sombre et brillant, empli de tendresse.

— Sincèrement, dit-elle de sa voix musicale, la bénédiction d'Elua est sur cette journée. Malgré tout ce que nous avons perdu, nous avons tellement gagné !

Ses paroles éveillèrent un écho en moi, qui saluait dans un même ensemble le chagrin et la joie. C'était vrai, nous avions tellement perdu : tellement d'amis disparus – tellement – que leur absence faisait comme une pierre dans mon cœur. Et en même temps, nous avions tellement gagné : la victoire et la délivrance pour la terre et l'âme de Terre d'Ange, l'amour et la liberté pour nos vies. Il était juste et bon que nous célébrions ces choses-là. Tel est le message d'Elua le béni, qui a versé en souriant son sang pour la terre et pour l'humanité. Malgré la guerre, la mort et la trahison… « *Coule le miel, bourdonne la vie…* »

Nous étions chez nous.

94

Pour défier la mort, les D'Angelins célèbrent la vie.

C'est pour cette raison, je crois, que le mariage d'Ysandre et Drustan devint une affaire d'une telle ampleur. Et à tous ceux qui s'imaginent que ce fut par pure bonté que la reine me garda à son service pendant ces semaines, je dirai ceci : ce fut à la sueur de mon front que j'occupai cette place.

Au milieu du chaos, je trouvai du temps pour honorer les promesses que j'avais faites. Thelesis de Mornay me rendit un grand service ; elle mit en vers les hauts faits de notre quête et de la grande bataille, et les traduisit en cruithne – sachant que j'avais promis à Drustan et aux siens que leurs exploits seraient chantés. Je ne saurais dire combien de personnes elle vit pour rédiger son œuvre, mais un grand nombre assurément. Alors que sa santé n'était plus aussi bonne qu'avant la maladie, elle se consacrait sans compter à cette tâche.

Au final, cela devint un récit épique et elle consacra chaque journée de sa vie au Cycle ysandrin, ainsi nommé parce qu'il raconte la tumultueuse ascension d'Ysandre de la Courcel vers le trône de

Terre d'Ange – même si, en réalité, les aventures de bien des gens y sont relatées, dont les miennes. Cela faisait bien des années qu'elle était la poétesse favorite de Ganelon et elle savait comment trousser ses rimes pour un événement, de sorte que nous eûmes le début de son œuvre pour le mariage. En fait, j'appris qu'elle s'était mise à l'ouvrage dès le jour où quatre messagers, qui s'étaient présentés comme les hommes de la Section de Phèdre, avaient fait irruption au grand galop dans la ville, avec une lettre et le récit de grands exploits.

Un groupe de cavaliers spécialement choisis par Drustan fut envoyé en Azzalle, pour y retrouver la flotte de Rousse et se faire transporter en Alba, afin d'y faire chanter le souvenir des Cruithnes et des Dalriada, et y annoncer la grande victoire remportée ainsi que le retour à venir du Cruarch. Quintilius Rousse lui-même veilla à leur bonne traversée puis, après avoir confié le commandement de sa flotte à Jean Marchand, et le soin de garder la frontière à Marc de Trevalion, il mit le cap sur le palais en personne, plus rugissant et massif que jamais ; à son arrivée, il me serra dans ses bras au point pratiquement de m'en briser les côtes.

Pour ces messagers qui avaient porté ma missive à Thelesis de Mornay, mais aussi tous les survivants de la Section de Phèdre, je respectai le serment fait sur une ancienne voie tibérienne d'Alba. Je rencontrai donc Jareth Moran, Dowayne de la maison du Cereus, la première des treize maisons de la Cour de nuit. Le jeton qu'il m'avait donné le soir de la fête d'anniversaire de Baudoin avait disparu depuis bien longtemps, saisi avec les affaires de Delaunay, mais Cecilie Laveau-Perrin était à mes côtés ; et elle négocia et obtint de lui une offre qui aurait fait pleurer de jalousie n'importe quel adepte de la maison de la Bryone.

Quinze jetons – un pour chacun des vétérans de la Section de Phèdre – accordant un libre accès aux treize maisons la veille du mariage d'Ysandre. Mais Jareth Moran n'était pas idiot. Mon nom et mon histoire étaient connus – un étrange fil écarlate dans la tapisserie de la victoire d'Angeline ; l'*anguissette* de Delaunay qui avait survécu à l'esclavage en Skaldie et était allée en Alba. J'étais née et j'avais grandi au sein de la Cour de nuit, dans la maison du Cereus. Le Dowayne ouvrit bien grand ses portes aux hommes de la Section de Phèdre et profita de mon nom pour redonner un peu du lustre d'antan aux mythes de la Cour de nuit.

Peu importait que je n'aie jamais eu affaire avec lui ; j'avais dix ans lorsque Delaunay était venu me chercher. J'étais née dans la Cour de nuit – ce qui était vrai. Et j'avais tenu ma promesse – ce qui m'importait.

Ensuite, je portai l'acte rédigé par Hyacinthe sur un parchemin dans la tour solitaire du Maître du détroit. Emile pleura et m'embrassa les mains, me bénissant à profusion – en partie de joie et en partie de chagrin pour le triste sort de Hyacinthe. Je fus touchée de voir à quel point il l'avait sincèrement aimé.

Le prince des voyageurs.

Enfin, je fis une offrande au nom de sa mère au temple d'Elua, celui-là même où nous nous étions rendus après la mort de Baudoin. Je pris des anémones rouges, encore humides de rosée, pour les déposer aux pieds de la statue, puis je m'agenouillai et embrassai les pieds de marbre froid d'Elua.

— Pour Anasztaizia, fille de Manoj, murmurai-je.

Tout autour de moi, je sentais l'humidité du sol et des choses vertes qui poussaient, l'ombre profonde des chênes gigantesques. Loin au-dessus de moi, les traits d'Elua montraient un sourire énigmatique dans les lueurs du crépuscule.

Je demeurai longtemps, agenouillée.

Cette fois-ci, ce fut la main de Joscelin qui m'invita à me relever ; mais le prêtre d'Elua était là – le même, je le jure, même si tous les prêtres et toutes les prêtresses se ressemblent d'une manière ou d'une autre, car ils appartiennent à une lignée ininterrompue de servants. Il nous souriait, pieds nus dans l'humus, les mains dans les manches de sa robe.

— Fils de Cassiel, dit-il en admonestant gentiment Joscelin, ne sois pas si pressé. Tu as été à un carrefour et tu as choisi, et comme Cassiel, tu seras toujours à un carrefour, obligé de faire un choix – choisir encore et encore, le chemin du compagnon. Le choix est à jamais en toi – les carrefours et le chemin – et le commandement d'Elua est d'y être toujours.

Joscelin lui fit un sourire étonné, mais le prêtre tendait déjà une main, pour me toucher la joue.

— Le signe de Kushiel pour une servante de Naamah.

Il sourit dans l'ombre des frondaisons au crépuscule ; un sourire de bénédiction, *de souvenir*, songeai-je. Qui pouvait savoir ?

— Aime comme tu l'entends, et Elua guidera tes pas.

Il nous laissa.

Lorsqu'il se fut éloigné, je ris.

— On dirait que pour moi l'heure n'est plus aux sombres prophéties.

— Je te cède ma place si tu veux, dit Joscelin avec un petit sourire. On dirait que je suis condamné à faire le même choix un millier de fois au moins.

— En es-tu désolé ? demandai-je en scrutant son visage dans la pénombre.

— Non. (Joscelin secoua la tête.) Non, murmura-t-il.

Il me prit le visage entre ses mains et se pencha pour m'embrasser ; ses cheveux couleur de blé tombèrent autour de nous comme un rideau.

C'était un doux baiser, très doux, dont je sentis toute la vertu dans notre souffle partagé, son cœur qui battait à l'unisson du mien.

Lorsqu'il releva la tête, l'ombre d'un sourire flottait sur ses lèvres.

— Mais il y aura sûrement des moments où je le serai.

— Sûrement, répondis-je dans un souffle. Du moment que ce n'est pas maintenant.

— Oui, dit-il, avec un franc sourire cette fois-ci. Pas maintenant.

Au-dessus de nous, les mains de marbre d'Elua restaient écartées pour une bénédiction.

Ainsi furent tenues les promesses faites tout au long de cet effroyable voyage. Et après cela, vous pouvez être sûrs qu'Ysandre de la Courcel me fit trimer pour compenser ce temps pris pour m'occuper de mes propres affaires. Si elle faisait des efforts pour être une souveraine pleine de sagesse et de compassion, c'était aussi une noble d'Angeline dont le mariage approchait à grands pas, et qui avait du mal à résister à ses marottes. Jamais au cours de son existence elle n'avait eu le luxe d'explorer toute sa féminité ; si elle jouissait maintenant du plaisir d'être une femme, je ne pouvais l'en blâmer – moi qui ai grandi au milieu des falbalas.

Une autre question qui mobilisa fort mon attention fut la nécessité d'attifer toute la royauté albane à la mode d'Angeline ; en l'occurrence, la splendide robe commandée par Ysandre pour Grainne.

La reine de Terre d'Ange était plus qu'un peu fascinée par la reine guerrière des Dalriada. Il y avait eu au moins soixante femmes à se battre, mais Grainne était la seule dont le statut était comparable dans une certaine mesure à celui d'Ysandre.

La mort d'Eamonn ne l'avait pas diminuée. Si le chagrin pesait parfois sur son esprit enjoué, celui-ci en était approfondi par ailleurs. Un jour qu'elle tenait patiemment la pose sous les doigts du tailleur royal, je vis briller dans ses yeux la vieille lueur amusée, lorsque son regard croisa le mien.

Sa robe – une splendeur de soie rouge et de brocart d'or – était trop serrée à la taille, alors que les mesures avaient été prises une semaine plus tôt, à peine. J'écoutai les récriminations du tailleur et ris.

— Combien de temps ? demandai-je à Grainne en eiran.

— Trois mois. (Elle posa une main sur son ventre très légèrement rebondi et sourit de satisfaction.) Si c'est un garçon, je l'appellerai Eamonn.

— Il est de Rousse ?

— C'est possible, dit-elle en souriant de nouveau.

Impatientée, Ysandre haussa les sourcils. Elle s'en sortait un peu avec le cruithne, mais la maîtrise du dialecte eiran demande un petit peu de temps – ou une situation de grande nécessité. J'avais eu les deux. J'expliquai à ma souveraine ce que Grainne avait dit.

— Elle a combattu ? s'étonna Ysandre. Enceinte ?

— Elle n'en était pas encore certaine, répondis-je diplomatiquement.

Une horrible histoire eiranne raconte qu'une reine d'antan avait fait une course à pied avec une grossesse déjà bien avancée ; je lui épargnai ça, et me réjouis intérieurement de ne pas lui avoir parlé de la tête d'Eamonn conservée dans la chaux.

— Est-ce que Quintilius Rousse l'épousera ? demanda Ysandre.

Je traduisis et Grainne rit.

— Je ne crois pas que cela lui importe, ma dame, répondis-je.

— Ça ira, dit Ysandre au tailleur royal en le congédiant d'un geste de la main. Faites les retouches. (Elle se retourna ensuite vers moi pour me regarder d'un air interrogateur.) Et vous, ma presque cousine ? Allez-vous épouser votre Cassilin ?

On ne refuse pas de répondre à une question de sa souveraine, mais en regardant dans ses yeux, je vis que la question l'intéressait sincèrement.

— Non, ma dame, répondis-je simplement. Anathème ou pas, les vœux cassilins lient pour la vie. Joscelin les trahit chaque jour qu'il passe avec moi, et c'est son choix. Prendre femme reviendrait par contre à s'en moquer, ce qu'il ne peut pas faire, et ce que je ne lui demanderai pas.

Je crois qu'Ysandre comprit. Ses Cassilins, perpétuellement présents à ses côtés, tenaient leur regard fixé devant eux. Je n'avais pas la moindre idée de ce qu'ils pouvaient penser ; et je n'en avais que faire.

— Retournerez-vous au service de Naamah? demanda-t-elle.

— Je ne sais pas.

Je m'occupai les mains en aidant Grainne qui retirait sa robe; je lui tendis ses vêtements par-dessus le petit paravent. C'était l'une des questions entre Joscelin et moi – une question que nous avions soigneusement évitée. Je m'y trouvais confrontée à cet instant, sous le regard d'Ysandre.

— Vous avez été très bonne avec moi, Majesté, et de bons amis m'ont assurée de leur hospitalité. (C'était vrai: Gaspar Trevalion m'avait promis de me recevoir, tout comme Cecilie et Thelesis.) Mais si je suis riche en amis, je suis pauvre en argent.

Cela aussi, c'était vrai; alors qu'une véritable fortune m'attendait comme servante de Naamah. Il y avait d'autres raisons encore, mais plus délicates à expliquer. La pauvreté, ça, tout le monde comprenait.

— Oh, ça! (Ysandre rit en appelant un page d'un signe.) Fais venir le Chancelier de l'Échiquier. Dis-lui que c'est au sujet des biens du seigneur Delaunay.

Un homme mince aux cheveux gris arriva bien vite, une liasse de papiers à la main. Ysandre avait congédié le tailleur et autorisé Grainne à se retirer – ce qu'elle avait fait en me coulant un dernier regard d'amusement tranquille.

— Allez-y, dit Ysandre au Chancelier en se laissant aller sur un divan, un verre de vin à portée de main.

Je m'assis sur une chaise et regardai l'argentier royal avec perplexité, tandis qu'il s'éclaircissait la voix en examinant ses papiers.

— Oui, Majesté… Concernant les biens d'Anafiel

Delaunay, la maison sise dans la Ville et toutes ses dépendances… il semble qu'elle ait été acquise par un… (il se pencha sur son parchemin)… un certain Sandriel Voscagne, qui… en fait, cela importe peu. Nous pouvons entamer les démarches pour la récupérer en votre nom, dame Phèdre, ou vous reverser la somme totale correspondant au produit de la vente…

— Pourquoi ? l'interrompis-je, stupéfaite.

Le Chancelier de l'Échiquier me regarda par-dessus sa feuille, étonné.

— Oh ! vous n'avez pas… Majesté… Eh bien, ma dame, le seigneur Anafiel Delaunay vous avait officiellement désignés, il y a déjà quelque temps, comme ses héritiers, vous et un certain… (il consulta une nouvelle feuille)… Alcuin nó Delaunay, décédé. Suite à la déclaration de votre innocence par Sa Majesté, la saisie des biens de messire Delaunay devient caduque et vous devez être indemnisée.

J'ouvris la bouche, puis la refermai. Je me rappelais la maison telle qu'elle était la dernière fois que je l'avais vue – un horrible abattoir avec Delaunay mort et Alcuin mourant.

— Je ne la veux pas, dis-je avec un frisson. Pas la maison. Laissez-la à messire Sandriel ou à qui la possède. Si une somme m'est due… (c'était une notion bien difficile à assimiler) eh bien, c'est parfait.

— Très bien, dit le Chancelier en consultant ses feuilles. Indemnisation de la totalité de la somme. (Ysandre but une gorgée de vin et sourit.) Et puis, il y a Montrève, bien sûr, ajouta-t-il.

— Montrève ? répondis-je en écho, comme une simple d'esprit.

— Oui, Montrève, dans le Siovale. (Il trouva le

document qu'il cherchait et accommoda son regard pour le lire.) Suite à l'action en déshéritement, Montrève est passé à sa mère à la mort de son père, puis au cousin de messire Delaunay, Rufaille qui figure malheureusement au nombre des tués à la bataille de Troyes-le-Mont. (Le Chancelier s'éclaircit la voix.) Un codicille ajouté au testament de la comtesse de Montrève prévoit qu'en cas de décès de Rufaille, le domaine revient à Delaunay ou à ses héritiers. Ce qui me semble être le cas, ma dame.

Ses mots avaient beau former des phrases, je n'en perçais pas le sens. Pour ce que j'y comprenais, il aurait tout aussi bien pu être en train de me parler akkadian.

— Ce qu'il dit, Phèdre, m'expliqua succinctement Ysandre, c'est que vous avez hérité du titre de comtesse de Montrève, et du domaine.

Je la regardai, les yeux écarquillés.

— Ma dame plaisante.

— Sa Majesté ne plaisante pas, intervint le Chancelier de l'Échiquier sur un ton de reproche, en tassant ses feuilles. Tout est parfaitement en ordre, dûment enregistré dans les archives du trésor royal.

— Merci, messire Brenois, dit gracieusement Ysandre au Chancelier. Vous vous occuperez des formalités d'investiture.

— Majesté, répondit-il avec une courbette.

Puis, serrant ses feuillets contre lui, il se hâta de sortir.

— Vous saviez ? demandai-je d'une voix qui sonnait étrangement à mes oreilles.

Elle but une gorgée et secoua la tête.

— Pas au sujet de Montrève. Cela n'est apparu qu'après la parution des listes, et que messire Brenois eut déterminé que Rufaille de Montrève n'avait aucun héritier désigné. Vous pouvez refuser, bien sûr, mais c'était le désir de sa mère que le domaine revînt à son fils ou à ses héritiers. Or, c'est lui qui vous avait choisis, vous et Alcuin.

— Delaunay, murmurai-je.

Il ne m'avait jamais rien dit. Je me demandai si Alcuin avait su.

— Non. Je… J'accepte.

— Parfait, dit simplement Ysandre.

Ensuite, la question fut close dans son esprit et Ysandre me consulta sur certains détails mineurs en matière de bijoux et de coiffure pour son mariage ; je n'ai pas la moindre idée des réponses que je lui fis. Mon esprit était totalement engourdi. Elle était reine de Terre d'Ange ; Montrève n'était rien pour elle. Un petit domaine de montagne dans le Siovale, avec rien d'autre à offrir que quelques hommes d'armes et une bibliothèque acceptable ; son seul intérêt était qu'il avait donné le jour à Anafiel Delaunay, que son père avait aimé.

Voilà ce qu'il était pour elle. Pour moi, que l'ancienne Dowayne de la maison du Cereus avait appelée « le fruit non désiré des amours d'une traînée », c'était bien autre chose.

Lorsqu'elle en eut fini avec moi, je partis à la recherche de Joscelin.

— Qu'est-ce qui ne va pas ? demanda-t-il, alarmé, en voyant mon visage empourpré et mes yeux brillants comme si j'avais de la fièvre. Tu te sens bien ?

— Non, répondis-je la gorge nouée. Je suis devenue pair du royaume.

95

Pour finir, j'assistai au mariage d'Ysandre de la Courcel et Drustan mab Necthana, respectivement reine de Terre d'Ange et Cruarch d'Alba, en tant que comtesse Phèdre nó Delaunay de Montrève.

La fierté me fit conserver le nom de Delaunay. Ce que j'avais, c'était à lui que je le devais ; ce que j'étais, c'était en grande partie lui qui l'avait façonné – sous le nom qu'il s'était choisi en lieu et place de celui que la naissance lui avait donné. Je n'avais jamais oublié que c'était lui qui, en deux mots, avait transformé mon défaut mortel en inestimable trésor.

Ysandre annula l'édit de son grand-père contre la poésie de Delaunay ; après plus d'une vingtaine d'années, on pouvait de nouveau librement déclamer ses vers – empreints de toute la passion et de toute la virtuosité de sa jeunesse.

Lors des festivités du mariage, Thelesis de Mornay présenta, pour la première fois, son œuvre épique célébrant dans une même ode les deux mariés. Mais au cours de la cérémonie proprement dite, elle récita l'un des poèmes d'Anafiel Delaunay.

Je crois pouvoir affirmer que le monde entier le connaît maintenant ; pendant des mois, il fut du meilleur ton chez les amoureux de la Ville d'Elua de s'en susurrer un vers. Ce jour-là, personne ne l'avait encore entendu. Ses derniers mots me bouleversèrent et je pleurai.

Nos mains se touchent, mon amour, et c'est un nouveau monde qui voit le jour.

Ils convenaient admirablement, ô combien, pour chacun d'eux – deux souverains de deux royaumes différents, unis pour n'en plus former qu'un seul. La cérémonie se déroula dans les jardins du palais, où de grands dais charmants avaient été dressés. Les deux mariés se tenaient sous une charmille odorante ; le temple d'Elua est partout en Terre d'Ange là où la terre rejoint le ciel. Une vieille prêtresse, aux cheveux d'argent et au visage ridé, restée jolie malgré l'âge, conduisit la cérémonie.

Ysandre était belle comme un jour d'été, dans une robe de soie pervenche ; ses cheveux blonds entrelacés de myosotis étaient coiffés en couronne et noués de fils d'or. Si c'était bien moi qui l'avais ainsi conseillée, alors je ne m'étais pas trompée. Quant à Drustan, il était une véritable apparition aux yeux des D'Angelins, dans sa tenue de barbare picte recréée dans les plus fines soieries. Les plis de velours de son lourd manteau rouge de Cruarch encadraient les volutes bleues de ses épaules ; un torque d'or ornait la peau nue de son torse.

Cela aussi devint une vogue.

Ils s'étaient accueillis mutuellement en monarques, mais lorsque les mots furent prononcés et leur union scellée par un baiser, ils étaient un homme et une femme, un mari et son épouse. Je vis les yeux d'Ysandre qui brillaient lorsqu'elle s'écarta de lui, l'éclatante lumière du sourire de Drustan, et je criai ma joie de tout mon cœur. Je savais mieux que quiconque le prix payé pour que cette alliance fût réalisée.

Nous dînâmes là, sur les prairies fraîchement fauchées où d'immenses tables avaient été dressées, splendides sous leurs parures de linge blanc et de couverts d'argent et d'or. Joscelin et moi étions à la table royale, assez loin cependant du centre où régnaient les deux mariés. Chacun d'entre nous avait une timbale d'argent rehaussé d'or représentant le siège de Troyes-le-Mont et la victorieuse alliance qui s'ensuivit. Je l'ai toujours conservée jusqu'à aujourd'hui, et elle figure au nombre de mes plus chers trésors.

Il y eut à manger des faisans et des cochons de lait rôtis entiers, des huîtres apportées d'une traite dans la glace depuis la côte eisandine, du mouton, du gibier et du lapin, des fromages et des pommes arrosées d'alcool, des poires nappées d'une sauce aux baies très épicée. Des salades tendres aux feuilles vertes et craquantes nous furent servies également, parsemées de pétales de violette, puis des confits et des glaces. Et tout au long de ces agapes, des rivières de vin coulèrent à flots, des blancs au goût boisé, des rosés frais et des rouges puissants, tandis que des musiciens jouaient en circulant au milieu des nuées de serviteurs empressés.

Lorsque le soleil baissa sur l'horizon, des torches furent allumées et un millier de petits lumignons dispersés dans les jardins ; les phalènes, papillons de nuit et autres insectes s'y précipitèrent. Puis Thelesis de Mornay déclama l'ouverture de ce qui deviendrait ensuite le Cycle ysandrin. Comme il est étrange d'entendre son nom au détour d'un verset ; Ysandre et Drustan en étaient les héros, mais mon histoire y apparaissait en filigrane. Passablement ivre, je posai la tête sur ma main pour écouter.

Vint ensuite l'heure de porter les toasts – dont le nombre bien vite m'échappa. Je dus me lever lorsque Grainne, resplendissante dans la robe d'or et de pourpre choisie par Ysandre, porta le sien dans son cruithne au lourd accent eiran. Elle y parlait de la Fhalair Bàn et de l'honneur des Dalriada, de la joie et de ses fruits ; je n'en ai plus un souvenir bien précis. Je dus cependant m'en tirer honorablement, car tout le monde s'écria. Lorsque j'eus fini, Grainne me remercia, en m'appelant sa « sœur » ; elle me serra longuement dans ses bras – avec dans la prunelle des lueurs bien plus précises que celles relevant de la plus stricte fraternité.

Dans mon récit à Ysandre, je ne m'étais pas étendue sur cette question – me contentant d'expliquer que les seigneurs des Dalriada avaient été convaincus. Par la suite, j'appris que Quintilius raconta en détail comment j'étais parvenue à les convaincre ; Ysandre avait alors ri, avant de pleurer.

C'était sa faute après tout ; ne m'avait-elle pas nommée ambassadrice ? Je regrettai qu'Eamonn ne fût plus, qu'il ne pût plus être le complément de sa sœur.

Drustan porta ensuite un toast et, à ma grande fierté, il s'exprima d'abord en cruithne, puis dans un d'Angelin quasiment impeccable. Le vin faisait briller ses yeux noirs, et la lueur mouvante des milliers de bougies transformait les volutes bleues sur sa peau en un kaléidoscope fantastique.

— La joie de ce jour a été conquise au prix d'un immense sacrifice, dit-il d'une voix solennelle.

Chérissons d'autant plus ce précieux trésor et jurons tous ensemble que nos nations demeureront à jamais unies, dans la force et l'harmonie, comme Ysandre et moi ce jour. Que jamais, demain, nous ne soyons moins qu'aujourd'hui.

C'était bien dit et l'assemblée lui fit une ovation ; il salua avec la grâce d'un courtisan, puis se rassit.

Ysandre se leva, si jeune pour avoir déjà traversé tant d'épreuves. Et pourtant, il y avait de l'acier en Ysandre de la Courcel, forgé dans la fournaise du triangle Roland, Isabel, Delaunay, martelé sur l'enclume de l'éducation de son grand-père, et trempé à cœur lors de l'horrible siège de Troyes-le-Mont.

Un indestructible acier, adouci par l'amour.

— Ensemble, D'Angelins et Albans réunis, dit-elle, nous rendons grâce à Elua pour ce jour, et célébrons sa parole ! Pour quelle autre raison serions-nous ici aujourd'hui ? Nations, pays et foyers, mer et ciel, parents et alliés, amis et amants, maîtresses et consorts – un rugissement de rires salua sa tirade, auquel elle répondit d'un sourire – et, par-dessus tout, maris et femmes, nous honorons le précepte sacré d'Elua le béni. À chacun d'entre vous, pour ce jour et pour tous ceux à venir, je dis : « Aime comme tu l'entends. »

Je crois qu'aucun monarque n'aurait jamais porté pareil toast ; mais nous étions en Terre d'Ange et Ysandre était notre reine.

Nous bûmes, et bûmes encore ; les serviteurs remplissaient nos timbales de *joie*, ce breuvage transparent et intense, qui rend les flammes plus brillantes et fait brûler les feux plus grands.

Ensuite, les musiciens entonnèrent leurs musiques

et leurs chants et nous dansâmes sur l'herbe, tandis que le crépuscule illuminé par les bougies s'enfonçait dans la nuit, dans un air doux empli du parfum des fleurs de l'été. Je dansai tout d'abord avec Joscelin, puis Gaspar Trevalion s'inclina devant moi en m'offrant sa main ; ensuite, je perdis le compte de mes cavaliers, jusqu'à ce que Drustan mab Necthana vînt à son tour m'inviter.

Il y eut des murmures ; certains nobles savaient qui j'étais et d'autres non, mais mon nom était connu et le signe de Kushiel me trahissait. Dans l'univers de la cour, la politique n'est jamais bien loin sous la surface.

Mais, pas plus que moi, Drustan n'en avait cure ; et malgré sa jambe, il dansait bien pour un Alban. « Ysandre de la Courcel, fleur du royaume, va apprendre à un prince barbare affecté d'un pied bot à danser la gavotte. » C'était exactement ce qu'elle avait fait, et je dansais maintenant avec lui ; nous nous souriions. Cullach Gorrym, les plus anciens enfants de la Terre. Cela ne signifiait rien pour les D'Angelins, mais ils n'étaient pas là lorsque l'énorme sanglier noir était sorti du bosquet aux portes de Bryn Gorrydum. Moi, j'y étais.

Nous nous étions toujours très bien compris, Drustan et moi.

Il y avait aussi certains de mes clients dans l'assemblée ; j'avais choisi mes rendez-vous parmi les hauts personnages du royaume au cours de l'année précédente. Je n'en trahis aucun ; ce n'était pas l'endroit approprié pour ces questions-là. Certains, comme le duc Quincel de Morhban, s'en souciaient comme d'une guigne ; d'autres comptaient sur la discrétion des servants de Naamah. Je savais et ils savaient, tous ces clients dont les présents étaient désormais inscrits dans ma peau de manière indélébile, morceau par morceau, jusqu'à former l'ensemble de la marque qui m'avait rendue libre.

Aux petites heures du jour, Ysandre et Drustan se retirèrent, et nous les suivîmes jusqu'à leur chambre à coucher. Nous formions une longue cohorte bariolée et joyeuse, qui criait à tue-tête ses encouragements et ses vœux – certains déférents et d'autres plus lestes – et leur lançait des brassées de fleurs. En riant, des pétales plein les cheveux, ils refermèrent leur porte au verrou et les deux Cassilins d'Ysandre se mirent en faction. Visage sombre, ils nous demandèrent de partir, avec un regard particulièrement renfrogné pour Joscelin.

Les noces n'étaient pas finies pour autant ; la reine avait expressément demandé qu'elles durent jusqu'à l'aube ; je restai jusqu'au bout. Mon âme avait soif de petits matins heureux et d'aubes enchantées, pour emporter le souvenir de tant d'autres.

Et Joscelin également ; il comprenait. La première danse avait été pour nous deux ; nous dansâmes ensemble la dernière. Par la suite, je ris de l'entendre me raconter les incursions qu'il avait eues à subir entre les deux – de la part de dames et seigneurs d'Angelins curieux de mettre à l'épreuve la vertu d'un apostat cassilin. Ensuite, je me reposai entre ses bras, heureuse d'être là, en une posture qu'aucun de nous deux n'aurait crue possible pour nous.

Et nous regardâmes le soleil se lever sur Terre d'Ange.

Les jours qui suivirent furent pleins d'une activité fébrile ; tant de choses restaient à faire. Mais mon rôle touchait à sa fin. Lorsque le Chancelier de l'Échiquier vint me rendre compte de ses efforts et m'exposa ce que représentait le produit de la vente des biens de Delaunay, je lui demandai le nom d'un agent fiable pour gérer et faire fructifier cette soudaine fortune.

Joscelin en consacra une partie à préparer notre voyage à Montrève. Apparemment, nous n'allions pas voyager seuls puisque trois marins de la Section de Phèdre, parmi ceux blessés à la bataille de Troyes-le-Mont, demandèrent à quitter le service de Rousse pour entrer au mien.

Quintilius Rousse donna son accord et Ysandre accepta d'augmenter le droit d'attribution de Montrève en hommes d'armes – ce qui me valut d'acquérir trois chevaliers, Rémy, Ti-Philippe et Fortun. Je ne compris jamais ce qui me valait leur indéfectible et extravagante loyauté, mais Joscelin me dit souvent en riant qu'il en avait une idée ; toujours est-il que je me félicitais de leur présence à mes côtés, car j'étais loin d'être tranquille quant à l'accueil que Montrève allait me réserver.

Pour autant que j'en étais informée, les gens là-bas avaient été fidèles au père de Delaunay, le vieux comte de Montrève, puis à son cousin par la suite. Par contre, ils ne savaient plus rien de Delaunay depuis le temps de sa jeunesse ; et de moi, ils n'avaient jamais entendu parler. Née et élevée au sein de la Cour de nuit, je ne leur étais aucunement apparentée ; je n'étais même pas née dans le Siovale.

La veille de notre départ, j'eus droit à une dernière surprise. Un page de la reine vint me chercher, car des étrangers aux portes du palais demandaient à me voir.

Joscelin m'accompagna tandis que je traversais en

hâte les couloirs, avec la peur au ventre. Son visage était sombre et fermé et ses mains étaient sur ses dagues. Joscelin jouissait du droit de porter ses armes cassilines en tout temps et en tout lieu, même en présence de la reine. C'était une attention d'Ysandre, qui avait vu à quel point il se sentait nu lorsqu'il en était dépouillé, et une précaution aussi, car il veillerait toujours sur la vie de sa souveraine comme sur la sienne – ou la mienne.

Je ne savais vraiment pas à quoi m'attendre ; nous trouvâmes un jeune couple, vêtu simplement, mais confortablement, à la mode campagnarde.

— Ma dame de Montrève, dit le jeune homme en me saluant d'une inclinaison du buste.

Sa femme exécuta une profonde révérence. Le visage du jeune homme me disait quelque chose, mais j'étais trop déconcertée par son salut grave et solennel pour le resituer.

— Je suis Purnelle Friote, de Perrinwolde. Et voici ma femme, Richeline.

La jeune femme s'inclina une nouvelle fois. Son sourire était franc et ouvert, et son regard amical sous sa tignasse de cheveux bruns.

— C'est mon neveu qui vous a appris à monter à cheval, vous vous souvenez ? Dame Cecilie m'a dit que vous pourriez avoir besoin d'un intendant.

Le souvenir me revint et j'en fus si heureuse que je les embrassai tous les deux – à leur surprise embarrassée. Cecilie se montra alors, toute souriante du succès de son entreprise.

— Gavin jure que Purnelle peut faire tout ce qu'il fait, et deux fois plus rapidement, dit-elle, tandis que je prenais ses mains dans les miennes pour lui exprimer ma gratitude. Mon Perrinwolde devient trop petit pour faire face à la croissance du clan Friote. Et puis, toi tu auras besoin d'avoir tes gens autour de toi. Qu'ils aillent œuvrer avec les gens de Montrève, cela te simplifiera la vie. Tu sais, il n'y a pas meilleurs cœurs dans tout le royaume de Terre d'Ange.

C'était sans doute le meilleur conseil qu'on m'avait jamais donné ; et si Montrève me fit ensuite bon accueil, les efforts de Purnelle et Richeline Friote n'y furent pas pour rien. Ils vinrent avec des manières si ouvertes et avenantes qu'elles leur gagnèrent le cœur des Siovalese, aussi facilement que Perrinwolde avait gagné le mien.

Au bout du compte, nous partîmes donc à sept, dans des embrassades et des adieux si nombreux qu'il était impossible sûrement de les compter. Puis nous fûmes de nouveau sur les routes, en direction de Montrève.

— Lorsque nous serons installés, dis-je à Joscelin, tandis que la Ville d'Elua s'évanouissait derrière nous, il y a quelque chose que je voudrais que nous fassions. (Il leva un regard interrogateur vers moi.) Je voudrais aller à L'Arène, à la recherche de Taavi et Danele.

Joscelin sourit.

— Cela me plairait assez. Et peut-être qu'une comtesse, pair du royaume, pourrait leur manifester sa gratitude ? ajouta-t-il, avec une pointe d'amusement dans la voix.

— C'est possible, répondis-je. Et il est possible également qu'ils connaissent quelqu'un qui pourrait m'enseigner le yeshuite. (D'un coup d'œil en coin, je le vis hausser les sourcils.) Delaunay ne m'a jamais rien appris sur eux. Or, le Maître du détroit a été engendré et maudit par Rahab, qui sert le Dieu unique des Yeshuites. S'il existe quelque chose susceptible de lever le sort qui le lie, c'est dans la tradition yeshuite que je peux le trouver.

— Hyacinthe, murmura Joscelin dans un souffle.

Je hochai la tête.

— Très bien, alors nous irons à L'Arène. (Il rit.) Et qu'Elua nous vienne en aide ! mais tu es bien capable de te mesurer aux dieux.

Je l'aimais pour ça.

Et nous étions en route pour Montrève.

96

C'est une chose de visiter un domaine, et une autre d'en hériter. Même avec l'aide fort capable que Cecilie m'avait légué, il me fallut pratiquement une année pour m'installer dans le rythme de Montrève – mais aussi pour obtenir la confiance et la bienveillance de ses habitants, qui se demandaient à juste titre comment un domaine du Siovale avait bien pu passer en possession d'une servante de Naamah élevée dans la Ville d'Elua.

Le domaine de Montrève était magnifique – petit joyau vert serti dans l'écrin des montagnes. Pour Joscelin, né dans le Siovale, c'était pratiquement un retour aux sources. Nous le parcourûmes à cheval en long et en large et tombâmes amoureux du charme simple de ses rudes collines et vertes vallées, tapissées çà et là d'une tendre prairie. C'était une région d'élevage de moutons ; il apparut que j'en possédais d'immenses troupeaux.

Élégante et pittoresque, la bastide proprement dite offrait une touche de luxe eisandin ; la marque de la mère de Delaunay, sans aucun doute. Elle était entourée d'une succession de jardins, petits mais remplis de fleurs colorées presque tout au long de l'année. Ils étaient devenus un peu sauvages par manque d'entretien, mais Richeline Friote prit en main le soin de les remettre en état.

Et il y avait une bibliothèque ; celle où Anafiel Delaunay avait passé son enfance, immergé dans l'amour qu'on vouait au savoir et aux livres, ici dans le Siovale. Un jour, je vis son nom gravé au couteau dans une table de travail ; les larmes me vinrent aux yeux.

Finalement, l'amour de Joscelin pour la terre, mon amour pour Delaunay, la bonne nature des Friote et les manières rustiques et enjouées de mes trois chevaliers, tout cela finit par faire tomber toutes les préventions des gens de Montrève. Lorsque nous fûmes bien installés, j'écrivis des lettres – que mes anciens marins se firent un plaisir de porter de l'autre côté du royaume. J'écrivis à Ysandre pour lui redire ma gratitude, à Cecilie Laveau-Perrin et à Thelesis de Mornay, pour leur dire mille et une petites choses de notre quotidien, à Quintilius Rousse et Gaspar Trevalion pour leur donner mon meilleur souvenir ; et à tous, je demandai des nouvelles. J'écrivis même au maestro Gonzago de Escabares, aux bons soins de l'université de Tiberium ; Rémy fut parti des mois entiers dans cette aventure.

J'achetai des livres également, et à L'Arène, Ti-Philippe retrouva Taavi et Danele, propriétaires d'un atelier de tailleur fort prospère dans le quartier yeshuite.

Au printemps, nous leur rendîmes visite ; nos retrouvailles furent joyeuses. Il était bien difficile de croire qu'un an à peine auparavant ils nous sauvaient la vie sur la route. Les filles avaient grandi et notre petit cheval skaldique, toujours au sein de la famille, avait le ventre bien rebondi. Ils ne voulaient toujours rien en remerciement de ce qu'ils avaient fait, mais je leur passai une commande considérable. Les armoiries de Montrève étaient un blason divisé en quatre, avec un croissant de lune dans le coin supérieur droit et un pic dans le coin inférieur gauche. C'était la bannière qui avait toujours flotté sur le domaine de Montrève, mais pour les marins de la Section de Phèdre, j'y ajoutai ma petite touche personnelle : la gerbe de blé de Delaunay et le signe de Kushiel.

Nous rentrâmes de L'Arène riches de serments d'amitié renouvelés, plus Seth ben Yavin, un jeune érudit yeshuite, qui bégayait et rougissait du simple fait d'être en ma présence, mais montrait une inébranlable persévérance à m'enseigner le yeshuite.

Tout au long du printemps et jusqu'au milieu de l'été, j'étudiai avec lui ; les journées filaient comme s'écoule un ruisseau. Joscelin se joignait parfois à nous, mais pas toujours ; l'appel des montagnes était le plus fort, et il préférait – disait-il – apprendre de moi. Lorsque j'eus une certaine maîtrise de la langue, Seth commença à oublier que j'étais une *anguissette*, et naguère servante de Naamah ; il était plus à l'aise en ma compagnie et débattait volontiers.

J'appréciais d'avoir l'esprit occupé et stimulé ; cela me préservait de l'agitation et de la frénésie. Nous n'avions pas parlé de ça, de ce qui se passerait lorsque le signe de Kushiel commencerait à m'aiguillonner. J'étais une *anguissette* ; cela ne pourrait manquer d'arriver. Mais pour l'heure, toute *anguissette* que j'étais, j'avais eu mon content de douleur et de souffrance.

Lorsque l'été toucha à sa fin pour céder la place à un début d'automne, Seth demanda à s'en retourner ;

une famille et des obligations l'attendaient. Il partit donc, avec Fortun pour l'escorter, une bourse généreuse au côté, plus une autre avec une liste d'ouvrages et de codex dont je pensais pouvoir avoir besoin et qu'il promit de chercher. Un long chemin m'attendait encore sur la voie de la connaissance, mais mes bases étaient suffisantes désormais pour que je puisse entamer ma quête.

Les feuilles dans les arbres étaient en train de virer au brun et à l'or lorsque Gonzago de Escabares s'annonça.

Il arriva sans prévenir, accompagné d'un unique élève qui s'occupait de lui, de deux chevaux et d'une mule lourdement bâtée. Ses cheveux étaient un peu plus gris, sa corpulence un peu plus forte, mais hormis cela il était resté le même. Je me jetai dans ses bras avec un cri de joie et il rit.

— Ah ! ma toute belle ! Tu vas faire avoir une attaque à un vieil homme. Allez, je suis quasiment mort de faim. Mon Antinoüs ne t'aurait-il rien appris des règles de l'hospitalité ?

Je le fis entrer dans la bastide, sans cesser de parler un seul instant, je suis catégorique, le tout sous le regard empreint d'étonnement poli de Joscelin. Lui fit conduire leurs chevaux aux écuries et débâter leur mule.

Seth ben Yavin était un professeur que j'avais engagé ; maestro Gonzago de Escabares était mon premier invité. Dans un état de nervosité étonnant, je faillis rendre tout le monde fou par mes demandes sans queue ni tête, jusqu'à ce que Richeline finît par m'ordonner, d'un ton calme qui ne souffrait nulle contestation, de m'occuper de mon convive et de la laisser prendre soin de l'intendance.

Tout en buvant avec entrain quelques verres de vin et en engloutissant un plateau de friandises et de petites bouchées au fromage, il me narra ses pérégrinations dans les villes-États du nord des Caerdiccae Unitae, où il avait eu vent des bouleversements survenus le long de la frontière skaldique. L'un de ses anciens collègues avait reçu mon message à Tiberium, et lui-même avait décidé de venir me voir à Montrève, en emmenant un disciple désireux de découvrir le monde selon la méthode Escabares.

Il nourrissait précisément le projet de rentrer chez lui en Aragonia pour y rédiger ses Mémoires, mais ma lettre l'avait convaincu de faire d'abord un tout petit crochet pour venir me visiter.

— Je t'aurais bien envoyé un mot, ma belle, mais je serais probablement arrivé avant lui, dit-il, l'œil pétillant. Nous avons voyagé à la vitesse du vent, n'est-ce pas Camilo ?

Ledit Camilo toussa en dissimulant un sourire, marmonnant dans sa barbe quelque chose au sujet d'une petite brise très lente.

Je ris en tapotant la main de Gonzago.

— Je suis si heureuse que vous soyez là, maestro.

Ils se retirèrent pour se reposer, puis nous fîmes honneur à un repas d'une munificence rustique telle que même le maestro parvint à satiété. Pour ma part, je mangeai peu, submergée par la fierté et la gratitude d'être l'hôtesse. Je savais fort bien que tout le mérite en revenait aux gens de Montrève ; mais ils avaient œuvré en mon nom et je leur en étais reconnaissante.

Pendant le dîner, je fis le récit de notre longue épopée à partir de la mort d'Alcuin et de Delaunay. Gonzago en connaissait déjà l'essentiel, mais il voulait l'entendre de ma bouche. Le début de mon récit lui fit venir les larmes aux yeux ; il avait vraiment beaucoup aimé Delaunay. Il écouta la suite, racontée tour à tour par Joscelin et moi, avec une inlassable fascination d'historien. Ensuite, il nous parla de ses voyages et des connaissances qu'il avait glanées. Jalouses du statut de Terre d'Ange et de son alliée Aragonia, les villes-États caerdiccines se mettaient en quatre pour commercer avec l'île d'Alba, enfin libérée de son isolement.

Lorsque nous en fûmes aux alcools d'après repas, la tête du disciple Camilo dodelinait ; Gonzago l'envoya se coucher.

— C'est un bon garçon, dit-il distraitement. Il fera un bon érudit un jour, s'il parvient à résister au sommeil suffisamment longtemps. (Il se leva laborieusement.) J'ai quelques présents ici pour vous – si je trouve où il a bien pu les ranger. J'ai rapporté une magnifique traduction des poèmes de Delaunay… Quel dommage que je n'aie pas su avant, sinon j'aurais pu rapporter aussi des ouvrages yeshuites… Et puis, j'ai aussi quelque chose d'un peu étrange.

— Je vais aller les chercher pour vous, maestro, proposa Joscelin.

Gonzago se laissa retomber avec un soupir de soulagement.

— C'est une bien longue chevauchée pour un vieil homme, dit-il.

— Et je vous remercie de l'avoir faite, répondis-je avec un sourire. Mais que voulez-vous dire exactement par « quelque chose d'un peu étrange » ?

— Eh bien…

Il prit son verre vide et en examina le fond. Je me hâtai de le remplir.

— Comme tu le sais, j'ai passé un certain temps à La Serenissima, où mon ami Lucretius est venu me chercher. J'ai là-bas une connaissance qui lit les étoiles pour la famille du Doge. Lucretius s'est enquis auprès de lui pour savoir où me trouver ; il a même dû montrer ta lettre avec ton sceau. C'est qu'ils sont plutôt suspicieux à La Serenissima. (Il fit tourner l'alcool dans le fond de son verre, puis but.) À un moment, mon ami astrologue a fini par lui dire que j'étais parti pour Varro, et il lui a indiqué une auberge de bonne renommée. Ah ! te voilà ! (Il prit son bagage qu'avait rapporté Joscelin.) Tiens, dit-il cérémonieusement en me passant un paquet soigneusement emballé.

Je l'ouvris pour découvrir la traduction en caerdicci. C'était un ouvrage magnifique avec une couverture de cuir ouvragé représentant le visage d'Antinoüs, l'amant d'Hadrien, l'empereur tibérien.

— Un véritable tour de Mendacant ! dit Joscelin en riant.

— Il est vraiment somptueux, maestro. Je vous remercie, dis-je en me penchant sur lui pour l'embrasser sur la joue. Et maintenant, allez-vous me faire languir toute la nuit ?

Gonzago de Escabares me fit un petit sourire matois.

— Il se pourrait bien que tu finisses par le regretter. J'ai entendu ton histoire et j'ai ma petite idée ; maintenant, écoute la mienne et fais-toi ton opinion. Lucretius et son disciple dormirent donc à l'auberge et, le lendemain matin, il découvrit qu'il y avait une autre cliente dans l'établissement. Il faut que tu saches que mon ami Lucretius est un homme plein d'éloquence, un orateur à l'ancienne mode, et jamais encore je ne l'avais vu à court de mots. Mais lorsque je lui ai demandé de me décrire cette personne, il n'a rien su me dire d'autre que : « C'est la plus belle femme que j'aie jamais vue. »

La nuit était chaude encore, mais je sentis un frisson me parcourir l'échine.

— Melisande, murmurai-je.

— Il faut demander à Camilo, me dit Gonzago. Moi je l'ai fait, et il m'a dit qu'elle avait des cheveux de la couleur de la nuit et des yeux de la teinte d'une pervenche ; et puis une voix aussi qui lui a fait trembler les genoux. Or, ce garçon n'a pas une once de poésie en lui. (Il se pencha de nouveau sur son bagage pour me donner un sac de soie fermé par un lien coulissant.) Elle a dit que puisqu'il était porteur d'une lettre de la comtesse de Montrève adressée à moi, il pourrait peut-être se charger de me remettre ceci, à l'intention de la comtesse de Montrève.

Je pris le paquet entre mes mains tremblantes ; il était tout à la fois doux et lourd.

— Ne l'ouvre pas ! s'écria Joscelin. (Son visage était blême de fureur, avec le nez pincé et les lèvres devenues blanches.) Phèdre, écoute-moi. Elle ne commande pas, tu ne lui dois rien. Tu n'as pas besoin de savoir ce qu'il contient. Jette-le comme ça, sans l'ouvrir.

— Je ne peux pas, répondis-je, impuissante.

Je ne mentais pas. J'étais incapable de ne pas l'ouvrir ; et incapable de l'ouvrir.

Avec un gémissement, Joscelin me prit le paquet des mains et tira violemment sur l'ouverture pour en desserrer le lien. Puis il fourra sa main à l'intérieur pour en arracher le contenu.

Mon manteau *sangoire* se déplia dans un bruissement de velours pour pendre au bout de son poing serré, riche et somptueux, d'un rouge si profond qu'il en paraissait presque noir.

Nous fixâmes tous notre regard dessus, bouche bée et totalement muets. Les yeux de Gonzago de Escabares étaient ronds de perplexité ; je crois qu'il ne savait pas ce que c'était. Je le portais le jour où Delaunay avait été tué ; le dernier jour ; le jour où Melisande nous avait trahis.

— Par les sept enfers ! qu'est-ce que cela est censé signifier ? demanda Joscelin en le jetant sur le divan à côté de moi. (Il émit un rire plein d'étonnement en passant une main dans ses cheveux.) Ton manteau ? As-tu la moindre idée ? (Il me regarda, puis me regarda encore.) Phèdre ?

Je savais.

Quelqu'un avait été complice de Melisande ; quelqu'un l'avait aidée à fuir Troyes-le-Mont. Qui que ce fût, il n'avait jamais été démasqué. À la fin, les soupçons d'Ysandre pesaient fortement sur Quincel de Morhban et ses deux parents Shahrizai – Marmion et Persia. S'ils avaient été blanchis, c'était uniquement faute de preuve et parce que tout cela était trop ridiculement évident ; ils étaient tous trop rusés pour monter un stratagème aussi peu subtil. Mais il y avait une autre raison, je le savais. J'avais passé cette nuit-là sur les remparts et je n'avais rien entendu ; pas un bruit. Le garde de faction à la poterne avait été tué d'un coup de couteau dans le cœur. Il avait donc vu son assassin ; c'était quelqu'un qu'il connaissait et en qui il avait personnellement confiance. Or, les hommes de la garde de Troyes-le-Mont se méfiaient de tous hormis ceux qui avaient combattu à leurs côtés. Il n'aurait donc pas manqué de se défier de n'importe quel noble kushelin venu le voir en pleine nuit.

C'était quelqu'un en qui il avait confiance ; en qui nous avions tous confiance.

Et Melisande était maintenant à La Serenissima, suffisamment près de la famille du Doge pour apprendre dans la journée que leur astrologue avait reçu une visite. La fille aînée du prince Benedict, Marie-Celeste, avait épousé un fils du Doge… un nœud quasi incestueux des mortels Stregazza, ceux-là mêmes qui avaient empoisonné Isabel L'Envers de la Courcel.

Les plus proches parents d'Ysandre – princes du sang de surcroît.

Oh oui ! je savais. Je refermai les mains sur le manteau *sangoire* ; je sentais la douceur du velours sous mes doigts. Quelques effluves évanescents du parfum de Melisande montèrent à mes narines. Pourquoi l'avait-elle gardé ? Je ne savais pas ; mon esprit refusait d'examiner la question. Mais ce qu'elle voulait me dire, ça je le savais bel et bien.

C'était un défi ; une ouverture en attaque.

Je posai la main sur mon cou – où son diamant n'était plus.

Quelque part, au sein de ce nœud de vipères de La Serenissima, un complot était en marche. Il y avait loin, très loin, jusqu'au trône d'Ysandre et à la Ville d'Elua. Mais l'intrigue a le bras long lorsque des trônes sont en jeu. Quelqu'un ou quelques-uns assis à la droite d'Ysandre dissimulaient du poison dans leur cœur.

Et moi, je pouvais les débusquer.

Bien sûr, c'était ce que signifiait ce manteau. Melisande savait comment nous servions Delaunay,

Alcuin et moi. Il le lui avait fait savoir. Tout comme elle, il était un virtuose qui ne pouvait supporter l'idée de n'avoir pas de public… un témoin solitaire capable d'apprécier l'ampleur et la complexité de ses plans et leur dimension artistique. Le « Maquereau des espions », ainsi l'appelaient ses détracteurs lorsque les jours heureux du mariage d'Ysandre et de la victoire d'Angeline n'étaient pas encore passés.

Témoin et adversaire ; Melisande m'avait choisie en me tenant pour son égale.

J'étais une *anguissette*, naguère servante de Naamah – tout le monde le savait ; mais aussi formée pour observer, retenir et analyser. Plus rares étaient ceux qui le savaient. Et parmi ceux qui en étaient informés, la plupart n'en faisaient pas grand cas. J'avais été au mauvais endroit au bon moment, rien de plus. Je le croyais presque moi-même ; je crois même qu'à certains moments cela avait été vrai.

D'autres trouveraient tout ça bien difficile à croire.

À qui le garde de la poterne accordait-il sa confiance ?

Je pouvais les compter sur les doigts de mes deux mains : Gaspar Trevalion, Percy de Somerville, Barquiel L'Envers ; une demi-douzaine d'autres. Pas plus.

Je pourrais trouver qui, tout comme j'avais découvert que Childric d'Essoms servait L'Envers, ou que Solaine Belfours était la marionnette de Lyonette de Trevalion. Les gens parlent devant une *anguissette* plus librement qu'en aucune autre circonstance – pas même les confidences sur l'oreiller de la Cour de nuit. Je caressai le velours de mon manteau *sangoire*.

Delaunay avait été chercher jusqu'à Firezia un teinturier capable d'en recréer la nuance. L'art en était perdu en Terre d'Ange ; ce qui n'est pas très fréquent. « Quelle couleur magnifique, m'avait dit Melisande. Elle te va bien. »

Ce serait facile, si facile, de tout recommencer. *Je suis née pour ça*, songeai-je en m'efforçant de chasser la brume rouge qui envahissait mon champ de vision. Chaque matin, Joscelin commençait sa journée par l'exécution de ses mouvements cassilins, inscrits au plus profond de lui depuis l'âge de dix ans, sa danse mortelle qu'il exécutait dans les jardins de Montrève, sous les yeux emplis d'admiration des membres de la maison.

Quant à moi, je cantonnai mes talents et leurs horribles désirs à ma salle d'étude, que j'avais bien du mal à quitter. En réalité, rien ne m'y obligeait. Les textes que j'avais, je pouvais fort bien les faire transporter dans la Ville d'Elua ; pour le reste, tout était dans ma tête. Et les Yeshuites étaient nombreux là-bas pour poursuivre l'enseignement de Seth ben Yavin, et puis il y avait la bibliothèque royale et des marchands de livres également. Et le produit de la vente de la maison de Delaunay auquel je n'avais pratiquement pas touché était tout à fait suffisant pour acheter une maison dans la Ville – quelque chose de modeste.

Montrève.

Il y avait Montrève, mais Montrève continuerait sans moi ; je m'abusais moi-même si je pensais que le domaine avait besoin de moi. Montrève avait ses gens et ses biens, et je n'avais aucune raison de douter de la loyauté de Purnelle et Richeline, parfaitement installés, dans un lieu où ils se sentaient chez eux, comme leurs parents s'étaient sentis chez eux à Perrinwolde en l'absence du chevalier et de sa dame Cecilie.

Je pourrais toujours revenir ; et je le ferais. J'aimais être ici.

Presque autant que j'avais aimé être l'*anguissette* de Delaunay – le joyau noir dans la couronne de Naamah.

Joscelin.

Ah ! Joscelin, songeai-je ; et j'aurais pu pleurer. Mon héros merveilleux et beau – et plus tout à fait chaste. Non, mon nom n'avait vraiment pas été synonyme de chance. Combien de fois m'étais-je révélée une épreuve pratiquement au-delà du supportable ? Combien de fois avais-je promis : « celle-ci est la dernière » ? Le vieux prêtre – c'était bien le même, j'en étais sûre – l'avait bien dit. « Tu as été à un carrefour et tu as choisi, et comme Cassiel, tu seras toujours à un carrefour, obligé de faire un choix – choisir encore et encore, le chemin du compagnon. » C'était ma faute ; c'était à cause de moi. Je plongeai les mains dans l'épais tissu de mon manteau *sangoire*. Combien de fois l'avais-je porté ? Combien de rendez-vous ? Sans jamais rien savoir des objectifs de Delaunay, et pourtant obéissante.

Ce serait différent d'agir en connaissance de cause. Ce serait différent de porter au fond de mon cœur le secret de mes propres objectifs – contrer Melisande à son jeu mortel.

Ce serait plus difficile aussi.

Mon cœur s'accéléra d'évoquer ces perspectives et je sentis monter dans mon sang la vague de désir, irrépressible et insatiable. Jusqu'où faudrait-il que je m'approche avant que des lèvres imprudentes me révèlent le nom du traître ou de la traîtresse de Troyes-le-Mont ? Car les dames de compagnie d'Ysandre étaient sur la liste des suspects, les trois qui avaient été suffisamment courageuses pour la suivre au cœur de la bataille. Je connaissais leurs noms et leurs visages – inscrits dans ma mémoire pour toujours. Qui savait ? Mais en tout cas, celui ou celle-là était la dernière ligne de défense de Melisande.

Elle récompensait toujours généreusement ceux qui l'avaient servie. Je posai la main sur ma gorge, toujours dépourvue de diamant. Peu importait ; je portais sa générosité dans ma peau, dans le final à la base de ma nuque qui avait achevé ma marque ; les porte-aiguilles et le maillet de maître Tielhard, l'exquise douleur, c'était à elle et à elle seule que je les devais. Une robe de la plus fine des gazes, constellée de diamants. Ils avaient profondément mordu dans ma chair lorsque je m'étais agenouillée.

Ils m'avaient acheté ma liberté.

Melisande.

Ils pourraient lui coûter la sienne.

Si j'avais perdu mon mentor, je n'étais pas sans ressources ; j'avais l'amitié des souverains de deux nations, de la dame des Dalriada, de l'amiral royal. J'avais aussi l'affection d'un érudit révéré de l'université de Tiberium pour m'aider, la bienveillance de la communauté yeshuite, et des prétentions à faire valoir auprès de l'une des *kumpanias* des Tsingani. J'avais des amis partout, des sommets aux bas-fonds, et l'amour éternel du successeur du Maître du détroit – mon ami le plus cher.

Et j'avais le parfait compagnon.

— Phèdre ?

Joscelin répéta mon nom d'un ton interrogateur qui faisait pendant au coup d'œil perplexe de Gonzago de Escabares. Tant de pensées m'avaient traversée le temps de cligner les yeux. Je pris une profonde inspiration et regardai le visage de Joscelin, familier et inquiet ; et adoré – si improbable que cela pût paraître.

« Plus de sombres prophéties », avais-je dit en riant, oubliant ce que j'étais – telle que le prêtre m'avait nommée, absolument sans se tromper. « Le signe de Kushiel pour une servante de Naamah. »

« Aime comme tu l'entends, et Elua guidera tes pas. »

— Je t'expliquerai, dis-je. Demain.

REMERCIEMENTS

Merci à mes parents, Marty et Rob, pour leur vie entière d'amour et d'encouragements, et à Julie, dont la foi n'a jamais vacillé. Un « mahalo » tout particulier à ma grand-tante Harriett, pour son indéfectible soutien.

DE LA MÊME AUTRICE

Aux Éditions Bragelonne

KUSHIEL

LA MARQUE (Folio Science-Fiction nº 709)

L'ÉLUE (Folio Science-Fiction nº 710)

L'AVATAR

LA TRILOGIE D'IMRIEL

L'HÉRITIER DE KUSHIEL

LA JUSTICE DE KUSHIEL

LA GRÂCE DE KUSHIEL

Tous les papiers utilisés pour les ouvrages
des collections Folio sont certifiés
et proviennent de forêts gérées durablement.

Composition IGS-CP à L'Isle-d'Espagnac (16)
Impression Novoprint
à Barcelone, le 19 mai 2022
Dépôt légal : mai 2022

ISBN 978-2-07-296725-2 / Imprimé en Espagne

402379